女帝本色

4 般若劫 上

天下归元 著

青岛出版社
QINGDAO PUBLISHING HOUSE

图书在版编目（CIP）数据

女帝本色. 4，般若劫 / 天下归元著. — 青岛：青岛出版社，2019.12

ISBN 978-7-5552-4639-8

Ⅰ. ①女… Ⅱ. ①天… Ⅲ. ①长篇小说－中国－当代 Ⅳ. ①I247.5

中国版本图书馆CIP数据核字（2016）第224235号

书　　名 女帝本色4 般若劫

著　　者 天下归元

出版发行 青岛出版社

社　　址 青岛市海尔路182号（266061）

本社网址 http://www.qdpub.com

邮购电话 010-85787680-8015　13335059110

0532-85814750（传真）　0532-68068026

责任编辑 贺　林

特约编辑 李文峰　宝司群

校　　对 耿道川

装帧设计 千　千

照　　排 梁　霞

印　　刷 三河市良远印务有限公司

出版日期 2019年12月第1版　2019年12月第1次印刷

开　　本 16开（700mm×980mm）

印　　张 38.5

字　　数 700千

书　　号 ISBN 978-7-5552-4639-8

定　　价 68.00元（全二册）

编校印装质量、盗版监督服务电话 4006532017　0532-68068638

建议陈列类别：畅销·古代言情

目录【上册】

第二十三章 谁敢碰你 1
第二十四章 争宠 14
第二十五章 宫伯虎点秋波 22
第二十六章 你的一切，我的最好 30
第二十七章 空手夺易国 38
第二十八章 情海生波 46
第二十九章 爱而不得而不得不爱 55
第 三 十 章 拉郎配 64
第三十一章 路边一吻 72
第三十二章 向右国师求亲！ 80
第三十三章 觊觎男朋友者，毁！ 85
第三十四章 软玉温香 94
第三十五章 她的深情 104
第三十六章 冲冠一怒为红颜 113
第三十七章 抢吻 120
第三十八章 打翻的宫醋坛 130
第三十九章 好酸，好酸！ 139
第 四 十 章 爱与情义的选择 148
第四十一章 刺杀国师 157
第四十二章 盛放的爱 166
第四十三章 遍地桃花 174
第四十四章 我的人，你碰不得 183
第四十五章 宠爱 199
第四十六章 今晚一起睡吧 208
第四十七章 纠缠 217
第四十八章 他和她的情人节 227
第四十九章 点鸳鸯 239
第 五 十 章 谁与纵情 251
第五十一章 天下和你，我都要 257
第五十二章 争执 266
第五十三章 我需要你 275
第五十四章 一起修炼 285
第五十五章 洗颜 293
第五十六章 美人计 298

目 录【下册】

第五十七章　苍天饶过谁？ 307
第五十八章　擦背 311
第五十九章　我和你在一起的滋味 315
第 六 十 章　你脱不如我脱 321
第六十一章　惊变 324
第六十二章　为爱而战 329
第六十三章　战地一吻 335
第六十四章　抉择 340
第六十五章　国师神威 346
第六十六章　女王待遇 353
第六十七章　打脸 357
第六十八章　大忽悠 361
第六十九章　登基 366
第 七 十 章　谁夺天下谁白发 373
第七十一章　听我说，我爱他 379
第七十二章　江山和他 383
第七十三章　举世无双第一坑 388
第七十四章　素手忽翻，戟指向天！395
第七十五章　我已归来，不死不休！402
第七十六章　他的情意，你可知道 407
第七十七章　谁换谁的江山 410
第七十八章　大神垂钓，请君上钩 419
第七十九章　家人 423
第八十章　战地求婚 433
第八十一章　女神 439
第八十二章　想吃天鹅肉的癞蛤蟆 448
第八十三章　今日帝歌换我旗！ 454
第八十四章　夺位 459

目录【下册】

第八十五章 成全和牺牲 463
第八十六章 母子相对 468
第八十七章 我要的是你不是天下 472
第八十八章 最后的旨意 480

卷四 摄江山

第一章 至喜至忧相爱 489
第二章 审问明城 494
第三章 逼迫 498
第四章 谁的爱慕与邀请 502
第五章 兵变与反兵变 507
第六章 女王出帝歌 511
第七章 辨珠 517
第八章 千金一两，买你露肉 522
第九章 你敢看，我敢摸 527
第十章 他用一生来爱你 532
第十一章 龙应世家 536
第十二章 缱绻相拥 541
第十三章 耶律祁的下落 547
第十四章 掘地三尺 556
第十五章 相见或不见 562
第十六章 是你吗？ 570
第十七章 各有花招 577
第十八章 女王翻身做主人 581
第十九章 动真格了！ 585
第二十章 舍身 592
第二十一章 是她？不是她？ 596
第二十二章 谁若伤你，不死不休 603

第二十三章　谁敢碰你

“耶律祁”在窗边给景横波送吃食、编草环的时候，耶律祁正在他的屋内，等小豆儿回来。

小豆儿却不会回来了。他在嗅酒那一刻就被下了药，出现短暂昏迷，然后被转了个方向，晕头晕脑地走进另一间背面的屋。那屋里，另一个“耶律祁”在等着他。

客栈里所有的屋子除了方位不同外，其余样式格局都是一模一样的。

小豆儿没有假，耶律祁却假了。有人在耶律祁眼皮子底下，做了一个局。

但久经风浪的人，对危险有种预判的直觉。当在算定的时辰内，小豆儿还没回来时，耶律祁就已经有点不安，起身想去门口瞧瞧。

耶律祁刚站起身，却忽然停住脚步，转身。

窗边多了一个人，那人衣裳普通，肩膀上还搭个毛巾。这造型在他身上颇有些古怪。

耶律祁仔细看了一眼，皱起眉，道：“宫胤，你既然已经来了，鬼鬼祟祟地做什么？”

掌柜状的宫胤，已经不再是那矮墩墩的造型，只留了衣裳和毛巾，淡淡地看着耶律祁，道：“令姐转移视线，很有一手。”

耶律祁默然，他当然知道今天那个被逮住的假宫胤是耶律昙，好歹那是他们耶律家的人，自然有辨认的方法。

他对耶律昙没好感，但姐姐要护着，为此不惜转移景横波的注意力，他也只好默认。他只要确认景横波安全就好。

但宫胤不会允许一个假宫胤混淆视听，给景横波带来危险，所以宫胤必定要对耶律昙下手。在这次事件中，双方立场是冲突的。

“不要试图欺骗景横波。”宫胤道，“我不允许。”

“是啊，”耶律祁笑，“这世上只有你能骗她，别人都不行。”

“当然。闲杂人等怎么有资格？”宫胤答得理直气壮，倒把耶律祁气得一个倒仰。

“小心骗多了，自己就成了闲杂人等。”耶律祁微微一笑，笑意讥诮，“你来了，为什么不露面？”

“耶律昙留在易国，必有用意，我要暗中瞧清楚。”宫胤道，“我会去追回耶律昙。来此是通知你，希望你劝令姐尽早放手，以免有所冲突。”

耶律祁微微皱眉。他知道宫胤平常想对谁下手就对谁下手，绝不会特意来商量。这次纯粹是因为耶律询如在景横波心中的地位不同，宫胤不愿意因为彼此立场冲突，而让景横波为难。

耶律祁同样不希望景横波为难，又担心耶律询如坚持要救，一时颇觉棘手。

两个男人默默沉思。这两人遇上自己的事，分分钟就能解决，但碰上这两个女子的事，就觉得轻不得重不得。

耶律祁思考了一会儿，忽然觉得不对，快步到门口看了一眼，咦了一声。

宫胤眉一扬，立即敏锐地道："怎么了？"

小豆儿现在还没回，耶律祁不用问也知道一定出事了。他来不及回答宫胤的话，撞门而出。

宫胤一看他那神情，就知道一定有情况，二话不说也奔了出去。

两人都直奔景横波的房间。

衣袂带风声快得惊人，景横波一听就知道，两三眨眼的工夫，来人就能到房内。来的八成是耶律祁，他既然已经有所发现，此人要想将她从耶律祁眼皮子底下再扛走，实在不可能。

她心中稍定，但也没放弃自救，此时手指还能微微弹动。她指尖一动，妆台上的妆盒砸向身后那人。那人身子一闪避开，妆盒却在半空打开，里头玫瑰香粉撒了满地，那人身上也不可避免地沾上一些。

那人被香熏得打了个喷嚏，手一抬，手中一团衣物罩在了景横波身上，是一袭花花绿绿的裙子，看上去有些眼熟。

此时耶律祁、宫胤已经到了门口。耶律祁已经发现了窗下生死不知的小豆儿，两人对望一眼，身子一错，一个掠上屋顶，一个冲门而入。

景横波听得两人脚步声，武功都高绝，心中大喜，这下这假货要么自己赶紧逃，要么被擒，想要带走她是不可能了！

身后那人忽然猛撞过来，抓住她后腰带，手一抖，将她砸出了窗外。

砰的一声，她撞倒在窗外，却没有和大地狠狠接触，身下是软软的人体，她低头一看，竟然是那季姑娘的爹。

而在季姑娘爹的身下，还有一个人，淡黄的罗裙上绣着缠枝花，竟然是季姑娘。

她正脑子发蒙，就感觉头顶人影一闪，那假耶律祁也冲了出去，屋顶上真耶律祁立即追了上去。

宫胤是冲进门的那个，一眼看见一条人影越过窗口不见。他追出窗外，第二眼看见地上叠罗汉的三个人。

穿着花花绿绿裙子的肥婆在最上面，中间是酸儒，最底下是最先被扔出来的季姑娘。造型姿态，和先前他扔出来时一模一样。

这三人被扔出来半天才能脱困，人是宫胤自己扔的，自然最清楚。他不过淡淡瞄一眼，便跃过那三人，追向那黑影。他纵身时，正踩在肥婆的屁股上，借着那肥硕肌肉的弹跳力，潇洒地飞起。

他的身影在天空一闪不见。

地下，肥婆景横波，能看不能喊不能动，眼睁睁看着两大救兵来了，两大救兵走了。前一个都没看见她就跑了，后一个干脆踩着她屁股飞了。

在危险之中得见救援极度欢喜，再在极度欢喜之中遭遇极度失望，从地狱到天堂再到地狱。人生至悲惨事莫过于此。

她都快气哭了。她眼泪汪汪地看着宫胤的背影远去，张大了嘴也不过吃了一嘴他的鞋底灰。心中一万头羊驼奔腾而过——这是怎么回事？窗外三个大活人他们看不见吗？宫胤那么细致的人，就不知道低头看看这三人是怎么回事吗？

她也不过是肥了张脸，胖了上百斤而已，哪怕屁股对着他，他也该认出来的，不是吗！

这还是真爱吗？！

她在心里咆哮一万遍之后，不得不泄气地承认——其实真的认不出，换她也认不出。这该死的改容，比易容还坑爹。

她发誓绝不饶过这见鬼的易国，一定要夺了易国的王权，下一道命令：从此之后，易国所有人，统统不许改换容貌！

静了一会儿，她又萌生希望，杀手终究没法将自己带走。自己被扔在这里，过一会儿宫胤说不定能想通，他一回转，自己不就得救了？

这么想的时候，她忽然又听见脚步声。一双靴子靠近来，坚定不移地向这边走，没发出任何惊讶之声，她的心沉了下去。

啊啊啊，杀手还有帮手！

那双靴子停留在她面前，一双手将她一抄，抄在背上，不急不忙，越屋脊而出，没入夜色中。

宫胤在夜风中奔行。

前头那个刺客始终没能甩脱耶律祁，两人在黑暗城市屋脊之上奔行，风一样刮过屋脊下百姓的梦端。

宫胤忽然停住脚步。他发现，前头那个人似乎在绕圈子。然后他不知怎的，就想到了刚才窗口下叠罗汉的三人。

人看见熟悉的、自己造成的东西，会下意识略过，但是他忽然发现了一个问题。

那“一家三口”休息的房间，在景横波屋子的隔壁的隔壁。那一排屋子，窗子后面就是一排花丛，他从那三人屋子的窗子将人扔出去，虽然也有可能扔到景横波屋子窗后附近，但按照下意识的选择，他不想惊动景横波，就不可能把人扔得靠近她。

那么那三人怎么会出现在景横波屋子的窗后？

那个肥婆！他忽然转身回奔！比奔出来时速度更快！

不过几个起落，他已经奔回了那一排花丛前。窗下，酸儒和季姑娘还在静静地躺着，但最上面那个肥婆，不见了。

宫胤怔在夜风里。那么清冷的一个人，忽然眸子如厉电逼人，咔嚓一声，他身周翠叶覆雪，冰凌飞射，一大片雪色蔓延，咔咔落了一地细碎冰晶。

王者之怒！

景横波被扛在一人肩上，沿着刚才那刺客消失的反方向行走。

在那样的奔走中，那人身周不断放出雾气。雾气里，她肥壮如山的身材又在慢慢消减，脸上的肥肉也在消退，整个人又在不断缩水，缩过了正常体型，还在缩，最后缩成了一个瘦小女孩，比她原来还要瘦上十来斤的样子。

景横波非常担心这一涨一缩，会影响她的正常肌肤。

然后那人背着她跳下了屋脊，从容地进入了下面一间非常普通的房屋。屋里出来一个和他同样打扮的人，背着一个山一样肥壮的女子。两人看也不看对方一眼，擦身而过。一个将景横波背进了屋子，放在了床上；一个将肥女背出了门，跳上了屋檐。

景横波感到了深深的无力。

这真是一场早有谋划、天衣无缝的掳掠。

就算宫胤此时已经发现了不对，追了上来，但他此时的目标，必然是山一般肥壮的女子。谁知道肥婆又换了。

下面这一片是居民区，所有的房子都一样，当灯火吹熄之后，景横波想不出宫胤有什么办法能找到自己。

头顶上风声唰唰地过了。

宫胤重新跃上屋顶的时候，看见前方人影遥遥一闪，似乎有人背着很大一坨东西奔行。他立即追了过去，眉头却微微皱起。

这个杀手好容易骗过了他，就不该再在屋顶这么显眼的地方奔行，应该跳入下面巷陌，随便一钻，他耽误了这么一刻，就很难再追及。

杀手之前的手法都很巧妙，却犯下一个愚蠢的错误，那么这个错误就不会是错误，而是陷阱。

他追逐着那背影，眼睛却还扫着下方。果然追出不多远，到了一处屋宇密集的区域，前方那人身周忽然散出一股雾气，那一大团身影顿时看不大清楚。

他又追出一截，雾气忽浓，辨不清人影，停留在那边屋脊上。

他稍稍停下，远远盯着。顷刻间，雾气又动了，一边移动一边慢慢散去，露出一个人背着一大团的壮硕背影。

他掠了过去，却并没有跟着追下去。他在那雾气先前停留的地方停下，看了看四周环境。

雾气停顿必有原因，那一瞬间发生了什么？换人？

下头必有猫腻。

底下几乎都是一模一样的民房。这里没什么深宅大院，都是单房或者小院，院窄屋矮，黑灯瞎火，人人安睡。

他手一抬，掌心爆出一溜冰珠。冰珠飞闪，擦过那些民房的窗棂檐下，发出一阵噼啪炸响。

几乎所有人都被惊醒，啪啪啪窗扇被推开，各种脑袋探出窗口，揉眼睛的大骂的睡意蒙眬嘟囔的，声音响成一片。

他目光对着所有窗户，闪电般一扫。

景横波所在的小屋，窗户也被冰珠敲响。

景横波心中大喜，宫胤智慧无双，对方果然没能骗过他，这样他也能发现！

此刻户户人家都开窗，大骂这半夜骚扰的恶客，只要这刺客不敢开窗，宫胤就能发觉。

刺客却推着她到了窗边，啪的一下开了窗。她伏在窗边，手探了出去，头发柔顺地滑了下来，挡住了脸。

刺客在她身后大声道："妞妞！别开窗，仔细冻着！"一伸手又将她拽了回去，一边骂一声"谁半夜敲窗死缺德！"，一边顺手将窗户重重关上。

屋顶上宫胤目光一瞬扫过所有门窗，看见了各种窗户里各种脑袋，听见了各种美梦被惊醒的咒骂，无动于衷。

他辨认着有无不开窗的住户。

靠近他左侧下方的房子，窗户似乎迟迟没开。他正凝目望去，啪的一声那窗户开了，一个瘦瘦的身影探出来。

月光下那人头发乌亮，肩膀瘦窄，看不见脸，但半掩在窗棂阴影里的身子十分瘦小。

是个孩子。

有粗壮男声在那女孩背后响起，"妞妞！别开窗，仔细冻着！"

那女孩被拽了回去，窗户关起。

宫胤的目光转了开去。

被拽回去的景横波，默默咽下一口老血。她不得不承认，这群掳掠者很厉害。这一手伪装诡诈本事，天下少有人及，竟然生生骗了大荒两大国师，还在宫胤眼皮子底下，将他骗了一次又一次。

虽然每次都被迅速识破，但那刹那蒙蔽，对于宫胤这种无比心明眼亮的人来说，已经可以说是奇迹！

景横波摸摸屁股，充满怨念地想，等脱险以后，一定要扒下宫胤的裤子狠狠地踩回来！

此刻的宫胤，能不能再次发现这"小女孩"的异常？

景横波觉得换成自己一定不能发现，但她对宫胤有信心。

可是那刺客似乎还有后手。他把她拽回去之后，就立刻又扛起她，等在另一边的窗边。这是窄房，有一边窗户对着隔壁，一边窗户临街。此处多是菜农，集中居住，供应全城乃至皇宫的菜蔬。

此时正是四更初，各处送菜的大车正从街上经过，巧的是，一下子出来了十几辆大车，同时在这片区域驾行。

其中一辆轰隆隆驶过了这屋子的窗前。

大车的窗户开着，屋子的窗户也开着，那刺客抱起景横波，嗖的一声钻进了大车！

景横波栽倒在一堆青菜、白菜、土豆、菜瓜之中，上头一堆菜叶哗啦啦将她淹没。

啪的一声，大车的车窗关上，驶离窄街。

宫胤本已经转过身去。他打算再来一次冰珠弹窗，看看另一侧的一排房子。光，和剑光背后陌虽然那排房子远些，从时间上推算，刺客不大来得及进入那些房子中，但宁可弄错不可放过。

他的身子刚刚转了一半，忽然又转了回来。

不对！刚才那开窗的小女孩……

开窗的是小女孩，那么就不可能和父亲睡一起，那么父亲怎么可能立即出现在她身后，将她拉了回去？

还有那月下探出的手，似乎过白，也大了一些……

他立即掠入那间屋子。

此时那辆载着景横波的马车也正掠过街道，和他距离两丈。有那么一瞬间，他想到要拦下马车查看，但景横波更有可能在那屋子里，两件事只能做一样。

他只得先掠入屋子中，黑暗中有惊叫之声，还真似孩童的声音。他扔出火折子，火折子迎风一亮，照见的却是剑光和剑光背后陌生的带着杀气的眉眼。

他手中亦有寒光一闪，比对方更快，一道白虹贯穿这屋内的黑暗，将剑光崩散，哧的一声一抹血泉如虹桥，浇灭了火折子微红的光。

深红和浅红都短暂地亮了亮，随即人体沉重倒地。他抢上一步想要逼问，触及的却是迅速骨化的尸首。

他没下杀手，杀手却在失败后立即自裁。干脆利落的刺客，从来都来自森严恐怖的组织。

他没有再停留，屋内的呼吸声告诉他，这里没有别人，景横波不在。

他穿窗而出，就看见晨曦一抹，将这片平民区屋舍点亮，照见道路纵横。在每个路口，都可以看见一辆狂奔的大车，奔向不同方向。所有车都一模一样，已经看不出哪辆是刚才经过那路口的。

宫胤立在屋脊的顶端，眉宇间似生风雪。

他并没有再徒劳地一辆辆追车。这些车会流向城池的任何一个地方，但他只需要去一个地方等候——易国王宫。

天衣无缝的计划、精准的时机把握、衔接流畅的人手安排、拿捏得恰到好处的计谋、畅通的路口、被解除的夜间宵禁、同时出发的送菜大车和近乎神技的易容术——也许一两个组织能做到其中一两样，但要全部做到，配合无误，还能接二连三短暂蒙蔽他，他相信——只有掌控整个幻都的王族才能做到。

在景横波、宫胤、耶律祁和易国大王进行无声追逐的同时，耶律昙带着耶律询如，也飞马直奔王宫。

耶律询如看不见，原以为耶律昙是要出城，但迟迟不见他停下，而且感觉到路越来越宽、人越来越少，不禁有些诧异，问："你往哪里去？"

耶律昙不答。

耶律询如又道："你是不是该放我走了？"

"你没发现紫微上人追上来了吗？"耶律昙淡淡道，"他倒上心。"

耶律询如微微吸气，她并不认为此刻紫微上人追上来是什么好事。

紫微这老家伙，平时不是最厌她缠他吗？怎么现在又要追上来？或许，就像小孩子自己可以不要自己的玩具，但却不允许别人抢去是一个道理。

"你更应该放我走了。"她道，"我负责把他劝回去。你现在又不是他的对手。"

耶律昙呼吸不稳，听出来体力未恢复。

她忽然听见有卫士呼喝之声，马被拦下，但随即又放行。她以为是城门，但是不远处传来人说话的尖细嗓音让她皱起了眉头。

"宫中？"

耶律昙低头看她一眼，耶律询如总是这么敏锐，比明眼人还聪慧。

"我在宫中有熟人，她给了我腰牌。"他道，"我受了伤，不敢出城，来这里她或许可以庇护我。"

耶律询如却不赞同道："王宫更是危机四伏之地。"

"你为什么不问问，我那宫中熟人是谁？"耶律昙盯着她的脸。

少年眼底闪动着怒气，怪她的注意力不在该在的地方。

耶律询如叹息一声。不用问，他提起宫中熟人时的语气，让她判断这是个女子，可能还是个对他有意思的女子。

他语气中的淡淡憎厌，她听得出。不想刺激他，她很合作地问："哦，对了，是谁？"

他却又忽然恼了她的合作，冷冷道："与你何干！"

耶律询如撇撇嘴，觉得景横波的话说得真对，别扭的男人最讨厌！

头顶上有风声掠过，她感觉到了紫微上人熟悉的气息，那老家伙追上来了。下一瞬一只手仿佛忽然自云端出现，一下就拎住了她的肩头。

"别伤他……"她只来得及喊出这一句，双手抱住了紫微上人的手。

她怕这老不死兴致一来，拎走她，顺手就给耶律昙一掌。耶律昙武功受制，哪里逃得掉？

她将紫微上人双手一抱，一边一脚踢向耶律昙，想把他踢下马。

耶律昙忽然一笑，声音冷而讥诮："多谢多谢。"

耶律询如忽然感觉到一股寒气从腋下穿出，森寒的剑气瞬间割裂她的衣襟，哧的一声，她发间凝冰。寒气如电并不停留，嚓地越过她的额头，直射上方！

上方就是紫微上人的心口！他正身体悬空，俯身拎她，而她正困住他的双手！

耶律询如脑中思维如电闪！

耶律昙的武功根本没有受制！她先前其实已经解开了他的禁制！

他故作没解开，骗她自愿为质，送他出困，引来紫微上人，再利用她的捍卫之心，刺杀紫微上人。

耶律昙的冷笑刀一般寒，在她身后响起。

"谁碰你，我杀谁！"

易国人人操持着不同的脸，颠来倒去地迷惑众生，在云诡波谲的暗流中辨认真相与假象。而在相隔两部的玳瑁，玩的就是真刀真枪。

玳瑁边境乌墩山，一座铁青色的崖边，军靴将瑟瑟的野花蹂烂。被追逐了半个月，终于走投无路的成孤漠，惨笑着望了望身边仅剩的两个护卫。

两个护卫都是一身的伤，有一个还瞎掉了一只眼睛，歪歪倒倒地站在他身边，全靠武器支撑着才能不倒。

而在到达这里的一长段路上，早已遍躺其余护卫的尸体。

燕杀军狂猛肆意，追人就如附骨之疽，纠缠不休。来回绕了数千里的路，最后成孤漠发现，除非自己死，否则永远不能摆脱追兵。

威胁也好，哀求也好，利诱也好，和他本无大仇的燕杀，无动于衷，开口闭口就是一句："最讨厌鬼鬼祟祟和娘们过不去的货！这种货色就该从大荒抹杀掉！"

直到今日，旷野空风，孤城四闭，身无退路，前有群敌。他已经无路可走。燕杀在对面狞笑，并不走近，用带血的刀，修着胸毛。

他惨笑一声，看看身周两个忠心护卫。数万亢龙，最后留给他的，只有这两人。

一切仿如前生孽，仿佛不久前他还是帝歌人人趋奉的亢龙军总帅，忽然就步步竭蹶，四面楚歌，英雄末路，至今日鱼死网破。

这都是因为，遇见了景横波。

"大帅……"两个护卫艰难地护在他身前，面对着狞笑的敌人。

成孤漠轻轻拍了拍他们的肩，轻声道："不必了，你们也累了，歇歇吧。"

他手中长刀一个反转，嚓嚓两声，两名护卫啊的一声，左右坠倒。临死前依旧保持着持刀相护的姿势。

他闭了闭眼睛。

伤重若此，无法再活，何必再苦捱，他亲手送兄弟上路。

对面，燕杀军并不因为他杀了护卫而惊讶，撇嘴扯出一抹冷笑。

他手起，刀落，最后一刀，送给自己。

“耀祖，今生爹不能给你报仇，但等来生！但有来生！”

亢龙主帅的身体和嘶喊声，在空崖之上一路下坠，激荡半山云雾，满山都是“来生来生来生”之声。

燕杀军脸色微微肃然——他们敬汉子。敢去死，也是汉子。

一个将领大步上前，一掌劈掉崖边一块扁石，切掉一半，用刀唰唰写了几个字。

“身葬乌墩，亢龙有悔！”

燕杀军的背影远去，夕阳给天空涂上一抹凄艳血色。

护卫的血溅在石头墓碑的底部，看上去，像是一个人挣扎往上攀的手。

有人结束，有人开始。

上元城前兵锋如火，惨叫和哀号响成一片。混战群中，金甲白袍的男子，如一道旋风，狂飙突进。所经之处，如梭枪穿刺，溅开鲜血如霓虹路。

有人狂叫迎上，他不过掀起眼皮看一眼，带着三分不屑。只见他身形翻飞间，那柄带血的长枪，不断从对方胸前狠狠抽出。鲜血溅在他脸上，男子眉目艳而煞，眼角闪烁着赤红的血光。

他倒提长枪，所经之处，群敌纷让。

鸣金之声响起，士兵如潮水般后撤，上元城后有人急急大喊：“关城门！关！关！”

裴枢站在上元城下，遥望那面明黄大旗，唇角露出一抹森然冷笑。

景横波，我照管着你的基业，兵锋如火，侵掠上元城。你可不要在外逍遥得太久。你每失踪一日，我便杀比昨日多一倍之人。

如果不想上元被我杀成空城，你回来做空头女王，就赶紧回来吧！

明晏安虽然没找到下毒的那个锦衣人来解毒，但近几日，他的中风竟然也慢慢好了。

据说是急出来的。裴枢打仗太凶猛也太狡猾，即便上元城城高墙坚，兵甲充足，也不得不在他层出不穷的骚扰和猛攻互济的侵略下，集中全部注意力防御。守城的士兵，连撒尿都恨不得套个套子，生怕面前的城墙忽然塌了，捅进来一杆金枪。

明晏安一急，本来话都说不利落的，忽然就能说话了，也能慢慢走几步了，整日整夜和大臣开会，又张榜召集上元能人出谋献策，讨论如何打走那个裴疯子。

明晏安现在甚至已经开始希望女王回来了。他也听说女王失踪，裴枢独掌大权，才会有这样不顾一切地强攻。如果换成黑水女王，上元说不定还能有喘息之机。

遇上裴枢，明晏安也算倒霉。裴枢很想去找景横波，结果英白跑了，女王不在，耶律祁也跑了，军队的事只有他能管。被扔下来独撑大局的裴少帅只能把一肚子郁闷，统统都发泄在上元的城墙上。

这日，好不容易裴少帅休息，没有继续骚扰，明晏安准备召见一下某位名士。这位是朝中大相亲自推荐的，说学识满载，无所不精，犹擅军事，将有妙计献于我王。

明晏安病急乱投医，抱着试试看的心理，传令召见。

宫人传报已罢，有人冉冉而来。

临门而坐的明晏安忽觉恍惚，忍不住坐直身体，揉揉眼睛。

那人一身月白长裙，云鬟不簪任何琉璃珠翠，素着一张小小脸蛋，秀眉微扬，秋水明眸。

她缓缓行来，身姿纤细欲折，更显素带当风。碧水不及她干净，柳枝不及她轻盈。金碧辉煌琉璃殿，在她清水芙蓉般的神韵前，便多了几分俗艳之气。

明晏安怔在当地。

他未曾想到名士是位女子。更未曾想到，女子如此好风姿。

满宫脂粉，顿失颜色。

这张脸还让他有种淡淡奇怪的感受，仿佛她是从前生里、画卷中走来的仕女，拂袖间，掩去一段记忆。

他努力在记忆中寻找，这张脸，这个人，是不是在哪里见过，但是无从寻觅。

对情爱淡薄的人，留不住关于情爱的记忆。他的王妃在他的心中早已死去，留下的记忆，也只是那个令他厌恶的肥婆。时隔多年，他早已忘记她本来的模样。

她在殿前，一步步向他走近，看见他恍惚迷茫，渐渐转为惊喜的眼神。

她在心中发出过一抹冷笑。不怕这凉薄人认出她。

他若对她有一分惦记，何至于逼她入那凄惨死局。

何况她现在比起当年还要美上几分。她未曾这般瘦过，也未曾使用过这么多精妙的保养肌肤容颜的办法，成功后揽镜自照的那一刻，她挽回的不仅是体形和青春美貌，还有早已被践踏到底的自信和自尊。

明晏安绽出一脸欢喜的笑，亲自下座，摇摇摆摆地迎上前来。

她立在殿口，迎着他，温婉一笑。

是年春，万物复苏，天光正兴。

玳瑁王妃俞采，再见明晏安。

“有什么办法，可以让你王兄暂时出宫？”宫胤回到客栈，问易城公主。

易国大王既然参与了对景横波的掳掠，那就一定有所图，不是想从景横波手中得到什么东西，就是想从他这里得到什么。

无论什么想法，想动他的人，就得付出代价。

易容成店小二的易城公主想了想，笑着摇头，“王兄王权稳固，没有威胁，也没什么真正在意的人，他要不想出宫，谁可以勉强？”

“没有威胁就制造威胁。”宫胤淡淡地道，“他最怕什么？”

“最怕呀……”易城公主眼珠一转，掩口娇笑，“最怕那群兄弟，从地底下爬出来找他算账吧？”她笑容忽然有几分讥嘲，“都说沉铁铁风雷杀了无数兄弟，残暴不仁令人震惊。其实谁知道咱们这位大王，才是大荒杀兄杀弟第一人？兄弟二十六人，死得千奇百怪，最后只剩他一个，你说，有不有意思？”

宫胤看她一眼：“你似乎颇有怨言？”

易城公主一惊，随即颓然道：“哪敢？我只庆幸我是女子。”

宫胤轻轻整理衣袖，忽然道：“你说，如果真有一个兄弟，从地底爬出来找他，他会出宫否？”

“他会怕，但绝不会出宫，他会立即一剑杀了他！”易城公主恶狠狠地道，“是人的时候都不是他对手，是鬼的时候就是了？反正天大地大，都没他的王权大。”她忽然一笑，仰头盯住宫胤，“你是打算扮成大王某个死去的兄弟，引他出宫，好趁机进宫救人吗？我可以帮你，只要……”

她款款笑着，伸手去搭宫胤的肩膀。

之前她一直在店中，看见有人被掳，宫胤追了出去。事后她查了一下房，那个短发大胸的泼辣女子不见了。宫胤是怎么把掳人的事归结在自己王兄身上的，她不感兴趣。她只想着那女子是谁，他的未婚妻？

如果他的未婚妻真的被掳在宫中，正好自己可以悄无声息地弄死她……

她这么想着的时候，一抬头，就见宫胤射过来的目光。这人很少正眼看人，但若真撞上他的目光，真若被冷电击中。她激灵灵地打个寒战，只觉得所有心思，这一刻都似被这目光照得无所遁形，急忙摆出一脸无辜的笑。

笑容还没展开一半，就听见宫胤道：“不错，正需要你帮我。”

她刚心中欢喜，就见宫胤手一抬，眼前白光一闪，随即咽喉心口下腹齐齐一痛，彻骨冰凉。

她大惊，伸手去抚咽喉，只感觉到似有冷而尖锐的物体在那里，触手不见，连伤痕都摸不到。

宫胤的声音，已经冷冷响在她耳侧：“不是我去扮哪个死去的王子，是你去扮。”

易城公主张大了嘴，跟不上宫胤的思维。

“好好扮，务必扮得像，引他出宫。”宫胤淡淡道，“事情办成，我会替你取针，否则，你知道的。”

要扮死去的王子，何须他扮？易城公主才是最熟悉兄弟们的人，又精于易容，她不上谁上？

易城公主此刻终于明白，脸色发灰。她隐约觉得，这次自己看中的猎物或许是天上真正的龙凤。自己的妄想，弄不好是自寻死路。

对面那人，轻轻抬手，摆出一个掌握一切、召唤众生的姿势。

他道：“你去扮死而复生的王子，我去扮你们大王。”

易一一在自己书房里，等待着天干第一星的消息。

他撤下了当夜的宵禁，下令宫监司调整了往宫中送菜的时间，安排了人帮天干第一星制订了一个衔接紧密、天衣无缝的计划。他相信这个计划无人能够看破，一定会成功。

头顶有鸟鸣叫的声音，他开窗，看见淡红的羽翼一掠而过。

他露出一抹得意的笑意。

成功。

他起身，准备好好迎接黑水女王，好好和这位假皇叔谈谈以后的合作事宜。

身后忽然有细微的动静。他霍然转身，盯住了墙上一幅舆图。

舆图是易国全境图，以檀木拼接制成，刷上颜色，镶嵌在墙壁上。绿色的大地代表了生机，黄色的城池代表那是属于他的巍巍厚土。

现在，绿色的大地在迅速翻转，一片疆域一片疆域地改变颜色，整个舆图渐渐变成了彩色，红一片紫一片蓝一片……

他盯着那不断翻转改色的舆图，脸色也渐渐发紫。

这是当初的舆图，是他杀完所有兄弟之前的易国地图。那时候父王实行分封制，将小小的易国分成无数块，赏赐给他喜欢的儿子们。那时候易国的舆图就像现在这样，各种颜色标示出不同王子分封的疆域，花花绿绿看得人烦躁。

他无数次发誓，要将这个舆图统一颜色。当他终于得到王位之后，他就开始履行这一誓言。那些年，每杀一个兄弟，舆图板就翻转一块，涂上绿色。舆图上的颜色越来越少，直到有一天，终于都成了这一片生机勃勃的绿。

这是他最为得意之处，无人知道这书房的一块舆图，代表了他此生至高的成就。

也无人知道，这舆图背面，也是一处密室，陈放着易国王室最重要的东西。首道机关，在原先老王的寝宫之内。

当然，不包括鬼。那些死掉的兄弟，很多很得父王欢喜，是知道这处密室的。

所以他在将舆图统一颜色后，便修改了机关。现在只要谁试图开启那边的机关，这边的舆图就会联动，翻转回原来的模样。

这么多年，这图没动过。不可能再翻转了，知道这秘密的人都死了，这里是他的天地。

然而此刻，一片寂静里唯有木板轧轧翻转之声，似一个无形的人，在诡秘翻牌。

他一动不动，眼中如生鬼火，幽幽地盯着那舆图，看着它渐渐转为七彩之色。然后他一跃而起，扑向原老王寝宫，一边奔行，一边对自己最高等级的护卫发出召唤之声。

宫中略有骚动，王宫北面原老王寝宫屋脊上，有条人影一闪而逝，往宫外逃去。

他死死盯着那身影。那传说中的漏网之鱼，终于出现了吗？

他急急给亲信留下命令。

“黑水女王押到后，先以秀女名义送至母后处，以免引起别人注意。”

随即他纵身而起。

“追！”

易国比玳瑁位置偏南，此刻的风，已经带了三分暖意。

送菜大车辘辘驶过水德门，这是八大宫门中，专门走杂物和宫人的宫门。早有一群侍卫在门口等着，也不用出示腰牌，一窝蜂地簇拥着大车进去了。

有人跃上车，将那些青菜、土豆、萝卜都扔下了车，终于将景横波从被菜叶淹死的威胁中解救了出来。

有人接过她，把她放进另一座软轿里，轿子抬起，往内宫而去。在轿子中，景横波的肌肤体形开始慢慢恢复。她牢牢盯着自己的手背，然后骇然地发现，手背手腕关节处，果然出现了细纹——忽然膨胀又忽然收缩，肌肤会出现垂挂和纹路！

见鬼！爱美如命的景横波这一刻要发狂了——谁敢毁她容貌，她就和谁拼命！

小轿里传来一阵阵磨牙声，听得抬轿的人莫名其妙——这位难道尿急？

景横波磨了一阵不磨了，既来之则安之，一看刚才那架势，就知道这里是易国皇宫。易国大王贼心不死，整她一次又一次，真当她好欺负？泥人还有三分土性呢！

她瘫在那儿想心思，易国擅长整容，也擅长美容，为了一张脸，整出了无数花样。皇宫一定也有各种好东西，得好好合计合计，最起码得把自己的皮肤给挽救了……

小轿一直往里送，久住宫廷的景横波根据路程来推算，这好像是进入内宫了。太监的公鸭嗓子渐渐换成了宫女细声细气的请安声，空气中的脂粉气越发香浓，远处隐约有咯咯笑的声音传来，似乎有人在荡秋千。这种天气荡秋千也不怕冷，不要脸，一定是为了勾引男人！

轿子忽然停下，轿子旁一个太监在给人请安，笑着道：“王太后娘娘，大王着令我等将这轿中人送于您，请您帮忙看守。大王说，此女狡猾，请太妃娘娘万万不可轻信，大王稍后也会派人，加紧对宁德宫的看护。”

有个微微苍老的女声道：“我儿也是操心太过，这宫中已经安排了满满的护卫，哪里还需要增派什么人手？也罢，就放在我这里，有我在，总要他放心便是。”

景横波一听，敢情是王太后，易国大王的娘。也是，这宫中，儿子能放心的，不就一个娘吗？对她来说——不就一个老太婆吗！

轿子被抬入宫中，这时候正有一大群莺莺燕燕走过来，有人看见轿子，笑道：“哟，这又是哪位新妹妹，送来见王太后娘娘的？”

有人道：“李嫔妹妹你操心太多，还是想着昨儿那事怎么向王太后交代吧。”

那李嫔似乎有些不服气，冷哼一声，并没有反驳。人群香风阵阵地过去，景横波听见有人落在后面，细声细气地道：“娘娘，咱们和王太后家是世仇，这刁难是少不了的，您还是忍忍吧，今儿请安，千万小心了。”

那李嫔叹息一声，疲倦地道：“千防万防，架不住老太婆花样多！也罢，小心些吧。”又道，“我今日衣裳怎样？”另一人道：“甚好，王太后定无话说。”

说完她们便进去了。

轿子此刻也抬了进去，景横波感觉到她是和那群莺莺燕燕挤在一堂，正诧异怎么不把她换个地方藏，就听见那个微微苍老的女声道：“里头供着佛，别让这些乱七八糟的人进去，就待外头吧。有我看着，谁能翻得起浪来。”

抬轿的人应了，有人将景横波搀出来。景横波此刻还浑身发麻，只能勉强动动手脚，也说不得话。她刚被人搀着往边上椅子上一坐，就听见旁边那微微苍老的女声道：“又是这张脸！简直看腻了！不知道什么毛病，一个两个都和大王学，大王扮什么，她们也要扮什么，也不嫌腻味！”

景横波想着这话是啥意思，她现在可是自己的脸，面具早被易国大王给撕了，也懒得再戴。

抬头一看，呃，怎么这么暗？

眼前不是想象中庄重华贵的太后殿，而是一间宽大些的屋子，地毯也没有，宫灯也不设，屏风宝座什么的统统都没有。屋子里只点了几根蜡烛，大白天的还光线幽暗，装饰也不过普通人家一般，上头一个太师椅，搭着半旧的弹墨松花锦袱，下头左右各两排椅子，硬邦邦的连个椅子垫都没有。周围宫人不少，都身着半旧的衣裳，没有插戴。一个头发半白的老太太坐在上座上，正眼光严厉地盯着她。

景横波吸吸鼻子，心想不用观察了，一定是一个出身平凡，天性苛刻吝啬，虽然依靠儿子爬上高位，但依旧不改节俭本性，连自己宫中都要搞得像贫民窟一样的老妈子。

可怜这些宫人，每年四季派发的换洗衣服想必都被扣了。那个大宫女的裤脚，竟然是补上一截的，至于吗？

此时那群嫔妃也进了门，景横波抬头一瞧，一口血险些喷了出来。

一群景横波！

一群啊！

第二十四章　争宠

那群“景横波”，虽然衣裳灰溜溜暗沉沉的，身形也都有异，但那一张张的脸，张张都是“风情妖艳黑水女王！”

这世上最可怕的事是什么？

是另一个自己对着自己。

比这事还可怕的事是什么？

是一群自己对着自己。

景横波翻着白眼，脸部肌肉险些抽筋，这才明白先前那老太太说：“看腻了这张脸”是什么意思。

易国大王为了王族血脉延续，自然要多纳妃妾。只是不喜欢就是不喜欢，妃子们承宠想必不多，为了讨好大王，也为了排遣深宫寂寞，她们自发搞起了模仿活动，并每月评出优胜奖前三名。

这一期的主题，就是扮黑水女王。

景横波表示真心荣幸。

座上那王太后接受众妃的参拜，看一眼她们的装饰，很不高兴地道："你们近来越发爱打扮了，一个个穿得这么花枝招展。须知女子贞静朴素是美德，心思都该在夫君身上才是。何必在这些穿着打扮之事上下多了功夫。"

眼看她又要长篇大论地教训，一个妃子急忙笑道："娘娘，我等自不敢奢靡浪费，失去女子贞淑本意。只是最近扮的是黑水女王，她素来衣饰华贵，装饰讲究。我等稍稍学上一二，也就是想做得像些，搏大王一乐，这也是为了取悦夫君，令其回归后宫，能心神愉悦啊。"说着给王太后看自己的钗，"您看这钗，不是真珍珠，是鱼目刷上珍珠粉，一样的光彩璀璨。"

其余众人连声附和，王太后这才脸色稍霁。

景横波内心的咆哮声，早已响彻天际。啊啊啊，什么叫学黑水女王所以衣饰华贵？你们那灰老鼠一样的衣饰，也配叫华贵？

姐从来不穿这种灰不灰黄不黄自来旧死气沉沉的颜色好吗？

姐从来不把衣裳穿得破边翻毛好吗？

姐从来不穿假毛皮草好吗？

姐从来不用假珍珠好吗？

就这种寒酸打扮，还叫"花枝招展"。那她这个正主儿，岂不是靓遍宇宙？

她缩在椅子上，好容易才抚慰了自己受伤的心。静下心来后，她注意到除了这小气老太婆，其余人都保养有方。妃子们连指甲都是晶莹圆润的，不管年纪稍大还是稍小，脸戴着什么面具，手背和脖子露出来的所有地方，都没有一点斑点和细纹。

看细节可以看得出，这些妃子们生活精致，只是在这严厉小气的王太后面前，故意朴素装扮罢了。

她在打量妃子们，妃子们却没注意她。实在是一模一样的脸太多了，人也多，有点混淆。景横波发现她们每个人衣服都不一样，另外，戴着不同的手环。

妃子们一个个上前给王太后请安，王太后大多是淡淡教训几句，都是老生常谈。直到一个女子上前，那王太后忽然眼眸一厉。

景横波顿时注意到那个女子，她打扮比别人更朴素些，翻毛袄子都掉毛了。请安动作也极其小心，那王太后眼中的厉色一现就收，待她反而比常人更客气些，还赐座在自己跟前。众人都有诧异之色，那妃子却越发战战兢兢，推辞几次推不掉，只得半边屁股挨着坐了。那王太后又命上茶，众人眼中诧异之色更浓。

景横波饶有兴趣地瞧着，不禁觉得好看，紧张，有意思。哎，以后自己宫里要不要也来点宫斗？和宫胤斗？找谁和宫胤斗呢？一群小鲜肉好不好？

宫女端了托盘上来，众人眼中一亮，眼底露出意味深长之色。景横波也觉得哪里不对劲，随即才发现，原来那托盘是整块玉，那茶盏也是整块玉。这样华贵的东西，在这朴素到死的房间里，显得格格不入。

但以她这两年见惯好东西的眼光来看，这玉的玉质也不怎么样，砸坏了也不值钱，怎么众人脸上都露出看好戏的神情？

那妃子更是脸色紧张，急忙伸手接茶，双手捏得死紧，手背绷起青筋。

那宫女忽然手一歪，托盘倾倒，景横波撇嘴——下一刻就是打碎茶盏了吧？老掉牙的狗血招数！

那妃子却一把用手托住托盘，让滚热的茶水全部洒在她手上。顿时她的双手被烫红，她咬牙忍着，也不敢松手。

类似的事已经发生过一次，上次容嫔就是“不小心”打碎了王太后“珍爱”的红宝石寿桃，被罚去冷宫做苦役，不过一个月就跳了井。

那宫女见她不松手，微微一怔，上头王太后微微一哼。那宫女听着，脸色紧张，心头一狠，一把将茶盏向地下一拂。

此时那妃子正死死地抓住托盘，手被烫伤还在忍痛，再想去救茶盏已经来不及，眼见那玉茶盏将要落地粉碎，眼底不禁露出绝望愤怒之色。

景横波忽然手指一弹。那茶盏原本向左侧空地歪倒，忽然向右一歪，回到托盘上。

宫女骇然瞪大眼睛，王太后面色一僵，所有妃子倒抽一口冷气。

那妃子死里逃生，一脸惊骇和冷汗地抬头，四处张望，想知道是怎么回事，到底是谁救了她。

景横波隔着人群，向她轻点下巴示意。

那妃子看她一眼，便收回目光。此时王太后也从震惊中回过神来，脸色很是难看，直接道：“跪安吧！”又对宫女道，“李嫔手烫伤了，留下来敷个药吧。”说着也不待她答应，自顾自地进了里面的小佛堂。

妃子们如蒙大赦，都同情地看了看李嫔，赶紧溜走。那李嫔刚脱大难，又遇危机，神情如死灰，眼看宫女进入内室找药，忽然向景横波走了过来。

景横波等的正是她，急忙对她微笑点头。

那李嫔扫她一眼，悄声道：“刚才……你？”

景横波点头。

“你……还能帮我吗？”李嫔看看里间，“看样子，今儿王太后是不打算放过我了……”

景横波用手指指着自己的咽喉，示意说不了话，那李嫔也聪明，端过来一盏茶水。

景横波蘸茶水写道：“我能帮你，但你得给我回报。找解药给我。”

“你中的是千机锁毒，宫中秘药之一。”李嫔道，“只有大王才有解药，我可以想办法给你拿到。”

“你家大王呢？”景横波问。

“听说有急事出宫了。”

“你帮我拿来解药，我就帮你解决王太后。”景横波继续写，“帮你一劳永逸地解决问题。”

“你是谁？”李嫔狐疑地瞧着她。

“王太后的仇人，她要关我在这里，慢慢折磨我。你放心，我就算死了，也一定要她陪葬。”

李嫔眼底露出兴奋的神色。

她不敢动手弄死那个让她日夜不安的老太婆，老太婆对她防备也太重，如果有人能帮她一把，那就太好了。

“一言为定。”她迅速抹去茶水印子，回到原位。下一刻，宫女走了出来，拿着药物，那药粉却忽然撒在了她自己的手上。眼看着一块皮肉就掉了下来，她惨叫着急急去找水洗手了。李嫔死里逃生般急急离开，走之前眼神坚定地看了景横波一眼。

景横波嘿嘿笑了笑。

一抹冷光，擦过耶律询如胸前，直射紫微上人心口。

耶律昙的冷笑也如冰刀。

“谁碰你，我杀谁！”

耶律询如忽然撒手，身子向前一扑。

她用胸口迎上了冰刀。

嚓的一声，冰刀穿她胸口而过。鲜血一半前射，溅了耶律昙一脸，一半后冲，溅了紫微上人一颈。

两个男人，在这一瞬间都愣了。

耶律昙眸子猛缩，眼中满是不可置信，他想不到耶律询如动作这么快。

紫微上人还保持着一手拨开的动作，盯着耶律询如背后出来的刀，表情傻傻的。刚才虽险，但他其实来得及躲，来得及甩开耶律询如，顶多受点小伤。他就是忽然起了恶作剧心思，想让她负疚，想让她急一急，想让她受点教训，下次不要再骗他捍卫老情人。

谁知道这平常很狡猾的姑娘，忽然傻了，就这么自己扑了上去。

直到耶律询如一声冷哼，才将他们惊醒，两人再次目瞪口呆地看见耶律询如伸手，将刀狠狠拔了出来。

带血的刀，先狠狠拍在耶律昙脸上。

“我的信任和相助，不是给你拿来践踏的！”她冷声道，“耶律昙！你再有这种被洗脑的德行，就永远别见我，滚！”

耶律昙真的栽了下去，因为紫微上人忽然一甩袖，把他拍了下去，然后自己坐在马上，抱住了耶律询如。

耶律询如对他也不客气，将手上的血全甩在了那张漂亮的脸上。

“不是什么时候都能玩的！”她道，“你可长点心吧！”

紫微上人给骂得一脸青灰色。

“老不死……”耶律询如骂完，却向他怀中一躺，闭上眼睛道：“我大概快死了。骂你也是最后一次了。你呢，别把我带回去了，就说我和耶律昙私奔了……”

“私奔也是和老夫私奔啊！”紫微上人嚷一声，急急封了她的穴道，然后抬头观察四周情形。此处虽然是偏僻宫道，但这一番闹也已经惊动很多人，有兵丁正往此处赶来。

他将耶律询如抱起，弃马飞身而起，掠过屋檐，准备就近在宫里先给耶律询如疗伤。

耶律询如的鲜血，淅淅沥沥洒了一地。她在紫微上人怀里，絮絮叨叨地说：“哎，老不死，我忽然觉得，你是不是有点喜欢上我了啊……啊，你别啊……我没那个打算……我会早死的，你再喜欢上我……那就完蛋了……我好像策略错误啊……我现在开始对你冷若冰霜还来不来得及……”

“闭嘴！”紫微上人难得这么粗暴。

两人身影远去。从头到尾，他们没理会耶律昙。

耶律昙伏在地上，刀还粘在脸上，刀身冰凉，血却是热的。这冷热交击的感受，也似他此时的心情，一重冰雪一重火，一层地狱一层天。

他目光死死地追着那血迹，看那血色如红莲，一路蔓延过视线尽头。

他也始终没有抬头。

血迹渐干渐冷，凝结如冰。

他慢慢地舔了舔那血迹。

眼底，一滴泪，慢慢滑过脸颊，落入血泊。

凝血，不化。

宁德宫王太后已经命人打探了三回，想知道大王何时把他送来的人带回去。她这边要吃晚饭了，不想添景横波这一碗。

王太后信佛，饿着人这种事是做不出的。但王太后这里每日食物定量，多了人就得有一人不吃，这是谁都不愿意的。

宁德宫上下已经习惯了王太后的吝啬，这并不是先天生成的，而是一种病态。一些老人知道原因。当初王太后曾经保护着大王，度过一段受众妃排挤的冷宫日子。冷宫的供给非常苛刻，母子两人过得很是艰苦，养成了米用勺子量、衣服未穿先补以防磨破的习惯。后来咸鱼翻身过上好日子了，做儿子的那个非常厌恶布衣素食，诸般用物极尽奢华，仿佛一心要把昔日受的苦补偿回来；而王太后则走向了另一个极端，她仿佛还沉浸在当初紧张压抑的生活中，把日子过得小心翼翼不能有一丝放纵，艰苦朴素的传统不仅没被放弃，还似乎在不断发扬光大。

这也难怪，其实她是无子的嫔妃，只是收养了易国大王一段时间。易国大王生来无母，被称命硬克母之人，后来便寄在这无宠无子的妃子膝下抚养。这倒令她后来因祸得福，其余有子的嫔妃，后来都受了儿子的牵连，或被杀或被迁，唯独她笑到最后，竟成了王太后。

但不是亲生就不是亲生，内心深处，必有一份不安。尤其当她眼见那许多王子都被除尽后，那种“王家无情，今日荣华，明日白骨”的危机感，使受过苦的王太后放不开，便养成这种警惕拘谨的性子。这倒难为了宫中嫔妃，平日里费尽心思花枝招展，到了王太后这里赶紧换上布衣素衫。

宫人回报说大王有急事出宫，无法联系，王太后叹息一声，心疼地摆摆手。自有宫人噘着嘴，在自己的定食里挤出一些来给景横波，一边心疼一边暗骂王太后又小气，又要做善人，却又不肯省自己的那一份。

因为易国大王只把景横波交过来暂时扣押，没有说景横波的身份，王太后等人也无法拿捏对景横波的态度。宫人们将食物送了过来，倒也有薄粥一碗，小菜两样。

景横波端起粥，一眼看见碗底下托盘上，有个折叠的小纸包。

灯光无比昏暗，长期生活在暗光中也伤害了这些宫女的眼睛，以至于那宫女即便端着托盘，也看不见和托盘同色的纸包。

景横波手指一抄，便将那纸包抄在掌心，手指悄悄一捻，是颗药丸。她借着端碗之机嗅了嗅气味，倒也很正，便放了心，知道那李嫔果然说话算话，将解药送来了。

她一端碗，一口气将粥和解药都灌下，清晰地听见那宫女，咽的一声咽了一口口水。

见景横波没吃小菜，那宫女也不问，生怕问了菜就没了，端着碗欢天喜地地走了。景横波看见她还没跨出门槛，就用手拈菜吃。

真是可怜。

景横波摸摸自己的肚子，叹了口气。姐也挺可怜，这肚子也咕噜噜叫呢。这么一摸，她手忽然一顿，随即不敢置信地摸了又摸，又掀起衣襟猛瞧。

肚子上的皮肉也出现皱褶了！她原先那光滑紧致的小腹呢！这见鬼的药！

景横波暗暗运气，等着那药在体内发挥作用。过了一会儿，她忽然跳了起来，在这屋子里翻抽屉，找柜子，上下翻腾。她要找到镜子看清楚！她要找到恢复肌肤的药！不能恢复原状的话，她不杀了易国大王不算完！

身后忽然有个声音，幽幽道：“你在做什么？”

景横波回头，就看见刚才那个送饭的宫女。景横波看她那分外紧致的肌肤，恶向胆边生，正准备跳过去扼住她的脖子，让她把恢复肌肤的秘方交出来。就听见那宫女冷冷地道：“别找了，在咱们宁德宫，你便是挖地三尺，也挖不出值钱东西的。”

景横波看她那厌弃神色，心中一动，松手坐下。那宫女忽然皱眉道：“你怎么忽然能动了？”警惕地后撤一步，便要通知人。

景横波忽然道：“你想不想发财？”

那宫女张开的嘴一闭，狐疑地转头看她。

“你想不想改善现在的生活？想不想吃好的，吃上鸡鸭鱼肉，而不是天天吃菜吃得满脸菜色？想不想穿好的？而不是一件袄子夏天抽了棉冬天絮上棉一穿就是三个秋冬？想不想穿金戴银，想不想满身绫罗，想不想过上真正有质量的好日子？”景横波眼底引诱的光芒闪烁，声音压得低低的，如巫婆。

那宫女却不屑地冷哼一声，“怎么？就你这穷酸样儿，还想拿钱收买我不成？钱呢？”她冷笑一声，“你懂什么，你以为这宫中真的没钱吗？你以为大王会吝啬宁德宫的太后吗？告诉你，宫里什么都有，但王太后她老人家不喜欢用明白吗？她不喜欢，我们就不能做，有了鸡鸭鱼肉绫罗绸缎又怎样？宫中哪个妃子没有？她们敢在王太后面前用吗？她们都不敢，我们能吗？”

景横波不生气，笑眯眯地道：“哦，这样啊，那你们王太后是不是很爱钱？”

“你问这个做什么？”宫女警惕地看着她，神情已经承认了。

景横波笑一笑：“现在你们王太后，什么都舍不得，是因为她觉得你们吃的用的，都是她的。但如果她有其他进项，有额外财，她就会有种钱财天上落的感觉，到时候，你们多多少少都会沾光，明白吗？”

这本就是普遍心理，人对于“意外之财”，花起来总是大方点的。

“哪儿来的意外财？”宫女冷笑一声，“你是说以太后威权强抢吗？这说出去多难听？王太后她老人家慈善信佛，是万万不肯做巧取豪夺的事儿的。”

“谁要巧取豪夺啦，总要人高高兴兴送上来才是。”景横波哧笑一声，“来，我教你个法子，准能讨了王太后的好儿，说不定以后还能过上好日子呢。”

“你是谁？你不过是一个人犯，我为何要听你的？”宫女目光灼灼地盯着她，却不挪步。

“我啊？我是帝歌的人。”景横波道，“我最近把我们那边的一种新游戏，传到了你们易国，引得很多人沉迷其中，没日没夜地玩。你们大王也不知道听了哪个酸儒的挑唆，勃然大怒，说我玩物丧志，说我传播不健康娱乐，影响易国臣民的向上勤谨之心，长此以往，会对易国国力民生造成不可估量的影响，因此把我抓了来，要惩戒我呢。”她一摊手，“其实就是个小游戏，关键在于每个人的控制力，在帝歌玩了很久了，也没见把帝歌百姓官员的勤谨之心磨去了多少。而且这种游戏，最适合人打发时间，玩得好还能赚钱呢。”

果然最后一句话打动了那宫女，她立即问：“什么游戏？”

“麻将。”景横波道，“很好玩的，你要不信，我教你玩。算是感谢你把晚饭让给我的恩德。”

“你可别要什么花招。”宫女警告她。

“能要什么花招？”景横波笑，“我只是教你们一种玩法而已，东西什么的都由你们自己备。很简单很方便的玩意，你玩玩就知道了。”

她说着便和那宫女聊麻将的玩法。大荒本地有抹纸牌游戏，却不流行，玩法也不甚有意思。景横波将这麻将的规则说给宫女听了，她一听就会，没觉出什么意思来，但又觉得长夜无聊，不妨试试，便去寻了人，用竹木做了一套麻将用具来，又拉了两个人来，美其名曰彻夜看守景横波，实际上摆开围城打麻将。

这一玩就玩到了快天亮，众人还精神奕奕。一个宫女头一抬，看见窗纸上方一线鱼肚白，诧然道：“咦，怎么就天亮了？”

“这玩意儿，提神！”一个太监兴致勃勃地将牌一推，“和了！”其余三人都叹气，快快地掏出字条。字条上写着“帮忙值夜一次、值夜两次”之类的字样。

没钱，就以付出劳力为报酬。景横波深知玩麻将的真谛，就是一定要玩钱，没钱也要有所付出。凡是没有实际输赢的麻将，都是耍流氓。

木桌上纸片飞舞，景横波打着打着，又有些恍惚——这可是当初研究所四人组百玩不厌的保留节目啊，每周必打，过年通宵，不玩金钱，也贴字条。

如今那三个人，在这片陌生土地上，还打麻将吗？

如今那些永远无法兑现的小字条，还有人记得吗？

虽然她老人家混得比较惨，是个女王，却一天麻将都没空打。难得打一次，还是为了求生和搞破坏。但景横波依旧衷心希望，现在那三人，有闲有钱在打麻将。她很希望看见太史阑穿得像个地主婆，叼着个黄铜烟杆，一只脚蹬在隔壁椅子上，一边以太极抱日月的手法姿态洗牌，一边冷冷地道：“和了！”

什么时候能看见这一幕啊……景横波叹气。

景横波无法帮忙值夜，字条上就写真金白银，其余人也不指望她兑现，博个心理安慰而已。

快天亮了，众人都有活干，这才依依不舍地散去。一开始做麻将的那个宫女叫锦熙，和景横波做了一夜麻友之后，对她态度好了很多，和她悄悄地道：“你说这个，可以赚大钱？”

“你说呢？把筹码加大些，不封顶，不就赚大了？”景横波捣捣她，“喂，锦熙姐姐，你该有十八了吧？你这皮肤，可真好！”

“我二十四了呢！老姑娘了！”锦熙又欢喜又惆怅地摸了摸脸。

“啊啊啊，怎么保养的！”景横波扑上来摸她的脸，“啊啊啊，我比你小四岁呢，你瞧我这皮肤！”

锦熙睨她一眼，又得意又几分同情地道：“你是误中了换颜散吧？而且好像是中了两种效果相反的换颜散。皮肤在短时间内猛然膨胀又收缩，留下了细纹皱褶呢……”

“姐姐！”景横波一把抓住她的手，声泪俱下，“你也是女子，当知容貌对我等的重要，我这皮肤，你说还有救吗？你手上若有好的丹方，我花钱和你买！你开个价！”

“我这身份，哪配有什么好东西。真正的皇家秘方，都在大王手里呢。”锦熙又遗憾又无奈地抽出手，在她耳侧悄悄地道，“大王有时候心情好，会把一些秘方作为赏赐，赏给得宠的妃子。玉嫔、李嫔等人，手中都有。不过这都是她们的珍藏，也是炫耀的资本，轻易可不会拿出来……”

锦熙呵呵地笑着，若有所思地走了，景横波听见她咕哝道：“玩大了，王太后惦记的黄金佛，说不定也就有着落了……”

景横波啃着宫人让给她的烧饼，也呵呵一笑。

昨晚她已经打听过了，易国大王已经出宫。她不大明白为什么易国大王将她掳来，自己却跑了出去，但这无疑是给了她机会，她现在希望易国大王回来得越迟越好，等她把老太婆和宫妃们的保养丹方都骗到手，再回来最好。

不过这可能性似乎不大，走一步看一步吧。景横波加紧恢复体力，现在的状态，想要离开已经不是大问题。

到了下午的时候，那个叫锦熙的宫女过来传她，临走时对她眨眨眼。景横波心中一喜，知道老太婆果然被引起了兴趣。

一群人押着她去了老太婆的寝殿暖阁。黑乌乌的屋子里挤了一群人，光线暗得脸都分不清，老远就听见妃子的娇笑："太后娘娘这游戏法子倒是新鲜。"

她一进来，众人目光都齐刷刷地投过来，王太后坐在上方道："你的事儿，锦熙和哀家说了。你提的那个游戏法子，哀家瞧着也有几分意思。宫中嫔妃们日常也是空闺寂寞，你陪她们玩玩，教教她们。玩得好，哀家和大王说说，看能不能减你的罪。"

景横波忙道："得令。"过去坐下，对面就是李嫔，两边各有一个妃子。听人称呼，一个是玉嫔，一身玉色衣裳，一个是琳嫔，拿着一把丝绢团扇。景横波暗中庆幸幸亏她们衣服首饰什么的不一样，不然她只能在心底给她们编号：景一号，景二号……

其余人都围拢来，目光灼灼地瞧着。景横波简单说了规则，又道："各位娘娘，玩这个，总得有些彩头。这是规矩。我是罪人，不敢要娘娘们的宝物，但也请娘娘们多少给个想头。"

众妃嫔都道："那是自然。"纷纷道出自己的彩头。景横波听着，没一个提出秘密丹方的，都是些首饰珍玩，心中颇为失望。

她正思考着是继续煽动这些人拿出更重要的彩头呢，还是先打她们个落花流水再进行逼迫？忽听太监传报："大王到——"

第二十五章　宫伯虎点秋波

尖尖细细的声音，针一样顿时戳破了这殿中的纷扰。众嫔妃急忙站起的站起，整衣的整衣，纷纷要拥到殿口迎接，满殿里挤成一团。"哎呀，玉妹妹你抢什么？""哎，李妹妹你踩了我裙子"之声不绝。

景横波心中又失望又愤怒——眼看有希望的苗头，却临门挨上一脚！

她正想着干脆闪了算了，回头再去几个宠妃那里去偷。不想那易国大王来得极快，那边太监刚刚传报，这边人已经跨进门来，一声"免礼"干脆利落。众妃嫔还没挤到门口，他已经进室来，顺手将大鹫往靠得最近的李嫔怀里一搁，对上头款款站起来的王太后微微一躬，道：“给王太后请安。”

易国大王非太后亲生子，王太后也从来不敢怠慢，赶紧笑道：“你可来了，来得倒巧。她们都在呢。”

易国大王一转身，妃子们赶紧请安，目光灼灼如狼，将他包围。那捧着大鹫的李嫔，又得意又骄傲，满脸发光。

易国大王对着嫔妃们一扫，忽然似乎怔了怔，但这愣怔一闪即逝，谁也没有注意到。

满屋的莺莺燕燕拥在一起，同一张脸同一种笑容，其实是一种挺可怕的感受。

景横波坐在桌子边，托腮瞧着这易国大王。易国大王的本来面目她还是第一次见，样子也清清秀秀，但眉目间总有三分戾气，看着让人不舒服。

她忽然不想走了。因为她觉得这大王有点儿不对劲。好像……没原来那么娘了。

景横波对易国的变脸印象太深，条件反射地开始怀疑。只是有一点想不通，她这个外人都觉得有点儿不对劲，那些嫔妃作为大王身边的女人，怎么一点儿都没觉得奇怪？

也许还是自己多想了，万万没有人家母亲、老婆认不出人，自己反而认出的道理。

王太后款款地又坐了回去，做一脸慈爱状，让儿子的小老婆们上前献殷勤。她本就是个继母，和大王关系向来淡淡，大王能认她做王太后，她自觉心虚，从来不敢多要求什么。

那群妃嫔又兴奋又不安——大王素日不喜欢来后宫，尤其不喜欢看见一大堆女人，嫔妃们来太后处请安，他是绝对不会出现的。嫔妃们过来请安都穿得简单素淡，此时却恨不得赶回去，再满身插戴了来才好。

也有人暗暗奇怪，大王今日怎么就破例了？而且难得的，以本来面目出现呢。

易国大王的目光在人群中扫了一遍，最后绕过面前的那堆女人，精准地落在了头发最短的景横波身上。女人再怎么扮别人的脸，都不会舍得将头发绞了的。

他目光投来的那一霎，似有波动，但转瞬便无。

“本王今日来此，是为将此女带走。”他指指景横波。

景横波心中咯噔一声，心想没错了，这还是易国大王。真不该有侥幸心理。

王太后忙笑着解释：“哀家一直小心看守着，只是此女说她会一种有趣的博弈游戏，便让她教教妃子们，也好打发深宫寂寞。”

妃子们及时露出哀怜之色，眼巴巴地望着易国大王。易国大王的目光看木头似的从她们身上掠过，又落在了景横波的脸上。

他看看景横波忽然有些下垂的眼角和脖子上多出来的细纹，再看看妃嫔们毫无纹路和瑕疵的肌肤，忽然道：“哦？什么游戏？”

李嫔急忙抢着将规则解释了一遍。易国大王看一眼牌桌，忽然道：“听来很有意思，我也来一局。”

所有人都一呆。

景横波掏掏耳朵，以为自己听错了。结果就见易国大王自顾自地坐下，左右看了看，点了李嫔和玉嫔，道：“四人局吧？那就你们两个了。”

景横波慢慢洗着牌，心想这个大王是真的假的，打的是什么主意？如果他是真的，要不要趁机弄死他？

那二人喜出望外，赶紧坐下。其余人醋意冲天，都不肯走，挤在一侧观战。易国大王也不管，听李嫔说了规则，若有所悟，道：“需要出彩头？”

俩妃应是，易国大王看一眼景横波的脸和脖子，又问：“那你们提出了什么彩头？”

俩妃又说了。易国大王一笑，摇头道：“原先这彩头也罢了，可如今本王亲自参战，你们还赌这些？”

玉嫔忙笑道：“大王亲自参战，自然要以我等最珍贵的东西作赌才对。”

李嫔不甘示弱，忙道：“妾等身边诸物，自然以大王所赐为最珍贵。只是这般拿出来作赌，似乎也显得轻慢大王心意……”

“无妨。”易国大王一摆手，“本王赐的才是最珍贵的。你们懂得便好。怎么，怕拿出来输给了本王？”

“妾身等，连人到心，都是属于大王的，输什么给您，都乐意啊。”俩妃急忙笑着趋奉。玉嫔便道：“妾便以洗颜丹作赌。”

李嫔道：“那妾以大王所赐的回颜紧肤散配方作赌。”

景横波大喜，又看一眼易国大王——那啥，这么善解人意啊，这人到底是真的假的？真的似乎没这么好心，假的，又是谁？

易国大王手一挥示意开打，那两位妃子却不肯放过机会，撒娇道：“大王让妾身等出了彩头，大王自己呢？”

“你们想要什么？”易国大王问。

两个女人对视一眼，都在对方眼神里看见欲望，各自撇一撇嘴。玉嫔笑道：“妾身等什么都是大王赐的，哪敢和大王要东西。妾身等守在深宫，日夜盼望的，不过是大王的恩宠罢了。”

李嫔也掩嘴笑道：“妾身可不敢耽误大王日理万机，只望大王有暇，来妾身宫中，尝尝妾身新制的菜色便好。”

景横波撇一撇嘴——深宫女人都这么说话的吗？请吃个饭用得着这么眼睛水汪汪春情上脸吗？直接说“想和你困觉”，再扑上去不好吗？

她忽然想到某个人的身体，想起那些日夜揩油的日子，顿时也开始眼睛水汪汪春情上脸蠢蠢欲动，忽听易国大王问她：“你呢？拿什么彩头出来？”

“想困觉……”她思绪还沉浸在某人的肌肤和身材上，满脑子的春情乱飞，不自觉地就说了出来。

对面，嗯的一声拖得长长的。她忙正色道：“想自由！”

心里悄悄地补上三个字，“……地困觉。”

对面又嗯了一声，一副不置可否的态度，随即道：“是你拿东西出来做彩头。”

景横波想了想道：“我可没什么好东西。这样吧，我若输了，就也贡献出一个养颜方子好了。”

“你输给她们，贡献养颜方子。”易国大王道，“输给本王，答应本王一个要求便好。”

景横波警惕地盯着他，她能确定这易国大王是西贝货，但却不能确定到底是谁。但此时这戏总要配合他演下去，也只好应了。

四个人哗啦啦地开始洗牌，景横波手指一触到牌，险些热泪盈眶——久违的麻将！

此刻她无比怀念当初四人围城日夜作战的日子，她和太史阑斗嘴，被文臻吐槽，最后君珂打圆场。

那哗啦啦的洗牌声，亲切、自在、如意，代表了那一段混吃等死、好友皆在的美好生活。

她现在很奇怪，当初怎么会觉得那样的生活不可忍受呢？给个女王都不换好吗！

瞧瞧现在，都过的什么日子。在一个陌生国家的陌生宫廷里，和一个不知道真假的大王以及他的俩妃子打麻将。一张桌子三张脸都一模一样，还是自己的脸，而且自己的脸还是三张脸里最老最丑的。

这是人过的日子吗？嫌她心大各种添堵吗？

心中有气，她洗牌的动作便分外大力。李嫔和玉嫔以为这也是洗牌的规矩，便也卖力地洗。哗啦啦哗啦啦，满桌的牌乱飞，好几次砸到观战的妃子的脸上。

景横波洗着洗着，忽觉触感有异。一瞧，易国大王的手指正触了触她的手。

她目光落在那手指上，当真是漂亮的手指，雪白干净，指节如玉雕，指甲如冰贝。

也是熟悉的手指。

她心花怒放，想着大神就是大神啊，这么诡异的局居然也破了，还追了过来，还以其人之道还治其人之身，扮成易国大王。妙！妙极！

过了一会儿，手指又被碰了碰，她以为宫胤有什么要事通知，凝神去瞧，结果宫胤若无其事地把手指收了回去。

又过了一会儿，她手指又被碰了一下，景横波看看他那云淡风轻的眼神，终于恍然大悟。

原来这家伙就是趁洗牌揩油！

再仔细一看，那俩妃子也在趁洗牌揩油呢，手指在牌里面捞来捞去，不住地试图捉住大王的手指。可惜大王的手指和游鱼一样，每次都巧妙地避过李嫔和玉嫔的捕捉，然后在躲避的间歇里，再巧妙地捕捉景横波的手指。

四人借着洗牌，玩着揩油躲揩油再揩油的手指游戏，乐此不疲。围观的妃嫔们都在打呵欠——这牌都洗了一刻钟了，这得洗到啥时候啊……

景横波一本正经地解释道：“洗牌洗久些，后面玩起来才更公平，才没法出老千。而且在帝歌，越尊贵的人，洗牌的时间越久、手法越高。听说右国师宫胤，洗牌能洗三天三夜，能单手洗牌，用头发洗牌，用脚洗牌，用屁股洗牌……”

对面，宫大王手指一顿，越过正洗的牌，狠狠地点在她的手背上。

景横波若无其事，巧笑如花——不就说声你的屁股吗？小意思。姐的屁股还被你狠狠踩了呢！

“国师果然与众不同！”众妃高声惊叹。

宫胤的眼睛乌黑乌黑的，流转着危险的光芒。

牌洗了一刻多钟，直到某人揩油揩够了。据说从此之后，麻将就在易国流传开来。尤其长时间洗牌这个风俗，更被易国人奉为牢不可破的规矩，以洗牌时间久、花样多为尊。为此还曾举办过专门的洗牌大赛，最后一名少年以用肚脐洗牌折桂，另一名女子以洗牌整整七天不吃不睡并列冠军，载入了易国麻将史册。当然，这都是后话了……

好容易把牌洗好，开始砌长城，景横波又把规则给宫大王说了一遍。宫大王当真是超级大脑，嫔妃们第二遍听了还迷迷糊糊的，他已经非常痛快地开始出牌。

景横波一开始觉得，她这个麻坛高手，赢这三只菜鸟简直是分分钟的事。虽说麻将以运气成分居多，但技巧、智慧、记忆力同样对输赢有很大影响，她这个久经锻炼、很会记牌算牌的人，等下就得用箩筐装彩头喽。

但愿望都是美好的，现实却是残酷的，学霸的智商碾压，永远都是恐怖的。

一开始，景横波还利用宫大王不够熟悉规矩赢了几局，面前筹码堆得高高的。正在高兴，风头很快转了过来，宫胤开始大杀四方。

景横波目瞪口呆，看着对面宫大王。不多会儿，雪白的手指一弹，“碰！”将面前的长城一推，“和了！”

“二条！”

宫大王啪地拍牌，“碰！”牌一推哗啦一声，“和了！”

“白板！”

修长手指一弹一推，“对清！和了！”

“四饼！”

哗啦一声牌一推。

“碰！清一色！”

迅速、利落、干脆、霸气，洗牌如怀抱日月，推牌似翻覆江山，谈笑间气吞虹霓，对牌时如指千军。一代雄杰指点江山的气度，用在牌桌上一样高冷威风。满桌上都是宫大王面无表情的“碰！”“和！”“清一色一条龙！”

赢了之后，神一样的男人一动不动，目不斜视，以神圣的气度，摊开手——快交钱！

景横波一边打一边捂住肚子——不行了，她要憋笑憋出暗伤了。高岭花人间雪的宫大神坐在牌桌上和一群女人碰和的造型，还有他收筹码时摊开的手，实在太违和了。她真的很想扑上去抓住他的手说：“啊啊啊，高冷帝什么的萌一脸血好吗！”

不过她也有些奇怪，就算易国大王千变万化吧，但他的母亲和小老婆们也认不出他来吗？别的不说，易国大王在她面前就很娘炮，但现在宫胤扮不出那种娘炮气质，这些人都没怀疑吗？

她却不知道，易国大王那种娘劲儿，只在当初为了演戏，在景横波面前透露过，因此给景横波留下了深刻的印象。

而对于这些本来就很少见到大王，也不受宠的妃嫔们来说，天颜在她们面前，从来都是威严的，大王本性很娘？想都没想过。

倒是王太后，坐在一边，目光不时地在宫胤身上扫一扫，眼神若有所思。

宫胤打了四圈，算定已赢，将牌一推，道："算筹码。"

不用算也知道，他赢了。两个嫔妃命人将那方子取来，笑道："不过是将大王的东西，还给大王罢了，也不知道大王什么时候再还给我们？"

面对着景横波眼巴巴地瞧过来的目光，宫大王把丹方往自己袖囊里一塞，起身将位置让与王太后。景横波正想着他怎么不赶紧带走自己，就见他亲自给王太后讲解规则，又令三个一看就脑筋灵活的妃嫔陪打。三个妃嫔都很知趣，心有灵犀地把好牌往王太后手中送。王太后坐下不多一会儿，面前的筹码已经高高堆起，顿时眉开眼笑，浑忘记身周一切。

这时宫胤才起身，和王太后道："母后，儿臣还有公务，暂且告退。此女子这便带走了。"

他"儿臣"两字十分含糊，被那些妃嫔叽叽喳喳的声音淹没。王太后洗牌的手顿了顿，看了看他，忽然道："这女子哀家瞧着很有意思，哀家这里都是些老成人儿，如今瞧见一个乖巧姑娘，倒有些喜欢。如若她不是什么重罪，不如就留在这宁德宫，负责伺候陪伴哀家，将功折罪好了。"

景横波心中一跳，心想老太婆起疑了！

其实如果宫胤来了就带她走，也许不会被发现。但他坐下来骗走了丹方，时辰拖得久，破绽便容易多些。

宫胤倒是毫无意外的模样，笑道："若是寻常人，母后开口哪有不应之理。可此女生性狡狯，又身系大案，儿臣怎么敢将这样来历不明的人，留在母后身边？万一她包藏祸心，谋害您，如何是好？"

王太后沉吟一下，终究不能确定，此时对面妃子又打出一张她需要的牌，她急忙碰上了，忙着和牌收筹码。王太后的脑筋此时都被这又有趣又生财的游戏占据，想了想道："你既然来了，也别就这么走。整日操持公务，也该让这宫中女子好好伺候伺候你。你看着，让她们谁和你去吧。"

众嫔妃都唰的一下抬起头来，打麻将的心中懊悔不胜，其余人目光灼灼如狼。景横波斜着眼睛看宫胤，等着听他如何拒绝，结果听见他道："那就她吧。"随手指了指穿一身玉色的玉嫔。

玉嫔喜不自胜，景横波又斜眼瞄了瞄玉嫔——宫胤为什么指了这个？她特别美些？

王太后再无话说，早被那麻将吸引去了全部心神。宫胤带着玉嫔和景横波，在众妃羡慕妒忌恨的眼神中退场。出了宁德宫，便有双人辇接着，宫胤携了玉嫔上辇，看了一眼景横波，道："让她在后面跟着。"

景横波只好跟着。人家坐轿她跑腿，女王陛下苦兮兮地看着辇上两人的背影，看着那玉嫔不住地咯咯笑着，坐着坐着便往宫胤肩上靠了过去，发狠想要将这不要脸的小妖精拖下辇来，或者将那不要脸的男妖精狠狠揍一顿。

辇行到拐角人少处，她盯着那些护卫太监，等着宫胤纵身而起，自己好里外配合，就此脱离易国宫廷，谁知道这样的机会遇见好几次，宫胤都毫无动静。她一肚子纳闷，却也不能丢下宫胤自己跑，只得一路跟。走着走着一抬头，就看见红底金字的“祺祥”宫名，原来是易国大王寝宫到了。

不会吧？宫胤扮上瘾了，真跑到人家寝殿里睡人家妃子以作报复？

宫胤果真进了寝殿，这回还不让景横波跟着，让人把她安置在配殿厢房里，自己带着玉嫔进了正殿。随即宫人们退了出来，有个老太监面带微笑，吩咐众人准备温汤热水，又送进各种补养助兴之物。景横波隔着窗子瞧着，心想哟，这真是临幸的节奏哦。

她觉得吧，易国大王以易容法掳走她，宫胤就扮成他来住他的宫殿、睡他的妃子，这个报复方法是很好的，可是真要睡是不能的。不仅不能睡，摸一摸也不行，单独相对也不行，讲话也不行。宫里这些女子媚术很牛的，宫胤那个纯情小处男万一扛不住，她老人家就赔了国师又折兵了。

正殿的殿门沉重地关上了。眼看着天要黑了，殿内似乎有女子朦胧的笑声，转瞬不见。外头的风帘被风吹了一晃一晃的，晃得她心发痒。

景横波在易国大王寝宫外，东张西望地心痒；英白在翡翠王宫外，东奔西走、不得其门而入地心急。

他一路追着那娘俩到翡翠已经有几天了，翡翠女王不邀请，他也不好意思跟着进宫。玉无色一进宫门就立即下令御林军关门，动作急迫得好像后面有狗在撵，而女王头也不回，挽着她的“新未婚夫”款款而入，连背影都写满傲娇。

随后就有宫监骑着马、挂着红、拿着谕令，喜气洋洋地奔赴各大臣家，去传递“大王将纳新王夫”的喜讯。随即便有很多大臣，喜气洋洋地捧着贺表求见，要“为大王贺喜”。

这些英白都在宫廷墙头上看见了，为此他不得不多喝几口酒。

翡翠王宫的守卫们很有分寸，他们不管英大统帅在墙头上的任何动作，但绝对不允许英大统帅越过墙头。英大统帅又干不出欺负下人把人打一顿闯进去的事，只好在墙头上凄惨地风餐露宿。

小王子玉无色也挺凄惨，女王说话算话，说禁他足就禁他足。玉无色也硬气，当即要求：禁足算什么，惩罚不够，干脆罚他去看大门，保证将功折罪，给母亲大人守好这一班岗。女王陛下表示孺子可教，看在他深切认识到自己错误的份儿上，先不忙着废王太子之位，留位察看，以观后效。

玉无色当即冷笑着，搬了自己的铺盖，带了自己的狗腿和一大堆自己酿的好酒，甚至还有食材，搬到了宫门司特意为他腾出来的空房子里。搬来的第一天，玉无色就在院子里整了野味全席。架子上烤了十八种野味，小王子手持专用工具，在架子边轮番走动刷油，状如指挥千军的大将军。香气极其有冲击力地飘过宫墙、飘向大街、飘出半个城。满城的狗和猫都闻风而动，隔着宫墙声声哀怨。

英大统帅内心也很哀怨，食物很香也就罢了，关键是玉无色还开了一坛酒，隔着半个院子他也能看出那酒颜色清冽，绝对是上品。酒香醇厚，开坛的刹那就压过了各种浓烈的食物香气，诱得他满肚子的馋虫都在争先恐后地向外爬。

更可恨的是玉无色那个小兔崽子。那么好的酒，那么诱人的酒，他不拿来喝，他拿来刷烤好的野味！用舀水的大勺子舀酒，一路上泼泼洒洒，看得爱酒如命的英白一阵阵眼前发黑。

这么瞧着瞧着，他开始觉得，这个儿子无论如何都得认下来。认下来第一件事，就是以老子的威严，勒令他上交所有的酒！

玉无色在院子里狂吃狂喝，他老爹在墙头上喝风饮露，就着薄酒啃烧饼。玉无色好酒开了一坛又一坛，连厨房的鸡都醉了好几只。喝到半夜玉无色醉了，撒酒疯，光脚赤足在院子里乱蹦，还不许宫人去通知女王，把人统统撵走，在院子里砸酒缸。转了好几圈，他忽然撞到酒缸上，眼看就要一头栽进去，忽然身后风声一响，眼前一黑。

等到早上醒来时，他发现自己躺在被窝里。被窝暖和，身上干净，呕吐物都不见了。阳光温暖，除了满院子酒气还没全散外，昨夜的疯闹似乎是个梦。

他怔怔半晌，隔窗瞄见那个人影还在墙头，他急急命宫人查看酒有无少了，回答说除了砸坏的，其余一点不少。

玉无色有些诧异也有些失落。再看那墙头人影，喝酒的姿态还真有几分潇洒，只是日光里那一角剪影，怎么瞧怎么有几分孤单的意味。

小王子坐在被窝里，眼珠转转，从鼻子里发出一声哧哼。

那边王宫一角的高楼上，远距离窥测那院子一夜的女王，也哼一声，打了个呵欠，看一眼墙头上那个人影，懒洋洋地下楼上朝去了。

三个人，一个人在墙头迎风喝酒，一个人在上朝路上唇角带笑，一个人在被窝里若有所思。

这日子也便这么过了下去，执拗的执拗，傲娇的傲娇，各有各的办法。直到有一日七杀他们带着霏霏和二狗子来了，说是受不了裴枢的好杀，奔来找英白商量。七个人七嘴八舌地表达了人生的寂寞以及对英白临阵脱逃的不耻、对裴枢残忍好杀的不满，最关键的是，对没有波波顿显单调的生活的不快，并表示要为英白的追妻之路奉献一份心力，保证帮他迅速搞定。英白坚决而客气地拒绝了——开玩笑，眼看就快破冰了，给七个人一搅，这辈子能讨到老婆认下儿子吗？

好在这时候也有消息，引开了七杀的注意力。来自易国的有宫胤独门标记的密信，传入了英白手中。大统领终于有了一个可以光明正大求见翡翠女王的理由——宫胤以景横波的名义，向翡翠女王发出邀请，邀请她秘密陈兵于易国边界，在合适的时候出兵。黑水女王，愿意与翡翠女王，共分易国。

黑水女王和翡翠女王，已经在讨论如何瓜分易国。真正的易国大王易一一，此刻还在幻都之外的平原上驰骋，带着他最亲信的宫中密卫。

正因为最亲信的密卫都被他带走，所以宫胤才没有第一时间被发现——密卫才是真正最熟悉大王的人。

易一一追逐着那个从老王寝宫里出来的影子，不肯罢休。

这几年来，自从听说还有某个兄弟没死，手中甚至可能有玉玺之后，他就没有一天能好好安睡。他总是梦到有人拿着玉玺，冲上了他的金銮殿，扮成了他，杀死了他的群臣，夺走了他的权柄，将他的国家，变成了他人的国家。

这样的恐惧太深，以至于成为执念。他苦苦不休地寻找皇叔，找的已经不是当初那份生死之情，而是一个谜底和未来几十年王位的安定。

所以当线索终于出现时，哪怕有可能被骗，他也不舍得放弃。

真正的阳谋能成功，都是因为扣紧了人内心深处最执着的欲望。

前头那人武功很好，身形飘忽。好几次他觉得把人给追丢了，但没多久又看见了，这让他既心安又烦躁，因为他发现，自己离幻都越来越远了。

但此时又不敢回头，也不能撤走身边的人回王宫，因为前头那人很明显是有帮手的，而且是极其厉害的帮手，一路上的追逐，各自极尽巧思。

他盯着前头那个黑影，忽然对身边最信任的护卫首领道："你回幻都，传令所有臣子，这几日内不上朝。如果遇见上朝召唤，没有我本人'祺祥主人'私印下文，也万万不可应召。"他声音忽然转狠，"如果在宫中，发现另一个我，立即格杀！"

密卫接令而去，易一一头痛地揉揉眉心。易国易容之术甲天下，有利有弊，给自己带来各种方便的同时，也同样潜伏着各种被人易容假扮的风险。

他为了防止有人假扮自己或者重要的人物，安排了专人隐伏在殿中专职"验脸"，但有些事还是不可不防。

前头那个黑影又出现了，伴随着一阵一阵的黑雾涌动，这是易国王族才会使用的"雾隐术"，其实也就是障眼法的一种。在这种雾气中，可以及时换脸，改变身形，还可以换人。

他收敛心神，风一样地追过去。

第二十六章　你的一切，我的最好

易城公主搡搡手掌，掌心里有一把淡淡的黑灰，那是施放雾隐术留下的痕迹。

她现在正趴在一个黑衣人的背上，在暗处奔行。而在不远处，雾气散尽的地方，有另一个人在引着易国大王前进。

以易城公主那点本事，她顶多知道那老王宫中的机关，故意翻动机关引大王来追，但绝不可能吊着他跑出幻都，这自然是有人帮忙。

她也不知道这些人是从哪里冒出来的，她引着易一一跑出王宫之后就已经力竭，正要放弃，忽然有人冲了过来，一边道："我等接应你，继续向前走。"一边让她放出雾隐，换一个人继续引着大王走。

其余人背着她，跟着一路前行。她只在必要的时候借助雾隐术，出现一会儿，留下点令人疑惑的线索，引着易一一不肯放弃。大部分时候，是那个轻功高绝的人，引着易一一前行。

易城公主发现这批人，有着和大王密卫共同的特性——沉默、谨慎、默契，有组织和纪律，有自己的信息传递方式，彼此间配合得天衣无缝。但他们比大王密卫还要优秀，这些人轻功高绝，身影飘忽，极其擅长追踪和反追踪以及伪造陷阱和各种障眼法。

以她王族的眼光判断，这些人也属于某一高层人士的私人护卫。

密卫的水准，取决于王者的地位。比易国大王密卫还要高级的私军……

她忽然激灵灵地打个寒战，低头，眼光扫过背着她这人的手腕。

手腕上有衣袖，但在行动间，偶尔露出手腕肌肤。肌肤上有一层淡淡的标记，看上去，像一张网。

她又看了眼身边另一个黑衣人。那人面具面罩齐全，耳朵上似乎有耳环，仔细看却不是耳环，是一根小小的刺，再仔细看那刺也不是真的，是画上去的。

她想这大概就是两种密卫的标记吧。

她回头看了看身后，隐约能看见后头一大队人。她唇角绽开一抹淡淡的笑意。虽然这是危险活儿，虽然是出于被迫，但追到现在，她心中竟然生出了几分快意。

快意是易一一也有被自己吊着，像狗一样撵着自己跑的一天。

而在之前的很多年，都是自己和姐妹们，像狗一样撵着他，只求在他凶残阴毒的刀下，搏一个存活的机会。

以至于当她唯一的亲生兄长也被下手的时候，她不得不亲自上去也添一刀，踩着他的尸体，和易一一说，哥哥在她十岁的时候就逼奸了她，是她最恨的人，感谢大王帮她报仇。

大王信了，反觉得她心性坚狠，是个人物，由此对她高看一眼。她也是他留下的唯一的异母妹妹。其余姐妹只要不是和他一个母亲，一样难逃杀手。

事实上……她抬手，擦去眼角不知何时沁出的泪珠。

她的亲生兄长，是她这一辈子，唯一给过她温暖的人。

易一一在旷野上奔行，易城公主在奔行中回忆，有人则在回忆中唏嘘。

"这么多年了，我终于联系上你了。"一个微微有些粗哑的声音道。

一阵静默，随即有人道："你不顾一切地联系我，逼我离开帝歌，你到底想要做什么？"

这声音有点细，难辨男女，听起来有点怪异，像一个人拟声多年，渐渐忘记了自己本来的嗓音。

“我想做什么，还用问？”前头那粗哑的声音冷笑一声，“当然是报仇，夺国。”

又一阵静默，随即那不男不女的声音缓缓道：“我过惯了平静日子，不想再掺和你们的事了。”

“你想不掺和也不行。”前头那人道，“易一一正在到处找你呢。”

“那还不是你放出的风声？”细声音冷笑道，“你故意放出王族还有人活着的消息，又放出玉玺的消息，这些消息都指向我，你让易一一怎么睡得着？你让我怎么能安稳？”

“这些年你就真的睡着了？安稳了？”粗哑的声音讥诮地道，“你若真安稳，用得着托庇于国师麾下，男人都不敢做？”

隐约传来一声唏嘘，细声音道：“你们的事，我掺和不起。当年一场掺和，我直接就成了造反不成被放逐的罪人，多少年寄人篱下。再来一场，命将安在？”

“易一一会放过你吗？”粗哑声音笑道，“你为他里应外合，伪作造反，将有异心的王族子弟一网打尽，事后他是怎么对你的？要不是你逃得快，还不是差点就被他的密卫暗杀？他早早就掌握了权柄，却根本没有撤除对你的通缉令，也没有为你说明真相平反，任你以一个罪人的身份，托庇于人下，无法过正常人的生活。你自己细细想想，你们两个，情深义重的是谁，薄情寡义的又是谁？别总记着少年时的那些恩义情分，我告诉你，在至高权位面前，什么情分，什么恩义，都是狗屁！”

长久的沉默。良久，一声叹息，轻轻渺渺，如雾般散了。

好一阵子，还是那粗哑的声音在说话，道：“国师在帝歌，你是怎么悄无声息地离开他身边的？不怕被发现？”

“如果我没猜错的话，国师就在易国，”细声音道，“之前他一直隐匿行迹，但就在先前，他手下潜伏在易国的蛛网和蜂刺，全部被调动。一定有所动作。”

“阿鄯，你在国师身边多年，对他的性情应该很清楚。”粗哑声音缓缓道，“你说，国师在易国意欲何为？他调动蛛网和蜂刺，又是意欲何为？”

“我无从揣摩国师的想法，我也劝你不要揣摩。国师哪怕孤身在异地，也不是你我能动的人物。帝歌的云谲波诡和我们无关，你的目标只该是易国。”前头那个声音道，“我只知道，蛛网和蜂刺是国师手下最为重要的密卫，散布在各国搜集情报以及作为非常时期的人力配备。因为隐秘，肯定越少出现越好，尤其在帝歌之外的蛛网和蜂刺，一旦出手，很容易会被当地王权摸出根底、连根拔起，毁掉之前多年的经营和心血。所以不是非常重要的事情，也许一辈子都不会调动。我觉得，能让国师出动易国的蛛网和蜂刺，十有八九，和易一一有关。在这易国，目前也只有易一一这个地主，够得上做国师重视的对手。”

“好极了！”粗哑声音欢快地道，“现在我可以告诉你了，易一一已经出了幻都，一路向边境来！”

“你要……”细声音语气中露出一丝震惊。

“将计就计，借力打狗！”粗哑声音笑道，“他当初是怎么围杀我们的，现在，就让我们，以其人之道，还治其人之身吧！”

大荒北部起风云，王者大风，从易国一直刮到玳瑁。

上元城头飘散着硝烟的气味，城头士兵们蜷缩着靠着墙头假寐。

战事连绵。上元在裴枢的一阵猛攻之下，原先已经喘不过气来，但大王运气好，忽然得了个名士。在她献计之下，那凶猛如虎狼的裴枢第一次小小受挫，在城下鸣金退兵。

上元城终于喘了口气，全城欢喜。压抑良久的气氛一松，大王心情愉悦之下，终于想起今年的年宴没有赐给大臣，于是下令赐宴金殿，补上没来得及好好吃的年夜饭，也为给名士庆功和接风。

是夜，宫灯高悬，锦绣满殿，珍馐罗列，暗香花影。众臣贺声里，明晏安举起金樽，笑呵呵道："酒三杯。一杯贺上元安稳，王图永固；二杯愿海清河晏，天下归心；三杯谢凤凰初降，佑我上元。"

他向坐在身边，化名"忘尘"的俞采举杯，露出自认为最为倜傥的笑容。

众臣听那句"凤凰"，心领神会，都知大王对这才貌双全的女子动心了。王者为龙，求配的岂不就是天上凤？

众臣纷纷举杯，"谢凤凰初降，佑我上元。"

俞采在上座，优雅得体地微笑，眼神如这酒水粼粼，倒映前事如前生。

景横波烦躁地在室内走来走去。

宫胤不带着她赶紧走，这时候和人家妃子关着门干吗呢？

她想过去看看，奈何身边一直有两个死太监，不错眼珠地盯着她，这么在人眼皮子底下咻的一声不见，实在有点太打草惊蛇了不是？

好容易等到两人各自转身，她操纵一只花瓶，敲倒了一个。另一个听见动静转身，还没看清楚情形，后脑勺便挨了一记。

景横波呵呵一声，将两个人拖到角落里，身子一闪不见。

下一瞬她身在宫室之内，层层帘幕，重重屏风，未点灯火。天色暗沉，所有景物都淹没在朦胧虚幻的光线里，而在大殿深处，有呢喃语声传来。

隐约听见女子声音娇痴："哎呀，不是这里……"

"啊，别太用力……"

"哦哦哦……这里这里……嗯……对……"

"啊……不能这样……"

隐约还有宫胤的鼻音，嗯嗯应答，是景横波最爱听的，一听就浑身燥热想扑倒他的那种鼻音。

景横波立刻燥热了。

这两人在干吗？嗯？易国各种虚幻各种假，宫胤不会也中道了吧？

她抓起一只花瓶高举，咻的一声就穿了进去。

"你们在干什么……"

声音止住。蹲在屏风后宝座边的两个人，愕然转头向她看来。

景横波一瞧，两人衣裳整齐，表情惊愕，距离合适，分寸妥当。两个人似乎在找什么东西。

“你来做什么？”宫胤皱眉，赫然还是易国大王的语气。

景横波一听就知道，他还在演戏，必有所图，心想哎呀糟糕，搞砸了。她眼珠一转，立即摆出一脸盈盈的笑。

“大王……”她迈着风摆莲荷步，袅袅婷婷地走过去，娇娇地往宫胤肩上一靠，兰花指托向他下颌，一个熟练的媚眼儿已经飞了过去，“妾身有些要务，想要和大王禀报……”

那“要务”两字，咬得轻轻又飘飘，衬着那媚眼儿，足以让任何男人的魂儿飞掉三两。

玉嫔蹲在那儿，盯着景横波的姿态，不由自主地拗了拗肩颈，学起了她的风情。

宫胤顺势抓住她的手，盯了她一会儿。他比她高不少，这样俯视下来的眼神很有力度。景横波心里哎呀哎呀地想好有男人味啊，又讨厌他那张易国大王的脸，吃吃地笑着，去摸他的脖颈。

宫胤忽然手一甩，景横波哎呀一声身子后仰，穿过帘幕，扑通一声落在了后头的床榻上。

宫胤又是一拍，一脸妒色的玉嫔翻着白眼倒下。宫胤随便一脚把她踢开，掀开帘幕，还没俯下身，一双手臂已经搂住了他的脖颈，某人气喘吁吁地在他耳侧道：“坏人……流氓……高冷帝……你到底想干什么……”

“你到底想干什么？”宫胤维持着身子半弯的姿势，扶住了景横波的肩。

“想……想……”景横波笑嘻嘻地咬他耳垂，眼看着耳垂由白转淡红，晶莹剔透珊瑚珠儿一样。他身子一震，立刻便软了。景横波嘿嘿一笑，忽然用双腿勾住他的腰，一个翻转，啪的一声床榻震动，她把他压趴在床上。

“想……打你屁股！”景横波咬着他耳朵，对住他耳朵大声道，“你竟然没认出我！你竟然踩着我屁股飞上天！飞，飞，飞，飞你妹啊！此仇不报誓不为人！”说着就去扒他裤子。

宫胤一抬手，按住了她的手。景横波骑在他身上开始哭：“呜呜呜，你竟然没认出我，呜呜呜，你竟然踩着我屁股飞了，呜呜呜，这还是真爱吗？呜呜呜，我好惨，吃了又胖又瘦的药，皮肤也出现皱纹了，肉也下垂了，人也丑了，你也嫌弃上了，脱个裤子都不给，我和你什么仇什么怨……”

宫胤头疼地揉揉眉心——她变老了丑了，和脱他裤子之间有什么联系吗？如果脱他裤子就能令她恢复美貌，他倒也不介意多脱几次，可是关键是，他脱了，她呢？

身上那家伙还在小声地抽搭，他听着，倒多了几份心疼。景横波不是无理取闹不顾大局的人，她吵闹，多半还是心中不安，害怕容貌从此真的受损，一腔怨气无处发泄罢了。

他叹口气，抓着她的手，在自己大腿外侧拍了两下，无奈地道：“行，给你拍，满意了？”

“不满意！”景横波大声回答，倒也不坚持脱他裤子了，恨恨地揪着他的腰肉，指下触感流畅富有弹性。她想起自己出现细纹的肌肤，也不知道拿到的丹方到底效果怎样，顿时又怨念上了，一声声地叹气。

忽然天旋地转一个颠倒，她已经在宫胤身下，那男人用肘压着她，道：“叹气什么？”

“丑了。”她忧伤地道，“我们分手吧。我眼瞧着就配不上你了……”

他盯她半晌，一伸手，手中已经多了一把刀，二话不说就往自己脸上划去。

景横波吓得一下蹦起来，撞开他手肘。刀从他脸颊边擦过，荡出一条灿亮的弧线。

景横波一身冷汗——搞什么！狗血剧的节奏啊！这不是女主角的戏吗？他抢着演干吗！

她哪有这么矫情，本来不过是发泄下怨气，或者还想着趁机诈诈宫胤，说不定可以知道一些他不肯说的事。谁知道这个家伙似乎看穿了她的心思，先自个儿决绝矫情上了，顿时堵住了她所有的矫情。

越想越气，她破口大骂：“宫胤我总有一天要被你玩死。”

温热的唇堵住了她的骂声，下一刻她的唇舌淹没在一片呜呜声中。再然后她骂也骂不出了，身子也软了，眼神也柔了，怨气也没了，满身的负能量都在他春水般的唇舌中被化去，成了彼此交融的滔滔流水。她喉间渐渐起了喘息，忍不住地挑逗和回应，彼此的躯体一阵阵微微战栗，隔着衣裳也能感觉到肌肤的细腻和弹性，以及那烈火燎原般的热度。

他的手忽然轻轻抚了上来。她微微有些讶异，想起这家伙一开始连吻都找不准地方，后来吻技渐渐熟练，但整个姿态还是有点僵硬，现在已经会上手了？这么一想不禁有些紧张，身体有点僵硬。他的指尖如春风般拂过，先是抚了抚她的脸，姿态尊重，她听见他含糊地道：“很好……”

手往下，又抚了抚她出现细纹的颈项，咕哝道：“很好……”

手又往下，她生怕他摸摸她的胸，试试看有没有下垂，急忙手臂一格。他似乎低低哼了一声，越过那重要部位，在她腰上抚了抚，道：“很好……”

她忽然明白他的意思——皱纹如何，老丑如何，你的一切，在我眼中都很好。

她轻轻叹息一声，心想这个冰凉又温暖，僵硬又柔和，高冷又细腻的男人啊……总是那么的矛盾，而她偏偏就爱着这样的矛盾，爱着他身上不同于常人的所有一切。

年轻的躯体挨挨擦擦，渐渐就生了电，生了热，生了不可控制的暗火，她忍不住哼哼唧唧。他低头看她，她双眸迷离，脸颊生晕，双腿不自觉地绞紧，绞出诱人的弧度。他隐约也感觉到下腹的燥热，而心间微微一痛，他脸色一白，好在脸上易着容，倒也不怕发现。只是心口迅速冰冷，怕被景横波发现，他迅速拉过一床被子，盖在她身上。那玲珑曲线被密密遮掩，肌肤不再亲密接触，彼此体内的暗火便消减了许多。

她呼啦一下拉下被子，嗔道：“盖被子干吗连头都盖上，想闷死我吗？”

他不答，抱紧被子。景横波又忍不住笑：“盖着被子纯聊天，隔着被子纯睡觉。好了，旧账算完了，咱们来合计合计，后面的事你打算怎样？”

他搂着被子，慢慢地道：“虽然我觉得你丑一点更好，但如果真的有人把你弄丑，那还是不可原谅的。”

“所以……”景横波眼睛发亮，“你不走，就是为了整易国大王？你不怕他忽然回来，迎头撞上？”

“他应该暂时回不来，每个人心中都有自己觉得最重要的事。”宫胤淡淡地道。

“对了，”她忽然想起一件重要的事，问他，“未婚妻到底是怎么回事？”

“故事大体不错，人物不同。”宫胤道，“乘人之危勒索锦囊的，是你那个好姐姐。”

景横波恍然大悟地哦了一声，喃喃道：“询如为什么要搞那么一出？”

宫胤道：“调虎离山而已。”说着抱紧她……的被子，问，“你很喜欢耶律询如？”

景横波耸耸肩：“她性格很对我胃口。”

宫胤默然，半晌道：“很遗憾，我没有这样一个姐姐，来供你喜欢。”

景横波噗的一声，心想这货连姐姐的醋都吃！

她忍不住抚着他的脸，道：“你有你自己就够啦。”

宫胤抓住她的手指，在掌心里热着。手指渐渐热了，内心深处却是凉的。

“那你刚才和那个玉嫔，在干什么？”景横波没发觉自己的语气，有点像个吃醋的小妻子。

他却发觉了，心情颇好地按了按她的鼻子。她皱鼻躲开，道：“别拿这张脸对我做亲昵动作！”

他笑笑，才答：“我和她做猜谜游戏，让她猜这大殿中，到底藏了多少面具。猜中了有赏。”

“为什么？一个不常见大王的妃子，能知道大王寝宫里的秘密吗？”

“易国和别处不同。他们负责大荒土地上所有换颜、养生、改容、易容方面的供应。几乎所有的易国大族，都以此发家，都有自己的绝活。而这些宫妃，多半出自这种家族，在易容改颜等方面，必定造诣不浅。只有行家才了解行家，这些宫妃又长年寂寞，没事干肯定都钻研这些。所以易国大王会怎么用面具，藏面具以及相关的各种习惯，她们一定比别人清楚。”

“你想做什么？”

“找出易一一最能让人感觉他是大王的代表物。”

宫胤这句话很拗口，但景横波还是听懂了：“你要扮成易一一上朝？”

她眼睛发亮——这真是大胆的想法！是最凶狠的报复。扮成易一一上朝，玩弄他的大臣，修改他的国策，甚至可以矫传号令，灭杀掉正牌……

“啊啊，和你一起玩阴谋真的太爽了，我们这样一路玩过去好不好？把其余国家部族都统统玩一遍好不好？”她越想越兴奋，忍不住啪叽啄了他一口，“哈哈哈，就这么说定了，好不好？”

他不答。她敛了笑容看他，却隔了被子看不清楚。她伸手去扒拉他的脸，他的脸已经转了过来。他伸手捉住她的手，在她掌心吻了吻，轻轻道：“好。”

景横波在被窝里听宫胤说了他的大胆计划，一拍即合，心情大好——男朋友为你撑腰这种事，感觉真不错啊。

因为要上朝，所以得在这儿待一夜，宫胤干脆带着景横波出了大王寝宫，去易城公主的寝宫，想要找到传说中的那罐泥。看看能让耶律昙留下来的那罐泥，到底有什么玄机。

易城公主不在，宫室早早闭门。两人从墙头进去，还没落地，宫胤忽然眉头一皱，拉住了景横波。

景横波还没站稳，忽然一道风卷来，呼啦一声风声猛烈，景横波差点被卷下墙头，幸亏宫胤手快一把将她抓住，带着她闪过那道风声，沉声道：“紫微上人？”

风声一停，现出紫微上人的身形。景横波一看是他，又惊又怒，骂道：“老不死你怎么在这里？还有你好端端的出手干吗……咦？”

她忽然住口，发现对面紫微上人的脸上表情古怪，脸色苍白，衣衫上一大片一大片暗沉之色，隐隐传来一股血腥气。

“怎么了？谁受伤了？”她失声惊问，心怦怦地跳起来。

“丫头！”紫微上人一把抓住她，语无伦次地道，“她不行了……她快死了……你去看看她……都怪我……都怪我……”

“谁？谁？”景横波听得烦躁，一把拨开他就往里冲。一路上横七竖八的都是晕倒的宫女，还有斑斑的血迹。看样子是紫微上人一路把人带到了这里，放倒了所有宫人。

景横波心越来越往下沉。当她冲进宫室，看见床上气息奄奄的耶律询如的时候，恍如被雷劈住，怔在了当地。

“姐姐……”

床榻上的耶律询如脸色苍白近乎透明，乏力地对她招了招手，道：“来了啊……很快嘛……波波……我不行啦……快过来，我有错误要向你交代……”

景横波愣了一会儿，霍然转身揪住紫微上人的衣襟：“你怎么搞的！你怎么追人追成了这样？她怎么回事？被耶律昙害的吗？”

不等紫微上人回答，她又烦躁地甩开手，道：“别废话了，有什么事回头再说，救人要紧。老家伙你不是很擅长医术的吗？快去救啊！”

紫微上人不说话，抬起衣袖慢慢覆在自己脸上，只露出尖尖的雪白的下巴，唇角紧紧抿成一线。

景横波一看他这动作，心就凉了。

老不死擅长医术，如果他都束手无策，耶律询如就真的没有希望了。

耶律询如的身体本就千疮百孔，哪里经得起任何稍微重点的伤害。

床上耶律询如精神还好，看她揪住紫微上人，还在幸灾乐祸地笑，一边笑一边喘气，道：“呵呵呵，骂得好，叫他玩……不过波波，骂完也就算了，别动真格的。你知道的，我本就活不长，能精精神神地度过最近这一段日子，我觉得很值啦……”

景横波背对着她，不理她，怔怔地看着紫微上人，轻声道：“……你为何不保护好她？”

紫微上人勾着脑袋，犯错小孩似的，长长的头发披下来，沾着询如的血。

“我不信你不知道询如对你的心意，”景横波轻声道，“我不信你不知道她一直在为你做什么。你游戏人生，你嬉笑放纵，其实越游戏越放纵，越说明你放不开。你自己放不开要玩也就算了，可询如玩得起吗？你被一首见鬼的狐狸歌搞得半疯谁也管不着你，可是对一个本就寿命不长，是拿有限的生命来爱你的女人，你不能靠谱些吗？”

紫微上人脸色惨白，忽然转过身，面对着墙壁，不动了。

他的长发和长长的袖子垂着，对着墙壁一动不动，乍一看像只伽椰子。

景横波瞪着他的背影，只觉得一口血哽在喉间，完全没有办法，只得求助地回头看宫胤。

宫胤一直默不作声，他对耶律询如没什么好感，但却不忍景横波伤心，一直在皱眉思索。此刻他忽然向着宫门的方向，抬了抬下巴。

景横波顺着那方向望去，看见门口忽然多了一个人。第一眼以为是另一个宫胤，随即她反应过来，是那个假宫胤。他出现在宫门口，周身散发着幽幽寒气，气质还真有几分宫胤的味道。

景横波看见他就气不打一处来，不用问，耶律询如是被他掳走的，受伤也必定和他有关。她正要奔过去，身后耶律询如却在咳嗽，声声唤她："快来听遗言……"

景横波无奈地转身，瞪着她道："你还要护着他！你什么时候这么圣母了！"

"死都死了……还和俗人计较什么……"耶律询如懒懒地道，"做错事的人，比承受错误的那个人还不好受，你杀了他，还是解脱他呢……"

景横波恨恨地哼一声，看着对面男子缓缓走近，擦去易容，恍然道："三公子！"

当初在耶律家黄金部大宅见过一次，这人给她留下了很深的印象，现在也就立刻明白了询如为什么要维护这人，很明显这两人有旧情。

耶律昙默不作声，看了一眼耶律询如，忽然走进内室，宫胤也不阻拦。过了一会儿，耶律昙拿出来一个罐子，宫胤的眼神这才出现了变化。

景横波也道："这莫非就是……"

她住了口，忽然想到一个问题。宫胤说要找这罐泥，但并没有和她说清楚为什么要找这罐泥。她原以为是一些重要宝物之类的，但现在她已经闻见了罐子里的气味，明明就是易山山腹沼泽里的那些古怪的泥。

现在问题来了：耶律昙知道这些泥，宫胤在找这些泥。这些泥在易山山腹内，改造着一群科学怪人一样的东西，这其中有什么联系？

她正思索着，耶律昙已经拿着罐子，道："我有办法，可以试试。"

第二十七章　空手夺易国

他返身去抱耶律询如。紫微上人立即奔过来阻拦，景横波也道："你干什么？你想把这罐泥用在她身上？不能！"

她打个寒战，想起那些山腹怪人的模样。那些人用了易山沼泽的泥之后，出现了各种奇怪反应，如果询如也变成那样……她直觉地不能接受。

耶律昙敏锐地看着她："为什么不能？你见过这种泥？在哪里？谁在使用？给谁使用？"

他这种冷淡的人，却接连问了一堆问题，神情掩不住的急迫。

景横波呵呵一笑，才不打算回答他。山腹里的事太重要，她还没来得及和宫胤讲。

她转头看宫胤，宫胤正凝视着那罐子里的沼泽泥，道："这是荮泥，里面有一些……很怪异的东西。"

他目光一抬，和耶律昙的目光碰个正着。

一人深思，一人警惕。

两个人都了解雪山，都知道这罐子里的东西含着一些雪山生长的极其霸道的药物，能够挽回人的性命，但也可能造成不可逆转并难以预测的后果。

两人目光相碰这一瞬间，都在想——"这罐泥，不是他的手笔？那是谁的？"

景横波已经听懂了宫胤的意思，一时犹豫难决——想挽救询如性命，就有可能冒着她发生变异的危险，该怎么选择？

紫微上人和耶律昙还在僵持，景横波低头在耶律询如耳边轻轻道："现在你有两个选择。要么死；要么活着，但可能……变成怪物，你怎么选？"

她想，以询如的性子，一定会选择第一种。

耶律询如默然良久，转了转脸，"看"向挡住耶律昙的紫微上人。

这一刻她的眼神柔和温润，似一段星光，在天际温柔朦胧地闪烁。景横波觉得她的眼睛真的很美，一点也不像一个盲人。

良久她道："死……其实一直是我期盼的事，活着太累了。"

景横波怜惜地抚了抚她的脸，随即听见她道："但我……想再坚持一段时间。"

景横波的手顿住："为什么？"

她心里不知道是难过还是欢喜，怔怔地想哭。

耶律询如握了握她的手，轻声在她耳边道："你看老不死，最近是不是有点改变了？"

景横波嗯了一声，心想是变了。仙子以前在天上不着调地飞，现在在地上不着调地跑了。

"他好像有点喜欢上我了哎。"耶律询如惆怅地道，"使不得，使不得啊……"

景横波哭笑不得——这不是你要的吗？

"老不死是个可怜人，一辈子活在自责的情绪里。"耶律询如低低道，"他一直唱着狐狸歌。其实那歌里，他对自己的责怪，比对他人的怨恨多。如今他好不容易快要忘记那首歌，这时候我再死掉，他这辈子就真的再也走不出来了……我本来只想将他从旧日的残酷里救出来。如果因为我，给他再添一道残酷的伤，那我之前做的那些……还有什么意义？"

"你能不能多想想你自己？"景横波忍无可忍地道，"耶律询如，我以为你很潇洒！"

"我只对生死潇洒。而正因为知道潇洒的滋味，我才希望我喜欢的那个人，能真正过一段没有自责、疑惑、愧疚和牵绊的潇洒日子。"耶律询如笑笑，摸摸她的脸，唏嘘道，"最潇洒的人，才最有放不下的。波波，先爱的，总是吃亏的那个。想要潇洒，下辈子咱们约好了，投胎做两只猪。吃吃睡睡，一刀做鬼，多好。"

"要做你去做，姐不奉陪！"景横波生气地回了一句，忍不住又难过——爱一个人是不是都是这样，想着他，依着他，自己再做不回自己了，也依旧先考虑他？

不，不是这样的。和耶律询如比起来，很多人所谓的爱，太自私。

或许询如正是因为曾得到一切，又失去一切，所以才放开心怀，万事风过不计较。

"我尊重你的意愿。"她沉默良久，终于道。

耶律询如疲倦地笑笑，虽然她不介意别人支持不支持她的想法，但是遇上一个知己，终究是愉悦的。

景横波给询如掖掖被角，转身一把抓住紫微上人，道："拜托！以后上点心做个正常人吧！别让一个好女子为你付出一切，最后还收获失望。就算询如不在意，我也不原谅你！"

"谁在乎你原谅……"紫微上人一把拂开她的手，抱起耶律询如，踢了耶律昙的屁股一脚，"看在她的分儿上，信你一次，救回她！"

耶律昙冷着脸一动不动，挨了一脚咬牙道："看在她的份儿上，让你一次，少耽误时辰，走！"

两个男人乌眼鸡一样互瞪着，最后还是谁武力值高谁抢占主动权。紫微上人抱着耶律询如先走，耶律昙跟着，紫微上人不住口地骂着耶律昙，却又听着他的指示渐渐远去。

景横波瞧着，心中又热又难受，忍不住靠在了宫胤的肩头，轻轻道："宫胤，我们不要这样。"

"嗯？"他轻轻抚着她的发，想着什么时候能长长。

"不要这样爱而不能。不要这样直到快失去了，才发觉自己的心意。不要这样明明爱着，却总在做着违心的事。不要等到最后发觉自己心意了，结果爱不动了。一个人的一生能有多长？有能力爱的时间又有多长？有多少时间经得起耗在那些你猜我猜你追我逃的游戏里？我只想珍惜现在，长长久久，你呢？"

他看着耶律昙的背影，想着那罐泥里的霸道药气，眼底闪过一丝寒光，却因此更加温柔地轻轻吻了吻她的发，道："是，我也一样。"

一个黑面男子在夜风中奔行。

他是易一一派出的亲信统领，今夜承担着重要的任务，要将"不许上朝，不许群臣听从来自宫中任何命令"的指令，传达给每位重臣，以免有人乘虚而入。

他却不知道，从他自易一一身边转身时起，已经有人悄悄跟上了他。

男子首先奔往最忠诚于大王的大相府中，好让大相帮忙，将信息传达给所有臣子，自己则可以抽身前往宫中，查看有无异常。

他在夜色中穿行，离大相府还有一条巷子时，忽然前方灯火迤逦而来，一支队伍拥着八抬大轿匆匆往王宫方向前行。他认出这是大相的仪仗，不禁一怔，隐身在一边，打出暗号。

轿中立即有人沉声道："停轿！"

大相钻出轿子，四面看看，道："天机。"

黑面男子这才走出来，道：“地枢。”

两人神情都一松。

易国擅长易容，各种面具防不胜防，所以各种切口暗号也是时常变换，这两句就是大相和大王身边密卫的切口。

“大相行色匆匆，往哪里去？”

“得到密报，宫中似有异动！”大相道，“本相正待亲自求见大王，询问何故。”

黑面男子神情一紧，立即将大王已经出外，且下令不许任何人上朝的事情说了，又请大相帮忙，将消息传递出去。

大相忙命护卫立即四散去各处府邸，传达命令，又亲自邀请他一起，去宫中查查那异动是怎么回事。

两人结伴，匆匆前往易国王宫。他们的身影刚消失在街道尽头，刚才他们站立的地方便有一道小小的烟花射起。一条巷子外的大相府邸厅堂里，一群黑衣人看见了这道烟花，呵呵一笑，收回了搁在人质脖子上的刀。厅堂里，所有大相府中的人都被绑了起来，被这群黑衣人看守着，雪亮的刀光，照耀着人质惊恐的眉眼。

一个黑衣人站在阶下，负手看着天色。他的手腕上，有暗青色的蜂刺标记。

他身边有属下笑道：“大相还算识相，没敢玩花招。”

另一人道：“一家老小都在咱们手里，敢玩？”

负手看天的人，呵呵笑一声，道：“他们玩假的，咱们，就玩真的。”

黑暗中传来一阵振翅的声音。宫胤仔细听着，似乎在辨认着什么，忽然对景横波道：“你先前好像认识那个李嫔？”

“就打了一场麻将，你就把人家名字记住了。”景横波撇嘴酸了一句，立即又道，“怎么了？”

“观她神色，似乎对王太后很忌惮。她和你认识，想必也是因为王太后吧？”

“就打一场麻将，你连人家什么神情什么恩怨都发现了。”景横波又酸一句，“咋啦？”

宫胤拍小狗一样拍拍她的头，很喜欢她乱吃飞醋的样子。

“去和她谈谈吧。”他道，“咱们需要她帮忙呢。”

黑面男子和大相直奔宁德宫求见王太后。

大王不在，自然以王太后为尊，宫中有什么异动，王太后也自然最清楚。

此时已经快到早朝的时辰，王太后通宵打麻将，收获颇丰，刚刚又疲倦又兴奋地睡下，听见传报，十分不耐烦。但黑面男子身为大王身边最忠诚最亲信的护卫头领，凌晨匆匆求见，自然不能不管，只得按捺住性子，起身接见。

她起身出来时，发现李嫔已经在了，有点意外地冷哼一声，道：“你今日请安倒早。”

“妾身怕太后您通宵未眠，有伤凤体，特意熬了一夜燕窝百合羹，赶早给您送来。”李嫔忙讨好地奉上瓷盏。

麻将打了一夜，正精神疲倦的王太后，看见这么一盏熬得香浓的汤水，倒真有了几分心动。一个眼色飞过去，就有宫女上前来用银羹先尝了一点，对她点点头。王太后又等了等，才喝了几口，道：“你倒是有心，如此，陪哀家去见见护卫统领吧。”

李嫔忙赔笑着，去了外间见黑面男子。王太后刚要坐下说话，忽觉头晕身热，眼前景物摇晃不定。她下意识地要站起来呼叫医官，整个人却忽然往前一冲，正冲在那跪地请安的统领怀中。

那统领大惊，推也不是扶也不是。李嫔忽然冲了过来，扶住王太后，连连给她拍背，又惊叫道：“不好啦……”

她一拍，王太后嘴一张，噗地喷出一口红烟，正喷在统领脸上。

统领一晕，下一瞬他就不知道发生什么了。等他稍稍清醒时，他看见自己抱着王太后，撕开了王太后的领子，王太后翻着白眼人事不知。而自己身后，有杂沓脚步声传来，大相满面震惊地出现在门前，一指他道：“给我拿下这个敢亵渎国母的狂徒！”

统领愕然睁大眼，浑浑噩噩地想说话，却发现舌头似乎不听使唤，声音出口便含糊不清。

一群护卫扑了过来，将他拉开绑起，那是不属于他管辖的御林卫。

他脑子浑浑噩噩的，还不明白发生了什么，就听见大相的咆哮声，声音震得他脑袋嗡嗡响。

“拿下这个狂徒，押上殿去！请大王圣裁！”

统领微微震了震，迟钝的脑子好一阵才转过来——大王不是不在宫中吗？刚才自己不是已经和大相说过，大王不在宫中吗，为什么……

不等他说出什么，一群人已经把他五花大绑着押出门去。

易国王宫正殿定安殿，臣子们已经文武分班，站班完毕，等候大王早朝。

至于那什么通知不上朝的事，当然没有发生。

每个臣子进门的时候，都会感觉到面前有一阵风拂过，似有冰冰凉凉的爪子从脸上摸了一把，然后那风消失在高深殿宇深处。

大家都知道，这是“验脸”的步骤，是每日必经的程序。包括大王在内，所有人都必须经过这一关，以免在这换脸不休的易国，真的哪一天被人钻了空子去。

据说这些“验脸”人员，都是轻功神出鬼没的高手，也是易容的宗师，脸真脸假，一摸即明。这些人隐在何处，无人知道，这些人权力也很大，一旦摸出不对，可随时叫停朝会。

现在，所有人都通过检验，站班完毕。眼尖的人，注意到最前面的位置还空着，大相还没来。

众人正猜疑着，忽听广场喧哗，一大堆人推推搡搡地来了，最前面气冲冲走着的正是大相。众臣老远就听见他喊：“如此狂徒，令人发指！今日一定要求大王，加以严惩！”

众臣再一瞧，哟，那最前面五花大绑的，不是大王最为宠爱信任的护卫大统领吗？

有人开始摇头——大相和大统领关系一般，当然这也是大王为了朝局的平衡和他自己的安定，有意造成的。如此，两人之间的互相攻击便不能发生作用，二人是大王的左膀右臂，斩谁都会失去平衡。

大相今儿这是怎么了？难道不知道，想要扳倒大统领，几乎不可能吗？

一群人已经吵吵嚷嚷着走近，大相亲自押解着大统领，把他往门槛里一推，怒声道："你自己进去，给大王好好说说你的罪行！"

大统领刚要栽进门，一只冰凉的手鬼魅般忽然伸出来，将人一拦，丝毫不肯马虎地在他脸上一摸，随即嗯了一声，又摸了一把将要跟着跨进门的大相，才消失在殿门后。

大相怒哼一声，跨进门，站到自己的位置上，针对同僚的询问，大声道："今夜我受召进宫，正遇见这狂徒鬼鬼祟祟地往内宫去。他有宫中自由出入之权，我本无心干涉，但看他神情诡异，便在内宫宫门处站了站。谁知道接着便听说里头宁德宫出事了，这狂徒……这狂徒竟然冲入宁德宫，试图……试图行刺王太后！"说着指着大统领，气得胸脯起伏，语不成句。

众人都有些诧异。先不说大统领刺杀王太后有无可能，就算王太后被刺，大相似乎也不该气成这样，那满脸的神色，倒像是不齿愤怒，有口难言？

再回头看看大统领的脸色，有些久经欢场逛遍青楼的老油子们，心中便咯噔一下——大统领那歪斜的眼神，脸上的桃花色，流涎的嘴角，急促灼热的呼吸，倒像是……中了某些助兴的药。

再联想到刚才大相的意思含糊，表情暧昧，那般难以启齿的愤怒和不加掩饰的鄙弃，众臣不禁都兴奋起来——莫非不是刺杀，是调戏？

那可就事儿大了！

臣戏王母，凌迟重罪。大王再大度，再喜欢信任大统领，也不可能忍下这样的侮辱的！

众人当然都不信大统领真的失心疯去调戏王太后，那么一个半老徐娘，疯子才会有兴趣，八成是中了陷害。

可这一手，真狠。

大王得气成啥样？

众人的心都怦怦跳起来，纷纷向阴影角落里缩，把脑袋缩进脖子里去，决定等下坚决不要面对王者之怒，坚决不要让自己被大王看见，坚决不要违抗大王的意志，大王说什么就是什么，要做什么就做什么，以免自个儿被盛怒之下的大王看不顺眼，也株连上一把。

连先前在殿宇中游魂般徘徊的"验脸人"，也悄无声息地缩了回去，不再发出那种得意又阴冷的笑声。

殿中只听见大相愤怒的呼哧呼哧的喘气声和大统领挣扎的呜呜声，一时气氛更加紧绷。

忽然一声传报："大王到！"众人惊得浑身一炸，转头望去，就看见大王倒提长剑，迈着大步，气势汹汹地一路走过广场。

他的剑锋上还滴着血，在清晨阳光下折射出刺眼的光芒。有个妃子跌跌撞撞地跟在他身后，扯着他的衣角，不住地哀呼："大王，您冷静些！冷静些！"

众臣一看这个造型，心慌更甚，生怕大王拎着的剑，下一刻就劈到了自己的头顶，都把脑袋往衣领里缩了又缩。

大王一路快行，步伐如风，前挺的长剑一路滴着鲜血。守在殿门前"验脸"的人，看见人未到剑锋先到，不禁微微犹豫，生怕自己手一伸出去，这剑就刺上了自己。

只这么一犹豫，大王已经冲进了殿内，连带那个扯住他袍角的妃嫔，都跌跌撞撞地被带了进来。

他站定，环顾一圈，面色如铁，满身杀气浓烈。

众人自觉地缩在阴影内，随着大相山呼礼拜，连抬头都不敢。

耳听得大王重重哼了一声，对身边那个委屈哭泣的妃子叱道："朝堂重地，你怎么也跟了来？站一边去！"

那妃子捂着脸退到了一边。众人也不在意，瞧这模样，想必大王正在临幸这妃子，忽然听说这事，怒火上头，要打要杀，那妃子吓得一路跟随，生怕出事，倒也正常。

大王站在宝座之前，倒提滴血长剑，凌厉地盯着底下那一群人。众臣山呼礼拜，那大统领忽然挣扎着抬头，语声含糊地道："不……不是……他不是……不是！"

大王和大相同时怒喝："你还有脸狡辩！"

嚓的一声，长剑从殿上投下，闪电般穿过大统领的咽喉，鲜血喷出三丈。

最前面一个臣子被喷了一身一脸的血，惊得尖叫一声，双眼翻白晕倒了。

其余人没想到大王盛怒竟至于此，一出手就杀了自己最爱重的亲信，顿时噤若寒蝉，连连磕头。

"拖出去！"

一声令下，大统领的尸首被拖出，一条血线蔓延过众人脚下。众人瞧着大统领死不瞑目的双眼，都觉得心中发冷。

易国大王性子是喜怒无常，但这样当殿杀人还是第一次，如今重臣第一的大统领都被杀，众臣掂量着自己的分量，连求情都不敢。

大相先于血泊中跪倒："大王息怒！请保重贵体为要！"

群臣纷纷磕头，"大王息怒！"

易国大王森然扫视一圈，直到所有人都低下头去，才在王座上坐下，淡淡地道："如此，开始朝会议程。"

那个妃子畏怯地缩在一边阴影里，低着头，毫无存在感。

无人看见她唇角狡黠的笑容。

这个"妃子"自然是景横波，座上"怒发冲冠气场慑人"的易国大王，自然是宫胤。

这场戏看似信手拈来，实则经过精心推演，将每个人的反应都计算在内，自是一场不逊于易国大王掳人计的反攻计。

面对人人精通易容的易国群臣和验脸这一关，令他人畏惧、不敢深究，是掩盖自身破绽的唯一办法。

景横波对布局的宫胤很是佩服，他居然能以这种方式将自己带进大殿。

她的到来是有任务的。她盯住宫胤的手，宫胤的食指指尖正虚虚地指向上方某处。

景横波凝神，一排涂黑了的匕首，在她身后冉冉升起。此时若有人以灯光相照，就会看见女子在黑暗中垂目凝神，她身后，悬浮排开一排黑色匕首，如神的黑色宝光或黑暗羽翼，幽幽地慑人。

大殿光线昏暗，上头藻井更暗。那些游荡在殿宇深处的高手，并不知道那个楚楚可怜的妃子，是自己的杀星。

匕首沿着宫胤指示的方向，无声无息地逼近一个高手。

因为匕首不是内力控制的，没有任何内力的使用迹象和杀气，那潜伏的高手毫无所觉。匕首在离他背后衣衫还剩零点零一公分时，忽然加速。此时那高手才惊觉，霍然转身，但已经迟了，匕首已经无声无息地贯穿了他的心脏。

匕首极薄，堵住了伤口，一滴血都没流出来。

景横波手一挥，将那尸首推放在横梁上。横梁宽大，放个尸首也没人看见。

这样的动作，同时发生在殿顶各处。黑色的匕首在黑暗中出没，夺走了殿顶高手们最后的光明。

杀死一个，底下大臣们也许不会发觉，但同在殿顶的其余“验脸”高手一定有察觉。所以此刻，只有景横波修炼出来的一心多用之能，才能一次性解决问题。

一具具人体倒下，在黑暗中被扶在横梁上排排坐，如果此时有人于殿顶俯瞰，会因此毛骨悚然。

景横波一次性地在易国朝堂上杀掉了易国大王所有的暗中高手，只觉得心中恶气终于稍稍出了些。

而宝座上，宫胤的“空手夺易国”计划，终于可以正式开始。

“宫中近日颇有些不宁，”宫胤一开口，就盯住了大相，“本王决定撤换宫中禁卫，原御林卫改守皇城，由大相领宫卫之职，守护八大宫门。任何人必须持本王谕旨和大相手令，才得在朝会时间之外出入宫禁。违者格杀勿论。”

“臣领旨！”大相立即高声领旨。

众人听着，也没什么怀疑。大统领刚刚获罪被杀，他所统带的御林卫自然需要清洗换岗，由大相接手这样的重要事务，也是题中应有之义。

“马上就要开春了，”宫胤又道，“边军也该开始演练换防。听说前阵子边军和翡翠军队在易山有过一场接触，竟然没有能立即驱逐翡翠军队！近年来承平日久，军务松弛，着实该将那些脑满肠肥的子弟拉出去操练操练！着令易山将军吕卓鸿，立即和易水将军常青换防，麾下三万军即日开拔易水一线就地操演，不得有误！”

"臣等领旨！"

几位武将面面相觑——开春换防和操演也是正常的，但易山和易水相隔甚远，这一换防，易山和易水都会出现短时间的防守空缺，又没有安排临近军队暂时驻守，万一给邻国军队乘虚而入怎么办？

武将们想归想，却不敢提，怕大王此时还在气头上，一时考虑不周。还是莫要当众拂了他面子的好，大不了事后再慢慢劝好了。

武将们也都明哲保身，眼观鼻鼻观心地站住了。

"听闻东陂城有贪腐渎职事件。东陂县主私卖赈济粮，以次充好，荒年不足应急，引发百姓骚动。此案件交由吏部卿会同户部卿办理，即日前往东陂，查明案情，及时回报。"

"臣等领旨！"

"翡翠女王递来开放口埠请求国书，要求开放永联、沙塔、沣水三县为通商口岸，着副相率大司正，前往沣水县，与翡翠女王来使商谈。"

众臣微微有些诧异。易国有几处临水口岸，十分繁华，临近部族垂涎已久，多次在邦交过程中，提出互利通商或借水道运输的要求，但都被易国大王拒绝。大王今儿是想通了？

疑惑归疑惑，旨意还是要领的。宫胤接着又下了几道命令，都是调动重臣出外公干，理由都很充足，众人没发觉什么。倒是那大相，敏锐地觉察到，远远调离幻都的这群人，都是重臣，都有出入宫禁和密折专奏之权，都是大王倚重亲近的臣子，而且大多有女儿在宫内为妃。

如今这些人被远远调开，西贝货被发觉的可能性减少，正牌想要验明正身的可能性，也在减少。

他察觉了，也不敢说什么，一家老小还在人家手里捏着呢。

最后宫胤下了一道旨意："听闻近期邻国有异动，欲待派遣杀手潜入我国境内，以易容之术，偷梁换柱，窃取中枢。对方到底会扮成哪位重臣，目前还不清楚。便是扮成本王，也是有可能的。所以，即日起至该团伙剿灭之时，没有外差公务的爱卿们，请一律留在幻都，不得随意外出。外差诸卿，请只在规定城池区域内活动，不得随意跨界，以免被我边军误杀。另，传令各地驻军及边军，但凡在幻都以外，发现任何朝中臣属，包括本王，一律判定为假，格杀勿论！"

第二十八章　情海生波

众臣又急忙凛然领旨，事关小命，不敢轻忽。当下都决定这几天，大门都不出算了。

也有些人听见这段话，忽然心中一动，想起今日大王，似乎和往日颇有些不同，那么，有没有可能，假作真来，真作假呢?

然而这怀疑很快就被打消了。因为发布完旨意后，众臣又轮番上奏，都是些户司调粮、吏司派员、刑司大罪勾决之类的事情。宫胤目光如炬，一眼看穿了浩繁调粮总账中的猫腻、吏司任命的不妥和刑司拟罪的疏漏。诸般朝政大事小事，都判断得精准熟练，谬误的奏章本子雪片般飞下来，一本本砸在当事大臣们的头上。大臣们一边请罪捡本子，一边心悦诚服地挨骂，最后一点疑惑都荡然无存——大王可以假扮，精熟朝政的大王却不可能假扮，如果随便一个刺客都能扮大王处理国务，那刺客也不必去做刺客了。

末了一声“退朝”，驱散了殿中所有大臣。当臣子们战战兢兢地从还残存着血腥气息的大殿中退出来，重新呼吸到新鲜空气，感受到温暖阳光时，都有种劫后余生的欣喜。

也有些细心的人，觉得退出来的时候，似乎哪里不对。想了很久，才想起来，殿顶“验脸人”那种似有若无的咯咯笑声，没有了。

没有了也便没有了，大家都没有多想，赶紧出差的出差，放假的放假。

大殿前的汉白玉广场中，很快变得空空荡荡。一家老小人质被扣押的大相，在兢兢业业地指挥着换防。一队队的士兵从广场和宫内流水般撤走，再有新的兵员换上来。

后宫的宁德宫内，王太后在床上悠悠醒来，睁开眼睛好半晌，都没想清楚发生了什么事，只是直觉事情不大对，连忙拍着床板唤人，唤了半天却无人应答。好一会儿，才有着华贵宫装的女子，袅袅地从帘后转出来，笑道：“王太后，你的宫人们都被调走了。以后，就换妾身来伺候您吧！”

王太后一看那华丽衣裳就觉得刺眼，再看那女子竟然是李嫔，顿时勃然大怒，指着李嫔道：“你这贱婢敢害哀家……”

啪的一声，一个清脆的耳光，将尊贵的王太后狠狠拍倒在床上，怒骂声戛然而止，王太后抚着脸，不可置信地看着那个平常对她唯唯诺诺的妃嫔。

“你……你敢……”

“天都要变了，有什么敢不敢？”李嫔狠声答，转头对身后人展开如花笑颜：“这老太婆交给我，放心便是。”

身后走来的是景横波，她笑着挥了挥手，自己走入了内室，翻箱倒柜，大肆搜刮。

受尽了易国的恶气，此刻她踢翻柜子，倾倒抽屉，将易国王宫彻底抄家。

外头的王太后已经无法抗议，因为李嫔勒住了她的脖子，断断续续的对话声传来。

“传令所有嫔妃……聚集在宁德宫陪你念经……

“不然的话，就给你加大药量，让你看见太监都会往人身上扑，你试试一个有辱贞节的王太后，会不会被大王立即处死？他不让你死，你也得羞死！

“……我怕？我怕什么？我对你卑躬屈膝这么久，你还不是要弄死我？那还不如我先弄死你。

“以后？有命才有以后！”

景横波笑一笑，加快动作。

压迫太久，终遭反弹，小人物也有颠覆世界的能力。

她在寝殿里满意地寻到了很多好东西。守财奴都有积攒宝贝的爱好，老太婆连床下都塞得满满当当的，正好便宜她一网打尽。

易国的保养品有独到之处，她打算把这批东西作为她的女性商场的首批主打商品。

外头王太后自有李嫔整治，所谓一不做二不休，李嫔已经把王太后得罪到死，下面能做的，也只能是继续得罪下去。这位也是个聪明的女人，已经看出了大王的不对劲，从宫中换防，也感觉到了似乎有变天的倾向，这时候退让不能，也只有咬咬牙赌一把了。

宫中的宫妃被召了来，集中在宁德宫小佛堂念佛，由专人看守，不得王太后懿旨，一步不许出门。

而王太后被李嫔死死钳制着，一步也出不了自己的寝殿。

景横波掌握住后宫，是怕有些宫妃看出大王不对劲，和外头自己的娘家私下联系通报。牵一发而动全身，这极有可能影响全盘计划。

她搜刮完了好东西，也去了佛堂，摆开桌子搓麻将。十几位妃子，坐了三桌。没多久耶律祁也到了宫中。他知道耶律询如的事情之后，一言不发，和景横波一样，选择了尊重姐姐的选择，于是也坐下来打麻将，帮景横波看守住这宫廷。

麻将哗啦哗啦，日夜响亮。其间有鸽子曾经飞入宁德宫，被景横波和耶律祁以各种方式发现并打下，清蒸、红烧、油烤，都吃进了肚子里。

宫里在专心烤鸽子，打麻将，风刮不进，水泼不进。

宫外在专心调兵、换防、撵人、诱杀。

“我接到了换防令，指令我往易水方向换防。阿鄯，你做好决定没有？”

“卓鸿，你打算如何做？”

“这条命令来得蹊跷，据说大王出了幻都，往易水方向去，我接到的命令，是往易水方向换防。这简直像瞌睡遇上枕头，杀人有人递刀把！天予不取，反受其咎！我必须抓住这个机会！就算不能杀了易一一，最起码我可以离开易山驻地，前往王城方向。我可以在抵达易水之前，派兵连夜赶路，从尖角山方向直逼王城，也可以抵达易水之后，直接举起反旗，夜渡易水，进入幻都，打入王宫！”

“你怎么打开夜间一定关闭的宫门？强攻？”

“易城公主当为我打开宫门。”

“你和她……”

“她以为我是她的面首之一，趁夜求见私会，却不知道我是她的哥哥，哈哈哈哈！等等，这是谁的信？”

“没有标记，你先瞧瞧。”

“啊！信上说，大王真的就在易水！”

“等等，不对！大王不是在幻都吗？刚刚还下达了一大堆旨意。”

“啊……难道他也被人李代桃僵？”

“你信，还是不信？”

“世事绝无如此巧合。无论如何，我们终究要去易水，不妨一试！”

暗室之内，黑色的斗篷，静静地垂落。

人的声音从斗篷里传来，听起来特别厚重沉凝。

“易国的事情，好像不大对劲。”斗篷人遥望着易国方向，“天干第一星这次任务，做得不大漂亮。”

“我们已经查明，”室内一人道，“天干第一星接受了易国国主的私下请托，将掳来的景横波交给了易国国主，但易国国主并没有接收到景横波，反而在关键时刻出城而去，不知所终。”

“私心太重，”斗篷人手指在虚空点了点，“都私心太重了啊！”

室内属下低头，不敢接话。

“天干第一星此次任务失手，要将功折罪，加紧对易国大王行踪的侦测，见机行事。如果办不好，就不要回来见我了。”

“是。那么景横波那边……”

“最好的时机已经失去了。”斗篷人淡淡地道，“天干第一星和易国大王合力，想出了最妙的法子，做出了最默契的安排，事情依旧变成了这个样子。之后景横波的后援已到，同样的计策她不会再上当，你们以为还有下手的机会？”

属下们头垂得更低。

“当务之急，是保住易国安稳，保住易国，就是保住易山，否则我们只能放弃那个基地。”斗篷人道，“易一一能保就保。不能保，就弃了自己做。将来易国托付给谁，都不如在自己手中更安稳。告诉他们，这回不许再出差错，否则，自己去易山沼泽修炼吧！”

属下们激灵灵地打个寒战，齐齐垂头。

“是！”

易一一在易水城外的旷野上，驻马四望。前方不远就是城池，后方是贯穿易国的著名易水，他听着那河水滔滔之声，心中却涌起一股烦躁之意。

追人一直追到了易水，然后那些人消失在易水背后的山中，他已经命人去包抄，按理说，那些人逃不掉了。但他还是没来由地感到不安，因为派回去传递消息的大统领，一去便如石沉大海，再无回报。他飞鸽传书给宫中，也是有去无回。

这实在不是一个好兆头。他决定，今晚一定要把这些混账解决在易水，然后，立即赶回！

带来的护卫已经在山头搜寻，忽然山顶有信号旗帜摇动，满山搜寻的人，都往那方向奔去。

易一一在山下必经之道守着，看着满山的护卫如流水般汇聚往山顶，心中那种不好的感觉更加强烈。

山顶忽然爆发出一阵欢呼声，似乎终于抓到了人。他心中一喜，刚策马走上几步，忽然又是一阵惊呼惨叫，随即轰然一声，一股烟云滚滚而起。山上似乎出了事。

他大惊，却没有立即上山查看。如果山上有诈，自己如何能自投罗网？

他迅速下令后撤，忽见前方道路上有火把光芒迤逦而来，最前面“吕”字大旗迎风飘扬。易一一大喜，随即又惊住——吕卓鸿是易山将军，怎么会在易水出现？

耳边响起聿聿一声长嘶，一骑拍马而来，火红披风在身后倒卷，似火焰升腾。

那人在火把光芒下看清易一一，惊道：“大王！您如何会在此地！”

易一一也惊道：“吕卓鸿！你不驻守易山，如何到了易水？”

“我奉大王旨意，换防易水啊。”吕卓鸿一脸诧异，扬了扬手中的黄绫旨意。

易一一脸色大变——果真出现了西贝货！

他来不及搞清楚西贝货怎么能戏耍了他整个朝廷，也来不及追究吕卓鸿因为乱命而擅离职守，甚至来不及召唤还没下山的部分护卫，便立即掉转马头。

“大王往何处去？”吕卓鸿在他身后呼唤。

他心中一动，回身喝道：“吕将军，不必去易水换防了！本王有新王令，着令你立即陪同本王，回转幻都。这任务你完成得好，本王赏你再升两级！”

“末将谢恩！”吕卓鸿在马上大声回答，却并没有下马，也没有召唤属下，他和他身边的骑士一直就在马上，静静地盯着易一一。

“怎么着？”易一一勃然变色，“如何不动？你敢抗旨吗？”

“末将不敢！”吕卓鸿笑了笑，忽然伸手从怀中又掏出一卷黄绫旨意来，笑道，“末将这里还有一份旨意，请大王听完再说！”

“你敢向我宣读旨意——”

“着令各地驻军及边军，但凡在异地发现任何朝中臣属，包括大王本人，一律判定为假，格杀勿论！”

“那是假的！”易一一怒极大呼。

吕卓鸿冷笑：“你才是假的！”手一挥，大军拥上。

易一一迅速开始后退，他的护卫将他密密护起。

“吕卓鸿，你敢犯上作乱！”

“我如何不敢？”对面，吕卓鸿神清气爽地笑，“我一直想做的，不就是这件事吗？你一路追出幻都的目的，不就是我吗？只可惜你追也追了个西贝货，最后却被正主给包围了。”说完，他哈哈大笑，声音痛快。

易一一今晚的脸色，已经轮番变了很多回，声音听来已经不吃惊，“你才是王族余孽！你才是那个该死而未死的人！”

“你才该死而未死！”吕卓鸿脸色一变，冷然道，“弑父杀兄，谋夺王位，你这种十恶不赦之徒，凭什么安稳坐在王位之上？你的王位是谋夺而来，凭什么别人就不能谋夺你的？”

“好，好。”易一一冷笑，“算你厉害，当初那一场血洗，竟然被你逃掉。还能卷土重来，多年来以我戍边大将的身份，潜伏在我身侧。就是不知，你是我哪位兄长，或者弟弟？”

“看，你这种独夫，杀的亲人太多，自己都弄不清谁是谁了吧？”吕卓鸿讥讽地道，“即便我露出真容，你还记得我是哪个吗？所以还是算了，等你死了，我会在你坟头告诉你的！”他狞笑一声，手一挥，“上！”

易一一急速后退，厉声道：“你便杀我夺位，也是名不正言不顺，我会在我死去后，毁去所有王族钤印和标记。你不过是吕卓鸿，就算恢复身份也是一个已死的人，谁信你？谁会拥戴你登位？”

“说起名正言顺，你倒提醒了我。”吕卓鸿得意地大笑，伸手入怀，掏出个东西一晃，“我有这个，其实比你更名正言顺呢！”

“易玺！”易一一惊得瞳孔都放大一圈，他看几眼那玺，目光在吕卓鸿身后的人群中扫过，忽然微微一顿。

然后他侧头，盯住了吕卓鸿身边那一直没有说话的瘦小男子。

“阿鄯！”他道，“是你，是你！”

那瘦小男子沉默着，一张平凡的脸在火光中毫无表情，显然也是戴了面具。

易一一却显得十分激动，遥遥对他伸出双手：“阿鄯！这么多年我一直在找你，你为什么不出现！你为什么要和奸人勾结在一起来对付我？玉玺是你给他的，对吗？为什么？”

火光跃动，阿鄯那张脸却依旧平静，仿佛还是国师身边那个平静老实的易容高手阿鄯，他平平淡淡地道：“你找我到底是为了什么，你自己最清楚。一一，做卧底的结局，一般都是被杀，而我不想死。”

“我怎么会让你死？我怎么舍得让你死？”易一一更加激动，竟然伸着双手，就这么策马拨开人群，忘形地往阿鄯面前来，“你看看我，你看看我，我是一一啊，我们从小一起长大，小时候都是你扮新娘我扮新郎……”

“小时候的事，我忘了。”易鄯还是那副麻木的语气。

吕卓鸿狞笑着看他接近，眼神斜斜地吊着。

“可我没忘！”易一一浑然忘我，张着双手扑上来，“阿鄯，我多少年对你念念不忘，苦苦寻找，你为什么要这样对我——”

“找死！”吕卓鸿一声暴喝，手中金枪金光一闪，凌厉电射易一一心口。

他唇角狞笑镂刻出深深的弧度。

当年惨遭迫害，十年隐姓埋名，四年认贼作父，半辈子的苦心隐忍。到今日，终可见尽头。

血光之后，就是曙光！

金枪如怒龙，欲噬心脏。

易一一离得极近，根本躲避不及。

他唇角忽也见笑。

狞笑！

当年痛下杀手，十年梦魂不安，多年苦苦寻找，半辈子的难解心结。到今日，终可见尽头！

一枪之后，更有一枪！

“哧！”枪尖入肉声响，细微却惊心。一蓬血花爆射，溅了阿鄯一脸。

“噗！”又一口鲜血，喷了易一一一脸，他擦也不擦，笑得开心，看着对面的吕卓鸿。

吕卓鸿则低头看着自己，他眼珠迟钝地转着，似乎不大明白，自己胸前为什么多了一截枪尖。

他又缓慢地转身，想要看看身后的阿鄯，但这个身体，终究没能转过去。

他永远也不能转身了。

砰的一声，他保持着那个半转身的僵硬姿势，栽落在马下。易一一立即狞笑策马，马蹄子重重踏上他的脸。

既然不肯露出真面目，就永远别露吧！

黑暗带着破碎的声音降临，在生命的最后一刻，吕卓鸿脑海里，只有一个念头——阿鄯又做了一次卧底……

风好像忽然静了，血气浓烈地弥散开来，吕卓鸿的军队本散在四周，此刻发现主将被杀，都纷纷围了上来。

“站住！”易一一手一抄，从吕卓鸿手中拿走玉玺，又从怀中拿出自己的“祺祥主人”印，对着火光一扬，“吕卓鸿犯上作乱，已被就地正法。念尔等无知盲从，不予追究。如若稍有妄动，便以大逆罪株连九族！”

扬起的马蹄纷纷顿住，再落地激起烟灰，将士们眼神茫然，不知该信谁听谁，但逼近的动作，已经止住。

易一一稍稍放心，吐出一口长气，对易鄯柔声唤道：“阿鄯！”

易鄯似乎颤了颤，此时才将长枪收回，微微叹息一声。

易一一唇角勾起一抹得意的笑容，看了一眼人群之中，一道黑影，正无声无息地从暗影中退去。

这是他和某势力的联络人。

那个势力，他也不知道是属于谁的，什么性质的。对方给他提供了不少好东西，只请求在易山中进行一些秘密实验，并保证实验不会对易国产生任何影响。他允准了。

天干第一星，就是这个势力中的杀手，现在退走的这个也是。正是这些人，在刚才给了他暗示，告诉他，阿鄯看似和吕卓鸿勾结，其实一直在他们控制之下。

所以他才敢放胆接近，给吕卓鸿机会对他出手，再给阿鄯机会对吕卓鸿出手。

此刻他心情舒畅，这一场终究没有白跑，解决掉了多年心结——潜伏对手，还拿回了玉玺。

他因此笑得开心，对他的卧底功臣阿鄯温柔招手：“阿鄯，多年不见，我很想你，快过来让我看看你。”

阿鄯收了金枪，慢慢地过来，垂着头，眉宇和顺。刚才一枪杀人他不动声色，此刻收枪姿态竟然也还是温柔的。这个人，一举一动间，有种温柔的残忍，冷漠的甜蜜。

易一一满心欢喜，他喜欢阿鄯这副模样，更喜欢这个看起来和顺的阿鄯，在床上猛虎一般的姿态。正是这种和平时迥异的性格展现，多年来一直让他念念不忘。特别的人，总让人记得更深。

阿鄯走到他身边，他一把搂住，把他拉到自己马上，抱住他的腰道：“一别多年，你还是在帮我，你一直都在帮我，辛苦你了……”

沉默的阿鄯，忽然道：“嗯，是很辛苦。”

他一怔，忽然就有些心虚和唏嘘了，半转身抚摸着阿鄯的发，轻轻道：“就这一次了，以后再也不会要你做卧底。以后你就在我身边，我会好好地补偿你……”

“那就现在吧。”易鄯道。

易一一一笑，一个“嗯”字说了一半，忽然变成了“啊！”。

他身子忽然向上一蹿，力度之大，险些惊马。

阿鄯伸手，平平静静地将他捺住。他的手不知何时，已经满是鲜血，一把透明的匕首，从他袖子间滑落。

那鲜血，自然是易一一的。

“阿鄯，你……你……”易一一在快乐的巅峰跌落地狱，不可置信的感觉更超过了疼痛，他转身盯着阿鄯，声音嘶哑，“你……为什么……为什么……”

明明事情已经结束，明明可以和他在一起，明明他以后真的会对他好，为什么要这么决绝地杀了他？

“为什么？”阿鄯还是那没有波动的语气，眼底却忽然有了泪，“你问这句话，我杀你就没杀错。”

易一一盯着他，眼神若有所悟，眼底光芒渐渐暗了。

“做了那么多年卧底，最后你出手时，没给我留路。”阿鄯轻轻抚摸上他的脸，动作温存，眼神却冷，“我的妻、子，你答应我好好照顾，却在我为你做卧底时，放任那些人将他们统统杀了。我流亡天涯，你忙于争位；我在出国境时被你兄弟们的余党追杀，丧失一半功力，你忙于争位；我寄人篱下这么多年，你一直不找我，还是在忙于争位，或者在巩固王位；直到我放出玉玺在我手上的消息，你才开始找我。易一一，你的情意你的心，从来都排在最后一位。有了王位你才像人，有了王位你更不像人。你别再给我说‘卧底’两个字。你知不知道我听见这两个字就想吐？”

他平平静静爆出的粗口，惊得易一一呆住，他惨白着脸，怔怔地看着易鄯，半晌轻声道：“也许我忽视了你……可我是爱你的啊……我爱你才会杀了你妻子儿女啊……”

易鄯忽然伸手，一把将他推下马。易一一咕咚一声倒栽下去，他的马被惊动，挪动马蹄，眼看要踩到他的脸，忽然一个人闪了出来，伸手将马拉开，道：“可别坏了他的脸，留着有大用呢。”说着又从易一一的手中，掏那玉玺和私印。

易一一眼底的光芒渐渐散了，手却死死不松，那人抠了几次都没抠出来，最后踩着他的手腕，才把玉玺和私印掏出来，用力过大，易一一的腕骨嘎巴一声断了，断裂声清脆。

“快死了都不肯放！当真权欲迷人心窍！”那人骂一声，将玉玺和私印交给易鄣，笑道，“如今可就看你的了。”

易鄣默默将东西接过，在掌心握紧。

他眼底光芒晶莹，倒映多年流亡苦难岁月。

那样的岁月里他颠沛流离，一无所有，一开始靠感情支撑，总在等着苦尽甘来那一日，到多年后依旧孤身一人对灯火时，才惊觉当初的傻。

情爱可以为一切牺牲，唯独不应该为权欲，因为权欲总会将情爱改变。

此时战场中风云变了又变，早已惊呆了众人，易一一的护卫以及易山驻军都茫然站在原地，再次不知该何去何从。易鄣缓缓举起手，手中玉玺和“祺祥主人”印，在火光中熠熠生辉。

他的声音也沉缓庄重：“我，易鄣，义德大王之幼子，顺成大王之弟，易国王族血统男子最后也是唯一一人。王族先祖有训，持易玺者为我易国天命之主。但凡我易国臣民，不得有违，否则，视为大逆。”

人群中有人道：“王族凋零，天命所归，正当遵大王旨意。尔等还不速速跪迎我主！”

有人带头，其余人便也下马参拜，口唤我主。易鄣立在人群中央，目光环视，眼神流动。

他身边，忽然凑近一个半掩面的黑衣男子，低声笑道：“稍后，您便可携易山军队，回归幻都，君临易国。还请大王不要忘记我家主人出手相助之恩。”

“自然是不敢忘记的。”易鄣平平淡淡地答。

“然也。”那男子笑得狡黠，“您就算忘记，您身上的药引也会提醒您的。等您正式登位，我家主人会随时和您联系，帮您去除药引。当然，前提是您和我家主人彼此合作愉快。易山那里的事，您适当保护便行。”

“我想，”易鄣缓缓道，“会愉快的。”

“但愿如此。”那男子笑道，拍马准备离开。

“比如，”易鄣在他身后接上下一句，“杀掉你，我就会很愉快。”

声音入耳，那男子肩头一僵，未及转身看易鄣，霍然发出一声尖利的呼哨，随即混在军队和四周人群里的同伴，都冲天而起。

来不及对易鄣出手，他们只打算赶紧逃。

但已经迟了。易鄣手一挥，军队里和山上灌木丛中，一阵劲弩爆响，唰地刺破黑暗，暗光连闪，血花爆现。

那些人都在射程之内，刹那间很多人被射了个对穿。有些人运气好，踉跄冲出，但山下灌木丛里忽然掠出许多人影，将逃走的人截住，这些人正是先前易一一追逐的“伪王子”队伍成员。这些身上刺着蛛网或者蜂刺的暗夜精英，将那几人拦住，又是一阵干脆利落的砍杀。

最后只有一人，踉跄地冲出包围圈，往黑暗深处奔去，立即便有人追逐而去，不死不休。

那最后逃生的人，举着滴血的长剑，犹自遥遥对着易鄣一指，眼底充满杀气和恨意。

他想杀了这一次次反水，永远让人搞不清楚真正所属的无间道，无比恨这个让他功败垂成，自此后注定要被组织抛弃和追杀的罪魁祸首。

易鄣遥遥对着他，唇角有一抹微冷的笑意。

就是这个人，让他得到了易国大王正在寻找他的消息，他为此给国师寄去了带有自己标记的面具，以求转移易国探子的视线。之后这人找上他，也不知用了什么手法，给他下了药，逼他离开帝歌来到易国，参与了这一场不动声色的王权之争。

这个人，应该属于某个组织。这个组织和吕卓鸿有勾结，不然不会潜伏在吕卓鸿的队伍里，但同时也和易一一有勾结，在关键时刻，反水了一次又一次，借易国大王之手杀了吕卓鸿，再借他的手，杀了易国大王，推他上位。

下一步，他们要借谁的手，杀谁呢？

不过没有关系了，因为螳螂捕蝉，黄雀在后。人们反水了一次又一次，都以为在自己那一次完结，却不知笑到最后的，不是吕卓鸿，不是易国大王，不是这神秘组织，甚至，也不是他。

身后有轻轻的脚步声，他立即转身，恭谨而敬畏地弯下腰去。

“主上。”

众人抬起眼，仿佛看见黑暗中生出光，山巅雪降临人间。

第二十九章　爱而不得而不得不爱

那白衣人无声无息地出现，携着一股森然的冷意，俯视着这军队、人群、奄奄一息的被害者、一地尸首，俯视这些互相背叛的人们。

宫胤眼底并无怜悯，只有淡淡的讥诮。

世人汲汲营营，都为自己那一份奔忙，不到生死，不见真章。

吕卓鸿也好，易一一也好，包括那神秘人也好，都以为自己掌握了易鄣，却忘记了最重要的一件事。

易鄣是他的属下。

他宫胤，如果连一个属下的来历都查不明，连属下都不能控制，也枉为大荒国师。

从景横波捡到那个火堆废墟里掉落的面具开始，他就知道，阿鄣必定会参与到易国王权之争中来。

神秘组织试图在易鄞身上下药，控制他为自己所用，可易鄞身上，早就有他种下的冰晶种。

无毒，甚至对内力增长有好处，但排斥之后一切的药物反应。

易鄞从来都只被他控制，他的所有行动，和每个人的接触，都会反馈给蛛网蜂刺。所有人，无论怎样精心的计算、设陷和暗杀，其实不过都是他网中挣扎的飞虫。

宫胤在易鄞对面站定，看一眼他手中的玉玺和私印。

易鄞的手指颤了颤。玉玺和私印握在手中，温润、坚实，也似易国王权。那般尊贵而实在的东西，有生以来第一次离他如此之近。

拥有它们，那些过往的屈辱和流离，就能被抹去，取而代之的是一国大权，麾下无数，永久荣华。

醒掌天下权，醉卧美人膝，是每个男人的梦想，他也不例外。

有那么一瞬间，他想捏紧它们，像一个王者一样，大声咆哮，指令自己的军队，围攻面前包括宫胤在内的所有的敌人，将他们斩杀干净，彻底摆脱自己被控制的命运。从此做自己的主宰，做更多人的主宰。

对面，宫胤一个人，顶多还有一批人数不算太多的蛛网蜂刺，而自己，有五万大军。

对面，宫胤的目光，清冷平静。

大荒国师明澈的目光，似乎能照进人心深处，照见所有的欲望和自私。

然而他没有动，就那么从容而立，似乎算定，这玺这印，终将被乖乖交上。

易鄞的手又颤了颤。他畏惧这份从容和淡定，因为在跟随国师的这些年里，这个男人，从来都这么从容淡定，也从来都从容淡定地取得了胜利。

一次，也没有输过。这次，会有例外吗？

他沉默着，慢慢向宫胤行来。

万军屏息，注视着他的动作。

虽然众人不大明白到底发生了什么事，但多少都看得出，此刻有人在让他交权。很多人露出不可思议的神色——这是在易国土地，眼前是易国军队，易鄞已经是无可争议的易国大王，天时地利人和都占尽优势，而对方只有一人。众人扪心自问，都觉得，随便哪个男人，在这个时候，都不会、不舍、没有必要，将权柄交出。

易鄞大步前行，众人握紧武器，等着新任大王一声令下，万箭齐发。

所有人呼吸开始发紧，蛛网蜂刺奔来，试图护住宫胤，去接玉玺和私印。

宫胤挥手让他们让开，任易鄞直接行到他面前。

两人相距不过一尺，刀剑可及。

四周气氛紧绷，似琴将断弦。

易鄞忽地跪倒，双手高高举起：“请主上验印！”

所有人的呼吸如被刀割断，似出现片刻真空。

在震惊僵硬的气氛中，宫胤伸手，轻描淡写地从易鄞手中拿过了玉玺和私印。

易鄞的手，还维持着一个上托的姿势，他乌黑的眼睛，盯住了自己空空的手指，一笑之后，慢慢收回。

“回头自有安排于你。”宫胤看着他，只说了这一句。

易鄯垂头，恭谨地立到一边。

此时宫胤才挥挥手。地平线上，忽然似隐隐起山崩海啸之声。在场的多是军人，不禁相顾失色，有人扑倒在地，以耳贴地仔细聆听，半晌失惊道：“骑兵！不下于三万之数！”

这下失色的人更多，平原之上，骑兵为王。居高临下一个对冲，就可以冲毁步兵阵形。易山边军是骑兵步兵混合军种，以步兵为主，骑兵不过两千人，在这平原之上，如何是三万骑兵对手？

“从咱们身后来！”有人惊道。

眼尖的人爬上高树，望见远处旗帜，大叫道：“绿云旗帜，翡翠王军！”

众人面面相觑——翡翠王军，怎么可能深入易国内陆？

有人恍然道：“从咱们身后来，一定是咱们撤出易山之后，接防的军队没有赶到，翡翠王军趁机过境了！”

宫胤唇角微微一勾。

当然来不及。他下令时，在规定的时间上做了手脚。移防的易山守军提前走，接防的易水守军推迟出发，一路错过。易山和易水两地，都会出现短暂的防卫全盘空虚。

身为一个伪国王真国师，做这种手脚实在太容易了。

又有人道：“翡翠部最近有人在临近的沣水谈判，一定也趁机想法越过了沣水，抄了近路。”

易鄯看了一眼宫胤，将头垂得更低。他很庆幸刚才自己再次做了正确选择，没有出现侥幸心理。

强者步步为营，无有侥幸。

翡翠部的骑兵，风驰电掣而来，在越来越接近的轰鸣声里，宫胤淡淡道：“你依旧会继位，我给你两年时间做易国大王，完成将易国并入翡翠和玳瑁两部的相关事宜。之后你会成为易国首相，自你之下，所有臣属各降一级，以城邦建制。翡翠女王和黑水女王已经承诺，会合理划分疆域，善待易国人民，你要做好的，就是安抚和平稳过渡。”

任何国家国号的取消，国土的沦丧，都是一件大事，影响深远。一个安排不好，他给景横波争取来的就不是富饶广阔的国土，而是战争起义此起彼伏的火药桶。所以，王权的暂时维系，政权的平稳过渡，是考虑到百姓情绪心理和长治久安的必要举措。

易鄯唯服从而已，在宫胤这样有手段有强兵又懂怀柔兼目光深远的政治成熟人物面前，他自知没有任何玩花招的余地。

他站在宫胤身边，抬起头，看天边晨曦，看一片明光淡白里猎猎飞扬的翡翠王旗，看身侧眉目淡定、似乎永无喜怒的国师，心中涌起一股苍凉又激越的感受。

眼见他拥天下，眼见他失天下，一转手烟云灭宝座塌。

易国大王一生苦苦追寻，苦心维系，弑父杀兄才得来的王座，竟然就这么被几个人，游戏般抬手覆灭。回溯过往，想必死也不能明白。

脚下忽有激烈的喘息声，两人低头一看，却是易一一。他竟然还没死，想必听见了刚才宫胤的话，被刺激得回光返照，死死抓住了宫胤的袍角。

宫胤手指一弹，一道冰风就将被他抓脏抓皱的袍角切断。

易一一的手，不甘心地在空中抓挠，眼底的绝望和不甘似潮水奔涌，咽喉里嗬嗬声不绝。

他觉得，没有一个答案，他死不瞑目。

宫胤终于停了停。

冬日清晨的风里，他的声音比风淡比雪冷。

“你毁她的脸，我毁你的国。”

易一一茫然地瞪大眼睛，好一会儿才反应过来是怎么回事，这下浑身抽动更急，连上翻的双眼都充满不甘和后悔。

何必当初！

何至于此！

易鄞垂头跟着宫胤，经过他身边，他又试图去抓易鄞，易鄞轻巧地让开了。

“其实……”易鄞轻轻地，似对他又似对自己道，“我就是个当卧底的命啊……”

他眼底，渐渐盈了浅浅的泪。

一生卧底，翻来覆去，永为无间，没有定性。

以后，还要做整个易国的卧底，将易国卖给他人。

这随风飘摇的、无法自主的，一生。

黑暗的室内，黑色的斗篷光泽幽幽。

斗篷里伸出雪白的手掌，慢慢搓动掌间的两枚冰球。奇怪的是，冰球在温暖的掌心，不化。

冰球搓动的声音，吱吱嘎嘎，听来有种奇异的恐怖感。室内的其余人低着头，不敢说话，让压抑的沉默不断发酵。

主子在思考决定重大事件时，不喜欢别人打扰。

良久之后，斗篷人的声音，终于缓缓响起。

“将易山的人，撤回来吧。”

众属下震惊地抬头。

易山基地，是主子最为重视的基地，是他多年心血灌注之地。先不说那些还没完全成功的试验人，只易山那种独特的功效变幻的沼泽泥，就能够令很多雪山难以使用的霸道药材存活，是独一无二不可替代的药物培养地，一旦放弃，到哪里去找第二个易山？

“不放弃，就会被连锅端。”斗篷人的声音听来倒没太多可惜，“毒蛇噬臂，壮士断腕。”

众人垂头，心中忽然涌起不安的感受——运筹帷幄战无不胜的主上，这一段时间来却连连受挫。对手，真的如此强大吗……

“我能找到一个易山，就能找到第二个。”斗篷人的自信，却似没有受损，淡淡的语气，重新振作起属下的信心。

众人退下，去安排易山基地转移事宜，室中只留下了斗篷人。他轻轻地搓动着冰球，想着虽然易国那边还没有坏消息传来，但直觉告诉他，事情一定不会顺利。

虽然计划没有问题，潜伏在吕卓鸿军中的天干第一星等人，会监督着易鄴，在关键时刻反水。无论被杀的是吕卓鸿还是易一一，还是二人一起死掉，天干第一星等人都会帮助易鄴登上王位，再挟住易鄴，实际掌握易国王权。

他给易鄴下的，是他自己研制出来的独门药物。这药对世间一切药物都有排斥性，本身是毒，却是世间大多数药物的解药。

他相信，就算是宫胤，在他下了这药后，再想以药物手段挟制易鄴，都做不到。

可是哪怕这么万无一失，他依旧感到不安。因为宫胤看似声色不动，但大多数时候都会让人吃惊。

他眼底闪耀着淡淡的光芒。对手强大，他喜欢，他不介意玩得更久一点。这样他才有借口在这尘世继续历练，扩充实力，最终做成自己想做的事。

有些人生来为了缔造，而他，喜欢毁灭。

想到“毁灭”二字，他心底便微微兴奋，狂野的欲望似被唤醒，手指无意识地微微用力。

嘎巴一声，冰球碎裂，化为一个小小冰球，闪烁着阴冷之光。

易山。

一个个长形麻袋，从半山的洞中滑了出来，被一群蒙面人接住，送入隐蔽的大车。

还有很多人，在半山挖掘那些泥，一罐一罐地装入特制的瓦罐，并将无法带走的沼泽泥洞封死。

半山的洞里，最后滑出的是一个人，失了腿，伤了脸，浑身皱缩，乱发间双眼幽幽如鬼火。

绯罗现在看起来，更加像一只鬼，半个月的缺药惩罚，让她恨不得再死上一次。

在山腹待久了，已经无法适应外头的光线，她捂住脸，在那些人鄙弃的目光中，微微颤抖着身体。她想着为什么会离开这里，是不是因为景横波？离开这里之后，自己又要过一种什么样的残忍生活？

茫然和绝望，如蠹虫，时时刻刻咬啮着她的心。

捂住脸的指缝里，传出女子恨绝的破碎声音。

“景！横！波！”

易国王宫最高处，天台之上，丝幔在天风中涤荡，拂过伫立于此的男女的脸庞。

景横波负手立在最高处，遥遥看着易水的方向，喃喃道：“他那边，不知道怎么样了……”

在异国中枢之地，空手夺国，便如高空走钢丝，稍有疏忽，便是粉身碎骨之险。哪怕是她和宫胤，都丝毫不敢轻慢。在矫诏将易国重臣调走，控制住宫禁和王城，勒令一切边军都必须固守原地、不得调动之后，两人商量，由景横波坐镇易国王宫，监视王城动向，宫胤则亲赴易水，彻底解决那一群螳螂和蝉。

宫胤临别时和她说："易鄯做了一辈子卧底，因此心性不定，分外渴望翻身得到自由。如果我不亲自到场，他也许就会被权欲所惑，做出些难以挽回的事来。"

景横波表示深深理解。易鄯是宫胤身边的人，因此比其他人更了解宫胤的手段，只有宫胤亲自到场，才能镇得住他，镇得住局势。

在宫胤亲赴易水之后，她也向已经奔赴易国的七杀发出了召唤，请他们帮忙协助，解决一些重要事宜。

但心中总有不安，她忍不住登高眺望，想着易国之事尘埃落定之后，宫胤真的能够一直陪她走下去吗?

身边的耶律祁侧首凝视着她，将她被风吹乱的发，理了又理。手指无意中绕着了一根头发，正好此时她转头，一扯之下，掉了好几根头发。他急忙松手，欲待道歉，她却浑然不觉，只顾望着那方向，喃喃自语。

耶律祁的手，在风中顿了顿，越过她的发，轻轻落下。

哪怕他就在她身侧，予温柔抚慰万千，她的目光仍旧只落在山海之外，那个人身边。

他自嘲地笑了笑，停了一会儿，依旧再次伸手理齐了她的发，怕短发迷了她眼。

人生，最无奈的不是爱而不得，是爱而不得而不得不爱。

七杀在平原旷野上奔驰，大笑大叫。

"哈哈哈，又有活儿干啦！"

东陂城，易国户部卿和吏部卿，正在焦头烂额地处理赈灾贪贿事宜。二人被一群破衣烂衫的灾民围住各种哭求。忽然人群骚动，几个衣着光鲜的家伙，捧着不知从哪儿抢来的破碗，嚷着，"大爷行行好，我已经七天没吃饭了啊……"忽然就越过了人群，出现在两大高官面前。最前面那个高个长腿的，咧嘴一笑，道："好饿，想吃人肉。"一手抄一个，把人扛了就跑。

整个过程不过几眨眼的工夫。其余人还没反应过来，等反应过来，眼中已经只剩地平线上拼命挣扎的大老爷的屁股，再一眨眼，屁股也不见了……

沣水，一处旷野上，支起了几座帐篷。在大荒，两国谈判一般都选远离城池的视野开阔之地，两边布下各自的护卫队伍，这样双方可以互相监视，不易玩花招，也方便出事时随时离开。但和翡翠女王特使谈判开放通商口岸的副相和大司正，在规定的时间内，没有等到翡翠特使，却等到了一只鸟和一只猫。猫拎着鸟，大模大样地在两位高官的愕然注视下，走进来。

鸟说："狗爷负责和你们谈判。"

猫跳上桌，对着两大高官扭扭屁股，一股奇怪的气味弥漫。副相和大司正捂住鼻子，也抵挡不住这气体的穿透力，都翻着白眼栽倒。

又过了一会儿，气味散尽，翡翠特使才进入，对着晕倒的两位，大声含笑招呼："抱歉！让两位特使久等。"

二狗子怪模怪样地回答："无妨，无妨，请，请。"

于是翡翠特使坐下来，睡觉。

二狗子和霏霏则忙着玩猜拳，只有两只翅膀的二狗子回回都输。

翡翠特使睡觉下棋聊天，时不时和二狗子对答几句。天色从亮到暗，外头的护卫一动不动地站着，都在想几位特使真是认真，这一谈判就是几天几夜不睡觉的架势哇。

易国护卫始终虎视眈眈地看着帐篷。当然，自始至终，翡翠部只进去了两位特使，翡翠部的军队护卫，根本没有靠近帐篷。

众人都很放心，等待着谈判结果尘埃落定。不过帐篷里隐约传出的声音，语气都不大好，听起来似乎很有些摩擦。

众人很有耐心地等下去，谈判这种事嘛，总是旷日持久的。

因为这边在进行两国贸易谈判，所以沣水附近的边军按例调动，将沣水周围三县密密保护起来。

防守之事，一处过于严密，就必然会有别的地方出现缺口。因此，也就没人知道，夜色之中，有那么一支军队，利用防守缺口，从小道跨过两国边境，消失在夜幕的尽头。

他们劲装劲弩，轻骑简从，绿色的衣甲之上，镶着深绿色的翡翠，黑暗中，似一双双鬼魅般眨着的眼睛。

在易国的临溪、义都、各庄等地，凡是朝中大臣被派遣去的地方，都有人影出没，以各种方式，将那些易国重臣控制起来。

而翡翠王军，一支渡易水，围住了易山军队；一支越沣水，扼住了边军往幻都去的要道。

而在易水之畔，宫胤轻轻弹指，指尖冰晶一闪，没入了易鄞的天灵盖。

这也是他的独门禁制。早在斗篷人对易鄞下手之前，易鄞就已经被宫胤的独门禁制控制住经脉。斗篷人的药物确实能解掉之后对易鄞下的各种毒药，但是，不可能包括之前就已经存在于体内的。

因为宫胤的禁制同样是具有排斥性的。排斥一切之后所侵入的药物，形成自己的独特闭锁。所以斗篷人引以为傲的霸道药物，不过是替易鄞再加一层保护，保护他不被其余药物所侵而已。

智者博弈，就看谁布局更深，思虑更早。

看着面前恭谨的易鄞，宫胤的目光越过他的肩头，看向幻都的方向。当他目光收回时，身后，已经无声无息地多了一些黑衣人。手腕上刺着蛛网字样的男子，躬身给他递上了一封火漆密封的密信。

宫胤又看了一眼幻都，慢慢打开密信。

“静庭似有异动，请国师速归。”

宫胤手指一抬，密信碎裂在风中，飘飘滚滚过易水。

帝歌的事情，已经不能耽搁。他调动玉照龙骑前往玳瑁沉铁，在沉铁弄出那么大的动静，朝中早有异动，怀疑他根本不在帝歌。

之后易国这里的蛛网和蜂刺全数启用，一些势力雄厚、在各国都有眼线的世家大族，也迟早会发现。

而在静庭和玉照宫之内，明城极有可能和那位假国师有了接触，接触得很隐秘，蒙虎和禹春第一次都没发现。之后还是一个照管羊驼小胤胤的宫役，发现了一些令人疑惑之事，上报了蒙虎。之后静庭守卫加强，蒙虎又派人暗中埋伏，想要看看两人之间是否真有什么联系，但明城和假国师似乎无辜，又似乎特别警觉，之后便没有任何可疑之处露出，让蒙虎等人根本抓不到把柄。

正因如此，蒙虎分外不安，不得不以密信再次向宫胤禀报，希望他能回帝歌一趟。

国若无主，必生妖孽。

宫胤看着那密信碎片，在风中散去如弱蝶，心中却想着另一件事。之前雪山要求他称帝，之后他失踪，如今雪山派出了耶律昙对景横波下手，已经将目光投向了景横波。

冲突不可避免，但他觉得景横波的力量还不够。如果他不做一些事来转移注意力，景横波将会面对雪山更多的骚扰。

他再看一眼幻都。

抱歉我骗了你，我不能陪你，一个国家一个国家收拾到底。

我有我该在的位置，这个国家的中枢，坐镇其上，替你看遍这世上风云暗卷。

但我们的脚步，总有交汇的一日。

在不久的将来，我相信你会挥师而来，向我，和这整个大荒，发出你该发出的声音。

横波，努力过好每一日，努力做好你自己。

我相信。

黑水女王的羽翼，将在大荒无垠的天空伸展。

易水之上，宫胤一骑如雪，带领扈从如龙，回驰向大荒的中枢。

幻都之内，景横波还不知道此刻离别。她忙于控制王城和宫禁，勒令大相带领禁卫，打开了王城的大门，迎进了翡翠王军。

幻都的臣子们已经发觉了形势不对——戍卫王城的军队被调走，大量异国军队忽然出现在幻都。但此时群龙无首，没有人敢于站出来合力抵抗，很快这些异国军队便冲入王城和府邸，将臣子们控制起来。

翡翠女王亲自率军，将在王城和黑水女王会晤，英白陪同。

这是宫胤和翡翠女王谈判时的要求，因为易国离翡翠近，离玳瑁远，景横波的兵无法穿越翡翠远赴易国，只能和翡翠协力瓜分易国。那么翡翠军队的大批量到来，也可能给她造成危险。所以宫胤要求翡翠女王必须亲征，孤身入王城。

这样，景横波占据王宫主场，翡翠女王在外有军力做后盾，彼此各有牵制，才能维持一个基本平衡。

高台之上，景横波看见翡翠女王昂然而来，英白收起了酒壶跟在她身后，玉无色那个小子，居然也满脸不情愿地跟了过来，走路时总是有意无意地夹在两人中间。景横波忍不住哈哈一笑，觉得这一家三口真是有意思得很，还有英白到现在也没搞定翡翠女王，窝囊得很。

她对翡翠女王母子印象很好，直觉这样的人可以共事，所以同意了宫胤的提议，和翡翠瓜分易国。

翡翠女王一看见景横波就笑了，眯着眼睛道："本王本来还在奇怪，怎么有人不顾一切，一定要瓜分易国，原来易一一自己找死。他难道就不知道，女人的脸，和男人的尊严一样，是无论如何都动不得的吗？"

景横波摸摸脸，深有同感地点头。

她多么善良的一个人啊，一向与世无争好不好？可动啥也不能动她的脸啊。

两个女子都是痛快人，不多说，相视一笑，坐下来谈判。很多事情之前已经有了初步共识，最后议定，待易国形成平稳过渡后，易国易水向东一片属于景横波，向南属于翡翠。玳瑁和翡翠，平分易国所有资源。还有很多具体的细节，需要经年累月的谈判和合作才能议定，这不是君主需要亲自操心的事，之后自然会交给各自的幕僚。

两人简单谈完，景横波注视着翡翠女王脸上的疙瘩，笑道："你这点疙瘩，分分钟就能解决的事情，为什么一直不处理掉？"

原本闲闲喝茶的翡翠女王，立即放下了茶盏，瞪大眼睛："什么？你说这东西可以轻易去掉？你知不知道我花了多少工夫，找了多少药，连易国和商国都求过药，也没能彻底解决，现在你可以？"

"你用什么药？"景横波凑上前，在她脸上摸了摸，笑道，"痘痘是内分泌的问题，不是随便用什么药物就能解决的，甚至越用药可能越糟糕。你脸上的皮肤是油性皮肤，当皮肤表层的皮脂过量并堵塞毛孔的时候，就容易生痘痘。你看看你，用很厚的粉来遮掩这些东西，却不知道越是这样毛孔堵塞越严重，你这痘痘怎么能好？"

翡翠女王听得两眼放光，赶紧疾呼拿镜子来拿水来。侍女端上热腾腾的水盆，翡翠女王刚要洗脸，又被景横波拦住了。

"我说你这痘痘怎么好不了呢，"她叹气，"就你这习惯，完全是和痘痘过不去啊。不要用这么热的水刺激肌肤，用温开水。"

温水洗脸后，翡翠女王习惯性地去挤痘痘，手又被景横波啪的一下打了下来。

"不要挤！你想留下永远无法消除的瘢痕吗！"

翡翠女王吓得赶紧放下手，爽利的女子此刻有点无措，下意识地便去看英白。英白一笑，对景横波一揖："还请女王陛下指点，好早日消除玉明心事。"

景横波嘿嘿一笑，心想女人啊，再矫情，关键时刻看眼神就知道她的心思。

"我为什么要帮你呢？"她笑眯眯地看女王，"咱俩又不熟。"

翡翠女王瞟了一眼英白，笑道："你家大统领最近好像是在追求本王，说不定以后就熟了。"

英白咳嗽，玉无色小脸变色，景横波咯咯大笑。

能当女王都不是弱者，看似暴躁的翡翠女王，也狡猾得很呢。

"好好，"她笑道，"那我等以后你们熟了，再给方子解决好了。"

“别啊。”翡翠女王一把拉住她的衣袖，头凑过来，“咱们好商量。那个，易国资源将来多分你一份。”

“那个慢慢谈。”

“你皮肤的松弛，如果有好的丹方，我可以帮你解决。”

“好极了，好极了，不过也不急。”

“我送你我珍藏的美颜深海珍珠粉……”

“用黑水泽里异兽骨粉美颜，效果也不错，等我的面膜出来，送你一份啊。”

“呃……那你到底要什么？”

第三十章　拉郎配

“呵呵呵，这样吧，如果我给你的方子对你有用，你记得给英白一次机会。”

“哼……看他的本事。”

“还有，以后你要成为我的女子商场第一个VIP会员。我商场里的所有新衣裳首饰美容产品，你可以先试用，并在重要场合随时展示。”

“……什么意思？”

“回头和你解释，你明白这些都是能让你变美的东西就行。”

“成交！”

两个女人又是对视一笑，景横波开始写方子，给翡翠女王先推荐了几个简单对抗痘痘的法子。痘痘其实是小事，但翡翠女王一直护理不得法，又内火旺盛，所以境况严重。景横波要她先静心调养，杜绝酒水，改吃清淡食物，并让她洗脸后以冰毛巾敷脸，服用鲜奶，酸乳酪以及绿茶粉，先进行调养。

如果效果不佳，她自然有后续办法进一步处理。

翡翠女王心满意足地拿了方子，为了投桃报李，也询问了景横波皮肤的情况，景横波便将那几个赌赢来的方子拿给她看。这方子之前她和耶律祁也讨论过，耶律祁博学风流，却说这方子中很多药物闻所未闻，不能确定是否有危险，劝她不要轻易尝试。景横波哪里甘心，又抓住翡翠女王求教。

翡翠女王看了方子，道：“你这方子，可以说价值千金，却也可以说一文不值。”

“哦？”

“方子是真的，却很难实现。”翡翠女王指着丹方道，“里面很多药物，只有商国药泽有。还不是普通药泽，得是王城三大池之一，才有可能出产这些药物。而且你这里面的药，大多是那种十年一开花的极品。这其中一味紫阑藤，就种在王城丹霞山巅皇家园林的阑池之内，其功效非凡，几乎可以生死人肉白骨，对于内伤外伤，痼疾剧毒，都有立竿见影功效。每逢这些药物成熟之期，从帝歌到各国各族，都会派人前往商国，竞价求购，经常为此发生流血事件。还曾闹出过两国纷争。这还只是其中一味，还有那什么水晶丝、天豆、黄血草……啧啧，哪一样不是奇货可居、让各国贵族打破头的奇宝！这些奇宝，人家拿到一样就算祖上积福，你这方子里居然七八样，还只是用来敷脸，不是救命——这方子谁给你的？简直害人啊这是，给商国大王看见，保准一怒杀了你再说。”

景横波倒抽一口冷气，这才明白为什么这丹方，几位妃子也没太当回事的样子，原来空有丹方，却几乎没有实现的可能。

“不行，”她摸着脸，狠狠地道，“抢！也要抢回来！”

“紫阑藤大概还有一个月到成熟期，商国三年一度的‘撷英盛会’因此也将开始。商国已经广发请柬，邀请各国各族政要前往赏花。赏花是假，抢货是真。”翡翠女王掏出一张红绸请柬，扬了扬。

“你要这东西做什么？”景横波奇怪地问。

“这东西可不仅仅是给你涂脸。”翡翠女王没好气地道，“它对于武人效果奇妙，可以治疗一切经脉损伤、内气阻淤、走火入魔、经脉断续之疾，更不要说还有固本培元之用。少年如果能以紫阑藤服用打底，一生都不会担心会内里走火。本王想给无色争取一份来。”

景横波心中一动。

走火入魔？内气阻淤？宫胤的问题好像就是这种。他内气散乱，如利剑四射。他自己解释说是走火入魔，姑且不论是不是，这紫阑藤如此神奇，必定对他的身体有好处。

宫胤的内气状况，一直是她心头的一处阴影。她总觉得宫胤没说实话，但这种身体情况，她不懂医，宫胤不说实话，她也没法让大夫给他检查，那就永远得不到正确答案。

商国号称医药之国，境内盛产各种药物，也是大夫最多最强的地方。在那个地方，自己的脸有希望，宫胤的身体状况，说不定也能找到解决的办法。

“你把这张请柬给我吧，我负责给你找一份紫阑藤来。”她涎着脸笑。

“那不行。”翡翠女王立即将请柬一收，“这是最尊贵的王者请柬，不仅可以参加名药竞价，还能在商国之内获得上宾待遇，获得很多药品的优先购买权，我留着有大用，可不能给你。”说完生怕她抢似的，说了句要休息，拉着玉无色匆匆地跑了。

景横波注视着她落荒而逃的背影，再看一眼英白，嘿嘿笑了笑，磨了磨牙。

英白忽然激灵灵地打了个寒战。

当天下午，七杀从易国各地纷纷赶回。再过不多久，景横波又接到了宫胤已经离开的秘密消息。

这消息让她怅然良久，虽然对于宫胤的离开，她心中早有预感，但还是很想就这么抛下一切，跟他回帝歌去。

只是心中终究还有些重要的事放不下，只能回头安慰自己，帝歌不能无主，宫胤必须回去一趟。他不在也好，在的话，她的商国抢药计划，怕就要受影响了。

她一个人在天台徘徊，不住地凝望帝歌的方向。她有点后悔分别时没和他多说几句话，后悔没来得及给他做好龙内裤，后悔没来得及查看下他的身体状况，担心他行路匆匆吃不好睡不好，担心他衣衫太单薄，担心他回帝歌又会遇上阻碍，担心帝歌已经出了事……担心得脑子乱成一团麻，只得留在天台上吹风。

因为站得高，所以看得远。她看见七条人影，鬼鬼祟祟地出现在底下，看见七人头碰头叽叽咕咕一阵后，又分散开来。

景横波微微笑了笑，扶住栏杆，等着看好戏。从她的角度，可以看见翡翠女王暂居的宫室，屋里已经灭了灯。翡翠女王宫室后的墙上，隐约有一道黑影，不断重复着仰头低头的动作。不用问，是夜夜醉酒守墙头的追妻大统领英白。

夜色沉静，却忽然似有少年惊叫之声。英白立即从墙头弹了起来，四处张望辨认一下，一头扑入黑暗中。

景横波又笑了笑。

关心则乱啊这是。

过了一会儿，一大坨东西快速地移动过来了，远远瞧着，像是一只巨大的蜈蚣。月光投射着斜斜的阴影，仔细看才能看出，似乎是七八个人举着一个人，在快速往翡翠女王宫室的方向行走。

景横波笑得更快意了。

英大统领被放倒得很快嘛。愿打愿挨啊这是。七条人影举着英白，翻过了翡翠女王宫室的后墙，找到了女王寝殿，掀开后窗，“哎哟嘿！”七条手臂齐掷，一个漂亮的空投将英白扔了进去。

屋内响起一声尖叫。然后是轰然巨响，好像床被压塌了。

七个人哈哈大笑。有人闪进屋中，抱出来一大堆衣服。有人在吹口哨，大叫：“老英你不必谢我们，这是我们该做的！”有人在喊：“抓紧时辰，速战速决，再生个小崽子，翡翠就是你的啦！”

屋子里的人一声不吭，女王也没骂，英白也没抗议。四周黑灯瞎火，除了那声尖叫，好像啥事都没有。

景横波在天台笑了笑。

顺水推舟啊这是。

她得意地摸了摸下巴，心想依英白那个性子，这样天天在人家墙头喝酒，得喝到什么时候？她老人家心好，帮他一把。爱情这种事，有时候温吞水是不行的，就得要流氓，论起耍流氓谁家强？玳瑁七杀惊大荒。

她在天台上嘎嘎笑得愉快，没注意底下宫墙的阴影里，闪出一条人影。

玉无色蹲在宫墙边，脸色阴阴地瞧着女王的寝殿。刚才动静那么大，所有人都在装死，他不想装死，却不能不装死，这时候撞进去，母亲会劈死他的。

啊啊啊，凭什么就这样便宜了那个酒鬼！

玉家小王子满心的不甘和郁愤——他还没考验完呢！负心酒鬼的惩罚还没完呢！害他娘吃了那么多年苦，害她们母子俩受了这么多罪，就墙头喝几天酒，找几个损友装模作样地往窗子里一送，就完啦？

这将女王置于何地？将他这个王子置于何地？玉无色咯咯地磨牙，盯住了嘻嘻哈哈的七杀，又抬头向上看看，对着天台上笑着的景横波，无声龇了龇牙。

景横波忽然觉得有点发冷，抱臂瞧瞧四周，没什么发现。再这么瞧下去不大厚道，她依依不舍地叹气回宫睡觉。

她刚走，玉无色就从宫墙阴影下闪了出来，正好拦在了还想听墙角的七杀面前。

“这个东西你们要不要？”他手一摊，手中多了一张请柬。红绸烫金的请柬十分精美，七个很爱花花绿绿的人立即被吸引了。

“什么东西，好玩吗？”

“最美的美人，最厉害的药物，最高等的招待，最高贵的身份。”玉无色用和黑水女王学来的诱惑语气道，“来自医药之国商国的邀请，三年一度的‘撷英盛会’，遍请大荒国王贵族和江湖魁首高士。撷英撷英，撷的是药草之英，也是人间之英。到时候被邀请的贵客，会受到所有商国美丽少女的仰慕，受到所有商国成熟美妇的挑逗，说不定还可以娶上个把公主……”

六双手齐刷刷地伸出来，“给我给我给我！”嚷成一片。

还有一个没伸手的是伊柒，他托着下巴喃喃自语：“波波给不给我纳妾呢……”

司思阴恻恻地道：“前提是你得先娶到波波。”

“那是没有问题的，唉，娶两个小老婆回去给波波洗脚也好啊。”伊柒举起手，“给我给我！”

“请柬只有一张，只能给最优秀最高贵的人哟。”玉无色一脸为难。

然后他不用为难了。七杀开打了。请柬在半空浮浮沉沉，下面七个人打成一团。对于闲着没事为谁撒尿撒得远都要干上一架的七杀来说，如今“谁最优秀谁更高贵”更是一个值得好好打一场的重大命题，可以预见七杀后半生都有事做了。

玉无色抱着双臂，远离战场，嘿嘿冷笑等待。不出所料，一刻钟后，七个人的打架波及了翡翠女王的寝殿。轰的一声也不知道是谁砸塌了寝殿，翡翠女王因此又发出一声愤怒的尖叫。

玉无色在屋顶耸了耸肩——睡得好吗亲爹？听说活儿做了一半没能坚持到底，是对男人最大的酷刑哦，希望你扛得住。然后他下了屋顶，带了一壶自己酿的最好的酒，去找耶律祁。他一边走路一边咕哝道：“可惜那个正牌奸夫不在……不过这个和她交情也不错……搞一搞……搞一搞。”

他带着酒站在耶律祁门前，不敲门，呜呜呜地哭。门开了，耶律祁站在门口，长发散披，乌衣风流的男子，闲闲抱肩，用一种很有意思的眼光看着玉无色。

玉无色迎上这目光，有点发怵。他不大熟悉耶律祁，也就今天见了一面，看出来他和景横波交情不错。此刻他瞧着这人唇边三分风流，似笑又似不笑，精明的小王子顿觉，目标似乎错误，此人不好惹。

他知道耶律祁，翡翠部小王子除了喜欢酿酒美食外，还喜欢钻研当世名人的传奇话本，搜罗他们的画像和事迹。大荒两大国师啊，玉白金枢啊，玳瑁十六帮啊，各国各族政要啊，他都熟得很。但既然来了，就得硬着头皮上，作为连锦衣人都敢捅的狠人，玉无色向来觉得，只有吓得破的胆，没有放不倒的人。

耶律祁不说话，玉无色就得说话。但他没有开口，而是先打开酒壶，自己灌上一口。

耶律祁颇有兴味地瞧着他，这黄毛小子，想干吗？

“没什么说的，”玉无色对着耶律祁举了举酒壶，“我心情不好，想找个人陪我喝酒。哥，你愿意陪我吗？”

耶律祁自小到大只自己喊过姐，没被人喊过哥，顿觉更加有趣，唇角笑意更深：“这宫中，有的是可以陪你喝酒的人。”

“这是易国王宫，不是我翡翠王宫。”玉无色摇头，“还是您要我去和那七个怪模怪样的家伙喝酒？那还是算了，我不想喝醉了被他们拆了骨头。”

耶律祁失笑，接过酒壶，玉无色立即又殷勤地递上酒杯。

酒杯玉质温润，触手冰凉细腻，呈十分美丽的百合状。工匠真真好雕工，那酒杯怎么看，都像一朵真正的百合花。

耶律祁忍不住赞一声，“果然不愧是美玉之国的王子，随便一个酒杯，玉质也如此精美。”

玉无色自来熟地拉着他，在软榻上坐下，给他斟酒，和他滔滔不绝地诉起“自家妈和自家爹那些不能不说的事”。一边说一边叹气，一边叹气一边喝酒。一壶酒耶律祁还没喝一口，他倒下去了一大半。完完全全就是个恋母成狂眼看老娘要被抢走心生郁愤快要发狂的郁卒少年。

耶律祁也不打断他，也不附和他，一直微笑地拈着酒杯，对着灯光转动那百合形状、也如百合一般温润洁白的玉杯。淡黄灯光薄而透地打在杯上和手指上，散开一层朦胧的光晕，光晕里的线条，梦幻一般的精致和美。

这样一种慵倦而优雅的美，会让空间生出安静的力量。玉无色很快就觉得自己话多，空空室内回荡的声音显得过于嘈杂，悻悻地住了口，起身告辞。

此时他已经半醉，摇摇晃晃起身时，怀中啪嗒一下掉出一个东西，红绸烫金，香气扑鼻，鲜艳招眼。

他似未觉，抬腿便走。耶律祁叫住他，指指地上：“你的请柬掉了。”

“不要了！”玉无色顺脚将请柬一踢，悻悻地道，“商国给我们发了三张请柬，一张母亲的，一张我的，一张给即将和母亲成亲的王将军的。算是给我们一家三口的邀请。呵呵，现在，这个王夫，我看得换人了。我才不要和英白、我娘一起，这么一家三口出现在商国，我丢不起这个人！”

耶律祁目光一闪，他当然知道商国撷英宴请柬的重要性，以前他在帝歌时也收到过请柬，他再忙都会去一趟。因为撷英盛会上的很多东西，对武人真的很重要，而且届时各国各族名流云集，也会自发出现私下的各种交易，可以获得很多平时根本没机会看见的东西。

如今他更需要去一趟了，因为耶律询如的情况也不知道怎样了，他需要为姐姐找到可以续命的药物。

“哥，你需要的话，就给你吧。”玉无色打着酒嗝，大大咧咧地道，“反正我是不要和他们一起去了……”说着将请柬捡起，递给耶律祁。

耶律祁凝视着请柬，忽然一笑，道：“我确实需要这东西，如此，多谢了。等我从商国回来，定会为你带来可以强身的药物。”

“那便多谢哥哥了。”玉无色看着耶律祁，咧嘴一笑，“或者，哥哥现在就可以谢谢我，比如……”他忽然将请柬一扇，笑道，“睡一觉给我看看？”

请柬一扇，耶律祁手中的白玉百合酒杯，忽然真如一朵花瓣一般，轻飘飘飞了起来，掠过耶律祁的鼻端。

明明只是一张纸轻轻一扇，按说根本没可能扇动耶律祁手上的酒杯，然而那酒杯此刻当真轻软如梦，飘飘蒙上了耶律祁的口鼻。

此刻灯下场景美而诡异。满脸诡秘的少年，扇着大红的请柬，雪白的酒杯如百合，悠悠飘过幽魅男子的鼻端。那男子倾倒的姿态也悠悠缓缓，像坠入一场美梦之中。

玉无色抓着请柬，微笑地看着倒下的耶律祁。

“你好精明，一点当都不上，酒也不喝，也不靠近我，可是你眼力还是不够啊……”他笑嘻嘻地道，“那杯子看上去很像玉是不是？可惜不是，那就是百合。翡翠山谷里的梦入百合，花粉有令人长期沉睡入梦的能力。花朵经过特殊处理后，会变硬如玉，可以做酒杯，入酒入水都会在半个时辰后变软变轻，析出花粉。你看，我用请柬这么轻轻一扇，它就飞啦，花粉你就吸进去啦，妙不妙？”

耶律祁静静沉睡，眉目平和。玉无色颇有些舍不得和嫉妒地道：“梦入百合我手中也只有一朵，便宜你了。据说中了这玩意儿之后，尽做美梦，所有美梦都契合内心深处最深的愿望。唉，可惜不能钻入你的梦境，不知道你现在在做什么美梦，想必是玉堂金马、坐拥天下吧，哈哈。”

他哈哈大笑，痛快地伸了个懒腰，踢了踢耶律祁，哼了一声道：“别怪我对你下手，我这是在报复黑水女王。谁让她多管闲事，撮合英白和我娘的？她撮合我的娘，我就掳她的朋友。我看她对你还挺重视的样儿，那就你吧。”

说完，他弯身背起耶律祁，捡起请柬塞在怀中，咕哝一声道：“这么宝贝的东西，谁要给你了？本王子还要留着骗东西呢。”

他算算，自己手头有两张请柬，一张是他自己的，就面前这张，一张是给那个“未来王夫”王将军的。翡翠女王母子谁也没把那“王夫”当真，请柬根本没给对方，早被他偷了来，刚才给了七杀去抢夺，调虎离山。

还剩一张请柬，让黑水女王去和老娘抢吧，让她们打起来吧。她们打得越狠，英白就夹在中间越为难，到时候还想复合？复你个大头鬼。

他在桌案上留下字条，上书“多管闲事，必付代价。若想救人，赶紧拆婚。”

他并不怕景横波知道是他做的，他一没杀人二没抢，就带她朋友去做个美梦而已。黑水女王救过他的命，哪怕管他家闲事，他也不为难她，小小惩戒嘛。

接不接纳英白这个爹，得他说了算。无论如何，不能这么不明不白地就复合了，这样他和她娘的苦楚和尊严，谁来补偿？

青春期的别扭小子，重重地哼了一声，看看外头无人，扛着耶律祁，悄然出殿而去。

他出了殿，就有自己的护卫接应。他做了个询问的手势，对方回了个“准备完毕”的手势。

那边七杀还在打架争“谁最优秀高贵”，将满宫的护卫都吸引了过去，玉无色正好从从容容地将耶律祁塞入软轿，自己也坐了进去，一路出了宫。

易国王宫现在已经在景横波的控制下，作为景横波最尊贵的客人，玉无色自然不会受到任何阻拦。

他一路出宫，宫城之外就是翡翠王军，他又轻轻松松出了城。在城外，早有备好的马车等候。

玉无色让人扛着耶律祁爬上马车，马车里锦褥软垫、水果点心、书籍以及游乐所用，诸物俱全，能保证长途旅行中，有吃有喝一路舒适且不会乏味。一看就是追求享受者的精心安排。

他上车，车子便轻快地在平原上奔驰，奔向商国。

他要去商国，他对那个传说中的“噗噗”之国很感兴趣。听说那里虽然臭了点，去的人都要自备加长加厚版面具，但那边的水土和医药都十分养人，小姑娘们个个白白嫩嫩……

马车在路上疾驰，此刻的易国对于他来说通行无阻，这样的速度，四五天之内可以到商国。

玉无色盘算着路程，想到天亮了，黑水女王和自己老娘的脸色，还有那个活干了一半不得不熄火的便宜老爹，不由嘿嘿嘿地笑了起来。

他笑着笑着，枕着水果点心睡着了。不知道为什么，他觉得特别困，怎么也睡不醒，有时候饿极了，迷迷糊糊醒来，就抓一把果子嚼着。果子的味道也很奇怪，再也没了原先的甜美，有的酸，有的涩，有的没有肉，就一个果核，在嘴里嘎嘣嘎嘣响。他有点生气，明明嘱咐自己的护卫，所有食物都要精心挑选，选最好的，怎么都拿次货来充数？但渴饿得厉害，核子也只得啃了。有时候勉勉强强睁开眼睛，隐约能看见模糊的灯光，灯光前似乎有个影子，悠悠闲闲地看书，一边看书一边似乎还在吃着东西，但这影像虚幻飘摇，随即他便又不能控制地沉入梦乡。

他睡啊睡啊睡啊睡，已经睡到骨头发硬浑身发麻，但还是要睡，尿急了便下车解决，飘飘荡荡的。护卫看他这个样子，也不敢打扰。

也不知道睡了多久，这天护卫来敲他的车门，问他：“殿下，已经快到商国边境，您当初说的……”

他之前说过，快到商国时就把耶律祁抛下去，让黑水女王傻傻地找去。此刻护卫看快要过境，就来征询他的意见。

里头含糊地唔了一声，带着浓浓的睡意，护卫不敢多扰，悄然退下。

玉无色此刻还在做梦。梦里一群少女围着他献媚，个个穿得很少露得很多，肌肤盈盈如白雪，捏一把，软腻清凉……

清凉……怎么这么冷？

他忽然睁开眼，第一眼看见马车里灯光依旧亮着，第二眼看见原来堆得山一样的食物，现在已经矮了一大半，第三眼看见一个人，对他亲切且温柔地笑，像问候早安一样问他：“醒啦？”

玉无色眨眨眼——耶律祁为什么醒了？还有，他自己为什么不醒？

此时他才感觉到浑身酸痛，肢体发麻。他一开始以为是中毒，后来发觉好像是躺了太久血液不畅的感觉。这种麻渐渐过去后，他感觉到清晰的冷，此时才能低头一看，眼前顿时一黑。

衣服全被扒光了！就说怎么这么冷！做梦都清凉！

耶律祁吃着他的金丝椰枣，看着他的书，披着他的大氅，挥着他的请柬，笑吟吟地和他讲：“多谢你一路相送，我马上要去商国了。现在，再会。”

“为什么你没……”玉无色艰难地张嘴想问个清楚，然而眼前一黑，一个大袋子套了下来，随即他被人扛起。

车窗打开，风立即狂猛地刮进来，他在薄薄的麻袋里冻得抖成一团。

“饶了我，我错了……”见势不妙，他赶紧求饶。

可惜外头那个人，温柔其表阴险其里，自然不会被可怜兮兮的求饶所撼动。玉无色听见一声轻笑，随即嗖的一声，身子腾空而起，飞出了车窗外。

飞出车窗外那一霎，他听见护卫们大声叫好：“殿下臂力，越来越了得！”

玉无色觉得，他真的想哭了……

砰！下一瞬他落在了灌木丛里，灌木的尖刺穿过麻袋，顿时刺得他浑身疼。他啊啊地叫着，期待着那些护卫听出他的声音。可惜黑暗旷野，麻袋里的声音根本传不出去，耳听得马蹄声，毫不停留地远去了。

啊啊啊！小王子在麻袋里，发出悲愤的嘶吼声。

马车里，耶律祁舒舒服服地躺着吃东西看书，唇角笑意不散。

他觉得玉无色挺好，他打瞌睡就送来了枕头。现在好了，他又可以去商国，又免了奔波之苦，还能让景横波急一急。如果不出意外的话，她应该会追过来“救他”。

唉，景横波整天为那个人操心奔忙，也该轮到他一次了，对不对？

至于景横波会不会焦急什么的，他有小小的愧疚，却不会动摇，大不了之后补偿她好了。就愁没机会“补偿”她呢。

至于玉无色这小子，是个人才，但真要放倒他，还得再锻炼十年。

身为大荒曾经的国师，他怎么会不熟悉各国风土和特产，怎么会不知道翡翠部小王子就爱钻研这些毒花奇草？那百合杯造型奇巧，浑然天成，工匠根本雕琢不到这个程度，而且经过药物处理，有一种淡淡的怪味。虽然玉无色试图用酒味掩盖，但却根本瞒不过他，他一拿在手中，就知道有问题了。

前方即将过商国关卡，不远处传来士兵喝阻的声音。

他微笑着抽出请柬，长指弹了弹，声音清脆，他露出享受的表情。

第三十一章 路边一吻

天色黑了，又亮了。

玉无色在麻袋中挣扎了大半夜，他期待着有人经过解救他。但他当初要求护卫选择偏僻的地方抛耶律祁，好让景横波找起来费劲，现在自作孽不可活，这地方大半夜了猫都没经过一只，倒是有鸟粪，不断噗噗地落在麻袋上。

玉无色绝望了，难道自己真的要在这麻袋里被饿死冻死？

忽然一阵马蹄声传来，急速有力，一听就知道是好马，马速极快，转眼就奔到近前。

玉无色大急，顾不得刺扎人，在灌木丛中死命挣扎，又呜呜发出声音，期待被对方听见。

然而对方似乎很急，马蹄声又太响，天色还没全亮，黑幽幽的灌木丛中动静似乎也不够大，玉无色清晰地听见马蹄声从自己耳边流水般掠过了。

他沮丧地伏下身去，躯体还是不灵活，他似乎也中了耶律祁的什么药。

又冷又累，他疲倦地闭上眼睛，发誓此次如果得救，以后再不和这些凶猛人物斗了。

忽然急骤的马蹄声起，似乎还是刚才那匹马，声音更快，他还没反应过来，已经腾空而起。随即麻袋被霍地撕开，天光一亮，他猛地闭上眼睛。

“你是谁？”对方拎着他，语气不善。

玉无色睁开双眼，就看见一张漂亮的脸。玉一样毫无瑕疵的肌肤，浓眉，极深的双眼皮，唇棱角分明，脸上每道线条都是紧凑的，没一分多余的感觉。

这个男子着轻甲，束发，身上有种怎么都散不去的硝烟味道，脖子上还有一道擦痕，看上去像枪伤，他也不包扎，倒让人奇怪这么好的肌肤怎么经得起这样糟蹋的？

男子用凌厉的眼光，将他上下打量，忽然道：“英白的儿子？”

玉无色摸摸脸，很懊恼自己这张脸打上了英白的标签。他不想承认，但在开口之前他还是先打量了一下这男子，确定了他虽然语气不怎么样，但眼神中并无敌意，不是自己老爹的朋友却也不会是敌人，赶紧点头，“我是我是，您是……”

男子皱眉盯着他，半晌道：“裴枢。”

“啊啊啊，玉白金枢！啊啊啊，裴少帅！”玉无色一声尖叫，张开双臂将裴枢死命一搂，“啊啊啊，裴少帅啊，天啊，怎么会是你啊，啊啊啊，你是我从小倾慕的战神啊！我从小听着您的传奇长大的啊！天啊我居然见着真人了啊……”

裴枢嫌弃地将这光溜溜也滑溜溜的小子拎远了点，以免他的口水和皮肤沾到自己。虽然对这小子突如其来的热情有点适应不良，也不习惯这样赤裸裸的当面吹捧，但裴家少帅沉寂已久的虚荣心，还是被这贼滑的小子扇起了一些，颇有些自得地道：“啊？是吗？想不到你这个年纪也知道我，不过英白怎么会有你这样油滑的儿子？”他忽然凑近玉无色，嗅了嗅他身上的味道，眯着眼睛道，“你身上怎么会有耶律祁那狐狸的味道？”

裴少帅鼻子一向很尖，他不仅嗅见了耶律祁的味道，还感觉到这小子穴道被锁似乎是耶律祁的手法，他曾经看耶律祁出手过。

“少帅啊！”玉无色立即涕泪交流地伸出双手，“我被耶律祁害了啊！他骗黑水女王，说他有商国撷英盛会的请柬，可以帮她拿到她需要的药物，助她恢复容貌。这请柬明明是我和我娘的，给他偷走了。我跟过来，想要商量着讨回一张，结果他就把我给打了一顿，夺了我的马车，扒光了我的衣服，还把我丢在这鸟不生蛋的地方，想让我自生自灭，”他一把鼻涕一把眼泪，“幸亏我好命，居然遇见了您，啊啊啊，这场灾劫这么说也值了啊……您能给我签个名吗？”

“签在哪里？”裴枢陶陶然听着，将他拎了拎，上下打量了一番。玉无色红着脸夹着腿，对他谄媚地笑着。裴枢哈哈一笑，忽然弹了弹他的小鸟儿，道：“就签这儿怎么样？也不用笔签了，容易洗掉，拿刀刻个‘裴枢到此一游’吧！”

“啊，壮士！”玉无色一个哆嗦，腿夹得更紧，悲呼道：“一般性纪念，就可以了！”

裴枢哈哈一笑，放下玉无色。玉无色扒着他的手臂，瞅着他的脸色，悄声道：“少帅，我告诉你一个秘密，你可千万别和别人说。我听见那个耶律祁，在向别人打听商国这次开撷英盛会是否有‘莲花之欲’，‘莲花之欲’你晓得吧？传说中最厉害的情药。莲花素来是圣洁清净的代表，这名字的意思，就是这药能让最圣洁的佛门莲一般的高士，也欲望升腾，无法自控。更有一个妙处是，在莲花之欲驱使下在一起的两个人，会从此对对方的肌肤身体气息都产生疯狂的迷恋，这辈子再也沾不得别人……您说，”他圣洁又贱贱地瞄着裴枢的神情，“这个耶律祁，他要找这东西，是要干吗呢？”

裴枢低头，瞧瞧这小子，玉无色好纯洁地笑着。

呵呵呵，和自己老爹齐名的裴枢，大荒战神裴枢，传说里暴戾凶残、行事任性的裴少帅，据说对黑水女王也很有兴趣哦，一直在为她打江山呢。啧啧啧，自己在玳瑁辛辛苦苦打江山，自己喜欢的女人却被别人觊觎，咱们性烈如火的裴少帅，是不是此刻已经在心中燃起了熊熊怒火呢。

呵呵呵，牛气冲天的耶律国师，你以为你武功高智慧高手段高，咱们英明神武的翡翠小王子就拿你没办法了吗！

玉无色小心眼高倍速旋转，面上越笑越纯洁，一朵花似的。他觉得吧，和宫胤、锦衣人、耶律祁这种腹黑大狐狸比起来，暴龙式的裴少帅，什么心思都在脸上，是最好对付的一种。瞧，他的脸，已经黑了！

这次一定不会再失手的，他相信！

裴枢打量着这小子，想的却是别的事。他本来应该在玳瑁继续和俞采里应外合，攻打上元。但前不久，俞采命人传出消息，说上元城另有秘密，她需要时间去探查，让裴枢近期放缓攻击，不必急在一时。正好他此时也打得烦躁，耶律祁英白七杀统统都跑了，去和景横波相见欢，在别人的地盘上闹腾，只留他孤家寡人似的打打打，叫他如何心甘？想景横波想得烧心，夜夜睡不着，再也忍耐不得。于是他干脆佯败一场，给俞采再添点彩头，就下令休整收兵，缩回三县地盘摆开长期阵线，也让上元松了口气。

这边一收兵，他就将军事托付给自己的亲信将领，一溜烟儿来到易国，准备去把英白换回来。给他追老婆的时间已经够长了，也该他回去挑大梁了。

他为了避人耳目，特意绕了一个圈。蒙易商三国接壤，他从蒙易边境过来，直往幻都去，没想到在这里遇见玉无色。

“少帅？少帅？”玉无色声声唤着。他回过神，看一眼那小子，那小子正谄媚地拉着他的衣服，和他商量，“少帅，怪冷的，借件衣服穿？”

裴枢低头，瞄了瞄那光溜溜直发抖的小子，呵呵笑了笑。

这一笑，笑得玉无色发毛，隐隐约约觉得，好像也许大概可能，事态又不是朝着自己想象的方向发展的……

下一刻他看见裴枢手一抬，然后天旋地转，风从眼前唰唰地过，浑身透心凉，再然后咔嚓一声，屁股钻心地痛，天地倒了个个儿。他脚底朝天，脸向着地面，身子一悠一晃——被挂在了树上。

“啊啊啊……”他尖叫声此时方出，“啊啊啊，为什么！”

黑色靴子走入他的视线，裴枢此刻脸和他的脸平齐。那张漂亮的脸上，有微微的怒气，也有微微的冷笑，还有微微的嘲讽。

裴枢伸指，爆了小王子一个响栗。

“小子，贼滑贼滑的，瞅着你家少帅钱多人傻，想玩我是吧？”他嘿嘿冷笑，“你是当你家少帅吃素长大的，还是当耶律祁吃草长大的？他真要想拿走你的请柬，凭你能知道，能追上，能听见他的秘密话儿？”

玉无色张着嘴，灌进一口冷风，猛烈地呛咳起来。

裴枢毫无怜惜，又一个爆栗，狠狠地敲下来。

“满嘴谎话，一脸贼色，猪也能瞧得出你不安好心。英白倒了八辈子霉，怎么就摊上你这么个蠢蛋儿子？今儿吊你在树上，好好吹吹脑子，把你堵塞的脑浆给吹通，想明白这世上不是只有你聪明！”

玉无色缩头不得，脑子上火辣辣的，更难受的却是心——生平头一次被骂蠢货！

更重要的是，此刻他觉得，也许自己真的是个蠢货！

又一个爆栗敲下来，用力够足，眼瞧着玉无色脑子上的青红疙瘩一窝窝冒出来。

暴龙少帅可不是不屑动手的宫胤，或者不喜欢暴力的耶律祁，他认为教训就要给足了，才能印象深刻。

“你运气好，遇见的都是不和你计较的，才能接二连三惹了麻烦不死人，你以为次次都有这好运气？今儿少帅我心情好，狠狠和你计较一回，并代你老爹教你一句，”裴枢最后一个爆栗狠狠敲在玉无色脑门正中，敲出了他的眼泪，才厉声道，“竖子焉敢小瞧天下英雄！”

玉无色的脑袋蔫不拉答地垂下去，他此刻只恨自己吊得太高，不能把脑袋埋进泥地里。

裴枢嘿嘿冷笑着，大步离开，一边走一边道：“到了前头市镇，我会沿街悬赏，让人来救你的。”他摸着下巴，若有所思地道，“听说前头那个镇子，最是出产美女，要么让小姑娘们都来围观一下？”

玉无色眼前一黑。这下他真的想死了。啊啊啊，不要啊。啊啊啊，他不想被全镇的人围观啊！

“不要啊！我错了！我以后再也不骗人不害人了！少帅，大侠，哥哥，叔叔，爷爷，祖宗……你放我下来吧，我以后给你做牛做马做猪做狗，就求你这次饶我一回，啊啊啊……”

少帅呵呵冷笑，不理不答，上马，扬鞭，走人。

马蹄声远去，玉无色绝望的眼泪，终于扑簌簌地落在了冰冷的土地上。

寒风瑟瑟，荒原寂寂，翡翠部娇宠任性的小王子，终于第一次尝到了“不作死就不会死”的深切滋味……

玉无色终于受到裴枢的深刻教训，在荒原上流泪的时候，他的马车，已经进入了商国国境。

请柬拿出来后，马车就很自然地过了商国边境关卡。耶律祁舒舒服服靠着金丝绒的软垫，手中把玩着那朵梦入百合。这东西他第一时间就收入自己袖中，自以为得手兴奋过头的玉无色早忘记了。

柔软温润的花瓣在指尖旋转，他神情微遐。梦入百合，据传中者会坠入连续不断的美梦之中。可惜他没有中，不然他就会知道，自己会做什么样的美梦了。

其实就算没中，他也能猜到，自己会做什么样的梦。那一定是锦绣喜堂，红烛高烧，新人双双，姐姐高坐。他笑吟吟地掀开身侧新娘的盖头，露出那张宜嗔宜喜的，属于景横波的美妙面庞。

马车忽然一顿，随即砰的一声大响，车身狠狠一震，将耶律祁从美梦中震醒。他掀起车帘，看见道路不知何时已经变窄，似乎进入了商国的一处市镇。市镇上满是车马，挤得水泄不通，以至于他的车子一进镇，就和另一辆马车撞在了一起。

但耶律祁的注意力并不在相撞的马车上，他盯住了街头某处——一辆马车车头上飞扬的蓝底金色双头异兽旗帜，他的脸色微微变了。此时那辆插着蓝色旗的马车上，正有人掠出，似是有所感应，正向这方向看过来。隔着很远，也令人感觉到他如剑的目光。

耶律祁立即便要放下车帘缩回去。偏巧此时因为撞车，玉无色的护卫便过来准备向王子解释，看见帘子掀开，习惯性地顺手接过帘子撩开。耶律祁此时便要躲入车内，也很难躲开那人的视线。

此时和他们相撞的车子，车帘一掀，一人探出头，似要查问情况。耶律祁眼疾手快，一把捞过那人脖子，往面前一凑。他本意只是要拿那人的脸遮住自己的脸，偏巧那人此时正仰头要询问什么，猛然被这一抄，脸向上一迎，唔的一声，两张嘴唇压在了一起。

软腻肌肤透骨香。

耶律祁这么见惯大风浪的人，都傻住了。

两张脸压在一起。耶律祁感觉到对方肌肤滑润微凉，香气清淡优雅，睫毛纤长，细细地扫在他颊上，而那人的唇瓣在微微颤抖，似一朵因风绽放的蔷薇花。

竟然是个女人……耶律祁在心中呻吟一声。更要命的是，从这体香和唇瓣不自觉的颤抖来看，八成还是个少女……

糟糕透了……耶律祁心中又呻吟一声，眼睛一垂，隐约感觉到这少女不知道是惊吓还是沉醉，完全僵硬着不知避让，他赶紧要放开。然而此时那边马车蓝色旗帜下那人，本已经转过头去，忽然又转回来，随即身子纵起，竟然向这边掠来。

耶律祁暗暗皱眉。蓝底金字双兽旗，是耶律家族的家徽。

此刻一进商国，就遇上了耶律家族的车队，实在不是一件好事儿。更要命的是，这个目光如鹰的男子，正是被他在黄金部无名小村山洞里，杀死的家族大先生的弟弟耶律胜武。论辈分算是他的叔叔，也是家族执法堂的首席长老，武功在家族可算第一人。

他并不惧怕此人，却不愿意才入商国就被发现。因为之后景横波必然要来找他，一旦一起被耶律家族盯住，会多很多麻烦。

当初他在山洞内受大先生逼迫，之后奋起杀了大先生，然后赶往黄金部小城北辛城，在那里杀掉了耶律家族外派的所有人，还差点杀死了三公子。

他和家族早已结下深仇，不死不休。

耶律胜武掠过来。耶律祁心中叹息一声，松开手。他需要有人为他打掩护，但却不想利用这个女子。那少女却忽然搂住了他！耶律祁一怔，那少女已经把脸又贴了上来，在他耳边轻轻道："帮帮我……帮帮我……有人在追我……"

耶律祁心中啼笑皆非。

这一抱当真巧了，他自己需要人掩护，想不到对方竟然也需要躲藏。

少女的脸紧紧贴着他的脸，在他的怀中瑟瑟，似乎受了惊吓。耶律祁想了想，手臂用力，一把将她拉出她的车窗，拉进了自己怀中。

同时他变声笑道："你这小淘气，瞒了我一路，让我追了一路，这下可追上了，还要闹什么？"说着顺手放下车帘。

头顶上，耶律胜武无声掠过。

车下，玉无色的护卫，始终没看清耶律祁，隐约觉得有点不对劲，又想殿下真是厉害，不是一直在车中睡觉的吗？什么时候勾搭到了这么一位美人？

耶律祁跺跺脚，马车继续前行。那边相撞的马车上，本来也有护卫，护卫们一开始反应不过来，怎么撞着撞着就吻上了，吻着吻着就带走了？此时一看这边马车真的要走，顿时急了，赶紧驱车追上来。

车厢里耶律祁模仿着玉无色的声音，道："快！快！被追上，你们一个都别想活！"

护卫们立刻死命打马，用吃奶的力气狂奔。幸亏玉无色一向讲究，赶车的车夫都是精挑细选的，硬是在那条云集了各方来客马车的狭窄街道上挤出一条道路，又引得其余马车乱了方向，导致后头要追的那辆马车，没追出几步就又和别人的马车撞在一起，乒乒乓乓的声音不绝于耳。很快整条街道都被堵住，别说那少女的马车追不过来，连耶律家的马车都被堵在了街尾。

耶律祁微微松了口气，此时才来得及看那少女。他把人拉过来之后，就把她推到了一边，从头到尾，没看清她的脸。

马车里很暗，隐约听见那少女也似松了口气，又似冷笑一声。随即她起身，戴上面纱，拉开窗帘看了下周围情况，头也不回地道："多谢你救了我，我决定不追究你先前的非礼之罪，回头有机会，我还会谢你。"

耶律祁笑了笑——口气不小，谁家小姐？

那少女回头，终于看了他一眼。一眼之下，似乎轻轻一震，有些意外。半晌再开口时，声音已经比刚才柔软很多，不过内容似乎更惊悚了些。

她道："啊，我现在改变主意了，我要以追求来谢你。"

耶律祁一怔，未及回答，那少女已经一笑，伸手变戏法般变出一朵花，轻轻放在他身边的座位上，随即一声呼哨。窗外传来急速的蹄声，蹄声密集凶猛，不像马，因为拉马车的马似乎受了点惊吓，马车有点不稳。

少女掀开车帘，风一般地越过车窗，身若柳絮因风起，竟是一身的好轻功。

耶律祁掀开车帘，那少女骑在马上，抬头对他一笑，笑容神秘，随即拨马而去。

耶律祁看她走远，才发觉她骑的那匹白而高大的骑兽，并不是马，而是传说中的羊驼。羊驼，姬国的国兽，这种温顺和善的动物，产于高原姬国，是那个女子为尊的国家最重要的骑兽。据传姬国羊驼存在变种，最凶猛的高于大马，可力搏狮虎。

如今可算见着了。耶律祁轻轻皱眉——能用这样的羊驼，又有这种做派，这女子应该是姬国的，而且身份不低，那为什么还会被人追逐，需要借他遮掩？

座位边，那朵雪白的花轻轻颤动。耶律祁心中有种奇怪的感受——向来男子追逐女子，送花是诸般风流手段之一，如今却颠倒了过来。

但在姬国，真的不奇怪。姬国女子为尊，很多风俗习惯里是男人做的事，姬国是女子来做。

这朵花代表什么意义？他轻轻拈起花，才发觉这不是真花，是用羊驼的毛，以钩针钩织的绒花，钩织得花瓣套花瓣，图案十分精美。

雪白的绒花在他洁白的掌心颤了颤，他默然良久，微微一笑，手指一弹。

花没入黑暗角落中。

景横波一大早就冲进了翡翠女王的寝殿。翡翠女王还在床上，见她忽然出现，没骂没惊没抗议，死狗一样瘫着，呜呜呻吟道："好难受好难受……"

景横波本来想骂人的，看她这个欲求不满的样子，顿觉同病相怜——都是被熊孩子折腾的可怜人。

玉无色那个坑爹货，他也不想想，他娘守身如玉那么多年，又是这个正青春如火的年纪，那些漫漫长夜独自一人不知道多苦熬。好容易和英白有了机会，所谓多年压抑一朝爆发，又可谓干柴碰上烈火，这时候搞七捻三害人家拔萝卜，会难受死人的！

“你教的什么熊孩子！”她只得悻悻地骂，“把我的朋友掳走啦！”

她现在真的希望有人能狠狠教训玉无色这个小兔崽子，最好扒光了吊起来打！

翡翠女王在床上磨牙，忽然伸手从枕下摸出那张请柬，甩给了她。

“兔崽子一定去商国了！去追！去帮我逮回来！回来我就找个二百斤三尺高一脸麻子歪嘴斜眼穷得没片瓦的姑娘，让他倒插门！”

荒原上，被倒吊着被一群人围观的玉无色，忽然激灵灵地打了个寒战。

四面的人走来走去，一些孩子在唱歌。

“一只小小小小鸟，怎么飞也飞不高……”

淳朴的百姓还是将玉无色救了下来。一天后，这小子中的耶律祁的手法解开，又过了一天，他被裴枢闭住的穴道才解开。浑身僵硬的小王子，在恢复自由的第一瞬间，就光速消失在那个破旧的小镇上。

没办法，每天都有很多人来围观那个“裸挂小子”，还有很多小姑娘好奇，在他窗子外偷瞧，叽叽咕咕地笑。全镇的小孩都在唱“一只小小鸟，飞也飞不高”。

那三天玉无色一直把自己埋在被窝里，恨不得永远不要出来见人。

三天后他出现在商国和易国的边境，操着一把狼牙棒，眼睛发绿地等着过路客——他要抢劫，他要抢到请柬，他要进入商国，抢到最强大的药，学到最牛的武功，这辈子再也不要被人欺负！

三天后景横波带着霏霏、二狗子和一批护卫，路过了这座小镇，无意中听说了“裸挂帝”的传说，越听越像玉无色，忍不住大笑了一场，心想莫非这小子真的着了耶律祁的道？

也是，玉无色再聪明精明，不过是个孩子，在帝歌风云中摸爬滚打过来的前国师，要这么容易被他放倒，帝歌早就不是大荒首都了。

话虽这么说，终究还是不太放心耶律祁，她还是加快了脚步。至于易国这边，反正和翡翠女王就一些最关键的问题已经达成共识，细节本就不需要她亲自在那里磋商。

宫胤有派出人手，护送易鄌回宫。之后她也将安排一些人留下，名为帮助，实为监视易鄌继位，并接掌易国。

她终究是心悬商国好药，怕去迟了抢不到好货，一路匆匆，正好和一路赶到幻都的裴枢擦肩而过。

裴枢赶到幻都，她已经走了。裴枢听说她果然“去救”耶律祁了，顿时妒火中烧，当即抢走了一张请柬——就是玉无色用来勾引七杀的那张，七杀经过长达三天三夜的决斗，最终还是大师兄伊柒惨胜，抢得了“最优秀高贵”的证明请柬。可惜请柬还没焐热，就被裴枢抢走，主要是因为伊柒连战三天元气大伤，一时没抢得过裴枢。

这下裴枢捅了马蜂窝，七杀一向是“可以窝里斗，不许外人逗”。七个人嗷嗷大叫，势必要为伊柒报仇，一路狂呼乱叫，追往商国。

往商国去的路上，烟尘滚滚，各国各族的彩色旗帜，在各条官道上蔓延如海洋。人来得太多，以至于景横波赶到时，就看见关卡之前排起了漫漫长队。她颇有些兴奋——这种冠盖云集，一次性可以看见六国八部奇人异事以及贵族高层的机会可不多。

她正准备好好欣赏了解一下六国八部，找找有没有老熟人，就看见几个孩子，提着篮子背着筐子，在队伍前后来回走动，似乎在叫卖什么。

此时人声嘈杂，景横波也听不清他们在卖什么，却看见人们纷纷掏钱购买，也有人摇手谢绝，从自己包裹里取出各种厚厚的面具戴上。

景横波还没反应过来，那群孩子已经到了她面前。她瞟了一眼，赞道：啊，商国水土果然养人，孩子们个个白嫩水灵！随即便觉得：怎么这么臭？

空气中忽然多了一种难以形容的腐臭味道，像夏天放久了的臭鸡蛋，被砸进了粪坑里。景横波的早饭，立即在肚子里翻滚起来。

几个孩子对她展开无辜的甜美的笑容，摇晃着手中的面具。

“噗，小姐您早，噗，请问您需要面具吗？噗，来往商国必备之三层加厚版透气面具，噗，天蚕丝配合生铁制成，噗，可抵御一切不良气味，噗噗噗噗。良心价格童叟无欺，噗噗噗噗，您现在不买，进城后价钱可就要翻倍了……噗噗噗噗……”

景横波心中已经噗噗噗噗地射开了子弹。

啊啊啊啊，她怎么忘记商国是个屁国！

啊啊啊，她怎么能忘记当初商国那个彩衣使郑香！

啊啊啊啊，她怎么能忘记那凶悍的、雄浑的、极其具有穿透力辨识度的屁味！

此刻她看着四周众人纷纷戴上早已准备好的面具，多半厚实精致，绝非小孩手中兜售的那粗制滥造的面具可比，怎么办？准备不足，这样进入商国，岂不是要先被臭死？

要不要先重金和隔壁的人买一个？

正在纠结是一拳打昏那几个噗噗个不停的小孩，还是先买面具，忽然又见前方骚动。有一队商国士兵，正一路哒哒哒噗噗噗噗地过来，四周那种可怕的味道顿时又浓厚了几分。

队排得太长，商国方面怕怠慢贵客，特意加派那些士兵出关城来帮忙验证身份。

景横波眼看着那群士兵，在一个个验请柬，旁边还有一个人，拿着一张画像，在一个个比对。看一个人，摇摇头，随即放行，继续下一个。

景横波好奇心起，心想这是在干什么？查大案要犯？这里都是各国显要，会有要犯吗？

她拍拍二狗子，二狗子飞过去，立在人家肩膀上，偏头看了一眼。

然后狗爷忽然瞪圆了眼睛。

第三十二章　向右国师求亲！

景横波一看狗爷那圆溜溜的眼睛，顿觉要糟。

画像上的人是谁？不会是她自己吧？

这个念头还没转完，就看见二狗子拍着翅膀，欢天喜地地大叫道："波波，波波，波那个波！"

前面长长的队伍齐刷刷地转过头来。景横波唰地抓起一个面具扣在脸上，那孩子忙伸手要钱，景横波竖指于唇，嘘的一声，道："多少多少？"那孩子眼珠子一转，大声道："十两黄金！"

"十两就十两……啊，黄金！你抢钱啊！"景横波低低骂一声，不得已掏钱。虽然还没搞明白到底为什么商国拿着她的画像在找她，但想来想去她和商国可没什么交情，人家不大可能去请她做上宾。十有八九不是好事，她可不想在商国国境外，当着各国政要的面被驱逐出境，那脸可就丢大了。

那孩子接了钱，往兜里一塞，撒腿就跑，一边跑一边大叫："兵爷！快来！这里这个女人可疑！她用黄金收买我！"

"我去！"景横波大骂一声，"终于明白你们为毛叫商国了，奸商的商！"

此时队伍前后都排得很长，这时候出队伍所有眼睛都看得见。她只得硬着头皮看着那一队商国士兵赶过来，后面还跟着一辆嵌金饰玉十分华丽的马车。

当先一人抓着那画像，目光灼灼地比对。景横波很后悔易国的面具还放在包袱里，现在来不及拿出来戴了。

她想了想也只得决定，如果商国真的要驱逐她，她就闪进城关好了。

那士兵抓着她的画像，道："奉王太子命，前来迎接黑水女王，请姑娘取下面具验看。"

四周一阵骚动，"黑水女王"四个字好像一块巨石，投入了平静的漩涡。前后的人都转过头盯住了她，那目光有惊讶有好奇有不安有戒备，景横波觉得自己的面具都似要被这些人好奇的目光给掀了起来。

四面窃窃私语声起。

"黑水女王也来了？"

"不是说她在玳瑁和上元抢地盘吗？"

"不对，我听说的消息是她失踪了。"

"哪位黑水女王？是不是那个勾搭右国师假冒女王，然后被驱逐出帝歌，后来又勾搭了英白、裴枢的那个风流女？听说美貌无双，今儿可算瞧着了。"

"商国会邀请她来？她还没有正式登基呢，玳瑁那边局势不稳，她不会来吧？"

"听说此女颜若春花心如蛇蝎，你们都给老夫避她远些！"

景横波吸吸鼻子，心想姐什么时候这么有名气了？

“你们王太子要接黑水女王做什么？”她身边的拥雪忽然开口。

那士兵颇有些暧昧地一笑，道：“王太子的意思，我等如何配知晓？”

旁边一个戴绿色高帽子的人，忽然酸溜溜地道：“商国王太子，出名的喜爱美人。想必他是听说了黑水女王的艳名，给她发了请柬，又派人来接，这是要提前来献殷勤吧？”

商国士兵眉毛一挑，似有怒色，随即又似想起什么，并不辩驳，冷哼一声道：“请姑娘掀开面具。”

景横波无奈，只得取下面具，叹气道：“我是景横波，请代我谢谢你家王太子好意，但我想还是不要搞特殊化的好……”

“哈哈哈哈哈。”忽然一阵大笑打断了她的话。景横波怔怔地抬起头，就见对面几个商国士兵正捧腹大笑，身边那几个异国来客也乐不可支，一脸的滑稽相。

“你们瞧你们瞧，还有这样不要脸的人。”一个士兵指着她，对同伴笑道，“这样一张脸，也敢冒称黑水女王！”

四面各国贵族都微笑着摇头，有人笑道：“黑水女王如果是这样一张脸，那国师大人便是眼瞎了。”

景横波很想破口大骂——你才眼瞎，你全家都眼瞎，明明前几天宫胤还赞我很好看来着。

她有点不安地摸上自己的脸。自从发现脸上皮肤出现松弛和细纹后，她就不大敢照镜子了，怕镜子里变老的容颜会令自己崩溃，一心要找到药物之后，再好好欣赏美美的自己。所以她并不清楚现在自己的皮肤状况。

何况宫胤、耶律祁等人，只在看见她那刻有点惊讶，但之后没表现出任何的不妥，连眼神都没变过，这给了她一种错觉——自己的皮肤状况并不严重。

这一摸，她险些尖叫起来。啊啊啊，为什么脸上的皮肤似乎更粗糙了些！为什么连眼角都开始下垂！难道那药物是持续作用的吗？

“我的脸……”她摸着脸，怔怔地问拥雪。拥雪抿抿嘴，道：‘您可别信他们，其实还挺好的。”

但她终于从拥雪的眼眸里，看见自己。

不是老去十岁的景横波，而是完全像是另一个人。她没想过皮肤的下垂和老化，会令一个人的五官和气质发生翻天覆地的变化。

难道之前，宫胤他们一直面对的是这样一张脸吗？

她呆住，连士兵嘲笑着走开都不知道，也没听见四面的讥笑和叹息。

“主子。”拥雪在她耳边低低道，“咱这是暂时的，等拿到紫阑藤，您可以比以前更美。”

她刚刚振作起信心，就又听见身边排队者的议论。

“听说今年撷英盛会会提前半个月开始，所以现在六国八部的客人都往这边赶，路才堵了。”

“提前半个月？那不是等不到紫阑藤的成熟吗？”

“就是不出售紫阑藤了。今年紫阑藤、天豆、碧晶草，都不再对外售卖。据说是商国王太子要拿去，追求姬国的王女。”

“追求哪位姬国王女？姬国王女不要太多！”

“追求最有可能成为姬国王太子的那个。你不知道现在姬国女王病重，诸王女在争位吗？所以这次姬国王女不少都来了商国，商国王太子想靠这些顶级名药，和最有势力的姬国王女联姻；姬国王女也想获得这些顶级名药，献给女王，来增加自己成为王太子的砝码。两边都有所求，所以现在商国王太子，在姬国王女心目中，也炙手可热呢。”

“换句话说，商国不会拿出紫阑藤，姬国王女们也不会允许紫阑藤等物落入他人之手？那咱们不是都没份了？”

“当然没份，什么东西卖不卖，商国说了算。你在地主地盘上，想抢地主有大用的东西，可能吗？何况还有姬国王女们阻挠。她们的羊驼凶兽，力搏狮虎，速度惊人，还能降伏一切坐骑，寻常骑兵武士根本不是对手。你我远赴异国，不要惹麻烦的好。反正商国其余好东西也多了是。”

“是极，身在异地，收敛些好。”

景横波的心微微一沉，事情看起来，越来越往不利的方向发展了。

忽然前方又一阵骚动，又一队商国士兵快马驰来。这回的士兵看起来比刚才那一批更加彪悍，衣甲也更加鲜亮，身后有商国王旗，显然是直属于商国大王的皇家军队。

那些皇家军队士兵，也拿着画像，开始一个个比对。二狗子又飞过去偷窥，一眼之下，又瞪圆了眼睛。

景横波心想，我晕，不会还是我吧？

紧跟着狗爷就拍起了翅膀，兴奋地大叫：“波波，是你，是你，还是你！”

景横波眼前一黑。

那队皇家军队果然又奔了过来，当先一人手中的画像迎风飞扬，画的果然是她的脸。

景横波注意到这次并没有华丽的马车，士兵们刀剑齐备，还有箭手，神情严肃，完全是迎敌的模样。

“这位姑娘！噗！”当先一人枪尖一指，“请拿下面具。噗！”

景横波先前已经又将面具戴上，此时憋着气问：“为什么要拿下？”

“奉大王命，噗，请黑水女王就此折返回国。噗。”那将领厉声道，“商国并无打算邀请黑水女王参与撷英盛会，噗噗，王太子签发的所有请柬不能获得商国大王认可。为免发生误会，我等在此负责迎候并送回女王，噗噗。”

周围众人哧哧地笑——很明显，儿子悄悄签发请柬要给美人献殷勤，老子却根本不愿意邀请这“美人”。一批人来接，一批人来赶，在这关门前，当着各国各族的面闹了个大笑话。听说商国王太子不大得老王喜欢，所以才一心想对同姻强势部族联姻，现在看来一点不假，当真一点儿面子都不给。

黑水女王也可怜，人还没到，就给耍成了这样，传出去就是笑柄哪。

景横波听着，呵呵一声，掀开面具道：“其实我确实是黑水女王……”

“啊，噗！您别开玩笑了，噗！”那将领一看她的脸，立即变色，急忙下马躬身道，“请恕我等失礼之罪，大王说了，黑水女王之外的所有获得邀请者，都是我们商国的贵客。噗噗，刚才是个误会，还请您千万包涵，噗噗噗……”

景横波发现商国人一急起来，那噗噗声更是翻江倒海牛气冲天，急忙后退，连连摆手：“不必客气不必客气，我就是和你开个玩笑哪。”

“请问您是……”

“翡翠女王玉明。”景横波扬了扬请柬。

众人都哦了一声，很释然的样子。大家都听说过翡翠女王那张脸，皮肤状况很糟糕，如今瞧着，果然如此。

那将领又赶紧施礼，再次道歉，为表示歉意，特意让四周次一等的队伍让出道路，让景横波的车队到前头王族队伍中去。

景横波呵呵地笑着应了，逃也般地上了马车，一边让人赶紧去买最好的防毒面具，一边呵呵地笑。笑一声，看一眼商国国旗，笑一声，看一眼商国国旗。

那群皇家军队还在关卡外，等待拦回“黑水女王”的队伍，忽然将领摸了摸胳膊，觉得有点儿冷。

他身边一个副将唏嘘道：“哎，噗噗，这真是一趟苦差。大人您说，这要真遇上黑水女王，赶人家回去，人家不得气死，这要闹出两国纷争来怎么办？”

“怕什么，噗噗。”那将领道，“隔着翡翠和易国，玳瑁怎么挥军来打？这是商国地盘，商国说了算。”

“大人，都说远交近攻，和玳瑁女王搞好关系不好吗？大王为什么一定要得罪她呢？”

“得罪她又怎么了？不过是靠男人上位的女人罢了，噗噗。不过大王拒绝她，我听说是因为大祭司算不出她的命盘，但说她命中带煞，不利国主。你难道不知道，现在各国各族都不大欢迎这位女王？自她出帝歌以来，搞坏了多少人？襄国女相彻底失败，黄金部元气大伤，斩羽部战辛损失巨大，玳瑁成了一个火药桶，沉铁王宫毁于一旦……谁还敢陪她玩？”

“果然是个不祥的女人，噗噗！”

“噗噗，皇家的事咱管不着，站好岗，撵走人便行！”

景横波的队伍，现在到了排队队列的最前方。王族有王族的待遇，她将以翡翠女王的身份被迎入商国专门为迎接同等身份外宾所建立的会同馆，也会被邀请参加最高级别的售卖会和宫宴。

最前头的队伍和旗帜都五颜六色，可以看见黄金部金光灿灿的车轮。金召龙的脸色比以前苍白了很多，也许裴枢名声越盛，他脸色越白。

斩羽族绘有羽毛图腾的旗帜飞扬，斩羽族长战辛的眼神里有幽幽的鬼火沉降。他也在盯着道路，等着黑水女王的出现，待她被商国驱逐，他就好好跟去“招待”一番。关于这点，他和金召龙已经达成了共识。

沉铁士兵黑色的铁刀毫无反光，但却是世上最锋利的刀之一。铁星泽初继位不久，并没在队伍中，据说要稍迟赶来。

落云部的护卫们步子轻飘，每个人都穿白袍子，夜晚看见便似一群鬼。据说那个部族所有人都着白麻衣，肤色极白，喜欢点红灯。到晚上部族内鬼火阵阵，幽火点点，直如鬼城。

浮水部的人也是一个“声音种族”，和“噗噗噗”之国的商国有异曲同工之妙。那个国家的人，受境内“虚无沼泽”的影响，体内充满气体，一张口就各种冒泡泡，喉间发出“咕噜咕噜”的声音，体内气体充盈，也让他们不得不大部分时间张着嘴。当他们大部队接近时，光听声音，让人感觉是火山在沸腾要爆发，或者是一群青蛙在鸣唱，或者是一大群打呼噜的猫在接近。当看见人的时候，他们会让人感觉一群食人兽在接近，能够看见无数张大张的嘴，黑洞洞的喉咙里各种肥大的扁桃体，让人眼前一黑心情崩溃。

但景横波很快就发现，没有最崩溃，只有更崩溃，因为浮水部的王族，似乎对这“咕噜”声有些不满，或者不愿意和普通百姓一样咕噜，他们经过孜孜不倦的调整，现在换成了“呃”声。以至于当一个浮水王族的老者和景横波攀谈的时候，一句话几十个字里出现了三十个“呃”，听得景横波不由自主地跟随着那“呃”的节奏一颤一颤，远远看去像在跳嘻哈舞。等到终于和那热情的老王族攀谈完，她发现自己也开始打呃了。

琉璃部琉璃多是一回事，更奇妙的是那地方的“琉璃沼泽”对人的皮肤也有影响，乍一看很正常，但换个角度，那些人的皮肤就会呈现琉璃般的光彩，让人看不清他的长相。据说琉璃王族练习一种神功，能让周身肌肤都半透明化，有时候能利用人的视觉误差，实现“隐身”效果。当琉璃部的人成群走过来的时候，所有人都觉得眼前人影虚幻，闪闪发光，忍不住要闭上眼睛，再睁开眼睛时，就已经找不到人了。

蒙国队伍里则是清一色高高矮矮的绿帽子，遮挡了所有人的视线，远远看去像一片齐刷刷的莴苣田，最高的帽子似乎快要捅破了天。景横波为了逃避热情的打呃王族，躲在了蒙国的高帽子后，顿时很有安全感。

姬国的羊驼队列如一片白云，云一样飘过来，云一样飘过去。羊驼样子很呆萌，姬国女子们的眼神却很锐利，她们大叉双腿坐在羊驼上，操着重型武器，嚼着高原上特产的一种叫作“甜七”的果状物。那东西很有嚼头，先苦后甜，唇齿留香，能够帮助女子们抵御高原的寒冷和光照，唯一的缺点是汁水微红，嚼多了会染红牙齿，一张嘴个个都像吃人肉的母老虎。

禹国那夸张的镶满宝石的累死马的巨大马车，轰隆隆地轧过了地面，辙印足足可以睡下一个小孩，但里面最多只能装两个人。当人从马车里出来时，似有一座山当头压下。当禹国队伍整队出现时，所有人都觉得空气不大够用——几乎所有的禹国王族都是胖子。

景横波忍不住嘿嘿嘿地笑，心想耶律祁怎么就一点都不胖？哎呀，耶律家族是禹国大族，要不要帮他娶个胖子公主？

襄国队伍现在再无绯罗当政时的骄矜张扬，显得十分低调，马车帘子低垂，看不出里面是什么人，所经之处香气不散，令人神往。景横波有点想念和婉，不知道新任女摄政王有没有空亲自来一趟，陪在她身边的，又是谁？

王族的队伍过了正午才过关完毕，景横波等人被接入会同馆。商国的会同馆很大，每个部族各占一个院子。商国在安排上很费了心思，有宿怨的部族，住得分隔很远。

景横波一到，就让护卫出去散布翡翠部女王抵达商国的消息，相信耶律祁如果到了商国，一定会明白这翡翠女王到底是谁，会来和她见面。

她自己则在会同馆的屋脊上出没，听着底下所有王族的墙角。

黄金部和斩羽部两位族长正在喝酒，把臂言欢。

“你我联手，在商国城关之外埋伏，一定要把黑水女王留在这边境！”

落云部静悄悄的，白影子飘来飘去，没人说话。

襄国：“黑水女王不知道会不会来？我很想她呢。”

浮水部：“呃，咱们这次，呃，还是要，呃，争取一下紫阑藤，呃，听说这东西，呃，再配上几种药物，呃，能治好，呃，咱们的呃……”

禹国：“耶律家族向咱们求援，说是可能发现了家族叛徒，要咱们提供帮助，回头瞧瞧，耶律家族有什么好处给咱们再出手。”

蒙国：“听说最近易国不太平，翡翠王军过境，黑水女王军队过境，咱们要小心些，东西拿到多少无所谓，不要被那几个不祥的女人坏了运气。”

琉璃部：“听说那黑水女王有奇特能力？可惜她不来，如果她来了，正好掳来研究研究，瞧瞧能不能对咱们有帮助。”

姬国的屋檐下，声音很多，姬国来了好几位王女。

一位道：“给我查查那天马车中的男子是谁。”

一位道：“听说商国太子派人去接黑水女王，被大王否决？看来王太子地位不怎么样，我等要重新审视对王太子的态度。”

一位道：“去查查黑水女王到底什么样儿，能让王太子这么上心？”

一位道：“她们都是蠢货。要么对王太子用心，要么什么都不要。一个商国王太子算什么？能决定我姬国王位大局？你们给我听着！紫阑藤等三大宝药必须到手，我要送给右国师大人，向国师求亲！”

第三十三章　觊觎男朋友者，毁！

景横波听见最后一句，险些从屋檐上栽下来。

向国师求亲？哪个国师？

心里知道这答案根本不用问，大荒国师只剩下了一个，就是她心中未来的黑水王夫宫胤宫大神是也。

景横波坐在屋檐上，心中呵呵地冷笑，觉得这大荒奇葩真多。这些商国人、姬国人，想迎就迎，想赶就赶，想嘲笑就嘲笑，想抢人就抢人，当她景横波是吃素的吗？

她对现在这座屋檐下，这位自认为最聪明的、意欲一举拿下大荒国师从而获得姬国王位的姬国王女，非常感兴趣。

她悄悄掀开屋瓦，探头向底下看。华丽的厅堂里，上座端坐着年轻的女子，从她的角度看不出长相，只能看见那女子坐姿极其端正，腰背笔直。从她一丝不乱的发髻、无可挑剔的坐姿和分外整齐的衣饰来看，这位扬言要拿下宫胤的王女，是一个严肃锐利、一板一眼的无趣人物。

从她的语气中也可以听出来，她并不是对宫胤本人感兴趣，纯粹是看上了他至高无上的地位，觉得和他联姻，是帮她获得王位的有力帮助而已。

景横波撇撇嘴。她生平所见之人，不乏这种严谨庄重型的，这种人多半野心大，心思深，待人苛刻，不好相处。这样的女子要想获得宫胤青睐，做梦！

严谨禁欲高冷闷骚的某人，喜欢的当然是她这种满身都是热力和风情的华丽丽的母豹子型奔放女哟。

她手指悄悄地对屋檐下点了点——有机会，去和太史阑学学吧！那才是她见过的最严谨庄穆的女子，但太史阑庄重中不失潇洒，肃穆中不失灵动，一举一动充满了中性之美，帅到没边，满身风华。这王女如果能学到太史阑的一半，或许还是个竞争对手。

屋檐下的女子双手交握着，似乎在沉思，半晌道："紫阑藤要拿到，还需要一些时日，但王位却是迫在眉睫的事。这样吧，你们去送些珍玩到帝歌给国师，就说姬三王女姬琼倾慕国师，请国师笑纳。另外帮我打听国师喜好，爱去哪里，爱做什么，喜欢什么，都统统及时告诉我。"

底下众人应了，有人便道："听说国师大人，似乎和黑水女王颇有些瓜葛。"

"是吗？"姬国这位三王女似乎是个不爱八卦的，语气很意外，随即冷笑一声道，"管他喜欢什么女人。将来如果国师接纳了我，我允许他纳妾就是。"

景横波坐在屋檐上呵呵地笑，奇葩年年有，今年特别多。这人还没见过，就敢以老婆自居了。

"那位可是黑水女王……"有人低声提醒，意思是女王总不能去做妾吧。

"什么黑水女王，真当上再说。再说玳瑁女王，能和我姬国女王比？"姬琼又是冷笑一声，挥手道，"拿雪玉膏来，我要敷脸。"

便有仆人下去拿东西。景横波跟着，看那仆人进入内室，极其小心地打开一个上锁的柜子，柜子第二排，有个十分精致的白玉盒子。

柜子里共三排，第一排是一些珍玩，第二排是白玉盒子，第三排还是盒子。但从造型来看，第二排的盒子精致光润，第三排的盒子沉暗古怪。

景横波暗暗叹气，不用猜，第二排是好东西，第三排多半是毒药，一看就知道是这位三王女的行事风格——自负有余，心机不足。

她觉得这位三王女，在夺嫡道路上必定死得很惨。但凡这种自以为很聪明，看别人都是蠢货的人，智商情商其实都在水平线以下。

那仆人伸手去取一个雪白的盒子。景横波手一挥，撩起旁边的帐幕，拍了一下她的后脑。那人转头查看，景横波趁这机会，连开了这个雪白盒子的盖子和第三排的一个黑色盒子的盖子。

那人回头没看见什么东西，便又回身准备拿盒子。景横波故技重施，又撩了她一下。那仆人又回头，景横波这回用一旁的勺子，在黑色盒子里狠狠挖了一勺透明液体，掺到那雪白的盒子里去。

此时仆人还是没发现什么，但有点发毛，紧张兮兮地在室内东张西望。景横波刚将勺子藏起，还没来得及擦拭一路的滴洒，那仆人已经重新回过头来，但她因为有点紧张，也就没注意到开了盖子的盒子和地板上的滴洒痕迹，匆匆将盒子盖好拿起，回到正屋。

正屋里王女正在洗脸，坐在榻上，一个侍女高举热气腾腾的脸盆，一个侍女给她卷起衣袖，一个侍女给她打湿布巾。她微微仰着脸，闭着眼，等人伺候着擦干脸，又等着人给她敷上那可使肌肤洁白无瑕的雪玉膏。

拿着雪玉膏的侍女打开盖子，看见里头原本应该晶莹剔透的膏体变得有点浑浊，不禁微微犹豫。

姬琼等了一会儿，觉得脸上渐凉，这香膏要在刚刚热水洗过脸时就敷，此时效果最好，她不禁嗯了一声。

侍女听见这一声，微微一颤，知道主子性情急躁严厉，不敢再耽搁，狠狠心，急忙挖出一坨膏体，敷在姬琼的脸上。

一直在屋檐上偷窥的景横波，无声地笑了笑，一闪身离开。

她在第三排的毒药盒子中，选择了造型颜色最正常的一个，想必不是什么厉害的毒，这三王女自己应该也有解药，就让她自个儿慢慢解去吧，省得太闲，整天觊觎她的男人。

她并没有彻底离开姬国王女们住的那个院子，她想着，在紫阑藤等药物彻底成熟之前，先把这些竞争对手分批解决掉。

解决一个人，要先知道她的弱点，她便先去了下人住的院子。

世上所有的下人，都爱嚼主人舌根，这是景横波以前在帝歌王宫，经常蹿来蹿去所得到的经验之谈。

她坐在下人院子的屋顶上，听着底下一群休息的侍女聊八卦，很快摸清了这次姬国来了四位王女，是竞争姬国王位的最有力的四位——三王女、四王女、七王女和十一王女。

三王女姬琼，就是觊觎她家未来王夫，被她帮忙毒药敷脸的那位，也是姬国女王的长女，前头两个已经死了。

四王女姬瑶，据说是个风流情种，早早有了未婚夫，性子颇为狡猾，但胆子很小。有人说胆子小是因为杀人太多了。

十一王女姬琳，据说注重享受。因为年纪小，性情娇憨活泼，很受女王宠爱，但也因为年纪小，不大被朝臣所接受。

据说商国王太子这次主要就是对十一王女献殷勤，而小姑娘似乎也不反对嫁个年纪比自己大一轮的夫君。

但景横波听了半天，也没听八卦女们说到七王女，似乎仆人们对这位王女颇有些忌讳，她只是听见有人低低道一句：“七王女也不知道到底怎么想的……”立即便有人道：“噤声！”随即气氛便沉寂了下来。

景横波等了一会儿，没有听到新的内容，便离开了下人院，顺手拿走一件宽大的白麻布袍子，直奔四王女姬瑶的院子，在她院子里等到天黑。

这种天气伏在屋瓦上的滋味不大好受。瓦上寒气透骨，她拢紧了衣襟，让自己东想西想，分散注意力，这样就不会感觉到寒冷。

她想着想着就想到宫胤，想着紫阑藤不知道能有多少，拿到手该怎么处理，怎么让宫胤接受这东西，治好了他的问题，她离幸福是不是就近了一步，到时候要不要搭个宫殿纳宫胤，宫殿的名字就叫“藏宫”，嗯，一语双关，金屋藏宫嘛……

思绪奔腾便不觉天长，当她的想象进程已经发展到将来自己三个娃各自要娶什么样的媳妇的时候，她一抬头，发现夜已深浓。

她噙着一抹憧憬的笑意，低头看看底下已经安静沉睡的院子。然后她闪进了室内。再然后，屋内响起一声尖叫，只穿着寝衣的四王女姬瑶，光着脚冲出来，大声尖叫：“有鬼！有鬼！”

众人闻声惊起，却没有发现任何问题，询问惊恐战栗的姬瑶，她颤声道：“一身白衣，衣裳上有很多血，在对着我笑！我扑过去，她就不见了，那速度……那速度……绝不可能是人！”

众人默默瞅着她——四王女其实经常做这样的噩梦，总说有女鬼缠她。王室对外解释是四王女先天不足，体气略弱，所以易受鬼魅妖缠。其实更多人认为，鬼魅之所以不缠别人只缠她，自然是因为她造成的鬼比别人多些。制造了那么多鬼，偏偏又怕鬼，这诚然是一件很有意思的事。但话又说回来，四王女那怕鬼的娇弱怯怯样儿，让多少人心生怜爱放松警惕由此变成新鬼，便是更有意思的事。

习惯了四王女的一惊一乍，众人也就打算虚虚应付下，谁知道姬瑶忽然尖叫一声，大叫道：“我看见那鬼往西边去了，一闪不见！西边住的是谁？是谁？”

众人面面相觑，西边住的是她的三姐姬琼，再往西边住的是落云部的王族，都是不能得罪的人物。

姬瑶的脸因憎恨而扭曲：“一定是姬琼！是她，想趁着这人生地不熟，下手杀了我，再推给商国！”

众人听着，也觉得似有几分可能。姬国王女争位争得如火如荼，手段百出，全姬国都知道。现在几位王女出使他国，正是最好的下手时机。别的不说，前几天七王女不是被人暗杀，借助一个陌生男人帮助才安然躲过的吗？

姬瑶披上外衣，带齐护卫，以“追刺客，怕刺客惊扰了三王姐”为名，直奔姬琼院子而去。还没到，就听见姬琼院子里传来一声尖叫，随即又是啪嚓一声似什么碎了的声音。再然后就见一道白影子一闪，闪出姬琼的院子，再往西去了。

姬瑶一声低叫：“就是那个！就是那个白影子！”

众人这回亲眼看见，倒收回了先前的不以为然。这白影子确实像个鬼魅，瞻之在左忽焉在右，不是轻功能达到的速度。

姬瑶一脸嘚瑟，去拍姬琼的门，姬琼当然不开门。来应门的侍女语气仓皇，说三王女已经睡下不便见客，众人却分明听见里头屋子里叫骂哭喊声一片，似乎发生了什么。姬瑶听得心痒难耐，直觉这里头有事儿，哪里按捺得住，假装要走，转身就偷偷越过了姬琼的院墙，正被捂着脸冲出门的姬琼撞个正着。

这下好了，姐妹俩当即上演了全武行。一个说你为何偷偷摸摸私闯我门莫非图谋不轨，一个说你为何不肯开门鬼鬼祟祟莫非心中有鬼；一个说我的事儿不用和你交代赶快滚，一个说你为什么总捂着脸莫非遇上了什么事儿？说着说着姬琼赶人，姬瑶自卫，再后来不知怎的又扯上西边院子里的落云族，两边又拉扯着，要去落云族那边辨认“白衣刺客”。落云族来的是一名王弟，当然不允许，然后又变成了三方争执，闹得整个会同馆都被惊醒，六国八部王族统统起床看热闹。

这个时候，始作俑者景横波已经躺在床上睡大觉了。

姬国也好，浮水也好，凡是觊觎紫阑藤那几大名药的，必定会在撷英盛会后想法子拖延时间，留在商国，好窃取紫阑藤。而她，只打算尽量隐在暗处，让这些人闹上一场又一场，种下因果便好。

不过她没能睡多久，因为事儿闹得大了，惊动了商国王太子。王太子听说会同馆出现两国纠纷，亲自摆驾前来调停。听说了“白衣刺客”的事情之后，王太子觉得事情非同小可，当即命令加强对会同馆的防卫，又亲自造访每个院子，表示对来宾的慰问和关心，顺便也想借此机会查看一下“白衣刺客”的线索。

王太子此举不过是为了邀得人心，好为自己赢几分好口碑。据传最近他王太子的地位岌岌可危，他那垂垂老矣的父王，更喜欢最小的那个儿子，有意要改立太子，只是因为群臣劝阻而暂时作罢。也因此，王太子心中颇有危机感，人前总想做得更漂亮一些。

一群侍卫引导着商国王太子商略，往“翡翠”女王院子中来。三十岁不到的王太子商略算得上气宇轩昂，只是一个钩得太弯的鼻子，让他稍稍有点破相。

他一边行走一边微微皱着眉，想着黑水女王没能接到，真是件遗憾事，自己那个爹，年纪越大，管得越多，真是个老不死的。他想着前几日听闻的那个消息，心中冷笑一声，又忍不住微带遗憾地一叹。

和外人猜想的不一样，商略邀请景横波来，并不是因为好色，而是出于和老王拒绝景横波一样的理由。

商国国主是他爹，黑水女王如果真的命中带煞，不利国主，克死了他爹，那岂不是对他很有好处？

等到他当了国主，再把黑水女王驱逐便是。

可惜老爹太过警惕……

他又叹一声，不经意将目光向上一抬，忽然浑身一僵。

前方是翡翠女王的院子，会同馆每个院子都很精致，这座院子有座小楼，楼上有雕梁饰木的露台。此时刚刚天亮，正有一个女子似夜睡方起，在露台之上伸懒腰。

天色清亮如洗，天边微露一缕明霞，似女子颊上的一抹嫣红，慢慢晕染得这晴空半红半青。而那女子的轮廓，便镂刻在这样清新的背景色中，呈现出惊心动魄的美妙曲线。商略看不见她仰着的脸，却可以看见雪色的脖颈，她手臂和腰腿都纤细修长，偏偏胸前丰满喷薄，那一个微微后仰张开双臂的姿势，让人担心她的细腰承担不住那样的喷薄，会因此而折断。

商略身为一国王太子，所见美人多矣，但搜遍记忆，也未曾见过如此美妙的轮廓，忍不住顿脚仰头，神往沉迷。

露台上自然是景横波，她早起爬上楼呼吸新鲜空气，做几个瑜伽动作，隔得远，也没在意底下还有人偷窥，做完动作便下楼吃早饭。

商略一直目送她下楼，从她的腰看到她的臀看到她的步伐，心中暗赞："必是绝代尤物！"于是急匆匆问随从，"噗，此处乃何人居处？"

"回太子，噗，是翡翠女王玉明。"

商略怔了怔，眼睛一亮："生了孩子还有这样的身材！"

他没见过翡翠女王，但也知道这位女王已经二十六七，还有一个十来岁的孩子，据说脸上皮肤还很糟糕，怎么还会如此年轻美丽？

那样的身体……他暗暗咽了一口口水，只觉得浑身微微燥热——以他阅遍美人的经验来看，露台上那个女子，在床上绝对会是男人的恩物……

护卫们一看太子那挪不动腿的模样，就知道太子的毛病又犯了——商国王太子就是喜欢熟女，并不介意对方有无丈夫或生育，商国的春闺怨妇和小寡妇不知道被他荼毒了多少。好在太子爷风流却不下流，很会对女人献殷勤，大多数倒还是你情我愿。

莫非这回，看上了未婚生子，空闺十年的翡翠女王？

众人心中忽觉豁然开朗——说起来，这也不失为一个好选择呢，比起在姬国求娶一个不知道能不能继承王位的王女，还不如选择一个已经坐稳王位，富有一地的女王。女王又是王太子最喜欢的熟女类型，虽然脸糟糕了一点，但商国什么宝药没有，治好她的脸不过是举手之劳而已。再说王太子有句名言：灯灭了，长相就次要了，身体才是男人最美的享受嘛。

看王太子的眼神，明明很是动心，脸上表情也更庄重了。

他庄重地去敲门，庄重地求见女王，庄重地在院子里看二狗子和霏霏玩。二狗子叼着一件脏兮兮的麻衣，在院子里飞啊飞，假装自己是白凤凰，被霏霏一巴掌拍下来，按在了泥地里。

王太子看见了这一幕，脑子里却没留存这一幕，满脑子都是露台上那个伸懒腰的销魂倩影，目光直直地越过二狗子，看向了珠帘之内。

景横波听说商国太子来访，又是这么件事，自然要出来见见，但她现在不想以这张脸见人，便隔着帘子说了几句。

商国太子隔着帘子，看见里面果然是露台上那个美人，心花怒放，脸上却越发庄重，将事情说完，嘱咐景横波注意安全，便庄重肃穆地退了出去。

深谙追求之道的太子认为，追求不能操之过急，不能一开始就给人留下猴急的印象，好印象，是要慢慢营造的。

他从景横波的院子出去的时候，二狗子和霏霏牵着一条白白的东西从他面前奔过。两边在拉扯，刺啦一声，那东西在他面前裂成两半。

心中满满都是大胸的王太子，和蔼地道："这两个小东西真有趣。"庄重地从那白白的东西上跨了过去。

他走后，景横波奔了出来，一眼看见二狗子和霏霏玩的东西，头发都差点竖了起来。

"作死！"她大骂。

昨晚扮鬼吓姬瑶穿的那件白麻衣，明明在她回来后被扔在了灶膛里，回头拥雪起来烧早饭就会烧掉，什么时候被二狗子和霏霏拖了出来玩？

景横波急忙把麻衣塞灶膛里扔了，一边拍胸口一边庆幸："运气真好运气真好，幸亏那商国王太子是个近视眼！这两只宠物当着他的面玩这件麻衣，他竟然没发现！"

烧火的拥雪，慢吞吞地撇撇嘴。

近视眼么？明明眼力很好吧。不然怎么会隔着珠帘，都能一眼看见你的大胸，并盯住不放呢？

景横波住的院子里种了几株榕树，绿荫亭亭如盖。来来去去的人都赞一声这树高大，却很少有人想起来抬起头，看看虬结的伞盖般的树荫中会有些什么。此刻那些蟒蛇般的树枝上，似乎有什么在滑来滑去，颜色和树皮相同，乍一看像蛇，再一看是人。

一些穿着半灰半绿、身形细长、看上去几乎和树枝同色的人，他们手腕上，文着小小的蜜蜂，蜂刺特别突出，锥子一般。这是宫胤手下专职侦查、暗杀和秘密保护任务的蜂刺。

利用环境进行变色掩护，是蜂刺必须掌握的一门技能。这群蜂刺来自易国。宫胤撤销了安插在易国的蛛网蜂刺后，给他们下达的新任务，就是贴身保护景横波，随时传达关于景横波以及她周边的各种消息，但不得干涉她行事的自由。

现在，这个蜂刺，正在一张纸上沙沙地写着什么。

"商国王太子似对女王动心，欲待追求。再另：姬国三王女似欲追求国师，已遭女王惩戒。"

载着信件的鸽子，翩翩地飞去。

景横波很快就感受到了商国太子的热情追求。

下午的时候，她的屋子中已经堆了很多商国王太子的礼物。大部分是药物，也有女子最爱的首饰绸缎。景横波原先还以为是每族都有，算是给这些人压惊，打听了却发现，只有她有。

她打开一个装药的盒子说明，发现那药是王族珍藏，专门用来治脸上的暗疮。瞬间，她就知道这位王太子是打算干吗来了。

景横波摸摸脸，很奇怪这位王太子独特的口味。她现在脸老了，扮演的也是已经有了孩子的老女人，这位王太子干吗放着那么多年轻漂亮的姬国王女不喜欢，来追求她这个橘皮妈妈桑?

在礼物的中间，还有一张请柬。

今晚商国王太子会在商国最大的王族庄园“碧华园”，给各国王族政要接风，并在此举行小型售卖交易会。届时商国会提供一部分珍品药物进行售卖，同时也允许各国政要以各种方式，进行资源交换。

换句话说，这是拍卖会，可以以物易物的拍卖会。据说这是商国每次盛会的伊始，拍卖之后是宫宴，宫宴之后是撷英盛会。这三次盛会，就是各国王族无声角逐的沙场，谁胜谁负谁笑到最后，不到最后不见真章。

而第一场拍卖会，是唯一一场其余各国也会参与的交流会。在场的都不是缺钱的，不会明码标价，提出交换的要求也千奇百怪，很多时候，看的是每个人的智慧和资源。

商国太子要请景横波作为他的女伴，出席宴席和售卖会，并送来了晚宴的礼服。

景横波虽然做女王很久，却一直是个低调的女王，并没有体验过太多上流社会生活，也没享受过男人这种热情的追求——她遇见的是冰山，只晓得矗立在她面前为她挡风遮雨，至于什么浪漫以及男人对女人的那种小意的殷勤，高冷的国师大人是不懂的。

然而每个女人都有一个公主梦，所以景横波还是忍不住打开了装礼服的衣盒，一打开，不禁发出哗的一声。

翡翠绿色的宫装，高领束腰，是最能体现身材的式样。衣裳不是那种俗艳的绿，而是选择的最珍贵的姬国才有的明蚕丝缎料，那种料子天生光泽流动，温润如玉，当真如一整片水色通透的翡翠。

裙摆自腰以下，层层叠叠的金丝挑织成凤凰尾羽状的长长裙裾，微微蓬松，梦幻般逶迤开来，裙尾点缀细小水晶，灯光下一片灿烂辉煌。

商国太子还细心地配了同式样的面罩，由金丝织就，镶嵌着水晶，流光溢彩，可以想见这样的面罩，会将任何问题都掩饰在一片绚烂之中。而唯一露出的景横波的眸子，是她目前最为骄傲的，不会衰老的风情明眸。

简单和华丽相融合，轻灵并高贵同增色，久经花场的老手，送衣服的眼光也毒辣老到。连景横波这样见过现代各式华贵礼服的眼光挑剔的人，都不禁啧啧赞叹，爱不释手。

旁边那株榕树上，一个蜂刺满头大汗，正在奋笔疾书。

“商国太子已经对女王展开正式追求，送来的礼物堆满厅堂，女王开启礼物盒，内有华丽礼服一件，女王有惊喜之容。”

景横波对美服从来没抗拒的能力，当即答应了商国太子的邀请。

答应邀请也有她的小小意气——就是要气气那个远在帝歌的“男朋友”，谁叫你不告而别来着？

宫胤就那么跑了，她虽然大度不计较，但心里难免不舍。他回去之后，说不定还会遇上明城的纠缠。孤男寡女相处一宫这种事，是她心里的一根刺，以前怀恨时尽量不去想这件事，现在一想到，便更加愤愤不已，忍不住便要小小报复一把。

当晚她着意梳洗打扮，准备在拍卖会上，把该抢的都抢过来。

此时，裴枢快马驱驰，已经进入了商国王都天闻城。七杀在商国边境，拦截了一个前来参加盛会的江湖名流的队伍，混进去做了护卫。

玉无色没能抢劫到人家的请柬，却因为嘴甜反应快，被帝歌一位大族贵妇认为干儿子，带进了商国。

而此时，耶律祁已经听说了翡翠女王到达的消息，立即明白是景横波到了，当即手持请柬，以“女王未来王夫”的身份，要求进入会同馆，和翡翠女王会合。会同馆并没有拦他，当即客气地请他进入，他刚刚进门，便有会同馆的侍女上前，为他引路，说要带他进入翡翠女王的院子。

耶律祁跟着她没走几步，忽然含笑停步，道：“姑娘如果不引我去正确的道路，只怕我就会让你走上死路了。”

那引路的侍女回转身来，并不紧张，一派落落大方，笑道：“公子真是明眼人，实不相瞒，奴婢并非会同馆的侍女，而是姬国七王女的侍婢。我家七王女，请求同公子一会。”

“孤男寡女，何必私下相会。请代为相告你家王女，当初路遇，随手一救，不求报答，只求彼此清净便好。”耶律祁一笑转身，那侍女也不阻拦，看他不急不慢地离去，悠悠叹了口气，道：“十一王女，你瞧，人家没上当。”

花丛中飘过一角粉红裙裾，露出一双同色绣花鞋，一个同样有点尖的女孩子声音笑道：“据说那天救我七王姐的就是他？似乎七王姐动心了，在找他下落呢。我还以为两人一见钟情，现在看来，七姐有心，郎君无意啊。”

“十一王女，”侍女道，“这位绝非弱者，您想诱骗挟持他，来让七王女让步，只怕不能成功，反受其害。”

“那就不挟持。”十一王女姬琳笑道，“给他点甜头，让他占点便宜怎么样？”

“十一王女的意思……”

“他不是要找翡翠女王嘛。翡翠女王正在沐浴更衣呢，听说商国太子居然看上了她，邀请她晚上一起参加接风宴。呵呵，你说，如果在翡翠女王的洗澡水里，加上蜜草粉，再派一个人在她屋顶上吹羊哨，会是什么结果？”

“啊……王女好计！”那侍女眼睛一亮，掩口娇笑，“咱们这次带来的大王的御用羊驼追风，最近很有些躁动不安，闻见蜜草的气味，听见羊哨，一定会死命冲过去的。”

“是极。”姬琳悠悠道，“算好时辰，让追风把他撞进屋里，正好商国王太子到了。你说如果他看见这一幕，会不会发怒？会不会起冲突？如果我七王姐发现他和商国王太子起冲突，会不会出手？如果七王姐出手，伤着了大王特意让我们带来治病的心爱的追风，你说大王还会不会让她当太子？”

“好极。”侍女娇笑着拍手，“如果翡翠女王洗澡时墙被撞破，众目睽睽之下丢丑，会不会就此离开，让咱们少一个竞争对手？如果顺手还能栽点儿赃给三王女四王女，会不会引起她们之间的自相残杀？如果您在关键时刻救了追风，大王会不会因此更加喜欢您一点？这简直就是一石六鸟之计啊。”她忽然叹了口气，“只是这样，翡翠女王陛下便可怜喽……”

“人丑，何必还留下作怪呢？”姬琳淡淡地答。

两人相视一笑，笑容如花儿般，甜蜜纯真。

第三十四章　软玉温香

为了试穿新衣服，景横波确实在洗澡。

商国的待遇很周到，仆役送来的大桶，足以让人在里面游泳，本来人家还要洒点鲜花花瓣儿什么的，景横波却觉得那玩意儿看起来很像番茄鸡蛋汤，拒绝了。

热气弥漫了整间屋子，看不清人影。只有水声微微，让人想起水珠在晶莹的肌肤上流过的样子，淡白的雾气里，偶有柔腻肤光一闪。

因为热气太重，所以当一点粉末簌簌地从屋顶落入澡桶时，根本没人发觉。而商国终日弥漫着的古怪气味，也让人嗅觉变得迟钝，无法嗅见很多细微的气味。

景横波洗着洗着，忽然觉得这水里似乎多了一层泡沫，手摸上去滑腻腻的，可她还没用上澡豆和胰子。她将泡沫捞起，泼出桶外，地面顿时更加湿滑。

外头好像有人说话的声音，她竖起耳朵听，听得来人似乎是耶律祁，顿时放下心来，慢慢洗澡。

耶律祁已经进了她的院子，拥雪忠心耿耿地守在景横波洗澡的房门前，告诉他女王在洗澡，闲人免进。耶律祁笑了笑，便坐在门前看风景，等景横波洗完澡出来。

此时不远处的树上头，蜂刺目光灼灼地盯着那门前，看见耶律祁坐得离房门远远的，才舒了口气。虽然主子没有吩咐过，要怎么处理在女王身边献殷勤的男人，但蜂刺自认为有义务替主子监视一切对女王心怀不轨者。

“等等！”忽然一个蜂刺捅了身边一个同伴一下。几人的目光都落在了底下一个看似随意经过的护卫身上。那人走过女王的院子，过了一会儿又出现，曾经仰头看了看屋顶，但最终又绕了开去。

古怪的行为引起了蜂刺的注意，这些经验丰富的探子忽然道："看！他的嘴！"几人目光又落在他的嘴上，发现那人嘴鼓鼓的，似乎含着什么东西。

"一切可疑之事都要扼杀在萌芽状态。"一个蜂刺道。

"宁可杀错不可放过。"另一人道。

"我去。"第三人已经掠了过去。

墙根下逡巡的人影又出现了。这个矮小的戴了面具的男子，奉命在女王院子附近吹羊哨。但他不敢就这么跳上屋顶，正绕着圈子寻找适合吹哨的地方，忽觉身后风声一响，气息阴冷，随即后背砰的一声，重重挨了一拳。那一拳声音不响，力道却足以摧毁血肉，他五脏六腑都似在刹那间离位，忍不住口一张，喷出了含在嘴里的哨子。

蜂刺在他身后冷冷地笑了笑，正要伸手抄住哨子查看，忽然哨子响了。啾的一声，在风中极有穿透力地射出去。

蜂刺一怔，随即明白这哨子是特制的。当那人后背受力，猛力喷出哨子的时候，哨子依旧会因为在风中穿行而发出短促的声响。

蜂刺伸手抄住哨子，警惕地向四周张望，并没有发现什么异常，不禁皱皱眉。他将那矮小的男人抄起，背回树上，他们习惯不暴露身份，只在暗处存在。

院子里的耶律祁等人，也听见了那声古怪的哨音。耶律祁掠起，绕着院墙看了一圈，也没发现什么不对，那矮小的男子已经被蜂刺扛走。耶律祁终究不大放心，目光落在景横波洗澡那间屋子的背墙上，那是唯一和隔壁院子相对的背阴墙壁，在那里，是没有人守卫的。

此时因为那哨声奇怪，园子里很多人出来查看。而传报声传来，商国太子也已经进了会同馆。

耶律祁走到那背墙处，正打算好好看看隔壁是不是有什么不对，忽然听见轰隆一声巨响。声音极近，就在隔壁，墙体似乎已经被冲破，烟尘漫起，瞬间看不见对面的人影。

风声急响，耶律祁抬头，就看见灰黄色的天空上，忽然多了一道巨大的影子。影子通体全白，闪着淡淡的金光，身形大过巨马，四个碗口大的蹄子踏空，转眼已经越过了院墙。

耶律祁掠起，单手一扬，准备把这怪物给推回去。谁知道那兽身上金光却似刺甲，着手刺人，他急忙缩手，那兽已经直冲冲地撞过来，眼瞧着便要将他撞入墙中室内。

耶律祁身子一纵，飞速后退，退得竟然比那兽飞过来还快，轰隆一声他抢先撞入墙壁，射进了室内。

室内水声泼溅，一声尖叫响起。是景横波的声音，她大叫："谁也别进来！"

屋子外的大树上，蜂刺们脸色大变，面面相觑——眼见她洗澡了，眼见它撞墙了，眼见他进去了，如何是好？

一人赶紧抽出纸张，准备写密信，被身边人一个巴掌拍在脑袋上，"什么能报什么不能报你懂不懂？当真要惹事吗！"

屋内的耶律祁来不及回头，迅速拖过旁边一个柜子拦住破墙缺口。轰隆一声，那兽随即撞了上来，正卡在缺口当中，那兽一阵挣动，卡住身子的砖石簌簌直落。

此时园子里一片骚动，人们都赶了过来围观。景横波院子的后墙破裂，屋子背阴的墙破裂，但因为耶律祁及时用那兽堵住了缺口，谁也看不见屋里。

那兽似乎十分狂躁，鼻息咻咻犹自挣扎，忽然一个摆臀，猛地向里撞进三尺，啪的一声柜子被撞开。柜子后的耶律祁本想挡住那兽，脚下却忽然一滑，倒滑了出去，又是啪的一声，他后背撞到了澡桶。

身后啊的一声，是景横波的声音，她目瞪口呆地蹲在澡桶里，对耶律祁道："那是啥？那是啥？"

好像是羊驼，可是世上有这么大这么凶的羊驼吗？那兽嗷的一声大叫，声音狂怒烦躁，身子一挣，哗啦啦地砖石猛掉，又挣进一大半身子，眼瞧着这面后墙就要全破了。

墙全破，景横波就得走光。外头人山人海，隐约还能听见商国太子气急败坏的下令救人的声音，又似有人惊叫阻拦，乱成一团。

耶律祁从地上爬起，注意到地面滑得离奇，一转身，便不可避免地看见了景横波。

澡桶险些被他撞翻，里面的水已经少了一半，因此哪怕景横波蹲得低得不能再低，她的半个肩膀都不可避免地露在水面之上。热气此时已经散去不少，他能清晰地看见脖颈修长雪白，双肩肌肤洁润，线条柔和，锁骨在薄薄如玉的肌肤下勾勒精美轮廓，而脖颈往下，则是一片近乎喷薄的起伏……

他忽然觉得下腹一热，呼吸忍不住急促了几分，急忙掉转头去。

景横波已经感应到他的目光，偏偏没法躲藏，她怕换洗衣服被弄湿，用布包了放在里间，中间隔着一堵墙，她意念召唤不来，只得道："带我去里面！"

耶律祁愕然地要回头，她又急声道："不许回头！"

耶律祁想了想，背对着她，反手要来扶她，她声音更急，"不要！"

耶律祁僵住，实在不知该如何是好。

此时那兽又发出一声愤怒地大叫，猛力一挣，撞了进来。那兽身体庞大，一进来就几乎塞满室内，耶律祁赶紧推着景横波的澡桶向后室避去。

那兽冲过来，蹄底却忽然一滑，偌大的身子直直撞向澡桶。耶律祁动作却极灵活，推着澡桶滑了一个弯，擦着那巨大羊驼的鼻子，滑了过去。

那羊驼也狡猾，干脆不爬起来，在地上滑啊滑地追。它似乎对景横波十分有执念，离着老远就伸长舌头，要舔她。景横波啊啊啊尖叫，大声道："快推快推！送我到我衣服那里去！"

耶律祁只得又推着澡桶跑。此时外头人山人海，屋子里却已经挤不进人，忽然鸟影一闪，二狗子从缝隙里飞了进来，一低头看见一只巨大的羊驼在地上追，耶律祁推着澡桶，澡桶里装着景横波，在滑来滑去地跑。这场景着实滑稽，它不禁瞪大眼睛，"哦哦，好看好看！"地叫。

“衣裳、衣裳！”景横波看见了自己挂在架子上的衣裳包，大声道，“你放手，转身，闭眼，我要站起来了！”

耶律祁此时还在笑：“你站便是……”被景横波一瞪，摸摸鼻子，乖乖转身。

景横波哗啦一下站起身，伸手去够衣裳包。忽然巨大的白影一闪，又是轰隆一声，那羊驼追得兴起，居然将隔间的墙壁也撞破了。一颗大头猛地撞过来，澡桶翻倒，衣包擦着景横波的手指滚到角落里。

景横波啊的一声，未及将衣包抓住，身子已经倾倒，半个身子滑出澡桶。

挡在她面前的耶律祁反身一扑，扑在了她身上，一伸手就去解衣服。

景横波惊得瞳孔都大了一圈，正要推开他，耶律祁已经解下外袍，裹住了她。

他一路推着澡桶急跑，水泼溅不休，身上也早已湿透，此时外衣一脱，里衣紧紧地裹在身上，露出结实的线条，隐约可以看见八块腹肌。

脱外袍裹景横波时，他哪怕再小心，也不可避免地触及她的身体。他只觉指下软玉香脂，滑腻惊人，而曲线起伏，又是一种销魂惊心的感受，那种灼热荡漾的感觉又来了，他微微一颤。

混入景横波洗澡水里的蜜草粉，是羊驼的催情药草，对人也多少有点效用。此刻耶律祁下腹发热，身体有点发软，不由自主地微微喘息，向后退了退。

景横波被他的袍子裹住，微微安心，目光无意识地落在他身上。

耶律祁穿的里衣，是质料最好的丝锦，洁白薄透如另一层肌肤，水一湿，几乎就变成了透明的。因此景横波便看见他小腹下部隐约透出了图案。

但光线昏暗，一片混乱，看得不大清楚，她也没法去撩开他的衣服瞧个究竟，只觉得心中疑惑——她当初给他擦过身，不记得他身上有什么文身或者胎记啊。正想问问他，忽然感觉他呼吸粗重，她赶忙裹紧袍子，跳入澡桶遮掩住身体，回头找自己的衣服包。

那羊驼撞过来时，原本又卡在了墙内，此刻猛然一挣，再次撞了过来。耶律祁抱住澡桶一滚，滚向角落，正好景横波把衣裳包抓在手里。

她心中有些诧异，不太明白耶律祁为什么一直躲避这羊驼，没有对这羊驼下杀手，但她知道他一定有他的原因，赶紧先匆匆穿衣。

忽然又是人影一闪，一声娇喝：“追风！”一条人影直扑入室，挡在耶律祁面前，道，“快走！”

耶律祁挑眉一笑，并没有回答，那少女回头，昏暗光线里看不清颜容。她一眼看见衣衫不整的耶律祁，和在澡桶内换衣的景横波，不禁脸色一变。

此时那羊驼扑来，景横波还在手忙脚乱地穿衣服，耶律祁正要把澡桶远远推开，那少女忽然伸手，把住了澡桶。

耶律祁抬头看她，她也从澡桶上方盯住了耶律祁，两人隔着澡桶对望，中间隔着个景横波。

景横波只觉得无比尴尬——这算个什么事儿？为什么都抓着她的澡桶不放？这样她会觉得自己是一盘正在被抢的清蒸鸡好吗？再看看两人的表情，咦，这两人认识吗？空气中好像很有点酸味啊？

她不得不在两人中间赶紧举手，大声道："我和他没……"

耶律祁忽然抬腿向后一踢，将狂扑过来的巨大羊驼猛地踢了出去。这一脚干脆漂亮，利落有力，却不是他平时的风格，显然他有点烦躁。

那少女脸色一变，伸手将澡桶一旋，景横波连人带桶哧地滑了出去。耶律祁连忙去护，那少女已经和他错身而过，扑向羊驼，一把拉住羊驼脖子下的系带。那羊驼自己在地上打了个滑，靠自重稳住了身体，那少女伸手就去搔那羊驼的脖下三分处。

那边耶律祁扑向澡桶边。景横波此时已经穿好衣服，翻身跳起，正好此时耶律祁扑来，脚底太滑，一时收势不住，砰的一声将景横波撞贴在墙上。

景横波一抬头，唇正压上他的下颌。

两人都一怔。

她感觉到他下颌肌肤火热，这股热从下颌至胸至腰，在所有他和她身体接触的地方，燃起。

他则感觉到她肌肤微凉，如一泊细腻柔水，将他包围，湿透的躯体使得肌肤的接触更加敏感，凸凹起伏和曲线都在这一刹那相遇，他心里忽然就明白勾勒了她的弧线，心底的火也似一道艳光四射的弧，忽然就灿亮飞射。四周空气里那种令人骚动的淡淡的蜜香更浓，他难以抑制长久埋藏的渴望，下颌微微向下一移，压住了她的唇。

两唇相接，那股热度烫得景横波一怔，耶律祁的手已经伸了过来，一把抄住了她的腰，他喉间发出低低的叹息，似乎在惊叹腰线的极度紧致纤细。

景横波感觉到他的动作有些急躁，和平日不同，心中微惊，抬手隔住了他的唇，低声道："耶律！"

耶律祁浑身一震，听出她语气中的抗拒，一抬头，正见她眼光熠熠地射过来，明媚，带着几分难得的凌厉。

他心中微燥，很想强吻下这蔷薇花瓣般的唇，品尝无数暗夜辗转中渴望的芳香，但意识很清楚地告诉他，一旦亲密接触，后果便是永远的分离。

他忽然放手，手从她腰上离开时，忽觉空虚寂寞。

景横波低头看他展开的双手，亦觉那一个撒手的姿势，有几分苍凉。

然而她松了一口气，耶律祁在她心中是好友知己，一旦过了线，她以后也不知道该如何面对。

那拦住羊驼的少女忽然回身，正看见这一幕，脸色微微一变，随即又转过头去。那巨大羊驼此时似乎微微平静了些，低下头去，那少女一边搔着羊驼的下巴，一边反手扔过来一件披风。

耶律祁接着，看了看那少女的背影，微微皱眉。

眼看羊驼安静下来，几人都松了口气，谁知正在这时，不远处又是一声古怪的羊哨声。

那少女脸色大变，道声："不好！快走！"

但已经来不及了，那刚刚安静下来的羊驼，猛然大叫一声，一低头便又撞了过来。

此时那少女正在羊驼正面，她仰头看着羊驼，眼神惊骇，一边大叫"追风！安静些！"一边张开双臂，竟似要挡在耶律祁面前。

耶律祁手臂一探，一把抓住了她，将她拽进怀中，一反手又抓住了景横波，脚跟一撤，滑到另一个羊驼撞不到的死角。

那羊驼屡番不中，已经烦躁到了顶点，大叫一声，竟然一头往地上撞去。

羊驼身上有金丝甲，撞墙可以无伤，但地上都是最坚硬的青石，这一撞，非得立即破头毙命不可。

那少女啊的叫了一声，声音似乎非常紧张。

景横波一眼看见二狗子还在瞧热闹，心中电光一闪，大叫：“霏霏！”

白影一闪，柔软的大尾巴在空中一荡，霏霏已经出现在羊驼追风面前，在追风的脑袋和地面还差半尺的时候，钻入了它的额头下。

它单爪上举，托住了追风要磕下的脑袋，幽紫的大眼睛对准追风的眸子，一眨，一眨。

那羊驼瞪大眼睛，似乎想转开目光，却被霏霏的目光紧紧吸引住，脑袋和脖子都僵硬地停住。

霏霏缓慢地将它巨大的脑袋给托了上去，小小身躯，单爪擎天，倒颇有几分气势。

那少女长长地出了口气。

霏霏又摸了摸羊驼的脸，那羊驼竟然给它摸得眼睛一闭，就地躺倒。

那少女走过去，有点惊异地看了看霏霏。那家伙立了一功，十分傲娇，团着小爪子遛着鸟，昂然而去。

那少女蹲在羊驼身边，掀开那兽的眼皮看了看，忽然冷哼一声，似是发现了什么。

景横波看看耶律祁，耶律祁轻声道：“这么大的羊驼，应该是姬国女王的坐骑。曾经救过她的命，陪在她身边很多年，在姬国地位很高。而且能变种成这样的羊驼极其珍贵，姬国还指望这羊驼传宗接代，为姬国女军培养更厉害的羊驼品种。如果杀了，姬国会和你交恶，将来终究对你不利。”

景横波恍然大悟，微微皱起眉，心想如果是这样，那么今天这件事就不是意外，应该有人安排，而且十有八九和姬国王女争位有关。

就是不知道是三、四，还是七、十一？

此时屋内动静平复，人们终于冲了进来，当先的就是商国王太子。他一眼看见满地水迹，澡桶乱滚，景横波衣裳虽已穿好，但头发还湿淋淋地乱着，正和耶律祁说话，神态亲密，不由眉头一皱，一指耶律祁道：“拿下！”

“干什么！”景横波立即阻拦。

“此人来历不明，闯入会同馆，进入之后，就发生如此事件，我须得先查明。”王太子对景横波说话，便柔和了许多。

“不用查了，”景横波笑道，“这位是我未来王夫。他稍迟一步到达，正逢遇上这事，他是在出手救我，太子您看不出来吗？”

“你未来王夫？”商略浓眉皱得更紧，看耶律祁的眼色更加不善。

耶律祁立在暗影中，似笑非笑，觉得虽然惊险一场，但能听见这句话，倒也不枉。

“还在考察阶段。”景横波笑道。

她倒不是想给耶律祁添麻烦，实在是背后的那位少女，盯着她的目光太有质感，她可不想惹上一堆争风吃醋的麻烦事。

“哦？”商略这一声意味深长，盯着耶律祁的目光，立即便带了几分挑战的味道。

那少女忽然走了过来，道：“未来王夫，也就是还不一定成为你的王夫。”她看向耶律祁，话却对着景横波，“我，姬国七王女姬玟，有意于你的未来王夫。”

她微微施礼，姿态文雅，声音轻柔，并不霸气，却也绝无畏缩羞涩之态。

景横波此时才看清楚她，这女子第一眼看上去不是美人，但秀丽文雅，气质极好，并无王族的煊赫贵气，更多几分书卷气息。看人时，目光专注，毫不遮掩，又隐隐露出几分天之骄女的傲气。

景横波觉得，姬国的女子很有意思，她们似乎不受大荒现有的男尊女卑的规则约束，有种难得的男女平等意识。这和孟破天之类带点豪气有意挑战世俗的“女汉子”味道不同，她们是真的觉得，女子就应该这样做，为爱争取，为一切男人可以争取的事情争取。

她呵呵地笑道：“没关系没关系，尽管争取尽管争取。”

商略立即对耶律祁笑道：“在下，商国王太子商略，有意于你家女王。”

耶律祁也对商略一笑，道：“在下却并无女王的量气。王太子不妨试试。”

两个男人相视一笑，对视间火花闪烁。

景横波懒得理——关他们啥事？

她的目光在昏睡的羊驼身上掠过，再看向外头。外头人很多，而羊驼的身体挡住了很多人的视线，外面的人应该还不知道里头到底发生了什么。

她忽然道：“七王女，麻烦你出去说，羊驼死了。”

姬玟也是聪明人，目光一闪，并没有问什么，直接拔剑，将自己的衣服割得破破烂烂的，做出一番激烈打斗的模样，然后歪歪斜斜地撞了出去。

外头立即有人惊呼：“七姐，你怎么了！”

景横波探头一看，外头一个小姑娘冲了过来，扶住了姬玟。那小姑娘不过十五岁左右，一身粉红罗裙，干净清秀，看着让人喜欢。

景横波不由怔一怔，她原本认为，暗中捣鬼的人最关心事情的后果，一定会在现场，但现在冲出来的这个，实在出乎她的意料。

姬玟以剑拄地，气喘吁吁地凄声道：“追风……追风……追风它……”

她似是力竭，又似是气虚，接连说了好几句都说不出来，眼底却已经蒙上一层泪光，看人的眼神，又凄楚又绝望。

景横波大赞好演技。

那孩子看了一眼羊驼，立即惊声接道：“追风死了？天啊！怎么会这样！”

此时三王女和四王女也冲了过来，一听这话，霍然变色。三王女厉声道：“怎么回事！”

四王女尖声道：“姬玟，追风和你最熟，你在，怎么会让它死了？你在搞什么？”

十一王女泪眼盈盈，拦住要上前责问姬玟的两个姐姐，柔声道：“七姐好像受伤了，她定然也已经尽力，三姐四姐别怪她了。眼下更要紧的是追风的死，我们商量一下，该怎么和大王回报……”

“还怎么回报？”姬瑶冷冷地道，“姬玟保护不力，害死的呗。”

姬玟垂头听着，忽然晃了晃，晕倒在姬琳怀中，手中的短剑跌落在地。

姬琳接住了她的剑，垂泪道：“七姐也是尽力了啊，何况我们也有保护不力之责，怎么能只怪她呢……”她抱起姬玟，让身边一个侍女接过，叹息道，“三姐四姐，此事不宜在此处争论，我们还是回去再说吧。”

姬琼、姬瑶瞧瞧四周众人灼灼围观的目光，姬琼皱皱眉，转身就走，姬瑶冷笑一声，也转身离开。众人都觉得无趣，各自散开，一边走犹自议论，都说姬国这些王女，现在瞧来，还是十一王女年纪最小，却最为善良得体，看来姬国王位，非她莫属。

姬琳含笑看着众人离开，才忽然对景横波施了一礼。

景横波赶紧还礼。那小姑娘娇怯怯地道：“女王陛下，我且代表我姬国，向您致歉。追风是我国大王心爱的坐骑，因得了怪病，特地由我们带来商国求医。原本关在三姐院子里的，不知怎的忽然病发发狂，撞破了您的墙壁，给您带来麻烦，还请女王包涵。”说完又是一礼。

景横波一笑，道：“你们也不是有意的，我也没什么损失，算了算了。”

姬琳又谢她，赞她大方宽容，动听话说了一箩筐，最后才垂泪道：“我从小由追风陪着长大，追风是我们姐妹心爱的伙伴。如今它死了，也不能就这么露天放着，请容我将追风带回去。”

“那是自然的，请，请。”景横波让开道路，伸手示意。

姬琳慢慢地走过去，先转到追风面前，看它一动不动，不禁又落下泪来。

然后她缓缓坐下，靠着那羊驼巨大的身躯，双手抱住了它，抚摸着它温暖的长毛，又将脸贴在那细密的毛上，闭上眼睛轻轻摩挲，神态温柔又凄然。

走远的各国贵族远远看见这一幕，都停住脚，觉得这一幕美丽又凄伤，令人心动。一些有和姬琳年纪相仿的儿子的王族，已经在考虑，是不是为儿子求娶这个小姑娘？

景横波抄着手站在一边，微笑地看着，唇边笑意薄薄。

姬琳将双手轻轻插入羊驼厚实的毛中，不断地抚摸，似在告别，长长的袖子垂了下来。

景横波忽然道：“十一王女，你袖子里是什么东西？”

姬琳身子忽然一僵，闭着的眼睛下意识要睁开，却生生忍住，犹自笑道：“陛下你说什么？”

景横波冷笑一声，手一挥，嚓的一声微响，姬琳尖叫一声，一道寒光割裂她的衣袖，忽然翻飞而出！

那是一柄短剑，正是刚才姬玟掉落的那柄，不知何时被姬琳捡起藏到了袖子中。那短剑被景横波隔空召唤，割破姬琳的衣袖穿出。

剑光一闪，对准了姬琳的咽喉，姬琳脸色一变，尖叫一声。

远远观望的各国贵族愕然走近。

“翡翠女王，你干什么！”姬琳脸色苍白，声音愤怒，向后一退。

剑尖立即逼近一尺。景横波冷笑：“我干吗？你怎么不说你想干吗？”

“我在和追风告别！你凭什么忽然拿剑指着我？我不是已经向你致歉了吗！”姬琳退后一步。

“你和它告别，袖子里为什么要藏剑？藏的还是你七姐的剑？”景横波冷笑，剑又逼一尺。

“我捡起了七姐的剑，没地方放，放在袖子里，有何不可！”姬琳又退。

“你腰后就有挂剑处，你不放腰后，却藏在袖子里，还没上剑鞘，你不怕这剑割破你娇嫩的肌肤？”剑尖又进一尺，景横波冷笑，“还是你捡起你七姐的剑，就是为了做手脚？”

“胡说，我能做什么手脚？追风已经死了，我袖藏短剑有何用？”姬琳再退，语气却毫不退让。

“何用？可以伪装伤口！”景横波大声道，“羊驼毛厚，又已经死了，你七姐的短剑锋利，你装作缅怀告别，让袖子中的剑悄悄滑出，给羊驼在要害处来上一剑，别人根本发现不了。将来这羊驼的尸体，一定会运回你姬国，到时候必定要验伤，这要害处的伤口，就成了你七姐杀害珍贵羊驼的铁证！”

“胡说！我为什么要陷害我七姐！”姬琳再退，砰的一声后背撞到墙。

“因为王位！”忽然一个声音接上，姬琳一转头，就看见姬玟一脸冷笑，拖着一个人走了过来。那个人软软委顿着，仔细看，正是刚才听命于姬琳扶姬玟回房的侍女。

迎着她不可置信的目光，姬玟拖着那侍女，到了她面前，拉起了侍女的手，对准了姬琳。

姬琳的脸色立即变了，偏头让过那侍女的手，嫌恶地道：“拿开她的手，你什么意思！”

“咦，不过是一只手，你怕什么呢？”姬玟笑着，抓着那只手在她面前晃来晃去。姬琳不住地躲避，看的出来她屏住了呼吸，连额上都绽出青筋。

姬玟忽然将那侍女指甲一弹，正对着姬琳的鼻子。姬琳一脸骇然，不顾面前悬停的短剑，死命捂住鼻子。

姬玟却已经呵呵地笑了起来，戏谑地道：“啊，我的小妹，你这么害怕做什么？是因为知道她指甲里有毒吗？”她抓起侍女的另一只手，翘着唇角，晃了晃，道，“你太紧张了，怎么就没看清楚，刚才那只手，不是藏毒的那只呢？”

血色从姬琳脸上退去，她忽然拔剑，要去砍那侍女的手。

姬玟冷笑一声，迅速一让，对着旁边花丛，弹那侍女有毒的手指的指甲。

一股淡淡的涩味传出，隐约似有烟灰色的气体冒出，随即旁边一丛灌木以众人肉眼可见的速度迅速枯萎。

众人悚然——好厉害的毒！

“我的好妹妹。”姬玟神情似讥嘲似疲倦，“如果我刚才不是装昏，那么我被送回去的时候，你这个心腹爱将，就要对我弹一弹这只指甲了吧？这种毒很妙呢，能让人呼吸骤停，肌肉麻痹，看上去像是猝死。到时候你就可以说，我是为了一个男人，不得已杀了追风，畏惧大王追责，干脆自裁了。真是绝妙好计。”

“你说什么……我听不懂。”姬琳别转脸，目光游移不定，犹自死不肯认。

一边众人都在抽气，商国王太子摸着下巴，目光沉沉——姬国这些王女，还能不能追求？一个比一个可怕！

“我说过我对王位没兴趣，你们偏偏不肯放过我。前几天派杀手暗杀我的，是三姐四姐还是你？真要逼到兵戎相见，你们才肯消停？”姬玟拉着那侍女的手，又弹了弹她另一只指甲，一股草绿色的烟气射出。她笑道：“呵呵，蜜草粉，刚才我在那屋子里嗅见蜜草的味道，果然是你们的手笔，那么羊哨也是你们吹的喽？你们生怕追风不发狂，是吗？”

姬琳不再说话，到这个时候，狡辩也没有了任何意义，她脸无血色。趁着姬玟不注意，伸手悄悄摸向腰间。下一瞬她整个人凌空飞起，撞进了景横波的手中。景横波一抬手，狠狠勒住了她的咽喉。

四面传来贵族们的惊呼和抽气声，有人大步奔来。

姬琳在她手中挣扎，从咽喉里挤出破碎的声音：“放……放……开我……”

景横波就好像没听见，狠狠地扼住她的咽喉，抬手就是一个耳光。啪的一声脆响，惊得所有人肩头都耸了耸，和所有电视剧的狗血镜头一样，姬琳的脸被打得狠狠偏到一边，雪白粉嫩的小脸，眼看着就肿了起来。

“你……你打我……”

“姐是女人，不介意打女人！”景横波心中的郁气，此刻都对着这张看似娇嫩实则面目可憎的小脸发作出来，啪地又一个巴掌呼了上去，“因为姐发现，对你们这种女人，只有大庭广众下狠狠地挥你几巴掌，你才懂得长记性！”

一声脆响，姬琳偏过去的脑袋，又偏了回来。

景横波揪着她，把她顶在墙上，面对着六国八部的王公贵族，面对姬国那几个不省事的姐姐妹妹。

“啪。”巴掌声脆亮。

“一个巴掌，告诉你们姬国，自个儿爱怎么争怎么争，爱怎么斗怎么斗，但别波及别人，别拿别人的名誉和命运不当回事！拿别人当垫脚石，小心自己崴脚！”

“啪。”又一响。

“再来一个，告诉你，凡是自以为聪明的，往往最不聪明，凡是把别人当傻瓜的，自个儿才是傻瓜！”

“啪。”又一响。

“二不过三，告诉你，下次再敢出现在我身边三丈之内，你就准备装满嘴假牙！”

“啪。”最后一巴掌声音沉闷，因为姬琳的小脸，已经高高肿起，像个瓷瓷实实的红萝卜。

景横波的声音更高，向着所有人。

“四四如意！警告你们，谁再敢不把我当回事，我就不把他的命当回事！”

第三十五章　她的深情

四个耳光清脆响亮，打的是姬琳，也是在场所有看热闹不嫌事大的人。

四个耳光打完，姬琳晕过去了，也不知道是真晕还是装晕。景横波才不管她怎样，呵呵一笑，手一撒，将她扔在地上，对着姬玟指了指，示意姬玟自己处理，然后理理鬓发，摇曳生姿地进屋去重新梳洗整理。一众人盯着她风情万种的背影，眼光都有点发直，实在没法将此刻姿态妖娆的女王，和刚才啪啪啪啪的霸气女暴龙联系在一起。只有王太子商略眼底兴味更浓——翡翠女王辣也辣得，妖也妖得，够味！势在必得！

姬玟对耶律祁也很有兴味地看了一眼，却并没有纠缠。她带着护卫，将姬琳及其侍女押走，大抵得先去处理家务事。

众人此时也都散去。自然，回去之后，免不了好好讨论今天看见的事，并重新审视一下翡翠女王。

景横波重新梳洗完毕出来时，夜幕也初降，该去参加拍卖会了。

商略一直在院子里等她，畅想着自己亲手挑的礼服，给这位成熟美人穿上，该是什么样儿。想到口水滴答，无意中一抬头，顿时愣住了。

台阶下，隔扇前，站着高挑的翠衣美人。飘洒而下闪着淡金色的裙摆，在这青天之下，将她玲珑浮凸的身线勾勒出最美的轮廓，让人想起最轻灵的曲调，最优美的诗，最精致的雕塑以及这世上所有匠心独运的、言语难以描述的极致的美丽。

商略以为自己的想象力已经足够，然而有种美依旧超脱他的想象。他神情有点痴迷地迎上前去。

景横波对他一笑，款款伸出手臂。商略一怔，他也算是聪明的，随即便反应过来，优雅地挽住了景横波的臂。

景横波对他笑了笑，晶光璀璨的绿晶丝面纱里，一双妙目，流光溢彩。

商略心花怒放，似乎已经看见了自己娶了这销魂女王，自己成为商国大王，将商国和翡翠合并的样子。从此商国成为十四部族中最强的一支，或者还可以夺取更多的土地……他挽了景横波上了马车，因为心醉神迷，也便忘记了耶律祁似乎没有出现……

马车辘辘驶过街道，景横波一路靠着车窗，似乎在闲闲欣赏街景。

无人注意她所经过的地方，路边的墙壁上，不时溅开火花，留下些长长短短的记号。

车停在“碧华园”，远远望去便见车马如龙，灯火如昼。庄园大门敞开着，锦毯自汉白玉道上一路向内延伸，其上行走着锦衣华服言笑晏晏的男女，一派衣香鬓影富贵风流的景象。

商国王太子的车驾到时，远远便有传报，所有来宾避让道边，以示尊重主人。

马车从人群中昂然而来，为了炫耀，商国王太子特意打造了全新的半镂空的华丽马车。马车两边是大开窗，上头的华丽顶盖垂下晶纱，人在其中影影绰绰，朦胧又尊贵。

王太子和景横波吹嘘，说这辆车耗资巨万，除了传说中黑水女王的鸾轿可堪比拟外，在这大荒北部可算头一份。景横波不过一笑而已，想着自己那轿子总共就用过一次，也不知怎的就名声在外了。

当初曲水论诗，有两件大手笔的礼物，一座轿，一艘船。现在她隐约也能猜出，轿子是耶律祁送的，船是宫胤的馈赠。有了那样的礼物，再看商国太子的做派，也不过觉得俗而已。

马车自王公贵族群中驶过，商国王太子不停地掀开帘幕，自我感觉良好地对两边微笑示意，众人目光却多落在景横波身上——那个连侧影都如此动人的王太子女伴，是谁？

等到商国王太子亲自搀景横波下车，所有人的目光更是齐刷刷地著下来。很多对商国王太子颇有意思的女宾，远远立在人后，投来各种意味深长的目光。

有人在窃窃私语，“听说这是翡翠女王……”

“啊，王太子什么眼光，居然看上一个未婚生子、臭名远扬的老女人！”

“难怪遮着脸，听说翡翠女王脸不行呢，呵呵，身材再美妙，一张脸不能见人，也是白搭！”

低低的怪话传来，景横波不过一笑而已。她是见过大世面的人，再多的关注，都抵不上当初帝歌女王迎驾盛典的人山人海；再多的敌意，也及不上当初玉照宫城下以死相逼的整个朝廷。

她从容行走，拖着凤凰尾羽一般的淡金裙尾。商国太子为了避免踩着她的裙子，只能憋憋屈屈地走在她身后，看上去像是她的仆人。

气度风华，最能镇场，那些低低的议论，渐渐平息了。

因为人多，来宾除了各国王公，还有各国各族的名流高士，室内安排不下，就在庄园内的草地上开席。草地面对一泊静水，水上燃起水晶琉璃莲花灯，搭好了彩缎高台，用透明筋线垂挂无数红灯笼，远远望去，如黑天之上悬停的无数红色晶钻。

景横波很喜欢这样的安排，有点像现代那世的自助餐，更要紧的是，因为天地空阔，噗噗噗的气味会被风吹去，这样终于可以吃得下东西。可怜她来了商国之后，整日被那古怪的气味包围，根本没胃口，几天就瘦了几斤。

看来别的来宾有和她一样的想法，那边商国王太子致辞还没结束，这边已经开吃。景横波对着食物左右开弓，不住地有人来和她搭话，大多是女子，多半是敬酒加攀谈试探。其间有三人在她裙摆前跌倒，有四人意图将酒水泼在她裙子上，有五人想要忽然掀开她的面纱。

跌倒的三人，忽然发现自己跌进了水里，明明自己离河岸还很远。

泼酒的四人，眼睁睁地看着泼出去的酒水，忽然转了个向，泼在了自己的脸上。

想要掀开女王面纱令她出丑的五人，明明看见女王的面纱近在咫尺，忽然视野中就失去了女王的身影，下一瞬她们狗吃屎一般跌在人家席上，脸埋进了人家的汤盆。

女王衣袂不惊地微笑——女人啊，你们的狗血伎俩，永远都只这些吗？

这些都是小伎俩，没有惊动任何宾客，除了一些隐藏在暗处的目光灼灼的人。

当景横波闪开第五个女人的时候，她的面前忽然多了一个人。

景横波第一眼看见那个人，就忍不住眯起了眼睛。锋利，这是她对这个人的第一印象。那个人不高，长相平凡，衣着也平凡，在这群富贵之人中看起来有点格格不入，但只要看他第二眼，就会发觉，这个人才是所有人当中，最危险的一个。

他一双细长的眼睛像被血火淬炼过的刀锋，盯住人时，会让人觉得心底的秘密都似要被挖出。

“这位姑娘，”他拦住景横波，道，“在下对你的轻功很感兴趣，能否问你师承何处？”

景横波眯起了眼睛。

她的瞬移和控物，很像这个大陆的轻功和内力，一直以来施展出来，很少被人怀疑，人家顶多惊讶她年纪轻轻，竟有如此高妙的功夫，越发不敢小觑而已。但眼前这个人，说起“轻功”两字时，语气明显带有疑问，显然，他不认为这是轻功。

景横波的神情看上去有点懊恼，也有几分惊异。她厌烦那些女人的小伎俩，使用了瞬移和控物。但她使用的时候很小心，而且这个人刚才明明不在附近，按说没有可能发现并产生疑问。

“阁下是何人？”她笑道，“看你的模样，也是练家子，你难道不知道，师承来历是每个人的秘密，并无义务对陌生人交代吗？”

她瞟一眼商国王太子，主人翁今晚很忙，正被一群女子围住，没空来照应她这边。

“姑娘教训得是。”那人笑了笑，语气毫无波动，道，“在下只是瞧着姑娘出手，很有些奇异。忽然想起去年我家族中曾经出过一起事件，于是冒昧来问问。”

“哦？”景横波忽然笑得很热情，“什么样的事件呢？我可不可以问问？”

两人边说边谈，已经走到河边。这一片河岸较低，前面还有一片矮矮的树林，灯火稀疏，来的人较少。

“哦，是这样。”那人道，“黄金部北辛城，耶律家族大宅灭口事件，姑娘听说过没有？”

他紧紧盯着景横波的眼睛。

景横波神色不动，耸了耸肩：“听起来很可怕，不过很可惜，没听过。”

“是吗……”那人忽然探指如钩，一把抓向景横波的肩头。

下一瞬景横波身子一闪，已经闪出了他的手指范围，但似乎站立不稳，并没有闪出多远，随即一脚跌倒。

她挣扎了几下，没能爬起来，长长的裙摆被翻起，双脚脚踝不知何时被一道金色的细细绳索捆住。再仔细一看，那不是绳索，是一条细长的金色小蛇，牢牢地捆在她的脚踝上，景横波汗毛都竖了起来。

那中年男子看着那蛇，冷冷地笑了起来。

“你的能力果然很奇特，女王陛下，”他笑道，“不过不是翡翠女王，该叫你黑水女王陛下才对。”

“原来你认识我。”景横波手中多了一把小刀，却不敢去挑掉那条蛇。那蛇尖利的毒牙紧紧贴着她的肌肤，她怕自己一动，被这牙啃上一口，下半辈子就得爬着走路了。

“别费劲了。这是金丝蛇，奇毒无比。”那中年男子道，“你如果想立即转世，尽管试试。”

景横波皱眉道：“我不认识你，你好端端地为什么对我下手？”

“我原本也不认识你。”那人淡淡地道，“不过我追查了你们这么久，真正见了面，自然就认出来了。”

景横波冷冷地看着他。

那中年男人冷冷地道：“都说黑水女王聪明，怎么就没发觉，第五个试图掀开你面具的人，悄悄放了条蛇在你裙子底下呢？”

“为什么？我得罪过你吗？”

“你得罪过耶律家三十三条性命。”那人笑声若枭，“黄金部北辛城，你陪同耶律家族叛徒耶律祁，潜入我家族大宅，杀掉了除了耶律昙之外的所有人。连耶律昙都挨了耶律祁一刀，险些丧命。你做下了这样的事儿，还敢对着我装作若无其事的样子？”

“你是耶律家族的人？”

“耶律胜武。”男子面无表情地道，“被你们杀死的家族大先生耶律胜文的弟弟，耶律家族执法长老。”

“你说的我一个字都听不懂。”景横波耸耸肩，“我哪有那么大本事，杀掉那么多人？”

“就知道你会抵赖。”那男子忽然一抬手，抓住景横波的肩膀，一把将她扔进了河水里。

河水冰冷刺骨，景横波猝不及防，只觉得寒气如剑直逼心底，内腑里似卷起雪涛万丈，齿关立即开始咯咯打战，“你你你你要要要……干干干……什么……”

不远处的树林里似有簌簌响动，随即又恢复安静。

“干什么？逼问！”耶律胜武单足立在岸边石上，以臂撑膝，一把抓住了她的头发，眼神幽幽如鬼火，“耶律祁在哪里？”

景横波摇头，摇出了一脸水迹：“谁？”

“还想抵赖？”耶律胜武冷笑，“黑水女王，你知道这世上最了解你的人是谁吗？是我！你以为你和耶律祁，当初杀光三十三名耶律家族的人，就从此万事太平了吗？别忘记，死人会说话！我查看了所有尸首，死在耶律询如门外的那些人，根本不是死于高手之手，所有伤口都显示不出对方的内力。从伤口的角度和痕迹来看，对方拥有不可思议的轻功，并且似乎有很多双手，可以在不同角度发出攻击……这样的能力，以前从未听说过，后来我注意到了你，听说了女王迎驾大典上你的神迹……黑水女王，这是你的手笔吧？这根本不是轻功和内力，是你的特殊能力吧？”

满脸的水迹糊住了景横波的眼睛，她勉力睁开眼，皱着眉，“……谁懂你瞎叨叨什么……”

“女王陛下，你是和耶律祁一起出帝歌的，后来我查过了，耶律祁没有回禹国，一直伴在你身边。北辛城耶律大宅的事情，是你们联手做的，如此深仇，耶律家岂可不报？”耶律胜武狞然道，“你打听过没有，我耶律胜武想要逼问什么，就没有失败过！我现在每问你一次，就把你按进水里一次！”他忽然呵呵一笑，“你知不知道窒息的滋味？很快你就可以尝到了，你会觉得浑身的血都在向上冲，全身痉挛，胸腔憋得要爆炸，脑子里轰轰作响，恨不得立即炸开死了才好。但你放心，我不会让你那么痛快就死的，我会计算好时辰，在你快要窒息而死的前一霎，把你拎出来……这样周而复始，你不答，我不介意多让你尝几次这样的滋味，相信我……”他咧嘴一笑，眼底闪着兴奋的光，“只要来上这么一次，你就会乖乖地将什么都说出来了。”

“你做……”景横波“梦”字还没说出来，耶律胜武的手猛然向下一按，哗啦一声，她来不及发声，就被按进了水底。

耶律胜武盯着水底飘洒而开的黑色长发，眼底的幽光一跳一跳的——那是兴奋，他喜欢刑讯逼供，喜欢以各种残酷乃至离奇的手段来试验人体的承受能力，喜欢听见自己手底那些原本很强大的人的呻吟哭泣求饶，直至他们在他脚底俯伏。

在心底默默数着时间，算准此刻景横波已经被淹得只差一口气，他猛地一提。

哗啦一声，乌黑的头颅被他提起，湿淋淋的人，软弱无力地在他手底。

他唇角笑容森冷。

“说，耶律祁在哪……”

一句话未完，忽然眼前金光一闪，直射他的嘴！

他大惊，下意识地松手，头猛然向后一仰。那金光擦他嘴唇而过，冰冷，腥气刺鼻。

是那条金丝蛇！

他心中电光一闪，不禁大骇，双腿一蹬，便要倒射离开河岸。腹中却忽然一冷，随即一热，他低头，就看见一线血泉从自己腹中飙射，如血虹架于水上。

水中，那乌黑的头颅慢慢抬起，那张脸幽魅艳美，却不是景横波。

一片幽幽水光里，他的笑意也似闪烁着这夜月的琉璃光芒。

他柔声笑道：“我在这里。”

耶律胜武张了张嘴，一霎间神情悔恨无伦。

费尽心思逼供，谁知那人就在水底！

哗啦又是一声水响，景横波的头冒了出来，却已经是短发，她急促地喘息着，发着抖，爬上河岸，经过耶律胜武身边时，一脚踢翻了他。

“姐刚说过，谁不把我当回事，我就不把他的命当回事！”

耶律祁走上岸来，他也一身湿衣，但依旧姿态优雅，似河水中走出的夜的王子。相比之下，抖抖擞擞抱住双肩的景横波，像只斗败的鹌鹑。

她真觉得很冷，那冷似乎是从丹田内扩散大则出，刺入全身，连血脉都麻了。她僵硬地搓着双手，看耶律祁将耶律胜武的大氅剥下，尸首踢入河水中，又找石头压住。

这一场戏，是她和耶律祁商量好的。耶律家族已经到了商国，并且向禹国求助，要留下耶律祁和她，那还不如她先下手为强。

今晚的宴会，耶律家族肯定会来，所以她高调出场，引起耶律胜武的注意和试探。两人往河边去的时候，耶律胜武固然心中窃喜，她又何尝不是暗暗得意——耶律祁了解耶律胜武的手段，在这种场合，只有在河边逼供最合适，万一被人发现，可以推说有人落水在救。所以耶律祁早早埋伏在水底，就等着耶律胜武在河边逼供景横波。

耶律胜武抓住的景横波的长发，是她事先粘在头顶的假发。她入水后，便卸掉假发，叼上耶律祁准备好的麦管游开，耶律祁则顶替上她。两人衔接的速度极快，耶律胜武陶醉在刑讯逼供的快感里，手又在水下，感觉稍微迟钝，自然无法察觉。

景横波搓了几下手，忽然觉得不对，她举起双掌，看见掌心簌簌落了几点冰雪。

她呆了呆，终于明白为什么自己觉得特别冷——当初她从宫胤体内吸走乱窜的阴寒真气看似平复，其实在身体里留下了隐患，当她接触这冬日冰寒的湖水时，体内蛰伏的阴寒真气便发作了。

“你觉得怎样？我们得赶紧走，耶律家族还有其余人在这里……”耶律祁走到她身边，欲将大氅披在她身上，一眼看见她脸色，霍然住口，立即蹲在她身边，握住了她的手。

景横波想缩手，但手掌已经僵硬得不听使唤。耶律祁低头看见指掌间的冰雪，脸色立即变了。

他一把打横抄起她，便要走，景横波在他怀中挣扎，“不……不……”

“听话。”他在她耳边轻声道，“我要找个地方给你驱寒，你这寒气十分凶猛，一旦浸体，怕会留下隐患。”

“这样子……怎么出出出得得去去……”景横波浑身发抖，口齿不清地道，“何何何况况……我还要要要……药药……”

耶律祁低头看着她，只这片刻，她已经冻得浑身冰寒，脸色青白，连唇都毫无血色。耶律祁只觉心头掠过一丝痛意，似心上忽然被冬风吹裂罅隙。

这一刻他无比后悔答应景横波的计划，让她以身作饵，诱杀耶律胜武。

早知道她不能受寒，他宁可自己和耶律胜武面对面搏杀，绝不愿为求稳妥，伤她健康。

“出去我自有办法。”他语气微微发硬，这怒气却不是对她，是对自己。

他用耶律胜武的大氅，紧紧裹住她的身体，快步向外走。景横波却用双脚抵在地上，不住地往后赖，“别……别。”

耶律祁停住脚，皱眉看着她，不明白她坚持什么。

“药……药……”景横波道，“我有用。”

对上她执拗、微带祈求的眼神，他心中忽然一震。

这药，不是为她自己，是为了宫胤吧？

为了等会儿售卖会上可能出现对宫胤有用的药，她宁可忍受寒气侵体，也不愿离开。

她的深情，不在张扬中，却在执拗里。

耶律祁闭了闭眼睛，心间不知是酸是苦是涩是无奈，诸般滋味杂陈，逆流而上，涌在喉间。这一刻，他嫉妒那个不在此地，却依旧令她全心挂怀的男人。

片刻后他睁开眼，眼底依旧是深邃的平静。

“好。”他道，“不过……”他忽然邪邪地一笑，“恕我唐突了。”

景横波瞪大眼睛，看着他放下她，用大氅将她裹住，然后伸手进大氅，手指一阵灵巧地拨动，再然后……

她那复杂的宫廷长裙，忽然就从大氅下扔了出去。

景横波呆呆地想，这货脱衣服好熟练哦……

“这件衣服不够贴身。”耶律祁一点不好意思都没有，闲闲解释了一句，顺手扯下自己贴身的丝缎内衣，用内力烘干，再将手探入大氅内。

景横波要躲——她里头只有自制的贴身内衣！

耶律祁把住她的肩头，淡淡说了句：“要么走，要么现在驱寒。”景横波便不动了。

好在耶律祁算是君子，他在手上包了干净的布，将手伸入大氅中，隔着薄薄一件里衣，先将她身上的水擦干，随即一阵猛搓，景横波立即觉得浑身快要僵硬的筋骨，开始慢慢松散起来。

“本来要以药物辅助内力给你驱寒。”耶律祁半跪在地上，一边大力揉搓她，手法很灵活地按过她所有的关节和穴道，一边给她解释，“但现在你不肯出去，我的内力也不是阳刚真火真气，只能先给你活血，避免关节受伤留下病症。”

“耶律祁……”景横波怔怔地道，“你除了生孩子不能，还有什么不能的？”

“有。”耶律祁的手不停，“很多。”

“哦？”景横波其实是觉得尴尬，身体从冻僵的状态渐渐恢复，就越发鲜明地感觉到他手掌的热力，感觉到他的掌心抚摸过自己的身体，轻柔却又有力。他靠得极近，男子浓郁又清越的气息扑面而来，隐约有几分兰桂般馥郁的香气。她的目光不由自主地落在他乌黑浓密的睫毛上，再顺着睫毛滑下线条精致的侧脸，一线锁骨在领口若隐若现，她立即转开目光。

耶律祁的手微微顿了顿，他能感觉到她的尴尬，他自己同样也有些不安。她的身体越搓越热，自然也越搓越柔，虽然避开了要紧部位，但那般柔软、细腻且有弹性的触感，依旧自掌心敏感地传达回来。白天澡桶边的感受又重回心头，他呼吸微微急促，只得也微微转开目光，看她一角裙摆在地面逶迤。

“不能的事很多。”他含笑叹息，“比如，不能让我姐听话，不能让我姐长命百岁，不能知道自己的真正身世，不能让你……”

景横波扬起眼睫，疑惑地看向他，星光下她双眼皮极深，瞳仁乌黑，微微上扬的眼角显露着天生媚态。

他觉得心头似被撞中，好半晌，才缓过神来，笑道：“不能让你也听我话。”

景横波勾起唇角，笑得懒散而得意。

耶律祁近乎贪婪地盯住她的笑容，在心底，慢慢地叹了一口气。

有些话，说不出，说不得。

不能的事有很多。

比如，不能让你爱上我。

之后两人便沉默，有些话虽然没说出口，但空气中自有情意流动，令气氛显得暧昧。景横波不敢随意搭话，以免更加尴尬，她的身体渐渐恢复了热度。耶律祁不用她提醒，自己抽回了手。

他慢慢解开包手的布的时候，隐约嗅见布条上有淡淡的香气。他知道这香气来自她身体深处，是属于处子的最宝贵的隐秘，这么想的时候心中又不禁微微一荡，他将那布条慢慢收进怀中。

景横波看见他那动作，也只能当没看见。她感觉好了些，在大氅里把那翡翠色的宫裙再穿上，那种衣料十分滑润，抖抖便落下水来，并没有怎么浸湿。那种颜色，就算有点湿，暗夜里也看不大清楚。

远处草地上灯火渐渐点亮，景横波看向那个方向，道："售卖会要开始了。"

"我不能过去。"耶律祁道，"耶律世家其余人还在，他们有辨认家族子弟的办法。"

景横波有些担心："耶律胜武来找我，其余人难道不知道？他们发现少了耶律胜武，会不会闹起来？"

"不会。"耶律祁唇角的笑意带着几分讥嘲，"耶律胜武骄傲好胜，目下无尘。喜欢独往独来，不会和别人交代他去干什么了。"

景横波这才放心，自去参加售卖会。耶律祁则隐入暗中，准备在售卖会前后，寻找机会，再次将耶律世家其余人一网打尽。

草地上的座位已经重新做了安排，景横波随意找了个灯光暗的角落，刚刚坐下，忽然就呼啦啦过来一群女子，分坐在了她的前后左右。这样，商国王太子就再也没法坐在她身侧。

景横波心底呵呵地笑一声，鄙视一下这些女子的小伎俩。她倒不在乎商略坐不坐过来，但这些女人坐得太近，很容易会发现她的裙裾是湿的，但此时她也没法站起身换个位置，因为那样更招眼，只得尽量往阴影里坐。

河中高台上，售卖会却没有立即开始，而是先表演起了歌舞。一群舞女在高台上翩翩起舞，宛然洛神之姿。其中那个领舞者，更是身轻如燕，姿态蹁跹，舞至酣处，竟然纵身而起，跃下高台，赤足一点，点在了河面上顺水漂流的莲花河灯上。

此时她衣袂飘摇，足点赤莲，双手合十，姿态庄重妖媚。众人都觉意外，这莲花灯窄小轻薄，又在河面之上浮游动荡，想在上面跳舞，难度可想而知。

众人顿时都一阵叫好，景横波先也喝彩，暗赞一个舞女也有如此轻功，随即发现这莲花河灯是飘动的，顺着水流，载着那舞女，一路向下逶迤。

她顿时心中暗叫不好。

耶律胜武的尸首就藏在岸边石下，原本那里没人去，但这莲花河灯现在正飘向那个方向，高台上的灯光也随之转了过去，将那一片暗处照得灯火通明，这要万一水里的尸体被发现……

她暗暗不安，但此时已经做不了任何补救措施。灯光将那边河岸以及小树林照得雪亮，她不能在此时过去遮掩。

水面上，莲花灯静静漂移，那轻功卓绝的舞女，在灯上一尺方圆的地方，张臂扬腿折腰转袖，翩然起舞。河面上人影花影乱如潮，喝彩声也如潮。

那舞女忽然一个下腰，长发直直地垂落，弯背如虹，忽又纵身而起，在莲花灯上斜斜地探出身体，整张脸，几乎平贴上水面。

喝彩声几乎震翻了水面，那舞女得意地笑了笑，忽然觉得水下似乎有什么不对劲。黑黝黝的水面下，似乎有一片苍白的东西，隐约似张人脸。

舞女怔了怔，感到不可置信，一定是自己看花了眼，然而那东西忽然向上浮了浮。她看见一双死鱼般瞪出的眼睛，忽然逼近眼前！啊的一声尖叫响彻河面，众人惊惶站起，就看见那刚才还灵动自如的舞女，一声惨叫后身子一歪，扑通一声落水。

落水后她似乎更惊慌，挣扎更剧烈，不住地啊啊大叫“鬼！水里有鬼！”猛蹬猛踩，似乎想要摆脱水里的什么东西。此时夜正浓，忽然起了一阵微湿的风，河面动荡激烈，红色莲花河灯起伏摆动，红光在河面上幽幽闪动，似一阵鬼火，那女子的尖叫声又无比恐惧惨厉，众人听着，胳膊上便起了一阵鸡皮疙瘩，忽然觉得很冷。

景横波已经站起，想要向外走，偏偏那几个女子也受了惊吓，都仓皇站起，人在恐惧状态中，会不由自主地寻求依靠，她身边一左一右两个女子，都下意识地紧紧抓住她的胳膊，颤声道：“怎么了，怎么了？”

这下景横波没法瞬移了，耳听得王太子商略厉声喝叫护卫下水查看，不由得在心底叹了口气。

今天出门一定没看皇历，真是流年不利。

护卫跳下了水，不多时就发出一声惊叫：“水下有尸首！”

这声一出，场中又乱。随即有人大声道：“镇静！镇静！此地封闭，至今无人外出。此人刚刚死去，凶手一定还在这里。请诸位少安毋躁，待在原地，不得擅自离开，以免遭害！”

一队衣甲整齐的士兵小跑过来，驻扎在河岸四周，面对着草地上的来宾，将所有人围得水泄不通。

赶往河上高台上的商略，查看尸首后，大声道：“凶手可能也曾落水，来人，注意查看衣裳潮湿者！”

他话音未落，抓住景横波的一个女子忽然撒手，看看掌心的湿润，大声惊道：“翡翠女王，你的裙子，为什么是湿的？”

第三十六章　冲冠一怒为红颜

景横波恨不得立即捂上那女人的嘴。女人的嘴，毒蛇的牙，真是这世上最可怕的东西。

那女子声音尖利，全场的目光都转了过来，众目睽睽之下，想做什么都不能。

那边河中高台上爆出一声惊叫："是二先生！死的是二先生！他被一刀毙命！我们耶律家族的执法长老被杀了！"

耶律家族的人已经发现了那具尸体是耶律胜武，数条人影越众而出，直向景横波扑来。

众人怀疑的目光齐齐地盯住景横波。宴席一直摆设在草地上，离河边还有距离，这个天气也不可能有人去戏水，衣服潮湿的人，必定嫌疑最大。

景横波迎着众人的目光，若无其事地抖抖裙裾，笑道："因为刚才我有去河边，湿了鞋。"

"你去河边做什么？"立即有人问。

"看景，戏水，玩乐。"景横波坦然道，"这河边河灯漂浮，很是美丽，我凑近去瞧瞧，不行吗？难道你们当中，就没有人去过河边？"

众人默然，确实，因为河上河灯美丽，很多人去过河边。

"呃，那呃，为什么呃，我们没在河边看见你？"浮水部一个老者的呃呃声，疑问地响起。

"是啊，你穿得那么显眼，你如果在河边，我们一定能看见你的。"一个禹国的女子发问，景横波觉得她要把每个字从脸颊的肥肉中挤出来，一定很累。

"不喜欢太浓的脂粉味，没往人多的地方凑，不行吗？"景横波巧笑嫣然地反问，她一边说话，一边往人少的地方有意无意地移动，准备真的扯不下去的时候，一闪了事，只是遗憾以后没法光明正大地抢药了。

在不远处的隐蔽角落里，以各种方式隐身着的蜂刺们，扣紧了手中的弹丸，准备等女王一闪身，就砸出这种能施放烟雾的弹丸，掩护女王离开。

景横波没能移动到暗处，因为嗖嗖几声响，她前后左右都落下了几个人，看那些人的长相，应该就是耶律家族的人。

"无论你怎样狡辩，终究嫌疑最大。"当先一人冷冷地注视着她，对赶来的商略道，"请王太子主持公道。"

商略露出为难之色，半晌道："女王身份高贵，是我国贵宾，我商国无权对女王进行处置。"

"那也不能任她有嫌疑却逍遥法外！那我耶律家族长老一条命算什么？我耶律家族算什么？"耶律家族的男子愤声道，"纵是女王，也不能草菅人命。何况这是在你商国，这是在挑战商国的尊严，何况耶律家族也是禹国大族，翡翠女王也是在践踏我禹国的尊严！"

随着他的话声，几个禹国王族缓缓走出，山一般的身形，站出几个就堵住了大多数人的视线，很有压迫感。

众人都露出凛然之色。这事明显很麻烦。虽然翡翠女王富有一地，但这次得罪的却是两国。无论是作为东道主的商国，还是需要为国内大族撑腰的禹国，为了自身的尊严，都不可能将这事轻轻放过。

“翡翠女王，”商略为难半晌，终究明白不能在这场合太过偏心，只得道，“此事蹊跷，还请您先随本宫回去调查。”

禹国来的那位王族立即道：“我等需要旁听，耶律家族也要参加。”

商略心中暗暗心疼自己从此无缘风流美人，情绪不佳地道：“请便。”又对景横波低声道，“你且放心去，只是问问话，你也需要排除嫌疑，以免交恶我商国和禹国是不是？放心，我会尽量照顾你的。”

景横波心中呵呵一声——这就是政治场上的男人，所谓的追求，不过是下半身行为，在政治利益面前，感情不过是口齿间轻飘飘的承诺。

她忽然便想到宫胤，心中忍不住唏嘘一声，为自己的幸运。她倒也无所谓跟随去问话，反正找个机会瞬移走，应该还是有可能的。

她不反抗，耶律家族的人却不放过，一人道：“她既然能杀了我家族第一人，本身武功定然也不弱，我等必须小心防范，得给她上手足镣铐！”

忽然一声大喊：“谁敢动我女王！”

外头一阵骚动，十几条人影奔来，当先的是拥雪、二狗子和霏霏。她们也跟了来，但按照规矩，贵客的随从都在园子外围另行招待，此刻他们听见骚动，都赶来护卫。

拥雪默不作声，带着护卫拦在她面前。

霏霏跳上她肩头，双爪抱起，目光睥睨，大尾巴一甩一甩的，大有你敢上前，我就甩你一脸的意思。

二狗子圆眼珠骨碌碌地乱转，破口大骂：“林暗草惊风，将军夜引弓，一群大傻叉，扎你菊花中！”

禹国的人也在冷笑，哗啦啦地拥上来，道：“摆开这样的阵势，莫不就是心虚？”

“那倒不是。”不等景横波开口，平时沉默寡言的拥雪反倒先开了口，一字一字特别清晰，“我是怕你会死得很惨。”

对面禹国的胖子们在呵呵地笑，肥肉震动出一波波轻鄙的频率。

“比如你，”拥雪一指最前面一个耶律家族的人，淡淡地道，“会死在最冰冷的雪下，比淹死刚才那个人的水还冷，雪漫过你的鼻端，填满所有呼吸的空隙……直到窒息。”

她语气冰冷，吐字特别决断清晰，似牢不可破的咒语，又似对死亡的预见。

午夜的寒风里，众人听出一身的寒意。

耶律家族的人脸色变了变，随即满不在乎地冷笑道：“女王陛下这是身边没人了吗？以为弄个小丫头来装神弄鬼地吓人，就可以摆脱杀人罪责了吗？”

景横波手撑下巴，瞧着拥雪，就她对小丫头的了解，可不认为拥雪是在危言耸听。

这孩子平常话少得要命，似乎故意让自己没存在感，可是一旦说话，每句话都和钉子似的。而且她记得，拥雪有时候有些话，很有些预见的味道，似乎她能感觉到一些别人感觉不到的东西，但又不够稳定明确。

拥雪皱眉扫视了耶律家族一圈，眼神便如看一群死人，任谁给这样看着，都觉得不舒服。耶律家族有人忍耐不住，冷笑道："装先知倒装得像，那么大师，能不能预见一下我们这些人，都怎么死的啊？"

拥雪看也不看他一眼，垂下眼睫，淡淡地道："你们都和他一样。"

一阵沉默，随即狂笑声响起，那群耶律家族的人，笑得险些流出了眼泪。一人一边揩着眼角，一边上气不接下气地笑道："哎哟妈呀，差点被她唬住，还在想着可别真是那种死法，呵呵呵，原来是个小骗子！"

众人也莞尔，先前一点不安警惕的心理，都瞬间散去。

江湖中人，难免暴死，所以拥雪说第一句话的时候，众人还有些凛然，怕她是个有能力的。然而听见她说耶律家族的人都会这样死，顿时不安之心尽去——一个人某种死法有可能，整个家族的人都一样死法，这是绝不可能的事。

"咱们兄弟真是乐糊涂了，连这么个小丫头的鬼话，也在这里认真听！"一个耶律家族的男子笑了半晌，大步走来，伸手就去抓拥雪，"滚开！"

呛的一声，拥雪拔剑。

呛啷连响，所有护卫拔剑。

剑光如林，将景横波挡在身后。

霏霏飘逸地从景横波肩上飞了起来，半空一个团身，落在了拥雪的肩头，对最前面逼来的人，龇了龇牙。

可惜一女孩一猫的造型，看起来没什么威慑力，耶律家族的人笑得越发厉害。

四面有人在靠近，有人在退后，气氛瞬间绷紧。

箭在弦上，不得不发。商略无奈，绷紧了面皮，手一挥，大批商国士兵拥入，将人群驱散，围住了两边场地。

景横波双手缓缓地放在了拥雪的肩头，手掌微微上竖，摆出一个阻止的手势。

她在阻止耶律祁出来。

这时候他出来，于事无补。不仅不能消除她的嫌疑，还会直接敲定两人杀人之事，耶律家族根本就不会因为耶律祁出来认罪，就放弃找她麻烦。她希望耶律祁冷静点，离开这里之后再有所动作。

四面果然没有动静，她微微安心。她不知道，暗处的耶律祁早已准备出来，却忽然凝望庄园门口的方向，停住了脚步。

而蜂刺早已散在了黑暗之中。草地上，剑上的寒光相互对峙，最前面的，已经将要逼近彼此的睫毛。

景横波在笑，心里却已经在准备大开杀戒。既然不能善了，那就狠狠来一场吧。只可惜从此要化明为暗，潜伏夺药，难度增加了。

她的手掌微微用力，准备将拥雪先扔出去，然后擒贼擒王，先拿下禹国那位肥胖的亲王再说。

指尖刚刚抬起。

四面寂然无声。

忽然一声长笑，响彻庄园。

“喂，这么多人聚在这里做什么？来迎接本少帅吗？”

声音清朗，带着三分铮铮金属之音，让人一听便知，说话者决断坚硬，绝不好惹。

景横波一震，霍然回首。

只听见远远的一阵喧嚣，似乎有人正在闯入庄园，然后有人阻拦，但阻拦似乎根本不起作用。兵器交击之声连响，声响迅速接近，眨眼到了近前，众人心中都大惊——来者好快!

一个念头还没转完，就听见啊的一声惨呼，半空中飞出一条人影，众人的脑袋随着他倒飞的弧线转了一个圈。砰的一声，那人砸在人群正中，四肢痉挛，挣扎了几下都没能起身。

商略一看，不禁变色，怒道：“何人对我商国大将出手！”

“我！”还是那清朗的声音。众人回首，便见月色红灯之下，一人着苍青色长袍，束黑金腰带，正大步行来。众人远远看到一个轮廓，就见来人腰细腿长，姿态昂然，连飞掠的衣襟都线条硬朗，似满载硝烟与铁血气息。

在场男子们多半生出“此乃强敌”的警惕，而仕女千金们多半都眼睛发亮，盯住了那男子飞掠的衣袍下修长笔直的双腿。

“裴枢！”景横波怎么也想不到，他竟然会出现在这里，不禁又惊又喜。

她那发亮的目光，显然让裴枢很受用。他大笑着，旁若无人地穿过人群，经过商略身边时还故意将他撞开一边。

“女王陛下，”他张开双臂，笑道，“好久不见，来抱一个！”

景横波噗的一声笑了，此时此刻见到裴枢，心情真是大好，当真笑眯眯地张开双臂，道：“抱一个！”

“站住！”耶律家族的一个男子怒喝，长剑唰地指向了裴枢。

下一刻他的长剑脱手而出，直入云霄，再直直落下，引起仕女们的尖叫。

裴枢抬着手，维持着弹指的姿势，下一瞬，他的金刚般的手指，已经弹上了那家伙的下巴。嘣的一声响，众人清晰地听见骨头崩裂的声音，那人啊的一声惨叫，张开嘴，一堆亮晶晶的东西飞了出来，仔细一看，是全副的牙齿。

“聒噪！”少帅不屑地道。

众人凛然，为这人的手狠心惊。

裴枢已经转向了耶律家族那些人，他对那些人阻拦自己和景横波抱抱很不满。

长眉微扬的少帅，盯住人的眼神，像虎盯住了自己的猎物。那种天生就有后天更浓的杀气，令耶律家族和禹国的人，都不由自主地开始后退。

下一瞬，裴枢越过人群，一把搂住了景横波。

景横波唇角一弯，道："你怎么来了？"

裴枢不答，转头认真地看了看她。景横波忽然想起自己的脸现在的状态，急忙往下拉拉面罩。裴枢却拦住了她的手，把她圈在怀中，背对众人掀起面罩，仔细看了看。

然后他的浓眉皱起。

景横波随即便听见他毫不客气的批评："丑了！"

景横波撇撇嘴——好吧，她知道少帅性子直，不会像宫胤那样无所谓她的容貌，也不会像耶律祁那样绅士体贴顾全她的情绪，但这么直接地听见这句话，她还是有一点点受伤的嘛。

下一刻她听见他恶狠狠地道："商国有什么药？什么药对你的脸有好处？统统抢过来！"

她心情大好，笑问："如果商国的药也没用呢？如果一直是这样呢？你还会不会做我的少帅？"

"我当初是因为你的脸答应你的吗？"裴枢脸色发黑地反问她一句，想了想，却又咕哝道，"好像还是有点关系？"又想了想，不耐烦地挥挥手，"治不好就治不好，治不好就把这天下女人的脸都划花，你还是最美的那一个！"

景横波哈哈大笑，觉得少帅虽然三观不正，但这话听来真的很爽！

两人在那儿旁若无人地说话，众人瞧得目光灼灼，商略脸色阴沉，目光一直落在裴枢扶在景横波的腰的手上。

裴枢反应敏锐，早已发觉，却看也不看他一眼，手上还用力在景横波腰上一捋。

"干吗？"景横波这才发觉他的手不大安分，要甩脱，裴枢却道："咦，一阵不见，你的腰怎么变粗了？"

"啊？真的？"景横波立即被转移了注意力，赶紧去摸自己的腰，这一摸忽然发觉不对劲，身上的衣服怎么都干了？

她抬头，看见裴枢此时才将一直搂住她肩的手移开，掌心间微有热气。她恍然大悟。原来裴枢一出现就先声夺人，各种狂妄，不过是为了不动声色地湮灭证据。

裴枢是真正的真火真气，只有他能够瞬间烤干衣物。

"阁下是何人？"商略阴沉着脸走过来，身后跟着商国的一大批将领，神色不善。

"裴枢！"

四面响起抽气声，玉白金枢，少年战神的大名，如雷贯耳。

"裴枢？黑水女王爱将？"商略微微惊讶，"你如何出现在这里？如何与翡翠女王行迹亲密？"

"因为本少帅在追求翡翠女王啊。"裴枢对他露出雪白的牙齿，凛冽而森然，"怎么，你管得着？"

"本宫管不得你等隐私之事！"商略怒声道，"我等对少帅闻名久矣，但这里是商国！少帅你想耍威风，还请回你的玳瑁去！如今翡翠女王涉嫌谋杀耶律家族长老，我等正欲请去问话，少帅你出手阻拦，是要和商国、禹国为敌吗？"

“谋杀？”裴枢摸着下巴，“无冤无仇，没打过交道，为什么要谋杀？”

一句话直达中心，问哑了众人。耶律家族的人面面相觑——耶律胜武刚愎自用，独往独来，他去逼问景横波时，并没有交代原因和目的，所以耶律家族的人也不明白，女王为什么要杀了从没见过面的耶律胜武？

一见众人哑口，裴枢立即笑了。

夜色中漂亮男子的笑意，凛冽又肃杀，隐约还有几分狡猾。众人一瞧这种神情，不禁便想起这传言中脾气暴烈的男子，在战场上的狡黠如狐，心中不由得更加不安。

“谋杀，得有动机和条件。”裴枢冷笑道，“如今动机没有，那么，指证她的理由呢？”

“耶律胜武被人杀害，藏在河边石下，石头被大鱼撬动，尸体浮上，正好被在河灯上跳舞的舞女看见。既然杀人是在河边，那么凶手很可能也湿了衣裳。在场其余人衣裳都完整干燥，唯有女王的衣裳是湿的！”

“啊？湿的？我怎么没看见？”裴枢哈哈一笑，把景横波往前一推，“湿了吗，嗯？”

众人一瞧，不禁一怔，景横波周身衣裳干爽，哪有湿痕？

“不对！我刚刚明明看见她裙角和鞋子，都是湿的！”先前那站在景横波身边的女子，忽然尖呼。

裴枢看也不看她一眼，忽然转身给景横波整理长发，将她微乱的发兜起理顺，顺手捞起她戴在胸前的商略所赠用来做配饰的翡翠项链，道：“这链子太丑，不配你！”手指一弹，项链断裂飞出，正砸在那尖叫的女子嘴上，那女子啊的一声，嘴立即就瘪了下去。

那女子捂住嘴惨叫哭泣，一堆人拥上去查看救护。裴枢还是看也不看她，自顾自地给景横波整理好领子，笑道：“什么首饰配你，都显俗气。以后不要再戴乱七八糟的人送的首饰，懂吗？”

景横波斜眼瞟着他，心中发愁——这死孩子性子这么暴戾，占有欲这么强，如何了得？

商略站在一边，盯着地上碎裂的翡翠项链，脸色铁青，忽然冷冷道：“先前，女王陛下亲口承认，她有去河边。”

景横波鄙视地看他一眼——眼瞧着勾引无望，干脆自己下手，这人品，难怪老王不喜欢他。

“我不过在说谚语而已，”她耸耸肩，“没听过吗？常在河边走，哪有不湿鞋？”

“你！”商略等人怒盯着她，景横波若无其事。

“她去河边又怎样？”裴枢搂着她，转头看看河岸，忽然一笑，“她是去看河灯，想要采一盏给我而已，因为我喜欢莲花。”他低头对景横波微笑，笑容忽然温柔深情，“是也不是？”

景横波被他这样深情款款的笑意，笑得浑身发麻，此时却只能点头，回他以同样肉麻兮兮的微笑。

“她为何要为你涉水，去采河灯？”禹国那位亲王厉声问。

“傻了吧你，这样的问题你也问得出来？”裴枢摊开手，大声笑，“因为她心中想着我啊！因为我和她两情相许啊！因为她爱我啊！”

轰然一声议论声起，众人脸上哗的一下闪现出八卦的光彩——裴少帅在追求翡翠女王！

这可真是个劲爆消息！

景横波呃的一声，险些呛着。二狗子瞪圆眼睛，刚想吟诗讽刺一下某人的不要脸，裴枢笑出白牙轻轻摸了一下它的脑袋，二狗子立即缩起脖子，不念了。

霏霏已经在拥雪肩上闭上眼睛，看上去已经睡着了，它总是睡得很及时。

人群中忽然探出了一张脸，那张小脸雪白清秀，正是玉无色。

这小子正在低声怒骂："啊！不要脸！太不要脸！一个冒充我娘，一个当众宣称追求我娘，这要传出去，我娘清誉何在，我面子何在？啊？这裴枢混蛋岂不成了我的便宜老爹？不行不行，我要去阻止，我要去揭穿这对欺骗世人败坏他人名誉的狗男女……"

他刚要冲出，忽然嘴被人捂住，还没来得及挣扎，已经被悄悄地拖出了人群，放翻在黑暗的角落中，再也没有了捍卫他娘和他清誉的机会……

场中，裴枢犹自在滔滔不绝地说话，"黑水女王和翡翠女王交好，在下曾经带兵保护黑水女王，前往翡翠，一见翡翠女王陛下，顿时惊为天人。枢以为，这天下女子，无人及她半分，今日若有人为难于她，枢定与其以命相搏，望诸君自决！"

"枢！"景横波哀呼，"我一脸麻子，年纪老大，还有十一岁的儿子，不适合你！"

"无妨。"裴枢搂住她的腰，不许她让开，深情款款地和她对视，"是人总会老丑，唯有初心不变。你的一切就是我的一切，你的孩子也就是我的孩子，当然，我很愿意和你再生……"

下面的话，掐断在景横波狠狠的一捏中，她啼笑皆非地趴在裴枢耳边，低声道："喂，喂，适当演戏就好，这样过了啊。"

"谁告诉你这是演戏？"裴枢冷哼一声，"每个字都是真话！"

景横波叹息一声，偏开头。裴枢却一把捏住她的下巴，目光灼灼地盯住了她的眼睛："景横波！"

她不得不迎上他的目光，瞬间被他炽烈又愤怒的目光惊住。

"景横波，别什么都拿玩笑来扯。"裴枢低声地，一个字一个字地道，"你想走就走，想丢就丢。偌大的玳瑁你都能丢给我，和别的男人逍遥，所有人都知道你的下落，就我最后知道！连想对你说几句真心话，都要借着这样的机会，演戏一样演出来，你还要嘻嘻哈哈，装疯卖傻，你自己说，你对我公平不公平！"

景横波吸一口气，心道糟了，暴龙原来是在生气，一半演戏一半发作，这要怎么收场？

她最近满心里都是宫胤，哪里想过别人，如今给裴枢一说，才觉得似乎自己是过分了些。但感情的事，哪里是能你来我就还的？这个道理没法和他说明白，她只得低声道："先放开，回头我和你解释。"

裴枢盯她半晌，从鼻子里冷哼一声，转过头，却没有放开她的手。

此时众人眼见两人窃窃私语，神态亲密自然，确实瞧着像一对情侣，不禁都皱起了眉。

裴枢牵着景横波的手，转向了商略和禹国耶律家族等人。

"休要以为翡翠女王孤身一人，就无法对抗你禹国、商国，由得你们要打要杀！她有国土，有军队，有黑水女王与其联盟，还有男人支撑！”他指了指自己的鼻子，对着脸色铁青的众人，狰狞一笑，“横戟军五万骑兵，现在就在商国边境！我麾下军刀，饮惯玳瑁上元血，还没尝过商国、禹国人血的味道！有种今日就动她一毫，明日我便要你们知道，什么叫冲冠一怒为红颜！”

第三十七章　抢吻

满园静寂，为这男子杀气凛然的言语。

禹国、商国诸人脸色铁青，有人拉不下面子，想要反唇相讥，然而一接触裴枢黑白分明如刀锋的眼睛，话便不由自主地缩了回去。

商略的脸色也很不好看，这种诸国贵族云集的场合，稍不注意便容易酿成疆域纠纷。本来他觉得翡翠女王一介女子，又没男人撑腰，身在异国，自然要容让委屈一点。没想到裴枢忽然出现，态度又这般强硬，这位大荒著名凶神的脾性他当然知道，那是真的说打就打的。

在他主持的晚宴上，引发了战争纠纷，那他王太子的位置，就真的保不住了。

但现在因为裴枢一番威胁就这样草草收场，倒显得商国怯弱，还是有辱国体，事情传出去，父王还是不能原谅他。

商略心中两难，不禁暗暗怨恨耶律家族给自己找来这么大麻烦。

景横波凑在裴枢耳边悄悄问：“你真的把横戟军带到边境啦？那玳瑁那边怎么办？”

“吓唬他们呢。”裴枢悄声笑道，“一群尿货，一吓就傻了！”

景横波扑哧一笑，心想也只有暴龙会干出这种事了。不过他那比谁都理直气壮的模样，还真没人会怀疑。

她的目光越过裴枢的肩头，看向对面黑暗处，忽然龇牙笑了笑，在裴枢耳边低低说了几句。

裴枢皱皱眉，似乎有点不大乐意，咕哝道：“便真打一场又咋了……”终究扛不住景横波的劝，哼了一声，悻悻道：“好吧，饶他们一回。”他龇着白森森的牙一笑，恶狠狠地道：“再有下次，抽筋扒皮！”

景横波呵呵一笑，拍拍他的脸，柔声道：“别生气了。波波最喜欢枢枢了，么么哒。”

“最爱我吗？”裴枢立即抓起她的手，目光发亮地问。

“你是愿意听谎话的人吗？”景横波对他勾唇一笑，抽出了自己的手，却又轻巧地捏了捏他的手指。

她现在晓得该怎么对付暴龙了——不和他暧昧，但适当给予点温情，让他又郁闷又留恋，发作不得。

裴枢狠狠地捏紧了自己的手指，重重哼了一声。他恨这个小妖精！他恨自己不能不喜欢这个小妖精！

站在一边的商略，眼看气氛僵持，这两人竟然还若无其事地在一边打情骂俏，身边耶律家族的人又在不断地催促威胁，大有"你不敢下令捉拿翡翠女王就是怕了翡翠""堂堂商国如此怯弱"之意，心中怒火更盛。

他不禁怒道："你等指证女王罪行，不过是因为她衣裳湿了。如今女王对此已经有了解释，如何还能再草率下令拿人？"

"对极了。何况，湿了衣裳就算证据？"裴枢忽然抢先冷笑道，"如果真正的杀人凶手根本没湿了衣裳呢？如果真正的凶手把湿衣裳换了呢？"

"这四面都是人，到哪里换衣裳？如果大家都没湿了衣裳，那唯一湿了衣裳的那一个就一定最可疑！"最先冲出来的那个耶律家族的男子，上前一步厉声答，"再说，拿下之后审问搜查，一定可以找出更多的证据！"

"哟，我瞧着你对拿凶手很积极嘛。"裴枢一笑，勾勾手指，"喂，听说过贼喊捉贼这句话没有？"

"你什么意思！"那人怒目瞪他。

"什么意思？"裴枢一笑，忽然冲前一步，众人只觉得眼前一花，他已经出现在那名耶律家族的男子面前，撞开了他身边两人，一把拎住他的衣襟，厉声道，"我倒觉得你可疑，说！你为什么一口咬定女王是凶手！"

"她就是凶手……"那人猝不及防，整个人被拎住，又羞又怒，死命挣扎，"滚开！滚开！"

"放手！"周围耶律家族子弟纷纷拔剑，禹国的胖子们也站在一边，厉声呵斥。

裴枢哈哈一笑，手一撒，不屑地将那人掼在地上，一闪身又回到景横波身边，很是习惯地搂住她的腰，呸了一声道："废物！"

那人衣襟翻开，狼狈地从地上爬起。众人目光不由自主地投过去，忽然有人惊声道："血！"

此时众人也已经看见，那人翻开的外袍衣襟里，靠近胸口的地方，隐约有一些血迹。

那人低头看自己胸前，也愣在那里，似是不明白这血迹从何而来。

景横波忽然大声冷笑："呵呵！鞋子湿了有嫌疑，那么，有血迹，是不是更有嫌疑？"

一语惊醒梦中人，商略立即变色，问："敢问这位先生，血迹从何而来？"

"可别说是我打伤你弄的。"裴枢大声道，"我刚才只揪住你衣领，一根指头都没碰你。"

这都是众人眼见，纷纷点头。耶律家族其余人骇然变色，禹国的胖子们面面相觑。

"或者他自己有伤……"一个耶律家族的男子弱弱发声。

人影一闪，裴枢又鬼魅般地出现在那人面前，二话不说，抬手刺啦一声，撕开了对方的衣襟。

胸膛光洁，哪有伤口。

“请问，”裴枢笑得像只凶暴的狐狸，“没有伤口，也没有别人受伤染血于你身，你这血迹，是谁的呢？”

“这血迹先前掩藏在外袍之下，看位置应该是俯身或者面对他人时，被喷溅上去的。”有懂行的人开了口。

“他栽赃！他栽赃！”那耶律家族的男子狂呼。

裴枢摊摊手，冷笑着望天。

他不需要解释，没人信这句话。这个存在感极强的男人，自一出现，就吸引了所有人的目光，一举一动都在众目睽睽之下，有没有动手脚，在场人自信眼没瞎。

“难怪如此急迫，原来真是贼喊捉贼！”商略勃然变色，“来人，请去审问！”

“住手！”耶律家族的人拔剑阻拦。

“谁敢拦？”裴枢手一挥，景横波的护卫也拔剑迎上。

“都住手！”商略脸色铁青地高呼。

“王太子，”景横波眯眼笑道，“身为一国王太子，此地的主人，当着六国八部贵族的面，我相信你以及商国，会给所有人公平的待遇和裁决。先前我有嫌疑，你要拿下我，我心中无愧，愿随你们去接受调查；现在这位耶律家族的高人，嫌疑比我还大，你们打算装聋作哑吗？”她微笑着弹弹手指，“难道什么时候，你们商国成了禹国的从属了吗？”

“休得胡言！”商略厉声道，“商国对所有来宾一视同仁，也请禹国贵客力持公正！”

禹国胖子们皱着眉，此刻也觉得不知道怎么办才好。

“还有你们，”景横波又笑吟吟地对耶律家族的人弹弹手指，“你们这么护着这位干吗？难道你们真的觉得他一定是无辜的？啧啧，身为大家族的人，难道不懂大家族的尔虞我诈和各种倾轧吗？难道真的认为没有自家人动手的可能性？还是你们觉得耶律胜武身为刑堂执法长老，为人很好，与世无争，从不得罪人，家族中人人爱戴，绝不会有人对他怀恨在心？”

耶律家族的人面面相觑——大家族的倾轧和暗杀，从无休止。耶律胜武身为执掌刑罚的长老，得罪的家里人比外头人还多，被家族中人暗杀的可能，让他们否认，也说不出口。

那些人眼底也露出疑惑之色，剑慢慢垂下。

“不是我！不是我！他栽赃！他栽赃！”那人狂呼。

四面没有人说话，护卫他的长剑，一柄柄，收了回去。

景横波笑得讥诮——越是豪门贵族，越是藏污纳垢，真的一点不假。

那人眼底露出绝望之色，目光在人群上方四处漂移捕捉，似乎在寻找可以让自己脱罪的人和事。他的目光落在那些闪烁着琉璃光彩的河灯上时，忽然眼光一跳。

景横波心中也一跳，直觉不好。

“琉璃！琉璃！”那人忽然指着上方，大声道，“听闻琉璃族最喜欢在夜色灯光中，练习自己的隐身之术。如今这碧华园灯光处处，琉璃族的人也不在人群中，一定散布在各处练习隐身！”他对着上空大叫，“你们出来！你们出来！你们最喜欢在隐蔽的地方待着，你们在哪儿待着没人能发现，但你们一定能看见真相！出来！出来！”

他叫声急切，景横波的心也怦怦跳起，她还真不知道琉璃族的人有这种习惯。但现在场中确实没有琉璃族人，如果他们真的散落在园子各处练习隐身，那先前那树林后，莲花灯处处的河边，真的是一个练习的好场所……

上方忽然有人幽幽道："我等不喜欢管闲事。"

耶律家族的那个人听见这声音，便似得到救赎，大喜道："这不是管闲事，这是主持正义，为蒙冤受屈的他人洗刷冤屈！请琉璃族的朋友们说出真相，救我一救！"

上方又是一阵寂静，随即众人觉得眼前似乎有彩光一闪，随即面前就多了几个人。

那几个人身上的颜色明明暗暗，似乎利用了人的视觉盲点，让人怎么也看不清楚。

"请琉璃族的朋友们，救我一救！"那耶律家族的人大声道，"你们一定有在河边，一定看见了到底是谁！"

那几个人久久沉默着。

景横波和裴枢对视了一眼，两人都没想到会节外生枝，会出现一个隐身种族琉璃族，现在看来，当时十有八九有琉璃族的人在场。

看来一场恶战还是不可避免，裴枢给护卫们打个眼色，示意众人慢慢围拢来，看好四处可以逃走的路线。

这一刻的寂静，像一个世纪一样漫长难熬。

很久之后，中间那个老者才开口。

"先前，我在河边。"

那耶律家族的人精神一振，众人目光灼灼。

老者盯着景横波，露出一抹诡谲的笑容。景横波毫不怯弱，对他勾唇一笑，手中已经扣住了一柄匕首。

"但我当时背对河面，什么都没看见。"老者迅速地说完了下半句。

准备欢喜道谢的耶律家族的那个男子，将欢呼声哽在了咽喉中，他呆呆地不可置信地盯着老者，茫然地道："你没看见？"

"嗯。"老者一本正经地点头。

"怎么可能？"那男子喃喃道，忽然又振作起精神，"那听见总可以的吧？你有没有听见什么？"

那老者又看了景横波一眼，还是那微带狡猾和挑衅的笑容，景横波又对他笑笑。

"听见啊……"老者慢吞吞地道，"有。"

"是什么！"那人急不可耐地催促，"你一定听见耶律胜武呼救，并喊出凶手名字是不是？"

"那倒没有。"老者摇头，道，"我只隐约听见耶律胜武的惊呼，非常惊讶。"

景横波慢慢出了口长气。

危机过去了。

虽然不明白琉璃族的人为什么帮她，但很明显，那老者在现场，却没有说出真相。

"啊，很惊讶。"裴枢笑道，"看见自己人对自己下手，当然惊讶。总不能说看见女王很惊讶吧，对不对？”

众人默然，挡在那耶律家族男子面前的最后一柄剑，终于也收了回去。

那人眼底露出绝望之色，四面望望，忽然悲愤地道：“你们都害我！”

话音未落，他纵身而起，逃入黑暗中。

“追！”商略立即下令，商国士兵快速追上，众人纷纷松了口气。

景横波笑道：“贼喊捉贼，耶律家族好大荣光！”

耶律家族的人脸上灰暗无光，再也待不下去，当即灰溜溜地告辞，在众人鄙弃的目光中垂头走出了碧华园。

禹国的人也神情悻悻，直如被当面掴了一巴掌。

商略倒还算个人才，很迅速地调整过来，换了殷勤的脸色，过来向景横波致歉，又嘘寒问暖，再三表示要补偿。

“好的好的。”景横波立即道，“拍卖会马上开始了，我要求坐在最好的位置，拥有对我看中的药物的最优先选择权，在同等价位下的优先拥有权。”

商略听懂了她的话，一急之下，噗噗噗地好几声，终究先前话说得太满，只得悻悻道：“好吧。”安排人去给景横波重新安排位置，又送上一份商国王族才能有的物品名册，供景横波先挑选。

景横波根本没看，她掂着册子，斜睨着禹国那边，问：“胖子们拿出了哪些东西？看中了哪些东西？”

专门负责伺候她的宫女，给她指出了禹国的拍卖品“天丝草”和“火心甲”，和禹国看中的几样药物。

景横波笑得像只看中猎物的狐狸，坐在不远处的几个胖子，不由自主地打了个寒战。

裴枢大笑着，搂着景横波，坐在了视野最好的位置，顺手从一旁端着各种吃食的宫女的托盘里，不断地取下食物，都放在景横波面前，亲自动手，给她切果子，给她剥果仁，给她夹点心，瞧得一旁的各国仕女们眼睛发绿，死活不明白翡翠女王这么个丑女，凭什么连裴枢这样的人物也能勾引上？

景横波早就习惯了这种羡慕妒忌恨的目光，无论是她自己，还是她身边的男人们，都是风骚招眼大长腿，天生便处于人群的中心。她慢悠悠地吃着点心，目光在人群外转了转。如果不出意外，耶律祁应该已经离开，去追杀那群落单的耶律家族子弟了。

刚才她就是得了耶律祁的信号，对那耶律家族的人做了手脚。耶律祁准备好了一小瓶鲜血，她隔空移物，慢慢将那瓶鲜血摄过来，藏在众人脚后的地上。然后裴枢上前揪人，吸引了所有人的注意力，在裴枢将人推翻在地的那一霎，趁着裴枢挡住众人目光之时，她将瓶子里的血迅速洒在了那人内袍里襟上。

意念控物这种事，是居家旅行杀人栽赃之必备法宝。

不远处似有目光射过来，她一偏头，看见是姬玟。姬家四姐妹今儿来的是三、四、七，十一没有出现。她们这回很低调，什么都没有参与，此刻姬玟的目光充满了疑惑的审视，景横波笑着对她举了举杯。心想这是个聪明女子，可能已经看出问题了。

姬玟也对她举了举杯。过了一会儿，景横波再转头看时，发现只有三、四在那儿，姬玟已经不见了。

她不会猜到什么，去追耶律祁了吧？

景横波凝神思索了一会儿，觉得姬玟是个人物，对耶律祁似乎也是真心喜欢。姬国那种风俗人情，其实很适合温柔又懂尊重女性的耶律祁，如果他们真的能成了好事，她倒是乐意看见的。

忽然一个人坐到她身边，她转头，就看见那个先前出来作伪证的琉璃部的老者，正专注地看向台上，望也不望她一眼。

她忍不住笑了，道："有什么要求，说吧。"

琉璃部的人不会无缘无故地帮她，这是要报酬来了。

"我族对女王没有要求。"琉璃族老者淡淡地道，"只想请女王若非必要，永远不要踏足我族。"

景横波很意外，良久，吸了吸鼻子，心想自己难道真成了六国八部传言中的王位灾星？以至于这些琉璃族的贵族，宁愿昧着良心，也要和自己交换这个条件？

"好。"她悻悻地答，自尊心有点小受伤，心想以后自己不会成为六国八部的公害吧？

琉璃部老者矜持地点点头，满意地走了。景横波郁闷地听见一声锣响，拍卖会开始了。

一开始的东西没什么是景横波感兴趣的，她就闭目养神。她自己因为来得仓促，也没准备多少东西，就临时带走了易国王宫里珍藏的一批面具。

她拿出那些面具时，负责拍卖的礼官表情很是诧异，她以为是对方觉得这面具不够档次，也没在意。此刻听着拍卖了好几样东西，明显是从价值较低的物品开始，却迟迟没有报到自己的面具，不禁有些奇怪。

忽然她直起了腰，目光灼灼。

"七号卖品，天丝草。"礼官在上头通报，"可令肌肤丰润，自主暗香，女子养颜圣品。但不可多用，否则容易肥胖。起价五百两黄金，每次喊价加价十两黄金。"

这价格不算高，在场男子兴致缺缺，女子们露出兴奋之色。

景横波还没开口，裴枢已经高声道："五千两！"

景横波噗的一声，口水险些喷了出来，狠狠地扭裴枢的胳膊，"你发什么疯？钱多啊？喊价有你这么喊的吗？一下子飙这么高，是要便宜禹国那些死胖子吗？"

"谁耐烦和那群女人慢吞吞竞价？"裴枢不以为然地道，"再说我第一次送你东西，怎么能太便宜？贵点才对得上你我身价。"

"那也要值啊！败家爷们！"景横波抓狂，那天丝草虽然对她有点用，但并不是完全对症，顶多值一千两黄金好吗，这死孩子要不要这么败家？

裴枢给她掐得很受用的样子，干脆横过手臂，笑嘻嘻地道："用力点！在我身上，留下你的印记！"

景横波立即罢口，看看禹国那边那群神色欢喜的胖子，心中更加不忿："你浪费的是我给你的薪水！"

"什么是薪水？你是指报酬？"裴枢反唇相讥，"你给过我报酬吗？"

景横波呃的一声，理亏地不敢说话了。她现在才想起来，奴役了少帅这么久，真的一分钱没给过他，他总有些要用钱的地方，他是怎么生活的？

"这个那个……"她越想越心虚，小声道，"回去分红给你，这草我自己买了……"

"男人用女人的钱？你别侮辱我了！"少帅神情便如受了极大侮辱般，挥开她的手，"你真以为我很穷？别忘记当初我可是黄金部第一战神，金召龙设计陷害了我，但他可拿不走我的财产。你放心，"他拍拍景横波的脸，露一抹狡黠的笑容，"我的钱足够养你，就算造一座金屋藏娇，也是没问题的。喂，要不要去住住我的金屋？"

"你还是先省点钱买天丝草吧！"景横波没好气地拨开他的手。果然他那二货一样的价格一喊出来，场中再没有人竞价。当商国使役笑吟吟地用盒子装着天丝草过来时，周围众人都露出"此乃冤大头"的讥笑眼光，看得景横波又一阵郁闷。

不过女人们似乎并不这么想，在她们的眼光里，羡慕妒忌恨的成分似乎更浓了几分——女人的虚荣心就是这么神奇，她们宁可看见男人一掷千金地为她浪费，也不要男人锱铢必较地为她省钱。

如裴枢这种有名有貌、霸气又豪气、铁汉又不缺柔情的风格，正是女人们的最爱。景横波觉得自己快要淹没在女人们蓝幽幽的眼光里了，她很担心自己出了这个门就要经受无数的暗杀。

裴枢那货还要火上浇油，接过盒子，付了金票，故意大声对她道："用了这草，你的肌肤会更丰润，想起来，真真是美妙的感受啊……"

景横波的鞋子狠狠踩在了他的靴子上，让他好好提前体验了一下"美妙的感受"，并遗憾自己的高跟鞋都留在帝歌，不然这感受一定更美妙。

此时禹国的第二件商品"火心甲"已经搬上台，看仆役们的动作，就知道这东西颇为珍贵。那是一件银白色的半身甲，但心口位置却是火红的，那火红色似乎是流动的，看上去十分有光彩，整片甲衣十分轻薄，主持拍卖的礼官戴着手套，将甲衣轻飘飘地托在掌心，笑容十分轻松，"各位贵宾，传说中的火心甲来了！但是，很遗憾，这不是刀枪不入的银丝甲，防不了水，也挡不了火，啊，它看起来就是个废物。"

底下传来笑声，有点紧张的气氛渐渐缓和。

"这件东西，它唯一的作用，是在这里。"礼官指了指那火红的心口位置，笑容神秘，"这一处，是雪山秘泽火龙的皮。火龙无火，周身通红，是天下极热之兽，能抵御雪山地底下千百年的阴寒之气。它心口那一块皮，尤其珍贵，护心、调神、疗伤，护持一切紊乱的真气。不过，提醒一下，这件甲只能给修冰寒系真气的人使用，修习真火类武功的人用了，反而容易走火入魔。"

景横波的目光亮了起来——这简直是为宫胤量身打造的！

裴枢却撇撇嘴，懒懒地躺了下去，拉住她道：“这个没用，咱们别管了。”

景横波拂开他的手，专心听上面报价，直接五千黄金起价，一百两一次喊价。

喊价的人不多，毕竟冰寒类真气修炼者不多，但喊价的都很专注，因为只要修炼这种真气，都绝对用得着这宝物。

景横波并没有立即开口，正因为势在必得，所以她不想太早显露。

“五千五百两！”

“六千两！”

“六千五百两！”

“一万两！”

一个浮水部的人喊出这价格后，场中静了静。

礼官的笑容更加完美，说明这东西已经到了临界价位，再拼下去就不值了。

景横波摸摸口袋里的银票，有点傻眼。

可怜的黑水女王，她出身平凡，当女王时是个傀儡，没见过多少钱；到玳瑁后还处于创业阶段，也没多少钱；这次从易国匆匆赶往商国，钱还是从易国拿的。因为对这种一掷千金的贵族拍卖预估不足，现在她发现她的钱似乎有点不够。

“喂，借点钱。”她捅捅裴枢，“回去加倍还你。”

“不借。”裴枢双手枕头，叼着一颗杏子，没好气地道，“你这又不是买给我的。”

景横波心虚，这东西裴枢根本不能用，傻子也看得出她是要买给宫胤的。

“后头你有看中的东西，我一定给你买。”她哄他。

“少来。”少帅更加懒洋洋的，“你现在买这个都没钱了，后头还能有钱买别的？我自己出钱，那还不是我自己买给自己？”

“小枢枢，好枢枢。”景横波拉着他的手开始撒娇，“借点钱嘛，好嘛，咱们谁跟谁啊！不要为这点钱伤了感情，是不是嘛，回头你尽管提要求，我都尽量答应你好嘛……”

“满足我要求啊？好啊。”裴枢脸一偏，点点脸颊，景横波正想着这家伙得寸进尺，竟然要索吻，这个绝对不能答应，就看那家伙大大白了她一眼，道，“风流女人，想哪里去了？喏，这个杏子，帮我咬一半下来，我就借钱给你。”

景横波瞧瞧他嘴边那个杏子，有一半露在唇外，金黄杏子下就是他线条饱满红润的唇，这要一点不碰着唇，咬下半个杏子，实在有难度。

她正犹豫着，听见场中已经没有了竞价声，礼官已经在笑容可掬地询问是否还有人竞价。她心中大急，扑过去按住裴枢，一口咬住他唇上的杏子。

她想速战速决，结果扑得太猛，裴枢本来就歪斜着坐在椅子上，给她一扑，哐当一声连人带椅栽在地上。

四面的人忽地转头，目光聚焦。

台上礼官目瞪口呆地忘记说话。

女子们发出抽气声。

远处暗处，蜂刺们在团团乱转。

“怎么回事？”

“女王为什么忽然扑倒了裴枢？”

“他们在干什么？”

“要不要通报主上？”

“这通报怎么写？女王当众淫心大发，扑倒少帅？”

“嫌命长你就这么写！”

景横波也呆住了，想速战速决，结果搞出了更大的动静。眼看裴枢唇角的笑意越来越大，一副奸计得逞的模样，她心中一横，不管三七二十一，就去咬那个杏子。

把杏子咬到口，再和大家说抢食好了。

抢食总比抢吻男人要来得有面子点。

但是，在嘴唇离杏子还差零点零一厘米的时候，裴枢忽然咕嘟一声，把杏子给整个咽了下去。

景横波的唇，便不可避免地落到了他的唇上。

一霎相接，电光石火，她瞪大的眼睛倒映出他狡黠得意的笑容，他乌黑的眸瞳写满她惊讶的眸光。

她感觉到属于他的唇的独特香气——似松似柏似杜若，七分清逸三分暗香，并无想象中的铁血硝烟气息，反而分外柔软，似要熨在了心底。

他亦心满意足地尝到了她唇齿间的芬芳，是人间最甜的蜜、天下最销魂的香。她的唇软如丝绵，一触及便似要裹缠住他的一生。

他喉间发出一声低低的咕哝，忍不住要去吸吮咬啮。她却终于惊醒，飞快地避开，慌张地跳起身来，腿撞在了椅子腿上，都忘记了喊痛。

裴枢四仰八叉地躺在椅子背上，对着黝黑夜空，露出一个有点傻有点满足的笑容。

景横波觉得他这造型太讨厌了，看上去活像刚刚被睡完心满意足的德行，忍不住踢他的椅子：“起来，快起来！”

“哎！”裴枢立即大声回答，“好的，马上起，陛下你不要太用力！”

景横波恨不得一脚踩住他的嘴，等他起身，她忍住不去看四周怪异的目光，也不去看裴枢一脸得意的笑容，低声问：“钱呢？”

“杏子没咬下来啊。”他说。

“希望那颗没吐核的杏子在你肚子里发芽！”景横波笑吟吟地咬牙，“快点，钱呢？”

“没有。”暴龙无辜地摊开手，“都给你买天丝草了。”

景横波气结，正想着要如何将这个可恶的家伙大卸八块，就听见他不急不慢地道：“不过你放心。爷不像你，爷说话算话，马上就有。”

“马上怎么有？你偷啊抢啊……”景横波忽然打住话头。

她旁边的裴枢忽然转了个方向，对一个一直呆呆地瞧着他的少女龇牙一笑。这一笑艳光四射，那少女眼睛里眼看着就晕出了圈圈。

“姑娘，”裴枢亲切地道，“愿意与我共进晚餐吗？”

那少女还没反应过来，已经晕晕地点头。

“两千两黄金一次晚餐，多谢多谢。”裴少帅脸也不红地摊开手。

景横波扶额。

天哪，谁来把他拉走，她不认识这货！

那少女立即掏钱，将厚厚一沓金票搁在少帅掌心。少帅从容笑纳。少女怯怯地望着他道：“少帅，什么时候可以……”

“时日由我定，地点由我定，吃什么也由我定，钱由你付。”某个霸王毫不羞耻地道，“你等着消息便好。”

“哦。”被他气场慑着的少女乖乖地点头，双颊飞霞，神情充满期待。

景横波扶额——这看脸的世界！

裴枢望一眼四周，不知何时，四面已经有女子聚拢来，目光都蓝汪汪、绿幽幽的。

他熟悉这样的目光，那叫惊艳和贪婪以及欲望。可惜的是，他真正想看见对他露出这目光的那个人，根本不会这样看他。

“陪同散步一千两黄金，陪同进餐两千两黄金，陪同出席宴会三千两黄金，帮忙杀人复仇一万两黄金，明码标价，童叟无欺，现场给付，多谢多谢。”少帅干脆地报价。

“我要晚餐！”

“我想和少帅共同漫步林荫大道！”

“我希望少帅能陪我参加宫宴！”

“我出一万两，请少帅帮我一个忙！”

人头拥挤，粉臂乱挥，看呆了一众贵族和上头的礼官，连竞价都忘记了。二狗子踱来踱去，唏嘘长叹：“少帅吆喝急，女子竞价忙，一群小傻子，吓煞我女王。”

一个单身少妇从人群中挤过来，悄悄扯住裴枢的衣袖，“少帅，那个那个……一夜良宵的价钱，您还没报呢……”

裴枢忙着数手上厚厚一沓银票，不耐烦地一挥手。

“老子卖色，不卖身！”

他将厚厚的一沓票子顺手扔给景横波，对她咧嘴一笑。

“二十二年龙精虎猛，都留给我家女王！”

声音响亮，全园子都听得见，所有人的眼光哗的一下又转过来。

景横波被众多带着敌意、不满、讥笑、惊讶的目光包围，只觉得一辈子的脸都丢光了，心里恨得牙痒。想了想，她忽然咯咯地笑起来，伸指兜起了裴枢的下巴。

场中又是一静。

少帅眯起眼睛，危险地盯着她。

景横波媚眼一勾，一笑。

“看着膘肥体壮，就怕银样蜡枪！”

噗的一声，很多男人喷出了口水。

裴枢那张漂亮的得意扬扬的脸，一瞬间颜色千变万化，非常精彩。

景横波啪地弹了一下他的下巴，低声笑道：“你敢厚脸皮，我就让你以后没脸皮！”一甩手，将金票甩了出去。

“一万五千两，买火心甲！”

那浮水部的贵族似被这价格震住，瞪住眼睛不说话了。

“一万五千两！还有没有哪位贵客出更高的价钱？一万五千两黄金！还有没有？有没有？”礼官连喊，笑得满脸皱纹都开了。

场中寂静，景横波目光灼灼地扫射，挥舞着银票虎视眈眈——姐买这个火心甲容易吗？八辈子的脸都丢尽了啊。谁敢和我再争我和他急！

也许是被她那一沓银票震住，也许是被她那恶狠狠的眼神震住，场中这回终于安静了，礼官连问三遍，无人应答，景横波微笑着，走向高台。

忽然一人道：“且慢。”

景横波脚步一顿。

那人慢吞吞地道：“卖给谁都可以，就是不卖给你。”

第三十八章　打翻的宫醋坛

景横波停住脚步，偏了偏头。

斜对面，一个禹国的胖子正充满恶意地对她微笑。

那如山的身躯、横扯的脸颊以及因为肥胖而浑浊嘶哑的声音，让她看了半天，愣是没明白这位到底是男是女。

“不卖给我。”她忽然笑了，抬手点了点对方，“理由？”

一群禹国胖子都在笑，让人感觉整个地皮都在震动，“没有理由。或者，看你不顺眼就是理由。”

景横波定定地瞅着这群胖子半晌，笑了。

她并没有继续理会对方，而是看向商国礼官，“请问，这合不合规矩？”

商国负责拍卖的礼官露出为难的神色，有钱不赚，这种事儿以前还没遇见过。

两边都得罪不得，吭哧半晌，他才犹犹豫豫地道：“按照规矩，售卖品在售卖成功之后，主家不能收回……”

禹国胖子们脸色一变，凶狠地看向那礼官。

那礼官擦擦汗，飞快地接上下一句：“不过主家可以向购买者提出新的价码，或者换别的要求，原则上不能超过原先价码。”

说完他就退后三步，垂下眼皮，以示这种纠纷由他们自行解决。

景横波呵呵笑一声——真是滑头。让禹国胖子提出新价码，如果对方要她裸奔呢？

果然，一个禹国胖子冷笑道：“那就请女王陛下拉下面罩，喊三声‘我很丑’吧！”

哄笑声响起，不过都是禹国和耶律家族那边的人，其余人应者寥寥，大多数人皱着眉头——贵族有贵族的尊贵，这样公然拿对方的缺陷来侮辱，一向被视为不入流没教养的行为。

裴枢坐在椅子上，玩着一把小刀，忽然手一抬，一股劲风咻的一声飚射，直扑那边的禹国胖子群。那群胖子早就盯着他的动作，哇呀一声怪叫着跳起，身躯虽大，动作却很灵活。眼看着那刀穿过身边，胖子们刚舒了一口气，那刀已经当的一声，击在他们身后的树上，咻地反弹回来，比先前更快地穿过一个胖子裆下。那人嗷的一声蹦起，众人感觉像是一座山飞了起来，都哗然仰头，然后就看见一簇簇毛从裆下飘飘洒洒地飞了出来。

那胖子轰然坠地，捂住裆下，羞愤交加，一把扯过了同伴的披风，裹住了腰。

其余胖子急忙劈出掌风，想要把那羞人的东西给挥掉。景横波咯咯一笑，手指弹动。

众人目瞪口呆，眼瞧着那一簇簇没有被掌风挥掉的毛在半空散开，一阵游动，硬生生拼出一个字。

“丑”！

众人哄堂大笑。禹国胖子们扑起来捞毛的姿势更加让人忍不住，贵族们忍俊不禁，少女们捂着红红的脸孔，少妇们哧哧地笑。笑声里裴枢手一招，收回小刀，弹弹手指，漫不经心地道：“谁让她说自己丑，我就让他更丑。刚才是毛，下回是肉，想不想迅速变瘦？欢迎来试。”

禹国那群胖子的脸色一阵青一阵红的。景横波呵呵地笑着往回走，心想闹成这样，火心甲当真是没指望了，那便算了吧。

有他人的捍卫，本身就是很让人感动的事，她没有懊恼，只有满足和欢喜。

嗯嗯，回头再抢好了，一定要抢得他们裤子都剩不下。

身后，那群好容易在披风后换好裤子的禹国胖子，忽然阴恻恻地道：“怎么，女王不敢要火心甲了吗？”

景横波停住脚步，皱皱眉。

这伙人有完没完！

当真喜欢当面打脸？

她回转身，挑眉，“哦？还打算卖给我？那开个价吧。”

那禹国胖子分外恶意地笑了笑。

“用黄金来论无价之宝，太俗。”禹国胖子道，“但真正的好东西，还真的只有用金钱才能精确衡量它的价值。当然，除金钱外，人才、资源也是很重要的东西。所以，我们的宝贝，只想给最强大的人。为此哪怕是赠送，也是可以的。”

“能直接说吗？”景横波很不客气，这群货绕什么弯子。

胖子慢吞吞地道：“刚才我们看见，裴少帅自卖其色，为女王陛下你筹集资金。所以我们很想知道，如果女王陛下很想要什么东西，能最多筹集到多少资金？”

“嗯？”景横波扬起眉。

“黄金十万两。”胖子竖起一根胡萝卜似的指头，“我们不要这个钱，只想看女王有没有这个魅力。不管用什么办法，女王你如果能在半个时辰内，在这场中，不凭交情，只凭个人能力，筹集到这个数目的黄金，我们便将火心甲一文不要地奉上。如果你做不到，我们也不为难你，就当众给我们磕个头道个歉，算是作为先前侮辱我国的赔偿。当然，”他又恶意地笑了笑，“裴少帅已经卖过一次，不能再卖了。女王陛下你拿出来的售卖品，也不能卖。不过女王陛下你如果想卖，我们倒是乐见其成的。”

场中响起窃窃私语声，众人大多皱着眉，都觉得这要求很是苛刻。黄金十万两不是小数字，在场虽然贵族云集，赶来买东西，但真正看中的东西也就一两样，准备个五万金票顶多了。在场众人多半和翡翠女王没交情，就算有交情，这样直接掏钱，等于公然和禹国作对。对于政治人物来说，交个未必有用的朋友的同时结下个一定会成仇的敌人，这种事他们肯定不会去做。

裴枢也没法再卖色，翡翠女王卖色一说，纯粹是禹国再次暗暗侮辱，也是绝不可能的事。那么这钱，从哪里来？

景横波也在皱眉，她环视场中一圈。和自己有点交情的姬玟不在，耶律祁也不在，襄国和婉今晚没来，来了她也用不上。她现在是翡翠女王，就算这些人在，当众借钱也会让她颜面扫地，禹国这一手还真挺狠。但又说不了什么——人家钱都不要了，只想把东西送给强势的人物，还要怎样？

裴枢在她身边冷哼，道：“越玩鬼花样越多，说那么多做什么？揍他一个狠的！”

景横波摇摇头，正在思考，自己是不是该以异能换钱？以什么样的方式展示能不动声色地换钱？忽然她目光一定，看见旁边各国护卫人群里，几张鬼鬼祟祟探来探去的脸。

她的心顿时定了，扬眉一笑，站在场中，朗声道：“本王卖自己的事儿嘛，还是不提了，实在没什么市场啊，别的不说，肯定没有禹国各位贵宾……的毛值钱。”

场中“噗”声一片，酒水到处乱喷，禹国那群胖子刚刚交回正常的脸色，唰的一下又紫了。

“不过本王身边的人才还是有几个的，有时候本王觉得，他们比本王值钱多了。不过这个自己认为不算，今儿本王也开一场拍卖会中的拍卖会，卖一卖我这身边的人，让他们知道自己的价值。”她笑笑，“请各位不必顾忌，就事论事，就按心中的评估，公平出价便是。”

众人倒来了兴趣，各自点头，都觉得翡翠女王当真心思灵活，一眼就看出了禹国的恶意和其间的为难，干脆搞一场公开拍卖，人人参与，也就没了谁最先出头得罪禹国的事，还给了大家公平环境下的估价机会。

就是不知道她能拿出什么让大家眼睛一亮的东西了，正常情况下，要凑足黄金十万两，实在很难。

“本王如果真的做到了，”景横波笑道，“也不要你禹国磕头道歉。你们那身肉，我怕倒下来闷死自己。只要你们把火心甲送上，并且在商国期间，看见我绕道走便行。”

“一言为定！”

“一言为定。”

裴枢捣捣景横波的胳膊，皱眉问：“喂，到底有没有把握？没把握就别硬撑，咱们打一顿算完。”

“别什么都用武力解决，”景横波笑眯眯地捏捏他的脸，“用反转来打脸，才更爽。”

裴枢定定地盯她半晌，又躺下去了，咕哝道：“实在没办法，我可以考虑卖身。”

“那不行，破天会追杀我的。”景横波连连摇头。

“别和我提她！”裴枢立刻皱眉。景横波瞅着他脸上阴晴不定的表情，心想，哟呵，小子情绪不大对嘛，看来孟破天在他心中并不是一点地位都没有的嘛。

此时也顾不得少帅的情事，她拍拍他以示安抚，然后走到场中，先对二狗子招了招手。

二狗子目光发亮，立即飞奔过去，叫道：“啊！啊！爷第一个上场吗？波波你有眼光！”

禹国的胖子们一看出来的竟然是那只油腔滑调的鹦鹉，都哈哈大笑起来。

“原来这就是女王陛下的法宝啊。方才真是小觑了呢！”

“是啊是啊，这还是只会说话的鹦鹉呢，果然是人才！女王身边的人才都这样出类拔萃吗？这样看来，十万两黄金，唾手可得啊！”

“是极是极，只此神鸟一只，便可挣黄金十万两，我等先前，真是看走眼了啊！”

众人也莞尔，看景横波的眼色，却多了几分同情——翡翠女王看来这次真的没带什么了不得的东西过来，不然何必连只鸟都拉来凑数？

只有景横波没笑，她好像没听见那些冷嘲热讽，抚摸着二狗子的羽冠，正色道：“一号拍卖品，文豪鸟一只。”

众人瞪大了眼睛——文豪……鸟？这两个词能放一起用吗？

有几国贵族皱起了眉头，隐约觉得“文豪鸟”这词儿，有点感觉熟悉，却又想不起在哪里听过。

当初景横波初进玳瑁，曲江之上，二狗子诗才惊四方，虽然也有传说出来，但毕竟离得远，传言不能尽述，各国王族也半信不信，并没有在意。

“狗爷，亮个相！”景横波拍拍二狗子。

二狗子神气活现地在她肩头踱步，张开双翅，开始吟诵。

“花间一壶酒，独酌无相亲……”

怪模怪样的嗓子刚出第一句，场中那些随意的窃笑和议论，戛然而止。

很多人直起腰，脸色惊异，盯住了二狗子。

人来疯的二狗子顿时找到了存在感，拍拍翅膀，声音愈高。

“燕草如碧丝，秦桑低绿枝……”

“岱宗夫如何，齐鲁青未了……”

“城上风光莺语乱，城下烟波春拍岸……”

“碧云天，黄叶地，秋色连波，波上寒烟翠……”

“纷纷坠叶飘香砌，夜寂静，寒声碎……”

“玉树静庭前，瑶华妆镜边，去年花不老，今年月又圆……”

鸟声越来越投入，场中越来越静。很多人开始跟着低声吟咏，摇头晃脑，少女们的眼睛闪闪发光，看二狗子便如神鸟，禹国胖子们脸上的肥肉在颤，二狗子背一个字他们颤一次。

景横波让二狗子背了几首，便让拥雪用炒米塞住了它的嘴——怕它再背下去，把改编的诗也背出来。

完了她含笑面对骚动的人群。

“各位，”她道，“耳闻不如眼见，对不对？是骡子是马，拉出来一遛，就知道了。这鸟生来天赋异禀，擅长作诗，它所做之诗，是不是抄袭借鉴，你们应该也都听得出。怎么样，这只鸟是不是宝？”

“或许是女王自己平日的诗，教给这鸟背会了呢？”有人提出异议。

景横波就等这一句，当即道：“那么可以命题写诗啊。”

命题写诗对于二狗子来说，也不是问题，反正景横波别的不会，诗背了一肚子。她不屑狗血地靠诗才骗古人，但不介意让自己的鸟骗一骗，她的诗词库里，各种应景名句都有。

众人问了几句，二狗子对答如流。王族贵族最是附庸风雅，一听就知道这些诗词，绝非现今名家所作，但首首文采风流，含英咀华，简直非人力可以达到，不禁面面相觑。

“各位，”景横波的巫婆语气又来了，“你们身份高贵，身边不乏文人清客，但这样会吟一手好诗的鸟宠，去哪里找？有这样一鸟在手，何愁诗会不胜，炫耀不赢，泡妞不成？这正是和你们高贵身份最为相配的绝世之宠！是足以让你们接收到无数膜拜崇敬的炫富圣物，本王挥泪甩卖，良心酬宾，只以千两黄金起价，算是和大家交个朋友。来吧！来抢这只会吟诗的鸟吧！它吟出的每一首诗，都将是你作为主人的独特荣光！”

“啊呸……”裴枢喃喃自语，“她怎么不去做奸商，非要去做女王？”

不可否认，煽动性的语气对于群体暗示作用强大，立即便有人开口，“一千一百两！”

“一千三百两！”

“一千五！”

一开始是喜欢鸟的女子们竞价，再后来就是爱附庸风雅的王族们，其中以落云部的一位高官争得尤其激烈。据说落云部最爱文雅之物，常有诗会举办，并以个人才学作为晋升和获得肯定的重要标准，因此这样一只会吟绝妙好诗的鸟，对于落云部官场中人的重要性，可想而知。

二狗子昂首阔步，神采飞扬，长期饱受霏霏蹂躏的它，再次找到了存在感。

最终还是那落云部高官，以五千两黄金的价格，将神鸟二狗子抢到手。

景横波把二狗子拎过去的时候，悄悄道："知道怎么飞回来吗？"

"新主人对二狗子好，二狗子就不回来了。"二狗子趾高气扬地答。

景横波呵呵一笑："行！"

就它这副德行，背空了肚子里的诗，就算自己想赖着，新主人也得把它赶回来。

不是谁都受得了它的神经质和聒噪的，再说受虐狂二狗子没了官方伴侣霏霏，睡得着吗？

那边落云部的那位高官，一手交钱一手拿鸟，爱不释手地抱着二狗子，连声道："二狗子这名字如何配你，今日起你换个名字，好不好？"

"好的。"二狗子顺从地回答新主子，"叫犬次郎如何？"

"不好，叫采诗吧。"

"好的。"二狗子答，"采诗二狗子。"

"要么叫吟翠？"

"好的，吟翠犬次郎。"

景横波微笑着回到场中，不用担心二狗子不回来了，它会很快被人赶走的。

一只二狗子卖出五千两黄金的高价，众人都有些惊异。禹国的胖子们脸色却已经恢复了——五千两一只鸟算天价，但和十万两差得远，而景横波身边，看起来并没有什么了不得的人或物还可以卖出高价来。

景横波瞧瞧那群胖子安心的脸色，冷笑一声，问裴枢："我有件事想不通，虽然这群胖子和我有仇，但刚才天丝草他们也卖给我了，怎么火心甲就死活不愿意卖给我呢？"

"说你蠢你还不信。"裴枢吐掉嘴里的杏子，"天丝草除了美颜没什么用。火心甲对于用得上的人来说，却是十足的宝物。而且这东西并不是一般人能使用的，只有走火入魔的高手才用得着。这说明你身边有需要这东西的高手，你又如此拼命想要，说明此人对你很重要。敌人的朋友就是敌人，禹国怎么会愿意自己把火心甲拱手让你，救好了你的朋友，再来和他们作对？"

景横波呵呵一笑："不给我难道我就不会跟他们作对了？"

"反正得罪了你，肯定不能再便宜你。"裴枢总结。

景横波撇撇嘴。对面禹国的胖子亲王高声笑道："还有九万五千两，想来女王手段神妙，巧舌如簧，立刻便可以凑齐的。"

"那是。"景横波手一伸，拎出霏霏，"神兽霏霏一只，起价黄金五千两！"

那胖子噗的一声，笑道："刚才是只鸟，现在来只猫，女王陛下你身边就只有这些畜生能拿得出手吗？"

"那是。"景横波笑眯眯地道，"我这人心善，视众生平等。胖子也好，畜生也好，我都公平对待。你瞧我现在不也在和畜生对话吗？"她抱着霏霏，却笑眯眯地看着那胖子亲王，"我的猫，你说你怎么就这么肥呢？长得怎么这么像咱老家王八村乌龟巷的那只死猪呢？"

众人哧哧地笑，都想女王陛下平素低调，没想到当真毒舌。

那禹国胖子脸色铁青，但又无法接话——接话就成了畜生，只得冷哼不语。

一个耶律世家的少年忍不住冷声道："刚才那鸟会背诗，现在这猫会什么？唱歌吗？"

"猫当然只会猫叫。"景横波淡淡地道，"总不能像有些人一样，空有人的皮囊，不干人事，杀人陷害，贼喊捉贼。"

耶律世家再次败下阵来。

"其实呢，这不是猫。"景横波抱着霏霏，笑吟吟道，"至于是什么，要看各位眼力了。各位如果眼力不足，买它回去反而亏待了它，所以此兽，只卖有缘人。"

"可有特殊能力？"有人疑惑地问。

景横波的目光转过全场。她不想让霏霏展示太多能力，以免以后令自己被动，只想适当地让它展示一下控兽之能，但这附近好像没有动物。

倒是有几个刚才没抢到二狗子的女子，对形态更萌的霏霏产生了兴趣，只是犹豫着那价格，有跟着长辈来的，已经缠磨着长辈掏钱。霏霏的大圆眼珠子转来转去，盯住了一个最年轻胸最大的斩羽部少女，不住地用大尾巴蹭景横波的脸颊，示意自己很乐意卖身给她。

景横波对重色忘义的小怪兽很不满，忽然一人大声道："六千两，我要了！"

竟然是姬琼，今晚姬国三王女戴了面纱，一直很低调，此刻却忽然发声。

她身边一个侍女有点不安地拉拉她的衣襟。姬琼不为所动，低声道："听闻国师很喜欢长毛的兽，特意在静庭养了一只羊驼，这只兽，想必他也会喜欢。"

她这边话音刚落，那边四王女姬瑶忽然又娇声道："七千两！"

姬琼对姬瑶怒目而视，姬瑶根本不看她，很有兴味地盯着霏霏。

她倒不是喜欢霏霏，或者想拿来送人，只是忽然想起，那天追风发疯，破了翡翠女王的墙壁，最后好像就是这只兽蹿了进去，然后事情就平息了。

虽然没有看清里头的情况，但她总觉得这件事只怕和这只兽有关，她记得当时翡翠女王有呼唤"霏霏！"

一只能够降服最凶猛羊驼的猫，对自己一定很有用。

当然，同时能气到姐姐，也是一件很愉快的事。

景横波一瞧这俩姐妹，顿时笑了。行了，也不用自己费心展示小怪兽了，两姐妹这么撕啊撕，价钱自动就上去了。

果然，姬国王女们一旦杠上，火药味立即噌噌地爆发，价钱也噌噌地上涨。

"八千两！"

"九千！"

"一万！"

"一万零一两！"

"一万一！"

"一万一千零一两！"

"一万五！"姬琼气得七窍生烟，眼白直向上翻。

姬瑶还是在笑，“一万五千零一两！”

众人一边笑，一边把座位向后撤——万一打起来，得先占据安全地带。

始作俑者景横波已经和霏霏相拥着睡着了——霏霏嫌那两个胸太小，没兴趣。

撕了好一阵，才听见那边姬琼的声音：“两万两！”

姬瑶不追了，嘴角噙一抹得逞的笑，斜睥着姐姐——为了追一个男人，花费两万两黄金，还只是买了一只猫。这事传回国内，大王必定要生气，姐姐必定受群臣弹劾。

如此，她就算得不到这只猫，也赚着了。

等到姐姐失去继承权，被贬谪，这只猫到时候还不是她的？还省了一笔钱。

姬琼心里也不是不知道利害关系，看似抢赢，实则大败，完完全全中了妹妹的计，只是被逼着骑虎难下，此刻只得一掷千金拼美人青睐。

她咬牙，想着只要得了国师喜欢，一切的不利都将不存在。姬瑶不过是一时胜利罢了。

饶是如此，她掏钱时也脸色惨白呼吸急促，姬瑶因此笑得更开心。

景横波也笑得开心，霏霏什么事儿都没做，居然就卖出了这个价钱，她觉得今儿运气真不错，感谢那些爱撕的姐妹们。

她抱着霏霏送过去的时候，满心懊恼愤怒的姬琼斜睨着她，狠狠道：“今日便宜了你，总有一日，要你好看！”

“喂，咱们这个是愿打愿挨，这么生气干吗呢？”景横波笑眯眯地抚摸着霏霏的长毛，“好好对它哟，小怪兽喜欢吃肉。”

姬琼忽然恶意地笑了。

“这只猫我会送人，不过人家身居高位，眼高于顶，是不是一定能看上这只猫，也说不准。以后如果你想这只猫了，或许我可以让这只猫的新主人，让你进门看上一眼。”她呵呵一笑，又加了一句，“不过就凭你这张丑脸，它那高贵的新主人，愿不愿意让你踏足他的猫舍，我都不敢保证，到时候我会帮你求情的。”

景横波笑吟吟地看了她一眼，目光着重在她同样蒙了面纱的脸上一落，直看得姬琼恼羞成怒，正要发作，景横波已经漫不经心地转移了话题：“你这是要把霏霏送给谁呢？”

姬琼此刻满心的恶气，一心只想占上风打击他人，咬牙冷笑道：“送给最尊贵的右国师大人！”

景横波搓霏霏毛的手一顿，霏霏睁开眼睛，瞥了姬琼一眼。

片刻后景横波扑哧一笑。

“笑什么？”姬琼冷冷地道，“在掩饰心中的妒忌是吗？也是，虽然你是翡翠女王，但就凭你，想要得国师一顾，这辈子只怕也没机会吧。”

“是，是。”景横波忍着笑，把霏霏往她面前一送，“赶紧收好，赶紧给你男神送去，赶紧得他一顾，祝你成功，么么哒。”

“会的。”姬琼接过两万两黄金抢来的霏霏，冷冷地答。

景横波忍着笑往回走，她也不用再关照小怪兽怎么回来了，它很快会回到她手上的。

众人此时却在盯着她——身边两只宠物都卖出去了，离十万两还差得远，眼看着她也没什么可卖的了，难道剩下的那个小姑娘，值七万五千两？

禹国亲王低声对护卫道：“去悄悄和咱们交好的各国政要说一声，请他们不要买那个小姑娘，日后禹国自有补偿。”

护卫领命而去，禹国人各自冷笑，“看你还能拿什么来卖！”

所有人的目光齐刷刷地盯着景横波——她要如何凑足剩下的七万五千两？

…………

许是春天快要到了，帝歌最近的天蓝得分外澄澈。天际一群洁白的鸽子，翩翩飞过朱红的窗棂，在木质鸟架上落下，收敛双翅，补充食水。

一双洁白修长的手伸过来，轻轻取下鸟腿上扣着的小筒。

快步赶来收信的蒙虎，在长廊尽头看见宫胤的背影，立即转身悄悄地退了出去——主子最近总是有意无意地看窗外，有意无意地经过鸟房，果然比他还快地接到了信。

不动声色的表象下，是主子细密收敛的心急。他还是不要去打扰主子看信的时光吧。

宫胤并没有立即看信，他看了看静庭隔壁的宫墙，又看看自己的书房，假宫胤正在那里接见大臣。

他急归帝歌后，并没有直接出现，没有接见任何人，甚至没有出现在假宫胤面前。这是为了让真假国师有更自然的过渡，也是因为他在等。

等什么，只有他自己知道。

高挑的身影转过长廊，雪白宽大的长袍静静地垂落地面，在披散的流水般的长发末端，隐隐是露一层银白之色。

他在密室的灯下，展开了信笺，一边看信，一边缓缓转动着手中的冰球。冰球在他掌心不断扩大缩小，变换形状，看起来十分神奇。

这是雪山独有的修炼法门，用来调理气息。

蜂刺的信和他们的名字一样，十分简练。

“商国王太子似对女王动心，欲待追求。另：姬国三王女似欲追求国师，已遭女王惩戒。”

他面无表情地看着信，手中的冰球不断地转动。

后一句追求，他自动忽略，前一句追求，他不以为然。

在他看来，或许可以担心一下耶律祁的追求，至于这个什么商国王太子，如果把他当回事，简直是对他的侮辱。

“商国王太子已经对女王展开正式追求，送来的礼物堆满厅堂，女王开启礼物，内有华丽礼服一件，女王有惊喜之容。”

冰球忽然转得快了点，他似乎在思索着什么。半晌，他按了按桌上一处机关，片刻后禹春出现在他的面前。

“按照女王以前喜欢的衣饰风格，”宫胤缓缓地道，“给她准备四季礼服十六套，要保证她接下来在商国的每一天，都有新礼服换穿。”

禹春傻眼道：“这个这个……主上，来不及啊！”

“从商国附近调，连夜赶工。”他的语气不容置疑。

冰球在他手中迅速转动，冰花一阵阵剥落，看上去像有什么东西被狠狠地脱了下来。

禹春狂奔着出去赶礼服了，一边跑一边肚子里大骂蜂刺——到底和主子说了什么！一阵风一阵雨的，好端端的怎么忽然想起来送礼服！

还没跑远，他又被宫胤喊回来。高山雪、峰巅花一般的国师大人，竟然似乎在犹豫，手中的冰球嚓嚓地转，散出一片片冰冷的雪花。雪花里他的容色越发清丽如雪，乌黑的睫毛长长覆下来，高远尊贵得让人不敢亵渎。

禹春大气都不敢出，心焦如焚地等着主子的下一步指示，好一阵子才听见宫胤有点迷茫地问他：“你说，哪些举动能讨女子欢心，能让她欢喜，觉得有面子？”

禹春险些去掏耳朵——他听错了吧？

这么俗气的问题，是从眼前这个不沾染人间烟火的国师嘴里问出来的吗？

“呃……太多了，女人喜欢的东西，太多了……”半晌，禹春只能这样回答——女人这种生物，世上有她不喜欢的玩意吗？

“那就尽量搜罗，给出最好的。”宫胤轻轻一挥手，“你从今日起，做好此事的参谋，务必令女王身边诸物周全，并且再看不上其余阿猫阿狗的赠品。”

他轻轻地皱眉，想着自己一直只在意景横波的安危，没有注意到她的生活需求，以至于她眼皮子太浅，随便穿一件破衣服也欢天喜地，随便穿一件烂礼服就跟着人走，这是他的疏漏，务必补救。

瞬间从大统领降职成后勤总管的禹春苦着脸退下——啊啊啊，女王陛下你到底干了什么，让主子发了疯！

屋内的宫胤才不关注禹春怎么想，他再次展开其余的密信，忽然地手中冰球一顿，眉头一皱。

第三十九章　好酸，好酸！

蜂刺的密信用极细的笔写出极小的字，为节省空间，务求简洁叙事。

下面一张字条，写着“耶律已至。姬国王女争位，以羊驼撞女王之墙。”

看上去很平常的记录，但最后一个字后面，还有更小的浅浅淡淡的四个字，“墙毁水溅。”

宫胤原本一掠而过，手指忽然便停在了那四个字上。

乍一看平平无奇，再一想不大对劲。

羊驼撞墙，墙毁正常，但是，水溅？

水溅？

什么水溅？

宫胤很了解他的蜂刺，他本身是简洁高效的人，所以训练这些密卫的第一要求也是高效，绝对不会有一句多余的话。

因此这“水溅”两字，就显得意味深长了。

洗个脸水溅这种事，蜂刺绝不会写在密信里，洗的怕是澡吧？

耶律祁既然在，有羊驼撞墙，一定是冲进去救护了吧？

换句话说，景横波洗澡，耶律祁进去了？

宫胤手中的冰球唰的一声转出漫天的雪花，似苍穹怒雪呼啸而出。

雪花盘旋里他闭目，面无表情，将这张字条扒拉到一边。过了一会儿，又拿起来看了看，又扔在一边。再过了一会儿，干脆一弹指，字条在空中消失不见。

下一张字条，写着“商国太子碧华园接风宴，耶律胜武欲待逼供女王耶律祁下落，被女王和耶律祁联手所杀。”

这回宫胤直接翻到背面，果然又是淡淡小小的四个字，“入水，取暖。”

字条嚓的一声在指间冻结，碎裂。

宫胤眉宇间有淡淡的怒气。

耶律祁如此自私！

蜂刺既然这么写，入水的必然是景横波。景横波曾经误吸他体内的阴寒气息，最是受不得冻！他捧在掌心的，掉根头发都不舍的女子，竟然被耶律祁这么不珍惜地利用！

景横波也越来越傻，为了义气两肋插刀什么的，连身体都不顾。要插也不能随便插！

他一抬手，又按动了唤铃，刚刚跑出去的禹春，再次满头大汗狗一般地疯跑回来。

“主……主……主上……”

“给商国附近的蜂刺蛛网下命令，急调护心御寒祛阴药物给女王。”

“哦。”禹春盯着那些字条，心想该死的蜂刺，话太多！

他急着去办这越来越多的事，宫胤却似乎不打算放他走，又在发呆，禹春觉得自己快要哭了。

发怔一会儿，宫胤才问禹春：“如何取暖最快捷？”

禹春想这是什么傻问题，不假思索地道：“自然是生火取暖，但是如果是咱们武人的阴寒入骨，那生火也没用。最好是内力相济，搓揉穴道体肤活血也是可以的……”

“行了！”

禹春目瞪口呆地看见主上手上那可以变幻无数形状的圆润冰球，咔嚓一声，裂了条缝。

他开始悄悄地向后退，退到门边，不敢离开也不敢进去，就在那儿等，他感觉等会儿，主上还是会召唤他的。

宫胤似乎没发觉他溜了，定了一会儿，手指一转，冰球又恢复原状，他展开最后一张字条。

“碧华园女王被指控杀人，裴枢出面相护。”

宫胤再翻转字条，后头还是小小细细淡淡的四个字，“以齿，分杏。”

一阵静寂。

然后躲在门边的禹春就听见嘎嘣一声，这声音不大，他却心惊肉跳。再然后他听见铃声，铃声刚刚响起，他就作疯跑状奔进室内，以免慢上一步，做了替罪羊。

他第一眼就看见地面上多了一摊冰雪，冰球已经不见了。这有点不可思议，按照往日习惯，这冰球足可以在掌心转上几天几夜，即使睡觉也不会融化。

禹春不敢把目光在那摊冰雪上多停留，大气不敢出地等着听吩咐。

上头宫胤的语声听来倒正常，正常的冷。

“传信给蜂刺，让他们接出孟破天，送往商国。”

“是。”

“选出最好的嬷嬷，在路上调教孟破天。”

“是。”

“蛛网处应该有裴枢的个人资料，选择最为隐秘的裴枢缺陷和习惯，传递给孟破天。”

“是。”

“商国蛛网蜂刺，尽量为他们制造机会。”

“是。”

“裴枢曾被明城勾引，自此有所禁忌……你知道该怎么做？”

“……是。”

禹春以为没命令了，谁知道头一抬，就看见主上变戏法般从桌下拎出一双高跟鞋，扔了过来。

禹春急忙接住，险些被那双十寸尖细高跟戳破了掌心。他斜眼瞟着宫胤——啊，主上，啊，高跟鞋为什么会在你书桌下？啊，你一直藏在这里把玩吗？啊，真瞧不出来您还有这么暧昧的爱好……

上头宫胤根本没想到忠心的属下此刻满脑子暧昧思想，淡淡地道：“把这双鞋给女王送去，告诉她，穿这样的鞋，该出脚的时候就出脚。”

禹春想象着女王的那些追求者脚背上多两个洞的盛况，贱笑着收起了鞋。

“再给女王送些杏子酱。”宫胤今儿话就是多。

禹春跟不上他跳跃的思维，不知道好端端地怎么又扯上杏子酱，想到杏子酱就觉得腮帮骨一阵紧缩，泛出一股酸水。哦，好酸，好酸。

他眨巴着眼睛哦了一声，又等了一会儿，看主上这回终于又低下头看奏章，才悄悄地退了出去。刚走到门口，忽听宫胤道：“静庭收到商国撷英盛会的请柬没有？”

“有的。”禹春答应一声，皱眉苦想着把请柬给收哪里了，国师日理万机，这种邀请以前从来不亲自去的。

"找出来。"

过了一阵子，满头大汗的禹春回来，捧上描金盒子，盒子里是最高等级的商国撷英盛会的请柬。

宫胤抬手示意放下，他等禹春出去了，看了那盒子半晌，打开，取出请柬，翻了翻，收在袖子里，走了出去。他去了书房，远远看见来请安汇报的大臣们，鱼贯走出静庭，早会结束了。

书房里，那白衣如雪的人，看见门口宽衣大袖长发散披的人影，急忙恭谨地站起。

宫胤淡淡地注视着他，他的目光一向毫无实质，但自生压迫，寻常人根本抵受不住。那假国师却还算镇静，一动不动地垂手而立，只偶尔眼睫稍稍眨动，暴露了一点紧张。

但不得不说，这样已经很不错了。假国师已经历练出来了，此时就算两人同时出现在众臣面前，不说话不动，在稍短时间内，也分辨不出。

长久的沉默之后，宫胤终于开口："你最近做得不错，不过，可以结束了。"

假国师抬起头来，他已经修炼得真如宫胤一般高冷沉稳，此刻脸上也没有一丝惊讶之色，恭谨而又优雅地微微欠身，接受了这样的决定。

宫胤看着这个几乎一模一样的自己，眼底露出奇异的神情，淡淡地道："今日出宫不便，你等今夜再走，回头向蒙大统领领了报酬之后，蒙虎自会送你出宫。"

假国师顺从地颔首。

雪白宽大的衣袍静静地掠过门廊，不带一丝声息，假国师等宫胤走远后，才抬起头来。他依旧一动不动，一副端雅沉静的姿态。

无人看见他袍袖底下，因紧张和愤怒，悄悄攥紧的拳头。

宫胤雪白的长袍在朱红长廊中无声逶迤，日光淡金色的影子打在他如瀑的长发上，隐约看去，是一片光芒闪耀的银白。

不知何时，蒙虎已经无声无息地跟在他身后。他已经知道了宫胤下令，不再使用假国师的事情。

"今夜……"蒙虎做了个解决的手势，"属下就……"

替身，一旦不用，就没有存活的必要。

宫胤微微点头，笔直的背影转过回廊。

对面，飞鸟掠过玉照宫寂寂的檐角，将浅黑色的光影投在人的眉梢。

似乎只有这一刻鸟的飞动，才能给玉照宫带来一丝活气，才能让人想起，玉照宫里那个名义上的女王，越发像只游魂和影子，似乎已经很久没有出现了。

时间倒退回碧华园那一刻，拍卖会中的拍卖会正在举行。

还差七万五千两黄金，这个巨额的数字，此刻吸引着每个人的好奇心。

各国王族已经接收到了禹国的要求，并表示答应。当然，政治人物间的一切承诺，将来都是需要利益交换的。有些人很奇怪，禹国为何下这么大的血本，宁可欠各国人情，也要阻挠翡翠女王？

禹国的胖子亲王环视一周，看见众人脸上好奇的神情，微微撇了撇唇角。

为国中大族耶律家撑腰，是一个理由，但单一个耶律家，还不值得禹国王族这么卖力，哪怕耶律家族给他送了来自九重天门的灵丹重礼，也还是不够的。

耶律家族只是有一个子弟在九重天门做内门弟子而已，得到的灵丹虽然不错，却还少顶级的，哪里比得上真正的九重天门重要人物直接送上的礼物呢？

胖子亲王把手伸入怀中，轻轻摩挲了一下怀中一个锦囊，那里面有三颗浑圆紫金、香气四溢的丹药，一看就知道比耶律家族送来的丹药要高上好几个档次。

送药的人是谁，他不知道。一个神出鬼没的斗篷男子，在某个夜里给他送来了这药，对他提出了两个要求。

一是要借禹国境内的某处水域用上一年半载。这处沼泽水域，是禹国人人色变的危险恐怖之地，多毒瘴，多猛兽，还有很多奇怪的植物，进去的人有死无生，本就是禹国禁地废地，如今有人有偿来借，他乐得答应。

第二个要求，就是要求禹国在商国遇上所有女王，都尽量给她下点绊子，不要与其合作。

第二个要求有点荒谬，但他还是答应了，因为他认出了那种丹药，好像是属于九重天门的珍药。毕竟他之前得到过耶律家族赠送的丹药，认得出属于天门的独特气息。

能和雪山天门交好，为此得罪一两个女王也没什么关系。反正无论是姬国女王、翡翠女王还是黑水女王，都不和禹国国土接壤。

反正他这次来，真正想要的只是易国的珍品面具，哪个女王也拿不出来。

胖子亲王眯着眼睛，盯着景横波，他已经在想象，凑不齐七万五千两黄金的女王给他下跪的样子。嗯，这位女王胸前波涛汹涌，跪下来一定很有看头。

场中景横波接收到他的目光，嘴角一撇，她也已经在想象这群死胖子看见她就绕道走的狼狈样子。嗯，她到时候一定要时时出现在他们面前。

“敢问女王还有何售卖？”有人高声问：“这位小姑娘吗？”

“是不是要以神棍为名售卖啊。”有人笑。

景横波回头看看紧抿嘴唇的拥雪，笑一笑，拉过她，道：“我啊……”

众人都舒舒展展地往背后椅子上一靠，做出不打算参加的身体语言。

禹国亲王露出讥讽的笑意。

叫卖吧，叫卖吧，马上你就会遭遇冷场的尴尬。

“不卖她！”景横波飞快地接上下半句。

“……”

片刻冷场。

禹国胖子们瞪着眼睛，不明白景横波葫芦里卖的是什么药，随即便眼睛一亮，呵呵笑了起来。

“不卖她，你还能卖什么？”胖子亲王戏谑地道，“那就直接赔礼吧！”

景横波呵呵一笑，伸手对空中一招，“三号拍卖品，擅长驱鬼伪死术的美男一枚！”

当当当当！一条人影忽然一个筋斗翻到景横波身边，一伸手就笑嘻嘻地搂住了景横波的肩，道：“女王陛下，就知道你记着我，来香一个！”

景横波在裴少帅出手打人之前，将那胡子拉碴的家伙的脸一推，抓着他的脸颊，转向四周，“来来来，瞧瞧清楚，这位帅哥、是不是风流落拓，颓废迷人？这位是小一一，擅长驱鬼伪死术，别问我这是什么玩意儿，我也不懂，不过就凭这张脸，也能卖个好价钱不是？”

人群中的戚逸笑吟吟地向四周挥手。七杀中年纪最大的戚逸，长发散披青带勒额，留点性感的小胡茬，一双勾魂桃花眼天生风流的态度，最是深闺熟女们喜好的那一型。

在场很多贵妇开始眼睛熠熠发光，小姑娘们托着下巴瞧着“性感大叔”，眼睛里也满是兴趣，但最先开口问价的，竟然是一个男人。

琉璃部那个暗光闪闪的老者，沙哑着嗓子问：“驱鬼伪死术是已经失传的异术，这位当真会？”

“琉璃部的老家伙，”戚逸笑嘻嘻地点了点他，“你们那一族，靠近鬼风沼泽和琉璃沙漠，阴气很重哦。你的亲友中，是不是有人得了重病？”

琉璃部老者脸色一变，立即紧张地坐直身体，他身边几个琉璃部的人，也各自神色不安。

一人悄声道：“大祭司，此人可疑，他如何知道这般秘密！”

另一人道：“大祭司，此事绝不能泄露，不如等会儿我们直接把他……”做了一个下劈的手势。

“蠢货！”那琉璃部老者冷声道，“我们这事非常隐秘，没有任何人知道。既然这人能看出端倪，就说明他真有几分本事。说不定就是救命的机会……”他当即站起，也不追问戚逸，直接问景横波，“开价几何？”

景横波笑眯了眼，一点也不记着人家先前的援手，狮子大开口，“一万两黄金起价，每次加价一百两！”

“一万五！”那老者不等众人竞价，一口报价，随即又对景横波眨了眨眼睛。

景横波一看那媚眼儿就吃不消。这老家伙的意思，不外乎是求情加威胁，要用两万两加上帮她隐瞒真相的情分，来换走戚逸。

“行啊。”她望着天，笑嘻嘻地道，“那我先前答应的事，就不算喽。”

先前这老家伙用帮忙串供的情分，换了她永不踏足琉璃部的承诺，现在正好收回。

她对琉璃部满地琉璃也很感兴趣呢，再说谁知道以后会不会有需要进琉璃部的时候，限制肯定是越少越好。

那老者咳嗽一声，悻悻道：“行！”

两人打着哑谜，旁人自然不懂，有些人认出那琉璃部老者，看他对戚逸这么感兴趣，顿时也来了兴趣，刚想竞价，景横波手一摆，道：“这价钱不错了，再多就不值了。本王为人厚道，童叟无欺，不忍欺骗诸位，就卖给琉璃部这位先生吧。”

戚逸大喊："不对，明明我可以卖出二十万两……"他话未说完，被景横波一脚踢向了琉璃部。那老者一把接住他，笑嘻嘻地握住他的手，钻入了人群中，一眨眼两人就不见了。景横波瞧着，浑身起了一阵鸡皮疙瘩——这个这个，这个头毛稀疏的老家伙，不会有某种特殊爱好吧？

转念一想，呵呵呵，这是谁啊，七害哦，从来只有他们害人的，有见过他们吃亏？卖一个，跟去七个，谁吃得消？

对面禹国的胖子们脸色有点凝重，原以为女王身边无人可卖，诧知道莫名其妙就跳出一个会什么驱鬼术的人来，偏偏又被那最神秘的琉璃部看中。胖子们转头对人群看来看去，没明白刚才那人从哪里来的，不过总不至于来了一个又一个，没完没了吧？也不至于卖了一个又一个，个个高价吧？

这个念头还没转完，就听见景横波高呼："四号你出来，四号你出来！"

噔噔噔噔！一双大长腿迈了出来，一眨眼已经站在景横波的面前，那人双手叉腰一个转身，流风回雪含笑回眸，"陛下，最近我是不是更美了？"

景横波搓搓胳膊上的鸡皮疙瘩，拍拍高大轩昂、鼻直口方、一身男儿气却偏要搔首弄姿的陆迩的肩膀，对四周目光自动调焦为灼灼状态的各国贵女们笑道："推销的话儿不用多说，看货便是。这是二二，珍藏版黄金三围男模特一枚，擅长驭虫之术。来，二二，让亲们瞧瞧你的绝活儿。"

陆迩风度翩翩地笑，环顾一圈，清脆地弹了弹指。

众人屏息等待，却没什么动静，都露出愕然之色。

禹国的胖子们等了一会儿，笑道："看那手势像是召雷，怎么，雷公没醒，劈不下来吗？"

陆迩笑眯眯地看着那个家伙，在景横波耳边低低说了几句。

"唉，吃了这么多教训，怎么就不长记性呢？"景横波摇头，叹气，手指一弹。

嗷的一声大叫，一个禹国胖子忽然捂着屁股蹦了起来。人蹦起来了，裤子却留在了原地。此时众人才看见，那白花花的肉山下，不知何时出现了一条一条的黑线。仔细看却不是黑线，因为那些线在不断地变换游动，似乎是活物。随即便见禹国那一群人四散逃开，有人怒叫："蚂蚁！"有人大喊，"毒虫！"

宫灯高高地挑了起来，此时众人才看清，围绕着禹国那群人的座位下，满地爬着虫蚁。这些虫蚁很有秩序地排成一排，从黑暗深处，如大军被人指挥般源源不断地开来，不断向着那些肉山进发。随着那些胖子蹿起的身形，不断有被层叠的肥肉挤死的虫蚁纷纷落下，在地上堆成了虫尸之山，瞧得人浑身一阵起瘆，难以想象这个季节，看似光滑干净的地面和地下，竟然还隐藏着这么多的虫子。只有陆迩热泪盈眶地叹息，喃喃自语："我的小可怜们……"

那个蹿起来，裤子留在原地的家伙，无法再去穿自己原来的裤子，因为裤带已经被大批量的虫蚁咬断，并且爬满了各种五颜六色的虫子。他们只得再匆匆借同伴的衣服遮掩，偏偏他们的衣服又都是特制版的，别人的都穿不上，所以眼瞧着那些家伙衣服越来越薄，在夜风中瑟瑟露着肉。

这一手驭虫术让禹国人吃了苦头，却让其余人很感兴趣，很多人开始竞价。陆迩的目光在人群里扫来扫去，忽然指住一个丰满的妇人，笑道："我要卖给你。"

景横波记得这妇人是蒙国一位寡居的长公主，蒙国公主似乎也对陆迩很感兴趣，远远地将一个媚眼抛过来。景横波眯眼看了半天，问陆迩："你咋看中她了？"

"哦，她胸大。"

"你咋知道？"

"哦，我让蚂蚁咬断了她的束胸。"

景横波："……"

片刻后，蒙国公主以一万二千两黄金的价格，如愿买走了陆迩，她一手捂住胸前，一手牵走了模特陆迩。景横波看见她横着的手臂间不可阻挡的波涛汹涌，不得不惊叹隔那么远陆迩依旧无比精准的眼光。

转眼两个人就卖了两万七千两黄金，禹国诸人脸色已经黑了，眼光在人群中担心地搜索，有人低声道："不可能还有吧……"

禹国亲王断然道："如此特别的人才，哪国也不会一抓一大把，绝对不可能再有了……"

话音未落，那边景横波扬臂娇唤："五号和尚！五号和尚！"

"阿弥陀佛。"场中人影一闪，忽然出现一个清清秀秀的少年，雪白的皮肤，粉红的脸颊，乌黑的头发，清澈的眼神，双手合十萌萌哒。

禹国胖子们齐齐眼前一黑。

"这位是佛国三三。"景横波笑嘻嘻地捏着武杉的面颊，"他别的不会，会念经。家有三三，神鬼乱窜。"

萌萌哒的武杉一向长相讨喜，他那庄严圣洁的神情下骨碌碌乱转的眼珠子更是灵动，场中的竞价让景横波笑得见牙不见眼，最后以一万一千两成交。成交价格低一点是因为武杉不肯展示他擅长的檀唱，他说这一群人心思鬼蜮，檀唱施展出来怕要晕一大半，到时候谁来买他？景横波深以为然。

最后买走伪和尚的是一个十七八岁的小萝莉，斩羽部战辛的小女儿，伪和尚笑嘻嘻地牵着小姑娘走来走去，看起来是很清纯的一对。景横波休息了一下，对面禹国胖子们一直盯着她的动静，此刻眼睛终于都亮了起来。

"看样子没有了！"

"我就说嘛，怎么可能一直有这样的人才！"

"哈哈哈，才三万八千两，时间快要到了，还有半炷香！她要完不成了！"

"哈哈哈。"景横波也一声大笑，"亲爱的司思！"

"来啦！"司思的声音永远这么销魂。精灵一样的少年，头发颜色浅淡，肌肤如牛奶浓郁之白，眼眸里有一抹淡淡的紫色，奇异魅惑。几乎不需要任何技能加持，便足以令大多数女子涌起怜爱和蹂躏之心。

场中人的目光盯住了司思，景横波的目光却只盯着禹国胖子，看他们一次次黑脸的表情真是爽死了。

“四四！”她言简意赅地道，“医药圣手小美人，起价同前！”

无须过多介绍，懂医者无论在哪个年代哪个地域都是抢手货，尤其当司思准确判断出在场几位王族的隐疾，并附赠给禹国胖子亲王望诊，说他有花柳病之后，连商国王太子都加入了抢购的行列。不过更妙的是，传言里国主有病的姬国，无人问津神医，传言里老王身体康健的几国王族，却抢得最厉害，真是引人深思。

“一万零五百！”

“一万一千！”

“一万一千五！”

“一万二！”

竞争激烈，男女同抢，还有景横波在不断地摇旗呐喊，“买买买！”

最后司思被商国太子以一万五千两价格抢走，原来可以飙更高价格，但客人们总不好意思和东道主抢太狠，便让了让。看商国王太子那心满意足的笑容，众人都觉得好像在他眼底已经看见了暴毙的老王。

卖完司思后，景横波在场中算了算价钱，然后蹲在地上，皱起眉。

本来已经被虐得奄奄一息的禹国胖子们，精神一振。

“啊，看样子这次真的没有了！”

“也该没有了，哪有一次性来这么多的道理。”

“算算现在多少钱了？还有多长时间？”

“七万八千两黄金！还有两万两千两……啊，香头快要燃尽！她就算现在拖出一个人来，撑死卖上两万两，再加上介绍和竞价的时间，就算还有人，也无论如何来不及卖了！”

“哈哈哈，老天助我，快，快把跪毡找来，不要让女王陛下输了耍赖！”

景横波瞄着快要燃尽的香头，此时众人也发现时间马上就要到了，都在窃窃私语，投来的眼光里同情安慰幸灾乐祸都有。

景横波垂头丧气地站起来，耷拉着脑袋，咕哝道：“看来……”

禹国胖子们已经把跪毡铺好，灼灼盯着那一明一灭的香头。那香头似一双诡秘的红眼，在他们眼中眨出讥笑的表情。

“看来，你这一跪跑不掉了啊……”耶律家族的人们大笑。

“看来……”景横波抬头一笑，“你们以后真得见我一次滚一次啦——五五六六七七！一起滚出来吧！”

嗖嗖嗖。三声连响，山舞、尔陆和伊柒蹿了出来，分三角包抄向景横波。

“可放出咱们来了，憋死啦。”

“为什么我要和他们两个一起出场！太丢份了！”

“亲！为什么我也要卖？我是你未来王夫啊，么么哒！”

场中一片哗然。翡翠女王从哪儿拖出这么多奇怪的人来卖的？

一个一个又一个，以为没有了总还有，现在还一次性翻出来三个，全天下的怪人怪物都在她口袋里吗？

也有人数数人数，若有所悟，脸色渐渐变了。

四面隐隐有尖叫之声。没办法，七个人其实都是好皮囊，是仅次于。两大国师的优质品种，一次性出现时只要不说话绝对很有吸引力。古铜肌肤凤目薄唇男儿气息浓郁的尔陆，文弱温雅风度翩翩的山舞，长眉秀目漂亮温醇的伊柒，站在一起很有视觉冲击力。

因为时间关系，景横波话说得很快。

“五五、六六、七七，分别擅长傀儡术、梦蛊和分魄术。具体不多说，该懂的都会懂。需要验证随时可以，诚意甩卖，打包跳楼。三只一起，起价三万，每次喊价加一千。时间到了的话就不卖了！现在开始！”

“三万五！”立即有人高声跟上。

“成交！”景横波接得更快。

众人头一抬，那支计时的香，在她话声落地那一刻，微微一闪，熄灭。

时间到。

一个数字在众人心中跳了出来，无数人嘘出一口长气。

景横波转过头，对胖子们充满恶意地笑了笑。

噗的一声，胖子们一口血，喷在了面前的跪毡上。

第四十章　爱与情义的选择

假国师在静庭的最后半天，过得很平静。

他一直待在书房里，恪守自己最后的职责，只在吃饭前走到庭外，喂了喂小胤胤。

那只羊驼已经长很大，看见他很亲热。近期这只羊驼都是他喂的，一直都有护卫在一边看守，食料之类都由别人准备，假国师也只是站在兽栏外，将食料投进盆子里而已。

今儿他和护卫要了一把梳子，给羊驼梳梳毛，这不算过分的要求，护卫送来了梳子，假国师梳下了羊驼很多细毛。羊驼今日却似有些烦躁不安，在他梳毛时，不住地试图咬他的衣角，假国师笑容微微不舍，抚摸着它的脑袋，轻声道：“以后都没法给你梳毛啦，你也舍不得我是吗？”

养羊驼的宫役走过来，将羊驼牵起，每晚遛它的时辰到了。假国师退开一边，一直望到羊驼离开自己的视线，才慢慢向回走。

护卫都在一边瞧着，想着喂了羊驼这么久，有点舍不得，也是正常的。

夜云浮动，天星微闪，平常的夜晚再次抵达。玉照宫和静庭都如往日一般，在黑暗中半掩巍巍宫墙。远处提灯巡视的侍卫队伍逶迤来去，灯火幽幽，照不亮若大的宫廷。

一盏灯在蒙虎手中悠悠荡荡，他身后跟着一个全身笼罩在宽大袍子里的人。

蒙大统领亲自带路，四面巡视的护卫便不会接近。蒙虎默不作声地在前面走，并没有从静庭的正门出去，而是开了静庭和玉照宫相连的那个侧门。

“静庭出去太招眼。”蒙虎低声对身后道，“我还是带你从玉照宫侧门走。”

身后那人默然嗯了一声。

假国师的衣服已经全部换过，并经过了搜身，确保没有留下任何关于静庭的痕迹以及携带任何武器。

他还是那笔直姿态，连脖子都是僵直的，高领直到颔下，似乎这段时间假扮宫胤的生活，有些习惯已经深入骨髓深处，离开也不会改变。

侧门的门锁有点锈，钥匙开锁时发出吱吱的微响。蒙虎想起以前这门是不锁的，时时半掩着，方便女王随时进出。这么想的时候，就好像看见风流冶艳的女王，笑吟吟地推开侧门，将手中点心往他鼻子下一凑，问他：“香不香？高冷帝会不会喜欢？”

蒙虎唇角绽开一丝笑意，他觉得“高冷帝”这个称呼再适合主上不过 女王就是会起绰号。

当然这个想法他只能在心里想想。

蒙虎暗暗嘘了一口气，再次看见玉照宫的宫墙时，眼底掠过一丝厌恶之色。

现在占据宫廷的那个女人，什么时候滚蛋？

侧门打开，隔壁就是原先的景横波的寝宫。宫殿并没有因为长期无人住就显出破败之象，依旧整齐干净得像日日有人居住。

浑身裹在宽大袍子里的假国师，打量着那座宫室，眼底闪着奇异的光。

蒙虎当然无心给他介绍玉照宫的布置，带着他一路匆匆前行，往玉照宫西侧门的方向而去。

到玉照宫西侧门方向，要经过女王寝宫，远远看去，女王寝宫毫无灯火，似乎人已经安息了。

蒙虎下意识地加快了脚步。经过女王寝宫门口时，忽然里头爆发出一阵尖利的嘶叫，随即杂乱的脚步声起，似乎有人正狂奔而出。

蒙虎微微怔愕，随即眼底浮现一丝冷笑，并没有立即走开，而是站定了。

他站定时，已经换成了面对假国师和女王寝宫大门的位置。

砰的一声，女王寝宫大门被撞开，一人跌了出来，还没落地就发出一声惨叫。那假国师一惊，下意识要去扶，蒙虎看他一眼，他立即停住脚步，还向后退了退。

那女子在地上挣扎着，好一阵没爬起，似乎跌得很重。蒙虎就远远地站在一边看着她，眼底有种讥诮的神情，似乎对这一幕等待已久。

大门后的院子里一阵纷扰，似乎还有人追了出来。

门槛上的女子终于满面尘灰地抬起头，额头上血迹殷然。蒙虎看清了她的脸，先前那种冷笑的不出所料的神情，忽然变了。

“锦姑？”他愕然道，“怎么会是你？”

他看看那宫女，又看看里面，神情很有些不可思议——原以为冲出来的会是明城女王，一直以来他都怀疑明城女王和假国师在暗通消息，但是抓不住证据。主上回来后，这两人更加安静，但今夜要送假国师走，这是最后的机会。这两人如果真的有勾结，一定会在今夜挣扎一把，所以他特意带假国师走玉照西门，以便经过女王宫室门口，谁知道宫殿门是打开了，人也冲出来了，却不是女王，而是在这宫中已经十五年，他们都很熟悉的老宫女锦姑。

锦姑是他亲自指派来女王寝宫的，看似伺候，实则监视。他有十足把握锦姑不会被谁收买，因为这老宫女的一家老小，都在静庭的照顾之下。

现在冲出来的是锦姑，真是出乎他的意料。

锦姑额上有伤，却捂着脖子，脖子上有一道深深的勒痕。蒙虎终于注意到，眼眸一眯，精光一闪。

宫门之后传来喧闹之声，一个白衣女子赤足冲了出来，一大群人跟着，叫喊：“陛下！陛下！”

蒙虎此时才看见那追出来的才是明城。春寒料峭的天气，她只穿一件薄薄的白寝衣，敞着领口散着头发赤着脚，以平常娇弱姿态不能有的速度和力气，狂奔而来。

只是她身后，都是宫胤特派的最孔武有力的嬷嬷，很快在宫道半途追上并捉住了她，将她死死架住。明城一改平日的端庄，在众人胳膊中犹自挣扎，头发乱甩，嘴里发出一阵阵毫无意义的尖声嘶叫。

“她是怎么回事？”蒙虎有点震惊地问。

锦姑靠在门边，猛烈咳嗽，好一会儿才嘶哑着声音道：“……女王好像是疯了……”

“疯了？”蒙虎一惊，“为何没有回报？”

“因为传召太医不至，无法确诊，我们也不敢乱说，想等她情况清楚了，再和您回报。”锦姑低声道，“毕竟这是大事……”

蒙虎不说话。明城女王不受国师待见，是谁都知道的事，向来墙倒众人推，她在宫中日子艰难也是常理，有点问题想传太医，太医也不会立即就到。而没有确诊，宫女确实不敢直接就报女王疯了。

“怎么个疯法？”

“一般都是半夜发作……哭骂打闹，见人就掐。”锦姑道，“今晚不知道吃了什么，尤其厉害些，您看我这脖子……”

蒙虎看见她脖子上的勒痕，深红发紫，差一点就要人命，真真做不了假。

“宫人中有懂医的，说女王这是积郁在心，所以……”锦姑微微喘息。

蒙虎默然，挥了挥手，那群婆子立即将明城架了回去。明城犹自在挣扎蹦跶，发出一阵阵意义不明的咯咯之声，听不出是哭是笑。

她这个样子，哪怕蒙虎一点儿不喜欢她，心中也难免有些伤感。她轻轻叹息一声，道：

“自作孽，不可活……”

锦姑撑着宫门慢慢站起。蒙虎道：“你怎样了？要不要召太医给你瞧瞧？”

“奴婢是哪个牌名上的人，敢劳动太医？”锦姑连连摇手，挣扎着站起，但却似腿软，身子一晃要倒。

蒙虎下意识地上前一步，扶住她。

锦姑仰身后倒，背对蒙虎，双手向天，做出一个无法对蒙虎造成任何攻击的姿势。

蒙虎半蹲，接住了她的肩。

忽然嚓的一声低响，一抹冷电自锦姑衣领后射出。

两人此时距离极近，冷电刹那入腹，蒙虎闷哼一声，怒道：“你——”

他并不后退，也没放手，双手狠狠一捏，就要捏碎锦姑的双肩。

忽然背后也有风声，闪电般快疾，蒙虎不得不放弃杀招，拔身而起。锦姑也已经翻身而起，这刚才还气息奄奄的老宫女，忽然身形如少女般灵活，手腕一翻寒光一闪，一剑掠过蒙虎的咽喉。

血光溅射，蒙虎身子在半空中一顿，重重落入宫门前的花丛里。

锦姑慢慢支起身子，先把半掩的宫门关上，以免被里面出来的人看见。

女王寝宫门前冷落，侍卫们也少来，倒方便行事。

宫门前冷月凄凄，脸色苍白的宫女和假国师各自幽幽对望一眼。

夜色遮掩了很多神情，一时间两人都没有说话，眼底各自月光明暗。锦姑紧紧盯着假国师，半晌，低低冷笑一声，道：“果然很像。”

假国师慢慢将衣领捋平，将手中一枚极薄的匕首插回了衣领特制的缝隙。他的衣裳仿制宫胤常用的式样，本身就是高领，领子坚挺，再放一枚极薄的匕首，根本看不出来。

他有点讥讽地道：“听说他束领的珍珠有花样，如今我在领子里加匕首，比起他的手段来，如何？”

锦姑斜斜偏脸，忽然呵呵冷笑一声，道：“你也配和他比？”

假国师动作一顿，慢慢斜抬起脸，这个动作竟然也酷肖宫胤，冷然道：“虽然你是女王，但我建议你还是对我尊敬一些，毕竟你需要我的合作。”

“锦姑”默然半晌，忽然低低一笑，这一笑声音柔媚，再不是刚才那嘶哑老女人的声音，语气也换了温柔娇怯的声音，笑道：“你说的是，咱们可是一根绳子上的蚂蚱，没必要窝里斗。来，让我看看你，”她对假国师招招手，“可怜见的，咱们靠羊驼互通消息这么久，今儿才是第一次见面呢。”

假国师并不靠近，只淡淡道：“我叫邹征。”

“还是叫你宫胤比较合适，”她妩媚地道，“毕竟你以后会做他呢。”

“你记住这个名字，因为我迟早会做回自己。”邹征眉宇间神态更冷漠了几分。

女子淡淡地一笑，及时将不以为然的眼神转了过去，伸手摸了摸脸，从怀中取出一张极薄的面具，递给了邹征。

邹征戴上面具，赫然是蒙虎的脸。

面具很精致，一看就是出自高手。当然，和真正的蒙虎有细微差距，但黑夜里，朦胧光线下，很难辨别。

明城轻笑道："蒙虎看见出来的是锦姑，明城又被架了回去，便放心了。他却忘记了，六国八部中，有一个精通易容和换脸的易国呢。有易国的面具在，让锦姑发疯变成明城，明城变成锦姑，有什么难的？"

邹征看她一眼，眼底的不屑之色也收了收。不管这女王他如何瞧不上，但对方明显背后还有人支持，能拿到易国这种级别的面具就说明了问题。

狼狈为奸的男女，对视着各怀鬼胎地一笑。

通过羊驼暗通消息已久，邹征不想做完替身后被灭口，扮演假国师的日子，也让他尝到了权倾天下御宇洪荒的美妙滋味，是个男人就无法抵御这样的野心诱惑。他一开始紧张，后来适应，后来迷恋，最后他觉得，这个国师就该他来做。他无法想象自己做回平民该怎么适应这样的反差，他希望以后年年月月日日，都能在那宝座上，醒掌天下权，醉卧美人膝，俯瞰天下。

但在那样严密的看守里，没有机会暗通消息，甚至无法找到盟友，他从未听说谁统治的宫廷能如铁板一块，但宫胤就做到了，哪怕他不在，所有人还是忠实地执行所有任务，便如他在一般不打折扣。他几次试探失败之后，忽然有一日看见了明城女王。

女王境况凄惨，却让他眼前一亮。

第一次暗通消息，是有人帮忙，在他洗脸的盆子底下刻了字，告诉他可以想办法和女王联系。那刻了字的瓷盆，在他洗完脸端出去后，就莫名其妙被打碎了。

之后他再没有接收过这神秘人的任何帮助和暗示。想必静庭这里，混进来一次太不容易，所以对方只能勉强帮忙搭一次线，剩下的办法还是要他自己想。

他便想到了羊驼，借喂食和梳毛之机，先收集羊驼的毛，再编织成袋子，袋子里藏了字条，藏在羊驼肚腹下的厚毛中。一开始字条没什么内容，但很明显，明城那边也得了提醒，他去摸羊驼肚子时，发现羊毛小袋子没了。

他们这便接上了头，借着散步的羊驼肚子传递消息，养羊驼的小宫役有一阵子不往女王寝殿去，让两人心急如焚。后来楚楚可怜的女王引起了小宫役的同情，他遛羊驼散步经过女王寝殿的机会渐渐多了，两人才能一来一往地商量。

一个想要不被灭口，永远以假作真；一个不甘践踏待遇，想做真正的女王，一拍即合。但所有的计划都要等到宫胤回来，宫胤迟迟不回，两人生怕夜长梦多，心急如焚。好在宫胤终于回了，而在他回来之前，两人就已经商量好了，在假国师被送走的最后关头，下手。

那时候，不能不再搏一把，那时候，也是宫胤警惕性最低的时候。

邹征戴好蒙虎的面具，还要去将花丛里蒙虎的尸首再拖到隐蔽处。不远处有灯火游动，是巡夜的侍卫路过。

"走吧。"明城低声催他，"关键是宫胤，只要速战速决地杀了宫胤，这边蒙虎尸首被发现也无所谓。"

邹征点点头，过去从蒙虎身上搜走了他的印鉴、令牌等物，换穿了蒙虎的衣物，伸手扶住了她，明城又恢复了“锦姑”老而衰弱的模样，一瘸一拐，跟着他向静庭走去。

月色凄凄，照亮花丛中静静平躺着的蒙虎。

这一夜的月色暧昧，似画卷上模糊的晕染，以至于静庭的光线，也笼罩在一片朦胧中。

靠近书房的密室里，孤灯犹亮，那是宫胤还没有休息。

邹征和锦姑走了回来，没有经过任何阻碍，便进入了静庭。蒙大统领是国师第一亲信，有自由出入静庭之权。

邹征之前并没有进过密室，那不是他能踏进的地方。他眼神中有些犹豫，想了想，在靠近密室的地方，踏重了脚步。

门声一响，禹春从门内出来，和他擦肩而过时，撞了撞他的肩，低声道：“小心点，主上心情不是很好。嗯，这位是谁？”

他看着锦姑，眼神充满审视。

邹征用气音悄声道：“明城那边的掌事姑姑，我带她来向主子汇报一件重要的事。听说……明城疯了！”

禹春怔了怔，随即咧嘴笑道：“这可真是个好消息，想必主子听了，应该会愉快些。去吧。”

邹征看他匆匆离开，低低嘘出一口气，为自己能轻松过关感到庆幸——禹春和蒙虎才是相处时日最多的朋友，他没发现，宫胤自然也发现不了。

一转眼看见明城眼色阴沉，知道她是为刚才那句“明城发疯是个好消息”而不快，他捏了捏她的手，示意她收敛情绪。

明城抽出手，转过脸去，再转回来时，眼神已经恢复了平静。

禹春走后门就没有关，从半掩的门里，可以看见坐在桌前看书的白衣人，灯光为宫胤周身镀一层冷白，乌黑的眉目因此更深邃几分。

两人离房门还有三丈，宫胤的眼神忽然从书卷的上端扫了过来。

邹征下意识地心中一颤。

位高权重气自威，这样冷峻犀利的上位者眼神，令他不由自主地有些紧张。明城悄悄捏了捏他的手，此刻她倒显得平静，低头垂目，做温顺谦卑状。

屋内，宫胤看见是蒙虎，表情倒平和了些。邹征迎上他的目光，急忙恭声道：“主上，这位是女王寝宫掌事姑姑锦姑，刚才她在女王寝宫被女王袭击，属下带她来向主上回报女王情形。”

他和蒙虎朝夕相处也有一段时日，平日里潜心琢磨这位大统领的细微动作表情神态和语音，此刻听来，全无破绽。

宫胤目光在锦姑脸上流过，点了点头。

两人同时悄悄捏了捏袖子。

他们全身上下，隐蔽处各有杀手，只等着对付大荒这个传说中最强大的男人。

然后，他们慢慢走了过去。

拍卖会还在热火朝天地继续。

景横波的小型拍卖会，七杀一个接一个地被拎出来，直接气晕了禹国的胖子亲王，也不知道是真晕还是假晕，总之他翻着白眼，其余人衣衫不整地扛着他狼狈而走，只留下一两个等收钱和买东西的人。正好也应了“女王在你们就得滚”的承诺。景横波在肉山们的身后挥舞着小手绢儿欢送，“下次记得见到我一定要滚啊……”

禹国胖子们一走，场中气氛顿时放开，犹自有人高声问景横波：“可还有异人售卖？”

景横波心想还是算了吧，七杀够折腾死你们一堆了，还有的话就是卖紫微上人，你们消受得起吗？

她用小手绢凄切地捂住嘴，摇着头，依依不舍地和爱宠们告别，执手相看泪眼，无语凝噎：“你们都要好好的……好好地折腾他们……别玩死了……搞出点人命来就行……记得回家的路……谁最迟回来我会告诉老不死搞死他……”

七杀猛点头，戚逸眯着眼睛淫笑道：“我要去琉璃部学隐身术，以后你们睡觉啊上床啊洗澡啊什么的都得先给我磕头，不然，呵呵呵……”

陆迩感动地道：“听说蒙国女人很多都是大胸！谢谢你波波！”

武杉悲天悯人道：“波波，阿弥陀佛，老衲有个问题，缠绕在心头难决。不问出来佛祖都会怪罪我。听说战辛还有三个女儿，你说我是选大还是选小？一起都选了有问题吗？”

司思妖娆地扭着腰肢：“我要把商国王太子掰弯！听说他居然敢追求你！”

山舞、尔陆和伊柒被打包卖给了黄金部金召龙。金召龙之所以这么大手笔一次性买三个，是因为他一整晚被裴枢盯住冷笑，笑得他浑身发麻坐立不安，急需高级保镖护驾。

他看着三个一看就很牛的保安，心中大定，连身子都放松了不少。

那三个人在乐呵呵地咬耳朵，“一天割下金召龙一个零件，然后卖给裴裴好不好？一定能大赚！”

众人不晓得女王和他们在说什么，眼看他们“离别情深”，还颇感动了一把。有些小姑娘泪眼盈盈，感动地道：“女王陛下和她的属下们感情真深！”

景横波一步三回头，“凄凉”地走回裴枢身边。裴枢眉开眼笑地伸个懒腰，“卖了好，卖了好，烦死这群疯子了！”

他希望景横波身边最好谁都不在，就剩他少帅一个最合适。

景横波摸摸鼓起来的腰包，先把他的五千两金票还给他，又把先前那些女人集资的钱掏出来一一奉还：“哎，还钱啦还钱啦。先前他卖的色不作数啊，这事算了吧。”

结果没一个女人答应，一起痛斥她：“女王陛下你不要太自私！据传你已经有英白追求，商国王太子又对你有意，现在你还要占着裴枢，连他陪我们吃个饭逛个街都不给，什么仇什么怨！”

景横波被骂得一鼻子灰，只得讪讪拿回自己的钞票，在心中哭号——啊啊啊，姑娘们你们狗咬吕洞宾不识好人心啊，我这是在拯救你们啊你们知道吗？和暴龙吃个饭散个步你们以为还能全尸回来吗……

没办法，色欲熏心、愿打愿挨的事儿她管不着，她叹口气坐好。裴枢倒是很欢喜，搂着她的腰道："啊，原来你这么在乎我，连我陪别人散个步都不喜欢。"

景横波没好气地甩开他的手臂："行了啊。姐是有主的人，别动手动脚的，小心找男朋友来打你。"

裴枢忽然松了手。景横波回头看他，就看这家伙收了先前的嬉皮笑脸，正挑着长眉，认真地看她。

"怎么了？"她有点不安，以笑掩饰，"听说要被揍，怕了？"

"我想，你的男人是宫胤吧？你们复合了，对吧。"裴枢盯着她，慢吞吞地道，"不过你好像忘记了一件事。"

景横波盯着他，心中泛起浓浓的不安，因为她也想起了一件重要的事。

"对面，"裴枢指指金召龙，"那个是我的仇人。不过我还有一个仇人，你大概忘记了！"

景横波的心咚地一沉。

她想起来了。当初裴枢落入天灰谷，挨了几年人间地狱般的日子。虽然是金召龙的手笔，但背后的始作俑者，是宫胤。

大荒右国师为了惩罚裴枢当初的叛逆以及为了分化黄金部，使用了反间计，使金召龙自毁长城，裴枢沦入地狱。

这是深仇。

"景横波，"裴枢盯着她，目光忽然剑般锐利，"如果有一日，我和宫胤沙场兵戎相见，你会选择帮谁？"

虽然已经预料到这个问题，但景横波还是张了张嘴，心头猛然一堵。

裴枢和宫胤真的是难解的死结啊，她在天灰谷中救他时，亲耳听过他对宫胤的诅咒，听过他发的誓。以裴枢的性格，有仇必报，绝不会放过宫胤。

而宫胤一向以大局为重，也绝不会允许裴枢这样的强敌存在。

以前她恨着宫胤，一直没有把裴枢对宫胤的这种敌意当回事，此刻终于面对，她却不知道怎么回答。

半晌，她轻轻道："我也要问你一个问题。我现在和宫胤已经消除了误会。我喜欢他，你会不会因此恨我？"

不等裴枢回答，她握住了裴枢的手，诚恳地道："如果你心中还有恨，觉得不舒服，你就千万别勉强你自己来帮我，你可以恨我，丢弃我，甚至，可以拿我报复……"

裴枢忽然甩开了她的手。动作如此剧烈，以至于她的手撞上椅子背，重重的一声。

景横波没有呼痛，她垂下眼去，知道自己的话似乎又说错了。

有时候体贴和理解，也是伤人的利剑。

"我可以允许你不爱我，不喜欢我，不接受我，"裴枢坐起身，指着她的鼻子，一点也不客气地道，“但请你别侮辱我。”

景横波头痛地揉乱头发——她宁可和一万个禹国胖子斗智，也不要和追求者讨论感情问题。

这本是无解的命题，每一个答案都是伤。

“大丈夫恩怨分明，迁怒算什么本事？你是你，宫胤是宫胤，我喜欢的是你，恨的是他。我不会混为一谈，你也别在我面前恶心地要把自己和他捆在一起。”裴枢斜眼睨着她，冷笑，“你代他承受我的报复？好个情深义重，你怎么就没想过，这么情深义重，是在刺激我？”

景横波长吁短叹，抬起头迷茫地道：“不然你叫我怎么说？我没有资格要求你为我放弃仇恨，同样没有资格要求宫胤为了我放弃对你的警惕。我就是个夹心饼干中间的草莓馅，你们挤吧，挤吧，挤烂我拉倒吧。”

裴枢盯着她半晌，忽然又笑了，手一甩，道：“今朝有酒今朝醉，哪管明日恩怨迟。现在管那么多做什么。喂，手甩痛了没有？我来给你吹吹。”说完就来捞她的手。

景横波给他这喜怒无常的性子搓揉得头痛，怒瞪他一眼，干脆搬着椅子离他远点儿，却听他在身后，以从未有过的语气幽幽道：“或许终有一日你会对我拔剑相向，那我只好抓紧现在你对我还好的日子，珍惜一日是一日，不是吗？”

景横波听得心又软了。她回头看他，却见他双手枕头，扬起一边漂亮的眉毛，满不在乎地在冲她笑，又踢她的椅子脚，一脸骚情的样子。

这男子性子当真难搞，景横波觉得没法和他沟通，因为通着通着说不定就栽进了沟里，只好专心应对拍卖。

拍卖会经过刚才一场闹剧，走掉了很多不着调的人，而景横波现在有了钱，展示了实力，又因为卖爱宠和七杀，和很多国家部族有了点联系，因此后面的拍卖便显得气氛和谐。景横波先后拍下了很多自己觉得有用的东西，一大部分是留给她觉得对宫胤有用的，一部分是她自己的，给耶律祁、裴枢等等都买了，连二狗子都给买了一件鸟用丝甲。

一直到拍卖会尾声，她才听见商国礼官报出了自己的售卖品。按照惯例，拍卖品可以报出原主是谁，也可以不报，景横波选择了隐藏。

不知何时礼官给景横波随随便便用纸包着的面具加了极其华贵的盒子，此刻小心翼翼地捧出来，像捧个珍贵的易碎品。全场人目光灼灼地看着。景横波哈地一笑，对裴枢道：“哟哟，拍卖还附赠华丽包装？这盒子保不定比里面的东西还值钱吧？会不会有人拍下来之后，只要盒子不要面具啊……”

她话音未落，礼官高声通报。

“第三十七号！易国王宫易王珍藏面具六副！”

全场轰然一声。大多数人神情兴奋，欠身欲起。

禹国、姬国等国的人，激动得唰地站起，几近热泪盈眶。

第四十一章　刺杀国师

景横波目瞪口呆，她原本以为没什么人有兴趣，没想到会有这般激烈的反响，不禁愕然问裴枢："怎么回事？"

"你跟着宫胤，越变越傻！"裴枢什么时候都不忘记损情敌一句，然后才恨铁不成钢地道，"易国面具本就值钱，易国王宫大王私藏的面具更是绝品。易王深知物以稀为贵的道理，不允许珍品面具流出国外，以往易王级别的面具，从不公开拿出来，偶尔出现一次，必定会引发大事。你一次性拿这么多出来做什么？你是要六国八部都为此疯了？败家娘们！"

景横波给骂得翻白眼——她在易国真真假假地混了一阵子，看到了太多极品面具，最后连易国王宫都占了，真心没觉得这面具多了不起。此刻看见众人神情，她顿时后悔自己将起步价定得太低，急忙拉裴枢袖子，"枢枢，枢枢，想办法帮我抬价啊！"

"我和你是一起的，我帮你抬价，不合规矩也不起作用，你会被六国八部鄙弃，后头你想要的东西也要不到！"裴枢敲她，"别和宫胤在一起了，瞧你傻成什么样儿！"

"是啊，是啊，我的智商都给他了。"景横波悻悻一句，十分懊恼。

上头礼官在报价，因为价格定得不高，全场更加兴奋，顿时就进入了竞价的高潮。

景横波很后悔定价太低，好在七杀们给力，唯恐天下不乱的七杀们，在人群中跳着喊着，将价位推向一波又一波的高潮。而且这群家伙眼光精准，合作默契，看得出谁是真需要，谁是凑数。他们在一开始就把起价抬高，景横波报价一千两一张，他们直接就报一万，然后盯住那报价最凶的，在他每次抬价后再狠狠抬价，逼得面具价格越来越高，第一张就卖出了三万。

景横波瞧得目瞪口呆，随即明白了为什么面具抢手——在场的多半不是各国各族的王，而是权势人物。能被商国邀请而来，想必也是离王位不远的权势人物。但凡这种人，都是很有野心的，一张别人瞧不出破绽的面具，在关键时刻，可以发挥极大作用，是杀人篡位抢权逃生之必备法宝。

她忽然觉得，自己的到来是不是给原本就不大安定的大荒，带来了更多的动荡因素啊……

她懂这个道理，别人更懂。禹国留下的一个胖子，似乎对这面具特别在意，捋袖子露胳膊争得激烈，满场就听见他大喊，"一万八！"

伊柒立即大叫："一万九！"

"两万！"

"两万五！"伊柒立即跟上。

七杀们笑嘻嘻地不断哄抬价格，跟价的人渐少，禹国胖子热汗滚滚，脸色由红变白变紫。

禹国因为某些原因，此次来参会，原本就是为了面具。本来他们听说易王没来，已经丧失希望，谁知道最后还真有面具拍卖，还是易王珍藏版，那真是大喜过望，势在必得。

逼不得已，胖子最后眼一闭，咬牙喊："五万！"

全场顿时静音。

看样子，禹国要面具有大用，势在必得啊。

景横波一直笑吟吟地抄着袖子看着。眼看那胖子终于争胜，欢天喜地地上台，准备交割金票给礼官，景横波忽然对礼官打了个手势。

礼官立即收回递出盒子的手，对禹国人笑道："原主露面，你还是和原主交割吧。"

那胖子慢慢转身，然后就看见景横波如花的笑容。

禹国胖子定在台上，从欢喜的巅峰跌落失望的地狱。那一刻他的神情，在场王族觉得自己一生都不能忘记，且决定以后一定不能随便得罪女性生物。

迎着那胖子近乎乞求的目光，景横波拉长声音："这面具啊……"

胖子眨巴着眼睛看着她。

她愉悦地道："……不卖！"

禹国胖子不死心，犹自抗争，"请女王提出条件！"

"不需要条件，就是不卖。"景横波笑眯眯地气死人，"或者你们亲王马上从一千斤瘦身到一百斤，我就考虑。"

瞬间瘦身几百斤……削下满身肥肉吧，呵呵呵。

现世报来得快，禹国人只得灰溜溜地收拾东西走人。景横波满不在乎，有些人敌意明显，就不要再想着示好拉拢，他不会觉得你宽容厚道，只会更加觉得你懦弱可欺。

面具最后以四万金票成交，她亏一万，但气死了胖子，值！

姬国三王女四王女本来也蠢蠢欲动，看见她这态度，直接死心。景横波远远瞧着她们偷偷怨恨地揪扯手帕的小动作，爽兮兮地竖了个中指。

恰在此时姬玟回来，景横波注意到她的神情，没什么紧张之色，就知道耶律祁那边应该没问题。

姬玟倒没什么顾忌，直接参与了对面具的竞价。景横波给七杀做了暗示，那七个人高抬贵手也放了她一码，让她最后竞价成功。

姬玟在两个姐姐妒恨得要喷火的目光中，淡定地收起了面具，给景横波付钱的时候，她微微颔首道谢，并低声问："多谢女王，不知女王有何要求？"

她当然知道，景横波完全可以不卖给她，或者逼她出高价。这么做，自有要求。

"你将来如果登上王位，"景横波眯着眼睛，"那种凶猛的羊驼，平价卖给玳瑁一批。"

姬玟目光一闪，惊讶地道："你不是翡翠女王，你是黑水女王！"

景横波勾唇一笑。

"羊驼可以卖给你，但你得承诺永不兵踏我国疆土。"姬玟很谨慎。

“只要你不先发兵。”景横波答应得很爽快。

随即两个女子云淡风轻地走开。

谁也没想到，便是这一擦肩，寥寥几句，一个足以影响大荒局势的重大国家交易，已经完成。

景横波心情不错——姬玟还是很懂道理的，把人情卖给她，也值。

当然，这面具一卖，姬玟和两个姐姐的矛盾也到了巅峰，姬国之后必有纷争。

她乐见其成。

她的面具一交割，拍卖会也就到了尾声，但人都没走，都在等着最后的压轴戏。

压轴都由东道主担任，商国王太子亲自主持最后一场拍卖，他接过礼官小心奉上的锦盒，满脸堆上骄傲自得的笑容。

“今年本宫向大王再三争取，拿出了国库内珍藏的宝物两件，以飨各位来客。”他道，“两件都是我商国异宝，依旧价高者得。但我商国拿出两件，就是希望与更多的朋友交好，所以请各位贵客只择其一竞价便好，切勿贪婪。”他笑了笑，故作幽默地加了句，“小心贪心太过，出门被揍哟。”

众人陪着呵呵笑两声，眼神颇不耐烦，只等着他赶紧献宝。景横波很感兴趣地坐直身体，决定不管是什么好东西，一定要抢一件。

“其一，马肝石。”商国太子取出一块巴掌大的石头状物，半青半白，看上去很像马肝，不大起眼，在场人多有不识。

“这是古郅国遗宝。三年前我们无意中获得，为此牺牲无数人命，才得了十斤左右的一块。得到之后，收藏在美玉柜中，以水银养之，以金泥封柜。温养三年，如今才拿了出来。”商国王太子笑道，“取其指甲大小的一块，舂碎，和以九转丹药，服下之后，可以经年不饥不渴。”

众人哦了一声，背又靠回椅子背，兴趣缺缺的模样。

在场都是玉堂金马的尊贵人物，谁也不会有缺衣少食的一天，这东西该是贫苦人家的宝，但贫苦人家又怎么买得起这样的宝物？

“鸡肋。鸡肋。”景横波撇撇嘴，完全丧失了兴趣。

“本宫还没说完。”商略笑容神秘，不急不忙地道，“以之拂发，则白发转黑。”

在场所有女子眼睛都一亮。这东西能令白发转黑？那就真的算宝物了。谁都有老去的一天的。

“不过只是有短暂的效用。”商略又补一句，然后开价，“起价黄金三万两。每次喊价加一千两。”

这价格不低，这东西的作用说要紧也要紧说不要紧也不要紧，众人都在斟酌沉吟。景横波皱着眉，她觉得这东西对她没什么大用，她虽然爱美，但生白发的时候必定已经很老很老了，到时候仅仅让白发变黑，依旧遮不住满脸褶子，不是更难看吗？

商略已经又开始报价另外一件宝物。

“其二，青泥珠。这东西可以说对所有的大荒人都有用。”商略拿出第二个锦盒，取出一枚拇指般大的青色珠子，珠子黯淡无光，还沾着泥，同样不起眼。

却有人识货，惊声道：“莫非是传说中，可以令沼泽淤泥变成清水的青泥神珠？”

“然也。”商略笑得得意。

场中顿时轰动，反应激烈的程度超过景横波那六副面具。大荒遍地沼泽，很多国家部族境内沼泽过半，而且还不是什么好沼泽，由此限制民生物产，如果能得青泥珠，沼泽环境立即就能改善。

而境内有传说中藏宝沼泽的国主们，比如景横波之流，更是呼吸急促，目光灼灼。尤其是景横波，她治下的黑水泽，可是大荒传说中蕴藏宝藏最丰富之地，当然危险性也是第一。那乌黑沼泽底下藏着无数猛兽，至今连种类都无法探知，随时会带来生命危险，所以她即使有了天星宝舟，在对黑水泽进行勘探时，依旧阻力不小，至今进展缓慢。

如果这玩意儿真的能化沼泽为水，那些和黑水泽一样乌漆墨黑的猛兽们便无法遁形，环境改变后就会死一批。淤泥变水，捕杀更会变得容易。与此同时，寻宝捞物也会变得简单。

“就要这个！就要这个！”景横波简直无法抗拒这个东西带来的巨大诱惑，一把抓住裴枢，指甲掐进他的手臂，呼吸急促，“无论如何，都要拿到！”

“这东西必然竞争激烈。”裴枢眯着眼睛道，“你想得到，别人也想得到。谁得到这珠子，势力就会扩充，一得一失之间，会直接导致国与国之间经济实力差距拉大。如果是我，得不到这珠子，也一定不能让别人得到，哪怕杀人灭口。我看这珠子会惹事，商国未必安好心，你确定真要争？”

景横波怔了怔，激动得怦怦乱跳的心，也慢慢平静下来。

裴枢这种久经沙场的帅才，大局观非常了得。她赞同他的看法，这珠子无比珍贵，所谓匹夫无罪，怀璧其罪，拿到以后，说不准是祸是福。

可是这珠子对她来说最重要，直接关系她的帝业和后半生路怎么走。真要放弃，也当真舍不得。

“我商国国内多是药泽，最宝贵不过，绝对舍不得拿来化成水，所以此物虽好，对我等却是无用，因此特拿来以飨各位好友。”商略笑道，“幸亏黑水女王不在，否则她只怕要疯。此珠在手，玳瑁还需要她辛苦打天下吗？”

众人一阵哄笑，频频点头，都觉得如果黑水女王在，必定抵受不住这诱惑。

景横波闭着眼睛，深呼吸。她要好好想想。

裴枢忽然狰狞一笑，道：“想什么？东西都送到你面前，还有不敢拿的事？有我在，还有你拿不住的事？抢！我给你罩着！”

景横波心中感动，拍了拍他的手，裴枢的手有点凉，她脑海里却忽然闪过一幕景象。

冰冷的旷野上，喝醉的女子狂哭嚎叫，身后有男子紧紧地抱住她，两人伏在地面上，相拥颤抖。女子无意中抬起头，眼角瞥见银光一闪，转瞬消逝。

这样的场景，她当时没有在意，事后也没想起过，此刻却莫名其妙地从脑海中翻出。她不知道这代表着什么。

同时她忽然又想起当初七峰山小镇，十三太保的地下实验室，在暗室中翻滚时，忽然闪现的银光。

心中有一种奇怪的感受，她忍不住要发呆。

裴枢忽然一拍她："快点，竞价了……嘿，心好黑！这个直接开价五万，你剩下的钱，顶多只够买这个，还不准备好？"

场中竞价喊声此起彼伏。

"五万一！"

"五万三！"

"五万六！"

群情激越，她听着却觉得心乱，摇了摇头，双手捂住了脸。

"哦，你要等最后猛然出手。"裴枢恍然大悟状，随即摇头，"不成，这价码上涨太快，已经八万了……看来少帅我还是得卖色……"

她按住了他的手。

"糟了，价码已经超过了你能拿出的数额了，我帮你把那个叫价最凶的家伙杀了怎样？"裴枢皇帝不急太监急，眼底凶光一闪。

景横波拉住了他，还是摇头。

上头竞价已经到了十万，跟价的人渐少，商略连喊三声，"十万！可还有人愿意出价？"

裴枢着急地催景横波："快啊！快啊！"

景横波眼底光芒闪动，满是纠结之色，却死死咬住嘴唇，不开口。

她无比清楚这珠子对她的重要性，她比所有人都更需要这颗珠子，然而心里一些隐约的预感和浅浅的恐慌，让她无法开口倾尽所有争这个珠子。

她也不知道自己怎么了，觉得自己莫名其妙，在做一件毫无理由的荒唐的事，其间利弊太清晰，清晰到她也觉得自己糊涂。

商略最后一声呼喊传来："十万！最后一次！"

裴枢疑惑地望向她，低声道："你疯了——"

一锤定音。她最终没有开口。

她不知自己做得对不对，只要随心而行。

裴枢很生气，不明白这个莫名其妙的女人怎么回事，在场人群中，她最需要这颗珠子，也最有实力，却生生放弃。

裴枢不理她了，上头商略开始拍卖马肝石，她振作起精神，一路追价，最终以五万两价格，将这东西抢到了手。结果裴枢更生气了——跟着宫胤，果然越来越傻！

商略将东西递给她的时候，眼神中有了解也有讥笑。了解女子对于美丽的追求，讥笑女子就是女子，心胸狭隘，哪怕手掌一国，也不会有男人的大局和牺牲眼光，竟然为了马肝石，放弃了对足可增加国力的青泥珠的争夺。

景横波才不在乎别人怎么看法，她收好了马肝石，心中有微微的乱。

这东西买了，真的有用吗？

宫胤，你现在好吗？

静庭依旧很安静。

邹征和明城轻轻走入了室内，很守规矩地在宫胤的前方五尺处便站下了。

宫胤也一向不喜欢过于明亮的环境，屋内光线昏暗，对面站着也未必能看清人脸，正合那两人的意。

明城很恭谨地趴伏在地，以一个老宫女应有的谦恭畏惧神态，颤声向国师通报了“女王发疯，暴起掐人”的消息。

邹征站在她面前，斜着身子，一个习惯性保护国师的姿态。

宫胤静静听着，和平常一样，没什么表情变化，末了挥了挥手，示意明城退下。

他竟然一句不问，便让明城退下。两人心底都有些意外，但也在意料之中，国师本就是不爱多话的清冷性子。

明城一句也没有多说，倒退而出，翻飞的裙裾下，隐约露出一角鞋尖。

宫胤此时正抬头，一眼看见，忽然道：“且慢！”

明城顿住，还维持着弓腰倒退的姿势，身躯显得有些僵硬。

她弯着腰，手指在慢慢地动着，试图拉扯裙裾，将鞋子遮上。

宫胤已经对“蒙虎”看了一眼，下颔点了点明城，示意他前去查看。

明城青莲色宫女裙的裙摆下，露出的一角鞋尖，绣着金色莲花。莲花是尊贵之花，一般王族女性才会使用，而宫女的鞋上，按照规矩，是不允许有任何绣饰的。

邹征大步上前，一把拎住了拔脚欲逃的明城，当啷一声响，明城袖子里，落下一柄寒光闪亮的匕首来。

邹征赫然变色，怒道：“你竟是混进来的刺客！”一脚踢开匕首，翻手将她狠狠一掼，掼在了宫胤面前，“请主上审问！”

明城挣扎欲逃，一柄冰剑已经森然顶上了她的咽喉。

寒气砭骨，明城再也不敢动。正在此时邹征赶到，他一脸愤怒，一脚踢在明城背上，正将她踢向宫胤的冰剑剑尖。

眼看明城就要被串在剑尖，宫胤却忽然将冰剑一收，擦着明城的脖颈而过——他还想留下活口审问。

只这收剑一刹那，明城忽然双手掌心交错一搓。轻微一声啪响，似乎什么东西在掌心被挤破，随即一股浓郁的怪味弥漫，这怪味邹征和明城闻了并没有什么变化，宫胤却眉心一青，动作一慢。

随即他厉喝：“明城！”

明城咯咯一笑，掌心里忽然又飞出一点蓝光。那东西看上去像个虫子，隐约还拖着透明的丝线样的东西，速度极快，一闪便扑向了宫胤下腹。

明城放出这点蓝光之后，并没有继续动手。她身后的邹征顺势拉住她的腰带，往后一纵，脱离宫胤所能攻击到的范围。

此时蓝色虫子已经到了宫胤身上，当然，宫胤手指一弹，这东西便消失无踪，看起来这脆弱的虫子，根本不能对宫胤造成任何伤害。

然而宫胤忽然闷哼一声，唰的一声轻响，一截细细的血线仿佛凭空出现，从他身前飙射而出，那线的尽头，赫然是一根手指长的针！

长针贯体而出，也带出一抹极细的血线。

此刻宫胤身前场景诡异——一截血线后是一截长针，针后又拖着一截细细的血线，似一根极长的血刺，忽然从宫胤体内，被狠狠地拔了出来。

这针看似轻细，然而拔出后，却似忽然抽去了宫胤的精气神。他浑身一阵颤抖，猛然向后便倒。

已经退开的邹征和明城，忽然又猛冲了过来。

邹征手中已经多了一把极薄的匕首，一刀捅进了宫胤的心脏。明城扑上，手中早已抓住的砚台狠狠击打在匕首上，嚓的一声轻响，原本只入肉两分的匕首，生生被连番大力击打，穿过了宫胤的心脏，自他背后飞出。

宫胤仰躺在椅子上，不动了。

明城和邹征怔怔地站在他面前，面对着他心口的那个血洞，透过那个对穿的洞，甚至可以看见心脏已经破裂。

任何人经受这样的伤，都一定会死得不能再死。

但就算这样，明城还是抬手，颤巍巍地去试宫胤的呼吸，试了好几次之后，她失魂落魄地放下了手。

“死了……”她喃喃道。

两人面面相觑，哪怕此刻终于成功，也依旧觉得难以相信，如在梦中——自己两个都不算会武功的人，真的杀掉了这当世可以说是最强大的男人了吗？

“死了……”明城颤抖着声音道，“真的……死了吗……”

“再强大的人也会死。”邹征不知道是想让她相信还是让自己确定，“瓦罐不离井上破，将军难免阵中亡。越强大的人，越容易栽在小人物的手中，不是吗？”

明城怔怔地看着那对穿的洞口，怔怔地流下泪来：“你……你还是死了……不过你也确实应该死了……这些年，我总共毒了你三次，但其实前两次只是药引，只是让你体内般若雪紊乱的药引，今天这第三次，才是真正引发前毒的母毒……宫胤啊宫胤，这么久，这么久，我其实一直没有对你下杀手，我不想，我不想……可是，你为什么要逼我？为什么要这样对我？”

眼泪簌簌落下，敲在桌面上噼啪有声，似这些日子孤灯对火，听见蜡烛心被一次次灼烧炸裂的声音。一声炸裂便是一段回忆的崩毁，一声炸裂便似听见心的碎声。这寝殿暗香风满，绣帘不开，她在那样漫长的寂寞和苦痛中忽然明白，她的路已经窄成了短短一截，要么似这蜡烛被慢慢熬干，要么便烧一把大火，在灰烬中踏出属于自己的路来。

或许也有可能自焚，可是自焚和别人慢慢焚死，前者还能搏一个痛快。

痛快地死，痛快地爱或恨，痛快地将那些纠缠暗恋的前尘，扔进废墟和白骨堆里。她若不能拥有，不如就此毁灭。

泪水流着流着，忽然就变成了笑声，她咯咯咯咯地笑着，笑得上气不接下气，“……哈哈哈，和你说过不要小瞧女人……你瞧，最后杀你的还是女人……你猜我怎么知道你体内有根针的？你猜我是怎么知道雪山独门的强硬拔针法的？哈哈哈，你这辈子也不会知道了……哎，可怜哪，强大如你，其实也不过是个被利用，被借势，被用来磨砺他人的磨刀石哪……”

笑声森森凉凉，低低窃窃，在浓厚的血腥气和昏暗的室内盘旋，听得人背后发瘆。邹征微微打了个寒战，有点不安地瞧着她的背影，心想这女人莫不是真的有点疯了吧？赶紧提醒道：“先别说这么多了，赶紧收拾了要紧。”

明城抹抹笑出来的眼泪，嗯了一声。外头隐约似有脚步声接近，两人赶紧加快动作。明城脱下自己的面具，戴在宫胤的脸上，脱下宫胤的衣裳，交给了邹征换穿，又脱下自己的外衣，穿在了宫胤身上，然后她再穿上邹征换下的蒙虎的衣裳。三人都换好装之后，再将那凝结不化的冰剑取来，插过宫胤胸口那个对穿的洞，再将那真正的杀人凶器匕首收好。

做这些的时候，不可避免一次次碰到他已经冰冷的尸首，她心中那种恍惚的感觉，才终于慢慢触到了实处，却不知道是该欢喜还是怅然——宫胤，宫胤，这个她一见钟情，却一生不知是恨还是爱着的男人，真的死了。

还记得多年前黄金马车前的初见，她慢慢伸出的手，和车下少年倔强而又清冷的眼。

到后来地覆天翻，她的一切属于了他，尘埃泥泞摸爬滚打之后，再多的补偿，都难以抵消那些年的痛和怨。

她也曾是掌心里开出的花，闪耀着明珠的光芒，也曾天真烂漫，以为只要喜欢便可获得一切。到后来她终于明白，花终会谢，珠光会暗，只有权势和财富的光芒，永恒不灭。

蹲在宫胤的尸首边，她将他匆匆改装成宫女的模样，动作很快，心乱如麻。

邹征也在继续扮回宫胤，这对他来说，已经是很简单的事情了。

倒是明城，扮起蒙虎来，委实不大像。明城将衣裳撕开一些，在血泊里稍稍蹭了蹭，弄出一身一脸的血，往暗影里一缩。

邹征快步走到书桌后，将改装好的尸首推在地上，猛地摔碎了砚台。

碎裂声立即惊动了护卫，很快禹春的嗓门就在门外响起：“主上！”

“你越来越糊涂了！”邹征却没有理会禹春，在那儿呵斥着明城，“这样的奸细，也不好好搜查，就带了进来！”

明城讷讷请罪。禹春探头进来一看，吓了一跳，眼看上座“宫胤”脸色沉冷，吓得不敢再问。

“出去。”邹征又拿起书，“人死了，线索断了。直接处理掉。你今日糊涂犯错，不可不罚，着至玉照外庭值守一个月，就从今晚开始。”

明城低着头应了，一脸的不安惶恐。众人一看这情形也就明白了，想必这锦姑是个奸细，用计蒙骗了大统领，混入静庭，想要行刺国师，被发现后自裁。

这事儿也很正常，而大统领行事疏忽，被惩戒也不是第一次的事。众人为了避嫌，也不敢多话，也不敢安慰，都让开一边，看蒙虎垂头丧气，亲自拖着尸首向外走。倒是禹春，还在他经过时，侧头悄悄说了句：“没事，尽管去，回头等主上气消了，咱们帮你说情，也便回来了。”

“蒙虎”在暗影里半侧着头，唇角似有模糊的笑容。他拖沓着步子离去，看上去很是沉重，众人很容易便理解为心情沉重，而不是拖尸疲惫。

看“蒙虎”背影远去，“宫胤”掷下书卷，淡淡地道：“静庭加强防备，三班不休息，严禁一切外来人等进入。另外，着重对女王寝宫的防护。自今日起，不允许任何人接近女王寝宫，女王寝宫内的宫人，不允许出宫一步。所有食物用度，可在寝宫后门以车运送，不得私相授受和夹带传递，违者，格杀勿论。”

“是。”他说一句，禹春应一声，又命侍卫进来打扫血迹，收拾地面，末了见他神色已经转为平和，才道，“主上，您安排的事，属下已经做好了。”

邹征挑起眉毛，他当然不知道禹春指的是什么事，心里也有些惊异——宫胤回来后，并没有直接参与任何事情，没想到还曾私下吩咐禹春办事。

心中有些紧张，面上却神色不动，他不置可否地唔了一声。

“礼服等物，都是选的最好的料子，最好的裁缝，最精美的式样。”禹春讨好地道，“女王一定满意。”

邹征又唔了一声，道：“回头她的消息……”

“属下一定第一时间给您送上。”禹春笑道。

邹征点头，挥挥手——他会很快知道，这女王是谁的。

听口气，宫胤对这女王非常上心，那么是哪位？难道是传说中曾和他关系暧昧，后来又被放逐的那位？

邹征虽然是个傀儡，但毕竟在国家政治中心待久了，有些事便也渐渐知道个大概。他想起宫胤不在宫中的那段日子，想起那段日子里黑水女王的渐渐崛起，以及那段时间蒙虎往大荒内陆不断来往的信件，心中隐约也就有了轮廓。

他轻轻转着宫胤案上的笔，眼神里，渐渐弥漫出一股森然的寒意。

黑水女王吗……

咯哒一声，他将笔放下，缓步走进了内室，在平日宫胤休息的床榻边坐下。

宫胤的床榻硬而冷，一点儿也不舒服，然而他在那床上躺下，舒展四肢时的神情，却像是堕入了软云窝一般惬意舒爽。

惬意，是因为干成了一件大事，完成了一件伟业，像梦一般不可想象，最后成为真实。

激动和兴奋的心情此刻才敢在血液中沸腾，巨大的成就感压抑在心底，只遗憾无人可以分享。

他闭上眼，月光浅淡，照亮他的唇角和得意笑容。

第四十二章　盛放的爱

明城用袋子拖着尸首，慢慢走出静庭，她尽职地扮演一个“办事不力被责罚很丢面子因此心情沮丧”的大统领形象。一路上不断有“昔日属下”要帮忙扛尸首，她都摆摆手谢绝。众人看“大统领”连说话的心情都没有的样子，也便知趣地不再打扰。

明城直到将尸首拖出静庭，才停下脚，回头望望没人跟来，充满怨念地捶捶腰。

这真是个苦差，可是不辛苦一把，哪有以后的甜呢。

她和邹征已经约好，等他坐稳国师的位置后，就将她从女王寝宫中放出来，给她正式的女王荣光。

当然，她对邹征也不是完全没有防着一手。无论如何，两人合力干成了这件大事，便各自有了把柄在对方手中，只能一条道儿继续走下去了。

她将装尸首的袋子靠在墙边，这里是远离静庭的一处偏宫，已经没有静庭那么严密的警戒。

上头有风掠过，她掀起眼皮看一眼，敲了几下墙。

一只手从宫墙上头伸下来，抓走了装尸首的袋子，是个普通侍卫装扮的人。

明城警惕地退后一步，看着对方。这是她的联络人，她的易国面具、发疯药和用来给宫胤强力拔针的雪山蓝虫，都是对方给她的。

“有没有人注意到你？”她问。

“放心。”那人答，打开麻袋要看。

她心里还是恍恍惚惚的，不敢确定这是事实，虽然内心里很愿意相信，但感觉总在告诉她，这么容易，可能吗？可能吗？

为什么不能？为什么不能？她也这样一遍遍坚定地告诉自己。

“先送我回去。”明城看看四周，她很担心露馅，要先回寝宫才好。

那人却似更关心那麻袋里的尸首，还在摸索，低低道：“先验明正身。”

“针都拔出来了。”明城皱眉道，“你不是说，只有雪山一脉的人，才可能有针吗？”

“话是这么说。”那人道，“不过，你确定死透了？”

“生死都不确定，我有那么蠢吗？”

那人在尸首的脸上耳后用力摸，口中笑道：“这样的人物，我们主上在他手上都失败了很多次，你们居然真能得手，我不大敢相信啊。哎，要知道你们能用面具骗人，人家难道就不能吗？”

明城似被提醒，立即道：“如何？你摸摸。”

那人已经缩手，道：“好像没有面具，撕不下来。他身上可有什么标记没有？”

明城脸红了红，摇头道：“不知道。他修炼般若雪，就算受伤都不会留下痕迹的。”

那人也没什么办法，正在思考，忽然远方灯光摇曳，有一队巡夜侍卫正在接近。

“我走了。”他立即道，“我的任务已经结束，之后就算再有人和你联络，也不会是我。你记住你答应我家主上的事。”

“放心。”明城道，“一直以来多亏他提点，朕谨记在心，一定会有报答。对了，蒙虎的尸首处理好没有？”

“我看着你们进入静庭之后，过去处理了。”那人咧嘴一笑，“已经拎到了外庭，藏在隐蔽处，到了明日，想必玉照宫的人就会发现，他们的大统领蒙虎‘外庭值守遇刺，为国捐躯’了。”

“如此甚好，真是天衣无缝。”明城舒一口气，展颜而笑。

“人要过来了，我带你先离开这里。”那人手一伸，拎着明城向她寝宫飞奔，明城只觉得肩头微微一痛，不禁变色，“你对我做了什么！”

“女王。”头顶那人声音笑嘻嘻的，“我家主上真要想对你做什么，十个你也死了。放心好了，不会对你造成怎样伤害的，不过是以此对我家主上做个保证罢了。只要女王你将来好好合作，什么问题都不会有。”

明城抿紧唇，唇线压成一片苍白，这一刻她恨自己没有武功，便纵有千般智慧，小心周旋，依旧处处掣肘于人。

头上那人似对宫廷道路很熟悉，带着她从隐蔽的角落一路闪避巡夜护卫，往寝宫而去。

头顶风声呼呼地过，她咬紧了牙关，直勾勾地盯着前方黑暗。道路还很长，路还没有走到尽头，但是她相信自己，一定会走到云破月开那一日。到时候，山巅绝顶，唯她独笑！

当夜那人送了明城后，拎着尸首袋子一路向外走，却在离开女王寝宫不久后被发现，被宫中禁卫追赶。在追逐中，禁卫射出的火箭射中了他背上的尸袋，他为了自己不被波及，只得将袋子扔下，自己逃之夭夭。

当夜明城一回到女王寝宫，就开启了地下宫殿，躲入只有她知道的地宫里最隐秘的一个密室里。她在那里睁着眼睛过了一夜，在黑暗中战栗不安，听见任何风吹草动就忍不住一次次发抖。她不敢闭眼，怕睁开眼睛，就会看见那个高山雪一般的人，立在暗光之下，遥遥冷冷地对她看。她害怕头顶的任何声音，怕那是士兵的沉重靴子踏过女王寝宫的地面，包抄住地宫门口，带来她与他人勾结杀人篡位立即处死的命令。

在这样的恐惧中她挨过一夜，直到日头照样升起，宫女如常来伺候她，她听得动静正常，才敢出来。接下来的日子，她依旧活在提心吊胆中，每晚都在地宫中睡，害怕突如其来的杀手。但什么都没发生，日子安静如常，她的心渐渐放回原地。她无比庆幸地告诉自己，真的成功了，那个人真的死了，因为如果不死，他绝不可能也没有理由毫无动静，就这样将她轻轻放过，更不可能将大荒就这样拱手让人。

她终于恢复了正常，放下心思，准备好好做一个真正的女王，首要是先调养身体肌肤，务必恢复当日容光。但她不知道的是，从这一日开始，她的噩梦真正开始了。

而那一夜，也许睡得最安好的，便是邹征。他只看见了国师的权力和尊贵，却没有真正见识过宫胤的手段，因此，他是心理负担最轻的一个。他在密室中安睡，梦中无数次梦见雪白的影子，在头顶上方飘游来去，长长的宽大的衣摆，飘拂在他的脸上，清冷而细密的触感。他无数次被惊醒，怔怔地摸脸，那触感如此清晰，宛然如真，面前却空空如也，连侍卫也不会接近。这样的次数多了，他便烦躁起来，抓起床边的一柄剑，嚓的一声狠狠钉在床头，怒声道："何方魑魅魍魉！有种显影现形，否则便给我滚！"

这么一骂，真的便安静了。他由此便觉得，这果然是自己心虚，心虚则神气不宁，如见鬼魅，或许真的是宫胤的鬼魅在作祟。他当然不能真的找高人来驱鬼，白日里，他还是一个凝神静气的国师，高冷而淡漠。

蒙虎大统领死于外庭的消息，很快就传了来。刺客远飏无踪，禹春悲愤无伦，自请亲自带人追凶，要为兄弟报仇。这个请求正中邹征下怀，他当即准了，让禹春带走了静庭很多的老护卫，然后以充实护卫为名，从玉照宫调来一批新护卫，这些都是不大熟悉静庭和国师的外庭护卫，他自此觉得更加安心。

至于政务，早先他刚刚扮演国师时，很多政务都是蒙虎飞鸽传信，直接传递给在外地的宫胤批阅。但时日久了，看守便没那么严密，很多批复都是由他手中传递给臣子的，久而久之，他也知道了政务该怎么处理。

这也是他敢于以假做真的原因之一，他觉得，他能完美地做好一个国师。

白日里他将自己处于护卫的重重保护之中，处理政务，思考着如何对付一切突发情况，晚上便以政务抽查为名，调来以往奏章的旧档，一点一点学习如何更完美地处理政事。

如此安安静静地过了几天，他悄悄拎着的一颗心，也在慢慢放下。想着这老天终于开眼一次，让他因祸得福。

这一日，密室里，他依旧翻阅着往日的奏章，手忽然停下。

烫金密匣里，一封密折静静地躺着，封皮上书：《请国师自立为帝书》。

帝歌在黑暗的浓云下，闪烁着刀尖的寒光。商国却在歌舞升平中，将宴席开了一场又一场。

景横波一场接风宴拍卖会大出风头，气晕了禹国亲王，气傻了姬国王女，连打带哄，赚得盆满钵满。本来是全场中最受人羡慕的人物，却因为在最后干了一件傻事，明明是最有钱的最有能力竞争青泥珠的那个，却要了马肝石，被各国贵族笑她"钱多人傻"。

景横波觉得这绰号甚好，钱多人傻总比钱少人也傻要好一点。

青泥珠最终落入了帝歌一位高官之手，据说这位是户司的副相，背后有整个户部和朝廷支撑，财力自然足够雄厚。

这位高官获得青泥珠之后就失踪了，也不知道是自己潜行迅速离开了呢，还是遭遇了什么。

接下来的几天景横波过得很悠闲，将拍卖会得来的东西各自清理，准备大分赃。

那日之后，耶律祁消失了两日，两日后，却是姬玟送他回来的。耶律祁受了点小伤，姬玟显得很关切，耶律祁则很客气，礼貌里隐藏着几分疏淡。景横波接出来问了，才知道当夜耶律祁单身出去，带人去追耶律家族其余人，要趁耶律家族失去耶律胜武之际，将这批人也斩草除根。

耶律家族也很谨慎，耶律胜武被杀，他们被迫离开碧华园之后，当即便匆匆收拾行李，要离开商国，连后头的宝药都不敢再竞争了。但耶律祁追出来更快，在城中一处贫民窟里将那群人堵住，双方激战一场，眼看可以围剿，耶律祁无意中发现对方某个秘密，留了活口，导致逃走了一人。耶律祁又追向城外，正在这时姬玟也赶到，当即帮耶律祁堵住了那个漏网之鱼，解决了后患，又亲自送耶律祁回来。

这段经历想来很惊险，但耶律祁说得轻描淡写，姬玟又是个不喜欢浮夸的女子，景横波觉得她是自己见过的所有王族女子当中，城府最深气质最稳最具领袖气质的一个，她不过淡淡一笑，说一声："虽然晚到一步，所幸还没有太晚。"

景横波觉得这句话一语双关，耶律祁却好像没懂，还是温柔又幽魅地笑着，再次郑重其事地谢了姬玟。他越客气，姬玟越无法表示亲切，也便潇洒告辞，从她脸上看不出什么不快，但景横波却看出了她眼神里的微微落寞。

对于信奉女权主义、高傲独特的姬国王女们来说，想要找到合适自己的人，也不容易吧？想想也是，她们有种近似现代女子的特质，现代女子在现代都越来越难找男朋友，何况身在大荒的她们。无法在本国联姻，寻找他国王族，人家却未必能接受姬国的风俗人情。所以她们一个个都只能把眼光放在那些奇男子身上，好比姬玟看中了耶律祁，姬琼干脆直奔宫胤去了。

景横波等姬玟走后，免不了埋怨耶律祁发现了什么要紧的秘密，要冒那么大的险，还受了伤。耶律祁微微笑着，从怀中掏出一个长形锦盒，道："因为我发现了这个。"

"什么？"景横波打开锦盒，发现是一根火红色的长形树枝。

"火芽草。这东西对冰雪系真气修炼者有抑制作用，但它还有个用处，是人们想不到的。"耶律祁将那根树枝拿起，随手插在身边一株盆栽上。

那盆栽是一盆景横波叫不出名字的花，最近打了骨朵，有点要开花的迹象，估计还有几天才能开花。

那草插了进去，随即，景横波眼睛就瞪大了。眼看那碧绿枝头上的浅粉花苞，正以肉眼可见的速度慢慢绽开，洁白肥厚的花瓣，一瓣瓣姿态舒展，中间淡绿娇蕊，如碧玉琢成，颤颤顶着几点新鲜的花粉。

有那么一瞬间，她以为锦衣人又出现了，正使用他的生命激发之能，随即想起这家伙最近销声匿迹，十有八九回去荼毒他自己的国人了。

“生命激发？”

“不，短期催生而已。必须是植物先处于即将绽放或成熟阶段。”耶律祁道，“这种草火力旺盛，能够迅速改变土质，令地气温暖，植物感觉春天到了，由此被骗，提前成熟。”

景横波想了想，脑中灵光一闪：“你要提前催熟紫阑藤！”

紫阑藤将在大半个月后成熟，而商国会提前将撷英盛会结束，送走客人，以免众人觊觎。这会导致想要滞留商国盗宝的人，行事难度增加。关键是想这么做的人不止一个，到时候要躲避商国，还要面对各方豪强的争夺，难度可想而知。

如果能提前催熟紫阑藤，那时候，自己还光明正大地在商国做客，商国防备不足，别人更是没做好准备，岂不是要轻松很多？

想明白之后，她禁不住感激，望着耶律祁，不知道该怎么谢他才好。

他和耶律家族的交锋，从来都是生死之争，走掉一个，都可能带来杀身之难。在那种情况下，他依旧想着为她争取紫阑藤，不惜冒险受伤，也要将东西先留下。这番心意，到他这里，不过风轻云淡的一句话，然而只有她知道心意厚重，沉沉要将她压下。

她想来想去，只得搬出这次自己拍卖来的所有东西，除了火心甲留下，其余都送到他面前：“你自己挑吧，全拿走也可以。”

盒子里还空着一大块，那是放火心甲的，景横波自己也有点不好意思，她该把所有东西都拿出来，任耶律祁随便挑的。

耶律祁失笑，目光在东西上一扫，微微一停，随即摇头，伸指挑起她的面纱，指尖掠过她的脸庞，道；“我只要你容颜如初，欢喜如初便好。”

他指尖轻轻地抚过，春风般的力度，在她颊侧微微停留，似留住了一段不能言的唏嘘。

这一霎他靠得极近，气息暖暖地拂在她额上，她似乎能感觉到他纤密的睫毛，快要刷到她的眼睑。

这一刻香气如此缠绵，眼神如此柔和，花开得如此灿烂，连风在此刻都显得轻缓。一切的氛围都如他一般幽魅生香，为一切亲密和相融做准备，似乎下一刻，就会有一个吻落下来。

她心内迷迷茫茫，却终究在那片阴影和气息靠近的那一霎，微微一让。

非常细微的一个动作，他却立即察觉，眼眸里的迷乱立散，重新变得清澈平静。

波流底下便纵有暗潮汹涌，无人知。

景横波再抬起脸时，笑意盈盈，仿佛什么事都没发生过，手指将盒子啪嗒一扣，笑道：“不要？不要便算了哦。以后想起来可别后悔。”

耶律祁凝视着她——谁说女王风流冶艳？他只知她认定了便内心坚执，便迎着春风艳光摇曳，根永在冰雪深处。

“我只后悔过一件事。”他道。

景横波抬起眼眸，然而接触他的眼神之后，便知道这个疑问不能问出口。

他也没有继续说下去，伸手拔出火芽草，在屋内所有盆栽中都插上一插。

他微笑："无以记相逢，赠你冬日春。"

霎时诸花次第开放，姹紫嫣红。满屋清新绿伴五彩蕊，似天地间所有生机和鲜艳都在这一刻绽开，似天地间所有香气被刹那邀请，满屋碧叶招展，花枝离披，葳蕤如盛夏之季。

而她在一色烂漫之中婷婷，鲜红裙裾似火铺展，有种人天生尊贵华艳，便纵人间万千富盛，不能压颜色分毫。

她因绽放而更美丽，绽放因她而更鲜亮。

他凝视着她，忽然不愿再将时光浪费在后悔之中。当初错过，只证明天意不予，而他愿意在之后的时光里，用尽全身心力，护持她鲜亮葳蕤永如今日。

很久以后，沉浸在这一刻香气里的景横波，才听见他开门出去的声音，听见他说："我只后悔人只有一生。"

这世上有多少人怜香惜玉，就有多少人大煞风景。

耶律祁为景横波营造的冬日之春，眨眼间就被某个家伙毁了个干净。

裴枢从外头风风火火地闯进来，一进门就开始打喷嚏，再一看见满屋子的鲜花，顿时捂住鼻子大叫："啊，怎么这么多花？熏死人了！"一边大叫一边就将花盆都扔了出去。

景横波救援不及，瞪着他，心想人与人怎么差别这么大呢？那一个会烧饭会调情会浪漫会讨人欢心，这一个就只会打架会杀人会找事会大煞风景。

哦，不过她喜欢的是会高冷会毒舌会呆萌会各种角色扮演的那一款。

裴枢拖了张凳子坐下来，水也没来得及喝一口，就急急地道："你猜我做什么去了？"

"打架呗。"景横波没好气地瞪他一眼，这家伙一身灰尘，衣服还有破损，八成又惹事了。

"猜对了。"裴枢得意扬扬地敲她一个爆栗以示奖赏，景横波很想把他连人带凳子都踢出去。

"去了一趟商国皇宫。"裴枢说起皇宫的语气，就好像说去一趟菜市场。

景横波霍然坐直："什么？"

她知道近期商国皇宫因为各国政要云集，最近警卫特别森严，商王直接调动大军，将王宫围了个水泄不通。

她都没想过去夜探商国王宫，这个裴枢，怎么招呼都不打一个，就跑去了。

"听到了些消息。"裴枢还是那满不在乎的语气，"紫阑藤将在十四天后正式成熟。目前不在商国王都，而是在都城外十五里的宝台山。商国早在三个月前就对宝台山进行了改造，设置成可出不可进的堡垒，并调动了最精锐的军队驻守。光进山就要过七关，每一关都得有皇家特制的钥匙，而且钥匙还不同，不同的钥匙具有不同的权限，总之，那就是个移动堡垒，谁也进不去。"

"进不去就进不去，你操什么心？"景横波把他向外推，"我自己有办法，你该干吗干吗去吧。”

裴枢屁股就似生在椅子上不动，一把捞住她的腰，笑道：“你的事我不管谁管？我不是号称要追求你的吗？”

“嗯嗯，那我窗子外头好像有知了，麻烦你帮我捉了，谢谢。”景横波只想赶紧打发他算了，最好气走他，省得他一个冲动，去闯那个堡垒。

“你怎么不问我在商国皇宫得到了什么？”裴枢一扬眉。

景横波皱眉看着他，打听这消息已经很不容易，那里高手云集，他又干了什么？

“钥匙啊。”裴枢得意扬扬地一伸手。

景横波盯着他的手心，啥也没有。她也不信他这么跑一趟，就能拿到那些钥匙，真要拿到，商国要么改钥匙，要么一定拼死来追。

裴枢忽然捋起袖子，将手臂往她面前一递。

景横波第一眼满眼血红，吓了一跳，仔细一看，赫然看见他手臂上，印着一排钥匙的印子。

那是一排血印，已经压破了肌肤，想必压下的时候，非常用力。

景横波震惊到不能言语，半晌才讷讷地道：“你这是……你这是……”

“我在梁上偷听时，被商王的供奉发现，当时他们正在查看刚做出来的第一批外山关卡的钥匙。唔，那些老头子当真厉害。”裴枢永远那么逸兴飞扬，“被发现了我干脆冲了出去，和他们打了一架。商王吓得惊掉了手中的钥匙匣子，那些钥匙是串在一根铁条上的。正好有个老头子踢了我一脚，我便借势扑过去，狠狠栽在那些钥匙上，把印子拓了下来。”他摇摇手臂，“不必担心拓印在皮肤上，皮肤不平，会导致钥匙印子发生细微变化，将来做起来不准确，我当时运了横练功夫，手臂如钢铁一般，钥匙印上去就是原型。然后我就放下袖子爬起来冲了出去。那群老不死的看钥匙没丢，一定就会放心的。那种钥匙做起来也不容易，他们不会因此重做的。这样你进外山门户的钥匙就有了！”

他呱啦呱啦说了一大堆，景横波只怔怔地看着他的手臂，满眼的血红，刺着她的眼。

要想在刹那之间，把铜钥匙深深印在肌肤上，需要跌多重？用多大力气？那印痕足足陷下去好几毫米，他对自己都不知道怜惜吗？

还是为了她的事，他当真如他自己所说的，用尽心力，不惜己身。

她转开眼光，只觉得心间涨得满满的，似发热似发堵，似无数的浪潮狂涌，万千情绪到了此处，似千军万马驻蓝关不得发。她因深切感受到爱而不能而感动，又因为深切知道自己不能回应而忽生忧伤。

这一刻屋外那些短暂盛放的花儿，忽然在一刹那同时凋谢。

这世间不在其位的感情，也是这不在季节的花儿，因为某些愿望而怒放，再在无人知晓处静寂收敛。

裴枢忽然指着她笑道：“喂，做这死样儿做什么？我瞧着你快哭了？这点皮肉小伤，至于吗？或者你终于感动了？感动可以，要不要以身相许？”他自己说着笑了，摇摇头道，

“一个大白眼。”

景横波正好一个白眼过来。裴枢大笑，将凳子晃来晃去，懒洋洋地催她，“快找个人来拓印，不然结疤了就会出现差别。”

景横波便命拥雪进来拓印。小姑娘看见那伤口时，眼底也有惊讶之色，做好一切走开时，景横波听见她轻轻叹息一声。

景横波亲自给裴枢包扎，她低着头不言语。裴枢一直偏头看着她，忽然点点她的额头，道：“刚才你好像真的想哭了，是真的吗？”

景横波慢慢绕着白布，缓缓道：“不想看我哭，就以后少做这种傻事。钥匙算什么，紫阑藤算什么，你们不嫌弃，我自己也无所谓。”

“谁说我不想看你哭？”裴枢一句话让她挑起眉毛。

“我不想看见你为别人哭，不想看见你被别人欺负着哭，但我愿意看你为我哭。”裴枢重重地抚过她的额头，强硬地抓着她的脑袋，和自己额头靠了靠，轻声道，“你为我哭一次，我真的会很欢喜。因为那会让我觉得，你还是在乎我的。”

景横波忽觉心中咯噔一声，赶紧抽抽鼻子，道：“那便现在哭了吧！”

她直觉地为后一句话不安心，如果真要为他哭，当然选择现在。

两人额头相抵，他立即伸手到她眼下，等她泪水。

景横波扑哧一笑，这下真的哭不出来了。

裴枢也一笑，放开了她，向后一仰，眯上眼睛，道：“爷累了，走不动了，就借你这地方睡一觉了，你换个屋子吧。”

景横波看他半晌，奈何那家伙不睁开眼和她对视，一副死赖到底的模样。她只得向外走，将要跨过门槛，忽然道：“裴枢，你的腿是不是受伤了？”

坐在椅子上那人似乎动了动，没说话，没回头。

景横波唏嘘一声，转回身来，在他面前蹲下，不由他分说，刺地撕开他的裤腿。

裴枢夸张大叫：“哎呀，女王脱我裤子啦……”喊得激烈，却动也没动。

“闭嘴。”景横波盯着他变形红肿的膝盖，膝盖肿得有两个大，最起码骨裂了。

他从坐下就没挪动过，本身就是异常，原来是一直为了掩藏这腿上的伤。

看这伤势，不用说就知道，他当时面对围攻，想要拓印钥匙，在扑过去的时候，没有顾惜己身，直接撞伤了腿。

腿能伤成这样，那么必然有人给他一掌，他背后应该也有伤。原来他主动展示臂上拓印的伤痕，只因为那是最轻的伤痕，只因为他想以此蒙混过关。

景横波伸手就去解他外衫，裴枢一抬手拦住，笑道：“怎么，脱不了我裤子，干脆就解衣服？”他左顾右盼，“可是你这外间没有床啊，要不咱现在就搬一张来？”

景横波不理他，扯他扣子，又被裴枢拦住。两人动作都稍稍激烈，裴枢忽然咳嗽一声，景横波不敢再撕扯，定住了。

室内安静了。

一双手落在她的发上，裴枢的声音终于恢复了平静：“这不是为你受的伤，是我自己不小心。别自作多情。”

景横波手指抵着眉心，不胜头痛地轻轻揉着，轻声道：“我的事，我自己能行。我只求你们不要这样给予，我会觉得承受不起。”她抬起双眸，“大爷，拜托，不要犯大男子主义病好吗？一个个都认为我是纸扎的，一个个都为我奋不顾身，好吗？”

“告诉你，爷爱给就给，不在乎你要不要，不在乎你能不能，也不在乎你回报不回报。因为爷给的时候，是欢喜的。这便值了。”裴枢抄住她胳膊，将她捞起，盯住了她的眼睛，“你这女人，残忍到连爷这点欢喜，都要剥夺吗？”

他浓郁的男子气息扑来，如他本人一般炽烈不容退避。景横波只觉得他那种灼灼而又微微委屈的眼神，如此灼心。

这些倾其所有付出的感情，无视是冷漠，退避是无理，要如何面对这四面逼来的心弦之声，在飞扬的风中铮铮。

景横波心中，此刻忽然万分思念宫胤，还思念孟破天。

她希望那个人此刻在这里，接收护持她的爱；希望有人，能好好爱裴枢，让他真正明白，爱与相得的滋味，能抽身而去不受伤。

室内静寂，花开花灭都无声，他揽着她的腰，眼底天地明朗又翻覆，无谓又渴求。

她有点僵硬地立着，眼神疼惜又无奈，在那一刻疯狂思念所爱。

宫胤，你在哪里？你好不好？

忽有声音从屋外尖尖长长地传来。

“商国贵女们邀翡翠女王出席后日宫宴，并下战书！”

第四十三章　遍地桃花

“战书？”景横波眨眨眼睛，好端端地下什么战书？姐得罪过她们吗？

拥雪在门外敲门，景横波应了一声，小姑娘板着个脸进来，送上一个描金盒子。盒子里是请柬，景横波打开一看，是三日后宫宴的请柬，邀请翡翠女王莅临商国王宫正殿龙华殿，并没有什么战书的说法。

她问拥雪，小丫头面无表情地道：“外头送信来的太监，举止不大好，被咱们教训了几句，忽然就喊了这么一声。说是女王在前几日的接风宴上很是轻狂，待姬国王女们也不大友好。商国贵女们很多和姬国王女都是手帕交，因此也想见识见识女王的风采，看看到底是如何尊贵出众的女子，能令姬国、禹国甘拜下风，还抢走了许多好东西，如果能让她们也甘拜下风，那自然是最好的。”

她说得不耐烦，景横波听得更不耐烦——又是一群吃饱了撑的整天比衣裳、首饰、包包和妆容的富家女，换以前她也许还有兴趣斗一斗，现在女王陛下操心的都是国家大事，哪有心思陪一群小女孩斗狠。她懒洋洋地挥挥手，道：“那啥，不用比了，我甘拜下风就是。”

“对方说，”拥雪慢吞吞地道，“如果您不敢比，那也没什么。回头在殿上对姬国王女们和她们道个歉，大家冰释前嫌，两国友好邦交，岂不是好？”

“你说这群人怎么这么闲得没事干啊？好端端来挑衅干吗？理由呢？”景横波摸着下巴瞧着外头，外面正有一个太监，直挺挺地站着等回话，满脸的傲色。

“商国王太子是姬国王女的理想夫婿，也是商国贵女们的理想夫婿啊。谁不想做太子妃、未来王后？”拥雪一针见血。

“那关我什么事？”景横波奇怪，“商略对我是有兴趣，可是傻子也看得出，他不过逢场作戏，没有真情。”

“你是女王，一样是商略的理想联姻对象。”拥雪撇撇嘴，“再说，裴少帅呢？”

“又关他什么事？”

“裴少帅也是天下少女的理想夫君。”拥雪呵呵一声。

“哦，嫌我左拥右抱，占尽天下帅哥。”景横波恍然大悟，“那是挺讨厌的。占着一个也就罢了，还两个三个。哎哎，没有关系啊，都让给她们好了。”

身后裴枢阴恻恻的声音传来：“你说让给谁？”

“啊！我说，谁都不让！”景横波回头对他媚笑。

裴枢的眼神颇狠，可惜有种狠因为在乎，而显得无力。

景横波站到窗前，对那还在等回话的倨傲的太监道：“回去告诉你的主人们，我是女王，我需要和人争夺的是国土和兵将。女子的那些争风把戏，是你们闺阁小姐们的游戏，恕我没空陪玩。或者等她们谁不管用什么方式得一块国土来，那不用她们邀请，我也会自动视之为敌人。除此之外，谢绝调戏。”

说完一笑，哗啦拉下窗扇，将那脸色大变的太监关在了窗外。

身后有人在大力鼓掌，是裴枢，大笑道：“好！不愧是我看中的女人，越来越有气魄。她们真的给你提鞋都不配！”

景横波勾唇一笑，听见外头拥雪不客气地赶人：“不是一个级别的对手，还敢狺狺挑衅，等她们做了女王再来！”

脚步声杂乱，那太监想必被赶得很狼狈，景横波摇摇头。裴枢还趴在椅子上，半撒娇地道：“还不快来给我裹伤？”

景横波无奈，只得亲自动手，好在她经过照顾耶律祁和宫胤，对于护理也算颇有心得，命人拿来清水和最好的药，给裴枢先处理膝上的伤口。她本想叫跌打大夫来，裴枢却不肯，很坚决地说没有骨折，顶多出现骨裂。景横波干脆给他绑了木板，裴枢倒也不抗拒，只要是景横波动手，哪怕把他绑成狗熊，他也觉得那绑法最好看。

他伸着大长腿，懒洋洋地靠在榻上，看景横波忙碌。她的发微微乱了，散在额上，睫毛垂翘，遮住乌黑湿润的眼珠，鼻翼上起了细细的汗，在昏暗的室内似细钻般光芒闪烁。从这个角度看，并不能看清她平素美艳的轮廓，却能看出几分温柔贤惠的味道来。

他因此满足地嘘一口长气，双手抱头，眯着眼道："你这样伺候我一辈子最好了……"

景横波手上不停，布条猛地一勒，裴枢哎哟一声大叫，正要怒瞪她，她已经直起腰，坐在他身侧，笑道："好了。"

裴枢看看那包扎得整齐漂亮的膝盖，颇有些不习惯，忍不住问她："你看上去也不像很能干的，怎么对包扎伤口这么在行？"

景横波立即很实在地告诉他："因为耶律祁和宫胤都受过伤，我也照顾过……"

"停停！"裴枢一口截断她的话，颇有些懊恼地将她一推，道，"你这女人，什么时候能不煞风景？"冷着脸往下一躺，"我累了，睡了，出去记得带上门。"

景横波啼笑皆非地看着这家伙，少爷脾气说来就来，真是难伺候。

不过她也悄悄松了口气，她有意打击裴枢，就是不想在这种情况下和他单独相处太久。他不是耶律祁那种君子，最爱动手动脚死缠烂打，她又欠他的情心怀愧疚，到时候硬不得软不得，反而尴尬。

她看一眼裴枢，他真的已经睡了，闭上眼睛后才能看出气色不佳，疲惫之色终于遮掩不住。她一边轻手轻脚地出门关门，一边犯愁地想，他还是需要人照顾的，这要是孟破天能来多好，可惜这路程太远，等孟破天接到消息赶来，也许她们都往回走了……

她思念着孟破天，满怀遗憾地叹气，却不知道，孟破天此刻，就在离商国边境不到十里的地方。

不过就算现在景横波看见她，估计也认不出她来了。

一辆马车里端坐着孟破天，她现在已经不是江湖少女的劲装打扮，而是穿着十分鲜艳高贵。一袭杏子黄重锦长裙，裙摆逶迤在脚下，重锦独有的质感和光泽，配上杏子黄那种光艳又内敛的颜色，硬生生给她添几分尊贵气质，这气质却又是隐藏的，并不招眼。裙摆上斜斜绣着缠枝花，顿添几分活泼娇俏感，一袭披帛是质料最好的丝绡，轻薄如淡云，轻轻一动便衣带当风，又显得飘逸轻灵。

很难想象一袭衣裳，便令人平添几种不同的气质，而且正好将孟破天身上原本有些粗疏有些草莽不够精致的缺陷掩盖，将她的娇俏灵韵加倍展现。

这样的衣服，原本穿在孟破天身上，会让她不自在，但现在她的姿态很自然，整衣掠袖，合乎礼仪又不显得刻意。

而她的容颜也有了细微的变化，偏浓的眉被修过，保留英气，去除杂乱。稍稍上了点胭脂，点在眼角和颊上，和眉心一点菱花相呼应，依旧少女娇嫩风华。皮肤最近保养得非常好，泛着珍珠般的光泽，以前的雀斑，一点儿也找不见了。

变化细微，带来的效果却是天翻地覆的，现在别说景横波认不出她，孟破天自己揽镜自照，也经常会有恍惚感。

但坐在她对面的那个严肃的婆子，此刻盯着她，依旧一脸的不满意。她翻着手中的画像和卷宗，画像赫然是裴枢的，卷宗是黄金封面，翻开扉页，内页编号是一。

禹春为了不折不扣地完成宫胤的任务，连蛛网的秘档都拿出来了。从黄金一号可以看出，在静庭的眼里，裴枢在黄金部的地位和重要性超过了黄金部族长金召龙，是真正的第一人。

婆子出身于帝歌，早先是玉照宫女王承御，专门负责女王和王族女性的衣着打扮的女官。她后来离开宫廷，游走天下，成为六国八部王族宫廷的常客，为很多王后公主指点过礼仪装扮事宜，在各国都很受尊敬。这次禹春紧急将她抽调来，专门来调教一下孟破天。

“从画像和资料上来看，其人个性执拗刚毅，额间伏犀骨，主繁荣贵盛。眉端浓密，注重品格，鼻长则顽固，眼大者目穷千里，驾驭他人。但独占欲望浓烈。”婆子对着资料研究一番，取过一边的妆盒，给孟破天慢慢化妆，并道，“你记住，你以后妆容就按这般来。”

“这又是何意？”孟破天不解。

“世间万物自有其理，相也有相配不相配之说。如果实在不配，一般人没办法，但老身还是有办法调整的。”婆子傲然道，“你原本面相虽也不错，但和他略冲。老身剃去你眉峰尖锐处，增加几分圆融之意，会尽量免去你俩相处时的冲突，另添你桃花色，增几分姻缘彩。你记得，见他时，这眼上胭脂，不要用黑色褐色之类的沉暗色彩，可选桃红粉红色便好。”

孟破天有点不自在地动动屁股，却在那婆子的威逼眼神下，下意识地乖乖坐好。那婆子皱着眉，低声道：“对你的调教着实是难。老身还是第一次遇见这样的要求，不是以往求礼仪优雅、贵族风范，而是要能令一个男人心动喜欢便行。唔，好在你这小妮子，确实已动春心了呢……”

孟破天微微红了脸，下意识要低头。婆子却厉声道：“不要低头！他不喜欢女子过于羞涩，你要从容自然！”

孟破天下意识地抬头。婆子又道：“双腿不用并这么紧！并不是要教你做纯粹淑女，他也不喜欢。你坐姿再放松些……对！现在你下车走走。”

孟破天下车，还是轻巧地跳下车，并没有娇怯怯等人来扶，婆子却在后面厉喝：“你这裙裾拖着，跳得不够自然。重跳！”

孟破天只得重跳，跳了三次之后，才令婆子满意，放她下车。婆子走了一阵后便找个空地，取了食材，教孟破天做菜。

这是每天休息时的必学功课。孟破天对这些没兴趣，但想到为裴枢洗手做羹汤，心中甜蜜，也便有了动力。这婆子一手好厨艺，尽心调教，再三告诉她：“欲获男人心，先擒口腹欲。”

景横波若在，不得不赞一声真是眼光毒辣的人才，早早就将现代那句著名的“想要抓住男人的心，就先抓住他的胃”总结了出来，那套“面相相配法”，俨然也是颇具匠心的做法。

孟破天尽心学厨艺，心中却有疑惑未解。她不知道是谁要调教她，只知道某夜自己忽然就被从帮中掳了出来，塞入了一辆马车，这婆子就在马车中等她，一刻也不耽误地对她进行了调教。她因为不安，想过逃走，但四面看守严密，尽是高手，根本逃不掉。她问那婆子，婆子也不清楚，只说有来头极大的人物安排她来做这活，对方不可抗拒，要她乖乖安分。

她看着对方似乎真的没有恶意，又确实强大，也便只好接受了调教。但她奇怪的是，裴枢明明喜欢的是景横波，便要调教她取代景横波，应该就让她学景横波，但现在婆子调教她的方向，却是优雅又活泼，大方又自然，善于操持又内外兼修的另一种人。

她不知道，禹春哪里敢让人把她调教成第二个景横波？身为宫胤的贴身护卫，禹春比任何人更清楚宫胤的洁癖，那种洁癖包括精神，他是绝对不能忍受出现景横波的仿版，来玷污他心中的唯一女子的。

所以禹春只能给商国附近的蛛网蜂刺，下了一个超难的任务：调教出一个少帅一定会喜欢，但又绝对不同于景横波的人！

为了这个任务，万能的蛛网蜂刺，搬出了裴枢的所有密档卷宗，开了十几次会，隐秘地讨教了很多睿智人士，分析了裴枢的各种喜好和性格，甚至连裴枢少时出生的村子都亲自查看过，连他冒鼻涕时代最喜欢牵手的那个叫二丫的丫头当初的长相性情都了解过，以一种比撰写国家发展报告还要严肃的精神，汇总分析综合得出了一份长达三十页的报告。报告从裴枢的少年喜好、经历、性格、出生、心性等各个方向进行了非常细致的分析，并得出了裴枢有可能喜欢的三种女子类型。最后在三种女子中选出最有可能的一种。最后，放在了那个婆子和孟破天的膝头。

刺啦一声响，一道色香味俱全的“翡翠鸡丁”出锅，孟破天端着菜盘，陶醉地嗅了嗅，眯着眼道：“真香。”

“记住，他不喜欢吃虾仁。”婆子道，“他一吃虾，便浑身发红，肢节僵硬，并且因为某些原因，他对这道菜深恶痛绝，你千万记得。”

孟破天眨眨眼睛，忍不住弯起唇角，这一笑，宛然便有几分景横波的妩媚。

不管怎么试图绕开，对她的调教，终究还是要和景横波有几分重合的。

孟破天脸上的笑，渐渐地有点暧昧，因为想到了他不吃虾仁的真正原因，她的暧昧的笑里，又夹杂了几分鄙夷——想不到当初明城女王那么个身份，竟然会做那样的事。难怪后来裴枢名动天下，多少少女投怀送抱，他却避之唯恐不及，原来……她笑着，微微抬起了下巴。

一路上，她已经背熟了裴枢的喜好，知道了他的很多禁忌和小隐秘，学会了他爱吃的所有菜色，像一个被精心打磨的礼物，渐渐散发光彩。

她等待着给裴枢一个惊喜。

而此时，和她相隔不远的屋子里，睡在景横波榻上的裴枢，忽然没来由地打了个寒战……

景横波最近很头痛，她院子里住着耶律祁和裴枢，两大美男光彩照人，气质出众，不需要证明什么身份，就足够为她拉仇恨。这直接导致她的院子最近访客极多，好多都是冲着耶律祁和裴枢来的，她不胜其扰，干脆带了拥雪去逛街，表面上是定做宫宴需要的首饰礼服，暗中为之后去宝台山挖紫阑藤做些准备。

她们先去茶楼吃了个早饭，然后就听见了很多奇闻逸事。比如落云部某位王族，最近买了只会写诗的神鸟，十分珍爱，特意养在了夫人院中。结果那鸟无比无耻，专门喜欢偷看夫人洗澡，看完洗澡还要吟诗，这回吟诗却是半截风雅半截浪荡，淫词秽语不忍听。这也罢了，这家伙还干了件让人无法接受的事。有次落云部王族秘密约见浮水部老对手，进行双边商谈，商谈结束后为了炫耀，让这鸟出来吟诗助兴，这货张口就来，“床前明月光，地上鞋两双，一对狗男女，正在浪啊浪。”

这首诗第一句意境朴实深远，众人正洗耳恭听地等着石破天惊的后续，结果画风突转，令人瞠目结舌。主人当即呆住，客人忍笑半天，赶紧告辞，人还没走远，那狂笑声就爆了出来，主人想到从此在敌国老对手面前抬不起头，险些撞墙。

这首诗着实很要命，因为吟翠犬次郎是养在夫人深闺的，它所吟的，自然就是自己看见的。落云部这位王族当即怒气冲冲地找夫人质问，夫人清白被污，大喊冤枉，寻死觅活，几次险些送命，事情越闹越大，渐渐整个王都贵族都知道了。

景横波听说这件事，也很是瞠目结舌了一阵，她知道二狗子杀伤力很大，但也没想到这么大，大到足以影响一国形象的地步。她默默抹了一把汗，一边暗暗下定决心，以后就算饿死，也绝不再卖二狗子，一边想着大概不会多久，二狗子就会被赶出来回来找她了。

然后她又听说，买了霏霏的姬国王女姬琼，现在她那里的羊驼全部都不吃不喝，精神狂躁，有些还在姬琼晚上洗澡的时候撞墙，姬琼已经好几次走光了。

景横波觉得，霏霏大概也要回来了。

她们再坐下去，便听说琉璃部那边最近天天鬼哭狼嚎的，一堆彩光闪烁的影子飘来飘去。有次有人去给琉璃部送东西，竟然看见半个人从自己面前过去，能看见的那一半居然还能看见内脏，看见心脏在扑通扑通地跳，红红的一团似个鬼灯笼，那可怜的家伙当即吓昏了过去。

商国已经得了消息，派了和尚道士去除妖，被赶了出来，现在一入夜，没人敢靠近琉璃部住的那块地儿。

景横波觉得，琉璃部大概要把他赶走了，不知道戚逸亲爱的什么时候回来？

又有蒙国寡居长公主的传闻，说那位公主，最近经常打发人去青楼，购买一些助兴药物和丰胸秘方。一开始还偷偷摸摸，后来因为用量巨大，引起了青楼的注意，再后来，烟花巷十八家青楼联合，才能提供给对方足够的助兴药物用量。那用量令人瞠目结舌，足可以让一百个壮汉对一百个美女使用一百年，商国青楼险些以为老王又再次雄风大振想生个儿子，结果打听出来居然只是那位寡居长公主用。隐约又有传言出来，说有人看见公主，最近的胸越发凶猛，远远看去就像两团巨大的球在移动，根本看不见人脸。

景横波很担心，陆迩不会真的玩出一群小陆迩来吧？据说这位蒙国长公主，掌握蒙国经济命脉，是个重要人物。如果将来有一群小绿帽子对着她喊阿姨，那滋味也太酸爽……

又有人说，斩羽部战辛最近脾气很大，已经责打死了好几个仆役。因为他的爱女，宣布非一个和尚不嫁，并且表示应该修改王族继承法令，允许女性继位。

景横波想，如果哪一天，斩羽部也是由女王继位，坐在一边的王夫笑嘻嘻地和她说“阿弥陀佛，女施主好久不见。”似乎也是件挺爽的事……

商国王太子买去的司思，倒没什么动静，景横波觉得有动静也不是现在，真要有什么动静出来，估计商国就该变天了。

至于最后买走七杀中三个人的襄国，这三人都认识和婉，想必出不了什么大事儿。

景横波听听没什么新鲜的，便出了茶馆，去逛街。商国王都锦绣街，是商国的高档女性步行街，不容男人出入，面对的顾客群体都是商国贵族妇女，据说商国王后公主什么的，有时候也会微服来逛逛店。

正因如此，这条街也就显得分外高贵，入口处有牌楼，牌楼前停着无数金轮银毂的华丽马车。从外面看去道路宽敞干净，人流熙熙攘攘，多是衣着锦绣的人群，果然没有男子，不仅如此，一般衣着普通的百姓，都会远远绕开这个地界。

每家店铺的小二都在门口恭敬地迎客。景横波进入街道时，虽然只带了拥雪，但她气度不凡，小二们也很殷勤。景横波需要添件礼服，商略送的礼服不能再穿，看这里的店都是给专人定制，店里摆的衣服也颇有特色，便漫步进店。

店里还有三三两两的贵族女子各自坐着挑选衣裳，看景横波进来，都抬头看一眼她的玲珑体态惹火身材，眼底露出几分妒色。

店主亲自接着，入座上茶上点心，捧过专门的衣裳图样来供景横波挑选，完全的贵宾待遇。景横波也习惯了这种态度，随意选了几件衣裳，她姿态越自然，店家越知道这位是真正的身份高贵，越发殷勤地请景横波入内间量体裁衣。

里间有专门的女子负责量体，景横波一边暗赞商国经商有道，知道从女人身上赚钱来得最快，一边想着哪些可以是自己的女子商场需要学习的，等自己回去玳瑁，女子商场也可以开业了。

她们正量着体，忽听外头似乎有人进入，和店家说话。景横波隐约听见店家啊了一声，声音惊讶，对方又严厉说了几句，店家声音放低，唯唯应是，随即来人便出去了。

景横波也没在意，量好尺寸掀帘出去，笑道：“店家，定金多少？烦请早些做好，送到西都街会同……”

“对不住姑娘，”店家满脸的笑容忽然换成了满脸的苦色，向她躬了一躬，道，“您订的这几件衣裳，小店料子不足，不能卖了。还请您换一家吧。”

“料子不足？刚才你怎么不说？”景横波很有些奇怪。

店家只苦笑，不断地向她鞠躬，坚持说料子不足，言下之意就是不卖给她。四面的贵妇们都放下手中的图册，望着这边哧哧地笑，眼神颇有些意味深长。

景横波心里知道有些不对，但也不能和一个店家纠缠，失了身份，于是点点头便出了这家店，另选了一家看来规模更大的店。

结果一模一样，店家刚开始殷勤招待，但很快就变了脸色，以各种理由推脱不卖。景横波连去了七家店，包括卖衣裳的，卖首饰的，卖鞋子以及各种配饰的，无一例外。有家卖首饰的店，直接冷着脸将她往门外赶，阴阳怪气地道："咱瑞芙麟的首饰，只卖气质高贵的真正贵妇，如姑娘你这般模样，还请千万高抬贵手，别糟蹋了咱家的招牌。"

每家店里都有很多贵妇，似乎是得了通知来的，扎堆在一起，不解劝，不询问，冷冷地瞧，无声地看，哧哧地笑，让孤零零被逐出店的她，看起来更加尴尬。

拥雪的小脸都气白了，要和店主理论。景横波拉住了她，看看四周，每家店都有人悄悄探出头来，眼神鬼祟而充满敌意地瞧着她。

她算是明白了。商国贵女们竟然真的抱团排挤她来了，这是存心要她在商国买不到一件衣服和首饰，在宫宴上出个大丑啊。

和这些店家理论是没用的，会让看笑话的人更多。她也不必再去寻找卖衣服给她的店家，不过是更多的自取其辱。

她立在长街上，缓缓环视一圈。四面八方，探出无数讥笑恶意的眼光。

她慢慢笑了笑。勾起的唇角，掠一抹讥诮弧度。

她的裙裾只愿拂过天下，却总有秋后蚂蚱，在鞋尖前蹦跶。然后她伸指点了点，似对所有人道："出人丑者，人恒丑之。记住我的话。"

说完，她转身就走。四面有哧笑之声，有人阴阳怪气地道："落荒而逃，还要死撑脸面。"

她当没听见。

谁死撑，走着瞧吧。

顶着一背敌意的眼光，她走出街口，上了自己的车。没走几步，忽然后头有马车追了上来，有人唤道："姑娘请留步。"

景横波命马车停下，掀开车帘一看，追上来的也是一辆精致马车，属于商国贵族女子专用，却没有商国贵族常有的家族徽记。透过影影绰绰的丝帘，可以看见帘子里那人云鬟高挽，满头珠翠，似乎是个贵妇。

拥雪一脸警惕地下车去交涉，过了一会儿对方马车走开，拥雪捧了一个大盒子回来，一脸诧异地道："那马车里的女人，让人塞给我这个。说刚才锦绣街的事，是有人故意作祟，她瞧着也觉得过分，但对方势大，她也敢怒不敢言，只是心中过意不去，因此特地追上来，将自己刚到的礼服和首饰赠给您。请您不要介意，不要因此觉得商国人无礼卑鄙。"

景横波怔了怔，接过盒子，以控物之能隔空打开，里面果然是一套精致的正红色礼服，还有一套银红南珠首饰，衣裳和首饰都做工精致考究，一看便知道是出自顶级工匠之手，价值不菲。

"商国贵女们不是抱团和我过不去吗？怎么还有人良心发现？"景横波瞧着那件衣服，扬眉笑道："这时候送这衣裳来，可真是雪中送炭，令人心中温暖啊。哦，对了，她有没有自报身份？”

“没有。只是再三致歉，语气恳切，但一直没看到脸。”

“这礼送得真是推辞不得呢。”景横波抚摸着那闪着金光的正红锦缎，唇角微微一勾，“收起来。”

她带着这盒子衣裳首饰回去，耶律祁和裴枢问起她逛街的收获，便说这是自己买的礼服。那两人居然还都很有兴趣地要求瞧瞧，景横波无奈地给他们瞧了，那两人瞧过之后，抬头对望一眼，又看她一眼。

“瞧我干吗？”景横波摸摸脸，莫名地觉得有些心虚。

那两人却不回答。耶律祁笑道：“这礼服果然不错。哦，我想起来我也该买件衣服，好陪你去宫宴。耶律世家的人现在都已经死了，禹国王族被逼不能参加宫宴，我可以出面了。”

“想得美。”裴枢立即道，“凭什么苦差事都是我来，陪她出风头这事就你去？要买也该是我买，我去，我陪。”

耶律祁根本不理他，和景横波笑着打个招呼就走。裴枢吊着眉毛，大怒道：“这混账，敢藐视爷爷，等我揍他个好看！”一瘸一拐地也奔出去了。

景横波大叫：“回来！回来！你俩伤没好，一个都不许陪……”话音未落，人影都没了。

景横波对着空空的墙壁，叹口气，她更加思念宫胤了，只有正牌男友才镇得住无聊情敌啊……

拥雪踮脚看着两人离去的方向，眼神里闪烁着期待的光芒。景横波瞧她一眼，又头痛地叹了口气。

希望那两个，真的是去买衣服……

天色将暗，一辆精致却普通的马车，载着暮色晚霞，驶进巍巍宫门。车轮沉重地轧过长长的汉白玉宫道，一路上士兵次第恭敬行礼。

马车毫无任何徽记，看上去像普通贵族的马车，但所有王宫侍卫都知道，这是王后去锦绣街的专用马车，她不想惊动他人，一向轻车简从。

马车重帘低垂，隐约的话声，藏在深深的帘中。

“那衣服……可仔细检查过了？”

“您放心。”

“她会不会有什么想法？”

“便是有，也一定是感激您的援手。要知道那时候受尽羞辱，正是心情最低落的时刻，那一刻您雪中送炭，要人如何不感念？”

“呵呵，本宫想的也是。”女子声音柔和温婉，隐约有一丝沉重，“……也是无奈，如此曲线救国，说到底，都是为了曜儿啊……”

“娘娘放心。三王子聪慧颖睿，又有大王宠爱，再有娘娘您费心为他操持，天时地利人和俱全，定能登得大位！”

此时，无数商国贵女，欢庆着对景横波排挤的胜利，迫不及待地等着看她灰头土脸地出现在宫宴之上，并想好了之后的种种挤兑手段。

此时，一件正红锦缎礼服在景横波面前幽幽闪着诱惑的光。

此时，一位公主在镜前细细梳妆，想着母后的交代，三日后务必要令那人一见倾心，愿为她倾军以换。

此时，亦有一辆马车在商国大地上奔驰。

车上满载十六套华贵礼服、无数首饰、独一无二的高跟鞋、驱寒药物以及酸溜溜的杏子酱。

第四十四章　我的人，你碰不得

耶律祁和裴枢这一跑，就到了晚上才回来。回来后耶律祁还是笑容温柔，只是又亲自下了厨，给她做了一桌好菜，给她频频夹菜加汤，体贴得让景横波受宠若惊。

受宠若惊也更头疼，因为耶律祁看似宽容大方，实则也小心眼得很。他表示这一桌菜只是为景横波做的，不希望外人来分羹。

从外头回来本就怒气冲冲的裴枢，小白脸气得更加白，当即表示要绝食。景横波只好一边吃，一边将一只荷叶鸡藏在了身后。

过了一会儿她又藏了一只狮子头。

对面的耶律祁在专心给她剥虾壳蟹脚，好像什么都没看见。灯下他雪白的手指轻巧翻飞，一只完整的虾就晶莹剔透脱壳而出，似一场美妙的戏法，可惜景横波满心只想着不被发现偷菜，无心欣赏。

趁耶律祁去装汤，她将偷藏下的菜用布盖好，推到一边榻下，一边做贼，一边忧愁地想，这夹缝中的日子，什么时候能结束呢？

好容易吃完饭，耶律祁大少爷表示要陪她去散散步，景横波假称大姨妈来了肚子疼要睡觉，被耶律祁温柔地送回了屋子。他亲眼看着她上床，又命人熬来红糖姜片参汤，看着她喝下了，给她掖好被角才离开。

他一走景横波就苦起了脸——她最讨厌生姜的味道！

她赶紧掀被下床，喝了姜汤捂在被窝里又出一身大汗。她忧愁地飘出室外，心想没追求者惨，追求者多也惨，这满地的桃花，得开到什么时候？

从拥雪手里接过提篮，苦恼的被追求者又得给傲娇的追求者送饭。

裴枢已经移回了自己的屋子，景横波还没走近，就听见屋子里一阵嚓嚓声响，听来似乎是啃东西的声音。可等她打开门一瞧，少帅正躺在床上，背对房门，绝食生气呢。听见她进门的声音，也不理会也不动。

景横波把提篮往桌上一墩，裴枢猛地一个翻身，一把抱住了她："就知道你最惦记的是爷！"

黑暗里他的眼睛闪闪发光，流动着藏不住的喜悦。景横波心里叹气，挣脱他，把提篮向他面前推一推："趁热吃。一把年纪了闹绝食丢不丢人。"

"你喂！"裴枢眼睛更亮了。

"你伤的是腿不是手。"景横波一口拒绝，装作没看见他油光光的嘴，和藏在枕头下的烧鸡。

裴枢也不强求，满足地拉住她的手，道："你也尝一口。"

景横波正要拒绝，忽觉什么东西顺着手腕滑了上去，温润光滑。她低头一看，不知何时腕上已经多了一个镯子，那镯子通体竟然是黑色的，但黑得并不沉暗，反而水头极好，通透晶莹，内里闪着隐隐的金光，金光排列似乎有形状，仔细看竟然像条龙。

纯正的黑配上她肌肤的雪白，鲜明沉肃，但加上那一抹游动般的金光，顿时显得尊贵又诱惑。

这种黑玉镯子极其少见，瞎子也看得出珍贵。裴枢托着她的手腕，喜气洋洋地道："就知道这镯子配你最好看了。"

景横波呵呵一笑道："好看好看。"顺手就往下捋。开玩笑，当初耶律祁送的一枚戒指，直接被人给拗成了领花，后来还莫名其妙不见了。如今裴枢送个手镯，会被拗成啥造型？乾坤圈吗？

裴枢按住她的手，黑白分明的眼睛一瞪，道："脱什么脱？又不是定情信物，借给你出席宫宴而已。"又扬眉笑道，"你知道这东西的来历吗？这原是明城一心想要的东西，费尽心思得来，但还没戴上一次，就被我给拿走了。还用这镯顺手在她脸上拍了一记。哈哈哈，她如果看见你戴着这镯子，一定会气死的。"

景横波哦了一声，倒没想到这东西竟然是明城的，看看裴枢的神色，她聪明地没有追问拍镯子抢镯子的八卦，以裴枢那高傲性子，根本不可能抢女人的东西，除非那女人激怒了他。

"我到玳瑁以后，想起这镯子，让人回去拿了来，一直没机会送你。"裴枢道，"宫宴那套首饰不配你，戴这个吧。"

他想了想又道："那套衣服也不配你，回头我给你重新找件来。"

景横波不过笑笑，并没有再继续捋镯子，以免少帅爹毛，心里想着戴自然是不能戴的。

她要气死明城，岂能就这么简单？少不得要全方位多角度火力全开一往无回地气到极致才行。

好容易摆脱了抓着她的手欣赏不放的裴枢，她拎着提篮出门，忽然看见一条人影飘飘地掠过了围墙，那身形赫然是耶律祁。

她没动，看着耶律祁没入黑暗中，自己缓缓退入阴影里。又过了一会儿，裴枢房门吱呀一声响，裴枢也出来了，穿了一身夜行衣，左右看看，纵身而起，也射入黑暗中。

景横波摇摇头，托着下巴回房睡觉。这一夜睡得挺安稳，第二天早上一睁眼，阳光满屋，一个声音怪模怪样地在和她打招呼："猫宁！"

景横波没睁开眼睛，就懒洋洋地笑了，一把捞过在她床头走来走去的二狗子，闭着眼睛道："吟翠犬次郎，你可算被赶回来了。"

"爷自己回来的，自己回来的。"二狗子死不肯认，"想念波波，想念波波。"

"被薅了毛没，我摸摸？"景横波闭着眼睛摸鸟。

二狗子和她叽叽咕咕地说话："夫人衣裳没了，哭。"

景横波迷迷糊糊地听着，也没在意，起身洗漱。晚上就是宫宴，耶律祁和裴枢却还没回来。

吃完饭她百无聊赖地站在会同馆门口看风景，忽然发现街上很是喧扰，街口车子来来去去，行色匆匆，而且那些车子不同徽记，似乎属于不同家族。

她便让护卫跟去打听，护卫回来说，这些都是商国贵族官宦家的车子，赶往锦绣街的。锦绣街男人进不去，护卫只隔着栏杆，远远看见每家店门口都挤满了人，围着店家争抢着说什么，店家一脸的焦头烂额，被挤得直翻白眼。

景横波听着呵呵一笑，随即就见有马车直奔自己院子而来。赶车人彬彬有礼地说，奉命来给女王送礼，却不说是谁送来的，从车上搬下几个大箱子就走了。

打开箱子，锦绣辉煌，炫花人眼，箱子里赫然是礼服宫裙，用来参加宫宴的那种。整箱整箱，不要钱一般摊了一地。每个箱子里还分别注明了这些衣服，来自哪家锦绣街的店。

景横波数数，足有百余件，差不多是一场宫宴所有女宾要穿的数目。

过了一会儿又有马车赶来，从车轮接触地面的印痕来看，载物更加沉重。车夫说法和之前那个也差不多，只说给女王送礼，搬下好几个大盒子就离开。景横波打开盒子一瞧，差点又被刺瞎眼。

满满的都是珠宝首饰，黄金珠玉红宝石猫眼石祖母绿玛瑙翡翠……彩光交织，绚丽无比。

自认为见过世面的景横波都被震住，喃喃道："打劫啊……"

"就是打劫。"大笑声传来，裴枢一瘸一拐地从门口出现。他看起来气色不大好，眼下黑眼圈很重，似乎一夜没睡，但依旧神采焕发，手肘架在景横波肩上，弯身看着那些首饰，"怎么样？是不是很多？整个商国王城里，所有接到宫宴请柬的女宾，今晚要戴的首饰，都在这里了！"

"大半夜不睡，就去做贼吗？"景横波忍不住要笑，她自有办法惩戒那群女人，但裴枢干出这种事来，想想也挺痛快。

"人数太多了啊，又一件不能漏，可累了。"裴枢把大头搁她肩上，她心中泛起怜惜之感，拍小狗似的拍拍他的头，被他怒瞪。

"那堆衣服，也是你偷的？"她对那几个衣服箱子努努嘴。

裴枢撇了撇嘴："来不及，所以，我负责弄走所有首饰，他负责弄走所有衣服。"

景横波哈哈一笑，弯腰看了看那些标签，吩咐护卫："把这些衣服都稍稍毁坏一点，毁得不要太明显，要那种仔细翻看才能察觉的。然后去掉各家标记，打乱了，送到锦绣街的各家定制店去，卖给他们。记住，甲店的衣服送到丙店，丙店的衣服送到丁店，总之，不要送回原来的店，相隔得越远越好。"

护卫依命行事。耶律祁正走进来，笑道："你可是越来越狡猾了。"

裴枢笑得直拍腿："回头那些店家和贵妇们可得气死！"

景横波莞尔。

她说过，出人丑者，人必丑之。

"以后遇上事了别憋着。"裴枢斜着眼睛看她，"有男人在，还让你憋屈，那还要咱们干啥？"

景横波叹口气，她真心不愿意再欠这两人的感情债。无论是耶律祁桃花春风般的笑，还是裴枢烈火狂风般的给予，于她来说，都觉得消受不起。

想到这里她不禁有些怨念。追求者们这么有心，正牌男友不闻不问。这些本该宫胤做的事，都被别人抢做了。

她咯咯咬着牙——死人，怎么这么不开窍呢！

马车载着衣服去了锦绣街。拥雪跟着去瞧热闹，回来兴致勃勃地说，昨夜各家府邸，夫人小姐们准备参加宫宴的礼服和首饰统统被偷。贵女们今天急急去锦绣街，想要调新的礼服和首饰应急，店家一时哪里拿得出那么多。正在焦头烂额，这时候贼婆子卖衣服的车到了，护卫们和店家私下联系，表示有一批货要便宜些出卖，店家平日里是不收这种疑似贼赃的东西的，但此刻被逼得发急，看看护卫们拿出来的礼服，果然考究华贵，和自家的比也差不到哪儿去，足可以应付那些坐在店里不走又得罪不起的老主顾，正所谓瞌睡遇上枕头，一拍即合，当即重金买下，再加价卖给了那些急等着衣裳的夫人小姐们。

这些高规格的宫宴礼服，不是一般府里的绣娘能够应付的。商国的惯例是在定制店定做的才有面子，因此夫人小姐们礼服被偷，都心急如焚，宁可在自己订货的店里催逼，也不肯拿自家平常衣裳凑数。此刻看见店家终于拿出一批新衣裳，虽然未必是自己喜欢的风格，但做工和华丽程度也没差到哪儿去，都皆大欢喜，接受了店家开出的高昂价格，也来不及仔细翻看衣服，赶紧携了回去，还要重新准备首饰相配。

护卫一家家错开时间，卖完衣服，再派人着了普通装束，在最后一家店里，似有意似无意地道："方才在XX店里，瞧着某件衣服眼熟，似乎是你这店里出去的呢。"

这么一说，便引起了店家警惕，赶往那家店一瞧，某位出门来的夫人手中的礼服，赫然正是自家店里卖给某小姐的一款。这下可翻了天了，当即上前和那店主理论，对方自然死不肯认，先是吵架再是打架，闹得沸反盈天。更多的店家被惊动，纷纷出门来看，然后就发现自己家卖出的独家礼服，出现在别家店里，正被别家高价售卖。店主们想到自己先前被衣裳失窃的夫人们围攻的惨状，顿时怒不可遏，各自揪住假想的小偷，吵了个天翻地覆，打了个桃花朵朵，最后整条街的高尚定制店都被卷了进去，引发了锦绣街有史以来最大规模的群殴事件，多家店被殃及池鱼。一些混混趁乱浑水摸鱼，开始打砸抢，其中位于锦绣街中心最好地段的首饰店“瑞芙麟”，也就是态度最恶劣赶出景横波的那家店，整个店堂都被人趁乱冲入，砸烂了柜台，抢走了大半珍贵首饰，店主当即气得中风。

这第一坑，还只是坑的店家，至于到了宫宴，被坑的就是贵女。拥雪越想越乐，一路笑着回来，昨日的郁气一扫而空，整张小脸都焕发着光彩，以至于在研究首饰到底该怎么处理的景横波都眼前一亮，忽然发觉小姑娘长大了。

她招手唤拥雪过来，拿了一枝珠钗插在她头上，柔润的珠光衬托拥雪粉嫩的小脸，看起来更加甜美可人。景横波笑道：“一不留神，你也是大姑娘了呢。”

拥雪伸手拔下那珠钗，扔回首饰盒里，撇撇嘴道：“才不要她们的烂东西。”

“性子太硬可不好，小心以后嫁不出去。”景横波笑着捏了捏她的脸。拥雪看着她，眼神渐渐也柔和许多，忽然伸手在首饰盒子里一阵捞，像捞鱼一样哗啦啦翻了一阵，再伸出手时，手中多了一颗极品祖母绿，一颗宝光流转的黄色猫眼石，一颗指头大的明珠，还有好些硕大的宝石。景横波一眼就看出，这都是每样首饰上最贵重的那颗宝贝，用来点睛的名贵宝石。

拥雪又取了一根钗，交给护卫，道：“麻烦大哥帮忙，把这些宝石都镶在这根钗上。”

景横波大概猜到她要做什么，忍不住笑，原来小丫头也很记仇。

剩下的首饰也不打算送回去，干脆就把珠子宝石之类的都剥下另放，纯黄金物件则送出去熔了。虽然可惜了这些首饰的精致手工，但比较安全。景横波打算将来把这些东西卖的钱，都用来赈济百姓，来他一个劫富济贫。

宫宴时辰将到，她梳妆打扮，穿上商国贵妇送的礼服，戴上那套首饰，出得门来。两个男子都眼睛一亮，耶律祁微笑不语，裴枢却道：“虽然这套衣服并不怎么太适合你，显得稍稍有些大，可是架不住你身形好啊，穿什么都这么让爷舒服。”

“那你就舒舒服服地在这里待着吧。”景横波微笑着穿过两个男人，自顾自地向外走——为了避免麻烦，她一个都不打算带。

今天去商国王宫，她也有心探探商国的一些秘密，存放那几样最宝贵药草的宝台山到底如何布置。虽然裴枢拓印来了外山钥匙，但光有钥匙完全不知道里头的情形也是不行的。

奇怪的是，那两个居然没有跟过来，也没有打起来。景横波走出几步纳闷地回头，耶律祁还是在冲她笑，裴枢双手抱胸，眉毛挑得高高的。

景横波满肚子的纳闷——这两个转性了？

会同馆会有统一马车，送馆内贵客前往王宫赴宴。景横波带着拥雪坐上马车，眼看着驰往王宫的道路上，灯火次第，车马如龙，大道尽头缓缓拉开朱红的宫门，辉煌殿宇巍巍宫阙，都在地平线晚霞的红光里。

宴席设在正殿，上头三座，分别为东道主的商国国王、王后、太子。在商国国王左侧隐隐偏上位置，还有一座，但是是空着的。这是国师之位，是六国八部重大对外活动时，为表尊重帝歌，向来的惯例。

之后一排侧座，是给商国诸王子公主的，然后左右分席，流水般排下去，是给各国贵宾的，按照身份等级和国力排序，一丝也差错不得。至于商国本国陪同宫宴的高官贵族，基本就得排到大殿门口了。

景横波身为翡翠女王，排序在大殿宝座之下左侧第五。她看见左侧第一的是和婉，她现在已经是襄国女摄政王，等同大王待遇，和婉身边竟然是雍希正，这让景横波有些意外，随即又了然地笑了笑。热烈轻狂却不够坚定的情感，确实是抵不上沉稳坚毅又细水长流的爱，政治人物，尤其如此。

上座上的和婉神情从容，正微笑着和雍希正交谈，挽发掠鬓的姿态自然大方，看雍希正的神情也恰到好处，三分温柔三分端庄，果然政治能令天真烂漫的女孩成长。

而雍希正轻轻给她斟酒的姿态，珍重一如往常。

她很为和婉感到欣慰。

她进来的时候，和婉并没有注意，倒是在场很多的商国贵女，眼神不善地递过来。景横波瞧着她们身上，有点不那么合适的各种礼服，唇角一勾。

忽然一声传报，“姬七王女到！”，她回头，就看见身着月白色素裙的姬玟，伴着一人进来，引起了殿内一阵轻微骚动。

那两人目光流转，同时落在景横波身上，各自对她微微一笑，殿内顿时又是一阵惊艳的唏嘘。

景横波险些把手中的酒杯给弄翻了——耶律祁竟然和姬玟在一起！

耶律祁在她对面闲闲地坐下来，他兜起宽大银白色衣袍的姿态优雅，引得无数商国女子不错眼珠地盯着他看，他却只是对景横波眨了眨眼睛。

景横波只得喝酒，挡住脸上惊讶的表情。她早该想到的，耶律祁必然会来，他不要求和她一起，只不过是因为答应姬玟在先。

耶律祁对姬玟，真的有些心动了吗？

她很高兴，也有些微微失落，并非虚荣心或者占有欲，只是那种看见好友将要远离的微微失意而已。

对面耶律祁一看她那神情，便知道她想多了。姬玟在他身侧得体地微笑，给他斟酒，他也微笑，有些事另有隐情，何必解释太多。最起码看见此刻她那丝失落，于他也是一分安慰，最起码那证明，在她心中，他并非毫无位置。

酒液因呼吸微漾，一圈圈淡淡涟漪散开去，那是心的波纹，在无风时也微动。

因为受到了耶律祁的惊吓，景横波后来就频频张望门口，生怕裴枢也忽然出现，给她一个惊喜。

还好裴枢一直没出现，倒是客人渐渐来齐了。人一多，大殿就显得吵闹，女子们的目光遮掩在团扇后，转来转去，大多数目光都盯在了耶律祁身上。

几个商国女子隔席交谈，窃窃私语，扫向景横波的眼光，颇为不善。

景横波正端着杯，望着还在商王之上的位置发呆，她知道那位置，属于大荒传说中的人物，一般来说，是宫胤的。当然，宫胤不会来，他走不开。

她在想，将来她若登基，才不要在自己王座之上摆他的位置，干脆打一个大大的沙发，和他一起上朝，挤在沙发里听政。

这么想着的时候，唇边不禁浮起明媚的笑意。忽然有细细的声音传入耳中。

“瞧，她对着国师宝座发怔呢。”

“哟，还在笑。”

“好奇怪，好端端地对国师宝座笑这么暧昧做什么？难道在做美梦？”

“什么美梦？”

“这位陛下不是挺风流的吗？裙下最多拜臣。或许在做拿下国师，国师正与她携手走上宝座的美梦？”

“哈哈，果然是美梦……”

那边正笑得欢快，忽然一声低低的尖叫，有人问：“怎么了？”

有人呜呜答：“啊，不知道什么东西打着我牙齿，好痛……”

景横波目光一转，斜对面耶律祁正悠然拈着一颗橘子，有些籽儿整齐地排在案上。

她对他笑笑，耶律祁也笑笑，目光充满安抚。

景横波叹口气，男朋友啊男朋友，你什么时候出来给我撑下腰呢？

她想想，又自失地一笑。宫胤根本不能离开帝歌，离开也只能偷偷摸摸的，是万万不能在这商国大殿之上，给她撑腰长威风的。

她情绪正有些低落，忽听另一边议论声又起，这回讨论的是前一天晚上的衣裳首饰失窃事件，渐渐人群中发出惊呼。

“怎么，你也被偷了？”

“啊，你也被偷了？”

“啊，你这件礼服，不就是我原先那件？”

一言惊醒众人，众人急忙在殿中搜寻，才发觉自己的礼服，穿在了某某夫人某某小姐身上。

每件礼服都是每个人精心挑选定制的，此时发现这种情形，便和那锦绣街的店家一样，出离愤怒，只是碍于情况未明，场合隆重，不敢立即发作。

一个四处搜寻自己礼服的女子，目光无意中转到景横波那里，正看见景横波身后给她低头斟酒的拥雪。那少女微微垂头，头上一枚串满珠宝的硕大金钗，在宫灯下流光溢彩，华丽程度超越了一般贵妇的首饰，非常招眼。

那女子本来只是有点儿奇怪，不明白怎么一个侍女首饰比主人还华丽，禁不住多看了一眼，随即一呆，脱口而出道：“我的珍珠！”

她这一声叫引起了众人的注意，都顺着她的目光瞧去，女子对首饰敏感，顿时目光都集中在拥雪头上。拥雪站直身体，干脆跨前一步，站在灯光下，泰然自若地迎着她们的目光。

那一开始发现问题的女子还在尖叫：“珍珠！我的珍珠！这是我头面上最正中的宝珠，

粉红色，我好容易从海域边买来的，我认得！”

忽然又一个女子惊道：“那块海蓝石，怎么那么像我的海蓝石戒面！”

又有人道：“那猫眼石！我步摇上就是这样的猫眼石，拇指大，来自玳瑁黑水泽，价值万金！”

有人忽地站起，指住景横波，“贼！偷首饰的贼！”

更多人随之站起，“不仅是首饰，还有咱们的衣服被偷！一定是她身后的侍女干的！”

商国贵女们不敢直接针对景横波，都气势汹汹地盯住了拥雪。

拥雪连眼角都不瞄她们一下。

商国国王还没来，满殿宾客哗啦一下转过头来盯着这边。

“各位。”景横波抬起脸，用筷子敲了敲酒杯，笑道，“你们的衣服被偷了？那请问你们被偷的衣服在哪呢？在我这侍女身上吗？”

众贵妇小姐们一怔，面面相觑——衣服在哪儿？衣服在自己这群人身上呢。甲穿了丁的衣服，丁穿了乙的衣服，姑姑用了侄女的礼服，外甥女套了舅母的大氅，这要怎么说？

“至于首饰……”景横波又敲敲酒杯，“请问你们被盗的首饰是什么啊？”

“戒指！”

“步摇！”

“发簪！”

“请问我这侍女头上是什么啊？”

众人默然，能说这是钗子吗？长得倒像钗子，但缀满各种宝石珍珠，累赘得像坨渔网。

景横波拔下那根钗，在手中笑吟吟地把玩。

“你说这珍珠是你的？那这猫眼石呢？”

“不是。”

“你说这祖母绿是你的？那这海蓝宝石呢？”

“呃，不是。”

“你说这鸽血宝石是你的，那这金刚石呢？这珊瑚呢？这玛瑙呢？这黑曜石呢？”

“呃，不是，都不是……”

“我去。”景横波将钗子一掼，满脸的鄙弃之色，“宝石不都长得差不多？我侍女钗上这么多宝石，就那么一颗半颗和你们的像一点，你们就敢说这钗是你们的？摸着你们的良心问一问，这么多极品宝石的钗，你们买得起吗？”

小姐夫人们哑口，脸色铁青，谁也没胆子当着众人面夸海口买得起。大家都是知根知底的，都知道这钗上每颗宝石都是极品，以众人财力，搜罗一两颗就很了得，哪有可能攒出这么个群宝荟萃的钗。

有人不服气，反唇相讥：“那也不能巧合成这样，再说，我们买不起，你买得起？”

“当然买得起，我是翡翠女王，我富有一国，一国之力，攒不来一根钗？”

“你自己戴的首饰都没这钗贵重，这不合常理！怎么能一个侍女戴这么华丽的钗？”

景横波一笑：“有钱，任性！”

殿内一阵死寂。

隐约似有扑哧笑声，是那边一直闲闲观战的和婉和姬玟。

“大王驾到——”传报声悠长，惊破这一刻的尴尬和沉寂，随即裙尾摆动的细碎声响起，贵妇仕女们生怕失礼，都赶紧提着裙子，退回原位。

华丽的礼服都很累赘，桌子和桌子之间排得也紧，人群一冲一退一乱，忽然就叮当、刺啦一阵乱响，随即一片惊叫。

“我的裙摆裂了！”

“我的腰带……”

“我的袖口……”

那群贵女们大多数面带惊慌地停了下来，有人忙着拣腰带上的坠饰，有的提溜着忽然绽线的袖口，有人抓捞着裙子，惊慌地发现自己的裙摆不知给谁一踩，就裂了一块。满地里各种缀饰乱滚，满地珠子也在乱滚，连上头款款出来迎客的商国王室成员们，也都忘记了打招呼，定住了。

景横波笑吟吟地整理袖子，完全事不关己。

商国的贵女们一派惊慌，知道失礼，又因为衣裳的破裂丢丑而失措不知如何处理，各种弯腰躬身拎着裙子，僵僵地立在殿中，如一群粉面的木俑。

一片尴尬的寂静中，上头忽然有人说话了，声音雍容和雅，语气也很亲切，一边向各国各族来宾致礼，一边命自己身边的宫女，下去引客人座。

那群宫女显然也很得力，下去之后很自然地扶住了那些失措的贵女，一边送回座位，一边挡住她们衣饰凌乱破损的部位，扶她们坐下的时候，很自然地将那些凌乱的衣饰整理好，随即便有人送来披风，人手一件，给女子们遮羞。

一连串动作如行云流水，自然又庄重。景横波瞧着暗暗佩服，看那发话的女子，人到中年，不算如何美丽，却气质端庄，应当是商国王后，这般行事也真有几分王后气度。要知道这可是突发事件，但这王后的身边人，不惊不怒，应对有序，不动声色地便可以将一场令商国丢脸的闹剧消弭，像是演练无数次一般，可见真真是训练有素。

身后的拥雪忽然在捅她，她微微仰身，拥雪在她耳侧道：“就是她，送衣服给你的！”

景横波恍然大悟，没想到，身上的这礼服竟然是王后所赠。

商王商后此时已经恢复如常，开始往上座走，其后跟着太子和王子公主。景横波目光往后一扫，又是一呆。

那伴在一个红衣少女身边的，不正是裴枢？这家伙也来了？

那红衣少女紧跟在商王几位王子身后，排在众姐妹第一，看样子是地位较高的公主，但问题是，裴枢什么时候和人家勾搭上的？

裴枢目光转过来，狡黠地冲她一笑，用口型对她道：“看，爷还是来了。”

景横波狠狠瞪他一眼，心想这家伙太胆大，刚在商国王宫闹了一场，现在居然敢混到人家王族队伍里来了？也不怕被发现。

忽有如芒在背之感，仿佛侧背后有人盯着她，她一回头，却没有异常。她侧背的方向，商王、商王后正款款入座。

商王也不过人在中年，蓄两撇八字胡，说话中气很足。景横波想着，商略只怕得做六十年太子，就看司思肯不肯帮他提前登基了。

商王例行说了几句场面话，便举杯，笑道："诸位贵宾远道而来，敝国不胜荣幸。且以薄酒庶馐，以敬佳客，来……来……来……"

他的最后一个"来"字忽然拖住，说了几遍也没说完整，众人正待举杯同贺，发觉不对，都诧异抬头，正见商王目光直勾勾地落在了某处。

所有目光唰的一下跟着转过来。

景横波忽然就成了人群的中心。

她倒没在意上头的异样，正准备尝尝商国的酒，酒色清冽，看起来很好喝。忽觉四周静得奇怪，一抬头，就看见四面各种古怪的眼光。

景横波摸摸脸，她戴着半边面纱，没什么异常，有异常人家也看不见。

她眨眨眼——咋啦这是？

"她……她……她……"商王霍然站起，指着景横波，手指抖抖索索，"她这……衣裳……"

景横波也注意到，商王盯住的不是她，而是她身上的正红锦缎宫装裙。

这裙子，不对？

忽然一个女官惊叫起来："这是王后当年的礼服！这是王后下令早已封存的礼服！"

景横波挑挑眉，什么意思？王后礼服？王后礼服又怎么了？这本来就是王后送给她的，王后拿自己的礼服送她不是很正常吗？

此乃商王深爱的前王后的礼服，然后她不知天高地厚地穿了？刺激到商王了？

但看起来，好像王后受刺激更深，因为那端庄女子脸色青白，摇摇欲坠。旁边女官一把扶住，惊呼："娘娘！娘娘！"

上头商王脸色大变，深深呼吸几口，看了一眼她位置上的名牌，肃然问："翡翠女王，请问您如何身穿我商国王后曾经的礼服？"

景横波站起身，微微一躬，道："此乃商王王后所赠，本王还没谢过王后相赠之德。"

"那不可能！"商王断然截口，神色凌厉。

景横波一怔，看向商国王后。

王后脸色苍白，脸上似有泪痕，怔怔地看着她，一脸的陌生和惊讶。

景横波一看她那完全陌生一样的神情，心便往下一沉。

果然王后轻轻道："本宫……未曾向女王赠送此礼服。"顿了一顿，她说道，"便是要赠，本宫也绝不会赠这件礼服。"她声音渐渐哽咽，"这件礼服……这件礼服……"她哀哀地转向商王，似乎恸极无法继续，眼神凄切，渐渐蒙上一层泪水。便如一枝带露折枝的芙蓉花，在风中颤颤，待人怜惜。

商王原本看她神情，尊重有余，亲热不足，此刻却似被触动心情，转首看她，神情渐渐转为怜惜柔和，伸手轻轻扶了扶她的肩，轻声道：“别说了，本王懂得……先忍着些……”

王后此刻再无先前雍容的姿态，似脆弱的小女人，依靠着商王肩头，轻轻拭泪点头，更紧紧牵住了手中一个十来岁的少年。那少年也懂事地给她擦泪，轻声道：“母后不哭，母后不哭……”

商王瞧着娇弱的妻子和懂事的幼子，眼神微微变化。

他想起了当年那个温婉贤惠的妻，想起她一路陪伴自己斩获王位的艰辛，想起那年这件礼服穿在她身上的光艳，想起那日殿上惨剧之后的鲜血染红衣襟如桃花，想起之后对她的渐渐疏远，想起这些年她同样经历丧子之痛，却沉稳安静无所求，眼底渐渐涌上淡淡的愧疚。

王太子商略一直冷眼旁观，忽然无声冷笑一声。

景横波注视着商国王后，赖得好干净。也是，当时她面都没露，没有任何人证，想必那时赠衣，就已经安排好了今日一幕。

如今看商王神情，这衣服只怕还颇有一番纠缠，王后似乎想要通过这衣服，引起商王某段对她内愧于心的回忆，从而重新获宠？还是另有所图？

裴枢原本立在商国公主商悦悦身边，此刻皱起浓眉，低声道：“你父王母后在搞什么？”

商悦悦看他一眼，眼神微有慌乱。母后以仰慕裴少帅文才武功之名，欲请少帅为诸王子王女之师为名，下帖邀请少帅参加宫宴，原本以为没什么希望，谁知道少帅竟然答应了。她身为王后之女，诸公主之长，代母后出面招待少帅，实际上这是母后的安排，要她好好把握机会，笼络好这位传奇战神，然而这个问题涉及商国宫廷旧事隐秘，叫她如何说得？

她不说，裴枢眉毛渐渐扬起，瞧得商悦悦越发心慌。她原本认为今日不过是个任务，虽认真，却不上心，然而真正一见裴枢，万万没想到成名多年的战神，如今依旧青春韶华，英姿风华，鲜亮无双，似一场烈火，狂飙而来，瞬间便卷过了少女芳心的桃花堤岸。

她生怕这眉毛一旦落下，随之而来的便是转身而去，只得低低道：“此事乃我宫廷隐秘……”

“这衣服明明是你母后赠给女王的，她为何当庭不认？”裴枢打断她，神色不善。

“这不可能！”商悦悦急声道，“这衣服一直封在王宫最隐秘的内库最深处，而且这衣服……总之，母后绝对不可能拿它出来送人的。”

“而且什么？”裴枢很敏锐，不肯放过。

商悦悦一脸的为难。她身后一个少女却忽然冷笑一声，道：“大姐，何必吞吞吐吐？不就是因为这礼服，原是王后封后的礼服吗？王后因为生下王长子而被册封为后，册封礼和王长子的满月礼同时举行。谁知道这礼服被人下了毒，王长子在王后怀中被毒死，父王和王后悲痛欲绝。这礼服是我商国王室之痛，是王家之殇，是王后耻辱的记忆和父王丧子的提醒，如果不是封后礼服被烧掉会导致不祥，这礼服早已化灰。但也从此被永久封存，不敢让其见天日，如何还能拿出来送人！”

她呵呵一笑，又似乎自言自语地道：“时隔多年，如今拿出来倒正是时候，牵起大王和王后的共同回忆，引起大王的怜惜，夫妻重修旧好。顺便还可以提醒大王，当初大王答应封王后之子为王太子，却因为王长子的暴毙，被拖了下来，最后改立了侧妃之子为王太子。如今王后之子也长成了，是不是该重新履行下当年的诺言呢……”

商悦悦回头怒瞪那少女一眼，那少女毫不畏怯地回瞪。王族公主在殿上目光灼灼，因各自利益和立场不同，各不相让。

裴枢却无心理会商国王后的一石几鸟之计，他只注意到了一句话——礼服被人下了毒。他目光灼灼地追问道：“什么毒？厉害否？”

“王长子当场浑身出红斑，喷血而亡，您说厉害不厉害？”

裴枢脸色一变。

此时王后忽然转头，颤声对景横波道：“你如何得到这礼服的？”

不等景横波回答，已经有人接话：“回禀王后。女王陛下曾经在锦绣街购买礼服，却没有寻找到合适的款式，也许她因此看中了您的礼服，也未可知。”

又有人道：“说起来也巧。咱们商国贵女的礼服，昨夜全部失窃，不得不重新订制。莫非这都是女王陛下的手笔？”

景横波呵呵一笑，托着下巴道：“是啊。我一个人，分身千万，一夜之间，进出商国王宫内宫偷走礼服，再在人生地不熟的商国王都，进出无数高官贵族的府邸偷礼服——本王还真不知道，本王有这么大本事，本王是不是该考虑，下一刻可以一夜平帝歌了？”

殿上窃窃私语声一顿，随即有人道：“或许你有帮手！”

“那只能说明你们商国都是废物！”景横波狠狠地道，“强龙还不压地头蛇，我这个只有几百护卫的女王，在你们商国王都王宫来去自如，你们商国的护卫和军队，都可以去死了！”

“那是你……”

“够了！”商王一声大喝，截断了其余人的辩论，随即商王转向景横波，皱眉肃然道：“女王乃我国贵宾，诸君切不可随意质疑。只是这礼服事关重大，乃不祥之物，万万不敢以之给女王带来祸患，还请女王奉还我国。”

“是啊。”王后也哀哀道，“当初这礼服上，据传曾被人下了天痘混合之毒……”

“天痘”一词一出，众人都面色大变，唰的一下，景横波身周的人都退开三步。

景横波看见她们如避瘟疫的表情，皱一皱眉，低声问拥雪：“什么是天痘？”

“也叫天花。”拥雪言简意赅，并没有因为听见这个可怕的词而退缩，反而向前走一步，挡在她面前。

景横波倒吸一口凉气。

好狠。天花这玩意儿她还是知道的，在古代，这就是超强传染必死之症啊！

耶律祁霍然站起，裴枢冲下殿来。商悦悦一把拉住他的衣袖，娇声道：“少帅莫急，我等定有相助之法……”

景横波抬眼看殿上，那王后还在雍容地微笑，她心中电闪，已经明白了这一串连环计。

原本还奇怪商国贵女怎么会联合排挤她这个女王，毕竟她是个外人，东道主怎么连礼仪都不顾，原来这本就是出自王后的暗示授意。王后的意思，谁敢违抗？

贵女们排挤她买不了礼服，王后在她山穷水尽之际出来做好人，赠她礼服。她无可选择，又感谢人家的雪中送炭，一定会穿上礼服。

然后礼服必然会引起商王的注意，引发商王和王后之间的某段回忆，这回忆必然对王后有利，这点看商王和王后的神情便可证明。

但王后要的并不仅仅是利用她挽回商王对自己的感情，这有毒的衣服，可以控制她这个翡翠女王，还可以控制对翡翠女王一往情深的裴枢。

她记得王后有幼子，很得商王宠爱，但太子商略正当壮年，手握军权，在朝中地位根深蒂固，一时很难撼动。

王后幼子缺军权，如果这时候有个强有力的外援，比如战神裴枢这样的人物，分量将大大不同。谁都知道玳瑁军马，都是裴枢一手招收打造，相当于他的嫡系，人虽不多，却十分精锐。

下在她身上的毒，可以用来要挟裴枢，逼他带着麾下军马，反出黑水，成为商国公主的驸马，成为商国小王子的有力后盾。

如此，公主有了如意夫君，王子有了军队，王后重新获得大王怜惜，便有了为幼子争夺王位的多方本钱。

至于她这个女王，利用完了，不必考虑那么多后果。如果真的激怒了翡翠女王挥兵来攻，商略是成年掌军王子，自然该商略迎战，耗尽他的兵力最好，战死就更好了。

景横波算来算去，真真是妙到极致的一出连环计，进可攻退可守，空手可套白狼，己方一毛损失都无。区区一套礼服，算尽风云人物，皇室权谋。

精妙、冷酷、缜密、周全。她是景横波行走大荒以来见识过的计谋最高明的王族女子。不动声色，天网已成。别人甚至根本寻不见端倪。

唯一的不妥处，就是根本没将她景横波当成人。当然，这点在商国王后眼里，根本不算不妥。除了她儿子的王位，其余都不重要，连女儿也可以是联姻的牺牲品，一个外来女王算什么。

“请女王速速除衣！”商国王后犹自在殿上，对她一脸关切地催促，“时辰久了，怕是会染毒……”

四面起了浅浅哄笑之声，有人怪声怪气地悄声道：“请女王速速于殿上除衣！”

有人笑声咯咯：“刚才还笑话咱们衣裳不整，如今自己可好，直接要脱个干净！”

有人幸灾乐祸：“哈哈，看她这次，能偷谁的衣服来换？”

有人故作诚恳，托腮思考：“这样不好。同为女子，她丢丑，我们也不好看，这样，让她换上宫女衣裳便好了。”

“那是自然，”有人手一摊，“除了这个，哪还有礼服给她换呢？”

“哎，话可别说得太满，听说女王挺厉害的。说不定她还真有礼服备换呢？”

“也是，说不定有很多套等着给她换呢。”

“那便速速拿出来啊。”

“哈哈，她要真拿出来，我们就把这大殿地板吃掉！”

笑声一波一波，耶律祁已经走到景横波身侧，低声道：“如何？”

两人对视一眼，景横波唇角勾出一抹冷笑，伸手慢慢去解衣纽。

四周贵女们看她动作，笑得越发开心。

景横波也在笑。这些蠢货，当真以为别人和她们一样蠢吗？

姬玟忽然走过来，脱下自己的披风，递给她。景横波一怔，虽然她其实不需要，但在满殿的恶意面前，她依旧为这个动作感觉暖心。

连耶律祁都柔和地回头看了姬玟一眼，目光微带谢意。

姬玟却似乎无所谓一般，一笑退到一边。

景横波慢慢脱着衣裳，心中思考着等会儿怎样以最狠的力度，煽回给那些恶毒的人。

这满世界的恶意，只有用更响亮的耳光来拍回。

人潮远远避在殿侧，围着她一殿冷笑，还有看好戏的眼光。

商国王后扬起雍容满意的笑容，因为她看见，女儿已经成功拉住了裴少帅。

而那礼服，她知道，就算女王现在脱也来不及了，因为她怕年日久了毒失效，特意又加了毒。马上女王就会不敢报复，先来求她救命了。

或者，她还可以和女王讨价还价，从翡翠部沾点好处，毕竟，命最重要，不是吗？

她笑容微露一颗牙齿，漾出最优雅的弧度。

忽然传报声悠长传来。

“报——贵宾有礼车送到！”

随之而来的有辘辘马车之声，众人一怔，都想是什么马车，能够直驰至这正殿门前？

商王也一脸惊讶，大声向殿外道：“何方来宾！不是说过，未经允许，任何贵宾，不得以马车驱驰至殿前么！”

“大王！”一个护卫从车后跃出，快步上殿，在商王面前跪下，“来宾持最高等级请柬，我等不敢拦阻，特请大王示下！”

商王一惊，霍然向前一步。

众人哄然一声，面面相觑。

最高等级的意思，众人都懂，就是指被邀请的贵宾，本身身份已经高过了商王。或者指政治地位，或者指独步天下，谁也不能得罪的绝顶高人。这样的人到来，就是商王本人，也应该迎出殿外，马车直驰而入这种事，根本算不了什么。

护卫送上请柬，果然是那种黄金为底、白玉镶字的最高等级请柬，只是名字那一栏，已经被抹去。

商王急忙整衣，扶冠，准备迎接，心想这最高等级的请柬自己只发出三份，但也只是出于尊重发出而已，根本没指望谁会来。这回来的，到底是谁？

王后也在急急敛裙补妆，其余众人一片慌乱，各归其位。

此时马车已经驰到殿下，几个护卫闪出，将几个大箱子搬了下来。

搬箱子的护卫在阶下就将箱子打开。

彩绣辉煌，华光耀眼，靠近殿门的女子们，发出哇的一声惊叹。

“礼服！”有人忍不住惊呼，“好美的礼服！和我们这边的样式不大一样，可是……真的……太特别了！”

一听说是衣服，很多人不顾礼仪，探头去瞧。只见箱子里一套一套的精致华贵的礼服整整齐齐地叠着，丝绸如月光滑润，锦缎如日光灿烂，刺绣是人间神工，色泽则是天边霓虹，相互衬托出言语难以形容的艳光。只那么随随便便一瞧，众人忽然都觉得身上的衣服，俗艳而粗陋，似村姑站在高贵的公主面前，满目华艳里，越发清晰地看见自己满身的尘埃。

箱子很大，足以装下好几套礼服，而这样的箱子足足有四个。

这明显一看就是送人的，众人眼巴巴地瞧着，都想着这样的礼物 应该是给商国王后吧？也只有她配得上这样珍贵的礼物吧？

王后本人似乎也这么认为，因为她满面光彩，抬起了头，调整着呼吸，摆出了最优雅的准备感谢的姿态。

那些护卫将箱子抬起，又有人卸下一排较小的箱子，也是一样打开。

哗的又是一声惊呼，比刚才还响。这回满箱都是首饰。

黄金白银已经不配在这里存在，满目都是鸽蛋大的宝石和珍珠。六芒闪烁的极品祖母绿，宝光流转如诡秘之眼的猫眼石，黑如深邃地狱的黑曜石，红如红莲烈火的纯净玛瑙珊瑚，如湛蓝湖水一般深幽清澈的蓝钻，如新春桃花般粉嫩娇美的粉红宝石……这些堪称极品的宝石珠玉，每一颗都超过了先前那些贵女们精挑细选的宝石，镶嵌在各种造型奇巧、绝无重复、市面上也绝对没有售卖的各种首饰配饰上，那些项圈、头面、戒指、珠链、耳环、腰带……那些绚丽的色彩，闪耀的光芒，精致的样式，极度荣华叠加出令人窒息的感受。少女们脸色潮红，呼吸急促，抓紧了自己的衣领，连一些见惯场面的王女公主们，都目光闪闪，只觉得此生虽然富贵，但直到今日，才真正明白什么是真正的富贵。

这一排小箱子也抬了进去。

随后的护卫单单取下了一个盒子，抱在怀中。人们屏住呼吸探出头，想看看这回能开什么眼界，但那护卫却没有打开盒子。

看他分外小心的姿态，似乎那盒子里是比先前几箱还要贵重的宝贝，众人因此越发心痒痒的，不错眼珠地跟着瞧。

又有一人搬下一个箱子，这回里头似乎都是药物。懂药理的人发现，里头都是最极品的驱寒药物，那些极其珍贵的，有价无市的宝贵药物，就那么随随便便搁在盒子里。有人甚至发现了一枚火红的传说中足可令火系功力者增功力十年、配方早已失传、流出去会令很多武人疯抢失去性命的真阳丸，随意地被塞在了盒子的角落里。

这一盒东西，女人没兴趣，却差点让男人们瞪掉了眼珠。

再之后又是一小盒东西，经过众人身侧时，很多人嗅见了一股酸溜溜但又带几分甜香的气味，似乎是吃食。

众人面面相觑——前头都是这么珍贵的东西，最后的压轴是吃食？落差太大了吧？

那群抱着东西的护卫直奔殿内，往殿上而来。

商王满脸欢喜，王后款款抬手，准备以最美的姿态，接受礼物并感谢。

那群人却脚步忽然一转，一个侧身，已经排排站在了景横波面前。

全殿刹那死寂。

景横波也一怔，想不到这神一般的转折。眼前满箱灿烂华彩，她忽然开始心跳。

最前面的护卫，两两放下扛着的礼服箱子，在她面前躬身行礼，高声道："锦衣华服赠美人，请女王陛下赏收。"

随即他们整齐退下，第二排的护卫们一步跨上，将双手捧着的首饰箱子高举过头，往她面前一送。

在四面抽气声里，景横波猛地一侧头——真的差点被闪瞎眼。

护卫们报礼的高嗓门，也差点震聋她的耳朵，她怀疑禹国都听得见。

"人间珍宝不及卿，请女王陛下赏玩！"

景横波心跳愈急，呼吸却不由自主地屏住。

第二排护卫放下盒子，退去。第三排只有一个人，上前一步，对她躬身。

"该出脚时就出脚，请女王陛下赏穿！"

盒子啪的一声弹开，景横波一眼看见了自己的十寸细高跟豹纹高跟鞋。

这震撼太剧烈，她嘴一张，啊的一声傻住。

猜得到他风云突变，猜不到这画风突变。

她的心忽然怦怦剧烈跳起，忍不住要对殿外张望。

这这这……这是他，到了吗？

可能吗？

第四排也是一个人，上前一步，双手一托，最后一个盒子送上。

"此物最当吾心情，请女王陛下赏味！"

啪的一声，盒盖弹开，一股酸里带甜的香气扑出。景横波的腮帮里，立即浸满了口水。

她目瞪口呆地看着那盒子里瓷罐中的淡黄色半透明凝固物。

"这这这……"

这似乎、好像、也许、大概……是杏子酱？

杏子酱？

这销魂的压轴大戏，是杏子酱？

满殿静寂，人人瞪着眼睛，目光在华服美衣、琳琅珍宝、珍贵药物、奇特高跟鞋和杏子酱上转来转去，实在不知道是该惊呼，还是该喷上一口。

“让开。”忽然裴枢从殿上蹿下，少帅一脸警惕，一把推开那些护卫，挡在景横波面前，将她往后带了几步，道，“这些不明身份者送来的东西，你不要碰。还有，你这衣服真的确定没问题？那恶毒妇人可能还有后手，你莫要太过自信大意。要不要还是先脱下来比较妥当……”说着便去解景横波领口的扣子。

景横波脑子里一团乱，还没理清楚，下意识地向后一退，伸掌挡住他的狼爪。

“去！”

忽然一道流光飞射，穿越密集人群，直射裴枢。还未至便生呼啸之声，似利剑一般刺过众人耳膜。

裴枢原本冷笑不理，忽面色一变，头猛地一侧，咻的一声，那东西从他耳侧掠过，啪地射在坚硬的龙柱之上，正正镶嵌在那浮雕的虬龙眼上。

仔细看，却是一枚杏子核。

脆弱的杏子核一射入石，对方指力惊人可见一斑，裴枢脸色一变，霍然转头。

殿口，不知何时，出现一个人影。

人影背光，不见其貌。只见那人颀长身影，宽衣大袖，立在淡灰阴影里的轮廓，高远而尊贵。

一个淡淡的声音，冷冷地道：“我的人，你，碰不得。”

第四十五章　宠爱

景横波一听这声音，浑身毛孔都似霍然舒展，杏子酱酸溜溜的味道也只剩下了甜，那甜从唇齿一直弥漫到心间。她觉得心花都瞬间开了，人也快飘了，忍不住眉眼都弯了，连掌心都热了，浑身洋溢着骚动感，她想跳起来，扑上去，揉搓，压倒，抚摸……

相比之下，刚才看见礼服忽然转向自己的震惊，看见高跟鞋的震撼，看见杏子酱的惊诧，都及不上这一刻愿望成真的汹涌澎湃心情——这惊喜一波一波，来得太快太大，她快要被冲晕了。

裴枢很愤怒地发现，只这么一句话，面前那个景横波虽然人还在，但魂已经不见了，飞到殿口了。那女人目光发直，眼神游移，呼吸急促，脸上泛出淡淡桃花色，看得少帅觉得甚刺眼。

景横波此刻眼底哪还有别人，直勾勾地望着殿口，想要扑过去，却终究控制住了自己。她心中明白，宫胤不适合在此地出现，那么这次他公然到来，又换了什么身份？

难道是英白？想来想去，似乎只有翡翠女王的官配英白，才适合出现在她身侧，只是这最高等级请柬……

殿口的人影逆光，众人都眯着眼睛张望，看得出那人身材颀长，长发散披，姿态尊贵。景横波忽然觉得这装扮眼熟，但又不像英白。

那人在殿口顿了顿，慢慢走了进来。

他一走进大殿辉煌的灯光下，靠近殿口的仕女们便不由自主地纷纷后退，边退边看，脸色变得苍白或者通红，不住地有人踩着了后面的人的脚，但踩人的人不知道道歉，被踩的也不知道呼痛。满殿灯火似忽然暗了几分，那是被那人容色压的；但满殿眸光似忽然亮了几分，那是女子们的星星眼闪的。

景横波的眼睛也在快速地眨着——现实永远比想象离奇，宫胤居然是这个造型！

他缓缓而来，一身紫色宽袍大袖，这种飘逸而又有质感的紫色男子很难驾驭，不小心会显出脂粉气，然而在他身上，只显得尊贵。一头乌发光可鉴人，不束不冠，顺滑如流水。但尊贵也好，有气质也好，在那张脸面前，又显得不那么重要，满殿的人目光在他乌黑深邃的眉眼上、如玉柱笔直的鼻上、线条优美的唇上、如天工之琢的精美脸部轮廓上转来转去，不知道该全力欣赏赞叹哪样好，看久了忽然又觉得眼光这么直勾勾地盯着，也是一种亵渎。

殿上的商王怔在那里，王后早已变了脸色，一双手在袖子里紧紧地绞扭着，手背绞成了青白色。

她紧紧地盯着那些放在景横波脚下的礼物，心中惊骇与不安汹涌。并不是为了这些礼物的价值，而是她深知，能这样大手笔送礼，又能拿出这种请柬的，都是连商国都得罪不起的人物，这样的人物亲自出现给女王撑腰，那刚才的事……那她的计划……

她激灵灵地打了个寒战，只觉得指尖冰凉。千算万算，算着翡翠女王单身无靠，算着她从人不多，算着她国土还远离商国，就算将来报复，也万万打不进商国内陆，说不定还可以帮她除掉王太子，才敢这般肆无忌惮。可人算终究不如天算，这事儿眼瞧着便要急转直下，怎么办？

再看看裴枢，一脸的桀骜，自己的女儿商悦悦根本拉不住他，站在一旁双眼含泪，半点也指望不上。

而进殿的紫衣人，一看就知道身份非凡，养移体居移气，骨子里的尊贵乔装不来。

她试探着上前一步，想要补救几分，紫衣人忽然抬起眼，淡淡地看了她一眼。

只一眼，似乎也并不如何严厉，但她忽然便觉得心腔一凉，似砭骨冰针狠狠一刺，刺得她再也不敢动弹。

这……是传说中的杀气吗……

商王还没察觉妻子的异状，怔怔看着走来的男子，喃喃道：“莫不是……”

他身边的商略轻声道：“父王，您发出的三份黄金级别请柬，一份是给国师，一份是给九重天门宗主，一份是给紫微上人。”

商王慢慢吸了口气。

这本就是大荒公认的三位地位最高的人士。国师坐拥大荒，是大荒的实际掌权人；九重天门宗主，代表的是神秘的世外宗门，是所有世俗王权都尊崇向往的人物；紫微上人，则是属于江湖的另一种传说，是个体能力最为强大，令所有人心生仰慕的成名多年的高人。

当初成孤漠丧子发狂，宫胤曾表态，可以帮他邀请紫微上人出山治疗。以他国师之尊，对紫微也只能用“邀请”二字，还不敢有满满的把握。而当时围观的众人，听见可以邀请紫微上人出手，顿觉大有希望。可见这位传说中已成神怪的“武林耄宿”，在世人心中的地位。

传言里紫微上人性情古怪，容颜不老，喜着紫衣，游戏人间。

此刻那紫衣男子走到殿中，便不再前行，双手拢在袖中，似在等待商王来迎。

他微微仰首的姿态，有种孤竹般的气质，似乎显得有些傲慢，然而正因此，更合他的身份，众人越发相信，这是真正的贵宾。

底下有人悄声议论：“来者如此尊贵，莫不是国师大人。”

“非也。”有人答，“听闻国师大人冰雪之身，只穿白衣。”

殿上商王急急地偏头，对王后道：“你我速速去迎。”

王后立着不动。商王诧异地看她一眼，见她神色惨白，诧然道：“你怎么了？还是因为方才的事伤心？且收一收，拿出你王后的气度来，莫让贵客和满堂贵宾笑话。”说到后来，神色已显不快。

王后抿了抿唇，目光一转。旁边商略正看着她，微带讥诮笑意，道：“娘娘请。”

王后咬咬牙，心知今日若撑不过这一场，便前功尽弃，只得整出一脸笑容，随商王下殿。

她下殿时不知怎的，脚底微有踉跄。商略赶紧扶着，款款笑道：‘娘娘小心。”

众人瞧着，好一副母慈子孝的场景，却不知商略靠在王后耳边，低声补上一句：“小心现世报，来得快。”

王后颤了一颤。

商王迎到阶下，微微一礼，道：“尊驾可是紫微上人？”

男子目光从他脸上平淡地掠过，淡淡地答：“正是。”

殿内轰然一声，人人神色惊异——紫微上人成名数十年，是大荒公认的第一高人，传闻里虽然说他驻颜有术，但也没想到，竟然真的如此年轻！

激动的议论声掩盖了景横波的一声噗。

千想万想，也没想到某人竟然冒充紫微上人，她差点没当场喷出来。

那个谁，你扮演紫微上人，也敬业点行不行？举止风范，为毛还是宫胤原版？

紫微老不死看见这个版本，一定会当场吐血的。

她一边咳嗽一边笑，想着大神的脑回路果然和正常人不一样，不能以自己的身份来，也不肯吃亏，就选了个和自己身份相当，甚至可能更受崇敬的身份来唬人——国师和商国相隔甚远，也许还不能拿商国怎样，但商国肯定不愿意得罪如紫微上人这样一个能力超卓而又性情不定的世外高人。

她笑了一会儿，忽然脸色一变。

不对。

宫胤扮成紫微，那岂不就是高了她一辈？

还没想清楚，就听见商王急忙施礼，恭敬地问："敝国未知上人竟然真的拨冗光临，未能远迎，请上人恕罪，不过……"他指指已经堵塞道路的礼物箱子，道，"上人此意为何？"

宫上人将目光放下来，淡淡地看他一眼，转向景横波。

景横波眨巴着眼睛看着他，心想据说猫眨眼睛就是在吻人，我在吻你，我在狠狠吻你，你懂吗？你懂吗？

可惜那人好像不懂，看她的眼神虽然专注，倒也没有太多情绪。随即他转头，对商王道："老夫徒儿被人欺负，老夫少不得要来瞧瞧我那不争气的徒儿。"

景横波这回真的噗的一声喷了出来。

啊啊啊，老夫！

啊啊啊，徒儿！

宫胤你要不要入戏太深！

平白无故干吗占姐的便宜！

她忽然觉得有什么不对劲，掐着手指头算了半晌，蓦然睁大眼睛。

等等！

现在大神是她师父，那她岂不是和大神是师徒恋？

她惊讶，满殿的人更惊讶。

"徒弟？"商王诧声道，"上人何时有了女徒？不是说您好像就七个徒弟吗？"

"关门弟子。不堪教导，最为顽劣。"宫上人淡淡地答。神情似鄙弃，但猪也听得出似贬实喜，满满的宠爱和护短的味道。这也正常，向来父母爱幺儿，师父喜欢关门弟子。

商国王后看起来又摇摇欲坠了。

宫上人转向景横波，看一眼她身边挑起眉毛的裴枢，裴枢毫不退让地和他对视，笑出森森白牙。

景横波有点不安，悄悄移动脚步，挡在了两人之间。

也不知道裴枢认出宫胤没有，这两个人不会在这种场合算旧账吧？

"上人为何刚才攻击在下？"裴枢竟然先开了口，笑得寒光四射，"那句话又是什么意思？"

宫上人根本就不理会他，转向景横波，长指一勾，将景横波拉离了裴枢身边。

"徒儿。"师傅对徒弟谆谆教诲道，"为师曾经告诫过你，不遵礼数，不敬女子者，不堪为良配。你可千万记住。"

景横波眨眨眼，在宫师父的耳边轻声道：“整天装神弄鬼，不告而别，不管女朋友者……”声音忽然提高，笑道，“确实不堪为良配，对不对？”

宫师父看她一眼，用眼神示意她去瞧瞧脚下那些礼物——有不管你吗？

景横波坚决不瞧，笑吟吟地盯着他，四周的人都在听着。宫师父唇角笑意微微一抹，道：“然也。”

景横波仰起头，她很喜欢看宫胤笑，浅浅淡淡的，清越如雪中竹，只有她能从那般清淡的语气和笑意里，感觉到属于他的爱的独特表达方式，那些隐藏在淡漠表象下的宠爱和温柔。

但此刻听见身后一群人惊艳吸气的声音，她又觉得不开心了，很想抬手捂住他的笑意，别给那群花痴占尽便宜。

一旁的裴枢原本要奓毛，听见这句对话，倒欢喜了些。景横波捏了捏他的手臂，轻声道：“别闹，别闹，咱们还有咱们的计划呢，回头再说，好不好？”

裴枢低头，看她扬起的眼眸，眼珠清亮，而睫毛纤长柔软，似要扫进他心底去，那般簌簌痒痒，不可抗拒。他心里不愿意，嘴上已经答应：“哼！”

他抬起手指，点点宫胤，用气音道：“等着。”

宫胤从头到尾就没看他一眼。这种追求者，和景横波性子太像，反而不适合他，他何须操心，赶走不过是为个清净而已。

“徒儿，”他道，“这双高跟鞋，你可记得穿上，记住为师对你说的话。”

景横波给他一口一个“徒儿”“为师”气得发笑，哼哼道：“忘记了！或者师父大人可以给我先提个醒？”说着对他脚背看了看。

两人声音低低地在那儿打情骂俏，众人听不见，只觉得这对“师徒”神情亲昵，真真师徒情深。商国王后脸色越发不好看了。

“去换件衣服。”宫胤的目光落在景横波身上，神情很不满意，“这么粗制滥造的东西，别拿来污你。”

这句声音不低，商王和王后都脸色难堪。商王想说什么，看看那箱子里的礼服，还是闭上了嘴——王后礼服虽然论起华贵精致并不比那些礼服差多少，但毕竟式样陈旧，又不大合身，和那箱中件件精彩的礼服比起来，他确实说不上嘴。

景横波低头看看那箱子，抿嘴一笑——霸道总裁爱上我的即视感啊，浪漫小说里女主最容易被虏获的情节，今儿终于在自己身上重现，天知道这块冰山，是什么时候开窍的！

她随手在箱子里捞捞，忽然抬头，对那些目光紧紧盯住箱子的商国贵女们道：“我先前好像听见有人说，如果我有礼服可以换，她就把地板吃下去。”

哗啦一声，商国贵女们齐齐退出三尺，个个惊慌失措，“我没说！我没说！”

“哎，怪可惜的。”景横波咕哝，“怎么都敢说不敢认呢？别怕啊，这地板是巧克力色的，看起来很好吃呢。”

哪里有人敢接话？角落里，有人轻声道：“小人得志。”

又有一句轻飘飘的声音：“如此师徒，这般暧昧，着实有伤风化。”

景横波一转头，就看见了姬琼姬瑶姐妹，最近很穷的姬琼盯着那些首饰盒，眼神快要发绿了。

看见景横波看她，她掉转目光，不肯对视，嘴里却同时飘出淡淡的一句：“一个年纪虽小青春不再，一个年纪虽大驻颜有术，如此正好凑成一对，也难怪千里迢迢跑来给人撑腰，我可不敢惹。”

这句话意思恶毒，等于骂这两人师徒通奸，这在古代可是人伦重罪。众人皱眉，都觉得女人国果然不登大雅之堂，王女真是个浑不吝的性子，这样的堂皇场合，这种情势，自个儿这样尊贵的身份，竟然说出这般粗俗言语，虽说性子耿介，但也真真不敢领教。

众人都退开几步，免受池鱼之殃，景横波在叹气，她觉得姬琼真是个作死的性子。

宫胤扫了姬琼一眼。景横波悄声道：“姬国三王女，你的追求者哦？我要不要也打她一顿，来一句，我的人你碰不得？”

“不必，脏手。”宫胤唇角微微一撇，抬手对身后示意。

底下马车旁，一个护卫伸手入马车，抱出一个东西，走上殿来。

那东西毛茸茸一团，在护卫肩头卖萌地眨着幽紫的大眼睛。姬琼忽然发出一声惊呼。

景横波也有点意外：“霏霏！”

小怪兽被她卖给了姬琼，听说很给姬琼带来了一些麻烦，现在小怪兽怎么在宫胤这里？

她转头看姬琼。姬琼脸色铁青，迈前一步，大声问：“这是我送给……我送出的礼物，如何在上人这里，难道是上人你……上人你……”

她眼角斜斜瞟着，“偷”字不敢出口，但意思明显，众人看一眼这浑不吝，又退离她身边几步。

“我从帝歌一路过来，遇上宫国师对外派遣的队伍，”宫胤还是谁也不看，只对景横波说话，“他正打算派人来商国，将一样他人赠送的礼物退还原主。听说我要来商国，便请我顺便带来。国师说，这兽其实很是珍贵，但原主太过面目可憎，还给原主也是糟蹋了这兽，不如请老夫就近选择，看谁合适，便帮他将这兽送出去。”他接过霏霏，小怪兽立即狗腿似的抱住他的脖子，在他脸上蹭啊蹭，看得景横波眼冒蓝光，很想把小怪兽撕下来取而代之。

“我瞧着，虽然你顽劣不堪，但总比这殿上其余人要好些。”宫胤永远那么目空一切，将霏霏往她手中一递，“你养着吧。”

霏霏在宫胤掌中站着，拱手给她作揖，毛茸茸的大尾巴激烈地左右晃动，有摇断的趋势。景横波瞪着它，心想这家伙什么时候变得这么狗腿了？

不过大神既然愿意演戏给她撑场，她当然要配合，于是笑吟吟地接过霏霏，在脸上蹭了蹭，娇声道：“师父师父，这兽本来就是我卖出去的呢。是姬三王女买走的，说要送人，啊，原来是送给国师的啊。”

身后，咕咚一声，姬琼倒在了姬瑶身上。姬瑶嫌弃地向后一退，道：“别扯了我的裙子。”根本没扶她，任她直挺挺地倒在地上，还是姬玟看不过去，过去将她扶起。

众人又退后三步，面露嫌弃之色——原先虽然觉得姬三王女粗莽直接，但好歹还有几分耿介的感觉，看上去像是很在意礼教和男女之防，如此心中倒也有几分赞许，没想到这位竟然也是宽以待己严以律人的典型，攻击别人师徒暧昧，自己却一掷千金买重礼追逐男人，不过如此。

景横波并不乘胜追击，笑而不语，何须说上太多？品行不端，终有打脸的一日。

姬琼这么一倒，底下更加安静，连呼吸都不敢大声了。景横波随手拿起一件金色礼服，对商王笑道："借屏风一用。"

商王急忙道："可去侧殿换衣，女王陛下确实应该早早将衣服换下，这衣服，这衣服……"

景横波一笑，拿了衣服去侧殿，过了一会儿转出来，众人已经有了心理准备，可是头一抬，还是忍不住啊了一声。

景横波身上，是一件金色大摆蓬蓬裙礼服，式样来自她自己当初从现代带来的裙子，但是去除了那裙子的短摆、露臂、露背、露颈等一系列设计，保留了收腰和大蓬裙的设计，用料比当初她那件普通版的更为精致华丽。金色锦缎底子上织着西番莲暗纹，缀着些细小的水晶，在灯火下华光闪闪；领子是高领，配有水钻菱形领花；一圈圈的重锦花边，紧紧束住那不盈一握的腰肢；其下是夸张的蓬蓬圆裙，裙子底下露出豹纹高跟鞋尖尖的鞋头和细细的鞋跟。

满殿男人和女人们都觉得眼睛有点不够看，先是觉得金光闪耀，然后觉得式样古怪，再然后忽然发觉，这式样令人看起来腰肢纤细到不可思议。硕大精致的圆裙，充满了宫廷的尊贵繁复的美感，而女王陛下忽然看起来高了很多，整个人越发显得杨柳一般挺拔苗条，走起路来的姿势也更加风韵十足。众人的目光忍不住落在那鞋子上，被轻轻拈起的裙摆底下隐约露出高高的鞋跟和一线雪白的脚背，走起路来声音咯哒咯哒，听起来闲散而高贵，而长长的裙摆悠悠曳过锦绣红毯，在宫灯的光影下似漾开一片金色的涟漪。

精美、高贵、诱惑、动人。

在场多是王族贵族，却在此刻觉得，这样的服装天生的宫廷味儿，非常人可以驾驭。

再看景横波胳膊上搭着的那套正红王后礼服，忽然便觉得果然不够精美。

景横波拎着裙子，长久不穿高跟鞋，已经有点不习惯，生怕摔个大马趴。她一边小心翼翼地走着，一边想着这裙子的式样很明显抄袭她的裙子啊，哪儿来的？

哪儿来的？得问禹春。禹大统领有时候很蠢，但关键时刻一点不蠢，他得令给景横波做礼服，就知道难题来了。女王陛下当初衣着的风采他至今不能忘，一般的礼服她绝对不入眼，她不入眼，主上就不欢喜，主上不欢喜，他们的日子就不好过。禹大统领关系理得很清，正在发愁，忽然主上从桌子下拎出来的高跟鞋，给了他灵感。

果然他趁着给主上收拾寝宫的机会，发现了主上搁在床头的一叠画纸，纸上居然是衣裳的式样，他当即便将这堆纸收在怀里带出了寝宫。

正常情况下，宫胤身边的东西，当然不能就这么拿出去，但禹春知道，这纸不会莫名其妙地放在那里，这就是主上故意要他带出去按着做的。

前头说过了，禹春大统领不是时时都愚蠢的，他有时候聪明得很。

禹春大统领表示，最近他才重新认识了主上，原来主上看似含蓄实则奔放，不仅仅会治国杀人玩阴谋，还会在桌子下把玩高跟鞋，还会画女人衣裳，这些衣裳都画得很美！不仅画了衣裳，还画了人，人脸虽没有，但纤长细腰姿态风情，瞎了眼他也知道那是谁。

有了图纸和模特，他快马急送到商国附近最好的成衣作坊，找来最好的绣娘，连夜赶工，便成就了这十六套国师亲手设计的改良版大荒现代礼服。

景横波隐约已经猜到，这是宫胤的手笔。想不到他日理万机，竟然会亲自为她设计礼服，忍不住唇角微弯。

宫胤站在景横波正对面，看她拎着裙子款款走来，衣饰高贵姿态优雅，而唇角笑意似凝聚了这整殿的光彩辉煌。

他看见她眸瞳里满满倒映的，都是他。

他知道自己眸瞳里满满倒映的，也唯有她。

素来静如深水的心底，忽然涌起激越的感受，他爱恋着这一幕，也恐慌着这一幕。那女子太美，像阴冷的深冬里忽然开了晴，绽了花，艳到极处，让人担心抵不住下一刻天意的肃杀。

他想着似乎很久以前，景横波和他说过，在她以前待着的地方，婚礼和大荒是不同的，女子由花童牵着裙裾，挽着父亲的胳膊，走到新郎的面前，和他见证一生的誓言。

他记得她说起这事时，带着笑意的眼中闪烁的向往的光。

此刻场景依稀相似，只是地点不对，人不对，可心情竟也相仿，只要看见她这般向他走近，他沉寂多年的心，竟然便如少年般跳起。这一刻的心情叫喜悦，叫期待，他期待她近些更近些，直到走进他梦魂里去。

四面宾客看着伫立的宫胤和走近的景横波，忽然都屏住了呼吸。

情意如此深浓，不需言语也能令人感知，每个人忽然觉得，不当打搅这一刻，不当截断这两人相互凝视的目光。

一旁角落里，耶律祁忽然缓缓闭上了眼睛。他脸上的神情依旧是舒缓的，但紧抿的唇线却现一分挣扎。

身边的姬玟平静地递过一杯酒，耶律祁顿了顿，接了，对她一照，一饮而尽。

姬玟也仰头饮尽了杯中酒，姿态爽气。放下酒杯，她转头凝视着他，再看看景横波，发出了一声无声的叹息。

另一边，裴枢双手抱胸，靠在殿柱上，紧紧盯住景横波。他眼中并无落寞之色，只有无限光彩，因满满的斗志和浓浓的喜欢，引发的无限光彩。

一个人慢慢地蹭过来，一双小手轻轻地试探地牵了牵他的衣角，裴枢转头，就看见商悦悦有点不安地站在他面前，挡住了他看向景横波的目光，轻声道："少帅，那边去坐吧。"

裴枢盯着她，忽然笑了。他的笑容如此明朗又厉烈，灼灼似生光，惊得商悦悦退后一步。

裴枢对她勾了勾手指："过来。"

商悦悦眼底闪现惊喜的光，却依旧犹豫了一下。

裴枢又笑了，身子向后一靠，斜眼睨着她。商悦悦在他目光下，微微颤了颤。

"公主。"他笑嘻嘻地道，"你母后怎么会派你来勾引我？就你这胆量，逗逗咱们玳瑁大山里的傻狍子还差不多。"

血色从商悦悦的脸上褪去。

"知道我喜欢什么样的女孩吗？"裴枢抓着她的脑袋，毫不客气地把她的脸扳到景横波那个方向，"来，看清楚，这样的。"

商悦悦眼底闪着泪水，道："比我美丽……"

"错。"裴枢摇头，"她现在的脸，还不如你。"

商悦悦诧异地抬头。

"这样的女孩，不会做任何人的棋子和傀儡，不会不敢走到我面前，不会因为我一句讥嘲而退缩，不会对自己产生错误认识，不会放弃对人生的任何争取。"他道，"你只看见她衣裳的美丽，而我看见她性灵的本真。"

"离我远点，不要试图挑战我的耐心，我很忙，我还要抢女人。"他龇牙一笑，"记住，裴枢的人是她的，军队也是她的，谁想套走，我先绞死她。"

他猛地放手，毫不怜香惜玉。商悦悦踉跄而去，临走时连回看裴枢一眼都不敢。

那男子凌厉的眼神，告诉她什么叫真正的决心和杀气。

她退在殿角，苦涩而羡慕地瞧着那人群中央光彩照人的女子。

殿中，宫胤对景横波伸出了手臂，景横波很自然地伸手将他挽住。

这么一挽的时候，她也有些恍惚，恍惚这一幕如此熟悉，似乎合了心底长久的期盼。

随即她想起，自己作为"师父"的"徒儿"，这么一挽，似乎不大妥当。然而宫胤已经挽着她，缓缓拾级而上。她长长的裙裾曳过铺了红锦的玉阶，在身后漾出淡金的光影。

两人擦过僵立的王后身边，她被带了个踉跄。

众人有点茫然地抬头，看见"紫微"上人，携着他家美貌"徒弟'，十分从容地一路而上，直奔最上头的宝座，坐定。

那两人在宝座上俯瞰殿下的姿态，如此自然，众人怔怔地仰头望着，包括商王在内，心里竟然也没生出多少抗拒的感觉，同时又在奇怪，为什么没有这样的感觉。

仿佛这两人，原本就该坐在这样的位置，遥遥冷冷，俯瞰天下。

宝座之上，"师徒"同坐，然后宫胤抬了抬手，指向了商国王后。

第四十六章　今晚一起睡吧

他一指，商国王后就忍不住打了个寒战，连准备迈上台阶回座的脚步，都有点迈不动了。

景横波也笑眯眯地盯着她，唤道：“王后。”

商王后下意识地抬头，景横波劈手就把肘弯里的礼服扔了过去。

深红厚重的锦缎宫裙砸了商王后一脸，她被裹在那些层层叠叠的锦缎绡纱里，徒劳地挣扎，发出刺耳的尖叫。

商王赶紧帮她将衣裙解下来，扔在一边。王后扑在他怀中，瑟瑟颤抖。

商王吸一口气，脸色铁青，转向上头的景横波，怒声道：“女王陛下虽有师父护佑，似乎也不该在本王殿上如此无礼！”

“礼数只给懂礼的人，”景横波呵呵一笑，“寡廉鲜耻者，拿她当狗看都嫌太尊敬。”

“上人不管管你家女徒吗？”商王气得浑身发抖，“竟然公然在我商国殿上，辱骂我商国王后，这将我商国置于何地？”

宫胤神色不动，淡淡地道：“她要骂人，自有理由，你们且听着便是。”

众人绝倒。

敢情这是个超级护短的。

“上人……”

“别喊谁谁谁了。”景横波截断商王的话，“我做的事自有解释，你怎么不问问我为什么要砸你老婆一脸？”

商王仰头看她，忽然发觉这样一个对话姿态显得己方气势很弱，赶紧走回自己的位置，但发现还是低了一头，只得咽口唾沫，悻悻地道：“便纵有千万理由，也不当如此无礼！我商国待女王不可谓不宽厚，女王擅入宫中，偷窃如此重要的礼服，我们都未曾责怪追究。王后还让女王速速解下毒衣，对女王关切之意溢于言表，何至于遭受女王侮辱？难道女王你自作自受，染上剧毒，还要迁怒我等吗？”

“说那么多废话，却不长眼睛。”景横波冷笑，“我扔衣服过来，是想请大王和王后好好瞧瞧这衣裳。”

商王低头看看那衣裳，随即抬起头，正色道：“衣裳自然是当初王后的封后礼服，本王对当年那一幕记忆深刻，至今痛楚在心，绝不可能认错！”

“谁说你认错了？你老婆要陷害人可能弄错吗？”景横波一脸讥笑，指指那裙子，“我是说，你没发现，这宫裙稍微有点皱吗？”

商王又仔细看看，才发觉，周身锦缎都呈现微微皱褶。只是原先上头缀饰刺绣太多，掩盖了这个特点。

他并没有觉得有什么，道：“裙子封存多年，有些发皱也正常。”

“不管怎么封存，要么挂着，要么折叠装箱收藏，可能会出现一道道的折痕，但是绝不会出现这样整体的不易发现的细小褶皱。上品锦缎好好封存，放多少年也不会掉色褶皱，这是常识。”景横波讥笑，“还是你王宫做套礼服都偷工减料，拿了劣等料子来凑数？”

众人都知道这个道理，频频点头，王后礼服，不可能用料不佳，出现大面积褶皱，肯定有问题。

商王王后也露出茫然之色，她不记得自己给裙子动过什么褶皱手脚，再说这和真相有什么关系？

“便有褶皱又如何？”商王不耐烦地道，“那也只能说明料子问题，和这事有什么关联？和你羞辱王后有何关联？请勿避重就轻！”

“当然有关联。”景横波一指自己的鼻子，“因为这褶皱是我搞的，因为这衣服被我煮过！”

所有人都一怔。商王愕然道：“煮过？你好端端地为何要煮这裙子？”

王后似乎想到了什么，面色惨变，她下意识地向后挪动脚步。上座似听非听的宫胤，忽然抬头看了她一眼。

只这一眼，她觉得那种浑身血液停滞僵冷的感觉又来了，脚下再也动弹不得。

“因为无事献殷勤，非奸即盗啊。”景横波勾唇一笑，“假如你去买东西，满街的老板都不卖给你，还把你赶了出去，然后忽然有个好人跳出来，说那些老板很不是东西，她看不下去，把自己买到的那一份送给你，你会不会感动地收下？”

商王嘴唇嚅动，想说“会”，但又实在说不出口。以他这种在王族倾轧中过来的成功者，遇上这种事的第一反应，其实也是怀疑。

会因为恩惠感动的，只是平常人，而他们，见惯各种隐藏在良善面目下的诡诈和狡猾。

宫胤皱了皱眉，他匆匆赶来，虽然看出殿上气氛有问题，但也没想到之前景横波有这样的经历。

他对王后又看了一眼。王后觉得呼吸更加困难了。

“可能会感动，但绝不会轻易用这些东西，对不对？”景横波一笑，“以前的我，肯定傻兮兮地感动了，穿上了。可是现在我知道了，对你笑的不一定对你好，帮你的不一定就在护你，在感动之前，先保护好自己——当然，这其实是一件很悲哀的事，因为我已经丧失了对善良和美好的信任期待。很不幸你们也是这样，更不幸的是，你们这么悲哀，自己还不知道。”

手忽然被握了握，景横波悄悄偏头，就看见她家假师父正襟危坐，目不斜视，大袖底下的手，却握住了她的手指。

他总是这么似乎不为所动，但也总会在最恰当的时候，最细微地体谅她的心情，给她最及时的温暖和安慰。

景横波笑了笑，因为刚才那一握，涌起的淡淡苍凉感立即消弭——只要他懂得心疼自己，再多的陷阱阴谋又如何？她不怕风刀霜剑，只怕从风刀霜剑中走过，看见冰冷的隔岸。

她也用力捏了捏他的手指，再想放开时，他却不肯放了，她也不挣扎，便让他握着。

彼此掌心的温度，最能安慰人。

殿下的人听着她这句话，倒有一半露出深思怅然的神情。商王却不耐烦地道："那又如何？"

"我当然要请人验看这裙子。"景横波看了裴枢和耶律祁一眼，心想王后也真是太托大了，也不想想耶律祁和裴枢是什么人物，那两人一看见裙子，就有所察觉了。

"裙子上有天痘毒。送礼的人居心不良。"她道，"我想知道，这位送毒裙子的人，到底是什么打算，所以将计就计。天痘之毒用开水多煮几遍也就没事了，我将裙子煮过，里头加了隔层，穿了来参加宫宴，因为我知道，那个送毒裙子给我的人，一定会在宫宴上做文章的。"

王后听见"开水煮过"几个字，目光一闪，忽然腰杆又直了些。

商王霍然转头，盯住了王后。王后镇定地立着，凄声道："大王，一面之词，何足采信？难道不能是她自己偷了裙子，发现了天痘之毒，然后现在为了颜面，来栽赃于本宫吗？"

不等商王再次露出怀疑神色，景横波鼓掌："说得好，是这个道理。"她悠悠叹口气，"可惜有句老话说，最毒妇人心。如果不是你那么毒，我还真的无法辩驳你这句话。"

她对商王道："能否请大王，请一位你的医官到来？"

商王看看王后，王后呼吸急促，却依旧神情镇定，从容地道："大王，此女虽有上人撑腰，又是翡翠女王，但她今日在殿上骄狂跋扈，羞辱本宫。如果您还对她一再纵容，予取予求，那商国尊严何在？颜面何在？"

"母后这话就不对了。"商略在一旁立即道，"女王不承认偷窃裙子，并当庭指控被母后陷害。这才是对我商国的最大侮辱，如果不当殿洗清，为母后正名，消了这女王嚣张气焰，明日传出去，我商国和母后，才会真正的威名有损。"

王后冷冷地凝视着他，商略毫不避让回视，一脸的正气凛然。

商王目光在两人之间游移，两人都似乎有所仗恃，那般斗眼鸡模样，瞧得他心生烦躁。

他忽然叹了口气，道："事情已经闹在殿上，想要退缩也是不能。不管真相如何，做下的就要自己承担。"说完，他挥手，命人去请医官。

王后脸色如雪，抖着唇没能说出话来。商略快意地笑了笑。王后看他一眼，微微侧身，对殿下自己的女官使了个眼色。女官趁人不注意，匆匆下殿。

不一刻医官过来，景横波道："烦请这位大人检查一下，这宫裙的绣罩上有无问题。"

那医官得了商王首肯，连声应是，仔细检查。

王后冠服会有同色绣罩，类似披肩，可穿可卸，那医官轻轻翻动，忽然咦了一声，忙命助手拿来面罩，绑住了口鼻。又取出剪刀，撕开了一边的边角，神色凝重。

他这个动作，让所有人都赶紧退后三步。

片刻后，医官站起，躬身道："启禀大王，这绣罩上有'凝血草'之毒。"

很多商国人想必知道这药草，有人惊呼，脸上变色。想必是极厉害之毒。

“你不是已经将衣裳煮过几次了吗？”商王惊讶地问景横波，“如何还会有毒？”

“大王好像忘记了最重要的一件事。”景横波摇了摇手指，“请问，你们这件礼服，在封存前，到底染着的是几种毒？”

商王被提醒，脸色一变，半晌才不情愿地道：“天痘，和另一种极其厉害的无名毒。”

他心中隐隐已经有不妙预感，很想不回答，然而上头“紫微上人”虽然一言不发，但眼眸清冷如雪刀，在那样的目光威慑下，他无法退避也无法含糊。

“不是凝血草吧？”景横波嘿嘿地笑。

商王心知不好，也只有硬着头皮道：“不是。”

景横波咯咯笑起来，微带沙哑的慵懒笑声里，带着几分蔑视和讥嘲。

“那就奇怪了，”她道，“如果是本王偷的裙子，本王犯得着再给自己下一层毒？”

商王脸色剧变，无话可答。

“医官，”宫胤忽然冷冷开口，“这凝血草之毒，是新毒还是旧毒？”

他的问话一针见血。如果是旧毒，王后还可以抵赖，说是当年记错。但如果是新下的毒，那么，就绝不可能是景横波偷裙。

天下没有人能在他目光下从容撒谎，医官看一眼商王脸色，已经知道这话不能答，但又不敢撒谎，只得抹着汗低头道：“臣才疏学浅，医道不精，辨识不出……”

他一急，又噗噗噗几声。商国宫廷中人为了面子，会服食药物暂时控制放屁，只有情绪不稳的时候才会发作。这医官噗噗几声，众人便明白，这位紧张了，撒谎了。

不是辨不出，是不敢说罢了。

宫胤看一眼阶下，忽然远远地对自己守在殿外的护卫打了个手势，护卫快步走开。

“听说我衣服煮过，所以你放了心，觉得死无对证，才敢一直撑着不认是吗？”景横波讥诮地对王后道，“傻瓜！毒妇！你生怕天痘之毒过期，毒不死我，在绣罩上又加了凝血草。却也不想想，我能认出天痘，自然也能认出凝血草。我煮了带天痘之毒的裙子，却取下了带凝血草之毒的绣罩，将那些凝血草之毒聚集在绣罩边角处，用针线封住。毒根本不会发散出来，怎么样，知不知道什么叫智商的碾压，你被碾得爽不爽？”

“不是我！不是我！我没有送裙子给你！”王后踉跄后退，神色惊恐，“就算你这裙子有毒，不是你偷的，也不能证明送裙子给你的是我！说！你得了谁的授意，从谁的手里拿了这裙子，为了什么要来陷害我！”

商王微微一怔，狐疑的目光立即投向了商略。

景横波看他的表情，心中暗赞，王后确实是个人物，这种情形下看似慌乱实则冷静，三言两语就转移了焦点，把问题引向了另一种可能。

对于王者来说，见惯权力争夺的各种手段，遇事的第一反应，就是这事有没有阴谋？会不会和权力争争有关？会不会对自己有利？

因为王后这样一喊，商王就会很自然地想到，是不是王太子为了捍卫自己的地位，请人帮忙陷害王后？

再联想到之前听说王太子和翡翠女王走得很近，这怀疑便更浓几分。

宫胤忽然道："这事简单。只要问问那些不肯卖衣裳给女王的掌柜，到底是谁授意的，便行。"

王后脸色一变，随即脸色恢复正常，她已经想到这一点，派自己的女官去锦绣街，通知那些掌柜封口，不怕有人说出来。

谁知她还没来得及舒口气，忽听一声凄声叫喊："娘娘！"

她霍然回首，便看见自己的女官，被几个陌生男子按在阶下。

她惊得眼眸一缩——被人发现了！没能出得去！

一个护卫扔出一块令牌，掼在地上。座上的宫胤淡淡地道："大王，这是王宫出宫的腰牌吧？王后贴身女官，在这个时候不护持主子，匆匆出宫，请问打算如何？"

景横波接口笑道："当然是要去灭口或者串供啦。"

她脚一荡一荡的，鞋尖踢着裙摆，脚背荡出一抹雪白的弧线。

宫胤看她一眼，伸手将她裙子往下拉拉，遮住了那片脚背，心想这鞋子还是不好，露肉太多。

她原先不喜欢男人的占有欲和保守，然而现在他的占有欲她觉得是因为爱她，他的保守她也觉得是因为在乎她。到此刻她才明白，原来有了爱，一切都变得不那么难以忍受，什么都可以给出最甜蜜的诠释，皈依心的方向。

原来决定心态的不是事实，是荷尔蒙的分泌。

拉好裙子，宫胤才看向殿下，道："也不必费心去说什么了。"

其余人还没明白什么意思，宫胤招招手，忽然有几条人影电射而来，后面还跟着一大群人，有人大叫："刺客！刺客！"

"大王。"宫胤对商王道，"前面是老夫派去取证的人，如果不想闹出误会损伤，还请贵方供奉不要随意动手。"

商王急忙道："是客人！不必动手！"后面追的那一大群人才停下，转眼各自散去。

景横波瞧着这人数实在可观，能第一时间发现宫胤的护卫，果然都是高手，那晚裴枢在商王面前夺钥匙，危险难度可想而知。

她忍不住颇有歉意地看裴枢一眼，那目光还没抵达，身边的醋坛子已经轻声道："小别重逢，你眼睛往哪儿看呢？"

景横波扑哧一声，忍俊不禁，又有些气恼，眼光重重地往下一落，道："行啊，我还想看看你，你倒是躺下来给我看啊！"

她那目光很有力度，正落在重要部位。宫胤一动不动地坐着，目光直视前方，道："要吗，晚上？"

景横波给自己的口水呛住。厚起脸皮的某人，真是有点让人招架不住啊。

为什么有人就能用高冷的姿态说着最猥琐的话，还一点不让人感觉流氓呢？

她在走神，一边想着以后对付高冷猥琐的大神，是不是该调整战略，一边思绪就飘到了刚才的字眼上，晚上……躺下来……看……

多么令人骚动的字眼啊！

难道她一直怨念的那件事，终于有希望了吗！

隐约听见底下商王怒声道："怎么回事！"

她这才魂游回归，发现底下殿上不知何时已经多了几个护卫，护卫脚下俯伏着几个男子，仔细看有点眼熟，看装扮似乎是锦绣街的掌柜们。此刻那群人正在殿下瑟瑟发抖，噗噗噗声响成一片。

原来是人证到了，也不知道宫胤什么时候安排的，不过景横波向来是宫胤来了就放弃动脑，天塌下来，也是他个子比较高。

商王凝视着那些掌柜，神色为难。其实他自从王后女官被擒到殿前，便知道了真相到底是怎么回事，将整件事情再联系在一起回想，王后的心思真正昭然若揭了。他震惊，更多的是愤怒，愤怒枕边人如此心思深沉缜密，自己竟然从未怀疑；愤怒结发妻子如此冷酷无情，竟然利用他的内疚和痛苦，来达到改立太子的目的；愤怒王后身为一国之后，竟然丝毫不顾大局，连他国女王都敢利用陷害！为一己私欲，不惜将国家陷入战火！

愤怒太过，以至于他噗噗噗得分外清脆响亮，乍一听像放了一挂响鞭儿。

但他此刻却不敢问，他怕这一问，店家说了实话，王后罪名落实，商国便要在各国贵宾前丢丑，也将无法交代。

这样的行为太大胆太恶劣，借撷英盛会之机，陷害他国贵宾，以求个人私欲。这样的事情传出去，以后商国还如何在六国八部立足，还怎么有脸再开撷英盛会？

要知道这样的盛会，固然是给六国八部一个争夺极品药草资源的机会，对于商国本身的外交和经济，也有着不可估量的影响。也正是因此，商国一直在六国八部中地位超然，经济富足。任何秩序的形成，都需要经年累月的努力，商国为撷英盛会的举办，也花费了无数精力物力，如果就此衰落，商国面临的就是灭顶之灾。

兹事体大，商王不敢问，但也不能装傻，只得将微带祈求的目光，投向景横波。

偏巧女王陛下正在神游，想着某些关于躺倒和睡觉以及看啊看之类的事情，无暇关注这等小事。

商王只好恳求地看向宫胤，宫胤眼角的余光扫过景横波，那家伙正念念有词地掰着手指，算着还有几个时辰到晚上呢。

色欲熏心的女王陛下指望不上，宫胤只好抬了抬手，道："凝血草粉末散开后容易有毒，这殿中大门四敞有风，万一毒粉落入食物中……"

"是极！是极！"商王大喜，急忙道，"为诸位贵宾安危计，今日这宫宴便暂停吧。稍后本王自会再备薄酒，给诸国贵宾赔罪。"

"其实也没什么，"宫胤淡淡地道，"老夫这里有解药……"

"不敢劳动上人！"商王大急，忙道，"上人是我商国首席贵宾，哪能让您劳心劳力。

稍后小王还得备些薄礼，给上人及女王陛下赔罪。”

“我便罢了。”宫胤看了景横波一眼，“至于我这劣徒，或许会有些需要。如此，多谢大王慷慨。”

商王笑得苦涩：“应该的，应该的。”

女王陛下什么都没听见，她在想刚才那箱子底下有没有她的蕾丝胸罩？还有晚上到底睡在哪里比较清静，方便……看？

她想着想着忍不住两眼放光地搓手。宫胤看看她，彻底放弃了对她的关注。

看这副德行看多了，还以为自己喜欢的是一匹母狼。

那边商王开始命人谦恭地送客，在场的都是人精，哪里不知道商王的意思。这是眼看阴谋败露，怕当着各国来宾的面揭穿太难看，要把人先送走。当然，女王陛下那边肯息事宁人，是因为商王已经退让，提出了求和。看样子，商国大王得大出血了，女王陛下一定会狮子大开口，瞧女王陛下坐在上面神不守舍的模样，双手连搓，激动得哆嗦，一定是想到马上要有巨大收获，兴奋着呢。

贵宾们有点遗憾地走了，遗憾的不是没吃着宫宴，而是没能把好戏看到底且趁火打劫。

殿中只剩下了商国大王一家，还有一些本国的贵女，那是宫胤要求留下的，是证人。

耶律祁和裴枢也没走，对于这种就是不肯走的人，商王也没办法。

人都走得差不多了，宫胤的护卫们脚一踢，踩住那些掌柜，喝道：“把那日的事情，说个清楚！”

那群没见过世面的生意人，裤裆都吓湿了，争先恐后地道：“那日是有人交代我们，等会儿若有个带小侍女的红衣姑娘来买衣服首饰，万万不许卖给她……”

“来者是宫中人，咱们给宫中经常送衣服，认识那位大姑姑，不敢不从……”

“是啊是啊，王后娘娘身边的人，小民等做的是小本生意，一介白丁，不敢与王家相抗……”

“啊，那位姑姑，就是殿下被绑住的那位……”

商王咬牙看了看阶下那个被控制住的王后女官。那女官瑟瑟颤抖，颤声道：“我何曾交代过你们这个，冤枉，冤枉……”

“拖出去！”商王一声暴喝，截断了她的喊冤。

暴烈的声音惊得王后浑身一颤，她眼睁睁看着自己的亲信被拖走。

那女子一路凄切地向她伸手，作无声的求援。王后退后一步，低下了头。

景横波回过神，呵呵一声，心想经过这次，以后想必也不会有人再替她卖命了。

女官被拖走，商王转身，狞厉地盯着王后。王后双手背后，撑着柱子，仰头泪光盈盈地看着他，哽咽道：“欲加之罪，何患无辞。想要陷害，自然编织得天衣无缝……大王，您宁愿相信外人的指控，也不愿相信您的枕边人吗？您愿意因他人的咄咄逼人网罗罪名，就伤害您的王后吗？如果这样能让您王位永固，四海境宁……”说着头一昂，眼一闭，“臣妾虽死无悔！”

商王凝视着她，微有动容，眼底掠过一抹犹豫之色。

景横波呵呵一笑，所谓女人以柔克刚正在于此，抵死不认，以情动人，数十年夫妻情义和王者天生的多疑，会是危机面前最强大的盾牌。

现在真正能让商王狠下心的，只有对他王权的威胁。否则他老婆害别人那点事，引不起他的警惕和切身之痛。

忽然裴枢敲着桌面，狰狞一笑道："老商，该走的都走了，你就引护着你家那娘们了。实话告诉你吧，你家这娘们厉害着呢，要把公主送给我，骗我带军来投。喂，这么大的事儿，告诉你了没有啊？这要没告诉，你说咱这军队来了之后，到底编入谁的名下啊？"

商王大惊，猛地转头盯住了王后。王后本已觉得，或许有可能蒙混过这一关，没想到裴枢竟然真这么赤裸裸地说了出来，此刻丈夫的目光逼视而来，她禁不住一个哆嗦。

在任何国家，军权都是重中之重，是雷区，丝毫也碰不得。

一个王后，连政事都无权插手，却在军权上动心思，其间深意，令人想起就浑身一冷。

裴枢这一刀，补得正是时候，商王的怜惜动摇，顿时化为了滔滔怒火。

他可以原谅王后诸般阴谋，为儿子争取王位的种种算尽机关，但却无法忍受她竟然想引军入商国，还是裴枢这种虎狼之师！

"臣妾只是仰慕少帅文采武功，想要为王子公主们聘少帅为师。"王后心知不好，犹自强撑着颤声道，"悦悦心仪少帅，也是小儿女心事，臣妾……臣妾不知情。至于带军来投之事，想必只是悦悦和少帅之间的协议，臣妾确实不知。悦悦年纪小，行事不分轻重，还请大王，不要怪她……"

景横波切的一声，看一眼满脸惊愕泪花点点的商悦悦，心中对商王王后的人品不齿到极点。

作为母亲，利用女儿，将她的婚姻大事当作政治交换的筹码，事到临头，还要把责任推给女儿。这话一说，商悦悦以后怎么嫁人？又要如何获得她父王的宠爱？

同是亲生儿女，为儿子不惜得罪他国女王，却将女儿推出来做替罪羊，景横波最恨这种自己是女人还要欺负轻视女人的贱人！

她开始捋袖子——对这种人，骂是不对的，她要打人！

有人动作比她快，人影一闪，裴枢已经出现在商王后面前，一把拎起她的头发，狠狠往地下一掼。

"王族教养，就教给你满嘴撒谎？一国之后，就让你心黑皮厚？"他一脚踩在王后腹部，不顾底下那女子嘶声尖叫，"商悦悦没你授意，能对我示好？她一介公主少不更事，敢打我军权的主意？衣服是你弄出来的，栽赃的也是你，你现在还有脸赖到你女儿身上？丧尽天良薄情寡义的东西，谁倒了八辈子霉做你儿女！"

王后在他脚底拼命支起肘，想要挣扎逃出，又哀哀地对着商王呼唤："大王救我！"

商王怒哼一声，猛地拂袖转身。

裴枢一脚狠狠地踢在王后脸上，踹出一个深紫的大脚印子，道："少帅我不喜欢打女人，但不介意打贱人！"

"打得好！"景横波热血沸腾，"裴裴，再赏个对称的！"

忽然身边那人闲闲凉凉地道："裴裴？"

"怎么样，好听吗？"景横波嗅见了一股酸溜溜的气味，侧头对他一笑。

"不错。"宫胤道，"听起来很像'呸呸'"。

景横波噗的一声，心想杏子酱又酿了一罐！

裴枢仰头对她一笑："你要什么，都依你！"伸脚又是一个大脚印子，印在王后另一边脸上。

王后惨呼哭泣。商王怒喝道："够了！"裴枢听得此声方才停脚，转身的时候，靴子还故意在地毯上擦了又擦。

殿上王后的幼子欲待冲下，却被商悦悦死死拉住。少女泪眼盈盈地望着裴枢，不知该感激他为自己仗义执言，还是恨他如此践踏伤害自己的母后。

可是感激或恨又有什么区别？谁会在乎？她凄凉地一笑，在少帅眼里，只有那个女子，哪怕她身边已经伴了他人，也不能阻挡他为她一往无前的脚步。

有多少人为爱追逐，就有多少人芳心零落。

裴枢一出手，商王又那般态度，在场的商国贵女们顿时知道王后没戏了，不等询问，纷纷叽叽喳喳地开始交代，"是娘娘命我等排挤女王的！"

"是娘娘说，女王放浪无行，为女性之耻，让我们不必与其为伍，以免降了闺中女儿身份。"

"当日锦绣街买衣裳，我看见了娘娘常用的宫车停在道边，等女王进一家店，宫车里的大姑姑就跟进去，让掌柜的不要卖东西给女王！"

一旁的掌柜们捣蒜般点头："是是是，对对对。"

墙倒众人推，之前磨磨唧唧的诸人，此刻无比爽快，眨眼便将王后的全盘计谋交代了个干净。

商王浑身颤抖，脸色铁青，盯着地下的王后。王后也不知道是被裴枢打晕了，还是完全没有办法了只好装死，躺在地下，动也不动。

"觊觎王权，陷害贵宾。你如何做得了一国王后，本王不杀你，如何向诸国交代！"商王一声怒喝，呛的一声霍然拔剑，剑光如水，直指王后的喉头。

寒气森森的剑尖，逼得王后喉间肌肤一颗颗起栗。她也不知是定力非凡，还是真晕，竟然依旧一动不动。

商略眼底露出欢喜之色，有点忘情地上前一步。

"休杀我母后！"忽然一声大喊，那少年王子从殿上扑下，扑在王后身上，仰头对着商王的剑尖，"别杀她！求您！"

王后似终于被惊醒，霍然睁眼，抱住儿子，还未张口，泪珠已滚滚而下。

那少年也满面泪痕，紧紧将她护在怀中。

母子俩在商王剑下抱头痛哭，声音凄切，眼看着商王的剑尖，一点点地垂落。

商略的牙齿咬得咯咯直响，蓦然上前一步，要拉开弟弟。那少年猛地挣脱，红着一双眼，狠狠盯着他。少年的眼神如受伤的饿狼，泛着深红血丝，满满的仇恨杀气。

商略遇上这样的眼神，也不禁一怔，随即眼睛眯起，亦有厉芒一闪。

金殿之上，两兄弟狠狠对视，各不相让。

上头景横波瞧着，悠悠一叹。如果不出预料的话，也许不过多久，便又要有一出兄弟阋墙的大戏，会在商国上演。

她忽然对这没完没了的权力倾轧，无比厌倦。

她一路行走大荒，见识了很多国家部族，几乎在每个国家部族里，所遇见的所有的事端和争执，都写满“王权”“争夺”字样。她无法想象在那样的环境下，生活一辈子的感受。

她暗暗发誓，将来无论自己是做玳瑁女王，还是大荒女王，自己的小崽子们，一个也不许为这种破事争夺！

一定要从小灌输他们，做皇帝是天下最苦最难的事，会掉毛，毁容，不举……反正怎么悲剧怎么说，务必要让他们从小就视王权为洪水猛兽，拼命往外推才行！

大概她表情太坚定太狰狞，宫胤在她身边问：“怎么了？”

“三个小崽子，”她咬牙道，“一个也不许觊觎王位！”

她身边静了静，然后那声音更淡定地问：“为什么是三个？”

“别问姐，凭直觉。”她握拳，“反正，不许！”

“他们姓什么？”那声音似乎无意地问。

“景！”

“嗯？”

景横波放下拳头，眼睛斜斜地瞄过去：“哟，想儿子姓宫？行啊，八抬大轿明媒正娶洞房花烛乖乖躺倒把该办的事儿都办了，或者我可以考虑分出一个姓宫。”

“一个？”声音听来更不满意。

宫胤并没有继续问下去，忽然握住了她的手，在她耳边清晰地道：“那我们今晚，就在这里睡吧。”

第四十七章　纠缠

“哦……啊……啊！”景横波漫不经心地答了第一个字后，忽然跳了起来，声音都变了，“什么？”

宫胤仰头看她，她脸上满满的震惊，两颊已经烧起如火红霞。眼神却分外晶亮，一半惊喜一半渴望。

他心中忽然一痛，砭骨寒意如剑，刹那穿透心房。下一刻他扬眉一笑，“我是说，今晚咱们要在商国王宫留一留，好好和商王谈谈赔偿之类的事宜。”

“哦……”景横波的表情立即从天堂到了地狱，她软不拉唧地坐下。

她自己也不知道是放松还是遗憾。她天生性格外向奔放，清晰地知道自己想要的是什么，并且勇于争取，不管那些乱七八糟的规矩礼教。她喜欢宫胤，想扑倒他，想和他在一起，但心底总隐隐漂浮着一层不安的情绪，这让她竟然也有点患得患失起来。

宫胤瞄一眼失魂落魄的景横波，忽然道：“你这是什么表情？你想到哪里去了？”

景横波悠悠道：“哦。想三个崽子的大名到底叫什么，景色？景致？景点？景德镇？景泰蓝？”

远在南齐的小皇帝，忽然打了个寒战，狐疑地四处望望：“谁在背后说我？”

身边那家伙不说话，景横波翻白眼，闷骚，有种你闷到底啊。

说句“姓宫”就这么难吗！

阶下那母子俩还在抱头痛哭。商略横眉竖眼，死死盯着他爹，希望他老爹雄风大振，一剑捅死这娘俩，从此去了他心腹大患。然而他却失望地发现，他老爹的剑一点点地在下垂，似乎没有再抬起来的可能。

景横波冷眼瞧着，觉得就冲着商略这德行，也不必现在就弄死那王后。商略如果做了商王，只怕又是一个凉薄恶毒之辈，对她的大业不利。还不如留着这两人，一人恶，一人奸，趁着今日死仇已结，让他们俩没完没了地内耗下去，耗死商国算完。

想定了，她敲敲椅子扶手，懒洋洋地笑道：“喂，大王，你们的家务事，还是私下慢慢处理吧。你以后管好你家这位就行。今儿天晚了，你看……”

商王听见她愿意放王后一马，心中一喜。他倒不是怜惜王后，而是当真因为这事一剑刺死王后，于他颜面有损，也难免令幼子心中生恨，对这个小儿子，他还是真心疼爱的，不想处理得太过激烈，伤了父子情分。因此哪怕景横波暗示留宿的要求，让他心中不安也不愿，也只得连连点头，收起剑道：“是啊，天色已晚，行路不便，贵客们要么就别出宫了，在宫内将就一晚。尤其是女王陛下，小王还需要和您讨论一下事后咱们的合作事宜。”

“好的好的。”景横波微笑点头，让拥雪回去拿换洗衣物。拿换洗衣物是假，急着要将自己拍卖会上买的东西向宫胤献宝是真。

商王又看一眼王后，对从人道：“请王后回寝宫，以后也不要再出来了。”

这话一出口，王后如遭雷击——以后不许出宫，等于是永久软禁，商王甚至没在这句话里加上“若无旨意”四个字，就是表明态度，以后便是这事情过去了，他也不会下旨解禁。

换句话说，王后已经等于被废，只是为了给她和王室留面子，允许她保留王后头衔到死而已。

景横波唇角一勾，表示满意，她当然知道，这是商王给她的交代。

王后到了此时，再也维持不住先前的雍容端庄，也装不得死，死命地爬过去，试图抱住商王的腿，哭道："大王！大王！您不能这么对我！看在我们这么多年夫妻的份儿上，看在臣妾这么多年陪伴的份儿上……"

"正是看在这些情分的份儿上，本王才让你继续做王后。"商王向后一闪，冷冷道，"难道你做下这样的事，还能继续行使王后的职责？你做这些事的时候，又何曾顾念一分本王和你的夫妻情分？"

"大王……"满脸的泪水糊花了王后的妆容，她哀哀地伸出的手指，无力抓挠在冰冷的金砖地面上。

"母后，别求了！"倒是她的幼子颇有些烈性，用力一把搀起她，"走，儿子送您回宫！"

商悦悦低着头走过来，在另一边搀住了王后，姐弟两人将哭泣的王后扶走，护卫默默跟上。景横波看着三人相互扶持的背影，凄凉地消失在大殿尽头，幽幽叹了口气。

商王这个王后，着实不是个好东西，但她运气好，有一对不错的儿女。但愿她能懂得珍惜，不要再搞七捻三。自己作死不要紧，连累这一对孩子就不好了。

"哈哈哈，事情已过，休要再提，如此，重开宴席如何？"商王故作爽朗的笑声，在空寂下来的大殿中，有点空洞地回荡，"上人请，女王陛下请！"

原先准备的宫宴，此刻只剩下了寥寥数人，撤去了很多席面，又重新上菜。景横波和宫胤下了殿，在商王奉请下入席。

此时景横波才发现，这一顿饭，不那么好吃啊。

耶律祁和姬玟还在，裴枢也在，三大情敌聚首，再加上裴枢和宫胤的不对付，这要是烈火脾气的裴枢一个控制不住……

她瞧瞧耶律祁。耶律祁含笑道："今儿看了一出好戏，胃口大开，正想着商国的盛宴呢。"

她瞟瞟裴枢。裴枢眼睛一瞪："看我干吗？爷又要和公主周旋又要打人，都这个时候了你还要爷饿着肚子回家吃饭？"

景横波充满怨念地望天，身边那个人不用看，谁走他也不会走的。但他态度倒是不错，道："那是自然。正好借花献佛，谢各位对她的相助情分。"

耶律祁微微一笑，不理他。裴枢听着不顺耳，反唇相讥："我们护她是本分，轮不到你来谢，你是她什么人？"

宫胤忽然将景横波的手一拉，从他面前走了过去。用最亲密的肢体语言，和最高冷的态度，来回答某人的挑衅。

景横波好像感觉到了身后裴暴龙的怒火，唰的一下飙在了她的背上……

商王似乎也感觉到了这几个人之间的诡异状态，将裴枢远远地安排在她对面。

这顿饭景横波着实吃得胆战心惊，耶律祁时不时对她举杯敬酒，她每喝一口都能感觉到身侧温度低一度。好在耶律祁没说什么，宫胤也保持沉默，只有她像夹心饼干一样，默默体验着被压力挤压成渣的滋味。

她很担心裴枢也要凑热闹，裴枢却一直在自己喝闷酒，似乎想将所有的话都用酒给自己烧了。景横波这才放下心来，然后才注意到自己碗里满满都是菜，鱼剔了刺，虾剥了壳，蟹看起来是完整的，一拨就发现完整的盖子底下是完整的肉，排得整整齐齐的，还是一只蟹形。

再看身边那人，目不斜视，几乎不吃什么东西，还在拿着一只蟹，玩着他高超的剥蟹技术。

对面，耶律祁忽然笑道："这蟹性凉，你脾胃不算强壮，不可多吃。实在馋的话，下次我做姜葱炖蟹给你吃。"

景横波下意识地笑道："好呀好呀。"想到耶律祁的美食不禁眉飞色舞，忽觉身边人动作一顿，顿时暗叫不好。

不过那动作只一顿，随即又恢复如常。过了一会儿，半只蟹递了过来，景横波还没来得及道谢，宫胤已经伸过手来，将盘子里还没动的那一只截去一半，拿到自己盘子里，道："加起来还是一只，你我分着正好。"

景横波默然——展示亲昵这种事，要不要干得这么行云流水？

那边裴枢眉毛一扬，忽然向她举杯，大声道："女王陛下，来一杯。"

这话说得自然，她没有拒绝的理由，笑吟吟地举杯就唇。裴枢看她要喝，目光一闪，笑道："喝了这杯，就算是接受我的心意了！"

正在这一刻，宫胤忽然凑在景横波耳边，轻声道："你说，叫宫景好不好？"

景横波一开始没反应过来，随即明白这是在接上先前"儿子名字"的话题，再一想，忍不住噗的一声喷出来。

宫颈？

"少胡扯吧你！"她扶着桌子，笑不可抑。

殿中气氛有些怪异，她顿了顿，忽然想起，刚才好像裴枢说了句什么来着？偏巧那时宫胤在说这个宫颈，她没听清。然后裴枢那句话说完，她就喷出去说了句"胡扯"……

她呆了呆，抬起头，看见对面裴枢的脸，好黑。

她直觉不好，捣了捣宫胤："喂，刚才裴枢在说什么？"

"就是你说的。"宫胤不急不忙地给她斟酒，"胡扯。"

景横波扶额——神啊，还是快让她把这顿饭吃完吧。以后再也不要跟这群人同席！

她想快快解决，有人却不想。裴枢显然是那种越挫越勇的类型，黑了一阵脸后，干脆起身，噔噔噔地直奔她来了。

景横波急忙道："啊哈，我吃好了，谢谢大王款待，现在我想去睡觉……"没等说完已经被宫胤一把拉下，"没吃饱说什么吃好，坐下。"

裴枢按住了她另一边的肩膀，道："和这种人在一起，当然吃不好，别吃了，回头我带你去吃好吃的。"

景横波恨不得一个瞬闪，闪到月球上去，可是不能。这两个干柴烈火，哦不，天雷地火，真要碰上了怎么办？

她只得站在两人之间，嘿嘿干笑，道：“好好好，没吃饱，好好好，以后再吃……”

裴枢忽然绕过她，探头对她身后的宫胤道：“喂，整天装神弄鬼藏头露脸不敢见人的，你以为这样霸住她，就是对她好了？”

宫胤一手拈杯，一手拉住景横波，也不看他，淡淡道：“论起‘霸住’两字，似乎少帅更合适。”

“我不过是勇敢追求我喜欢的。”裴枢冷笑，大殿辉煌灯火下，漂亮的脸澹澹生光，“比起有些态度暧昧不明，忽冷忽热，对女人也藏藏掖掖、心思难测的男人来说，最起码我敢作敢当！”

“纠缠心有所属的女人，不做也罢！”

“喂喂，你们别……”景横波感觉到火药味渐浓，张开双臂挡在两人之间，“别吵，别吵啊，有话好好说啊……”

“你让开。”两个男人同时开口，同时将她拨到一边。

景横波充满怨念地揉着手帕——如何才能阻止两个情敌吵架？帮谁都会让吵架更剧烈，这真是个无解的命题。她此刻满心感激，幸好耶律祁没插上一脚，不然这局面就太尴尬了。

上座的商王好奇地探着脖子，他也察觉了这边的情形不对，虽然裴枢、宫胤声音都不高，但明显气氛紧张。

耶律祁忽然端杯，走往上座，似要去给商王敬酒，挡住了商王的目光。景横波松了口气，心想耶律就是最识大体的好男人啊……

这个念头还没转完，耶律祁端着杯走过她身侧，在她耳边轻轻抛下一句：“你看那两个，带给你的永远是烦恼。事到如今，该选谁，你还不知道吗？”

景横波呃的一声，目瞪口呆地看他潇洒走过的背影。

这位“不动声色含笑杀人无影潜行绝杀剑”也很厉害啊！

她扶着额退到一边，这边这两个“唇枪舌剑四面埋伏群魔乱舞八连杀”还在进行中。

裴枢此刻也不怒了，也不烦躁了，端着个酒杯，扬眉笑道：“你懂什么叫纠缠？让人陷入情网再负了她将她一脚踢开然后想起她的时候又舍不得了再回头各种姿态这种才叫纠缠明白吗？”他一口气说完，灌一口酒，“我跟你说，男人凶悍也好，霸道也好，无耻也好，都不如伪君子来得可恶。爱她就得好好护她，一辈子护着她，珍惜她。无论什么时候都不丢下她放弃她离开她，这才不负自己对她的一生承诺，不负她这个人。做不到这一点，扯什么其余的都是胡扯蛋！”

景横波听得心腔子一缩一缩，心想少帅这暴龙脾气，骂起人来竟然这么切中要害一针见血。老实说，这些话多少也切中她的心思。当初那事件，宫胤给出的解释，并不能让她完全释怀，是她自己不愿意再介意，不愿意将一生浸泡在仇恨怨气之中和自己过不去，才就此放开。可是如果有可能，她希望能听见更令她信服的理由。

宫胤也静了静，他微微垂着头，从景横波的角度看不见他的脸，只看见他垂下的长长的睫毛，遮住了眼底的神情。

随即他淡淡地道：“这是我和她的事，外人切莫置喙。”

“我既然说要护她，那她的事就是我的事！”裴枢又是猛地一口酒，抓过酒壶再斟一杯，凶狠地道，“你就算占着她霸着她，也管不着喜欢她的人关心她！若她父母兄弟在，你也能对他们说，这是你和她的事，外人无权置喙？”他转向景横波，“我不和你玩暧昧，就退一步，我就算是你的朋友、你的亲人、一个在乎你的人，有没有权利管你的事，你说！”

景横波被他灼灼的目光逼得后退一步，心中满满的不知是感动还是无奈。这样的问话真真逼人入死角，偏她还一丝也回绝不得，回绝了，对不住她的良心，也对不住裴枢的一腔诚心。

她只能硬着头皮道：“你有。谢谢你，只是我不……”

“这就对了。”裴枢立即打断她的话，转头又盯住了一直沉默的宫胤，“你若做得完美，别人再说什么那叫煽风点火找茬。你没做好开头，就别怪别人顶到面前质问！我裴枢追求所爱，不是死缠烂打。大丈夫何患无妻，便纵她一生和我无缘，我也没什么可怨怪的。但就算分道扬镳，到老到死，她过得不好，我想管她，我都管得！”

“你便管得，也该先管管自己。”宫胤声音冷冷的，“她如今不甘不愿，尴尬无奈，你怎么不管？”

“不甘不愿，尴尬无奈，也比雪夜受伤被逐，流放天涯，心伤若死来得好！”

咔嚓一声，宫胤手中的酒杯忽然碎裂。

景横波吸一口气，只觉心间一痛，似被割一刀，再淹过这泼洒的酒液。

“别挑战我的耐心。”宫胤抬起眼，乌黑的眸瞳似深渊，要把人吸入，“你口口声声护她为她，再不分轻重地猛掀伤疤，你真的为她考虑过？”

“掀起伤疤的痛，也抵不上制造伤疤的痛！”裴枢毫不退缩，“你不过是仗着她心里有你罢了！”

“我和她诸般种种，我会给她答案，却无须向你交代。”

“你的答案？我是男人，我知道男人所谓的苦衷，都不过是个人私欲的掩饰，有了第一次，就有第二次。看一个人，看他行事，绝情、冷酷、狠辣、决断。你这样的人，叫我怎么放心！”

“骄狂、霸道、凶残、冷血。你这样的人，又有什么资格和我谈爱与护持？”

“凭我相遇她至今，未敢一事相负！”

“是吗？”宫胤转动酒杯，目光中忽添淡淡的笑意，“遇事莫吹大气，瞧，能让你负她的人，来了。”

“什么来不来……”裴枢刚骂出半句，忽有所觉，霍然转身。

殿口，不知何时立了一道身影。

宝髻松松挽就，铅华淡淡妆成，裙裾垂曳，衣带当风。

殿内宫灯辉煌如白昼，她却隐在门槛处半明半暗的光影中，露出的半边脸颊线条精致，一抹红唇如晚绽的玫瑰，在雪地中盈盈欲滴。

景横波眨眨眼，又揉揉眼——这位是谁？瞧着好眼熟。

商王有些惊讶。宫胤转头对他解释道：“老夫的车马接来的新客。”

宫胤的车马持了黄金级别的请柬，只要不带太多人马，可以自由出入商王王宫。

“如此，也是贵客，快请，快请。”商王急忙相迎。

不等他欢迎，殿口女子已经迈过门槛。

她举手投足的姿态，三分优雅三分贵气，裙裾不动，人已经行云流水般进到殿中。景横波只觉得她的步态说不出的好看，就着灯光仔细一瞧，惊呼：“破天！”

这一喊，原本根本不愿多看外人，一心只虎视眈眈找宫胤吵架的裴枢也一怔，不禁回头仔细看了一眼。

这一眼一瞧，又是一怔。

灯光下，孟破天正一偏头，对他微笑，笑容还是那天真少女灵动婉转的姿态，却多了三分优雅气质，三分有意无意的媚态，让人想起午夜在墙头悄然绽放的夜来香。

少女的甜蜜天真和女子的成熟诱惑，这一刻在一个人身上绽放，而那个人，相比别人，对自己意义亦有不同，算是他一生中，除景横波外，接触最深的女子。

裴枢眼神微微变深，着实怔了好一会儿。

有那么一刻，他觉得好像看见了一个自己假想中的完美女子。这女子并不是景横波的形象，他也没觉得景横波是最完美的女子，这是他少年时，幻想过的心仪女子的模样。

人在青春萌动，还没有爱人的时候，总会幻想自己的另一半，这和最后选择了爱谁无关，只是心头一个虚幻的想象，久而久之，也便忘了。然后有一天，喜欢的那种类型忽然变成实体，俏生生地立在他面前，还是一个他知道对他情根深种的女孩儿。他的眼眸也有一霎迷乱。

他一直瞧着孟破天，直到孟破天走到他对面，自然又姿态优美地坐下，大大方方地给自己斟了一杯酒，对他敬了敬，笑道：“少帅，好久不见。”他才惊醒过来。

一惊醒，眼眸便恢复清明，他目光一缩，忽然掠过一丝杀气。

裴枢再转头盯住了宫胤，他身子往下一探，双手压在桌上，压低声音问：“你的手笔？”

宫胤对他举了举杯：“你有权力干涉你喜欢的人的事，那么，喜欢你的人自然有权干涉你的事。”

裴枢盯他半晌，忽然低低笑起来。

“机关算尽，枉费心思。”他轻蔑地点点宫胤，加重语气，“枉费心思！”

宫胤笑而不语。

景横波松了口气，孟破天来了，裴枢也没法再吵下去，很多事涉及隐秘，不适宜再给孟破天听见，她急忙过去拉孟破天叙话，又问她如何变化这般大。孟破天只道有高人指点，景横波听得羡慕，连忙问高人是谁，是不是可以给她引见一下。

孟破天还没回答，宫胤忽然走过来，也不打招呼，一手牵走了景横波。景横波刚要抗议，他淡淡地道：“你无需什么高人指点调教。”

“为什么？”

某人不答。

景横波转身就走：“一句情话都不给我，什么仇什么怨！”

手再次被拉住，她转头，某人一边正经地和商王说累了要告退，一边轻声道：“想听，等会儿都说给你听。”

他用鼻音悄悄说话，景横波觉得自己立即酥了。

她酥麻麻地也跟着告辞，酥麻麻地接受了商王关于住宿的安排，酥麻麻地和商王商量好明日谈赔偿事宜，酥麻麻地甩下了裴枢和耶律祁，跟着宫胤魂一样地飘了。

商王给耶律祁、裴枢等人也在外庭安排了住处，一边殷勤送客，一边对殿下的侍卫统领使了个眼色。

他站在阶上，看着几人的背影远去，目光着重落在裴枢的身上。他身边忽然冒出几个影子，高高矮矮的。

“噗噗噗，”商王道，“你们瞧，这位裴少帅，背影是不是有点像那日的闯宫者？”

一个鹰钩鼻老者仔细瞧了半晌，沉吟道：“当日纷乱，没有看清。如今瞧来，有几分相像。不过，不会有人这么大胆吧？刚刚闯宫盗钥匙不成，就敢陪着王室成员出现？”

“别人不敢，这位连帝歌都敢打的裴少帅，一定敢。”商王痛快地噗噗噗几下，将憋了一天的气都放了个干净，才冷笑道：“今夜只怕还要有事，烦请各位都警醒些。”

“大王放心！”

王后寝宫灯火未熄，一片死寂，所有宫人都躲在自己的下房里，瑟缩着不敢言声。

她们已经听说前头出了事，但也不知道是什么事，只知道来了很多护卫，带走了大部分宫人，然后封门，加派人手看守。一连串动作看得久经宫中风浪的宫人们胆战心惊——这分明就是在封宫！王后娘娘出事了！

王后此时正躺在正屋里，不言不动，直直地望着殿顶。

她的幼子商曜坐在一边，背对着她，脸色铁青。少年在要命时刻护持了母亲，但不代表他内心赞同母亲的做法。此刻他握紧双拳，胸中满是愤懑，却一句都无法对已经快要崩溃的母亲发作。即便丧心病狂，不择手段，那也是他的母亲，是为了他好。

一句“为了你好”，足可扼杀无数儿女的抗争，写满为人子女的无奈。

商悦悦坐在床边，端着一碗燕窝羹，轻声细语地劝着王后：“母后，母后，您多少吃些……”

久居深宫性格软弱的公主，能做的也只有此时不离不弃，留在母亲身边。

王后却似呆呆地没听见，眼珠子激烈地转动着，似乎还在思考着什么。商悦悦看见她这副神色就害怕——母后每次下重大决定，都这个模样。

她将燕窝羹再次凑近王后唇边：“母后，您吃一些……”

王后忽然抬起头来，一手拨开燕窝羹，碗落在地上，碎片与汤汁四溅。商悦悦惊得连忙退开，连连抖着被弄脏的裙子，不防王后忽然坐起身，就势身子一滑，忽然便跪在了她脚下。

商悦悦惊得瞳孔都大了一圈，商曜霍然转头站起。

“母后！”两人急忙扑上去拉王后。

儿女的呼唤拉扯，并没有能令王后起身，她似磐石一般，死死跪在地上，跪在一地稀脏的燕窝羹中，一手推开商曜：“走开！今儿的所有事，你不许插嘴，否则母后立即死在你面前！”

商曜被惊住，哆嗦着嘴唇退开。

“悦悦！”王后一把抓住了商悦悦的裙子，仰头望着她，“悦悦，母后败了，你也败了，你弟弟也败了！我们要被打入地狱了！最重要的是，你弟弟会被毁了！不能这样，不能这样！”

“母后！”商悦悦拉不动她，只得扑通一声也跪下来，抱住她的肩，凄声道，“败了就败了吧！我们以后可以安静地过日子。父王气头过了，还会想起您来的。父王那么宠爱曜儿，也不会完全不给他机会的，您别绝望，您先别绝望……”

“不，我知道没希望了，商略不会放过我们的……”王后紧紧抓住商悦悦的臂膀，尖尖的指甲深深刺入她的肌肤。少女吃痛地皱眉，不敢吭声。

“那您要怎样？那您要怎样？”商悦悦终于忍受不住，失声痛哭，“别不甘心了！别不甘心了！再出什么事，咱们才是真正的经不起了……”

“不，还有希望，还有希望！”王后抓住商悦悦，“悦悦，你去找裴枢，你去找裴枢。”

商悦悦一呆。

商曜忍不住道：“母后，您失心疯了吧？裴枢刚才是什么态度，您没看见吗？”

“说了不许你插嘴，滚出去！”王后眼眸一竖。商曜素来有些怕母亲，只得退开。

商悦悦看弟弟被赶走，心中更加不安。

“悦悦……”王后附在她耳边道，“你去找裴枢，成为……他的人。”

“母后！”

少女的惊呼几乎破音，商悦悦脸色霍然惨白，几乎不敢相信自己的耳朵。

她眼眸里迅速蒙上一层水光，再也扶不住王后，抬手捂住了自己的嘴，声音还未出已经成了哽咽。

她今年十五岁，也到了择婿的年纪，有些事已经由老宫女启蒙，她知道这句话意味着什么。可是因为懂，才更无法接受。

她是商王和王后的长女，是最尊贵的公主！母后却要她去做最低贱女子都不会做的事！

王后眼睛一垂，避开了她的目光，她也有些难堪，可是有些执念，不是一些愧疚和自责，便可以抹杀放弃。

“听我说，悦悦，现在咱母子三人都陷入了绝境，等待我们的是死路。你便是为自己的命，也不能不再努力一次……裴枢虽然不喜欢我们，但母后看得出来，他是个敢作敢当的硬汉子，真要和你在一起了，绝对会对你负责……到时候，以他的军力和能力，最起码可以保住我们不死，说不定我们还有机会反攻商略，帮你弟弟夺取王位。到时候，你就是最尊贵的长公主，你还能拥有裴枢，母后承诺你，以后会用一辈子，好好疼爱你，补偿你……”

商悦悦闭着眼睛，不言不动，泪如雨下。

“悦悦！悦悦！悦悦！”王后看她始终不答，身子猛地一软，砰砰磕头，“算母后求你了！母后求你了！悦悦！”

她特意把头磕在那燕窝碗的碎片上，再抬起头时已经血迹殷殷，她一边疼痛地呻吟道：“悦悦……求求你！”一边对着瓷片，将额头狠狠地撞下去。

不成功便成仁，求不动女儿，也只能这样死在这里了。

一只手忽然伸过来，垫在了她额头下。瓷片擦破手指渗出的血和王后额头的血，流在了一起。

王后惊喜地抬头：“悦悦，你答应了！”

少女还是闭着眼，热泪横流，从脸颊上无声滑入衣领，她哽咽着，几不可见地微微点头。

“悦悦，谢谢你！”王后立即直起腰，她额上的血往下流，人却忍不住绽开笑意，这让她的脸看起来半面天使半面魔鬼，幽幽可怖。

她从床边的暗屉里取出一个小瓶，塞在商悦悦的腰带里：“这个你留着，到时候，撒一点……”

商悦悦咬着下唇，别过头去。

“那个……”王后似乎有些难以启齿，好一会儿才牙一咬，道，“那个什么紫微上人……如果你方便，也可以……接近一下……那样的高人，虽然未必会像裴枢那样肯承担……但也许会因此……照拂我们一些……”

商悦悦霍然睁开眼。她眼底的怒火，烧得王后向后一缩，讷讷地垂下了眼。

商悦悦不再说话，站起，转身，游魂一样飘了出去，一直走到殿口，才幽幽地道：“我是你的女儿，还是妓女？”

王后垂头，捂住了脸，身子瑟瑟颤抖，半晌颤声道：“……我也是没办法，都是为了你弟弟……”

“是了。”商悦悦声音空洞，“我想，下辈子再也不要做女人，再也不要做你的女儿。”

她轻飘飘地走了出去。

半晌，宫室里爆发出一阵猛烈的哭声。

商王给宫胤安排了外庭的一座单独的宫室，原本要按照规矩，将女性贵宾安排到内宫，但被景横波立即拒绝了，开玩笑，她才不要和商国王后住在一个区域，这要万一王后半夜越想越气，操把大刀过来宰她怎么办？她倒不怕王后宰她，但影响她和宫胤谈情说爱什么的也是不好的啊。

她坚持住在宫胤的隔壁，夜里翻墙方便嘛。

她让拥雪回去一趟，拿来了自己拍卖得来的宝贝以及她的某件神秘礼物，等下要好好向宫胤献宝。比如那火心甲什么的，很薄啊，银白色很通透，换句话说，有透明效果啊！这要是宫胤穿上躺下来给她看……她想起当初在帝歌，夜闯寝殿看见宫胤的透明睡衣造型……景横波抬起袖子，抹了抹快要流出来的口水。

为了翻个最惊艳的墙，她去翻礼服箱子，想要找件漂亮方便又不那么招眼的小礼服，去和宫胤来场夜下约会。

她扒在箱子里翻了好一阵，原本已经失望了，十六件礼服，件件都是长款保守版，漂亮是漂亮，但是除了手之外，什么肌肤都没露出来，她严重怀疑这件衣服是宫胤设计的！

她的手忽然在底下一摸，摸到了一点滑滑软软的东西，不像礼服，但可以确定是衣服。她来了兴致，猛地一抽，唰的一下那东西滑在手中，她展开一看，哟呵一声。

这明明是一件性感的绣花睡衣嘛！

低领、半袖、束腰、飘洒的短裙，玫瑰红的丝缎，像最柔美的花瓣。

她记得她有件留在玉照宫的睡裙，依稀就像这个式样。

“哟，某人这是在暗示我吗？”她将衣裳翻来覆去地瞧，笑嘻嘻地咕哝着，对着镜子比了比，骄傲地一挺胸。

此刻，远在帝歌的禹春大统领，看着天边的星月，也在笑嘻嘻地摸着下巴。

“主上，你那叠图纸有张划掉的，俺还是给做上了。呵呵呵，如果你能看见那件衣裳，那么，恭喜你，女王打算色诱你啦！”

景横波比划了半天，忽然扔开裙子，跳到一边，在自己那个大箱子里翻了一阵，掏出一件红色的东西。

那东西揉在手里小小的一团，展开了却不小，红色，平角，毫无技术含量的四四方方的一块，看上去像男式内裤，唯一亮点是裆中间似乎有团刺绣，绣的那东西造型比较诡异，有点像海参。

景横波拿着那条内裤，放在自己睡裙边比了比，陶醉地道：“姐手工就是这么精妙，这颜色也选得好，正好和这睡裙搭配，呵呵呵，那家伙看见这条内裤，要不要激动得晕过去？”

她将内裤收起，咕哝道：“总算做好了，总得试试大小是不是？”三两下换上丝绸睡衣，冰冷的绸缎冻得她的一个寒战，她找了件大氅披上，将内裤揣在怀里。

“咻。”

下一刻她出现在宫胤的屋子里。

再下一刻她瞪大眼睛，险些一个踉跄栽倒。

第四十八章　他和她的情人节

眼前的一幕，其实景横波想象过很多次，甚至做过很多次这样的梦，然后每次都在梦中笑醒，笑醒后怔然良久，怅然若失。但这一幕现在出现在她面前，那就绝对不是惊喜，是惊吓。

她站在门口，殿中挂一道透明的纱帘，帘子后隐隐约约是宫胤的身影。他已经换了一身白衣，竟然是个半跪的姿势，背对着她，面对着一个人影，一只手微微抬起，另一只手手中捧着晶光闪烁的鲜花。

这这这这造型……景横波下巴险些掉了下来——这不是标准的求婚姿势吗？宫胤怎么知道的？

这念头闪过之后，一个更亮的闪电，劈下她的脑海。

宫胤在求婚？

向谁？

殿内没有灯火，除了一身白的宫胤特别显眼外，其余都沉浸在黑暗中，看不见宫胤对面的是谁。

景横波怔了半晌，一股寒气从心底幽幽冒了出来——这是怎么了？

先前他还对她调情暗示，然后转眼对别人求婚？

宫胤中招了？发昏了？脑子生锈了？

一股怒气从景横波胸腔内蹿起——哪怕宫胤现在是在预演，是在实验，那也不行！

他的膝盖只能跪给她！

殿里头，宫胤还在跪着，隐约有些奇怪的声音。景横波怒火中烧，来不及多想，咻的一下蹿了进去。

下一刻她撞在一个冰冷的物体上，隔着大氅也能感觉到寒气瘆人，她伸手将宫胤狠狠一拉，道："起来起来，你在干什么！"

这一拉忽觉触感不对劲，坚硬冰冷，宫胤虽然是冰雪真气，但平常体肤也就是稍冷一些，不至于如此。

她低头一瞧，目瞪口呆。

那半跪求婚的宫胤，通体透明，眼眸冰彻，竟然是穿了一身白衣的冰雕！这冰雕雕得着实栩栩如生，以至于在光线昏暗的殿内，她竟然没有立刻分辨得出。

再一抬头看冰雕宫胤的对面，也是薄薄的一层冰壳子，只是披上一件红色披风而已。

景横波懵住了，不明白宫胤这是什么意思。做这么个造型是要给她看？想求婚自己求，做个冰雕做什么？

再看冰雕宫胤，微微上抬的掌心里是一枚戒指，也是冰做的，竟然还镶着"钻石"。"钻石"比例过大，鸽子蛋一样。

另一只手捧着一簇鲜花，一看，是冰封住的玫瑰。冰层晶光闪烁，玫瑰因此更加娇艳剔透。但这个季节哪来的玫瑰？景横波也不记得自己在大荒看见过玫瑰。

再仔细一看，玫瑰花其实是雕出来的，里面每瓣花瓣对应的位置，都填上了红色的花瓣，力求颜色形状一致，乍一看就是一簇玫瑰。

这一束花用心十足，景横波凝视良久，低头看看宫胤半跪的造型，扑哧一笑。这货难道是自己跪不下去，然后用冰人代替他来跪一跪？

她走到宫胤对面的冰壳子边，将冰壳子推倒，自己站在了那位置，款款伸出手臂，闭上眼睛。

头顶上忽然有光亮起。光芒洒在她的额头，温暖柔和。

她睁大了双眼。

只一霎间，殿内忽然亮了，灯火簇簇，宫灯熠熠，又一道帘幕缓缓拉开，流光溢彩的灯光下，是更加流光溢彩的花，满室的花。

杜鹃、玉兰、杏花、梨花、桃花、海棠、瑞香、紫荆、郁李、虞美人、三色堇……色如七彩霓虹，润如丝绸锦缎，天地间的颜色似乎都在瞬间簇拥到了眼前，又或者日出时的虹彩被人泼墨一笔，慷慨挥洒在这间殿室内。

而灯光下，这些娇嫩的花瓣都晶光四射，似点缀着无数水晶钻石，流转炫目的光彩，仔细看是瓣尖凝结了无数冰珠，像星星落在了花丛中。

景横波的眼眸有些发晕，这么多的花，满室满殿，热热闹闹涨了满眼。她忽然就想起了现代那世自己羡慕过的名人婚礼，王子和公主在满室鲜花中，将一生浪漫落定。

花香窒住了呼吸，她忽然慢慢湿了眼眶。

这一幕是什么意思？是以此暗示求婚，还是提醒她，这一切不过是暮色里的花，花间的冰珠，转眼就凋谢融化？

这一室的花，半跪的求婚者，辉煌的灯光，太符合她的梦想，可就是因为太过符合，来得太快，她反而不安忐忑，害怕这也不过是冰消雪融梦一场。

她原是热情快乐的女人，对于世间一切敢于大胆幻想，然而如今，步步竭蹶的穿越人生，让她学会了不再期待幸运，遇事未胜先虑败。她深深吸一口气，忽然听见头顶簌簌的声响，抬头一看，霏霏毛茸茸的大尾巴一晃而过，对着殿内指了指。

原来灯是这家伙点的。

景横波看一眼那冰雕，咻地又一闪。

下一刻她在更暗的殿内，空气清冷，似有低低的水声。

她这才想起先前听见的古怪声音，不就是水声嘛。

她的眼睛立即亮了。

他在洗澡！

哎呀，好像应该在外面等他洗好澡再进去？看人家在外头布置那么多，说不定就是为了分散她的注意力，免得她唰的一下就冲进他的澡桶里。

景横波假惺惺地对头顶的霏霏道："他在做什么，睡觉吗？"

霏霏蠢萌蠢萌地点头。

"哎呀，我这里给他做了一件衣服，得送进去。"景横波探头探脑，"你送？"

霏霏立即蠢萌蠢萌地摇头，用尾巴拍拍腿，示意自己累了。

"那么，我送？"

霏霏点头。

景横波眉开眼笑："回头把二狗子给你玩一个月！"

小怪兽就是识相！

她举着龙内裤，咻的一下穿进去了，"宫胤宫胤你睡了吗，我给你送衣裳来啦。"

黑暗的殿内水声哗啦一响，然后隐约似有白光一闪，她的手臂果然触及了滑溜溜的澡桶壁，掌心的龙内裤被唰的一下抽走，顺手扔了出去。她仰头，隐约看见龙内裤裤裆上绣的海参迎风招展……

下一瞬她的唇被一双湿漉漉的唇堵住，那唇带着水的滑润和花的香气，压上了她的齿关。他的舌头一次比一次灵活，轻轻巧巧地便钻入了她的芳香隧道，轻触、游弋、扫动、吸吮……他的身子慢慢探出了澡桶，随着越来越激烈的吻，水波也哗啦啦涌动，一波一波的热水涌出来，泼泼洒洒在她身上。她的手臂抵在湿漉漉的澡桶壁上，被蒸腾的热气和热水熏得面色如桃花，心里恍惚觉得这水怎么这么热，身子因此更加发软，她觉得自己像个面人儿一样，柔柔地贴在澡桶壁上。许是热力熏蒸的缘故，他的脸难得地发热，温温软软，有着丝绸一般的触感，呼吸热热地纠缠过来，有些热气拂到了她的耳后，她热且痒，那痒触及心底，忍不住发出轻轻的呻吟。

水声轻漾，似乎和唇齿间的摩擦吸吮一个频率，她的脖颈微微后仰，杨柳弯折般的弧度。她下意识地伸手，想要抱住他的腰，却只抱住了湿漉漉的澡桶，她忽然有些想笑，为此刻的造型，抱着一个澡桶接吻算哪般？

他似乎也发觉了，低低一笑，伸手将她一拎。她未及惊呼，已经被他抱了进来，坐在了澡桶边缘，下半身都浸在热水里，上半身的大氅早已脱落，火红丝绸睡衣也被打湿了一半，贴在身上。殿顶朦胧的光线打下，微光里火红的裙摆漂浮在澡桶水面上，再往上一个收束，似美人鱼流线型的尾，然后便是浑圆的臀。她身子微微后仰，因此越发收束起玉瓶一般的腰线，腰线往上骨骼曲线依旧精致，不能增减一分，隐约低领间露一抹雪白肌肤，往下便是一抹柔软的贲起……

澡桶边缘有点薄，坐着并不舒服，水声哗啦一响，他站起，将她的腰往上托了托。她肌肤沾水之后更加润泽，他手指一滑险些抓握不住，往上一滑便滑到了她的腋下，无意中触及一抔惊心的柔软和喷薄，微带弹性，有着难以言喻的美妙触感。

他的手指不禁一顿，忍不住便要贪恋这般的感觉。她却觉得痒，咯咯地笑了起来，一边笑一边抓住他的肩，低头往下瞟——难得大神渐渐放开，居然肯和她洗鸳鸯浴，赶紧抓紧机会看看某人的人鱼线八块腹肌！

这么一低头，她一呆，然后不敢置信地尖叫："啊啊啊，宫胤你洗澡居然穿衣裳！你发了什么神经洗澡穿衣裳！"

澡桶里有低低的笑声，他按住她的后脑勺，给她一个深深的吻，压迫到她闭嘴，喘息，脸泛桃红，再也叽叽歪歪不了，才低声道："早知道你会闯来，紧赶慢赶洗澡，安排那么一场意外，也挡不住你，所以还是穿衣服洗澡是最明智的。"

“明智……确实明智。”景横波眼睛向下瞄，隐约觉得他虽然穿衣裳洗澡，一副死要禁欲的德行，但那衣裳又薄又轻，紧紧贴在身上，和不穿也差不了多少，甚至可能比不穿还诱惑。她光是想象就已经要喷鼻血——据说禁欲气息才是最大杀伤的挑逗，现在她觉得，这话一点不假。

她努力想要看清楚，可惜一点光源都在她背后，被她挡住。殿内黑漆漆的，她的手指轻轻滑下去，落在他颈项肌肤上。和往日不同，他今日身体被热水泡得很温暖，这样的热力仿佛能从指尖传到心尖，她忍不住打个激动的哆嗦。

宫胤却以为她冷，轻声问：“冷？要不进来泡一泡？”

“可别。”景横波手掌一拦，嘿嘿笑道，“我才不要用你洗剩下的水。”

宫胤抓住她的掌心，五指交缠，道：“我可以洗你的剩水。”

景横波咯咯一笑，心想这家伙调情的话儿说得越来越熟练。她掐一把他的手背，道：“刚才外面怎么回事？”

“喜欢吗？”他在她耳边悄悄问，热气拂得她痒痒的。她向后让，他轻轻咬住她耳垂，她让不得，只得恨恨地捏他的腰肉。他腰上却滑溜溜的，玉一般的质感，根本捏不动，她只得泄气地戳他腰眼，手指很有力地被弹开去，年轻躯体的柔韧和力度，让人从心里荡漾起来。

他微微偏着头，还在等一个答案。景横波隐约看见他侧面的轮廓，睫毛湿了水，闪烁着细碎的晶光，钻石一般，鼻线笔直，唇线却柔软，轮廓漂亮而清晰。

她一面用手指在他身上划啊划，一路上划，顺着他的侧脸勾勒他的轮廓，一面道：“不喜欢。”

他似乎有些诧异，转过头来，凝视着她。

“不喜欢一切虚幻，不喜欢空头支票，不喜欢给出幻想却不能实现，不喜欢看见人间最最美好然后最终却没有得到。”她慢悠悠地道，“不喜欢我最期待的场景，不是真人实现，而是一座冰雕。那会让我觉得冰冷、遥远、无情，而且会在日出之前，就悄然化掉。”

他默然，五指交扣。她靠在他的肩头，声音似从胸腔里逼出，闷闷的：“宫胤，告诉我，这么美的一切，你今日为我精心设计，来日也一定能够实现！”

他轻轻抚摸她顺滑的长发，一根根理整齐。

“我和你想法不同，”他道，“我只想尽我所能对你好，在我能做到的所有时刻，去做所有你会喜欢的事。”

他默默补上一句，是因为怕犹豫拖延，或许下次就没有了机会。

在假国师和明城出手之前，他甚至连这样的表达都不敢，因为觉得没有希望，何必牵扯她不放，当真要她用一生来将他怀念，在寂寞中永度流年？

然而那日，他将计就计，诈得明城对他出手，明城所用的方法，终于给了他一丝曙光。

之前他研究过很多次拔针的方法，可惜雪山这门秘技太过隐秘，也从未有人拔针成功过，他毫无头绪。所以当明城蠢蠢欲动，他也乐见其成。果然明城和雪山的人有勾结，她的出手，提供给他一个至关重要的线索。

当日密室里，和假国师、明城当面的，自然是另一个假国师，正如那和明城接头的人所说，明城等人可以用易国的面具，宫胤为什么不可以？

把面具戴到胸口，这本就是他的惯用手段。

静庭多年来经历大小暗杀无数次，哪里会容得谁轻易接近中心。之前那么久，假国师随意出入，只不过是蒙虎安排人做给他看，放松他的警惕，让他低估静庭的实力而已。

当夜蒙虎先给了假国师机会，引出明城，在他们联手攻击下诈死，之后宫胤再诈死，而宫中护卫，在该调开的时候调开，在该出现的时候出现，一切都早已安排得天衣无缝。连那神秘人想要带走尸首查看，尸首都被一把火烧了。

假国师哪里知道，他走出静庭那一刻，就走入了一个圈套。他以蒙虎面目回到静庭时，禹春对他肩膀那一撞，其实就是确认真假的过程。

假宫胤是大牢里的一个死囚，以这场注定的死亡换来一家大小的被照顾。他下腹的那根针，是宫胤以近似于雪山的手法种在他体内的。

明城用来拔针的那虫子，他虽然没见过，但可以确定，是雪山独有。

或者，该去雪山一趟了……

去雪山吉凶未卜，所以他想尽可能地多给她一点快乐。

或许女人的想法是不同的，她们更需要的是实际的生活。

“其实，我是喜欢的。你不知道我看见那一幕的感觉，像忽然走进了童话里，又或者自己就是个童话。但就是太美太喜欢，所以忽然害怕了，”景横波趴在他肩头轻轻地道，“害怕这一幕因太美好而不能成真，害怕梦想也如这冰雕般化成流水。”

“我信有心便有希望，老天听得见所有愿景。”他道。

或许下跪那样的动作，他真的做不出来，可她如果喜欢，他愿意让她看见。

她想想，笑了笑，也觉得自己最近过于多愁善感了些，刚才那一幕多美，他将冰雕雕成那样，得花了多少心力，何必再扫他的兴呢。

“对了，还没问你，你怎么知道这个造型的？我不记得我和你说过。”

“从你箱子里掉出来的一个盒子。”他慢悠悠地道，“上面有这样的场景，盒子里装的是什么，我没看，只记住了盒子的模样。”

景横波想了好一会儿，才想起来，她箱子里似乎真有那么一个小礼物，是她有段时间聊天的网友，在情人节那天寄给她的，盒子里好像是粉红色戒指形状的香薰蜡烛。当时她还笑对方，情人节不说送玫瑰戒指，送个蜡烛算什么，吹灯拔蜡吗？

印象中那盒子上好像就印着这样的图案，只是盒子很小，她收拾东西的时候，是什么东西都恨不得带出去，胡乱往箱子里塞，自己也不记得都有什么了。印象中塞在了角落里，再也没拿出来过。

“我瞧着那模样，不知怎么便想到了求亲。”宫胤淡淡地道，“这礼物是谁送给你的？”

“啊？”景横波还在想着那盒子的事，随口道，“一个朋友啊。”

"男的？"声音很平静。

"是啊。"

"这不是我们这里能有的东西。"声音更平静了，"哪里的？你以前待的地方？你以前的……男朋友？"

"男朋友这词不能随便说哦，"她笑嘻嘻点他的颊，"不是你以为的男性朋友都可以叫男朋友哦。"

"那送你这东西的人，是不是？"他很有寻根究底的精神。

"呀，你好像在审问我呢。"景横波眼珠子转了转，揉了揉他的发，"请问国师大人，你是以什么身份在审问我呢？"

"以你我都期待的未来的身份。"宫胤的回答很狡猾。

"不懂。"她装傻，脚踢着澡桶，泼得水花哗啦啦地响。

"安静些。"他按住她的腿，她却在此时动作过度，身子向后一仰。他急忙按住她的膝盖，裙子却太滑，手顺势便滑了下去，顺着纤细光滑的小腿，握住了她精致纤秀的脚踝。他手指微微一颤，虽然之前已经这么多次触摸过她的肌肤，但每次触及，依旧会心颤，为那般的香美，丝绸软玉拂身般的销魂。

她却咯咯地笑起来，笑声灵动，嗓音却带几分微微散漫的沙哑。她仰身在澡桶下，大喘气儿道："哎哟喂，这是考验我的腰力啊，宫胤你可别拉我，你瞧瞧我能不能自己起来。"

宫胤一笑，轻轻弹了弹她的脚心。景横波怕痒，哎呀一声真的弹了起来，正在此刻宫胤迎上，下一刻她的唇落在了他的额头上。

他额头湿漉漉的，反射着明月般的微光。她一伸手便紧紧搂住他，身子向下沉了沉，正好盘住了他的腰，这动作有点暧昧，可是她站到桶底就会够不着他的脸，她只想好好亲亲他。这么久，虽然断断续续在一起，但真的能以本来面目相拥情浓的时候，并不多。

她也赞成他的话，在自己想做的时候就去做，尽情享受属于青春和爱的美好。过了那一刻，先别说有没有机会，首先就不一定有同样的美妙心情了。

她先亲他的额，那么热的热水，不能温暖他的脸上肌肤，是冷玉也是冷月，承载这人世间的无数宽广。

她再亲他的睫毛，他的睫毛不算很长，但很浓很黑，密密如扇。她的唇轻轻扫过，感觉到眼睫的颤动，那双眼睛曾被她深深注视，也曾将她深深注视，相爱有时候是那么简单的事，一霎间走进彼此的眼神，将身影印上虹膜，从此永难抹杀。

她再亲他的鼻子，高，挺，如地平线上巍巍雪山。他鼻尖冰凉，气息却灼热，她唇线顺着鼻柱游弋，两人的呼吸交融在一起。

最后是他的唇，之前他主动了那么多次，现在换她闯入他的天地。甜蜜与芬芳，交换与邀请，他的气息永远如此清凉，带着淡淡的雪莲香气，她有些笨拙地以舌尖挑逗，换来他温柔而又迅捷的席卷。

不知何时身躯已经紧紧贴靠在一起，这次她没有感觉到心口的冰凉，他的身体已经被泡热，暖暖地将她笼罩。她呼吸渐渐急促，手无力地在他腰背上滑来滑去，体内像燃起了一团火，这火从下腹传递到指尖，她忍不住在他身上摸摸捏捏，却又觉得一切的接触只在表层，而她想要抵达灵魂。

外头似乎是霏霏在玩灯笼，抱着宫灯在荡秋千，光影一荡一荡的，殿内便如有追光一般，一闪一闪。忽然霏霏咿呀叫一声，似乎失了手，一盏宫灯直飞过来，正卡在了屋顶横梁上。

然后他们就看见了彼此。

一桶深水，两个湿人。

景横波一眼看清楚，果然宫胤穿的是一件白色轻薄款丝衫，水一湿，简直比当初她夜闯寝殿看见的那件还要嚣张。透明的薄衫紧紧地绷在身上，领口在两人的纠缠之间被弄开了，属于男色的性感便张扬而出，一线锁骨平直，亮着水光，似两柄精美的玉如意，隐隐约约能看见衣衫下的精致肌肉，紧束腰线，还有两点薄樱……

景横波忽然觉得鼻子发热，在鼻血即将喷出来之前，赶紧捂住了鼻子。

她对面，宫胤忽然也抬了抬手，按了按自己的鼻子。

他觉得自己似乎要流鼻血了。

他知道景横波这样穿会很诱惑，但想象也及不上她真正的风情。火红的丝质睡裙在灯光下看来是一种更具诱惑的玫瑰红色，和她的唇色交相呼应，肌肤因此显得更为白腻，似最纯正的羊奶。睡裙的领口很低，低到不需要弄湿也能看出某处的汹涌，一线天深深一挤，似乎便要压着人的心脏，光滑的绸缎令纤细的腰看起来似流水。腰下的裙子湿了，呈现一种更深的红色，有种低沉的艳丽，像午夜里水晶杯里的深红葡萄酒，不需任何解说，天生代表诱惑。裙子下摆在水面浮起来，是一朵花儿娇嫩地绽放，她本人也是一朵花儿，或者一只斟满美酒的水晶杯，因为萌动的呼吸和氤氲的热气，渗出一层晶莹的水珠儿。

宫胤一边捂住鼻子，一边想着禹春其实还真的不算愚蠢。

这衣裳她穿起来果然很美。

景横波微微起了喘息，下意识地用双手搂住他的腰，只觉得他的弧度最贴合自己的臂围，正好一抱。

一抱上，她就不想下来了，在他身上磨磨蹭蹭。她真心喜爱他的身体，柔韧有弹性，瘦不露骨，肌肤也似冰雪般，闪着微微的光，靠得越近，越能感觉一股淡淡的香。她小狗一般在他肌肤上嗅来嗅去，肌肤本身似乎没什么味道，那股淡香，竟然像是自体内生成。

这洁净清凉的男人，修炼多年的般若雪，体内似也自生般若莲花香。

她只顾着嗅，却不知道自己温暖的鼻息，若有若无的唇瓣接触，对宫胤也很是一种挑战，他也微微起了喘息，忽地抱紧了景横波。景横波心一跳，顿时感觉到属于他的某些变化，不禁心怦怦跳起来，她觉得……她还没想好……

脑子里乱糟糟的，只觉得心跳声越来越烈，震动耳膜，她有点奇怪，随即发现这心跳根本不是自己的，是宫胤的心跳声，怦怦急响。

而此时，水温急降，原本很热的水，以身体能感觉到的速度在急速降低。

景横波觉得这心跳，这水温，都有点不正常，想到今日的洗澡水特别热，他为什么会在这时候泡这么热的热水澡？

她霍然抬头，宫胤却在这时转开脸，道："水冷了，可别着凉。先穿上衣服吧。"

说到衣服，景横波忽然想起先前被扔开的龙内裤，急忙道："我把你的衣服做好了！"

"在哪里？"宫胤目光一闪，似有惊喜，随即想起她刚进来就这么两件衣服，可没看见什么精致袍子，难道……

他忽然挑眉："你不会告诉我，刚才那团东西，就是你给我做的衣服？"

"是啊。"景横波理直气壮地道，"我答应给你做的内裤啊，做好了！"

"我明明记得你答应我的是衣服。"宫胤挑眉。

"明明是内裤！"景横波态度坚定。

宫胤默然注视她半晌，点头："好吧，内衣。我早该想到的，以你的聪慧，能缝出件人穿的东西已经不错，实在不该再苛求你太多。"

"谁说的！这内裤我花了半个月才做好，还绣了龙呢！"景横波很不服气，伸手一招，先前被宫胤扔到殿角的那团内裤到了手中。

宫胤扬起一边眉毛，微微偏头，看似不在意，实则还是有点期待地看着景横波慢慢展开的龙内裤。

然后他那眉毛便越扬越高，越扬越高，眼看着要飞过额头，飞到天外去了。

"好看吧。"景横波前后展示着龙内裤，得意扬扬地道，"我选了颜色最正的大红绫锦，请教了很多顶级的裁缝，做出了独一无二的设计……"

"请问，什么设计？"宫胤的眉毛还没能及时飞回来，正仔细皱眉研究着这连四角都裁不平的内裤，想从中找出"独一无二"来。

"不对称设计啊！"景横波指指四个不对称的角，"摆脱了平角内裤的单调死板设计，选择了活泼有个性的不对称剪裁，可以有效地掩饰腿粗缺陷……"

"我觉得我腿不算粗。"某人有点阴恻恻地插话。

"没有更好啦，这不对称剪裁还有个好处，就是可以造成视觉错觉，令原本不够挺翘的臀部，更加饱满性感……"

"你是在暗示我身形不好？"大神的声音更加阴恻恻，水温有点冻人了。

"也不是啦，哎呀，你不要打岔嘛，还有这个刺绣，这才是点睛之笔。"景横波指点给他看，"你看，像不像？"

"像什么？"某人盯着那要命位置的黑乌乌的一坨。景横波觉得好像听见了咯咯磨牙的声音。

"你觉得像什么？"她瞧瞧，虽然自己知道是龙，但宫胤能不能看出来这是龙，她还真的没把握。

"远看像海参，近看像蚯蚓。"宫胤忍无可忍地道，"景横波，你这又是在暗示什么？”

“这明明是龙！”景横波受伤地嚷着，将内裤一翻，“你看，这后头还有龙尾巴！我特意做了个俏皮的设计，让这龙把尾巴向后甩到屁股位置，看起来很别致是不是……”

宫胤脸上的表情也挺别致，反正景横波没见过，找不到形容词来形容。

至于这样嘛，她悻悻然。虽然她的手工是不咋地，但这毕竟是处女作呢，她也花费了很大心思做设计呢。现在不够好也说明她还有很大的进步空间，拥雪不也说第一次绣成这样很不错了，二狗子不也为这内裤专门吟了首诗嘛。

挑剔的家伙！

宫胤看看那伟大的海参龙尾护菊丰臀细腿多功能内裤，再看看景横波脸上的表情，似乎咬了咬牙，终于将内裤接了过来，道：“我再细瞧瞧，其实你第一次做成这样也算……”

他手忽然一顿，翻开内裤里面，刺绣那个部位，一团团的，全是线头。

他盯着景横波。景横波有点惭愧地笑：“人家不会收线头嘛，所以都藏在里头，那个，外面看不见的……”

外面是看不见，但里面难道要一直纠缠摩擦着吗！

宫胤的心情已经有点悲愤了——难道她不知道这种爱护，会关系到她自己一生的幸福吗！

内裤在他手中有点不受控制地被慢慢揉起，他忽一抬眼，看见景横波脸上挫败的表情，手一松，叹息道：“下次记得把线头去掉……嗯？这是什么？”

他慢慢抽出手指，拉出一根特别乱七八糟的线头，线头的尽头闪闪发亮，仔细一看，吊着根针。

景横波：“……”

先前拿着那内裤的时候，怎么就一直没发觉？

“我想，”宫胤抓着那海参内裤，揪着线头，线头尽头悠悠晃晃吊着针，慢吞吞地道，“你做这亵衣的时候，心中想的肯定是杀夫。”

“至于吗……”景横波咕哝，伸手去抓龙内裤，“给我，我去返工。”

宫胤一让，三两下将线头理清，将针拔掉，收在一边衣裳里，道：“给你返工，再多一根针？我收了，你记得还欠我深衣外袍长裤一整套便好。”

“放心吧！”景横波越挫越勇地道，“下次一定给你最完美的版本！不过，那个……”她觍着脸道，“你要不要先试试这件的大小？对的话，我以后也可以按着这个做啊。”

“以前在锦衣人那里，你不是得了全套尺寸吗？”宫胤不上她的当，淡淡地道，“按那个做便好，我等着你。”

“小气鬼！”景横波暗搓搓地骂，终究抵不住洗澡水越来越冷，又留恋地下死眼盯了宫胤胸膛一眼，才慢吞吞地向外爬。

宫胤忽然在她身后道：“你送了我亲手制作的亵衣，我也有回赠。”

景横波回头，正要问：“什么？”忽然宫胤跃出澡桶，抬手一推。

哗啦一声，澡桶翻倒，洗澡水倾泻而出。他手指一弹，那些已经失去热气的洗澡水，在流过地面时，忽然便结了冰。

一道冰流，似雪白的锦毯，唰地铺展开去，越过大殿，流向阶下。

景横波栽出澡桶，正落在冰流之上，刚被冻得打了一个寒战，宫胤手指一抬，大氅飞起，裹在她身上。

动物毛皮都含油脂，大氅和冰面一接触，景横波顿时顺着冰流滑了出去，滑向阶下。

澡桶的水有限，阶下已无冰道。景横波正觉得莫名其妙，宫胤不知何时已经裹上一袭雪白貂裘，一掠而出，双手左右一招，砰然两声，院子里两侧用来夏天种水莲的金缸翻倒，水流顿时喷涌一地。

水流狂涌那一刻，宫胤衣袖一挥，漫天水花凝结成一片蒙蒙雪雾。雪雾里两道水流在阶下铺卷汇聚，再被宫胤袖底狂风卷得飞上半天。

景横波仰头，就看见两道水流连接阶底冰流，也刹那成冰，而冲上半空的水流，在半空之上凝固、冻结，一寸寸化成一座直飞入云的冰梯，冰梯顶端水流绽放成花的形状，也在那一刻被凝结定型。星光月色下，那一座冰雕呈现淡淡的幽蓝色，剔透似仙梯，可凭此上天揽月。

她来不及惊叹，身后的宫胤忽然又将她一推。

景横波立即顺着那金缸水流汇聚成的冰梯滑了出去，借着宫胤的推力一路上滑，她感觉到身下悬空冰道发出的细微的咯吱之声，心知这冰承载不住自己的体重。正在可惜遗憾，却听宫胤在她身后道："吸气转元，我心明月！"

她下意识地照做，体内气流涌动，丹田深处真气如淡淡月光弥散，流转全身，她肌肤也在同时似发出明月一般的微光。

心法催动，身体飘轻，身下冰裂声消失，她顺利地一直滑到了顶端。

风声涤荡，顺冰直上，头顶就是青天，这感觉就像自己倒飞入苍穹，下一刻蹬脚可踹日月星辰。午夜凉风穿透胸臆，身周一片晶莹剔透，属于冰的凉意越发令人舒爽，似要敞开心怀，纳入这宇宙天地。

她忍不住咯咯地笑，对着青天舒展双臂，给出一个最热情的拥抱。

他送我上青天，我拥这天意缠绵，在青空尽头等待，愿彼此相爱万年。

此时若在天际向下看，便可见冰柱如巨大的晶花，盘旋向天，一人浑身散着淡淡的微光，如仙子飞旋而上，伸手便似可摘星。

此刻宫中也有人行走，无意中有人抬头，就看见这苍穹之下，忽生巨大冰晶之花，花萼之上，有女子蹁跹如仙，都不禁看得呆了。

不远的宫室里，耶律祁原本慢慢饮茶，忽然抬头，正见冰花在空中凝结那一刻。然后便见她拥抱青天，在天涯那头尽情微笑。

他未曾勾勒过如此幸福的时刻。

手停在杯侧，心停在胸腔，眼眸停在她面庞，碧茶清越，到此刻淡淡苦涩淡淡香。

另一间宫室里，裴枢走过孟破天身边，猛地开窗，便看见星空下的冰花，冰花上的她。

他猛地伸手，似要将她接住，却只一手兜过这午夜，带着雪沫的风。

景横波此时已经要倒坠而下。

冰花向下，她自下滑上，到了顶端就会立即下滑。

一条人影飘雪般掠来，一手揽住了她的腰，轻轻巧巧一翻，便带着她坐在了冰花的顶端。

冰柱虽薄脆，但能承担两个人的重量。两人都驱动真气，飘飘然坐在这半天冰花之上。

这一刻景横波看见巍巍宫城，看见朱红宫门，看见阡陌般的道路，看见整个商国王都。

天地都在脚下，心似也在此刻分外清爽，再容不下世俗烦恼，只愿有他，有此刻伴着自己看星看月看江河的他。

冰花之下，流水之道，尽头就是他亲手雕的冰雕，她看着那个造型，轻轻笑起。不必执着于其他，最起码这一刻他是真的。

身边宫胤一伸手，手中竟然是先前那一束冰冻住的“玫瑰花”。景横波意外又欢喜地接了，觉得大神真是越来越接地气了，竟然连这个都能想到。

宫胤又将她的大氅打开，披在两人身上，再将自己的貂裘打开，披在她身上。

她将微凉的脚伸入他怀中，他有点歉意自己的怀中不够温暖，便搓热双手，轻轻捂住她的脚踝。

她趁势抱住他的脖颈，轻轻地道：“你越来越浪漫了，越来越像个男朋友，真好。”

“嗯。”他并不谦虚，“这样以后，你便再不会轻易眼皮子浅了。”

“嗯？”景横波有听没有懂。

宫胤才不解释。他只要确保效果就好。据说女人要富养，富养了，她们便不会被人家一件破衣烂衫便勾了去。他就不信了，以后那些阿猫阿狗，谁还能给她那些别致礼服、珍贵首饰和今夜真人般的冰雕以及这最后的一路滑冰而上，坐在冰花之上看青天的经历。他给出每一样，都要她永生难忘，从此再看不上他人的殷勤。

“知道吗，”景横波像只松鼠一样，拱在他怀中，心中满满的安宁喜乐，轻轻地道，“你说那个画了图案的盒子，是以前人家送我的情人节礼物。情人节是我们那里的一个节日，属于情侣的节日，在那一天里，很多人会求婚……可惜那么多年，我从未真正意义上过过情人节。将来每年你都陪我过情人节好不好？哎呀，大荒没有阳历，现在是阴历几月初几？说不定最近的日子，正是情人节呢……”

“无所谓哪天是情人节，”他清冷的声音，此刻听来也满满的温柔，“我和你在一起，每一日都是情人节。”

我和你在一起，每一日都是情人节。

她一遍遍默默想着这句话，唇角渐现浅浅的笑容。

是了，真心相爱，每一日都是最甜蜜的，何须拘泥于哪一日。

宫室内，耶律祁再斟一杯苦茶。

宫室内，裴枢定定地看着那个方向半晌，猛地关上了窗。

青天之下，冰花之上，依偎在宫胤怀中的景横波，目光无意中一转，忽然发现了一点异常。

第四十九章　点鸳鸯

宫道上，有人失魂落魄地行走，在所有人都被半空的两个仙人般的人影吸引去注意力的时候，只有她一人毫无所觉。

她身后，似有一个瘦小的淡淡的影子出没，但那身影十分灵活，转眼就不见了。

隔得远，景横波并没有看清楚那两人是谁，只觉得前面那人步态奇怪，看似心神不宁，走路却下意识地避开了所有侍卫巡夜的路线，显然对宫中很熟悉，而且似乎是往这个方向来的。后面那人身形有点熟悉，却一时想不起来是谁。

景横波看了一会儿，对方走入了殿宇的拐角，看不见了。

她也就收回了目光，攀着宫胤的肩，道："今晚滑梯坐得很开心啊，我给你讲一个故事吧。"

宫胤嗯了一声，似乎没什么兴趣的样子，却将大氅又拢了拢，做好了认真聆听的准备。

"你一定很奇怪，我嘴里经常冒出很多怪词儿，都是大荒没有的，你有没有查过我的来历？"

"没有。"他道，"我永远不会去查你。"

她笑道："你也查不到啊。以前啊，我所在的地方，是个非常神奇的地方，大荒虽然遍地宝石，但比起那里，其实还是算蛮荒之地。"

他没有反驳，这话虽然不入耳，但他知道这是事实。景横波如此奇特，拿出来的每件东西都见所未见，他研究过她的一些小玩意儿，觉得这些东西，大荒也好，其余各国也好，都不可能做得出来。景横波原先所在的那个国家，一定国力比这大陆上所有国家都强上很多倍。

"以前啊，我住的地方是个研究所，研究所就是研究各种奇奇怪怪东西的地方。我从小就在那里了，也是一个研究品……"

"什么叫研究品？"他打断她的话。

"你也知道，我有点特殊。"她耸耸肩，"我这种能力，在哪里都不多见，在我们那里，这叫异能。研究所设立了专门项目，专门研究我们这种具有异能的人。也就是通过各种手段，来研究你为什么具有异能，你的异能是否可以用于科技生产和军事……”

“什么样的手段？”

“抽血啊，侦察脑电波啊，催眠也试过。”她指指脑袋，“有的研究方法我也说不清，有时候会很头疼。好在频率不高，一年也就几次，其余时间都是长期观察。除了出不去，别的倒也还好。”

她说得轻描淡写，他的脸色却越来越不好看，到最后近乎乌云盖顶。景横波瞧着不好，生怕他一生气，咔嚓一声把冰花弄碎了，赶紧补救道：“没事啦，一些比较极端的手段在法律上是禁止的，一般研究所也不敢光明正大地经常做。而且我们的生命权是受到保护的，不像你们这里，上位者想杀就杀，底层人民毫无生命保障，那才叫真可怜呢。”

“你不会再受到那样的待遇。”他淡淡地道。

景横波心里默默叹了口气。怎么说呢，宫胤听着这些觉得不可接受，可是对她来说，真要叫她选择，如果此地没有宫胤，她宁愿回归现代。不谈那里的科技和生活水准，最起码人权、自由以及单纯的普通人的生活，就已经让她无比怀念。

大荒这是人待的地方吗？为了做一个女王，受尽苦难，熬干心血，咬牙苦撑，千钧重负。现在不过路途过半，当上女王了也不过还是吃那些东西，睡那么大的地方，说不定还要早起五更，操劳国事，承担各种阴谋倾轧和压力，早衰早死……哪有在现代做个混吃等死的小白鼠快活。

也不知道那三个人怎么想，或者会比她更适应些，毕竟只有她，才是最厌倦争斗阴谋的那一个。

也许她们过得很好呢，也许也在欢庆情人节呢……她自我安慰地想，回头姐一定要找她们赔偿。

在她以为她们过得很好，欢度情人节的此刻——

君珂和纳兰述正在苦苦地打仗。

太史阑在和东堂苦苦地打仗。

文臻在和东堂皇室苦苦地打仗。

她发了一阵呆，宫胤并不催促，默默地注视着她。景横波很多时候会出神，脸上有种遥远的思念的神情，可以看得出她在想什么人。这让他有点不大舒服，私心里，他总认为，她的心里该满满的都是他才对，就像他心里，从来都满满的只有她一个。

但他也明白，景横波这样的人，这样的性格，她在当初，不可能没有朋友和在乎的人，他无权干扰她因分别而产生的思念，只希望那个可能因为失散而被她思念的朋友，早点滚出来。他相信，思念是因为分开，一旦相聚，也就那么回事。他可不能允许景横波总把什么阿猫阿狗放在心上。

“哪，我在研究所，有三个朋友……”

“男的？女的？”他终于逮着机会问出关心已久的问题。

景横波斜眼瞟他一眼，拉长声音：“女的……不过，男的也有哦，有很多哦。哎呀，曾经还有几个骚扰过我呢……”

“给你送那个什么粉色蜡烛的那个？”他的声音平静，似乎没什么危险度。

“多着呢……”她嘻嘻笑着，心想有种你去一个个找来算账啊。

他没有再说什么，挽住了她的手，低声道：“再说些你以前的事给我听。”

她依偎在他怀中，眯着眼睛，和他絮絮叨叨地说起研究所四人组。她是个看似外向其实心中颇有准则的人，一向很注重个人隐私。现代那些记忆和秘密，她无心专门隐藏，却也没有随便交代的欲望，只有当完全敞开心扉，她才愿意将自己的一切，和最重要的那个人分享。

青天之下，冰花之上，她的低语絮絮如风，拂过他的耳侧。她和他讲小透视的老实爱害羞，讲男人婆的强悍狂霸，讲小蛋糕的阴险狡猾，讲幺鸡的狗腿无用，说它除了吃屁用不顶，还有它那个无比拉风的名字：尤里·沙利克·阿列克谢耶维奇·伯格洛夫斯基。她讲小透视能看清一切人间疾病，男人婆能将一切毁坏的东西复原，小蛋糕有一手好厨艺，异能却最鸡肋，微视除了能看见极细微的东西外，似乎也没什么用，那种随时都能看见细菌的异能，能让所有有洁癖的人发疯，上帝保佑她去个异能很稀奇的小人国。

她讲研究所小气鬼的所长，爱抠脚的食堂老王，一流科学家和不入流文学中年姚教授……那些以往挺讨厌的平凡人，此刻提起，心间涌动的竟然也是怀念，或许怀念的并不是那些人和事，而是那些无忧无虑的岁月……

她渐渐有了倦意，说话也口齿不清，在入睡前，她忽然想起一个自己始终没有想明白的重要问题。

“喂……你说……尤里·沙利克·阿列克谢耶维奇·伯格洛夫斯基同志的小名，为什么叫幺鸡？这两者有什么联系？”

宫胤回答：“名字的第一个字和最后一个字的谐音。”

“哦！还是你聪明！”景横波恍然大悟，大神智商的碾压就是这么牛，他听一遍，就把自己困扰多年的问题给解决了，忍不住抱住他的脖子，吧唧了一口。

他一把抱住她，准备给个更深情热烈的回吻，不防身下忽然传来嘎吱嘎吱的声音，再一瞧，这货吻完人竟然就闭上眼睛睡了，软软地挂在他脖子上，真气也收了，以至于体重顿时压了下来，眼看着冰花要断。

他无可奈何地叹息一声，抚了抚她的眉，抬头看看宫廷。先前因为冰花忽现，而纷纷聚集的人群已经散去，四面的窗户都已经关上，灯火也渐灭，现在盯着这里的人，已经没有了。

确定无人注意，他手指一弹，一柄冰剑自他身后竖起，顶住了整个大氅。

然后他抱着景横波从大氅中钻出，闪电般掠回了殿内，速度很快，他确信这一幕没有人看见。

此刻从底下仰头看，那大氅还在冰花上头竖着，像两个人依旧依偎着坐在冰花上看月亮谈情一般。不近看根本看不出大氅里面已经没人了。

他决定要让这大氅竖上一夜。

抱着景横波，他手指一弹，发出信号。

有淡淡的人影仿佛从墙根里钻出来般，忽然出现在他面前。

“去查一下尤里·沙利克·阿列克谢耶维奇·伯格洛夫斯基这个名字。”他有点拗口地重复着这个名字。

“四个人？”蛛网护卫第一次茫然地摸头，这名字太有风格了。

“一只狗，小名叫幺鸡。可能不在大荒，可以向周边诸国寻找，并查和这个名字相关联的人，除了三个女孩外，如有查到什么研究所的研究人员，”他面无表情地道，“格杀勿论。”

“是。”

他平静地向殿内走，月色下身影清冷而煞气。

很难想象景横波这样热情活泼的性子，曾经历那样被研究被实验的生活。或许她已经忘记，玩笑般提起并不在乎，可他却不愿原谅所有曾伤害过她的人。

他将她抱得更紧了些，低下头静静听她匀净的呼吸，很欢喜她在他怀中，可以说睡就能睡着。

因此他也没看见，景横波在他怀中，微微翘起的唇角。

先前他抱她下来时她便已经醒了，听着他煞有介事地要找幺鸡，忍不住想笑，正想提醒他幺鸡只怕不好找，忽然听见他最后一个命令。

她有些惊讶，有些好笑，更多的是感动，感动于他无声的捍卫。

她转了转身子，将他的腰抱紧，感受着他雪般寒冷的气息，想用自己的体温将他焐热，哪怕一刻也好。

眼前的这个人，也是她的，是她穿越空间，吃尽苦头，寻来的宝。正如他将她无声捍卫一般，她也一定会用尽力气，将所有横亘在他和她之间的阻碍，踹倒，杀掉。

耶律祁喝完了第三杯苦茶，将杯子轻轻放在桌上，起身。

月色已经被云层遮住，天色晦暗下来，此刻四更时分，正是人们最疲倦的时辰。

耶律祁换上一身黑色紧身衣，戴好同色面罩。

忽然敲门声响起，耶律祁一怔，想了想，取下面罩塞在袖囊中，披上刚才脱下的外袍，去开门。

门开处，站着的是姬玟，看见她耶律祁不意外，让他感到意外的是她的打扮。

姬玟竟然是一身的夜行衣，扎束得十分利落。

迎上他惊讶的目光，姬玟笑了笑，道：“月黑风高夜，潜行夺宝时。姬玟冒昧夜访，请求与先生结伴做贼。”

耶律祁一笑，道：“王女也对紫阑藤势在必得？”

“先生如果需要的是紫阑藤，那么我就要些别的。”姬玟笑道，“入宝山不能空手而回，我需要一些战利品。高原姬国也有些有意思的东西，想来对先生会有帮助。”

耶律祁想了想，一笑，很自然地在她面前脱去外袍。姬玟看见他的紧身衣，抿唇一笑。

耶律祁似有意似无意地笑道："请王女记住自己的承诺，不要再去动紫阑藤，那个，我是要留给女王的。"

姬玟的笑意微微一僵，随即又恢复了平静，微微点头。

两人纵入夜色中，向着商王寝殿的方向潜去。离开前，姬玟望着耶律祁的背影，终于忍不住道："女王心有所属，先生不怕为他人作嫁衣裳？"

耶律祁没有回头，他的语声如这黑色衣衫柔软，在午夜风中悄然逸散。

"若她能欢喜嫁人，我愿为她制嫁衣。"

裴枢在和孟破天玩军棋。

说是军棋，其实只是一堆小石子儿，列出将帅，也有行军布阵，类似沙盘推演。

先前孟破天来找他的时候，满心反感的裴枢，是打算毫不客气地将她拒之门外的。谁知道孟破天不急不忙，从怀中掏出了一只小布袋，说："反正睡不着，咱们来玩军棋吧。"

裴枢关门的手，顿时就顿住了。

这是裴枢小时候最喜欢玩的游戏之一，他幼时家贫，喜好兵书，从小就爱和伙伴们玩这个，只是时隔多年，他自己也已经淡忘了这个爱好。

此刻在院子中，随便趴在地下，看孟破天摆开棋子，那些"棋子"也就是用普通石头打磨的，巧的是竟然很像他家乡的一种淡红色的圆石，手感熟悉得就像这些石子正是自己当年玩过的那些。久违的相思，淡淡的忧愁，浅浅的怀念，都不由自主地被唤醒，他忍不住便和她一来一往战了起来。

孟破天先前一出现的时候，优雅高贵得让他不敢认，然而此刻趴在地上玩石子，随随便便束起裙子，竟然也姿态自然。恍惚里还是那个孟破天，少了原先的几分粗粝，如今的疏朗也带着精致的味道。

在一次孟破天又输了，忍不住咯咯低笑，手上泥巴沾到鼻尖之后，他忍不住盯着她微微呆了呆，觉得她这一刻的娇俏纯真，恍惚竟和心底的某个影子重叠。

孟破天似乎也察觉，抹抹鼻子上的泥，斜眼瞟着他，问："嗯？很难看？"

这一瞥赫然又像一个人，他心中一跳，霍然惊觉自己的失态，猛然站起，将石子一扔，道："夜深了，你回吧。"

孟破天顺从地站起身来，并不觉得挫败，裴枢的所有反应，都在嬷嬷的预料之中。据嬷嬷的说法，这是少帅已经受了影响，却又不愿移情，心中在抗拒烦躁。这个时候，不适宜娇情任性，耐心等待他适应便好。

孟破天望着裴枢的背影，笑了一笑——想要获得所爱，总要耐心等待。她以前是个心浮气躁的性子，如今学了重要一课。

裴枢等了一会儿，不见孟破天离开，他心中越发烦躁，干脆跺跺脚，纵身而起，没入黑暗中。

孟破天很随意地耸耸肩，转身回到室内，裴枢的殿室没有生火，她决定给他生好火盆后再走。

商悦悦行走在月光下。

她衣衫单薄，连披风都没披，脚上的绣花鞋底子很薄，只适合乘坐暖轿在宫中行走，这样露天走一阵，脚已经冻得发麻，可她好像完全没有感觉。

或许是心中痛苦太烈，令人忘记肉体的所有摧折。作为商王和商后最宠爱的公主，她拥有宫禁的自由出入之权，很容易就从后宫到了外庭。外庭西边一片宫室，就是留宿外客的地方。

她知道裴枢住在那一片宫室的第三间。她对着那宫室痴痴望了很久，不愿去又不能不去，想去又不敢去，来回逡巡好久，好容易鼓起勇气刚刚抬脚，忽然看见窗户上映出女子的身影。

她怔住，万万没想到裴枢身边竟然有女人。

她忍不住摸了摸袖子里那东西，那这计划……

她心中一喜，觉得自己有了放弃的理由，可是刚刚转身，又停了下来。就这么回去，王后也一定不会放过她的……

商悦悦进退两难，越想越痛苦，不禁向后一步，缩在墙角阴影里，抱住了头。

她的肩头无声耸动，有低低的哽咽声断断续续地传出。午夜冷风下，墙角阴影处的哭泣，无声却断肠。

忽然有条身影，悄没声息地出现在她身侧，也往墙角一蹲，双手将头一抱，低头呜呜哭泣。商悦悦哭了一阵，忽觉自己的哭声里有杂音，一抬头，就发现身边忽然多了一个一模一样姿势哭泣的人。她吓了一跳，下意识想要叫，忽然想起自己这样蹲墙角哭泣，叫起来被人发现，明日又是大麻烦，急忙忍住。再看身边人哭得肩头一耸一耸的，浑然忘我，又身形瘦小，毫无威慑力的模样，紧张的心情顿时缓解，心想这大概是哪个宫室被欺负的宫女，半夜在这里哭泣来了。这种事她虽没亲眼见过，但在宫中也常听说，心中顿起怜悯之心，伸手轻轻拍拍她的肩膀，道："你也是个受了欺负的伤心人吗？"

那人不抬头，抱着肩膀，呜呜呜哭道："嗯。"

"你遇上什么为难事了吗？"商悦悦轻声问，心里想着如果有人比自己更苦，也算个安慰。

"呜呜呜。未婚先孕了。"那人哭道，声音幼细，听不出男女。

商悦悦啊了一声，心想这事可真羞人，可真……难办，有点惨。

"那……怎么办？"

"呜呜呜，爹娘要逐出门，姐妹们要杀了这个贱人。"那人继续哭。

商悦悦又啊了一声，想这姑娘命也和自己一样苦啊。

"呜呜呜，那男人还不负责，他心里有人，给了我肚子一拳，差点打掉了我的孩儿，从此一去不回了。"那人呜呜呜地哭。

商悦悦也要哭了，她开始觉得这姑娘比自己惨了。

"呜呜呜，顶着压力，怀胎十月好容易生下那孩子，等那男人回来，等了很多年。"那人呜呜呜地哭。

商悦悦有点糊涂了，这孩子到底是正在怀孕中，还是已经生下来了？听这声音，年纪不大啊。

“呜呜呜，吃了这么多苦，那男人一回来她就什么都不计较了，马上就爬上他的床了。不要脸，没骨气，呜呜呜。”那人越哭越伤心。

商悦悦听见“爬上他的床”，心中一跳，脸腾的一下红了，听见“不要脸，没骨气”几个字，顿时觉得如在骂她，涨红着脸一甩手道：“你怎么说话呢？”

“呜呜呜，那个孩子伸张正义，还被欺负。被吊打，被水浇，被欺骗，被迷倒。”那人不理会她，专心哭自己的，越哭越凄惨。

“那孩子是谁？”商悦悦迷糊地问。她已经忘记自己的痛苦和悲愤了，听起来这个故事比自己凄惨多了。

人总是善于从他人的噩运中，寻找心理安慰。

“呜呜呜，他遭受了这么大冤屈，还被脱光衣服，吊在树上，让一个镇子的人都来看他的小鸡鸡。一个镇子的人啊，还有女的啊，好多女的啊！”那人越哭越悲愤。

商悦悦红着脸道：“是挺过分的……”

“呜呜呜，那些人还假扮正主，污蔑正主的名声。他想要伸张正义，却奈何不了恶霸手段，还没开口，就被掳走灭口，千辛万苦才逃了出来……”他哭得鬼似的，鼻涕一把一把向地上甩。

商悦悦稍稍退后，避开他的鼻涕，小心翼翼地道：“那……那你打算怎样？”

“打算怎样？”那人不抬头，霍然一举手，手中有一包黑色的粉末，他狰狞地、凶恶地、咬牙切齿地道，“打不过他们，骂不过他们，但我还可以用我的血肉之躯，来控诉他们的恶行！”

“这……这是什么……”商悦悦闻见一股硫黄气味。

“可以引起燃烧和爆炸的东西。”那家伙不哭了，恶狠狠地道，“我要和那些恶霸同归于尽，我死在他们面前，看他们要不要承担责任……”

商悦悦一呆。一句话如闪电劈过脑海，她混沌的脑袋忽然被劈出一道灵感之路——除了身体可以让人负责，还有死亡，也可以！

如果她为裴枢死，以裴枢这种性子，也一定会对她负责，会对王后和弟弟负责。

被迫要做那种寡廉鲜耻的事，她心中早已恨不得死了好，她已经打定主意，只要裴枢开口同意负责，她就自尽。

既然都是死，为什么不选择可以保留自己清白和名声的死法？这样她还可以获得他人最后的尊敬。

“呜呜呜，就这样了，我要去死了，他们会为此付出代价的……”那家伙依旧没有抬头，蹲在那高举着手，手中装满火药的黑布袋子一晃一晃的。

商悦悦忽然一咬牙，抓起一块板砖，狠狠砸在这人后颈上。

那人一声没吭，应声而倒。商悦悦颤抖着手，抓起那黑布袋子，塞进了自己的袖囊。

那人倒在地下，在阴影中蜷缩成一团，手臂依旧挡在脸前。

商悦悦心慌意乱，此时也来不及仔细观察，对着那人拜了拜，低声道："别怪我伤了你，其实我这也是救你，好死不如赖活着，你以后会感激我的……"她慢慢红了眼，捏紧那个袋子，"因为真正必须要去死的是我……我……我要借你这个东西用一用，对不住，这辈子不能还你了……"

她又躬了躬身，匆匆走开。

阴影里，蜷缩成一团的人一动不动。月光透过花墙的缝隙，照亮他半边脸，那眼睛慢慢睁开。

"真是好诱哄的丫头啊……"他喃喃地道，"一说她就懂了，下手很干脆呢。"

他慢慢坐起身，摸了摸后颈，撇撇嘴。

"看她失魂落魄，肯定有心事，又往裴枢这来，肯定心事和他有关。过来一诈，就诈出来了，哟呵，看样子事情还不小呢，这姑娘打算干吗？烧死裴枢？自焚死在裴枢面前？"

他嘎嘎笑了一阵，笑着笑着脸色变得狰狞："该死的裴枢，竟然敢把本太子吊在那里，让一千人看了本太子的小兄弟！此仇不报，我枉为玉无色！"

月光下，熊孩子人群的杰出代表翡翠王太子玉无色站起身来，盯着裴枢的宫室窗户，露出一抹诡异又恶毒的笑容。

"得罪本太子，总有你好受的。马上一个女人就要跑你这来自焚啦，爽不爽啊，少帅？"

商悦悦悄悄转到裴枢宫室后方，捏捏左手袖子里的迷药，再捏捏右手袖子里的火药，静静地，耐心地，等。

孟破天在裴枢屋子里生起了火，热气上涌，她忍不住困意，趴在桌上睡着了。

两条人影闪出了宫胤所住的宫室，那是景横波和宫胤。二人今夜赖在这里留宿的目的，就是为了得到更多关于商国存放重要药物的宝台山的信息，夜深人静，开始行动。

同时出动的还有耶律祁和姬玟，以及从另一个方向过来的裴枢。

几人都往商王寝殿去，正常情况下，秘密都应该看守在那里。

但在接近商王寝殿时，姬玟忽然停住，看向一边一座黑沉沉的宫室，道："此处有蹊跷。"

"何以见得？"耶律祁轻声问。

"我听见了机簧的吱吱声响，还有隐约的铁器味道，很多铁器。"

"那说明底下有重重机关，那正该是我们需要找的地方。"

"不。"姬玟道，"这味道太浓烈了，底下殿室却不大。如果真的是设置重重机关，那机关多得人脚都站不下，根本不合常理。而且……"她抽抽鼻子，"还有一点隐约的硫黄硝烟的味道。"

耶律祁也专注地嗅了嗅，虽然也嗅出一点铁器味道，但姬玟所说的"让人脚都站不下"的铁器味道，还真是无法想象。

但他并不怀疑，立即道："那就走……等等，有人出来了。"

两人伏下身子，看见有人从底下殿宇中闪出，东张西望，似乎在等待着什么，似乎有些不耐烦，嘀咕了一声。

这么远，听不见，也看不见口型，姬玟忽然附在耶律祁耳边轻轻道：“他说，怎么到现在还没动静？是不是识破了这里？要不要去那里瞧一下？”

女子口唇极近，淡淡香气和柔软发丝拂过耶律祁耳侧。他不动声色地稍稍避让，有点惊异地看了姬玟一眼，却没问她为什么会知道那人说什么，只做了个跟上去的手势。

他们这群人今夜在宫中留宿，打的也就是商国珍药的主意，再加上前不久裴枢就曾经闯宫偷过钥匙，商国一定也有了防备。现在看样子，商国有心在这里设陷，要将来犯的人一网打尽了。

没想到姬玟五识灵敏到这个程度。

两人在屋脊上掠过，在月色阴影中跟着下面那个人潜行。耶律祁悄声问姬玟：“你五识怎么会如此灵敏？”

“我们姬国东境，和东堂西境靠得很近，越过一片高山沼泽，就是东堂。我们有时候也会乔装过去那边。东堂有个特别处，就是那边‘天授者’特别多。所谓天授者，就是天授异能的意思。有很多人有各种常人难及的异术。那个国家每年和南齐都举行‘天授大比’，对于培养后天的异能者，也有自己的一套独特方法，我去了几次，无意中得了一套法子，修炼了自己的五识，所以现在的听觉嗅觉视觉都比常人敏感点。”

耶律祁听着，心中一动，想着景横波不就是个天授者？

“说起来才好笑呢，”姬玟忽然笑道，“我第一次去东堂，就遇见一个微视者。那姑娘也是初到东堂，以为自己这微视很了不得，结果转个弯遇见个能穿墙的，再转个弯遇见个会生命接续的，她当时就崩溃了，长叹：老天太虐，异能狗遍地走……”

耶律祁也笑，忽然怔了怔，觉得这说话的调调，怎么这么像景横波呢？

正想着景横波，就见前面人影连闪。他认出那是景横波的身形，似乎正往先前那个有埋伏的宫室去，便遥遥做个手势，示意前方不妥，让景横波跟他走。

那边景横波也看见，认出是耶律祁和姬玟，她对这两人很是信任，当即转向。宫胤看看那边，也没什么异议。

四人跟着底下那人一路走，发现竟然还是回自己所住的外庭宫室的路，不禁有些惊讶——难道商国把真正要紧的东西，反而藏在了外庭。

但仔细想想，也没什么不可能。所谓大隐隐于市，把重要的东西就藏在他们隔壁，才最让人想不到。这是利用了人的心理定势。

又是人影一闪，屋脊上奔走的裴枢也发现了景横波，立即跟着过来。

一行人从不同方向，回奔向原先那片宫室，靠近裴枢住处的殿宇。

商悦悦在裴枢所住宫室外转了半晌，始终不得其门而入，她不会武功。

忽然一个人在她身边道：“你怎么还在这儿磨蹭？”

商悦悦吓了一跳，回头一看，身边蹲着一个少年，脸上乌漆墨黑的，只一双眼珠子骨碌碌转动，很是灵活。

她呆了呆，才啊的一声低呼："啊，你是刚才那个……"

她怔怔地看着玉无色，没想到刚才那个蹲墙角哭诉的家伙，竟然不是宫女，而是个少年。

玉无色嘘了一声，笑嘻嘻地看着她道："原来你不会武功啊……看在你听我哭诉的份儿上，我可以帮你一把，你是不是想进去？"说着嘴对着裴枢的宫室一努。

商悦悦咬着嘴唇点点头。

玉无色一笑，将她拎起，负在自己背上。商悦悦一声低呼，脸已经红了，还没来得及挣扎，玉无色已经轻轻巧巧纵起，越过了院墙。

商悦悦只觉得风声呼呼，赶紧闭上眼睛，再睁开眼时，自己已经在殿内的横梁上。

横梁之下帐幔深垂，帐幔之下火盆熊熊，孟破天趴在火盆旁边的榻上，睡得香甜。

玉无色拍拍商悦悦，指了指下面的火盆，咧嘴一笑，做了个投掷的姿势。商悦悦一惊，随即摇头，指指下面的孟破天，示意如果在那里爆炸，这姑娘会首当其冲。

玉无色翻翻白眼，又指指床的位置。商悦悦又摇头，红着脸。

玉无色拎着她又换个位置，指指靠窗的位置。商悦悦又指指窗外的花，意思是炸起来会把这些美丽的花炸毁。

玉无色暴走了。

这娘们怎么这么叽叽歪歪，人不能炸，床不肯炸，花也不肯炸！

他一生气，就一搡商悦悦。

商悦悦猝不及防，身子一倾，她赶紧抓住横梁，袖子却一荡，袖子里的黑布袋子，忽然就落了下去。

商悦悦和玉无色都大惊，急忙伸手去捞，却哪里还来得及，眼看那袋子直落地面。

袋子里有散火药，被风吹散，罩满宫室。

也有雷弹子，不需要明火，撞击便炸。

玉无色大惊，心知大事不好，抓住商悦悦就要逃，商悦悦却挣脱了他的手。

玉无色仓皇回头，横梁上幽暗的光线里，就看见商悦悦一张脸惨白如纸，眼底泪光盈盈，眼神却坚定如石。

少女目光坚定地对着他，指指自己的心，又指指下面，然后抱住了横梁。

玉无色在这一刻受到了震撼。

他看懂了这个手势的意思。

"祸是我闯的，我负责。和所有人，一起死在这里。"

玉无色心中一揪，忽觉难过又惭愧。

他真的只是想小小地教训一下裴枢，给他添点麻烦，并不想害这花季少女送命，不然他也不会不放心地跟过来了。但此刻看见这少女凄绝又坚定的神情，他忽然明白了任性的代价。

人们一次次为任性付出代价的过程，就是成长的过程，代价越惨痛，成长越快。

他在这一刻感觉到被强力拔节的痛苦。

“走！”来不及做什么，他猛地抓住商悦悦，又对底下喊：“小……”

“轰！”

一声巨响，便如一个雷劈在头顶，一股气浪冲天而起，咔嚓一声横梁断，玉无色和商悦悦被气浪冲得一个翻滚，再交叠着落下。

与之同时落下的，还有断裂的横梁、破碎的屋瓦和簌簌掉的墙皮。而四面墙壁都在颤抖，家具震倒，地面塌陷，烟雾弥漫。忽然又是噼啪一声大响，伴随着孟破天的尖叫声传来。

巨响一起，景横波等人都已听见，骇然回首，就见烟尘里殿宇正在倒塌。一看那位置，景横波来不及思考，身影一闪便不见。宫胤和耶律祁立即狂追而上。后面姬玟跟上，人影一闪，稍远些的裴枢后发先至，越过她身侧，奔向那倒塌的殿室。

裴枢的那个院子已经被一片烟尘所覆盖，景横波到了以后，根本看不见里面怎样，她一边大叫：“裴枢！破天！”一边向里冲。

闯进屋中，横梁已经塌了一半，正卡在门口。上头屋瓦还在簌簌往下掉，她无法再瞬移，从横梁下钻入屋中，隐约听见孟破天的喊声，却听不清她在说什么。

景横波只能摸索着向前走，忽觉上头也有人声，一抬头，上头那还没断的一半横梁上，似乎挂着个人影，正在猛力咳嗽，听声音像是少女。

她有点奇怪这人为什么不呼救，还有底下发生爆炸人怎么跑到横梁上去了？急忙对上头喊：“谁啊，是破天吗？你怎么样了？我来救你！”

她一边喊还一边要躲闪从天而降的砖瓦。上头那人却不回答，只是拼命咳嗽，声音犹带哭腔。

景横波正要闪身上去，忽然身后不远处又是一声炸响，又不知道哪里被炸塌了，什么东西翻翻滚滚地向她背后涌来。她只得先避开，这时却发现自己被四周倾覆的梁木、砖瓦、家具等物困在了一个很小的空间里，几乎走不过去。

玉无色那个不知轻重的熊孩子，袋子里火药散粉也有，雷弹也有。火药散粉飘散开去后，遇见明火就会不断出现小型爆炸，整个宫室顿时给炸成了筛子。

人影连闪，宫胤出现在景横波身侧，一把抓住了她的胳膊，道：“小心！”

又是人影一闪，耶律祁出现在她另一侧，道：“这里还会有爆炸，你先出去，我们负责找人。”

宫胤点头，两人有生以来第一次达成共识。景横波却摇头，道：“上头有人！”

三人一起抬头，忽然姬玟踩着横梁跳进来，站在比他们高一个身位的横梁上道：“可有伤亡？此地雷火气息太重，还会爆炸，快走！”

“都出去，我来！”又是人影一闪，裴枢出现在横梁顶端，比姬玟更高一个身位，大喊道，“孟破天！”

“我在这里！”一个乌漆抹黑的家伙，从殿深处的废墟里艰难地爬出来，对着裴枢伸手。

众人舒一口长气，景横波急忙踏着废墟，要去将卡在柜子和床架间的孟破天拉出来。

姬玟和宫胤忽然仰头，与此同时，耶律祁也跃上一步，仰头道：“上面是谁！”上面没有动静，似有隐约的压抑的咳嗽声。

众人对视一眼，脸色都不大好看——殿中只有孟破天一个，这时候出现在上头的人，很有可能就是出手炸殿的人！

几个人对视一眼，同时纵起。

几大高手一起出手，身形带起的旋风，卷得歪斜的横梁都一阵颤抖。

哧的一声似乎什么东西破裂了，上头那人发出一声尖叫。然后，烟尘中似乎有隐约的簌簌声响，像什么东西被倾倒了下来。

此时众人都在这东西的正下面，只是身位有所不同，而这时景横波也猛地一拉，将孟破天拉到身边，此时六个人，都挤在了这被横梁和倾倒物架起的一个不大的空间内。

忽然宫胤就坠落下来。然后是耶律祁、裴枢、姬玟……

景横波嗅了嗅，道："什么东西这么香……"

孟破天诧异地道："我好像闻见了一股奇怪的味儿……"

然后，啪啪几响，几大高手栽了下来，伴随他们落下的还有各种杂物，将他们各自隔开。隐约还能听到景横波的惊呼、孟破天的尖叫和裴枢的大骂。

轰的又一声巨响，也不知道哪里的雷弹又被触发，这回哗啦一声，整个屋顶都塌了，将几大高手，男男女女，全部压在下面。

屋顶上，两个面目呆滞的人，在面目呆滞地对望。

计划不如变化快，这一炸，炸出这样的结果，真是让人不敢相信。

好半晌，玉无色才吭吭哧哧地道："你……你刚才袖子里，落下的，是什么东西……"

商悦悦脸上表情不知道是哭是笑，好半天才哆哆嗦嗦，翻了翻自己的衣袖。

她右边的衣袖被撕裂，袖囊破裂。

玉无色若有所悟："你袖囊里原本有东西？掉下去了？"

商悦悦又是那不知是哭是崩溃的古怪表情，点了点头。

"什么东西？"玉无色瞧着便觉得不大好，硬着头皮道，"毒药？"一边想着回去后自己的屁股啊贞操啊什么的能保住吗，老娘会把他卖给山里的野人族吗？

商悦悦摇摇头。

玉无色松了口气，不是毒药就没事，底下那群人本事大得很呢，只要事情不闹得太大就好。

商悦悦抖抖嘴唇："比毒药还惨……"

"那是什么？"玉无色不懂了，这世上还有什么比毒药还惨。

商悦悦盯着自己那袖子，两边袖子，一边放了火药袋子，掉下来了，引发了一场爆炸。另一边放的就是母后给自己的那个"邀情药"。先前几大高手冲向横梁，身形带动气流，卷得她身形晃动，袖子被支出的梁木刮破，这瓶子也落了下去，当时就破了，粉末散了一地……

这粉末虽不比火药粉末声势惊人，但却更可怕。

她以前隐约听宫人说过，这药是宫中最厉害的情药，只要一点点，就可以让人神智迷乱，硬汉成藤烈女成菟丝花，陷入各种无法控制的疯狂。这是商国王室专用的珍品，据说还有别的妙用，是各国王室私下悄悄重金以求的妙品。母后顺手给了自己一小瓶，这分量，十个人也够用了……

现在，底下男男女女六个人，关系复杂，个个地位尊贵，各有国土和势力，这要闹出问题来，这这这……

迎着玉无色越来越着急的目光，她在寒风中哆嗦着，越想越觉得事情严重，终于抵受不住，哭了出来。

“天……事儿闹大了……”

第五十章　谁与纵情

此时殿内一片混乱，烟尘粉末簌簌不绝，根本看不清人影。景横波伸手去抓孟破天，却抓了个空，孟破天已经不在原来的位置。

而她自己却被一双灼热的手抓住，剧烈的呼吸声响在耳侧，那呼吸也是火热的，喷得她脸上发烫。她感觉应该是裴枢，大声道：“裴枢！是你吗？快瞧瞧破天怎样了！”

她一发声，头顶有人惊呼一声，然后孟破天的声音道：“裴枢！我在这里，你没事吧？”

景横波此时也觉得热，心跳得厉害，心中一惊，心想可不要中了什么招吧？听着声音，急忙将裴枢往上一顶，叫道：“他在这里！”

那边哗啦一声响，似乎孟破天拨开什么东西，手抓了下来。裴枢一直不吭声，剧烈的呼吸喷在景横波脸上。景横波能感觉到他抓着自己肩膀的力度越来越紧，手指快抠进了她肌肤里，似乎在忍耐什么。

她直觉不对，赶紧将裴枢往上顶。上头估计是孟破天，一把将裴枢拽了过去，大概用力过猛，刺啦一声，裴枢的衣裳被旁边斜下来的柱子挂住，撕裂了半边。

景横波有点担心地向上望着，隐约看见裴枢烦躁地哼了一声，一把将衣裳脱下一扔，衣裳落在缝隙里，挡住了她的视线。

景横波发觉那衣裳上有点奇怪的气味，就是她先前闻见的那种，赶紧捂住鼻子，听见上头咕咚一声，隐约似有喘息，也不知道发生了什么。

忽然又听见有人呼喊，是耶律祁的声音，在她的右上方：“横波！”

她应了一声，看看他那位置，感觉是比较向外的，很容易就可以脱身，不像她运气不好，被困在最底下的狭小空间里，急忙道：“别进来找我，你先出去！你出去后赶紧想办法把这碍事的梁柱抽出来，大家便都能脱困了。”

此时殿中横七竖八的东西太多，危险地架在一起，稍微一动，就可能有东西砸下来。而众人身处逼仄的下方，无处躲避，很容易被砸伤，如果强硬冲出，也会导致别人被牵连，尤其其中还有武功一般的姬玟和孟破天。

就连景横波也因为四周都被东西死死卡住，无法瞬移。

一堆杂物暂时困住了一群大高手，马上这里的巨大动静，会引起宫中军队的查看和围困，早点离开是正经。

外头耶律祁自然也懂这道理，答应了一声，向外移动。景横波听得他声音也微喘，心想他也着道了？还有宫胤，为什么一直没有声音？他怎么了？

那粉末落下时，她在最下方，吸入得最少，此刻除了有点热和心跳过快之外，倒也没太多异常。她担心着宫胤，试着从死死夹住自己腿的几根柱子间挣脱出来，身子刚一动，上头哗啦一声巨响，也不知道是自己挣动的，还是上头裴枢和孟破天发生了什么，她头一抬，就看见一个东西斜斜坠下，正对着她头顶。

她不禁啊的一声，手一挥，那东西稍稍一动，但却因为四周东西太多，没有被她瞬移成功，依旧斜斜地沿着柱子滑下来。

外头耶律祁答应了景横波一声，就向外抽身，忽然一只手抓住了他的手，一个带着微微喘息的声音响在他耳边，“先生……”

是姬玟的声音。耶律祁一低头，就在弥漫的烟光雾气中，看见姬玟抬起的脸。平日里温文素雅的姬玟，此刻两颊微红，眼波盈盈，眉梢眼角，尽是妩媚之色。

她素来矜持，此刻却抓住了耶律祁的手，手指柔若无骨，一团丝绵般悄悄地顺着耶律祁的袖子攀了上去：“先生……”

耶律祁手向后一缩，姬玟手指抖了抖，她有一瞬间的清醒，觉得羞愧。出身王族的女子，心里隐隐明白有些不对，想要咬牙控制着自己，却见那人如画眉目，风雅神情，心便似海上小舟一般，悠悠荡起，忍不住靠了过去。

耶律祁此时也觉得热而躁动，姬玟温软的身子靠过来，他立即敏感地感觉到女子气息的芬芳和肌肤的滑腻，忍不住也心中一颤，扶住了她的手。

朦胧光线里一个下视一个仰视，目光于烟尘中交织，各自见沧海浩荡。姬玟忽然嘤咛一声，抱住了耶律祁的腰。

耶律祁一震，正在此时景横波的惊叫声传来，耶律祁一惊，一把推开了姬玟，头一抬，正看见一个箱子从倾倒的横梁上方滑下，砸向底下。

此时他们面前都是各种乱七八糟被炸裂的梁柱杂物，横七竖八地架在一起。耶律祁抽出一截木头，待要顶住那箱子，以免落下砸伤人，却不防牵一发而动全身，嚓的一声响，在靠近他腰的位置，一截什么东西猛地弹了出来。

那东西长而尖锐，似枪尖猛弹。耶律祁一手抓住木头，一手攀住杂物支撑住身体，身后还有倾倒的床榻将他退路挡住，眼看那尖锐之物就要刺穿他的腰。

忽然姬玟闷不吭声地扑了上来，紧紧抱住了他的腰。

哧的一声闷响。耶律祁本来可以闪开，却不防姬玟扑上，听见这一声不禁一惊，伸手一摸姬玟的肩头，湿腻腻的黏了一手。耶律祁心知是血，顺着姬玟的肩膀向上一抚，摸到一截断裂的尖锐的木条，似乎是床上的横杆。

他急问："你怎样了？"想了想又叹息，"何必……"

说了一半他便停住，觉得似隐约听见了姬玟的叹息。

那女子的心意他自然明白，打定主意不接受，却也不愿践踏。

只是那桃花债无声背负，如果越背越多，将来要如何卸下？

姬玟并没有呻吟，咬牙不语。耶律祁能感觉到她身体微微的颤动，似在隐忍，好一会儿，姬玟才嘘出一口长气，轻声道："没事……"

耶律祁感觉到胸前有尖锐之物，是那床杆的尖端，已经穿过了姬玟的肩，差一点便刺进他的身体。

贯通伤最容易感染，他急忙抱住姬玟，踩着脚下较实的地方，向下移动，想找块安全的地方给她裹伤。

两人躯体紧紧接触，又是一番的体香交融。姬玟发出低低的呻吟，也不知道是因为疼痛还是难以自控；耶律祁额上微微浸了汗，也不知道是因为热还是因为紧张。

脚踩着最底下的一个柜子，确定不会再有东西倾落，耶律祁才将姬玟放下，匆匆脱了外袍，再脱了中间一层干净的深衣，从怀中取出金创药，给姬玟裹伤。

裹伤不可避免地要解了姬玟半边的衣裳，耶律祁说声"冒犯了"，偏头给她解衣。姬玟靠着箱子坐着，把头偏向另一边，咬着下唇，颊上泛起淡淡的红晕。

微光下，女子肩膀雪白晶莹，殷然血色便如珊瑚艳色灼人，朦胧中看去，更多几分婉转诱惑。耶律祁无意中眼角瞥见，只觉下腹似轰然一声，有火熊熊而起，转眼蹿出丹田，一路燃烧盘旋而上，忽然就觉得咽喉干燥，忍不住咳了咳。

而裹伤时，指尖总会不经意地触及她的肌肤，感官触觉此刻似被无限放大，那一点温软细腻，似摩擦在了心上。

手心不知什么时候起了汗，他抓住一边的木条，不顾那断裂的茬口粗糙，手掌紧紧地贴上去，要借那般的糙和冷，平息此刻的热和紧。

他动作很轻，手势很熟练，但毕竟是偏头解衣，把握不准，好几次险险地碰上姬玟的伤口，都是姬玟自己避开。耶律祁再三道歉，姬玟都不语，直到耶律祁第三次道歉，姬玟才幽幽叹了口气。

"我一直觉得，你是潇洒纵情的人，"她道，"现在，却像个缩手缩脚的迂夫子。"

耶律祁微微一笑，道："是吗，那早些看清楚也好。"手下动作不停，三两下帮姬玟裹好伤口，又帮她将衣裳披上。他的双手握住姬玟肩膀的时候，两个人都感觉到对方肌肤的热烫，两个人都颤了颤，不由自主地微微喘息。

姬玟是受了伤的人，抵抗力减弱，只觉得似热又冷，忍不住便要往耶律祁怀里靠。耶律祁双手扶住她的肩，身子微微后仰，后头却有东西抵住，退无可退。忽然胸前一重，姬玟已经靠在他胸膛上，发髻轻轻磨蹭着他的脖子，咕哝道：“好热……又好冷……”

耶律祁看她双颊赤红，嘴唇却发白，掌心发热，浑身却在打冷战，分明是中了情毒发热却又因为失血发冷，很容易落下病根。他想了想，只得脱下外袍，裹在她身上，他袍子宽大，将姬玟来回裹了两层，怕她意识不清楚动手动脚，耶律祁干脆连她双手都裹上了，看上去像个巨大的蚕蛹。

此时他内衣给了姬玟包扎伤口，外袍裹在了姬玟身上，上身也就打了赤膊。耶律祁四处张望，想看看还有什么没有被毁掉的帐幔，先裹在身上遮一遮。

体内热流涌动，所经之处，皮肤之下，似有酥麻感受，很难形容这种感觉，似乎很舒服，却又令人想要抓挠释放。耶律祁一低头，看见自己的肌肤忽然变得薄透，明光如玉，而在下腹处，隐约有一些花纹正在显现。

他一怔，他记得自己身上没有任何文身和胎记，这是怎么回事？

花纹显现得很慢，他正盯着想看清楚，忽然上头又是轰隆一响，隐约有裴枢和孟破天的惊呼，也不知道发生了什么。随着这一声，那些危危险险架在一起的杂物，又是轰然一塌，唰唰唰有东西又冲了下来。

耶律祁只得将姬玟一抱，往有限的空间一闪，撑起手臂，挡住那滑下之物。

他本想翻身以背挡住滑落之物，却因为地方狭窄无法翻身，只得以手臂硬挡。砰的一声，一个矮几在他臂上撞得粉碎，他的手臂因此被震得向内一收，正把他身上的姬玟按得向下一趴。

然后她的脸，就撞到了他的脸。

她的唇，也撞上了他的颊。

一刹那安静。

意识有点模糊的姬玟，霍然睁大眼睛。

双眸对望，各自震惊，震惊里有微微尴尬，微微迷茫。

片刻后，耶律祁试图让开，姬玟似乎也要躲开，唇却似无意般向下一移，啄在了他的唇上。

一刹那她脸颊绯红如桃花晚霞烂漫。

耶律祁又是一怔。

那一声大响，来自裴枢和孟破天。

没有试探和纠缠，也没有迂回和犹豫。孟破天抓住了裴枢之后，便舒展双臂，将他猛然一抱。

“你干什么？”裴枢立即要把她从身上撕下来。

孟破天不答，转头，吹了吹他的颈项。

裴枢痒得浑身一颤，只觉得半个身子立即酥了。

紧紧相拥的那个躯体，体香不同往常，是一种浓烈又微带清凉的香气，有点熟悉，有点特别。他恍惚间忽然想到少年时期的家乡，那座贫瘠的小山村，一到春天，便漫山遍野开满的一种野花，色泽清淡，香气却浓烈又清凉，大片大片在山坡招展。他记得那种花的根茎可以吃，曾助他度过最艰难的饥荒年月，记得那花十分坚韧，能开到初冬，记得他少年时初初萌动的倾慕，便发生在那片花海，记得那花海中的小小少女，在那苍黄贫瘠的土地上，也如一朵花摇曳鲜亮，在他心头盛放过。

他生性不喜欢花花草草，对各类奇花异草不屑一顾，然而到如今才知，原来自己亦有深深喜欢的那一种，便是那淡蓝色、浓而清、以坚韧扎根于地的，名叫巴丹子的花。

那香气从不想起，却总在梦端萦绕的花。

爱的不知是它的坚韧，还是少年时的纯粹。

体内燥热自丹田熊熊燃烧，一线烈火，自下腹奔腾而上，直冲头顶，他的眸子微微发红，迷失在那片巴丹子的花海里。

而她的呼吸如此贴近，只在他颈项徘徊，是春风过了十里关山，转眼天地都翻覆。

他禁不住迷迷糊糊地想，她是怎么知道，他脖子最受不得人撩拨的……在意识反应过来之前，他已经揽住了她，像多年前，苍黄山坡上，抱住那一簇簇的巴丹子花。

孟破天舒展的双臂柔韧如花枝，躯体却成了一汪春水，悠悠融化在他怀中。

也不知道是谁动的手，忽然裴枢的上半身衣裳便飞了出去，反正原本也已经扯破，离体也是顺理成章的事情。

他亦赤裸着精壮劲瘦的身躯，肌肤上泛着微汗的晶光，在烟尘雾气中闪亮。

不知道是因为药力还是内力，他的肌肤底泛出红色的肌理颜色，皮肤变得更加光滑薄透。

孟破天灼热着脸颊，压抑着怦怦的心跳，如落水者攀援浮木，不肯丝毫松开。

她亦激越冲动，不想辜负自己的苦心琢磨。

或者他的心尚留在他人身上，但她亦曾见他为自己眼神迷乱，哪怕一刻也好。

哪怕一刻，她也就因此有了勇气，为下半生相伴所爱而放纵努力一次。

她攀上他的胸膛，一霎间汗水交融，充满热力的湿漉漉的肌肤，一触及便像要飞上天堂。

在整个杂物堆的最上头，是宫胤。

他跃得最高，离商悦悦最近，被撒到的药粉自然也最多。

虽然那一刻，在烟尘里他也感觉到不对，立即闭住了呼吸，但那种药粉沾上肌肤，依旧有效。

宫胤落下时振臂一挥，将药粉驱散，头一抬，正看见商悦悦惊惶探下的脸。

他看了她一眼。那一眼如寒冰如冷电，似剑自冰水出，淬寒光万丈，看得商悦悦心头一窒浑身发凉。下一瞬宫胤衣袖一挥，商悦悦大头朝下猛地栽向杂物废墟。

忽然一条人影蹿起，一把抱住商悦悦向上一蹿，一个翻滚已经越过了破碎的屋顶。

那小子身影矫健，自然是玉无色。

他抱着商悦悦翻翻滚滚越过破碎的屋顶，栽落在宫室前院。那里，商王已经带着大批宫中护卫赶来，将宫室团团包围，却因为不知道里头情况怎样，不敢贸然进入。

玉无色用自己外衣将商悦悦一裹，抹了一脸黑灰，大叫："我是这殿里伺候的宫人，好容易逃了命，诸位可千万别再往里头去，里头落了一地的爆弹子啊！碰一下就炸啊！快逃命啊！"

众人都大惊，犹疑着不敢进入。商王也一惊，看见这宫室炸毁的程度，也知道这话未必是恐吓，想着此刻视线不清，如果真的殿内一地爆弹，贸然冲入只会损失更大，急忙挥手令护卫军队后退，眼神不由自主地看向身边一个高瘦老者。

那老者低低道："大王，此地离秘宫极近，这万一……"

"我正是忧心于此。"商王有些烦躁地道，"当初你说大隐隐于市，最明显的地方最安全。就算这些人心怀不轨，也绝对想不到想要的东西就在隔壁。可是你瞧现在，这一场爆炸，将隔壁的宫墙都炸塌了，很容易就会发现不对劲……"

"大王少安毋躁。"那老者道，"请容我等前去查看一二。"

他匆匆离开，躲在一边阴影角落里的玉无色，一直盯着商王的动静。他本有心想让商王军队放弃搜捕，卖给宫胤等人一个人情，将来那一群家伙想要找他算账时，能手下留情点，此刻瞧着商王神情鬼祟，他身边一看就是高手的老者匆匆离去，不禁眼神一闪。

商王这个时候不赶紧善后处理，还让身边人离开，什么道理?

出身王族的玉无色，天生对阴谋诡计敏感，立即推断，这是因为商王还有更重要的需要保护的东西。

他盯着老者离去的方向，眼看那人身影在黑暗中一闪，没入隔壁一座无人的宫室不见。

宫胤此刻无暇去追究商悦悦和玉无色的过错。

他在最上面，可以尝试拔身而上，最先脱离险地，却身子一沉，往下直坠。

因为景横波还在最底下。为了避免坠下的时候碰着乱架的杂物，导致联动反应，令他人受伤，他落得很慢，不停地在那堆乱七八糟的东西中，寻找可以落脚的地方。

耳听得底下似乎有裴枢、孟破天的惊叫，也似乎有姬玟、耶律祁的低语声，但最清晰的，还是相距最远的景横波的一声呼喊。他不敢出声惊扰，凝神听着，似乎不是惨叫，稍稍放心。

杂物堆架在一起，透过那些缝隙和烟尘，隐约可以看见人影，却不能辨认清楚到底是谁。

宫胤忽然停住了脚步。

他低头看着自己手背。体内有一簇小小的火焰，从丹田开始，在皮肤之下燃烧，筋脉血肉因此似乎发生了一些变化，酥麻而难耐，而手背上的肌肤，呈现出比平日更加透明的冰晶色。

他立即撕开自己的领口，低头一瞧，皱眉。皮肤果然变得更加滑亮，似成了一片薄薄的冰晶。冰晶之下，心脏位置，有一根针，此刻若隐若现。

这是属于这种药物的特殊妙用，在一定时间内，会令中者的肌肤更加薄透光润，软腻如云，有助于男女之兴。

宫胤立即扣紧领口，想着等会儿千万不要被景横波给扯开。当他再次低头的时候，烟尘已经微散，他忽然看见了一人半边赤裸的上身。

那人脸被一个箱子挡住，只露出半边胸膛和下腹。

下腹之上，似有图腾显现。

他怔住。

第五十一章　天下和你，我都要

一眼之下，那胸膛之上，渐显云纹。

宫胤挑起眉，十分诧异居然在这种情境下看见这幕场景。

是耶律祁还是裴枢？那人脸被挡住，他这个角度看不清楚。正要靠近，忽听底下景横波发出一声惊叫，当即再也顾不得，翻身向下。

他一路向下，牵动杂物更多，丁零哐啷一阵响，似乎什么东西落了下来，有女子声音叫了一声，随即响起翻滚的声音。因为翻滚，又有一些东西改变了位置　转眼连宫胤都不能确定刚才人到底到哪里去了。

正想去看个清楚，忽然一双手揪住了他的衣领，景横波气喘吁吁的声音响在他耳边："哎呀，可把我这腿给拔出来了，快快，拎我上去，这底下满地滚的雷弹，万一踩到一只就歇菜了。"

她急于探身出去，半个身子都挂在宫胤的脖颈上，手攥得紧紧的。忽然惊觉这姿势有点危险，可不要勒死大神，急忙松手，手指向下一扯，哧啦一声宫胤的衣领被扯开了。

景横波顺势就想看看锁骨什么的，宫胤一边用手挡住她，一边整理衣领，道："何必这么急色？"

"何必这么小气？"景横波觉得指下肌肤特别滑腻，好好摸，顿时浑身一紧，不能自控地咽了口唾沫。她一边做仰头望天东张西望状，一边手指头不肯离开，在他脖颈之下爬啊爬。宫胤伸手拿开，她就换个方向继续爬，爬着爬着忽然觉得手腕一紧，身子忽然萝卜一样被拔起，下一瞬已经坐在了宫胤的腿上。

她感觉到他肌肤的紧绷，甚至整个身体都是紧绷的，而脖子处的皮肤已经发生了变化，白滑而透明，如一块水玉，她抚上去的手很自然地滑落下来，滑入他敞开的衣领，落在他胸膛上。

然后她一怔。那种极冷的感觉又来了，对，就在心口的位置，像心脏里的血管是冰冷的，像那里藏了一柄极细的冰剑。只触及那一霎，手指便已经被冻麻。

下一瞬她的手被宫胤大力拿了出去，按在了壁上，她在手指离开的那一瞬间，指尖匆匆一抹。

此刻他的肌肤似乎特别薄，她觉得自己摸到了那东西的形状。

针状。

在心脏的侧面。

这种手感让她呆了呆，一时没能想明白，宫胤已经按住了她的手，一口咬在她的肩膀上，道："你动我不如我动你……"

这一口不轻不重，她只觉微痛里微痒，全身的血液似乎都轰然一声，都集中在这齿端唇下方寸之地，血在奔腾，筋脉在欢唱，她不可自抑地浑身发烫，肩膀微微拱成美妙的桥，忍不住伸展双臂，紧紧抱住了他的脖子，在他耳边轻轻地道："宫胤，宫胤，什么时候咱们才能在一起……"

"现在不就在一起……"他的声音有些含糊，唇齿间细细碾磨，细微的触感过电般地在她身体里游走。她神智漂浮，早忘却了身前何事，只感觉到身体空虚又满足，渴望一场释放或者一场容纳，忍不住在他身上蹭啊蹭啊，却又顾忌着四周不远处还有人，咬住唇吃吃地笑，又嗔他，"总在打马虎眼……"

宫胤抬起头来，暗光里那女子面容不清晰，但眼波清凉流转如活泉，潺潺的要将他缠绕，他忍不住低头在她唇上啄了啄，她立即报复地咬一咬，唇齿一碰，各自微微一笑。

两人此时都有些情动，都在咬牙忍耐，尽量不去碰触某些话题，以免真的控制不住走火。

景横波遗憾这时机太不对了，身边男男女女，无法纵情；宫胤庆幸这时机太对，身边男男女女，不能纵情。

两人对望，一个叹气一个嘘气。忽然又是轰隆一声响，好似外头有了动静，有杂沓的脚步声接近，接着扒拉重物的声音响起。看来外头商国的护卫军队，开始慢慢清理殿中杂物，准备将人弄出来。

宫胤揽住景横波，将她揉在自己怀中，以防被抽动的杂物滑落后伤及她。景横波趴在他右边胸膛上，眼睛却看着左边，想了想终于忍不住问："你的心脏那里，是怎么回事？"

她先前触及那根针后，宫胤早有准备，平静地道："家族遗传。"

景横波本来已经做好他或者拒绝回答或者撒谎的心理准备，并且已经想好了驳斥的话，此刻听见这句，倒怔了怔——这是宫胤第一次主动在她面前提及自己的家族。

她果然被转移了注意力，问："家族遗传？遗传病？你的家族到底是哪家？不会和紫微老不死同源吧？不会和雪山有关系吧？"

"虽不中却不远矣。"宫胤抚摸着她的长发，"龙应世家听过没？"

"那个连开国女皇都是他家奴仆的家族！"景横波眼睛一亮，第一次听说龙应世家时，她就莫名其妙地想到宫胤，总觉得这么高大上的家族，最配最高大上的大神。

宫胤目光一闪，似乎冷冷笑了一下，随即道："龙应世家是大荒百年家族之一。追本溯源，龙应世家、九重天门和紫微上人所属的昆仑宫，原本师出同门，在第一代发生了分裂后，各自携门中绝艺另行开宗立派。原先本三方关系不错，渐渐因主事人行事风格的变化，发生分歧乃至交恶，数代下来，也便成了陌路。”

“然后呢？”

“大家族盛极必衰，最先衰落的就是最入世的龙应世家。因为开国女皇的缘故，龙应世家一蹶不振，具体原因不必说了，那些古早的旧事，我也不大清楚。龙应世家被迫转入暗处，世代隐居，躲避当朝的追杀和迫害。而九重天门，则渐渐建立自己的第一世外隐宗的名声，超然于雪山之上，除昆仑宫之外，便俨然执武林之牛耳。”

“所以天门不喜欢有人能和他们平起平坐，便设计毁掉了紫微上人的山门？”

“具体的阴谋，大概只有紫微上人最清楚。那也是属于他们之间的恩怨。我们不必干涉。”

“这和你心脏的问题有什么关系？”

“般若雪属于龙应世家，因为当初三门分裂，导致各自的功法都留下了缺陷，本来还可以互补，但随着关系的交恶，渐渐也就失去了互相扶持的本义。龙应世家般若雪的问题是，修炼没有大成之前，体内会凝冰为针，那针其实就是冰寒真气的聚集。一开始粗如竹棍，会因为功力越来越精纯越来越细，相当于另一个小丹田。”宫胤面不改色地撒谎。

“那么功力大成，就会细到消失？”景横波最关心的还是他的健康。

“会。”他答得肯定。

“那为什么会在心脏？那地方岂不是很危险？”

“不在心脏就得在下腹丹田，你愿意？”他反问。

“关我愿意什么事……”她下意识反驳，随即反应过来——下腹？岂不是靠近重要部位，那针万一控制不好，把那管给截断了，她的景色、景致、景泰蓝就没指望了！

“那不行！”她脱口而出。

“什么不行？”他侧头看她。

“景色、景致、景泰蓝！”她目光坚定。

宫胤望定她，想着宫色、宫致、宫太懒三个名字真难听，她脑子里就不能有些高贵点的东西？

“在心脏要不要紧？”她又喋喋不休地问。

“你别动不动毛手毛脚的，就没事。”他答。

景横波哧笑一声，却真的不敢动了，眼珠子瞟来瞟去，又忍不住问：“要等多久？”

“快了。”他一脸光芒濇濇，看上去圣洁可信状。

有些事一味遮掩更令人怀疑，她从来不是个能被长期蒙蔽的痴愚女子，与其让她胡思乱想到处打听，还不如给她一个七分真三分假的答案。

“那你……”景横波还想问，宫胤忽然按住了她的唇，“嘘，殿后有动静！”

话音未落，轰！又是一声比先前更响亮的炸响！

在炸响开始之前，耶律祁斜斜倒仰靠在一个破损的箱子上，身前压着姬玟。四目相对，他微微皱眉，而她酡红了脸颊。

片刻后，耶律祁巧妙地一个挪身，便将姬玟给挪出了自己的怀中。

姬玟神情有点怅怅的，双手撑在箱子上，凝视耶律祁的风流眉目，悠悠一声长叹。

“好腰力。”她道。

耶律祁被她调戏，诧然扬眉。姬玟迎着他一笑：“姬国女子生长于高原之上，受天风沐养，自有寻常女子不及的纵情旷朗。先生与其在这遍地纠缠之中寸步难行，不如放眼瞧瞧高原风物，必也是一番新滋味。”

她落落大方地暗示，毫不遮掩地邀请，凝视耶律祁的眼神，平静又坚定，无畏又谨慎。

她不同于景横波的鲜活恣肆，也不同于孟破天的火热大胆，她不忘秉持高贵，也不忘热情追求。

耶律祁错开眼光，凝望远方，微微一笑。

“每个人一生都会走过很多地方，看过无数美景，但只有一处，才是故乡。”

姬玟默然良久，答：“此心归处，才是故乡。”

耶律祁莞尔，眼光落在殿内中心，景横波在那里，不知现在怎样了。听声音，宫胤已经过去了，景横波和他会不会……

他在默默看着景横波，姬玟默默看着他，各自心中的位置都没有挪开，等待着对的那个人来填补。

见他始终没有转过目光，姬玟悄然握紧了掌心中一样东西，那是一枚小小的雪白的长牙状物体，似玉非玉，上面镂刻着精细的花纹。

掌心将东西捏得汗湿，却因为他温柔的拒绝，而无法递出。

她正心神游移，忽然殿后一声猛然炸响！

炸响前一刻，裴枢和孟破天，三对人中最没控制力的那一对，正在满身汗水地相拥在一起。

阳刚体质，动情男女，烈火性情，使两人乍一接触，便似干柴烈火，砰然炸出欲望的火花。

裴枢并不清楚自己做了什么，正如孟破天自己也不大明白自己在做什么，只是一番喘息厮打之后，衣衫都已经不整。

朦胧光线里，他的手猛然握住了她的软腻肌肤。

孟破天殷勤地靠过去，靠在他肩头，似一朵婉转娇伏的巴丹子花。

裴枢在她耳侧呢喃，声音低沉而急切，满满的喜悦：“波波，波波，我可算……”

恍似冷水浇上头顶，孟破天忽然浑身一僵。

裴枢犹自未觉，手指灵巧地一抽，孟破天的腰带哧的一声，飞过了杂物的空隙。

她忽然伸手，拎住了裙子。双臂一夹，夹住了裴枢的手。

未曾想到会遭受拒绝的裴枢，呆了一呆，猛力一扳，便将孟破天的手扳开，欺身上来。

孟破天膝盖一曲待要顶住，被他顺手一捞，就势翻了个身，按在一块木板上。

身下破碎粗糙的木板磨砺着肌肤，她的脸贴在冰冷的漆面，忽然心中一痛。痛过之后是恍然。为何要做另一个人，为何要忘却本我，为何要迎合任何人的喜好？

就算一时呼应了他的喜好和记忆，也会被他心中的那个人自动覆盖。对于女人来说，最大的羞辱，就是做了他人的替身。

他的体重和气息如此实在，近在咫尺，得到便是永远。裴枢不会对她不负责，这也许是她唯一的机会。

孟破天忽然一声冷笑，一拳击碎了身下木板，飞快地抓起一片碎片，反手一顶。

裴枢顿住，低头看着顶住自己下腹的木板，断口尖锐，足以刺入腹中。

孟破天没有留力，尖端入肉三分，足够使他感觉到疼痛。

裴枢渐渐清醒，看定身下女子，眼底浮现赤红的愤怒之色。他猛然起身，一把抓过仍在一边的衣裳披上，又将孟破天的衣裳，劈头扔在她头上。

"滚。"他道。

孟破天一把抓下衣裳，挡在胸前，猛然坐起，怒瞪着他。

"该你滚！"

两人乌眼鸡一样针锋相对，各自气息咻咻，各自懊恼却又不知道到底为什么懊恼。

裴枢盯着衣衫不整的孟破天，嗅着巴丹子浮动的暗香，反觉此刻搂着衣裳红着脸怒瞪他的孟破天，比先前盘丝藤菟丝花一样的陌生女子，要可爱几分。

这一刻的她，有巴丹子花一般的野性和灼烈的味道。

忽然一声炸响，烟雾腾空，轰隆一声身边塌了半边，塌陷的地方正在孟破天的身后，孟破天身子向后一仰。裴枢不及多想，猛地探身将孟破天拉住，抱在怀中。

炸响声来自后殿，离他比较近，随即外头也有炸响声响起，先前逼近的脚步声不断后退，远远退出了殿外，架起的杂物哗啦啦倒塌，三个男人都忙于躲避和保护自己怀中的那个女人。

裴枢离后殿最近，一眼看见一个瘦小的影子拎着一大桶水，另外一个胳膊还搁着几件衣服，鬼鬼祟祟地从烟雾中闪了进来，对他频频招手。

裴枢眯着眼睛一瞧，哟，那个不穿衣服高高挂的小子。

"少帅！少帅！"玉无色捂着鼻子，怪腔怪调地喊，"外头炸起来啦，商国的护卫吓得半死，暂时不敢进来，我把这后殿也炸开了，你们赶紧出来！"

"你小子，"裴枢怒道，"没轻没重地炸，万一伤着人怎么办？"

"不会不会。"玉无色笑得诚恳，"我事先琢磨过，选了个最合适的爆炸地点，保证炸掉一部分阻挡物，又不伤人。你瞧，你现在可以出来了不是？"又扬扬手中的水桶和衣裳，"怕起火，带了水和衣裳，我体贴不体贴？"

"无事献殷勤，非奸即盗。"裴枢冷笑一声，看看自己的衣裳已经破了，一把抓过一件衣裳披上，回头对殿中杂物堆喊，"出来吧！这边有出口了！"

耶律祁和姬玟应声而出，耶律祁抱着受伤的姬玟，双臂伸得远远的，看见玉无色手中的水桶，放下姬玟，笑道："来一桶。"

玉无色哗啦一瓢水泼过来，冷水浇身，欲火消减，耶律祁长出一口气。他腹部显现一半的云纹，因为欲火的消退，颜色渐渐淡去。人影一闪，宫胤牵着景横波出现，第一眼就看向他还没穿上衣裳的上身。

耶律祁上身湿淋淋的，除了一点伤疤外毫无痕迹。

宫胤怔了怔。

景横波瞧着，眼神古怪——大神不是谁都不屑一顾吗？为什么一出来就盯着耶律祁的裸体看？哟哟哟，性向改了？不过话说回来，耶律祁身材皮肤还是这么好看啊，人鱼线八块肌……

一双手牵住了她的手，将她转了个向，一个人淡定地挡住了她的视线。万年冰山出现了。

景横波叹了口气，这样的男朋友很讨厌，自己不给她吃，也不让她过眼瘾。

宫胤又看了一眼裴枢，裴枢已经穿好衣裳，脸上红潮未褪，正埋头在水桶里猛洗去火气，宫胤瞥了一眼他发红晶莹的脖颈肌肤，眼神有微微的不确定。

刚才因为光线和角度的问题，只看见那云纹，却没看清人脸。裴枢和耶律祁都高颀健美，半个上身很难分辨，但就目前看来，似乎裴枢的可能性更大一些。

此时殿外被炸塌的砖瓦挡住，殿内因为玉无色炸得巧妙，已经清出通道。玉无色站在一个被炸出的大洞前，指着外头不远处一座宫殿，讨好地道："那里才是真正藏着商国秘密的地方，我已经查出了入口，趁着商国护卫现在乱，我带你们去。"

耶律祁微笑，裴枢瞟他一眼，宫胤点点头，道："多谢。"

玉无色心花怒放。

他惹出祸事，本想一走了之，但想到那几人的手段，就觉头皮发麻。他思来想去，还是将功折罪，卖一个人情给他们，那几个家伙看在他帮忙脱困又指引正确密宫的份儿上，一定不会再出手。

现在看来，这步棋走对了。

玉无色定下心，殷勤地带着众人从那洞口出来，指出了道路，告诉了他们进入的办法，又自告奋勇要去帮忙引开护卫。

耶律祁微笑，裴枢摸着下巴，宫胤点头："也好。"

玉无色如蒙大赦，拔腿就走，感觉到没人追上来，顿觉天也亮了，风也软了，道路也宽阔了，小爷我逃脱劫难了，回去有得吹嘘了——三对大高手被小爷困在一座大殿的杂物堆内，脱的脱，扑的扑，发生了很多不该发生的事哟……

然后他忽然觉得背后一紧，风声一响。

来势太快，以至于他根本来不及任何抵抗，下一瞬他就飞了起来，飞过炸毁的殿堂，飞过倾斜的檐角。他飞过大殿的时候，看见躲在殿口角落的商悦悦惊惶地抬起头来，下一刻商悦悦也飞了起来，飞到了他的怀里。

他下意识地搂住，不晓得发生了什么，随即他飞进了外头重重围困的商国护卫们的视线中，在众目睽睽之下，砰的一下屁股朝天，跌在了人群最中心。

嚓嚓连响，顿时无数刀剑对准了他。

有人惊呼："公主！"

“公主怎么会在这里？”

“公主被这小贼掳去了！”

“这殿一定是这小贼炸的，他身上的袋子有雷弹子的灰烬！”

片刻，商王暴怒的声音响起。

“来人，把这个掳掠公主、雷弹毁宫的刺客，下天牢严加审问！”

玉无色仰天长嚎。

“太傻，太天真！”

那边三个远远听着玉无色的长嚎，不动声色地向前走。

玉无色那点伎俩，在这三人面前完全不够看，他撅一撅屁股，三个人便知道那堆雷弹是他下的。

不作死不休的浑小子，送去商国大牢里清醒清醒，不用操心太多，这小子自己出得来。

隔壁宫室，就是商王藏秘的地方，先前护法担心那一处的安全，已经去查看过，正被玉无色看在眼里。护法查看一圈后发现没事就放了心，正好刚才那殿再次发生爆炸，护法自然要赶回商王身边护驾，所以此刻，那宫殿并没有高手守卫。

而因为隔壁宫室爆炸震动，将这边的机关部分震开，以宫胤等人的能力，很容易就破解机关进了密宫。按照玉无色提供的情报，在宫殿一间不起眼的下人房的夹层墙里，找到了夹层的房间。

为了节省时间，六人还是分了三组，分批搜索。景横波和宫胤留在外头厅内，解决了几处机关，翻出了一张十分详尽的地图以及一个名册。

地图是宝台山内山的布防图，紫阑藤等关键性药物就养在宝台山后山的皇家御池内。

看了那图，景横波才发现，生长紫阑藤的御池，并不像她想象的那样是露天的，而是要经过一片特殊的地域才能到达。在图的最中心处，并没有画着紫阑藤花，而是标了一个人形，在人形的腹上，绘着一朵花。

景横波有点揣摩不透那意思，是指紫阑藤需要以精血培养，还是那里有高手守护？

名册里是内山的高手布置和巡守时间，很多布置以暗语写成。其中的许多名字，据宫胤说，都是江湖中光辉闪闪的名字。

两人将东西默背记住，放回原处，再搜寻时，也没什么别的，就搜了一批商王珍藏的灵药。

景横波看没什么收获，转身要走，忽看见宫胤默默看着那名册，似乎发现了什么。

“怎么？”她凑过去看，发现宫胤盯着名册最上端的一个名字“龙胤”，不禁笑道：“咦，这人除了姓和你不一样，名字竟然一样呢。”

宫胤转头，看着她：“不，都一样。”

景横波怔了怔，才想起宫胤本姓龙。

难道这是宫胤本来的名字？那这人是谁？难道也是龙应世家的人？

“他是谁？”她看那名字高踞名册第一位，必然是商国倚重的保护灵药的高手，但这名字却陌生得很。

“不知道。”宫胤竟也摇头。

景横波想起一个重要问题。

“你家族的其余人，现在在哪里？”

宫胤微微沉默了下，道：“失踪了。”

“你的身世……”景横波想起以前听铁星泽说起过，宫胤曾经于雷雨夜坠落贫苦村民家庭，被村民收养，渡过了很苦难的童年。现在看来，他是自幼便和家族失散了。那么小的一个孩子，是怎么和家族失散的？雷雨夜砸破屋顶落于村民家中，不像他的父母会做的事，倒像仇人的做法。

“我也不清楚，这些年没有停止过追寻。”宫胤道，“一直没有线索。”

景横波睁大眼睛，不可置信。以宫胤的能力和地位，追查一个庞大的家族，会多少年连线索都得不到？那对手该是何等厉害？

“我被人送到山村，在那小村里长到十岁，十年之内，有个神秘人每年见我一次，传授我武艺。般若雪就是在那时期奠基的。”宫胤淡淡地道，“十岁之后，这人也失踪，我离开山村，另行学艺。我也曾寻找过他下落，但一直得不到消息。记忆中他身体不好，言语中曾透露要去寻药，解决血脉中的病根，我曾想过他是否会在医药之国商国，所以这次亲自来一趟。”

“那他应该是你家族中人。”景横波很是欣喜，如果宫胤找寻了许多年的亲人，能在商国误打误撞获得线索，那真是意外收获。

宫胤默然。九重天门虽然掌握了他的主要族人，但龙应家族曾有分支远离漩涡，未必全部被九重天门掌握。多年来他也想过通过寻找那一支，找回自己的族人，但后来却查出，龙应家族的分支，和主脉并不和睦，早已决裂。

物是人非，豪门恩怨，虽有血缘关系，却未必能论亲论友。有时候，亲友比仇人更可怕。

龙应家族，单字名的男丁，多半是直系尊贵血脉。尤其每一代，只有最优秀的男丁，才能起个和家族名近似的名字。

这样一个也叫“龙胤”的人，如果真的是亲人，甚至是长辈，那真是福祸难料。

宫胤忽想起传闻里，龙应世家规矩的森严，和那联姻的苛刻要求，不禁眉头微微一皱。

景横波犹自欣喜地叽叽呱呱，表示一定要和那个“龙胤”会一会，宫胤忽然伸手，将她揽紧。

“怎么了？”景横波察觉到他的异常，抬头看他。

那男子在暗影中眉宇凝成霜，并无突然获得亲人线索的喜悦。

“横波，”他将她揽在怀中，轻轻地道，“记住。我的天下也好，我的家族也好，虽然对我很重要，却永远没有你重要。”

景横波望定他，他清冷明眸中，倒映这扑朔人生烽火天下，但在所有纷扰背景之前，首先放着她。

“好。我记住。”她抱紧了他的腰。

我会向前走，不犹豫，不害怕，因为我如此贪婪。

你的天下，你的家族，你的圆满，还有那个最重要的你，我都要。

夜风涤荡，风中硝烟气息不散。

玉无色已经被商国护卫们拖走，一路大喊冤枉的声音响彻宫廷，可惜没人理他。只有一个商悦悦，满心担忧地悄悄跟了上去。

玉无色鬼兮兮地盯着那个娇怯怯惨白着脸却又不肯放弃地提着裙子跟着的少女，忽然觉得，这丫头其实还不错。

总比一回去就入赘做乡村大脸盘大屁股王菊花的夫君要好，是不是？最起码此刻还可以救他于水火。

玉无色转着眼珠子，开始认真思考如何骗傻白甜。

商王还不知道长女已经被个小毛孩盯上，他拢着袖子，立在风中，眯着眼睛看前方的断壁残垣。

护卫们在他身后有点诧异地面面相觑，不明白大王是怎么想的。

宫中有宫殿爆炸，大王带人前来查看，知道殿中有人，按说就应该第一时间进去搜寻，将人救出。大王原本似乎也是这个意思，但忽然便改了主意，硬生生按兵不动，也不知道在等什么。

之后第二次爆炸，有人查看过，回报说后殿被炸开，有人从通道中离开，按说大王也该立即去追查，大王却依旧等待在这里。

商王又等待了一会儿，才挥挥手，护卫们立即扑入殿中。

一道黑影缓缓移动，如一片黑云，在人群大部队离开后，无声无息出现在商王身侧。

他整个人缩在巨大的黑斗篷中，和四面的阴影浑然一体，不辨面目。

“你让我在这儿等，不要出手，”商王眯着眼睛，不看身边斗篷人，悠悠地道，“现在那些人，已经闯进了密宫。”

“闯得正好。”斗篷人声音闷在斗篷里，听来含糊地在笑。

“我那宫中陈放的可是宝台山的秘密，关系到我商国这一批灵药的保护，是真正的要紧物事。”商王转头盯着那黑黑的一团，眼神锋利。

“大王放心。”斗篷人满不在乎地道，“他们知道也没用，来得回不得。”

“你说这些人要留下是为了紫阑藤，你说有人买下了催熟紫阑藤的药物，一定会提前对灵药动手，你说外山的钥匙一定已经被盗走，这些本王都信了。为了保住这一批灵药，本王同意和你联手，将真正的内山秘密都拿来做诱饵，放任他们去偷，你可不要弄巧成拙，害本王的宝贝最后真的没了。”

“大王如不和我联手，你家的紫阑藤等灵药，一定会被这些人早早催熟，从外山打进内山，将你辛苦培育的灵药一扫而空，继而影响你今年和外界各国的生意，影响你商国的内政外交。”斗篷人笑着指了指密宫的方向，“不要小看这群人，是咱们大荒最厉害的那一群呢。”

“那你为何要我在名册上加上龙胤那个名字？”商王神情有些不解。

斗篷人盯着密宫的方向，算着那群男女一定已经满载而归。这些满心疑问和欢喜的人们，一定没有想到，自从踏入商国，便已经步步走入了他的局。

每个人都有弱点，或因名利或因权势或因身世或因爱人，他已经越来越清楚这些人的弱点。

胜利指日可待。

他慢慢笑了笑，缓缓抄起了袖子。

“为了这尘封的秘密，为了这大荒天下，为了那即将陷入局中的，他和她。”

第五十二章　争执

没多久，景横波和宫胤从商王的密宫里出来。正好耶律祁和裴枢也已经搜索完毕，双方各自打了个暗号，再悄然越过人群，回到那被炸的殿中，“灰头土脸”地从废墟堆里出来。

商王见众人出来，一脸如释重负的模样，连声道幸好贵客没事，又说已经抓到炸宫刺客，又命人给众人重新安排住处，态度十分殷勤。

前往商王重新安排的宿处时，几个人看见有军队悄然往密宫方向而去。不过几个人行事都十分老到，谁也没将密宫里的东西带走，并且抹去了所有有人来过的痕迹。

在新的宿处，六个人碰了碰头，景横波道：“我这边看到了宝台山的布防图和高手名册，以及相关安排。”

耶律祁道：“我那边找到了内山进门的腰牌，但不确定是哪种，已经拓印了下来。”

裴枢一脸的悻悻：“老子什么都没找到，但看见有一种特殊的衣裳藏在了夹层里，干脆也掳了来，也许能用得着。”说着抖了抖臂弯一件薄如蝉翼的连体衣，还连着鞋子，鞋子也分外轻薄，底子闪着一层荧光，似乎是什么特殊设计。

景横波本就没指望在商王眼皮子底下找到太多东西，有这样的收获已经喜出望外，收好东西，盘算着万事俱备，只欠宝台山一行，回头拿到了想要拿的东西，也就可以离开商国了。

她盘算完后无意中一瞧，发现面前的情况很有些诡异。姬玟坐在耶律祁近侧，耶律祁转头看着窗外，身子向外偏；裴枢和孟破天两个坐得远远的，屁股对着屁股，偶尔目光交接，她便似听见空气中似有铿然响亮——有杀气！

这边事情一结束，几个人都告辞去休息，裴枢拔腿就要走，孟破天抢在他前面出门，屁股一挤险些把裴枢挤倒。裴枢这个火爆脾气却没发作，反而挑了挑眉，盯着孟破天的背影看了好一阵。

那边耶律祁和姬玟又是一种风格，两人在门口客气揖让了半天，你先请我先请，堵在门口足足一刻钟，最后被不耐烦的景横波一脚一起踢了出去。

"爱咋矫情咋矫情去，别妨碍姐谈情说爱！"

砰的一声，门重重在两人身后关上，姬玟撞在耶律祁怀中，手抵着他的胸膛，脸已经红了。

耶律祁垂着双手，遥遥望着天色曙色渐染，轻轻叹息一声。

次日一早，景横波老实不客气地拖着她"师父"假上人，去找商王谈赔偿，如愿以偿要到了商国的很多秘药以及和商国日后的通商便利。为了方便自己，景横波所有的条件都没有指明哪一方，以免便宜了翡翠部。

谈好条件便出宫，还有七天就是撷英盛会，景横波谢绝了商王留她住在宫中等盛会的邀请——笑话，她还要忙着偷东西去呢。

出宫之后，她给分别卖往各部各国的七杀们留了暗号。很快，那些有幸买了七杀们的部族，便发生了一堆狗屁倒灶的事儿。会同馆一片乱象，各部各族焦头烂额，商国军队疲于奔命，整日忙着处理纠纷，连带整个商国王族，都因为各国贵宾频频出状况，而陷入了不断的麻烦之中。

在所有人都很忙碌的时候，那六个人再次分三批，前往宝台山。

宝台山山顶平齐，状如妆台，是有此名，但现在整个山顶都被密密麻麻的树木遮掩，在树木之间，隐藏着无数暗桩和瞭望台。看上去整座山肃静无人，但每当有苍鹰飞过，都会悄无声息忽然坠落。

鸟都飞不过戒备森严的宝台山。

所以第一批，裴枢和孟破天直闯宝台山外山，做出一副听闻此处有宝随意乱闯的模样，引出了宝台山外山的大批护卫。

两个人将护卫大部分远远引出，宫胤、景横波和耶律祁、姬玟趁乱，掠过了山脚的铁门。在铁门之内，是巍巍山体，山体上一大排山洞，有开凿过的，有天然的，大多数山洞都有门，门上有锁。

景横波手上有外山的门钥匙，但数目却和这些门对不上，其中必然有真有假，假的必有危险，一时半刻，如何分辨这门内真假?

姬玟忽然道："我试试。"说着纵身而起，掠向一道门，侧耳听听，摇摇头。她有超常的听觉和嗅觉，能够分辨门内到底是通道，还是别有机关。

景横波立即推耶律祁："你去保护一下人家。"

半山上依次听门的姬玟，看见耶律祁掠过来，回头一笑，笑容清雅。

景横波藏在阴影里，忍不住感叹："多好的一对。"

耶律祁却忽然回头，看了她一眼，这一眼看得她心下一堵，感叹也噎在了口中，觉得自己似乎残忍了些。

她能感觉到，裴枢和孟破天性情有投契之处，简单粗暴又热血的裴枢，未必没有机会再去爱上一个人。

但耶律祁是真正成熟腹黑的男子，阅遍世情，看尽人间风雨，轻易不动心，动心则长情。她没有把握能让他在前行的路上转侧他顾，看见属于他人的鲜艳。

她悠悠叹口气。

身侧的宫胤似乎是她肚子里的蛔虫，忽然转头看她一眼，道：“你操心倒多。”

“我不操心就得换你操心了。”她笑吟吟地反唇相讥。

“我何须操心他？”宫胤淡淡地道，“你一个就够了。”

景横波听着这话舒服，捏了捏他的手指：“好好操心，好好操……”

话没说完，忽然看见姬玟在上头某处向她招手，看样子是找到了入口，她大喜，也忘记要说的话了，急忙拉着宫胤就走。

宫胤任她拉着，也不说话，直到快到那处门户那里，才慢吞吞地道：“你这个要求有点高，不过以后我会做到的。”

“啊？什么？”景横波莫名其妙，想了好一会儿才想起先前那句没说完的话，轰的一声头发都竖起来了。

“我去！”她戟指骂，“你个伪高冷，真流氓！”

如果不是时候不对，她是打算好好和宫胤算算这句口误的账的。

口头便宜越来越会占，动真格的就开始稀松，她的怨念已经很重了，好不好？

他那个胸口的针，什么时候能够细到没有？算算时间，穿越两年多了，男朋友早早有了，三垒打至今只两垒，眼看着毫无进展。

也不知道那三个人有没有烂桃花，不过到异世要打拼，从头开始日子不好过，想必也没那么快，总不能孩子都生下了吧？

上头，姬玟找的门果然正确，用裴枢拓印来的钥匙，顺利开了门。从那里推门进去，是一段湿滑的山洞，并无机关，但在山洞尽头，又出现无数洞口，每个洞口都有门。

景横波明白了为什么外山山体这一段没有守卫，因为有守卫也无法安排，反而会因为守卫布置的力量倾斜，会被人看出哪个才是真门。

这些一模一样的门，足以让人混淆，随便走错一个，就是万劫不复，有多少人有那样的运气，次次都走对？

看似平静无风险，其实危机重重。

好在有姬玟。她一路听过去，竟然毫无差错。景横波忍不住谢她，又问她这能力是否是天生的。说起来，这也是异能了。

“当然不是。”姬玟笑道，“姬国靠近东堂，东堂有修炼天赋能力的法门，我和他们学的。”

“啊，还有这回事？”景横波道，“那假如我去了那里，只怕英雄无用武之地呢。”

“可不是吗？”姬玟道，“之前我就听说，有个姑娘去了东堂，她有一点天授之能，本以为自己在那里应该活得如鱼得水，结果用一次被人坑一次，随便什么阿猫阿狗随便挥挥手都比她强，把她气得砰砰撞墙。”

景横波听得眉飞色舞，心想这货真倒霉，哈哈哈。

姬玟又道：“那姑娘在东堂有名，咱们姬国都听说过。听说嫁了三次，三次都没成，三次都被同一个人捣乱，她一怒之下，说要嫁那人的爹，一定要让他喊自己一声妈。”

景横波噗的一声喷在宫胤袖子上，急忙对宫胤道歉：“不好意思，不好意思，我去，这极品是谁啊……”宫胤叹口气，伸袖给她抹抹嘴，忽然道：“有声音！”

正要回答她问题的姬玟，立即收声。四人分别闪入角落，果然听见似有铃声微响，声音很远，过了一会儿，有脚步声从那门后传来。

随即又有话声。

一人道：“通道逢七更改，今晚该重新调整了。”

一人道：“显印粉撒上没？”

另一人道：“马上就撒。”

先前那人道：“显印粉一撒，没有穿特制衣裳鞋套的，就会显现足迹。只要出现了外来人进入的足迹，立即封闭紫阑池。”

景横波低头看看，发觉脚下的地面有点软，似乎生着一层青苔一样的东西。她踩了踩，没有看见足迹，但她可以确定，那粉末一撒下来，一定可以推断出有没有人进入，进来了几个人。

换句话说，就算他们马上能闯进去，也来不及阻止紫阑池的关闭。紫阑池一关闭，商国之行就功亏一篑，她的脸和宫胤的身体很难再恢复。

她怀中有裴枢抢来的连体衣，想必这东西就能让人行路不留痕迹，并且可以混入后山，但是，只有一件。

她掏出连体衣，有点为难。这件衣裳，她自己不需要，她只要确定了正确的方向，可以瞬移过去便行。

按说这件该给宫胤，他可以陪她进去，但这意味着要耶律祁和姬玟留在外面承担风险，这让她无法开口。

不等她想好，耶律祁忽然伸手，抓住那衣裳，往宫胤怀里一扔。

随即他握住了姬玟的手。姬玟原本在发呆，给他一握，顿时怔住，低头看了看两人交握的手，悄悄抿了抿唇。她微笑的时候，颊上泛出深深的酒窝，甜蜜得令山洞里微微腥臭的风，都似温润几分。

耶律祁的声音也很温润，温润而决断。

“七王女。”他道，“愿意和我在这山洞之前，漫步徜徉吗？”

景横波觉得，世上很难有女子能够抗拒耶律祁在这样完美的四十五度角度，给出的完美的眼神和笑容。

很明显姬玟已经醉了，这个清醒理智又优雅的女子，眼底也漾出迷乱的波纹，点点头。

景横波怀疑这时候，如果耶律祁拉姬玟跳下山洞，她也一定会向前一步。

耶律祁拉着姬玟掠了出去。两人迅速顺着刚才一路过来的方向，将所有门前都去了一趟，踩乱那里的脚印后，再往外山方向掠去。

此时那进入内山的门打开，三个人鱼贯走出，果然都穿着那种特制的连体衣，走路很轻。他们一边走一边撒一瓶银青色的粉末，三人专注地盯着地面，脸上慢慢变色。

“脚印！”

粉末撒下，地面上渐渐闪现淡淡的银黑色的荧光，都是脚印形状，很多。

三人绕着脚印走来走去，惊讶地道：“每个门前都去了！”

“人似乎不止一个。”

“说明还没找到门。”

“最上面是向外的脚印！他们一定是还没找到门，然后听见我们在通道里说话的声音，赶紧跑了出去。”

当先一人赶紧回到通道附近，探头向里看，道：“小心有人趁这里门开着跑进去。”

另一人撒了粉末，等了一会儿，笑道：“没印子，没事。”

三人舒了口气，又回到原处，研究了那脚印，最后确定地道：“最后的脚印全部向外，人一定是往外山走了，通知外山戒备！”

“要不要通知内山，关闭紫阑池？”

“不必了。”领头的那人道，“确定人没进去就行。紫阑池关闭太麻烦，再说关闭紫阑池，惊动那些高手，到头来虚惊一场，咱们免不了吃挂落。”

“哥哥说的是。”三人将门关上，一边向外山方向走去，一边发出尖锐的哨音。

门后通道里，景横波和宫胤从洞顶跳下来，宫胤抱住她的腰，让她踩在自己脚上，以免她落地留下足迹。

景横波有点担心地看看外面，忧愁地道：“外山拉警报了，那两人要是被困住，有个损伤……”

“所以我们要快点拿到东西，回去接应他们。”宫胤抱着她走了几步，觉得不方便，干脆将她扛在脖子上。

景横波还没在意，身子一举忽然就到了高处。洞很高，伸手才能够到洞顶，她低头看看宫胤，万万没想到大神居然肯给她爬到脖子上。

她忽然想起在现代的时候，有一次刷微博，看见新闻说世纪宠女友的好男友，将女友扛在脖子上看樱花，当时四个人反应不一。

小透视哧哧地笑，说这样好难看，那么多人瞧着，换她是不好意思的。

太史阑嗤之以鼻地道：“那丫头腿断了吗？不能自己走？”

小蛋糕咯咯笑了半天，说扛就扛呗，八成是男朋友得罪女朋友，讨好吧？换她才没这么容易原谅，得准备一瓶水，倒在他脖子里，就说不小心撒尿了。说的时候得做泪汪汪无辜状，一定要先哭上。

景横波记得自己则表示，扛不扛不要紧，关键人得帅。瞧那家伙歪鼻子斜眼睛的，活该扛包一辈子。如果有个身高一米九高鼻深目的帅哥，就换她来扛也是乐意的。

记得当时自己被鄙视了很久，说颜控无耻。

现在景横波很想把那三个人都隔空移物，摄到自己面前，对她们咆哮：看见了吗？看见了吗？姐现在真有一个高鼻深目身高一米九的超级高富帅，扛着咱！

被男友宠而无人围观，如锦衣夜行，景横波在此刻感觉到深深的寂寞，她只能坐在宫胤肩上，双腿拍着他的胸，举高双手，仰头向天。

“做什么呢你？”底下那人问。

景横波眯着眼睛唱，“我左手是鲜花，我右手是戒指，戒指是十克拉鸽子蛋粉钻，我高傲地昂着头……”

砰的一下，她高傲的脑袋撞在突出的洞壁上，顿时将美梦撞散。底下那人忍无可忍地道：“暂停做梦，麻烦看路。”

景横波弯下身，把额头凑到他耳边：“你揉揉，你揉揉。”

大神伸手，如摸小狗般胡乱揉了揉她的发。

景横波向来对美男要求不高，很好满足。她眉开眼笑地抱着他的脖子，哼哼唧唧地道：“宫胤宫胤，我们永远不要吵架，好不好？”

“你别和我吵就行。”

“永远不要误会，好不好？”

“我一生永不误会你。”

“我也永不误会你。”她发誓地举起手。

手被他拉了下去：“小心撞石头。”

两人手指紧扣，宫胤忽然道：“记住你的话，永不误会。”

“嗯。”

“哪怕有些事，看起来是我对不起你。”

“你又想咋了？”景横波警惕地直起腰，盯着他乌黑的发顶。

“没有，怕你胡思乱想。”

“如果你什么都瞒着别人，就别怪别人胡思乱想。”景横波哼了一声，忽然道，“前方有警！”

她坐得高看得远，看见通道尽头，似有紫光闪亮，急忙哧溜一下，从宫胤背上滑了下来。

好在还是没什么人逼近，两人悄然遁到通道尽头。尽头就是山洞出口，也有一个门，景横波用昨天盗来的内门钥匙悄悄开了，还没靠近，就能感觉到山风凛冽而来，后面似乎是空的。

出口处一览无余，没有任何埋伏，但地面上横着一条一条丝带状的东西，颜色和地面一致，好在两人都很小心，并没有踩上。

一直慢慢挪移到洞口，景横波悄悄探头一看，果然这里是山壁，下头山腹中空，形成一个巨大的大厅，顶上钟乳石林立，钟乳石上端雪白，下端灯光下七彩如琉璃。底下却是一片平地，中心似有巨大的水晶罩，流动着淡紫色宝光，边缘微微呈现光润的琥珀色彩，从上头看下去似瑶池笼雾，美玉生晕，奇幻炫目。

景横波被这绮丽景色迷得也晕了一会儿，然后发现这崖壁直上直下，完全呈九十度，滑溜溜一点可攀援的地方都没有。半空中还有无数丝带，自这洞口牵出，一直牵到底部，丝带上系着无数金铃。

想要从这洞口下去，就得顺着这些丝带滑下去，一动丝带，金铃急响，所有人都会发现。

再看底下，也有无数绳索，连着那些钟乳石，从底下想要出去的人，就得顺绳而上，爬过钟乳石，再走这边的山洞，一样身处众目睽睽之下。

这里是宝地，也是绝地。

景横波精神一振，知道关键之地到了。因为之前功夫做得足，又有人帮忙，一路过来还算顺利，但接下来，也许就是硬仗。

她对着宫胤做了个手势，示意自己下去，毕竟只有她可以不需要这些丝带和钟乳石，直接瞬移到中心。

宫胤却对着她指了指四面山壁。山壁一层一层，似有无数褶皱，皱褶中都藏有人，按照之前拿到的布防图来看，越底下的守卫者，武功越高。而且这些山壁之间的隐藏地，自有玄机，可以随时组合成大阵。除非她瞬移之后立刻就能采到灵药，否则就会陷入围困之中。

宫胤抬头看了看那些钟乳石，山腹湿凉，钟乳石上凝着无数水滴。

他弹了弹指，一线白光飞射，掠过景横波鬓边。瘆人的寒气袭来，她只觉浑身如坠冰窟。这只是擦鬓而过的寒气，便已经让人冷入骨髓，她一边打着哆嗦，一边庆幸地想着好像大神的武功又精进了。

只是那寒气里还蕴含着阴冷之气，令人分外不适。

白光细如一线，闪电般掠过钟乳石，似乎已经惊动了底下的高手，山壁上隐隐有变化，隐约有人影闪现。

但那白光已经消失在钟乳石之间，化为一片白气。白气越来越浓，钟乳石上的水滴越来越冷，越来越硬，最后化为无数冰珠雪片，簌簌落下。

这一幕很是美妙，雪白穹顶，七彩钟乳石，淡紫华光流溢的玉池，和空间里越来越绵密的冰雪。

雪片能够阻挡人的视线，景横波反应也很快，身形一闪，瞬间抵达底部。

她原想避开那片紫色流动的宝光，从旁边悄悄接近，谁知道那片美丽的紫色，远看去恍如水晶玻璃，似是实体，其实却只是一层光，她直穿而入，砰的一声掉在了池子中。

景横波一惊，一个翻滚，下意识团起身子，以免池子中有毒沾着自己。这个懒驴打滚还没滚完，景横波就听见上头传来一声惨叫和一声怒吼，有人大叫："这摧花的贱人！"

景横波低头一瞧，我去，身下全是花花草草，栽种在一片似玉非玉一看就很高大上的雪白晶莹土壤之中，给自己这一滚，那些珍贵的花花草草，顿时骨断筋折，萎了一大片。

"哎哟，罪过罪过。"景横波心疼得连连哆嗦，赶紧掏出准备好的袋子，将这些好的坏的一股脑儿地扫进去，也顾不得辨认什么是什么，抬头往上看，大雪之中人影纷飞，一半上冲一半下落，已经动起手来了。

一部分高手直奔她而来，景横波背着个大袋子，将耶律祁抢来的那根可以催熟紫阑藤的火芽草，往地上一插。

瞬间草木盛放，骨朵抽芽，花蕊绽开，花枝葳蕤。在飞雪之下，淡紫宝光之中，又见一春。

景横波背着个大袋子，闪来闪去，看见成熟的花草就摘。几条人影电射而来，大喝："哪儿来的采花大盗！"拼命上前拦截，奈何任何人的轻功，都没法和神出鬼没的景横波相比，这些人又因为知道这些奇花异草每一棵都价值连城，万万舍不得像她一样胡乱践踏，因此连抓了很多次，都只抓着了她缥缈的残影，有时候明明觉得已经抓到了衣角，可转眼她人就已经在另一头了。

景横波蹿来蹿去，一边注意上头宫胤的战况，一边还要寻找最关键的药物紫阑藤，那东西到底在哪儿呢？

忽然她嗅见一股异香。香气十分特别，很难说清好闻还是难闻，却让人有点儿发晕，有点儿迷醉，有点儿虚幻，还有点儿诱惑，像在沙漠中跋涉许久，然后嗅见了果子的遥远的香甜味道。

她咽了口唾沫，忽然觉得有点干渴，随即感觉到紫光流动如绸，身周的人影，已经看不清了。

有人在惊呼："紫阑藤提前成熟了！"

一声出，人影连闪，唰的一下，刚才还追着她纠缠不休的高手护卫们，忽然都不见了。

景横波莫名其妙，紫阑藤提前成熟不是好事吗，这些人为什么和将要见鬼一样逃了？

身后有细微声响，似乎有什么东西在靠近，她霍然转身。

然后，瞠目结舌。

身后，紫光凝聚之地，忽然淡薄了很多，但在那流动的淡紫雾气里，隐约坐起了一个人影。

景横波揉揉眼睛，她明明记得下来的时候，这里就是一片花圃状，根本没有任何人的存在。

而且那人影娇小，也绝不是刚才那些五大三粗的男人。

人影慢慢坐起，身形越来越清晰，景横波看见了透明的脸，浑圆的肩头，盘坐的双腿，凸起的大大的肚子……

呃，孕妇？

再仔细看，那"人"并不很像人，身形很小，如同孩童，皮肤太过透明，整个人像个水晶人，但又看不见内脏骨骼，只看见紫色的筋脉，十分诡异。

景横波目光落在那"人"的下腹，倒抽了一口冷气。

那透明的下腹内，竟然有一根芽状物体，三瓣紫芽，正在舒缓绽放。

景横波险些咬到舌头。

为什么没有人告诉她，这紫阑藤是长在人身体里的！

这要怎么取出来？

难道将这个"人"扒皮抽筋？

景横波的头立刻开始轰轰剧痛，她真的没有想到，这东西会长成这样。她做不到对这样一个近似于人的东西扒皮抽筋，也没法把这东西扛走，但如果什么都不做，之前所有努力便白费了。

那东西已经完全坐正，垂眉敛目，透明的脸上，竟然神态端严。

景横波还觉得那张粉团团的脸有点眼熟，仔细想想，觉得竟然有点像文臻。

这下她更崩溃了。她没有办法对着这么一个既像孩子又像孕妇还像文臻的“人”，下那么残忍的手！

头上人影一闪，传来宫胤的怒喝：“已经成熟，为何还不动手！”

“那也要动得了手哇！”景横波声音带着哭腔，狠狠地抓头发。

又是人影一闪，宫胤出现在她身边，几乎在他落地的那一刻，便有无数刀剑噼里啪啦地狠狠砍在他身后，砍得火花四溅，可见他遇见的袭击之狠。

宫胤第一眼看见那东西，也是一怔，随即毫不犹豫地上前。景横波大叫：“别——”

可是已经迟了。那双雪白的指甲如冰晶般的手，毫不犹豫地插入了那“人”的天灵盖，五指一用力，咔嚓一声，宛如人天灵盖崩裂的声音。

景横波霍然转头，闭紧眼睛，觉得无法忍受这样可怕的声音。

她杀过人，见过无数死人，可是她不能接受对孩子或者孕妇下手，更无法接受那“孩子”或者“孕妇”有张类似自己朋友的脸。

密宫宝图上，紫阑藤的位置上画着一个人，那就说明紫阑藤不是长成这样，而是以人为寄体生存。这人被以血肉筋脉供养着花，以至于周身骨骼筋脉都发生了变化。

也许她已经死了，也许她还活着，景横波恍惚觉得，好像看见“她”胸口肌肤微微起伏，似乎还有呼吸……她拼命晃了晃头，不敢再想，大喊：“住手！”

宫胤根本不理她，动作很快，她又清晰地听见皮肤撕裂的声音。

她闭着眼睛扑过去，抓住他的手臂，拼命摇撼：“住手！别这样！这样太残忍，我不要了，不要了！”

“别妇人之仁。”宫胤的声音永远比她冷静，手下不停，“这寄体已经死了！”

“没有死！”她的手触及那躯体，感觉到躯体的弹性，“死人的肌肤不会这么有弹性！宫胤，你停手，我不要了，这样弄出来的东西，我也没法坦然自得地使用，我不要了，我们另寻别的药物好不好？一定有办法可以替代的！”

“肌肤不死是紫阑藤的作用，以寄体养药草普天之下无可替代！”宫胤一把拂开她。她踉跄后退，听见扑哧声剖腹的声音，无意中一睁眼，就看见一大片紫色的藤蔓，被狠狠地拽了出来。

那堆东西在他手中微微颤动，不像藤蔓，倒像一团凝结着血肉的人体筋脉，她一扭头，哗地吐了出来。

宫胤扭头看她，森冷的眼神微微放软，走过去，抬手轻抚她的肩，轻声道：“你别……”

景横波看见那人体已经倒地，被开膛破肚，支离破碎。她仰面向天，那张有点像文臻的粉团团笑眉笑眼的脸，赫然竟似有一丝苦痛之色。

这一丝属于人的神色，如加在骆驼背上的最后一根稻草，顿时让她崩溃。

她仿佛看见了文臻的死亡，在无人知道的角落，无声地永久离开。

她受不了所有对生命的漠视和践踏。

“难怪你孤独一世！”她抹一把唇角，嫌恶地躲开那团纠结恶心的东西，大喊，“最讨厌天生冷血的人！”

搁在她肩上的手顿住。

景横波忽然也呛住。

激愤之下，说话不经大脑，话一出口，便知伤人。

尤其从她口中出，更伤人。

和他在一起这么久，分分合合，哭笑悲欢，她爱他也恨过他，但就算当初宫门决裂，当胸一刀，她也未曾攻击过他的苦痛之处。

孤独寂寞，是他不能避让的苦痛。

他看似享受那般冰雪遥冷的高贵，可唯有她知，他渴望人间温暖，渴望有人同行，渴望心深处那一片极地，开出烂漫的花朵。

她僵硬着身子，看他搁在她肩上的手，缓缓收了回去，冰晶色的指甲，此刻更覆一层霜雪。她很想伸手握住这只手，焐热它。却因为那般缓慢的收手姿态，忽然丧失了勇气。

她烦躁地低头，双手插入发中，狠狠揉了几下，猛地站起，道：“我去引开那些人。”

也不等他回答，她身子一闪。

因为心乱，这一闪其实毫无目的，其实她只是想静静，好好思考怎么和他解释刚才的心障，隐约感觉自己闪到了上方，撞上了山壁，在她快要头破血流的前一刻，一只手忽然从山壁上伸出来，闪电般将她拉了进去。

她浑浑噩噩一抬头，猛地一怔。

第五十三章　我需要你

“宫……”她险些喊出宫胤的名字，忽然惊觉失口，急忙停住。

那人淡淡地俯视着她。衣衫如雪，眉目清俊，神态淡而高冷，看人的时候，像是从遥远的雪山之巅，正将众生俯视。

神情气度，俨然又是一个宫胤！

景横波险些错认，随即惊觉，八成又是一个近似的，就像之前玳瑁遇见的厉含羽一样。

她心里有些厌烦，怎么又来个相像的？这还有完没完？真当她是个傻子好骗吗？

再仔细看那人的容貌，她发觉其实和宫胤并不很像，这人眉梢眼角已经有了不少皱纹，五官也没有宫胤精致，但那种神情气度，却真真是一个宫胤第二。

那种高冷遥远，无声睥睨，除了宫胤，她是第二次看见。

景横波这回有了点兴趣，因为一般假扮某人，扮的多半是形而不是神，宫胤的风采神韵，非常人可以假扮，没想到今天却见识到一个，形不似而神似的人。

她在打量那人，那人也在打量她，忽然他手指一探，一股气流涌动，景横波的指尖不由自主地抬起，泄出一股白色的气流。

白色气流中隐隐掺杂一些青色，景横波想出手，却觉得这气流出体之后，并无不适之感，反而感觉身体轻松了一些。

她若有所悟。自己曾经帮宫胤吸出过他体内紊乱的气流，为此还病过一场，从此不能碰过冷的水，现在这人吸出来的，就是她体内的宫胤的气息吧。

对面那个酷肖宫胤的人，脸色一变，道："你姓龙？"

景横波心中一动，想了想，点头。

这个人，不会是这里的第一高手，那个叫龙胤的吧？

她正对这个人的来历感兴趣，探探口风也好。

"撒谎！"那人厉声道，"龙家般若雪，怎么会有阴寒邪气！你是谁！"

"你又是谁？"景横波反问："你怎么知道龙家般若雪？"

那人正要回答，忽然眉毛一挑，伸手来抓她。

景横波唰的一下闪走，攀附在他上方山石上。

那人似没想到自己竟然没能抓住景横波，不禁一怔，随即道："你想留在这里等死，随便你！"说着闪身出洞。

"喂喂，你什么意思？"景横波追着他的影子喊。

"紫阑藤一旦提前成熟采摘，这里就会关闭，两年之内不会再开启，你想被活活饿死吗？"那人冷哼道，"不是见你有般若雪真气，何须提醒你！"

景横波这才明白，为什么刚才紫阑藤一被采摘，那群人就如见瘟神般地跑掉。

"宫胤！宫胤！"她赶紧对底下大喊，"快跑啊！"

"不过你不跑也没关系。"上头那人淡淡地道，"般若雪清净无垢，最不能被杂质侵染，你的般若雪已经不纯净，迟早会反噬，早死迟死，也没什么区别。"

景横波一听大急，赶紧猛追过去，"等等！等等！我有话要问你！"

好容易遇见一个懂宫胤毛病的人，她错过岂不要后悔一辈子，当下什么也顾不得，一边喊着让宫胤跟上，一边就跟着那人一路上蹿。

还没蹿出去多远，就听见底下一阵轧轧直响，回头一看，先前那凝聚成池的紫气，忽然都已经散开，将底下死死遮住。那些踏坏的药草，包括宫胤和紫阑藤，都看不见了。

她面色一变，一边喊着宫胤一边返身要回去，忽然底下紫雾破开，一大团东西凌空飞至，她顺手一接，被那重量压得险些一个踉跄，这才发现接住的是紫阓藤。

这下她更紧张，连声大叫：“喂！喂！你在哪儿呢？你上来啊！喂喂喂，这边要关闭了啊，你可别和我赌气不上来，喂喂喂，我和你道歉行不行，赶紧上来啊！”

她的声音到后来已经带了哭腔，要返身去找宫胤。那龙胤却忽然返身下来，一把拎住了她的衣领，也不说话，拎了便走。

“放开我！”景横波一脚踢在他的胫骨上，雪白的衣裳上顿时一个大黑脚印子，那人看也不看，随手一撕，脏了的衣裳片子随风飞去。

“放开！”景横波手一招，一块松动的钟乳石生生断裂，尖锐的断口直冲那人脖子。那人偏头避过，险些被尖端割破脖子，这才有些惊异地回头看她一眼。

“我在救你，你知不知道？”他一脸你是蠢货的厌弃，“紫阑池分层关闭，最底下一层关闭了，你的同伴当然出不来。”

“那就让我下去！”景横波把身后一枚钟乳石悬停，对着他眉心，“我的事，用不着你管。”

“我倒不想管你，可惜你对我有用。”那人冷笑，“你也别再闹了，我是此地机关总管。紫阑池会以千斤巨石关闭，那石头厚达半丈，人力根本无法打开。紫阑池关闭之后，山体中的软管会释放一种有利于紫阑藤生长却不利于人体的气体，好让埋藏在玉池底下的种子慢慢发芽，等待两年后长成。我虽然不能打开关闭的池子，却能先让那气体暂缓释放，你不想你的同伴连最后一点机会都失去的话，最好乖乖听我的话。”

景横波脸色一白，回头一看那已经关闭的池子，从上方看去，似乎多了一层半透明的罩子，密封无隙。

那罩子说不定还有机会打开，但如果里面再施放了毒气，那可就连宫胤最后一丝生机都扼杀了。

她立即手一挥，收了钟乳石，笑道：“啊，误会误会，既然你是好意，那咱们赶紧上去吧。”一边上前来挽住他，一边还谄媚地帮他掸了掸灰。

那人唔了一声，有点满意地瞧着她。景横波也没注意那人神色，急不可耐地催促道：“那就走吧，走吧走吧。”

那人点点头，带她飞身而起。刚刚落足在中间一座巨大的钟乳石上，景横波就看见钟乳石上有长长的同色的管子，顺着山壁一直向下，从边缘插入到底下的紫阑池。

管子一头自山体中伸出，一个银色五爪形状的物体卡在管子上，现在下方的震动传到上方，那五爪正在慢慢松开。

龙胤飞身而起，抓住那五爪，待要反方向拧紧。景横波瞧着他的动作，微微放心，心中却在想，这人一见她，虽然态度不佳，但其实一直在示好。这世上可没有无端的爱恨，他这么做，到底是什么原因？难道就因为那一点点的般若雪真气？

五爪刚刚要拧紧，忽然一枚飞箭电射，击向龙胤。龙胤衣袖拂开，抬头面色一变。

上头，景横波和宫胤进来的那个洞口，不知何时已经站满了人，当先一人肤色黧黑，双眉浓重，一身冠服金龙四爪，赫然正是商王。

他一脸怒色，立在洞口，冷然道：“果然有那梁上君子来觊觎紫阑藤，只是没想到，我这紫阑池大护法，竟然也会吃里爬外！”

景横波一看见商王，便眉头一皱，心想难怪今日这么顺利，原来人家还是早有准备了。

龙胤转头看了看她，唤道：“到我身后来。”

景横波有点讶异，没想到这家伙被正主逮了个正着，竟然没有立刻放弃或者反水，反倒还选择帮她，虽然莫名其妙，但心中依旧微微一暖。

她又想，这人帮她，是不是以为她也是龙应世家的人？如果这人真是龙应世家的人，那么那传言里无比高贵骄傲的家族，也没那么不近人情嘛。

上头商王怒道：“龙胤，你竟然还敢助纣为虐！”

龙胤仰头笑道：“我在你这里，本就是为了自己修炼。说好的各取所需，又不是你的奴仆。如今我另有了想法，自然不需理你。”

“你不理本王，本王又何须顾忌你？”商王气极反笑，一挥手道：“斩断链索，就让这些偷药贼和无义小人，统统给我的紫阑藤陪葬吧！”

他身后的护卫齐声应是，各自抽刀，要砍断那些可供攀援进洞的链条。

却忽然有一把刀，斜斜向上一挑，寒光一闪，刺入了商王的小腿！

商王猝不及防，大声惨呼，他本就站在洞口边缘，此时小腿受伤，腿一软顿时栽落。

景横波和龙胤攀在钟乳石上，目瞪口呆地看着商王从他们身边坠落，撞得那些挂着金铃的丝带叮当乱响，穿过那片淡紫色的雾气，砰的一声。

那声音听得两人都眉心一跳——骨肉和硬物相撞声响剧烈，不死也去半条命。

一块钟乳石也被商王撞断，落了下去，随即发出撞击声。景横波透过紫雾，隐约看见钟乳石被撞成白色的碎片，四溅散开，心中一凉——底下果然以坚石封闭，她绝对撞不开。

洞口处忽然有人咯咯一笑，声音似有几分熟悉，随即一根火把掷出。

龙胤面色大变，道声不好，衣袖一挥便要打落火把，但已经迟了。满山腹里都挂着丝带，瞬间被点燃烧断，一些缠在钟乳石和软管上的丝带，很快将那软管也点燃。那管子似也是易燃物，顿时烧断，如抽去筋骨的龙，也重重向下垂落。

景横波大急，释放有毒气体的软管烧断，第一个倒霉的是商王，第二个倒霉的就是至今还没上来的宫胤。开关已经失去用处，要如何阻止毒气蔓延？

她手一招，那软管已经到了她手中，软管还在燃烧，她掌心立时燎出水泡，却顾不得喊痛，急忙撕了一截袖子，要将软管扎住。

龙胤却一把抓住她道：“没用，那气是从山体之中释放出来的，没了管道，就会弥漫整个山腹，你还是赶紧和我离开。”

景横波颓然撒手，对底下大喊几声宫胤，除了听见几声商王断断续续的呻吟，哪有宫胤的回答？

上头有人在咯咯笑，声音熟悉，她抬头，看见一个护卫，正慢慢掀开连体头罩。

竟然是商王王后。

景横波看见她，心中倒明白了几分。商王设了局引他们来抢药，想要一网打尽，王后却不甘从此失宠禁闭，潜入了商王身边，一不做二不休。以她的身份和多年来在宫中的经营，想要混入护卫队乃至出宫，想必还是有办法的。

所谓螳螂捕蝉，黄雀在后。

洞口商王护卫们木木地看着王后，好半天才有人反应过来，大呼："王后杀了大王！"

众人惊醒，哗啦一声各自抽刀。

寒光四射，剑气逼人，王后在刀剑群中，面不改色，冷然道："是，本宫是杀了大王，那又怎样？你们几个护持大王不力，回去难道就有活路？"

护卫们一怔，脸色剧变。

"紫阑池被盗，大王连夜赶来抓贼，被小贼所害，死于池上。"王后指了指景横波，唇角一抹轻蔑的笑意，"王后担心大王安危，及时赶来，力挽狂澜，带领众侍卫，剿灭贼人宵小，救回紫阑藤等诸宝药。事后论功行赏，将宝药分赐给护驾有功的诸位将士，并各自官升一级。"

众侍卫一开始愕然，随即恍然，有人慢慢变色，有人神情动摇，有人眼底放光，有人刀剑将垂。

是人都懂趋利避害。大王已经被害，害他的还是王后，又是在这隐秘地方，就算他们对外说，谁又会相信？自己本就是人家家奴，如何能和主人的权势抗衡？王后一反口，轻则一个护驾不力，重则会把大王被害的罪算在他们头上。王家翻云覆雨手，无情冷酷心，谁没见识过？

而王后不动声色之间，已经抛出诱人的诱饵，只要顺了她意，说一句大王被贼人刺杀，从此便是王后亲信。王后甚至大方地愿意分药，谁不知道这紫阑池中重重保护的宝药，随便一点都价值连城。更何况还有职务晋升，一系列看得见的好处。

坚持正义，捍卫真相付出生命，还是隐瞒真相，顺应上意获得荣华？

无需考虑。刀剑慢慢垂落，王后笑得得意，只是那笑容，在看见一柄依旧没有垂下的剑时，微微一窒。

"商成。"她尖声道，"你什么意思？"

那个叫商成的男子，是个面貌普通的中年男子，他满头大汗地举着剑，不肯直视王后的眼睛，艰难地道："我……我不能……"

"商成！你记住你还是我举荐进皇家御林军的！"王后神情不敢置信。

"我还记得我姓商！"商成忽然抬头，激烈地反驳。

王后盯着他，忽然笑了。

"哦，我都忘记了，你姓商，是王族的一个分支。"她点着头，手指拍打着掌心，声音忽然转厉，"却是王族中最耻辱的一支！身为商家王族分支，你爷爷竟然敢意图谋反，举家流放贫瘠之地五十年，一家老小饿死大半。最后，还是我求情，请大王赦免了你们，还给了你御林军护卫的职位，保你一家在王都安稳生存。你就是这样报答本宫的！"

"正因为当初我们曾反叛，所以在望川流放的那五十年，我们无数次发誓，只要能回归王都，子孙后代，永不再行背叛之事，永不再背离商家！"

“什么商家，你算哪门子商家人？”王后轻蔑地道，“哦，本宫明白了。你是看大王死了，本宫是女人，本宫的儿子年纪还小，想着拨乱反正，卖了本宫，说不定还有机会平步青云，弄个摄政王当当？”

“我没有。”商成脸上的犹豫为难之色已经淡去。他似乎已经下定了决心，深吸一口气道：“娘娘先前说的话很对，是您救我全家于水火，于情于理，我不能违背您的意志。”

“这就对了嘛。”王后松一口气，一笑，“你既然明白过来，放心，我不会记恨你，我会……”

“但我也不能背叛当初的毒誓，我们曾发誓，子子孙孙若再有人背离誓言，则家族崩毁，男为奴女为娼。”

王后一下顿住，脸色铁青。

“你找死……”

“是的。”商成苦涩一笑，“怎么做都是错。所以，我只能死了。”

他忽然回剑，剑光一横，哧的一声，喉间鲜血狂喷，噗地冲了王后一头一脸。

护卫们惶然后退，王后大声尖叫，连钟乳石上观战的龙胤，也因为太过意外，不由自主地松开了景横波的手。

手一松，他便惊觉，伸手反捞，但景横波的人影已经不见了。

下一瞬，她到了王后面前。

王后被商成的血喷了一脸，糊住了眼睛，正在尖叫着踉跄后退。因为恐惧和紧张，她的五官扭曲狰狞，满面淋漓的血迹，一口森森的白牙，看来如厉鬼般可怖。

感觉到面前忽然多了人，她慌乱地挥手想要拨开，大叫：“护驾！护驾！”

景横波一抬手，狠狠地扼住了她的脖子。

“关掉那根管子！”她厉声道。

王后挥舞着双手，挣扎着要挣脱她，哪里在意她说了什么，“护……驾……”

“护你个大头鬼！”景横波心头焦躁，抓住她的脖子，身影又一闪。

砰！下一瞬她顶着王后，狠狠地撞在最近的钟乳石上。王后的后背发出一声嘎吱裂响。

王后翻着眼白，想要惨叫叫不出，景横波的指甲扼进了她的咽喉肌肤，每根指甲都射着杀气，要将她寸寸凌迟。

“关掉管子！打开池子！我就饶你一命！”

“我……我……”王后拼命地想要抓挠景横波的脸，哪里够得着。景横波拖着她顺着钟乳石一路滑下，钟乳石上的凸起，刮得王后连声惨叫。

景横波稍稍松开手：“开池子！关管子！”

“池子……池子关了……两年才能开……”王后嘶声求饶，“你放了我……我给你……啊！”

啪的一声巨响，景横波顶着她，撞在了另一根钟乳石上，生生将那根钟乳石撞断，石头轰然坠落发出声响，掩去了骨头的断裂声和王后的惨叫。

景横波满心焦躁，满心烧燎着刻骨的怒火和恨。宫胤莫名其妙没上来，紫阑池关闭无法再开，软管施放的毒气，都似一块又一块的重石，彻底压灭了她的理智，现在哪怕需要这贱人的骨头做钥匙开门，她也会立即将她摔成千百碎片！

她到此刻终于明白为什么宫胤出手那么冷酷狠毒，对于她这个在现代长大，在人权和自由平等思想熏陶中成长的现代人来说，一切对于生命的践踏和漠视，都是无情且不道德的。但对于宫胤，对于耶律祁，对于裴枢，对于这些自小颠沛流离，在倾轧和阴谋杀戮环境中长大的天之骄子来说，这就是他们的生长环境，是他们的生存之道，是他们赖以存活并坚持走下去的必备本能。

所谓慈不掌兵义不掌财，秉持仁义道德在这里，活不下去！就算一开始能秉持仁义道德，但到最后，也要被那群利欲熏心满腹阴谋手段层出不穷的贱人，逼到不得不下狠手。

“你这种野心勃勃到处惹是生非的贱人！毒妇！”景横波咬牙，狠狠道，“活着何用？”

下一瞬人影一闪，她已经抓着王后，顶上了先前那软管伸出的山体。

气体正是从那山体中抽出，经由软管施放，此刻软管被烧断，气体正哧哧而出。

景横波一把将她的脑袋塞进了那道窄窄的山缝。

“管子堵不上，就拿你脑袋来堵！”

不理王后的嘶声惨叫求饶，她松手，撤回钟乳石上。龙胤紧紧盯着她，眼中异彩连闪。

王后挂在山壁上，她的头就和那缝隙差不多大小，如今被卡住，挣脱不出，那气体直扑她的口鼻，躲也躲不得，眼瞧着那扑腾挣扎的双腿慢慢软垂，像一截烂面条挂在山壁上。

景横波低头，怔怔看着自己的双手，忽然大叫：“你出来啊！你出来啊！我不怪你了啊！你看我现在比你还狠啊！你就别任性和我赌气了，出来啊，出来啊！出！来！啊！”

声音凄切，在空旷山腹中盘旋，那些残存的丝带上的金铃，丁零零响起，纷乱。

龙胤忽然轻轻叹息一声，道：“别喊了，就算软管里的气没有进入最底下，那门闭上，也是绝对打不开的。”

景横波抱着钟乳石，发狠地道：“不行，我一定要下去，你走吧。”

“你疯了，你没看见山体缝隙没有被堵死吗？再等一会儿，我们也要晕在这里，还不赶紧走！”龙胤又伸手来拉她。

景横波一让，忽然听见上头传来鼓掌声，有人笑道：“一个人的脑袋堵不住，再来一个人的脑袋，不就堵住了？”

景横波头一抬，就看见一张笑得分外快意的脸。

“商略！”她脱口而出。

商国王太子在洞口轻轻鼓掌，满脸的意外之喜，笑道：“夜半得讯，来这紫阑池一趟，想不到还真有莫大收获。啊，女王陛下，多谢多谢。”

景横波望着他，心想这难道是又一个易国，不停地螳螂捕蝉，黄雀在后？不，不可能，和易国的连环无间不同，商国这些人不可能这么巧都来了紫阑池，其间一定有人通风报信。

商略不需要对护卫们威逼利诱，大王和王后出事，他就是顺理成章的商国主人，他坦然站在护卫当中，对下头的景横波道：“陛下，看在当初咱们一段情分，看在你帮我除了那贱人的份上，本太子不忍亲自对你出手，你把采到的药交出来，吃下毒药，发誓今日的事永不对外泄露，本王就让人救你出来。当然，你身边那个吃里爬外的家伙，必须要留下来堵洞。”

他已经迫不及待自称上了本王，众人都低头听着，看看被堵了洞的王后，再听听底下已经没有声息的商王，都觉得心里凉飕飕的。

最是无情帝王家。

景横波望定他，勾唇一笑：“好呀。”

“陛下可别像刚才对付王后一样，对付本王。”商略忽然狡猾地一笑，“本王可不能死，本王死了，谁来告诉你，这紫阑池还有个最重要的秘密，在大王寝宫呢？”

景横波目光一亮，立即打消了出手狠揍一顿这家伙的想法，也不等对方来接，身影一闪，便到了商略身边。商略立即警惕地向后一退。

“我信了你，你也不要玩我。”景横波冷冷盯着他，“你也看见了，我轻功内力很了得，你根本抓不住我。如果你把我得罪狠了，从此这样一个神出鬼没的人，和你不死不休，你下半辈子就得活在乌龟壳里，你自己掂量。”

商略眯着眼睛，道：“女王是能人，本王不敢得罪。”

又是人影一闪，龙胤也跨进洞中。商略对他的态度便没那么客气了，厉声道：“来人——”

“太子。”龙胤面无表情地道，“我在你王族待了十年，做你商家紫阑池总管三年，你真的觉得，我这样的人一点也不了解你们商家，一点都没留下保命的东西？”

商略脸色变了变，盯住他半晌，最终一挥手，令护卫撤了刀剑。

龙胤若无其事地笑了笑，走到景横波身边。

“父王、母后死了没？”商略探头向下看，看样子还有点害怕人没死绝，就这么捞上来不好收场。

“该死的人，总会死的。”龙胤冷冷答。

商略这才下了决心，令人匆匆下去，将商王和王后的尸体背了上来。接着他撕破了自己的袖子，弄乱了发髻，在身上撒了点灰土，又狠狠揉了揉眼睛，让眼睛发红如哭过一般，这才下令往回走。

景横波迫不及待地问：“你说的紫阑池的秘密呢？”

“一直锁在父王宫中，我如何得知？”商略嬉皮笑脸地道，“说不得，得麻烦陛下亲自护送本王去取。”

景横波心中犹豫，怕商略在骗自己，那就真的失去了救宫胤的最后机会，但又觉得商略没必要编这个谎，他完全可以闭门将自己留下，如果自己疑神疑鬼，那也会失去救宫胤的机会。

她左右为难，最终还是决定咬咬牙，赌一把。

她随着商略经过来时的通道，走到尽头就是门，门却推不开，商略又命人用钥匙开门，依旧打不开。龙胤上前一看，微微变色，道：“通往外山的门户已经做过调整，不是原来那门了。”

景横波想起先前曾听这里头的护卫交谈，说通道逢七更改，今晚该重新调整，便问龙胤：“你是这里的大护法，你不知道怎么调整的？”

“从里头调整的我知道，如果是从外头调整的，我就没有办法。”龙胤摇摇头。

景横波沉吟了一下，她可以瞬移出去，只要确定外头是实地便行，但现在这几个，尤其是商略可出不去，商略不出去，她怎么救宫胤？

忽听门外有人哑声笑道：“都说螳螂捕蝉黄雀在后，却不知人外有人关门打狗。”

隔着一道门，声音听得清晰，似乎是个少年的声音，正处于变声期，景横波正想这不是玉无色的声音啊，就看见商略勃然变色：“商曜，你好大的胆子！”

外头静了静，随即少年讥讽的声音响起：“什么胆子不胆子的？你还真以为你成为商王不成？行吧，你就在这紫阑池底，做你的商王吧！”

“父王、母后还在这里！”商略怒道，“商曜，你是要篡位吗？”

外头又静了静，随即少年的声音有点急迫地道：“母后呢？我母后呢？母后，你说句话，说句话！”

商略转头看景横波，努了努嘴，示意她伪装一下商王王后，好骗住他的幼弟。

景横波望天，仰头不理。

商略忍住气，只得对商曜道：“母后遭受奸人暗算，现在昏迷不醒，你要想救母后，先放我们出去！”

外头又是一阵安静，似乎有低低的商量声响，随即哗啦一响，什么铁质的东西撞在了门上。

人影一闪，景横波不见。下一瞬，她出现在门外，正看见王后幼子商曜，双手抓着一把钥匙，和一个男人在争夺。

那男人背对着她，着一身宽大的黑斗篷，斗篷从头遮到脚，半点身形不显。

商曜看见她忽然出现，不禁一怔，手一松。那男子原本背对景横波，按说他该顺势夺去钥匙，再回头看景横波，谁知道他也手一松，哗啦一声钥匙落地，他竟然头也不回，身影一闪，已经扑入外山通道，转眼不见。

这下别说商曜愣住，连景横波都莫名其妙——这个斗篷人是谁？怎么好好的忽然落荒而逃？难道是因为看见了自己？可他根本没有回身啊。

商曜还愣在那里，景横波反应快，一个箭步上去夺走了钥匙，反手往门里一插，锁开了。

商略大喜走出，狂笑道：“女王神异！”

他大笑着走过发怔的商曜身边，伸手拍他的肩膀，道：“小弟，你看母后——”

商曜下意识转头去看，商略袖底寒光一闪，景横波正好看见，大叫：“小……”

哧的一声轻响，截断了她那个“心”字，一线血虹飙射，洒了商略一脸。

商略的狞笑因此半红半白，狰狞如兽。

“陪母后去吧！”他恶狠狠地道，悍然拔刀。

商曜肋下，一抹紫黑色的血泉随刀而出，溅在他的嘴角和胸膛上，他微笑着舔了舔唇，轻声道：“弟弟，咱们商家的血，原来是甜的呢。”

商曜一直怔怔地站着，此时才似慢慢反应过来，眼珠子动了动，看了看哥哥嘴角的血迹，又低头看了看自己的肋下。

“别看了。”商略柔声道，“对穿，保你死得没有痛苦，比你娘好多了。”

商曜低头定定地瞧着，忽然咯咯一笑。山洞湿冷静寂，回声隐隐，这咯咯一笑，凄冷幽深，满洞顿时都是咯咯之声，如群鬼哭吟，听来瘆人。

景横波抱住了双臂，不知那冷是来自体外，还是从心底泛起。

“我的好哥哥。”商曜轻轻地，做梦一般地道，“你知道什么叫自作孽，不可活吗？”

“什么？”商略停止了抹嘴的动作，狐疑地盯着弟弟，半晌眼珠子一转，笑道，“你这是故弄玄虚，想我救你？”

龙胤忽然冷冷一笑。

景横波顺着他的目光，看见商略的手背，不知何时已经变成了惨青色。

再看看商曜肋下，破裂的衣衫处，原本有一个纸袋，现在纸袋已经被刀刺破，被血染红，看上去不大明显。在破裂的纸袋和刀口处，可以看见一些凝固的粉末堆积，血流经过了那里，就由深红变成了紫黑色。

景横波心中如电光劈过。

有毒！

商曜不知道为了防备谁，在肋下佩了带毒的纸袋。结果好巧不巧，被心狠手辣的商略一刀刺在肋下，毒粉纸袋破裂，血泉飙出的时候，正好染上了毒。

而商略如此残忍，亲尝弟弟的鲜血，将那毒更深地吃进了肚子里。

更诡异的是，他中毒了，自己却完全不知道，还在瞪着发青的眼珠子，洋洋得意。

一饮一啄，莫非天定。若非他如此心狠，也不会中毒。

看着发青的商略，青色僵尸般一摇一晃，看着血染的商曜，一边倒地一边咯咯笑。潮湿的山洞地面上，一半鲜血一半紫血，被靴子踩得淋漓狼藉。景横波只觉得浑身发冷，心头翻江倒海，一扭头，再次哇地吐了出来。

愿生生世世，莫遇帝王家！

“来……来……”商略摇摇晃晃地对景横波挥挥手，“带你去……拿秘密……”

景横波叹口气，商略这德行，能支撑到大王寝宫，给她找出紫阑池的秘密吗？

还有，刚才那斗篷人是谁？如果没猜错的话，发生在商氏王族的灭门惨案，必定和他有关，商王、商后、商略、商曜为什么都这么巧来了宝台山紫阑池？商曜一个小孩子，哪儿来的那么厉害的毒药？

可这人如果目的是商国王族，他眼见将要胜利，为什么忽然逃跑？

她揣着一肚子的疑问，跟着已经中毒却不自知的商略匆匆回宫。车轮轧过青石板地，一颠一颠，商略在车上十分兴奋，一边擦着颠出来的口水，一边口齿不清地对景横波道：“等本王登基，你我两国，当建立良好邦交……”

景横波嗯嗯点头，心里想着也别等着登基了，你能撑到寝宫就算老天给你面子。

然而老天终究没给面子，商略在看见王宫的前一刻，兴奋地爬出车，然后从车上僵硬地栽下，再也没能爬得起来。

他死前犹自大喊：“尔等快来参拜本王——”

景横波勒住了马，跳下车，看了看他至死凝结着兴奋喜悦的脸，一声叹息。

接下来该怎么办？商国马上就要大乱，商王的寝宫能那么容易进去吗？

身后，龙胤缓缓下了车，在清晨的风中默默，忽然道：“我有办法帮你进入商王寝宫，拿到紫阑池的秘密，甚至能帮你解决你体内真气的问题。”

“我还没问你，”景横波转身凝视着他，“你为什么一见我，就帮我？别说什么一见如故，姐智商正常。”

晨曦之下，她第一次看清了龙胤的眉目，那男子年纪不轻，却依旧眉目如画，眼角淡淡几抹纹路，反增几分成熟男子的萧瑟沧桑。是斑驳青竹载清露，是秋日桦林落地金，一种色泽昏黄而又温润的美。

属于阅尽人间的男人的独特魅力。

龙胤也在凝视着她，眼底闪烁着奇异的光彩，半晌，对她缓缓伸出了手。

“因为，我需要你。”

第五十四章　一起修炼

龙胤这句话说得淡漠，似乎没什么情感，景横波却有一种很奇怪的感觉，仿佛这句淡漠的话，含义其实很深重。

因此她慎重地问：“你需要我是什么意思？”

龙胤很随意地道：“需要你帮我传宗接代。”

景横波呛着了，在风中咳嗽，嘀咕道：“大神家难道都是神经病？”

“你不是龙家人，但你有般若雪真力，你一定和我龙家人关系匪浅。’龙胤道，“龙家遭受大荒皇室多年迫害，子嗣凋零。当务之急，是延续优秀的后代，为此，我已经寻找了很多年。”

景横波指着自己的鼻子：“你寻找了很多年，然后一眼看中了我？你看过我的脸没有？你知道我的性情怎样？你明白我喜欢什么？”

她一直以面纱遮面，容貌并不清晰。

“我无需管你是何容貌。”龙胤看都不看她一眼，“也不用理会你是暴躁或温柔，至于你喜欢什么，更不干我的事。我只是需要一个合适的女性而已。”

景横波决定在暴打他一顿之前，先问清楚他所谓的合适到底是什么意思，好歹这是龙家人，他的条件说不定也就是宫胤需要的。

"你所谓的合适，指什么？"

"龙家有双修秘诀，可以提升人的功力，尽量驱除血脉中的遗毒。但不是谁都可以和龙家人双修。所以龙家延续那么多代，真正双修成功的夫妻很少，但凡成功的，最后都是龙家一代英杰。"龙胤脸上有微微神往之色，"能够双修的女子，必须有特殊的体质。必须能够承受龙家般若雪极寒真力的冲击，本身还得对般若雪有护持和抵抗作用的顶级心法。在以前，只有三大宗门的女弟子才合适，可惜昆仑宫已经灭门，剩下一个紫微上人是男人，收了七个徒弟还是男人。九重天门高踞雪山，和我龙家一向不对付，女弟子绝不可能嫁给龙家，所以近几十年，已经没有双修的可能了。"

景横波摸摸鼻子，心想紫微上人最新收的女弟子在这里。又想既然龙家有这么一条，为什么宫胤始终不肯碰自己？还是他过早地被抛弃，根本没人告诉他？

"我一看见你，就知道你可以。"龙胤道，"你有少量的般若雪真力，体内被人以顶级丹药护持过不止一次，只要去掉你那丝阴寒邪气，你就能够抵御般若雪的侵袭。而你似乎修炼过明月心法，虽然还未大成，但底子很好。尔若和我双修，相辅相成，你的明月心法也能水到渠成，大有进益。三大宗门本就同出一源，在一起是天作之合，没有理由放弃。"

"啊呸。"景横波道，"婚姻之事在你们龙家，到底算什么？就为了治疗血脉，提升武功，延续后代？爱情和责任呢？"

"我原谅你们这种平凡女子的想法。你们对婚姻充满憧憬，渴望找到良人，一辈子活在伧俗的人生中。所以你们注定一生庸碌，为一个普通的男子生儿育女，缝补浆洗，早早苍老死去，一生不知人间巅峰滋味。"龙胤的笑意看似平淡实则轻蔑，充满居高临下的冷漠，"所以你一开始，不能理解这种高贵家族的高尚追求。但龙家人不屑撒谎，我可以告诉你，这将是你走上巅峰之路的最好办法，你会因此享受到常人不能拥有的东西，武功、寿命、健康、财富以及人人景仰的至高无上的地位。你在将来，会感激我。"

"你现在放弃这种坏了脑壳的想法，我会感激你。"景横波敲敲自己的脑袋，对他呵呵一笑。

她和这些所谓的古老宗族、高贵宗门打过交道，除了宗门被灭性情大变的紫微上人那一系外，其余人都是龙胤这种德性——自认高贵，俯视众生，天下莽莽，皆为蝼蚁。放个屁也觉得是对你的恩赐，你得五体投地地接着。

更关键的是，这种人多半自负到油盐不进，古老宗族熏陶出的高贵观念已经深入骨髓，和他们辩论毫无用处。你仿佛和一头牛在说话，只看得见对方巨大的鼻孔。

"其实你不是最好的选择，你的出身太低。"龙胤果然只沉浸在自己的思绪中，根本不在意她说什么，"但我已经没有选择。龙家另一脉失踪多年，现在只剩了我们千山龙家一脉，这一脉也只剩下了寥寥几人，我是其中合适的年龄中最优秀的子弟，我必须尽早为家族选择一位可以双修的妻子。"

"我觉得你也不是最好的选择，因为你出身太低。"景横波托着下巴，慢吞吞地道，"看你这满身暴发户，只懂得用鼻孔看人的气质，想必也不是龙家嫡系，是分支吧？我可是堂堂正正的女王，富有一国，我为什么要嫁给一个旁支分脉的庶出子弟？"

“你懂什么。”龙胤脸色不大好看，似被刺中痛处，“龙家即便是一个分支，也比你高贵万倍！当初大荒开国女皇，不过是我龙家一个登马奴仆！”

“好汉不提当年勇，为人切莫太轻狂。”景横波挥手，“现在你们龙家在开国女皇的土地上，被人追杀得如丧家之犬，连面也不敢露，整个大荒都以为龙家已经灭门。想必就是因为你们龙家当初将开国女皇当奴仆的事迹，吹嘘得太多了吧？”

“我向你提出双修，是给你面子。”龙胤终于忍无可忍，雪白着脸道，“你便不愿，也由不得你，你不想解决真气里的阴寒邪气？你不想拿到紫阑池的秘密，解救你的同伴？”

景横波笑了笑。其实她在听商略说紫阑池另有秘密的时候，心便已经放下一半。怕的是紫阑池真的是绝路，但凡只要有出去的可能，她相信宫胤就一定能出得去。

宫胤当时是在和她吵架，但他不是任性暴烈的人，绝不会因为怄气不顾大局，故意要她伤心。也许他是在底下另有发现，或者一时不方便出去。

“真气有点问题，慢慢治便是；紫阑池的秘密，我自己找。你还真以为少了你，地球不能转？”她呵呵一笑，用手指点点龙胤的鼻子，转身就走。

“你的真气是别人转给你的，转给你的那个人，真气才是大有问题，你只有懂得了双修之法才能帮他。这个，对你也不重要吗！”

景横波停住了脚步。

龙胤眼底的神情充满讥诮——又是一个为情所困的傻女人。

半晌，景横波慢慢转身道：“双修之法才能解决这真气问题？”

“当然有别的办法，龙家人不撒谎。”龙胤傲然道，“但别的办法更难更危险，双修是相比之下最有可能的。”

“双修还有双修的技巧，是不是？”景横波道，“我拿东西和你换行不行？随便什么，只要你要，只要我有。”

“只要你。”

“话说在前头，”景横波说得很慢，似在思考，“你应该能猜到，我愿意和你双修，是为了将来和别人双修帮助别人，你能接受戴绿帽子？”

“龙家双修之体，本就难得。所以但凡遇上，家族中人由不得吝惜。为了家族的延续和造就更多杰出人才，我们允许共享。”龙胤坦然道，“当初龙家嫡系第七代龙定，曾有妻子便是昆仑宫唯一女弟子。为了家族的承续，在家族晓以大义之下，龙定及其妻子欣然同意，和龙定的弟弟龙静也秘密双修，博得了家族上下一致赞誉，并载入家族族谱。”

景横波目瞪口呆地盯着一脸骄傲的龙胤，差点吐出来。

这叫什么事儿？兄弟共妻？

什么叫允许共享，由不得吝惜？什么叫晓以大义，一致赞誉？

那人的老婆，怎么可能同意这样的要求？晓以大义？是全家威逼吧？

可以想见那女子心中该有多屈辱，这样无耻乱伦的事儿，还被当作奉献，敲锣打鼓地载入家族史册？这家人要不要脸了？还是豪门贵族，为维持表面荣盛光鲜，向来藏污纳垢？

看那龙胤一脸坦然的样儿，他是真的觉得无所谓。

景横波扶额，觉得世界真玄幻，奇葩遍地走，摩擦摩擦，这魔鬼一样的步伐。

宫胤真的出身于这样的家族吗？幸亏他被家族抛弃，这要在这样的家族中长大……啧啧，看看龙胤这副德行。

景横波想起刚才龙胤说的嫡系失踪的事，嫡系失踪，分支急于延续血脉，是有取而代之的意思吗？

“我有个问题，”景横波道，“你是不是很多年前，曾经将你们龙家一个孩子送到了一个小山村，之后曾在那里断断续续教了他很多年？”

龙胤脸色微微一变，半晌道：“你怎么知道？”

他这是承认了。景横波立即问：“那孩子你知道是谁？和你是什么关系？”

“那是龙家嫡系，龙禹的孙子。”龙胤淡淡地道，“龙家嫡系当年失踪，分支听闻消息后曾去寻找，在龙家大宅只找到了这个孩子。当时他被藏在冰雪之下，上头覆盖着尸体，想必是忠仆临死前拼命救下。因为当时情势紧急，朝廷一直容不得龙家子弟出现，秘密缇骑遍布全国，我们自己也在不断迁徙，因此不方便收留，便将他送到沉铁部的某个无名山村。每年我们会派一个人，去指点他练般若雪，有时候也帮他解决一些问题，好歹让他平安长大。说起来，嫡系对我们向来不怎么样，我们分支倒向来厚道得很。”

“呵呵，是，厚道得很，厚道得很。”景横波一脸呵呵的表情，心想一个家族不敢收留庇护一个婴儿，将那么小的一个孩子以那种方式扔出去，回头“帮他解决问题”又用那么粗暴的方式，果真厚道得很。

“算起来，他该算是我孙子吧。”龙胤若有所思地道。

景横波噗地一口喷了出去，咳嗽不止。

忒天雷滚滚了。

“你要救的，就是他？”龙胤问。

景横波想，这人不知道宫胤的身份？好歹当初照顾宫胤十年，没有后续跟进吗？

“我也不知道是不是你说的这个，”她含糊地道，“隐约听说过。”

“后来那孩子也忽然失踪，我们遍寻不着。之后我们自己家族也发生了一些事，为了安全，剩下的族人分散各地，隐姓埋名，各自生存。为了本身功力的精进，我们都选择名山大川，有特殊沼泽远离人群的地方，龙家的武功需要清净无垢的心境，由不得沾染红尘。”

景横波明白了，原来这些人自身难保，潜伏大山，所以后来就不管宫胤了。

“你要救那人便救。”龙胤无所谓地道，“嫡系已经灭门，现在我们才算嫡系。你跟了我，回头叫他来拜见就是。说起来我们对他有恩，他如果懂事，该将你双手奉上才对。”

景横波又呵呵笑两声，心想双手打烂你的狗头才对。

不过话说回来，宫胤寻找族人多年，也确实受过这人恩惠，这将来遇上，这群人又这么骄矜无耻，只怕还有麻烦。

她双手拢着袖子，笑吟吟地道：“行吧。我想通了，双修就双修，但我有条件。”

“帮你去除真气里的阴寒邪气，帮你获得紫阑池的秘密。我都会做到。”龙胤不耐烦地道。

“光这个还不够，我还要一场盛大的婚礼。”

“什么？！”

“你说双修我就和你双修，你当我是什么？我好歹是个女王！”景横波扬起眉，“你们把女人看成机器，把婚姻看成任务。可这对女人不公平。为了我的尊严，为了我的未来，你必须适当安慰我，明媒正娶，给我一场说得过去的婚礼，让双修变成夫妻义务，我这心里才过得去，否则，免谈。”

“那你和我立即回龙家大宅去成亲。”

“不用了，就在这里。现成的商国王宫，不用白不用。我和商悦悦借下地盘便是。”

“你要玩什么花招？”

“你怕我玩什么花招？堂堂龙家子弟，连成亲都不敢吗？”

“你如果指望有人抢婚的话，你就失算了。你我成亲不成，你休想得到双修之法。而且我还有办法，让你的阴寒之气提前爆发。”

“抢婚又怎样？堂堂龙家子弟，自己的东西都护不住，还练什么双修？”

龙胤瞥她一眼，冷笑一声：“那便依你。”

景横波啪地一弹指，也道：

“成交！”

景横波并没有直接入宫，她以商略的令牌，让人请商悦悦出宫。

当商悦悦看见父母兄弟的尸首，一排横陈在自己面前时，整个人都傻了。

她当场软在了马车里，一摊烂泥似的再也扶不起来。景横波喊她，叫她都没用，直到狠狠捏了她一把，她才悠悠转回魂来，浑身抖如筛糠，小脸煞白如纸。

景横波心中叹口气，觉得商国完了。这孩子一看就是撑不起来的，不像和婉外柔内刚，关键时刻自可扶持上位，这位扶上去，只怕没三天就死于非命。

她摸着下巴，哀怨地想着商国这事传出去后，自己的王室灾星之名只怕要更出名了。

“以后你打算怎么办？”她已经把前因后果告诉了商悦悦，好心多问了一句。

结果那孩子茫然摇头。

“你做女王好不好？”

那孩子头摇得如拨浪鼓：“王室有法令，不允许公主继位。”

“女摄政王？”

那孩子脸色更惊恐。

“商国还有没有直系王室子弟？”景横波觉得头痛。

“大哥有两个儿子，但是性情顽劣。还有一支，”商悦悦茫然地道，“原先戴罪流放，后被赦免回国。现在是空头王爵，也就每年重大节日才见一见。”

景横波忽然想到了那个不肯顺从王后，在王后面前抹了脖子的商成。

商家的那一支倒还靠谱。商悦悦如果能处理好这事，可以当个又不必站在风口浪尖，又能掌握实权的长公主。

她问商悦悦的意思，那姑娘却忽然红了脸，说自己还想和人商量商量。景横波还想着这姑娘这么内向怯弱，亲人又死绝了，还能和谁商量？结果没多久，就听见了玉无色的公鸭嗓子。

“啊哈哈哈，这事简单。你让你哥哥的两个儿子先去争嘛，那两个毛都没长齐的小子，能争赢吗？一定会闹得乌烟瘴气，到时候你来收拾残局。放心，我会帮你的。我不帮你谁帮你呢？”

毛都没长齐的小子，大言不惭地吹着牛，说着说着，就揽上了商悦悦的腰。那姑娘羞涩地垂下头，如一朵水莲花不胜凉风地娇羞，却没有挣脱。

景横波看见玉无色大摇大摆揽着商悦悦过来，就很想把英白立刻提溜过来，让他瞧瞧他的好儿子。骗大神骗不来，现在开始骗人家黄花闺女了。

但是不得不说，玉无色从小便被翡翠女王作为储君培养，对于政事比商悦悦强多了。他先谄媚地表示波波姨姨辛苦，且入宫休息，一切事有他操办，一定将功折罪。一转身他便以主人翁姿态，下令封锁商王死亡的消息，尸体秘密存放，以冰棺封存，严控宫中诸宫眷，取走商王玺印，将商略的两个儿子分别召入宫中，私下接见，对他们两人都说准备立他们当王太孙，只是需要考察。

景横波趁着他大搞商国王室的机会，在商国王宫里大肆搜刮，反正马上这座宫廷就要成为她“侄儿”的了，不拿白不拿。

商悦悦现在掌握宫廷，商王的寝宫她当然进得去。龙胤精通机关，帮她找到了藏在商王榻下鞋板夹层里的紫阑池详解。她这才知道，紫阑池下还有池，那座池就是商国能盛产各类顶级药草的真正宝地，如紫阑藤等名药，都仰赖那一处的土壤和水质生成，只是那里漩涡极多，并且和紫阑池之间有相当大距离的断层，一般人下不去也看不见。

只有当紫阑池关闭之后，因为被巨大的山石封断，地形发生变化，紫阑池下的深池水位上涨，才会让人发现那一处水眼，但想要下去，还是得绝顶高手才成。

正因为那一处地下池没人下去过，所以封断后的紫阑池，一直被认为是绝路。

景横波猜着，宫胤一定是在紫阑池封闭的当时，看见了池下的泉眼，以他的眼力，肯定能看出那才是真正的宝地，但当时已经来不及解释，他抛出紫阑藤，自己趁着紫阑池封闭底下水位上涨那一霎，下了地池。

现在真的是没法出手了，上头已经关闭，下头地下池到底通向哪里谁也不知道，她只能等宫胤自己出来。

景横波越想越懊恼，她觉得宫胤那时应该来得及暗示她一句，这货一声不吭，让她误会他出事，是不是有意报复？

有种你一辈子待在那池子底下，姐嫁人你也不出来！

龙胤倒像忽然有了诚意，要以灵药为她的聘礼，亲自开炉造火，拿紫阑池采来的诸般药材炼药。这正中景横波下怀，她得了药草，却不知道怎么使用，龙胤在商国那么多年，自然是炼药高手。

玉无色一听她要在商国宫廷里和那个叫龙胤的家伙成亲，一开始有些讶异，随即积极准备。景横波听见他一边下令要辟出一间宫室操办喜事，一边嘎嘎嘎地笑，得意扬扬地道：“成得好！气死那三个不要脸的！”

景横波默默望天——到底谁不要脸？

紫阑池已经关闭，又出了这么大的事。玉无色那个狼崽子表示，干脆把整个宝台山关闭，让那些护卫都死在里面，以免消息泄露。商悦悦这次没听他的，选择撤出了所有护卫，并将这些护卫立即远远发配了出去，永远不许回王都。玉无色嗤笑了半天她心慈手软，最终也是同意了。

景横波瞧着，颇为欣慰。心想玉无色和商悦悦其实挺合适，那熊孩子胆大包天，缺乏三观，商悦悦却极善良，虽柔弱却不失原则，有她这么润物无声地感化下去，熊孩子说不定还能回归正路上来。

宝台山护卫一撤，耶律祁、裴枢等人也就回来了，不过却被阻在宫外，景横波不让玉无色告诉他们自己要成亲的消息。

当耶律祁、裴枢在宫外猜疑的时候，商国丹宫密室里，炉火正熊熊燃烧。

即将做新郎的龙胤，专注地守着巨大的鼎炉，时刻观测着炉火的温度。风门里闪烁的明暗火光，映得他眉目不定。

他身侧有个小太监模样打扮的人，在默默往鼎炉中添炭。

“你这丹药练的时候，可否加点别的东西进去，做出些别的效果来？’那小太监忽然开口。

“不行。”龙胤断然道，“炼药何等精密，差之毫厘谬以千里。胡乱掺入别的药物，未必能出来你要的效果，反而会毁掉紫阑藤等药的效用。”他顿了顿，又冷冷地道，“再说我龙家人，不做此等下作之事。”

那小太监笑了笑，语气并不恭敬：“哦，如此风骨，失敬失敬。不过龙家既然这般高傲，为什么又愿意和我等合作，冒认龙胤之名呢？”

“何须冒认！那名字，迟早是我的。”龙胤薄唇一抿，满满的自信。

龙家名字，以“胤”字最为尊贵，因为那是始祖名字中的一字，向来只给血脉特殊的龙家嫡系子弟，他们这种旁支，根本没有资格。

他的名字叫龙擎，但他觉得，双修成功之后，他便有资格成为龙胤。

身边的这个小太监，是他的合作者。早在前几日，这个小太监披一件斗篷，出现在紫阑池，和他做了一笔交易。

对方表示，会给他提供一个适合双修的女子，而他需要做的，就是将这个女子身边的男子留下，带这个女子出去，并且对外宣称自己的名字叫龙胤。

所以紫阑池原本没有那么快关闭，是他在看见那个女子之后，当即关闭了紫阑池，将她身边那男子留在了紫阑池中。

留下之后的后果，他不管。如果没猜错的话，那位可能也是龙家子弟。龙家子弟都知道这个“胤”字的特殊含义，所以，知道紫阑池有一个龙胤之后，一定会来。

至于那斗篷人，为什么要引一个龙家子弟来紫阑池，为什么要他帮忙留下这个龙家子弟，以及他们想留下那人，到底是为了杀死他还是为了那池下的池，他不想管，也不关心。

便是龙家子弟又如何？肯定不是龙家分支，那就是龙家嫡系的那个残存的子弟。嫡系和分支本身就关系淡漠，分支如今好容易有了重新出头取代嫡系的机会，为什么要放弃？

龙家迟早是要复兴的，复兴的龙家家主，该属于千山龙氏，复兴后的第一代家主，该属于他龙擎。哦，未来会叫龙胤。

成亲的事情准备了三天，商国王子们的争斗也进行了三天。三天内，商略的两个儿子，先后各自暗杀对方十次以上，组织起一定规模的战斗三次以上，在短短三天之内，成功地折腾出了一死一残废的结果。

景横波对此喟叹——血脉遗传的力量是强大的。商国王族是她见识过的最能搞事擅长杀戮的王族，一个家族的人都好斗残忍嗜血，杀来杀去，最后的结果就是杀干净了自己。

现在商国王族直系血脉男丁已绝，剩下的选择只有旁系。玉无色果然和她一样，经过观察，觉得推出一个傀儡比商悦悦直接上位要好。在听说了紫阑池发生的事件之后，他也选择了那个在王后面前自杀的商成的幼子，过继给商略作为继子，成为继承人。

当然，在将那顶沉重的王冠戴到那莫名其妙的一家子头顶之前，玉无色和商悦悦和对方做了一番长谈，秘密达成了很多。最重要的一条，就是把最为富饶重要的部分商国土地城池，赐给了商悦悦作为公主采邑。

这当然是玉无色的如意算盘，他才不愿意娶个女王，自己做个抬不起头的王夫，商悦悦的性格也不适合掌握权柄，还不如坐拥土地城池，十里红妆外嫁。嫁给他那就更好了，便宜他版图得了扩张，有了财大气粗的媳妇从此不怕老妈，又免了入赘粗腰大屁股的王菊花。

当然，将来商悦悦若外嫁，商国便很可能面临彻底分裂，但对于商成那一系来说，王位本来就是意外之喜。他们本是戴罪的破落贵族，只求平安度日，何曾想一朝风云突变，忽然就坐上了商王宝座，直到那孩子登上王位那一刻，他们依旧浑浑噩噩，如在梦中。

冥冥之中命运奇巧，只怕当初在王后面前自刎的商成也没想到，自己不过是信守家风和承诺，却因此被人看中，成全了家族的再度繁荣。

这三天内，炼药的鼎炉的火焰也在燃烧，三天三夜之后，鼎炉的各个出口，滚出滴溜圆的各式灵丹。

龙胤一颗颗将丹药装起，托在掌心飘然出门，对眼巴巴守在门口的景横波道："幸不辱命。"

景横波喜笑颜开——这丹药得来可谓千辛万苦，总算自己的容貌恢复有望。

"这是提颜丹。"龙胤一颗颗把丹药拨弄给她看，"可以提拉你的肌肤，让你受损的肌肤恢复正常，纹路消失，甚至更为细腻。"

"这颗青色的，是明眸丹，服之目力大长，且眸光如水，神采动人。"

"这颗红色的，是洗颜丹，淘洗肌肤之用，属于紫阑藤和雪灵草的综合功用。可以淘洗肌肤，令肌肤上一切暗沉、伤痕、斑点都完全消失，实现真正的肤白如雪，且永不改变。"

"这颗紫色的，是九转丹，转一切体内逆行真气，抚平血脉丹田之内的燥息，是天下所有内息紊乱者的圣宝。”

“这颗白色的，是固元丹，治疗一切经脉损伤，内气阻淤，走火入魔，经脉断续之疾。得此丹者一生不会走火入魔。”

景横波听得目光灼灼，热切地伸手要拿。龙胤手一缩，将盒子收了回去，只抛了一颗洗颜丹给她。

“只要你顺利与我双修，这些东西都是你的。”他唇角浅浅一勾，“否则，我宁可毁去，这普天之下再无第二份齐全灵药，再无第二人可帮你练齐这丹。”

“何必如此不信任呢。”景横波拈着那丹，笑吟吟地瞟他。

“你可以先试试这颗丹药的效果。”龙胤的声音忽然低了下来，“今夜便是你我洞房花烛，此药使用正当时。只要你乖乖配合，到时候我会让你看见，你自己都无法相信的，无比美妙的效果。”

第五十五章 洗颜

时间回到三日之前，紫阑池突然关闭的那一刻。

宫胤低着头，因为景横波那句话而默然，并没有看见上面景横波和龙胤的会面。

他在看那个紫阑藤寄生的透明人体，那东西在他的眼里，就是一个类似人形，但形貌丑怪，一看就知道不算人类的怪物。

不明白对这样的怪物下手，景横波为何会有那么大的反应，宫胤伸手将那东西拽起。

已经被剥除紫阑藤的透明人体，现在支离破碎，软趴趴的似一坨软胶，但宫胤并没能将那东西完全拎起，因为在那东西身下，还有什么东西牵扯着。

那是一根长长的茎状物，一直通连到底下。

宫胤一翻动那东西，就禁不住咦了一声，他发现在不同的光线和角度下，看那透明人体，形貌似有不同。

紫阑藤本身有一定的致幻成分，这寄生了紫阑藤的躯体，因此给人造成错觉也是有可能的。

明白了原因，才能解开景横波的心结，他微微放心，正要起身，忽然头顶震动，抬头一看，崖壁两侧，双龙巨石正在缓缓合拢。

熟悉机关的人都知道，这种封断巨石，是藏宝之地的最后一关，人力根本开不了。

他正要飞身而起，忽听脚下咕嘟咕嘟一阵响动，低头就看见紫阑池下，不知何时出现了断层，断层之下出现一个个翻滚的漩涡，望去如无数幽深之眼，正将天地凝望。

那些漩涡呈现不同的色彩，但都幽光闪烁，显见成分特殊，空气中弥漫着特殊的香气和药气，令人身心舒爽。

与此同时，牵连着那寄生人体的根茎状东西，以肉眼可见的速度在茁壮成长，茎体更加饱满圆润，一股淡红的液体顺茎体向上流动，那些被他扯碎的躯体，竟然在慢慢复原。

宫胤目光一闪，此时他听见上头景横波的呼叫声，抬头看去，双龙巨石已经将要合口。

本想回答景横波，让她放心，但他的眼角忽然瞥到，池下对面黑幽幽的崖壁上，似乎有人影一闪。

这条人影吸引了他的注意力，他头也不抬地将紫阑藤往上一抛，藤蔓刚刚穿越过巨石的缝隙，轰隆一声，巨石合拢，最底层的紫阑池封闭。

巨石一合，光线骤暗，那条似真似幻的人影，也便看不见了。

宫胤面无表情，似乎毫无发现般，只专注着看底下的漩涡。因为上头巨石的下沉，地下河水位上涨，但离紫阑池的位置还是很远，而且崖壁直上直下，近乎九十度。

更关键的是，底下漩涡不断，互相牵连，大漩涡里生小漩涡，连块可供落脚的石头都没有，又看不出深度，可谓下崖难，立足更难。

宫胤只低头看了一刻，然后，直接坠落。

十丈高崖，一飞而下。

他衣袂倒扬而起，在风中掠出刚直的一线。

从底下往上看，便见铁青崖壁，幽紫阑池，黑暗空间里，雪白修长的身影，似一柄冰剑，裂天猛刺而下。

从头到尾，他竟没有试图缓冲或借力，下冲的速度越来越快。而在崖底，一个巨大的漩涡正幽幽盘旋，似一张幽深大口，待要将他吞噬。

在脚底将要踏上漩涡之前的最后一霎，宫胤一撒手，指间忽生雪白冰凌，冰凌迅速组合，层层叠叠，成无数繁复茂密的花瓣。一朵冰雪般若莲花。冰莲花轻薄如纸，落在漩涡上，不被漩涡卷去。他的足尖，随即轻轻点在莲花上，一悠一荡，已经越过了那个漩涡。下一个漩涡盘旋等待，而第二朵冰莲花已经盘旋飞出。幽绿漩涡之上，冰雪莲花晶莹闪亮。

他手中冰莲花不断飞出，在漩涡之上渡莲而行，衣袂当风，步步生莲，是天地间一抹最美的风姿。

那片地下河的最中心，是一片翻滚的岩浆状的东西，奔腾咆哮，其色艳红。有无数的根茎藤蔓在那片红色液体之中飘摇，冰莲花落上便被绞碎，或者被那热气蒸化。这一段区域足足有数丈宽，但好在没有漩涡，不需冰莲借力，他也可以飞渡。但他却在这一段红河之前停住。身后，那些冰莲花都不化，在每个漩涡之中浮沉，黑暗中幽光一闪一闪。空气中药香更浓，黑暗浓重，黏腻不化，除了那点雪白微光，对面都看不见人影。

那些雪白冰莲似眼白，幽幽地眨着。

黑暗中有风声，似是那咆哮红河卷掠波浪引起的风。

宫胤在红河边逡巡，袖子微微垂下，似乎在寻找一处可以渡越的地方，又似乎在思索什么，在聆听什么。

红河的翻滚咆哮，渐渐静了下来，化为一泊平静的河水，看上去似是可以经过了。

宫胤纵身而起。黑暗中，隐约似有轻微响动，那些一路动荡闪烁的雪白冰莲，摇荡得似乎更剧烈了些。宫胤身形已经飞到红河上方。忽然平静的河水哗啦一声，一道红中带黑的火光，直飙而上，还未靠近，四面山壁上潮湿的青苔，忽然全部化成灰白的碎屑，纷纷撒落。

一霎间被烘干。冰雪真气最怕极热环境，半空中，宫胤身形一顿。黏腻沉滞的黑暗中，似有细微声响，有灼灼的光芒，在幽幽地亮。那红黑火光一闪即逝，但随即，又有一道火光蹿起，比刚才的更亮更烈，似火神之舌，舔向宫胤靴底。

宫胤身子似乎一斜。黑暗中有人呼吸一紧。一股幽幽的风潜近，就在宫胤背后。

宫胤袖底，手指忽然无声无息地一弹。嚓的一声，他身后，最近的一朵漂浮在漩涡中的冰雪莲花，忽然涨大了一倍，尖锐的冰凌花瓣怒放舒展，似无数短剑乍现寒光。

隐约有一声闷哼响起，是人受伤后忍耐的声音。药香和火气之中，多了一股淡淡的血气。

一股劲风扑向宫胤背后。宫胤身子已经闪电般倒退，退回了漩涡之中的冰雪莲花之上，手一招，那些漩涡中浮沉的冰莲花飞起，在半空中打碎，重新幻化凝结，化为一座薄薄的冰墙，正挡在那片红河之前。

于是一道朦胧的身影，便映在了冰墙之上，修长，鬼魅般柔软，着一件黑色的斗篷。

那人也惊觉了上当，单拳挥出，嚓的一声，冰墙碎裂，他的身影消失不见。

红河流淌，漩涡旋转，黑暗还是那么浓腻。宫胤静静立在漩涡之中，对面看不见人影。他眉宇间有厌倦之色："出来吧。"

黑暗中有人低低一笑，唏嘘道："还是瞒不过你啊……"

他的声音微微沙哑，音调忽远忽近，让人难以辨明藏身何处。

宫胤却根本不看前方，只盯着那红河，唇角微微讥诮："你一直藏身在紫阑池中，故意让我看见这底下水眼。我以冰莲渡过漩涡，你也踩着我的冰莲一路相跟，埋伏在这红河之前，是想要借我的力，拿到红河底的东西呢，还是想要给我一把力，准我葬身红河？"

那人嘎嘎地笑了，哑声道："我只是想瞧瞧，冰雪真气如何渡过这极热之地而已。当然，如果你能冰封这条红河，我岂不省事？"

"我想过，只能全力以冰雪真气冰封红河。"宫胤面无表情地道，"但这般对抗，必将耗尽我全部真力。到时候你是坐享其成，是夺取这商国真正至宝之地也好，还是趁我力竭，杀了我也好，总归都是你赢。"

"这不被你看破了吗？还以冰莲刺破了我的脚底。"斗篷人笑声磔磔，似乎并不紧张。

"我更想知道的是，你是谁？"宫胤抬起目光，盯住那一团模糊的黑影，那影子一直横亘在他和景横波的道路上，幽魂一样飘忽不定，今日才算当面撞上。

那人没有说话，似乎在笑，笑这是一个无聊的问题。

"让我来猜猜。"宫胤根本不期待他回答，淡淡地道，"这紫阑池下的地底红河，虽然让修炼冰雪真气的人难以跨越，但如果真能过去，拿出这红河之下的地心热石，便可以抵御修炼冰雪真气导致的寒气郁结。所以，你和我，武功出自同源。”

那人无声笑了笑，对他能推断出这个，似乎在意料之中。

“你不是一个人，有相当多的帮手，很可能他们的打扮都和你一样，以便混淆视听。”

斗篷人眸底似有诧异之色，不承认也不否认。

“你的目的并不一定是要杀了我或者谁，你更多的是在历练自己。你不愿意替你的敌人拔除敌人，你在等待时机。”

斗篷人目光一闪。

“你对宗门、江湖和朝中都非常熟悉，所以，你的身份应该是三者兼具。”

斗篷人眼眸微微一眯，斜起一边唇角，笑了。

看似平静，实则震惊。

“最后，”宫胤淡淡地道，“你一直……”

斗篷人竖起耳朵，凝神倾听，很想知道宫胤嘴里会说出什么来。

宫胤忽然道：“……也该死了！”

话音刚落，忽然一大蓬火红的液体，当头向斗篷人扑下。

斗篷人原本站在红河之边的一个漩涡上，脚踩着自己弄出来的冰，他不敢再脚踏宫胤的冰莲花，以免再在脚心穿个洞。

宫胤已经离开红河，和他对面而立，相距三丈。斗篷人把全部的注意力都放在对面的宫胤身上，而且他知道红河里的淤泥真火，任何冰系真气都无法掌控，因此并没有想到，袭击会从身后来。百忙之中他只来得及飞快一扭身。

嘭的一声巨响，那东西擦他的腰而过，狠狠砸上了他身下的漩涡，水波一阵动荡，冰块起伏，他身子不稳，向后仰栽。

栽倒的那一刻，他才看见，那背后砸下来的东西，赫然竟是培养紫阑藤的那个透明的人体。

那透明人体在失去紫阑藤后，只剩下了透明的皮囊，抓起来小小的一团。池子关闭时，宫胤趁黑悄然将其拿在了手中，他在红河边逡巡，实际上是将袖子里藏着的皮囊，悄悄放入了红河之中，灌满了红河真火淤泥。

宫胤自己的冰雪真气，无法对真火淤泥产生任何作用，但皮囊本身就是由底下的真火淤泥培养，自然是最好的灌装物。

然后他使计逼斗篷人现身，一招之下两人调换位置，将斗篷人逼到河边，自己则回到漩涡中心，他回到自己冰莲花的时候，手里还牵着那皮囊身下牵绊的那根茎。

以言语令斗篷人心神浮动，然后，大力一抡，把灌满真火药泥的皮囊，如巨石猛砸！

漩涡惊浪，真火逼人，斗篷人身子向下一仰，斗篷掉落红河之中，瞬间化为烟气消失，显露出他柔韧修长的身形。眼看他要坠入红河，这红河是冰雪真气的克星，一旦坠落，立即和那斗篷一般命运。

哧的一声，他垂落的发被燎去一截，一线火光顺着发丝往上一蹿，在他脖子上留下一道伤痕。

斗篷人急而不乱，单手一抄，竟然在不能视物的黑暗中，抄住了宫胤操纵皮囊的那根长长的茎。

宫胤微微冷笑，他早料到对方会有这一手，一抬手，一柄冰剑飞射，就要割断那茎。

那人却忽然道："你若现在杀了我！景横波就永远成了别人的妻子！"

冰剑停住。宫胤目中寒芒一闪。

"嗯？"他连鼻音都显森然。

斗篷人嘘一口气，借助长茎之力，从容爬起，拍拍袍子，在冰块上自如地盘膝坐下，笑吟吟地看着宫胤。

他已经恢复了镇定，深邃眼神里三分自得，三分讥诮。

宫胤的软肋永远只有一个景横波。有些人妄图挟制他这个那个，真是白费工夫。

"要想渡过这红河，先得灭了红河的真火。要想灭了真火，需要拿出河心里的火精石。拿出火精石之后，还要有三天，这真火的伤害才会降到咱们可以不惧，顺利通过的程度。宫胤啊宫胤，你说，你是等三天之后再出来，眼睁睁看着景横波成为他人妻呢，还是冒一场险和我合作，早日脱困，护住你的景横波的贞洁？"

宫胤慢慢将那皮囊拖了回来，幽黑的眸光笼罩着对面面色呆板明显戴了面具的男子。

"如何合作？"

斗篷人一笑。

"把你的般若雪，和你的帝歌，给我。"

浅约鸦黄，轻匀螺黛，故教取次梳妆。

景横波坐在镜前，正为自己的"大婚"进行最后的梳妆。

不过梳妆台前并无喜娘，也无华丽的凤冠霞帔和首饰盒，只有一个盒子，放着一颗红色药丸。

景横波偷来的药草不少，龙胤将那些丹药各自炼出了几颗，却小气地只给了她一颗洗颜丹。

她就着热水，将丹药服下。一股灼热的气息从小腹处涌起，瞬间流窜至全身。

她眼睛一眨不眨地盯着面前的镜子，镜子里的女子，五官艳丽，皮肤状况却极差。通过朦胧的铜镜，也能看出肌肤上忽然出现的各种色素和暗黄。

很难想象，一颗药能有多大效果。然而她忽然觉得镜子亮了亮。

再仔细看，亮的好像不是镜子，是自己的皮肤！

肌肤正以肉眼可见的速度变白，像海潮漫过了沙滩，天光淘洗了黑暗，呈现出一片晶莹碎琼之色。那片雪白海潮所经之处，色素不见，暗沉不见，黄斑不见，最后连毛孔都令人感觉到正在慢慢收拢，直至了无痕迹。

如果说一开始是美玉蒙尘，现在就是云开月出，更增华彩，是清泉里的玉，牛奶里的瓷，白缎上的雪，白得晶莹丰洁，令这幽暗宫殿都灿然生光。

景横波怔怔地抬起手，看见手背上原本就有的一点红痣，慢慢消失。消失的还有身体上原本就有的各种印迹，雪妆玉娃，天然琢成。

比景横波原先的肌肤还要好上一倍。景横波忽然希望此刻宫胤就在身边，亲眼看见她这样的变化。

身后有脚步声传来，她有点希冀地抬起眼，随即便垂下眼睫。

来的是龙胤，“新郎官”并没有穿喜气洋洋的红袍，也没有帽插金花，他还是那一身白衣，随随便便地走了进来。

看见这样肌肤胜雪毫无瑕疵的景横波，他的眼睛里也不禁露出惊叹之色，像看见一朵被水洗亮的花，正从春风楼头绽放。

“我的花轿呢？”景横波托着下巴，懒懒地瞧着他，“喜娘呢？观礼的客人呢？接亲的人呢？”

“没有。”龙胤答得很简单。

“什么意思？”景横波竖起眉毛。

“花轿停在二门外，喜娘挂在树上，大概已经冷了，接亲的人可能在哪条河里，当然我不会让你去找。观礼的客人当然有，我和他们说了，千万不要走开，新娘马上要来拜堂敬酒。”龙胤唇角挂着一抹淡而冷的笑意，手一招。

咔嚓一声，梳妆台的座位上忽然伸出两根铁条，将景横波双腿紧紧捆住。

唰的一响，景横波膝上装药丸的盒子，忽然弹出一道小小的网，缠上她的手腕，那东西似活物般，一触及肌肤，便死死缠紧。

龙胤双手扶着妆台，平静地一笑，向她俯下身来。

“不过我改变了主意，决定就让他们等着。”他在她耳边轻轻道，“我们先双修，再敬酒。”

…………

第五十六章　美人计

龙胤的身子慢慢俯下，那张微带沧桑，因此更显男子魅力的脸，面容平静，眸子却在微微闪烁，显露了他此刻心中并不平稳。他的肩膀是绷紧的，呈现一个蓄势待发的姿势。

然而他所警惕的事情没有发生，景横波身躯并不紧张，她反而向后松了松肩膀，皱着眉道：“你要双修便双修，把我捆住做什么？身为一个男人，用这样的方式和女人双修，你的内心该有多怯弱？你真是龙家人吗？”

龙胤眉毛一挑，眼底怒意一闪，随即冷笑道：“你答应得太轻易，我要如何信你？再说有人提醒过我，你其实很狡猾。”

景横波并没有问那个“有人”是谁，耸耸肩道：“我答应双修又不是因为你，是因为我另有所爱，是为了他，当然心甘情愿。”

她微微仰起的脸，光润洁白，衬上天生三分慵懒魅惑的神情，微暗的光线下，让人想起“风情”“成熟”“尤物”“人间真味”种种最为彰显女性魅力的字眼。龙胤那样野心勃勃的人，眼眸也不禁光芒渐渐幽深，因这样的话，闪过一丝不能自控的嫉恨。

嫉恨有男子被她这般挂在心上。

妆台后金瓜形状的宫灯在梁上悠悠地荡着，棉纹纸上绘着紫葡萄。葡萄特别大特别圆，幽紫发亮，亮到有点奇怪，以至于后头的蜡烛都显得光暗，而目光盯上了那灯，便忍不住定住，不愿意离开。

龙胤心思有点燥有点散乱，目光随意地在那灯上停了停，看了一会儿，转回头，忍不住要刺她一句：“身为女子，你就这么漠视贞操吗？”

“奇了怪了，”景横波扬起眉，“一边逼我双修，一边责我放浪，你以为你是谁？”

她忽然又笑了，懒洋洋眯起眼：“在我们那里，其实这样的事也不算什么。尤其像你这样，虽然老了点，还有三分地颜的大叔级熟男，还是有点市场的。姐和你双修一场，就当去俱乐部买了个鸭，还不要钱，挺好。哦，你大概不懂什么叫鸭，”她耸耸肩，“就是男妓。或者叫小倌。懂了吗？”

“放肆！”龙胤猛地按住她的肩，“谁允许你这么和我说话！”

怒火冲头，他呼吸粗重，手指下意识往下重重一推，本想给她点惩罚，却不承想景横波肌肤刚刚经过淘洗，光滑如玉石，手指落下自动下滑，哧的一声扯开了景横波的半边领口。

所谓暗室生明月，苍穹起清光，极致的亮和灿烂，摄住人的目光。龙胤眼珠向下一定，便再也拔不开。

他出身龙应世家，族人修炼崇尚清心寡欲，不动岿然。女色虽然不忌，但也多半只为传宗接代，于他们眼中，不过躯壳皮囊耳，然而此刻眼前这般曲线肌肤，忽然让他知道了什么是真正的女色之美，以及什么是因为美而产生的惊心动魄。

粗重的呼吸转为急促，他的手指忍不住收紧再收紧，扼住了景横波的呼吸。景横波忍不住呛咳，他急忙松开，竟有些茫然慌乱，如初尝情爱滋味的少年。

“修就修，有必要这样吗？”景横波咳嗽，埋怨，“绑住手怎么解决，你一定要这么煞风景？”

她虽然是在埋怨，语气却并无太多嗔怪，在他耳边轻轻说话倒似吹气，微带香气的热气，拂在耳根处，簌簌的痒，似柳枝轻飏，又或者小手微搔，看似正中痒处，却又浑不着力。

他又觉得新鲜。以往也不是没有过女人，可是家族找来的女人，多半只为了繁衍后代，家族中人性情又淡，于美色什么统统不在意，所以找来的，要么姿色一般，要么不解风情，要么性情古怪。他从未见过这样美丽又有风情的女子，从未想过原来美丽和风情融合在一起，便是那春水柔波，煦风三月，让人从身到心到眼神，都以邂逅一场酒雨，忍不住深醉。

宫灯悠悠地晃着，幽紫的葡萄一闪一闪。

他盯着，有些浑浑噩噩，目光想拔，却拔不开，下意识地道：“因为你功力不足且不纯，双修可能引起你的内息走岔甚至死亡，为免你痛苦之下不能配合，反伤了我，所以先得固定住你……”

“怎么会这样呢……双修不是很美妙的事儿吗？又不是传功疗伤，怎么会伤了我？难道需要使用内力？那叫什么双修呢……你对我温柔些不行吗……”景横波一口一口在他耳垂边吹着气，舌尖于他耳郭似触非触，搔得龙胤忍不住过电般微微颤抖。

“不是……不是……”龙胤的喘息声越发剧烈，他不是童男子，却也没经历过女子的大胆挑逗，这样全新的感觉，于他这种过惯清心寡欲生活的人来说，便如地震山崩，裂出一片新鲜天地。他感受到了体内奔腾的变化，般若雪也似卷起千堆，待要惊涛拍岸。

他有些迫不及待地俯下身去。景横波哧哧笑着往后让，左扭右扭不让他靠近，在他耳边不住声地悄悄道：“怎么个不是嘛，怎么个嘛，说来听听嘛……”

空气中弥漫着一股淡淡的气息，混杂在香炉里的沉香之中，闻来有些微的怪异。这气味对于五识灵敏的高手来说，很容易辨别出来，但现在的龙胤，嗅见的只是景横波身上玫瑰牡丹般的馥郁之香，哪里还闻得见别的气味。

“是这样……和你想象的一般双修不同……”龙胤心中燥火难耐，却又觉得手足酸软，竟有些使不上力气。如果自己是一团火，眼前就是一堆清凉的雪，他只想扑过去，却又似乎被雪冻得手脚酸麻，心中急躁难耐，他只好气喘吁吁地附到景横波耳边，低声道，“是这样的……”

他声音渐渐低了下去，景横波的小动作也停止了。龙胤靠得极近，她却没有推开，被这人口中所说的话震住，渐渐睁大了眼睛——我去，竟然是这样双修的！

这这这这这……

“就是这样……”龙胤喘着粗气，一口咬住了她的脖颈，齿关刚要用力——

景横波忽然大笑：“原来是这样，老娘终于知道了！”

笑声里她双脚猛地向后一踢，嘎吱一声，那伸出铁条捆住她腿的木质圆凳，忽然破裂了一大块，凳子一裂，铁条也就失去作用。景横波的腿迅速从凳子中抽出，先是猛力一抬，膝盖砰的一声，正正撞在龙胤的要害处。

龙胤哪里想得到她手足被捆居然也能挣脱，俯下身的姿态正好将要害送在她面前，挨了这一下，忍不住嗷的一声从喉间发出一声如垂死一般的呜咽，整个人立即便如大虾一般蜷缩成一团，景横波看见他连脸都瞬间扭曲了。

“啊哈，原来不管怎样的高手，海绵体都一样脆弱啊。”景横波兴高采烈地打一个响指，闪到龙胤身后，一伸手将他的剑卸下，顶在了他的后心。

“解开我手上的东西。”她用剑逼着，把手递到龙胤面前。她手上的网已经陷入肉中，一看就知道不是用刀剑可以割开的。

龙胤咬牙冷哼，欲待不理。景横波剑尖向下一扎，龙胤骇然睁大眼睛，没想到这女人说戳就戳如此手狠，急忙伸手，指尖一点银白，在几个关键节点处连抽几下，解开了网。

做完这些，他额上冷汗滚滚而下，可见刚才那一踹，相当地凶猛。

“算你识相。”景横波顺手把那网收进了怀中。

上头宫灯悠悠一颤，一道影子翻了下来。霏霏轻盈地落在景横波肩上，幽紫的大眼睛慢慢地眨。

景横波亲昵地拍拍它的肩膀，赞一声：“给力！”

龙胤能给凳子加机关，当然她也能给凳子做手脚，她在妆台前不走，何尝不是为了将计就计。

弹出铁条的凳子早已经被她割了裂缝，双脚向内一踹就会散开。

霏霏藏在上头的宫灯里，宫灯上葡萄画后面，就是它葡萄一样的眼睛，透过一层薄纸，以魅惑之术盯着龙胤，虽然不能像驱使其他动物一样随意驱使，但令他稍稍迷惑还是没问题的。

等到龙胤开始出现恍惚状态，霏霏再在下头香炉里撒点尿，它的尿曾经迷惑过一整座大殿的臣子，自然也会对龙胤起作用，而当时的龙胤，美人计下意乱情迷，大失水准。

景横波笑呵呵地用剑逼着龙胤，让霏霏帮忙，拿出早已准备好的铁链子捆住他的手脚，这才猛地一脚蹬在他屁股上，踹得他一个大马趴。

“敢威胁老娘，赏你一马趴！”

啪的一声，龙胤雪白的衣衫上，出现一个乌漆抹黑的大脚印子。

“住手——”龙胤嘶声叫，“你敢——”

“我不敢……”景横波声音拉长，长剑一抖，只留剑鞘，手臂一抡，猛地抽在他背上，“敢逼我双修，赏你一丈红！”

啪的又一声，龙胤背上衣衫破裂，肿起一道高高的红痕。

“不许打我！”龙胤声音悲愤，“士可杀不可辱——”

“女可敬不可奸！”景横波呸了一声，“就许你抢，不许我护？什么逻辑！”剑鞘横过来，又是狠狠一拍，这回拍在了龙胤的脸上。

噗的一声，龙胤的脸被狠狠拍撞上墙，几颗牙齿飞溅，半张脸立即歪了。

“敢名叫龙胤！赏你牙齿飞！”景横波啪啪啪地拍他的脸，“听见你叫龙胤就生气！看见你这表情就生气！你什么玩意儿，也配姓龙？也配叫胤这个字？你妈妈没有告诉你，名字起得太好，命会配不上吗！”

她剑鞘打地鼠一样一下一下拍龙胤的头，“配？配？配？呸！呸！呸！”

“你……你不能这样对我。我可能是你朋友的救命恩人，我可能是他的长辈！”被打得头昏脑涨无处招架的龙胤，居然想到了这个，口齿不清地大叫，“……你不怕他回来生气？你竟然敢这样对他的恩人和长辈！你不怕害他从此得罪龙家，永远无法认祖归宗！”

“哦呵呵呵，我好怕。”景横波有趣地瞅着他，咯咯一笑，“哎呀，我怕得要死，这事儿闹大了，以后该怎么办呢？干脆，我杀人灭口好了！”她笑眯眯地对霏霏勾勾手指，“剑！”

小怪兽谄媚地捧着剑，翻着跟斗过来，剑光在龙胤眼底一闪一闪。他惊得大叫：“别！别！这事算了！我不会说！”

“你说算了姐还不依！”景横波抓着剑，在他脸上磨啊磨，“既然你说起这事，我正好问问你，你还知道我有朋友是你龙家人啊？你还知道我在乎的那个人是你的晚辈啊？那你听没听过朋友妻不可戏这句话？朋友妻都不可戏 孙媳妇你有脸要双修？你龙家就是这样的豪门贵族啊？脏得连妓院都不如！哦，对了，你那支其实也不能算是正宗的龙家人，分支而已。请问啊，一个分支，如何能阻止嫡系认祖归宗呢？”

龙胤在她脚下不断地喘气，不敢再说话，生怕她手一颤，那剑就毁了自己的脸，顺便还割断了自己的咽喉。

“再说，”景横波拿剑在他脸上拉来拉去，宛如拉小提琴，脚踩着他屁股，仰头看着殿顶，若有所思地道，“我忽然想，如果他真的知道你这个所谓的恩人要求我双修，甚至真的双修了……他会是什么反应？”

忽然有了一个想法，她也不管龙胤说什么，三两下将他捆紧，堵住嘴，往床底下一塞。又把带着铁条的凳子踢到显眼处，把妆台打乱，更如有人曾经伏在上面挣扎一般，然后脱掉外衣，只余下内衣，撕裂领口，扯乱发髻，在铜镜中端详端详，满意地自言自语道：“果然像个被那啥的……”

她走到床边，看着素色的床单，眼珠一转，心想要试验就试验到底，看看宫胤这个古代大冷男，对于女子的尊重和呵护，到底能到什么地步？

“喂，霏霏，借点血？”她笑呵呵地和霏霏商量，不舍得弄痛自己。

小怪兽二话不说钻进床底，过了一会儿沾了一爪血出来，在床单上抹了抹。

景横波大赞：“高智商！”

现在，屋内凌乱，她很狼狈，床单有血，一切都符合某些事件应有的场景，只缺一个饱受创伤哀哀哭泣的女主角，和一个匆忙赶回怒火中天的男主角。

景横波爬上床，一边吭哧吭哧地酝酿情绪，一边咕哝道：“也不知道你能不能回来，不过我的直觉告诉我，你肯定能及时赶回，像东堂的那个谁一样，抢个婚啊什么的……可赶紧地。”

她在床上翻来翻去，研究了好几种“被侮辱被欺负”后的痛苦表情，揣摩了该说的话该有的动作，和霏霏推演了几遍，自我感觉演技炉火纯青，足以问鼎奥斯卡。

她在床上滚几滚，托腮望着窗外，渐渐地却觉得有些困倦，眼睫垂下，睡了过去。

玉无色给景横波安排了一座偏宫，作为“成亲”之用。其实客人也没有多少，就是商王王宫的几个人，以及无论如何都不肯离开的耶律祁和裴枢。

而在最初，龙胤接待过耶律祁和裴枢，并没有和他们说明他和景横波之间的交易，只说自己是龙应世家的人，和景横波有些渊源，受景横波邀请，前来帮她炼丹，恢复容貌。

这个说辞倒也被耶律祁和裴枢接受，而玉无色才不肯和这两人说明真相，他们所在的前殿，装饰普通，并不披红挂彩，所有人一字不提所谓“成亲”之事，玉无色陪着耶律祁和裴枢喝茶说闲话，眼珠子不停地骨碌碌乱转。

这种不正常状态，自然引起了耶律祁和裴枢的注意。耶律祁放下茶盏，看了裴枢一眼，裴枢状似无意地起身，踱到窗边。

他眼神忽然一凝，看见月洞门里一蓬花树后，似乎有一团红影，而在那花树的上端，似乎挂着一个人。

裴枢眉毛一扬，心觉有异，正要出门看个清楚，忽听殿门之外，似有剑声奔来。

那声音来势极快，像天尽头忽然炸起一蓬烟花，原本只针尖大，转眼炸出一条笔直的天道，狂飙而来。

玉无色扔了杯子跳起来，尖声道：“戒备！戒备！”

耶律祁抢到门边，仰头看向天边。日光正盛，金芒万丈里，似有人影直射而来，身形似有些熟悉。他微微怔了怔。

人人都被惊动了，只有裴枢毫不理会，他紧紧盯着那花树上端的人，那人影一直一动不动，瞧来诡异。

那里是通向后殿的月洞门，后殿就是景横波住的地方。裴枢向来最关切景横波，想了想，从侧门走了出去。

其余人都在关注前方那声势惊人的天外来客，也没人注意到裴枢已经离开。

裴枢行到那花树前，跃上树伸手一拉，一具尸体啪嗒坠下。裴枢盯着那尸首，对那身红衣装扮皱起了眉。

尸首是个婆子，半脸皱纹一脸粉，身上红底金花的衣裙看着眼熟，鬓边还插两朵俗艳的大红花，俨然民间媒婆装扮。

景横波和玉无色说要“成亲”，完全是随口之言，玉无色却心怀对宫胤等人的暗恨，有心煽风点火，干脆巴巴地找来媒婆司仪迎亲的人，要着着实实在宫中给景横波“成个亲”。偏偏龙胤对“成亲”根本没兴趣，嫌这些人人多碍事，干脆杀了。

裴枢越来越觉得不对——宫中怎么会有媒婆？媒婆怎么会死在这里？

他猛地一撩袍子，直奔后殿。殿门开着，还没靠近，裴枢就嗅见了一股奇异的气味，似是沉香的香气，夹杂了别的古怪气息。

他心有些微跳，历来江湖生涯，不寻常的声音和气味，都代表着不妥的变化。

他放轻步子，提高戒备，悄然进入殿中，往殿口一站，环视一圈，顿时怔住。

眼前一片狼藉，凳子翻倒，凳子上有铁条，妆台混乱，瓶瓶罐罐倒了一地。一看就知道这里曾经经过一场不算大的搏斗，空气中还残留着淡淡血腥气息。

他的心忽然颤抖起来，目光落到床上，女子静静地伏着，玲珑曲线，一看就知道是景横波。她衣衫不整，睡姿似很疲倦，在她身下素色床褥上，似可见斑斑血痕。

那血痕一入裴枢的眼，就好似一个鞭炮在裴枢眼底炸开，他立在门槛上，浑身颤抖，连手中剑都似握不稳，撞在门边发出细微的叮当之声。

随即他猛然冲前，奔到床边，双臂一揽，将景横波紧紧地抱在怀里。

景横波睡得正香，正梦见宫胤赶来，满目惊诧。她扑上去哭诉，忽然被惊醒，未及抬头，已经感觉到一个温暖的怀抱将她抱紧，那双臂如此用力，竟如铁条一般箍得她动弹不得。她心中一颤，心想宫胤果然来了，这么用力的拥抱，他是已经误会了什么了吗？

她顺势往那怀抱里一埋头，呜咽道："呜呜呜，你现在才来，呜呜呜，什么都晚了！呜呜呜，你怎么现在才来！"

本来想好的捶他的胸哭诉的经典动作，因为被抱得太紧，什么都做不了，连脸都抬不起，只能假哭，在他衣上擦着鼻涕，忽然又觉得他衣裳颜色似乎不大对劲，只是殿内光线暗，又背光，一时不大能分辨清楚。

他没有说话，似乎在微微颤抖，双臂将她抱得更紧了，似要将她勒入血肉里般用力，他的手掌有些笨拙地在她背上拍着，这种满满安慰的姿势，让她心中略感欣慰，却依旧要加上最后一层考验。她作势推他："算了……这事都这样了……是我蠢，上了人家的当……现在，我已经不是黄花女子了……我想……我也配不上任何人了……"

一边背着狗血的台词，一边忍着想笑的欲望，她肩膀忍不住颤抖，看起来倒更加像伤心痛哭了。

裴枢的肩膀也在微微颤抖，听见她这样说便如火热的刀触在肌肤上，烫体裂肤的剧痛中，却又生出淋漓灼热的快感。他一边自责着自己太大意竟然让她受这样的伤害，一边狂喜着景横波一直对他不假辞色今天却说了这样的话。难道她之前的疏离都只不过是女子的矜持，直到遭遇这女子至惨之事，才情绪崩溃，忍不住对他敞开心扉？

一时他竟不知该难过还是该欢喜，欢喜似乎对不住景横波，然而却真的心间都似泛出喜悦的泡泡，咕嘟咕嘟泛着白花儿，灿烂得像要炸开一样。

"不！"他忍不住激动地道，"无妨！你便是怎样的，于我都一样珍贵！"

景横波一怔——这声音……

她心知不好，震惊挣扎。裴枢却将她抱得更紧，仰着头，满不在乎地道："女子贞节固然重要，但这错不在你，男人要做的，就是将那个禽兽找出来碎尸万段。横波，你放心，以后我会待你如一……"

忽然外头砰地一响，裴枢顿住，景横波身子一僵。

一霎间两人都感觉到冷。

裴枢挑眉，慢慢转头，就看见殿口处，不知何时立了一条修长人影，而在他身后，是一地冰雪银白，一大堆滚倒的人群，一个跌跌爬爬鼻青脸肿的玉无色，一个满脸诧异皱眉看着殿内的耶律祁。

门槛上那人静静立着。那一地冰雪银白在他身后铺展，再从他身前蔓延，咔咔地越过门槛，越过青石地面，越过倾倒的凳子，直逼向他脚下。

殿内殿外一片安静，气氛近于肃杀。

殿外的人神情很难形容，大抵便是震惊和八卦的集合体——满地狼藉，床褥有血，景横波衣衫凌乱，正在裴枢怀中哭诉——这是一种什么搭配？

景横波呆住。

什么戏也忘记演了，什么奥斯卡奖项也不准备拿了，脑子里乱哄哄地飞快地闪着字幕：乌龙了乌龙了乌龙了……

裴枢扬扬眉，笑了。他笑着转身，对门槛上的宫胤道：“方才你都听见了？正好，这里没你的事了……”

下一瞬似寒风飞卷，冰雪突降，白影一闪，转眼到了裴枢身后。

裴枢忙着先放开景横波。景横波跳起来，伸手就要拦到两人之间，大叫道：“不是……”

她的动作哪能比得上那两人，唰的一声，宫胤已经探指如钩，抓住了裴枢的肩头，抬臂一抡，裴枢便被甩飞了出去。

裴枢也不是弱者，被甩飞的刹那反手抓住了宫胤的手臂，呼的一声，两人拉扯着撞上墙壁，再轰的一声撞破墙壁，顺着外头的冰雪，滑到了庭院当中。

玉无色尖声大叫：“闪开啦——”除了耶律祁，其余人呼啦一下闪出了八丈远。

还有踩着冰雪跌跌撞撞奔出来的景横波，抓着门框大声惨叫：“别打啊——别闹啊——没那回事——根本没那回事啊——”

一团雪浪团团翻滚，根本看不清宫胤和裴枢的身形，却有两人的声音同时传出：“不必逞强！”

顿了顿，随即裴枢悲愤地大叫：“横波，你不必强忍委屈，谎言安慰于我，我不介意的——”

还有宫胤冷声道：“你闭嘴。”

景横波抓狂地挠着门框，看着那鸡飞狗跳的一团，扁了扁嘴，忽然觉得裴枢的态度是不错的，宫胤到底是几个意思？

但不管是几个意思，今天的试探都彻底失败，不想这两人打得两败俱伤，就得老老实实招认。

“你们太小瞧我啦。”她大叫，“我怎么可能给人占一丝便宜……”

人影一闪，是裴枢披头散发冲了过来，一把抓住她的手，红着眼睛道：“你便是被占了便宜，我也要你！”

然后他便飞了起来。景横波目瞪口呆地看着他飞上天空，目光下移，正看见面无表情的宫胤在擦手。

她头痛地抚额，猛地转身，一脚踢开殿门，走到床边，弯下身，将龙胤从床底下拖出来，赌气地大叫：“你们瞧瞧，这人都被我揍成这样了，能对我怎样吗？”

四面一阵诡异的静默，众人瞧瞧她的造型，再瞧瞧那个比她惨无数倍的龙胤，神情渐渐又变得诡异——不会是她先被占了便宜，一怒之下反击，再将那龙胤打成猪头了吧？

这般一折腾，龙胤倒是清醒过来了。他呻吟一声睁开眼，一眼看见景横波，正要暴怒，忽然又看见她身后，宫胤冰雪般冷漠的脸。

他怔了怔，忍不住又仔细看了看——宫胤身上那种超脱漠然的气质，非常的显眼。修炼般若雪的清冷气息也十分熟悉，几乎不需要询问，便可以确定是龙家人。

“你是龙家人！”他脱口道，想了想，又肯定地道，“我曾经救过的那个孩子！”

宫胤盯着他，慢慢皱起了眉。

景横波也安静下来，她不想阻拦龙胤的认亲，她只想知道，追索家人多年的宫胤，真正面对亲人的时候，会是怎样选择？

“你大概不记得我了。”龙胤有点热切地道，“当年是我救了你，把你从废墟中捡起，一路抵抗着朝廷军队的追杀，将你送到了沉铁部的小村里。你从一岁到十岁，我先后去看过你三次，你的般若雪也是我给你奠基的！”

他脸被打肿，说话呜呜噜噜，但勉强能听清楚。裴枢本来又冲了过来，听见这句，倒停住了脚步。

宫胤望定他，眼眸深若永夜，难辨情绪。

“我是你的恩人，也是你的亲人！”龙胤一指景横波，“你杀了这个逼我双修的女人，我就告诉你，你其余的亲人都在哪里！”

女帝本色

4 般若劫 下

天下归元 著

青岛出版社
QINGDAO PUBLISHING HOUSE

第五十七章　苍天饶过谁？

景横波听见这句话气得直翻眼，险些给他一个兜心脚，忽然想知道宫胤对此到底有什么看法，于是忍住了，瞟着宫胤。

宫胤低头瞧着龙胤，目光在他脸上略一打量。正如龙胤很轻松地认出他一样，他的眼色也微微一变。

然后他道：“她逼你双修？”

龙胤喘息着站起来。宫胤淡淡地瞧着，也没去扶他。龙胤不以为意，扶着床栏道：“她是不是窃取了你的般若雪？但内力不纯，容易反噬，如果和我龙家人双修，则可调元养息，且功力再上一层楼。我无意中让她知道了这一点，她便对我软磨硬泡……”说着恨恨地抹了抹流出来的鼻血。

“也不必抹了。”宫胤忽然道，“很快你就会流更多血的。”

这话一出口，所有人都一怔。正低头抹鼻血的龙胤手一顿，连头都没来得及抬起，便猛地向后蹿去。

他刚才还气喘吁吁，此刻却迅如闪电，人往后退，手中已经星芒一闪，直袭宫胤和景横波。寒气骤降，似苍穹凝雪，景横波打了个寒战，一闪不见。

宫胤似乎没动，身影却已经穿过星芒，手中也是一模一样的寒光一闪。噗的一声鲜血飞溅，溅在了正要闪到龙胤背后给他一刀的景横波脸上。

景横波低头，怔怔地看着面前的人。龙胤背对着她，一根冰凌刺从他后心穿出，殷红鲜血染了半截衣衫，而那冰凌正在慢慢化去。

和她一样，半偏了脸的龙胤，满脸的惊讶和不可置信。或者他的震惊比景横波更浓——世人总有牵绊执念，他确信自己已经抓住了宫胤的软肋，他怎可凌厉如此？决断如此？

景横波抬头看宫胤，只觉得心里乱糟糟的。她猜得到宫胤不会相信这话，猜得到宫胤会惩罚龙胤，但却没猜到宫胤会下杀手——这是他的恩人和亲人啊，还有，他不想知道家人的下落了？

“你……”她怔怔地道，神情茫然。

宫胤拉过她，掏出手帕给她擦了擦脸，一转手砰地关上了门，差点将裴枢的高鼻子撞扁。

他还顺手把门给闩上，把龙胤的尸首从窗子里扔了出去，正好血淋淋地砸了裴枢满怀。

不理裴枢在外破口大骂，他先上下看看景横波，随即又掏出手帕，给她擦手、擦鼻子。

擦手也就罢了，擦鼻子就有点奇怪了。景横波摆头避让着他的手，呜呜噜噜地道："你干什么……我没感冒流鼻涕……"

"但你鼻子堵住了，包括你的五识。"宫胤淡淡地道，"听不出、闻不见、看不明白、搞不清对象。什么乌七八糟的，胡乱就抱。"

景横波一听就知道，糟了，某个醋坛子被打翻了。就知道他会对刚才她和裴枢"相拥诉衷情"的一幕感到膈应。

"吃醋了？"她眨眨眼。

宫胤低头看她："我以为我应该和裴枢有很大区别。"

"当然有。"她笑开，伸手抚上他的脸颊，"你比他高一点，你的气息比他清淡，你的衣裳比他的质料轻，你的声音比他低沉一些，你的胸膛比他冷一些，你的下颌微尖，而他的微方，你的唇比他的略薄，我觉得正好……"

室内香气弥漫，这沉香的味道似乎特别诱惑且纯粹，令人觉得温暖而轻松。她整个人懒洋洋的，想躺下，想依偎，想睡在爱人的怀抱里，细细嗅他肌肤的味道。

宫胤忽然抓住她的手，盯着她雪白的手指。这女人说就说，还摸，摸就摸，还指尖微勾，撩他的唇角。她要撩的是唇角，还是身体里的火？

景横波手腕被抓住，手指还捏了捏他的鼻子，道："你们的鼻子都很直很漂亮，可我更喜欢你的嘴巴、眉毛、眼睛……"声音越说越低，脚越踮越高，人越靠越近，说到最后"眼睛"两字的时候，她的唇已经触及他的眼帘。

这么近，他的长睫毛戳得她发痒。她以为他要闭上眼的，谁知道他竟然不闭，只是那样睁着好奇怪。她忍不住笑开，唇轻轻一触。

唇下温软，她感觉到他轻轻颤动的眼。忽然背后一紧，整个人被他紧紧按住，再身子一翻，他的唇已经压在了她的眼上。

有样学样，他也轻轻吻她的眼皮，感觉到瞳仁细微而飞快地颤动。这一双眼睛捕捉人间万象，但他希望眼眸最深处只有他。

不知何时室内响起细细的喘息，在浮沉的香气中低沉游移。日光在墙面上铺开一片薄薄的白幕，幕布上是相拥的黑色的剪影，依偎、拥抱、亲吻、抚摸……

忽然景横波啊的一声，感觉到一股透心寒气。与此同时宫胤手指一弹，啪的一声香炉翻倒，一炉香灰倾覆。宫胤顺势让开，走到香炉面前，看了一下，道："这香有问题。"

景横波怔怔地看着，她的心思不在香炉上，也许香炉是有问题，不然她也不会一和宫胤独处，就立刻忘记了别的事，只想和他亲近。想必龙胤做了什么手脚，利于双修。她只是想到另一件重要的事，龙胤死了，但他还没告诉她，宫胤真气的问题到底是什么。

刚才和宫胤相拥最为情浓的那一刻，她忽觉寒气穿心，这种感觉并不陌生。她心中的疑问再次被勾了起来，想起一个刚才就想问，却因为情热而忘记的问题。

“为什么要杀龙胤？”

宫胤顿了顿，没有转身。

“因为嫉妒。”

景横波差点笑起来，这真不像宫胤会说的话，随即她反应过来，这家伙似乎又在转移她的注意力。

“我接受你这个说法，不过你不用担心，我可能因为睡得迷糊暂时认错人，但绝不会睡错人。”她走过去，抱住他的腰，把脸贴在他背上，“但是，你如果什么都想瞒住我，我会睡不安心。”

宫胤原先有些僵硬的身躯，现在慢慢软了下来。她听见他似乎叹息一声。他反手过来摸她的手，她舔舔他的掌缘，他却缩手，道：“血腥。”

“我们就是一路血腥过来的，”她懒洋洋地道，“谁嫌谁？”

他微微侧头看她，在朦胧光线下看她如雪如玉的肌肤，脸上那一抹慵懒而又满足的表情真令人迷醉。他愿她这样永远慵懒迷人下去，只知道那些美好的，而不必面对那些龌龊、肮脏、不堪的过往。

然而她身躯如此柔软，双臂拥抱的力度却十分坚定。他心底喟叹一声，想着那个充满风情却又不在意世事的女子，如今真的是成长了。

“龙胤，不能算是我的恩人。”他终于拗不过她，道，“虽然我自幼被丢在沉铁部的小山村，没有婴儿时的记忆，但我这么多年查下来，总有蛛丝马迹。当初龙家嫡系那一场灾祸，未必一定是大荒朝廷独力出手，很可能和有人引狼入室有关。因为我龙家自开国女皇时代，就陷入了被朝廷围剿的困境。在长久的对抗和流浪中，渐渐形成了自己独特的联络方式，也寻找到了一处常人根本不可能找到的居所。这些秘密，只有龙家人知道。之后数代安居，逐渐兴盛。就在家族将兴的时刻，龙家却被朝廷忽然发现，全族失踪，只剩下我一个，被扔到沉铁部的小山村。如此巧合，要说这里面没有分支的手笔，真的很难让人相信。”

“你是说，龙家分支出卖了龙家嫡系，导致你家破人亡？”景横波想起龙胤的分支取代嫡系的宏愿，觉得很有可能。

“但是为什么不杀了你？斩草不除根，春风吹又生。”

“必然是有什么变数，现在我也没有答案。”

“他说有为你的般若雪奠基，照顾过你，来看过你三次。”

“一次惊吓了我养母，一次杀了二牛，一次杀了铁蛋。”宫胤漠然道，“为我奠基般若雪时，他选择了一种最为残忍霸道的方式。”

景横波嘘一口气，抱紧了他的腰。他向来说得平淡，内藏惊心。她无法想象那个小小的孩子，被以最残忍危险的方式奠基内功时所承受的痛苦和惊惧。只能在此刻，很多年后，她将他抱紧，希冀自己的体温，能够温暖那些藏在内心深处的寒冷和孤凉。

他握住了她的手指，细细摩挲：“无妨。虽然霸道危险了些，但如果成功，就可能获得大成，远超其余族人的成就。只是常人不敢试罢了。”

景横波将脸在他背上蹭来蹭去，想着当年那龙胤给宫胤选择了最霸道危险的奠基方式，成就了宫胤的最强般若雪。多年后般若雪对般若雪，他因此不是宫胤一招之敌。真是天道循环，报应不爽。

所以为恶者不必得意于一时，不信抬头看，苍天饶过谁？

“那你也不必杀了他啊，既然他算是幕后黑手之一，应该会知道你家族的下落，提供点信息也好。”景横波感到十分可惜。

“能让龙家人全部失踪，也不是朝廷能做到的。问他何用？”宫胤淡淡地道，“他便知道，我也不问他。”

“为什么？”

“他说出‘双修’二字，我便有了杀他的理由。”

景横波抬头看他，他神情仍然平静，并无切齿痛恨。可她嗅见了他身上淡淡的冰雪和冰血的奇异气息，这气息莫名地让她觉得安心——这个男人，并不山盟海誓，也不说豪言壮语，他的心就如地平线那端的雪山一般岿然坚定。她向前走，向前走，总在他的视线中，怀抱里。

她忽然觉得欠他一个道歉，忍不住道：“那天我骂你那句，不是……”

她的嘴被他的手指堵住，他顺手捏了捏她的嘴角，捏出一个笑纹，道：“女人气急败坏容易老，可以骂我，不必生气。”

她顺着那一捏笑开，咬了咬他的手指，心里有些恍惚，想起当初那个有点古怪、非常冷的大神。曾经她觉得那是一座冰做的碉堡，真正走进那座碉堡之后，她看见宽广碧海，无垠蓝天。

她只觉心情安适，在他背上轻轻摇晃。他反手扶住她的腰，日光淡淡地打在彼此交握的手上。

景横波只想在这样难得的静谧中安眠，他却似乎在思考什么，半晌忽然道：“横波。”

“嗯？”她懒洋洋地以鼻音回应，觉得快睡着了。

“如果有一天，发生了一些让你意外的事……”他在字斟句酌，眉头一直微皱着。

景横波听了前半句，正要睁开眼睛，忽然外头传来一阵杂沓的脚步声，门砰的一声被撞响。那一声声响巨大，似乎有人整个摔在门上，险些将门撞开。门外头一阵喧哗，有惊呼之声。

景横波霍然站直，宫胤回头。

门外有个很熟悉的声音，那人嘶声道：“女王！不好了！明晏安和十五帮联合夹攻，三县失守！”

第五十八章　擦背

景横波一惊，再也顾不得浓情蜜意，急忙奔过去开门。门一开，一人靠在门上，软软地往门内便倒，犹自努力控制着自己的身体，想要避开景横波。景横波一把扶住他，仔细一看对方满脸血汗的脸，惊呼："铁星泽！"

铁星泽呼吸急促，艰难地在她手上挣扎起来。景横波一边把他往屋内扶，一边道："莫急莫急，先坐下，慢慢说话。"她心下不安，想着铁星泽好歹也是一国之主，怎么会搞得这么狼狈?

宫胤伸过一只手来，从她手上接过铁星泽，将他安顿在椅子上，微微皱着眉，俯瞰着铁星泽，道："怎么回事？"

"你怎么会在这里……"铁星泽也有点诧异，转目看了看景横波，微微露出一丝了然的笑意，随即道，"玳瑁出了事。我原本带人赶来商国，想要参加撷英大会，结果路上遇见玳瑁赶来报讯的人。我原本要带他们一起来，却遇上不明身份的人追杀，一直追杀到商国王都。想来是三盟四门七帮十三太保的人，想在路上将我们灭口。我的护卫被一路追杀殆尽，好不容易我自己支撑到这里。"说着他重重喘一口气。

景横波急忙递过一杯水，还没送过去，又是宫胤接过去，递给了铁星泽。

景横波哭笑不得地白他一眼，干脆退后，听铁星泽说具体情况。就在裴枢走后不久，似乎上上元宫内发生了一些事。之后不多久，三水县便遭受了一场火灾，险些将景横波正在建的宫殿烧毁。然后便有十五帮的人，逼近了仙桥县最外围的平沙镇，和驻扎在平沙镇的横戟军有了一场短兵相接。明晏安也在此时出城，里外夹攻。横戟军建立不久，群龙无首，别说景横波，连英白、裴枢都不在，虽说有裴枢的一批精干手下和封号校尉，终究因为缺乏有力指挥，被迫收缩战线。现在全部三十万军民，都缩在巨甸县一个早先建的大堡之中，被十五帮和上元军队日夜围困。堡中粮食原本就不足，如今经过这么多天，只怕即将断绝。

景横波听完，推开门。门外，裴枢和耶律祁已经装束整齐，一副上路的姿态。玉无色连马都让人牵了来，一脸送走瘟神十分欢喜还要强自遮掩的表情。

又过了一个时辰，七杀等人赶来，也是一身上路的装扮，欢欢喜喜地给她献宝，告诉她在新主顾那里榨了多少多少，足够给军队武装到牙齿，咬明晏安那个老小子一个对穿的洞。

景横波忍不住一笑，心想麻烦再多，遇上这样一群知己，天下之大，也可去得，也没什么必要多说，立刻收拾上路。裴枢上马后，手一伸，将站在路边一脸欢笑殷勤相送的玉无色一把拎上了马。

玉无色的惨叫声洒落了整个商国宫廷。

"啊啊啊，你干吗要带我走，我还没过足商国主人的瘾哪……"

满腔怒气无处发泄的裴枢，在他头上敲了一个响亮的暴栗。

“带你回去，嫁给大屁股王菊花！”

烈马长驰，在大荒疆域上奔行。一支队伍远远地跟随在景横波的队伍后，一直驰到了商国边境。

景横波看着那些雪白的羊驼，对耶律祁努了努嘴：“不去和人家告个别？”

耶律祁回望，正好那支队伍最前面有一辆马车，有人掀开车帘，探头相望。

眼波相遇，他眼神深邃幽魅，流动飞掠，似深不见底的滔滔江水。姬玟眸子明亮灿烂，如郁郁秋水。二人的眼神刹那相遇，激起波澜，再逆流而过。

他微微一笑，笑意从眼眸到唇角，是点染这荒凉大地的无垠春色，只是绿了这天涯海角，却不因某处停留。

她亦弯起唇角，看一眼他身边的景横波，再看一眼景横波身边戴了面具的宫胤，心中微微一叹，做了个“就此别过，后会有期”的手势。

她一直很平静，看不出有什么不舍之态，放下车帘的动作却很快。

景横波看着姬玟的车队转换方向，往姬国高原而去，心中也有一些怅然。她对姬玟很有好感，看见她眼底的希冀被无奈遮掩，也觉得很过意不去。

姬玟走了，却留下了一批羊驼，这是她遵照约定，给黑水女王留下的礼物。之后的姬国如果由她继承，还会和景横波就羊驼的使用进一步扩大交易。

这种经过姬国多年培育的羊驼十分厉害，耐寒耐热，善于负重，也善于奔跑，凶悍却又听从主人之命，景横波甚至想组建一支羊驼重骑兵。

铁星泽也跟着他们上路，商国的撷英大会已经没有参加的必要，之后各国的贵宾都会依次离开。铁星泽要赶回自己的属地，说是要点齐沉铁军队，助景横波一臂之力。

在商国边境，景横波收了一支羊驼队伍。随即在靠近易国边境的时候，由伊柒和戚逸将玉无色送回给还在易国的翡翠女王，并送上一颗固元丹，以此交换翡翠女王的友谊和帮助。同时，一行人将宫胤的书信带给易国新王易鄣，以此从易国带走一批军队，作为后援。

经过沉铁边境时，远远地，景横波就看见地平线上有一道森然的铁黑色，绵延无边，还未到近前，便有肃杀凛冽之气扑来。

裴枢因此很紧张，亲自带人提前查看，不多时打出安全信号。

几骑快马随着裴枢一路驰来，都是面目精悍的将领，先对铁星泽行礼道“迎接大王来迟”，后给景横波等人行礼。景横波这才知道，这是提前得了通知的沉铁军队在边境线迎接铁星泽。

铁星泽似乎也松了口气，问了问国内情形。将领们道一切平安，铁星泽当即对景横波一指，道：“尔等也不必跟随本王回国，稍后便直接跟随女王，前往玳瑁去吧。”

景横波一惊。眼前的沉铁军队巍巍雄壮，旌旗如林，士兵们面目如铁，行坐动作一致，腰上的刀沉黑无光，是沉铁部出产的最好的沉铁所制，一看就知道是沉铁部最精锐的军队，

足有一万之数。

这份人情太大了，她急忙推辞。铁星泽却对她诚恳一笑。

“我能得沉铁王位，说到底都仰赖于你。再说，”他的笑意忽然带了些微羞涩，“我也希望玳瑁的胜利中，有我一份功劳。如此，我便能以此向紫蕊求亲了。想来女王不会不同意吧？”

日光下他笑容明朗，似凝结了这世间所有的纯粹。

“婚姻大事，由紫蕊自己做主。”景横波一笑耸肩，“不过，只要你们情投意合，我肯定不会棒打鸳鸯。”

“我送你们至玳瑁边境，”铁星泽道，“方便你们对这支军队了解使用，之后我再回归国内。”

景横波下意识地回眼看宫胤，宫胤却根本不接她的目光，她只好笑着感谢接受。

自从出来后，神奇的是，宫胤、裴枢、耶律祁这次没有进行例行的飞醋品尝大赛，三人互不理睬，却很有默契地从不对她的事务发表任何意见，一切事情让她自主。就连以往最爱对她的事指手画脚的裴枢，这次也显得分外配合，一副要让她建立权威的模样。

景横波有种三个男人在拼“谁更懂事”的奇怪感觉……

队伍在不断扩大，行走过程中还加入了一些来历不明的人，大多沉默而不为人注意。景横波事先得了宫胤和耶律祁照会，让她不必管，她也就当没看见，左不过是宫胤和耶律祁的秘密属下罢了。

整个队伍还是以沉铁军队人数最多，易国军队不可能那么快赶来，景横波打算把易国军队当作后援使用。

她看着自己队伍日渐庞大，应该是一种很好的感觉，尤其在自己要千里回奔营救基业的时候，会更加踏实。但不知道为什么，景横波每次抬眼四望，看着四周那些黑色的、沉默的、毫无声息埋锅造饭或者行军的沉铁士兵，总有一种不安而压抑的感受。似乎那些连盔甲和刀都丝毫没有光芒的士兵，是一个个幽魂一般的影子，会在视野的前方无声消失，又会在不知道什么时候无声出现。

她以为这是自己的特别感受，可是有一次，她看见拥雪站在高坡上，看着底下，神情若有所思。她走过去，和拥雪并肩站着，才发现高坡底下，那群沉铁士兵在洗澡，默默地洗澡。

一大群人，足有几百号人，在一条河里洗澡，所有人都是一个动作——默默撩水洗澡，起、落、起、落……没有水声、没有喧哗、没有笑闹。如果不是站在上方亲眼看，甚至不会感觉到底下有几百号人。

景横波忍不住打了个寒战——这种感觉难以形容，像隔着屏幕看默片，你只知道动作，却不能确定人物内心；又或者像看见一群死物，他们有人的躯体，却没有人的活气，甚至没有灵魂。

她记得自己前世看电视，军营规制森严，但却不会磨灭士兵的灵性，大兵们洗澡时，是最能展现男性野性的时刻，不闹一闹，几乎是不可能的。

几百个男人洗澡，两个女人偷看，却生生看出了一身的寒意。

她听见拥雪喃喃地道："没有声音……"

景横波没想过，没有声音，也会这么可怕。

她不记得自己见过这样的军队，也无法想象什么人会训练出这样的军队。

仿佛猜中了她所想，一个声音在她身后道："这军队叫默军，不是我训练的。"

景横波转身，就看见铁星泽和宫胤，他们正负手站在她身后，也在看着底下的军队。

铁星泽目光凝重，隐约有几分骄傲。宫胤从来都是那个淡漠的样子，似乎谁都不在他眼底，除了摇曳生姿的景横波。

不过他脸色似乎不大好看，看看底下那几百个裸男，再看看景横波。

景横波根本没注意到他的目光，她的心思都在铁星泽刚才那句话上。

"这支军队自然不会是你训练的，你一直在帝歌嘛。但是，为什么叫默军？"

"沉默的军队。"铁星泽道，"他们所佩的刀，是用沉铁最好的铁打制的。沉铁沉铁，自然产铁最优。这种铁的特征，就是无光也无声。"

"无声？"

"以之练成兵器，只要是同等质地的刀和刀鞘，那便拔出插入都无声。再加上它无光，任何时候，都和黑暗一体。"铁星泽一笑，"这效用听来无用，却最适合执行秘密任务的军队使用。你知道很多杀机的泄露，就是因为发出声音。而人越多，声音越多。所以这支军队，也是我沉铁最为秘密的杀手军队。你知道杀手都独往独来，不能大批量行动，杀手一旦成帮结队，必定能造成灾难，所以先王独辟蹊径，想要建立一支杀手军队。每个人的体重、配备、武功、武器都有要求。为了配合刀的无声，人也必须练习得在任何时候不发出任何声音，久而久之，便成了习惯。"

"那这样一支军队，岂不是暗杀自己人最方便？"景横波随口道。

铁星泽目光一凛，随即笑道："女王说得对，是我没想到这一层。我心急，要求国内调拨最为精锐的军队，默军就是最精锐的。现在想来，这支军队由先王建立，一直隐藏在边境秘密训练，历来只服从历代大王。我接位不久，自己都还没熟悉这支军队，就这样贸然召唤出来，似乎不大妥当。"

"啊，这是你的好意，我不过随口一说，你千万别多想。"景横波有点不好意思，当人面怀疑人家军队不忠诚这种事，算是大忌，也就铁星泽这种宽容温和的人才不介意。

"你放心。"铁星泽一指那些士兵堆放在草地上的衣甲，"他们的衣甲上，都有特殊设计。只要我愿意，随时能令他们发出声音。他们的无声，在我们面前是没有用的。"

景横波点点头，这才发现宫胤的脸色好像有点不对，于是赶紧和铁星泽道了别，下了高坡，才听见宫胤淡淡地说了一句："好看吗？"

"啊？"

宫胤似乎很随意地对底下瞥了瞥。景横波这才想起她刚才干的事——看一群男人洗澡。

"啊，不确定好不好看，也许比你好看，也许没你好看，要不要比较一下？"她笑吟吟地托着下巴，左一眼右一眼地瞟他。

她就爱看他吃醋，因为吃醋的时候，平日里给人感觉不食人间烟火的大神，才像忽然降落到了人间，寻到了红尘气息。

如此也令她安心，安心地觉得这是自己的男朋友，有体贴，有呵护，也会吃醋和争吵，和这天下所有情侣一样开始，和这天下所有有缘情侣一样结成正果。

宫胤好像没听见她的话，从她身边从容走过。景横波刚撇了撇嘴，就听见他忽然道："晚上一起，如何？"

"啊？"景横波险些去掏耳朵。

"你昨天好像说背痒。"宫胤指了指她的背，还是那么圣洁淡定的神情，"不想要我擦背？"

"啊？"景横波再次出现间歇性耳聋，怔了一会儿。宫胤也不等她，大步走了。景横波好一会儿才反应过来，啊的一声尖叫，拎起裙子就追了过去。

河水里几百个男人默默抬起头来，看见高坡上艳丽的女子拎着裙子，一阵狂跑大叫。

风将她的声音传得满坡都是。

"喂喂喂，你等等啊，那个，我是很痒啊……记得晚上，晚上啊……说话要算话啊……不许再坑人啊……我真的真的很痒啊……"

几百人默默听着，默默对看一眼，再默默看一眼景横波，最后默默低头，将一泼冷水，浇在重要部位……

第五十九章　我和你在一起的滋味

景横波觉得今天白天显得特别难熬。时间像被分割成了无数绵长的丝，牵扯缠绕，扯着日头，不肯让它落向西山。她一边行路，一边看着那轮金乌在湛清的天尽头缓步游移，恨不得一伸手把日头拽下来。

她一边急不可耐，一边还要故作镇定，眼睛在路边找着河，心里想着河里洗澡的大神以及一些不该想却总忍不住要去想的事，时不时觉得鼻子发热，得赶紧捂一捂。

半下午的时候，临时担任斥候的七杀禀告说，再往前有个适合休憩的地方，相对隐蔽，有水有山，再往前就难说了。裴枢刚要说这么早打尖干吗，继续赶路！就听景横波急急地道："打尖打尖！"

"这么早打尖做什么？"裴枢狐疑地盯着景横波，这女人一整天神思恍惚，脸颊泛红，不知道在打什么鬼主意。

“洗……”神思恍惚的景横波差点脱口而出，反应过来急忙正色道，“喜欢！你管得着！”

裴枢哼一声，掉头而去安排提早打尖。反正过了今晚，就得进入玳瑁境内，只怕要有一场恶战，早点养精蓄锐也好。

一说休息，默军们动作很快地开始安排宿营地。因为时间还早，景横波开始准备洗澡要用的东西和要换洗的衣物。不管大神给不给她擦背，在路上走了几天一直没洗澡，她也想痛快清理一下。

车门外有人敲门，节奏温和，不轻不重，一听就知道不是砰的一声撞门的裴枢，也不是向来不告而入的宫胤。她没有回头，一边收拾衣物一边笑道：“门没关，进来啦。”

车门开了，她回头，第一眼看见的是外头三月浓得似乎要流淌出来的春光。她有点诧异于自己的迟钝，怎么就没发现不知何时春已至。天地间色彩浓丽，花色艳得绮丽，天色因此显得湛清明朗，被那些细嫩翠绿的风中草尖宛转轻曳，斜斜地垂下一片片稀薄而纯亮的白云来。

她的眼眸似被这般的剔透清洗，而微笑的耶律祁在这片剔透中，自成一派温雅，为春光增色。

景横波也不禁稍稍屏了呼吸，随即她笑了起来，因为温雅的贵公子的臂弯挽着一个竹篮子，这造型实在有点违和。

耶律祁笑着对她抬了抬臂弯的篮子，道：“刚看见附近有不少可吃的野菜，现在时辰还早，要不要踏青挑菜，尝一尝人间野趣？”

景横波瞧了一眼外间浓丽得令人惊心动魄的春色，草香花香扑鼻而来，在这样的天气下踏青采野菜，真是她穿越之后难得的闲散美妙经历。她正想答应，忽觉后背似有寒芒，猛一回头。第一眼没看到人，景横波又将视线越过车窗，看见原本不在视线中的宫胤，不知何时出现在了马车不远处，正背对着她，出神地凝视远方。

某人难道用后背也能施放杀气吗？她心中嘀咕，立即回头对耶律祁笑道：“有点累呢，想睡会儿，不陪你啦。”

耶律祁也不显得失望，说道：“那便等着吃野菜宴。”然后挎着篮子走了。景横波看他衣袂飘飘地在田埂上漫步，采燕草碧丝，撷秦桑绿枝，一派从容风致。她微微叹了口气，身子向后一仰，心想这么一个宜国、宜家、宜厨房、宜天下的好男人，真要在她这样一棵有主的歪脖子树上吊死，真是一种极大的犯罪啊，有什么办法把他快递出去呢，姬玟那里肯不肯签收？

她正在那儿胡思乱想，忽听车板壁响，探头一看，宫胤站在车边，平静地道：“想不想吃野菜？”

景横波噗的一声笑出来，宫胤的神情比耶律祁还从容，似乎这主意完全是他自己突发奇想：“不去？不去就算了。”

“去去。”景横波知道他的德行，赶紧提起裙子跳下车。

宫胤拉着她便走，景横波叹口气说：“你这是挖野菜的装备吗？”

“嗯？”某个只会看折子、施放冰雪的大神，转头疑惑地看她。

“难道你我用手挖吗？”景横波只得召唤拥雪，拿来篮子和匕首，后者便于挑菜。

宫胤看看那些东西，抬脚便走。景横波拉住他，把篮子塞在他臂弯。

宫胤站定，看看她，看看篮子。景横波双手抱胸，看看大神挎篮子的造型，嗯，很好看，很接地气，就该这样。

“一个好男朋友，不该让女朋友劳动一分。”她笑眯眯地调教男友。

宫胤看看她，再看看远处河堤上挎篮子寻找野菜的耶律祁，把篮子往上捋捋，把匕首往里一扔，一手牵住了她，便往河堤走。

这下景横波不依了，刚才还找理由拒绝了耶律祁，现在挎着宫胤去河堤上挖野菜，这要撞见了多尴尬。

“咱们就在这边挖点吧，现在野菜长得正好呢，随便挖挖，哪里都是。”

宫胤似乎也不反对，两人顺着路边寻找野菜，景横波却傻眼了，她不认识野菜。

她只知道春天的野菜很多，但熟悉的也只有荠菜、马齿苋、马兰头。熟悉的还只是名字，至于长什么样，它们认得她，她不认得它们。

这要挖错野菜，挖了有毒的东西就坏了。她正想请教一下耶律祁，就见宫胤忽然蹲下，随手拨拨，取过匕首，贴地一阵嚓嚓响动，便有一大棵一大棵肥绿的羽毛状野菜，被扔进了篮子里。

“地菜。”宫胤简练地道，“明目清心，利尿治痢。”

景横波嗅一嗅那味道，眼睛就亮了，喊道：“荠菜！我最喜欢荠菜饺子了！”

宫胤看看她，再看看那荠菜，皱起了眉头，大概在思考将这野菜变成饺子的艰难程度。

“这是什么？”景横波又看见一种不同的植物，看上去很是肥嫩，叶片圆圆的。

“马兰头。”宫胤专门采那些嫩茎，“清热解毒，利湿消食。”

“这个这个！”景横波又看中了一种倒卵形叶片的野菜，“这好像是马齿苋。”

她在研究所的时候，曾经吃过马齿苋的包子，微带酸味，她并不是很喜欢。

“你终于博学了一回。”某人心情好的时候，总是很毒舌。

“那你为什么这么博学？连野菜都认识？”景横波没想到宫胤居然对野菜这么熟悉，刚问出口就知道失言了——宫胤自幼经历寒苦，怎么可能不认识野菜？

也不怪她，现在的宫胤，太过冰雪高寒，不染人间烟火，让人总是无法将世间污浊和困苦与他联系在一起。

宫胤的手一停，手中什么东西断了。景横波心中更懊悔，何必令他回忆起那灰暗沉重的童年呢？

正想着补救，忽然一截肥白的草根递到嘴边，她下意识咬住，嚼了一嚼，先皱了皱眉，随即忍不住眼睛一亮：“甜！先苦后甜！”

“这是甜菜根。”

“这个，刚才我……”景横波想要说什么，却不知道说什么。

宫胤又挑起一根甜菜根，堵住了她的嘴，等她吃完，才指了指她的嘴。

“和我在一起，你永远不必考虑应该说什么，不应该说什么。永远不必为所谓的失言愧疚或者抱歉。”他挑起一根甜菜根，慢慢抿进自己唇中。

唇齿间是熟悉又陌生的味道，先是淡淡的苦味，然后一抹清甜悄然滋生，席卷味蕾，令人想起往昔的苦涩和苦涩中仅存的些微甜美。随即他就看见蹲在面前的女子，艳丽如这三月春光，眸子盈盈倒映这人间流景，倒映此刻的他。看见这样一张脸一双眸子，那甜菜根茎的味道，便似忽然饱满，苦涩尽去，蜜一般灌满人间。

他把一根甜菜根一分两段，一半给她，一半给自己，各自咬得声音清脆。

吃完他才道：“因为和你在一起，就是这滋味。”

景横波坐在地上，慢慢地嚼这根甜菜根，先苦后甜的余韵，在唇齿间流连不去。她忍不住要笑，又忍不住沉思，想着和他这一路前行，真的是先经一路苦，直到心间的苦，然后慢慢寻回甜的真味，一点一点，潮打空岸一般漫回来，蓦然回首，遍山的花都甜蜜地开了。

也不知道走到如今，是不是甘蔗一般，已经到了甜的末端。

她嘎嘣清脆地咬一口甜菜根，齿间用力，似在心间狠狠地发誓——不管现在是甜的开始还是过程，谁想再截断她的甜蜜，她就一定要把那些阻碍，寸寸咬碎!

她叼着根甜菜根，跟在宫胤后面。宫胤动作很快，片刻间就已摘满一篮子，荠菜、蕨菜、马兰头、马齿苋、小蒜、大蓟、葵菜、婆婆丁各种都有，一边挖着一边顺便给景女王扫盲。景横波只要和他在一起，干什么都兴趣盎然，跟着他不知不觉转过这一处，忽然听见嚓嚓的声音，一抬头，正看见耶律祁站起身来。

景横波再看看，不知何时已经到了河堤——宫胤那个无良的，刺激情敌这种事，永远都不会真正放弃。

她只得尴尬地和耶律祁打招呼：“啊，好巧啊，你也在这里啊？哦呵呵，我刚睡了下，睡不着，干脆起来挖野菜……”

“等会儿等着吃野菜宴，我找到了一些新鲜的嫩蚕豆。”耶律祁举了举篮子，温和地打断了她的话，他的笑意还是淡淡的，比这三月春风还轻、还细致，倒让惭愧的景横波笑得越发尴尬。

宫胤看他一眼，大抵知道比拼厨艺自己一定输，他向来不在自己不擅长的事情上争风，反正也达到了目的。他当即也淡淡地一扯唇角，将野菜篮子往耶律祁手中一塞，道：“那便烦劳你，记得做清淡些。”拉着景横波便走。

“哎哎，你……”景横波不知道说什么好，被他拉着也挣脱不了。她回头看耶律祁，见他拎着两个篮子，正在慢慢卷袖子。不知道为什么，景横波总觉得，下一瞬间，耶律祁的袖子里就会飞出两柄飞刀，嗖嗖地射进宫胤的后背……她激灵灵打个寒战，赶紧挡住了宫胤的背……

虽然耶律祁有疑似射飞刀的可能，但不可否认，当晚的一顿野菜宴，依旧货真价实，美味绝伦，大厨并没有将怒气发泄在食材之中，做菜的态度如对景横波一般认真。

凉拌马兰头、香椿蛋饼、荠菜蛋羹、小蒜炒兔肉丝、马鞭头炖肉、滑炒脊丝蕨菜，还做了马齿苋包子，包子蘸了香油，掩去了野菜本身的淡酸味，显得别有风味。耶律祁还包了荠

菜肉饺，饺子清香细嫩，雪白的皮里隐隐透出翡翠色，如艺术品一般让人不忍下口。

野菜刮油，所以大厨还特意烤了一只特肥的小野猪和一只肥大的兔子，火堆上不断转动的金黄油亮的野猪，吱吱地冒着油。肉类的油香和野菜的清香无缝对接，所有人眼神都是晕的，满山的绿光亮起来，仔细一看是无数山间贪馋的野兽。

他们几人痛快吃了一顿野菜宴，赞不绝口。景横波有点不好意思，这点东西没法分给外头的默军，友军啃干粮自己吃大餐着实说不过去。铁星泽却爽朗地道："默军以杀手性质培养，不重口腹之欲，给他们他们也不会吃。"

景横波回头看看，漫山遍野的绿光幽幽，那是饿狼，但饿狼无法接近，因为在他们和狼之间，还有层层叠叠的默军。可她一时看不清那些起伏的黑色暗影，哪些是人，哪些是树，哪些是山。

一顿饭吃得竟然有些肉醉，景横波想着要去消食，肚子吃这么胀，等会儿某人给擦背看着可难看了。她刚起身，宫胤便要跟着起身，她正要阻止，忽然看见耶律祁笑着给她飞了个眼色。

景横波一怔，连忙按住宫胤，做了个"解手"的手势，宫胤便坐下了。

景横波绕开人群，顺着刚才耶律祁眼色所指的方向，走到一个无人处，看见那里竟然有个小油锅，不知道何时生的火，里头滚油正沸。

她正诧异，脚步声响，耶律祁从黑暗中衣袂飘飘地走来。他手中拎着一个小包，对景横波笑了笑。

景横波有些诧异，她原本不想和耶律祁私下相会，倒不是有什么想法，而是宫胤那个醋坛子醋劲实在太厉害，她不愿横生波澜。但下午刚刚对不住耶律祁，要完全不理他也做不到，此刻看他笑容神秘，心下不禁有些不安，频频回头往人堆那头张望，看宫胤过来了没有。

她望了半天见那边平静，心中稍安，一回头看见耶律祁已经在油锅边蹲下，手中小包摊开，露出一堆东西。她好奇地凑过去，辨认一下，惊诧道："蚕豆？"

干净的布上是一小堆蚕豆，新鲜的嫩绿色，透着淡淡清香。表面湿漉漉的，散发着水的热气。

"你们女人不都爱吃零食吗？我看你都没什么机会吃零食。"耶律祁手下不停，用刀子将蚕豆从中间一一剪破，摊在布上晾。蚕豆水汽已去，他将蚕豆一枚枚放入油锅中炸，蚕豆在沸腾的油中翻卷浮沉，转眼就从嫩绿变成了更为诱人的金黄。

耶律祁快速地捞起，变戏法般从怀里取出一个小盐罐，将炸好的蚕豆撒上精制盐末，用剥了皮的柳枝条子拌匀。

诱人的香气扑鼻，哪怕景横波已经吃饱，也忍不住吸了吸鼻子。

"这是兰花豆，闲来没事吃着玩。以前姐姐就爱吃这个。"耶律祁又变戏法一般抽出一沓干净的纸，三两下折成杯子形状，将蚕豆倒了进去，才递给她。

景横波接住，杯子热乎乎的，炸开的蚕豆真像一朵朵的兰花。油香和蚕豆的香嗅来如此温暖，她心中也暖洋洋的，于是忍不住谢他："耶律祁，我想我没见过比你更温柔体贴的人。"

耶律祁的笑容，在星光夜火的暗色中，越发幽魅动人，似一首花间词，艳而柔地吟过，便叫人梦魂思量难忘。

“女子或许向往炽烈的火，或许仰视高山的冰。”他轻轻一笑，“但过尽千帆，历遍红尘艰苦之后，才会知道，能让你皈依的，永远是人间烟火，身侧柔风。”

他似意有所指，她却只能默然，将一抹微笑留在唇角，不能辩驳。

世间一切心意都值得珍重，她知道自己是幸运的女子。只是自己的幸运，总要建立在对他人的抱憾之上，不能不说也成了心结。

耶律祁一向也不是多话的人，他向来点到为止，兰花豆送到，也便离开。

她在林间怔怔地捧着兰花豆，在星光月色下微微唏嘘，犹豫了很久，慢慢地拈起一颗豆子吃。

香脆，微咸，入口即化，火候恰到好处，唇齿间留有一抹清香余韵。她从未吃过这么好吃的零食，如他一般，恰到好处，似浓香，实清淡。

明明很饱，她还是一颗一颗地吃，一边发怔，一边不知不觉慢慢吃完了。手最后一次伸入纸杯中，摸了个空。她笑笑，舔舔手指，将纸杯折好，埋在那刚才炸兰花豆的树下。

远处的笑闹声随风传来，似乎铁星泽在说笑话。景横波看见拥雪在微笑，宫胤背对着这边，脸也微微侧着，时刻在等她的消息。

兰花豆吃完也好，带回去又是麻烦。她嗅嗅手指上的油香，决定在这林中散散步，把一身的油气散尽才好。

她在林中慢慢走，渐渐涌上满腹心事，不知不觉走到河边，看见粼粼河水，便想起某人的擦背承诺，想到擦背，忽然觉得背上很痒。

不对，不仅是背上，脸上身上到处都起了微微的痒意，这股痒突如其来，似从内腑里忽然钻出，瞬间席卷了全身皮肤。她捋起袖子挠了挠，月光下看见手臂上微微起了点红点。

她一怔，这好像是过敏症状？过敏？难道是蚕豆？

她以前没吃过蚕豆，这种可能引起过敏的食物是不会进研究所食堂的菜单的。到大荒后，蚕豆这种季节性很强的东西，不会成为女王的御膳，之后阴错阳差，她确实也从没吃过。

现在是过敏了吗？她看着皮肤上起的小红点，有点急了。

这要给宫胤瞧见，怎么解释？再说她这一身刚刚洗过的肌肤，正打算让他惊艳一把呢，怎么能满身红点影响形象呢？

还是先洗个澡，把这些红点压下去吧。想到做到，她走到河边，脱了外衣压在石下，悄悄地下了水。

笑闹声在远处，因此显得这一处河水特别僻静，水声悠悠，月光清亮地被河水拉长。

她在洗澡，群山在沉默，在群山之间，是更为沉默的默军。那些起伏的黑影，隐约的轮廓，辨不清是山，是树，还是人。

第六十章　你脱不如我脱

虽然此刻没有人在附近，景横波下水的时候还是很谨慎，里头的衣服都穿着，不至于走光。

三月夜间的河水还是很冷，她激灵灵地打了个寒战，不过下水之后，身上的痒便消减了很多。她捋起衣袖，月光下一截手臂明润如玉藕。

水珠从指尖滴溜溜地散开去，大珠小珠落玉盘。涟漪悠然生，倒映明月光，倒映宫胤修长的身影。哪怕景横波只是解个手，这时间他也会计算着，两人遇见的风浪太多，只要她在，他的心弦总是绷紧的。先前景横波开始抓挠的时候他就已经过来查看，正要招呼，忽然看见景横波脱衣服，所谓天予不取反受其咎，这等福利打断了才叫愚蠢，干脆便在坡上站下，好整以暇地等。

遗憾的是景横波并没有脱光，穿着里头一身玫瑰红的丝缎亵衣下了水。这衣裳是她为今晚的鸳鸯浴准备的，自然是压箱底的好货，又让拥雪按她的设计改良，是实实在在的诱惑贴身勾魂款。

所以那遗憾也不能叫遗憾，月色淡淡，映出女子的曼妙身姿。玫瑰红的色彩，在夜间光线下，显出一种低沉婉转的艳来，丝缎紧紧地绷住曲线，当喷薄的喷薄，当收敛的收敛，女子的窄肩细腰长腿，都在月色的勾勒里。

他一只眼凝视着她，一只眼还得照管着四周，不愿让这般美妙剪影，纳入他人视野。

此处地形不好，河水前有树林，后有山脉，灌木林立，而山风从前方一处豁口处灌进，吹得林木摇曳，总显得人影幢幢，难以辨明到底是树影还是人影。

他本来真有意今晚和她洗一回澡，倒不是为了鸳鸯浴，而是害怕龙胤的丹药有不良成分，找机会给她调整一下体质。他本已经物色好附近的一处地形安全的潭水，只是没想到此刻景横波竟然就在这里随便下了水。

不远处篝火渐渐熄灭，人们各自散去睡觉。拥雪会按照他的嘱咐，去缠住裴枢。至于耶律祁，此人极有分寸，不会在这时候过来自讨没趣的。

景横波洗了一会儿，始终觉得有些冷，干脆身子一潜，在河水中游了起来。她以前就是研究所游泳池的常客，泳技炉火纯青。她这种爱美到极点的人，学的自然不会是蛙泳和狗刨，而是名字和造型都相对漂亮的蝶泳，那双纤细的手臂在空中翻卷着水花旋转，恰如灵蝶于夜色晶光中悄然展翼。

宫胤见她开始游泳，本有些担心她会抽筋，然而他刚迈出一步，却又忽然站住——他未曾见过这样的游泳姿态。那水中翩飞如蝶的女子，像是水中的精灵，流过低回的风和垂挂的云，在波光的尽头照影。

忽然她一个起伏，身子往水下一埋，他等着她再次如蝶一般点水掠起，却久久没有声息。

水面涟漪一圈圈散开，又一圈圈收拢，渐渐趋于平静。他的目光在水上搜寻，依旧没有看见她冒出头来。

宫胤原本不在意，刚才看得出她泳技超群，然而等了一会儿，终究不放心，快步走到岸边，正要俯身去看，忽然哗啦一声，一双手猛地从水中伸出。

“下来！”

湿淋淋的手抓住了他的脚踝，一瞬间他指尖寒气微凝，随即他便唇角一勾，寒气收敛。

扑通！他真的被拽进了水中。

景横波美人鱼一般从他身侧冒出来，一掠湿淋淋的长发，咯咯的笑声飘满河面。

“早知道你在偷窥！还想装正人君子？下来陪我一起洗，说好的擦背呢！”

“早知道你知道我在瞧着，”宫胤理了理她粘在额上的湿淋淋的黑发，“就等你这一拉了。”

“嘴硬！”景横波哧的一声笑，懒洋洋地道，“洗澡还穿这么多！”伸手一抽，宫胤的腰带散在水中，似一条鱼，转瞬滑去不见。

下一瞬景横波拱进了他怀中，转眼白袍也如一团白云散开，在水面上悠悠荡去。

低低语声响起。

“这个不可以。”

咯咯的清脆笑声也变成了哧哧低笑，和这夜色一般朦朦胧胧，黏黏腻腻。

“穿衣服洗澡才不可以。”

“你不也穿着？”

“我脱！”

“算了。你脱不如我脱。”

玫瑰红的软云荡了起来，将水色映得嫣红，在那片红云之中，依稀能看到雪白的肢体，如水草一般摇曳。

人间最软最美的姿态，无须故作诱惑，只因彼此有情。

“看，起了红疹，是不是很难看？”

乌发如缎，在水面满满铺开，似墨莲开放，露出两侧似玉琢柔肩，从颈项至肩的弧度美妙，也似一弯增减不得的月弧。

肩上隐约淡红小点，望去如蝴蝶停憩。

一捧清凉河水，轻轻浇在她背上。宫胤微凉的指尖落在景横波肩上时，她忍不住微微颤了颤，发出咕咕一声低笑。

她忽然想起初见时他那般遥不可及的模样，想起宫变时她怀恨从他胸前抽刀，到如今他在身后给她擦背。世间事从来看得见开端看不见结尾，每段路都是难以复制的风景。

他的指甲冰晶一样凉，搔着那雪白肌肤上的红点。她的肌肤比以前更为雪白纯净，是山间无人涉足的雪，天上无人采撷的云，毫无瑕疵和杂质。因此那点红点并不显得煞风景，反

而如胭脂轻点，桃花浅落，美到鲜明清亮。

过敏症状并不严重，他一边给她擦洗，一边顺手在她背上轻轻抚过，给她调理经脉。

肌肤如此细腻干净，并无油腻，以至于手放上去，发出细微的咯吱声音。笔直颈项下，肩骨如蝴蝶对称，中间一条雪白精致的浅沟，而腰窝正在水面，露出一抹惊艳荡漾的弧度。

她的胸衣还穿着，自制的胸衣，深玫瑰红的系带在黑发和雪肌间十分显眼，在侧边打着蝴蝶结，手指轻轻一勾就能解开。他的指尖从那里温柔地抚过，将结抚平。

她还是笑，笑这家伙从来有口无心，要做君子。他想要和她进一步接触，证明自己的最重要地位，却又不愿接触至最深处，当真要了她。

她的笑声里有点恼意，她忽然一个转身，将他推倒。水声哗啦一响，他猝不及防没有站住，好在水不深，勉强站着能到底。底下水泡一阵上蹿，骨碌碌晶莹冒泡，等到他终于站起来，他上身的丝缎亵衣已经不见了。

宫胤似乎很有些不习惯，往下沉了沉。景横波双手搭着他的肩，似笑非笑地瞅着他。大神的身体一向很有看头，瘦不露骨，线条紧绷，锁骨尤其精致，一线平直，微微凹陷，她总是很想在那里放一斛珍珠，想看珍珠在他肌肤上滴溜溜滚动，想看珠光和他肌肤的辉光交映，想看他浅红紧抿的唇被珠光照亮，那人世间最为诱惑的男子的色。

不过此刻，水珠在那样精致的锁骨间滑动，已经足够她喉间发紧。她忍不住连连咽口水，在忍不住伸出禄山之爪，毁自己一世英名之前，赶紧笑道："投桃报李，我也给你擦背！"

她转到他身后，先将他湿了的长发捞起。他静静立在水中，月光下像一尊雪做的雕像，修炼般若雪，也让他肌肤明洁，毫无瑕疵。她觉得在这样的冷水中，自己的躯体都似乎要燃烧起来，想要靠近他，想要抚摸他，想要深深埋进他的怀里，用肌肤的最深相触，告诉自己他在。

然而终究不能，她有些懊丧，这地方选得不对。

她想起那一年春风花树下他曾给她洗头，记得自己承诺过给他洗头，便抓了他的长发，在水里慢慢淘洗。手指在他发间穿梭的时候，她忽然一怔。

这手感……有点不大对。

他一头乌发，光泽幽亮，质感如缎子一般。这样的发，抓在手中必然也极其舒服，然而此刻她却觉得指掌间微涩，似乎发上有什么东西，而且发质似乎也显得太硬了些，然而目光搜寻，却又看不出什么。

正要询问，她忽然感到脚下一动。这感觉很奇怪，像是地震，又似乎是脚底下有什么巨大的鱼在翻身，水波猛地一震，她身子一歪，宫胤的发从指间散开。

一霎间她忽然感觉到水下似乎有无数寒风利箭，嗖嗖穿梭射过。有什么东西呈发散形穿刺而上，尖锐地触及脚底。

这些感觉都只发生在一瞬间，连思维都捕捉不及，直觉让她立即便要闪避。随即她听见宫胤一声冷叱，下一瞬哗啦一声水响，身子被人一拔，她已经翻上了天空。

在翻上天空那一刻，她看见水面波涛涌动，整条河面似滚开的锅一般沸腾，无数的水泡

和近乎透明的影子，忽然从原本空空如也的河底泛了上来。

她看见两岸边所有的灌木都在簌簌摇动，风忽然刮得猛烈，那一片一片乱七八糟的黑色影子，从山的轮廓中分离而出。

她看见越过河岸边的树林，那一排马车已经倾倒，正燃烧着熊熊火焰。红色的妖火里黑色的人影连绵成片，惊叫呵斥和金铁交击的响声密集地传来。

她看见半空中有人扑向她这个方向，张开嘴似乎大喊着什么，然后咻的一声，似一片乌云掠过，那人猛地栽翻在地。

她看见刚才的那个坡忽然便不成了坡，轰隆一声倾翻而起，一大片带着烈油和腥臭气味的土壤，向着河面翻滚而来。

第六十一章　惊变

景横波被扔起来的同时，她的衣裳已经飞上了半空，她在半空翻滚瞭望这一霎间，已经将外头的衣裳裹好。

她一开始并没有搞明白宫胤把她扔起来的用意，她明明可以在水中瞬移，就算一个瞬移出不了河水，下一次也一定能到安全的地方。

随即她便明白了到底是怎么回事。

河边原本有个微微倾斜的山坡，山坡上就是稀稀拉拉的树林，现在这山坡忽然被翻了起来，一道土墙翻滚着向河水中倾泻，一大片青黑色的液体从土中流出，瞬间将河水染成青黑一片。那些青黑色的液体泛着油光，她鼻端嗅见火油的气味。

一道猩红的光芒，闪电般穿越滚滚的土流，下一瞬嚓的一声，一线火光在河面上燃起，迅速沿着那些青黑色的火油，爆燃了整个河面！

刹那间河水之上，纵横火光，烟雾滚滚，不见人影。

而在河面烟雾和水光之中，不断有哗啦破水声响起。寒光锐射，在艳红的火焰间交织出一道道冷光。

水上，水下，都有杀手！

那些从水下出来的杀手，一边出剑，一边甩掉背上用作伪装的灰白色泥盖和水草。景横波一眼看清人数，险些倒抽冷气——就在刚才，她在河水中畅游的时候，那看似平静的河底，整个是这些人的背伪装出来的！

这些杀手竟然能在河水里长期闭气！这些伪装之道近乎神奇的杀手，竟然瞒过了她和宫胤！

眨眼之间，刚才还清亮平静的河面，忽然变成了人间地狱！穿越至今也算经过无数风浪的景横波，此刻也免不了心中震颤——好大的暗杀手笔！

她从未经历过这样大阵势的暗杀，而且这么多的杀手也很难做到这样毫无痕迹和隐蔽。她心中隐约掠过一丝不祥的预感，但此刻什么也来不及想，她大叫：“宫胤！宫胤！”又喊：“耶律祁！裴枢！拥雪！七杀！”

没人回答她，像天神忽降对这块土地施以重拳，一霎间所有人都陷入了搏杀之境。

嗖！一块东西飞过来，落在景横波脚下，那东西很有些分量，本身也带着冲力，将她带着往河边稍微安全的地方去。景横波低头隐约看见是冰，心知是宫胤出手，他必然没事，但此刻这环境太险恶，四面烟雾滚滚火光妖舞，她根本无法看清任何人影，只感觉到宫胤还没离开河面，那些滚滚火光烟雾之间，不断有雪亮的寒光射出。

更让她心急如焚的是，此地接近玳瑁边境，随时有可能引起十五帮的注意，如果真的是她想象的那种情况，马上她就会面临两边夹击的窘境。

河的一边是树林，那里的地面已毁，满是火油，所以现在那块冰载着她往另一边去。另一边则是郁郁葱葱的灌木丛，那些团团的灌木被火光和风声映得忽明忽暗，似无数鬼魅蹲伏在侧。

她摸住了随身携带的匕首，咬住了唇，等待着从灌木丛中忽然冒出来的杀手。这一刻她居高临下，看见有几条人影从山坡上向这边奔来，其中一人似乎还受了伤，行动略有些踉跄。

忽一道冷风从身后而来，所经之处火光纷纷熄灭。那冷风气息锐利，从她脚下掠过，嚓的一声将几株灌木连根铲起，远远撞了出去。

一条黑色人影再也无处遮蔽，从一蓬灌木中射出，刚要舒展身形给景横波来上一剑，忽然砰砰几响，他身子一抽，砰然落地。

他前胸一道冰凌，后背一根木棍，头顶一道砸伤，颅骨都已经塌陷，一块大石头，滚落在他头旁。

冰凌是宫胤的手笔，石头是景横波隔空移物的手法，木棍不知道是谁的，看样子是后方来的。景横波看见似乎是耶律祁远远地赶了来，然而转眼就有一大团“灌木”拦在了他面前。

再一看那死去的杀手，那衣裳和脸上的木然表情，虽然不认识，但不用问了，是默军。

景横波落地，叹了口气。最糟糕的事情发生了。

一万默军叛变。

虽然还没搞清楚这友军叛变的原因，但现在这情形，对她极为不利。她的援军还没到，接应军队也还没到，此刻本身实力和默军相差极大，这一万军队选择在玳瑁边境暗杀，还会引来十五帮的趁火打劫，全军覆没的可能性极大，更不要谈什么驰援三县、夺回玳瑁了。

她刚刚落地，忽觉地面一滑，险些踉跄栽倒，随即脚踝一紧。地下一个老鼠洞里，竟然探出一双人手，抓住了她的脚踝！

景横波举刀对着地下猛刺，那手飞快地缩了回去，地面一阵起伏晃动，转眼又有一道冷风，从身后袭来。

她身子一闪避开，转身正见另一双手抓着三棱刺，做挑她脚筋状。她一刀贴地横劈，那双手又闪电般往地下一缩。简直就像打地鼠一样。

烟雾中传来宫胤的冷喝："不要原地停留！闪到安全地带！不要离太远！"

景横波心知这是最好的办法，默军的暗杀手段太厉害，能把暗杀搞成阵仗，全天下只有他们能做到。他们人数多，人人是厉害杀手，就会导致整个区域都处处杀机。所有人都不能停留，因为停下来就可能被杀死，也不能躲到外围，因为对方人多，外围也一定有包围，但这样长久挪移，累也能把人累死。

她听见了耶律祁的呼唤，听见了裴枢的怒喝，感觉到了宫胤的出手，但以他们之能，也不能向她靠近，可见默军一定已经制定了完美的计策，将高手全部分割开，各个击破。她所在的这段河面及附近，人一定尤其多。

她大叫道："都顾好自己！我没事！"此时烟雾升腾，视线不清，她如果像没头苍蝇一样乱撞，只会让所有人更担心。

她不愿意宫胤等人在作战中，还要为自己分神。眼光四处寻找，她要寻找到一个能让他们都看见，自己也相对安全，让所有人安心的地方。

目光忽然落在前方的树林，有一棵树分外高大，独秀于丛林中。

这里的树都不算百年老木，细细长长的，尖端看来更是细弱，承载不住一个人，可她决定了去那里。

高处才能把握战机，看清敌人的动向。下一瞬她身影一闪，出现在树的顶端。

"我在这里，都放心！"她一声大叫，随即大喊，"裴枢，脚底！"

一个包围圈内，正在鏖战的裴枢的脚底，忽然炸开一蓬诡秘的青色火焰。

裴枢身子一闪，刚好避过，一枪猛刺于地，再拔出来的时候生生带出一颗头颅。

"管好你自己！"裴枢没好气地喊，烦躁地将那头颅狠狠在对面杀手脸上爆开。

景横波已经换了方向，这回看见了耶律祁，他身前也是一大堆人，对方以人海战术辅助暗杀手段。耶律祁大袖飘动，身形依旧不带烟火气，但无论怎么辗转腾挪，始终无法摆脱这群附骨之疽。她给耶律祁指出了对方的几处破绽，多杀了几个人。

但景横波看不见宫胤，因为河面上是火势和烟雾最猛烈的地方，她只能看见火光之中时常有剑光闪亮。和裴枢那一群打得暴烈、耶律祁那一群打得沉重比起来，宫胤那一群最是安静，和升腾的火光对比鲜明，几乎看不见对招和动作，却最让人心里寒意森然。

这种情况，景横波甚至无法出手相助，她只能在高处当个靶子，好在高处足够高，不断有箭射来，都在她脚下掠过。

然后她看见了铁星泽。她忍不住瞪大了眼睛。和耶律祁、裴枢相比，铁星泽是离河边最近的，他正带着一批亲信护卫，也在拼命厮杀。

铁星泽甚至已经受了伤，一支箭插着他的肩胛骨，离心脏只有寸许。他半身鲜血殷然，形容酷厉，出手猛如疯虎，和平时的温文亲切截然不同。

围着他的默军，甚至比耶律祁和裴枢的还多，而且出手毫不容情。景横波接连三次发现

针对他的诡秘凶狠的刺杀，若不是铁星泽的护卫以死相护，他早就倒下了。

因为护卫随从较多，铁星泽还是有机会出去的，但他一直在向河边移动，似乎根本没打算逃走。他在厮杀中，还在不住地试图吹响嘴上叼着的一枚哨子，但怎么都吹不响。

景横波目光一闪。她忽然闪下了树，下一瞬间已经到了铁星泽身边，一伸手夺过那哨子，猛地一吹。

哨子没响。

铁星泽被她的忽然出现吓了一跳，喜道："啊，你没事！"

他一边大喊："护住女王！"一边苦涩地道，"没用的，被破坏了，吹不响。如果这哨子能吹响，他们身上就会相应地发出声音，那么那些隐藏的杀手就会全部被揪出来，我们会好很多。"

景横波看他一眼，将哨子收起，一把抓住他，身形又一闪。

下一瞬两人都蹲在了树梢，树干细弱，承载不住两人的重量，顿时发出细微的咔咔之声，似乎将要断裂。

"星泽，"景横波道，"这里安全点，你受了伤，就不要再拼杀了，等会儿我送你出去。"

铁星泽默然，火光里他眼神闪动，半晌，他道："女王。"

"嗯？"景横波看似漫不经心地回答，一只眼睛扫视着战场，一只眼角犹自瞟着他。

"你在怀疑我，是吗？"铁星泽轻轻道，声音有几分苦涩，随即他提一口气，笑了，伸出双手。

景横波转脸看他。

"绑住我。"铁星泽迎着她的目光，肯定地道，"一旦有人因此伤亡，杀了我。"

"你什么意思？"景横波皱眉。

"默军是我带来的，然后他们叛变了，虽然我不知道叛变的原因是什么，但我难辞其咎。"铁星泽柔声道，"无论结局怎样，我都已经无颜再见朋友。所以，女王，你不用一边照顾战场，一边还要盯着我。你绑住我，只要任何时候你觉得不对，你便杀了我。"

他神色黯然，这黯然不是为自己的生死，而是为这莫名其妙的背叛。他将剑抛掉，身上所有的武器都解掉，低头看了看底下追过来的护卫，道："我就一个要求，这些我的护卫，他们是无辜的，如果他们能逃过这一劫，放他们走！"

"不要，大王！"底下护卫已经听见了上头的对话，摇撼着树身，悲愤地大叫，"女王！女王！你不能错疑了大王！刚才默军虽然是同时对所有人出手，但我们这边当时清点默军人数，已经发觉少了不少人。我们感觉不对，劝大王赶紧走，大王却坚持要先通知你，只是怎么也找不到你，然后默军就动手了。为了给你们报信，大王拼命往河边赶，才会中了一箭啊！"

"那一箭本是冲着大王后心的，如果不是老三拼命撞开大王，大王现在已经死了！"另一个护卫愤然道，"死人会害你们吗！我们护卫也死了三个了！"

"默军直属于历代大王管辖，但大王却不是按老王遗旨继位的，如果先王曾经留下什么话，默军很可能不听大王的。这事怪不着大王啊！"

景横波盯着他，怀疑铁星泽是必然的，不然她也不会去抢哨子，并将铁星泽抓在手里。可此刻铁星泽的诚恳，他不轻的伤势，和护卫的悲愤，她怎么看，都看不出一点作伪的迹象。

她也记得自己刚被宫胤抛起来的时候，看见有人不顾一切狂扑而来，因此中箭，她曾以为是耶律祁或者裴枢，没想到是铁星泽。

他的行为，符合一贯人们对他的印象，符合一个无意中引发祸事，因而追悔莫及的人的心理。

心里如一团乱麻，她慢慢嘘一口气。是非难辨，但无论如何，此刻动手，她自认为没有这样的权力。这事得交给宫胤评判。

忽然远处又有隆隆声响，她抬起头，就看见远处地平线上，出现星星点点的火光。火光在不断接近，速度很快地向这里奔来。

她嘴里满满的苦涩滋味。这个时候，那个方向出现在这里的人，不会是她的人。

十五帮已经被惊动，她即将腹背受敌。更糟糕的是，默军人数太多了，现在已经有很多人往这边树下聚集而来，再强大的高手，其实都无法和千军万马抗衡，尤其是这种手段装备齐备，还擅长追杀和暗杀的刺客大军。

她不能让所有人都耗死在这里。

她忽然深吸一口气，问铁星泽："你能不能猜到，默军为何背叛？"

"有很大的可能，是因为我得位不正。"铁星泽痛苦地闭上眼睛，"我可能是先王留下的遗旨当中，最不应该继位的那个，但最后我继位了。默军虽然忠于王室，也有先后之分，如果先王遗旨里，有过如果铁星泽继位就将其铲除的命令，那么默军这么做，就有了理由。"他声音渐渐低了下去，"可惜，连累了你们……"

景横波就好像没听见后一句一样，继续追问："那么默军有没有可能，和玳瑁十五帮勾结？"

铁星泽一怔，立即道："绝无可能！"

"为什么？"

"默军注重修炼，与世隔绝，他们的驻地你无法想象，他们的联络也有自己的一套方法，总之是绝不可能和外界有任何勾连。就算有勾连，也只可能在沉铁内部，少数地位极高的皇族才有机会联络到默军。在外界，甚至根本没人知道这支军队的存在。十五帮再强，也远在玳瑁，一群江湖草莽，凭什么知道默军？靠谁和默军联络？再说从时间上算，我赶往商国便对默军下了令，默军开拔在边境等候，已经是最快脚程，来不及和十五帮联络。"

他分析得很合情理，景横波也是这么想的。默军单独行动，并不是和十五帮勾结，那她就有了机会。

如果让十五帮以为默军是她的援手，而让默军以为十五帮是她的援手，会不会就能解决所有人的危机？

她正在急速思考，寻找一个空手套白狼的办法，忽然感觉树身摇动，远处宫胤厉喝一声，她一抬头，就看见铁星泽猛地向她扑来！

第六十二章　为爱而战

景横波一惊，下意识身子一闪，已经闪到铁星泽背后，抬脚一蹬，狠狠蹬在铁星泽背上，将他硬生生蹬下了树梢。

她瞬闪只是转念间的事，铁星泽一个扑来的动作没做完，她的脚已经踢了出去。眼看着铁星泽以一种拥抱大地的姿态坠落，她心中忽然有种奇怪的感觉。

下一瞬乌光一闪，仿佛天空忽然被撕裂，一抹寒光忽然出现，嚓的一声，已经射断树梢，然后猛地一震，一蓬黑色丝网在梢头弹开。

她当时已经下坠，堪堪和丝网擦过，一眼看见丝网上布满细小的钩刺，顿时出了一身冷汗。这丝网是针对她的！如果她还在树梢，携带着丝网的箭不管有没有射中她，都会立即弹开，她会被裹住，会浑身受伤，会立即失去行动能力！

再回想铁星泽刚才环抱她扑下的动作和面对的方向，难道他是看见了那暗器，为了救她？

砰的一声，铁星泽从树下栽落，肩背处的箭生生被震了出来，鲜血狂喷。护卫们惊呼着扑过去将他扶起。铁星泽面色惨白，侧脸全是鲜血，已经晕了过去。

景横波随之落地，怔怔看着他。

一个护卫猛然回头，声音已经带了哭泣："女王！你何以待大王如此！"

景横波心乱如麻，上前一步，又退后一步。

铁星泽慢慢睁开眼睛，挥挥手，止住护卫的叫骂，轻轻道："不怪……女王。"

他顿了顿，又道："想要证明自己无辜……光凭这个……是不够的。"

"大王！"侍卫悲声喊。

"星泽，"景横波吸一口气，缓缓道，"如果刚才我误会了你，我向你道歉。不管怎样刚才是你救了我。所以你现在好好休息，我会保护你。"

"不退敌，谁也保不了谁。"铁星泽并不在意地笑了笑，由侍卫扶着坐起身，想了想道，"陛下，可有胆量？"

景横波眉一挑："怎样？"

"默军……好歹是我的军队，我还是有几分了解的，我可以确定，他们的目标是我，杀你们是要杀人灭口。"铁星泽缓缓道，"所以和我在一起，危险才是最大的。而我想利用默军的弱点，退掉十五帮的敌人，但必须你陪着，你可敢？"

这想法正和景横波相合，她唇角一抹笑容妩媚："怎么不敢？"

"只能你和我。"

"行！"

铁星泽坐起身，让侍卫给他包扎伤口、换衣服。伤口以三层布紧紧绑扎，血迹全部洗去，换上干净衣服，又吃了颗药，苍白的脸色渐渐恢复了些红润，看起来竟有些精神焕发。

他完成这一系列动作并不容易，默军是战阵和暗杀齐上，在这短短时间内，他们便又应付了三拨杀手，死掉一个护卫，铁星泽险些又添新伤。

所有人当中，只有瞬闪的景横波安全系数最高，没有人能捕捉她的轨迹，都跟在她后面各种扑空。她一边整理自己，一边还给各处战团指点了不少杀机。唯独河面上她去不了，那里烈火熊熊，云集的应该是默军最重要的高手，那般剑气凌厉，她闯进去只怕就得变成景筛子，她变成景筛子不要紧，宫胤因此变成宫筛子事情就大了。

她抬头看看远处，十五帮的队伍越来越近，再不做点什么，给十五帮看出这里是怎么回事，那就糟糕了。

她只得喊一嗓子："喂！我有事去去就来！"

几乎立刻，她就听见了宫胤的冷喝："站住！"

耶律祁的呼喊："横波！别乱跑！"

裴枢的大骂："死女人，你要干吗，给爷停下！"

还有七杀乱七八糟的喊叫："喂喂喂，去哪儿，带哥哥去玩啊……"

景横波早已和铁星泽一人一匹马远去了。

两人蹿出去的时候，特意选了视野开阔处，以便默军能看到。

果然两人刚刚蹿出去十几丈，身后轰隆一响，地皮翻倒，一大团黑乌乌的人群蓦地冲出。

而在前方几丈处，一排灌木忽然冲天飞起，灌木之下一排骑兵，乌甲无光，铁刀森冷，横亘于道，挡住去路。

默军果然在外围有准备。景横波停也没停，拍马直冲，她的骑术一直有在锻炼，现在已经相当不错。

前头严阵以待，后头沉默狂追。好在默军终究分工有别，想做刺客就做不了箭手，如果此刻后头来个万箭齐发，景横波和铁星泽也便成了刺猬。

"怎么办？"眼看对面默军结阵岿然不动，铁星泽快速地问她。

"冲！"景横波咯咯一笑。她并无杀气，眼底流动诡谲的光。两人俯低身子，疯狂策马，三丈……两丈……一丈……

那边默军看两人竟然停也不停，自杀式地撞来，眼底也似露出惊讶之色，但这些人毕竟久经训练，依旧面无表情，真如地平线上伸展出的沉默的枝丫。

这些"枝丫"密密织阵，当中一个将领模样的人手一挥，士兵们齐齐抬起手中长枪，枪尖如林，等待着两人以身相撞。

数丈距离转瞬即到，景横波已经看见最中间那将领铁一般的脸上有个大痦子。

她忽然问铁星泽："敢信我吗？"

"敢！"

"那好，别停！"

默军的眼底充满了惊讶，倒映着自杀一般冲来的疯子。两骑如烈风，扑向枪林。这种冲力，人和马都将不可避免地被串在枪尖上。

吁！两声凄厉长嘶，两匹马同时撞上前倾的枪尖，胸骨碎裂，被刺穿在枪头上。那长了个痦子的将领却发现有些不对。马上的人不见了！

下一瞬间，嚓嚓两响，他身侧两名士兵捂着喉咙从马上栽落，鲜血四溅，喉间匕首寒光森冷。

他来不及思考，猛然挥刀，却已有重重一脚踢在他身后，将他踢上了刚才一名士兵的马上。

一根长长的丝索，忽地一响，套上了他的脖子。他挥刀要砍，丝索猛然一紧，他双目凸出，喉间发出窒息的呜呜之声。

两条人影落下，一人占据了他原先的马，一人坐在了另一名死去的士兵马上，二人再不停留，扬鞭一策，三匹马狂冲穿阵而出。

景横波的笑声此时才响起。

“借将一用，有种来追！”

默军死寂如枯林。哪怕刚才在那将领身边的人，一时也没有反应过来，到底发生了什么。

明明看见马以那样毫不停顿的速度狂奔而来，马上的人根本没有反应时间，明明感觉到自己的枪尖已经触及那两人的心口，忽然人就不见了，然后同伴死了，副将被掳了。这神出鬼没的……是轻功？

马蹄急响，景横波、铁星泽掳着那将领，趁这一刻所有人还在发怔，已经冲出了这一圈包围。

景横波最后一刻抓着铁星泽瞬移，闪到了将领身后，以隔空移物操纵两柄匕首杀了两名士兵，空出了两匹马。同时铁星泽把那将领踹出去，用丝索套住了他的脖子。

两人配合得非常默契，景横波也松了口气。

如果铁星泽对她信任度不够，在刚才那自杀式的一幕中稍微胆怯，如果他不是反应快配合度高，她未必能将这计划实施完美。

她转头看一眼铁星泽，一番动作后他的伤口好像又裂开了，肩部微微渗出血迹，额头一层细汗，在星光下幽幽闪亮。

他是真的在拼命。景横波心中悠悠叹口气，忽然很希望宫胤在眼前。他那双明澈的眸子，才能照亮这人间一切微尘。

身后马蹄奔腾，默军果然追了过来。这支军队有其灵魂所在，本质忠诚坚毅，所以他们绝不会丢下自己的将领，必定会追上。

景横波和铁星泽一左一右，将那将领控制在中间，这有赖于铁星泽高超的骑术。他能令三匹马几乎维持同一步速，还能控制着手中套住将领脖子的丝索，不将其勒死，也不放松对方的呼吸，让那将领始终保持在一个半窒息的状态。

这样难度很高，也亏了这三匹马，都是默军的马，训练有素，自然生成一样的步伐。

因为将领被控制在景横波两人手里，后头的默军自然不敢再施展杀手，远远跟着，看上去就像大军跟随着将领出阵一样。

这样狂追奔驰气势惊人，远处的十五帮帮众已经看见，都惊疑不定地停了下来。

景横波吸一口气——第一步计划已经完成，十五帮看见这一幕，会认为这是景横波带大军主动迎战，必然要惊惧不安。

现在要做的是，令默军认为十五帮是来帮她的，不会开口揭露真相。也不能让默军掉头，一掉头也会露出破绽。

“我们不能再一起走了。”铁星泽忽然道。

“为什么？”

“你带着王副将向左，我单身向右。”铁星泽指指那被掳的默军将领，“我们分开成两道，默军就会成两路追击，因为两边都是他们不能放弃的目标，这样，在对面看来……”

“就是分两翼包抄！”景横波眼睛一亮。

“对。”

默军一旦出现分两翼“包抄”的架势，十五帮必将更加不安。而默军此时力量也出现分散，一大部分留在原地对那群高手分割击破，剩下的追击铁星泽和景横波，如今再一分两半，遇上十五帮的帮众，也会出现紧张情绪。

这时候才有可乘之机。

只是这一分开……景横波微微有些犹豫，铁星泽已经探身过来，告诉她如何控制那王副将，该使用多大的手劲。她看着他坦然明朗的眸子，觉得自己有些想法真的似乎很无稽。

一声呼哨，三骑霍然分开，铁星泽向右奔驰，她拎着那副将向左飞奔。身后的默军应变很是了得，也是一声哨响，黑压压的队伍流水般分成两半，果然一半追铁星泽而去，一半跟着她不死不休。

她控制着马速，在旷野上奔驰，风从耳边呼呼掠过。前面十五帮帮众人数不下几千，已经都停了下来，眼看默军大军压近，忽然又兵分两路飞快包抄而至，十五帮的帮众果然十分警惕不安，开始收缩队伍，摆出迎战架势。

春夜的风凉若水，她的脸颊却在此刻微烫——穿越至今，她历经艰险无数，却少有经历战争阵仗，更没有自己一人指挥，扭转战局的经验。然而此刻她并无慌乱紧张，只觉周身血液微微沸腾，似要将这微凉空气煮沸。她渴望碰撞，渴望对阵，渴望着临阵将千军戏耍，在铁衣和寒甲的冷锐光芒中擦碰，闪烁出属于自己的智慧火花。

她一生慵懒，到此刻才知自己骨子里依旧好战。或者，她愿为了保护爱人而战。

她离十五帮也越来越近了，近到能看见最前面，三门四盟七帮十三太保们，惶然而又力持镇定的脸。

她一抬手，卸了发带，满头长发哗的一下飞散在空中。她将衣衫束紧，身形一闪，闪到隔壁马上，抓住那副将。

身后默军追近，她默默计算着距离，在他们能看见前方景象，声音却未必能听清楚的距离，身形一闪。下一瞬她出现在凌霄门主的马头上。

“门主大人，别来无恙？”

凌霄门主等人刚才还在紧张地盯着最前面带兵而来的人。看见那一头长发，他确定对面来的是女子，正在想是不是黑水女王，忽然一抬头，黑水女王已经居高临下，黑夜里她笑声朗朗，立于马上，俯下的脸眼眸深邃，隐藏一抹讥诮。

之前景横波在玳瑁玩的那一手，让众人印象深刻，所有大佬下意识向后一缩，抽刀拔剑，护住前心，纷纷大呼："女王！"

"我回来了！"景横波接得很快，将后面人的怒骂压下去，"谢你们百里相迎，这个，帮我看好了！"她手一抬，把手中一直拎着的副将，往十五帮帮众的人群中一砸。

众人下意识接住，还没反应过来，景横波已经转身。她敢在众人面前转身，十五帮帮众又是一惊。此时景横波已经面对那边冲来的默军，抬手一挥，大声道："儿郎们，解决他们！"

这一声出，两边都怔了怔。

默军以为是景横波让十五帮解决他们。因为景横波站在十五帮最前面马头上，一个挥手的姿势居高临下，宛然号令群雄。

十五帮自然不会认为景横波是在对他们发号施令，她明明刚才是带着这群黑压压的士兵过来的！

那副将被掷入十五帮帮众正中，有人七手八脚将他拎起，正在仔细辨认，当然都认不得，正在诧异，景横波手中一直抓着的丝索一抽，那将领一阵窒息痉挛，远远看去就好像这群帮众正在下毒手一样。

默军立即愤怒了。

"杀！"一个士兵拔刀策马撞向了凌霄门主的马头。

武林中人遇袭，自卫是第一反应，凌霄门主一剑，就砍掉了一颗头颅。

人影一闪，景横波不见，只留下咯咯一笑："儿郎们，好好干！"

蹄声奔腾，烟尘漫漫，副将的被掳和同伴的死，彻底刺激了默军。刀声铿然一片，寒光耀透甲衣，天地和人群间卷起苍黄色的烟尘，整个默军都撞了上去。

凌霄门主大喝："备战！备战！"十五帮帮众几乎还没搞清楚情势，就已经陷入了战斗当中。

刀光并尸首同堕，鲜血与烟尘一色。马与马相撞，刀与枪摩擦，肌骨碎裂，脏器破开，厮杀得狠，惨呼得烈。从上方看下去，如一团互相残杀的黑蚂蚁，蠕动着不断翻出淋漓的鲜血，生命在此刻贱如尘土，不过是上位者靴底的灰尘。

人影一闪，景横波轻轻落在旁边的一株树上，抹了抹额头的冷汗，舒了一口气。

这场偷天换日计中，时间、心理、动作必须都拿捏得恰到好处，稍有差池，她此刻就是被裹挟在其中的肉馅。

所幸她做到了。一旦误会生拼杀起，杀红了眼睛的人，不会有心情和机会再去慢慢解释，默军和这一批十五帮帮众，都会身不由己地裹在这场战争的洪流中，要么自己被碾压成齑粉，要么碾压别人成齑粉。

景横波坐在树杈上，凝视着那一方战场。她号称要抢玳瑁，要夺天下，其实自己真的很少亲临战场。直到今天她才明白，战争真的是最为残酷的存在。宫胤拉着景横波已经她看见那些血肉在战团中如煮沸的泡泡泛起，这让她有些恶心，想起自己是这场拼杀的一手推动者，这种恶心感觉更加浓烈。

她扶住树，想要呕吐，忽然有一双手，轻轻拍了拍她的背。

她惊得险些掉下去，正要拔刀，那手已经拉住了她，宫胤道："是我。"

景横波立即软了，就势往他怀里一扑。宫胤揽住她，手在她背上轻轻抚着。

奇迹般的，闻着他身上此刻并不太好闻的烟熏和血腥气息，她刚才的恶心感竟慢慢褪去，想着危机解除，宫胤无恙，这便是最好的事，至于那许多的生死，怪得谁来？

头顶上，那人用他独有的看似不在意、实则很当回事的语气道："做得不错。你越来越聪明了。"

景横波噗地一笑，抬起头来，随即瞪大眼睛，道："你怎么搞成了这个死样子？"

宫胤此刻看来着实狼狈，白衣已经辨不出原来的颜色，黑黑红红的，一半是烟熏一半是血迹，头发烧短了一截，袖口和下巴还沾着点青黑的火油痕迹。景横波从来就没见过他这么邋遢过，也顾不上吐槽，赶紧检查他全身，好在没什么伤痕，她惊魂方定地嘘一口气，道："能把你逼成这样，好厉害的默军！"

她有些心疼，默军对他一定下了死手，他还能抽身赶来，可见多不容易。

"胜在人多而已。"宫胤不以为然，忽然一笑，"你是不是在变相夸你自己更厉害？"

"就今天看来，似乎是的。"景横波毫不谦虚，"以后不要再吐槽我了。"

"智障也有灵光一现的时候。"毒舌帝淡淡地道，在她发作之前赶紧问："铁星泽呢？"

"他去引另一路默军了。"景横波的目光在四周搜寻，忽然一怔，道，"咦，明明没走远，怎么看不见了……哦哦，在那边，我看见默军了，他们追到十五帮帮众背后了，就在我们旁边不远……这样也好，正好给十五帮一个前后夹击……不过我们不宜久留，随时可能穿帮……"

此时平原上到处都是人，他们所在的这棵树正在中心位置。景横波看见后一拨默军已经离十五帮帮众不远，自然离自己也不远，但人太多，太乱，她看不见铁星泽。

宫胤忽然道："等等！"

景横波停住话头，她也发现了不对。

厮杀的战团中，似乎出现了停滞。她引来的那群默军，一路厮杀，已经压至十五帮帮众的中心，但不知何时，那里的厮杀声好像停了。

停也只是一瞬间，像是错觉，随即她感觉到一股骚动，从内向外急速蔓延。

宫胤忽然一拉她的手，疾声道："走！"

他的反应不可谓不快，但还是慢了一步。咔嚓一声裂响，轰隆声里，他们所在的那棵树忽然倒了下来。四面所有的人——默军、十五帮帮众，忽然掉转了刀剑，向树奔来。

第六十三章　战地一吻

树倒下的那一刻，宫胤已经拉着景横波冲天而起，他居高临下四野一望，好家伙，全是人。四面都是人声、马蹄声、奔跑声、刀剑相击声，玳瑁边境这一处旷野上，黑压压的都是人头。闪烁的火把被践踏至脚底，景横波甚至已经分不清哪些是默军，哪些是十五帮帮众，想要找铁星泽，自然也找不到。

远处人群中有人大叫："杀了女王！杀了女王！"火光里那人翻身而起，抢马而上，直奔大树。那人脖子上似有一道飘带，看着眼熟，随即景横波想起，似乎正是刚才被她抓住的那个默军王副将。

难道问题出在他身上？看来先前她那遥控一拉，并没有将他勒死，他在落入十五帮帮众群中之后，默军随即就对十五帮帮众开始了攻击，众人忙着自保，并没有来得及对他下杀手。

这人没死，在十五帮帮众中喊出真相，导致了十五帮帮众和默军都发觉不对，终于不打冤枉架，开始一致对她。

现在看起来是这样，景横波深深懊悔自己没在扔出那副将的时候就弄死他，何必为了刺激默军遥控收索？

她忽然感觉到一股推力，宫胤在将她向外推，要她瞬移离开。

她怎么肯，一反身死死抱住了他的腰："别想抛下我！"

人太多，密布整个旷野，她也许能闪走，但宫胤已经经过一场激斗，在这样的人海里一路杀出去，耗损太大，她不放心。两人只好再次落到倒下的树梢上，有人远远投来火把，砰的一下火焰点燃了树身，这一处顿时成了靶心。

这种情况只能选定相对薄弱的地方硬闯，宫胤迅速拉着景横波转了一个方向，正对着他们先前的来处，那里看起来是人最多的地方。

景横波以目光询问，宫胤道："默军很注重战友，所以现在原先围攻我们的默军可能都已经冲向这里来救人，七杀和耶律祁他们的压力会降低，必然也会向这里靠拢，如此，我们在半途就应该可以获得接应。"

景横波点点头，正要拉着宫胤一起瞬闪，忽然宫胤按住了她的手，注视远方，缓缓道："那边现在也走不了了。"

景横波抬头，看了一会儿，才看见西南方向地平线上隐隐震动，似乎又有军队袭来。

她心中一跳，这时候来的还能是谁？自己的横戟军如果出现，不会在那个方向，那方向是要经过十五帮的地盘的！

黑暗中宫胤目光尖锐如针，隔着遥远距离也似乎看清了对方的大旗，缓缓道："明。"

景横波心中咯噔一声，果然是明晏安！明晏安竟然敢出城远师，来这里伙同十五帮将她

围剿，那么在三县的横戟军呢？出什么事了？

景横波始终有种不可思议的感觉，她明明早早做了安排，柴俞之前传出来的讯息也是基本妥当，有把握兵不血刃地除掉明晏安，拿下上元城。现在出现这种情况，是哪里产生了变数？还是这也是柴俞的计策之一？

"明晏安来的方向，正好堵死了我们的突围方向。看人数当在数万之众，可谓倾巢而出。"宫胤一边应对着那些射来的刀剑暗器，一边缓声道，"一旦他在外围扎好口子，我等以疲身撞上，只怕难有好下场。"

"玳瑁的战争，提前开始了。"景横波喃喃道，"我是很希望一次性解决，可也不能这么狂猛啊。"

宫胤忽然一挥手，指间飞起冰雪一片，四周气温骤降，那片大火，慢慢灭了。随即他指尖连弹，四面呼啸声不绝，似有人同时向四面八方突围，那些逼近来的人，都放声大叫。

"逃了！"

"在向外逃！"

"从我们这里，我听见风声了！"

"不对，是我们这里，有什么刚从我耳边掠过，快出手！"

"啊，这边也有！"

…………

黑暗，固然困住了景横波和宫胤，同样也令围困者辨不清周围。宫胤一拉景横波的手，两人已经从刚才确定的那个方向的反方向掠出。

那个方向一直有打斗呼叫之声，似乎一直在战斗。在所有人已经澄清误会、携手对付景横波的时候，那边的打斗便显得特别明显，也特别容易被发现。

那里的人也特别多，根本没可能闯出去，但景横波相信宫胤的选择，二话没说跟着他。

他们一路飞掠，一路杀敌。十五帮帮众还在如没头苍蝇般乱转，默军却着实了得，宫胤和景横波明明动作轻巧，从众人头顶上飞掠，但只是那一点动静，就能令默军察觉。此时荒野之上，唯一的敌人就是景横波和宫胤，默军不需要辨明身份，直接不断以各种方式出手，花样奇巧层出不穷。景横波还没能适应黑暗中作战的技巧，好几次遇险，最后宫胤直接把她揣在怀中，一路敛行。

人太多，手段太多，一路冲过十丈距离，景横波就听见了宫胤有些不规则的心跳。这种情况对于他这样的高手几乎不可思议，说明他耗损极大。

景横波看看前方，千丈的荒野，山还在很远处，密密麻麻的人群，十丈便令人感觉疲累，要如何冲出这荒原？

宫胤身子忽然一顿。景横波也发现了异常，前方不远，有一个厮杀的小战团，战团最中心，赫然是铁星泽。

他似乎已经拼杀了很久，本就有伤，此刻已经是强弩之末，满身斑斑血迹，头上还有新伤，鲜血粘住了头发，一缕缕地贴在额头上，衬得一张脸惨白如纸。

有那么一瞬间，宫胤和景横波都没有动。两人都极其冷静地看着那一幕，黑暗中的挥刀、劈砍、挣扎和嘶喊。

随即景横波看了看宫胤，黑暗中他的侧脸如雕刻，毫无变化。

铁星泽冲杀的方向是在外围，他一边出手一边不断发出声音，吸引更多人向他而来，以至于景横波和宫胤在此处竟然能够稳稳站下，因为默军都被铁星泽吸引过去了。

景横波盯着战场，一路到现在，她可以确定，默军的目标，真的是铁星泽。

一个人可以作假，一群人作不了假，真正的杀机作不了假，最起码有三次，景横波看见铁星泽险象环生，即将命丧刀下。最起码三次，她和宫胤都能出手而没出手。

那一处战团越来越大，铁星泽已经左支右绌，从他渐缓的动作和急剧的喘息来看，就算他不中招，体力也支撑不了多久。

一柄刀当头砍下，铁星泽举刀相迎，黑暗中火花四溅。铁星泽力竭，被压得身子向后一仰，正在此时，一柄长枪无声无息如毒蛇般，直奔铁星泽后心。这一枪极毒、极近，铁星泽绝无可能逃过。

景横波心中一颤，耳边掠过朗朗的对话声。

“敢信我吗？”

“敢！”她扣紧了手指——有些事，她终究做不到！

她身子一动便要掠出，手却被宫胤飞快拉住。下一瞬他指尖一弹，冷光一闪，啪的一声，那柄枪被荡开，在铁星泽身后漾出一道弧，带起了他后心一片衣裳。

只差须臾。景横波嘘一口气，心中乱麻却更难理——谁会拿命来作伪？

身后远处似有喧嚣之声，仿佛有人在冲杀，但始终不能接近，景横波隐约听见了七杀的大骂，头顶上有翅膀扑扇，二狗子落在她肩上，怪叫道：“好多人！好多人！”

景横波闪到稍微高处，一眼看见荒野之上，如同蚁巢一般分成一团一团，每一团都如烧开的粥锅一般沸腾不休，溅出血花，飞出刀剑的寒光。那是她的人，他们再次陷入了被分割打散各个击破的境地，先前她好不容易完成的狗咬狗之计，至此彻底失败。

而更糟糕的是，在地平线的那一端，还有明晏安的军队，在森然推进。

身后忽然响起宫胤的声音，依旧平静而决然：“横波，等会儿记得从西南方向走。”

“那是明晏安军队所在……”她下意识道。

“军队并没有多少便利，相反，越混杂越容易因为指挥的不统一出问题。明晏安远道而来，情况未明，他是最好的突破口。另外，”宫胤顿了顿，“以明晏安的性子，正常情况下不会出上元劳师远征，事出反常必有妖，不妨迎上去看个清楚。”

“好。”她道，“我们一起去。”

“还有，”宫胤好像没听见她这句，自顾自地道，“今日之局虽险，但一旦解除，玳瑁天地，你将腾挪便利。你记得，天予不取，反受其咎。不管发生什么事，你都不能沉溺其中，必须抓紧时机反攻，如能在此处解决十五帮主要帮众和明晏安，玳瑁便是你的。”

“你说得好像已经解决了这困局一样。但我有种今夜就是死期的感觉。不过咱们能死在

一起也不是坏事，宫胤，咱们祈祷一下死后能魂穿吧，我带你去我研究所逛逛。”景横波一边躲闪着各种杀手，一边凝视着那边的战团，看耶律祁和七杀等人缓慢的移动速度，心中越来越绝望，实在不觉得宫胤现在说这些话有什么意义。

宫胤也好像不在意她的怪话，他忽然上前，将她揽在了怀中。

“记住我对你说过的每一句话，记住你自己对我的每一句承诺。记住你在帝歌城下的誓言，记住相信谁都不如相信自己。”

他的清凉气息透体而来，似深雪薄冰，呼吸间都是幽兰香气。她抬眼看他：“宫胤，为什么忽然这么说？”

他抱着她转身，衣袂掠起，躲过一记杀招。那是一枚湛蓝碧青的暗器，掠过两人面门时，闪耀着绚烂的尾光，映得她眸瞳如水，如水眸瞳里倒映着他深邃的眼神和半边苍穹。

那半边苍穹忽然不见，天地只剩下黑暗，他的脸已经柔软地贴下来，唇压在了她唇上。

景横波有一瞬的震惊，没想到在这战地凶险之时，这个清冷高傲的人，会忽然在众目睽睽之下吻她。

她感觉到他的反常，想要抱住他推开他先问个清楚，以免那种不祥的感觉弥漫心头。然而他今日如此坚执，唇微微一吮，齿轻轻一碰，她忽然便觉得自己化在了他的怀里。四周的拼杀凶险，群敌环伺，忽然便远在了天涯之外。

他的吻，开初轻柔，之后却凶猛有力度，在她的齿间横扫，在她的天地遨游，在她的唇角轻舔，最后以一个近乎依恋的姿态结束。整个过程中二人依旧在不断躲闪，她能听到那些暗器刀枪飞过而产生的咻咻风声，铁器的森冷、血腥的冷凉，和他唇角的香气和热度交错，交织成奇异的感受。她忍不住激越地回吻他，觉得这样战地中一吻，仿若乱世中面对一场苍凉的诀别，码头渡口天苍苍，而远征的人永远不回来。

这样的联想着实不吉利，她喘了口气，拂去心底的不安。他却在此时放开她，只低低道：“记住。”然后将她往明晏安军队那个方向一抛。这一抛用尽全力，甚至拍了一下她的穴道，她在半空中下意识瞬闪，已经越过人群，离他好远。

未及她反应过来，他身形一闪，掠到铁星泽身侧，一把搀住了他，淡淡地道：“星泽，可愿再助女王一次？”

“生死不敢辞！”铁星泽喘息着看他，“只要你信我！”

“那好。”宫胤静静地道，“默军的目标从来都是你。我们带默军走吧。”

“好。”

“你有什么办法，能令默军受了刺激，不管不顾，一直追下去？”

“有。”铁星泽抹一把唇边血，笑道，“把王位传给异姓！他们忠于王室，世代立了血誓，或许可能放我一马，却绝不可能允许我将王位传给非铁氏族人！”

“那么，传位给我，我们回沉铁。”

“好！”

景横波在半空连闪三次，才躲过一批攻击，等她站稳，看见的就是刚才铁星泽和宫胤那

个方向，忽然爆发出一阵惨嘶厉喝，随即又有马嘶响起，人头攒动，黑压压潮水一般一个推挤。隐约似有两骑飞奔向前，两骑马颈上都裹着血衣，十分显眼，正向外猛冲，而四面的默军和十五帮帮众，自然拼死阻拦，就看见那两骑锐不可当，一路如砍瓜切菜般，翻滚出滚滚鲜血和人头，在人群中如血线一般直飙而去。

远远的，铁星泽的大笑声传来，他似乎忽然中气十足，旷野之上，很多人都听见了他的声音：

“兄弟，你若能护本王安全回到沉铁，剿灭这些乱贼，这王位，便是你的！”

然后便是宫胤沉静而决然的语调：

“好！”

声音不断在空旷处回荡。十五帮帮众还在愕然，默军却都霍然回首。

景横波啊的一声，已经明白了宫胤想要做什么。和先前一样，他也要利用铁星泽引开默军，但他的引，是将默军整个带走，以一个默军完全不能接受的情况，逼得默军不得不全部跟上。

但这就不再是刚才她那一瞬的引诱，回沉铁路程数百里，这是几百里的万军追杀！

默军已经做下了这事，绝对不死不休，这群人擅长战阵还擅长暗杀。他们武功再高，也是肉体之身，也已筋疲力尽，如何能在这漫长的过程中，丝毫不懈怠地奔回国？

何况她还不放心……

“不要——”她一声大叫，向那方向扑了出去。

但她已经被人群阻住，默军的目标是铁星泽，十五帮的目标却只是她。大批大批的帮众扑过来，在她面前结成人墙，她几次瞬闪，落地后就遇见当头砍下的刀枪。

前方，默军在听见那句话后，立即传出一声尖厉的哨响，所有人动作一致，立即抽身，聚拢到一处，直追那两骑而去。她远远望去，已经看不见宫胤和铁星泽那孤单两骑，只看见千军万马，风烟奔腾，踏动大地，烈烈狂奔。

她不断拨开那些刀剑，砸烂那些暗枪，在人头的上方蹈空追逐，却只追着那些马群的尾巴。她几次落在了默军大阵的长枪上头，再被那些人的刀枪之阵逼开。

她在半空中不断连闪，锲而不舍地想要跟上去，默军所有人已经知道了她的伎俩，一声长喝：“掷！”短矛如乌云般一闪，瞬间遮蔽天空，在她面前横绝成山。她看见矛尖寒光闪亮，在视野中不断放大，她甚至看见最前面的矛尖微钝，染着不知道是谁的殷然鲜血。

众人齐力出手罡风烈卷，她被气浪逼得身形歪斜如断线风筝，再也无法越过那刀与铁的海洋，最前面的矛尖离她只有三尺，她却忽然觉得无力再退。

一双手揪住了她的肩头，将她猛力向后一带，她跌落在那人怀中，宽厚而充满烈火气的胸膛。

裴枢的声音气急败坏地响在她头顶：“你疯了！想死也不能这样！”

她睁开眼，第一眼看见天光，天亮了，日头似一团血，在地平线那头挣扎欲出。她睁大眼睛，想要找到他的那匹马，却只看见前方腾腾的万军烟尘。

景横波的眼泪，夺眶而出。

第六十四章　抉择

天已经全亮了，透白的晨曦下，十五帮帮众满身狼狈地站在旷野中，惶惑地看着默军以极快的速度和极干脆的态度拔军而去，眼神里的茫然，便如先前看见默军以极快的速度扑来一样。

从头到尾，十五帮的人没有搞明白，这群在黑暗中忽然出现，在晨曦中狂猛离开的军队，到底来自哪里，属于哪一方。

也因为他们一直裹挟在战斗中，还没来得及发现那头靠近的明晏安军队。裴枢和耶律祁发现了这种状况，当机立断收束了自己的人，下令立即对十五帮帮众展开进攻，趁此机会又杀了不少。

景横波却发出“收兵”的指令，召回了所有人。阵中的高手们回头，见刚才还失魂落魄的景横波神情已经恢复如常，只那双刚刚流泪的眸子，微微有点发红，因此看人时便多了几分狠戾，令人心惊。

她不再看默军方向，抬臂指了指远方明晏安军队所守住的那方向，道：“保全精力，准备突围吧。”

“那条路，我们现在过不去。”裴枢反对，“我们应该做的是，趁明晏安还没来得及突围，从人少的十五帮这边打开缺口，先向回冲，和易国赶来的援军会合，再杀他一个回马枪，而不是现在向前，陷入明晏安和十五帮的合围，彻底葬送自己。”

景横波目光转过，所有人都面露赞同之色，连七杀都在一本正经地点头。她知道这话很有道理，这也是她原先想的，但现在她改变主意了。

宫胤临走时抛她至那个方向，宫胤说事出反常必有妖，不如迎上去看个清楚。

她信宫胤。

何况在十五帮封锁中突围，一路回奔，谁知道什么时候能遇上易国军队？谁知道明晏安会不会追？谁知道明晏安会不会只是趁机占领三县？以后她要夺回三县乃至玳瑁，就会更加困难。

不，她不要拖延计划，她要以最快速度夺回三县、夺下玳瑁，她要迅速成为真正的黑水女王，她要尽快拥有权力和地位。

拥有了这些，宫胤就不必再为了她各种白龙鱼服，孤身冒险，将自己置于险地！她不要被他一救再救，在万军丛中被迫接受摧心离别。

我欲自强，先浴血。

千古功业，险中求！

“不，迎上去！”她的手臂始终没有放下，直直地指着那个方向。

晨曦下，带着淡淡血腥气的微风中，众人不解地看着她，眼神中甚至含着微微不满——

女王看上去像个因为失去爱人而失去理智的女子，要执意不顾所有人的生死，去任性一回！

人人默默凝望，留她一人固执地指着那危险的地平线。

景横波一动不动，她心里满满的坚执，如果一个人都不肯和她走，她自己走！反正明晏安要的也是她！

晨风摇曳荒草如舞蹈，越发显得这一处角落死一般的寂静，一道深红的阳光打在景横波的臂上，再延伸至荒烟蔓草之上，像在她和自己的属下之间，打下一条鸿沟。

这一幕太奇异，以至于连筋疲力尽的十五帮都没有进攻，远远好奇地观望着。

半晌，景横波举累了，她自嘲地一笑，放下手，准备转身。身边忽然多了一个人，浅浅微笑，容色如午夜春光，浓丽又幽魅。

“我总是和你一路的。”他道。耶律祁的秘密护卫们默默跟过来。

裴枢将枪一收，满不在乎地扛在肩上，大声道：“这女人脑子烧坏了！”对着身后护卫挥挥手，一瞪眼，“愣着干吗？还不快去保护女王？她脑子烧得再坏，都是你们要拿命护的主子，懂不？”

七杀嘻嘻哈哈地过来，七对眼珠子转着同样的频率。

“管它哪边，我看人多好玩。

“我想念明晏安了，老小子昨晚托梦给我了，说想传位给我，我得赶紧去接着。

“咱可不是不过来，完全是被刚才的你给震慑住了，小波波，你刚才那样，真帅！

“对啊对啊，我媳妇越来越像个汉子了，嫁给我吧！

“你不是我们的共妻吗，小七七？”

…………

乱七八糟的吵嚷声响在耳侧，景横波微微笑起。这一群看似不靠谱其实从来都很靠谱的人啊，无论经历怎样的跌宕风波、人间风浪，他们总在她身侧。即便这穿越人生云诡波谲，一日难安，能遇上这群人，也不枉她来这一遭。

耶律祁和裴枢微微仰头，看着在高处独自微笑的她。

她脸上的灰尘血汗未去，灰土血迹中露出如雪如玉的肌肤，那张美妙的脸露出了微笑，一抹眸中明光也如同晨曦初现，从她的瞳仁中亮起，如星闪苍穹，如日曜深天，刹那间似要点亮天地人间。

而她唇角笑意三分，是春色中最艳的国之娇花，花开刹那，群芳失色。

耶律祁慢慢抄起了袖子，裴枢捏紧了手中的长枪。一瞬间心旌摇动后，是慢慢长长的疼痛。

“走吧。”景横波当先，策马带着人群向明晏安的方向驱驰。

十五帮帮众原本摆开阵势，警惕着她要从己方突围，没想到她竟然自己找死，顿时松一口气，也不上前，远远吊着，封死了她的退路。

明晏安的军队并没有继续前进，只是锁住了要进玳瑁的唯一通道，现在大军在号称天一峡的一处山口前一字排开。要想进玳瑁，要么插翅飞过两侧大山，要么从长达几里的大军中拼杀而过。

景横波在离大军十丈前停住，远远看见阵前黄罗伞盖飘拂，伞下是金冠白袍的明晏安，旁边立着苗条秀丽的女子。

明晏安看起来和原先没什么区别，但气色似乎有些发青，身体姿态有点偏斜。景横波记得他曾中风过，在古代，中风过的人等于被判死刑，明晏安能恢复成这样，让她有些诧异。

再看明晏安身边的女子，以明晏安的心性，能让人和他共黄罗伞盖，说明对方绝对地位重要，她仔细看了看，眼角一挑。

是柴俞。她真的减肥成功了。

安排柴俞减肥并打入明晏安身侧的事，她并没有亲自出面，事后也没空追踪情形，如今瞧来，柴俞已经做到了。但是，做到这一切的柴俞，恢复了容貌和地位之后，还愿意为了当初的仇恨去冒险吗？

她如今和明晏安共黄罗伞盖，很明显，如果她愿意，明晏安会再次让她成为王妃。

玳瑁王妃失而复得，柴俞还是柴俞吗？就目前情况看来，似乎一切果然有了变数。

黄罗伞盖下的柴俞，落落大方地站在明晏安身边，不时偏头和明晏安说话，神态柔和。她并不多看景横波一眼，景横波无法从她的神态中揣摩出她现在的心理状态。

倒是明晏安，遥遥地和景横波打招呼：“女王别来无恙？”

景横波听着他的声音，唇角一勾：“早啊，老明，真高兴你居然还没死。”

四面静了静，然后明晏安在咳嗽，大概想不到某人在这种情形下，说话还是这么恶毒。

“别咳了。”景横波怜悯地道，“你瞧瞧你，撑着个玉树临风的模样已经够难了，哪里还经得起这么咳啊咳的。你瞧瞧你脸歪了吧？腿抖了吧？哎呀，口水都出来了，快擦一擦啊，么么哒！”

明晏安半边嘴角口水流得更急，一条腿抖得似拨弦。上元军队担忧地看着他，生怕自己的大王在这天一峡口，被黑水女王几句话气死，那今日的玳瑁全力围剿女王，就成了笑话。

柴俞从怀中掏出手绢，轻轻替明晏安擦了擦唇角，她的手势很温柔，手指在明晏安脸上拂过。明晏安被气得有点歪斜的五官顿时正了许多，口水也缓了许多，看来柴俞的手帕里就藏了药。

随即柴俞毫不嫌弃地收起沾满明晏安口水的手帕，贴身放着，微笑着抚了抚明晏安的耳侧，轻声说了一句什么。明晏安神情满满的信任，微微后退一步，闭上双目，竟然摆出了一副“我不和你一般见识，且由别人对付你”的架势。

景横波耸耸肩，她也不指望自己能够靠毒舌气死明晏安，能当上大王的，哪个不是皮厚心黑手毒之辈？明晏安这姿态，保不准也不过是在麻痹她罢了。

她淡淡地凝望着对面的柴俞，柴俞看她的眼神，也如看一个陌生人。

“女王，”柴俞轻笑道，“天一峡前，只有一条路。这条路你今天进不去。好在我家大王心慈，愿意给你两条路走，你可愿听一听？”

“说。”景横波面无表情。

“第一条，你带着你的人，在这天一峡前自废武功，当着这里所有人的面，立誓永不再

入玳瑁一步，永不再夺玳瑁之权，我们就放你一条生路，由你带着你这边所有人离开。而你留在玳瑁境内的横戟军，现在已经被我们的人包围，等你离开后，我们将处死所有横戟军士兵。当然，”她微笑，“那时候你已经离开，不必眼见这等悲惨之事，大可当不知道。”

“第二条我也想听听。”景横波托着下巴，很有兴趣地瞧着她。

“第二条，我们允许你回到你日思夜想的玳瑁，但得以失去自由的方式。”柴俞微笑道，“一样，你和你的所有属下自废武功，束手就擒。我们将以囚车一路押送你回玳瑁，让沿途百姓围观，让所有人亲眼看看，和大王作对的下场。当然，”她笑容忽然多了几分得意，“我知道你们英雄心性，定然宁死不愿被侮辱，不过听我说完，”她顿了顿，“我们允许你对被围的横戟军晓以大义，劝降他们，一旦他们归于我上元麾下，自然可以免去一死。女王，你想想，数万性命，数万性命啊——”

她声音充满诱惑，眼底闪动着狡黠的光：“女王陛下，你不是一向仁爱万方吗？不是一向爱民如子吗？那些横戟军，那些血气方刚的少年青年，当初可是冲着你才投军的，他们为你战，为你死，为你抛洒鲜血。如今你忍心，仅仅为了自己的尊严，便置他们的性命于不顾吗？”

天一峡前一片寂静，所有人都没有动静，连脾气最火爆的裴枢，听见这话都没有任何反应。所有人都看着景横波，看她选择直奔明晏安之前，要如何抉择。

景横波则看着明晏安和柴俞，明晏安一反以前万事多疑的常态，双目微合，一副万事都由柴俞定的姿态，而柴俞笑意深沉，不喜不怒，眼底看不见一丝暗示和躲闪。

景横波还没来得及说话，忽然身后有人低低啊了一声。众人转过头去，忽然看见了孟破天。那少女远远吊在最后，立在他们和十五帮之间，晨光映在她脸上，脸上的神色，是疼痛和茫然。

裴枢心中一跳，此时才想到孟破天此刻的尴尬。景横波也注意到孟破天，微微皱起了眉。

就听见对面十五帮帮众中响起一声厉喝：“破天，回来！”

发声的是孟破天的父亲，狂刀盟主孟狂。他正一脸诧异又愤怒地盯着手持钢刀的孟破天，那刀上还染着十五帮帮众的鲜血。

昨晚一场乱战，孟破天原本跟随在裴枢身边，和默军交战，之后裴枢带她一路厮杀，向景横波靠拢。靠拢过程中，由于战场一片混乱，对手时而是默军，时而是十五帮帮众，而天黑人多，人人只求杀戮自保，谁也来不及辨明敌手，孟破天一直不知道自己最后杀的，已经是十五帮的人。

此刻她呆呆地看着前面的裴枢，再看看后面自己的父亲，看看这散落荒野的尸首，有些人的面目赫然熟悉，最后看看那些眼神如蛇般阴冷的十五帮帮众，脸色慢慢浮上一层死一般的苍白。

祭血帮一位帮主冷然道：“孟家好一个吃里爬外的六女公子，难怪昨夜我们这般布置，都未能讨得了好！”

这是暗指孟破天通敌。

孟破天愤然抬头：“我没有！”

“那你如何在黑水女王处！”有人厉声道，“我等早听说你倾慕裴枢，为了他私下投奔女王，如今看来果真如此，天知道有多少十五帮机密被你泄露！天知道昨晚有多少兄弟被你杀害！这等欺师灭祖的叛徒，天地不容！”

“破天！还不回来！”孟狂一声咆哮，额头青筋直跳。

孟破天仰着脸，眸子定定地望着裴枢。她的脸面对着晨曦，眼神却像永浸在黑夜。

裴枢看着她，半晌，挥了挥手。“回去吧。”他道。

孟破天眼底忽然便涌起泪光，却在瞬间压了回去。许是她眼神太绝望，神情却又太倔强，裴枢咬了咬牙，终于有点违心地道：“跟着我们前路未卜，回去再不济，你父亲可以保护你。走吧！”

“破天！”孟狂的怒喝声一声声炸响在耳边，孟破天一直就似没听见，然而裴枢此刻这句低语，她却听见了，似听见满天地的花抽节生芽的声音，似这些花转眼便要开遍天涯。

先前那一抹泪意不见，她眼神晶亮，闪着刀剑般的铮铮之光。她却没和裴枢对话，而是上前一步，站在了景横波面前。

“女王，答应我。”她一字一字清晰地道，“你可以不爱他，但不要伤害他，永远不要。”

景横波从马上俯身看她，看这少女眼底灼灼的烈焰和冷冷的决心，心忽然一跳。

孟破天不等她回答，转身就走，直奔十五帮帮众。孟狂露出喜色，上前来接，对这个备受宠爱的女儿，他一直很重视。

十五帮的其余人，都冷眼瞧着。

景横波听见裴枢长长吁一口气，但她听不出这一声是在松口气，还是在怅然。

孟破天这一走，裴枢这边很多属下便露出鄙夷之色，觉得这女子之前死缠烂打，如今见少帅陷于危境，便抽身而走，实在令人不齿。

众人冷冷抱臂，排成两列，看孟破天走过，虽一言不发，眼神和肢体语言却如森然高墙，巍巍然向孟破天压下。

孟破天却没有露出羞愧之色，也没有丝毫畏缩之态，她昂然自景横波属下面前走过，自始至终，目不斜视。当她终于走过那道人墙，也不知道是谁，忍不住心中愤愤不平，一扭头呸的一声，一口唾沫溅在她靴底。

孟破天似乎顿了顿，却最终没停，快步走到十五帮帮众之前。孟狂刚放松了神情，要来接她，她却毫不停留地从父亲身边走过。

“我犯了错，但我没有害谁。”她和父亲擦身而过时，没有看他一眼，极其冷静地道，“我要和大门主辩白清楚，并请大家原谅我的错误。”

大门主指的是凌霄门主，凌霄门作为三门四盟七帮十三太保中第一门，向来在玳瑁江湖中居主导地位，为众人之首，被众人尊称一声大门主。

孟狂听着也有道理，女儿想回来，也得先被玳瑁江湖接纳才行，因为错身而过，他便没有看见，目不斜视的孟破天，在走过他身边时，眼底忽然涌现的泪光。

他也没有看见，孟破天垂着的袖子一直在微微波动。

景横波没有再理会柴俞，她一直紧紧盯着孟破天的背影。她看见孟破天没有回到父亲身边，却走向了凌霄门主。

凌霄门主似乎也有些意外，冷着一张脸，高踞马上，听孟破天谦恭地说明缘由。

孟破天似乎收了原先孟六女公子的恣肆和放纵，在凌霄门主面前，解下兵刃，低头躬身，道自己昨夜并不知追来的是玳瑁江湖兄弟，并且之前也没有参与并泄露过任何机密，恳请门主和十五帮叔叔伯伯们既往不咎，给她一个回归的机会。

狂刀盟的人自然要为孟破天说情，都说六女公子不问帮中事务已久，也没参与过玳瑁江湖的任何重大议事，万万没有可能通敌，不过是那个裴枢风流不端，勾引得女公子一时迷恋追逐。如今女公子明白那人面目，自然不会再有任何背离行为，等等。

为了替孟破天脱罪，众人都将裴枢说得不堪，就差说他是个凉薄无耻的采花大盗，为表情绪激愤，声音越说越高，很多话都传入了裴枢耳中。

景横波瞟一眼裴枢，这暴龙竟然没有发作，只是一脸不屑的冷笑。他似乎更关心孟破天那边的动态，但孟破天走得远，他又不愿意靠近那边，便竖着耳朵背对着她。

众人七嘴八舌，孟破天又难得的神情谦恭，最后连孟狂都上来辩白。凌霄门自从上次三县之争在景横波手下吃亏后，势力已经大减，现在和狂刀盟也差不离，此刻看重每一个盟友，既然对方姿态做足，当下也愿意卖给狂刀盟一个面子，当即呵呵笑着叫孟破天起身。

孟破天却不起身，只道罪孽深重，愿受世伯惩罚。她一直在马前躬身，凌霄门主瞧着也不好意思，终于下马，亲手来搀她，笑道："世侄女，人孰能无过，只要明白便好……"

孟破天就势站起，忽然抬头，一笑，道："是啊，死个明白就好！"

话音未落，寒光一闪，呼啸声起。她袖中利刃如电，直射凌霄门主胸腹！

柴俞忽然轻轻叹息一声。

密切注视那边的景横波已经动了，身子一闪，甚至来不及呼喝。

裴枢霍然回首。

锵的一声低响，一道明光如极光，直飙上天，在朝阳和霞光中一闪，众人的眼睛不由自主地闭上了。

人群中只有孟破天还仰着脸，似不怕那光，失神地盯着那匕首。

一刀出而未奏功，刀尖似撞上弹簧，硬生生被弹了出去。

"贱人！"一声狂笑，伴随砰的一声闷响，"早知道你会如此！"

孟破天被凌霄门主一脚踹倒，跌跪在地，挣扎了一下，终究被踢得太重，软了下去。四面剑声哧哧连响，七八道寒光立即向她交剪而下。

这一瞬她只来得及掉转脸，向着裴枢的方向。想要剪除十五帮之首，为他减轻些压力，最终还是失败了……

啪的一声脆响，其实不是一声，是太多声同时响起，以至于声音密集，听来便如一声。

石屑飞溅，寒光乱漾，横空忽然飞来无数石子，交错纵横，呼啸回旋，将那些剑尖统统撞了开去。被剑光绞碎的石粉簌簌地落了孟破天一头一脸，连睫毛都被染脏了，她在咳嗽，却不肯闭眼。

她的目光一直盯在裴枢身上，裴枢已经下马，待要扑向前，却不得不停住。

一柄剑，已经顶住了孟破天的后心。

凌霄阁主的神情冷酷而森凉："果然是吃里爬外的贱人！"又盯住了景横波，"女王，你便是能操纵石子打飞刚才的八柄剑，你来得及打断我这剑吗？"

景横波垂下眼，看一眼低头不语的孟破天。她并不担心这剑，却担心孟破天。

果然下一瞬，孟破天身子向后猛然一挺，生生往凌霄门主的剑上撞去。她连话都懒得说，回撞的姿态决然，那速度大抵是打算把自己串在剑上，再撞飞凌霄门主。

裴枢又冲前一步。

凌霄门主动作却快，当啷一声撤剑，一掌干脆地拍在孟破天头顶。这回孟破天什么也来不及做便晕了过去，被凌霄门主拎在手里。

凌霄门主狞笑着，拎着孟破天，对裴枢和景横波晃了晃，一言不发，却尽在不言中。

裴枢身子一动，景横波手一抬，拦住了他。

裴枢站住，盯着孟破天，不自觉地咬紧牙关，以至于腮帮肌肉慢慢鼓起，显出青色。

身后传来柴俞的话声，依旧清淡从容，带着三分笑意。

"女王，你看，"她悠悠道，"你不肯抉择，便会有人不断因此而死，孟破天是第一个，后面还有裴枢，还有你身边的所有人……"她伸手一一指过，"女王，你真的要因为你的私欲，令这些人为你牺牲、为你死吗？"

"不用激我。"景横波按下裴枢的手，缓缓转身，盯住了她的眼睛。

"现在我给你答案。"她唇角一撇，微笑，"我选择，第二种。"

第六十五章　国师神威

在玳瑁和沉铁的交界处，有一大片无名荒原，荒原在日光下，呈现出一片贫瘠的苍黄。

两匹马，两道烟尘，在苍黄的大地上，拉开笔直而孤单的线，后面则弥漫着大片深黄的雾气。仔细看那不是雾气，是腾腾的风烟，自马蹄下扬起，在连天接地的烟尘里，无数绰绰的骑士身影显露出来。

默军对宫胤和铁星泽的追逐，已经横跨了半个荒原。

身为杀手军队，默军擅长战阵也擅长追踪，而这千里荒原无遮无蔽，默军又事先挡住了可能通往旁边大山的道路，所以宫胤和铁星泽被追了整整一天，也始终无法将默军甩脱。

好在两人的目标也不是为了甩脱默军，只是为了将他们带得远一些，更远一些。

经过一天的驱驰，铁星泽的脸上已经蒙上了一层黄土，被额头的汗凝结，几乎辨不出本来面目。

旁边马上的宫胤倒还好，战斗奔驰一日夜，除了让他脸色更白一点之外，倒也看不出太多狼狈。他看一眼铁星泽，抛过一个小盒子，道："吃了。"

铁星泽单手挽缰，打开盒子，看见一枚雪白药丸，毫不犹豫地吞下肚。完了他将盒子一扔，笑道："我忽然想起当年，有次咱们在山上落崖，饿得半死，你去找了食物来，也是这么扔给我。等我吃完了，才知道食物就那么点，你找了整整半天。"

宫胤的目光似乎柔和了些，道："那些小时候的事，我不大记得了。"

"我倒记得清楚。"铁星泽气色恢复了些，嘴角露出淡淡的笑意，"十岁咱们分别，二十岁我从沉铁前往帝歌做你的质子，中间的事情反而不大在意，还是觉得童年种种，最无垢天真。"

"我好像只对死亡记忆深刻。"宫胤淡淡地道，"比如那个被杀的二蛋，还有铁牛。"

"你真是会煞风景。"铁星泽笑了起来，顿了顿忽然道，"什么二蛋、铁牛？好像是二牛、铁蛋吧？你真是，还说记忆深刻，童年好友的名字都记不清。"

"他们不是我的好友。"宫胤没什么愧疚神色，抬目望远处的雪白山峦，"我的童年好友，只有一个。"

铁星泽静了静，身后追兵踏蹄如雷暴，风烟似山腾腾压来，在追逐的喧嚣之中，他终于小心翼翼地问："是我吗？"

宫胤转头，深深地凝视他，铁星泽迎着他的目光。

半晌，宫胤居然笑了。他一笑，似雪峰之上绽出万丈金光，又似天地间万物生花，冰冷的天雨忽然柔软如丝，月光如河流慢慢自苍穹尽头流来。

连铁星泽都不禁一呆，然后他听见宫胤清晰地道："是。"

铁星泽也微微一笑，忽然道："关城快到了。"

两人抬头，正见苍青的沉铁关城，遥遥矗立在视野里。其后斜挑一轮残阳。

"看似近，实则远啊。"铁星泽叹息。

两人对视一眼，都知道这句话的意思。一旦铁星泽进关，默军斩杀他的难度就会加大，所以在关城之前，默军一定会不顾一切。果然，身后那些原本就紧追不舍的默军，忽然齐声发出一声长喝。

两人回首，就看见最前面马上那群骑士飞身而起，人在半空，抬臂猛掷。嗡声连响，一道道黑线飞弹而出，自天际呼啸而过。

宫胤抬手，掌间冰凌飞刺，一闪漫天，那一批扑出的骑士，大部分胸上中刺，纷纷栽倒。

但他们掷出的东西，已经弹射了出去，因为根本不是冲着宫胤和铁星泽的，所以宫胤弹出

欲拦下的冰凌，都没能撞上目标，那些黑线远远越过他们头顶，落在了他们身后十丈之外。

那些东西看上去细细长长，入地后钻地一尺，然后啪的一声弹开，化成了一片摇曳的黑色丝网，看上去有点像先前射入景横波所待大树的那种丝网，但网上丝丝缕缕散发着灰色雾气，看起来很是不祥。这些带雾的网，连绵成一片大约几丈长短的隔离带，挡住了宫胤和铁星泽往关城去的路。

但这样的设计，看上去对宫胤和铁星泽似乎毫无作用，因为他们可以绕行，可以弃马，可以轻轻松松以轻功渡越，根本不会接触到这看起来很可怕的东西。

铁星泽却脸色很凝重，拉住了宫胤，低声道："小心些！"

"这是什么？"宫胤也没有轻举妄动的打算，他审慎地盯着那些摇曳的网。

"可能是默军的秘密武器之一。"铁星泽苦涩地咧咧嘴角，"默军有一些独有的武器，属于默军的顶级机密，按说这些机密应该送一份给我，但事实上我没收到。我原想着是我继位时日还短，现在想来，这便是默军反叛的端倪之一，可恨我竟然没想到。"

"现在再说这些也毫无意义。"宫胤目光透过丝网，看向不远处的关城。这边的动静很大，关城已经注意到了，城头上人影晃动，似乎将有举动。

忽然对面又是一声："射！"一排骑士退后，一排骑士站起，站起的人弯弓搭箭点火，咻的一声，齐齐射出一排火箭。黄昏的天空燃起一道新霞，艳艳烧透了半边天。

关城上，人影奔走得更是急切，开启城门的号角声传来。

火箭烧着了半天晚霞，烈焰刺眼。铁星泽和宫胤这回都没动，因为他们已经发现，火箭和刚才的黑色雾网一样，都不是对着他们的。

火箭再次远远越过他们头顶，在他们身后三丈越过黑色雾网处落地，顿时将一地枯草点燃，拉开一条鲜红的火线。

火光一起，宫胤脸色就微微一变，道："屏息！"

铁星泽屏住呼吸，回头看去，就见关城城门大开，数十骑奔驰而出。关城前出现军队，还有人放火，关城有守关之责，必然要出来查看。

铁星泽脸色大变，他明白默军的意思了。这些人知道无法阻止他们两人奔往关城，一旦奔往关城，后头变数多多，所以他们干脆釜底抽薪，把关城里的人诱出来杀掉。

铁星泽原本想要迎上那些人，表明自己的身份，此时反而不敢了。他表明身份，关城守军会倾巢而出，接他回国，但关城守军人数一般不多，只有五百左右，遇见紧急军情，会点燃烽火，次第传递。人一旦全出，万一中计都死在此地，谁来点燃烽火？

他只得跃起，一边捂紧口鼻，一边脱下外衣，大力挥舞，做"危险"手势，示意这些人赶紧先离开。那些人已经看见他的手势，虽然看不清楚是谁，但也发现前方燃着一排烈火，烈火之后似有一层灰色雾气在缓缓游动，看上去很是诡异，便犹豫地勒马。

此时风向正对着关城，那一片灰色雾气，在烈火之后直扑那群关城士兵。那群士兵也发现不对，当先一人厉喝一声，霍然拨马转头，带着众位士兵退去。

此时宫胤已经和铁星泽屏息越过那片雾气，打算等这群人远离危险区域后，再和他们报

明身份。

两人落地，正看见那关城守将转身。宫胤一眼看见那人脸上气色，不禁一怔。

"等等！"铁星泽往前追，一边伸手入怀，掏取大王印信，一边大叫，"开关！迎本王回国！"

那一批关城士兵愕然回身，宫胤一眼之下，神色又是微微一震。

铁星泽已经将大王令掏出，平放在掌心。沉铁尚黑，黑色虎形王玺在昏黄的日光里熠熠生辉。

那关城守将一眼认出，十分震惊，连忙带领士兵再度转身，迎向铁星泽。铁星泽舒了口气，笑道："默军白费心思，到底挡不住咱们。"

宫胤抬头，看一眼策马而来的那群人，也不知道是不是光线角度的原因，那一张张脸，在暮色里都闪着铁般的苍青色。那关城将领驰到近前，看清铁星泽，不由得惊呼："大王！您如何在此地？如何成了这般模样！"说着便要下马，又命身边士兵一起下马迎接。

不远处的关城之上，其余守军也发现了这边的动静，都在探头探脑。

铁星泽上前一步，正要欢喜地说话，忽听身后宫胤轻轻叹息一声。然后他觉得身周气温突降，似三月忽然飞雪，一股寒意利剑般自身后逼来。

这是宫胤出手的前兆，他大惊，急忙转身："不要——"

雪芒连闪。洁白的冰凌撕裂静谧的黄昏，艳阳春新近落雪，那些冷光在瞳孔中闪现只是一霎，下一霎便会带起如霓虹晚霞一般的血虹。

血虹飙射十八道。

铁星泽瞪大眼睛，看着面前那些关城守将和士兵，刚要以恭谨的姿态行下礼去，便忽然全部向后重重栽倒。

他们胸前有一截冰凌，堵住了狂喷的鲜血。震惊太过，铁星泽甚至忘记了回头去看宫胤，而那边关城之上，有人发出惊讶的呼喊。

远处的默军依旧沉默如远山、如深渊，只是每个人眼底光芒微闪，不知是得意还是惊异。

好半晌，铁星泽才缓缓转头，不可思议地看向宫胤，声音喑哑："你……你为什么……"

他眼神中满是困惑，根本不明白宫胤这是要做什么。在关城之前，杀了来迎接自己的关城守将，等于自己关闭了关城的城门，他难道想要在这里腹背受敌，自寻死路吗？

宫胤却根本不理他，也没有任何神色波动，他一伸手，从身后火线中拔出一堆燃烧的树叶树枝，扔在那群死去的关城守将士兵身上。

他不仅杀人，还要烧尸！

铁星泽震惊中已经带了愤怒之色。后方默军将士们目光闪动更烈，隐隐却多了一分佩服之色。

铁星泽此时若见他们神情，定也惊异。默军向来诡计多端，眼高于顶，极少出手，出手

必胜，所以睥睨天下，从未真心佩服过谁。然而此刻他们默然看着宫胤，默默握紧了手中的武器。那是遇见强敌时的反应。

荒野上刮来一阵风，将那些灰雾吹散，默军望着那散去的雾气，眼底都露出可惜的神情。

默军三大秘密武器之一，用一次少一次，这一次，因为有那个白衣人在，失败了。

铁星泽并没有注意到雾气的散去，还沉浸在不解和愤怒中，死死盯住了宫胤："你！你疯了！"

"我没疯。"宫胤手不停，不断投掷火把，直到这些尸首全部焚于火下，才道，"他们中毒了。"

铁星泽一怔，随即道："那也不必杀了他们还焚尸！这样关城永远不会开门！"

"剧毒，传染。"宫胤道，"一旦他们回归关城，所有人都得死。"

铁星泽脸色大变。

宫胤看着那烧尸的火焰腾空而起，转身，看了默军一眼。好厉害的军队。那雾网根本不是为了对付他们的，雾网在后，火箭在前，只是为了吸引关城守军的视线，诱惑他们出城查看。一旦守军出城，以当时的风向，那些人必定中毒。

如果他们跟随这些人回关城，那么整个关城的人都会死亡，他们也会染毒，所谓的关城接应就不存在，默军可以从容包围关城，照样困死他们。

如果计谋被识破也没关系，那二人就不得不在关城其余守军之前，出手杀掉这些传染源。可一旦出手杀人，又无法解释清楚，关城将会对他们永远关闭，默军还是可以从容在关城之前，截杀沉铁的大王。这样的计策，天衣无缝，这样的军队，哪里还是国家机器王者刀，明明就是天生有个人意志的杀人凶器。这样的军队，真的是那一生碌碌无为、连儿子都教不出一个的沉铁老王培养出来的？

关城忽然轰然一声，两人抬头，就看见关城大门已经紧紧关闭。城上无数人影闪动奔走，架弓搭箭，对准了宫胤和铁星泽。

关城守军愤怒了。

铁星泽退后一步，看看那边岿然如山的默军，看看这边紧紧关闭的铁黑色大门，脸色惨白。这是死局，他不知道怎么解。

除非能点燃烽火，但关城烽火不是能随便点燃的，难道要他们杀了这关城所有人？在默军虎视眈眈之下，如何杀？又如何能杀？

宫胤看也没看关城一眼，他专心地看着那堆烧尸的火，似乎此刻这尸体能烧成什么样，才是他最关心的。

火很大，一会儿工夫尸首尽成焦炭。城上守军眼睁睁看着，眼底都有悲愤之色，有人大声悲呼，声音凄切，似乎这死去的守将平日很得士兵爱戴。

宫胤等到火势渐小，才在火堆中拨了拨，取出一截铁箭，那是先前的火箭。然后他在那守将尸首旁找到他的弓，弓是铁弓，没那么容易被烧化。

他拿起弓箭，弓箭都被烧得烫手，但到了他掌中，火红的弓箭忽然蒙上一层冰晶，冰晶迅速融化又迅速凝结。在雪白和火红中几次变化之后，弓箭终于覆盖上一层层的冰雪，成为一副冰雪重弓。

然后他将这由火箭变成的冰箭，在那守将快成焦灰的尸首里戳了戳。所有人面色大变。这是挫骨扬灰！所谓生死大仇，不能如此！

“国师，不能！”铁星泽情急之下，连他的身份都失口喊出。

宫胤淡淡地瞟他一眼，那一眼看得铁星泽心中一寒，也似被那冰箭忽然捅进了骨髓。

而关城之上，看见这一幕的士兵们已经要疯了。有人在指挥呐喊，有人在快速奔走，有人在全力推动弓弩，有人在拼命打着警告的旗语。城墙堞垛之上，探出无数弓弩黑压压的箭眼，死死盯住了宫胤和铁星泽。

铁星泽失魂落魄，喃喃道：“你也疯了……”怎么会有人，在这样的时候，正宗敌人不对付，却要和自己人过不去？

隔着丝网和渐灭的火墙，默军也露出了困惑之色。他们也不大明白，宫胤到底是要做什么。此时他们的注意力都在宫胤身上，这才是真正的大敌。

宫胤没有理会任何人，他慢慢举起冰雪大弓，对准关城之上。夕阳的余晖在雪白的弓弦上闪烁着金光，他弯弓的姿态，似要一箭射落山河。明明只一人一弓，遥遥相对，整个关城却像已经被巨鹰盯住的鸡崽。

关城上的所有人都不自禁地在瑟缩，都感觉，似乎这弓这箭，盯住的是自己。又或者不只是自己，而是这巍巍关城、莽莽沉铁、浩浩大荒的所有人。

空气似忽然被拉扯、抽空、绷紧、扭曲，充满令人窒息的张力，每个人都感觉呼吸发紧，连肌肤关节都因为紧张而显得麻木。连夕阳和晚霞都在那闪耀的冰雪之光下暗淡，天地之间，只余下那冰雪弓箭一双，弓箭之外，是整个的冰雪气场。刹那间，以宫胤为圆心，一股森凉彻骨的寒气无声无息地蔓延开来，他脚下的青草簌簌微动，迅速延展开一片淡淡的冰晶色，青草变成白草，一线晶莹，直直延伸向关城之下。

城上人只觉身周似有透明冰罩坠落，而血液流速都在变慢。连在宫胤身后想出手的默军，也被这般凛冽之气所惊，不能动弹。

一人出手而威凌天下。

咻！一声出，众人都似觉心间嘣的一声，全身的经脉血液都似得到解放，又似在迅速崩断，下意识浑身一颤，又一冷。

并没听见太恐怖的声音，或者声音太猛烈，以至于人们反而听不见。人们只觉得天地一暗，再一看，不知何时夕阳和晚霞都已经淡去，三月阳春的天空彤云密布，一道雪色巨光呼啸着穿过，像天神忽然捣动冰雪巨杵，砸了天地一脸。

一人出手而上应天象。

下一刻所有人便觉得脚下轰然一震。震动剧烈，无数待发的箭乱飞，无数站立的士兵滚成一团，无数挥舞的旗帜掉落，满地狼藉一片。众人在地上狼狈乱滚，滚着滚着忽然觉得地

面溜滑冰凉，忽然又听见有人啊的一声，身子向后一倾，从眼前消失。

城上众人都一愣，城墙好好地挡着，怎么会忽然有人滑了下去？再一看，那一截城墙呢？

不知何时，正面左侧一大片城墙已经消失，剩余的部分还在无声无息地崩塌，那些坚固的、以米浆填缝的、炮轰也未必倒的城墙，现在如被太阳晒化的雪墙般，塌了一大段。

在坍塌的最前端，一支沾了骨灰的冰雪铁箭，静静地插着。

众人怔怔地呆坐在一地冰雪碎屑之中，看着那支箭，如果不是箭如此真实在眼前，每个人都无法相信自己的眼睛。相隔十丈，一箭毁城，这是传说中才有的故事，众人以前也听说过这样的传奇，那都属于数百年前，开国女皇时代的大能奇人们的传说，而传说就是传说，所有人都认为传说代表可以夸大可以粉饰，可以加以想象。

何况精英辈出、门派如星光璀璨的开国女皇时代早已过去，隐世宗门或式微或隐遁，这样的传说，就更成了天上的神话。

然后这一日，神话忽然莫名其妙地降临在沉铁的一座普通关城之前。城头上一片死寂，所有人的武器都已经零落尘埃，在这样的奇迹之前，人们兴不起反抗的勇气。

忽然有人哑声道："城墙毁，点烽火……点烽火！"

众人纷纷惊醒——关城铁律，哪怕一半的士兵战死，都不能随意点燃烽火，因为烽火一燃，就将惊动全国军队，就意味着强敌叩关，并将进攻内陆，国家危殆，所有军队都必须以最快速度向此处汇集。

点燃烽火的唯一条件，就是关城城墙被毁，城墙被毁意味着城破，城破必须通告天下。

对方先杀守将，接着又以守将的骨灰裹挟弓箭，一箭毁关城。这样的强敌，这样的恶意挑衅，哪怕只有一人，也必须烽火告全国！

砰！黑火耀，狼烟起，滚滚黑烟，上冲天际。远近千里，清晰可见。

铁星泽一直怔怔地看着城头，似乎跟不上这雷霆闪电般的变化，此刻才退后一步，慢慢吐出一口长气。烽火一燃，军队汇集，附近就驻扎着他的亲信军队，一旦到来，打开关城，他的赢面就会加大。

他此时才知宫胤出手，每一步都自有思量，每一步都算无遗策。杀人、焚尸、挫骨、射城，到头来，都只是为了毁城墙、点烽火。

他回望那淡淡地收弓至今面色不变的男子，心中忽然涌起浅浅的寒意。似看见天意森凉，故意造就这样肃杀又可怕的男子，在天地之间矗立，扼杀摧毁这世间一切阻碍。

再抬头看一眼天空，冰雪之箭已出，天色却还没恢复正常，夕阳褪去，晚霞尽收，天际彤云翻涌，冷风隐约呼啸。

而在西北方向，似乎也有一团同样的彤云，在无声翻滚，接近。

西北方向，碧草亦尽生白霜。白霜之上，有男子赤足而行，踏在那染了冰晶色的草尖之上，草尖不动，连碎冰都不曾落下一星。他身后有长长的队伍，都如他一般，白衣赤足，神色清冷漠然，周身所经之处，寒气凛冽，土地龟裂生冰沟。

他们在这荒原前行，无声无息，无喜无嗔，似一群会移动的冰雕。他们前行的方向笔直，是向着玳瑁的方向前进的。

但在宫胤出箭引动天象的那一刻，天际彤云翻卷，最前头的赤足男子忽然抬头，盯住了那个方向，眼里冷光一闪。

“你果然在这里。”

语声如冰珠崩裂，四面冰草无风自动，他头顶寒风啸卷，闪现无数凛冽冰屑。

所有人默默随着他转了一个方向，转向了沉铁。天色黝黯，夕阳暗去，天际彤云，忽裂一线。

第六十六章　女王待遇

“我选择第二种。”

景横波这句话一出口，所有人眉心都跳了跳，似意外，又不意外。

柴俞眉毛一挑，露出喜色。明晏安睁开一直闭着的眼睛，目光大亮，长长嘘出一口气。

“不过，”景横波慢吞吞地道，“我只有权决定自己的命运，无权令他人也为我牺牲，所以投降这样的事，我一个人就够了，让其余的人离开。”

“那不行。”柴俞断然道。

“不行就算了。”景横波微笑着捋袖子，盯着明晏安，“那就在这天一峡口死拼一场吧。别的不敢保证，让你死在这里，我还是有把握的。”

明晏安冷笑一声，刚想反驳，忽然想起景横波在上元城那一手惊人的隔空摄物和她神出鬼没的轻功，脸色一变，闭口不语。

柴俞侧头看了看他的脸色，知道他已经怕了，犹豫一下，道：“那其余所有人，必须立即退出十五里，并发毒誓，绝不再踏入玳瑁一步。”

景横波侧头看身后众人，笑道：“发吧。”

“做梦！”裴枢断然拒绝，一指明晏安，冷笑道，“爷一辈子不发誓，只杀人！”

耶律祁笑而不语，看那神态也知道他什么态度。

七杀倒是高呼着要发誓，并且立即发了一堆稀奇古怪的誓，但每个誓言都在问候明晏安的所有女性祖宗，每个誓言都坚持要和明晏安以及十五帮大佬的女性长辈发生各种非正常的关系。听到最后所有人脸色铁青，想要出手，奈何那七个人蹿来蹿去，轻功高绝，谁也抓不住他们的衣角。

柴俞轻轻叹口气，俯身在明晏安耳边道："大王，我看不可逼迫过甚。女王身边虽然人少，但个个是高手，真要拼起来，必定先冲着两军领头人来，您和十五帮的首领们首当其冲。您的目标原本也就是女王，何必和这一群厉害人物结下死仇？"

"你说的是。"明晏安点点头，"让他们离开吧。誓言发不发其实根本不重要，看紧景横波才是要务。"

柴俞直起身，也不看裴枢、耶律祁等人，笑吟吟地对景横波一摆手："请。"

随着她的手势，两军分开，一辆囚车驶出。囚车看上去并不狰狞，相反，金栏银围，上饰彩缎，如果不是栏杆特别细密，乍一看简直像女王座驾。

"您好歹是朝廷御封的黑水女王，即使做了俘虏，我们也会给您应有的待遇，不会折辱您。"柴俞一笑，"怎样，放心了吧？"

"真不会折辱？"景横波看着人群中的明晏安。

明晏安答得斩钉截铁："会给您女王应有的待遇！"

景横波托着下巴，很满意地嗯了一声，又看看那边夹住孟破天的凌霄门主，那道士冷哼一声，将孟破天扔在地上。

孟狂立即伸手来搀，孟破天抓住他的手，少女的手掌血迹斑斑，却很用力，指甲都已经掐入了父亲的肌肤。

孟狂吃痛，却没有放开她，只道："破天，从今后，你可醒了吧！"

他侧开身子，让孟破天看裴枢，让她看清楚，哪怕这边她凄惨如此，裴枢始终站在原地没动，一直都是保护景横波的姿势。虽然知道这一幕残忍，但孟狂却希望，彻骨心伤之后，能换这个痴心的女儿重生。

这是他最宠爱的小女儿，寄予厚望以公子相称的未来继承人，多少年孟六女公子纵情潇洒恣肆自在，只因为一场情，忽然就变成了陌生的模样。

骨子里的坚韧决断仍在，却只为情断，为情坚，为情不顾一切，一剑断余生。

孟破天却根本没看那边。她的选择，她的行事，从来只为自己的心，并不求他看在眼里，热泪盈眶。

她爱的是那个和她同样恣肆无羁的裴枢，何曾要以女子柔情，牵绊他于原地踟蹰？

她只是喘息着，并没有借孟狂的力气站起，而是就地一拜。

孟狂脸色微变，孟破天已经凄声道："爹，原谅我！"

孟狂手一颤，孟破天的手脱出，未及他再次握稳，孟破天已经撒手站起身，踉跄地向前走。

"破天！"

听见父亲急怒攻心的呼唤，孟破天的背影顿了顿，终究没有回首。少女歪歪斜斜，离开十五帮帮众。周围的帮众，那些她曾称呼叔伯兄弟的人，和先前景横波那边的护卫一样，分开两列，用比那些人更为冷酷鄙弃的目光，目送她离开。

孟破天低着头，不看所有人，却极其准确地向着裴枢的方向，蹒跚而去。

峡口的风分外凛冽，携三分春寒，将她的发吹乱。她的视线终于慢慢模糊，在走出那队

列的最后一步，身子一软，向下栽去。

一双手臂及时接住了她，手臂上的护臂呈现深黑色，镶铜纽，色泽凝重，隐约凝着暗黑血迹。

这是她熟悉的他的气味和风格，属于战斗，属于放纵，属于沙场之上那个风一样的男子。她抬起头，恍惚里看不清他的眉目，似见他眉峰聚拢，聚着三分怒气。

她眼眸蒙眬，泪水将干未干，唇角笑意将凝未凝。她忽然伸手，捏了捏他的唇角，捏出个笑的模样，咕哝道："能不能不要每天都这么气冲冲的……"声音渐低，她晕了过去。

裴枢抱着她，神情有点茫然。景横波看着这一幕，笑了笑。随即她回头对身后的耶律祁等道："那么，就此别过吧。"

耶律祁眉头微皱，看柴俞一眼，看她一眼。

景横波对他挑了挑眉。耶律祁似乎在思考什么，没有再说话，退后一步。

他的退后让裴枢有些惊异，他抬脚便要上前，景横波立即指着他的脚道："站住，你想害死破天吗？"

裴枢的靴子停在半空。

"破天重伤，急需医治，你还在这里婆婆妈妈，真想来场大战？激烈战斗中，谁来顾她周全？就算你能护住她，她的伤势也不能拖延。"景横波毫不客气地驱赶他，"走吧！信我！"

七杀嘻嘻哈哈地上来，将裴枢拉走，连带把一脸倔强的拥雪、乱转着眼珠的霏霏和聒噪不休的二狗子都一起扛走，他们一脸无所谓，以游戏的态度来面对一切变数。

景横波很庆幸有七杀在，他们反其道而行之的行事风格，免了她许多口舌麻烦。

十五帮帮众让开一条道路，看着这些人默然离开，和明晏安一样，这些人也不愿意得罪高手，给自己带来麻烦。

向来匹夫易生孤勇，人多反多推诿。

景横波看着那群人远去，回头看看囚车。柴俞依旧优雅地立着，对她一伸手，宛如热情款待客人的女主人。

四面兵士围拢来，山一般密密地挡在明晏安面前，刀剑齐出，盾甲鲜明，明晏安整个人像被罩在乌龟壳子里，生怕她狗急跳墙。

密密麻麻的人群中抛出来一个盒子，明晏安的声音传来："散功丸，请女王遵守诺言。"

景横波接住盒子，挑眉反问："你呢？我怎么知道我自愿被捕之后，你能遵守诺言，不为难其余所有人？"

"本王可以发誓。"明晏安立即毫不犹豫地道，"若本王违背誓言，对女王的属下下手，必遭冤魂所缠，身死国灭，宗祧不继！"

"这誓言倒挺古怪。"景横波呵呵一笑，拈出一颗草绿色药丸，忽然瞪大眼道："这么大一颗，叫我干咽？人道一点，给杯水行不？"

柴俞挥挥手，便有士兵递上水囊，柴俞用银针当着景横波面验了水，将水囊抛给景横波。

景横波吃丹药吃得很痛快，完了还张开嘴向柴俞示意自己没有玩花招。柴俞一直微笑，倒是明晏安，从人群缝隙里探出脸来看了一眼。

吃完散功丸，景横波很自觉地往笼子里钻，钻了一半抓住栅栏道：“怎么没被褥？没被褥怎么睡觉！”

柴俞挥挥手，过一会儿有人捧来行军薄毯，景横波抓着栅栏，不放心地探头：“新的吗？”

“没有人睡过，放心。”

“枕头呢？”女王陛下抓着栅栏要上不上，“没枕头我睡不着。”

“陛下真以为这是您巡视玳瑁的御辇吗！”明晏安忍不住探出头来讥刺。

景横波笑道：“俺不和乌龟讲话。”说完，她不理气得脸色发青的明晏安，只问柴俞：“枕头？”

柴俞只好命人再去拿枕头。

被褥枕头齐全了，景横波摸了摸肚子，道：“炒两斤瓜子来吃，不然太无聊。”

这回连柴俞的脸色都不好看了，拂袖道：“行军路上，没有杂食，女王还是将就些吧！”

“将就就将就。”景横波叹口气，悻悻地往车上爬，车子看似华丽，设计得却很矮，无法站起，只能半躺半坐，待久了会很不舒服。车子的四面都有锁，两边栏杆上都镶了铁链和钢环，柴俞亲自过来锁住了她的手脚，好在链子长，倒也不妨碍太多动作。景横波却注意到，锁住双脚的钢环在囚车两侧，原本链子很短，现有的链子是后加上去的，颜色不一致。

说明原本锁住双脚的是短链，如果真是这样，那么她被锁住后，在囚车内就会呈现双脚分开的姿势，无法并拢，这诚然是一种极大的羞辱。

景横波看了一眼明晏安，密密麻麻的人群中，明晏安忽然激灵灵打了个寒战。

看她毫无反抗地上了车，被锁住，车门关上，几把大锁逐一落下，明晏安这才放心。他从人群中走了出来，一边戴上头盔，以防出什么问题，一边冷笑着手一挥。

立时便有两骑驰出，手中大旗招摇，左边上书“淫贱巨逆景横波”，右边上书“天下人人皆可唾”。

哗啦一声，囚车头顶垂下一块金光闪闪的横幅，写着：“贱妾有罪，请君侮辱。”

大旗和横幅都以锦缎制成，十分华丽，大字以金粉写成，金光闪闪，十丈外都能看得清楚。

明晏安微笑地看着景横波，这些横幅大旗，都是他的主意。他要从现在开始，千里示众景横波，押着她一路接受玳瑁百姓的唾骂和侮辱，用她的耻辱，来洗去当初上元城和他在这个女人手下所遭受的逼迫和侮辱。

这件事他想做了很久，却越想越觉得渺茫，然而忽然便得了他的女国士女军师，又遇上这千载难逢的机会。

得知景横波可能会被堵在玳瑁边境的时候，他原本还在犹豫，不敢抽调大军远离上元城孤注一掷，还是军师力劝，称景横波一旦回到玳瑁，上元必定危殆，不如冒险联合十五帮一试，才劳师远征，奔赴这天一峡。没想到景横波自己带的军队果真发生内讧，那一霎他看见景横波那里寥寥一小群人，只觉得天色都似乎亮了几分。

天予不取，反受其咎，三十年风水轮流转，如今轮到他明晏安重振山河，他若抓不住这机会，枉称玳瑁之主！

“女王陛下，”他笑吟吟地看着景横波，一指那大旗和横幅，从容优雅地道，“大旗开道，锦幕相围，金粉为字，骑士前驱。这完完全全是女王待遇，怎么样，您喜欢吗？”

第六十七章　打脸

景横波眯着眼睛，看了看那横幅和大旗，并没有如明晏安想象的那般，愤怒或者感到羞辱，反而笑了笑。

“明晏安，”她翘了翘手指，懒洋洋地道，“你确定你这样做，被示众的是我？”

“嗯？”明晏安微微发青的白脸，吊起了眉梢。

“只有妓院的老鸨，才会在以卑鄙手段迫人沦落之后，唯恐人不知地给她冠上淫贱之名。”景横波呵呵一笑，“这示众的真的是我吗？难道示的不是你的没气度、没心胸、没品德、没素质？”

“一派胡言！”明晏安重重拂袖，“你本有罪，如何不能示之以天下？”

“哎呀，何罪啊？”景横波笑吟吟地道，“哦，来玳瑁做女王之罪……哎呀，这算什么罪？有种明晏安打败她啊……这不打败了吗？瞧，人都装囚车里了……啊，咋打败的啊？怎么不见其余俘虏呢……哦，三万军队对三百人打败的……哟，好大的战功，难怪大王这么得意，招摇过市……那当然！咱们明大王，文成武德，英明神武，以多胜少，一统千秋！”

她捏着个嗓子，将两人的对话学得惟妙惟肖，一问一答，士兵群中有人忍不住哧地一笑。明晏安脸色铁青，霍然转头，四面又恢复了死一般的寂静。

明晏安目光转过四周，见周围将领隐隐然脸上也有不赞同之色，似乎也觉得，用这种手段擒人之后，最好低调点，还如此张扬羞辱，实在有损王者风范。

他心间涌起怒火，又隐隐有些懊恼，觉得泄愤之下的举动，实在也没意思，要羞辱景横波，方法多得是，但此刻待要收起，难免又要被人嘲笑，只得当作没听见，冷冷转身，道声：“起驾！”

大军变换阵形，将景横波的囚车围在中间，密密麻麻看守了好几层，队伍缓缓经过天一峡，向玳瑁内陆进发。

因为大旗横幅被奚落，明晏安也没心思再玩什么花样。他不惧景横波的讥讽，却在乎在

属下将领们心目中的形象，为了避免和景横波斗嘴失了身份或者再被气中风，干脆也不来景横波面前。

景横波倒也无所谓，在囚车内吃吃喝喝睡睡，不用担心明晏安现在对她下手，明晏安一定会保护她到上元——擒获女王而不当众处决，岂不如锦衣夜行？

倒是十五帮的人，未必愿意她活太久。景横波注意到，那些人远远吊在后面，一直在商量什么，其中有人频频向远处张望，似乎在等待什么。

难道他们还有后援？那么先前为什么没出现？

十五帮的十几位大佬，此刻确实在聚会商量。

“要我说，夜长梦多。女王还是早点杀了好，明晏安想着招降横戟军，在玳瑁立威，要先保着这女人性命，这可和咱们没什么关系。”

“那是自然。但现在明晏安将那女人看守得死紧，三万大军重重拱卫，我等就算闯入杀人，损伤必重。何况明晏安对我等防备也紧，你看他将重骑放在最后，防谁？”

“自然是咱们喽，嘿嘿。利益之下，哪有永远的盟友？”

“对了，屈大太保，你说的会来出手的神秘人，为何现在还未出现？”

“我也不知道。是老二联系的人，只说会在这时段到来，助咱们一臂之力，杀了女王。但不知为何没有出现。”

“算了，指望外人不如相信自己，咱们还是好好商量商量，拿个章程出来吧。”

“一旦女王到了上元附近，咱们再想出手就难了，要杀，就在这两天之内。”

“或者咱们可以如此如此……”

十五帮大佬商量的声音渐渐低下去，天色在喁喁细语和沙沙步伐声中暗了下来。

走了一个白天，大军大多时候在山野平地中行走，傍晚的时候终于穿城入镇。这里是玳瑁一个偏远小城纳木镇，属于神决帮的势力范围。

明晏安早在进入镇子之前，就命人鸣锣开道，招呼百姓围观。镇上居民被浩荡军队和喧嚣声响所吸引，三三两两出来看，远远站在一边，盯着那大旗和横幅，脸色惊异。又有些安排好的混混，往囚笼里砸些臭鱼烂虾、菜叶鸡蛋，但那些东西都没能砸在囚车上和景横波脸上。景横波舒舒服服地躺着，手指随意挥挥，青菜鸡蛋都飞了回去，砸在了那些混混的脸上，臭鱼烂虾她倒收了，像是没瞧过一般，很有兴趣地把玩着。

明晏安并没看见这一幕，他一身金甲，高踞马上，心情颇佳。因为玳瑁江湖的特殊格局，他被迫龟缩于上元城多年，连上元的城墙都没出过，原以为景横波来了之后，能老死在上元城墙之内就算一种福气，但他万万没想到，竟然还有打出上元，擒获敌首，并让十五帮帮众跟随其后的一天。此刻看百姓指指点点，神色惊异，他越发觉得心胸舒畅，景物开阔，上元城墙外的风物，果然更为壮美。

他禁不住看了柴俞一眼，心中再次感激上苍，在自己最艰难的时刻，得遇国士。

若非她劝说，他焉敢孤注一掷出上元？上元宫城内有他保命的最后杀手，城墙外却没有。

前不久，他得到了一个消息，得知了女王回归玳瑁的具体时日，甚至知道了女王当时身

边虽有军队，但未必稳妥，可能会有变。

消息是某日以箭射入他宫中的，来得太过突然，他并不敢尽信，更不敢仅凭这寥寥几句话，便拿自己的后半生和全部军力去冒险。

但她说得对，不入虎穴焉得虎子。在她的力劝之下，他趁女王那边收缩战线、群龙无首之时，和十五帮秘密联络，达成联手协议。他将女王到达玳瑁边境的消息转卖给十五帮，让十五帮去打前站，自己一部分军队在三县牵制横戟军，另一部分军队则绕过战场，悄悄跟在十五帮大佬的身后，直扑边境。

果然女王随身的军队出了问题，果然在那里和十五帮混战，果然鹬蚌相争渔翁得利。当他大军压阵时，女王不得不放弃抗争，而十五帮的大佬为剿灭女王倾巢而出，被他的大军隔住，现在想必也只求自保，不敢再生事。

现在所有人尽在他手，放眼望去，玳瑁即将是他的囊中之物，他何曾这么扬眉吐气过？

他再次笑吟吟地看了柴俞一眼。国士这个称呼也该换一下了，太生疏了些。他决定在回到上元，处决女王之后，就向她求亲。

未来的完整的玳瑁，将会有一位美貌和才智兼具的完美王妃。

他正想得心情愉悦，嘴角微扬，目光在人群中一阵阵扫视，等着听他们对景横波的辱骂和嘲笑。人群中是有些骚动，有人在惊呼，风忽然大了点，扬起风沙扑面。

他下意识闭了闭眼睛。只是这么一闭，他便听见身后嚓嚓几声，似乎是什么东西被撕裂的声音，然后风声呜地一响，什么东西忽然拍到了他的脸上。不仅是脸上，腰背处似乎也被风拍了一下。他还听见身边的柴俞也啊了一声。

四面忽然响起哈哈大笑之声，有人笑道：“淫贱可唾！”

还有人笑着大声道：“贱妾请辱！”

众人哈哈哈地笑着，道：“好对子！”

明晏安原以为众人在笑景横波，听着不对，赶紧去抓脸上蒙的东西，一抓却没抓下来，那东西绊在了他的金冠上。他的护卫赶上来给他解下，他低头一瞧，嘴顿时差点歪过去。

大红锦缎金粉字，亮灿灿地刺人眼：“淫贱！”

很明显是从大旗上撕下来的，他回身，看见大旗不知何时破了好几个洞。

背后似乎还有什么东西贴着，他伸手抓过，看见又是两块破旗，拼成两个字“可唾”！

加起来就是“淫贱可唾”！

烂旗上，还粘着点白白的东西，他一瞧，是尖锐的鱼骨。

身边柴俞脸上、身上也蒙了破碎的旗帜横幅，连起来也是四个字“贱妾请辱”，正好贴在前胸，上头不仅有鱼骨，还有烂虾。

四面哄笑声还在继续。

“这对子，绝！”

“要我说，贴这两位身上，更好看些。”

“听说囚车里是黑水女王？早听说女王神异，现在看来还真是。你瞧，刚才那旗帜还好

好的，一眨眼就撕碎了到他们身上去了，还拼了字！”

“哈！没那本事，惹什么强梁！”

断断续续的议论声随风入耳，明晏安一把扔掉破旗烂横幅，回头看那执旗者犹自傻傻举旗，缺字破洞的旗在风中拍打，似咧着豁牙的嘴无声嘲笑。

四面静了静，随即响起明晏安压抑愤怒的命令。

“蠢货，还不卸旗！”

景横波舒舒服服地躺在囚车里，看着那些人忙忙地收起了旗帜，去掉了横幅，围拢来挡住囚车，不敢再让她示众。士兵们先前的得意嚣张都收了去，只得垂头听着四面百姓悄声的嘲笑。

景横波笑笑，在囚车内懒散地躺着，抛掉手中的鱼刺虾骨——嘚瑟者人恒打脸之而已。

四面士兵有凛然之色，虽然将她看守得更紧，却也不敢靠近，生怕她手中一枚鱼刺，也能刺入人咽喉。

“散功丸为何无用？”那边明晏安忽然狠狠盯住了柴俞。

柴俞神色镇定，隐含几分不解，轻声道：“药是大王所赐。”

短短一句便泄了明晏安一半怒火，确实，药是他自己拿出来的，直接抛给了景横波，柴俞可没经手。

倒是旁边一位将领道：“听闻女王神异，早已有之，也许，这不是一种武功……”

明晏安心中一动，想着这也有几分可能，但如果真是这样，那岂不是更棘手？哪怕她关在囚笼里，危险性依旧存在，如何是好？

他这么一想更加不安，原本打算在这小镇歇宿，如今也不肯了，要连夜赶路。柴俞和诸将领连番劝阻——明晏安自从上次中风后，看似精神尚好，其实身体大不如前，这样连夜奔波，对他的身体必然损伤极大。

然而明晏安却怕夜长梦多，坚持赶路，为了自身安全，也不再挂记着羞辱景横波的事了，远远地躲进自己的车中，由柴俞亲自端汤药、茶水，精心照料。

士兵们本是长途驱驰而来，连日未休，本以为已经擒获女王，今夜一定能躺倒好好睡一觉，谁知道上头命令下来，要求继续赶路，顿觉大失所望。此时又起了风雨，三月夜间春寒料峭，泥泞寒冷之中强忍倦意连夜赶路的滋味，十分不好受。士兵们在风雨中抬起脸，抹一把脸上的雨水，遥遥看一眼明晏安那巨大舒适的马车中透出的微黄灯光，眼底都隐隐透出几分阴沉。

远远跟在后头，不敢靠近的十五帮帮众，原本想等着军队歇宿，找机会杀了景横波，不想明晏安不体恤士兵，竟然连夜赶路，眼瞧着失去了出手的机会，都皱眉互相望了望。

囚车上头有顶棚，雨打不着，景横波眯眼看了看黑暗中沉默行走的军队，又看了看远方，忽然笑了笑。

第六十八章　大忽悠

一队赤足白衣人在荒野上行走，离景横波的方向越来越远。

这些人走了很久，步态、步速、步间距始终一样，远远看去，像一队用直线牵住的雪白人偶。他们离沉铁关城的方向越来越近。在看见沉铁关城之前，他们首先看见了燃起的烽火，然后是默军。

当先那个赤足白衣人，个子非常高，一头长发不绾髻散披而下，乍一看是黑色，但从有些角度来看，却又像是隐隐的灰色。他有一张堪称俊逸却又毫无血色的脸，神色间有种近乎凝结的冰冷和漠然。

烽火燃起的关城处，城门忽然开了，有一大队士兵拥了出来，这边的默军默默地看着，所有人的手都落在了武器上。

那赤足白衣人也遥遥地看着，他站在高处，隔着默军的军阵，看见在默军和关城之间有两个孤零零的人影，他的目光落在其中一个人影上，眼底似乎有幽火般的光芒跳了跳。

他看见关城中出来不少人，比他想象中要多，似乎是另一支成建制的军队。那些人气势汹汹地扑出来，那两条人影中的一个，拨马迎了上去。

后头便出现了变化，那些原本充满敌意的军队开始见礼，收起武器，改变阵形，半闭的城门也打了开来，准备迎接那两人入城。

而黑压压的默军，默不作声地压了上去。

赤足白衣人看着，忽然道：“宫胤。”

他身后众人垂下眼睫。

“闻名已久，缘悭一面。他下山的时候我在闭关。”赤足白衣男子淡淡地道，“这便是许平然用尽心力想要控制的人？瞧着不过如此。”

“大人，”他身后一人道，“夫人……”

“别称她夫人。”赤足白衣人打断了他的话，“一个鸠占鹊巢、居心叵测的外来女子，何以称夫人？何以成为我慕容氏的女主人？难道你们以为她真的是我慕容箴承认的嫂嫂吗？”

他语气依旧没什么情绪，四面的人却不由自主地退后一步。

“我知道你们畏惧她，因为她刚在长老会议上，以我办事不力为名，将我贬下雪山。”慕容箴唇角露出一抹讥诮的笑意，“但你们怎么知道，我不是故意的？”

众人默默听着。

“我们已经五年没有见过宗主了。”慕容箴没有表情地道，“长老会，议事会，每年宗门大会，他从来不出席。说他在练大如意功，说他六年闭关功成则圆满，说他闭关期间不能被任何惊扰——这都是许平然说的，有谁看见？”

众人依旧不敢答话，事涉九重天门最高权位之争，多说一句便是杀身之祸。

“这次下雪山，是因为我忽然明白了一个道理。”慕容箴道，“雪山之上许平然把持多年，在那里和她耗，自身实力会不断被削弱。不如离开雪山，另结盟友。”

属下们想，这天下还有谁能做天门长老的盟友？

“你们忘记了一个人。”慕容箴嘴角露出一丝诡秘的笑意，“这个人很早就离开了雪山，一直游离在外，许平然一直努力不让他回来，他也就不回来。我原先以为是他懦弱，如今我终于明白，他的想法和我一样，不愿留在雪山遭受许平然的挟持和削弱，宁可在外面广阔天地壮大自己。”

“您是说下一代宗……”有人恍然大悟。

也有人不以为然，有夫人在，那个早早被派下山“历练红尘”的人，真的能如愿回到雪山，接替雪山大业吗？

“那个人，我之前已经联系过。”慕容箴对亲信们道，“他告诉我，宫胤是个很重要的人物。因为许平然在宫胤身上寄托了自己全部的野心。而她的野心并不仅仅是雪山。”

属下们想，天门的宗主夫人不已经是这世上最为尊贵的了吗？夫人还在想着什么？难道是这人世间的权力？可这人世间的权位如此污浊不堪，值得去追逐吗？

慕容箴看着他们的表情，似猜着他们所想，眼底是淡淡的讥诮：“别忘了许平然不是我天门出身，没有那么高贵纯正的修心传统。她出身昆仑宫，在进昆仑宫之前，她的身世又有谁知道？你们眼底天门无限洁净高贵，不该沾染世俗尘埃，可也许她不这么想呢？也许她想的就是这尘世的荣华呢？”

不等众人露出了悟神情，他又看向远方：“不管她怎么想，天门不能被她一直把持下去。那个人说宫胤很关键，拿住他就是拿住了许平然的软肋……所以，我想试试。”

此时前方默军已经在冲杀，阻挡宫胤和铁星泽进入关城。

慕容箴冷眼看着那厮杀，看着那批迎出来的军队护住宫胤和铁星泽往城内退，看着宫胤自那惊天一箭之后始终没出手，他唇角掠过一抹淡淡的笑意。

“他气机已弱。”说完这一句后，他忽然脱了身上洁白的麻衣，步入血迹斑斑的战场，随手捡起一个死去默军的盔甲穿了，步入军中。

景横波的囚车，辘辘行驶在玳瑁大地上。

明晏安受了一番教训，一改之前的得意轻狂，开始低调潜行，之后军队几乎都不经过市埠大镇，只在山野间择路行走。他对景横波囚车的装潢也一再修改，一开始还讲究美观招摇，后来就只记着安全牢靠。囚车上的锁添了一把又一把，到最后需要四把锁才能把囚车门打开。

因为走山野不走大道，又因为安保工作在不断升级，每天要花很多时间去打探前路，去安排斥候，去调查后路，队伍行进的速度不可避免地慢了下来，而连日行军，情绪过于紧绷，士兵们也显得分外疲惫。再三要求休息不得批准后，士兵们行路便自动放慢了速度，抓紧机会休息。明晏安和柴俞倒是心急，不断催促，为此还责罚了好几个小队长。但法不责

众，连将领都表示，劳师远征，士兵已经疲惫到极点，不能劳役过甚，以免引发兵变，后果严重。明晏安一听这话，倒也不敢再逼迫，只是他心中焦灼，时常躺在车中大发脾气。众人都知他自中风后，脾气心性大不如前，也不凑近来找不自在，只有一个柴俞，软语温柔，事事处处想得周到，明晏安因此更离不开她。两人整日窝在那舒适安全的巨大马车内，下棋读书，红袖添香，倒也自在。只是那些在泥泞和崎岖山路中行走的士兵，每次抬眼看那华丽的马车时，眼底便闪过一丝阴鸷。

景横波倒是一副安之若素的模样，吃吃睡睡，时不时还要求来点小酒和下酒菜，倒也不发酒疯，十分配合的模样。她爱啃骨头，下酒菜都要熏鱼、鸭翅、鸭爪之类，众人经常半夜听见她啃骨头啃得咯咯响，跟老鼠似的。她甚至还很有情调地要求在囚车里放俩花盆，说看着花花草草心情会好。这行军路上哪来的花盆，最后柴俞让人给她找了些生命力极强的虎爪藤，装饰在车栏上。这些虎爪藤果然生命力强悍，没多久居然长了半个车壁，看上去绿绿的一片，倒也确实养眼。

她这边安静，但不是所有人都安静，看守她的人一天比一天紧张，离三县和上元越近，眼睛里的血丝越多。

队伍行进到第二天，一队刺客袭击了队伍。说是刺客，却只是冲着景横波。景横波不急不忙，啃着鸡腿看她的看守护卫和对方流血厮杀，前赴后继地倒在血泊中。

说起来也巧，这些人死的时候，统统都面朝景横波，倒在她车下，瞧上去倒像是为主而死的忠心护卫。那些人躺在车下，腰上的钥匙浸泡在血泊里，血泊静静地流，如一面红色的镜子，隐约照见雪白的影子一闪。

刺客终于被打退了回去，毕竟明晏安人多。明晏安躲在车里，看着那些黑色的人影仓皇消失在天际，脸色阴沉。无须去查刺客来自何方，十有八九就是他的十五帮“盟友”。

看守景横波的护卫死掉了一批，自然得再换一批，新接替的人，从同伴尸首上解下钥匙，清洗查对之后，再拴在自己腰上。

十五帮的刺客之后又来了两次，有一次直奔囚车，刀剑齐出，狠狠砍在囚车上，却只砍出一溜火花——明晏安在车内大笑，声音讥讽：“千年白铁，刀剑不断，你砍上八百年，出一个缺口我便服你！”

刺客再次悻悻而退，此时队伍已经快到了巨甸县。在巨甸县，明晏安和十五帮的联军正围着景横波的横戟军。横戟军军力并未丧失多少，但被困在巨甸县内，城中粮食不够，群龙无首，如今还能勉强抵抗着不投降，已经算是难得。

据说城内以留守的天弃为首，连带紫蕊和大贤者常方等文臣，全部上了城楼亲自作战，死守巨甸，就等着他们的女王回归。

明晏安由此笑得开心，他早就期待着那群冥顽不化的横戟军，在看见他俘虏了景横波之后，会是什么样的表情。

巨甸县对面就是上元城，明晏安已经提前吩咐开城，铺十里红毯，架鲜花高台。他要在自己的城池前接受横戟军投降，也要在自己的城池前，将最后一个敢于和他抢夺位置的人

处死！

他也将擒获景横波的消息通报了巨甸以及周边所有的市镇，他相信，这个轰动的消息，会吸引很多人来验证答案。

所以当囚车到达的时候，城外长长的官道上已经站满了人，而巨甸城上也是满满的士兵。那些因为缺粮而饿得面黄肌瘦的士兵，撑着自己的武器，对着城下道路眺望，不知道是害怕还是期盼，等待着女王的身影。

景横波的囚车此时却因为虎爪藤的密密麻麻生长，不大看得出里头的景象，众人由此更加不安地猜测，追随着军队一路向前奔跑。囚车在巨甸城门前停下，四面人山人海，此刻却静寂若死。

城头上天弃焦躁地瞪大眼睛，探身向下看，紫蕊脸色煞白，双手抓紧了堞垛。常方等人由士兵扶着，盯住了那囚车，满眼的不可置信。

明晏安的大将黄冈亲自上前喊话："横戟军诸位听着！你们的女王陛下已经向我等投诚！你等何必再负隅顽抗！速速弃械！贻误必杀——"

"放屁！"城墙上轰然一声，竟是万军齐答，"凭你家主子那龟缩脓包样，也配说擒得我女王？"

"景横波！"明晏安铁青着脸色，在层层护卫中走近囚车，艰难地从虎爪藤里辨明景横波的脸，森然道，"你也看见城上的人是何等模样，你若再不发声，便是我不进攻，饿也能饿死他们。你真的愿意这些奔你而来，为你倾尽一腔热血的人们，活活饿死在你面前？"

囚车里没有声息，半晌，传来景横波懒懒一笑。

"是啊，"她笑道，"饿死的滋味，是很难受的。"

"然也。"明晏安冷冷道，"如何？还在想怎么措辞？本王已经给你准备好降书，你照样宣读便可。"

"不用了。"景横波笑眯眯地道，"我自己来。"

她忽然坐直身子，扒开虎爪藤的叶子，凑出脸去，在城上那群人看清之前，放声大喊："喂！我回来啦！快点出城……"

明晏安唇角微笑浮起，等着听那句"投降"。他眯着眼睛，似乎看见了接下来大军献城，万众之前处死景横波，自己在红毯尽头高台之上正式对玳瑁全民训话的美妙一幕。

然后景横波最后几个字传入他耳中。

"……打架啊！"

有那么一瞬间，明晏安觉得耳边轰的一声，似乎什么都听不见，似乎什么都不明白，再然后，就听见那句"打架啊！"不住地在耳边循环。他只觉胸间热血一涌，太阳穴直跳，眼前一片金星乱冒。他不由自主地伸出手，便触及了柴俞的手臂。

他看了总是及时伸手扶住他的女子一眼，来不及感激一笑，胸中的怒火便已经腾腾燃起，霍然转头盯着景横波。

轰然一声，巨甸城门开启，天弃真的率领横戟军冲了出来。黑压压的大军踏着放下的门

桥，踏过护城河，以一种没有章法却又气势万分的架势，扑了出来。

上元军都傻在了当地。谁也没想到，答应劝降的女王，在这时候居然喊了这么一嗓子。谁也没想到，自己还身陷囹圄的女王，竟然敢在生死被人所威胁的那一刻，鼓动士兵孤注一掷。

她难道不知道，大军出城那一刻，就是她身死之时？难道她已经抱了必死之念？

柴俞在指挥士兵出阵迎战，明晏安暴怒的喊声已经传遍了战场。

“杀了这贱人！”

辘辘连响，景横波的囚车本就装了机关，此时被迅速拉退入明晏安军中。上元军潮水一样拥过来，挡住了扑来的横戟军，也挡住了景横波的囚车。

景横波的囚车被拉入战阵中心，那里的士兵纷纷退开，留出一片空地。马蹄声急响，两队早有准备的骑兵疾驰而来，团团围住了囚车，骑士们各自从身边侍从手中取过早已准备好的火箭对准了囚车。

几个士兵扑到囚车前，端着大捧大捧的火油，泼在车上。砰的一声，车顶上弹开一面大网，这是防止景横波逃跑的又一层屏障。

火箭在弓上熊熊燃烧，火油气味浓烈得三里外都能闻见。火光映亮特意铺设的红毯，红光鲜艳，如染满鲜血的死亡王者之路。

前方战斗呼啸，两边士兵已经激战在一处，此刻这边战阵中心，却是一片诡异的寂静，只听见哔剥之声。

明晏安听来有些不稳的大笑声传遍了战场。

“贱人！你以为阵前一呼，你那群饿死鬼就能救走你？做梦吧你！天堂有路你不走，地狱无门偏自来。你瞧，马上你的马车里会弹出无数刀刃，插进你的身体。然后火箭齐发，天网罩下，你便是大罗金仙，也得烧成灰烬。万军阵前焚女王！你就先走一步吧。马上你那群横戟军饿殍，就会来陪你了！”

虎爪藤中，似乎有些动静，传来铁链叮当之响。明晏安唇角笑意冷酷——急了吗？终于急了吗？可惜，后悔也来不及了。任性，总得付出代价！

不能劝降横戟军，那就杀了，在万军之前烧死叛逆，一样能令自己从此震慑玳瑁！心绪如火，心跳如鼓，他在激越和兴奋中颤颤巍巍，不由自主地策马奔到囚车之侧。他要亲眼看着那贱人，如何在囚车中挣扎呼号，惨叫至死！

他缓缓举起手，故意一寸一寸地往下落，想要延长这折磨的时间，让那贱人的焦灼和死前害怕的感受，更鲜明更深刻一些，最好带着这记忆下地狱，做鬼也不敢再和他作对！

他的手却忽然有些僵麻，他心中一跳，觉得胸口发紧，脸部紧绷，肩膀有点僵硬，好像兴奋刺激过度，又有点中风的迹象。

这个念头还没转完，他的手已经不由自主地快速落了下来。

“放箭！”

第六十九章　登基

慕容箴出现在默军队伍中时，那种世外高人冰雪砌就的感觉，忽然就全部消失不见。他身后带的那一群亲信，也有样学样，混入了默军的队伍。

不能不说默军是一支非常警惕的队伍，他们一进入，就有人发现，但在那些人还没来得及采取行动之前，慕容箴和他的手下已经出手解决了所有有疑惑的人。

此时默军在和铁星泽赶来的亲信军队交战，混战中，一个士兵到底怎么死的，很难辨别。

而在战场中行走一圈之后，慕容箴等人身上的那种凛冽冰雪气息就彻底泯灭，他们形容酷厉，血迹斑斑，周身散发着铁血士兵的肃杀冷酷气息。

他们杀发现他们的默军，也杀和默军作战的沉铁军队，他们的路线是一条直线，一直从后方杀到了最前方。前方中军处是指挥战役的将领所在地。

慕容箴在他的亲信不动声色的护卫下，不动声色地接近了默军的首领。

他此时腰间已经有一串耳朵，足有几十个，这是战功的标志。因为拥有这样的标志，其余人再无防备，他很快走到了也在厮杀的默军首领身边。

那首领也是个高手，忽然转头，就看见了他腰上的耳朵。

慕容箴大声道："将军，我来帮你！"

那首领欣慰地点点头，正要转身，忽然目光一凝，道："你不是我的人，你是谁……"

嚓的一声轻响，一线血光冲天而起，伴随血光飞上天的，还有那首领的头颅。

一时间战团中所有人都停了手，怔怔地注视着那飞上半天的头颅，头颅至死保留着惊讶、疑惑、不安、警惕的神情，甚至那失去头颅的身体，手中还保持着递出武器的姿势，说明这位默军首领已经出手，只是技差一筹。

慕容箴手一招，头颅落在他手中，他满意地点点头，不是为自己的出手成功而感到满意，而是觉得，这首领居然能认得他军中每一个人，居然第一眼就发觉不对，实在很了得，这样的人，他出手偷袭，便不算侮辱了他。

天门中人如此尊贵，当然不能染尘世污垢。虽说他不介意在俗世行走，跟随俗世的行事风范偷袭暗杀，但能有个心理安慰也是好的。

默军十分具有群体观念，首领一旦被杀，所有人立即停手，向慕容箴扑来。

慕容箴则向对面沉铁军扑去，一晃手中脑袋，厉声道："我欲投诚大王，还不护我回城！"

那些愣住的士兵终于反应过来，急忙上前接应，将慕容箴护在中间，收兵往城内退去。

那边默军群龙无首，追逐不得，终于开始后退。

轰然一声城门开启又再次关闭，慕容箴入城。

“放箭！”明晏安声嘶力竭地惊呼。

几乎在声音刚出的那一霎，上百支箭已经拖曳着深红的尾迹，呼啸而出，在人的视野中，划出无数血般的横道。这种速度，这种距离，景横波除非立即不见，否则绝对躲不过。

明晏安紧紧盯着那囚车，生怕锁链忽然脱落，怕她故技重施忽然一闪，随即他心间掠过狂喜——锁链仍在，景横波仍在，最快的火箭已经射在了囚车的栏杆上，她现在就算逃也来不及了！

他甚至看见景横波在这个时刻，竟然好像在怀里掏东西。这时候能掏出什么东西救她？巴掌大的盾牌吗？明晏安要笑，张开了嘴，准备来一场气吞山河的豪迈之笑，为自己即将到来的胜利发出敞亮之声。

但他忽然想起有什么事不对劲。火箭发出时，囚车里应该弹出的足以令景横波万刃穿身的刀呢？刀为什么没出来？

然后他听见一声“长！”什么动静也没有，忽然眼前一片绿光，层层叠叠、密密麻麻的绿光。

他瞪大了眼睛，看见那爬了一半虎爪藤的囚车，在刹那之间完全被绿叶覆盖。一层又一层，一枝又一枝，在所有人目瞪口呆的注视里，那些虎爪藤，正以言语难以形容的速度疯长，瞬间囚车就被那虎爪藤密密麻麻裹起，几乎是之前的两倍大。

这一幕着实诡异，深红的火道从两侧逼近，如一个红色的“一”字即将合拢，中段却生出一大蓬绿色的巨物，还在不断膨胀中。

嚓嚓连响，眨眼之间，火箭射上了囚车。火焰确实立即烧了起来，却因为绿叶本身含有水分，没有想象中快，更因为绿叶极多极厚，一时半刻根本烧不进去。表层的虎爪藤绿叶被立刻烧毁，但里头又不断长出新的，重新长的速度比火烧的速度还快。绿叶一边烧一边长，像囚车里头藏了鬼神，正在玩着搬运人间草木的游戏。

明晏安张大的嘴没能合上，他本来潮红的脸色一片煞白，又忽然转青，此时如果他的御医在，便知道他惊吓太过，中风在即。

但柴俞和其余所有将领大臣，连带远远观望的十五帮都愣在那里，没人顾得上注意别人。

四面正在打仗的士兵也发现了此处的异常，回头观望，惊得武器都险些落地。更不要说被驱赶来“观礼”的百姓，个个张大了嘴，吃进一肚子的烟。

片刻后有人大叫：“天命女王，烈火难焚！”

“明晏安倒行逆施，苍天不助！”

“女王才是我玳瑁天命之主！乱臣贼子明晏安！”

一开始零零散散，也听不出从哪儿发出来的，渐渐地喊叫的人越来越多，声浪汇聚，拍打在上元军民的脸上，很多士兵惶然停了手。

明晏安开始颤抖，一把抓住柴俞，趁人们不注意，慢慢向人群中退，一大堆盾牌兵拥上

来，将他护在中间。

“别用火了！上去杀她！上去杀！她还在马车里！”明晏安大喊，脸孔和声音都扭曲了。

一大群士兵持刀冲上。

沉铁关城的城门开启，士兵们拥进城内。铁星泽已经听说了默军内讧，首领头颅被割的事，欢喜地亲自迎下城楼。

宫胤没有动，他无意介入沉铁事务。

拎着人头的慕容箴，没有看见宫胤，眼眸微微一闪，随即恢复正常。他将人头献上，铁星泽自然夸赞奖赏，又问他在默军中职务，以及为何如此行事。慕容箴坦然答道：“卑职是默军天听营第七分队分队长，不忍眼见将军如此倒行逆施，背叛我主，特拨乱反正，向大王献上巨逆头颅。”

“本王还以为默军全员背叛，幸得还有如此忠诚义士！”铁星泽向身边左右赞叹，又叹息，“其实直到现在，本王都没能明白，默军何以背叛？”

慕容箴沉默了一会儿，道：“其实自有隐情，说来话长。”

“哦？”铁星泽立即追问。

慕容箴却不肯说了，脸上神情分明是“此地人多口杂，不宜公然谈论秘辛”。

“如此，”铁星泽立即道，“稍后本王将下榻关城驿馆，你便也住在那里，晚间本王亲自宴请你，以谢你深明大义，襄助我军。”

慕容箴笑得诚恳：“多谢大王。”

他始终没对城墙上的宫胤多看一眼。城墙上，宫胤也始终没有看他一眼，他注视着玳瑁方向，扳指算了算。

玳瑁沉铁风烟隐隐，帝歌却笼罩在一片祥和的春光里。春光点绿黑白色的静庭，亭台楼阁被深深的烟雨柔化，往日有点硬朗的轮廓，也显得诗意柔曼了几分。

一队大臣从静庭书房里肃穆地走出，国师大人一反常态，亲自站在门口相送。大臣们离开的脚步略有些急促，因为他们知道，接下来要开始忙碌了。

邹征立在廊檐下，看着人群匆匆离去的背影，勉强控制着眼神中的狂喜。万万没想到，事情竟然真的顺利走到了今天！今日开始，离开的大臣们将会准备国师登基事宜。

关于国师登基的奏章，是在五日前被提出来的。他为此犹豫了很久，既想早早动手以免夜长梦多，又怕根基不稳伪装被识破，想要等站稳脚跟再慢慢来。不过自从他扮成国师之后，四周诸人态度如常，从他手中下去的政令畅通无阻，实在看不出任何不对劲。他也无数次对自己说，如果宫胤真的没死，岂会容他真的掌握大荒政权？这是毫无理由的事。因此他咬咬牙，觉得还是早早实现心中夙愿的好。只有走上了那个至高之位，他心底的恐慌和不安，才能被实际掌握的权力所慢慢消融。

他冒险召见了一位谏官，对他做了暗示。据他观察，此人也是个灵活机巧人物，果然不出

他所料，次日朝会之上，那位谏官便联合几位分量不高不低的同僚，公开上书请国师登基。

依旧出乎他意料的是，群臣几乎无人反对，山呼景从，似乎等待已经很久。

随即大相、副相、各司主官流水般觐见，就具体登基事宜拿出了各种章程，列出了长长的单子，礼仪周备，他看得眼花，心中却喜悦得几乎不敢相信。各司效率都出奇的高，今天礼司来，已经择定了本月下旬某日为登基吉日。

动作这么快，正中他下怀。他心中隐隐猜测，看样子宫胤确实早早做好了登基准备，也给臣子们放了风，所以当他再次提及，才没有人惊讶，并迅速进入轨道。

这算不算机关算尽，却为他做了嫁衣裳？想到这里，他得意地笑了笑，觉得这三月真是有生以来，最浓艳的一春。

他目光忽然凝了凝，前头花墙上，一簇茑萝迎风颤颤，其中一朵花缺了一瓣。

他不动声色地看着，转回书房，晚膳后他说要出去走走，并拒绝禹春等人跟随。他很随意地散步了一阵，他现在步态神情，月光下清清冷冷，宛然就是宫胤。

宫人们自然不敢靠近高山远雪般的国师。走着走着，他便走近了女王寝宫，最近女王寝宫看守依旧如前森严，众人都已经习惯了。

但此刻寝宫却留着门，他悄无声息地进去，对看守者挥挥手，众人便流水般退下。

寝宫内灯火幽暗，宫室因此显得幽深凄清，明城在唯一一盏烛光下等他。淡黄烛光映在她脸上，她的脸依旧白得像浓浆，眼睛里却冒出灼灼的火焰来。

“你得给我一个解释。”她道。

“我无须解释。”邹征现在说话的语气都很像宫胤。

“那我只好掀开你这张面具，告诉天下，这里有个骗子。”明城微笑着，不知何时，她笑起来的时候眼角已经有了细微的皱纹。

“你应该知道你的威胁毫无用处。”邹征轻描淡写地弹了弹指，“没有我的命令，你根本出不了这寝宫。”

明城站起身，身形带动的风引起烛火飘摇，映得她的脸庞忽明忽暗：“是吗？不过你认为一定需要我出寝宫，才能揭开你李代桃僵的秘密吗？”

“那你不妨试试。”烛火飘摇，邹征顺手拿起桌上的玉剪，去剪灯芯。

明城面无表情地看着他的动作。

邹征忽然放下剪刀，盯住她的眼睛：“这剪刀或者这灯芯，不会有什么花样吧？”

“我可不知道，不过你也可以试试呀。”明城曼声道，“就好比最近这段日子，你对我玩的花样还少吗？”

邹征顿了顿，垂下眼睫：“不得不承认，你让我刮目相看。”

“你怎么没有想到，或许是有人在帮我？”明城的笑容忽然多了几分诡秘，“你看，刚才我说，我不需要出寝宫，也能将你的伪装拆开，你为什么不问下去？”

“有谁能帮你？有谁能在这玉照宫中帮你？”邹征冷笑。

“你猜呢？”明城也弹弹手指，漫不经心地微笑，“也许是某个大臣，也许是某个宫

女，也许是你的身边人，也许是一个谁也想不到的人，也许……”她忽然悄悄地，用气音道，“是一个死人。”

暗室烛光幽微，冷风穿堂，衬着这女人惨白的脸，诡秘的语声让邹征忽然不可控制地打了个寒噤，只觉得背上似有凉凉的东西渗出来。

他面上却丝毫不肯露怯色，不耐烦地将剪刀重重一搁：“装神弄鬼！”虽然骂了这一句，心中却难免不安——最近明城这里确实让他心中存疑。他决定登基之后，为了免除明城的威胁，曾经指使禹春暗中下手，但明城警惕非常，一直都没有成功。

而且还有件事让他心神不宁，就是蒙虎的下落。虽然他编造了一个理由，但当时他刺杀宫胤完毕，回头再去找蒙虎的尸首时，已经找不到了。

明城有说，可能是“另一方”帮忙处理了，但她当时急于逃回宫殿，和那帮手急急分手，也没来得及细问，只是猜测，何况就算是她说的，未必是真的。

蒙虎是宫胤的第一亲信，他若没死，他做什么都是白费。为此他提心吊胆了很多天，但如同宫胤的死一样，蒙虎的事也没任何动静。

如果蒙虎还活着，绝不可能一言不发，任他李代桃僵。

道理是这样，但他心中总归不安，此刻看着明城似乎笃定又暗藏诡秘的神情，这种不安就像暗夜里潜伏的兽，慢慢地逼近他。

他停了停，终于决定，还是不要冒险的好。

“别在这儿胡思乱想了。”他放柔语气，盯住了明城的眼睛，“我登基的事，对你并不是坏事。你难道还以为，照现今的态势，可以给你做个实权女王？”

明城不说话，慢慢落座，做实权女王确实不现实，看景横波的下场就知道。但继续过这样的生活？争取一点有限的自由？那她冒这么大的风险有什么意义？

“我知道你不甘。”邹征忽然抬起手，覆盖在她的手背上。

明城一怔，一瞬间似乎想抽手，却最终没有动。她垂着头，邹征看不见她脸上的表情，只看见她小小鼻峰之下，粉色唇瓣抿成紧紧一线，手背上的肌肤也很紧张，片刻之后，却在慢慢放松。

她的态度让他定下心来，微微嘲笑——女人嘛，从来都是这样。

“你是钻进了牛角尖。”他循循善诱，用最适合动摇女人的那一种语气，“为什么一定要做女王呢？大荒皇律对女王限制何其多，你怎么就忘记了，女王的另外一种归宿呢？”

明城的手背又颤了颤。

“做我的皇后。”邹征牵起她的手，搁在掌心，用指根轻轻摩挲着，冷面尖锐化为春风细雨，仿若此刻当真深情款款，“国师和女王，本就是天生一对。在我的登基典礼上，我立你为皇后。你不需再做那个傀儡女王，不再和我处于敌对的位置，从此以后我们光明正大携手同心，共享天下，岂不是好？”

明城一直没有抬头，也没有拒绝。邹征笑看她，青色的眼眸底，微带森然之气。

好一阵子，明城才抬起头，却是一脸春色，笑意盈盈。

“如此，甚好。”

“好极。”邹征唇角微微一勾，露出满意的弧度——他就知道，有野心的女人，都抵不住这样的诱惑。

“不过我还有个要求。”

“你我夫妻同体，尽管说。”

“你要昭告天下，以最隆重的礼节，迎我为后。你要在迎我为后的当天，废黜黑水女王，并将她赐死。”

“好。”

“杀了她！”

明晏安的嘶吼在风中激荡。士兵们扑上去，手中刀剑正要穿过熊熊燃烧的虎爪藤，插入囚车中，忽然啪的一声，囚车四门猛弹，撞在那些人的刀剑上，将杀器撞开。

众人再次惊住——囚车门怎么开了？

囚车经过改造，同时四把锁开启才能打开，也就是说，必须四个人持钥匙同时动作才能开门，但现在，四门同开，明晏安甚至只听见了一声开锁声响。

四门同开，虎爪藤却还在生长，片刻后又挡住了开启的门，外面的人依旧看不清里面的景横波到底什么情况。

明晏安很想看看景横波有没有挣脱那囚车里的锁链，锁链是白铁做的，钥匙只有一副，在他身上一个极其隐秘的地方。

这钥匙事关重大，他连最信重的国士都没有告诉。

但他不敢上前，万一景横波已经挣脱锁链，正在囚车里守株待兔……他激灵灵打了个寒战。

身边柴俞忽然道：“她一定没有挣脱锁链，她只是在吓唬其余人，我去瞧瞧！”

“何须你亲自冒险！”他立即拉她。

“此女花样太多，士兵以为神异，军心将散！”柴俞指着那囚车，厉声道，“身为指挥者，不能再畏缩于人后，必须身先士卒！”

明晏安脸一红，手一松，柴俞策马而出。明晏安又羞愧又感激，忽然心中热血一涌，对着她的背影大声喊道：“王妃小心！”

他以此表达决心和谢意，也以此向士兵表明她的尊贵，和王室愿意与士兵同生共死的决心。

四面哄然一声，远远避在一边的群臣和百姓惊讶地看着柴俞，没想到大王的新王妃，已经立了。

柴俞挥挥手，声音清脆：“谢大王！”她直驰到囚车之前，并没有靠近，直接抓起马上的配枪，对那依旧无声的囚车便捅。

所有人屏住呼吸。

下一瞬囚车内似传出一声冷笑：“来！”

柴俞身子一栽，枪穿囚车而过，她整个人似被一双透明的巨手抓住一般，身子直挺挺地被抓进了囚车。哗啦一声，她穿过藤蔓，藤蔓还在生长，顿时将那个缺口覆盖。

变化仓促，所有人再次怔住，随即明晏安大呼："灭火！灭火！"

有人推着早已准备好的水桶过来，哗啦啦浇下去，火灭了。

湿淋淋的树叶一阵翻动，露出景横波的脸，有点烟熏火燎的，神情却还是笑吟吟的。她一手掐着柴俞的脖子，对明晏安晃了晃，道："大王，这位是你的王妃？恭喜恭喜，封新王妃了啊。怎么样？这个王妃打不打算保啊？"

明晏安脸色青白，狐疑地盯了一眼柴俞。他心中有疑问，有心想试探，但刚刚还在万军前情深义重地认了这王妃，转眼便不顾她死活，在场还有这么多臣民，传出去坐实他就是个凉薄之主，以后还怎么掌控玳瑁？

心脏在怦怦地跳，头颅里似乎有血在冲，一阵一阵地发晕，他不知道自己的脸色半青半红很可怖，却因此忽然想起自己的药好像还在她那里，想了想道："你要什么？"

"钥匙呗。"景横波永远是那种懒洋洋的语气，让人觉得天大的事在这样酥软的口音里，都似乎不再重要。

明晏安铁青着脸，从怀中摸索了半天，摸出一个小小的锦囊，让人送过去。

景横波对锦囊点点手指，那送锦囊的人打开锦囊，倒出几枚小小的金色的钥匙。景横波这才点点头，拨开一处虎爪藤缺口，示意他扔过来。

那士兵将锦囊向里一扔。明晏安眼神一闪，唇角阴冷地一抿。锦囊穿过虎爪藤缺口，景横波探手一抓。她一抓，手不由自主地离开柴俞，松开了她的脖子。柴俞忽然闪电般一伸手，一把捞住了锦囊，往嘴里一塞。

众人目瞪口呆地看着她直着脖子，拼命咽下了锦囊。

景横波大怒，回手去勒她的脖子，大叫："吐出来！吐出来！"

她一松手，虎爪藤又哗啦啦落下来，遮住了囚车。众人只看见囚车一阵激烈晃动，隐约有咿咿呜呜的声音，又有锁链哗啦啦地响，似乎两个人在激烈厮打。

此时又是一层惊变，众人反应不过来。明晏安又惊又喜，脸上青红之气交替闪现得更快，下意识策马上前几步，又摸了摸怀中。

虎爪藤还在生长，已经垂挂到了地上，甚至蔓延了出去，似绿色的鬼一般在地上迅速向前攀爬，士兵们瞧着心底发怵，忍不住向后退。

此时双方已经停止交战，上元军顾不得横戟军，横戟军也忘记了拼命，人群都在往这一处中心涌来，明晏安的亲卫用长枪将人们往外拦着。

万军屏住呼吸，等待两个女人的厮打，一场女人间的厮打，隐隐决定着玳瑁最后的归属。

忽然囚车里发出啊的一声惨叫，听声音竟然是景横波那特殊的声线。上元军精神大振，横戟军大惊失色。

囚车又是一阵晃动，忽然啪的一声响，众人隐约在绿叶的缝隙里看见火光一闪，然后有人啊了一声，忽然向外一撞，撞了出来。

众人都盯着那撞出来的人，紫裙绸披，赫然是柴俞。横戟军如遭雷击，上元军齐齐出一口长气，忍不住大呼："王妃英勇！"

柴俞出来时，撞开了门，众人已经看见里头火光蹿起。

先前泼水，泼的是外头的虎爪藤，但里头最初就泼过了油，那油并没有被洗掉，之前密密麻麻的虎爪藤将火势挡住，里头没有燃烧，此刻囚车里烧起，顿时大火猛烈。众人眼见那里头锁链未解，锁链上拴着的人已经全身没入火焰，正拼命痉挛挣扎。大概痛苦太过，竟然不能发出声音。

当众活活焚人，是极其惨烈的刑罚，众人都忍不住后退，转过头不敢直视，掌心里浸出冷汗来。

那样的烧法……无论如何都活不了了……

柴俞在地上狼狈滚出，明晏安亲自下马，将她接住。他脸色青红之色愈烈，瞧来越发可怕，自己却浑然不觉，满脸兴奋欢喜，道："好！好！多亏了你！"

柴俞就着他的搀扶站起身来，两人默不作声地盯着那着火的囚车，眼看囚车里那团火影，无声吞噬那扭曲挣扎的苦痛身影，直到烧成一段焦尸。

第七十章　谁夺天下谁白发

明晏安盯着那不断痉挛的火中躯体，只觉得心火也在狂烈地烧，烧尽了这许多日子以来的压抑、不安、紧张、烦苦，烧出一片海阔天空艳阳天。

他忍不住哈哈哈地狂笑起来，大声道："你也有今天！"

柴俞却在他身边咳嗽，捂着咽喉，抚着心口，低低道："真是……难咽啊……"

明晏安气喘吁吁地道："心肝儿……你怎么就咽下去了？其实你不咽也没什么，那本就不是钥匙。"

柴俞愕然睁大眼睛。

"不过你咽下去也是对的，让我看见了我最忠心的王妃。"明晏安脸上露出一丝狡黠的笑容，"真正的钥匙不是那几枚小金钥匙，是藏在锦囊夹层里的，本王防备着呢……如今也给你吞了。瞧这锁链完好，景横波果然被烧死了。"

他回头凝视柴俞，直到此刻，眼神才泛出了真正的坦然和信任。

"罪魁已死，这场战争已经结束，让他们投降，我要在这彻底胜利时刻，万民之前，册封你为我的王妃。"

统兵大将黄冈带领一队士兵，推着烧得焦黑的囚车，在战场上飞驰。

“女王已被烧死，横戟军速降！”喊声越来越高，汇聚成声浪，扑向横戟军。

横戟军惨白着脸，开始向后退。

明晏安哈哈大笑，下了马上了红毯，他下马时身子歪斜，柴俞扶了一把。他自己兴奋太过，却不觉得，顺手扶住了柴俞的手臂，款款道：“王妃，今日是所有玳瑁臣民，向你俯伏膜拜之日。”

“也是大王威凌玳瑁，正式将玳瑁大一统之日。”柴俞笑得温婉。

明晏安的笑声透着敞亮，十余载憋屈龟缩地生活，今日才见玳瑁天空之下，土地辽阔。

他和柴俞携手沿着红毯，往高台走去。走不了几步，他忽觉心跳剧烈，汗出如浆，太阳穴和耳鼓直跳，而浑身骨骼血肉，又似开始一阵奇异的瘙痒。他心知不好，屡番受刺激，瘾和病一起犯了。

他的腿开始发抖，眼看着那高台就在近侧，却担心自己迈不上去，又怕迈上去，在这么重要的一刻，自己丢丑。

“快……快……药……药……”他手指颤抖地抓紧了柴俞的衣袖。

柴俞急忙取出一个小瓶。他劈手夺过，借着手势的掩护吞服，又道：“还有……还有……”

柴俞伸手在身上摸摸，惊道：“我藏了黄金粉的手帕没了，可能是在刚才挣扎打斗中丢了。”

“那拿瓶子的……瓶子的……”

“不行！医正说您不能服黄金粉过量！”

“废话什么！快点！”他伸手到她怀里搜，骨髓里如蚁在钻，他的腿颤抖着，只觉得身体里的各种液体都似要汩汩流出来。

“不行！”柴俞一扭身让开，态度坚决，“事关您的性命，请恕妾身不能从命！”

“哎！”明晏安又痛又急，心中烦躁，却又不安，知道她是对的，却不能控制自己的渴望。

他服食来自境外小国的黄金丝和万寿丸已经有一段时间，渐渐上瘾，随后发现了这东西不大好，但要戒已经戒不掉。他的女国士到来后，也忠心耿耿对此提出劝谏，在她的建议下，太医院研制了黄金粉，是将黄金丝和别的药物一起处理，可以在他需要的时候解他的瘾，但黄金丝分量会逐渐减少，药物分量会逐渐增加，以求能让他逐渐摆脱对黄金丝的依赖。

这样做似乎效果不错，为了更好地实现控制，这些东西都收在她那里，由她根据分量提供他使用。她将黄金粉扑在手帕上，每次擦脸都是他的享受之时。

她很有分寸，从未延误过他服药，久而久之，他便也放了心。

他也知道，整粒吞服只怕不妥，可是现在手帕没有了，不吃这药他觉得他会死。

他心里烦躁，却也知道她是为自己好，想着对这未来王妃，一直也是步步提防，如今看来，她倒真是全心全意为着自己，刚才在囚车内吞锦囊，不顾自身安危只求和女王同归于

尽，真是为了他不惜抛却性命。

他又感动又焦躁，握紧了柴俞的手：“给我！我什么都给了你，你连这个都不给我？”

柴俞侧头看他，眼神坚决，似还有几分疑惑。明晏安的脸红了红，自己也觉得这句话说得有点厚脸皮，一直以来，他虽信她用她听她，却其实从不靠近她，吃住就寝诸般杂事，也从来避开她远远的，任何时候，他和她都没单独在一起过。

不是他怀疑她，而是这般的审慎，早已流动在他的血液中，这是王族的血液，普天之下，只信自己。

但此刻他全身如蚁噬，所有的经脉都似在抽搐绷紧，头脑一片昏乱。他未曾真正断过黄金丝，从未想过这滋味如此难熬，让人想撞墙，想发疯，想一片片撕掉自己的血肉，想跪着去祈求所有给他药的人，哪怕拿命去换。

就如此刻，他只想讨好她，赶紧在身上一阵摸索，也不知道从哪儿摸出一个青金石的宽厚手环，道：“本王的一切，都和你分享！这才是上元宫最重要的物事！本王信你，你也听话！”

柴俞的眼光慢慢落在了那手环上。她等待了那么久，猜测了那么久，寻找了那么久，终于等到这一刻。她微微一笑，眼光并没有在手环上停留太久，摇头轻轻叹息一声，将手环推开，从怀中取出一个金色瓶子，温柔地道：“可不能吃太多。”

明晏安急忙点头，道：“一颗。”

柴俞往瓶子里看了看，笑道：“还真就只有一颗。”

明晏安放下心来，接过瓶子，对嘴里一倒，果然只有一颗，散发着他熟悉的特殊香气。他认得清楚，谁也别想在这药上骗过他。

只是这药进入喉咙时，不知怎的，他觉得有点不对劲，似乎特别难吞咽。也许咽喉有点肿痛。他有点艰难地咽下丸子，咕嘟一声，眼底泛出满意的光。

全身的血液都在慢慢平息，蚁噬般的感觉潮水般退去，取而代之的是周身的舒爽和通透，骨头都似乎轻了许多，要随风飞去。他莫名地心花怒放，想要在高处高歌一曲。

“来，”他精神奕奕地对臣子们招手，扶着柴俞往高台上走，“都来参见你们的新王妃！”

走着的时候，他听见身边的柴俞在数数：“九、八、七……”

“做什么呢，我的王妃？”他笑吟吟地问。

“我在数咱们通往高台的步数。”柴俞笑道，“十步之内能抵达吗？”

“差不离。”他估算了一下。

此时已将十步，高台之下，鲜花簇拥。

“那么，”柴俞悠悠地道，“三倍分量的药，能让你十步之内，抵达死亡吗？”

“……”

午后的日光在沉铁关城之上摇曳，将铁星泽明朗的脸映得发亮。他双手拄在城墙之上，看见默军如潮水一般退去。杀掉首领，居然就摆脱了这附骨之疽，于他也是意外的惊喜。他

当即吩咐关城内的士兵，中午犒赏军队，并设宴邀请弃暗投明的慕容箴等人。

宴会设在关城守将的府邸之中，宫胤自然不会参与这样的宴会，他在屋内打坐。沉铁关城内的士兵们还记着他在关城之下，杀副将焚尸、射箭毁城的可怕模样，根本无人敢接近，他的院子周围空荡荡的，一个人都没有。

远处正厅的喧闹声传来，士兵群聚的地方总是分外热闹。很多人都喝醉了，摇摇晃晃地出来，在院子里乱走，铁星泽也醉了。慕容箴等人的酒量着实了得，满厅酒醉，他们的眼眸却越喝越亮，以至于铁星泽诧异地问他们，是不是默军的人连酒量都经过特别锤炼?

慕容箴笑而不语，只道："我送大王回房醒酒吧。"

铁星泽爽快地挥手应了，倒也有士兵不放心，跟着一起进了后院。铁星泽的住处，自然靠近宫胤的屋子。

慕容箴将他扶进了屋子，略站了站，便走了。

铁星泽的鼾声随即响起。宫胤默默打坐，睁开眼睛看了看，并没有起身。

过了一会儿，铁星泽似乎睡得难受，跌跌撞撞地爬起，出门吹风。宫胤又睁开眼，依旧没有起身。

屋外不远处就是一片池塘，这里是军城，并不成建制，哪怕是守将的居处，也是临时住所，并没有多少婢仆。院内装饰也很朴拙，池塘边野草杂生，不设假山不铺道路，地面泥泞滑溜得很。

宫胤听着铁星泽往那池塘边去了，大概是头晕得厉害，想去吹吹风。又过了一会儿，忽然扑通一响。这一声在安静的午后听来很清晰，宫胤霍然睁开眼睛。

院子里没人，前厅的将士醉的醉，喝的喝，仅有的几个老仆，被醉酒的铁星泽赶走了。四面静悄悄的，没有挣扎之声，那一声扑通，似乎也不过是幻觉。

又停顿了一会儿，宫胤起身，掠了出去。池塘水面上一平如镜，看不见任何人。只隐隐约约有一串水泡浮起。水很清澈，近乎见底，所以能看见水底景象。

铁星泽已经沉了下去，他醉得太深，失足落水之后，竟然没有挣扎呼救，此刻他静静地躺在水底，被一根水草绊住。

宫胤盯着水面看了一会儿，无声地迈入水中，他身子缓缓沉降，落在铁星泽身边。

柴俞那句话一出口，明晏安便发现自己身子忽然软了。

他想说话，说不出，想推开柴俞，推不动，已经平静下来的心，忽然又烈马奔腾一般狂跃而起，满身的汗唰地一下流了出来。

他已经抬不起腿，别说腿，现在他连抬起一根手指都很困难。他的意识很清晰，身体却混沌，他像一坨死肉，在柴俞臂膀中微微颤抖。

而那可恶的女人犹自在笑，甚至手臂在用力，抬着他的腿往高台上迈，犹自在数："三、二、一。"

最后一个数字数完，他已经站在了台上，群臣和百姓在台下轰然拜倒，黑压压的人群俯

伏如草，人们高声呼喊：“大王！王妃！”

那一声声如利刃般割裂他的胸膛，他忽然就无法呼吸。

而身边的柴俞，挽住了他的手，轻轻道：“大王，还记得俞采吗？”

这个曾经很熟悉，如今听来有点陌生的名字一入耳，他混沌的脑子便顿了顿，随即如被惊电劈过。

前王妃！不可置信，他努力想要转头，想要看清身边的人，怎么可能是她？怎么可能是产后肥胖、体形如猪的她？

他的身体无法动弹，眼睛只能扫见她的下半身，纤纤细腰笔直长腿，长裙流水般泻落，她有着最清丽的容颜和最美妙的身形，他实在难以将她和记忆中那粗笨的身形重叠。

“不……”

“不你个头啊，不。”台下忽然一阵惊呼，他却已经看不清楚，只听见有人在他耳侧笑吟吟地说话，纤纤手指，嗔怪般地点上他的额头。

“你看看你，”忽然出现的是景横波，她点着明晏安，如玩笑般地咯咯娇笑，“自己逼死的发妻都不认识了，还想着重娶一次。明晏安，你糊涂成这样，这玳瑁的大好山河，怎么能交给你这傻子呢？”

铁星泽脸色苍白，沉在水底，水下清明如镜，看得清水底的细沙，偶有游鱼悠然来去。

宫胤缓缓走了过来，弯腰伸手抱他。水草绊住了铁星泽的腿，宫胤稍稍用力，铁星泽的身体离开水底。与此同时，几道肉眼根本无法辨别的丝线被拖拽而起，丝线尽头，蓝光一闪。

宫胤忽然撒手，飞快上浮。头顶上风声忽转凌厉，似有人影闪动。咔嚓一声，宫胤的头顶，竟然碰到了冰块。

这是春天，池塘的水虽冷，但绝不会结冰。刚刚还是水波荡漾，但现在宫胤撞着了冰。冰块居然厚达尺许，他上浮的力量没能将冰块撞碎。

只是这么一缓，那几点蓝光已经缠绕而来。

隔着冰块，隐约能看见有几条人影盘坐在岸边，一口口血喷在冰面上。冰块不断凝实，最后竟然变成了暗蓝之色。整个池塘，成了一片暗蓝色的冰湖。清澈的水下世界，因此闪烁着幽蓝的光芒，诡异如毒湖。

慕容箴的身影，在冰面上游荡。这里确实已经成了毒湖。宫胤要么待在水下被毒死，要么破冰而出，而他只要往上蹿，那么……

慕容箴唇角微弯，三分得意，七分笃定。

砰的一声，景横波轻轻巧巧一指头，点翻了明晏安。

台下跪伏的群臣和百姓，目瞪口呆地仰着头，不明白被烧死的女王为什么没死，又为什么忽然出现；不明白刚刚还精神焕发的大王，为何给女王一个指头便顶翻了。

这就是传说中的女王神异吗？

倒地后的明晏安，忽然开始惨叫、翻滚，他似乎已经说不完整的话，声音凄厉，锯木一般刺耳，似要号出满腔心血，号出那些不能出口的痛恨、后悔和深深的不甘。

不甘宏图一霎毁，不甘美梦就此灭，不甘自己被两个女人玩弄于股掌之间，被骗出能够庇护自己的上元城，让他在这最接近胜利的一刻，承受最羞辱、最绝望的结局。

午后明灿的阳光忽然退避，一大片浓黑的霾云无声潜近，黑瓦一般的云朵间，紫电翻腾。

众人眼睁睁地看见号叫着的明晏安的袍子湿了，一大片暗黄的印迹无声地慢慢浸润，在他翻滚过的地方，则留下了一些深黄色的东西。靠得近的人嗅见浓烈的臭味，相顾失色——大王失禁了。

在红毯尽头，鲜花之上，高台之中，在他特意召集的臣民和百姓的众目睽睽之下，昔日最讲究风度、最爱面子的明晏安，失禁了。

惨叫声还在持续，只是声音越来越低，最后化成呜咽。众人听出了哀凉意味，恰似为一个王朝的结束所奏的凄凉挽歌。

柴俞始终面无表情，把玩着那手环，看也不屑看他一眼——从她回去的那一刻，她看他便是死人，区别只是她愿意他什么时候死罢了。

景横波笑吟吟地捂着鼻子，躲开那些恶心兮兮的污物。明晏安却偏偏朝她脚下滚了过来，这一刻他双眼血红而牙齿煞白——他恶狠狠地张大嘴，到死也想咬她一口。

景横波微笑地看他滚近，在他将要咬着她靴子的前一刻，抬脚。

砰！明晏安飞起半空，同时飞起的还有半嘴牙。他已经发不出惨叫，骨碌碌地滚下人群。

没人去接，臣子们移动双膝避开，任他怆然砸落尘埃，溅起的尘灰和鲜血沾染了满脸。

然后，臣子们向高台深深拜下。成王败寇，胜负已明，谁台上高立，谁滚落尘埃，谁主宰胜利，谁承受失败。

远处有军号嘹亮，武器交击，士兵呼啸——横戟军开始反攻。

哗啦！碎冰飞溅，白影上冲，宫胤自水下冲出。与此同时，他身间几道似有若无的光芒一闪，光芒尽头，几抹幽蓝掠过。

啪的一声，似有碎裂之声，自他心间发出。

横戟军开始反攻那一刻，上元军犹自作战，又有十五帮不甘失败，欲待加入战团。

阵形尚未摆开，忽然号角声响，众人惊惶回头，便见地平线那头，黑压压的军团压近。

有持旗骑士狂驰而来，红色大旗迎风飘扬，两边士兵都看得清楚，斗大一个“裴”字。

上元军和十五帮相顾失色，高台下上元文臣们瑟瑟颤抖。

这一刻夕阳之下，景横波立在高台，看上元群臣俯伏如草，看自己两军反困上元，看明晏安一身狼狈死于阶下，看那些机关筹谋算尽者栽于她手。

胸膛似破开一块，透进了黄昏里最敞亮丰美的日光。

她一仰头，痛快大笑。

这一刻夕阳之下，白影如龙，破水披冰而起，心间发出碎裂声响。

黄昏中敞亮而丰美的日光，照亮缎子般的长发，一霎间满头青丝换白发，晶莹的银白色在半空不断闪现。

她在此刻大笑夺天下。

他在此刻青丝转白发。

第七十一章　听我说，我爱他

高台上景横波大笑，笑出一身畅快惬意。她对着明晏安的尸首弯弯腰，道："多谢大王，免费亲自护送我进玳瑁。我正犯愁怎么突破重重封锁，潜入三县呢。"

明晏安已经没了声息，想来他便是听见也不会有太多痛苦，最大的痛苦已经降临在他身上。他到临死前，眼睛都一直死死盯着柴俞，眼底满是震惊和困惑，似乎想要从现在这个清丽苗条的女子身上，看出那个被他逼死在城下的肥胖前王妃来。

景横波笑眯眯地看着他，又看看那烧成焦黑的囚车。虎爪藤不是白要的，她在囚车中就想过，敌人忌讳她的瞬移和控物，想杀她也不会接近她，只会远距离射杀或者放火。而她身上带着火芽草，那种可以迅速催生一切植物的商国奇草，藤蔓又是最擅长生长的植物，一旦迅猛生长，能绊住箭能挡住火，她的生命便有了最根本的保障。

路上她借着刺客出没之机，让一直藏在车下的霏霏拓走了钥匙模子，自有悄悄跟随的七杀等人将钥匙复制好了给她。但这钥匙是外头门的钥匙，里头锁住她的钥匙还是没有。

她用一路要啃的鸡翅、鸭爪的骨头找出那些藏在囚车栏杆内的刀的机关并塞住，导致机关失效。

最后柴俞被她"挟持"住，看似吞下锦囊，其实根本没吞。借着虎爪藤的掩护，两人迅速找了一遍锦囊，柴俞毕竟了解明晏安，她判断那几枚小小的金钥匙不会是真的，随即景横波摸出了锦囊有夹层，在夹层里取出了钥匙。

以景横波之能，在一瞬间操纵所有钥匙打开锁，再借着密密的虎爪藤的掩护，从明晏安看不到的另一个方向摄来一个上元士兵，代替她锁到车内，根本不难。

所以当时柴俞立即喊放火，其实就是为了掩饰车内已经换了人。而当时景横波已经躲到

车底，虎爪藤生长如此迅猛，已经长到地下，谁能看得见？

两个女人配合无间，景横波更是动作如闪电，她在七峰山上锻炼出的多方控物，随着明月心法的不断进步，早已出神入化。

这些手段，明晏安到死也不会想通。他大概以为一切都是柴俞的手段，到死都恨恶地盯着她。

柴俞倒一直是淡定的。她都新生了，明晏安怎么能不死？

她手心里摩挲着明晏安最后给她的手环，这是上元宫的真正要紧之物，藏着王玺，藏着上元秘库，藏着那足可庇护明晏安的上元宫的秘密。正因为一直拿不到这东西，没有十足胜算，所以她才让裴枢收手停止攻打，并在明晏安获得景横波抵达边境消息后，将计就计，撺掇他离开上元城，亲自率军去边境堵截景横波。

只有让他离开上元城，他的仗恃才完全失去了作用。

换成以前，明晏安贪生怕死，性情怯懦，再大的诱惑也未必能让他离开上元，但是黄金丝和万寿丸的长期侵蚀，已经令他思维迟钝混乱。

误天时，弃地利，失人和，焉能不败？

手环经年贴身戴着，乌黑发亮，触手温润，她厌恶那体温，却忍不住将之捏紧——这是权力，是欲望，是足以保护自己一生的重要依仗……

对于她这样经历生死，跌宕半生，阅遍人生寒苦的女子来说，什么都是假的，唯有掌握在自己手中的依靠，才是真的……

掌心里不知何时微微浸出汗来，她抚摸着这手环，想着身后就是上元城，上元军力未失，大将黄冈本就是她的人，她已经是明晏安临终承认的王妃，上元城唯一的真正的主人。

只要退入城中，关起城门，她还是可以和景横波二分玳瑁。如果她献上上元，景横波登基，以明悦敏感的身份，将来真的能保住性命吗？

她并不贪恋权欲，却不能不为儿子多想一想。

手微微一颤，她感觉到对面景横波的目光，抬眼看去，景横波已经不笑了，正双手抱胸，凝视着她。

柴俞心也一颤，不知道为什么，对面女王的目光看似散漫，却似能够射进她内心深处，那些隐藏的心思，纤毫毕现于人前。

她下意识退后一步，景横波目光一闪。

忽然传来快马奔驰之声，数骑急冲而来，当先深红大旗飞卷，正是耶律祁、裴枢他们到了。

深红大旗之后，还有一面较小的旗帜，上书“易”字，是易国军队的旗帜。

柴俞看向那军队，发现他们是从巨甸西面的洗栏山穿插切入的。如果按照正常道路从易国关卡走，他们根本来不及赶到此处。算算时日，易国军队很可能在上元军堵截景横波之前就已经开拔，抄近路自翡翠进入玳瑁，而耶律祁、裴枢等人在景横波被胁之时没有出手也没有跟随，就是赶去接应这一支军队，因此他们才能一路秘密潜行，在此刻赶到，主宰对上元最后的战役。

这么一算，柴俞心底的寒意生起——她之前并没有通知景横波，但景横波早已算到上元

会来堵截！

她没有通知景横波，固然有身在明晏安身侧，看守严密不方便的理由，其实内心深处，未尝没有坐山观虎斗的意思。无论谁赢，她都是胜者，明晏安的生死，已经掌握在她手上。

然而此刻，忽生的恐惧毁去了她的坦然心境，她忽然开始紧张——景横波一定能看出她的心思，那么悦儿……

她忽然便听见孩子的声音，在万军之中依旧清晰："娘！娘！"

柴俞霍然回首，就看见明悦正坐在天弃马上，在上元军中冲杀，那孩子似乎觉得很刺激，咯咯地笑着，手中还拿着一柄玩具似的小枪。

柴俞惊得脸色煞白。明悦怎么上了战场！

景横波让人带他上战场，这是警告！只要天弃一松手，孩子就会坠于马下，被踩成肉泥！

"不！"她大叫一声，往前便扑，忽然想起天弃武功高强，自己扑上去也挡不住他掼死孩子，扑到一半霍然转身，扑到景横波脚下。

"女王！"她大叫一声，"我不敢了！你别伤他！我……我这就献上……"

她在喊，景横波也在喊，对着对面天弃扬手大喊："谁叫你把明悦带上战场的？护不住怎么办？快送过来！小心些！"

柴俞怔了怔，抬头，犹自不相信地盯着她，想看看女王是不是在做戏。

景横波根本不理她，让天弃将明悦护送过来。柴俞目不转睛地盯着儿子，发现孩子白白胖胖，神采奕奕，比在上元宫中时强上许多。倒是天弃瘦了许多，脸色黄黄的，越发衬得孩子雪白可爱。

不是只有天弃如此，紫蕊、常方等人个个都骨瘦形销，三县被围，城中缺粮是真的。

所有人都瘦，只有明悦很好……柴俞心颤了颤。

明悦在天弃怀中咯咯笑着，犹自挣扎，要回到战场上，看也没看柴俞一眼——他不认得她了，他记忆里的母亲，很胖很胖。

他还认得景横波，主动扑了过去。柴俞心中叹息一声，垂下了头。

两双脚停在她面前，景横波的，明悦的。她愕然抬头。景横波牵着明悦，似笑非笑地看着她，将明悦往她面前一推。

"这是你娘。"她对明悦道，"怎么样，美吗？"

孩子十分惊讶，柴俞却比孩子还惊讶。孩子终于从气息上辨认出了她，扑入她怀中。她一把抱住，犹自惊讶地盯着景横波。

明悦就这样还给她了？就这样还了？不要挟不拿捏，一句话也没说，什么条件都没谈，轻轻巧巧就还了？

她心间滋味复杂——身为女子，景横波善良，身为女王，她太善良！她握紧了手环，还在思考，女王却已经从她身边走了过去。

她听见那女子淡淡地道："柴俞，我知道你在想什么。你的内心缺少依靠，你渴望为你自己获得权力，获得永远不必居于他人之下的权力。那么我告诉你，你可以尝试退入上元，

尝试二分玳瑁。我不会拿孩子来要挟一个母亲，但我会拿横戟军，来叩破你的城墙。”

“到那时……”她语气甚至有点懒懒的，但柴俞不敢漏听她一个字。

“情分全无。”

柴俞打了个寒战。

女王立在高台之上，凝视着万军将一地红毯、遍地鲜花踏落，她的背影在黄昏下依旧纤纤苗条，语气满满都是慵懒。

柴俞知道，这一刻的女王，已成为真正的强者。她知道她的心思，却不屑拿最重要的把柄来要挟，甚至敢于放虎归山，因为她有把握惩治所有背叛的人。

武力强大不过是如虎添翼，心志强大，才可独步天下。她要如何与这样的女王争夺？夺得了一时夺不了一世。与其和光明磊落的女王为敌，为明悦争取短暂的王者生涯，不如让景横波承了她的情，庇护明悦终老。

她忽然笑了笑，将手环塞在了儿子手里。

景横波没有回头。

“悦儿，”柴俞温柔的语声从她身后传来，“去，把这个东西给你波波姨姨，和她说，这是她该得的。”

景横波还是没有回头，她负手看着那轮正坠落于西山的夕阳。夕阳如滚滚巨轮自天际碾过，碾出深黛天色和瑰丽晚霞。那霞光凄艳如血，和这广阔大地上四面正在迸溅的兵将血色相呼应。

这浩浩江山，莽莽天下，至今日，终由她素手夺乾坤一处。

前方还有更广阔的路要走。

没有人听见她此刻心声——

我要控这散乱大荒，我要夺这如画江山，我要这天下都听我说话，听我说，我爱他，再不容任何欺压。

碎冰飞溅，晶光乱闪，伴随水波猛蹿而起的，是宫胤的身形。

慕容箴一看宫胤蹿出，眼底就涌出狂喜——用来取针的雪晶虫，已经绊住宫胤，钉死在湖底。雪晶虫吐出的丝线非常强韧，根本拽不断，只会不断拉长。往日取针，靠的就是这拖曳之力。雪晶虫钻入身体，以线拖针，针出之后，雪晶虫分泌出来的晶液可以修补创口。只是这种取法，是最为残忍霸道的一种，一着不慎，就会导致死亡。就算不死，在很长一段时间内，也会丧失武功。

九重天门称这样的强力取针为“天噬”。苍天之噬，夺命夺功。他们什么都爱和老天挂个钩。

此刻只要宫胤强力往上跃起，就等于强力取针。

因为不能确定宫胤的针到底在何处，为了一着奏功，他下了七条雪晶虫，身边属下每人以命珠操控一条，务必要将针取出。

此刻宫胤暴起，漫天水花狂闪，夹杂着幽蓝色的诡异碎冰，直扑水边人影。

池塘边全力操纵雪晶虫的七个人，原本没当回事，冰雪攻击，对本门中人自然削弱。所以无人注意到，那些苍白的水花和幽蓝的碎冰之间，隐约有极小的金色物体一闪。

下一瞬七个人都觉心间一疼，胸腔间一股熟悉的彻骨森寒，猛地刺入。他们齐齐喷出一口血，向后一倒。有人倒下时犹自摸了一把胸口，随即骇然大叫："我们又被下了针！"

掠过来的慕容箴一惊——下针？怎么可能？除了天门长老，谁能对天门中人再次下针？下针和取针一样危险，下针之后丧失行动力是很正常的事。

宫胤在自己被取针的一霎间，还能同时对七个人下针？他又哪儿来的雪山秘藏的针？世上怎么会有如此可怕的人？

七个人接连翻倒，池塘边的阵势顿时出现缺口，宫胤身影一闪，踏七人胸口而过。再下一瞬间，他已经越过院子的围墙，如惊鸿飞向天际，苍黄天色间只留一抹白痕。

其余人失魂落魄，慕容箴脸色铁青，目光落在地面上。

宫胤所经之处，一地碎雪零落。

慕容箴掠上围墙，看见墙头一截断瓦。那是宫胤踩裂的。如此高手，绝不可能踩裂屋瓦，除非他真气外溢，无法控制。

慕容箴眼底闪过一抹喜色和一抹狠厉。

"追！不死不休！"

第七十二章　江山和他

慕容箴一群人追出，将士们赶紧冲过去，下到碎冰未散的水边，将看上去已经死了的铁星泽捞了起来。

本来铁星泽在水底时间不短，应该早已淹死，也不知道是他跌下去的时候，就被慕容箴施过法，还是宫胤救他起身时，已经给他渡过气，在将士们一阵拼命揉胸渡气之后，他吐出一大堆水，终于咳嗽着醒来。

他醒来，茫然半天，没有焦距的目光从部下焦急的脸上一一移过，好半天才猛地坐起："宫……他人呢！"

众人明白他指的是那个厉害的白衣人，便告诉他刚才发生的事，又指给他看宫胤离去的墙头。

铁星泽当即要亲自去追，被众将急忙按下，于是他当即点兵出府去追。兵分十几路，点

了火把，从暮色初降找到天光大明，一开始还能辨认出那些人离去时遍地冰雪、闪着银光的路，还先后找到了七具尸体，但无人认识他们是谁，后来便冰雪无迹。宫胤也好，那群忽然出现的人也好，在这沉铁境内，都失去了踪迹。

消息回来，铁星泽失魂落魄，又下令各地赶来护驾的军队以及各地官府，全力寻找宫胤。

他为此放弃了对默军的追究，任那支军队消失在沉铁关城之外，他也没有离开关城，就留在原地，等待着宫胤的消息。

可是不仅是宫胤，连慕容箴那群人，都似从大地上消失了一般，无论出动多少人，都寻不着半分线索。

铁星泽为此长吁短叹，彻夜不眠，不断自责。关城将士看在眼底，都唏嘘感叹，道大王对挚友如此情谊深厚，必将是沉铁百年难遇之贤王。

如此近十天后，眼看真的毫无希望，铁星泽有一日终于道："备笔墨，本王要写信。"

当夜关城书房灯火半夜不熄，众将瞧着那不灭的孤灯，都在猜测大王到底是要写信给谁，又写了什么为难内容，以至于这般踌躇，短短一封信，耗尽一夜时光？

天亮时，快马带走用火漆密封的密信，直奔玳瑁。五天后，这封信被交到了紫蕊的手上。

信送到时，紫蕊正陪同景横波在上元城同柴俞进行上元城宫城和军务交接。那日明晏安横死上元城外，玳瑁王妃带领众文武百官投降献城，上元军当场弃械，十五帮仓皇退走，景横波终于兵不血刃，收服了玳瑁。

但更多麻烦的事还在后头，上元是改革还是融合，对十五帮当如何处理，上元城现有军制和官制以及诸臣工的安排，包括整个玳瑁将如何整合，都不是一朝一夕便可以解决的问题。景横波麾下文武，联同上元诸臣，没日没夜地开会。景横波有耶律祁、裴枢等人帮忙，依旧忙得脚跟乱转，眼底因为连续熬夜全是血丝，情绪烦躁，时常莫名其妙发几句火。

众人都道她最近太忙，千头万绪，万事都得做主，因此烦乱也是正常的。景横波自己却知道，以往她也有忙的时候，但她素来睡眠很好，睡一觉起来照旧神采奕奕，最近却不知怎的，睡眠质量极差，每夜明明累得骨头都要散架，却依旧翻来覆去睡不着，有时候恍惚入梦，却也会即刻惊醒，醒来后冷汗涔涔。在那短暂的睡眠里，自己做了可怕的梦，却怎么都想不起来。她只依稀记得自己身处浩茫大荒，无数道路和人物从眼前流水般掠过，自己似乎一直在行走，而前方一直是黑暗，黑暗尽头有一点白茫茫的光，她不知道那是什么，梦里却执着地跟着。她不知道自己跌跌撞撞走了多久的路，心里空茫绝望又悲怆，似乎那场追逐就是个梦，又或者自己是在追日，追到那光明的一霎之后，便被焚尽成灰。有时候她醒来不仅浑身冷汗，眼角也是湿湿的，她睁大眼睛到天明，只觉得整个人都似被那空寂的浪潮淹没。

她心里也明白，这样的情绪大抵也和宫胤有关。他在玳瑁边境携铁星泽引默军而去，内心深处，她不认为默军能动得了他，但那股不安的情绪徘徊不去。她自这边稍稍定下来之后，便去信沉铁询问他的下落。不知为何他没回来，却信也没来。她一日日等着，只觉得日日都是熬煎。

紫蕊把信送到时，景横波正要在柴俞的陪同下去巡视上元军大营，据说有几个营忠于明晏安，不大安分。因此景横波只随意看了一眼，看那东西白色封套，还以为是紫蕊帮忙处理的文书，也没在意，转身就走。

她刚走不久，身后砰的一声门响，紫蕊撞出门来，脸色煞白，手中抓住信纸，大喊："陛下……"

一旁的仆役轻声道："女官，陛下事务繁忙，已经走了。"

紫蕊怔怔地缩回身，再回头看那信。她刚才只看了一行，便大惊抢出，要将消息告诉景横波，谁知景横波已经走了。

此时她收拾心情，再仔细看信，脸上神色渐渐变换，陷入踌躇。

信上铁星泽将离开玳瑁去沉铁的一路情形和宫胤失踪的情况都交代了个明白，语气诸多自责懊悔，末了道："兹事体大，未知女王现下境况如何？玳瑁情势如何？国师下落不明，兄不敢隐瞒，却素知国师之能，必不致为宵小所趁，或另有谋算也未可知。妹素明慧，胜兄良多。此事当如何秉知女王，请妹自决。"

信纸在紫蕊手中，被慢慢攥成一团。

铁星泽说得很有道理，国师只是失踪，走的时候并无狼狈之相，还一招杀了七个人，怎么看都不像会有事，也许他自己另有打算，只是一时来不及交代。铁星泽将事情告诉她，请她帮忙决定到底告不告诉女王，怎么告诉女王，她静下心来想想，也觉得为难。女王现今正在接收玳瑁的关键时刻，贸贸然将这消息告诉她，她发了疯怎么办？立即就走怎么办？丢下玳瑁怎么办？

紫蕊觉得，以女王的心性，很可能干得出这种事。

可是不能。

上元之胜看似兵不血刃，可那是之前横戟军血战多日的铺垫。在景横波不在的那段时间，横戟军和上元作战，和十五帮作战，经历血战和围困，度过了一段艰难的战争年月。她亲眼看见冬日里被人一枪穿腹的少年士兵，靠在冰冻的城墙上，用冰凝住伤口，临死还一刀捅死一个敌人，死了之后尸首血凝于墙，撕都撕不下来。她亲眼看见围城过程中粮食倾尽，大贤者和士兵们一起挖老鼠洞，鼠皮都是美食，一碗给病号吃的糙饭你推我让，老头子病得快死了都喝不上一口热粥。

而在那样艰难的过程中，景横波不在。

女王未曾与士兵同甘共苦，就很难获得士兵的认同，至于她一路奔波中为打下玳瑁做的那些暗地的努力和争取，目光短浅的普通士兵是看不见的。

现在女王靠最后一战的运筹帷幄，翻覆风雨，和近乎神迹一样的异能，令士兵感到荣耀，令上元震慑。可如果此时，她抛下臣民将士，为了一个不能确定的消息远走，她尚未打下扎实根基的基业，就会毁于一旦！

进一步可得玳瑁，退一步就是深渊！

万一国师其实并无大碍，陛下却因此离开军队国土，功亏一篑，将来要如何面对这心血

白费？

可万一国师真有事，让陛下失去寻找到他的最后机会，以陛下的心性，又怎能从容掌握这如意江山？

紫蕊靠在门边，脸色青一阵红一阵，几乎捻烂了信笺。

天色已经黑了，她吃不下饭，睡不着觉，等着景横波回来，又怕她回来。

外头终于响起了脚步声，却十分杂乱，隐约有熟悉的脚步声传来，是景横波的。她脑中一片空白，下意识出门迎接，起身的时候，顺手去抓信笺。

忽然一阵风从窗口吹入，信笺没抓住，飘到了烛火上，本已烂碎的信纸，立即被烧毁了。她啊的一声去抢，却根本抢不及。

淡白的纸灰一寸寸掉下来。她低头，盯着那纸灰在裙裾上碎裂湮没，忽然想——是不是老天冥冥中给我做了抉择？

“紫蕊，你在做什么？”景横波的声音传来，她原本匆匆经过紫蕊门前，看她怔怔而立，倒回头问了一句。

紫蕊一惊，抬头，看见景横波脸上气色，又是一惊：“陛下，你脸色如何这般难看？”

“有吗？”景横波摸摸脸，苦笑一声，“刚才去了大营，上元军有一营叛逃了。”

“啊！”紫蕊大惊，知道这样的事很动摇军心，一旦蔓延，整个上元都会出事。而且黑水泽太要紧，一旦被放出各种异兽，上元安全堪虞。

“居然是从黑水泽逃走的，也真是不怕死。我已经下令动用天星宝舟，进入黑水泽去追，这回我要亲自去，一定要将人在进入黑水泽深处前抓回来，这样的例子太坏，绝不能再来第二次。”景横波的眼底难得地闪着凶光——各种事务和不断的麻烦，已经将她的耐心消磨殆尽。

“我请耶律帮忙看住上元宫，上元宫有很多秘密，需要一个精通阵法机关的人来掌握，他正合适。你和拥雪留在宫中辅助耶律先生。”景横波随口嘱咐，已经走到门前，紫蕊还没来得及松口气去考虑是否喊她一声，景横波忽然又回过头，端详着她的神情，“你好像有心事？有什么事要告诉我吗？”

紫蕊惊得手指一颤，下意识要开口，忽然又看见景横波眉心拧成了“川”字，眉梢眼角满满都是疲惫，连扶住门框的手，都似在微微颤抖。

她心底涌起一阵恐惧。陛下如果此时得知这消息，再千里回奔，上元必毁，她自己的身体也会崩溃……

她向前一步，踏碎脚底那片纸灰，迎着景横波的目光，展开了从容的笑意。

“是的，陛下，我收到了星泽的信。”

“什么！”下一瞬景横波已经闪到了紫蕊身边，紧紧抓住了她的肩，“星泽来信了？他怎么说的？他怎么不给我信？信上有没有说国师怎样了？”

她语气急迫，连问四个问题，手指紧紧地掐进紫蕊的肩膀。紫蕊只觉得心底一抽，勉强压住眼底的泪花，再抬起头来时，她脸上神情，已然平静如铁。

“说了，”她道，“恭喜陛下，国师已经助铁大王回归沉铁，剿灭默军叛军，并……”她顿了顿，道，“安全回归帝歌。”

景横波吐出一口长气，身子向后一退，一瞬间脸上似悲似喜，险些瘫在门边，被紫蕊一把扶住。扶住她的时候，紫蕊心中一恸，发现只是短短半月，她背心的骨头已经凸了出来，瘦了许多。这让她更坚定了自己的决心。

景横波靠在紫蕊臂膀上，默然半晌，半晌后声音传出，呜呜咽咽似哭，又似欢喜。

“可好了，可好了，他没事了，枉我担心了这么久，总在做噩梦，总怕噩梦成真……真的，紫蕊，本来也觉得没什么的，可是被那同一个噩梦吓死了……我行装都打好了，随时准备听见不好的消息就走，还好他没事，还好我的预感是错的……”

紫蕊拍着她的肩，替她将有点乱的鬓发理顺，她不敢说话，怕说话后咽喉发堵，被越来越精明的女王看出来。

景横波身子微微颤抖，静默了好一阵，气息平顺之后忽然又骂了起来。

“杀千刀的！走就走，怎么一封信都不给我，也不派人传个信！让我担心死很好玩吗！”

她又骂铁星泽：“不像话！有了老婆不要朋友。信为什么不给我先给你？鬼鬼祟祟的，想干吗？”

紫蕊身体抖了抖，勉强笑了，正想解释，景横波已经抱了肩，恨声道：“等我这边搞定后，一定绕路去一趟沉铁，揍死这两个人！”

骂完她忽然一拍脑袋，恍然道：“啊，军队还在等我！得走了！”

紫蕊正要松手行礼送她，景横波忽然松开她，凝视她一阵。

紫蕊在这样的凝视下浑身战栗，却忽然落入了一个温暖的怀抱。

景横波张开双臂，将她紧紧抱住。她抱得如此用力，似要将全心的温暖和感激都送给紫蕊。紫蕊被抱得浑身疼痛，这疼痛似要弥漫至心底，疼痛过后便是酸涩和愧疚，她霍然泪眼婆娑，张了张嘴，轻声道：“陛下，其实……”

她的话再次被景横波打断。

她贴着紫蕊的颊，大声道：“谢谢你，谢谢你在这个时候告诉我这个好消息，我终于活过来了！我不会疯不会死了！我终于有力气坚持下来，拿下这片地盘了！我终于做到他想我做到的事了！哈哈哈，女王加油！”

紫蕊的话忽然又哽在了咽喉里。

景横波松开紫蕊，咯咯笑着迈出门去，出门前一甩手，披风悠悠落在她肩上。长廊的灯光渐次亮起又渐次熄灭，照亮玳瑁新女王大氅垂地的背影，照亮她沉稳坚实的脚步。

紫蕊失魂落魄地挪到门边，看着景横波的身影迅速消失在长廊尽头，在长廊之下，柴俞披甲挂剑，亲自恭谨地迎接着她。

她身子一软，靠着门边滑坐了下去，将头深深地埋入了膝盖间。

脚下有纸灰盘旋，那是烧掉的信笺，无声地碎在天地间。

破碎的哽咽，在寂静的空间响起。

“苍天啊……你告诉我……我这么做……到底对不对……”

是年春，四月，一个惊人的消息在大荒土地上如烈火般蔓延。

黑水女王布置反间计，诱敌出洞，以自身为饵，布惊天之局，钓上了那个著名的会自保的龟缩大王明晏安，兵不血刃，夺了那从无外人能占据的玳瑁雄城和三十万上元兵甲。一夕之间换风云，成了上元乃至玳瑁不可抗拒的新主人。

女王建造的新宫还未落成，上元宫门已经于日光下大启九门，从玳瑁土地上飞扬起的烈风，刮过了大荒六国八部。

所有部族都在讨论黑水女王空手套白狼的神奇，一些知道她长期在外鬼混根本没在玳瑁的部族更是百思不得其解。在这些部族召集幕僚推敲研究她的曲线夺权之路时，却有一队骑兵，自帝歌巍峨的城门奔出，奔向此刻的风云中心玳瑁。

骑士骑黑马，勒白羽，是朝廷信使的标准装扮。

在他们的背囊里，那金漆密封的铁盒内放着两道诏书——“国师登基及立明城女王为后书”、“废黑水女王并赐死诏”。

第七十三章　举世无双第一坑

信纸掉在膝盖上，景横波张着嘴，想要尖叫，信纸却直落于地，在半空中火苗一闪，竟然燃烧起来。

景横波急忙去抢——后头还有字，还有关键信息，可不能烧毁了。

那信纸却十分轻，燃烧后更是飞动如鸟，她抓不住，好在燃烧的纸飘动得非常慢，她大急之下，只得抬腿，将信纸挡在腿面上。

说来也奇怪，信纸一落在她腿上，立即停止了燃烧。景横波松了口气，抓过信纸，生怕重要内容已经被烧掉，谁知道一看信，鼻子险些气歪——刚才那段完后，直接空出了一大块没写，燃烧正好烧掉的那一块对后头的内容没有影响。甚至燃烧也没充分，没有烧掉任何部分，只是雪白的纸质变灰而已。

换句话说，她不去兜不去抢，这东西也不会真正烧毁。这家伙玩这一出是要干吗？

景横波深知锦衣人坑人，苦思冥想半天，觉得实在难以揣摩，只得继续看下去，可看下去却大失所望，这家伙根本不告诉她文臻的近况，只神神秘秘地说了一句“想来很快，你想知道的故人下落，都能知道”。

信上最后道：“此次回国，曾途经某座雪山，遇见了颇为有趣的事，想来你会感兴趣。不过本王从来不无故对人示好，且将此事留存。将来你若逢上生死为难、无法自决之事，可前往普甘阿隆庙，跪上三天三夜，自有助益。”

景横波鼻子里哼了一声——她能有什么无法解决的要命事？真有这样的事，他一个远在他国的异国亲王能帮上忙？还跪上三天三夜，啊呸。

信到这里就没有了，她发了一阵呆，忍不住再三看那“文臻在东堂，快要做我的王妃了，怎么样，你能前来观礼否？”，心里着实动荡不安。

文臻真的要结婚了吗？真的要嫁给那个坑货吗？

一开始她觉得不可思议，那两个人怎么可能碰在一起？回头仔细一想，却又觉得真挺配的——一个坏，一个奸。

粉粉嫩嫩蜜团似的文臻，一向看上去软萌傻白甜，全世界大概只有三个人才知道，论起坑的程度，那家伙第二只怕没人敢称第一。

研究所四人组，太史阑性格强硬，却从来不管闲事，也从不无故害人；她景横波爱好欣赏美男和时髦事物，人生目标是凭借自己的时髦俘获最大的美男，对钩心斗角完全没兴趣；君珂更不要说，完完全全是老实厚道的孩子。唯独文臻，烧块豆腐也要在豆腐的几个洞眼里瞧瞧，看看能不能塞点泻药。

锦衣人那种货色，就不是正常人能消受的，也只有文臻那足以塞下世上所有诡计的肚子，以及傻白甜外表下和他一样没有边界的阴险心肠，才能把他消化吧。

想到文臻要结婚，她顿时又激动起来——当初四人组说好了，无论谁结婚，都必须全员参加的！她刚要兴奋地站起叫人收拾行装，却抬眼看见阶下还在恭谨等待回复的属下，忽然一怔。

她走不掉。玳瑁还没完全接收，十五帮还没解决，她还没站稳脚跟。她不能在此刻抛下宫胤，远走东堂。更何况锦衣人是何等人物，因他一句话就奔去东堂，如果只是个陷阱呢？

不知怎的，她的直觉相信小蛋糕和锦衣人确实有关系，但却不信锦衣人那已经将其纳为王妃的话。

文臻没那么容易搞定的。而且真正沉浸在恋爱之中的男人，也不会像锦衣人那么神经病，他那副德行，倒像是对什么感兴趣，但一时又没得到，总有点压抑不住的懊恼和不解。现在回想起来，每次她和宫胤在一起甜蜜时，总会感觉到一束欲求不满的目光，十有八九就是那家伙。

景横波呵呵地冷笑起来——已经勾上手三垒打了？做梦吧？骗她跑去做个人质，要挟小蛋糕吗？

她忽然觉得膝上信笺的背面似乎还有东西，翻过来再看，却见背面中间，有“也许”两字。

整个背面就这两个字，看起来莫名其妙。她将信笺翻来翻去，无意中举起，对着光线一瞧，才发现那背面“也许”两字，正好在正面“文臻在东堂，”和“快要做我王妃”之间。

正面背面连起来读，就是“文臻在东堂，也许快要做我王妃”了。

景横波再次气歪了鼻子。天下坑货，未有甚于此也。险些就给骗了去！

她心中恼火，手指力度就重了点，信笺毕竟被烧过，咔嚓一声从中间碎掉，裂开的部分，竟然又出现张小字条。

景横波已经对锦衣人层出不穷的手段见怪不怪了，拈起字条，上面写：“哦，你发现了？就说她的姐妹不至于太蠢。”

景横波冷笑一声，文臻是不是聪明得令你没办法了？

下面一句是：“看在我告诉你好消息的分上，你也和我说下，如何让那妮子乖乖听话？”

景横波仰头大笑三千声。

果然先前是吹牛，果然吃瘪！快做你王妃了？嘁，小心孩子满地跑了人都不承认是你妻。

怎么搞定她？

告诉你……

没门！

字条下面又有一句：“我知你姐妹情深，定会帮我，如此，自有谢你处。”

景横波盯着字条，冷笑三声：“是啊，我和她姐妹情深，当然要帮你。就不知道你的谢礼打算如何给我？让我到普甘阿隆庙里跪上三天吗？”

她嘿嘿地冷笑，将字条乱揉一气，伸了个懒腰，准备站起。

然后她竖起的双臂，就这样停在了半空中。这动作惊得阶下远远站着的随从急忙跑过来，还以为女王中了暗器，结果还没跑过来，就看见女王慢慢放下手臂，随从刚放下心来，就看见女王目光呆滞，喃喃道：“我去，姐站不起来了……”

一刻钟后，景横波这间议事殿里挤满了人。

会点医术的都给她把过脉，然后都说她中了毒，毒从何来？景横波拿出锦衣人的那封信，却想不通自己到底是怎么中毒的，她戴了面具戴了手套，怎么会中毒？中毒怎么会在腿部？

直到她想起先前的一个动作——信笺突燃，她急忙要去救，一急之下以腿面将信笺挡住，之后因为信笺被燃烧变得松脆，不敢再随便拿起导致碎裂，一直搁在腿面上。

医官用刀割开搁信笺的裙子，果然腿面和膝盖上一片淡青色。玳瑁在大荒之北，相对寒冷，殿中此时还燃着火盆，十分温暖，所以景横波穿得也少，她又喜欢薄软微透的衣料，穿的是一袭纱裙。

对方算定她双手读信，在看见文臻将嫁时震惊，信纸会抖动或者掉落。信笺做了设计，特别轻，一抖动就会自燃，一自燃就会飞起，一飞起就会散毒，而此时景横波手抓不及，下意识的动作就是抬腿挡住，腿的面积总比手大。

虽然景横波会控物，但当她看见重要的东西燃烧飞起时，是不会采取控物动作的，快速的控物动作会导致燃烧更加剧烈，那时候景横波无比重视信的内容，才不舍得烧掉。

众人面面相觑——这种下毒方法，真是匪夷所思。对方不仅对信做了高妙的设计，竟然连景横波收到信时的气候温度、她的衣着以及可能的反应动作，都全部计算在内了。

景横波险些吐血。天下坑货，未有甚于此也！不是要姐帮忙吗？为什么把姐给整瘫了！

一大堆人围在她床前惊慌失措，因为实在没有见过这种毒，也无从寻找解药。景横波倒慢慢冷静下来，目前在大荒，还真没有人比她更了解锦衣人的德行，他做一件事，绝不会无缘无故，也不喜欢做绝，他一定有他的理由，也一定留下了退路。

所以答案还是要在那封被烧来烧去撕来撕去的信上找。

信笺放在桌上，没人敢碰，医官准备取回去研究，人多，不知谁碰着了桌子，信笺在晃动。

景横波盯住了那张字条。她拈起字条，脱掉手套，在众人一迭声的“陛下不要！陛下小心”的劝阻声中，将那字条摸了又摸，又取下她的防毒面具，将字条闻了闻。

反正已经中毒了，还怕什么？

脱掉那些累赘的东西，她才发觉，这字条的质地根本不像纸，滑溜溜的如玉板一般，此刻连上面的字都快不见了，气味也不是纸味，散发着一阵清凉的淡香。

景横波闭目思考了一会儿，点点头，一口将字条给吞了。

众人目瞪口呆，尖叫着“陛下！”，都以为女王一定被气疯了，疯极吃纸。

最近情绪非常紧张的紫蕊扑过来，不顾尊卑地就挤她的喉咙：“吐出来！吐出来！”

景横波一把将她推开，嚼了嚼，咽下肚，还点头道：“味道不错。”

紫蕊已经在考虑，是不是找个擅长精神治疗的医官来？

景横波是真觉得味道不错。东西入嘴，自动滚成一团，滑润清凉，明明就是药丸。

好的药丸其味纯正，她吃过不少好东西，一入口就知道，果然自己没猜错。

药丸入腹，先是冰凉一线，凉意彻骨，她不禁打了个寒战，顿觉体内的寒气都被引动，砰的一声雪涛汹涌。她有点紧张，知道自己当初吸走宫胤的散乱寒气留下了病根，如今看来，好像被引动了？

但引动只是一霎，随即那一线冰凉忽转温热平和，如一簇小小的火苗，迎上她体内被引动的浩浩雪涛。说来也奇怪，那雪涛来势汹汹，却始终越不过那火苗的一线微光，那点温暖暗淡飘摇，却无远弗届，寒意逼人的雪涛，在那点温暖火光之前，一点点湮灭消逝……

她心中若有所悟。这似乎是解她体内寒毒的药呢，只是这效用无比缓慢，真不知得多久，才能彻底去除。还有这药似乎对腿部的麻痹没有作用，锦衣人弄废了她的腿，到底是什么意思？

烛火飘摇，映出她脸上变幻的神情。众人紧张地盯着她的脸，生怕她就此一倒，玳瑁立即便要陷入四分五裂之境。

好半晌景横波睁开眼，徐徐吐出一口长气，正要笑一笑，忽见众人紧张神情，心中一动。那样的紧张，有对她安危的担忧，也有更深浓的对局势、对前景、对她倒下的后果的担忧。

玳瑁未定，她一人身系无数人之安危，她一倒，便将伏尸千万，血流漂杵。她已经不再

是优游散漫的景横波，她是玳瑁女王。

景横波的心情沉了沉，觉得某些想法此刻似乎更遥远了。

“没事。”她笑道，“友人和我开个玩笑，这字条就是解药。”

众人齐齐吐了一口长气，脸上又有了光彩。便有人拿了那信笺要去烧了，景横波心中一动，道：“就在这里烧。”

众人立即齐齐寻找面具，武装到牙齿。

火盆里扔下信笺，景横波盯着那纸张慢慢卷起，忽然道：“等等！”

紫蕊用叉子将未烧尽的信笺夹起，果然，先前那烧过的空白的一部分，又出现了字迹。

景横波抚额。锦衣人玩把戏，和万花筒似的，就没个尽头吗！

“最后一句：你有寒毒病根，我帮你祛除。这便是我的谢礼，你记得回礼。不过这祛寒过程缓慢，又忌走动忌散发，所以先捆住你的腿，三个月之内，你且在床上做个瘫婆子，也不必来参加我和文臻的婚礼了，就把对我的祝福和礼物送上便成。可别赖了，你知道我的。”

“……”

半晌，景横波恶狠狠地将烧毁的信笺往桌上一拍，咆哮声响彻上元宫。

“混账！你等着！姐一定让你三年睡不着小蛋糕！”

遇上了锦衣人的连环夺命无耻毒手，景横波只好乖乖在床上做瘫子。原本想去沉铁或者悄悄去帝歌的打算，也不得不搁置。走不掉也有走不掉的好处，三个月内，正好将玳瑁的事情好好理一理。

她在上元宫瘫倒的消息，被快马传递到玳瑁边境，裴枢正在边境进行军事封锁，并对十五帮的动向予以监视。

裴枢收到消息时，是一个微雨的清晨，他带领属下亲自巡视边境，在细雨蒙蒙里不断凝视上元方向，然而雨雾和玳瑁独有的淡灰色空气交缠，天地间一片朦胧，不见宫阙。

裴枢心情不大好，他对景横波将耶律祁留在身边，却把自己打发出来守边颇有些不满。因为心情不好，所以他巡边时眼神犀利目光如炬，所以属下们压力很大战战兢兢，所以一个以重金贿赂关卡守卫混进来的人，被分外敏锐的横戟士兵拎了出来，掼在了裴枢面前。

那人被掼倒的时候还很狼狈，可是转眼便爬起身来，大声道：“你等不能杀我！我是朝廷信使！”

听见最后四个字，本已经举起手示意杀人的裴枢霍然转身。一霎间他漂亮的眸子眯起，眸色如琉璃冷光四射。

描金彩漆密封的盒子被搜了出来，呈送到裴枢面前。裴枢随手一翻，原本杀气四射的眸光，忽然就变成了剑。剑意如雪，夭矫四射，四周寒意忽生。众人只觉得冷雨打在身上如暗器，都惶惶然低下头，恨不得将自己缩在雨坑里。

只有那信使还在色厉内荏地放声。

“朝廷信使代表主上意志，岂容你等侮辱？还不速速解绑，派专人护送我前往上元！我

要面见女王，赐帝歌王令！”

信使无权查看漆盒内的密令，在他想来，许是玳瑁女王最近声势惊人，国师予以封赏。

裴枢乌黑的眼睛斜斜地瞄过去，信使只觉得似被刀锋劈过脸颊，雨丝更冷。

原本该被供于桌上的盒子，在裴枢指间咯咯一阵响，化为齑粉不见。

两封诏书，被裴枢胡乱塞进了怀中，像对待手纸。

信使白着脸，在雨中冲前一步。

“裴将军，你怎可如此践踏王令……”

“太吵。”裴枢拨马转身，声音如雨丝一般冷冷飘来，“让他永远安静。”

“你不能……”

哧！干脆利落的一声。

裴枢没有回头，摸摸怀中的两封诏书，抬头看看远处。黛青的山色，在浅灰的天际浓浓淡淡地涂抹开去，尽头竟生出一团浊红，似不祥血色。

这刚刚恢复宁静的玳瑁江山，眼看着又将被密集的铁蹄踏破了啊……

身后马蹄嘚嘚，无人说话，是亲信属下在默默跟随。

“从今天开始，”裴枢的声音平静而冷厉地传来，“集聚骑兵至边境，备战。”

景横波觉得很奇怪，去巡视边境的裴枢竟然没有很快回来。眼看三个月都快到了，按说她瘫倒的消息一定已经到了裴枢那里，那家伙居然没有第一时间回来，景横波不禁想，难道这家伙终于移情别恋，最近和孟破天搭上线了？

这么想很是高兴，又有微微怅然——她看作弟弟的那个青年，终于有了可以和自己相守一生的好女孩，只可惜以后不能再随便捏他那手感极好的脸了……

她在帘前微笑，三分满意三分怅然。紫蕊在廊下看她，看她眼眸深处的思念。

他人的幸福，映照着她此刻的寂寥和担忧，心里似有熙光万丈，光芒背后那个人影却不在。

她捏紧了手中的文书。景横波看见她，招招手，示意她上前，看着那女子姗姗步伐越发轻盈，她微微皱了皱眉。

紫蕊最近越发瘦了，每次见她，都觉得她好像比前一天更瘦一分。

她有心事。然而那女子性格自有执拗之处，密封的心事如封蜡的瓶，连潮水都无法浸润。

景横波想，等玳瑁彻底安定，是不是该给她早点完婚？

紫蕊这次来，送的是玳瑁各地探子回报的消息。早在进入玳瑁不久，景横波便跟耶律祁学，在十五帮内各自收买了内线，提供资源和机会，助这些内线慢慢上位。经过将近一年的经营，这些人也渐渐拥有了一定的地位，该是发挥作用的时候了。

这也是景横波当初在十三太保地下实验室拿到的那些十五帮会的秘辛，该发挥作用的时候了。

比如烈火盟的誓约书，是创业初期三兄弟的生死盟约，后来有人背叛、有人离开、有人暗害了兄弟，现在也该是旧事重提的时候了。

比如凌霄门那个冠冕堂皇的道士门主，是个低级春宫爱好者，这种妙事，也不妨拿出来大家一起欣赏欣赏。

除了十三太保外，其余十四家势力都有各种把柄藏在地下实验室。景横波在这做瘫子疗伤的三个月内，除了处理上元的事，其余就是琢磨怎么利用这些东西，来离间分化打击那些敢和她作对的江湖势力。

将消息一一看完，下发了新的命令，景横波看紫蕊欲言又止，便抬头笑看她。

她的笑容已经不同当初，在艳丽惑人的风采里，多了几分威压。

久居上位，自生高华。

紫蕊终于轻声道："少帅回来了。"

"好极了。"景横波喜笑颜开，"我还以为他生我气了，可算回来了！"

"陛下……"紫蕊却似乎还有话。

"嗯？"

"最近有些消息……"紫蕊轻轻咬着下唇，有些不安，"说少帅擅自调动骑兵，布于边境。横戟军本应向内陆收缩，他却下令内陆诸营开拔，赶往边境……听说还斩了好几个参将，还和封号校尉们闹了一场……有人说，少帅这是有不臣之心……"

景横波挑起了眉，紫蕊住口，垂下头去。

"紫蕊，"好半晌景横波才开口，语气很平静，甚至还带着笑意，但却字字清晰，"这样的话，我不希望再次听见。"

紫蕊如被打了一鞭，猛地抬起头来。

"这话别人可以说，你不可以。因为你是和我们一起一路走过来的。"景横波轻轻一笑，"裴枢为人如何，心性如何，我清楚，你也清楚。"她抬手，指了指帘子外浓淡山色，浅灰天空，"如果他愿意，这玳瑁江山，早可以收入囊中。当初不要的东西，现在来抢？紫蕊，裴枢那样的人，可以杀他，不可以辱他。"

血色从紫蕊脸上褪去，她离开时脚步微微踉跄，天光映着她脸上的神情，七分愧悔，三分喜悦。愧悔擅疑朋友，却不悔这一问，作为女王的参赞女官，她有责任将一切动向上报。喜悦的则是女王越发博大宽容，她目光深远足以看遍天涯，她伸展的羽翼，已经足以承载这天地重压。

两个女子各有心事，都没注意到，廊口帘后，有道笔直人影，默然伫立。

天光映上他如玉肌肤笔挺鼻梁，鼻下红唇一线，密密紧抿。

"裴枢那样的人，可以杀他，不可以辱他。

"如果他愿意，这玳瑁江山，早可以收入囊中。

"裴枢为人如何，心性如何，我清楚，你也清楚。"

一生戎马，半途争夺，他在血腥和泥泞中走过，历经背叛、欺骗和争夺，从未真正体验

过此种时刻——人间有知己，心事映辉光。

不因非议和谗言所夺的信任，是沧海潮，在心的天涯生灭不休；是天边虹，点亮所有深黑的眸。

士为知己，死而后已。

他轻轻地走了出去，准备再一次磨亮自己的长剑。

景横波没有看见那个人影，她想着裴枢回来了怎么又不来找她？这小子又矫情上了？

山不来就我，我来就山，她推着临时轮椅，骨碌碌地一路滚向他的寝殿。

为了她行事方便，近期宫内所有门槛全部都被拆除，换成了滑坡。裴枢的居处一向不要人伺候，门开着，看来人是回来了。景横波一路直入他的寝居，想着如果这家伙胆敢赖在床上，就拎着他的耳朵拖起来。这家伙很快就是别人的老公了，以后想闯他睡房都不能了，趁还有机会，赶紧多闯几次。

床上帐子低垂，堆着被子，似有人睡。景横波一把掀开被子，笑道："还装死……"随即顿住。

被子被她掀到地下，床上却没有人。景横波正要骂一声起床不叠被子的懒货，忽然注意到裴枢的枕头，因为她这大力一掀，枕头翻了个面，枕下半截白底金边的封皮显露出来。

这种封皮吸引了她的目光——这是帝歌静庭诏书的固定制式。

她伸手，将那东西抽了出来。

第七十四章　素手忽翻，戟指向天！

她抽出那诏书——"国师登基及立明城女王为后书"。封皮上那短短一排字落入她的眼帘时，有一瞬间，她竟然没有读懂这句话的意思。

她的目光在"为后"两个字上停留了很久，目光沉重而有力，似乎想将那两个字压出洞来。

身后忽然响起了脚步声，她没听见，一个声音在她身后急促地道："你怎么忽然跑了来……"语声顿住，她也没在意。声音入了耳，却不走心，她盯着那封皮，慢慢抓起，快速地翻了翻，仿佛想要多一些了解，但依旧没有看进眼里去，心里知道就是这么回事，看得再详细也是这样。最惊人的消息，有那么几个字，便也够了。

一只手伸过来，按住了诏书。她一让，顺手撇下这一本，将他的枕头大力一掀，又一封诏书被翻起，啪嗒一声落在她脚下，背面朝上。

一双靴子飞快地将诏书踩住，似乎很想就这么毁尸灭迹，但似乎又有些犹豫，觉得这么做毫无意义。景横波的目光落在靴子上，并没有说什么，也没伸手去抢，她抬头看着面前这张脸，轻声道："裴枢。"

裴枢乌黑的眼睛里有种很奇怪的神情，他伸手缓缓按住她的肩："我在这儿。"

听到这短短几个字，她心中一热，有什么东西尖锐地拱上来，眼圈顿时就红了。

自己看起来很失态吗？以至于那么鲁莽暴烈的裴枢，也会在这样的时候，说这么一句最合适的暖心的话。

她别过头去，吸吸鼻子，仔仔细细想了想，再回头时神情恢复如常，甚至还微微笑了笑，对他伸出手，指尖点了点地上被他踩住的那本诏书。

裴枢盯着她——景横波的脸上没有强颜欢笑的痕迹，算得上平静，刚才眼眶处的微红已经消逝，此刻她的笑依旧妩媚，似春光里被新雨洗过的海棠。

他忽然觉得，现在的景横波，有时连他都感觉不可捉摸。如果说当初她是天际的明媚长虹，抬头便见，不容忽视，如今她便是深海底的宝珠，需要冒险寻觅，于蓦然回首时无意偶得，散发着夺目幽光。

越神秘，越美丽。

她摊开手掌，掌心洁白，一副等待的姿势，不再似以往大呼小叫巧取豪夺，她是含笑等待猎物和贡品的女王。

裴枢挑挑眉，脚尖一挑，第二封诏书飞上景横波的掌心——"废黑水女王并赐死诏"。

一霎的沉默。

有那么一瞬间，景横波还是不敢相信自己的眼睛，可是再过一霎，她心里便似有火苗砰地一闪。那一闪，燃烧在她的眸子里，似野火，燎了草木葳蕤的山原。

裴枢一直紧紧地盯着她，那些肃杀的字眼似惊电长刀，劈入她眼帘，裂开的却不是震惊，或者先前那一封已经足够让她震惊。她现在的眼神，炽烈却又萧瑟，像走在绿茵遍地的彼岸，一转身看见身后家园在烈日下逐渐消逝，是那种无法挽留和不被告知的愤怒。

"这些诏书……"裴枢顿了顿，道，"是真的。"

出自帝歌，印鉴标记毫无作伪。而就在昨天，国师已经登基，并在登基当日，立明城女王为后，同时发布命令，即将讨伐敢于违抗朝廷命令的玳瑁。

这消息她马上就能收到，他的隐瞒已经没有意义，所以他匆匆赶回。

"我知道是真的。"景横波木然道。她也曾是女王，当然知道诏书是什么样的，还知道这样的诏书只能出自静庭，知道这种诏书只能由宫胤亲自吩咐，书记撰稿用印，由蒙虎、禹春两大近臣亲自安排发出。早先她被逐出帝歌时，所接到的封她为黑水女王的诏书，就是这种制式。

然后她一抬手，轻轻巧巧地将诏书抛进了火盆。镶着金边的雪白诏书在火盆中迅速卷成一团，留下一簇苍黑色的灰。

她注视着那灰烬，只觉得心也似在这样的燃烧中卷成一团，多少疑问多少心事多少烦乱

被粗暴地卷起、折叠、烘烤，硬硬地挺着，在风中发出簌簌的声音。

“裴枢，下令集结三军。”女子没有回头，平日慵懒的声音冷硬。

“已经集结。”少帅在她身后，慢慢道，“横戟骑军已经开拔至玳瑁边境，新近训练出的斥候队已经分三路向外查探。我选择了三条路线南下，其中有一路打算从斩羽部外围的斩羽沼泽走，一路从沼泽进军，最快三天可以插入帝歌背后，为此我从天灰谷紧急调拨了所有的天星宝舟，看守天灰谷的封号校尉说没有你的手令不能这样大规模调拨，我把他关了起来。驻守黑水泽的一位封号校尉说给我这么一搞，他那里无法再驻守黑水泽西线，要和我打架，我敲断了他一条腿。还有一个看守，意图给黄金部通消息，我把他宰了。”说完一笑，露出一口森森白牙。

景横波想起紫蕊先前的话，长嘘出口气。

“有你真好。”她由衷地道。

裴枢笑得畅朗，想到很快就可以打回帝歌，将那些混账一个个耳光扇过去，便觉得人生畅意，不过如此。

要说唯一的不畅意，就是觉得景横波太冷静了。他原以为她会哭，会闹，会歇斯底里撒泼，那样他便可以和她扭打，让她冷静，借出自己的怀抱，供她闹累了于其中痛哭休憩。

女王这个职业，或许可以让女人更美更自信，但却更累更不自由。少帅摸着下巴磨着牙，想着要不要干脆不要她做女王了，自己抢过王位，给她一个王后做做?

景横波已经转身，自己转动着临时轮椅，一阵风般地出了他的寝殿。一路经过长廊，四面宫人侍从看见她，恭谨躬身，却又有些诧异，平日懒懒散散的女王，今日风风火火的，轮椅转动得飞快，遇上了什么急事?

一大群臣子在长廊尽头等着迎接女王议事，然后就听见了一连串命令。

“从今日开始，玳瑁进入战备状态。

“打散横戟军，重新整编上元军，加紧训练，增编一支骑军。去信给翡翠，请英白速归。

“去信给易国，请易国大王相助，也不用太麻烦了，前阵子驰援我们的那支军队我瞧着就不错，直接留下吧。如果他愿意再出些力，我也不介意。

“请大贤者和耶律先生代表我出使姬国，向姬国新王姬琼购买一批羊驼，要最凶猛的那种，可以拿黑水泽出产来换。

“开启秘库，从今天起，户司和兵司要对所有军务粮草辎重负责，不管你们用什么办法，用多少钱，务必保证大军顺利进军。

“对十五帮的分化计策都已经定好，通知下去，已经实施的加快进度，还没实施的立即实施。半个月之内，我要看见结果，而且必须是成功的结果。

“所有还在上元的将军，请随我去正殿，稍后请少帅沙盘推演，敲定进攻路线。”

臣子幕僚们目瞪口呆地看着女王一边不停嘴地吩咐，一边快速地滚进了殿中，脑筋完全跟不上这步调——他们原本是来商量女王正式登基庆典备办事宜的，怎么忽然又要打仗了?

还这么大动静，问题是现在的女王有敌人吗？和谁打？和已经焦头烂额的十五帮吗？

然后众人更加目瞪口呆地看见，裴少帅不知何时已经换了一身金甲，腰佩长剑，比杀气腾腾的女王还杀气腾腾地出现在长廊那头，用属于军人的步伐一路走来，将桐油新漆的深红长廊踩出一排笔直的大脚印子。

众人看见他的时候，都有点不自在——最近少帅很有些倒行逆施，在场文臣都曾经弹劾过他，只是女王都置之不理。如今瞧他手按长剑一路生风地过来，众人都有些发毛，盯着他按剑的手，揣度着他会在经过谁的时候拔剑，都忘记了问一问他为什么要换一身作战的盔甲。

裴枢没有拔剑，他甚至对众人视而不见，在经过他们身边的时候，只从鼻子里轻蔑地喷一口气。

“赶紧该干吗干吗去吧，老枯柴们！”

殿门轰然一声被推开，殿内得裴枢之令，早已提前赶过来的将领们轰然站起。

“陛下！”

声震屋瓦，浮灰簌簌地落下，文臣们看见武将甲胄的明光在幽深的大殿中一闪一闪，忽然都觉心慌起来。眼见她王权立，眼见她风云起，眼见她忽翻素手，戟指向天！

“陛下！”常方踮起脚，扯着一把老嗓子嚷，“您要打仗要买羊，好歹得告诉老臣一声，到底打谁啊！”

殿内一阵沉默，随即景横波的声音坚定地传了出来。

听见这个回答时，所有文臣，齐齐一个打跌。

“帝歌！”

玳瑁硝烟未散的风，吹不到雪山之巅。在半山那座木屋边，依旧绿草漫漫山花灿灿，一只只灵巧的雪狐在绿草繁花中奔跑，身形似雪箭般灵巧，却总越不过那木屋前碧湖的小小范围。

山巅上凝结的冰雪，偶尔落在它们的黑鼻头上，它们会仰起头，看看那片寒冷之地，眼底似有怀念的神情。

那里曾经是它们的家园，现在那里却被无数的人类占据，整日响着刀剑的厉风、打斗的嘶叫和濒死的惨呼。有人类在的地方，总有无穷无尽的苦难、奴役和不自由，雪狐乌黑的眼珠里，藏着深深的恐惧。

令它们更加恐惧的声音忽然响起来，今天不是那柔美的呼唤，却是一阵近乎尖厉的大笑声。

雪狐们从未听过女主人如此放肆地笑，惊得四散，躲入草丛，犹自惶然回首。

砰的一声，木屋的门被推开，雪白的裙裾飘出来，又飘进去，在绿茵上开出烂漫的花朵。

“哈哈哈哈哈，登基了！”

木屋女主人也是雪山的女主人，她紧紧攥着一封信笺，因用力过度，手背上青筋毕露。

木屋内寂无声息，似乎无人分享她近乎失态的喜悦。而雪山的其余人，不经召唤，进入

不了这片世外桃源。

许平然抓着信，又读了三遍，手一松，信笺飞入空中消失不见。她忽然一个转身扑入屋内，猛地撞在那张永远垂着帐子的木床上。木床一阵摇晃，发出吱吱嘎嘎的声响，墙灰哗啦啦地落下一片。

她不管，掀开帐子，膝爬入床。

“慕容，我成功了！我成功了！”她抓着里头的人，压抑着声音低喊，眼睛里乌光闪烁，“他登基了！他终于登基了！”

床上的人没有声息。

“他这两年越发不听掌控，神神秘秘的，我一直担心他另有心思，我不怕他另有心思，我只怕他不登基。”

她抱住他的肩，轻抚他的脸，手指微微颤抖，似要控制不住力量。帐帘内传来低低的噗噗之声，似有什么东西被戳破。

“哈哈哈，当年龙应世家的那个诅咒，如今可要被自己人给破了，如何？如何？天道循环，血脉不绝，我开国女皇一脉精血，无限雄心，怎么可能被那个骄矜轻狂的世家世代困死？”

噗噗之声愈响，帘上金钩叮当摇晃。

“凭什么女皇一日为你龙应之奴，便得终生为奴？凭什么她靠自己的力量夺了大荒天下，这天下就还算你龙家的？这浩荡河山，凭什么要她拱手让人？就因为你们血脉高贵，你们以龙应为名，你们是她曾经的主人？可天下无生来王侯，谁的心间血都一样红！”

“你们逼她不能传位于子女，否则子嗣断绝——我便要从你龙应世家血脉手中得位，让你们自己破自己的誓！”

“慕容！慕容！”她用力摇撼着他的肩，“历经十四代漫长蛰伏的等待，我终于做到了，我终于做到了！”

她激烈颤抖，再无往日雍容高贵之态，直到发髻摇散，乌发从肩头泻落，与一缕白发纠缠在一起。那白发似照在乌木上的明月光，静夜里肃然清凉。

她咯咯地笑着，仰起脸。木屋顶上不知何时生了裂缝，漏出一缕淡金色阳光，光斑在她光洁的脸上游走，耀亮满脸横流的泪水。

这是喜悦的泪，也是怆然的泪。喜悦是因为这苦心筹谋和等待终有结果，怆然是因为这结果她付出的代价不知几何。

那些少年婉转如娇莺，那些青春无忧伴昆仑，那些月下柳梢剑蹁跹，那些云外鸿雁传消息。那光润芳华的十六年，飘摇着昆仑宫的雪白雾气，雾气里走来城府深沉的大师兄，精明强干的二师兄，擅长医术的三师兄，厚道老实的五师兄，灵巧多话的六师兄，沉默阴沉的七师兄，活泼佻达的八师兄……还有……他。

多年后一袭紫衣飘荡天涯，也飘荡在她的思念和逃避里，在这一片四季如春的山谷盆地中，永远种着紫色的小花。

多年后她已记不清自己爱的是紫色的花还是紫色的他，已经记不清哪样发生在前，或者都不过是爱，得不到的爱。

只记得那一日雾气迷蒙，她携着慕容的手，立在树林边，看身陷土坑中的他，慕容要上去补一剑，他迈出脚步的那一刻，她拉住了他的手。

“他死定了。”她道。

“斩草不除根，春风吹又生。”慕容淡淡地答。

她的声音更淡：“那你不如先杀了我，再杀了你自己。”她笑得讥诮，“忘了吗？九重天门少宗主，也是我昆仑宫最小的弟子呢。”

慕容轻轻笑起，携了她的手走开去。

“不！”他大步离开，遥望苍穹尽头，雪山皑皑之顶。

“昆仑宫，已经不存在了。”

昆仑宫从此不在，她的爱从此衰败。她转身离去，没有回头，只反反复复唱着那首狐狸歌。

“大狐狸病了，二狐狸瞧，三狐狸买药，四狐狸熬，五狐狸死了，六狐狸抬，七狐狸挖坑，八狐狸埋，九狐狸哭泣，十狐狸问你为何哭？九狐狸说老五一去不回来……”

“我不会问你为何哭，”慕容的声音飘在树林外，“也没什么好哭的。昆仑宫与其说毁在我的卧底和你的内应，还不如说毁在他们自己的争权夺利之心。如果不是大师兄嫉妒老四，想要杀了他和老五，夺了明月血和菩提心成就神功，夺取宫主之位，哪儿有咱们乘虚而入的机会？”

她不答，只低低地哼着歌——他若能懂，终究会懂。她做的，不打算掩饰。她背负着血脉存续的重任，十四代皇族的怨恨和期望蛰伏在她的血液里，永生不得解脱。

这一生她不会是他的人，那便让彼此斩得干净，慧剑之下，见血色万丈，雄心如许。

那一年那一地染尽鲜血的紫色小花，开得真好。她采一朵，带回雪山，从此在半山盆地，只开了那一种花。如她这一生，只做一件事，只爱一个人。哪怕那是南辕北辙的道路，她人在前行，却将灵魂留在路上。

“慕容，慕容……”她伏在他胸前，喃喃低语，这是她多年未曾给过他的温柔，“我终于可以下山，我终于可以做一回我自己。是非成败，哪怕只有一日，当年的诅咒都可以在这一代破解……以后，以后就再没有诅咒了……”

不知道她撞上了什么东西，帘子内发出一阵空木般的梆梆之响。

她似乎终于渐渐冷静，从帘子里慢慢退了出来。脸上泪痕已干，哭过的眼下肌肤紧绷，她慢慢绾发，姿态凝然端庄，如美玉之雕。

有人间姿态，无人间心肠。

“原本担心宗主六年出关之期将至，还愁着如何应付那个历练的小子，现在，”她慢慢一笑，“你还是继续慢慢修炼吧，这雪山是你的，这天下，是我的。”

帘子低垂，空气中有种淡淡腐朽的气息。

她转身，推门，一招手，一只雪鹤腾空飞起，在苍蓝的天空中转过流畅的轨迹。

鹤鸣清音，山间素雪纷落，无数白色人影，直泻而下。

她仰着头，衣袖飘扬，雪白的宽大裙裾在碧草之上，远远逶迤开去。

人影如雪崩，覆盖了整个山谷，这是她耗尽数十年心血，为自己培养的深雪死士之军。

不求成功，只图破誓，不求皇位百年，只求下世自由。

她信她能做到。

“带上那家人中的一个，”她道，“下山。”

雪色人影在山道上纷飞泻落的此刻，慕容箴正在距雪山百里之处喘息。

他现在看起来很有些狼狈，身边原本二十余位随从，现在只剩了五六位，这五六位还个个带伤，雪白的衣衫看不出原本的颜色。雪山的衣裳都是特制的，只要稍稍以药水处理，就可以保持清洁雪白，以此来维持雪山近乎神圣的形象。现在衣服这么脏，说明他们一直不得喘息，连停下来稍稍处理衣裳的时间都没有。

慕容箴看上去好一点，这“好一点”，其实也不过是为了维持尊严，打肿脸充胖子。为了保持形象，他不惜受了内伤，现在每走一步路，内腑都似被火烧一次。

慕容箴回头看看空茫茫的沼泽，一句生平从未出口的脏话，险些骂出口。

真没见过这样的人！真没想到世上还有这样的人！

他确定宫胤体内的针已经拔出，没拔出也一定已经碎了，无论如何这是重创，但这人竟然还能带着他们辗转千里，在这大荒沼泽之间不断游走战斗。

宫胤还有帮手，这些帮手不知道是什么时候联络的，也不知道会在什么时候冒出来。在这追杀的一路，一开始他以为是自己在追杀宫胤，然而到现在，看着身边越来越少的人，他终于开始怀疑——到底谁在追杀谁？

三天前，自己就曾遭受一场要命的袭击，如果对方手再狠一点，人再多一点，也许他就要全军覆没。然而最终他带着寥寥几人逃生，这让他庆幸又疑惑——当真有这么巧合？

身后有剧烈的喘息声传来，他回头，看着属下们伤痕累累的脸和他们祈求的眼神。

他的视线越过属下们的肩头，尽头，雪山皑皑白顶在望。

再回首，地平线尽头，似乎又刮起一道迷离的雪雾，宫胤就在不远处。

看着雪山，看着那若即若离的雪雾，他的眼眸如针眯起。

宫胤，似乎是想把他逼回雪山呢……怎么，想在雪山拿回自己失去的东西吗？

山上好歹还有许平然在，那个女人，从来只有她攫取，未曾有过她让步。

想去找死吗？

两虎欲相争，何不提供场地？

他冷冷一笑，转身。

“回山！”

第七十五章　我已归来，不死不休！

大荒历三七二年八月十二，国师宫胤通告天下，即日就大荒帝位，改元天授，原明城女王自愿逊位，并被新帝立为皇后。

然而玉照宫锦绣红毯未收，金粉烟花未散，大殿盛宴留下膏腴香气尚未被风吹走，次日，一个惊爆的消息便飞马驰遍帝歌——玳瑁女王不上贺表，不尊新帝，不受赐死之令，悍然撕毁诏书，宣布挥师二十万，直上帝歌！

消息震撼帝歌朝野，有很多臣子在脑海中拼命调取已经离去两年多的女王形象，只隐约记得一张鲜妍容貌，但更多人却对大荒三七〇年，帝歌城墙下那个面色苍白的女子印象深刻。他们记得她在帝歌城下控斧斩旗，当着上万人的面砍烂了帝歌的象征；记得她在燕杀军中怆然大笑，虽苍白衰弱而不折勇气；也记得她临别一呼："这面旗，迟早有一天我会来补好。有种你们就换了，谁换，将来我杀谁全家！"

一个失败退走的女子的临别一语，看似无力，但两年多来，也不知道是掌权者的健忘，还是真的有人畏惧那个誓言，那被划了一个大叉的帝歌王旗，真的没有被换过。

那面划了叉的旗，从此在帝歌城头寂寞飘扬，似乎在等着她的归来。

而她，终于回来了。

大荒历三七二年八月十四，天授帝朝堂暴怒，当即下令自玳瑁往帝歌沿途诸部族立即调兵拦截景横波，令亢龙新帅宣白宁率亢龙十万军北上讨伐逆军，并先后封了六位监军，前往沿途部族属国军中，督促各国各族执行帝歌命令。

然而，出乎新帝意料的是，所涉诸国对于这次大逆不道的反叛，态度暧昧。

襄国女摄政王正于此时告病，拖延履行帝歌方向要求襄国出兵襄助的命令。

黄金部自顾不暇，境内天灰谷忽然发生毒气泄漏，周边城县的百姓不得不迁徙。黄金部现有军队一部分帮助疏散百姓，一部分加紧拱卫王城，将黄金部王宫围了个水泄不通——金召龙听说此次玳瑁横戟军主帅是裴枢后，就没睡过一个安稳觉，和帝歌的安危比起来，当然是他自己的小命更要紧。

斩羽部战辛倒是很积极地接了令，并开始调动军队，磨刀霍霍，大有景横波军队胆敢经过，必定刮她一层皮的姿态。只是斩羽部本身军事实力一般，斩羽部的军队也不大听从来自帝歌的监军的命令，似乎自有打算。

翡翠部称女王不在本族之内，将来自帝歌的命令封存，表示会加紧寻找女王，待女王回来再做定夺。监军被送进驿馆，里三层外三层地"保护"，从此再没有一句话一个字出来过。

易国直接对此事没有反应。监军根本没有找到皇宫的位置——给他带路的人失踪了，他

觉得自己把诏书交给了易国大王，但易国不承认——你看的那张脸不对。至于咱们大王到底长什么样？咱们也不晓得。

与此同时，八月十一，玳瑁烈火盟因为一场当年旧事，引发内讧，分为三派。三派分裂之后，为争地盘纷争不断，实力迅速消减，被试剑盟和龙虎盟结盟后乘虚而入，分崩离析，从此世上再无烈火盟。

八月十二，罗刹门传出当初前门主罗刹和现任门主的一桩交易，罗刹门因此开始了新一轮门主之位的争夺。罗刹门本就因为前门主罗刹的失败而元气大伤，新门主上位后不久又被刺杀，罗刹门诸长老纷纷离开自保，罗刹门名存实亡。

八月十四，神决和天竞帮，因为地盘争夺导致火拼，各自死伤惨重。

八月十五，玉带帮帮主忽然迷上了丹药，并为此不惜派人前往猎影帮盗药，却盗回毒药，双方由此短兵相接。

八月十六，龙虎盟盟主无意中得知，自己当年遗失的随身兵刃，竟然被试剑门门主私藏，龙虎盟盟主为此公开上门讨要，刚刚结成同盟的两大盟再次火拼。

八月十七，灵犀门门主忽然发现自己被三个师兄弟联手背叛，为此他连杀两个师兄，却被师弟毒疯。

八月十八，凌霄门门主寝室失火，众人帮忙灭火抢出屋内物品时，无意中撞散大箱子一只，其中滚出无数春宫及绣鞋香囊数十只，一时惊骇，众说纷纭。随即官府上门，称那些绣鞋香囊和山下近年来一系列的失踪少女案有关，随即一些门内耄老也认出其中一些衣物，似乎是自己女儿的。一时凌霄门门主不仅陷入官司，还陷入了本门乃至整个江湖的非议责难之中，凌霄门先后四位长老破门而出，临走时又放了一把火，烧红了凌霄门半个山头。

当时烈火连天，和天边晚霞相接，山下无数见证了凌霄门兴盛数十年的乡民，眯着眼睛看那火将牌楼高门卷去，都叹一声：“白云苍狗，换了人间。”

一把火烧的不仅是玳瑁第一帮的基业，还是整个玳瑁江湖的稳定。在这些可称为中流砥柱的玳瑁大帮几乎同时出事后，剩下的绝大多数帮会，不可避免地要进行站队和选择，参与新一轮的权力争夺。越卷入越纷乱，越争夺越消耗，十五帮不仅没能再给新女王下任何绊子，甚至进入了自顾不暇的境地，一些有眼力的冷眼旁观的江湖人士预言：玳瑁江湖此乱，是有预谋之乱，经此一乱，五十年之内，玳瑁江湖再难江山重起。

更有目光犀利的人，指着那些残破山门前犹自争斗不休的人们，一声长笑：“不过一群争食鬣狗，为人指挥厮杀扑咬，清一条带血道路，过女王横戟军而已！”

据说女王听见这句话，于朝堂之上哈哈大笑，掷书于殿下，道：“然也！群狗已散，道路正宽，儿郎们，谁陪我帝歌换新旗？”

底下轰然应诺，站出新将一批。

大荒历三七二年八月二十，女王于上元凤栖台前誓师，出兵二十万，由裴枢率左翼，英白率右翼，自己亲率中军，倾巢而出，直指帝歌。

消息飞驰帝歌，帝歌震惊之余，也不大相信——景横波能一次出兵二十万？她哪儿来的

二十万？上元军？她敢现在就用明晏安的上元军？那简直是给自己埋下失败的火种！

不管帝歌怎么讨论景横波的兵力，她的大军确实黑压压铺天盖地而来。兵锋如火，连过翡翠、易国两境，所有大军在翡翠、易国境内未有丝毫伤损，甚至获得了补给。

九月初三，横戟军前锋遭遇斩羽部士兵拦截，双方骑兵稍有接触，未分胜负，之后在斩羽部依兰城外拒马，双方遥隔一城对峙。战报传到帝歌，原本因为女王在翡翠、易国没有遭遇拦截而十分紧张的帝歌君臣都松了一口气——斩羽部是景横波遇上的第一个阻碍，如果第一次遇上阻碍便不能一鼓作气攻克，对于劳师远征的横戟军士气必然是个打击，说不定景横波就此停滞不前，打道回府。

相当一部分老臣便劝说新帝，行事不需太绝，黑水女王当初是您赐封，好端端的忽然要赐死，人家为求生存，当然要生死相搏。不如给一个台阶，如果女王在斩羽铩羽，那就稍稍给点教训，斥责一下便罢了，还让她回去做女王岂不好？何必一定要把帝歌卷入战火中呢？

也有很多臣子私下议论，记得原先国师和黑水女王颇有情意，为何现今这般赶尽杀绝，刚一登基便要赐死女王？莫不是新任皇后容不得前女王，一心要杀了人家？自此，对新皇后恶感更甚。

邹征这个假皇帝，刚刚尝到以前想都没想过的当皇帝的滋味，内心深处实实在在把这皇位看得比天还大，内心深处也对明城一力要求处死景横波，从而导致这场战争而颇为不满，也在思考着什么时候找个台阶，收回命令算了。

他这个打算，自然瞒不过新任皇后。据说有次皇帝在朝堂上和众臣商议如何安抚女王，皇后闻知，当即奔往前殿，被御前侍卫拦下后，当殿哭泣，导致议事没有进行下去。天授帝回宫时，脸色铁青，当晚帝后宫内，杯盘碎裂之声不绝，好一场狂风暴雨。

帝后吵架归吵架，仗还在打。景横波的横戟军气势汹汹而来，却在第一关就被拦住，双方僵持七日，先是斩羽不接战，后来变成景横波不接战，僵持得莫名其妙。战报飞传帝歌，群臣莫名其妙，很多人因此乐观猜测，女王是不是其实根本不想打？这么故作姿态，只是在等一个台阶？

这个观点一提出，立即得到很多和平爱好者的热烈拥护。帝歌人向来自我感觉良好，天子脚下，大荒中心，万军拱卫的京畿之地，每个人也都觉得自己是天地玄黄的中心，这样一处神圣的地方，怎么有人敢打？怎么有人敢真的打？

再说女人本就胆子小而矫情，所谓打，不过是挥舞小手绢做做样子，给一个巴掌展示一下帝王雄威，再给一颗甜枣哄哄，想必女王也就会退兵了，自此后安于玳瑁，永世为我帝歌屏障。

如此分析，天授帝也觉得很有道理，甚至暗暗懊悔，当初为了和明城合作，答应了她这么不顾大局的荒唐要求，当即下令礼司及两相酌情撰写劝降书，即日快马递斩羽，劝女王退兵。

第一封劝降书，经众臣斟酌争吵三日得出，洋洋洒洒数万字，文采华章，引经据典，既有对我皇功绩的膜拜，也有对女王大逆的斥责，既表示对女王叛逆的义愤填膺，又宽容地表示了我皇大度既往不咎的胸怀。为了让这封劝降书的措辞既堂皇又威严，既强硬又不失安

抚，既有退让又不失帝歌的尊贵，既维持了自己的面子也巧妙地给了女王台阶。一众幕僚字斟句酌，三夜没睡，地上掉了雪一般的一层白发。

群臣传阅，都觉得这样一封信，情理兼具，义正词严，只要那女王的心还是肉长的，只要她还有生死之念，必定虎躯一震，倒头便拜也。

劝降书以雪白缎子写就，压金边，火漆密封，快马即日发出。自书发出后，众臣便击掌相庆，回家睡觉——女王一定会感激涕零地接下劝降书，退兵回家，咱们可以歇一歇了。

两日后，劝降书交到了女王案前。

当日，斩羽部以及帝歌监军在城头站了一天，等待女王出阵表态退兵，又做好了受降的一切准备，连受降时该说什么话，是否该给女王几分面子，如何控制分寸都商量好了。但他们从日头初升等到月色沉降，只看见了女王大营几个出来对着城墙撒尿的小兵。

战辛和来使又等了一天，还是毫无动静，来使觉得也许是女王还需要一个台阶？当即表示自己愿意亲赴大营劝降女王。消息传过去，那边似乎也没反对，来使进入大帐，就看见了传说中的黑水女王。

当时女王坐在轮椅上，对着一张舆图指指点点，那封锦缎压边的国书，被随意扔在书案一角，上头还有半个大脚印子。

来使略通军事，一抬头看见那张舆图，立即倒抽一口冷气，一句话也不敢再说，当即便要辞出。

他要走，景横波却不同意。女王阴笑着挥挥手，这位倒霉的来使便被关进了猪圈里。关进猪圈的半夜，被臭气熏得睡不着的来使，忽然感觉到地面一阵震动。

他一开始以为是地震了，从猪圈里爬出来一看，就见地平线上忽然出现了一大片雪团。那雪团越来越大，越来越膨胀，似重重叠叠的雪山，渐渐盖住了整个视野。

而地面震动愈烈，雪团还没接近，铺天盖地的灰尘已经在数丈外腾起，尘土飞扬，呛得他猛烈地咳嗽，他却不敢闭上眼睛。

然后他瞪大眼，看见了无数……羊，怪模怪样的羊。

比马略矮，却比平常所见的羊高大，头型似马非马，四蹄如碗，在背上和关节上居然都镶了重铁，行动起来却迅捷如电，第一眼看见它们蓬松的毛，再一眼就看见那快要扬到面门的巨大的蹄。

他慢慢颤抖起来，隐约明白了女王为什么停在这里，为什么对劝降书态度暧昧，也许所有人都错了，把一只狡猾的狐狸看成一个无害的矫情的小丫头。他想惊呼，想大喊，想逃出去通知斩羽，然而有人大步过来，重重将他脑袋按进了一地的猪粪里。

天快亮的时候，还在城头上等帝歌使节回复的战辛，接到了一封以箭射上城头的反劝降书。

那反劝降书写在一幅黑色锦缎上，锦缎大如桌面，其上字迹鲜红淋漓，十分醒目，让人怀疑是用血书写的，或者就是用来使的血写的？

战辛心知不好，有意要先自己看一遍，谁知那锦缎忽然从他手中飘起，哗啦啦贴在了战辛的大旗上。

上面只有一行字："想要睡你妈的老战，别和我说话，我怕脏。"

寥寥十六字，字字大如盘，写得龙飞凤舞，难看之极，城头上的将士人人看得清楚。

战辛目瞪口呆，好半晌才反应过来，一声大叫，跌落在了地上。

众人急忙抢救，又急急去撕扯那张反劝降书。在场很多将领都隐约知道，大王曾经对先王的妃子阴无心有意，并曾以手段逼迫，逼得那女子回归了本门。这说起来是一段丑事，如今被那缺德女王当着万军之面赤裸裸地揭开，这巴掌扇得真是清脆响亮，唯恐人听不见。

那锦缎却再次被风吹起，悠悠地飘往城中去了。

众人眼前一黑，仿佛看见全城百姓争睹此书，在茶馆小巷暗处窃窃私语，将皇室秘密在口齿间口沫横飞地碾磨。

战辛醒来后，听说了锦缎没抢到，喘了半天粗气，道："战……战！"

被激怒的斩羽军，轰然出城迎战。本想来一场霸气冲杀，结果这边阵势刚刚摆好，忽听一阵奔腾之声，沉闷，凶悍，地动山摇。斩羽军面面相觑，惊骇欲绝——老兵从蹄声和地面的震动推断，这骑兵得有十万之数！

景横波哪儿来的十万骑兵？

一眨眼就看见对面云团突生，似天际飞云突降，一大片白色滚滚而来，搅动漫天烟尘。

众人更惊——不仅是大量骑兵，还是全白马的骑兵？这怎么可能？

再看那烟尘，不对啊，怎么好像还是万骑之数？

大家脑子还没理清楚，再一眨眼，那群白云竟然已经到了面前数丈之地。那些骑兽虽然身躯笨重，却异常凶猛且速度极快，那些骑兵周身重铁包裹，最前面的领军者却一身银黑长袍，宽衣大袖，衣袖与黑发齐飞，烟尘中控马如飞云。远远看去，似有人在天际飞降，率三千重骑下云霓。

众人目瞪口呆地盯着那些庞大的怪模怪样的"骑兵"，有些人忽然撕心裂肺地喊起。

"羊驼！姬国变种羊驼！"

喊声随即被凶猛的蹄声踏破。羊驼骑兵撞入斩羽骑兵的场面，就似一柄重锤砸入一锅面汤。腾空的是烟尘，溅起的是鲜血，飞上半空的是惨嘶的人和马。大片大片的黑色人影被撞飞，给黎明的曙色添上一抹血色朝霞。

当同样拥有速度的军种在战场相遇时，力量定胜负。

摧枯拉朽。半个时辰战斗结束，羊驼踏着血肉而去，留下一地鲜血和泥泞。来自与世无争的高原姬国的羊驼骑兵，第一次正式用于战场，这些看来憨拙的兽，用自己的力量和速度，向整个大荒展示了什么叫真正的凶猛。

所谓铩羽，所谓僵持，所谓犹豫，不过是景横波在等待。

她等待耶律祁的归来，用最为强悍的开场，告诉那些敢于不把她当回事的帝歌权贵——

我已归来，不死不休！

第七十六章　他的情意，你可知道

那一片地平线上的雪山，常年遮没在呼啸的风雪里。风雪狂舞，山却寂静，时有淡淡的白气扶摇直上，和天际怒吼的风洞连接在一起。

虽是盛夏时节，山顶的积雪却未见融化。一大排淡淡的脚印迤逦而下，随即便被衣衫振落的新雪覆盖。

山下散落着一些小村庄，住着逃难而来的人们。因为常人不敢接近这座有“神异”的山，这里便成为了很好的庇护所，山脚下的人越来越多，渐渐聚居成村。

这天清晨，小村里的人听见了来自山上的大批异声。这让他们很诧异，山上这么多年，只能看见淡淡来去的神仙一样的影子，从未有过这般的喧哗。

是山上的神仙下来了吗？村民忍不住披衣去瞧，走到窗前，一望雪山，所有人不禁啊的一声张大嘴，眼底写满惊骇。那惊骇，从此永久地写在了眼底，再也抹不去。

有风嗖嗖地过去，新雪在盛夏的阳光下，簌簌地落下来。

七八个时辰后，数条人影一闪，慕容箴出现在小村的村口。进雪山的路当然有很多种，从村中走是最引人注目、最不安全的路，一般只有需要运送大型的东西，雪山上的人才会选择趁夜里从这里悄然出入。

他要引宫胤进雪山，当然不愿意泄露雪山的秘密道路。然而今天的小村特别奇怪，死寂无声，村中飘荡着一股淡淡的奇怪的气味。

慕容箴和他的同伴一路被追杀，疲倦和伤痛已经令他们失却了敏锐的感觉。他们快速地掠过村落的屋顶，一个属下伤重，飞掠时身子一倾，踏破了茅草屋的屋顶，本以为底下的村民会喝问咒骂，然而下面却没有声息。这人觉得奇怪，不禁就着破洞向底下一望。

这一眼之下，他浑身一冷。

屋顶之下，那一家三口挤在窗口，瞪眼张嘴，躯体僵硬，脸上还保留着惊骇之色，气息却早已断绝。尸体眉宇间那种淡淡的霜色，正是雪山人出手的标记。

慕容箴也瞧见了这一幕，心中一惊，飞快地绕着整个小村走了一圈，踩破了经过的所有屋顶，最终确定，这村中的人都已经死去。

这变化让他十分震惊——雪山中人，视众生如蝼蚁，并不屑对平民出手，如今这是怎么了？

村中的地面上有深深的辙印和很多古怪的足迹，似乎有很多人经过。那些足迹，有的一边深一边浅，有的只有一边，有的一边是人脚印，一边竟然是爪印。

还有更多极淡的人的足迹，这些人轻功极其了得。

慕容箴盯着那些脚印，忽然想起许平然这么多年的“极限计划”。

野心勃勃的许平然，利用雪山的地利和资源，多年来一直以一种近乎挑战极限的方式，培养着雪山的新弟子。她主管雪山期间，雪山入门的弟子多了十倍，但经过她重重严酷的训练和考验，最终进入内门的弟子，却不足三十年前的三分之一，还有大量中途失踪和夭折的弟子，没人知道他们去了哪里。

现在，这些人……

慕容箴心中有种不好的预感，却始终不敢相信，在山上韬光养晦，从不下山一步的许平然，会真的下山。

他一路被追杀，并不知道国师登基的消息。此刻已经到雪山口，再无退路，他一咬牙，带领剩余的属下掠入山中。刚刚踏进雪山一步，一抹青色的雾气已经自他手中射出，直射雪山之巅。

这是“来敌”的通知。

雪山幽静地立在雪气和雾气中。又是人影一闪，宫胤出现在村中，低头看着那些印迹。

他看得极为仔细，随即道：“笔墨伺候。”他身后，几个精悍男子立即拿出可以随时使用的特制笔墨。

“许平然已经下山，几乎带走了雪山所有精锐。”宫胤低头看印子，“计雪山秘弩车五十辆……”

蛛网们看着那印子，数来数去，也就五辆。

“其余被扛在肩上。”宫胤指指几个特别深的脚印。

众人恍然，有人问：“此车重几何？”

“三千斤，可拆卸，不过许平然运走时，是完整状态。”宫胤淡淡地道，“记录。”

属下唰唰地记录着，神情震惊——三千斤能扛在肩上走远路？这是什么样的大力士？这种大力士出现一两个不稀奇，出现几十个？

“此车可拆卸成三车，三车可轮番出动，一车攻，一车守，一车驰，速度极快，兼有雪弹和雷弹，底屉有一尺方圆空间，寻常用来装弹药，但要提防，某些时候也可以用来装人。”

“那么小，怎么装人？”有人提出异议。

宫胤淡淡地瞟他一眼：“砍掉你的四肢就可以。”

那人激灵灵打个寒战，想开句玩笑，忽然又觉得这似乎不是玩笑，忍不住又打一个寒战。

“人分七种。”宫胤挥了挥手，道，“你们几个去追慕容箴，尽量让他远离这些印辙区域。”

几个蛛网闻声而去，小心地进入雪山区域，以防踩乱地上的痕迹。其余人则在思考，主上刚才那句“人分七种”是什么意思？人不就是人？哪儿来的种类？

因此他们也就没注意到宫胤挥手的姿势微微有些僵硬。

“第一种，剑人。”宫胤专注地盯着地面印痕，微微俯身，一路看过去，身后那负责记

录的蛛网，不敢漏听一个字。

“这种人体内应该埋有剑气，以至于行走步速极快，脚印四面有放射痕迹。”宫胤道，“他不需出手，只要进入某个区域，附近的人都会死。”

众人倒抽口冷气。

“那岂不是天下无敌？”有人震惊。

“剑用多了，也会折断，会粗粝。”宫胤似乎并不在意，“越锋锐，消耗越快，死得越快。只是这样的人一开始出现，必定杀伤凶猛，对士气打击极大，这会是许平然的先锋死士，让景横波小心。”

“是。”

“第二种，”宫胤又慢慢弯下身，去看一个一半足迹一半爪印的痕迹，他眉宇间掠过一丝厌恶，仿佛看见这世上最为恶心的事。

“兽种。”他淡淡地道，“应该属于人兽血脉。许平然经过这么多年的试验，失败无数次，想必已经找到了可以和人类血脉共存的猛兽兽种，这种兽类，必然无比凶残，速度奇快，并且毫无人性，一旦出手，必定以死相搏。另外，人兽血液共融，可能还会发生些意外的变化。”

蛛网一一记下。

宫胤没有直起腰，维持着那有点怪异的姿势，一路看下去。

雪山上，慕容箴感觉到身后已经有人进入了雪山，因此跑得更快，他没有想到，正主还在后头，慢慢琢磨着许平然下山的痕迹。

“第三种，”宫胤慢慢道，“草人。”

地上一片浅浅的痕迹，看上去不像脚印，倒像是一片草刷子拖过。

“这些雪山奇兵的名字可都真有意思。”一个蛛网笑道，“贱人、畜生、操人。”

众人嘿嘿嘿地笑起来。宫胤是个冷淡却不冷漠的主子，蛛网们敬他如神，却并不噤若寒蝉。

“因为这些本就不能再算人。”宫胤平静地道，“比如这种人，为了追求速度和轻盈，抽去了体内的很多骨头。他们未必能站立，甚至未必能行走，但能以各种诡异姿势，出现在任何地方，比如弩车下一尺方圆的弹药匣里。”

众人忽然都觉得浑身骨头一阵锐痛，好似被人用利刃剔出。

“变态！”有人愤愤地骂。

“这些古怪的兵种，放在战场上，一开始，绝对会让人吃大亏。”

蛛网们默默望着主子，忽然明白了他的用意，明白了为什么明明早就可以杀掉慕容箴，主子却宁可不疗伤，耗尽精力，也要一路吊着对方。

他要的就是慕容箴被追得走投无路，不得不回归雪山，而慕容箴进山和许平然下山，必然都只会选择从村中阔路，也必然会杀尽村人灭口。他一路跟到这里，就是为了此刻，向帝歌战场通报最重要的军情。

宫胤还在弯腰向前，他的长发泻落，日光下一色晶莹银白。

自那一日池塘围攻，他从水中牵针而起，一头乌发彻底转为银白，如永恒月光，将黑夜照亮。

蛛网们忽然齐齐默然回望帝歌方向。

他为你弃江山皇位，他为你受人间苦痛，他为你战天下枭雄，他为你早生华发。

女王，你可知道？

宫胤一路走，一路慢慢看，将七种异人的特征都说了个大概，之后以火漆封信，交由一位蛛网，立即送回帝歌。

宫胤早已沿路安排了谁也想不到的秘密暗桩，可以保证信能极其快速安全地送回。

“主上，”有位蛛网不解地问，“您虽然给女王分析了许氏的大部分实力，但似乎并没有告诉她解法。”

宫胤似乎还在研究地上的印子，挥挥手示意众人向前走，等人都走过他面前，才淡淡地道：“她已经不需要我一步一扶，从今以后，胜败是非，是她自己的事了。”

蛛网们深有同感地点点头，却没有听出这句话隐约的凄凉。

宫胤慢慢站起身来。

所有人都在他前面，他此时起身的姿势，才暴露了一丝困难。他的姿势似乎特别僵硬，维持半蹲的姿势过久，起身时膝盖、腰部和撑在腿上的手肘，都发出细微的嘎嘎声，听起来像骨节老化的声音。

他站起得很慢，但起身后，依旧站得笔直。

嗍的一声，一点银光忽然从他手肘迸出，他顺手一抄。那是极小的一点银色物质，在微汗的掌心熠熠发光。

被银光割破的手肘肌肤，微微沁出一丝鲜血，淡红色，随即伤口便凝结了，仿佛他体内的血液也已经不多了。

在蛛网们感觉出不对回头之前，他已经放下衣袖，仰头看了看萦绕在山顶的雪雾。

“走吧。去做我们的最后一件事。”

第七十七章　谁换谁的江山

大荒历三七二年八月二十八，景横波在对斩羽的战场上首次使用羊驼骑兵，一战克依兰

城，将战辛气得吐血城头。她并没有停留，而是带着她的新骑兵呼啸而过，直奔黄金部。

景横波没有恋战，令战辛松了一大口气。斩羽部立即封闭城门，收束军队，战辛和他的军队被凶猛无伦的羊驼骑兵给吓破了胆，连派斥候前去查探了解后续情况都不敢，生怕景横波杀个回马枪，让那些羊驼西瓜大的蹄子踏破了自己脆弱的城墙。

所以战辛也就没看见，景横波一鼓作气冲过依兰城后，对着一地狼藉骂娘——

“我去，咋这么不听话！”

满地里滚着的羊驼骑兵，都是被自己的坐骑掼下来的。景横波的羊驼其实根本没有成建制，也没有经过训练，羊驼们不习惯背上有人进行这么迅猛的运动，跑不出多远，就把人给甩下来了。

女王陛下一边骂一边还在带领三军捡东西——满地里滚着各种铁护膝、铁腕、铁零件。羊驼们还不习惯佩戴战场护甲器具，冲出一段后，就用嘴拼命拱咬那些护具，那些护具叮里哐啷掉了一地。这些护具都是特制的，十分值钱，女王陛下只好亲自拎个篮子遍地跑，宛如采蘑菇的小姑娘。

女王陛下一边骂一边庆幸，幸亏战辛胆子小，不敢追，不然就露馅了。羊驼骑兵根本没有经过一天训练，就这么直接投入了战场，靠的完全是羊驼初次出战给人的震慑力和冲击力，再玩下去就歇菜。

一众老成持重的封号校尉们知道真相后，惊出了一身冷汗，倒是耶律祁在一边微微一笑——羊驼直接装备骑兵冲阵是他的提议，然而景横波几乎没有犹豫，就立即同意了。勇气和大胆，是成功的必备要素。

实施前她说这是她的主意，成功后她说这是耶律祁的计划。她将失败的风险一身承担，却将成功的荣耀归于他人。

耶律祁微笑着敲敲马鞭。勇于承担和不抢功劳，这是王者风范。他很期待帝歌再次面对她时的面孔。

不过因为羊驼骑兵的意外，景横波不得不先停下来休整，好歹得将已经闯出偌大名声的羊驼骑兵捯饬捯饬，像点样子才能继续前行。她的帝歌之行，可不允许一丝不完美。

也因为这一停，她接到了另一路从沼泽进军的秘密军队，被神秘队伍拦截的消息。

大荒历三七二年八月二十五，夜。

眼前是一片阔大的土地，乍一看和寻常土壤没有太大区别，只在月光偶尔转过时，才泛出一片幽黑的微光，发亮的黑泥间时有点点白光，细看来是人和动物的骨殖，这才让人明白，这是一处足以让人葬身于此的沼泽。

沼泽两侧生着常绿的长草，叶片肥厚，正簌簌地发出一阵轻响。响声过后，在这片毫无生气的沼泽之上，忽然缓缓滑出了一样物体。长形，窄窄如一叶梭，底部光滑，伸出很多长长的平板，似桨一般平伏在地面上。

这类似船的东西上，载着一些着轻甲士兵，士兵们全部用丝面罩蒙住口鼻，以免被沼泽

内突生的瘴气伤着。

这样古怪的船一艘接一艘地滑出，在沼泽上首尾相接，一眼望不见尽头。

最前面一艘船上，英白凝望着前方，虽然前方还是山峦和浓雾，但他似乎已经透过这些屏障，看见帝歌高耸的城墙。

这一路，他已经渡过了七八个沼泽，这是离帝歌最近的一个，今晚走过这里，再赶一截路，就可以以最快的速度，扑向帝歌九门中最偏僻的宣宁门。

原本还可以更快些，但为了配合景横波的进攻，天星宝舟的行进放慢了速度。

四面很静，风里隐约有淡淡的香气，这座沼泽临近襄国的香泽，气味尚可，英白却忽然发觉身后掠来的风给人一种奇怪的感觉。凉，冰雪一般的凉。四面的温度，似乎忽然降了。

这种凉其实不明显，换一个人来也许就发现不了，但英白对这样三分寒意三分清的凉意，却十分熟悉。

他心中一震，回头看看一片混沌的黑暗，忽然手一抬。

停止前进。操舵手收桨，宝舟速停，后头的舟训练有素，一一停下。

英白又做了个提桨的姿势，宝舟放桨多少决定行进速度。

操桨士兵提桨，忽然听见一片咯咯之声。低头一看，淤泥不知何时已经泛白，桨冻在泥中，一时竟然提不上来。

英白脸色一变，立即喝道："强收！"

船上有防止收桨不成的备用轮盘，当即有士兵转动轮盘收桨，那些桨被猛力从淤泥中带出，溅起无数黑黑白白的碎冰。

士兵们发出惊呼。只是这么一瞬间，整个沼泽忽然变成了黑白二色，黑色的是淤泥，白色的是冰雪。那些冰雪并没有形成整片的冰面，它们如剑一般，自沼泽上纵横。士兵们看不见那冰雪的来处，只看见一道一道白色痕迹如闪电、如树丫，唰地布满了整个沼泽。

天星宝舟在整块冰面上依旧可以滑行，唯独这样的半冰半泥，会被卡住。

风中寒意愈烈，为了减轻重量，只穿了薄甲的士兵瑟瑟发抖。

英白当机立断："弃舟！"

此处正逢沼泽狭窄处，离两岸不远，两岸林木密布，弃舟上岸，最起码可以保存实力。

士兵们动作很快，三两下拆卸掉舟上最重要的机关，让来者不可使用，又打开搭桥机关，宝舟上横桨叠出，一一相搭，很快就成了一座可以通往岸边的浮桥。

天星宝舟经过景横波寻来的全国一流工匠改良，现在功用已经越发完备。

士兵们排成一列，往前头宝舟猛冲，踏浮桥往岸上疾行。士兵们正在黑暗中冲行，忽然听见一阵奇异的唰唰声，听起来像很多扫帚扫在泥面上一样。

然后他们就看见了很多"人"扫过来。说是人，也不能确定是不是人，看上去长长软软的，以超越人体所能达到的各种姿势和速度，从黑暗深处的冰泥之上，滑行而来。

他们似乎根本不受沼泽的影响，身躯摆动如蛇，一扭一扭之间已经逼近。月光之下，黑泥白冰粘在他们苍白的脸上，让他们看起来更像一条条巨大的黑白蟒。

士兵们见过真蟒蛇，却没想过，人像蟒蛇竟然会这么可怕。有些年轻的士兵，已经开始呕吐。

英白的脸色越发冷硬，不断大声发布命令：“叠阵纵队！再搭浮桥！先兵后将！快！”

最前面一个“人”忽然弹了起来，半空中竟然真的如蟒蛇般一甩。啊的几声惨叫，最前面几个快要抵达岸边的士兵，竟然被他整整扫下一排。

白光一闪，英白拔剑。轰的一声，他脚下的天星宝舟忽然倒翻了个个，英白猝不及防，一个趔趄，险些误伤身边的副将。他剑花一挽，拎着副将飞起，半空中低头下望，正见一条人影，一扭一扭地从宝舟底下狭窄的空间里钻出，犹自不忘回头对他一笑，白磷般的脸上半泥半雪，牙齿却铮亮尖长，一分像人，九分像鬼。

这一刻英白也似有了呕吐的欲望。这种鬼一样的东西，从哪里忽然冒了出来！

青影一闪，剑如长虹，英白并没有试图去追杀那些滑溜的软骨人，他如流星一线，在所有天星宝舟之上飞掠，长剑连挑闪星棱无数，所经之处，天星宝舟统统翻倒，如一只只元宝，在泥中翘着尖。倒下的宝舟，立即贴着沼泽面，弹射出无数暗器——这是宝舟为了防止被沼泽中巨兽弄翻所做的设计。

嗡嗡急响，月光凄寒，月色下倾倒的宝舟，果然让那些软骨人无处藏身。他们一扭一扭地滑出，身下沼泽吱吱嘎嘎作响。一些没来得及踏上浮桥的士兵，给他们团团一围，一阵瘆人骨响之后，软骨人咯咯笑着游开，淤泥之上，只剩一团已经无法辨别原形的骨肉。

好在更多软骨人忙着避开那些倾倒后乱射的暗器，这下给士兵们又争取了些时间。一些士兵已经登岸，当即取下腰间长绳，将来不及冲过来的同袍拉上岸。

英白在沼泽上游走，专挑那些想要偷袭的软骨人，不求杀伤，只求自救。眼看士兵终于要全部上岸，英白刚要舒一口气，忽听岸上一声惨呼。他霍然回首，便见岸上浓绿的密林之内，哗啦啦树叶拨动，一只爪子猛然伸出，卡入了一个靠树休息的士兵的咽喉！

那士兵惨呼挣扎，竟然将那爪尖死命抓开，那爪子忽然收了回去，下一瞬一只手闪电般伸出，手中握着一柄匕首，狠狠抹向士兵的咽喉！血线暴射，啪啪打在绿叶上，树叶一阵爆响，似乎有人于其中弹动，隐约身影斑斓，一弹不见。

不过眨眼之间，岸上的士兵愕然瞪着同袍的尸首，甚至没能反应过来发生了什么。唯有看清一切的英白，在沼泽之上，浑身冰凉。

那树后只有一个“人”！那“人”先以左爪尖勾住士兵咽喉，被挣脱后，用右手的匕首，抹了士兵的脖子！

他相信自己绝对没有看错。左爪，右手！这是人吗？

软骨人，半兽者，这是一支什么样的队伍？

邹征今夜睡得很不安稳。他在自己金碧辉煌的寝殿内翻来覆去，不断做噩梦。

他已经不住在静庭了，他嫌那里太过清素，没有皇家的堂皇、威严、尊贵，而且住在那里，他总会想起那个人，想起他那简单又诡异的死亡，想起在他死亡后的那些日子里，梁上

经常飘荡的白影。

他在玉照宫内选择了最好的宫殿，整修之后住了进去，作为自己的寝宫。

今夜的梦纷繁杂乱，一会儿是旌旗飘扬的帝歌城墙，城下红衣女子张狂大笑，扬鞭前指；一会儿是明城姗姗而来，握住他的手细细低语，却听不见她在说什么，只感觉那手掌心湿腻腻，蛇般冰冷；一会儿看见阔大沼泽，月光下黑色的淤泥闪现幽光，黑光里隐约白骨惨淡，似乎有无数物体在悄然逼近，黑色的，轻巧的，闪着刀刃的寒光……

他忽然惊醒，猛然睁开眼睛，下巴触及冰冷的被头，这才惊觉自己已经出了一身冷汗。

不，不仅是冷汗，还有冷。

这殿室不知何时变得冰冷，寒气渗骨，他战栗着坐起身，正要呼唤宫人进来加火盆，忽然浑身一颤。他龙床正面是一副屏风，屏风之后遥遥相对的，是他殿上的宝座。

他喜欢睡下起来都能随时看见自己的宝座，他喜欢一睁开眼，就看见那巍巍高座，在薄纱般的日光下，闪着最尊贵的金黄光芒。

他在那样的时刻，会生出莫大的满足——一个破落世家子，最终却成万乘之主。这是苍天给他的恩赐，此生绝不可失去。

然而此刻，隔着朦胧的屏风，隐约可见那黄金龙座之上，不知何时，已经端坐了一个人。

一只苍鹰凄厉地鸣叫着，展开铁青色的双翼，腾空而起，撞碎了山边天际的几缕云。

雪山上，新雪旧雪落得更急。

慕容箴已经对雪山示警，然而他一路行去，心中愕然。

许平然在雪山布下了密密防卫，按说只要有人踏入雪山山脚，就会立即遭到拦截，但是山脚冷冷清清。

他直奔半山，半山是外门弟子的训练之地，这些需要好好表现的弟子，会拼尽全力诛杀敢于挑战雪山权威的人。但半山冰场上，对战之声没有了，冰场上空空荡荡，瀑布冰泉之下，那些圆石孤寂地承受着冰瀑的冲击，越发圆润，上头永远坐着的一个个少年，也没有了。

慕容箴有些反应不过来——人都到哪里去了？他忽然看见前方山道上的火洞，洞前火红的灰土上，有一些新鲜脚印。

他心中一喜，带着属下便奔往火洞，火洞中果然有人，他刚要放声，忽见人影一闪，扑入旁边一座洞中。

他的属下立即扑了过去，毫不犹豫地追进了洞中，然后就听见哧的一声。这声音太过熟悉，熟悉得令他心中一冷，掠过去一瞧，顿时头皮一麻。

洞口，几簇新灰。他当然知道这是骨灰，是他属下的骨灰。

刚才这洞，是火熔之洞！

慕容箴浑身一阵发冷，他当然知道这洞，这是考验那些弟子们运气和智慧的地方，有的洞是真火之洞，进入必死，尸骨无存，有的洞却能令人有大收获。只是他也多年没来，谁还记得哪个洞安全，哪个洞危险？

看见有人往这洞去，自然认为是安全的洞，谁知道居然有人不惜自己蹈死，也要诱他送死！

这是死士！宫胤在一开始就出动了死士，他的目标，绝不仅仅是给雪山添点乱。

慕容箴的心一阵阵凉下去。

宫胤没有追过来，现在在这里诱敌的是他的属下。

宫胤知道前山已经没人，宫胤的目标根本不是他？他的目的是……

他忽然转身，向后山谷底狂奔。

此时宫胤正在后山，前往内门重地。他一人，一剑，一袭白衣，坦然行走在山道上。他根本没有如慕容箴想象的那样，跟在他身后，偷偷摸摸地潜进雪山，伺机破坏或者下手。

他姿态从容，神情坦然，就像雪山出外执行任务的远归弟子，或者更像一个已经顺利完成任务，等待接受奖赏的长老级别人物。

这样一个人走在道上，看守山门的弟子对望一眼，虽然觉得面生，也不敢怠慢，赶紧迎了上去，仔细一看，更添几分恭敬之色。

眼前人肤色晶莹，双目似含冰雪，虽然随随便便拿着普通长剑，可剑上冰雾自生，分明功力极高，最起码也是长老级别。只是长老们人人识得，此人却是面生。两名弟子还是年轻弟子，想着也许有些早年就出外的门中长老，现在回归了。

两人犹豫了一下，恭敬请问先生姓名。

宫胤并不看他们，淡淡地合着双眼："告诉宗主，桑天洗回来了，带来了他失踪儿子的消息。想要知道，退位来换。"

邹征浑身僵硬地坐在床上，怔怔地盯着屏风后，隐约高坐在宝座上的人。

他确定那是个人，而且应该是个女人，因为那雪白的裙裾分外宽大，云一般地漫过玉阶，只有女人才会穿这样累赘的裙子。

有那么一瞬间，他以为是景横波来了，这让他浑身出了一阵冷汗，随即便觉得不对，虽然隔得远，他依然可以看清这人的坐姿，端正笔直，下巴微微抬起，双手合拢交叠于裙上，是一种尊贵骄矜而又清冷的姿态，和传说中懒散艳丽的黑水女王，似乎不大一样。

但无论是谁，都足够让他紧张——他这寝殿外布置的守卫，可谓铁桶一般，层层叠叠的护卫，连他屋顶上都已站满，这女人是怎么进来的？

邹征来不及思考，伸手就去按床边的把手，他的龙床，自然也有保他逃生的机关地道。

屏风对面那女子却似能清晰看见他的动作，手轻轻抬了抬。咻的一声微响。

邹征只觉得手指似被冰剑刺中，冷痛入骨，他下意识要缩，体内不知怎的，似被这冷意所激一般，忽然一股寒气穿过心肺，直冲他的手指。他的手指不听使唤地抬了起来，啪的一声微响，手指传来一阵疼痛，他身子微微一震，眼前有雪花一闪不见。

那女子似乎轻轻咦了一声，随即道："宫胤，都说你衰弱，你果然气机不继。"

邹征急速思考着，眼前的女子分明是认得国师的，而且口气熟稔，但又透露出似乎好久

不见的信息，关系难以确定敌友。但无论如何，他都必须将宫胤扮演到底。

他不答，微微抬起下颌，学着宫胤冷然的注视。他学了宫胤那么久，深知国师会在什么情境下，有什么反应。他一边冷傲着，一边悄悄扳动机关，却发现机关已经冰冷梆硬，再也扳不动。

他抬头，对面平金绣龙的屏风上，龙的灼灼双眼，不知何时已经变成两个小洞。小洞里透过丝丝缕缕的夜风，他只觉得浑身发冷。

那女子缓缓起身，向他走来，数丈长的雪白裙裾曳出月光一般的光影，她行走的姿态似真正的女王。

邹征在被窝里握紧了匕首，想要呼喊，心里却明白，对方既然能无声无息地进来，外头的护卫定然不顶用。

他倒还算镇定，此刻还能思考，想着对方既然有如此能力，在他梦中时就可以杀了他，既然不杀，自然另有要求。虽然这要求是对宫胤提的，但他就是宫胤。

厚重的四幅连扇屏风，忽然如一片片梨花般轻飘飘飞起，然后那女子带着淡淡清辉的脸，出现在他面前。

邹征有一瞬的窒息，因为他忽然想起了宫胤。不是容貌相似，而是那近似的霜冷长河般的神态和气质。

他想向后退，想从被褥的遮挡下刺出匕首，然而对方越走近，他越无法动弹，四面空气似乎都变成了冰胶，冷而黏，桎梏住他所有的动作。

他垂下眼睛，看似冷漠，实则绝望。他随即听见那女子用一种并不算冷但其实毫无人间情绪的声音道："你现在不会是我的对手。想要活，退位来换。"

邹征霍然睁开眼睛。他眸光如针，冷冷道："那我宁可死！"

白衣女子似乎笑了笑，露出早在意料之中的神情，声音微含讥诮："死也分什么样的死法。"

不等邹征抗拒，她手一抬，邹征便到了她手里，抓住他的手指冰冷如雪石，不可抗拒，无需挣扎。邹征心中长叹一声，闭上眼睛等死。

没有杀招，却有风飕飕掠过，浑身冻得冰凉。邹征睁开眼，就看见脚底飞快地闪过大殿屋脊，琉璃瓦在月下闪烁着幽冷的光泽，无数护卫大呼小叫地追上来，宫廷次第燃起灯火。灯火和追逐的速度却不及这女子的漫然云步，她似乎只是轻轻一迈，长长的裙裾还在众人视野中如雪掠过，人就已经出了宫门。

邹征不知道她打算把自己带去哪里，只得顺其自然。在呼呼的风声里，眼看她出了宫城，从帝歌最为偏僻的专走尸首和粪车的宣宁门出去，一路向西。

向西，是帝歌背后的无人沼泽……

掠了大半夜，在他觉得自己将要冻成冰人的前一刻，他看见了那片沼泽，但此刻的沼泽，根本不是往日的荒凉空寂。沼泽之上和沼泽两岸，人影闪动，刀剑连响，人声叱喝，林木在哗啦啦地响动，不时响起各种长声惨呼。

他怔住——这是战场。忽然他背后就起了一层冷汗，比刚才被这女子掳住更恐惧。

什么时候沼泽可以渡人？什么时候在这里发生了战斗？这是在帝歌背后，这里离帝歌只有百里路程！这是帝歌四周唯一一个没有任何防守的地方，因为这里是无人能渡的沼泽！

可此刻，这里分明在发生一场激烈的战斗！他咬紧牙关，才阻止自己的颤抖，不至于被对方发现自己的异常。

如果不是被拦住，如果这支军队真的渡过了这沼泽，那么只要半天时间，就可以直驰宣宁门下。而宣宁门因为靠近这片沼泽，防守也向来最弱，那么，号称大荒最强、固若金汤、历朝反叛都不曾动摇的帝歌城墙，会在瞬间被破！

他盯紧了那片争斗之地，看见着薄甲的士兵，看见沼泽上滚来滚去的怪异的"人"，看见暗处丛林里，似乎有一些人影在闪动，但那些人影的速度和动作，却又根本不似人类……他又悄悄打了个寒战。

"这是景横波的军队，由英白率领。"身后女子毫无情绪的声音再次让他白了脸，"景横波和裴枢率领大军一路南下，轰轰烈烈，吸引了所有人的目光，却没有人知道，她真正的杀手，在这里。"

"你……"邹征干哑着嗓子，想问，不敢问。

"如果这支军队顺利渡过沼泽，正好，这时候景横波也已经到达帝歌城下，两面夹击，"她淡淡地道，"结局如何，你知道。"

邹征慢慢深深地呼吸，提醒着自己是宫胤。

"这就是你要求我退位的条件？"

"不够吗？"许平然转脸，看着月光下的"宫胤"，他脸色苍白，和她印象中的宫胤一样。她知道他体内没有针，这也和她猜测的一样，当初宫胤下山时，曾经借助拦截人的杀手拔针，有人说他成功了，有人说他没成功。她询问过属下，宫胤的眉宇或者鬓侧有无淡淡的黄点，若有，则说明体内有针，针在那位置，难免伤了肾气，久而久之，便会在脸颊某处隐约呈现黄色小点，而回报说没有。

这说明针已经不在他体内了。而刚才他一开始的反击，展示的正是般若雪的真力，但显得很弱，这也和她获得的情报相符——宫胤当初下山耗损太过，本身还有血脉之毒，近年来伤毒发作，已是强弩之末。

所以此刻她心中并无疑问，只有淡淡的笃定。

"够吗？"邹征笑了笑，渐渐恢复了镇定，他感觉到这女子和宫胤的关系复杂，似乎还有所求，干脆壮起胆量拒绝，"一场援助，便要换皇位和天下，你的野心倒是够大的。"

许平然淡淡地笑了："那么，你的健康，和你全家的自由呢？"

邹征心中一怔，赶紧垂下眼皮，对于不确定、不知道的事情，沉默是最好的应答。

"你禅位于我，我会保你性命，还你家人，依旧给你国师或者亲王的尊贵地位。你若坚持要这皇位，我就去助景横波。"许平然微笑地看着那边的厮杀，"听说你原和景横波颇有情意，如今你背她另娶，又下诏赐死，想必此刻她对你的恨，也超越了当初的情分。你说，

她如果胜了，会让你继续做国师吗？”

邹征心中一凉。他不知道景横波会对宫胤怎样，但可以确定，这女子的每个字都不是威胁，更确定景横波一旦打进帝歌，绝对不会像这个对宫胤不够熟悉的女子一般，一时看不出真假，黑水女王会第一时间认出他，并将他挫骨扬灰。

身侧的女子不说话，雪白的裙裾扬起，似被夜风吹破的玉兰花。

远处沼泽上的厮杀，溅着红光和血气。邹征抬起头，默默注视着这似乎永不会亮起的黑夜。

良久，他道：“好。”

黑夜里，许平然和邹征面对着沼泽厮杀谈判的那一刻，景横波正在自己的营帐里，展开一封加急的飞鸽传书。这书信的制式景横波从未见过，信件来源不明，是士兵在辕门外捡到的，之所以猜是飞鸽传书，是因为信角粘着一点点鸟绒毛。

没有特色的普通信笺上是没有个性的蝇头小字，送信人摆明不想泄露身份。信上的内容也很奇怪。

“草人”？“剑人”？“兽种”？好端端的一封信，说这些莫名其妙的东西干吗？她并没有遇上这些史前人种。

她忽然想起英白遇袭的事。来报信的是英白军中的士兵，他在一开始就被打发出来报信，对后来发生的事知道得并不详细，却曾说过沼泽上忽然出现怪声怪人。

难道遇见这些半兽人的是英白？那这封将敌人兵种和武器透露得清清楚楚的情报，就宝贵无伦。

是谁？她的心猛地一抽。好半晌她才按捺住心神，目光落在最后一行字上：

“如若遇上异类军队，切记，坚持三日，再下帝歌城墙。”

“想要知道，退位来换。”

宫胤短短一句话，却令雪山两个守门弟子惊惶地向后退去。

一阵急促的哨声过后，先是奔来一大群弟子，在山门前横列成阵，警惕地面对着宫胤。

自然也有其余弟子奔向后山，请示长老，宗主他们还没有资格想见就见。

宫胤也不急躁，如一个历练归来的宗主一般，随随便便地拄着他的长剑，仰头看天际苍鹰盘旋。那鹰一圈圈横飞倒仰，姿态颇有些烦躁，和他的气定神闲形成了鲜明的对比。

后山一路都是高高低低的建筑，有瓦屋有草棚，有宫殿有石洞，是各位长老按照自己的喜好设计的居处。

许平然下山，自然不会带走所有的长老，山上大约还有一小半的内外门弟子和负责雪山事务的十位长老。

尖厉的哨音在继续，白袍麻衣的长老们走出来，这些人并不全是老者，近年来许平然重用青壮年，提拔了不少年轻人。

听见守门弟子的通报，长老们也震惊愕然——继任宗主桑天洗，多年前就已经下雪山历练，原则上应该是今年宗主出关，召开宗门大会之前将他召回，怎么忽然就回来了？

宗主失踪的儿子？宗主多年前曾有一子，生下没多久就死了，这是雪山讳莫如深的隐秘，怎么忽然又冒出个宗主儿子？

那人要求宗主退位？九重天门开宗立派数百年，从来没听见过这么狂妄的要求。

当下便有人赶紧先去山谷，通报宗主。宗主夫人临走时曾严令，任何事务都不得打扰宗主，但这事太大，竟然涉及雪山三宗最为紧要的事情，谁也不敢怠慢。

一位执事长老在绿草湖边的边界线上，对着木屋喊了十遍，木屋寂寂，没有回应。

这也在众人意料之中——自从宗主闭关，就再没人听过他的声音，见过他的人。如果不是众人对宗主的武功十分有信心，甚至有人怀疑，宗主是不是已经给夫人害死了。

没有回答有时候也算一种默认，长老们头碰头商议，决定无论如何，先得把这个一句话说出雪山三要事的“未来宗主”接进来，再从长计议。

宫胤被众人客客气气地接进来，他当然戴了面具，那张脸谁也不认识，也没人追究，雪山上的人也不确定那位未来宗主到底长什么样子。这么多年只听说过这个人被选为继任宗主，早早就下了山，而雪山之上早期的一批长老，现在已经给夫人换得差不多了。

接进宫胤，自然不能任他进入山谷草地，长老们一边解释宗主在闭关，等出关自会接见，一边急急修书，命人传递给下了山的宗主夫人。

此时山谷中的小木屋内，垂挂的帐帘无风自动。

此时前山山道之上，一条人影风驰电掣，慕容箴正疯了一样地奔往后山。

第七十八章　大神垂钓，请君上钩

雪山上唯一一处宝地，就在许平然居住的那片山谷，那里地气温暖，再经过许平然多年来的改造，如今四季如春。

更神奇的是，山谷的温暖和外面的寒冷似乎没有一个缓冲地带，碧湖绿草在山谷边缘戛然而止，紧接着就是冰雪遍地，碎琼乱玉，好像冬和春，忽然在这片土地上同时降临。

雪山这么多年道路没什么变化，宫胤走得很自然随意，让那些引路的人更加打消了疑虑——这位确实在雪山待过，不然不能认得雪山看上去一模一样，其实走错便万劫不复的道路。

宫胤在那片冰雪和春光相邻的地带站了站，看了看山谷里的景色，当年他在雪山的时

候，这山谷还很贫瘠，他并没有进去过。

长老们则有些紧张地盯着他的靴子，生怕他踏前一步，进入谷中，犯了夫人的禁令。

不过如果他真的踏前，也不过是自寻死路罢了。这山谷边界早已被夫人下过禁制，曾有野兽无意中闯入，踏上草地的那一刻便气绝身亡。

一位长老则试图从他口中得到那个惊人的消息，沉声道："敢问阁下，你所谓的宗主之子的下落，可否告知我等……"

"这湖水很是清冽，想必有鱼？"宫胤答非所问，目光正从眼前湖面上掠过。

湖水碧蓝，倒映着晶莹的雪峰。

"啊……呃……想必有？"长老跟不上他的思维，愣了一下方答。

"可否借个钓竿？"宫胤客气而冷淡地道，"宗主爱吃鱼，我想钓条鱼送给他。"

一众长老的表情更茫然——宗主爱吃鱼吗？没人知道，甚至连宗主长什么样子，很多人都忘记了。

"这个……山谷有禁令，无令不允许踏入……"

"我不过线。"宫胤在冰雪上画了一条浅浅的线，对面就是山谷碧湖。碧湖之侧，几蓬花木之间，有一座样式普通的小木屋。

长老们再次跟不上他的思维，先傻了半天，再商议了半天，想来想去这个要求虽然荒谬，却无法拒绝。他在冰雪这边钓鱼，鱼线过界入湖，好像不能算违背禁令。

有人便找了钓竿来。雪山之巅倒也有冰湖，湖底有鱼，有时候雪山长老们也会去博个野趣，当然弟子们没这个福分，他们忙着求生还来不及。

弟子先拿了一根来，宫胤瞧瞧，道："短，不称手。"

众人想着这里距离湖边确实还有点距离，便又换了一根，宫胤还是摇头说短。

再换，他还是摇头。

好在雪山长老们近年来被许平然已经磨得没什么脾气，再说留守的自然都是性子稳重妥当的，当真又去找，最后找到一个喜欢在悬崖上往下方深渊垂钓的钓鱼爱好者。这位的钓竿是特制的，千年黑铁，韧而硬，钓线更是长得让人怀疑可以绕雪山一圈。

这回宫胤终于满意了，接过了钓竿，在界线之边盘膝坐下，钓竿轻轻巧巧一甩，哗啦一声钓线入水，竟然真的钓起鱼来。

一众麻衣如雪的长老们傻傻地站在他身边看，都觉得这一幕很是古怪，这个忽然跑来自称下任宗主说要拿大秘密换雪山宗主之位的家伙也古怪，自己一群人傻站在一边看他钓鱼更古怪，但众人想了半天，也想不出到底该怎么待他才合适。

一人忽然想起什么般，道："你这鱼钩上还没放饵！"

"无妨。"宫胤淡淡地道，"等会儿有个大饵。"

众人想着他是想先钓上一条，以鱼肉再钓鱼？

钓鱼是个枯燥的活动，看人钓鱼更枯燥，长老们看了一会儿，发现宫胤真的在认真钓鱼，顿时觉得自己更傻，不得不走到一边，商议到底该怎么做。

这么礼敬着他似乎不对，但擒下他似乎也不对，把他当未来宗主看待似乎不靠谱，把他当闯入者看待似乎也不妥。

原以为他要趁钓鱼搞出什么幺蛾子，比如在钓饵上下毒什么的，谁知道他连饵都不放，这搞的什么鬼？

忽然一人风驰电掣般自山道上奔来，老远就在狂喊："拦住他！拦住他！他是宫胤！他来对我雪山不利——"

众人脸上又一呆，有人想了想宫胤是谁，有人脸色大变。

"慕容箴！"一个老者大声道，"你所说当真？"

"怎会有假！"

在场的人倒吸一口冷气——宫胤这名字乍听陌生，因为距离他下山已经颇有年头。这些年雪山中人知道他掌管着大荒政权，也知道他是宗主夫人的忌讳，平日从不提起，久而久之也便忘了，然而此刻听见这个名字，不禁都心神震动。

这是雪山历史上唯一一个仗剑闯山门，半途公然下山，令九重天门颜面扫地的雪山子弟！

"宫胤怎么会来这里？"一个长老不可思议地问，这些留守长老，并不知道许平然下山所为何事，他们只知道宫胤掌管世俗权力，这样一个人，怎么会忽然丢下政权，孤身一人来雪山？

宫胤始终没回头，似乎在专心钓鱼，此刻忽然道："对啊，我怎么会来这里？我怎么来的？"

众人又是一怔。雪山门户每隔一年都会有变动，哪怕宫胤曾经在雪山待过，多年以后重来也不是想进就能进的。

慕容箴一怔，此时才想起，自己要如何交代这一路的惨败？要如何和众人说起，自己违背规矩，故意引宫胤进雪山，想要宫胤和许平然拼个两败俱伤，谁知道许平然竟然不在，谁知道宫胤竟然莫名其妙大摇大摆地就进了雪山内门？

"拿下他！"他指住宫胤，锵然拔剑，"他跟踪我进雪山，他是来行刺宗主的！"

人影闪动，长老们将宫胤团团围住，虽未出剑，但眼神警惕。无论如何，他们当然更相信慕容箴。

"慕容兄当然不愿意我觐见宗主。"宫胤还是头也不回，悠然落竿，"我带回来了宗主之子的消息，他却是当年将宗主之子抛弃的人，他如何愿意？"

慕容箴怔了一怔，怎么也想不到宫胤忽然冒出这么一句话，这一句却正敲着他内心的虚弱之处，他一怔之后，冷汗忽然就湿透了背脊。

"胡言乱语！"他怒道，"我何曾抛弃过宗主之子？"

哗啦一声水响，宫胤将钓竿一提，钓钩上竟然真的有一尾活蹦乱跳的黑鱼。

宫胤却并没有收竿将那鱼取下，而是一弹指，将黑鱼割去一半，将钓竿又放了下去，看样子还打算继续钓。

“慕容箴，你若不心虚，何不等我将宗主之子的下落和宗主谈过再动手？”

“和宗主谈？”慕容箴怒极反笑，“宗主闭关六年，从未见过外人！”

“谈他儿子的消息，算外人吗？”宫胤摇摇头，“你又不是宗主，又怎么能知道他不会为此出关？”

慕容箴又被呛了一呛，他没脸说自己全军覆没在宫胤手中的事，自然也不能以此事来要求众位长老出手。宫胤坦然进雪山，一脸和平使者的模样，自称带来宗主之子的消息，谁都知道这事向来是许平然的心头大事，在场的长老一大半都是许平然的亲信，也正是因此才礼遇宫胤，他如果出手阻拦，只怕这些长老，就得掉转剑锋对着他了。

一腔怒气无处发泄，待要忍下却怎么都不甘，他正要发作，忽然宫胤手中钓竿一提，哗啦一响，又一尾鱼出水。但已经不是先前那黑鱼，而变成了一尾红鱼，大过黑鱼两倍，牙齿尖利，嘴角犹留血迹。

慕容箴一呆，连带众位长老脸色都一变——刚才那黑鱼已经被红鱼吃了？这湖中之鱼，如此大而凶猛？仔细想想也不奇怪，这山谷谁都知道看似宁静祥和，实则是雪山最为凶险之处，门主夫妇的住所，怎么可能真的毫无布置？

以往不是没有那些受不了雪山酷厉的规矩，下山乱闯或有心潜入的雪山弟子，也不是没有刺客拼了命地闯入山谷，但这些人向来有进无出，连尸首都没有下落。而这里，每天日头照常升起，山谷碧湖荡漾，草青风和，雪狐出没，鲜花开放，不染一丝尘埃和血迹。

很多人猜，那鲜花之下，那青草之中，那碧湖之底，那雪狐腹中，都藏着新鲜血肉。

慕容箴怔怔地看着那鱼，他总觉得一切都很诡异，一切都无法解释，原以为会仗剑上雪山的那个人，现在背对着自己在钓鱼，难道真的要等他钓完鱼？这让他有种自己很蠢的感觉。

更重要的是，他觉得不安。这种感觉比宫胤真的仗剑上雪山还要不安。夕阳下那人从容甩竿，钓线伴湖水发出粼粼金光，水声哗哗轻响，明明气氛祥和宁静，他却觉得四面的空气似乎越来越紧，咽喉也越来越紧，而心跳越来越快，仿佛那单调的挥动钓竿的动作，下一瞬便要钩上他的心脏一般。

宫胤手指一弹，红鱼身上添了伤痕，鲜血流出，宫胤将红鱼也放了下去。

没多久，哗啦一声响，钓竿提起，这回红鱼不见了，一条更硕大的黄鱼在钓线尽头摇头摆尾。

宫胤还是不拿鱼，照样弄出伤口后投回水中。没多久又是哗啦一响，比黄鱼更大的白鱼甩着晶莹的水波跃起，宽阔如蒲扇的尾巴，让湖上掀起了小小风浪。

白鱼也被甩了下去，继续充当钓饵。

慕容箴觉得更不对劲了。宫胤下面要钓起的是什么？这鱼越钓越大，再钓下去，是不是得钓出鲨鱼来？

长老们也怔住了，眼前钓起的鱼越来越大，渐渐超越了他们对鱼的认知，那些鱼也越来越狰狞，牙齿越来越尖利，一看就是食人鱼。

这人要干什么？是要钓起巨大的食人鱼，对众人不利吗？

长老们不由自主地缓缓围了上去。慕容箴一见大喜，忙做个手势，示意众人包围住宫胤，自己猱身扑上，劈手就去抓他的背心，喝道：“管你什么要事，擒下你你敢不说……”

哗啦！这一声出水声尤其猛烈，听来让人担心整座湖是不是都被猛然掀起，一些离边界较近的长老后颈和背心一凉，被扑了满身的水。水凉彻骨，还隐约带着一丝腥气。众人骇然回首，第一眼只感觉似乎一座山忽然压了下来，再一看才发现，那被钓线钓上半空的，是一条足足有壮汉那么大的黑鱼。

那鱼浑身无鳞，石头一般黑黝黝一片，上面还生出斑驳青苔，也不知道在水底待了多久没动过。鱼嘴宽阔，乍一看没有牙齿，再一看那牙齿中间小，往边缘愈长，到了鱼嘴边缘，简直大如野兽獠牙。

那鱼沉重，精铁钓竿和兽筋钓线都快承受不住，线颤颤巍巍，竿弯曲得似乎要折。钓竿牵着鱼，在空中一转——

众人何曾见过这样的鱼，一时都呆住，脖子不由自主地顺着那鱼扬起的轨迹，转了一个圈。

这一个圈转下来，才有人发觉不对，这巨鱼落下的位置，好像是……

“那是宗主夫妇的木屋！”有人忽然大叫。

轰的一声巨响，盖住了他的惊叫，也盖住了众人的惊呼。那石头般沉重的鱼砸在木屋顶上，哪怕木头是千年铁木，也经不起这高空落下的一撞。轰隆一声屋顶破裂，那鱼凶悍，还一口咬在木头边缘，咔嚓一声，将那木屋的窟窿咬得更大了一圈。

不等众人反应过来，远远执竿的宫胤手腕一沉一挑，那钓钩忽然就松了那巨鱼，鱼骨碌碌地滚下屋顶，钓钩闪电般从窟窿探入。

“住手！你敢毁坏宗主居处！”慕容箴和长老们气急败坏地扑过来。

扑在最前面的慕容箴，忽然听见宫胤轻轻地说了一句话。

他道：“看，人饵。”

然后他手腕一提，钓线悠悠一颤。

众人头一抬，晴天霹雳，呆若木鸡。

第七十九章 家人

钓线一提，有一样东西穿破屋顶，悠悠颤颤地飞上了天。

众人头一抬，都觉眼前一黑，仿佛晴天一个霹雳，当头劈了下来。

鱼线尽头，钓着的竟然是个人。那人呈盘坐之姿，微微垂头，身躯微胖，一头灰白长发挡住了面目，露出的肌肤灰白带鳞，看上去斑斑驳驳。明明此刻日头还没落，山谷中光线温暖明亮，但那般姿态依旧令人感觉说不出的不对劲，满满的阴森之气，只看着那身影，心似乎便凉了凉。

那人在钓线尽头感觉比那鱼还轻得多，一颤一颤地悠悠晃着。

雪山长老们张着嘴，震惊太过连惊呼都发不出了。

那木屋是宗主夫妇的居处和宗主闭关之所，这么多年从来没人也不可能有人进去过。

难道宫胤这一竿子一钓，竟然把宗主给钓出来了？怎么可能？

再看看那“人”在钓线尽头姿态僵木、轻若无物的模样，众人又倒吸一口凉气。

长老们都是行家，此刻心间都掠过一个可怕的念头——这不像是活人！更像一具……干尸。

宗主怎么可能是干尸？

宗主哪里去了？这么长时间，一直是这干尸在这里？

众人冷汗涔涔地还没想清楚，宫胤手一扬，那被钓住的“人”便飞了起来，众人正伸着脖子睁大眼睛等着瞧那“人”飞到面前看个究竟，却见宫胤根本就没有收竿，又是哗啦一声水响，他竟然将那“人”再次投入了水中。

众人面面相觑——难道这回他要用干尸来钓鱼？他到底要做什么？

一时又不知该阻拦还是放任，钓鱼管不了，但用宗主木屋里钓出来的人来钓鱼，似乎也不大对劲。

那“人”沉入水中，顿时湖中水波激涌，这平日沉静的湖，此刻却有很多鱼涌了上来，攒得一团一团，纷纷挤咬。众人远远就看见各色鱼尾扬波激浪，挤挤挨挨，似乎正在抢食。水面上很快就漂了一层白屑状的东西。

这一幕看得人毛骨悚然。慕容箴呆了半晌，忽然厉声道：“你们还干瞧着作甚！拦下他！”身影一闪，抬手就去抓宫胤的肩膀。

宫胤身子一闪让开，换个方向，继续投钩。慕容箴却愣了愣，低头看了看自己的手，再看看宫胤始终没回头的背影。

好一会儿他眼底绽出惊喜之色，忽然仰天大笑，笑声狂放得意，惊得湖中鱼又一阵翻涌。

雪山诸人都愕然看向他，不知道他发什么失心疯。慕容箴痛快地笑了一阵，霍然一指宫胤：“我说你怎么这么胆大，原来不过是故弄玄虚！宫胤！你的真气是不是已经散了！”

他虽是问句，语气却肯定，刚才他出手时，明显感觉到宫胤原先体内寒冰锐剑般的气息已经消散。雪山一系的内功特殊，无论有无收敛内气，体内冰雪寒气永不消融，他这种雪山长老都能感应到，一旦寒气无踪，要么是这人大限将至，要么是面临散功之境。

众人都一惊，自从看见宫胤，虽未出手，但这人气度风华、行事手段都给人以高深莫测之感，虽未出一指，却生生震得所有人云里雾里地跟着他的步调，不敢也不能轻举妄动，难

道这都是他虚张声势？

“杀了他！”慕容箴冰剑剑光一闪。

宫胤又是原地一闪，换了一个方向，偏头淡淡地和他道：“慕容箴，你是想谋权篡位吗？”

“什么？”慕容箴一呆。

杀他一个雪山之敌，和谋权篡位有什么关系？

宫胤下巴点了点湖中，平静地道：“如果你此刻拦阻我，耽误了大事，你就是居心叵测，意图夺取雪山大位。”

“还在危言耸听，拖延时间？”慕容箴冷笑，“我倒不明白了，我杀你一个叛出雪山、惊扰宗主的狂徒，有功无过，和谋权篡位有什么关系？”

“你若问心无愧，那么，再等一刻钟。”宫胤一直盯着湖水，湖水簇簇翻滚，那些鱼闹腾得很厉害，似乎少了不少。水面上那层恶心的白屑已经不见了，换了一层淡红色肉沫一样的东西，更加恶心几分。

“拖延时间等谁当你的救兵？”慕容箴呵呵一声，“还是下地狱去等吧！”

寒风一锐，冰剑倒挂如匹练，一线明光，直刺宫胤后心。

锵的一声轻响，三四柄冰剑横空出世，将慕容箴的冰剑抬住，反击之力撞得慕容箴倒翻而起，半空一旋方才落地，落地时他的脸色已经微微涨红，怒道：“长老们！”

“此事似有蹊跷，再看一刻钟又何妨。”一个麻衣老者收剑，漠然道。

“既然你说他已散功，早晚都是我雪山囚徒，何必急在一时。”另一个中年人淡淡地擦剑。

“他行事诡异，至今不知因果。贸然杀之，我等事后无法向夫人交代，还是等水落石出的好。”另一个长老上前一步。

慕容箴立在原地，衣袖下拳头紧紧一握，腮帮青筋一涨，狠狠咬牙。

留守长老多半也是许平然的亲信，他虽是宗主之弟，但和许平然向来不合，这些人自然不会听他的。

宫胤想必就是算着了这点，所以敢大摇大摆地走来这里，他想利用宫胤和许平然火拼，结果却被宫胤利用他和许平然的不合，在这雪山为所欲为。

“你等今日轻敌大意！”他怒声道，“小心明日死无葬身之地！”

“慕容长老是在威胁我们吗？”一个资格较老的长老冷声答。

“此人行事冷酷，狡诈多智，宁可杀错，不可放过！”他逼近一步。

“慕容长老当这雪山诸众，都是死人废物吗？”一个年轻长老反唇相讥，“或者您曾是人家的手下败将，因此一朝被蛇咬，十年怕井绳？”

“你！”

两派激烈争吵，宫胤理也不理，仿佛身后的争论和自己无关，他轻轻一提钓竿，水面上的淡红肉沫也不见了，换了一层微黑的水，而鱼显然更少了。

日光映在他眉睫，他的脸色苍白如霜，眼底却依旧闪亮，瞳仁晶莹乌澈如黑玛瑙。

他的神情依旧平静，大概只有最亲近的人才能看出他眼底的一丝喜色。多年寻找，多方推测，各种信息线索的分析，到今日，终将得到验证。这一局，将是谁也不曾想到的结局。

只是时不我予，费尽心力撑到现在，他只能于此处停步，这眼前风光绝崖，这往后万丈雪峰，将来，只怕要等她来踏平了……

留一件事给她做，也好。

留一丝牵绊，哪怕是带恨的丝索，也会绊住她对人生的留恋，促使她轰轰烈烈、兵锋如火，在这大荒土地上狂奔。

钓竿忽然发出一阵轻微的颤动。

宫胤目光一闪。是了！他猛然一提手腕！哗啦一声。争吵的双方听见异响，都霍然抬头，再次啊的一声，张大了嘴。

湖面之上，钓钩已松。钓钩钓着的那具“干尸”，已经浮在了水上。他的身形变瘦了许多，衣服已经被群鱼啃烂，皮肤上那层灰白的鳞已经不见，原本显得僵硬的四肢躯体，此刻好像恢复了柔软。那人虽在水上，却坐水而不沉，众人只觉他似在随水流动。

夕阳之下，他在湖上，衣衫却在一点一点变干，发在一点一点扬起，灰白的发丝渐渐转黑，日光共波光粼粼，在他的发梢跳跃闪烁着金光。

众人屏息，似见铁树开花，枯木逢春，老者返童，天地回到鸿蒙之中。

唯有宫胤唇角一勾，似见淡淡的苍凉。

眼见那人年华重挽白发转青，而他万事将空青丝成霜。

命运在轮回中交替，走过这一春，望见那一冬。

湖中人慢慢睁开眼睛。所有人都觉得眼前一阵刺痛。

那人的眸子并不大，却极黑极深，一眼看去，似幽幽深渊，似无尽寒潭，似湛青苍穹，似星光尽头的人间奥秘，见人生更替世事翻涌，却不知去处与来处。

湖面上本有春风微拂，此刻却仿佛只剩下了那双眼睛，沉默而威严，将这雪山凝望。

慕容箴怔怔地望着那双眼睛，腿一软，蓦然跪坐于地。

雪山高手竟然不能支撑自己的身体。其余长老们早已伏在雪地上，额头触着碎乱的冰雪，浑身颤抖，因为激动震惊太过，以至于惊呼变成了口中莫名其妙的低语。

好半晌慕容箴才嘶哑地道：“大哥……宗主！”

那人乌黑深邃的眸子掠过来，众人觉得像迎面劈来了黑色的大风，那眸光却没有落在弟弟或者长老们的身上，而是望向了宫胤。

好半晌，他道：“宫胤？”声音嘶哑，不似人声，咬字也不清晰，竟像多年没有开口。

宫胤站起，微微欠身，不是出于对宗主的尊敬，而是不管怎样，当年也有半师之谊。

“你……”宗主的目光在他身上溜了一圈，微微有些惊异，却在宫胤目光阻止之下，并没有说出来，沉默了一会儿，他道：“许你一件事。”

宫胤又平静地坐下去。强者之间，不用说那么多，不用小家子气的讨价还价。

不用说堂堂雪山宗主慕容筹怎么会落到这步田地，不用摆今日功劳和慕容筹提出条件，慕容筹醒来的那一刻，便知道自己该做什么。

“放掉我的家人。”宫胤答得也很从容。

没有人知道，这一路走来，只淡淡的一句，其间有多少心血，然而终究有了开口这一日。

慕容筹并不意外，微微沉默，道：“我并不知道他们在哪里。”说这话的时候，他眼底掠过一抹冷酷而憎恨的光。恨自己大意失着，恨许平然心机深沉，恨她欺骗自己，令自己走火入魔，恨她以药物令自己走火愈深，四肢渐渐僵木，口舌渐渐失灵，如一个活死人般。他只能日日盘坐木屋之内，听她掌握雪山，蚕食权力，矫令饰诏，篡改雪山多年的规矩，当着他的面，将雪山沦为她横行权欲之所。他更恨那些失去自由的日日夜夜，还要听她装模作样地做戏，听她各种勃勃野心，被她肆无忌惮地“履行妻子职责”……

他身子微微颤了颤，定力如山的人想到这些，也有些控制不住真气，身下冰层忽展，寒冰利剑一般射出，湖中许多鱼逃散不及被刺穿，鱼血淋漓染红半湖，却接近不了他身下。

那般压抑了六年的激越和愤怒，却在接触到宫胤平静深黑的眸子时，寒光一敛。

“我知道。”宫胤盯着他的眼睛，淡淡地答。

慕容筹一怔，看宫胤的语气神情，似乎他的家人就在附近？

当初掳走宫胤家人的时候，他并没有参与，也没有在意，都是许平然一手操办，事后他也没有见过龙应世家的任何人，这么多年，他有时候以为，那个世家的人已经死了。但回头想来，许平然行事谨慎，必然要留下钳制宫胤的把柄。

他若有所悟，眼光一垂。面前碧湖如许，鱼儿游荡，但那些鱼，阔口利牙，怎么看怎么奇怪。

他瘫痪多年，四肢积满毒素，刚才是宫胤将他放下水，让这些鱼啃去了他身体中的毒素，还啃去了一层皮，将皮下的毒也散了出来，但寻常的鱼，肯定一碰他就死，除非……

“这鱼不畏你身上之毒，是因为，他们本就是用同样的毒喂养大的。”宫胤盯住了湖面上的鱼，“被放养在这湖里，日日夜夜，受某种微量毒素影响，慢慢变种，体内也有了抵抗这毒的能力，动物有时候就是比人更有适应能力。”

慕容筹微微点头。

“而你的夫人，”宫胤唇角微微讥诮，“她行事稳妥，没有十足的把握不愿冒险。所以她拿来毒你和用来控制我家族的毒，一定是最厉害的毒。而这世上，最厉害的毒本就没有多少。”

慕容筹默然。

雪山众人不敢起身，听得满身冷汗——什么意思？宗主这样是夫人害的？

“这么珍贵的毒，许平然自然不会用来喂鱼，那么这毒从哪里来？”宫胤站起身，向湖边走。

慕容筹抬起手指，指尖一弹，一股冰霜射出，草地枯了一片。宫胤坦然走上去，这绿油油的草地也有毒，此刻已经被慕容筹解了。

慕容筹此刻已经明白了宫胤的意思。

鱼是被湖水里慢慢渗出的毒改变了体质，变成了毒鱼，然后今日以毒攻毒，解了他的毒。那毒来自宫胤的家人身上，那他们就一定被关在湖的附近，通道和湖水相连，以至于因为门户不够紧，毒性散发，慢慢渗透，终于渗入湖水，养出了一群怪鱼。

他看了宫胤一眼，眼神更深——这事情说起来简单，但要想到这些，并且不费任何力气，在雪山敌人眼前以这种手段将他钓起解毒，使他不得不回报他，却并不容易。宫胤的智慧，已近天人。

眼前忽然闪过白衣如雪的少年，一剑动雪山，一剑碎玉城。当年宫胤便这般惊才绝艳，以至于连他也不愿放虎归山，却在这少年的一场赌局中败去，不得不履行前约。

多年后猛一睁眼，他在面前，一钓天门宗主，二化剧毒，三救家人。

想到当初他仗剑下雪山，成为雪山公敌，多年后重入雪山，自己竟然为他所救，不禁百感交集。但他回头一想，这天下之大，除了他，又有谁能？

不知是怒是喜，是庆幸是悲哀，是叹雪山无人，还是雪山幸而结缘于他。

只是……他看一眼宫胤的气色，在心中自嘲一笑。

本来，今日他就算放了宫胤的家人，也必定要了宫胤的命。如此强敌，留必生祸。再过十年，天门无人能挡。

天门安危重于一切，一切世俗恩怨都可放下。不过现在，已经没有必要了。

他缓缓起身，在湖面上轻轻走了一圈。明明还穿着被鱼啃得有点破烂的袍子，他的姿态却依旧尊贵优雅，那是属于天门宗主的尊贵，哪怕曳于泥泞，也要于狼狈中保持骄傲的姿态。

他所经之处，湖水渐白，一层厚冰凝结。冰层还在向下延伸，渐渐将整个湖水冻住。

原先湖水深碧，看不清水底，此刻结了晶莹透彻的冰，果然就能看见在湖岸西侧，有一座铜门。

慕容筹向那群还跪着的长老们招招手。长老们战战兢兢地走过去，慕容筹走到岸上，指指那冰，做了个向上提的动作。

长老们有些犹豫，不知道这么做会不会引得夫人大怒，但宗主就在背后，那目光乌黑森冷，似冰冷大鼎将人罩住，令人心底一阵发寒。

他们想着今日之后，雪山之局只怕有所变动，自己等人此刻还是识时务点好，都忙不迭弯下身，各自寻找了合适位置，探手入冰，五指如钩，抓住冰层，齐齐吐气开声，向上猛然一提。

咔嚓一声，整座湖水结成的冰，生生被数位长老提起。

拔湖开门，得见湖底天日。

湖现在变成了一个深坑，那扇铜门静静紧闭。慕容筹来到铜门之前，看看那锁，冷笑一声，手指一划，那看起来特别复杂的锁已经掉落。

铜门无声缓缓开启，其后是深深的黑色甬道，一丝光也不透，看上去如待将人吞噬的深喉。

“去吧。”慕容筹道，“她很自信，所以这里面不会有任何机关。”

宫胤轻轻向前一步，慕容筹退后一步，看着他雪白的身影将要没入黑暗之中。

宫胤忽然停下。

“还有一桩交易。”他道。

慕容筹冷冷道：“你救我一次，我还你全家。休要贪心不足，再生妄想。”

“你不想知道你儿子的下落吗？”

慕容筹又是冷笑一声，道：“他自然……”忽然一震住口，失声道：“我儿子？”

宫胤停住脚步。他忽然觉得慕容筹的反应有点奇怪。然而此刻时间不多了，他只能道：“这是我和你的另一桩交易。”

“他死了，幼年便已经死去。”慕容筹恢复了冷静，漠然道。

“他活着。”宫胤目光落入幽深的甬道，似要看穿这黑暗尽头，何处是归程。

“将来，如有一个女子来到雪山，她会告诉你，你失踪的那个儿子，在哪里。”

“条件？”

“保她性命。”

慕容筹默然，半晌道：“我如何信你？”

“信不信由你，这是你唯一知道他下落的机会。”宫胤淡淡地道，“记住，不要伤害她。”

“哦？”

宫胤转过脸，他的脸色在黑暗中极为苍白，却似发着光，慕容筹忽然觉得窒息。

“你若伤她，”他语气虽轻，却在这黑暗的甬道滚滚传开去，“雪山必毁。”

慕容筹冷笑一声，想要说什么，宫胤却已经转身，进入了甬道。

慕容筹看着那修长雪白的背影，一步步没入幽深尽头，心中忽然生起奇异的感觉，似乎这一眼便是最后一眼，似乎这一别便是天涯作别，似乎这个背影，会向着天地尽头，不停不息地走下去，直到远离这世俗纷扰、天下阴谋，化为天际流光星灿那一点。

他怔怔地站在铜门前，不由自主地握紧手掌，掌心里，竟然已经汗湿。

无边的沼泽似黑色的海洋，在视野尽头蔓延。

沼泽岸边黑暗的灌木丛中，隐约闪烁着光点，似乎还传出紧张的呼吸之声，昭示着那些茂密的低矮植物之中，潜伏着不少人手。

英白也在其中一个最适宜观测地形和出手的位置，慢慢地擦拭着自己的长剑。

他身后是沉默休整的横戟军，这是横戟军第七营，号称精兵营，由横戟军的精锐组成，早先由封号校尉们和裴枢手下的将军们亲自调教，是经历过玳瑁战争最早成长起来的一批士兵。

景横波对这支担负秘密任务、悄然远渡沼泽、进攻帝歌背后的军队十分重视，最重要的士兵都在这里。

英白的目光掠过身后的灌木丛，黑压压的人头令他稍感安慰。虽然在沼泽最后一段遭遇突然袭击，遇见了一堆他想都没想过的奇怪敌人，但好在他反应还算及时，带着士兵撤入了这片低矮的灌木丛。在这里，软骨人无法滑入，那些像野兽一样的人因为太过高大，也无法掩遁身形，双方进入了僵持状态。

虽然保全了实力，及时撤出沼泽，但英白依旧心急如焚——从沼泽潜入，是为了配合景横波的正面军队，打帝歌一个措手不及，如今被阻拦在这里，贻误的每一分每一秒都是战机。

出战，还没找到对付对方的办法，不出战，贻误的就是战机。如果景横波到了帝歌城下，却没能形成合围，她就可能陷入被动。

对面，那些奇怪的“人”在沼泽之侧，也结成了长长一线。一些周身透着寒气的人，在沼泽边漫步，盯着这边的灌木丛。身后树林里，那些高大的似人似兽的人影，忽隐忽现，暗色中常有利爪的寒光闪烁，时而传来野兽凄惨的厉嚎。英白看不见软骨人，但如果没猜错的话，他们隐身在那些沼泽的淤泥之中，随时等待着给经过的人致命一击。

双方僵持已有半日，对方似乎并不急于发动进攻，而是将通往帝歌的道路堵得死死的。似乎只要拦住了英白，就完成了任务。

英白看看天色，天快要亮了，往帝歌去还有一段路，按照原定计划，他该在明日清晨到达帝歌，现在已经快来不及了。

为今之计，只有冒险。他猛一咬牙，回头低声道：“备战！”身后起了一阵紧张的响动。

“七营第一队，着双层甲，稍后从沼泽边走，吸引全部软骨人，两人一组，一人诱敌一人出手；第二队箭手埋伏；第三队随我，背荆棘以‘曲’字形线路冲锋，一旦冲过对方防线，第二队便射箭，记住，只射咽喉！”

命令迅速传下去，灌木丛中簌簌微动。

“七营第三队，卸甲！”

灌木丛中动作一停，一阵死寂的沉默，随后有人失声道：“将军，不能！”

这样的战斗，这样的对手，一旦卸甲，难有生还。

英白脸色微白，注视着天边熹微的日光。如果给他时间，他会找出对付这三种怪人更好的办法，但现在，他不得不选择冲锋，不得不令麾下卸甲。

软骨人不仅滑溜而且坚韧，第一队只有穿双层甲，才有可能抵御他们的攻击，为第三队争取时间开路。而第三队也只有卸甲背荆棘，身形才能更轻便，以荆棘挡住兽人之爪，更有可能闯过防线。

他并不解释，只默默脱下护身甲，穿在了身边一个少年的身上。

“开弓没有回头箭，闯不过去，死的人会更多。想想你们那些即将到达帝歌的兄弟。”

四面沉默，战士默然卸甲。

沉稳厚重的龙骑统帅缓缓站起身，一弹剑声若龙吟。

对面也已经有所察觉，兽人目光如绿色幽火，沼泽中泥浆翻腾，汩汩地冒着黑色的

水泡。

“冲！”灌木翻倒，针叶翻飞，兵分三路，直扑对面。

从上方看，滚滚人流如三道洪水，三支利箭，直射而出。一支箭穿向沼泽岸边，激起泥浆飞溅，黑色的长形人体翻滚不休，如一条条黑蛇在夜色中腾跃。正中间则是英白亲率，如无数带刺的狼牙锤，狠狠砸向迎面而来的半兽半人的怪物。第三组犹在原地，如磐石般沉默在黑暗中，弯弓搭箭，等待着包围圈被撕开那一霎的战机。

刹那之间，双方便狠狠撞上，惨叫和怒吼之声也在一霎间爆开，嘹亮尖锐，惊破这黎明前的黑暗。

英白冲在最前面，一出手便拍扁了一个最凶猛的怪物的头颅。他虽向来率领骑兵，很少步战，但驰名大荒多年的名将，对于战术的选择和战局的把握，自然精准犀利。双层甲的士兵，虽然难免受伤，却避免了被软骨人绞死，反而缠住了他们。那些兽一样的人，指尖虽然犀利，却不断在出手时发出痛呼，随即捧着鲜血淋漓的爪子，向后翻出。如他所料，这些兽一样的人，像野兽一样凶猛，但也像野兽一样没有智慧和组织，一旦受挫，立即四散避开，生生让出了一条道路。

缺口一被撕开，英白大喝：“放箭！”

鱼肚白的天空上青光一闪，似暴雨前夕乌青的云忽然盖住了天空，空气中的呼啸如鬼泣一样尖锐，兽一样的人，也像兽一样蹲踞下来，傻傻地望向天空。英白一看那姿势，暗叫一声：“不好！”

果然下一刻，那群原本站立行走的兽一样的人，忽然都四肢着地，团身四散逃走，那些原本瞄准他们咽喉的箭顿时落空，大多射在它们皮糙肉厚的屁股上。

英白暗骂一声失算，失去了大好战机，否则刚才那一阵箭雨，最起码可以要了一半兽人的命，战场上的压力就会大大减轻。

此刻那些怪物受惊，都奔入了四面的丛林中，面前的道路终于被冲了开来。英白也不想恋战，一声令下，士兵们聚拢向前，不断有副将猛喝：“快！快速行军！不要靠近沼泽！那些软骨人离不开沼泽！”

英白刚要松一口气，重新布阵来对付转入偷袭战术的敌方。软骨人会在沼泽岸边偷袭，兽人怪物会重新从丛林中扑出，他需要将队伍重新整编。

正在这时，他忽然觉得有点冷。

这冷意突如其来，身边有士兵搓了搓胳膊，忍不住说道：“好冷……”英白已经警觉地抬起眼。

前方忽然起了一阵茫茫白气，白气里隐约有直直走来的人影，这边已经警觉地弯弓搭箭，那边却不管不顾，直挺挺向前，走到哪里雾气移动到哪里，瞧上去似一群会走路的僵尸。

嗡地一响，又一拨利箭飞射，准准没入白雾之中，眼看那些人不避不让，万难逃脱，士兵们正要欢呼，英白已经眯起了眼睛，喝道：“退后！”

大家还没反应过来，冲在最前面的一个士兵忽然惨叫一声向后倒去，撞入同袍群中，落

地时满身鲜血飙射，前方的雾气都似被染红了。

空气中隐约响起细微的吱吱之声。

白雾变成了浅红色，浅红雾气里，那些人依旧直挺挺地丝毫不改变路线地向这边行来。

此刻将近天亮，晨曦亦起，乳白色的晨雾和那种茫茫冷冷的白雾混杂在一起，令视线越发不清楚。那种暗昧混沌的白中，那群“人”迈着僵硬的步伐，整齐而又笔直地一步步走来，一步步走来……

这回不用英白下令，所有人都开始后退，令人心生恐怖的并不是仅仅刚才那士兵莫名其妙的死亡，还有那诡异的步态，那寒冷的雾气，那雾气中似乎不伤不死僵尸般的神秘人以及沉默中步步逼近所带来的巨大的心理压力。

更多人惊慌于那些箭的去处，明明看见那些箭射出，最终却没造成任何人伤亡，也不知道哪里去了。

只有英白看见了刚才的一幕，箭确实射出了，也确实靠近了那些人，却齐齐地擦着那些人身边而过，有些箭撞上对方的身子，还发出仿佛金属相击般的尖锐之声。

这又是什么奇怪的人？哪里来的这样一支可怕又恶心的军队？

更糟糕的是，旁边林中簌簌响动人影飞闪，身侧沼泽黑浆翻腾软骨扭动。那些好不容易被冲散的兽人和软骨人，已经趁着这些新的怪人的到来，从林中和沼泽中，向那些雾气中移动。那茫茫冷冷的白色雾气，是最好的掩体。

前功尽弃。英白的脸色也转冷。他并不很害怕这新怪人的出现，他总有办法解决他们，让他忧心的是，对方会不会源源不断地出现这种怪人，那这一路要怎么行进？

冷冷的白雾逼近，所有士兵都在拔刀。

地形对双方都不利，一边是沼泽，一边是密林和灌木林，中间道路上拥挤着数万对峙的士兵，不能野战，不能分散，只能冲锋，只能拿命去拼！

两军相接，如双矛相击，火花四溅。

“冲！”最前面的士兵，受不了这种步步逼近的压抑，号叫着冲了出去。

黑色的衣甲撞上白色的雾气。士兵只是到了雾气边缘，还没递出自己的刀尖，哧哧连响，白雾边缘忽然爆开一大片红雾。比先前的红雾更多更艳，因为受伤的人更多，前面一批人如割草一般齐齐倒下，每个人身上都如被无数刀剑砍中，裂出无数血口！

后头的士兵一眼看见，啊的一声都呆了。

此时已经离得很近，他们清清楚楚地看见，对方根本没有武器，没有出手！

他们只是一群“人”，整个人萦绕在一团霜气中，看上去特别苍白，特别瘦长，也特别尖锐，他们只管直挺挺地向前走，四面接触到他们的人，便如被剑气刺中。

他们本身就似一柄柄剑，如此锋利，见人就伤，以至于那些躲入白雾中的怪物都和他们保持距离。

这样的东西，怎么对付？士兵们开始不由自主地后退。

英白的脸色却已经平静，手中剑冷光凛凛，直指向前。如果对方是剑，那自有折断那一

日，只要自己比他更锋锐！

只要能断其一锋，就能重振军心，就能让士兵们知道，这些怪人不是无敌的！

他知自己身为主帅不能轻蹈险地，但此刻已经没有退路。他飞身而起，青衣在白色雾气上一闪。

那团白气中的白惨惨的人，忽然齐齐向后一撤，再齐齐向中间一聚，他们贴得如此紧密，一瞬间给人的感觉竟然像是无数的利剑合在一起。与此同时，那剑气也合在一起，四散的雾气一收，再一拢，猛地汇聚成一团白色光柱般的雾气，直冲云霄，以及云霄之中御剑下劈的英白！

刹那之间，独劈一剑的英白，变成了一人迎战所有的剑人，一人迎战一柄足以开山的巨剑！那汇聚的巨剑之光如此阔大，将英白整个人笼罩其中。

冰冷的寒气渗出，笼罩天地，如此彻骨，英白的动作不可避免地受到影响，他本可以掠开，却慢了一慢。

只这一慢，他心中便一冷。

来不及了。

他身下剑气滚滚，宽阔逾丈许，这不是世上任何高手能发出的剑气，哪怕紫微来也不能，因为这是数百柄“剑”所汇聚而成的剑气。这剑气直冲他一人，下一刻，那冰冷锋锐，一往无回的剑光，便会将他卷入、冻结，直至彻底碾碎。

第八十章　战地求婚

剑气寒光如千堆雪，汹涌澎湃，卷上半空。

英白还未落下，心已经沉了下去。他知这样的剑气无可抵挡，下一刻，自己就会在一片雪色寒光中，化为齑粉，也许骨灰都留不下。

他最后一霎心中滚滚而过的，竟不是半生戎马的战场伟绩，而是幽幽宫廷，颤颤烛火，玉翡在他怀中，带血的手指握紧了他的手，语声在风中游丝般散去。他望着半明半暗里，她纸般薄软的躯体和白得近乎透明的脸，那一刻，他只觉堕入地狱。恰在那时玉明含笑奔入，衣衫犹带夜的寒香和血的腥冷，那气息刺激了他，他如野兽一般狂暴跃起，一拳打在了玉明的腹上……

又或者时光流水般退去，换了枝头挂青杏、溪边杨柳飞的季节，那个鹅蛋脸颊上微有雀斑的小姑娘，背着一只手对他笑，脆生生地说：“英白英白，你爹爹不给你学骑射？瞧我给

你带来了什么？”手变戏法般地一抽，竟然牵出了一匹枣红色的小马。

那马可真小，湿漉漉的，腿还在打战，后来他才知道，她竟然把大王的赤火名驹刚生下的小马给他偷了出来，后来着了她爹爹一顿好罚。事后他知道了问她，她嘻嘻笑着根本不承认。

这都是沉淀在岁月深处的往事，久远得仿若前生。那个时候他根本不喜欢多话多动野孩子一样的她，也记不得她和他之间少年时期的所有事，他甚至也不明白，怎么会在生死此刻，忽然飘过那一刻的记忆。

然而此刻旧事如此清晰，他恍惚记得，他其实得过她很多馈赠，而这么多年，他却连一根簪子都没给她送过。

他忽然向自己的士兵抛出了自己多年来从不离身的长剑。

“留给翡翠女王！”

留给她做个纪念，留给她借此回忆，告诉她前半生他曾经错过，最后一刻他只记得她。

他相信她会懂。

剑掠白虹，向士兵飞去，却被巨大剑气所激，斜斜地转了方向，眼看要落入对手的后方。

他心中叹息一声，正要闭目，忽听敌方似有骚动，底下士兵也似在鼓噪，随即一个略带尖锐、无比熟悉的声音笑道：“死人！这个时候才想起来给我聘礼吗！”

这声一入耳，他耳中似轰鸣一声。

随即他腰上一紧，已被绳索套住，身子被大力向后一扯，感觉到彻骨寒气自脚底尖锐地擦过，眼一低，看见僵木不知动弹的那一大团白条条的人，看见傻乎乎仰头的兽一般的怪物嘴角淌着的口涎，看见那些软骨人在地上翻滚——他们似乎是保留灵智最多的一群，蛇一般用尾弹跳着，似乎想要把他给抽下来。最后他看见足足十来位壮汉，齐齐扯着系在他腰间的绳索，壮汉最前方，玉明踮起脚尖，昂首相望。

他忽然觉得此刻就是被拉到地狱也不枉此生。

一霎而过，下一瞬他撞入了一个温暖的怀抱，鼻尖撞上了很有弹性的两团，太有弹性了，以至于他觉得鼻尖发痛，一股最近比较熟悉的夜来香的气息扑入鼻端。她紧紧抱住他的手臂，刚才嘴上在笑，此刻手臂却在微微发抖，这泄露了她的紧张，他吸一口气，只觉得心神激荡，反手将她也紧紧抱住。

“玉明……”

翡翠女王唔了一声，似笑非笑地道：“险些被一群怪物杀了，你丢不丢人？”

英白笑笑，不觉丢人，只觉庆幸。他不是庆幸保住性命，而是庆幸此生遇见她。

忽然一双手伸过来，凶狠又毫不客气地一把将他推开，熊孩子的嚷嚷声险些炸破人的耳朵：“喂喂，英白你要不要脸，大庭广众之下轻薄我娘，你得了我允许吗？”

“混账小子！”翡翠女王一个耳光就扇了过去，“说什么呢？得了你允许就可以轻薄本王了？你算老几？”

“我是你唯一，”玉无色灵活地逃开巴掌，在老娘恶狠狠盯视的眼光下声音越来越小，“……的儿子！”

“以后会有很多的。”翡翠女王皮笑肉不笑地咧咧嘴，伸手从地上拔起刚才英白扔过来的长剑，递给他，“回头咱们选个像话的，重新立太子啊……这剑我收了，暂借你用。”

英白笑笑，接了剑，解下腰间的绳索。绳索由金丝织就，非常坚韧，不然也不能在那样的剑气中抢下他。

“你们怎么过来了？怎么能找到这里？”他凝视着后方黑暗中黑压压的人群，凭他多年征战的经验，可以估计出大概有三万之多。

她身为一国之主，竟然抛下族中事务，就这么参与了玳瑁对帝歌的战争。她难道不知道，一旦参与，翡翠就卷入了所谓的叛国战争？她将来要如何向翡翠众臣交代？

玉明脸上的表情好像告诉他这根本不算事，她笑嘻嘻一指玉无色道：“这小子说你肯定参战，既然没有走直接攻打帝歌那条道，就必然走最隐秘最不可能的那条。他在地图上胡乱找找，非说你是从沼泽过来的，我说不可能……嘿！这回他立了大功！”

“我可没想立这个功。”玉无色一脸懊恼地道，“我只想着走最不可能的路，空跑一趟最好，省得我娘回去后被群臣弹劾……唉，天不助我！”

熊孩子郁闷地蹲一边画圈圈去了，满怀仇恨地想：自从这便宜老子出现后，自己策划的所有事都没成功过，果然是八字不合，一定要继续拆散这二人。随即他便站起来了，因为他发现，对面的敌人很有意思，不像正常人。

英白也在和翡翠女王交代这次的敌人，玉明本来就对身经百战的英白此次遇险感到非常惊讶，可当她在黎明的曙色里看清楚对面那些“人”之后，也不禁倒抽了一口冷气。

“这都是些……”她脸上露出恶心的神色，喃喃地道，“什么玩意儿？”

“现在必须冲散甚至毁灭他们。”英白沉声道，“我被拉到了你们这边，我的军队还在对面，群龙无首，不早点解决这些怪物，他们会落入被宰割的境地。女王的五万精兵，不能毁在我手里。”

两人沉默地看着对面，那些人人数并不多，最多数千人，现在落在了翡翠和玳瑁两军之间。人数悬殊，按说一个夹攻就可以解决，但此时天光已亮，在明亮光线下看清那些恶心的“人”，看清那些软骨人身上稀稀拉拉斑斑驳驳的灰黑色鳞片，看清白气蒙蒙冷冰冰又像僵尸又像剑的那群怪物，看清那些头和身躯像人、爪子却是兽爪的怪物，还有那些左半边像人右半边像兽、獠牙上还挂着碎骨和血丝的怪物，大多数人心中都觉瘆人，忍不住打着寒战白了脸。

这些勇武的士兵，可以和最强大的军队、最凶猛的武器、最结实的城墙作战，却对着这样一群根本非人类的“怪物”，手软筋麻，骇然后退。

在这样的对手面前，需要的往往不是武力，而是勇气。

“他们不是人！是蛇！是怪物！是鬼！”有人尖叫，武器顿时哗啦啦掉了一片。

“妖言惑众，惑乱军心者，拖出去，斩！”玉明勃然大怒。

英白忽然出剑，猛地向身边的沼泽一刺一挑，剑光一闪，剑尖上已经挑了一只扭曲痉挛

的软骨人。

那只欲待偷袭的软骨人，用了一刻钟的时间悄悄从沼泽掩近，想要来个出其不意的刺杀，彻底毁掉这批新来的军队的士气，好为自己被困的军队打开一个缺口。然而他出师未捷身先死，此刻在英白的剑尖上垂死挣扎。

英白一剑猛刺于地，将那东西钉在地上，长剑顺势一划，内脏哗啦啦地滚出。

龙骑主帅原本并不算残忍的人，但此刻他必须这么做。

在场众人看得清楚，那蛇一般诡异瘦长的躯体内，滚出的仍然是人的内脏，这是人。看上去可怖，却也一剑就被英白刺死，毫无抵抗之力。先前因为眼见英白都被逼至死地而产生的恐惧，渐渐消散了很多。

英白的第二剑，劈向了一个狂吼而来的兽人，那东西半边兽形，獠牙如锯。

剑光如华盖将那怪物笼罩，片刻间兽人肢体零落，众人又看得清楚，那怪物半边兽的躯体上，有人为缝补对接的痕迹。这些肢体，竟然是后天活活接在人体上的！

“这些怪物，”英白剑尖滴血，眼神森冷，缓缓道，“他们其实都是人，是被摧残的人。生而为人，却被毁坏肢体，与兽相接，失去灵智，生不如死。这样的人，我信他们如果还有灵智，宁愿死去。儿郎们，超度他们！”

“超度他们！”

对怪物的恐惧消失，剩下的是对这样恶心恐怖事实的愤怒和想要杜绝这一幕的决心，两边的士兵都听得清楚，同时发动了进攻。

英白将玉明和玉无色抱上了旁边一棵高树顶端，以免那些剑气般的人闯入中军，伤了两人。他目前还没想到对付这些剑般尖锐的人的办法，现下只有高树最安全，软骨人和兽人都爬不上去，那些剑一样的人路线笔直，一团团在地上移动，膝盖都不会弯，也不可能上树。

玉无色满脸不情愿，被玉明按住。翡翠女王十分干脆，将自己的印信抛给英白：“都交给你指挥！”

英白接了，一笑，正要反身下树，想了想却又转身，抓住了玉明的手。

他掌心火烫，因此觉得她的手指似乎有点冷，忍不住抓得更紧些，指腹微微摩挲着她的掌心。

玉明垂头看着自己的手指，似乎抿嘴笑了笑。

“打赢了这场，”英白凝视着她的眼睛，“嫁给我好吗？”

词很简单，其实之前景横波给了他无数版本的求婚建议，让文人墨客们为他写了一大筐情意绵绵的情诗，为他设想过各种浪漫场景，然而他只想在此时此地，和她说这一句。

树叶哗啦啦地响，玉无色愤怒地试图用脚将英白蹬下树，奈何英白早有预料，事先把他安置在另一边的树杈上，他够不着。

玉明似乎又笑了笑，摇摇头。

玉无色狂喜，准备滔滔不绝地赞美他玉洁冰清的妈，英白却依旧含笑看着她。

“是我娶你。”玉明忽然哈哈大笑，用力一扭英白的脸，“十里红妆入玉宫，算是你对

我半生蹉跎的补偿，来不来！”

“来！”

一根树枝抽在英白背上，怒发如狂的玉无色大叫：“来你个浑球！”

“浑小子从今天起敢对你爹不敬我就把你嫁给王菊花！叫爹！”玉明抓过树枝反抽熊孩子。

“啊呸，做梦！”

母子俩在树上吵架，英白早已含笑下树，扑入战场。

双方兵力悬殊，又成包围之势，一旦克服恐惧，对付这些怪物并不难。这些东西倒也狡猾，接连死了十几个之后，软骨人便潜入沼泽底下化明为暗，而兽一般的人则窜入周围的树林中化整为零，至于那一团团剑气僵尸，英白下令士兵着重甲，将其打散分割，想办法引到沼泽里去。

眼看数千人的怪物队伍渐渐星散，英白微微松口气，道路已经打开，两军可以汇合，最起码这一支没有被耽误太多，唯一的问题是这种怪物不能完全根除，一旦跟随大军一直骚扰破坏，甚至进入帝歌的战场，一样会对帝歌战局产生影响。

他在鏖战中忽然又掠过一个念头——真的只有这三种怪人吗？还有，这群怪物为什么没有人指挥？

这念头刚一闪过，他便隐约听见轧轧微响。这声音明明很细微，而战场声音纷扰，但他此刻心神紧悬，一丝不敢懈怠，猛一回头，正见前方不远，一群快要被逼入沼泽的剑气僵尸，忽然各自散开。

这种怪人都是一团一团的，身周白气蒙蒙，根本看不清里头都有些什么，此刻散开后，白气减弱，现出里头一架银色的似车非车的古怪物件。那东西有大半个柜子高，凸出些奇怪的部件，下方似乎还有门，小门打开，钻出一个比侏儒高不了多少的白衣人，他似笑非笑地看了战场一眼，也不见什么焦急之色，忽然将手中一个银色的扳机状物体一扳。

英白隐约听见一声震动，声音低，地面却一颤，他脸色大变，霍然掠过去。

那人所在的方向，背对玉明母子所在的大树，面对正在厮杀的翡翠军。震动声仍在继续，但四面白雾弥漫，看不见有什么东西出来，士兵鏖战正酣，根本无人注意。

英白已经掠了过去，目光如电地在那四周搜寻，却根本没有看见什么暗器武器，他猛一抬头，却见对面那银车之上，侏儒似乎在笑，阴冷、诡异，还有几分讥嘲。

英白的目光向下一落，这次看清了银车的位置，正对着自己，直直背对一棵大树，两边在一条直线上。而那棵树，就是玉明母子所在的树。

他霍然一颤，猛扑过去，还没到就狂吼一声，震得林木簌簌作响：“跳树！”

上头玉明母子正在莫名其妙地向下看，玉无色在哧哧地笑，道：“瞧他那傻样，忽然见鬼似的扑过来，吓我一跳，根本什么都没有嘛……”

他说话声音大，盖住了英白的吼声，玉明就没听清楚，偏头道：“你爹喊什么？”

“老鼠？”玉无色也莫名其妙地向下看，下头雾气更浓了，他只觉得树身微颤，似乎有

什么东西闪电般蹿上，于是笑道，“我家爹老鼠蹿上树来了？”

“什么爹老鼠，以后你给我放尊重……”玉明一句话没完，忽觉身下寒凉彻骨，低头一看，便听咔嚓一声，合抱大树忽然爆裂，树心之中白光一闪，如一道冷焰火，扑入视野。

此时玉无色正坐在那道白光之上的树枝上！

“无色！”玉明的惨叫撕心裂肺，扑上去要挡，但又是咔嚓一声巨响，大树被那从树心里钻出的白光一劈，生生裂成两半，她坐的那一边，斜斜向下倒去。

上头玉无色也已经发觉，腾身要起，但那白光的速度无法形容，寒气如电，转眼袭向他的后心。

玉无色闭上眼睛。一霎风水轮流转，刚才还笑人家坠入生死之境，转眼自己便要尝到死亡的滋味。自己死了，那爹想必很开心，少了一个最大的阻碍了……

哧！武器入肉的声音。

砰！什么东西撞上来的声音。他身子似乎被人一推，只是力道微弱，只稍稍向前些许。

玉无色睁开眼睛，感觉到寒气减弱，没有感觉到疼痛，他舒了一口气，抹一把汗，回头颤颤一看。半边树犹自未倒，一人扑在树顶，手向前伸着，正够着他的靴底，那是一个将他向前推的姿势。

那人背上，粗如儿臂的三棱刺般的武器尖端鲜血淋漓。

玉无色怔怔地看看那刺尖，再看看那人垂落的染血的乌发，看看他宽阔的着青衣的背，看看他触及自己靴底的手指，脑子里乱糟糟的，不知是震惊还是疼痛，心口间似忽然也被那般翻涌的血沫堵住，生痛。

他嘴唇嚅动着，下意识地想说什么，却又说不出来。

“英白！”声音凄厉如惨叫。换在平时玉无色一定大骂他娘叫声刺耳，此刻却打了个战，惶然瞪大眼睛。

玉明在隔壁一株树上挣扎着，她所在的半边树倒下，却又被旁边的树架住，她陷身在树叶乱枝之中，挣扎不出，拼命拨着那些乱叶，手掌边缘被叶子的锯齿割得血迹斑斑都没有觉察。

玉无色怔怔地看着，惨绿的乱叶间透出母亲惨白的脸和通红的眼，那血顺着同样惨白的树心汩汩地往下流，他颤抖地伸手，想要试试英白的呼吸，手却僵硬得也如那些剑人一般，一寸也动弹不得。

底下传来轻微的咯咯的笑声。

他低头，看见一团白色雾气里，不知何时多了一辆银车，车上有个侏儒模样的人，唇角笑意讥诮，用招魂一般的手势对他招了招手。

那侏儒笑得不能更得意。

车上的武器各有妙用，比如刚才那穿地弩，就是反射。扳机向前拉，重型弩箭向后射，能先平贴地面射出，再转折穿透树心，树上的人自以为在他背后，谁能想到这车从背后出箭，那箭能穿树而出？

夫人麾下能手研制的武器，第一次投入战场，便轻松杀了名垂大荒多年的名将。天门之能，岂是凡人可以想象？

四面一阵静寂，玉明叫得太惨烈，战场上很多士兵都已经听见，他们看见高树之上，那生死不知的，竟然是自己的主帅，顿时大惊失色。

侏儒又咯咯笑了一声。

人多又有什么用？主帅亡则战局定。这些人军心已乱，女子和少年无法指挥，而他们只要将散开的人召回，还有十架千变万化的天机弩车，何愁此战不胜？

他弹弹指，白光一闪射入苍穹，林中又起奔腾呼啸之声，沼泽中黑泥再次翻滚，白气茫茫的剑人再次一团一团聚拢，新一场杀戮将要开始。

侏儒又想笑了。这一回的杀戮，将由他们主宰。但他还没笑出来，便先听见了一声笑，微哑、慵懒、带着几分讥诮几分媚惑的笑声。

第八十一章　女神

听见这笑声，玉明眼睛亮了，她张了张嘴，想喊什么却又停住。

那侏儒只觉得声音陌生，是女子的声音，听起来还很远，他一边往弩车底下的箱柜里缩，一边睁大眼睛四处张望，想要找到敌踪。

不过他并不太紧张，因为没有听见大批人马抵达的声音，就算来的是对方的援手，人数也有限，他不认为在夫人这样奇特诡异的军队之前，有任何军队能讨得了好。

他没有发现任何变化，那一声笑，仿佛只是幻觉。

侏儒冷笑一声，躲入底箱之中。这弩车下半部有轮子和机关，可以在侏儒的操纵下，进行短途滑动。也只有这些侏儒，最熟悉弩车上头的各种“长枪短炮”。

车上有常规的型号不一、用途不一的弩箭，有可以倒着发射的箭，也有用来攻城的可以弹出的重槌，有弹出的带倒刺的网，有备用的毒烟和火药，四角还有暗器匣……只要能想得到的攻击，这里都有，所有的总控机关都在车下半部的底箱中，由这些经过专门培养的侏儒控制，只有他们能藏身在那狭小的空间，在那些看起来长得差不多的铁臂和按钮中，找出正确的那一种，其他人就算来了也没有用。这样的弩车，就算弃置在战场中被对方缴获，别人也使用不了，暴力拆毁还会发生爆炸，一架这样的弩车，耗费的金钱几乎不可估量。

侏儒觉得，有这种大荒从未见识过的弩车，再配上大荒从未见识过的奇人军队，所向披靡，是再自然不过的事。

他想到自己将要驾驶着这弩车，在战场上纵横捭阖，将大批大批的猛将士兵碾于轮下，碾断他们健全的肢体，听他们在自己脚下呻吟惨号，浑身的热血便似忽然激越，蒸腾将沸，眼睛里闪出灼灼嗜血的光来。

他越想越兴奋，想着那个主帅还在那半边树上，他轧轧地操纵着弩车，转了个方向，对着树猛撞过去。

轰然一声响，那半边树也倒了下去，玉无色尖叫一声，玉明在另一边大喊："抱住你爹！"

玉无色大骂："他身上有甲，一定死不了，我才不管！"他一边骂一边扑过去在纷乱的树叶中寻找英白。这树倒下时也架在旁边树上，玉无色摸着英白微湿的衣角，在他背上快速地一摸，忽然傻了。

"你……你没穿内甲……"他结结巴巴地道，惶急地去试英白的呼吸。

侏儒大笑着，操纵弩车停在树下，扳动机关。咔嚓一声，弩车一角的一根管子里射出一支箭，箭出管那一霎，就变成了火箭，直射上方。

上方都是枝叶，火箭一着即燃。那箭来势凶猛，一路折枝断叶，燃起深红色的火线，到了尽头虽然被树杈绊住失力，但四周已经烧了起来。

"混账！"玉无色一边大骂一边脱下衣服打火，拼命去搬英白的身体，"你怎么这么沉！你不会是死了吧，怎么这么沉！爹！爹！他娘的你倒说说话啊！你死赖在这里算什么事？爹！"

那声音夹杂在噼噼啪啪的燃烧声中，也不知是被熏的还是怎的，似带着破音和哭腔。

玉明在另一边的树上，又是心疼又是着急又是伤心，大叫："快点！你还磨蹭什么！快点下来！"

"我拖不动他哇！"玉无色这回真哭了，一边哭一边扑打着火焰，头发成了一簇簇焦灰落在脸上，再被眼泪冲成一道道黑色的小沟。

玉明呆了呆，烦躁而痛苦地抓住了自己的头发，她不能不救英白，但也不能让儿子为救英白而一起被烧死。她在树上艰难地挣扎着转身，茫然向四面张望——刚才那笑声呢？刚才那笑声呢？

那是她唯一的希望了，可现在声音怎么没有了？

一大拨士兵冲过来爬树，一部分去救她，一部分去救英白和玉无色。有人在大叫让玉无色赶紧先跳下来，那小子却不吭声，只听见疯狂扑打和砍树的砰砰咔嚓之声。

侏儒在树下大笑，声音充满快意——他喜欢这样的情景，喜欢看见生离死别，喜欢看见幸福的人被分开，喜欢看见所有的绝望和无措，这会让他觉得，这世上不是只有他一个人惨，还会有人陪他一起惨，会让他觉得，他那些被困在三尺方圆小箱子里长大的黑暗岁月，从此有人陪他一起沉沦。

他嘎嘎嘎地笑着，想着这些人军心已乱，接下来把人聚集在一起，再来个冲锋，战局也就定了。

赢了这一战，或许夫人会赐药，让他长高一点……他嘎嘎地笑着，推着弩车回转，一回头却忽然看见面前多了一个坡，仔细一看不是坡，竟然是一个三角形的木板制作的滑梯状的东西。那东西一头略高，可以滑下，滑面不短，足有数丈，看上去像一个木制的小山坡。

底箱里有瞭望洞，可以看见外面的景象，他愕然瞪着那滑梯，不明白这东西是怎么忽然出现的。

随即他便讥诮地笑起来——这算什么？拒马？路障？以为他驾驭的是滑车，放这样一个东西在路上，就一定能挡住他？那就让这群土包子见识一下夫人弩车的神奇！

他啪啪拉起弩车底部几个铁条，顿时弩车的轮子缩了回去，弹出几根钢条，钢条不短，超过了原先轮子的高度，也渐渐超过了那滑板的高度。侏儒将一个机关一扳，弩车微微前倾三十度，顿时就到了滑板高处那一端，再按动扳机，钢条缩回，轮子弹出，弩车顿时就在滑板上往下滑起。

侏儒哈哈大笑，心想此时那些设路障的人一定瞧得目瞪口呆——世上还有如此巧夺天工之设计！

滑板高度不低，很长，弩车自重很重，往下滑的时候速度自然加快，风从耳边呼啸过，侏儒忽然觉得有点不对。这往下滑的速度太快，对着的是自己阵营的方向，可不要撞上别的弩车或者同伴。不过这弩车可以调整方向，他倒也不急，伸手去摸索那个调整方向的扳机。

正在这时，他又听见咯咯一声笑，是先前那女声，微带沙哑，销魂媚惑。和先前不同的是，先前那声音很远，远到让人觉得没有威胁，而此刻，这声音就在背后！

侏儒魂飞魄散，立即便要转头，身子还没动，就感觉到后心一阵刺痛。

熟悉的触感告诉他，现在正有一柄刀穿过了底箱的缝隙，抵在了他的背上。

他浑身僵硬，闷热的底箱里，满头汗水慢慢地渗了出来。

身后有人。但这人是怎么出来的？刚才他上坡的时候，身后还没有人，所有人要么在救人，要么在战斗，数丈方圆内就没见人影。随即弩车就飞快下滑，那眨眼都没有的工夫，一个人要怎么飞跃数丈方圆，忽然出现在他身后？

鬼？他不敢回头，不敢动弹，箱门闭着，他只能感觉到车在俯冲，飞快地俯冲，越来越快地向着自己的阵营俯冲……风声如啸，瞭望洞里光影飞掠，他有些恍惚，仿佛正乘坐一架死亡之车，用电不能及的速度去追及前方的地狱深渊……

“咯咯咯咯。”低低的畅快的笑声从他身后传来，听起来比他刚才的笑声更愉悦，他的背心却起了一阵白毛汗，生平竟第一次生出那种“此人好像比夫人还可怕”的感觉来……

他在里头惊惧流汗，外头的士兵们却已经呆了。

士兵们一抬头就看见了一辆飞驰的弩车，弩车的后面还有一个人。

一个女子双手扶着弩车，脚下踏着一个雪橇一样长长扁扁的东西，那东西挂在弩车上，毫不费力地跟着弩车滑，下滑的速度和风令她大红绣金的披风和乌黑的长卷发都飞扬而起，在身后招展，像晨曦里跨越天际的第一抹虹。

远远看去，弩车在前面冲，她在后面扶着跟随，像是她驾驭着弩车在飞，下一瞬就会飞

入战团。

而前方浓雾忽散，晨曦鲜明，天光湛湛地亮了，在她额角脸颊上洒下光辉。她看上去像是从云端降下，然后携着这人间战器，破千军万马，冲入宇宙的尽头。

速度太快，众人其实看不清她的脸，但所有玳瑁士兵都已经高声呼喊：“陛下！”

玉明已经被士兵救下，惊喜地扶着士兵的肩膀站起来，她先是回头张望，看了半天并没有军队，再回头看看景横波，不禁愕然——景横波是一个人来的？

堂堂女王，孤身一人驰援？一个人来有什么用？她又不是勇冠三军的猛士，一人可抵万军。

玉明觉得，这世上根本就不会有任何人，一个人能将这些见鬼似的各式各样的怪物和这功能可怕的弩车给全部解决。她脸色发青，忍不住骂：“鲁莽！鲁莽！你以为你是女神吗！你死在这里，整个横戟军都会毁了！”

她在懊恼，景横波的笑声听起来却轻松得像在踏青：“亲爱的，都散开！散开！”

士兵立即丢下敌手轰然四散——人人都知他们的女王与众不同，他们的女王自有神异，他们的女王有很多古怪的命令和念头，但不管怎么古怪，她一定是对的。

许平然这边的战团本来已经在操控弩车的侏儒的召唤下，重新聚拢了起来。那些麻木的一团一团的剑气人，身形移动，露出他们一直护着的银色弩车，排成了一排。

本来这些弩车是要对横戟军实施打击的，现如今，重新聚拢的怪人们四散逃窜，战场上顿时只剩下了弩车和剑人。

士兵散开的同时，一道白影从景横波肩后闪出，扑向那些兽人和剑人。

“霏霏，去好好地勾引他们！”景横波骑着滑板，朗声笑，“弩车我来搞定！”

笑声里，弩车越冲越快，已经到了滑坡底端，正冲着前方的另一辆弩车而去。

剑人自然是不知道动的，兽人已经被霏霏吸引了目光，弩车里的侏儒还没反应过来。弩车就算灵活，想要掉头也不是那么容易的。

轰！弩车相撞的声音听起来像地震，烟尘腾起，撞击声响亮，烟尘里砰砰砰一阵连响，隐约还有沉闷的惨叫之声。

景横波跟着的那辆弩车，经过了一段滑坡，加速度带来的冲力令这弩车的杀伤力远超其余弩车，竟然连撞三辆才停下来。

藏身底箱的侏儒，哪里经受得了这样剧烈的震动，有的直接被震死，有的晕厥，受伤最轻的也七窍流血。

更糟糕的是，四辆弩车经过巨震，加之在底箱的侏儒因为死亡和昏倒导致的碰撞，使得机关大部分都被触动了。

顿时四辆弩车四周火箭连射，毒烟滚滚，弩车内藏着的各种武器都招呼了那群僵尸一般的剑人。

砰！一个弹出的攻城重槌，撞在了一个剑人的胸口，那不知躲避的剑人，胸口塌陷，无声无息地倒了下去。

咻！一大把蓝汪汪的牛毛细针射出，所经之处，剑人倒了一大片。

噗！一道黄色的烟雾喷出，在空气中曳开长长一条黄线，黄线所到之处，剑人似面条一般一排排软了下去。

还有被射死的、砸死的、撞死的，个个死得轻描淡写，倒得无声无息，剑人转眼就少了一半。

一旁散开的士兵目瞪口呆——这太颠覆了，先前那群人在一起的时候，简直可以比拟举世无双的剑仙，那剑气汇聚，上冲虹霓，连英白都无法抵挡。怎么转眼，这些剑仙就变成了烂面条？

早已避开的景横波咯咯一笑，道："果然如此。"

她自接到那封神秘的信，便一直在琢磨对付这几种东西的办法。这世上绝对没有完美的物种，而且越是某一方面特别厉害的物种，必然在另一方面特别差劲，这是天道，不可违背。

而且往往越厉害的地方，就隐藏着越薄弱的缺点。从信上的信息推断，那些剑人成团出现，体内剑气充盈，整个人就像一柄剑一般锋利，什么招式也不必使，什么动作也不必做，往前走就可以杀人。

看似牛哄哄的，但是转头一想，什么动作也不必使，是不是根本做不了动作？那说明什么？僵硬，没有反应力。

剑人的身体被做成了储存剑气的容器，那么它一定会变得很脆弱。强壮的体魄不可能令剑气透体，人如剑薄。所以这些人一团一团出现，汇聚的剑气十分惊人，在那样的剑气保护下，才不会有任何攻击能伤害他们。

一旦单打独斗，对方的攻击又胜过他们的剑气的话……他们就死定了。好比名剑遇见了普通的精铁匕首，自然砍它个一刀两断。

之前，为了让隐藏在他们之中的弩车发动攻击，这些剑人散开。四辆弩车相撞导致机关连发，顿时将这些身体脆弱的剑人搞死了一大批。

景横波哈哈大笑："分开他们！五个人招呼一个，不要靠近他们的身体，用长武器打他们！"

士兵们接令，分成小队扑上，开始各自对付剑人。

景横波则身形连闪，扑向那些弩车——弩车先前排成一列，好对这边施放杀手，现在因为那辆车的撞击，加之各种武器的攻击，其余弩车中的侏儒都在转动方向，试图先自保。

如若这些车转过来，施放各种武器，扎堆的士兵们难免受伤，但侏儒们藏在底箱里，谁也伤不着他们。这些侏儒打的正是这个主意。

杀伤面最大的就是毒烟，侏儒们纷纷打开毒烟的机关。黄铜管子伸出，即将喷出烟气，等着那些士兵一批批死亡。

他们各自面向不同的方向，算准没有谁能同时毁去机关，只要毒烟一放，附近都会受影响。

可惜景横波来了。她背了一袋子石块，闪到上方，双手一扬。袋子里的石块浮起，呼啸着飞出，一阵啪啪啪连响，辘辘转动的弩车忽然一停。

弩车内传来一阵踢打挣扎之声，随即底箱门砰砰被撞开，侏儒们伴着黄烟滚出来，趴在地下喘气。

上头，施放毒烟的黄铜管道口，齐齐嵌着大小不一的石头。石头堵住烟管，毒烟自然倒流，底箱狭窄，侏儒们被招呼得不轻。

景横波挥挥手，早有士兵过来，将这些侏儒俘虏。

忽然白影一闪，霏霏从她身侧轻巧地跃过，向沼泽的方向去了，毛茸茸的雪白大尾巴擦过她的脸颊，留下一抹淡淡的臊气。

随即地面震动，腥风扑面，那一大群半人半兽的怪物从四面扑了过来。士兵们吓了一跳，要扑上去保护景横波，景横波笑吟吟地挥挥手，站在沼泽岸边不动。

那些怪物狂奔而来，爪尖在半空闪着乌光，狠狠地向景横波扑下……

士兵们惊得闭上眼睛，还没来得及想象利爪伤人血光暴现的一幕，就听见有人惊呼。

他们再睁开眼，就看见女王笑吟吟地立在沼泽边缘，身后沼泽泥浆翻动，那群怪物高高跃起，擦过她身侧，扑向了……沼泽。

沼泽之上，一条小小的影子腾挪跳跃，四面泥浆飞甩，不时露出奇长的肢体，那是软骨人发现了霏霏，要将它扼杀。

霏霏灵巧如猫，轻轻巧巧避过那些杀手，一路向沼泽深处跑去，雪白的大尾巴在黑暗中一甩一甩的。

兽人们目光发直，似被鬼魅所引，跟随着扑向沼泽。

沼泽边，身影一个个矮了下去。

士兵们目瞪口呆，看着那些刚才还很神勇的令他们束手无策的怪物，毫不犹疑地奔赴泥浆之中，像一群祭祀品，争先恐后，扑入死亡之地。

没有灵智的半人半兽之体，在泥浆之中挣扎吼叫，烦躁厮打，越挣扎陷得越深，越厮打死得越快，很快沼泽之上，便泛出一大片泥浆泡。

景横波笑吟吟地立在岸边，看着那些怪物在泥浆中渐渐没顶，眼底有几分怜悯和几分厌恶。这种怪物，也许死亡才是他们最好的归宿。

更该死的不是他们，是以残忍手段制造他们的人。

身后有士兵大叫："女王小心，别太靠近沼泽！沼泽里也有怪物！"

有人扑过来要拉她。

身前沼泽，黑泥汩汩，无数软骨人看见了她，这种怪物算是三种当中灵智最高的一种，感觉到了她才是主要人物，都向她冲来。

沼泽之上，黑色泥浆之中，那些直起身子冲来的瘦长躯体，远远看去像一群昂首欲待噬人的眼镜蛇。他们昂起的上身，在清晨斑驳的阳光下越发显得瘦骨嶙峋。

景横波盯着那些人的动作，那些人捕猎时，果然也像蛇一样，贴地游走，猛然伏下，再

高高弹起。

她唇角露出一抹笑意，将好心拉她以及奋勇冲到她面前欲替她挡下攻击的士兵，都轻轻拨开。

她轻轻道："来，咱们来瞧个戏法。"一句话的功夫，那些软骨人已经滑到她面前一丈的距离。

他们伏下身子，下一瞬就是贴地一哧，然后弹起，缠上景横波。

士兵们额头有汗——女王完全可以避开，她却非要站在这沼泽最边缘，面对着这些怪物，而这些怪物已经围住了她方圆数丈的距离，一旦齐齐扑来，凭那怪物无比强劲的下肢和弹力，就算是军队也无法在刹那之间和他们抗衡，更不要说女王只有一个人。

她何以如此大胆？

软骨人伏在泥上，长长的身体上满是淤泥，只有一双双眼白多眼黑少的眼睛，在一片乌黑中幽幽闪光。他们唇间发出嘶嘶的低音，微颤，四面碎叶因共振而簌簌响动，沼泽似乎也因战栗而生出皱褶千端。

下一瞬，他们便将扑来。

在场的所有人都忘记了战斗，怔怔地举着武器，站在原地，捏紧了手指，望着那些蝮蛇般昂起头又低下身的"人"将岸上的女王围住。下一瞬，他们就会在泥浆上哧的一声，滑出长长的轨道，扑倒女王。

哧！所有软骨人贴地而滑的声音如此整齐，汇聚成响亮有力的一声。

听见这样的声音，大家会知道这些怪物下了多大的力气，而随之而来的那一击，必然凶猛强悍，非人所能抵挡。

哧的一声之后，那些细长的软骨人已经到了沼泽边缘，最近的一个，细长的指尖已经快要够得着景横波的脚尖了。景横波还是动也没动，唇角慢慢泛起一抹微笑。

下一刻那些东西果然弹了起来，发出一声声暴烈的嘶叫。

这种怪物的声音很细，似乎气管也受到了挤压，然而此刻，他们的叫喊整齐而惨烈，细长的脖颈高高扬起，向着天空，头顶的淤泥滴滴答答地倾泻下来。

他们的身子已经昂了起来，却没有继续扑出去，而是在离景横波一指的地方停下了。有什么东西，哗啦啦滚了出来。

四面目光汇聚，发出震惊的吸气和呐喊声。

"他们的肚子——"有人惊叫。

所有人都看见了，那些昂起的软骨人的上半身，不知何时，都出现了一个巨大的伤口。伤口细，却极长，几乎横贯了整个胸腹，以至于那胸腹内的零部件，都一股脑地伴着鲜血滚了出来。

众人怔怔地看着那一幕——数百怪人，昂身于泥沼之上，忽然齐齐在同一位置爆出同样的巨大伤口，似无数双带血的眼睛忽然睁开，愕然注视着这世间所有的突如其来。那般惊怖和震撼的场景，令人脑中一片空白，甚至忘记了恶心。

还有很多软骨人，根本没能抬得起身，直接软趴在泥面上，身后慢慢拖曳出一条条深红的痕迹，远远看去，像黑色泥金扇面上绘开胭脂红的烟气，有种怪异而绮靡的美。

而女王还站在岸边，同一位置，姿态随意地低头，看向那搭在自己脚尖前一寸处的细长手指，踢了踢。手指无力地被踢回了沼泽，啪嗒连响，那些昂起的身体重重跌落。不会很久，这些躯体便会慢慢沉入沼泽深处，化为白骨。

好一阵寂静之后，“女王万岁！”爆开的欢呼声几乎将沼泽的泥浆震翻。

远处还有些未及扑来的软骨人，哪里还敢再扑过来，泥浆一阵翻滚，这些人搅着灰黑的下肢离开。沼泽面上，一条条印痕无声远去。

景横波也不追，这种被称为“草人”的怪物，天生就是在沼泽中培养的，将来在正面战场上的作用有限，她犯不着在对对方有利的环境中冒险。她只需要震慑他们一次就够了。

兴奋的士兵扑过来，七嘴八舌地问她：“陛下陛下，您是如何做到的？”

“还用说，自然是陛下神功，以外放的真气，将这些家伙都开膛破腹了呗！”

“女王神异，名不虚传！”

景横波翘起唇角。她手指一招，数百枚长针滴答着泥水和血迹，从沼泽中飞起，在空中悬停排开，似铁扇面。

众人啊的一声。

“就这么简单。”景横波微笑转身，“我站在这里做靶子，他们就只能向这里进攻。我之前已经埋下了数百枚长针，等他们过来，俯下身准备滑行做最后一击的那一刻，将长针拔起，他们正从长针上滑过，所以……”

她笑了笑。

用力越大，开腹越狠，自作孽不可活。

士兵们恍然大悟，却犹有不明白之处，女王是如何将长针神不知鬼不觉地埋入的？又是如何把握时机，在那一霎间，将几百枚长针同时拔起的？这根本不是常人能做到的事。

景横波笑而不答，手一招，将收起的长针扔进了武器堆，下令士兵打扫战场。

适当保持神秘和强大，对于振作士气有很大作用。

果然士兵打扫战场很积极，事后清点，兽人一大半被霏霏引入沼泽；弩车二十辆全部缴获；剑人被弩车杀伤一小半，被围攻至死的又有三分之一，剩下一些是始终坚持抱团走的，无人能碰触，逃入丛林之中；软骨人在沼泽边被景横波阴死一半，在沼泽中逃走的又有一半。无论如何，这支古怪的军队已经被打残，更重要的是，就算还有这样的军队，他们的特征和弱点也已经被横戟军掌握了，下次短兵相接之时，不至于再被动挨打。

这算是战果辉煌，景横波心情很好地往前方去，那里，玉明已经被救了下来，玉无色和背着英白的士兵也下了树。玉无色一边走一边回头，这家伙现在很狼狈，头发被烧掉了一半，灰蓬蓬地挂着很多枯叶焦枝，满脸斑驳的黑灰印子，只一双眼睛还看得清楚，偏偏眼珠子也是红的。

玉明看见英白下树，便要扑过去，人影一闪，景横波已经挡在她面前，手臂一格，便将

英白接过去，一惊一乍地道："啊！英白！我来迟了一步！你这伤……"

玉明眼前一黑，就要晕，被人堪堪扶住，玉无色啊的一声，张着嘴傻了。

景横波扶过英白，用半边身子挡住他，冷眼斜睨着玉无色，道："你爹是救你才这样的？"

玉无色张着嘴，半晌，满脸艰难地点点头，踮起脚要看英白，景横波又转了个身。

"要我说，救你个屁。"景横波冷冷道，"没良心的小崽子，你爹当初那是误会，从没有有意抛弃过你们母子，你偏要像个怨妇一样整天叽叽歪歪搞七捻三，从他回来后，你说你干过多少人事？你爹为了你连命都不要，你倒矫情得到现在连声爹都不叫。欠扁的熊孩子！"

平时被说一句都要跳三丈的熊孩子，此刻一声不吭，不停地用脚尖蹭地，听着英白毫无声息的动静，眼珠子更红了。

半晌他低声道："让我照顾他……我和他道歉……给我……"说罢伸手来接。

景横波又是一个转身："还照顾个屁！人都死了！"

玉明刚刚站直，听见这句，尖厉地叫一声，就要扑过来。

景横波道："拉住她！"立即有士兵死死拦住她。

玉无色怔了半晌："你胡说！"

"那箭多粗，你又不是没看见。"景横波冷冷道，"你害我损失一员大将，你明白吗？趁我现在还没改变主意，滚开。"

玉无色双手一拦："不走！"

"干吗！"景横波眼一翻，"留着给你爹做孝子吗？你有这良心吗？"

"有！"玉无色这一声震得人耳膜嗡嗡的，他脖子一梗，"他干吗要交给你去葬！"

"他是我的大将！"

"他是我爹！"

四面静了一静，玉明忽然不挣扎了，看看景横波，再看看玉无色，忽然低下头，轻轻啜泣。哭声细细微微，在凄冷的风中游离，听来噬心。玉无色张开的双臂微微颤抖，却挡在景横波面前一步不让。

"是你爹吗？"景横波忽然冷笑，"你喊过他一声吗？你谢过他的恩吗？你承认过他吗？现在他死了，你来哭哭啼啼装孝子了？收起你的虚伪，告诉你，什么死后哀荣都是狗屁，都是活着的人为了给自己撑场面，不过是掩良心的行为罢了。若是真有良心，就在他活着的时候对他好点，懂不懂什么叫子欲养而亲不待？"

"现在懂了！"玉无色的声音比她还大，"早就懂了！我……我没说不认他！我只是……我只是……我只是……"

"你只是矫情！姐懒得理你，让开。"

"我再也养不了他，但我会做到我该做到的所有事。整个大荒都会知道，他是我爹，是我娘的王夫，是翡翠国父！玉宫之内，永远有他的宫殿，娘百年之后，会和他合葬，共同永

享后代血食。如果我娘愿意，我还可以为他们操办一场成亲仪式，这不是为了谢救命之恩，这是因为，他是我爹！”

“一时被挤对，随口许诺言？”

玉无色霍然拔刀，斩下一片衣角。衣角翻飞落地，沾染一地血迹尘埃。

“有违此誓，便如此衣！”

“真的不是为了报救命之恩？”

“别侮辱我！”

“哦。”景横波将英白交给身后的将领，“搞定，送将军去休息。”

“我要……”玉无色还想滔滔不绝，忽然打了个嗝，“呃？什么？”

“我刚才话没说完，”景横波擦擦手，若无其事地道，“我要说的是……他这伤，没事。”

“啊！”玉无色的鼻子都要被气歪了。

景横波拍拍手，漫不经心地望望四周，唏嘘道：“有些人就是自以为聪明其实脑残啊……我既然到了怎么会让英白死呢？当然，那箭如果真的按照原来的轨迹射中，他还真非死不可。不过我动了动手，那箭偏了一点，只是穿过了他肩胛骨下方不重要的位置而已，为了避免他舍不得你开口说话，我顺便把他砸晕了……哎，小子，记得你先前的承诺哈，成亲我看现在就可以先简单办一场，回头回宫再补。咱们要求不高，诸礼齐备就行了，回头你记得把你宫中那场准备得华丽点，跌了份我可不饶你，你刚才的话，我可都让书记官记录着呢……”

她一边絮絮叨叨一边走开，去清点战利品了，当然，搞定英白这一家三口，也算她的战利品。玉无色呆愣地站在清晨瑟瑟的冷风中，半晌，他抹一把脸上的黑灰，呜呜呜地哭了。

“娘的，为什么自从有了爹，就都换我被骗啊……”

第八十二章　想吃天鹅肉的癞蛤蟆

大荒历三七二年九月初一。

黄金部的官道上，一路飘扬着横戟军的鲜红大旗，黄金部各处驻守的军队纷纷撤离官道三十里，撤销关卡。所有士兵都被勒令留在本营之内，连头盔上的红缨都剪成短短的一簇，以免被风吹起，被某个心怀怨恨存心找碴的杀神发现，来一句“有埋伏”，以此作为开战的借口。

杀神自然是裴枢，少帅带着大军在一路敞开的黄金部城池之下逡巡良久，最终对着那垂头丧气的旗帜恨恨地一砸拳，下令大军直奔帝歌。

他走得干脆，行得快疾，身边一路跟随的将官，却都武器在手，装束齐整，神情紧张，一副随时备战的姿态。晚间扎营住宿时，将官们更是简单造饭，匆匆吃完，扎束停当，将武器紧紧握在手中，等着少帅随时一声“我们回去，袭黄金部王宫”！

然而等了整整一夜，他们也没等到那个命令，直到第二天再次开拔，眼看将离黄金部地域，亲信将官才忍不住将憋闷很久的疑问问出：“少帅，您为何过黄金部而不战？”

马上的裴枢腰背笔直，缓缓回头，一眼看过那片灰色的山峦。

这是他出生之地，他曾在这里声名鹊起，也曾在这里遭受莫大冤屈，他曾在这里率黄金部雄狮笑傲群雄享尽世人膜拜，也曾被黄金部雄狮捆绑游街以叛逆之名遭受百姓攻击，他曾在这里骑花马领御宴，也曾在这里着白衣看杀戮。他为黄金部出生入死，最后却在天灰谷苦度日月，苦挨了五年非人的岁月。

在那五年里，他挣扎求生，和天、和地、和死境搏斗，日日夜夜。支撑他活下来的，唯“报仇”二字而已。

那些在夜半凉风和狼嚎声中醒在孤山顶的日子里，他亦无数次对着月亮长号，发誓将来他只要不死，必率大军归来，将金召龙吊在黄金部城墙上五年，直到风将他的尸首吹干。

因为这个誓言，他才坚持了那么久，等到了景横波。

如今，誓言将成真，他率大军，骑高马，地动山摇而来。金召龙和他的城池，以最怯弱的姿态畏缩在侧，恨不得缩进尘埃。黄金部已无名将，士气早堕，他只要一挥手，就可以看他灰飞烟灭，看他零落尘埃，看他三千里疆域被铁蹄踏遍，玉阙金宫都成空，就可以大仇得报。

马蹄声嗒嗒，军队如怒龙卷去，他在马背上，腰背笔直，向帝歌的方向前行，离黄金部远去。

自始至终，他没有回首。在奔腾的蹄声里，良久，他的副将才听见他平静而坚定的回答。

“在我心里，她的天下，重于我的仇恨。”

玳瑁大军经过黄金部的时候，和玳瑁大军等待战斗一样，那些缩在城墙后不敢露出一丝敌意的黄金部守军也在屏着呼吸紧张万分地等待，不过他们等待的是玳瑁大军随时可能的回马枪。直到那连天接地的黑色烟尘，滚滚碾过了黄金部的土地，进入了襄国国境，所有人才如释重负地长出了一口气。

裴枢的杀神之名，在黄金部可止小儿夜哭，没人敢轻撄其锋。消息快马传回黄金部王宫，两天两夜没睡觉的金召龙，猛地倒在了榻上。

“可算能睡个安稳觉了！”

殿内原本站得满满的侍卫悄悄退下，殿顶上传来踩瓦微音，这是金召龙布置在殿顶的护卫，在危机解除后也在撤离。

金召龙眼底满是血丝，表情却终于放松下来，凝望着重锦绣龙的帐顶，眼底露出庆幸的神色。他庆幸自己没有选择拦住裴枢，庆幸裴枢竟然真的过黄金部而不战，放弃了对他的报复，虽然他对此非常诧异——以他对裴枢的了解，这人但凡有了复仇的机会，便是拼了性命也不会放弃，如今这是改性了？

但这对于他来说，终究是莫大的好事，帝歌一战之后，谁知道裴枢还有没有实力再回来报仇？

他对着帐顶长嘘了一口气，舒坦地闭上双眼。然后他霍然又睁开眼。刚才闭眼那一霎，似乎有什么地方不对劲？

头顶是重锦绣龙的帐顶，透过那饰鳞绣甲的黄金飞龙的盘旋身躯，可以隐约看见殿顶的藻井。寝殿的藻井飞云带、饰莲瓣、拥云龙，穹顶高而深，而此时，那藻井中央的云龙，不知怎的看着有点奇怪，特别黑，特别突出，盘旋的线条特别清晰，上面的鳞片都似在斑驳闪光，还有那云龙的头，不知怎的竟然像一张人脸……

他忽然激灵地打个寒战，猛地坐了起来，坐起来之后，才惊觉方才并不是他的错觉，上头真有一张脸……不，不是上方，就在眼前！

他霍然跳起，弹起的速度不可谓不快，然而哧的一声响，帐顶撕裂，一团东西猛地掉落，有那么一瞬间，他觉得是藻井上雕刻的云龙掉下来了！

金召龙反手就去抽他随时佩在身后的刀。

可转眼他的刀就无声地落在被褥上，一条长长的黑黑的巨蛇一样的东西忽然游了过来，霍地将他一缠，勒住，抽紧。他听见自己的骨骼一阵咯咯作响，呼吸困难头晕眼花，手上的力气也顿时没了。他犹自努力伸脚，试图用脚去够床上的机关，然而一只手伸过来，按住了他的脚。

有那么一瞬间，他以为又出现了一个人，然而那只手，细细长长黑黑，上面的鳞片闪着斑驳的光，似人手又非人手。他一转头，就看见一张同样长长黑黑、脸颊上有鳞片的古怪的脸，那脸定定地盯住他，忽然对他龇牙一笑。

这一笑的恐怖感用言语难以形容，似乎有生以来的所有恐惧和黑暗都在瞬间扑至，金召龙眼睛一翻，晕了过去。

殿内一阵寂静，半晌，有脚步声轻轻响起。

金砖地面映着玲珑浮凸的女子身影，裙裾悠悠移动，景横波也悠悠长叹：“这就晕了，真屃啊！”

她招招手，那条草人便驮着金召龙，一弹一滑地过来，霏霏跟在后面，眼珠子贼溜溜地转。这个怪物是霏霏的俘虏，霏霏将兽人引入沼泽之后，顺手抓了一条受了伤逃避不及的草人，景横波正好拿来吓吓金召龙。

这种东西本身杀伤力并不大，但第一次见的人，很少有不被吓到的。景横波有点遗憾，

在沼泽上对付这些家伙的时候，经验不足，只想着战胜没想着俘虏，不然放几条草人给明城玩玩多好。

草人的弹跳力和隐蔽性都很好，擅长从草木角落处寻找出路，此时黄金部王宫因为戒备几天，强敌离开，紧张的情绪放松，警戒自然也有了疏漏，草人居然一路无惊无险地将金召龙带出了宫。等金召龙悠悠醒来，他已经在景横波的马背上，被五花大绑地捆着了。

当金召龙知道景横波打算带他到帝歌，将他交给裴枢的时候，他眼前一黑。

他觉得很冤枉——裴枢已经放过了他，女王为什么还要多事，亲自冒险出手掳了他来？为什么他为求自赎，许了黄金万两，许了重兵一万，女王却只是吃零食嗑瓜子笑而不语？

“那是因为，”良久，景横波注视着帝歌的方向，悠悠道，“在我心里，他人的牺牲，重于我的天下。”

大荒历三七二年九月初三，大军抵达襄国边境。

襄国是抵达帝歌前的最后一道屏障，帝歌接连发令，要求襄国务必全力抵抗，如若违抗，在襄国后方的玉照龙骑，将首先冲破襄国的南部防线。所以横戟军抵达时，就看见边境线上旌旗飘扬，襄国军队军容整齐，摄政长公主夫妇亲自率军，策马阵前。

这几乎是裴枢从玳瑁打过来，一路上遇见的最像样的阵列，这顿时令他周身的好战因子爆发、热血沸腾，他刚要下令迎战，就见对方不鸣锣、不敲鼓、不喊话、不邀战，直接就带着骑兵猛冲了过来。

横戟军目瞪口呆——骑兵先声夺人抢攻也是有的，但那多半是先有埋伏，或者自高处猛冲而下，借助地利和气势冲散对方的阵列，哪儿有这样平地相遇，尚未看清敌情，就这么不成阵势，猛冲一气的？

更可笑的是，率军冲杀的，是长公主驸马、襄国大相，襄国现在两名主宰之一的雍希正。他亲自冲锋在前，迎向裴枢。

说得好听点这叫王驾亲征、身先士卒，说得不好听就是轻蹈险地、愚不可及。

裴枢端坐不动，冷笑勒马，不急不忙地等这个莽夫冲到自己面前。在他看来，这种毫无章法和阵势的冲锋，简直就是送死，换成是他自己要打天下，肯定觉得这是侮辱，定会拨马就走，随便交给哪个小弟，割了他的脑袋就是。

他用枪闲散地拍着腿，考虑着等下是拍死他呢还是刺死他。

雍希正不顾身后将士的劝阻和追逐，一马当先，狂飙而至。

裴枢冷笑着提枪。

襄国大相轻衣薄甲，衣袂飘飘，看在裴枢眼里更不顺眼——穿成这样，也敢装猛将上场！当他裴枢是泥捏纸糊的吗？

他正在考虑是用枪尖挑人家胸口还是裤裆时，那狂冲而来和他只差一个马头的雍希正，忽然一拨马头，一个漂亮的侧身，从他的马侧擦过。擦身而过时，他手中长枪在裴枢枪上轻轻一点，锵然脆响里他轻声道：“请代问女王安。”

裴枢一怔，再抬眼，跟在雍希正身后冲过来的骑士们，齐齐拨马侧身，流水般地也从他身后迎战的将士边流过。空留一群气势汹汹的将士，愣愣地看着手中的刀枪和人家的侧影，丈二和尚摸不着头脑。

身后枪尖一闪，裴枢转身架住，出枪的正是雍希正，两枪一架，他又是低低一笑："襄国已报当初情分，已应当年之约，但愿女王大业得成，护我襄国安宁。"

话一说完，他便抽枪，再次从裴枢身前狂奔而过，看上去好像不敌裴枢、策马奔逃一样。

裴枢愕然抬头，遥遥看见远处大旗之下，襄国摄政长公主轻轻一笑。夕阳下她策马向前，似在迎接自己的丈夫，雍希正的马蹄似乎因此特别轻快。

裴枢遥望那些忽然来去的背影，有点莫名其妙，知道襄国在赤裸裸地放水，连忙招呼众将，一阵"猛追"。

这一追便追出数百里，追过平原旷野，追过山川沼泽，追过没有玉照龙骑和亢龙军的路线，直追入帝歌境内。进入帝歌周边时，那些"狼狈奔逃"的襄国军队，好像学了遁地法一般，忽然消失，只留了遍地布袋，里面装满了清水干粮。

裴枢立在山口，看将士们将"战利品"收起，一脸郁闷。

将领们以为他是没能痛快地打仗而不爽，都不敢接近，忙忙碌碌地做事，离他远远的。只有一个将领，无意中走过他附近，忽听少帅猛地一拍大腿，恍然大悟道："爷明白了！雍希正也暗恋她！奶奶的！哪儿来这么多想吃天鹅肉的癞蛤蟆！"

大荒历三七二年九月初四。

玉照宫外，束手立着一大群宫人，在廊下还有一大群大臣，低头凛然而立。

殿内不断有人退出，退出来时都脸色煞白，满脸汗水，脚步踉跄，门开合之间，还能听见殿内隐隐的咆哮之声。

"滚！"一声厉喝响彻整座宫殿，最后一个臣子踉跄退出。

众人面面相觑，再回头看看远处，宫墙连绵，绿树红花，阳光明媚，可在众人眼里，却似见兵锋如铁，黑云压城。

"兵锋如火，侵略如林……帝歌，还是要开战了啊……"臣子们摇头唏嘘而去。

殿内，邹征面色铁青，将一封奏报狠狠地扔在地上。

地上七零八落，已经散了一地的纸张，很多上面粘着黑色羽毛，以示是十万火急的军报。

"襄国居然也这么轻易地过了！"邹征快速地在殿内走来走去，"不可能！这不可能！说什么摄政公主夫妇率军亲征，连追数日夜……以襄国的军力，如果真的拼尽全力，裴枢便是战神，也不可能来这么快，还绕过了玉照龙骑的防线！"他发狠地将军报砸了又砸，"一定有猫腻！一定有！"

军报落地，纸张散落，一些纸张落在殿内一角铺洒开的明黄双鸾绣花裙的裙裾上，那裙

裾一动不动，锦缎明润的光泽在暗处闪动，如无数双明灭的眼。

“还有玉照龙骑！”邹征狠狠地道，“阳奉阴违！裴枢要到帝歌，绝对不可能绕过襄国南部，我让他们守住襄国南部边境，连一只苍蝇都不许放过，他们怎么守的！怎么守的！”

“陛下，”女子的声音在大殿的角落里幽幽冷冷地响起，“少安毋躁，您这模样，不像陛下了。”

邹征浑身一颤，抿住唇，停住了焦躁的脚步，回头看去。

明城从暗处缓缓走出，拖着她长达一丈的裙裾，她自婚后就喜欢穿裙摆很长的裙子，越来越长，有时候人走出长廊，裙尾还在殿内。

她喜欢长裙曳地的尊贵和优雅，喜欢裙裾经过木质长廊时锦缎摩擦地面的沙沙声，喜欢看见所有人俯伏在她身后不断吃她裙角扬起的灰，喜欢这种因为裙襕厚重而将腰部勒紧的设计，这会让她的腰肢显得更加纤细玲珑，让她找回一丝做皇后、做女人的自信——否则每次走过那些长廊花园和金砖地，她就会不由自主地想起景横波，想起那女子从花廊间懒懒地走过，无论怎样穿都是一番曲线曼妙的好景致，到哪里都收获一地的惊艳，在她身边，所有女子都暗淡成青石下散发淡淡涩味的青苔。

她不是青苔，她是这玉照宫真正的主人，她的风采才该得这天下人景仰膜拜。

想到景横波，想到她此刻也许就在帝歌城下，她心底涌上一阵恶意，似毒，幽幽地泛开去。

邹征厌恶地看了一眼她的裙裾——他一直很讨厌这样的长裙子，拖拖拉拉，他总担心那里面藏着暗器。但他还是听进去了明城的提醒，明城的意思，不是说他不似皇帝，而是暗示他，这样就不像宫胤了。

宫胤清冷高贵，一生从未有失态之时，众人从未见过他咆哮激愤的模样，这世上也没有什么事能令他咆哮激愤。

闭了闭眼，再睁开时，邹征的声音已经放缓，无限疲倦。

“难道，真的要让位于那个莫名其妙的女人吗……”

“让位？”明城低低冷笑一声，“你让了位，我算什么？”

“你算国师夫人！”邹征不耐烦地低嚷。

“呵呵。”明城又是一声更讥诮的冷笑，却道，“你真以为她能挡住景横波，护住帝歌？”

邹征不说话，事到如今，战事不利，诸部不出力，连向来护卫帝歌的玉照龙骑都不听使唤，他已经隐隐觉得不对。他窃了他人的容貌和地位，却没能窃到真正的权柄和军队，此刻龙骑虽在，亢龙虽在，他却只觉两手空空，根本没有信心对抗任何军队。

当初受百官呼吁登基，只觉天下景从，大权在握，政通令和，唯我独尊，才有了赐死女王的旨意——一个玳瑁女王，如何能通过六国八部，对抗他的龙骑亢龙？

可现在这般光景，他除了将希望交托给那个女人，还能指望谁？最起码那女人的“军队”，在他看来，帝歌之内，无人能敌，景横波也不可能。

他不答，明城也不说话，半晌却道："不能将希望都托付于外人之手。一旦有任何闪失，你我万劫不复。"

"那你觉得应当如何？"邹征烦躁地道。等了一会儿不见回答，他转过头去，正看见明城出神地望着宫外城门的方向。

她的声音很轻，却有淡淡的杀气，从齿间悄悄弥散。

"你若敢来，我就敢杀。"

这对在大殿中窃窃私语的夫妻并不知道，此刻有另一双眼睛，在注视着这个方向。

许平然在某座宫殿的殿顶，静静遥望玉照宫的主殿，似有意似无意地慢慢弹着手中的信笺。

她的手势很轻，弹信笺的动作却似乎快了些。她向来冷静自持，很少会有多余的动作，四周的属下眼角悄悄瞟着，都在猜测，来自雪山的到底是什么消息，令夫人看起来很是心神不安。但又不像是紧张，倒似乎很有几分激动喜悦，虽然这份喜悦经过了隐藏，但跟随她多年的人，还是感觉得到这份不同寻常。

许平然确实很喜悦很激动。因为信上说，有人带来了儿子的消息……

她忽然一抬手指，一阵扑翅声响后，她的手背上已经多了一只信鸽。

身后的属下上前取下字条，恭谨地道："夫人，横戟军已至帝歌城不过二十里之处。"

许平然唇角露出淡淡的笑意。

世事如此完美。在即将得到帝位的前一刻，她获得了儿子的消息。

她所期盼的一切，就在眼前。

杀了景横波和她的追随者，夺了这大荒江山。

未来是她的，更是他的。

第八十三章　今日帝歌换我旗！

大荒历三七二年九月初五。

兵临城下。

一字排开的方阵在青灰色的帝歌城墙远处巍巍而立，兵甲的寒光和护城河上翻涌的黑浪交映。鲜红的横戟军大旗下，景横波以手搭檐，迎着清晨的阳光，看着城墙上那三根旗杆。

帝歌三旗。

中间，属于开国女皇的金凤旗依旧如前，在城头猎猎飞扬，旗上金凤凌空飞舞，乌黑的凤眼冷漠而讥诮地下视大荒。

左侧，艳红如血的当代女王旗，和金凤旗相比显得很破旧，这破旧是有原因的——因为它就没换过。

一直是当初的那幅旗帜。那被她划了一个大叉的旗帜没有经过任何修补，城头大风，霜雪冰雹，将那裂口划得更大，远远看去，像几张撕裂的乌黑大嘴，在上空冷笑。

所有横戟军战士凛然抬头，怔怔地望着那面旗，眼神里满满的不可置信。

当初女王被放逐，在城下怒劈帝歌旗的传说，早已流遍大荒，横戟军很多士兵也听说过，因此对打到帝歌，都有一份热血沸腾的期待，私下里也议论过，等到当真兵踏帝歌，直面铁墙的那一刻，是否真的还能看见那面被划了叉、羞辱了整个帝歌的旗帜？

所有人都不抱希望，包括景横波自己。帝歌统治者不会允许这样一面充满羞辱的旗帜在大荒政治中心飘扬，不会允许一个落魄女王的誓言，凭借一面旗帜，将阴影覆盖在帝歌人的头顶。

然而今日帝歌城下，见到那面残旗的那一刻，所有人胸中的热血都似被点燃——两年前那女子在城下搏命发声，两年后她终于率军重来，以敌人筋骨为线，以兵戈长矛为针，再补女王旗！

女子微微慵懒沙哑的声音，仿佛回荡在每个人的耳侧，回荡在城池上空。

“那是我的旗，我的纹章已经刻上，就是这个叉！

“这个叉告诉你们：今天我先做傻叉，来日你们全傻叉！

“这面旗，迟早有一天我会来补好。有种你们就换了，谁换，将来我杀谁全家！”

不知谁热血激发，嗷的一声大喊：“今日帝歌换我旗！”

“今日帝歌换我旗！”万军齐吼，城墙上的守兵脸色铁青，旗帜动荡不休。

众人中，只有那个本该最激动的景横波，是平静的。

她只是久久地盯着女王旗。看见旗帜那一刻，她的确有些震动，但这震动转瞬即逝，随即她便平静下来，将那旗仔仔细细看了一遍，确定那旗果然是自己当初走的时候划的那面。

这一刻她眼神复杂——悲伤、愤怒、痛苦、无奈、惆怅、苍凉……清晨的光映到她的眼底也成夕阳，她眼里写满落日人尽天涯的离别和追索，唯独没有该有的激越和喜悦。

她身侧，耶律祁忽然转头看了她一眼，再看一眼女王旗，眼中光芒一闪，微微一叹。

景横波的目光已慢慢转向右侧本应放置国师旗的地方。

那里没有旗。光秃秃的旗杆也比其余两根矮了一截，上面砍痕斑驳，还是当初她留下的。

那印着白山黑水、代表国师的帝歌旗，没有再升起。

明明是空杆，景横波却仰起头，迎着日光，死死盯住那位置，日光如此猛烈，将她眼底莫名出现的一汪液体慢慢烤干。

此刻这浩浩大军，巍巍帝歌，莽莽大荒，无人知道她在想什么。

城墙上忽然有了动静，士兵在加固城防，奔走甚急，远处，黄罗伞盖一路迤逦来到城头。

皇帝亲临。

横戟军也发出低低的鼓噪声，目光聚集在景横波身上，等着她一声令下。

景横波一动不动，盯紧了黄罗伞盖下那个有点模糊的修长身影。

虽然当了皇帝，但那人竟然还是一身白衣，似乎不想让身份的改变，抹杀属于他最鲜明的个人特征。

黄罗伞盖下邹征一抬眼便看见底下大军，心中一紧。那万军前头，一袭如火红衣的，不用说就是那个艳名远播、近乎传奇的黑水女王景横波。隔这么远看不清容貌，只是那女子的姿态永远与众不同，万军整肃两军对垒的此刻，她竟然还是不穿甲，微微斜腰，随意地坐于马上，大红丝袍同微卷的黑发在风中飘荡，身后的兵甲线条冷硬，而她柔美慵懒如一卷艳红丝带。

铁血与柔媚的结合，明明不谐，他此刻瞧来，却心中一动，似看见染血的刀刃挑起了一缕明媚的朝霞。

明明看不清人脸，邹征却忽然觉得，那女子似乎在笑，懒懒的，邪邪的，手指挑着缰绳，在对他笑。

这感觉让他心中一颤——难道她看出什么来了？不，隔这么远，不可能！

他再一转头，城头上的士兵们大多数都盯着那一角红衣，那些青春少艾的脸上都流露出了向往的神情。

他心中哑然失笑。或许，这满城的男子都觉得，她是在看着自己笑吧？

天生尤物，便是如此。

他倒松了口气，为免自己太受影响，干脆转开目光，随即他看见了帝歌三旗。

他怔了怔，不禁勃然大怒："这旗怎么回事？"

他明明记得自己登基没多久，就曾吩咐过将女王旗取消，城头只留两旗，一个是开国女皇的金凤旗，一个是他为自己设计的金龙旗。然而此刻，破破烂烂的女王旗在招展，他的旗帜根本没有！

在横戟大军抵达的此刻，这种情况让他更加尴尬，这岂不是帝歌自己示弱，在等人家来补旗？

四面士兵面面相觑，无人能够回答，守城官一脸愕然——他从未收到过关于换旗的命令。

邹征衣袖下的拳头紧紧一握，他再次生出那种不可控、无所靠的感觉，但此刻根本不是追究或者发火的时候，那只能暴露他的无能。他目光向后一转，看见远远跟上城墙的那幅宽白裙裾，心中不由得一抽。

那个古怪的女子也来了。他百般拖延，她似也不急，仿佛笃定他会将皇位交出。

这让他心情烦躁，转过头不看她，并示意守城大将上前对城下喊话。

“黑水女王！你是我大荒之臣，怎可篡逆谋反，挥兵于帝歌城下？还不速速退兵，自缚于陛下驾前？当真要这十万虎贲，都因为你的狂妄野心，葬身在这雄城之下吗？！”

景横波抬起头来，却没有看那喊着套话的将军。

“宫胤，你来见我。”

将领色变：“大胆逆贼，竟敢直呼陛下名讳！”

邹征摆了摆手，他心中忽然燃起一丝希望，据说黑水女王和宫胤当初很有几分私情，此刻她因为一纸赐死令长驰千里挥师帝歌城下，但这种疯狂的行为，岂不更说明此女心思未死？这是要当面问个明白的架势，如果能劝她回心转意……

他宽袖下的拳头忍不住又紧紧一握。

如果能劝她回心转意，不仅帝歌之围立解，身后那莫名其妙的女人的威胁想必也不存在了。

他上前一步，命人传话：“若想见朕，便自缚来见！朕自会给你一个交代！”

为免景横波不抱希望跟他拼命，他指指城下：“悬崖勒马，犹未晚也。”

景横波扬声冷笑：“我已率叛军兵临城下，你要我如何悬崖勒马？”

邹征看了一眼身后的许平然，咬牙道：“帝歌城坚兵足，并有玉照亢龙守护，你区区疲军，如何能抗我雄城？我知你心有不甘，但只要你弃械入城，和朕一叙，自有你及横戟军一条出路，如何？”

景横波似乎在发怔，久久不答。邹征盯着她的身影，心中焦躁似沸粥。

良久，景横波才缓缓道：“宫胤，你为何要如此待我？”

她语气苍凉，似乎在看着邹征，又似乎是透过他看向云天之外，这一句看似问他，却更像在问天边云霓，无尽苍穹。

邹征听着，只觉得女子问出这样的话，就一定还有余地，他又瞄了一眼许平然，道：“入城后自会诉真相于你，你放心，朕可以在此发誓，绝不伤你性命！”

他按了按胸膛，以示发誓，手指触及胸口，坚硬的触感，令他的心定了定。

衣袍之下，是今天早上明城亲自为他穿上的护身软甲。因为诸事繁杂，好久没在一起的夫妻，今早难得地情意缱绻，明城的手指轻轻在他颌下拂过，系紧了软甲的丝带。

她语声温柔如三月细雨：“这是宫中珍藏的宝甲，我藏了很久，如今拿出来给你，你得好好珍惜性命，有你，才有我啊。”

邹征抚了抚胸口，想着在这关键时刻，夫妻还是夫妻，明城终究还是懂大局的。这大荒，能和她相依为命的，不就是自己吗？

宝甲确实是宝甲，他已经试验过，百炼精钢的匕首也不能将其斩动分毫，这让他有了勇气来到城头，去面对这些可怕的女人。

鲜红的旗帜飞扬在半空，半挡住景横波的脸。她微微侧头，似乎在听着什么，随即她轻轻笑了。

“好，我来。”

万军无声，并没有人因为她的决定而动容，也无人劝阻。似乎她要蹈死，众人也相陪。

邹征颇有几分惊喜，没想到景横波真的愿意孤身入城谈判，他急忙看了许平然一眼，那女子雪白的裙裾静静委地，没有表情和动作，似乎这一切和她毫无关系。

邹征急忙对守城将领道："不能开城门放吊桥，安排吊篮放下护城河，让女王坐吊篮上来。"

那将军急忙去安排，邹征又将这意思和景横波说了，看她毫无异议，似乎准备下马，顿时舒了口气。

正在景横波将下马还没下马，众人都将目光凝注在她身上之际，忽然城头上有人惊叫一声："什么东西！"

然后便是一阵咯咯声和一声惨叫："啊！"

声音惨烈，引得众人霍然转首，就看见一抹黑影从一个靠后方城墙的士兵身后掠过，隐约可以看见超长的似尾巴似腿的东西，鳞片在阳光下闪着斑驳的光芒，一闪不见。

等众人追过去，就看见那士兵软软地靠在城墙上，脖子低垂，喉骨已经碎裂。

众人哗然，有人扑到那侧城墙边向下看，只隐约看见一长条黑影，似蛇又比蛇大很多，一滑一弹便没入城下草丛中不见了。

邹征在变乱方起时并没有上前，而是下意识往将士们身后一缩，随即他眼角瞟到许平然，不禁一怔。

那镇定自若气度惊人的女子，上城来一直毫无动作，此刻却忽然上前一步，盯着那死去的士兵，面色微微变化。

邹征心中有些惊讶，忍不住也看了那士兵的尸体一眼，除了喉间骨头碎裂，看上去像是被巨蛇忽然勒死有点奇怪外，那尸体并没什么异常，也不知道这种见惯死亡的冷酷女人，怎么会因为这尸首失色。

他的心思还在城下，转回目光，一眼便看见景横波已经下马，红衣飘飘，微微低头，正走向放下城墙的吊篮。

他心中一喜，忙召唤将士尽快将尸首收拾了。城墙前站了一排士兵，备弩拉弓，对准吊篮中的女王，以免她上城后忽然出手。

他盯着女王的步伐，忽然觉得哪里有点不对，可是又看不出到底哪里不对，心中笑自己紧张过度，悄悄在衣襟上将掌心的汗水拭去。

眼看女王真的坐上了吊篮，被慢慢地吊了上来，吊篮不断上升，他高悬的心才慢慢降下。

眼看吊篮上了一半，他转头对身边的将领笑道："若此时砍断吊绳，女王陛下摔成肉饼，想来也是一件美事。"

将领还没来得及凑趣地笑答，忽然有人笑道："是吗？若此时将你砍成两半，我也觉得是美事。"

声音慵懒，微带沙哑，尾音微上扬，听着勾魂。

邹征没听过这声音，却直觉不好，心中轰然一声，便要向后退。而此时，他胸前却已经多了一只手，雪白、纤细、修长，指尖纤纤，动作轻巧却无比精准，劈手就抓向他的衣襟。

还是那慵懒沙哑的声音，笑道："剥了皮瞧瞧什么货色！"

这边声音方出，那边城下大旗之下两条人影电射而出。其中一人稍快一步，头也不回地扬手，漫天金光一闪，另一人被迫一个跟斗翻回，随即便被部将扯了回去，那都将大叫："少帅不可！"

慢了一步被暗器袭击再被扯回去的裴枢气急败坏地大骂："耶律祁你个奸贼！"

银黑色的人影翩飞如雁，渡过半边护城河，攀绳而上，跃入吊篮，再经由吊篮纵身而起，等城墙上的士兵在将领"快砍吊篮"的急令中，将吊篮的绳子匆忙砍断时，他已经出现在了城头上。

此时景横波正劈手抓向邹征。

白影一闪，许平然出现，指尖一弹，雪白的手指被弹开。

"你倒有几分狡猾。"许平然唇角笑意讥诮，淡淡地道，"可惜我在，你怎么来，都是死路一条。"

"是吗？那倒要试试。"景横波的笑声曼长而懒散。

两条纤细的人影一闪就分，红影白影交错而过，各自裙裾飞扬。邹征被两个女子旋转的气流带得一个踉跄，慌忙向许平然身后退去。

景横波却不依不饶，身影一闪已经出现在邹征背后，又是劈手一抓。

许平然眉梢一扬，眼底露出一丝怒意，身形将转，正要给这不知天高地厚的女子一着令她永远难以忘怀的纪念，忽觉身后一冷，四面杀气凛凛然，如乱雨逼来。

她顿住，慢慢回身。

对面，青灰色的堞垛上，耶律祁立在秋阳之中，银黑色的衣袂荡出一抹飞扬的弧度，手中的长剑笔直端凝，一泓秋水，居高临下，对准了她的眉心。

他笑容依旧，带着几分幽魅，语气在秋日金风中，轻松又柔和。

他道："您的对手是我，夫人。"

第八十四章　夺位

城墙上居高临下的男子，姿态笔直，日光勾勒出他修长的身形，宛如画中人。

许平然微微抬起下颌，盯着面前的男子，不知怎的，她心中有些乱，以至于刚才一闪而

过的某个疑问都暂时搁置了。面前人的轮廓，依稀给她一种熟悉的感觉，这种熟悉太过久远陌生，以至于她竟难得的有些迷茫。

她眯起眼睛，想要将这人的脸看清楚，但因为耶律祁背光，脸型身形都只是一个带着金光的轮廓，她辨不清他的面容。

许平然脑海中忽然闪过一帧画面……烟雨飞云，青青山道，淡淡水雾，少女在勒刻昆仑红字的青石旁伫立，看着顺着石阶步伐轻快地走来的修长青年。他背双剑，披乌发，洁白的额头上一双眉似要破空飞去，忽一抬头见了少女，笑道："这位可是九师姐？小弟见礼了。"

她听见少女淡淡的微笑声："好歹有了十师弟，昆仑宫门下，终于不是我最小了。"

那一霎相视一笑，山间淡云轻雾迤逦如水墨。

往事终将如经年的水墨一般淡去痕迹，多年之后展开故纸，只见岁月纵横留下的苍黄褶皱。

许平然心中悠悠一叹。

她不知道自己为什么在此时此刻，会想起这段久远得似乎早已忘怀的初见，许是因为眼前的青年，有着和慕容差不多的身高身形吧，气质也与他当年有几分相似。

不过，这世上，相似的人太多了。她的目光从耶律祁身上滑过去，转向身后的邹征。

邹征躲在她身后，给她目光一瞧，如被匕首刺中，心中一震，隐约觉得自己犯了大错。

许平然道："玉玺呢？"

邹征一怔，退后一步，冷然道："现在还不是时候。"

"现在还不是时候？"许平然眸子慢慢转过一圈。

邹征又被她这一眼看得浑身一麻，只觉得这眼神充满厌恶，和前几天初见时又不同，随即听见她道："我将你送给景横波，你觉得是不是时候？"

邹征大惊，向后猛退。许平然却已经劈手将他抓了过来，冷笑道："一个冒牌货，竟然敢骗我……宫胤，你出来！"

最后一句声音猛然提高，惊得邹征脑中轰然一声，腿一软，哧的一声衣衫撕裂，一个黄绢包裹的小东西弹了出来，许平然伸手一抄。

邹征不可置信地低头一看，胸前宝甲的位置，果然撕裂了一个大洞，如果玉玺不是藏在胸前，刚才滚出来阻挡了许平然那一抓，现在这个洞就开在他的心口。

怎么回事？这宝甲不是护身金丝甲吗？先前明明试验过的！

他心乱如麻，此时却来不及思考，趁着景横波出神、许平然查看玉玺之时，急忙向后撤去，谁知地面好像生了霜，一股彻骨寒气自脚底往膝盖直飙，下半身血液似被冻住，竟然动弹不得。

他大惊，尚未来得及叫救驾，许平然忽然冷笑道："你果然在这里！"

笑声里轰然一声，邹征身下的城墙以及身后的城楼忽然爆开，碎砖并霜雪飞溅，城楼上不断响起士兵们的惊叫声，其中一声尖叫声音尖锐，一直在出神的景横波忽然抬头，便见那爆开的城楼后隐约闪过一道纤细人影——

她霍然抬头，正要闪身追过去看个究竟，忽然那城墙地面爆开，射出一条人影，雪白夭矫，闪掠如龙，那身影姿态如此熟悉，宛如一道惊电劈在了她头顶。她浑身一颤，想要扑过去，想要尖叫，想要说很多话，心中无数乱糟糟的情绪猛地冲了出来，她浑身发热却又觉得寒冷，心在狂跳手指却僵木，竟然呆愣在原地，动弹不得。

烟灰里那条纤细的人影回看一眼，也露出惊吓之色，往城楼下溜得更快，此时已经无人顾得上她——各人有各人的震惊。

许平然的震惊里有种“果然如此”的微微得意，眼看那炸裂的城楼里蹿出的白影果然直扑自己而来，冷笑一声道：“你果然想用个冒牌货骗我接位，好让我应了当初的诅咒！也不想想，这种货色——”

冷笑声里她伸手一招，周围人忽觉一阵奇寒，似秋日降雪，忍不住抱臂瑟瑟望天，天空上却阳光依旧，只是四面腾起了裹着冰雪的黄色烟尘。这些烟尘滚滚翻开，每一块碎砖破瓦，再飞出去时似乎都变大了一倍，裹冰带雪，坚硬如巨大的冰雹，而四面飞雪更烈，笼罩了整个城头，连身形都不见。

底下万军屏息，仰望城头——眼见他变故生，眼见他高楼炸，眼见他秋日飞雪，裹挟天地日月。

城头上视线不清，耶律祁顾不得杀许平然，忙扑向记忆中景横波的位置。景横波却已经离开了原先的位置，扑向许平然和那白色人影所在之处。而许平然只盯着那白衣人影，还是原先对邹征一模一样的动作，劈手便抓。

这是武功相差极大的人才会用的动作，否则很容易被避过或者被反击，许平然却似托大，执拗地冲着那个方向。

那白色人影闪身避过，姿态自如，飘然若仙，毫无烟火气，果然不是邹征能比的。他移身换位时，手中哧的一声，一道银色锁链忽然从一个诡异角度弹起，狠狠叼向许平然肋下。

许平然就好像没看见宫胤的独门武器，居然没有变招，将那劈手一抓抓到了底，手指在将要和对方擦身而过时，忽然一扔，一弹。

一声轻响，有什么东西被扔进了白衣人的袖囊。雪光碎土里那东西光泽明润，赫然是玉玺。

许平然将玉玺扔进对方袖中，伸手便去抓对方的手腕——只要让对方将玉玺亲手递给自己，便算完成了皇位交接仪式，那个笼罩在开国女皇家族头顶的诅咒，便算破了！

身后有劲气剑光，凛冽凌厉，她不管不顾，身子一个仰滑，冒险从白衣人身侧滑过，避过那两道杀招，伸手去抓对方的手腕——

此时许平然耳中轰轰作响，都是那数百年前回旋不绝的声音。

“许禅，你父母于饥荒中饿死，你自愿卖入我龙应世家为奴，可知一入我龙应世家，血脉子孙，生生世世，都只能是我龙家奴仆，永不能离，永不能叛！”

“我知道！”

“立血誓吧。”

“我许禅，今蒙恩得龙应世家收留，日后永不背叛。但有所有，但得所得，连同子孙血脉，俱为龙家所有。若违此誓，则富贵不长久，荣华不得享，世世代代，不得善终！”

“乱世方起，群雄割据，此正英雄有所为之机，着令暗卫三队所属，即日执行对各诸侯的暗杀，任务不成，也不必回来了。任务若成，事后论功行赏，赏一城！”

“谢家主！”

“许禅，你此次功勋卓著，可选一城为城主！”

“谢家主！”

“许禅，谁允许你拥兵自重，不听世家调遣？

“许禅，家族于帝丘被围，你为何不去救！

“许禅，家主急令十三道，令你立即停止行军，不得再前进一步，更不得进入首丘地域！

“许禅，你野心勃勃，背叛家主，必受天谴！

“许禅，你忘记当初进入龙应世家时所发的血誓吗？那是我龙应世家集齐所有大巫之力的轮转之誓，你所有的一切，都该是龙家的！

“今日即便我龙应世家毁于此地，你许禅也休想国祚连绵！除非我龙家允许，你的皇位只能一代！你若传位给子孙后代，你的子孙后代若抢夺皇位，则代代皆不得善终！”

…………

这些留在女皇秘密史册里的记载，只有女皇一脉才知道。女皇原本不畏诅咒，不承想之后的一切却都应了誓，传位于太子，太子薨，再立新太子，依旧暴毙。无奈之下，女皇将最后一个女儿以假死之名送了出去，自此蛰伏数百年，默默繁衍十几代，代代都在等候一个机遇和一个重新拿回皇位的机会……

大荒的古怪格局，女皇的转世制度，其真正形成的背景，其实都和这最根本的目的有关。所有的一切，都是数百年前，那个拘于誓言不得不放弃皇位传承的女子，为百年之后的重新归来而铺就的道路。

数百年来，那条道看似在面前，却又似乎越来越远，这属于她许家的江山，近在咫尺，却又远在天涯。

今日，天涯忽然抵达眼前。

她唇角缓缓勾起一抹弧度。

他龙应世家的子弟，登了皇位，再还给许家后代，就不算许家传下的皇位了吧？就算他龙家已经宽恕许家了吧！

百年大计，百年隐忍，百年等待，开国女皇的期待，就在眼前……

她仰身飞滑，即将抓到对方的手腕。

那人比她更快，一抬手腕，一弹手指，手中流光一线，有东西啪地飞入了她手中，她竟来不及甩开。

触手温润。她心中一动，低头一看，果然是玉玺。对方竟然把玉玺更快地扔回给她！

她一喜，随即一惊——事情出乎意料，总让人觉得有点不对劲。

但是此时已经来不及了，她已经抓住了玉玺，从某种意义上来说，传位已经完成。一生夙愿自此终于达成，她以为自己该狂喜，然而此刻抓着这大荒的至高象征，她心中却只有茫然和淡淡的不安。

眼前白影一闪，似乎要从城墙的破洞离开，她下意识地追过去，身后却有淡淡的香风袭来。她知道景横波到了，心中一动正想出手，忽然一条银黑色的人影撞开了景横波，挡在了她眼前，一泓剑光如秋水，再次横在了她面前。

城墙上雪雾里传位更替，几方对峙，城墙下一处事先造好的暗室里，有人搓搓手，长嘘了口气。

“好了，接了，咱们的任务完成了。”

“主上真是神机妙算，果然这老妖婆会怀疑。”

“那冒牌货就是个脓包，哪儿能指望他糊弄住那母狐狸。唉，今天我可算能结束这暗无天日的日子了，天天待在这城墙洞里调教另一个假货，又装死不能露头，憋也憋死我了。”

“这个调教得不错啊，比邹征强多了，什么时候开始准备的？”

“早在那冒牌货和明城联系开始，主子便让我再找了一个来。”

“主子留了两股真气，一股给了邹征，让他一开始糊弄老妖婆；一股给了这个假货二号，让他最后糊弄老妖婆。来了个假的还有个假的，谁能想得到？如今，大功告成，大荒皇位终于她自己夺了，哈哈哈！”

“哈哈哈，恭喜你禹春，你终于可以离开帝歌去找主上了！”

“哈哈哈，恭喜你蒙虎，你终于不用再调教那个冒牌货了！”

第八十五章　成全和牺牲

白影扑下城墙炸开的洞，许平然犹自捏着玉玺微微发怔，还没等她想清楚，城墙之下已经有人大声喝道：“吾皇禅位于原开国女皇后裔许氏，诸君还不礼拜？”

许平然听得这声音是从炸开的洞内传出的，急忙扑到城墙边，烟尘中只看见几骑疾驰而去，随着嗒嗒的蹄声转眼没入街角。

她回转身，城墙上的将士还是一脸茫然，惊变乍起，翻云覆雨，普通将士哪儿能搞明白这复杂皇权，都盯着她手上的玉玺傻在那里，不明白好端端的怎么皇帝就换了人，还换了个不认识的女人。

许平然惦记着后来那个“宫胤”，扑入炸开的墙洞寻找，然而哪里还有那个白衣人的影子？

她立在原地想着方才后出来的那个，一招般若雪倒也似模似样，可是那奇怪的感觉……

她扑下城墙炸开的洞，城上的景横波也跟着扑了过去。第二个白影出来时，隔着雪雾烟尘，景横波根本没能看清楚，只是那身形武功，恍然便是宫胤。此刻她不禁心急如焚。

景横波当然知道邹征是假的，从看见圣旨的那一刻便开始怀疑，或者更早，从紫蕊神态不对时就开始了。接到圣旨她的第一反应是宫胤受了挟持，然而将圣旨来回看了几遍后，又觉得不对，宫胤如果真的有难处，必定会在别处给她暗示，如今一分暗示没有，那就是发圣旨的人不对！

她点齐兵马，千里回奔，气势汹汹说要报仇，其实是心急火燎，想要回来验证宫胤的情况。

看见邹征的那一刻，她心中嘘出一口长气——不是宫胤。随即她心底便燃起了怒火——这天大的事，他说躲就躲了；这大荒的江山，他说让就让了；这皇权的争夺，他说走就走了。和以前一样，不告知，不理会，不征求意见，他就那么决断无情地做了，诓她千里回奔，然后再将这帝歌往她手里一丢，这事就算完了？

他难道不知道，她回来，不是为了帝歌，而是为了他吗？！他什么时候肯坦坦诚诚、彻彻底底地和她一起去做每一件事？

她在城下对着假宫胤问的那句“你为什么要这么对我”想问的，自然是本尊。

为什么要这么对我？

为什么总在黑暗处沉默地将一切安排好，用鲜血和生命铺就自己脚下之路，不容商量地一步步牵着她走，然后在路的末端，选择消遁或撒手，永远留给她一个背影？

他愿在她通往帝业的道路上横尸相垫，可她却只愿和他一起睡在普通坟茔！一腔疑问，满腹郁卒，在这帝歌城头，三旗之下，谁来给她答案？

她扑过去，不顾一切地随着许平然冲下洞口。耶律祁想伸手抓她，手指却只擦过她的衣袖。

她跃入洞内，烟尘未散，满鼻的硝烟气味，上头碎砖还在簌簌地下落，但一眼就能看清楚，那个白衣人已经不见了。

她顿时明白了“心拔凉拔凉”的真正感受，像心忽然被提吊而起，砸进了冰水里，从热到极冷，一瞬间令人窒息。

那第二个宫胤，要么是假的，要么就是不愿见她！

而此刻她攻入帝歌，表面是直冲皇权而来，他此刻不见，便等于将江山拱手，让她夺了他的位去。这又算什么？难道我景横波在你眼里，就是一个只爱江山的野心家？

烟尘呛人，寒风侵肌，她不住地咳嗽，眼底泛出泪花。随即她觉得那冷有些不对劲，那冰雪劲气应该已经散去，但此刻她却觉得越来越冷。

前方那白衣女子，静静地站在废墟上，背对着她，一动不动。

她已经不是当初的懵懂菜鸟，在感觉到对方杀气透体的那一刻，她便要闪身。

但她动不了了。不知何时，地底已经凝了一层冰，那冰颜色微红，似凝了不洁的血，她的靴子竟然被牢牢地粘在地上。无法形容的奇寒从脚底往上钻，似冰剑倒插，刹那间膝盖剧痛。

这种寒冷比般若雪更甚，还多了一种阴毒之气，就像她当初为宫胤吸出的那种阴寒气息，当初只入体一点，就把她折腾出一场大病。

背对她的女人，忽然幽幽道："景横波？"

她呵呵一笑，道："你是谁？"一个翻身，只穿了袜子翻了出去，将靴子留在原地。

她身在半空，脚尖一点墙壁，便要借助这点实地瞬移。

然而哗的一声，那墙壁忽然也覆盖上了满壁红冰，在黑暗里暗暗闪着血光。景横波哪里敢让只穿袜子的脚碰触这样的冰，粘上只怕立刻便会中毒，她只好下降，看准下方一处无冰的废墟。

脚尖只差毫厘之时，那充满碎砖石块的废墟之上，忽然弹射出无数淡红冰凌，她一落下，就会被冰凌串成刺猬。

景横波只得再让。她在空中无法瞬移，必须要借助一点实物，一抬头，看见上方洞口斜垂下半边铁链。

她伸手去抓铁链，刚刚抓住链子，就听见细细的嚓嚓之声，一看，淡红的冰晶正如蛇一般直窜而下，马上就要抵达她的手指。

身下墙洞嚓嚓连响，地面上墙壁上如生枝发芽一般，伸出无数纵横的冰凌冰剑，刹那间便贯穿了整个墙洞。

她不松手会被冰晶所伤，松手会坠落到锋利向天的冰凌堆上。

上有猛虎，下有毒蛇。她咬牙，一手自腰间摸出匕首，然后松开抓住铁链的手。她要试试在落下的刹那毁去冰凌，然后瞬闪而出。

她正下落，忽然听见一声冷笑自幽暗处发出。

她心中一凉，然后便见身下横七竖八的冰凌转眼间就聚合成了圆圆的一块，像个澡盆，正对着她。

她的心刹那沉底。一剑可毁冰凌无数，可要怎么去挖圆圆的"澡盆"？

关键这女子用真气操纵冰雪的能力不下于宫胤，甚至更纯熟，她一旦落入这个"澡盆"，下一瞬也许就被包成了汤圆的馅。

一切只发生在瞬间，人在沉落，心也在沉落。忽然她手腕一紧，身子一停。她一抬头，就看见耶律祁微带焦灼的脸。日光下那张脸轮廓清晰而五官模糊，只唇角一抹淡淡的笑意犹在，令她心中安定，但他的手并不稳定，另一只手臂还在不断挥动——身后有无数士兵正在攻击他。

她用草人伤人吸引城上人的注意，趁机以假女王乘坐吊篮上城，自己早已趁人人都在看草人杀人的时候，先一步瞬移贴上城墙。她孤身上城，只为寻求宫胤是真是假的答案，之后耶律祁借势上城，现在城头也只有他们二人，其余人还没能冲过护城河。

满城敌人，她落下来其实也不过刹那，他应对着满城敌人，犹自记得扑过来救她。

耶律祁迎着她微微一笑，伸手将她向上提。景横波心中却若有警兆，急声道：“小心！”

声音未落，轰隆一声，地面上那个洞口，忽然又塌了一截！

耶律祁和她再次落下！他反应极快，刚刚落下，便伸手一把抄住景横波，另一手也不知抄住了什么东西，猛地往底下一砸。轰的一声，冰晶和一股黑色的烟尘四溅，那个厚厚的“澡盆”已经被砸碎。

下一瞬他落在地上，人还没站稳，手中的剑已经直射前方缓缓转身的许平然。

景横波也一抬手，一个黑乌乌的东西呼啸而起，向前横冲直撞而去，撞得一路冰晶破碎冰剑断裂。那是一个城头上用于取暖的炭炉，刚才城墙地面塌陷滚了出来，正被耶律祁拿来砸冰“澡盆”，现在被景横波操纵着砸冰凌和许平然。

咯咯嚓嚓之声不断，熹微的阳光从洞口照进黑暗的空间，半明半暗里淡红冰凌不断破碎，无数截面在淡金色的阳光中闪烁着七色琉璃光彩，美至绚烂。

而那头的白衣许平然，依旧冷淡而漠然，抬了抬手。

景横波忽然又听见那种咯咯嚓嚓的声音，她低头一看，不知何时，地面上又出现一层淡红冰晶，正向两人身下蔓延。

而对面，许平然挥袖，面前冰壁忽竖，咔嚓一声，耶律祁的剑和景横波的炭炉，生生被嵌在了冰壁中。她出手丝毫不带烟火气，甚至连表情都没有，唯因如此，更令人感觉到俯视天下的傲慢。

景横波心里清楚，眼前这位是真牛，想必是九重天门的顶级人物，原以为自己和耶律祁联手，还有希望拦住她，此刻看来，还是小命要紧。

头顶上又是嚓嚓的声响，阳光变得淡红，一层冰晶正在洞口凝结，洞口马上要被封住。

她伸手抓住耶律祁，准备带他一起瞬移，但耶律祁已经先一步抓住了她的手，手臂一抡，她被翻到了耶律祁背上。

“踩着我的背，出去！”

她一低头，骇然看见不知何时，那片淡红冰晶，已经铺满了耶律祁的膝下。

“耶律！”

“走！”

“不！”她要从他背上翻下来。

耶律祁忽然伸手，抓起一片碎冰凌，手指用力——

“别！”景横波失声喊。

对于有毒的东西，见血和不见血相差很大，此刻被寒气侵袭还是小事，一旦身上出现伤口，毒便会攻心。

“走！”

“我能带你走，不要逞能！”

“谁也不是她的对手，她已经抢了皇位，就一定会拦你的军队，你若不出去尽快攻城，难道要让那些为你千里来伐的横戟军，成千上万地死在她手中吗？”

“你和我一起出去！”

“她不会让我们走掉，只有你可以，你出去，我绊住她！否则一旦她抽身，尸体将堆积如山！”

“耶律！”

“景横波，这不是让你逃命，这是让你救命！一人之命与万人之命，孰重孰轻？”

“一样重要！”

黑暗尽头，许平然冷冷淡淡地笑着，并不阻止他们对话，唇角甚至犹有一丝有趣的笑意。

瞧，这就是人间烟火，人间情感。满是牺牲和无奈、奉献和成全，真是令人感动，只是不知道今日感动之后，明日可否能见到初升的太阳？

生命怎么会没有区别？白衣和权贵，草莽和王者，站在高处的人和站在低处的人，他们背负的责任本就不同。轻言牺牲，如何一步步走上云霄？

她弹指，看着眼前的冰凌碎裂成灰，露出些微厌恶的神情。

她厌恶这样的激情和感动，她厌恶这世上所有的温暖和光明的东西。那东西会让人软弱沉溺，甘于蛰伏而不能奋起，那些温热的东西，会令心肠更软，然后就会流出更热的鲜血，自己的血。

冰凌咔嚓碎裂，往事弹指湮灭，她心中涌起冰冷的杀念，要将这一对男女，尤其这个假惺惺要牺牲的男子，湮灭。

她缓缓向前走来，所经之处，冰凌纷飞如花。

头顶洞口上的淡红冰晶在慢慢合拢，只剩下人头大小，耶律祁已经出不去，只有景横波可以。

耶律祁猛地伸手，一指点在景横波脚底，他出手不轻，景横波哎哟一声，身子向上一冲。

身体应激反应，下一瞬她出现在洞口之外，城墙之上。一上城墙，她便看到四面士兵狂涌而来，邹征躲在堞垛之后，大声命令士兵务必现在擒下女王。

景横波身形连闪，自扑来的人群中穿过，一眼看见底下裴枢正在疯狂攻城，黑压压的士兵如潮水奔涌而来。她俘虏的兽人和草人正在强渡护城河，那些健壮的躯体和溜滑的鳞片，在日光下泛着血汗和油光，而缴获的那些弩车，正向城门狂射礌石。城下不断发出轰然之声，烟尘狂飙云上。

风声当头劈下，她一个仰滑，身子在冰面上滑过，猛然一个翻身，已经触及刚才那个洞。现在整个洞已经被淡红冰晶厚厚地封住，透过那透明洞盖，她看见底下再度生出冰凌，斜枝横逸，将整个洞塞得满满的，已经无法再瞬闪进入。

她看见洞内，白衣委地的许平然，一脸冷漠，满身杀气，走向半跪于地的耶律祁。

第八十六章　母子相对

城墙边鏖战正烈，城头上景横波陷入重围，城楼洞内，耶律祁和许平然两相对峙。

墙壁在不断震动，以至于那些刺出的剑般的冰凌，簌簌抖动着相互摩擦，不断有碎冰掉落，滴滴答答伴着许平然一路向前的脚步。

耶律祁缓缓站起身，盯着许平然的步伐。许平然却有些心不在焉，一边走一边向上看。她惦记着第二个宫胤，事关重大，心头疑团难定，她只想找到他，再亲眼验证一下。

眼前人影一闪，耶律祁已经挡在她面前。

许平然抬眼看了他一眼，眼前这修长幽美的男子，身形神情，都给她一种微微熟悉的感觉，这让她一时提不起对他的杀意。

但拦阻她还是不行的。

“不要不自量力。”她转开眼，淡淡地道，“我要杀你，很容易。”

耶律祁笑道：“那或许可以试试。”

许平然冷冷看着他，心中升起恶感——她讨厌看见为女子奋不顾身的男子。堂堂男子，不能以性命江山为重，活着还有何必要？

“十招。”她漠然道，“你只能活这么久了。”

耶律祁还是在笑：“那试试？”

黑影一闪，他抢先扑了上去，雪风呼啸，许平然依旧漠然向前。

城楼地面在砰然震动，先前凝结的一层冰被震得碎了又碎，但那封住洞口的淡红冰晶却越来越厚。景横波从人群中穿梭而过，感觉到脚下一阵又一阵的震动，知道下面洞里必是一场见血的生死拼杀，她心急如焚，却被不断拥上的士兵缠住——裴枢在底下的攻势越烈，上头擒住她的决心就越强。

墙洞里，黑影白影一阵交织，碎雪飞冰如瀑布一般哗啦啦地撞在墙上，同时砰然撞在墙上的还有耶律祁，他靠在墙上，伸手缓缓抹去唇边的鲜血。

他对面，许平然神色平静，衣衫如雪，不染尘埃，淡淡地道：“十招。”

“我还活着。”耶律祁的笑容极度温存，温存得分外讽刺。

许平然盯着他，不知怎的忽然想起当年。那一夜春风微雨，她昆仑之巅的寝居里，头一次闯入一个不速之客。她在师门本就以反应迅捷著名，那不速之客还没摸上她的卧榻，她的剑就已经将对方逼在墙上。

一泓秋水映出那人如画眉目，赫然竟是那刚入师门没多久的新师弟。

她记得剑光下的他也有类似这样的笑容。无惧，甚至温柔，温柔底下却隐藏着深深的讽刺。

她还记得那晚雨打竹扉，声如琳琅。琳琅声里那段对话从此决定了两大世外宗门，乃至

整个大荒的命运，当时说来和声缓语，如今细细想来，惊心。

“师姐可愿与我，共赏这宗门翻覆？”

“我为何要与你结盟？你这初上山、连武功都不如我的小子，也敢来和我说这大不韪言语？”

“昆仑宫永远不会给你权力，而我，可以。”

“你凭什么？”

“凭我武功远不如你，也敢摸进你闺房的勇气。这昆仑宫十位弟子，八位师兄，最起码一半都爱你美色。但这么多年，那群人只敢在山下逡巡，对月吹箫，隔山相望，乃至夜半偷窥，却没有一个人敢真正靠近你。一群连险都不敢冒的男人，配执掌这世外宗门，配做你夫君吗？”

“污言秽语。十招之后你不死，再和我说话！”

十招之后，他一身披血，赖在她榻上，对她微笑：“我还活着。来，继续谈。”

…………

光影变幻，修长青年的身影撞破当年俊美少年的光影，耶律祁已经再次微笑，扑了过来：“来，我们继续。”

她有些木然地抬起手来。

漫天冰珠飞溅，从汽到冰再到碎雨纷雪，温度在不断下降。隔着厚厚的墙砖，景横波都感觉到脚底冰冷，围攻她的士兵们更是抵受不住寒气，面青唇白，连动作都缓了下来。

城墙震动猛烈，俘获的草人身躯滑腻，能够泅渡护城河，令箭雨滑落，所以很快便穿过阻碍，滑上城墙，去攻击城头上负责放吊桥的士兵。

远处轰然一阵猛响，城头上的守军纷纷朝那方向看去，随即有人惊呼道：“不好！宣宁门那里！”

那个方向，隐约有一线烟尘直上云霄，昭示着一场新的战役的到来。

景横波眉毛一挑——英白率军抵达宣宁门，从最薄弱的宣宁门开始攻击了！趁墙头上众人心神失守之际，她一闪，直接跃上最高的塔楼，终于找到在隐秘小屋里负责看守吊桥机关的士兵，三刀齐发，两刀射人，一刀撬动机关。

轧轧巨响里，吊桥缓缓下落，轰的一声铺平在护城河上。

轰！耶律祁的身体再次撞在了洞口，淡红冰晶结得铁一样硬，他这样猛烈的一撞，竟然没能撞裂，耶律祁一仰头，噗的一口鲜血将淡红染成深红。

许平然立在他对面，这回没有先前齐整，衣衫微微凌乱，沾染了血迹和尘土，眉头也浅浅皱了起来。

这个小辈……真是难缠得让人厌恶啊……

她又望了望头顶，准备出去，她已经听到了另外一个方向的城门正在遭受攻击，她还有一部分的军队和弩车留在帝歌附近，只有她出去才能召唤。

而那条阴魂不散的身影，再次慢吞吞地移到了她面前。

"我还是没死。"耶律祁扬起脸微笑，刚刚一低头间，他已经将血迹拭去，生怕景横波忽然瞬移下来看见。

许平然盯着他，慢慢吸了一口气。熟悉她的人都知道，她这是动了杀机了。

四面温度降了又降，冷得让人怀疑这是不是还是人间。她慢慢地走了过去。耶律祁抬起眼，身子微微颤抖，手中的剑却依旧稳定。

又一波风雪连绵，冰锁空间。

城墙外，大批大批的士兵涌上吊桥，银色的弩车轧轧而过，各种武器暴雨一般打入厚达一尺的城门，檑木重重地撞在同一处，渐渐撞出凹陷，加固城门的生铁条发出吱吱嘎嘎的声音，出现一道黑色缝隙，城门后满头大汗的帝歌守军，排队肩顶着肩扛着顶门木，不断加固城防。

景横波立在城头最高处的塔楼上，远远看去，感觉宣宁门那边进展比帝歌城门要快，毕竟那边是偏门，又靠近沼泽，城防本身相对薄弱。

她的脚底下是无法爬上塔楼最高处的士兵，他们不甘心放过她，在底下密密麻麻簇拥着，她只要向下一步，就会再次陷入人团，根本无法闪入洞里救人。

再看远点，是满城的硝烟烽火，无数人在厮杀，无数人在跌落，无数人的血肉被践踏，无数人倒在不知是自己还是别人的鲜血里。帝歌守军和横戟军的血流在一起，鲜血粘住了靴子，拔起时发出咕叽咕叽的声音，那些拥抱着的尸首看起来像是兄弟，事实上他们的确出于一脉，都是大荒人。

景横波忽然觉得恍惚。这些人，这些在拼命的人，他们知不知道自己在为什么而战？他们有没有想过自己在为谁而死？而这种牺牲，到底值不值得？

为上位者的权力和私欲，无数生命正在牺牲或正在被牺牲。

她在现代的影视剧里，看过了无数抗击外侮的战争，也曾为之热血沸腾，然而此刻，她只觉得茫然而苍凉。

这是同出一脉的拼斗，这是为私权的陪葬，这是内战！

这一刻她真想喊停战争。

她只想找出宫胤，保全知己，懒散知足地过完平凡的一生！

她的目光忽然定住。前方，靠近城门的街道处，有个披着华贵斗篷的女子，正在护卫的簇拥下匆匆前行。哪怕只是一个背影，她也认了出来，那是明城！

砰的一声，耶律祁的身子第四次重重摔在了淡红晶壁上，一口淤血喷出，满墙冰凌尽成粉色，艳艳生光。

许平然此刻比先前更狼狈，衣袖撕裂了一块，唇角也隐隐有了血迹。她用撕裂的衣角去擦那血迹，出神地看了会儿——在她的记忆中，似乎自己从来不曾流过血。

少年时在昆仑宫有师兄长辈们百般呵护，嫁人后她是九重天门的宗主夫人。她的一生如此完美，美玉生晕，从不会被尘埃血迹所染。

她目光微冷，慢慢转向倒在地上喘息的耶律祁。

耶律祁迎着她的目光，轻轻一笑。

“我还……活着。”

“你还拦得下？”她漠然道，他已是强弩之末，只怕动也动不了了。

齿间都沁出血来，他忙着擦拭，犹自笑道：“对，我拦不下，但你有脸走？我还活着呢。”

她目中射出怒意：“我一直没有对你下死手，你该明白！”

“难道你是在心疼我吗？哦，不对，以你天门宗主夫人的身份……”耶律祁笑道，“对一个后辈下死手，你觉得丢人而已。”

许平然闭上眼睛，胸口起伏，好一会儿才恢复平静。这看似柔魅的男子，竟也是一副铮铮铁骨。

又多了一项她讨厌的。她还讨厌自己莫名其妙的心软，为什么明明有好几次机会可以杀了他，却总是错过？这种错误，不该发生在她身上。

“你错了。能杀人，永远不丢人。”她轻轻蹲下身，指尖对准他的咽喉。

他睁大眼睛望着她，没有任何动作，她甚至在他眼中看不见任何惊惧，只看见一泊静水，倒映着自己的影子。他的瞳仁很大很黑，边缘似乎微有一圈淡紫，她在那样的瞳仁里清晰地看见自己，又或者不是自己。

她恍惚忆起当年，九重天门，洞房花烛夜，慕容微微俯身，她在他眼底看见自己，一身鲜红，她忽然想起师门的鲜血。

从此她再不与慕容对视。从此她再不穿红。

她眼底闪过淡淡的憎恶，对她，对慕容，也对耶律祁。

无谓的心软是弱者的行为，不该是她的。她缓缓伸出手去。

城墙的墙洞因为激战出现了很多裂口，但无论是全力对敌的耶律祁，还是心神不宁的许平然，竟然都没有发现，其中某道裂缝中，透出两双眼睛。

两双眼睛将洞里发生的一切都看了个清楚。

“蒙虎，你说，怎么办？”

“不怎么办，这位可是主上的情敌。”

“哦。那你为什么不走，一直看着？”

“看高手对决，不行吗？”

“不得不承认，这老妖婆真行啊，我觉得就算主上对上她，只怕也……”

“不是只怕，是肯定。主上在这两年间不断衰弱，哪儿比得上人家日日在雪山静心修炼？唉，我只望主上早点解决那些问题，早日恢复……”

“我忽然想起主上走的时候，好像曾关照过你要怎么处理假货二号。”

“是有。主上说，假货二号不能常出现，出现多了，就会被识破，功亏一篑。所以，最

多两次，用在关键的时候。”

“还有一次是什么时候？”

“他说，如果许平然大开杀戒，可以用假货二号，将她引走。”

“你说现在，算不算老妖婆大开杀戒的时候？”

“这个……不算吧？再说这是情敌！”

“我也觉得不算。这可是情敌。”

“嗯，那就不算？”

“嗯……”

许平然的手指，冰冷地压上耶律祁的咽喉。

耶律祁闭上眼睛。那手指如此冰冷，那是雪山的感觉，他厌恶这彻骨的冷，人生的最后一刻，他最想见的，是那女子如火一般的温暖乃至热烈。

横波，愿你安好，享承平天下，扬帝歌新旗。从此后鲜血尘埃，废墟白骨，再与你无关。

指尖白气一闪。轰！一声巨响，墙洞壁再次被袭，许平然霍然回首，又惊又怒，万万没想到，隔壁竟然还有空间，竟然一直有人在偷窥，而自己完全没有发觉。

她一眼之下，便见白衣人影一闪而过。

宫胤？许平然怔了怔，霍然收手，正要纵身追过去，忽然心中一动，转身看了耶律祁一眼。他微微闭目，正在喘息，许平然的目光从他全身掠过，微微惊讶于这男子一身的好根骨。

雪山的各种试验，需要这种难得的好根骨……她一把将他抓起，身形一闪，已经从洞中穿出，直追白衣人而去。

轰然一声，城楼上又破了一个大洞，先是白影一闪，随即许平然追出，手中还抓着一个人。

许平然人在半空已经发出一声怪异的呼哨，似乎在召唤什么。

身在最高处的景横波看见后，一边打手势令底下的裴枢立即拦截，一边准备亲身下城追过去。

忽然，她看见明城做了一个动作。

第八十七章　我要的是你不是天下

那女人忽然转身，对着身后招手。景横波顺着她的目光看去，看见那个假宫胤在一群人

的簇拥下，匆匆向她的方向而去。

而此时明城身后的人也开始了动作，他们在地面铺上一层什么东西，然后撒上一层草灰树叶，做得和普通地面差不多，这期间明城一直远远地站在一边的阶梯上。

而另一边，假宫胤向明城的方向迅速赶去，看动作似乎很是急迫。明城带着一批人迎接他，一排人正好将身后之人的动作挡住。

景横波心中不由得一动，忍不住多看了一眼，这一眼之后再回头找许平然和耶律祁，竟然已经找不见，底下千军万马，人头裹挟，一时哪里看得清。

此时七杀、天弃等高手都已经上城，正要将她接下来。她远远一指许平然离去的方向，大声道："你们都去那边，把耶律救回来要紧。"

"你们去，我陪着波波……"伊柒大嗓子还没嚷完，景横波人影一闪便已不见，七杀戟指大骂："就不该让你学武功，能闪，任性！"

景横波落在一处屋脊上，那里离假宫胤和明城都不远，可以看见他们的动作，能隐隐听见声音，对方却不容易看见她。

她看见假宫胤满脸怒气，向明城奔去，看见明城身后的人将路铺好，看见明城缩入人群中，悄悄换上了一双铁靴子。

然后明城等在人前，迎着假宫胤。那假宫胤奔到她面前，似乎在厉声责问着什么，声音却不高，听不清楚。

明城的神色先是诧异，再是委屈，一脸泫然欲泣，低低地说了些什么。假宫胤半信半疑地望着她，神色渐渐缓了。好半晌之后，他还伸手抚了抚她的肩头，护卫们立即退了开去。

景横波冷笑一声，这对奸夫淫妇，这光天化日强敌攻城的时刻，也要卿卿我我，她心里一阵厌恶，正要转头，耳边忽然飘来断续的几个字。

"宫胤……地宫……报信……小心……"

景横波嗖的一声又蹿出了几丈，趴在了屋檐上。

她此刻最关心的自然是宫胤的下落，在她想来，宫胤从来都在她身边出没，所以此刻逢此大事，他自然也在这帝歌城内，只是一心要让出帝歌，不愿出现而已。

如今她灵光一闪——帝歌之内何处最好藏匿？岂不就是开国女皇的地宫？

景横波看着底下那对夫妻，假宫胤似乎已经听信了明城的话，急急点了点头，抬腿就要走，明城带领手下恭敬地让开，她所让开的那条路，正是先前已经做过手脚的路。

景横波皱起眉头，明城莫不是要杀人了？她可不希望假宫胤现在就死，她想知道这家伙到底是怎么坐上国师之位乃至登上皇位的？还有蒙虎、禹春都哪里去了？她必须要搞清楚这里面的来龙去脉，由此才能推断宫胤到底是怎么回事。

巷道里邹征心事重重地踏前一步。

明城立在一边，头也未抬。

靴底将落，忽然一道人影从邹征身边闪过，一手抓住了他胸前的衣襟，再一闪已在三丈

之外。

明城霍然抬头，盯住了巷子那边的女子：“景、横、波。”

景横波瞥她一眼，一别经年，当初那朵娇弱的小白花，如今满身珠翠，绮罗耀眼。这种时候还满插簪环，是生怕逃亡没饭吃留作路费吗？还这么咬牙切齿，感觉好像她才是被背叛、被陷害、被逐出帝歌的那一个。

她淡淡地瞧了一眼便掠过，实在不屑将精神浪费在这种人身上。她低头看一眼手中的邹征，二话不说，一掌拍在他耳后，将他拍晕，打算等大军入城之后再审问。

对面明城竟然毫不惊慌，也不试图逃走，神色不动地瞧着。

景横波将邹征踩在脚下，心中混乱又焦灼，想着这个假货这么脓包，宫胤肯定还会留一手以备后患，按说他应该亲自留下来防备，但她心中那种不安的感觉却越来越浓……

定了定神，她抬头看向在护卫保护中的明城，一边计算自己刹那擒下她的可能性，一边笑道：“喂，小白花，老公被我抢过来了，怎么也不救一救？”

明城盯着她，缓缓一笑：“他不是我夫君，他还不配。”

“哦？”景横波踢踢邹征，抬头笑道，“我瞧着，再般配不过了。脓包配妓女，天生一对。”

明城被风吹得微微发红的脸，猛地变得煞白，看上去倒真像一朵小白花。而景横波看她的眼神，却像在看一只母蟑螂。

半晌，明城咬了咬牙，冷笑道：“做了女王，你还是和原来一样，粗俗放浪，卑劣无耻！”

“这八个字，原封不动送还你。”景横波笑吟吟地道，“被人救出火坑，回头恩将仇报坑人一记。明知自己丈夫不是那个人，还能和他睡一起。撒谎作伪，叛友杀夫，有你的光辉事迹在前，这种美妙的评语，我哪儿好意思和你抢？”

“好久不见，你嘴皮子倒越发利索了。对你的嘴皮子，我确实一直挺佩服。”明城咯咯一笑，“不过，我倒想知道，你的利嘴皮子，当初没能帮你留在帝歌，现在能帮你什么？帮你打下帝歌？帮你留住男人？哦，对了，宫胤呢？你回来这么要紧的时候，他为什么不露面？哦，说起来咱们的国师真是情根深种，为了你，江山都不要了。也是，喜欢你呢，还怎么要江山，还怎么活下去？你从一开始，不就是为了夺位而来的吗？你嘴上说爱他重他，但说过一次愿意为他放弃女王之位吗？女王和国师不可共存，你要，他只有给。呵呵，说起来这可不是嘴皮子功夫，这是脸皮子功夫呢。景横波，别理直气壮地在那儿谴责别人，不知道看看自己。叛友你虽没有，杀夫照我看也勉强够格，咱们彼此彼此，说起来倒是一路。你看，咱们要不要再拜个姐妹？”

她一向话少，难得一次说那么多话，说得很流利很清晰，像是在心间盘桓了很久，一遍遍咀嚼了个透，此刻一字字说出来，看似在笑，每个字却都像在血里淬过、火里炼过的刀，直戳要害，只戳要害。

风声忽然静了，风里还有淡淡的硝烟和鲜血的气息，远处交战的喧嚣声隐隐传来，金属

交击不停，仿佛可以感觉到刀刃插入血肉的痛，景横波的脸色也白了白。

这女人，关键时刻，总是很犀利啊……

心间似被利刃绞过，这些话是攻击她的刀，可这一路午夜梦回，担忧着他的安危的时候，她也曾经这样问过自己。是不是一开始就来错了？是不是从开始到现在，所走的路，所坚持的一切，都是错的？有些事是怎么到如今这一步的？她回想起来仍觉茫然，似乎她从来不重权欲，似乎她从来都只想和他平安幸福地过一辈子，但为什么到最后，却变成了她抢他的江山，她逼走他？

从哪里开始，想走的路转岔了方向？或许还在当初，当她拒绝他隐秘结婚的提议时，就失去了自己选择的机会，他为她选了那样一条撕心裂肺的道路，从此再不容她拒绝。

事到如今，再问自己，如果那个问题他再问你一遍，如果你能预见后来发生的那一切，你会怎么回答？

她捏紧手指，掌心冰凉，指甲戳入血肉的痛感清晰，现在不是被重击失神的时候。

对面，明城再次咯咯笑起来。

“我刚发现，”她娇俏地道，“言语果然有时候比刀子更能伤人呢，不过，”她慢条斯理地看了看自己的手指，“我还是更喜欢看你鲜血淋漓，倒在我脚下哀求哭泣的样子。”

“我会给你面镜子，让你照照镜子，你会看见的。”景横波冷笑。

“是吗？”明城噗地一笑，“果然被我的话击中了呢，反应迟钝得什么都感觉不到了。我跟你说，我觉得我马上就能看见了……一、二、三！”

“三”字声音方落，景横波身子一晃，脸色一白。

她霍然抬头。

“你……”

“哈哈，忍着恶心和你说了这许多废话，你可算毒发了。”明城笑得身子微微摇晃，洁白晶莹的十指在日光下闪耀如小匕首，“景横波，你觉得，我既然看见了你，会放过你吗？”

景横波低头，看着手指，长长的衣袖掩住了她的手，她又看向邹征的胸前。

那人衣裳破裂，破裂的衣裳内露出同样裂开一个大洞的金丝软甲，软甲的边缘却已经发黑。

“金丝软甲是真的，只是里面涂了一层毒，那毒能缓慢向外腐蚀，先是软甲，然后是衣裳，所以一抓就裂。而你想要出手带走他，自然只能抓胸前的衣服。”明城笑得得意，“我就知道，看见这个假货，以你的性子，一定要抓走问的，早就给你准备着呢。”

她笑着上前一步，已经走上了那段做过手脚的路，随意自如地走了几步，道：“这路有什么问题？这路什么问题都没有，顶多就是一幅刺毡，伤人皮肉而已。我就是特意做给你看，让你以为我要杀他而已。别的人我不敢说，你景横波我还是了解的，你看见我，怎么舍得不追过来呢？”

景横波又晃了晃，垂头将邹征的身体踢开。

“别撑着了。”明城并没有上前，还是躲在刀枪齐出的护卫群中，抱着双臂，悠悠道，“倒也，倒也。”

扑通一声，景横波一个踉跄，半跪于地，她还想支撑着起来，手腕却无力地垂下。

“我对你一向很尽心。”明城居高临下地俯视着她，淡淡地道，“给你准备的毒，和当年给宫胤的一样。因为我觉得，你一直对不起他，也该尝尝他感受的千分之一，如此，也算和他好过这一场。你瞧，我对他是不是比你上心？我对你是不是也很贴心？”

景横波垂着头，半晌，慢慢抬起头来，嘴角隐隐有黑色的血迹，脸上沾满尘土，眼睛却依旧很亮，狠狠地盯着明城。

“这种毒刚中的时候，据说很痛苦。”明城微微俯下身，在护卫群的缝隙中，微笑地凝视着她，“半边奇寒半边酷热，身体内的血脉内脏，都似要被冻坏再烧化，一寸寸溶解成灰。这毒还有种奇妙之处，就是会根据中毒者体内真气的变化而变化，会缠附在中毒者体内的真气之内，阳刚真气会更阳刚火烈，直至无法控制焚烧自己；冰寒真气会更阴寒，直至将血脉冻枯。而且中毒者真气越充沛武功越高，毒也越猛烈越缠附不去，真气低微的人中了反倒没事。这种毒，号称高手终结者，大荒历史上死在这种毒上的人，无一不是绝顶高手。迟早会添上宫胤，马上就添上你。你瞧，我对你多好，总想着让你临死前，和宫胤沾上点关系。”

景横波的身体微微颤抖起来，她将脸贴向地面，辗转厮磨，仿佛没有感觉到地面的粗糙不平和地上粗粝的石子。

再抬起头来时，她眼圈微红，脸上斑斑灰尘间，是一道道磨红的血丝。

明城看得心神舒爽，指了指身边一个护卫，道：“上去，把她拖到这刺毡上，不要太近。”

那护卫有点犹豫，盯着景横波，微微露出怜悯之色——帝歌谁人没听过黑水女王，谁不知道她一路带血传奇？对传闻里美艳又命运多舛的女子，男子们天生会抱持一份同情和关切，如今见她伏倒在地，眼神苦痛摧心，忽然都觉得有点迈不动脚步。

明城声音一冷：“嗯？”

护卫们激灵灵地打个寒战，忽然都想起这位皇后的阴冷和毒辣，她在做女王时默默无闻，但在做皇后后，玉照宫死亡的宫人超过过去十年的总和。在这样一位主儿面前，多一分想法，都多一分死亡的危险。

那护卫急忙上前一步，一把抓住景横波的胳膊。明城退后一步，目不转睛地盯着护卫的动作，眼看景横波毫无抗拒地被护卫拖到刺毡上，才微微松口气，眼波流转，闪过喜悦的光芒。

砰的一声，景横波被重重摔下，几乎立刻，千万枚小针刺入血肉，如同千万小刀猛戳筋脉血肉一般，她啊的一声，忙又死死咬住嘴唇。

明城愉悦地听着，挥了挥手，又上去两个护卫，抬脚狠狠一踢。

景横波身子一个翻滚，转开时衣襟上出现星星点点的血迹。

另一个护卫又抬脚踢过来，无意中一瞧景横波，却发现她看似护住头脸，却根本没有看向四周，而是将目光投得很远，在四面搜寻。

或许是想转移注意力？护卫并没有多想，轮番在刺毡上踢打。男人天生怜悯美丽的女子，血液深处却也天生深藏暴虐的因子，眼看着女子血迹斑斑的躯体一遍遍滚过自己面前，衣裳上、刺毡上，猩红点点直至连成一片，忽然便都兴奋起来，渐渐红了眼珠，重了呼吸，拳打脚踢的力道越发沉重。四面连风也似寂静，只听见拳脚击在躯体上，沉重的砰砰之声。

只是众人渐渐也都发觉，那女子在被踢打时，始终没有看他们，她的目光四处飘摇，只在四周屋脊高树上徘徊不去。

明城两眼放光地瞧着，鼻翼翕动，满面泛出桃花红。自从来到帝歌之后，她想过很多次如何折辱杀死景横波，午夜梦回失眠，她在脑海中勾勒了无数次那女子凄惨屈辱的死法，并为此兴奋不已更加睡不着。然而内心深处，她一直都明白，以景横波的性子，以她拥有的神奇能力，以她身边云集的高手，也许可以杀她，但想要折辱她，真真是很难的事。

就好比这么久，她似乎赢了景横波，但心里却一直觉得自己在输。她占据了玉照皇宫，却只能坐在那个冰冷的位置上被众人漠视，而那个女子，远走天涯，依旧拥有那许多人的爱护和追随，依旧……拥有他……

她真真一想起，便碎心蚀骨，恨不能将那夜夜孤灯冷烛，都烧进景横波的肺腑里去。

然而今日，梦想竟然成真，这个她最憎恨的女子，竟然真的俯伏在她脚下，被一群下贱的士兵拳打脚踢，无力还手。

她焉能不兴奋得发抖？她下意识地慢慢走近，想要看得更清楚些，如此美妙的一幕，如何能不一眼眼都记得清晰？

她一边走，一边摸出早已准备好的淬了毒的匕首。光看是不够的，让侍卫踢打，一方面是羞辱，一方面也是试探。景横波如果正常，绝不会允许被人这样殴打，如今确定她确实中毒了，那么，当然应该由她亲自来了结景横波。

夜长梦多，不留后患，这个道理，她一向很清楚。

侍卫们看她过来，立即散开。明城注视着景横波——她伏在刺毡上，周身满是血与尘土，身体微微抽搐着，狼狈得已经看不出原来的模样。

现在就是一个孩子来，也能将她砸死。

一个护卫将她踢了踢，翻过她的脸，明城震惊地看见，景横波此刻，泪流满面。

这一霎鲜血和眼泪奔流，将她的脸染得看不清眉目，明城并不是震惊这张花脸，只是怎么也想不到，景横波会这样哭。

是因为疼痛和折辱吗？感觉不像。然而那张泪脸无可掩饰，哪怕景横波立即又趴了下去，她还是看得清楚。

明城忽然感到人生里最大的满足。比起景横波死，她似乎更愿意看见景横波哭，当然，哭后再死，哭了也不能免死，那就更好了。

她忍不住快意地欣赏了一会儿，恨不得将这一幕作画以永久纪念，当然，她日后会画下来的。然后她退离三步，让护卫挡在她面前，看准景横波的后心，按下机簧。

匕首闪电般射出，下一刻就要刺入景横波的后心。

她微微吐一口气，又退后一步，自己的命总是最要紧的，哪怕对方确定已经没有了威胁。

护卫们下意识地有点紧张，身子微微前倾。

忽然一道灰影一闪。

锵！石头撞上锐器的声响尖锐刺耳，下一刻这砸飞了匕首的石头，撞上了最前面护卫的小腿。没等那护卫哎哟大叫退开，趴着奄奄一息的景横波，忽然伸手，从护卫们的腿缝里穿过，一把抓住了明城的小腿。

她手上不知何时已经裹了一块撕下的刺毡，这狠狠一抓，千百根刺顿时刺入明城的小腿。明城痛得尖叫，想要后退的身子顿时一软。

只这一慢一软，景横波忽然蹿起。她蹿起的速度再无平日懒洋洋的风范，居然敏捷得像只母豹子，一蹿，一弹，双手举起，狠狠一抡。

砰的一声，明城竟然被她高高举起，再狠狠摔在刺毡上。她立即尝到了景横波先前万刺扎身的剧烈痛苦。

“啊！”在她惨叫挣扎的那一刻，景横波手一挥，护卫们的刀自动离鞘，在半空中猛然劈下。

寒光闪烁，刀光如雪，护卫们来不及逃窜，慌急中各自滚到刺毡上躲避，惨叫声顿时连成一片。

趁景横波对付护卫之时，明城咬牙忍痛爬起，挣扎着向外逃，却忽然脚踝一紧，她绝望地回头，就看见景横波一手已经抓住了她右脚的脚踝。

“不要——”声音未出，景横波狠狠一拉，她已经再次惨叫着倒在刺毡上，被景横波一路拉着右脚拖过去，刺毡上顿时留下一道道深红的血痕。

疼痛使她无法挣扎，她只能尖叫：“救我！救我！”

“闭嘴。”景横波一挥手，一块石头猛地砸下来。

啪的一声脆响，明城的半边腮帮顿时塌了下去。她啊啊地叫着，满口的鲜血和牙齿都喷了出来。忽然明城觉得脚踝被松开了，挣扎着回头，就看见景横波并没有理会她，而是呆呆对着四面张望，忽然狂叫：“你为什么不出现！为什么不出现！”

明城被惊得浑身一颤，不知道她犯了什么失心疯，看她神情恍惚，心中大喜，忍痛赶紧向外爬，还没爬出一步，脚踝又是一紧，还没反应过来，身子已经忽的一下荡起，再砰的一声，狠狠砸在刺毡上。

她狂叫，只觉得五脏六腑都被掼坏了位置，但身后景横波的狂叫声，比她更响。

“你为什么不出来！宫胤！我的苦肉计都逼不出你吗？啊啊啊，逼不出你吗，宫胤！”

剧痛令明城脑袋里嗡嗡作响，根本听不清景横波在叫什么，也无法思考这一切到底是怎

么回事，她只是执着于生，感觉到景横波手一松，就拼命地向前爬。她已经感觉不到刺毡刺体的痛苦——体内那种火烧火燎的疼痛，足以湮没一切皮肤上的痛感。

然而她的脚踝又是一紧，依旧是来不及绝望嘶喊，依旧是看见景物忽然一荡，然后砰的一声，整个天地，整个肉体，都好像被摔碎了。

她无法想象一个女子会有这么大的力气，更无法想象伤痕累累的景横波还有这么大的力气。或许这不是力气，这是愤怒，这是巨大的疼痛，这是人生里所有拼命想要避免却又无可奈何不能逃避的心的苦难，这是因为绝望而一波波狂涌上来的血的热潮，淹没神志，忘记一切。

“宫胤！为什么！告诉我为什么！为什么不在，为什么离开，为什么总是丢下我！为什么！”

喊声冲着整个帝歌，无有回应，她早已泪流满面——在假装中毒倒下时，在被明城羞辱时，在被敌人踢打时，泪水狂流不是因为疼痛或者屈辱，而是她终于确认，他不在。

哪怕她一路狂奔回帝歌。

哪怕她宁可被明城羞辱。

哪怕她被一群根本动不了她的人群殴，想用这一身伤痕，唤他出来。

只要他在，他一定会出来。

然而四面始终没有动静，她的心也在慢慢沉底。没有任何理由，她知道这一放手便是空无，这一别便是天涯。

两年铺垫，一路护持，他的最终目的就在这里——以天下作局，当她终于抵达天下，天下便没有了他！

砰！明城又一次被摔在刺毡上。她已经没有力气逃开了，刺毡上沾着她被拉破的血肉，也沾着她因为内腑受伤而呕出来的血。她含糊不清地叫嚷着，自己也不知道自己在叫什么，心在狠狠地下沉，因为她知道，身后的人疯了。

四面的护卫自从被赶开，就再也没有试图挽救明城，不是不能，而是不敢。

黑水女王一身血迹，满面泪水，满手的尖刺，一身的尘土，在刺毡和鲜血之中，疯狂摔打皇后，那摔出的不是血肉和惨叫，而是绝望崩溃中的呐喊。她像个疯子，在她狂乱的眼神面前，所有人都禁不住战栗，害怕挡在她面前的下一瞬，就会在她的愤怒中被燃成灰。

“宫胤！为什么！为什么为什么为什么！”

砰！血肉躯体摔倒在尘埃中。

“为什么要这样安排这条路！

“为什么就不能再听我一句！

“宫胤，我要的是你，不是天下！”

第八十八章　最后的旨意

如果不是天弃赶了过来，也许明城就被发疯的景横波拖死了。

不过现在她看起来也像是一堆烂肉，连惨叫声都已经发不出。天弃震惊地站在一边，看着血迹斑斑的景横波。他一开始以为那是被明城溅上的鲜血，随即发现那是景横波自己的血，他赶上来要帮景横波包扎，被景横波推开了。

“把这对奸夫淫妇找个最严密的地方关押起来。”她疲倦地道，“回头审问。”

“你去哪里？”天弃一手抓一个，望着景横波的背影。

景横波没有回答，沿着路缓缓地向前走。她心底还抱着最后一丝希望，走遍帝歌，是不是能找回他？

此刻帝歌空寂，百姓们躲在屋内惶惶不安，听着远处城门处的轰鸣。铁甲和兵器碰撞之声不绝于耳，戍卫帝歌的力量都在奔往城门。

她走过帝歌的舞明台广场。在这里他曾十里红毯迎她，红毯尽头等待着她的是一系列刁难，在这里他曾当众伸手，以承认和恭谨的姿态，扶她走上那条最艰难的路。

这是他给她的开端，自始至终，心意不变。

她走过往日最热闹的九宫大街，在道路尽头的一座小井边停住。她曾在这里带着紫蕊，以波西米亚长裙惊艳帝歌，就在那日她看见他错认紫蕊，就在那日她和他第一次针锋相对，就在那日她第一次对女王的权势产生质疑因此在他眼中看见惊涛骇浪，多少心事难言。

或许，之后的路，之后的抉择，都由那日开始。当她需要自由和权势，以求保护自己和自己在乎的人时，他便不得不放手，放她至海阔天空处，蛰伏蓄势，卷土重归。

她走过琉璃坊，这里是九宫大街的中心，也是整个帝歌最繁华的地段。她遥望那些重楼叠阁、熙攘街道，眼前忽然闪过奔驰的着火的马车。

那些由桑家点燃的马车，她曾费尽心力阻止了其中八辆，最后一辆功亏一篑，不仅伤及无数人的性命，还直接导致了亢龙军都督之子的死亡。

那一日琉璃街口火光与黑烟同舞，惨叫与哭泣共闻，那日成孤漠在街头疯狂叫喊，那日宫胤亲自奔来，挡在她身前。

“你要去救谁！”

“让开！谁准许你动女王！”

“国师！当真狡兔死走狗烹吗！”

“我不持武器，不设护卫，面对你们。想清楚，要不要冲过来！记住，为踏出的每一步负责！”

玉带河河水荡漾，倒映那晚的血与火，倒映他对她的捍卫。他在她身前，也在敌意和愤

怒的中央。

…………

她走过西歌坊，这是帝歌贵族大臣的居住之地，离皇城广场和玉照宫很近，她曾在此处为营救紫蕊，和吏相赵士值产生冲突。

她立在那高高的围墙前，看朱门深邃，一条白石板路蜿蜒而出。这石板路上曾经涌来帝歌署官员和亢龙军队，涌来赵士值的无数家丁护卫，杀死赵夫人的罪名忽然落下，她欲自辩，却已知陷入陷阱。

重围之中，又是那人一乘软轿迤逦而来，淡淡言语，深深计谋，谋人者为人所谋，陷人者自陷局中。一着诱敌之计，解她之围，甚至不惜自斩臂膀，为自己留下隐患。

此刻踏过白石板路，她忽然想起，那日他一改平日风格，乘软轿而来，起落之间如风过青萍，不愿被她看见他的脸。

如今时过境迁，一些沉埋在记忆中的细节忽然被想起。

她记得轿帘掀起的一刹那，露出他苍白的脸。

她记得后来在轿中她主动献吻，竟引得他反应冲动，记得她惊慌之下曾反手猛推，竟令他撞上轿子的靠背，记得他的脸在锦缎靠背上曾微微一滞，记得他弯起的唇角边浅淡的笑意。他的侧脸在光影中美如雕刻，而四周生出馥郁而微甜的气息。

她记得那日下轿后看见他后背衣衫上有一抹微红，之后便被蒙虎递上的披风遮去。当时以为是靠背上的颜料，此刻想起，一个想法便如惊雷般从心头掠过——那莫不是血？

他在轿中垂下轿帘，是不愿被人看见他的苍白虚弱；他忽然强势索取，其实是为了让她将他推开；他撞在靠背上时的停顿，是为了将唇角血迹在锦缎靠背上拭去。靠背染上了血迹，所以当他再次靠在靠背上时，衣衫便无意中染了血。

往事一幕，到今日才忽然贯通，她在白石板路的尽头慢慢蹲下，抚住了额头。

她曾无数次自恋于自己的潇洒散漫，直到今日，忽然恨起自己的散漫粗心。

他想精心掩饰的，便是最重要的，是他至今也不愿对她说，并因此影响他最终抉择的真正苦衷。当时她为什么没察觉？为什么没在意？

半晌，她慢慢站起身，向前走，前方巷道深深，青瓦白墙，几竿修竹翠绿了墙头，打下一方浓浓淡淡的光影。

她久久伫立，没有走近。

那是她始终没有办成的照相馆。在那里她用宫胤的一张照片骗来了天弃，在那里她让天弃去保护宫胤，而最后天弃一直在她身边。

事到如今，不用再问也已经明白，是他拒绝了天弃的保护，把高手留给了她。那些最为细密的安排，永远沉默在人后，不欲为她所知。

照相馆的招牌还留着，她将那一方墨字久久凝视。

“刹那。”仿佛一语成谶，又或者冥冥中自有暗示，她和他最美好的时光，只有刹那。

过了西歌坊，便是皇城广场。广场上开国女皇的神像依旧如前伫立，目光下垂，永远俯

视着大荒土地。

那一日她被桑侗挟持着，乘坐火马车奔入广场。

那一日生死俄顷，她的性命落于人手，用以逼迫他自裁。

那一日广场门前，冰雪飞溅中飞起的假头颅，让她终知撕心裂肺的滋味，终知心之归属。

那一日宫门后激烈拥吻，她赤脚踏上他雪白的靴。

那一日她对他说：“宫胤，宫胤，我们一起改造大荒好不好？我们一起打造一个新天地好不好？我们做一对大荒历史上最幸福的女王和国师好不好？我相信你能的，我也能的，而我只想和你一起做这些事，我们一起好不好？”

言犹在耳，似这皇城广场的风，因为四面建筑的束缚，永远在广场上空鼓荡不休。

不过转眼，沧海桑田。

那之后同样的位置，开国女皇的神像脚下，她经历了一生中最大的绝望和最冰冷的时刻。

那之后，在他为她“自裁”的位置，她将冰冷的刀刃送入他胸膛，一口毒血喷于其上。

那之后，在曾接受欢呼的宫城之上，在冰冷的雪夜中，她听见一拨拨涌来的聚满广场的反对者和群臣士子的怒骂，她看见亢龙死谏的尸首，看见一地的血花，开在一地的雪花之上。

那之后，整座广场下的密道里留下她和他的喘息，神秘的“老太监”背着她一路在黑暗和疼痛中穿行，推她入河逃生的那一刻，她看见他挥手的姿势，不是告别，是挽留。

然而她直到今日才懂。

守卫宫城的士兵们，看见在广场入口处怔怔而立的女子，慢慢围拢过来欲待盘问，她身子一闪。下一刻她来到玉照宫内。宫道长长，伸向落雪的那夜，似乎他还在对面凝望。这一边是押送她入宫的群臣，他独自一人立于对面。

她当时以为是做戏，此刻才知是命运的暗示——他从来都为了她，和人心、朝局、天意对抗。

对面那人，衣衫单薄，姿态笔直，雪白的衣袂在风中飘荡，如一抹白色的魅影。

夜色尽头，他冰晶雪彻如琉璃，连唇都无血色。

长长宫道，渐渐覆雪。

她向前一步，伸出双手，当日未曾握一握他的手，知晓他的温度，此刻她想知道，他好不好？当时好不好？

一步出，光影破。有什么东西落在手背上，先热后凉，一路滚落，在地上击出啪嗒轻响。

她一路走，那细微的泪水落地的啪嗒之声一路跟随。她在一处阶梯前停下，不用抬头看匾额，也知道是自己的寝殿，那离静庭很近，开了一个小门方便出入的寝殿。

寝殿前是一座秋千，她无数次在那里荡起，只求飞得高高的，看一眼静庭书房里的他。

秋千绳子粗得快抓不住，他总是怕她落下，秋千座椅上铺着软软的垫子，系着装满新鲜

花瓣的香囊。她低头闻了闻，香气如此新鲜，而心，却已经陈旧皱缩。

向前几步，她低头盯着阶梯，干净得点尘也无，可见日日打扫。她并不意外，他从来就是这样一个外表冷漠、内心细致的人。

台阶是麻石的，和宫内常用的青条石不同，那是因为她曾经因为青条石落雪太滑，跌倒过。

上阶，她习惯性地抬高腿，大荒的殿室门槛总是很高，她经常被绊。然而现在没有门槛绊腿，她这才想起，当初因为她总是被绊腿，所以玉照宫和静庭的门槛都锯了。

后来，她自己的宫殿都有门槛，这个习惯她又忘了。

因为没有他，再无人会为她锯门槛。

一进门，似乎有变化，她怔了怔，才发现面前有两座屏风。

一座是原本的万彩牡丹，一座是前朝著名美男茅之南的绣像屏风。茅之南长得有点像现代的韩流明星，白皙修长，有段时间她很迷恋他，吵着要他的绣像屏风，宫胤从来不同意。

当她离开，这里却留下了她喜欢的东西。

她淡淡地看着那屏风——这一生里所有美丽的事物，我都喜欢，但那是过眼的景，掠耳的风，行路时因为美而多看一眼的花。

你留下这屏风给我，是要博我一声欢笑？可你知不知道，我愿将这绣像屏风、将我所有，换你此刻一抹衣角。

再向前，是她的床榻，被褥竟然是铺好的，铺得齐齐整整，每个被角都被严严实实地掖过。

床边有她柔软的睡衣，床下有她舒适的便鞋，都用绫纱盖着，以免落灰。

枕上有一枝鲜花，娇艳欲滴，一看就是日日摘来的新鲜花朵。蔷薇花上的小刺，都被细致地剪去。

“宫胤宫胤，人家男朋友都送女朋友花。”

“自己去静庭摘。”

“没情趣！没味道！没人性！”

那一朵花，自她走后日日开放。

他在她不在，她在他不在，这清晨一枝花，却一直在。

他是不是总宁愿将所有的事做在背后，好让她在无法追回的时候，更加悲伤？

她记得靠墙的柜子里放着她的箱子，然而现在柜子拉不开，柜门已经被锁死。他将属于她的一切封存，宁可永久活在回忆里。她突然不愿再面对这些回忆，逃也似的出了殿，下意识穿过那边的小门，门果然没有锁。

推门声吱呀，恍惚还会有人走过来，一气喝掉她加了料的鸭汤，仿佛还会看见蒙虎对她眨眼，眨左眼示意他忙，眨右眼示意他不忙。

她眨眨眼，眼里似乎有什么东西，硬硬地硌着痛。

静庭红枫还未到开放的季节，枝叶青绿，她从红枫下过，想着那日三人树下对酌，想着

那预示未来事件走向的真心话和大冒险，想着那一日他背着她走过的览胜阁、飞阑亭、萃华楼、冶春湖，想起她在湖边的大声呐喊。那喊声激起桥下层波叠浪，浪涛卷起千堆雪，浪潮至今不休。

我喜欢你，我要和你在一起。

自始至终，要说的只是这一句，然而没有回音，没有回音。

她缓缓步入静庭书房。

静庭居然没有人，此时此刻这大荒中枢之地，殿室空寂，似乎有人存心要将宫殿腾空，将往事腾空，好让她彻彻底底进驻取代。

她站在宫胤常用的书桌前，桌面上竟然铺着黄铜镜面，她抬起头，对面花墙后，正是她的秋千。

往日她自己荡起秋千，总埋怨窗内的他不抬头，却不知道她在秋千上看他，他在镜子前俯首，秋千装饰了他的窗子，他装饰了她的梦。

她缓缓拉开抽屉。抽屉里有一卷黄绫圣旨，除此之外桌上桌下没有任何东西，本来这里该是积案盈箱，然而此刻，那些书籍、卷宗全部被清空了。

只有这一卷旨意，是他给她最后的安排。

她凝视良久，很想就这么狠狠关上抽屉，落锁，转身，离开静庭，离开帝歌，乃至离开大荒。

我不要你的苦心安排，我不要你的心血作伐，我不要踏在你的牺牲和鲜血之上，走上女王空虚寂寞冷的宝座。然而最终，她的指尖慢慢触及那一卷没有温度的黄绫。

此刻，她已经没有任性的理由。她已经不是当初那个任性恣意的景横波，他人的牺牲越重，她越不能停止前行。当肩上担上无数人呕尽的鲜血，她只有拭干血迹前行。

黄绫很干净，带着漆封的气息，似乎是刚从密室内取出，字迹和印章都不新鲜了，应该已经准备了好一段日子。

旨意上的字迹她看了好久，太久没见他的字，以至于一开始她只盯着他的手迹，却失去了将字迹连贯在一起的能力。好一会儿，那些字眼才串联成完整的意义，蹿入她的脑海。

“……因天下之失望，顺宇内之推心，爰举义旗，以清国祸……伪帝宫胤，着即废除尊号，永逐大荒。”

手指一颤，黄绫落地。

一霎间似惊电劈过，恍惚又是那夜雷雨，杀戮场血花成墙，垂死的桑家护卫一步步以肘爬向宫胤，身后拖出一道道长长的血线，旋即被雨水冲刷干净。

他那时的号叫，似雷声响彻静庭，在场的人不知是因雨还是因语寒颤不休，那一幕永难于记忆中磨灭。

“宫胤！你必身受天噬，跌落深渊。众叛亲离，永逐大荒！”

哐啷一声，景横波颤抖的双腿撞到了身后的凳子。

宫胤！这就是你最后的安排！你将这天下相让，你将自己放逐大荒，你将这帝歌三旗空

扬，只为等我归来重新补上。

砍断的旗杆不修，是否因为你早已决定，这里不再留下你自己的位置？

这一卷旨意，是否在帝歌雪夜之前，就已经写就？是否在很久以前，你就已经将这步步印辙布好，一步一血，一步一雪？

浑身冰凉，眼眶却火一般的热，浑身的颤抖无法止歇，她忽然捡起旨意，狂奔而出。

狂奔。过静庭，过寝殿，过玉照宫，过长长宫道，过八道宫门。她风驰电掣般掠过，将那些被惊动的侍卫甩下，整座玉照宫里都是她狂奔的身影，衣衫在风里荡开，斑斑血迹，一闪而过。

她奔上宫城。城下的广场上已经站了不少人，感受到帝歌危急而赶来的群臣们惶然聚集在一起，求见皇帝，并惊恐地竖着耳朵听城门那边的动静。

有人无意中抬头，忽然惊叫道："快看，上面！"

众人抬头，就看见玉照宫城之上，不知何时立了一位紫衣女子。

她满头黑发荡在风中，手中紧紧抓着一卷黄绫，身后的披风倒卷而起，点点猩红如撒梅。

她握紧城墙冰冷的墙砖，微微仰头，眼中似容纳了这帝歌皇城，又似乎什么都没有，只在云天之外，只在山海遥迢处。

人们微微眯着眼睛，心中朦胧困惑，只觉得这女子姿容华艳，似有几分面熟。

忽然有人惊叫："前女王！"

人群寂静了片刻，寂静之后，便是哄然。惊叫声如潮水，瞬间席卷了整座广场。

"女王回来了！"

"黑水女王已经进城了！"

"女王出现在宫城之上，横戟军一定也进城了！"

"帝歌城破了！"

惊叫、纷乱、奔逃、拥挤……广场上乱成了一锅粥。

这一霎马蹄狂踏，櫑木巨响，帝歌城门和宣宁门同时发出震响，随即呼啸声如潮，狂涌入大荒心脏。

帝歌城破。

这一霎雪山之上轰然一声，地底通道大门崩裂，数十道人影电射而出，最前面一人抱着一个白衣人，率众远掠而去。

守在此地的雪山弟子们要追，慕容筹摆了摆手。天门宗主凝望着那些背影，眼神意味深长。

龙应世家下雪山。

这一霎景横波于玉照宫城之上，展开那黄绫旨意，当着帝歌群臣的面，一寸寸，撕碎。

长风烈卷，所有人都不由自主地停下动作，看着那些黄色碎片，如蝶飘落。

这一霎宫城无声，万众无声，天地无声，万物之灵都被那女子压抑的疼痛所镇压而感到

窒息，不能发出自己的声音。

铁蹄踏近，有人慢慢跪下，有人渐次跟随。她在城上，俯瞰这莽莽天下。

渐渐的，黑压压的人头，一片片偃伏如草。

漫天飞舞着黄蝴蝶。她眼前飘飞的却是那年帝歌雪夜的碎雪，下个不休，从冬到春，绵绵。

宫胤！这大好天下你不要，我也不要。

我要踏遍青山，走遍大荒，我要寻遍这世间每一个角落，我要将一生剩下的时间，走过你所有能藏的地方。

你放逐你的人，我放逐我的魂，在道路的尽头，哪怕人魂不合，化为白骨，我都会一直等着问你一句。

宫胤，咱们谁更残忍？

她慢慢仰起头。

这一霎，整个帝歌都听见她发出的大喊：

“宫胤！”

卷四

摄江山

第一章　至喜至忧相爱

那一声喊响彻玉照宫，响彻帝歌上空，也响彻大荒，喊声里，铮铮铁蹄声，卷遍大荒。

景横波在宫城之上，看见黑色军队前方的鲜红大旗，似一星火种，迅速在帝歌的大街小巷点燃，一线狂飙，直逼帝歌心脏。

没有遇见街道战巷战，没有遇见成组织的抵抗，除了一批御林军出动，在皇城广场前结阵之外，亢龙没有出现在该出现的地方，玉照龙骑连影子都没瞧见。

一日之间下帝歌。这似乎是奇迹，但其实不是。

宫胤始终是这座城的实际掌控者，当城的主人自己放手相让，没有任何人还可以保护它。

这也不是一日之功，夺帝歌之战，应该是从景横波离开帝歌那日起，便开始了。那一步步走过的路，那一国国的历程，那所有力量的一点点积攒，都是为了有朝一日归来而做的铺垫。

在襄国留下的人情，在黄金部获得的资源，在斩羽部所得的助力，在玳瑁所积蓄的力量，在易国和翡翠所得到的援军，甚至那些从姬国买来的羊驼，那些是力量，是她一路而去的获取，更是她一路归来的坦途。

否则以帝歌重重障碍的格局，难出，更难入。这坦途的打通，每一步都遍洒他的心血。

时隔近两年，在玉照宫城上，她终于再次看见了那些曾经要逐她杀她的人，于尘埃中向她俯首。然而这一刻，她看见的不是拥有，而是失去。

身后有脚步声，她回头，看见蒙虎和禹春。那两人看她的目光又希冀又激动，却被景横波目光里的巨大悲凉所摄，一时竟然说不出话来。

半晌，蒙虎才双手奉上一个盒子，微微躬身道：“陛下，这是亢龙、玉照两军虎符。”

“他人呢？”景横波看也没看那盒子，只盯着他的眼睛。

因此她没注意到禹春忽然震惊的表情。

蒙虎抿抿唇，垂下眼睛，继续道：“亢龙新主将，是新提拔的将领，是主上可以信任的人。玉照的另一半虎符，则一直都在英大统领那里。”

“他人呢？”

“陛下，主上的意思，是请您回归后，恢复英大统领的职位。另外，之后襄国、易国、翡翠，包括您自己的玳瑁，以及降服的其余部族，请您及时安排，令各族早日上书拥您为帝。此事越早办越好。”

“他人呢？”

蒙虎喉咙好像哽住了，好一会儿，才咽了咽口水，闭了闭眼，声音虚弱地道：“臣，以为您知道。”

“臣……”禹春脸色更难看地道，“也以为，您知道。”

两人面面相觑，脸上苦涩难言，想着那一日主上的临别嘱咐。

“我将离开帝歌，解决多年难题。顺利不顺利，短期都不会回来。待女王回归，你们就和当初待我一样，好好侍奉她吧。”

“求主上示下所去之处，方便臣等接应，日后臣等也好回答女王。”

“还用回答女王吗？她当然会知道。”

三人慢慢地互望一眼，各自面容苦涩。

景横波呆呆地看着那两人，半晌忽然哈哈哈大笑起来。

“哈哈哈，你们也被骗了，原来你们也被骗了。哈哈哈，他可真行，天底下的事都一人担了。哈哈哈，我被治愈了。哈哈哈，原来这天下就没有他不骗的人啊！”

她越笑声音越高，满城之上都回荡着她越来越张扬的笑声，宫城之下群臣仰首，都在想女王欢喜疯了。

也是，一日夺帝歌，一洗当年被逐之仇，换谁都要笑傲帝歌的。

“哈哈哈哈……”景横波笑声不绝，笑声里，一把将蒙虎再次递上的盒子拍开。

“滚。”她道，“他要安排一切，那就给我安排到底，有本事给我把玉照殿宝座铺好，亲自牵我上王座！我就听他的！”

盒子砰的一声在城头砸碎。蒙虎慢慢躬身，捡起虎符，弯下的腰背似乎再也直不起。

景横波站在宫城之上，将四周慢慢看过，眼底闪过一丝憎恶，冷笑一声，踩着满地的碎片，向前走。

“蒙虎，”她目光空茫地向前走，缓缓道，“他走之前，都说了什么，做了什么，住在哪里，告诉我吧。”

景横波站在静庭书房墙后的密室前。到今日她才知道，这里才是宫胤平日最常休息的地方，那些她还在玉照宫的日子里，他经常就在那里，避开和她见面。

那座密室另有门户，连着他的寝殿和外面，所以他能和邹征同时在静庭内，而不被发觉。

一路上，蒙虎已经简单地和她说了宫胤布置假货的过程。此刻景横波站在密室前，看着那空空如也的室内，很难想象大荒的掌控者，真正住的竟然是这样一间空屋。

密室非常冷，站在门口就觉得寒气逼人，地上至今还残留着的细碎冰雪闪着细细的光。

她抚了抚墙壁，蒙虎立即叫：“别摸！小心手指粘住掉皮！”

“为什么这么冷？”她走进室内，蹲下身，在屋内正中，揣摩着他可能会坐的位置，双手慢慢摸上去。

“这密室本就是特制的，所有石料都来自冰海之底的寒石，而且主上在这里住久了，石屋吸取了他体内的阴寒之气，因而寒气彻骨，久久不散。”

“他……”景横波缓缓摸着地面，“生病了，是吗？”

蒙虎低下头，不知道怎么回答，这是主上严令不得泄露的秘密。

“重病，或者重伤，总之，是要命的那种，对吗？”景横波似乎并不需要他的回答，“早就有了，但在遇见我之后，越来越重，是吗？”

蒙虎轻轻叹息一声，道：“所以……陛下您也不必自责忧心太过。依臣看，主上很可能是去寻解药或治病的办法了，怕您担心，所以才……”

“去哪里寻药呢？”景横波双手靠在地面，脸贴着双手，慢慢躺了下来，“连他都无法解决的伤病，这天下，还有哪里能解决呢？”

蒙虎这下把嘴闭得像蚌壳一样——雪山和主上之间的事，才是绝对不能说的秘密。如果他把女王引上雪山，要是出了什么事，他做了鬼也没法见主上。

再说主上都抛下江山了，现在只有女王可以接位，现在让女王上雪山，难道要大荒永远陷入战争血火之中吗？

“陛下，这地下冷，不能睡……”他只好岔开话题。

“我就睡这里了。”景横波干脆在地上翻了个身，“我要好好想想，不要吵我。”

蒙虎、禹春面面相觑，眼看她赖在地上当真不起来了，只得赶紧去找被褥床垫，又在这密室内外生起火炉。景横波也不管他们，始终保持着一个姿态——侧身躺着，双手贴着地面，脸贴在双手上。

这里是他长住的地方，这个姿势可以让她幻想着，和他相拥而眠，幻想那双手是他的，幻想他等在这密室之内，迎接自己的回归，当她风尘仆仆地奔来，他微笑着拥她入怀，幻想他怀抱气息清冷而呼吸温暖，幻想他的下巴蹭在自己头发上，幻想她伸手就能触及他冷玉般的肌肤。

她唇间因此漾开浅浅的微笑，然后下一瞬泪珠滚落，顺着下颌衣领和手掌，缓缓在地面积起一片小小的冰泊。

蒙虎、禹春立在门口，看着女王一动不动的背影，他们觉得这一刻黑暗冰室内的背影，此生所见最凄凉。等了良久，不见女王动静，两人只得无奈转身离开，女王不接虎符，不管任何事，他们得帮忙处理。

禹春一边走一边回头，眼神犹豫。蒙虎看他一眼，道：“不要多事。主上的安排，从来就没有错。”

禹春低头猛叹一声，捶了自己的脑袋一记。

景横波这一睡，就是三天。

三天内，横戟军入城，玉照龙骑入城，诸援军驻扎城外，英白、裴枢接收了帝歌防务，重新安排帝歌和皇宫戍卫，安定民心，安抚大臣，一群没有主人管的可怜臣子，忙得不可开交，那个一路气势汹汹打来帝歌的女王陛下，却在最紧要的关头撒手不管，赖在屋子里睡大觉。

三天后，忍无可忍的英白冲进密室，将景横波拽了出来。

景横波睁眼看见他，倒有几分诧异："我以为来的会是裴枢呢，不然是七杀。"

"七杀去追许平然了，耶律祁在她手中，许平然还有军队在城外和裴枢的军队接战。"英白抓着她的手，"你跟我来。"

景横波倒很少看见温和的英白有这么霸道的时候，只好被拽了出去，其实她现在也没力气和英白对抗，她一身的伤，三天不吃不喝，情绪大起大落，早已是强弩之末。

静庭宫胤书房的外间，英白把她按坐在地上，自己走到门口，开始数步子："一、二、三……"

景横波懒洋洋地道："你想干吗？挖宝藏吗？"

英白不理她，在书房三步之下撬开地板，伸手一掏，掏出一个坛子。

"你怎么知道这里有酒？是不是还有别的东西？有没有信啊什么的？"景横波立即扑过来翻找，却失望地看见那地板暗格之下空空如也。

英白拿出了酒，对着灯光，出神地看着。

"英白，龙山冰酿最后一壶，在这静庭书房三步之下的暗格里。到时候你回来，若我不在，你记得自己来取。"他道。

景横波翻找的动作骤然停住。

"这是我出帝歌时，他对我说的最后一句话。"

景横波慢慢转头看那坛子，半晌，喃喃道："龙山冰酿。"

当初红枫之下，她曾喝过。

"是百年龙山冰酿，大荒绝品。满百年的龙山冰酿，先不说滋味如何，还能令人拔除体秽，寒暑不侵，对武人筑基尤有好处。"英白淡淡地道，"玉照宫珍藏，也不过两三壶而已，上一壶，是你喝了。"

景横波伸手抚住额头，想起那日的酒疯，那些只知道发酒疯的日子，真好，真遥远。

"这一壶，其实还差一年才满百年，三年之约变成两年，你表现得比他想象的好。"

英白取过酒杯，给她斟满。

"他早就想好了。"景横波喃喃道。果然，果然他很早就决定了。这龙山冰酿，早在什么事都还没有发生时，就已经给她喝过。

她端起杯，仰头灌下，入口却早已没有当初的美妙醇厚，只觉苦涩。

"这壶酒，我和他要了许久，到现在才喝上，还得我为你干上两年活。"英白一口饮尽，摇摇头，"你倒是轻而易举便喝掉了一壶，我这酒不该分给你才对。"

景横波笑笑，给他斟一杯，自己满一杯。

“分给你，是要告诉你，他为你做的事，很早，很久，渗透在每一件事中。你可以不喜欢、不接受、不珍惜，但我想问你一句，他已经做了这么多，你忍心将他的心血白费吗？”

景横波沉默，再干一杯。

“如果他真的从此不归，你忍心令他失去江山、失去生命之后，拼尽努力的最后一个心愿都被你糟践吗？”

景横波再干一杯。

“如果你这么任性下去，将来你也会死，你去地府之后，有脸见他吗？”

景横波再干一杯。

英白夺过了她的酒杯，不客气地道：“够了，剩下的是我的了。”

景横波夺回酒杯，再斟一杯，仰头喝干，一甩手，啪的一声杯子在地板上摔得粉碎。

“你想多了。”

“嗯？”

“这天下，我要。”景横波双手一拢，似要拢尽大荒，“这三天，我想明白了。我要的不仅是帝歌，而是整个大荒，只有整个大荒都属于我，我才能找到他。他藏，藏在我的土地上；他死，死在我的天下里；他就算真死了，葬了，也是葬在我的大荒。等我死了，葬了，无论葬在哪里，都算和他合葬。这辈子，生生死死，他都只能在我的大荒，在我的怀里。”

英白仰头看着她，一口酒咽在咽喉中，滚烫灼热，生痛。

景横波已经走了出去，走过长廊，走过静庭，走过寝殿，走到外廷，走到玉照正殿。

她在锦绣堆围、雕龙饰凤的宝座上坐下，紧紧握住冰冷的金龙扶手。她坐在这里，双臂展开，这是总揽大荒，俯瞰万民的姿势。

她抬起视线，越过殿门，看见广场上月光如水，看见远处的巍巍宫门和更远处的浓淡山峦。

身在高处，才可以看得更远。

黑暗的大殿里，她昂首高坐，面无表情，月光照在她的脸上，一片霜冷雪白，隐隐蜿蜒两道闪亮水迹。

冷月凄凄，玉宫寂寂，整座大荒在沉睡，无人知道，帝歌的新主人，在这夜半宝座之上，流泪。

至高至尊皇位，至热至冷人生。至喜至忧相爱，至悲至伤离别。

殿门忽然缓缓开启。月光照亮一个影子，黑色的倒影长长地拖在金砖地面上。有一瞬间，她狂喜欲起，以为是他终于回来了，却又心跳得厉害，怕是他的魂魄回归。

随即她便认清这是禹春。那人站在殿门前，一手紧握成拳，默默地看着她。

她凝视着禹春，心中燃起一丝希望：这是陪伴宫胤在帝歌最后一段时间的大统领，他有什么要告诉自己的吗？

禹春似乎在犹豫，当他终于看清她脸上的泪痕时，才对她缓缓摊开了手。

“陛下，”他道，“你想找到主上吗？”

第二章 审问明城

景横波盯紧他的掌心，那里滚动着一颗珠子。珠子看起来没什么出奇的，半透明，也没什么光泽。

她疑惑地看着禹春。

“这是辨珠。”禹春道，“在您初到帝歌时，这颗珠子曾经被专门用来确定您的行踪，以保证您的安全。”

“凭珠子怎么确定？”

“您还记得刚遇见主上时，被植入的定魂蛛吗？”

景横波忽然想起初见宫胤时，曾经被他将一物弹入下巴，当时宫胤告诉她那是定魂蛛，说定魂蛛一蛛双生，各有宿主，心意相通，无形无影。一蛛在他那里，一蛛在她这儿，只要她离开宫胤身侧三丈，宫胤那里的定魂蛛便会示警，她那里的定魂蛛便会施毒，放出毒气一路引他过去寻她。

但后来这东西似乎又消失无踪，她再问宫胤，他却又不承认。难道……

“这辨珠能和定魂蛛丝的气味相感应，只要您在附近，就会显示出血丝。”

景横波眼中闪出希冀的光，如果宫胤身上真的还有这定魂蛛，凭这珠子，是不是就更容易找到他？

他的改装她算是见识过。茫茫人海，如果他真的想不被她发现，只要不出现在她面前，她确实就没有办法。

“这定魂蛛还在我身上吗？”景横波摸摸下巴，心里感觉怪怪的。

“没有了。”禹春摇摇头，“事实上，定魂蛛在人身上待久了对人也有危险，尤其是不会武功的人。所以在帝歌之后不久，为了避免这东西给您带来麻烦，主上就悄悄拔除了您的定魂蛛，也将自己的定魂蛛拔除了。”

景横波立即泄气：“那你和我说这个有什么用？”

“那个……”禹春忽然有点不好意思地低了头，讷讷道，“主上离开时，我因为心中不安，有次趁他调息时，悄悄在他身上洒了点定魂蛛最爱的回香虫的粉，那粉并不容易洗去，只要留下一点气味，就会被定魂蛛寻到，视为寄主。我没有把握直接在主上身上下定魂蛛，但静庭里养有定魂蛛，只要有一只蛛寻来，就有可能成功，那东西很有韧性很隐秘……我也不知道成功没成功，也不知道会不会被主上发觉，所以一直犹豫着要不要和您说……”

他话还没说完，景横波已经一阵风般地跳起来，扑到他面前，一把夺过那只珠子，抱住他猛地一个贴面：“啊啊啊，禹春你真好，啊啊啊，禹春我爱你！”

她旋风一般地奔出去了，留下禹春呆呆傻傻地站在殿内，怔怔地摸着脸，好半晌，喃喃

道："现在我开始庆幸主上不在了……"

大荒历三七二年九月初六，十万横戟进帝歌。昔日被逐出帝歌的黑水女王，终于带着她的誓言，踏回曾经令她受辱和受伤的大荒中心。

其后，来自襄国、易国、黄金部、玳瑁部、翡翠部以及帝歌群臣的上书，如雪片般飞向玉照宫。内容都是一样的，请女王复位。

此时此刻的女王复位，意义已经不同。大荒已经没有国师，女王手掌兵权，她将是大荒历史上第一位真正拥有帝王权力的女王。

帝歌群臣本来还在犹豫，相当一部分老臣拼死反对，还有些人对宫胤有着深深的惧怕，生怕他会卷土重来。然而，情势的发展由不得人们质疑，很快，五六个国家和部族的拥戴书抵达帝歌，再加上常方、瞿缇等大贤者出身的老臣亲自来书相劝，阐明天下大势，人心所向。蒙虎、禹春两大原国师统领的效忠和玉照龙骑、亢龙军的归属，更说明了女王地位的不可威胁。渐渐地，那些反对派的声音都已消弭。

但景横波对此不置可否。帝歌的战事结束得很快，因为本就没遇上什么有组织的抵抗。战事结束后，她顺理成章地搬进静庭书房，开始主理帝歌政事，却没有启用玉照主殿，也对臣子们奉上的女王登基日期及典礼安排毫无反应，令那些原以为她的目的就是做回女王、急着第一个拥戴以获得从龙之功的臣子们，丈二和尚摸不着头脑。

但现在帝歌在她的掌握之下，她有没有正式登基，都不影响她是否成为帝歌的新主人。在她搬进静庭的那一日，原本就中风瘫痪的赵士值，受惊一命呜呼，原礼相书房自尽，轩辕世家轩辕镜已成废人，他那个不中用的儿子轩辕玘本就被景横波所控制，这下直接献出了一半家财以作"大军进城犒劳之礼"，轩辕镜知道后险些也中风。所谓兔死狐悲，这些当日玉照宫城之下，主导将女王逐出帝歌的重臣们的下场，让更多人懂得了时移世易，风水轮转，所谓万言万当，不如一默。

之后，派出去追逐许平然、拯救耶律祁的军队也回来了。裴枢亲自率军追出千里，和许平然接战三次。许平然原本有恃无恐，以自己的诡异秘密军队上阵，但景横波这边对她的军队已经有了一定的了解，许平然并没有占到多少便宜。雪山宗主夫人倒也是个狠人，发现情势不利，当即将那些怪人留下一部分阻截追兵，自己带着雪山余众隐匿痕迹。大军追大军容易，追一群武林高手却难，裴枢为此发狠亲自带了少量精兵脱离军队猛追，一直追到姬国附近，终究因为单兵作战武功不如雪山宗主夫人一行，失去了对方的踪迹，不得不打道回府。

景横波收到消息之后，当即令留守在玳瑁的一部分军队前往雪山寻找九重天门所在，但那一片雪山连绵数千里，要想找到天门所在地谈何容易。景横波为此不惜在雪山附近派驻一支军队，专门负责找到雪山所在之地，什么时候找到，什么时候结束任务，又命人寻找紫微上人、耶律询如一行，希望能从中得到线索。

与此同时，所有和她交好的部族，也接到了秘密寻找宫胤的任务。但景横波不抱什么期望，她知道，要想找到他，只有靠自己。她一边派人追踪离去的人，一边处理朝务。邹征和

明城被分开关押在玉照宫的地下深牢之中。景横波没有第一时间处死他们，令众属下很是诧异。景横波对此没有解释，她于一日深夜，亲自下地牢看了这两个新俘虏，没有允许任何人跟随。

当晚，男牢之内寂寂无声，似乎没什么动静，没多久景横波便走了出来，英白亲自陪着她，原以为看见和宫胤容貌酷似的邹征，会让景横波情绪波动，然而此刻昏黄灯下，女王唇角的笑意依旧懒散，大抵只有非常熟悉她的人，才能从那懒散笑意中，看出以往不属于景横波的杀气和讥嘲来。

英白迎着灯光下越走越近的女王，恍惚中却觉得女王似乎在越走越远，她离天下越近，离当初那个放纵明朗、万事不萦怀的艳丽女子，也就越远。

她裙角的香气悄悄弥散，四面护卫恭谨低头，擦身而过时，英白听见女王做梦一般地道："真的很像啊……"

他下意识地嗯了一声。

"很花了功夫啊……"

他又嗯了一声。

嗯完这一声，他忽然惊觉不对，随即便见女王回首，明媚眼波凝注在他身上。英白只觉得浑身不自在，不得不咳嗽一声偏转头。

"看来大统领很擅长此道，所谓有一便有二，给我也调教一个如何？"

英白心中一震，霍然抬头。月光下，女王笑意深深。

不等他回答，景横波懒懒道："去女牢。"

英白看着她腰背挺直的背影，月华与裙裾都如水，悠悠远远地漾开去，像一场落尽繁华的梦，他怔然良久，轻轻叹息一声。

和男牢的安静不同，景横波到女牢时，离得还远，就听见里头摇撼牢门之声。看守女牢的护卫低声道："里头那个，一直吵着要见女王……"

景横波站定，望着底下的阶梯被月光洗亮，再被黑暗遮掩，一路森森白骨色，延伸往地底，让人只觉得，这一去就是地狱。

她微微冷笑一声，做了个谁都不要跟来的手势，缓缓下阶。地牢里永远飘荡着阴森腐臭的气息，那些气息很难辨明，却让人联想起所有和腐烂血肉有关的东西。景横波听着步伐踏响石阶的声音，忽然想起自己也曾坐过牢。那是襄国牢房，也在襄国皇宫中，属于大牢，却没有这么血迹斑斑、阴森可怖。

那也许是因为，那次坐牢也是他的安排吧。地牢事先经过了打扫，不让她真正受影响。她记得还很温暖，身下垫着软软厚厚的稻草，那稻草甚至有阳光的干香味道。

曾有一个人，呕尽心血，来爱我。

她慢慢踏下阶梯。当初被忽略的细节，到如今历历重现，每一翻念，都是刀在无情翻搅。

地牢里，那个比血迹斑斑的牢房还要血迹斑斑的女人抬起头来，怔怔地看着沿阶而下的景横波。那一霎她眼底燃起烈烈火焰——这样的景横波，这样尊贵荣华、居高临下的景横

波，是她生平所最恨见。就如当初宫胤亲自护送女王，就如当初六国八部百里迎驾，就如当初广场红毯迎接女王，就如当初景横波就任女王时，那所有风光云集、目光汇聚的日子，都让她恨极。

那些日子她被恨与嫉妒日日噬心，直到那一夜帝歌飞雪，看景横波惨白落魄，被逐出皇城，那种仿佛万蚁噬心的痛苦，才消弭了大半。

可她是如此的命运不济。哪怕景横波走后，她依然被欺凌、被漠视、被羞辱，好容易熬到夺了皇位，皇后宝座还没坐热，便又堕入他人陷阱，不得不在帝歌城头再见那生平最恨的女子，不得不再次在她脚下辗转哀号。

她的手指紧紧握住儿臂粗的铁栏，嘶哑的声音在牢中回荡："你为什么没中毒，为什么没中毒！"

景横波倒没想到她第一个问题问的是这个，怔了怔才笑道："就许你看见我就知道要害我，不许我看见你就知道你要害我？"

明城忽然开始猛烈地咳嗽。

景横波缓缓伸出手，指尖慢慢剥出一层薄如蝉翼的手套。

"我曾在手上吃过亏，所以很多需要打架的场合，我的手上都有手套。"她微笑地盯着明城的脸，觉得她死灰般的脸色真的很好看。

明城软软地顺着铁栏滑下去，似乎再也没有一丝力气，整个人在地上软成一摊烂泥。

"听说你自从被关在这里，就闹得一刻不停。"景横波居高临下地看着她，"你很闲？"

明城抬起头，一脸泥水，满目怨毒。

"我不敢睡，不敢休息，我怕一闭上眼，就被背土袋，就被暗杀。"她手指狠狠地抓着地面上的破布，"我不能死，我怎么能这样毫无声息地死！我还没看着你死呢！"

"果然坏事做多了，眼都不敢闭。"景横波深表理解地点点头，"不想毫无声息地死，我让你轰轰烈烈地死如何？押往午门，当众凌迟？"

明城一震，仰头看她，景横波还是在笑，可是谁都看得出，她眼睛里没有笑意。

她微微战栗起来。

刚才景横波进来前的一瞬间，她心中转过无数个念头，想过怒骂，想过哭泣，想过求饶，想过假装有重要秘密然后晕倒，骗景横波靠近再试图挟持她，然而当她看见景横波，便知道这些想法都是徒劳的。

有一种仇恨叫铭心刻骨，她对景横波如是，景横波对她也如是。在这样的死敌面前，什么样的手段都是白费力气，她之前费尽心思安排的陷阱景横波都没上当，现在一个阶下囚的垂死挣扎，不过是让自己死得更快而已。

她忽然阴阴地一笑。不，她不会死，真要杀她，景横波第一时间就会杀了她，她在对景横波下手的那一刻说的那段话，终究起了作用。

本来她还有些担心，自己在宫中得罪的人太多，很怕被如草芥般悄无声息地杀掉，然而今晚景横波亲自到来，她的心顿时定了。

和这样的死敌，还不如打开天窗说亮话，趁机为自己寻找机会。

“凌迟？我死了谁来给你的情郎解毒？你来，不就是想知道我下给宫胤的是什么毒吗？不就是想知道宫胤是怎么中毒的，帮他找到解药？想知道我们到底是怎么回事？”她咯咯一笑，“想，那就来求我啊。”她又懒懒地往地上一躺，“不许虐待，不许让我坐牢，不许对我不尊重，把我迁出这见鬼的地牢，送我回我的寝殿，再向我致歉，我就告诉你。”

第三章 逼迫

景横波盯着明城，朦胧的黑暗里，景横波微微上扬的眸子黑白分明，色厉如煞。

明城看也不看景横波，干脆翻一个身，有恃无恐地背对着她。下一刻，砰的一声，明城的身子在地上一个猛滑，后背狠狠地撞在铁栅栏上。

这一撞撞痛了她满身的伤口，她惨叫，一团烂稻草飞了过来，猛地塞进她口中，稻草和血腥混合的腐臭味道，让她的叫声瞬间变成了呕吐。她想做出咬舌的姿态，但塞得紧紧的稻草让舌头根本动不了。

她挣扎着，伸手去抓束住自己手脚的锁链，锁链很长，她往自己脖子上绕。

景横波一动不动地瞧着。

锁链在脖子上绕过一圈，明城颤抖着手臂往铁栅栏上抛，锁链重，抛了两次没抛上去。

景横波还是冷冷地瞧着，瞧着她一言不发，做尽了自杀的姿态。

明城也似真无求生意志，抛不动锁链，干脆把脑袋往栅栏里挤。栅栏只有巴掌宽，挤进去八成也就勒死了。

一只手忽然伸过来，明城心中一喜，动作不变，那手却一把勒住她的咽喉，把她狠狠地往栅栏上一拽，砰的一声她再次撞在栅栏上，还没来得及惨叫，哗啦一声锁链兜了过来，再次绕颈一圈，将她勒在了栅栏上。

身后，景横波一言不发，双手抓紧锁链的两端，身子向后一仰，一脚踏在栅栏上，锁链收紧。明城双眼一瞪，手脚顿时一阵无法控制地抽动。

铁链毫不犹豫地猛然收紧，咽喉被大力压迫，气管变形，气体从体内被压迫出去，胸口闷痛得似乎要爆炸，窒息、疼痛、黑暗……似潮水大片涌来，好似被卷入了海底深渊……

明城第一次感受到窒息的滋味，也第一次感觉到临近死亡的滋味——真正的临近死亡，没有任何犹豫和试探，身后的人呼吸稳定，姿态如铁，她在那样的极度痛苦中，甚至能感觉到景横波手指冰冷，心也冰冷，感觉到她的呼吸都带着杀气和憎恨。

她甚至隐约听见景横波在数数，声音平静，仿佛在游戏一般，数数。

“……一百二十一、一百二十二……”

这机械而冷漠的数数声，仿若生命结束前的丧钟，摧毁了她最后的勇气。

模模糊糊中，她只能想，错了……错了……弄巧成拙……我真的要死了……

原来死亡如此痛苦，如此可怕，她忽然惊觉在绝对的强势面前，一切虚张声势好勇斗狠，都不过是在自寻苦楚，寻这般似要令人生生裂开的无与伦比的痛苦。

“……一百七十九，一百八十！”

铁链霍然一松。

空气涌入肺腑竟然让咽喉感到火辣辣的，她有那么一瞬间完全反应不过来，直到脖子上的铁链哗啦啦落下，重重地砸在她的脚背上，她才霍然瘫软在地，喘息……咳嗽……流出的眼泪和鼻涕乱七八糟糊成一团。

刚才那般濒死的滋味如同梦魇，她伏在地上，瘫软得再也爬不起，再也不愿意面对。她不愿意面对，景横波却不会放过她，不让她知道死的滋味，她就不知道什么叫畏惧！

景横波一抬手，啪的一下，明城被翻了过来，死狗一样在地上喘气。她慢慢蹲下，盯着她泪水和泥水横流的脸。

“拿死亡来威胁别人的人，都是没有真正尝过死亡滋味的人。”她道，“怎么样，现在感觉如何？还想提要求吗？”

明城睁大眼睛，眼睛两边的泥垢被某种液体冲得更急。她不想哭，不想在景横波面前示弱，可是身体的反应无法控制，她咬牙狠狠偏过头去。

景横波一挥手，她的脑袋又转了过来，砰地撞在地上。

“你这么折磨我……真的不想知道……解药吗……”

“不想。”

明城惊愕地瞪大眼睛，连泪都忘记流了。

“你这种贱人，真的会好好交代吗？”景横波斜起一边唇角，冷冷地看她，“与其听你胡乱说一种毒，耗费人力精力毫无结果，甚至可能会因此再中一种毒，还不如自己找法子解毒省事。”

“那毒……你们自己解不了的……”

景横波呵呵一笑。

“什么隐情、秘密、旧事，自己带进坟坑里去，我没兴趣。我一向只看未来，不管过去，别说宫胤不会和你有什么事，就算他曾经娶了你，我也只会更加心疼他倒霉被骗。”她嘘出一口长气，“我真的听见你的声音就恶心，为了救赎我的心情，你还不如立即死了的好。”

景横波手掌一翻，明城惊恐地瞪大眼睛，半空中悬浮着一柄匕首，正对着她的心脏。

“不要——”

“要。”景横波笑吟吟地道，“你不是很硬气吗，很想找死吗？不是还敢和我提条件吗？有本事做了鬼再和我谈啊。”

笑声里，匕首慢慢落了下来。

“据说等死的滋味比死还难熬，你刚才死过一次，现在让你更细腻地体验一下，不用谢我。”

明城瞪大眼睛，看见那匕首极慢却极准确地对着她的心脏落下，额头的汗不受控制地滚滚而落。就那么点距离，再慢也很快抵达，少顷她就感受到刀尖刺破胸口肌肤的刺痛，感受到铁的冰冷和寒气，似一抔雪般被塞进了血管中。

更要命的是，刀尖已经入肉，景横波竟然没有丝毫停止的意思，也没有加快速度的意思，和先前勒她一样，平静、稳定，以近乎冷酷的姿态不疾不徐地继续着动作。只有心志坚定真正准备杀人的人，才能有这份稳定。

明城额头的汗水滚滚而下，在黑暗中一片闪亮。她已一无所有，唯有以性命和秘密相威胁，可当性命被人轻贱如泥尘，秘密被人当作用过的手纸，她要如何才能逃脱?

心口的剧痛令她忍不住要发疯，一刀穿心不过一霎痛苦，可死亡一分分侵入，这一点点刺入的折磨，将痛感无限放大。她眼前发黑，汗水滚滚，想要尖叫挣扎，又怕自己的挣扎会令匕首更快沉入，死得更快。

景横波又在数数了。

“一公分……”

明城浑身战栗。

“二公分……”

明城身下的稻草已经湿透。

“三公分、四公分……”

明城要张嘴，却被寸寸逼来的恐惧攥紧了咽喉。经历过刚才的死亡计数，此刻的计数，迅速将她代入了先前濒死的绝境。

“快到心脏了吧……”

“杀了我吧，我说我说！”

嘶喊声似从胸腔血肉里喷薄而出，声音大得连景横波都被吓了一跳。外头的守卫齐齐打了个寒战，抬头看看天际那一轮惨白裹着红晕的月亮。

景横波还没抬头，明城已经滔滔不绝地喊起来：

“宫胤、宫胤原本就是我的仇人！他、他最初是和我认识的，由我引荐给父亲，我父亲是当时的国师，他因为才能突出，成为父亲最信任的手下，我父亲甚至曾经表示要将我嫁给他……但后来，他和我父亲有了矛盾，然后我全家……我全家都死在了他手上。我孤身逃出，发誓报仇，谁知道几年后，他找到了我，我原以为我死定了，他却说会补偿我，然后我就成了转世女王，被带回帝歌做了傀儡女王……那毒不是我的，是莫名其妙出现在我殿中的，上面说了用法，我用了很长时间，用了很多办法，包括利用他的洁癖和他练功的习惯，才最终下毒成功……”

“成功后你知道瞒不过他，就策动了黄金部叛乱？”景横波盯着她，冷笑道，“裴枢似乎和你有过节，是不是和这叛乱也有关系？”

明城转过头，虚弱地道：“我可没那本事策划叛乱。后来的事，就和上次殿中我说的一样了，我没有刺杀宫胤，自己被换了脸运了出去，沦落民间……也许那场刺杀和叛乱本就是一个阴谋，不仅能借此除去我，还能引出早有反叛之心的黄金部并趁机加以制裁，以此巩固政权……他本就擅长这些……”

“你太客气了。”景横波冷笑一声。

明城说的话可不能全信，下毒那里说得含含糊糊。但有一点可以肯定，这其中一定还有主使，以宫胤的智慧，将和自己有仇的女王带回宫中，怎么会不防着她？怎么还会让她有机会碰见那样的毒？要说没人帮她，景横波死都不信。

“你当初发誓报仇，怎么肯和宫胤回去？怎么敢和他回去？”

“我不听从他能行吗？他是权倾天下的国师，而我只是一个弱女子……”明城微微喘息。

景横波呵呵一笑，懒得和她辩驳。这贱人，又撒谎。

说要老实交代，说了半天等于什么都没说，毒是什么不知道，谁给的不知道，后面是不是要说怎么解毒也不知道？

“怎么解毒？”

“不知……”明城说了两个字，看见景横波的脸色，急忙道，“给我毒的人都没出面，怎么可能给我解药，但我后来害怕自己也中毒，请了很多解毒名家，研究过那种毒的毒性，也有了一些心得……”

“在哪里？”

“藏在女王寝殿之下的地宫里……那地方隐秘，除了我谁也不知道……我带你去……”明城从睫毛底偷偷瞧景横波的表情。

景横波唇角一弯，站起身来。

明城眼底闪着希冀的光。

景横波颇有兴味地瞧着她。

明城的眼神开始越来越慌张。

“你……你不带我去吗……他的毒虽然可以用功力压制住，但会越压越重，再不解毒，也许就……”她跪爬起来，握住栅栏，紧张地盯着景横波。

“地宫我自己认识，带你去给你找机会逃跑吗？”景横波一句话便让明城眼前一黑，而下一句话，让她连握住栅栏的力气都快没了。

“你说的，我一个字都不信，逼你说，只是想找机会玩你而已。”景横波笑眯眯地道，“关于解毒的事，我已经想好了。你不是已经说了中毒的感受了吗？我这里有医毒名家，我会让他研究毒药，找出那种能让人中毒之后产生‘半边奇寒半边酷热，身体内的血脉内脏，都似要被冻坏再烧化，一寸寸溶解成灰’这种奇妙感受的毒，哦，还得随中毒者体内真气的变化而变化，遇强则强那种。我会让他在你身上慢慢试验，说半边热半边冷绝不能一会儿冷一会儿热，错了重来；说遇强则强遇弱则弱就不能遇强则弱遇弱则强，错了重来；说先冻坏再烧化就绝不能先烧伤再冻坏，错了重来。天下的毒那么多种，搭配千变万化，咱们可以在

你身上慢慢试，总会找到完全符合条件的那一种的。”

话还没说完，明城的身子已经软软地瘫了下去，景横波哟地一笑：“真晕了？”

她脚一踢，明城烂面条般地倒下去，溅起一片带血的泥水。

景横波懒懒地瞧着她，强弩之末，阶下之囚，也敢和她谈条件，还当她是当初被赶出帝歌的景横波吗？

景横波盯着明城颤抖不止的背影，眼中渐渐浮现出奇异的神情，良久，喃喃道：“其实，你真的是一个好引子呢……”

第四章　谁的爱慕与邀请

三七二年九月底，沉铁也向帝歌上了拥戴书，与众不同的是，沉铁的上书，是由沉铁王铁星泽亲自送来的。

各国各族的主宰向来很少亲自来帝歌，不过铁星泽算是个例外，以他和宫胤、景横波的交情，立即得到了景横波的接见。

在静庭，景横波终于知道了宫胤和铁星泽引走默军之后发生的事，铁星泽再三致歉，并表示要履行承诺，让出沉铁王位。景横波不过一笑，道：“他连帝歌都不要，沉铁自然更不会拿。”

铁星泽带来的消息，让她猜测宫胤很可能在离开沉铁之后，根本就没有回过帝歌，随即她将那颗辨珠先交给翡翠女王，请她派人持珠在大荒北部诸国诸族进行寻找。

她热情地挽留铁星泽在帝歌多待一些日子，铁星泽也应了，还是住在他原先的质子府，深居简出，谨言慎行。景横波一直在考虑，要不要将紫蕊接来，和铁星泽聚一聚？

只是她很忙。她接掌政事后，就对朝臣进行了大换血，先是广开谏门，听取帝歌百姓对于豪门贵胄的评议，之后根据查证属实的那些评议，立即进行大肆撤换。此举触动了很多势力盘根错节的豪族利益，引起了朝臣的各种非议。连日来各簪缨府邸灯火诡秘，人员秘密来去，私下交流通信不绝，上朝时众人闭口不语，束手而立，气氛古怪，百官惶惶，朝中气氛紧张。景横波却好像根本没感觉，该逼就逼，该撤就撤，该换就换，眼看上朝人数日少，殿上稀稀落落站不满两排。

女王的高压和酷厉令群臣不安且不满。众臣本就因为当初的帝歌事件，对女王的接受度就不够，此时更加觉得，绝不能令一个心怀愤懑的女王统治大荒，否则，大家迟早都死无葬身之地。

这一冬就这么过了，许多朝臣连年都没能过好，就在大年夜，女王陛下下令抄了三户豪

门的家。

年夜灯火摇曳，照耀着那一群哭哭啼啼被押出家门的罪徒。住在功德坊和西歌坊的大臣们，听着那一夜不休的哭泣和抄家之声，对着满桌珍馐，面色阴沉。孩子们不敢再喜庆过节，被母亲紧紧地搂在怀中，心惊胆战地听着远处的哀号和纷扰。鞭炮声响在极远的贫门陋户，阴暗小巷满地纸花，此刻只有平民才能安享新年，此刻所有的帝歌贵族，都食不下咽，听着隔门的哭泣如在听自己的丧钟。

此刻女王一人在大殿，她关上殿门，谢绝一切陪伴，对着满桌的年夜饭，慢慢斟满两个酒杯。

“我们在一起只过了一个年。

“你不在，这年也就这么回事，听见笑，还不如听见哭。

“下一个新年，下下个新年，人生以后的每一个新年，你都必须和我过。

“你且再等一等，就快了，就快了。”

酒液落杯声音清亮，慢慢垂挂下的一抹银光像往事在岁月中被拉长，滤走悲凉，留一抹人生苦辣香。

又一年。三七三年春，经过一个让人心惊胆战的冬，密议和流言开始不甘蛰伏，自帝歌土壤中破芽。这些流言大多对女王不利。有关于女王出身的，比如说她出身妓院。有关于女王得位不正的，比如说她靠美色迷惑宫胤以及麾下所有大将。有关于现今皇室秘密的，说宫胤并没有出事，也不是出让江山，而是将女王全部实力引入帝歌，之后一网打尽云云。

尤其最后一种流言，更令众人兴奋，帝歌豪门看似平静的表象下，暗流湍急，奔涌着光泽诡秘的浪花。

景横波身边的人，除了万事大爷一身挑的裴枢外，其余人都颇有些担忧，那批老臣更是日日劝谏，力劝景横波徐图缓之，安抚为上，不可操之过急，以免引起帝歌动乱。

“笑话。他们怎么敢？没看见帝歌的军力都在我手中吗？”女王答。

大臣们纷纷摇头而叹，心里叨咕着女王胜后气骄，轻狂太过，却又不敢再说。

这样的对话渐渐传出去，不安的臣子们心中更加不安，私底下动作更加频繁。景横波并不在意，也不控制，眼前的帝歌表面上日趋安宁，景横波还下令开放了帝歌宵禁令，对朝中官员的管束也逐渐放松。

之后，帝歌接连发生了几件不算大的事。玉照龙骑的几个将领和亢龙军的副将发生冲突，打了一架，被双方各自的长官关了禁闭；帝歌几大相互竞争的财阀忽然化干戈为玉帛，成立了商会联盟；亢龙军的大帅老来得子；等等。这些事似乎都和朝政没有关系，因此也没有人注意到，近期，帝歌很多贵族豪门的直系子弟被打发出去经商游学，离开了帝歌。

这样的小事自然惊扰不到女王，宫中渐渐有了传闻，说女王陛下最近迷上了杯中物，时常酗酒，夜夜大醉玉照宫。有宫人看见她半夜醉眼迷离地把玩着手中一个古怪的圆形物什，或者爬到寝宫的秋千架上荡秋千，越荡越高，高得令人心惊，有次一撒手，人忽然不见了，

下一瞬就听见窗子碎裂的声音，而她趴在静庭原国师书房的桌子上。

这样的事情多了，又有流言传出来，说这帝歌本就是原国师让出来的。国师虽然当初驱逐了女王，但内心深处念念不忘，早已有以江山补偿的念头，而女王陛下的心思却不在夺取帝歌上，只想和国师回到从前。如今她回到帝歌，国师却离开，女王深受打击，自暴自弃云云。

这个消息无限接近真相，有人惊喜有人忧，可不管他人喜如何、惊如何、谋如何、思如何，女王依旧我行我素，朝政上越发严苛暴虐，下朝后各种优游邀醉，今晚醉在静庭，明晚醉在玉照宫，后晚干脆就醉在宫城之上，对着三根旗杆呵呵发笑。闻讯赶来的群臣对着上头指指点点，老臣们老泪纵横跪求女王回宫，更多人掩在暗处，眼色阴沉目光闪烁。

而女王高卧不动，仰望星空下的三根旗杆。开国女皇旗飘荡如前，她自己的女王旗并没有换新的，当真就是把当初那旧旗缝缝补补，已经发暗的红色大旗上画着一个狰狞的大叉，堪称史上最丑女王旗。

而属于宫胤的那根旗杆，没有配新旗，依旧空空荡荡。

在众人想来，那面旗帜自然没有再升起的必要，那根旗杆也迟早会被砍断。没有人知道，那面旗帜早已备好，深藏在玉照宫的库房内，只是它展扬在风中的时机还没有到。

景横波躺在冰冷的青砖地上，仰头看着那根空空的旗杆，眼前却飘荡着那面她亲手设计的旗帜。那面旗上满载了她的希冀，告诉他也告诉大荒，怎样才是一种真正的完满。

正如她此刻手抓酒壶，靠着城墙，看着底下的星星灯火，看着灯火从帝歌远远延伸出去。在有山和沼泽的地方，有已经归顺的襄国、黄金部、玳瑁部、翡翠部、易国……还有没有履足的那些国家和部族的领土，那些山和沼泽的总和，才是天下。

身后有脚步声，落足很重，是裴枢。现在，身边亲信的人中，也只有裴枢还愿意天天来拖这个神出鬼没的醉鬼了，他虽然咒骂得比谁都厉害，暴躁得好像第一次就想打破她的头，但到头来，还是他坚持得最久。

一双有力的手臂伸过来，一把将她拖起，很熟练地锁住她的双腿，以免她唰的一下就不知道到哪个角落里去了。

裴枢眉头紧锁，将她紧紧夹在腋下——上一次不小心让她跑掉，最后找了大半个宫廷，才发现她跑到了玉照宫宫女住的偏宫女厕的屋顶，倒挂在半幅矮墙上，面对着茅坑，正哇哇地吐呢。他把她拖下来，她还醉眼迷离地笑："这个坑好，好大，好方便！"

想到那一夜星光之下，浑身酒气和臭气熏天，苍白着脸红着眼的景横波，再想想之前那个慵懒冶艳，时时刻刻都丽容华颜干净似玉的景横波，裴枢的手指忍不住捏紧又捏紧。

他忍了好久才道："你今天少喝一点没有？我一直有事要和你说……"

他话音未落，臂上一重，低头一瞧，景横波的脑袋搁在他臂上，浓浓的睫毛垂下，呼吸间散发着浓重的酒气。

她睡着了。

裴枢凝视她半晌，只得叹口气，将她翻到背上，背她回宫，再赶回自己的府邸。景横波

已经赐了原礼相的府邸给他。

以裴枢的性子，倒愿意住在宫中照顾她。可如今满城风雨，对女王非议不绝，其中不乏暗示女王靠女色掳获名将而得天下的流言，裴枢不在乎自己被说成贪恋女色，却不愿景横波的清白被染污。

宫廷在夜色中沉寂，灯火未燃，人气寥落。裴枢一路将景横波送进寝宫，竟然没看见一个侍卫，他皱着眉将景横波往榻上一扔，就要去找英白，要他好好管管这宫中戍卫，榻上的景横波却忽然一个翻身，伸手拉住了他。

裴枢身子一僵，有那么一瞬间，他的心怦然一跳，跳得如此沉重，似要跃出咽喉。

殿门开着，午夜凉风不请自入，明明彻骨的冷令人清醒，他脑中却一团乱麻。

这一霎她拉住他做什么？是因为酒醉后的脆弱吗？是需要人安慰吗？是将他当成了宫胤吗？

他背对着她，感觉到她纤长的手指似一瓣花叶，软软地搭在他衣角上，在月光下姿态静谧，如初开的昙花。

他感觉到她的呼吸微促，空气中因此散开了酒的清甜和她的馥郁气息。他感觉到她喉间似有呢哝之声，极其低微，像仲夏之夜，梦中的嘈切低语。

他身体绷紧，感官因此分外灵敏，她的呼吸，她的动作，她的低语，都似温柔的邀请，呼应他内心深处的渴望——他渴望靠近她太久，太久。

裴枢慢慢转过身来。月光下女子斜卧在榻上，半个身子不安分地倾出榻外，长发散了，垂到地面，在月华下光泽荡漾如黑绸。

他忽然很想抚一抚她的发，真正靠近她的香气，相识以来都是像姐弟一样大笑玩闹，一切暧昧萌动在嬉笑间消弭，他从未有机会从容接近她，以一个爱慕她的男人的身份。

他慢慢半跪在榻边，伸手，缓缓抚上她的发，触手软而光滑，这独属于她的微卷的长发有种奇特的起伏感，如他此刻同样起伏的心情。

她没什么反应，嘴里依旧嘀嘀咕咕地说着什么。他凝视她半露的额头许久，拨了拨她的刘海，慢慢地靠了过去。还差两寸，就是一抹红唇，鲜艳深红，染了晶莹的酒液，如清晨滴露的玫瑰。

这时他听清了她在说什么。

“……破天快要来了，就在这两天……给了我信，你去接接……接接……”

恍如冷水猛然浇下，他竟然浑身一颤，这一霎贴得很近，他能感觉到她的呼吸热热地喷在脸上，而他自己，却险些停住了呼吸。

抚在她发上的手指微微颤抖，险些扯下了她的发，他霍然收手，猛地站起。

景横波毫无所觉，还在低低咕哝。月光下女子体态佳妙，他却已经不想再看。

风过宫墙，月满寒窗，满殿落银，一色霜白从殿口蔓延到脚下，似降了一地的雪。

他的身影长而黑地拉在身后，天地间仿佛只剩下了黑白两色。

四面寂寂，女子酒醉的咕哝低喃，反而让这空旷宫室生出更令人难耐的寂寞和苍凉。

不知道多久之后，脚步声霍然而生，快速而干脆，一路远去，不曾犹豫停留。

廊下的宫灯被快速行走所带起的风吹动，荡出一片光影，照在榻上。

榻上的人长发垂地，一动不动。

是夜，快马敲碎了帝歌寂静的街道，一路长驰出城门。

守城的士兵本要拦阻，不是谁都可以半夜出城的，然而迎面砸出来的令牌令他立即闭嘴。他们赶紧开了城门，毕恭毕敬地看着那十几骑飞马远去。

“这大半夜的，裴少帅这么急要做什么去呢？”

冷风吹来，士兵打了个寒战，仰头看看天，叨咕一声：“这天，倒春寒，倒有点下雪的意思呢……”

裴枢这一出城，当日便没回来。而就在次日夜间，那个士兵值满时辰准备下值之时，忽然感觉到地面在微微震动，这种熟悉的震动令他心中一惊。他赶紧跑上城头，先看外面，黑沉沉的平原寂静无声，再回头看城内，忽然就看见了半城灯火。

半座帝歌东城是集中了所有大臣贵族的住所、所有官署以及玉照宫所在的帝歌中心。现在那些原本应该黑暗的街道上，一片片都是流动的火光，火光从某处忽然点起，顺着一个方向流动，而汇聚的中心，正是玉照宫！

那士兵惊得几乎打跌——这模样和两年多前逐出女王的那场帝歌宫变，几乎一模一样！

不，不一样，这一次规模更大、人更多，而且明显不是和平请愿，因为风携来了铁器和血腥的气息，携来了马的嘶叫和人的呐喊，还有金属兵器的碰撞之声。

再看城西，也有大片大片模糊的白色洪流在向前流动，但速度明显不如城东，而且似乎被什么阻碍住了。在帝歌的各处可以以马通行的街道，都出现了黑压压的人流，似铁钉子，钉在了通往玉照宫的各处要道，势必要令前奔的骑兵折足。

城东是亢龙军的戍卫地，城西是玉照龙骑！玉照宫内外是横戟军。

那士兵怔怔地看着一瞬间就成了一锅乱粥的帝歌，看看城东功德坊西歌坊那些贵族的府邸几乎全部亮起的灯火，再回头看看清冷黑暗的城外，顿时明白——帝歌，反了！

三七三年三月初九，帝歌城爆发内乱，这是大荒历史上首次没有外敌，由帝歌内部发动的暴乱，也是大荒历史上首次由帝歌贵族内臣组织发动的暴乱。

当夜，以轩辕氏为首的豪门家族及在朝官员三十七家，趁横戟军主帅裴枢出城，玉照龙骑大统领英白因事前往翡翠部之机，策反亢龙军，由其负责阻截前来救援的玉照龙骑，同时出动私军两万，对驻守玉照宫城内外的横戟军发动攻击，直逼玉照宫。

叛军称女王暴政，草菅人命，祸乱朝纲，贻害大荒，必须立即废黜处死，他们指挥着秘密联合的私军，对玉照宫发动了整整一夜的攻击。

因为宫城周边地域的局限性，横戟军只有一万军队驻扎在城内，这些人拱卫皇城足够，对付突如其来的叛军却有些吃力，而且这些势力盘根错节的贵族对宫中情况了如指掌，买通

了很多宫人。一夜激战之后，广场上再次横陈无数尸首，鲜血将汉白玉的地面染红，这时，忽然轰隆一声巨响，众人回首，便看见深红宫门缓缓开启，一抹清晨阳光在两扇巨大的红门之间，慢慢拉开一幅巨扇。

那一抹阳光背后，站在阴影处的，是几个神态畏缩的宫人，迎着气势汹汹而来的叛军，露出谄媚求生的笑容。

三七三年三月初十，宫人偷开宫门迎进叛军，玉照宫破。

第五章　兵变与反兵变

宫门长击，訇然中开。

怒马卷起火把的红光，大队贵族人马长驱直入，往日文官下轿、武官下马的皇宫通道内，如今响起马蹄嗒嗒的清脆疾响。

一马当先的是轩辕世家的轩辕玘，火光下高头大马金冠玉带，对着一众畏缩的宫人们，扬扬自得满面红光。

这位最早投靠女王的世家子，如今也成了最早反叛景横波的大族之首和主要联络人。按他的说法，他以前臣服于景横波那叫情势所逼，卧薪尝胆，蛰伏待机，如今弃暗投明，拨乱反正，廓清天宇。女王倒行逆施，人神共愤，天下有才德之士人人得而诛之。

他在接受那些贵族的策反时，和他们诉了许多苦，如女王如何对轩辕世家进行压榨，如何对他的父子兄弟赶尽杀绝，轩辕世家在被迫臣服于女王麾下期间，损失是何等的难以估量，说时情真意切，捶胸顿足，听者唏嘘无奈，涕下两行。

如此一拍即合，遂成大业。

他的身后，队伍浩浩荡荡，宫人们立在道路两头，就着火光悄悄辨认那些人。仅仅五司主相就来了两人，副相四人，还有各级荣勋及其后代，各司主事……那些被革职的官员来得齐全，就算现在仍在朝中的，也有一少半。一眼看去，简直让人以为这是在开大朝会。

宫中侍卫赶来，被这些准备充足的家族联合私军挡得远远的，从战况来看，似乎也不怎么激烈，轩辕玘回头看看众人，众人会心一笑。

豪门贵族们已经商量过了，对横戟军行安抚拉拢之策，以免激起他们誓死护卫女王之心。这事早早就开始进行，比如借着亢龙大帅老来得子之机，大宴宾客，趁机和横戟军将领攀上交情。横戟军中相当一部分中层将领，都是原先亢龙军的封号校尉，和亢龙军也算是关系不浅，如今豪门大族，不惜血本，为他们买房置地，安置家小，又连日派人在横戟军士中

挑拨，对那些出身玳瑁寒门的横戟军士加以利诱劝说，使尽浑身解数拉拢分化，用轩辕玘的话说，要以情动人，以理服人，以金感人，让这些原本不得志的将领，真正感受到帝歌门阀的温暖。

此时看宫内宫外，受到的抵抗都不算猛烈，双方死伤也少，众人心怀大慰——如果能不死自己人，还能拉拢横戟军，再杀了女王，这一场起事，就会获得最完美的结局。

轩辕玘大笑着问宫人们："咱们尊敬的女王陛下呢？"

宫人们瑟缩着，指了指玉照宫主殿，有人讷讷地道："陛下……还没睡。"

"哦？"众人一阵紧张，忽然想起传说中的女王有神出鬼没之能，都惶惶然四面张望，命令护卫靠近再靠近点。

"那个……"又有人低声道，"陛下好像又醉了……"

"哈哈哈哈哈，这叫天助我也！"轩辕玘仰头大笑，一马当先，"咱们赶紧去拜见陛下啊！"

众人瞧着他急匆匆的背影，都在背后撇嘴，暗嘲一句轻狂蠢货。当然，有人抢先去送死，总是好事，都大声道："我等随轩辕家主一起！"纵马驰去。

一直驰到主殿前，远远地便看见暗沉沉的一片，灯火不燃，冷清清毫无人踪，轩辕玘回头对众人道："听说女王陛下喝酒不许人靠近，难不成闹这么大动静还不知道？"

"轩辕兄小心些。"有人警惕地瞧瞧四周，握紧手中的武器，"说不定女王是在使诈……"

"哈哈哈，兄台胆气也太小了些，使诈？这酒气都传出了殿外，你们没闻见吗？"轩辕玘大笑，忽然夺过身边护卫手中的火把，抬臂一掷，"瞧瞧是不是能一点就着！"

火把在空中划出一道深红长线，在黑暗殿中一闪，啪的一声坠地，正落在殿中锦毯上，锦毯顿时燃起。

众人盯着那簇越燃越烈的火，黑暗逐渐被火光燃烧剥落，渐渐显露出深红殿柱，朱红丹墀，汉白玉栏杆，黄金玉池，飞凤镶宝的御座和御座上那个斜卧仰头、手中酒壶微倾的女子。

她似终于被火光所惊，正偏头看来，飞跃的焰光里，一双眸子倒斜的角度如鸾鸟飞羽，眼眸湿润晶莹，似一场氤氲的梦。

火光耀得她半边脸微红，胭脂般清艳。

众人一时无声，被这般艳光所惊，随即又是一喜——女王竟然真的不知道兵变，竟然真的颓废如此，竟然真的酒醉！

酒醉的女王，孤身在殿，还能有什么威慑力？

众人只是仰头看那火光燃起的大殿，终究心中不安，作乱犯上这种事虽然做了，总想着给自己留三分余地，互相望着不肯上前，还是那个愣头青一样的轩辕玘，大笑着迈步进殿，怪模怪样地叫："参见陛下，陛下万安。"

"哦……枸杞子啊……"座上的景横波偏着头，瞧了半天才认出他，摇了摇酒壶，打了个嗝，"这么晚……来做……什么？"又嬉笑着喊，"人呢，人呢，点灯怎么点到地上去了？"

殿外众人听着，越发放心，能把锦毯上的火焰看成宫灯，这醉得已经够劲了。

人群开始纷纷上阶，一反往日踏进这殿中的惶恐不安，昂头冷笑，灼灼看向殿内。

景横波眯着眼睛，手指虚虚点数："一、二、三……哎呀，怎么这么多人？该上朝……了吗？今儿是不是天气不好……怎么还黑着呢……"说完她努力探头想要看看外面的天色，身子往前一探，咕咚一声栽倒在地，还滚了两滚，酒壶啪的一声砸在背上，顿时洒了一身一地的酒水。

众人冷眼瞧着，都呵呵冷笑，有人大声道："说得对，这是在上朝了，您可抓紧着了，这辈子，也就这最后一次了！"

景横波从酒水中支臂而起，抚着额头咕哝道："呔！何方大胆狂徒，敢咆哮金殿……枸杞子……枸杞子……给我赶紧将这狂徒……撵……撵出去！"

"臣遵旨！"轩辕玘抱着双臂，笑嘻嘻地大声答应，大步走上丹墀，弯身将宝座下的锦毯一抽。景横波顿时骨碌碌地滚下汉白玉石阶，啪的一声脑袋撞在水池边，她忍不住啊哟一声。

她的叫声被笑声淹没，进殿的人越来越多，和轩辕玘一般微笑地抱臂看着，都乐意享受此刻戏耍女王的时光，一洗多日来的压抑愤懑。

而那些家族私军们，眼见没人阻拦，都拥进了殿内广场，有人在广场闲逛，趁机欣赏平日见不着的皇宫，有人偷偷溜进旁边的殿室，将那些珠宝玉器往怀里塞。

景横波在地上翻个身，已经压到了锦毯上一路烧过来的火焰，哎哟一声赶紧跳起，连连拍打，众人又是一阵哄笑。

笑声里景横波的脸色已经涨红，摇摇晃晃地指着轩辕玘："好大的……好大的胆子……来人！来人！"

"您这是叫谁呢，女王陛下？"轩辕玘斜着眼睛，懒洋洋地道，"英白大统领？好像现在正在往翡翠去的路上。裴少帅？先前我的护卫亲眼看见他出城了，据说去了百里外的孤山狩猎呢。还是司马大统领？这位倒是在，不过正在我府中喝酒，您要么也去喝一杯？只是他在席上喝龙山冰酿，您大概只能在牢中喝蔗酒了，哈哈哈……呃！"

人影一晃，景横波忽然不见了，众人一阵惊呼，赶紧抓紧武器，先看向自己四周，随即又面面相觑——女王闪了？闪哪里去了？

"狂徒！"呵斥声微微沙哑，帐幔后闪出酒气浓重的纤细人影，一头长发披在脸上，伸手就对着轩辕玘的脸上狠狠一抓。

她出现得突然，轩辕玘急忙偏脸，但已经慢了一步，哎哟一声惨叫，火光里血滴溅出，他右脸到脖子已经被景横波的指甲抓出一道深深的抓痕，皮开肉绽。

"贱人！"轩辕玘受伤剧痛，顿时暴怒，唰地拔刀。刀光闪烁，比火光更亮。众人瞪大眼，下意识地屏住呼吸。

刀光一亮，帐幔前女王下意识向后闪，却被帐幔绊住了脚，加之醉后脚步不稳，这一闪并没有闪远，身子一栽向前便倒，正将一张脸送到轩辕玘刀下。

这一刻所有人的眼珠子，都似要瞪出了眼眶。这一刻只是刹那，但在每个人眼中，却都变成了慢动作。

大家看见刀光不曾停留地劈下，看见女王躲过要害却没有躲过脸，看见黑暗中忽然亮起

了一道血虹，自下而上，泼喇喇地在深红锦幔上落痕，似一尾狂跃的巨鱼，然后才听见一直想听见的惨叫，尖厉，刺破的不知是耳膜，还是此刻怦怦乱跳的心脏。

众人直勾勾地瞪着眼睛，看着女王捂着脸倒下，深红的血迹从指缝间蜿蜒而出。

这一霎很多男人心中都掠过一个根本不相干的念头：可惜了这样一张脸……

轩辕玘也似被惊住，愣了好一会儿才狰狞地笑一下，一把拉开女王的手，那脸上狰狞翻卷的肌肉，令围观的人们猛地闭上眼睛。

轩辕玘却哈哈大笑起来，笑声响彻寂静无声的大殿。“贱人，你也有今天！”他抬脚一踢，生生将女王踢进帐幔中，重重叠叠的锦幔垂下，遮住了女王的身子，而她身下，血还在静静地蔓延。

殿上的空气似乎凝固了，众人立在殿中，嗅着交织的火气和血腥气，看着外头无风起舞的幢幢树影，看着地上如蛇般缓缓蔓延的血流，忽然都觉出一阵彻骨的凉意。

轩辕玘等人进入宫门那一霎，城头上，值夜一夜的士兵正准备换班。

士兵还是那个开门送裴枢出城的士兵，他在城头凝望了一夜城内的火光人流，眼看着争斗渐少，人流火光进入皇宫区域，而战斗始终没有向西城波及，没有影响到各处城门，顿时明白，这一场内斗，好像已经成功结束了。

这令他松了一口气的同时，也生出几分惆怅——小兵们并没有感觉到女王的“暴政”，相反，他们对女王的印象很好。女王来了之后，他们以往繁重的任务得以减轻，以往总被拖欠的军饷开始按时发放，过年时每人还领了三斤肉和一件棉袄，值夜的时候也有了较好的银霜炭，不必再忍受劣炭的烟熏火燎，听说这都是女王下令户司加紧备办的。在此之前，户司年年到年底都哭穷，哪里顾得上他们这些小兵。

他重重地叹息一声，转身将长枪靠在堞垛上。小人物觉得好有什么用？是非和权力总是掌握在那些脑满肠肥的大人物手中的。

这一转身，他身子忽然一僵。前方的黑暗中忽然出现了流动感，一大片一大片的黑暗耸动着，从远处慢慢挪移过来。然后他便听见了隆隆巨响，节奏整齐，起落如一声，这是骑兵的蹄声。

再然后，他就看清楚了那是什么——淡青色的苍穹剥脱出了黑色旗帜飞扬的轮廓，闪亮的矛尖齐刷刷地指向天空，当先一人黑甲金袍，眉眼似将与乌发同飞。

那般姿态如此熟悉，前天晚上，他刚见这人怒气冲冲，只带了十几骑出城！

“裴少帅！”

咻！尖锐的嘶响盖过了他的大叫，身后似有光芒闪耀，他回头，便看见城中心忽然直蹿上天的烟花。然后他就看见了和先前差不多的一幕，只是顺序正好相反。

少帅持令牌带大军回城，城门开启后，大军如潮水般狂涌而入，直奔城东。而城东和城西交界之处，一直僵持的局面好像也出现了破冰，一方在撤开防线，一方在顺势涌入，原本平静的皇城广场，似粥面忽然沸腾，几乎刹那之间，刚刚平静的帝歌，再次喧嚣起来。

而裴枢的军队，箭一般地穿透街巷，直射玉照宫。

那士兵怔怔地站在城头上，遥遥望着那些忽然又爆起的火光，只觉得背后凉飕飕的，里衣已经被冷汗浸透。

风露立中宵，不知今夕何夕，他隐约觉得自己在值夜的这一晚，见证了帝歌历史上最为翻覆风云的一幕，见证了帝歌城从平静到喧嚣再到平静再到喧嚣的层层突变。在这样令人目不暇接的变化中，他仿佛看见历史的洪流倒掀出一道滔天的浪花。

浪花里，多少大厦倾塌了。

第六章　女王出帝歌

滔天的浪花翻起的那一刻，玉照宫中叛乱者的张狂大笑犹自未休。

宫中侍卫远远地退在一边，各家族私军趁着机会大肆搜刮战利品。

殿内倒显得窒息般的安静，众人盯着地面缓缓逶迤的浓稠鲜血，默不作声。深红帐幔的尾端垂在女王脸上，也染上了斑斑鲜血。

好半晌，才有人轻轻道："死了？"

"或许吧。"轩辕玘满不在乎地擦擦手，转过身，面对着众人，大声道，"女王既然死了，咱们是不是该推举一下新王？"

这话一出，原本有些不安想要退出宫廷的大臣们，顿时停住脚步，沉默半晌后有人道："兹事体大，须从长计议。"

"从长什么从长，不知道夜长梦多？"轩辕玘眼睛一翻，"今日之事，论首功当是我。难道你们还要反悔不成？"

立即便有人反驳："你一个浪荡子……"话说到一半打住，悻悻哼一声道："轩辕家主虽然在此事上居功甚伟，但您本人似乎不大合适……"

"哪里不合适了？"轩辕玘瞪着发话的人。

那人还没答话，立即有人大声道："大荒立国数百年，未曾闻有独臂皇帝也！"

此言一出，殿内一阵骚动，隐约有窃笑之声。

轩辕玘涨红了脸，怒声道："谁！谁敢侮辱轩辕家主！"

他一发声，在殿外的轩辕世家护卫私军便冲上殿来，铿然拔刀怒目相向。

他这边一拔刀，气氛立时紧张，那被刀指着的大臣一声招呼，他及同伴的护卫也冲上殿来，各自刀光相持。

一众贵族大臣躲在刀阵后，开始新一轮的骂战和争夺。

“你轩辕世家人才凋零，就算此事有功，充其量加官晋爵，哪儿配这大荒大位？”

“那你礼相王家就配了？不过是个破落户出身！”

“我德元丰氏是文武勋开国世家，真正的从龙功臣之后，诸位论起出身，还是当推我丰氏吧？”

“啊哈哈哈，你在说笑话吧？文武勋？这年头谁还抱着十几代之前的文武勋说事？你怎么不数数你丰氏有几代没有接触文武大权了？”

…………

堂皇大殿忽然成了菜市场，冷嘲热讽遥遥相对的文吵，渐渐变成了捋袖子挥胳膊亮刀动剑的武吵，刀枪相撞的叮叮轻响和各种极尽刻薄的挖苦彼此逼近，混合着这殿中浓浓的血腥气，刺激着每个人的心绪。也不知道是谁开了头揍了谁一拳，一拳之后便再也不可收拾，帽子掀飞，腰带被拽，袍角被很多双脚踩过，刀枪在头顶上相撞，平日里讲究体态的大人们，你顶着我额头，我抠着你鼻孔，鼻青脸肿地拖扯成一堆，因此也就没有人注意到，角落里，帐幔下，那静静流血的女王陛下，不知何时已经不见了。

自然也没人注意到，殿门不知何时，已经被悄悄关上了。当然更不会注意到，就在殿门关上的那一霎，黑暗中响起了整齐的脚步声。

大部分私军还守在殿外，殿内狭小，能进去的人有限，那些人在附近搜刮完毕，抱着鼓鼓囊囊的东西集合，一个个累得直喘气也舍不得放下沉沉的包袱，此时听见脚步声霍然回首，就看见刚才被远远驱赶开的宫中侍卫，不知何时再度聚拢来。

家族私军们目瞪口呆地看着那些刚才还显得畏畏缩缩的护卫，护卫们队列整齐，武器齐全，盔甲鲜亮，目光冷漠地从各处道路中涌来、逼近，不过几个呼吸间，已经包围了他们。

前后反差太大，只听哐当一声，有人惊得松开了抱着的包袱。

身后又有脚步声，似从殿中传来，众人再回头，便看见一行人不知从殿中何处转了出来，当先一人血流满面，看着甚是可怖。

有人辨认半晌，惊讶且疑惑地道：“女王？”

景横波从殿内侧门匆匆而出，看也没看那群被包围的家族私军一眼，一边向外走一边问身后的禹春：“情况如何？”

“裴帅和英帅已经会合。”

“什么时候抵达玉照宫？”

“约莫一刻钟后。”

景横波回头看看殿内，争吵仍在继续，她唇角扯出一抹讥嘲的笑。贪欲，真是骗人设陷害命夺国之必备法宝。

她按了按自己的脸。身后禹春在问：“您觉得怎样？”

“糖放多了。”她无所谓地道，“黏腻腻的。”

禹春似乎叹息一声，咕哝道：“好端端的非要弄成这样，哪怕是假的，瞧着也觉得心惊胆战的。”

景横波白他一眼：“谁叫你们短期内调教不出一模一样的？”

禹春苦着脸不敢答话了——姑奶奶说得轻巧，哪里知道调教一个代替品的难处，要短期内模仿一个人容易，但真要能在所有熟人面前不露破绽，非得长期的接触和调整才行。当初邹征也是私下培养了很久，而且国师清冷高傲，深居简出，寻常人为他的气质风华所慑，根本不敢抬头仔细观察，相对容易蒙混。偏偏这位女王，走遍大荒，见过的人极多，又为人亲切，容颜美丽，让人想一瞧再瞧，瞧过后印象深刻，可以说三五年之内，要想培养出个二代景横波，比登天还难。

无奈之下，他只得借机出此下策。禹春想到，要是主上看见这样的脸，信以为真……不禁一阵头皮发麻。

景横波舔了舔手指，走了过去，假血里有糖和红曲，怪甜的。

一个站得离她略近的私军，听见了这段对话，愕然盯着她的背影。但他不会有机会懂得这句话的意思了。

密密麻麻的宫廷侍卫，已经一步步逼近，缩小的包围圈里，这些满身累赘、毫无斗志的私军，纷纷合作地放下武器，被一队队押了下去。

而殿内争吵殴斗未绝，蓦然砰的一声，轩辕玘不知道被谁踢中，撞在了窗子上，哗啦啦地撞破长窗，跌出了窗外。里头传出一阵哄笑声，有人不屑地大声道：“少了个胳膊，就是省事！”

轩辕玘跌在地下，景横波挥挥手，立即有护卫上前将他扶起，轩辕玘笑得也很大声：“确实啊，我省事，不过，你们事就多了！”

轰的一声巨响，正伴随着他的尾音，殿中人听得声音似在不远处，都愕然住手回头。然后他们就睁大了眼睛。

透过长窗，第一眼看见的是原本应该躺在帐幔下被踩死的女王，她依旧血流满面，形容可怖，立在殿门前的金缸上，居高临下地看着他们，唇角有一抹懒散而危险的笑。

第二眼看见趴在窗口的无数侍卫，手持弓箭，高举火把。

第三眼看见大批大批黑色的人流，潮水般涌上洁白的殿前广场，黑色洪流和深红火把交织成华丽的重锦，在视野的那头厚重地铺开去。

晨曦里，那当先的旗帜一洁白一黑红，似乎是玉照龙骑和横戟军的旗帜。

众人都觉得脑中响起轰的一声。

毕竟都是官场摸爬滚打出来的人，一时利欲熏心冲动过后，这些人看一眼眼前局势，再看一眼殿外爬起来嘿嘿笑的轩辕玘，顿时明白发生了什么。

原来从头至尾都是女王的局！

原来王位和轩辕玘都只是丢出的饵。

原来女王是要引蛇出洞，一网打尽！

原来他们都不过是被引出的蛇，落入网中的兽！

菜市场变成了墓地，一片死寂中，有人呻吟般地道：“为什么？为什么？”

仿佛一语惊醒梦中人，众人霍然抬头，眼中是同样的不可置信——为什么？

这一着虽凶狠精准，却一定会令大荒元气大伤。

任何一个初继位的王者，都不会如此重手拔毒瘤，哪朝哪代没有野心家？没有被欲望驱使的朝臣？可水至清则无鱼，朝政要维持，朝堂要运转，国事要处理，家国天下还是要靠臣子来撑，聪明的君主都会选择徐缓图之，区别对待，为什么要这样连根拔起，余地不留？

这一场动乱轰动京华，谁也不可能捺下，女王的这种做法，也表明了不会遮掩，那么明日朝堂之上就会空出一半，五司主相副相、各级荣勋及其后代，帝歌豪门贵族之后……大荒朝廷五去其三，何以称王？

众人盯着金缸上的女王，火光里她衣袖飘舞，姿态笔直，但脸上鲜血横流，肌肉翻卷，容貌已毁。

那种不可思议的感觉又来了。

为了拔出他们，毁了过半的朝廷，毁了女人最为重要的无双容貌，她难道真的疯了？

他们深吸一口气，互相对视，觉得此刻还未到绝地，应该联起手来，和女王晓以利害，好好谈判。

但他们还没来得及开口，景横波轻描淡写一句话，便让他们眼前一黑，觉得她果然是疯了。

“都烧了。”

三七三年三月十一。

一场未及燃起的玉照宫主殿大火，盖过了叛乱者心中的熊熊欲望之火。

窗外侍卫手持火把，向殿内泼洒桐油，根本不在乎这殿中聚集了多少跺跺脚帝歌就地震的权贵，不在乎这些人全部加起来可以令大荒动乱，就如准备烤一排乳猪般，女王一声令下，连一、二、三都不数，火把便掷了进去。

砰的一声，大火立即席卷了这些帝歌最高贵的人们。

惨叫声不知道是由于惊慌还是意外，习惯了先威胁再谈判的大臣们，直到今日，才知道什么叫真正的凶狠决绝。

那些还准备联合抗衡，对女王加以威胁，合纵连横以求扳回一局的大臣们，在烧到眉毛的火焰面前，在女王毫不收敛的杀气面前，顿时失去了所有的智计和心机，高呼惨叫，立即求饶。

有了缓冲才有了变数，景横波只打算给他们生与死的抉择。

裂开的那个长窗，是唯一的逃生通道，有无数的士兵看守，想要从那里爬出来，先交出自己的家主徽章印信，然后在士兵的看守下，写下认罪书，写出自己的盟友和名下所有的财产、资源、势力。

有人还想出来后召唤私军护卫自己逃走，然而一看已经被玉照龙骑和横戟军占满的广场，甚至连亢龙军都赶了来，便知从头至尾，自己只不过是一个被玩弄的小丑。

有人愿意以天下燃起火焰，吸引飞蛾来扑，一把火烧尽丑恶嘴脸，看尽人间丑陋真相。

自那日起，帝歌飞马未绝。

那些马蹄腾飞的光影里，是一座座坍塌的高门，一群群下狱的贵族，一声声悔恨的哭

号，和一车车满载的财富。

参与叛乱者有帝歌权贵共十二家，主事者连同男丁全部下狱，褫爵剥夺，家产全部抄没充公，但罪不及妻女。其余从逆者，视罪行轻重，酌情处理。

一时帝歌大狱人满为患，横戟、亢龙、玉照三军日夜在城内城外守卫，将整个帝歌封锁，许出不许进。

半个帝歌在哭号，半个帝歌在欢笑，景横波下令，抄没的贵族家产，一半纳入国库，一半用于帝歌百姓谋生、就学、就医之用，并设官善堂，以豪门家产赡养十岁以下、七十以上无以为生者。

整个帝歌朝廷都在震颤，那些没有参与叛乱的官员们，在更加畏惧天威、更加勤恳从事的同时，也在庆幸女王恩慈——虽然引出叛乱者的布局凶狠不羁，但后续并没有赶尽杀绝，除了几个负隅顽抗、贼心不死的首逆被枭首弃市外，大多数人竟然都没有被杀，相当一部分从逆子弟被流放，一些糊里糊涂参与进来的，或者被迫参与的，经过有司审查和口供对照后，竟然还能重回朝廷效力，只是再不能回到原先的职位，需要从头做起。但对那些死里逃生的人来说，这已经是莫大的幸运——历来大逆罪，不论轻重，株连九族，血流成河。女王高高提起，却如此轻轻放下，令众人意外之余，也轻轻舒了一口长气——如此，帝歌朝廷虽然难免动荡，但最起码，不至于彻底瘫痪了。

拔毒瘤后患深重，往往是因为拔不干净，引起后续反应，压力之下功亏一篑。但如果拔得彻底，所有人都被清扫出来，那些人便失去了后续的力量，难以再掀巨浪。哪怕一时瘫痪，还有更多无辜有才能的人在，三两年之内，终究能恢复。

有时候景横波也庆幸大荒的格局独特，让她在一路放逐中铺垫了和周边国家部族的关系。所以帝歌的动乱，就被锁在帝歌之中。否则换成任何国家，中心一乱，首先要面对的就是来自各地的割据力量，和有异心的大将的反叛。

至于那些数量可观的家族私军，是这次叛乱拔起的另一处毒瘤。在此之前，谁也没有想到，仅仅是各个家族以家丁护卫名义豢养的私军，加起来竟然是这么庞大、足以动摇帝歌的一支军队，如果不是亢龙、玉照和横戟三军一直都掌握在女王手中，这场帝歌内部的叛乱，到底鹿死谁手，犹未可知。

景横波下令将这些人全部发放到帝歌附近的一处隐秘工场做苦力，在那里训练并洗脑完后，全部打散，收编进帝歌三大军。这些人不是那些豪门的家奴，也不过是招来的护卫，不必赶尽杀绝，倒从此充实了帝歌的戍卫力量。而从她这一代开始，豪门家族的护卫受到了严格的限制，家族私军从此再不存在。

在那段帝歌动荡的日子里，女王一直用白布包着脸，高坐御座之上处理政事，有流言出来，说陛下在叛乱当日，力抗叛乱者，脸上受伤，容貌已毁。

这样用白布包着脸过了一个月，众臣对女王“毁容”一事已经有了心理准备，当某日女王顶着一张疤脸出现在朝堂之上时，所有人都毫无意外地低下头去，不敢再看那张凸凹不平、一道深红大疤横贯整个脸颊的脸。

经历过了一日夺帝歌和帝歌内乱的女王，再也不是众臣心目中当初舞明台广场红毯上那个明媚却天真的女子，更不是风雪之中被逐帝歌的凄凉女王，她脸上的疤痕似乎在提醒着所有人——这是血与火交融的一路，伤痕有多重，人命与心思便有多沉。

大荒历三七三年，帝歌朝堂在瑟缩和战栗。

大荒历三七三年，帝歌并不知道，自己的历史在走向一个转折点。

大荒历三七三年，帝歌诞生了历史上最富有争议也最拥有实权的女王，她被那些畏惧痛恨她却再不敢反抗她的贵族们私下称为“血腥疤脸”，她被帝歌百姓悄悄称为“我们最美丽的那个姑娘”。

大荒历三七三年四月，戒严很久的帝歌终于缓缓开启了大门，大队大队衣衫褴褛的人们，锁枷戴铐，从城门中列队走出，身边跟着押送的士兵。

四面百姓默然观望，知道这是帝歌叛乱中被流放的帝歌罪囚。他们将要穿越大半个大荒，一直抵达黑水泽，在那里接受玳瑁的监管。

人群中，有一个小兵懒懒散散地走在最后，帽子戴得有点歪，盔甲系得有点斜，时不时抬起眼看一眼四月便已经火辣辣的太阳，将帽子又往下拉拉。

帽檐的阴影下，小兵的肌肤如水般透明，乌黑的眼珠子从城头鲜红的女王旗上掠过。

走在最前面的押运官回头看了一眼这个小兵，有点不满也有点纳闷，现在的女王治下，居然还有人敢这么惫懒无聊。

但他也不敢管，因为这位是加塞进来的，据说是玉照龙骑英大统领的弟弟的媳妇的外甥的邻居，跟着走一路是要回玳瑁的，不承担任何押送任务，不负责任何安全保卫，并要求尽量不要管束……总之，得罪不得。

押送官恶狠狠地想着，这小子一路上安分便罢，真要不安分，回头自己完成押送任务，回帝歌总得有奖赏，说不定还能见女王一面，到时候狠狠参一本！

那小兵一直盯着女王旗——大半年前再见女王旗，今日一别，不知何时能再见？

如果不能在女王旗之侧升起那面白山黑水旗，不见也罢！

身侧忽然被人重重一挤，侧头一看是一个戴着斗笠的人，斗笠下那双飞扬的黑眉，让她立即认出了是谁。

在她皱眉之前，那个家伙低声且快速地道：“别骂，小心被发现。”

“你来干吗？”她皱眉，心想这回出京身份这么隐秘，特意选了这个时机，怎么还是给裴枢这家伙知道了？

“来送个人，之前几次要和你说，一直没空，我这儿有个人需要出帝歌找人，武功不错，正好和你一起。”裴枢快手快脚塞过来一个人，“和你一样，加塞的，说是我未过门媳妇的哥哥的师傅的姐姐的女儿……”

“走开！”

“她也许能帮你找到人。”

她顿住，目光终于掠过去，待看清那人长相，眼神一闪。

身后帝歌城墙巍巍，国师旗的旗杆，孤而高地矗立着，迎风发出铮铮的低音。

她凝视良久，一转身："走吧。"

身后那人默默地跟上去。

大荒历三七三年四月，女王出帝歌。

第七章　辨珠

日光从树林绿色的梢头上掠过，将远处一片淡黄色的视野耀亮，那是一大片黄得纯正的土地，不时流转闪耀着金黄色的光芒，刺得人眼睛发痛，非得将视线调远一点，瞧瞧那些抚慰目光的翠绿才会舒畅一点。

一阵阵风袭来，三分药香三分草香，那是邻国襄国香泽独有的味道。一群人站在地势稍高的土坡上，看着那一大片金黄，发出长吁短叹的声音。

"真不知道路线为什么这么走！"押送大队的队长蒋亚第一百次展开手中的路线图，纳闷而郁闷地叹息，"襄国、禹国、浮水、落云、蒙国、琉璃、姬国……明明可以走襄国过黄金、斩羽、沉铁，就能到玳瑁黑水，为什么绕了最远的那条路？"

"上头大人们的意思，咱们只能照办。"副队长雷熙拍拍他的肩，"难道你现在要回去质疑英大统领吗？"

"完全不合理，完全！"蒋亚愤愤地将路线图揉成一团，"这几个国家部族分外难缠诡异，多半是没给陛下上拥戴书的。就说禹国，耶律世家的老窝，帝歌权争失败者，前左国师在帝歌事变中失势，之后耶律世家送大公子上京，活动两年，眼看就要登户部副相之位，明摆着还是冲着国师之位去的。谁知道这次帝歌又事变了，耶律家的大公子又卷了进去，现在还是队伍里的重囚，押着这样一位重囚回他的老窝——上头的大人们脑子都是被泥巴糊了吗？"

"不是说英大统领还给了你锦囊妙计，要你在合适的时候再打开吗？"雷熙笑道，"许是大人们另有打算，你何必现在就操心上？"

"说是锦囊妙计，连锦囊的鬼影子都没瞧见。这一大队罪囚一百多人，押送官军两千多人，两千多条人命都压在我身上，死了哪个都是责任，我能不操心？"蒋亚将路线图一塞，一转头看见山坡那边，眼神顿时阴沉下来，"那死小子！"

雷熙目光转过去，噗地一笑。

山坡下的军队正在休整，搭建帐篷埋锅造饭准备晚上休息，人人忙碌。因此山坡上那个悠闲地采野花的身影便显得分外刺眼。

那家伙一边采花一边还在哼着歌，采了一大堆乱七八糟的花儿之后，便舒舒服服地迎着阳光躺下来，开始编花环，编好后左看右看，抓着花环似乎很想找人试戴一下，只是大家人人忙碌，没谁有空理他。

忽然一人端着一碗饭走过来，一直走到山坡最高处，试了试风向，将饭碗背风在手掌中端平，然后闭目直立，一动不动。

蒋亚和雷熙齐齐叹了口气。

这是队伍中新近诞生的俩活宝。

那个叫波波的小兵——天知道哪儿来的这么怪的名字，仗着自己是玉照龙骑英大统领的弟弟的媳妇的外甥的邻居，特权阶层，不做事，不干活，每日只管吃吃喝喝，还经常各种失踪，说不见就不见，掘地三尺也找不着，说出现就出现，鬼一样出现在任何地方，经过一次襄国，失踪了七次，最后大家都习惯了这家伙的失踪，他哪天规规矩矩地待在队伍里，才是奇怪。

另一个更好，裴少帅未过门媳妇的哥哥的师傅的姐姐的女儿，简直就是怪胎，穿得朴素，姿态却像个女王。不靠近别人，也不许别人靠近，看人就是远远地瞥一眼，让你感觉这位是在用下巴瞧人。她不说话，一开始大家都以为她是哑巴，后来才知道这位不是不说话，是不和人说话，只和动物植物说话，没事宁可对着一棵树叨咕，也绝不肯好好回答别人的问话。不和人同桌吃饭，不吃菜，不吃任何含调料的食品，不吃热食，每天自己一个人端着碗站在高处迎风处吃饭，不允许任何人在她吃饭时接近，尤其不能在上风位置出现。有一次在襄国宿营，一个士兵肚腹不调呕吐，和这位明明相隔了足足三十丈，这位不知怎的居然知道了，当即将这士兵扔进了湖里。

没人知道她的名字，也没人敢问，她很瘦，很单薄，很苍白，衣衫式样有点过时，像在地底下待了几十年一样，满身阴暗陈旧的气息，苍白的脸上，就看见一双幽幽大大的眸子，乌黑里闪着微微的紫光，看一眼像是走进了蕴满紫电的洞穴，连灵魂都要被劈裂在其中。

这样两个有特权的怪人，谁也不想惹，所有人都在期待着这两个怪人互相看不顺眼斗起来，但这两人似乎睥睨到连对方都看不见，一路行来也有大半个月，根本就没对视过一眼。

蒋亚和雷熙看了一会儿，两人果然各做各的，井水不犯河水，也不知是庆幸还是失望地叹了口气，散开各自去做事。这里离禹国大城临州很近，据说临州就有耶律家族的分支在，必须要做好防备。

山坡上，景横波懒洋洋地眯了眯眼睛，看了一眼站在一边，用风吹凉白饭，等着吃饭的那个高瘦女子。

当日出帝歌，裴枢将人带来，她一眼之下，吃了一惊。她第一反应，就是这人跟雪山有关！

然后她又觉得不同，那女子精神萎靡而冷漠，衣衫破旧，不是九重天门那种随时都要从天上飞下来的德行。但那女子气质里流露出来的疏离和清冷很熟悉，那种隐世豪门才能培养出来的睥睨很熟悉，甚至连她束得紧紧的领口，都似曾相识。

那一霎，她心中一痛。

裴枢果然道："这是我追击九重天门宗主夫人时，对方被我缠不过，留下来抵挡的死士

之一。本来差点杀了，但我忽然觉得她和雪山其余死士不大一样，就留了一命。我本来想通过她，找一找耶律祁的线索，但后来又有了别的想法。你觉不觉得，她看起来有点眼熟？”

景横波悠悠叹了口气。果然眼熟。像……宫胤。

当然不是容貌相似，这女子目前看来只是中人之姿。相像的是那种属于龙应世家的矜持和疏离，她一见这女子，就想起了当初那个龙擎。

天门也好，龙应也好，这种百年世家，总有属于自己的独特风格和教导方式，令生成的子弟，哪怕面貌不同，也在精髓和风范中，自有相似之处。

天门宗主夫人身边，带了龙应世家的人，还被拿来送死，这让她很有些惊讶，随即想到了当初宫胤所说的家人的事，难道龙应世家的人，一直被困在雪山？

那么宫胤在不在雪山？是不是去寻找家人了？

这是她一直想问对方的问题，奈何对方看她如瘟疫一般，一脸“千万别开口，开口要你好看”的样子，问了估计也没答案，她只好等待时机。

她闭着眼，懒懒地将花环一抛，伸手从怀中摸出那颗辨珠，出神地瞧着。

珠子在那大半年里，游走了所有她亲近熟悉的国家部族，一无所获，反馈回来的消息让她终于确定，要么宫胤就不在六国八部的范围内，要么他避开了她熟悉交好的那些部族，藏身在禹国之类同她关系不佳的部族之内，以降低被她发现的概率。

直觉告诉她，后一种很有可能。

她收回了珠子，策划了帝歌内乱，以简单粗暴的方式收拾了朝廷后，亲自来找他。路线除了必须要经过的襄国，其余都是以往没有涉足的部族，第一站定在了禹国，是期待在这里就算找不到宫胤，说不定也能想办法得到耶律祁的消息，耶律世家和九重天门，关系可不浅。

山坡上方忽然传来一声冷哼。

她一抬头，就看见那个“女冰山”霍然转身，正冷冷地盯着她，一边盯着她，一边将碗干脆地往地下一倒，白饭哗啦啦地落地，中间隐约有一点黄色的东西，仔细看是花瓣。

她扔出去的花环，被风吹落一片花瓣，落在了“冰山”的饭碗里。

对方的目光像是要杀人，好像景横波毁掉的不是一碗她已经用天风淘洗过的饭，而是龙应世家的传家之宝。

景横波混到今天，对各种杀气早已免疫，唇角一勾照样笑笑，指尖随意地转着珠子。

“冰山”的目光一垂，忽然注意到她的珠子，有那么一瞬间，景横波发现她的目光出现了波动。

她身子一挺——这“冰山”认得这珠子？身边冷风刮过，“冰山”已经掠了过来，劈手就来夺她的珠子。

下一瞬，景横波出现在她身后，一脚踹向她的屁股。

“冰山”反应竟然也极快，立即一个翻身，景横波踹了个空，还没站定，一只冰冷的手仿佛凭空出现，指尖狠狠抓向那珠子。

景横波又一闪，立在了旁边一株树上，狠狠踩了踩，树上的繁花落了“冰山”一头。

换成以前，这么肮脏的花瓣，“冰山”一定赶紧先掸掉，说不定还要洗个澡。但此刻她理也不理，身子一蹿已经上了树，咔嚓一声踩断了景横波脚下的树枝。

但景横波已经站在了上面一层的树杈上。

“冰山”又追了过来，又是一脚，景横波脚下树杈再断。

然而她随即便听见了景横波在上头的招呼：“嗨！继续爬。”

“冰山”抬头，她性子倒还真的韧，立即又追了过去，还是一模一样的招式。

两人身影如电，在一株不算粗的树上不断上闪，脚下咔嚓之声不绝，树杈纷纷断裂，吱吱嘎嘎落了一地。

最后景横波颤巍巍地立在树的顶端，笑吟吟地俯下脸：“这里你怎么站？”

“冰山”立在她下面一层的树杈上，看了看她，一言不发，一脚踹断了整株树。

…………

轰然一声，树身倒下，两条人影一闪不见，片刻后的山坡下，景横波笑骂道：“喂，大家都是女人，你缠着我干吗？”

“珠子。”“冰山”伸手进她怀中摸，景横波一抬手，砸了她一头鸟屎。

那连白饭都嫌不干净的洁癖狂，此刻好像根本没感觉到那头黄黄绿绿的东西，始终锲而不舍地伸着手：“珠子。”

“走开，你抢不到的。”

“珠子。”

“你告诉我你为什么要这珠子，”景横波闪身，“我就考虑给你。”

“我家的人才懂怎样用这珠子。”“冰山”道，“但这珠子只有在外面的人才能养成，你认识龙胤。”

景横波愣了一会儿才想起来宫胤其实应该叫龙胤。

“你也认识？”她试探地问，“你是他的家人？阿姨？”看看对方脸色，改口，“姐姐？妹妹？”

“冰山”只是一眨不眨地看着她：“哪儿来的珠子？”

“你从雪山来，有没有遇见宫……龙胤？”

“哪儿来的珠子？”

“你先告诉我龙胤在不在雪山？”

“你先给我珠子。”

景横波烦躁地抓了抓头发——真是鸡同鸭讲。

她觉得热，一把脱掉了外头沉重的软甲，里头是一身软缎紧身黑衣。她一向注重衣服的舒适度和美观，哪怕是穿在里面的紧身衣，也剪裁利落，质料精美，软缎闪耀着黑光，服帖地顺着曲线延伸，有幽幽的香气散发开来。

对面那个木呆呆地盯着珠子的“冰山”，眼珠子忽然动了动，第一次从珠子上挪开，落在了她的胸上。天生傲人的曲线不可遮掩，“冰山”的目光有点惊异地转了转，又顺着景横

波的胸向下，目光流水般从细腰长腿上掠过，眼底似有光芒一闪，随即转过头去。

景横波捕捉到了这一丝光芒。

这光芒她很熟悉，往日里，当她着女装走在人群中时，总有那么一些成熟女子，或者豆蔻少女，会偷偷摸摸地看她，看她的脸，看她的身线，眼神一闪一闪的，满满的忌妒和羡慕。

眼前“冰山”的眼神便有几分相似，倒没有妒忌，却有种也许连她自己都没有察觉的微微向往，属于女性天生对曲线和美的本能向往。

景横波有点惊异也有点欣喜，她还以为这“冰山”在龙应世家和雪山那种地方冻坏了，早就没了正常女性的本能了呢。

有欲望，就有撬动“冰山”的杠杆。

“跟我走，我就告诉你珠子是谁给我的。”她忽然拉住“冰山”的手，身影一闪。

小半个时辰后，押送队队长蒋亚再次用他的大嗓门在营地发出咆哮。

“天杀的，那个波波又不见啦！”

半个时辰后，临州最繁华的九孔街，出现了一对有点不那么协调的女子。

一个秾纤合度，身材火爆，虽然戴着个斗笠，依旧可以看见红唇如火。一个穿着破旧的白麻衣，高高瘦瘦的，姿态僵硬，面无表情。

两个人的气质长相，姿态神情，怎么看怎么不像能走在一起的人，偏偏前者使劲挽着后者胳膊，拖着她不停地出入各家成衣店、胭脂水粉店、鞋店、首饰店……所有女性都喜爱的、满是华美精巧玩意儿的那种铺面。

“这件衣裳是白的，雪绡纱，你一定喜欢，试试。

“这羽毛头饰我看很适合你，能中和你稍有些硬的气质，试试。

“这种胭脂淡粉色，一点也不张扬，会让你看起来温暖些……试试，试试我就告诉你龙胤是怎么回事。

“这副珍珠耳环虽然不大，但色泽纯正光润，配你肤色正好。”

柜台前的景横波翻动三寸不烂之舌，她身边“冰山”的神情姿态，从一开始的决然抗拒，到默然离开，到终于站住，到悄然欣赏，而此刻，她终于将那副低调而晶莹的珍珠，拿在了手中。

午后的日光温润金黄，她掌心白得近乎透明，似要被金光穿过，那在她掌心滚动的珍珠，因此显得更加通透，让人想起涨潮时被海水推上岸的雪白浪花。

而她凝视珍珠的眼眸，湿润乌黑，似生三分感动。

景横波偏头，静静凝视她的眼眸，很难想象这冰一样冷、石头一样坚硬的女子，也会有这般柔软的眼神，这样的珍珠耳环，对她有什么特殊意义吗？

首饰店的老板眼瞅着两人神情，便知心动，急忙热情推销：“两位小姐好眼光，这珠子虽然不大，却是一等一的正宗海珠。原本是这城中大户小姐订的首饰，人家临时不要了，如今两位小姐慧眼识宝，小店愿意附赠同一渔场海贝耳环一双……”

景横波一笑，伸手掏钱包，忽然听见“冰山”低低道：“我叫南瑾，小名明珠。”

“明珠……”景横波喃喃，想着这样光润晶莹的名字，必然也曾寄托了长辈亲友对这女子的珍爱尊重，望她如明珠一般璀璨珍贵，光润洁白。再看看此刻她憔悴的面容，不似明珠倒似山石，心中不由得唏嘘。

她伸手进袖囊掏钱，触及辨珠，心中忽然一动，正要拿起看看，忽有一只手抓住了她的袖子。

也因此，她便没能看见，袖囊里的辨珠之上，那一丝笔的血线，顶端忽然一折。

第八章　千金一两，买你露肉

景横波抬起头，看了一眼按住自己袖口的手，手掌白皙，指节分明，肌肤细腻，指节和掌侧却有不薄的茧子。

练武的世家子弟。

她心中得出这样一个判断，还没抽手，南瑾忽然抬手一拍，将那人的手臂拍了开去——那人抓住景横波袖口的同时，胳膊稍稍蹭着了南瑾的肘弯。

她出手快且重，不留余地，那人猝不及防，手臂重重地撞在柜台上，咔嚓一声，竟然将柜台撞裂了半边。店主哎哟一声叫起来，声音倒不像是心疼，更多像是惊讶和不安。

伴随着撞击声和惊叫声，一大批人拥了进来，当先一人怒喝道：“谁敢对我家公子动手！”

景横波回头一看，好家伙，拥进来足有十几个人，而店中原本的客人不知何时都已经闪身出店。

看来不是一般的世家子弟。

身后有人，声音薄怒：“哪儿来的狂妄女子，动辄出手伤人？”

南瑾自然是不理会的，她忙着将那对珍珠耳环装进自己的口袋里，也不管有没有付钱。店主眼巴巴地看着，想管又不敢管，生怕这冷冰冰的女神经，一言不合又砸柜台。

景横波先抛出一锭银子，道：“耳环钱和柜台修理费。”才转身对那男子道：“哪儿来的轻薄狂徒，动辄调戏良家妇女？”

此时她才看清面前青年的模样，中等个子，肤色微黑，眉目倒还算英俊，或者已经很英俊了，但对于看遍美男的景横波来说，自然只能算一般。

只是那一身衣裳打扮，价值不下百金，这个比较不一般。

那男子微微挑起眉毛，看一眼景横波，目光着重在她斗笠下分外鲜艳丰润的红唇上一转，眼神里怒气忽去，泛出三分兴趣，笑道：“调戏？在下只是阻止姑娘付钱而已。”

“哦？”景横波眉毛也一挑，“我看中的东西，准备付钱，你又凭什么来阻止？”

“凭我才是这耳环的主人。”那男子笑得越发得意，“这副耳环是舍妹订的，舍妹托我前来取货，你要买，岂不是强买？”

景横波的目光转向店主：“之前怎么没听店家说？”

男子伸长身子，惬意地趴在柜台上，敲敲木板，笑道：“许是忘记了？方家二小姐在你这隆祥记订了海珠耳环，不就是三天前的事吗？”

那店主迎着他带笑的目光，一张脸早已皱成了苦瓜，眼神躲闪，期期艾艾地道：“这个……那个……原先倒确实是方家小姐订的……只是……”

“只是嫌小反悔不要了，现在又出来横加干涉。”景横波接口，“我说这位方公子……”

“在下不姓方，方小姐只是在下的表妹，在下姓禹。”男子微笑着打断她的话，对她挑了挑眉。

“好吧，禹公子。”景横波目光微转，忽然发现店主的脸色唰的一下白了，似乎倒抽了一口冷气，其余众人的神情也有些不自然。不过她一掠而过，也没在意，心头不知怎地有点烦躁，淡淡地道：“你明明想要的不是这耳环，何必硬要拦在这里？没听过好狗不挡路？”

“放肆！”那十几个壮汉立即按刀冲上，“无知民女，胆敢侮辱我家公子……”

“一只狗换成了一群狗。”景横波笑吟吟地道。

那禹公子抬抬手，止住了随从的鼓噪，转头也笑道：“你胆气很大，人也聪明，我对你越发好奇了。你说我不想要耳环，那你猜我想要的是什么？”

“你想看我的脸呗。”景横波眨眨眼，“揣摩很久了吧，同志？刚才装着和店主说话，手指尽撩我斗笠做啥呢？”

那禹公子怔了怔，仰头大笑：“好！好！够率真！禹国女子，哦不，大荒女子所见多矣，还未曾见此殊品！”他一边大笑一边伸手一挥，对那店家道：“你店中今日售卖的所有饰品，我都要了，先送上来。”

店家既惊且喜，急忙招呼伙计打包货品。景横波拢着袖子，笑吟吟地看着，手指触及袖囊里的辨珠，忽觉似乎有点发烫。

她心中一动，一时又惊又喜——辨珠是不是有了变化？

之前寻找大半年，一路出来大半个月，辨珠从未有过任何动静，始终如一只冷冷的血瞳，漠然面对她的殷切。

此刻，它是在变化吗？

她不能确定辨珠是被体温烘热的还是有别的原因，也不能确定辨珠发热代表着什么，禹春并没有告诉她，辨珠在出现异常时，会有发热的情况。

她攥紧手指，面上微笑如常，并没有急着将辨珠取出来，而是先将店内外看了一遍。

店内已经无杂人，除了店主和几个伙计外，就是她和南瑾，还有那禹公子和他的十几个随从。人挤得满满当当，看不出有什么特别。

店外人更多，都是被这里的情况吸引过来看热闹的路人，透过人群的缝隙，还能看见街对

面的几家摊点和几家食肆，食肆卖酱肘子、羊肉烩面，最前面一个摊点卖的好像是辣炒片糕和抄手，一大堆人聚在那里吃喝，来去人流如过江之鲫，但怎么看，都没有一个人像宫胤。

等她的目光从店外收回来，面前已经堆上了大大小小的盒子，盒子都开着盖，宝光吞吐，玉润珠明，将这一店人的眼眸，都熠熠照亮。

店外观望的一些女子发出轻轻的抽气声——满屋珠宝，遍地绮罗，本就是女子不能抗拒的诱惑。

禹公子露出一抹自以为完美的笑容，指尖轻轻将盒子向前一推，温文尔雅地道："明珠百斛，翠玉千枚，求晤佳人真颜。"

春风拂槛，珠玉生辉，他笑得风度翩翩。

艳羡的低语声更响，更多人拥过来，四面的交通似乎有点堵塞。

"佳话！佳话！"门外有个酸儒大声赞叹，"千金只谋佳人面，此举足以传为风流佳话！"

也有人大声嗤笑："不过败家行径耳！小心斗笠掀开却见嫫女！"

四面有哄笑之声，嫫女是大荒史上著名的"半面丑女"，据说半张脸风流魅惑，另半张却丑如鬼魅。

景横波笑吟吟地盯着对面的禹公子，神情专注，目光发亮，任谁看也以为她已经毫无例外地为这样的大手笔动了心。没有人知道，她一直紧紧地捏着那辨珠，真切地感觉到，珠子越来越热了。

这珠子，似乎从这禹公子对她追求挑逗开始，就发生了变化。难道这珠子有禹春也不明白的特别之处——和宿主心意相通？

宫胤那个大醋坛子，真的在吗？

此时此刻，辨珠万万不能拿出来查看，她不能让宫胤发现辨珠的存在。

此时此刻，她便有心利用这禹公子做一场你追我逐的戏，也不能太过做作，这世上最了解她的是宫胤，他很清楚她不会被这一屋子的首饰打动，更不会被这自命风流的禹公子吸引。

她必须沉住气。

她只能尽量让这禹公子误会，做出些什么来。

手指在袖囊里控制不住地轻轻颤抖，她面上却笑得明媚生花，低头仔细地看过那些首饰，旁人看不到她眼底的神情，只当她为这满目珠宝所动。

那禹公子的神情也微带得意，得意中似乎又有些微失望，看景横波笑而不语，只顾欣赏首饰，终究有些耐不住，倾身上前去挑她的斗笠："如何？"

景横波恰在此时抬头，笑道："很美。"

这一抬头，正好让过禹公子的手指。禹公子微微一怔，然后目光触及她微微抬起的下半张脸，肌肤亮如新雪，红唇却是雪上牡丹，少见的丰艳柔润，从这角度看去微微噘起，似新花欲绽，看得他心湖微漾，似被垂柳搔破了平静的湖面。

他忍不住又上前凑了凑，将那满桌子的盒子用身子给她推了过去，声音放得更柔："最喜欢哪支？我给你戴上？或者你愿意我帮你挑选？其实在我看来，这满屋的首饰，最好的也

不过能勉强配你罢了。”他说着随手挑了一支看起来极为华贵、饰满祖母绿和黄玉的飞凤衔珠金步摇，笑道，“翠匣开寒镜，珠钗挂步摇。妆成只畏晓，更漏促春宵……且以飞凤衔珠，饰佳人芳鬓。”

说着又去掀她的斗笠。

九孔街是禹国临州最热闹的街市。

此刻隆祥记发生的事，吸引了半个集市的人，人流往这里汇聚而来，在外围的人看不清里头的事情，却又不舍得走开，等得无聊，便在附近顺便吃一口。

羊肉烩面的食肆拉开了棚子，里里外外伙计七八个，穿梭不休，满头大汗。这家羊肉烩面向来以洁净著名，伙计们的外裳竟然是白的，虽不能说雪白雪白，难免沾点油渍，但洗得干干净净，更让人觉出这家少有的清爽来，因此生意极好。

卖酱肘子配米粉汤的，则是另一种风格。酱肘子卤得深红发亮，山一样堆在案板上，那种独特的异香简直致命。切肘子的掌柜更像一个武林高手，用的刀比寻常菜刀厚三倍不止，手起刀落快如闪电，能瞬间凶猛地将一只肘子分成无数段，也能用那斧头一样的巨刀，和巨灵神一般的手掌，削出柳叶薄纸一般的肘子片来，肘子片在空中如柳叶般翻飞，准确地落到点了肘子肉片的客人的米粉汤里。

摆在隆祥记正对面的卖辣炒片糕和抄手的摊子，是其中最小的一家。那摊子上有三个人张罗，一个少女炒片糕，一个婆婆做抄手，一个伙计往汤锅里倒抄手，抄手在案板上不断飞起，落入伙计手中的笊篱上，伙计只要轻轻一斜笊篱，就着滚水下抄手，再将笊篱捞起，顺势舀在略矮一些的碗中便行。

点抄手的人络绎不绝，那伙计也就离不开锅台，腾腾热气里，只看得见他手中倾斜的笊篱，几乎一动不动。

袖子里的辨珠更热了。

景横波的手终于从袖囊里抽了出来，飞快地接过了那支步摇，不顾禹公子微微发怔的脸色，转着瞧了瞧，道：“真美。”手一抬，插在了南瑾的鬓上。

南瑾的手也一直拢在袖中，忙着摸她的珍珠，忽然被景横波插了一支步摇，急忙伸手拔下，像扔抹布般地赶紧把步摇往桌上一扔，一脸嫌弃：“俗！”

外头有惊讶唏嘘之声，景横波不用抬头看，也知道禹公子此刻的脸色一定“天青色等烟雨”。

她将手伸入袖中，辨珠的热度似乎降了点？

景横波此刻心花怒放，连眼睛都似在发光，她目光灼灼地盯着面色铁青的禹公子，嫣然一笑。她伸手从怀中摸了摸，随手摸出一张小额银票，扔在那高高堆起的盒子上，将那堆盒子往禹公子面前一推。

正要发怒的禹公子，愕然地看着她。

“很巧，你对我的脸感兴趣，我对你的身材也挺感兴趣。你想看我的脸，我想看你脱

光。”景横波巧笑如花地道，“你千金买我露脸，我千金加一两，买你露肉。如何？”

隆祥记门前的街道上，人越聚越多了。

里头忽然传来哄然之声，似乎发生了什么很令人惊讶的事情，这让外头那些看不见听不着的人越发心痒难熬，急急地往这边赶，几个摊子的生意因此更加红火。

人声鼎沸，菜市场一般，因此藏在人声中的一些低声谈话，也就没人注意。

“人间烟火气，这就是人间烟火气吗？”

“什么烟火气，我只觉得是浊气！”

“烟火气也好，浊气也罢，反正长辈要求咱来闻，咱就得受着。”

“这一路还要走多久？一直走下去吗？和以前一样，找个世外桃源隐居不好吗？”

“我倒不这么认为，咱们隐居得已经够久了，被拘禁得也够久了，好不容易出来，难道不应该多看看这大好河山？”

“看了又如何，想要吗？”

“也未为不可。”

“还是先把眼前的事情解决吧。走遍天下又如何？这天下，有我们不能去的地方吗？”

“唉，真是油腻腻的生活啊！真恶心。”

“生意不错。”

“赚到的钱怎么办，这么脏，这么多，今天谁保管？”

“我不要。”

“我也不要。”

“走开。”

人流涌动太剧烈，引得附近茶楼酒楼上的人，也纷纷探头来看。

街斜对面五十步外，是最著名最华贵的“天香居”酒楼，二楼雅座的窗户忽然被推开，探出几个脑袋来，其中一人大声吩咐楼下等着的随从：“那边的酱肘子闻着好香。阿德，让人去送一只来，要当面片给咱们瞧瞧。”

底下人大声答应着去办了，那几个脑袋并没有收回去，其中一人望望那边的人流，道：“咦，四公子说去散散步，怎么到现在还没回来？”

又一人道：“那边人多得奇怪，莫不是在闹事？”

另一人道：“闹事也无妨，总不会有人敢和禹公子过不去。”

有人接道：“那倒是。禹家国姓谁敢惹？再说有耶律公子在呢，这临州地界，或许有人不识禹国王族，却没人敢不给耶律世家面子吧？”

一个微冷的声音道：“那是。不过这话，在禹公子面前还是少说为妙。”

众人喏喏地应了，那最后说话的耶律公子又淡淡地道：“去寻寻禹公子，莫要真出了什么事，一是不好和王族交代，二是我耶律家近期有要事，不可节外生枝。”

众人静了静，有人悄声道：“莫不是为了大公子的事……”

那耶律公子哼了一声，说话的人立即住口。须臾安静后，那耶律公子淡淡地道：“押送队伍已经到了临州地界。两千三百二十八人，其中两千三百二十七人，想也活不过这两日了。”

景横波的话一出口，店外哄然一声，店内却忽然死一般寂静。

禹公子脸上的表情已经不能叫作“天青色等烟雨”了，而成了“黑云压城城欲摧”。他死死地盯着景横波，那斗笠下的红唇，依旧扯开一抹笑纹，丰艳如牡丹花瓣，似乎根本不觉得自己所说的话有多么惊世骇俗。

他缓缓站直身体，衣袖无风自动，明显已经是准备出手的姿态。

景横波却悠悠闲闲，将斗笠戴好，对南瑾招招手，两个女人旁若无人，转身就走。

“站住！”

景横波仿佛没听见，她的手指一直在袖囊里捏着辨珠，辨珠已经不热了，而面前人山人海。

她忽然抬头，向着人群之后，惊喜地大喊：“啊，小枢枢！我亲爱的小枢枢，你怎么也来了！”

众人莫名其妙地看着她，她全神贯注地感受着手指上的变化。辨珠似乎一热。

她霍然扭头，看向那几个小吃摊子。

“小枢枢！”她对着前方一指，大喊。

所有人齐齐扭头，连身后冲来的禹公子等人都是一怔。

景横波趁这一刻，飞快地打开袖子，探头瞅了一眼。

辨珠上端，红线一折，并没有游动。人是基本静止的？此刻人群攒动，所有人都在挤来挤去，没有离开原地动作的，只有……

“站住！”身后禹公子的冷喝声响起，冷风袭向她的肩头。

她身子一闪，躲开袭击，笑道：“打个赌好不好？给你三次机会，三次之内，你抓到我，我给你赔罪，答应你的一切要求。抓不到我，你给我赔罪，答应我的一切要求。如何？”

“一次便可！”禹公子声到人到。

“哎呀，救命！”景横波张牙舞爪地扑出去，扑向了那边的小吃摊。

第九章　你敢看，我敢摸

禹公子觉得自己擒拿那个红唇女子，应该是十拿九稳的事。他看见自己的手指已经离

那女子的肩头不过毫厘。他甚至已经触及她的长发，微软，细长，稍稍有些卷，如缎一般滑而亮。

然后下一瞬，他眼前似有烟光一晃，忽然就失去了她的踪影。他愣在那里，手指犹自在空中维持一个抓握的姿势，看上去有点像痉挛。

众人都目光灼灼地盯着这两人，此刻也啊的一声惊叹，茫然四顾——人呢？

砰的一声，人撞上了堆满酱肘子的案板。

景横波怕人跑掉，闪得太快，感觉自己后腰撞上了硬硬的东西，还有什么东西骨碌碌地滚下来，带着肉和八角茴香的独特气味，滑溜溜的，砸了她一脸。

她一抬手，从脸上抓下一只比她手臂还粗的酱肘子，还没等看清人或者和人道歉，就看见头顶唰唰唰唰，闪过七八道亮光，似有闪电在眼前纵横，亮到炫目，炫目的光里，手上的分量忽然轻了许多，随即有什么薄薄的东西，一片片落下来，落在她的脸上、胸上、肚子上……

饶是女王陛下见惯了风浪，也呆了一秒钟，一秒钟之后她下意识地想要起身，腰刚刚一挺，唰的一声，亮光贴着她的鼻尖滑过，在空中飞出一朵漂亮的白花，白花的花蕊里绽开花瓣一样的肉片，又纷纷扬扬地落了她一脸。

她双臂向后，想要在案板上支撑住身体，却抓着了两个酱肘子。头顶上唰唰之声还在继续，白光不断贴着她的鼻尖、额头、唇角、脸颊飞过，像在玩杂耍。她一动不敢动，生怕一动，自己的鼻尖、额头、唇角啥的就也成了米粉汤碗里的肉片。

四面有喝彩声，她扯扯唇角——头顶上这位刀玩得很好、很妙，不过，在她脸上玩就让人不大愉快了。

砰的一声震响，身侧案板嗡嗡震动，刀光止歇。她转头一瞧，哟，那柄比寻常刀厚三倍的巨刀，正恶狠狠地砍在她身侧，深深嵌进案板里，距离她手臂的距离不超过一根头发丝。

而她脸上那根酱肘子，现在变成了一根一丝肉也不剩的骨头……

“好刀法！”围观者中会武的人大声赞。

“来碟美人肉片！”更多的人急忙点肘子片——在美人脸上削出的酱肘子肉片，滋味一定与众不同。

喧嚣声里，对话在悄然继续。

“这女人有点蹊跷。”

“她使的不是轻功。”

“大荒什么时候有了咱们不认识的武功？天要变了吗？”

“天早就变了，快下雨了，今天得早点收摊回去洗衣服，这些人臭死了。”

“我说你们没发现这女人是故意凑过来的吗？”

“我只看见她胸很大。”

“是哦，我也是，我还以为这世上的女人都是明珠那种棺材板呢，原来还有这种。”

“明珠刚才和她一起，要不要顺便带回去？”

“不要。”

“为什么？好歹一起长大，将来也是咱们半个主人呢。”

“没胸。”

“是哦，没胸。对了，这个有胸的，你说她冲谁来的？”

“我。”

“我。”

“一定是我。”

…………

景横波撑着油腻腻的案板站直身体，不用去看辨珠了，这位片肘子的汉子，绝对不会是宫胤。

这个摊子上还有两人帮忙，一个拉米粉，一个下米粉汤，她的脸被用来片肘子的时候，那两人从头到尾没停过手中的活计。

辨珠的红线是基本静止的，也不会是他们。

身前有风声响动，那禹公子终于穿越人群追到了，他似乎动了怒，劈手就抓向她胸前：“过来！”

啪！一根油腻腻的骨头弹在他的鼻尖上，砸得他眼冒金星，等他挥开骨头，那女子又鬼魅似的不见了。

下一瞬景横波冲到了羊肉烩面的摊子前。这个摊子最大，伙计最多，穿着打扮最具宫胤风格，她却没有第一个选择来这里，就是因为这里的感觉太明显了，反而不大像。

等她站定，四面一望，顿时一呆。

不知何时，那原本忙碌的七八个伙计都停下了手中的活，站成一圈，双手抱胸，紧紧盯着她。

有那么一瞬间，她甚至有种抱起双臂的冲动——这群家伙看人的眼神太不要脸了！个个直勾勾地只盯着她的胸！

景横波身材火爆，穿越前后都习惯男人对她的觊觎，但男人好面子，就算垂涎三尺，也要故作正经，看是要看的，却是左溜一眼，右瞥一眼，用眼角，用余光，用反光，用各种掩掩藏藏的方式来看，哪儿有这样七八个人，赤裸裸毫不遮掩地盯着的？

只是奇怪的是，这群人虽然眼神超级无礼，却并没有太多淫邪的味道，倒是好奇和欣赏的成分更多些，给她的感觉，好像是这群人，觉得这样很稀奇，很美，所以一定要停下来多看几眼。至于世人认为妥不妥当，应不应该，人家是不管的。

再仔细一看，她心中也不禁一惊。这七八个人，个子都挺高，面容虽然平常，但那样静下来抱臂看人的时候，气质神情，怎么也不像是伙计。那身粗布白衣洗得发亮，透着股深入骨髓的干净。

最要命的是，这七八人，个个都不动了！

棚子外一群人吵着要烩面，那群伙计不耐烦地翻翻白眼，其中一个家伙，脚一踢，头顶

上落下一块白布，上面写着两个大黑字："收摊"！

景横波傻眼——这都是静止的，要怎么找？

更糟糕的是，这群人看看天色，其中一人将棚子哗啦啦一收，竟然是真的准备收摊走了。

景横波看看四周，又看看旁边的抄手摊子，一时进退两难。她怕这七八个人中有宫胤，想要跟去，但又怕宫胤在这附近别处，这一离开就是错过。

怎么办？

此时众伙计在收拾摊子，准备走，天快要下雨了。

景横波伸手掏辨珠，如果辨珠的血丝还是静止的，那就让这群人去，如果有了变化，那就跟他们走。

辨珠还没取出来，风声急响，那阴魂不散的禹公子又追来了。

景横波闪身让过，心中烦躁，怒声道："第三次！"

禹公子却似根本没听见，转个身又来抓她："我可没答应你那个赌约！"

景横波转眼一看那些伙计手脚奇快，已经将棚子器具都收齐，心中焦急，闪身让过，又去摸珠子："让开！"

"你总在袖子里掏什么？"禹公子终于注意到她的动作，目光一闪，"暗器？毒药？我瞧瞧？"劈手来抓她的袖子。

景横波闪身一让，正在此时一个高大的伙计从她身边走过，景横波顾不得禹公子，伸手在那伙计胸上一摸。

那伙计一偏头，呆了。

景横波顾不得他内心翻涌的惊涛骇浪，一摸之下没有感觉到彻骨冰凉，宫胤的胸口，永远都是冰冷的。她立即放手，伸手就要摸下一个。

正在此时，禹公子的手一把扯住了景横波的袖子，刺啦一声袖管撕裂，辨珠骨碌碌地滚了出来。

景横波大惊之下，手臂一兜一斜，辨珠并没有落地，而是顺着手臂骨碌碌向前一滚，正好滚入她拉开的第二个伙计的前襟。

那伙计啊的一声。四面的伙计都瞬间愣住了。

景横波却什么也顾不得了，辨珠不能丢！伸手探入人家衣襟内就掏。

她身子挡着那伙计，禹公子又挡着她，外头的人看不大清楚，但这附近七八个伙计可都瞧得清楚，一时眼珠都直了。

景横波没掏两下，那伙计和她同时啊的一声大叫。

伙计唰的一下跳起来，辨珠骨碌碌地从他的衣襟里滚出，他搓着胸脯，大叫："啊，烫！怎么这么烫！"

珠子弹飞向另一个伙计，那人目瞪口呆地瞧着，也不知道接。景横波一个饿虎扑食扑过去，砰的一下将他撞倒，一把抓住掉在他大腿上的辨珠，抓到珠子的刹那，她也唰一下一

颤，险些把珠子扔出去。

烫！她又惊又喜，趴在人家身上就去看珠子。

身后风声一响，一人将她拉了起来，禹公子令人厌恶的声音再次响在她身后："什么宝贝玩意？我瞧瞧！"

他一拉，辨珠又从景横波手里滑了出去，滚入了地上的一摊泥水中。

景横波终于忍无可忍，一手抠起泥水滴答已经看不清血丝的辨珠，一手猛力一挥。

一个伙计腋下夹着的沉重的桐油大伞忽然飞了起来，砰的一下，狠狠地砸在了禹公子的脸上。重物和皮肉交击的声音沉闷，当桐油伞飞起来的时候，同时飞出的还有黏腻的鲜血，染了一伞斑斑红迹。

禹公子的脸上瞬间开了酱油铺，他仰头倒下的时候，看见自己的鼻血高高飙起，在天上划过一道虹。

有人惊叫道："杀人啦！杀人啦！"

有人拨开人群，发出惊恐的呼声："公子爷们，快来啊，不好啦，禹公子被人害啦！"

有人向景横波扑来。人潮汹涌，景横波顾不得再看辨珠，生怕人多拥挤再失落这宝贝，急忙将珠子往怀里一揣，身形如电穿梭，在那群傻着还没回魂的伙计们的胸口都摸了一把。

没有冰凉的胸！

景横波舒出一口长气，在摸到最后一个人的时候，恶作剧地捏了一把他的脸——你敢看，姐就敢摸，说起来还是姐划算！

"收摊吧，收摊吧。"她在另一个伙计的屁股上踹了一脚，"不送。"

汹涌的人群扑来，有人在救那禹公子，有人在匆匆向外跑，还有一群人向这个方向赶来，远远看去前呼后拥，似乎这个禹公子的朋友来了，再不走就麻烦了。

但她不打算走。她的目光，落在那边一直在做生意的抄手摊子上。

只剩最后一家，他会在那里吗？他要真在，又一直避开她，为何现在还不走？她向那摊子慢慢走去。

鼎沸的人声，再次遮住了细微的谈话。

"真是不好意思，想不到大胸竟然对我一见钟情。"

"你眼睛花了吧？她哪里对你一见钟情了？"

"她摸了我的胸你没看见吗？"

"她也摸了我的胸，她甚至用一颗滚烫的珠子，烫了我的肚脐！"

"少在那儿自恋了，没看见她趴在了我的大腿上？"

"你们都闭嘴，她每个人的胸都摸了，但她只捏了我的脸！我的脸！"

"要论独一无二，她对我才是独一无二，她踹了我的屁股！和脸比起来，你们难道不觉得，屁股才是男人更隐秘的部位吗？"

…………

争吵声未绝，另一处角落，有人在清清淡淡地说话。

"兄弟们最近似乎都很闲。"

"也许。"

"闹市摆摊见识人间烟火，也差不多了，该换个营生才是。"

"您觉得呢？"

"从明天开始，都去城外帮农民挑粪。"

"……"

第十章　他用一生来爱你

景横波走向那个卖抄手和辣炒片糕的摊子。

这摊子最简单，就三个人，其中两个都是女人，可以直接排除，宫胤那个人再怎么伪装，都不可能去扮个女人。

她的目光，不禁紧紧地盯在那个下抄手的伙计身上。

那伙计坐在摊子不起眼的角落里，守着一口热气腾腾的锅，锅里蒸汽弥漫，不仅遮住了他的脸，也遮住了他的身形。

此刻走近，她才惊讶地发现，那伙计身形肥胖，看起来绝不是宫胤的体形。

她的心一下沉到了谷底——这个也不是，难道辨珠错了？还是她弄错了？她忽然又想，宫胤只怕身体不大行，会不会形貌发生了改变？

她并没有停步，慢慢地走过去，在那人背后伸手掏出了辨珠。

只一眼，她便惊异地瞪大眼睛。辨珠里的血丝，动了！

再也不是先前顶端弯折的样子，而是开始小范围地游动，似一条小蛇在那中间一线逶迤，但却看不出移动的方向。而眼前背对着她的伙计，懒懒地坐在那里，斜着笊篱就可以让抄手煮熟，根本动都没动过！

景横波的心顿时冰凉，霍然转身，极目四望。

四面都是人群，人流熙熙攘攘，来来去去，每个人或嬉笑或严肃或疲倦或从容。那些形形色色的脸、表情各异的脸，在她身侧，在这摊子四周，化为无数陌生的潮流，喧嚣来去。每个人都在动，每个人都在说话，人声纷纷扰扰，人流呼啸而过，她立在这热闹中央，却忽然觉得自己成了孤岛。

众人从摊子边经过，都会诧异地看一眼傻站在摊子中的女子，她僵硬地立着，闹市人多，不时有人从她身边挤过，撞得她歪歪斜斜，或者嫌她碍事瞪她一眼，她却似浑然不觉，

只怔怔地望着人群，脸上的表情是一片空白，茫然而孤独的空白。

做抄手的在左边案板做抄手，炒片糕的在右边案板炒片糕，下抄手的紧靠在她背后下抄手，烟气腾腾里，每个人都在做自己的事。

她将辨珠紧紧地握进掌心，血水和泥水沾满手掌，细微的沙砾碾着肌肤，让她微微清醒，她忽然听见有人大声道："我点的肘子怎么还没上！"

又一人道："我比你先点的还没上呢，你急什么？没听伙计说吗？刚拨了一个人去天香居，给人家公子爷当面表演片肘子去了，人手不够呢！"

景横波霍然抬头。

还有一个人！这三个摊子中还有一个人，刚刚走开！她一抬头，看见几十步远处就是天香居的招牌，拔脚就奔了过去。身后，少女停下了炒勺，婆婆看了一眼她的背影，将手中的抄手往锅里一抛。

烟气袅袅里，似乎有人轻轻叹息了一声。

景横波还没奔到天香居，就被前方的人群堵住了。

一大群家丁护卫模样的人守住了天香居门前的街道，不许人进出，最前面站着几个锦衣华服的男子，有人一看见她奔过来，立即指着她大叫："就是这个女人！就是她，打伤了禹公子！"

身后，几个人扶着头破血流的禹公子过来，那几个锦衣男子脸色阴鸷地盯着她，当先一人道："拿下！"

景横波听而不闻，身形一闪，已经越过这些人，奔入了天香居。天香居里却早已没有人，客人已经被惊散，掌柜苦着脸站在门口。景横波一把抓住掌柜问："先前那个来片肘子的人，在哪里？"

掌柜吃了一惊，摇摇头——天香居每日人来人往，一个上门来卖小吃的伙计，哪里有人注意？

景横波只得再问："那几个点片肘子的公子哥呢？又在哪里？"

掌柜努努嘴，似笑非笑地道："姑娘，瞧着他们也在找你呢。"

景横波回头，就看见刚才那几个拦路的锦衣男子，正转身向她走过来。

她目光在人群中一溜，确定这群人当中，绝对没有那个片肘子的伙计，站在天香居台阶上再往摊点的方向望，却看见那几处布招牌都已经取下，摊位已空——都收摊离开了。

再找出辨珠来看，一线血丝，笔直竖立，似一只漠然的眼睛。

这一霎她心中失望至极，便如冰冷潮水忽然漫过头顶，连日光也似忽然一暗，她竟有些站不住，靠在了店门口的柱子上。

有多大的希望，就有多大的失望，寻觅等待了大半年，好不容易似乎触摸到他的衣角，却又和他擦肩而过。

心中空荡，刹那间变得千疮百孔，每个孔都被凉风吹出凄凉长调，漫过殷殷的鲜血。她立在台阶上，几乎忘记身在何地，要做何事，将往何处。

那几个满面怒气的锦衣男子原本要逼过来，此刻看她神情茫然，面色苍白，似丢了魂一般，不由得怔怔地停下脚步。

景横波慢慢走下台阶，慢慢拨开人群，向外走。

“站住！”

她听而不闻。如果听不见他的声音，万物喧嚣，于她不过是清风过耳。

一只手横在她面前，她木然地拨开。不是他，不是他，那就让所有人，都不要出现在她面前。

“拦住她！”

脚步声杂沓，有人冲上来，七八只手抓向她的肩头。

她一闪，身影已经在数丈之外。她很疲倦，不想理会这世间的纷扰。她心中的千千结，都缠绕在那人手中，他不在，她就永远不能自己解开，哪里还有闲心去操心这人间恩怨?

头顶似乎有风声掠过，盖下一片阴影，她也不抬头去看，嗖的一声，面前落下一人，在四面的喝彩声中，那人得意地为自己的轻功挑了挑眉，手一抬，一道银色锁链在地上撒出一个圈。

她浑浑噩噩，一脚将要踏入那个圈。那人露出得意的神情，微微抬起手，准备等锁链捆住了她的脚踝后，就立即狠狠甩她一个大马趴，好叫这个敢对王族动手的疯疯癫癫的女子，懂得自己的身份和罪过。

呼的一声，一条人影风一般掠过来，一把抓住景横波的手，将她狠狠一拉，冷声道：“木头！”

景横波一抬头，看见一道高高的白影，掠来的风带着冷冽的气息，让人想起一色皑皑的雪原。

伸过来的手微凉，骨节鲜明。

她微微抬起脸，嗅着那有几分熟悉的凛冽气息，慢慢闭上了眼睛。

“走开！”掠来的是南瑾，她一脚踢起那锁链，锁头如蛇一般弹起，啪的一下抽在那男子的脸上，抽得那男子嗷的一声惨叫，赶紧退了下去。

南瑾逼退了那男子，平平板板的脸上依旧似有怒意，重重一拽景横波，道：“你怎么了……”

她的话声忽然止住。

面前，景横波还是闭目站着，似乎在感觉着空气中的某种气息，长长的睫毛微颤，在日光下一寸寸濡湿，闪着细碎的晶光。她脸上的表情很难形容，似欢喜、似空茫、似疲倦、似无奈，看得南瑾这样不知人间烟火的人，都怔在了那里。

好一会儿她不知道该说什么，身周似乎有种极其压抑的气息，沉沉地压在心头，令人不能言语。她只能怔怔地帮景横波打发掉那些不断上来纠缠阻拦的人。

在忙着打架的间歇，她听见景横波喃喃道：“南瑾，刚才你冲过来的那一霎，我差点以为是他，我差点以为他改变主意，愿意见我了。”

南瑾回头看看她——他是谁？称呼如此亲密，语气却如此苍凉。

“然而立刻我就知道不是。

“可是真希望，这样的错觉久一点，再久一点啊……

“一年零一个月又十天，我们失散了一年零一个月又十天了。你到底什么时候肯出现在我面前？一年？两年？三年？十年？辨珠因你而热，你却让我的心渐渐冷去。”

南瑾感觉到掌间的手指冰凉，比练了般若雪的家族中人的手指还凉。

她再次回头时，景横波已经睁开了眼睛，甚至对她笑了笑。她眼眸清澈，似一潭静水，倒映着万里苍穹，刚才的细碎泪光，似晨露般不曾留下半分痕迹。

南瑾的手指紧了紧，心上似同被斩了一道口子，钝钝一痛，忍不住想起自己这身不由己的人生，永无自我，未来也不知在何处。

明珠、明珠，多么光辉的名字，可她的辉光，注定只能为他人照亮。

她是龙应世家培养的顶级护卫，世代只为家主效忠。

她从生下来，就应留在下一代家主身边，和他一同长大，随时等待为他奉献一切。

她的身份、武功、所练习的真气、青春、身体，所有的一切，都只等着家主随时取用。

某种意义上来说，她是龙应世家多年调养出的最佳药蛊，供家主需要时一口饮尽。只有将她的作用发挥到最大，历代家主才可能达到巅峰。家主的巅峰，也会意味着她的巅峰，只要家主愿意，从此后她就会和家主一样，成为龙应世家的主人。

但她也是龙应世家历代以来，这种顶级护卫中的唯一例外。

因为这一代的继承人，出生不久便失踪了，她成了没有主人的药蛊，在寂寞的盏中渐渐冷却。

她不是龙家人，却在等待着成为龙家人，无论以什么方式。这一等，便是二十余年。

当龙应家族终于等回了继承人，她却和家族错失，和那个自己命定的主人，再次擦肩。

今日集市之上，她终于第一次见到他，接到了他的第一个命令。

他说：“从此以后，你去保护她。”

…………

身侧，那个女子犹自喃喃道：“你是打算用一生，来丢下我吗？”

南瑾默默凝视着景横波苍白的容颜。

不，她在心中轻轻道，他是用一生，来爱你。

纷扰的街道渐渐安静下来，但人流没有减少，人们蜂拥而来，目瞪口呆地看着两个女子在闹市中闲庭信步，缓缓前行，一个表情冷漠，一个魂不守舍。不断有人追逐而来，持刀拿枪，要将两人捉拿，然而那些人，都无一例外地飞了出去。甚至没人能看清她们出手，只看见跟随她们移动的人团越来越巨大，人团中不断飞出手足舞动的人体，砰砰地落了一地。

渐渐地，吃亏的人多了，追逐的人少了，南瑾和景横波依旧头也不回地出城而去，十步之外，耶律哲拦住了还想跟上去的同伴。

“不必追了。”他冷声道，“这两个女人厉害，硬拦是拦不下来的。”

“那三王子被打的事就这么算了？”有人不甘地问，“他醒转后一定会怪我们办事不力！”

耶律哲眼底掠过一丝冷意。

“当然不能就这么算了。”他冷冷道，“今晚城外会有大动作。到时候，我自有办法，让她们死得很干净。”

众人默然，都做出心领神会的表情。

耶律哲面上平静，心中却冷冷一笑。耶律家的大公子卷入了帝歌动乱，被判流放，现在也在押送队伍中。耶律家族早就做好打算，要在临州将大公子救出来，还不能给女王留下任何把柄。他是此事的主持人，从禹国王都亲自赶来坐镇筹划，那位禹家公子，也就是禹国三王子，一道前来，看似探亲，实则是监督帮忙，以免留下什么首尾。

所以现在城外精兵四伏，危机一起，想谁死，都很容易。

他微微笑了笑。比如要救的那位大公子，兵荒马乱，人多夜黑，如果不小心死在两个女刺客手中，也挺不错的。

他一边微笑一边转身，想着大公子这样的废棋，家族何必还要救？也该换人了，身子转到一半，他忽然僵住。与此同时，他身边的临州贵族后代们，也发出了惊讶的嘘声。

身后，不知何时，竟然高高矮矮，站了好些人。

这些人，依稀有些面熟。

捋着袖子的大汉，满头银丝一根不乱的婆婆，娇俏的少女，还有一堆都穿着干净白衣、高高大大的伙计。

每个人都是市井百姓打扮，只是个个表情平静淡漠，淡漠到如一潭静水，让人心中生出寒意。

每个人都是普通的，但细看起来，每个人又都很特别。

他的目光直接越过了这些人，落在了人群最后。

第十一章 龙应世家

所有人都站着，唯有人群最后有两个人坐着，但耶律哲自己明白，这不是他注意到其中一人的原因，真正让他第一眼就注目的，是那人与众不同的动作和气质。和他一样，其余所有临州贵族，第一眼看见的也是那个男子。

那群人最后，有两个人在下棋，其中一人看不出是老者还是中年人，面容苍老，头发却

乌黑。另一人则看不出是青年人还是老年人，侧面清俊，一头长发却呈银白色，在日光下流动着雪月之光。

他穿着一身普通的白麻布衣，看上去和那群伙计打扮的人差不多，袖口也染着些微的油渍，但不知怎的，让人瞧着，便觉得这身衣服穿在他身上也是好看的，而且是最好看的。

他微微垂着眼，似乎在潜心钻研棋局，指间白子光泽莹润，衬得指甲毫无血色。

所有人都看不清他的脸，只看见银白的发丝披在肩头，露出的半面轮廓精致如玉雕，长长的睫毛弯如乌月，神态静谧安详，却又令人觉得高远。

耶律哲不由自主地便盯住了他的动作，总觉得他的动作看起来有点奇怪。

看了好半天他才发觉，这人浑身显得有些僵硬，从忽然出现在这里到现在，全身上下，始终没有任何牵扯肌肉的动作，连落子时也是整只手不动，甚至手指也不动，只指尖轻轻一推，需要落较远的子的时候，便轻弹指尖。

武人讲究周身协调，气息流转，一个动作引动全身才正常，这样的姿态，说不出的古怪。

他正凝神相望，那白发男子忽然眼眸一转，淡淡地瞧了他一眼。

这一眼如盛夏飞雪，冰泉天泻，他只觉浑身一冷，周身竟感觉如冰锥相刺。

随即他听见那黑发老者道："如何处理？"

白发男子轻描淡写地道："送去给帝歌押送流放犯的队伍吧。"

耶律哲心中一震，一瞥那些高高矮矮的男女老少，那些人还是那种漠然的表情，不过眼里却带了些微兴奋，越发显得眼眸清澈见底。

直觉告诉他这批人来者不善，而且，自己这群人很可能不是对手。

"退，立即退！"他猛地拉住身边两个青年便向后拽。

今日在场的大多是临州豪门子弟，还有来自禹国首府大都的贵族后代，他耶律氏是当地地主，有保护之责，万万闪失不得。

被他拉住的人却没他这份敏锐，犹自大声笑："哈，这群人怎么瞧着眼熟，不是先前在九吼街上摆摊的吗？怎么，想在这里摆，要爷们赏钱吗？哈哈哈……"

"走！"耶律哲顾不得驳斥他们，一手抓一个便向后拖。

"至于嘛，不就是几个伪装良民的小蟊贼？瞧你吓成这样？"被他抓住的人犹自不以为然，甩开耶律哲，指着一个少年的鼻子笑道："喂，拦路抢劫也不长长眼睛，不打听打听爷们的名号？也罢，刚落草吧？来，爷爷数三声，给爷爷下碗抄手，爷就饶过你……咦，怎么有点冷……"他愕然住口。阳光下，刚才还翠绿的灌木丛，不知何时，泛上了一层雪白闪亮的光泽。而四面已经有人开始搓胳膊，哆嗦着看看天，不明白这阳光灿烂的四月天，怎么忽然冷如寒冬？

耶律哲的脸色忽然变了，比先前更惨淡，他猛地撒手，连这些身份金贵的少爷也顾不上保护了，闪身就走。

但已经迟了，随即他就听见有人懒懒道："好呀，吃馄饨。"

声音未落，嗖嗖一阵急响，四面寒气大作，似冰块忽然砸在了头顶上，冷得周身血液都

要在刹那结冰。耶律哲听见身后扑通扑通的人体倒地声，听起来真像一个个往锅里下馄饨。那声音响起的速度极快，分明没有遇见任何抵抗，没有惊叫没有惨呼，只有无边无际蔓延的寒气。冷热相激，四周泛起一阵茫茫的白色雾气，周身的景物、头顶的阳光都已经看不清。在这样彻骨的寒冷雾气里听着那不绝的扑通之声，真让人感觉自己就是水汽腾腾的锅中的一颗馄饨。耶律哲从来不知道，没有惨叫的战斗也如此可怖，天地好像忽然换了个空间，影影绰绰一片苍白，而他不知身在何处。

很快身后就静了下来，他不敢回头，拼命狂奔，只望能逃出寒冷雾气的范围。然而脚下一滑，什么东西骨碌碌滚过，他砰然跌倒在地，竟然被那骨碌碌的东西带滑出老远，眼前忽然一亮，似乎破雾而出。他心中大喜，以为自己运气好，跑得远，终于逃脱险境，然而勉力睁开被冰霜凝住的眼睛，看见的却是刚才那个离自己不过几步远的小山坡。翠绿的山坡已经整个变成了银白色，连同周围的杨柳繁花，都一片霜白，柳枝上垂挂下沉甸甸的银条，和地面霜草冻在了一起，没有草的地方，露出冻得黧黑的地面，人间繁华四月天，一转眼竟然成了一幅冰霜水墨。

他从咽喉里发出啊啊的声音，热气呵在眼前模糊了视线。

这一刻寒意从心底遍及全身——这样的寒冷，不就是九重天门的风格吗？他见过家族骄傲的三公子出手，也是这样晴日飞雪，寒气渗骨，不，不，三公子出手远远没有这样的威势，可九重天门和耶律家一向交好，为什么会突然对他们出手……

他渐渐无法思考了，寒冷冻住了他全部的意识，最后的清醒时间，他感觉到有人走过来，随随便便拎起他一扔，笑道："好大一碗抄手！"

雾气渐渐消散，冰霜在日光下迅速退去，草叶和柳枝重新涂抹上了颜色，天地似在刹那回春。

那群公子哥儿已经滚成了一团雪白的抄手，连衣裳都被冰霜黏结在一起，那群高高大大的伙计们一脸嫌弃地用手指拎着他们的衣领，在手上甩啊甩的，偶尔撞在一起，冰棍一样梆梆作响。

那边下棋的两个人还在下棋，黑发老者看也不看地吩咐："等冰冻解除了再送去帝歌押送队伍的营地里去。"那口气，好像在吩咐等抄手解冻了再下锅。

白发男子始终没说话，神情浅淡，日光照在他的鼻尖上，也似冰霜一样闪着光。而他眸子乌黑幽沉，像是星光尽头的黑夜。

子弟们拎着人走了，黑发老者神情愉悦地道："你今日有进步。"

白发男子淡淡地一笑。

"整整一年了，终于能动弹了，虽然只是手指。"老者神情微喟，"自明日始，可以进行恢复训练。"

白发男子还是无喜无怒的模样，道："大抵要换个地方了。"

"也该换了。他们都腻了。"老者又下一子，抬眼看看那群神态自如的男女老少，"看

上去正常多了，可也越来越不像咱们家的人了。”

“咱们家的人，该是什么样子？”白发男子随意下了一子。

老者怔了怔，半晌轻轻叹息：“也是。经过这么多年，龙家早已不是当年的龙家。相比于刚出来时这群人半疯半傻的样子，现在算是好多了——虽然还是有点傻。”

白发男子莞尔。

那群年轻的伙计听着两人对话，便是无动于衷的模样，几个略微年长一些的，眼底却流露出唏嘘之色。

从雪山湖底刚出来的时候，听说要游走大荒历练，所有人都是反对的，龙应世家世代隐居，不涉红尘，怎屑与凡人为伍，怎能沾染人间烟火？

然而回头看看当时的那些子弟——哪里还有一分龙应世家子弟的风采？多年地底幽禁的日子，不见外人，不通世情，很多人木讷少语，思维缓慢，目光呆滞，连基本的沟通之能都将丧失。人与人之间的情感变得漠然，更因为多年压抑的生活，一时无法适应忽然缓和自由的氛围，子弟们精神紧绷，互相排斥，因为很小的冲突就可能爆发流血事件，甚至险些酿出命案。

换成常人也许会好点，但龙应世家对子弟的教育本就是清心寡欲，冷漠自持，个性和环境的双重压抑，导致了这一代子弟有着潜在的性格危险直到他们被救出，有人目光清醒地指出，龙应世家必须改变，才有了后来的红尘行走。

接触喧嚣，接触人群，接触人间光怪陆离的事务，才能将那些被雪山冻麻木的心渐渐熏热，找回属于人的活气来。

而在一路的行走中，这群人也一直在寻找各地的著名药用沼泽进行治疗——龙应世家的血脉之毒，是无解的，当初在世家的驻地有专门的药物抑制，但驻地已经被许平然毁去，现在想要世代承续，也需要更多的办法。

白发男子看了看那群子弟，眼底微露笑意，本来这群家伙还变不成这样子，只是在经过蒙国时，遇见了紫微上人。老家伙对这群木讷的龙应世家子弟很感兴趣，跳出来调教了他们几天，之后便一发不可收拾——人总是会从一个极端，走向另一个极端。

想到紫微他就想到耶律询如，然而他却没在紫微身边见到她，老家伙提到她时的神情也很古怪，不肯说明耶律询如现在怎样，也不肯回到景横波身边，显然是有难言之隐。

由紫微的态度又想到自己，他不禁轻轻一叹。

这世间有多少身不由己，又有多少无可奈何。

上雪山时，他已经是强弩之末，心口那根针，虽然借助慕容箴的暗杀碎去，却没有能完全破体而出，而是瞬间游走了全身。虽说之后钧宗主救亲人并没有出手，纯以智计取胜，但前后所耗心力，已经令他再也压不住伤势和毒势。带着全族离开雪山时，那些碎片堵塞了全身经脉，他一度以为自己会死去，之后全族施救，用尽办法，才为他抢回一线生机，但当时，他全身都已经不能动弹，几乎成了废人。

那是一段日夜在生死线上挣扎的日子，他知道自己随时会死去，偶尔清醒的间歇，会听说她一路轰轰烈烈攻帝歌的消息，这令他欣慰又担心，有时候昏迷中，他会喃喃着到她那

儿去，和以前一样，陪她一起，看遍大荒诡谲和朝争，然而当天光从眼前清晰亮起，他便知道，不可以。

她若见他那个样子，她若见他朝不保夕，便会再也无心战事、无心帝歌，而在那样的情形下，分心很可能给她和无数无辜士兵带来死亡。

他可以不再助她强大，但也绝不能成为她的弱点，和她相遇至今，他一直都在为她的强大铺路，怎可在最为接近目标的那一刻，因自己令她竭蹶？

当他稍稍脱离危险，才注意到自己的族人，因为性格、武功的限制和长年的地底幽禁，已经快成了一群疯子。从那一刻起，他力排众议，带着族人辗转大荒，寻找机会救自己，也救族人。

他的手指在白子上轻轻敲击——一年又一个月零十天，他和她分开已经一年又一个月零十天了。其中一年又一个月，他连一根手指都无法动弹，最近十天，他的手指才开始恢复机能，现在能做的也不过是下下棋，将笊篱在汤锅里稍微倾斜，捞起馄饨。

刚才她在摊位上疯狂寻找，他在摊位后将她凝望。

她在摊位中失魂落魄，他在她背后下抄手。

她手中的辨珠，在刚接近他那一刻便已经被他发觉。辨珠的血引是已经渗入血液的东西，无法清除，但他却可以控制全身气血，令气血发生波动，从而引起辨珠的变化。

景横波会看见血丝的游动，但那游动并无方向指示，那是因为，其实他还是没有动，动的只是周身血气——他本就是重伤重病的人，气血反应和别人不一样。

那一霎他对着热气腾腾的汤锅下抄手，明明背对着她，也能感觉到身后的人成了一座人流中的孤岛。她在人群中，茕茕孑立，形单影只。

那是他心中最明媚光艳的女子，是整个大荒的繁花烂漫、云霞满天，可那一刻，他只能眼睁睁地看着她，被孤独和寂寞吞噬，天地洪流，不过是黑洞一般的背景。

他心中微微一痛，脸色一白。

黑发老者忽然看了他一眼，黑子啪地一落：“先前我看见明珠了。”

“是。”他语气含三分尊敬。这是他的伯父，龙应世家上一代硕果仅存的长辈，在多年中毒幽禁的岁月里，亲人的不断死亡和压抑黑暗的环境，几度给龙家带来灭顶危机，多亏了龙翟沉稳冷静，安抚子弟，和许平然不断周旋，甚至找到机会向外传递信息，给了他蛛丝马迹，他才能在最后将全族救出。可以说是这个老人支撑起了整个龙家，直到自由的这一日。他将全族救出后濒临死亡，又是这位伯父，全力救他回阳，在他稍稍恢复后，又将全族事务托于他——并不是甩手不管，只是希望给他压上家族责任，鼓励他为了家族坚持求生罢了。

他的亲生父母早早去世，他一生不懂亲情，救全族也不过是为了解身上的毒，然而到如今，他终于明白，亲族存在的温暖意义。

“当初许平然下雪山，要提一个龙家子弟为人质，我怕她是为了要对付你，使了计让明珠去，就是希望万一真的遇上，明珠可以以死保你性命。没想到这孩子命大，竟然安然无恙，你既然看见了她，为何不让她回来？”

他微微一笑："她有更重要的事去做。"

龙翟停了手，凝目看他："明珠是你的药盅，二十多年的培养都只是为了你。你现在状况这么糟糕，正是用她的要紧时候，她在你身边，才是最重要的事。"

他笑而不语。

龙翟却不肯放弃。

"就算你现在不想要她，也不能随意抛开她。作为一个药盅，你该明白她吃过多少苦，她要从三岁开始洗筋伐髓，从五岁开始尝遍天下之毒，将身体生生培养成药物和毒物的熔炉，更不要提作为顶级护卫的各种严酷训练，她必须永远待在最恶劣的环境中，永远接受最残酷的挑战。为了你，她必须完美强大，不惧伤毒，周身上下，没有任何缺点。但世上一切的完美都有代价，经过这样的训练，她的身体会留下致命的隐患，只有和你在一起，你和她才会得救并完满，你才能好好活下去。"他的声音渐渐森然，"而她，等到今天，牺牲了一切，如果不能和你在一起，你和龙应世家，都将永远亏欠她。"

第十二章　缱绻相拥

那股气息清清淡淡，自景横波鼻端掠过，转瞬被风雨卷去。

她太累了，心头虽然有模模糊糊的感觉，却睁不开眼睛。她沉入了睡乡，梦里白影飞掠，倏忽来去，梦里一抹淡淡的香气与雾气共同缭绕，雾气尽头，是他倾世清雅的容颜。

壁凹外大雨哗哗地下着，她靠着的那块石头，一半在凹陷里，一半在凹陷外。凹陷外的那一半，被雨打湿。风从山谷空旷处呼啸而来，哗啦啦掀动草木，那石头的底端，有什么在微微颤动。

雨中忽然多了一顶黑伞，无声无息移动而至，伞下是一张苍白漠然的少女的脸。

她行走无声，停在了景横波面前，仔细看了看她的睡颜，一抬手，点了她的睡穴。

然后她放下伞，将景横波扶起，掀起她身后的竖石。

黑青色的皮状物落下，宫胤垂着眼眸，半身任景横波依靠，半身在雨中。

少女眼中闪过一抹不解的情绪，轻轻道："您等的就是她？"

方才他将子弟们都派出去，随即便命她背他下山，在这山谷中唯一一个可藏人的山壁凹陷处坐下，披上了那些士兵用来伪装的皮状物。

他山石一般坐在那里，在大雨中默然等待，挡住这贯穿纵横的风雨，只为让她停留时有一个依靠。

宫胤没有回答，低头凝视着景横波，她微卷的睫毛在他的下颌下低垂，呼吸匀净清甜。

少女眼中露出不可思议的神情——龙应世家不重人间情欲，她无法理解这样的行为。

宫胤轻轻移动手指，拨去景横波粘在额上的一缕乱发，指尖绕着黑发久久盘桓，直到掌心将发丝焐干。

她的发间依旧是那般馥郁香气，隔一年零一个月又十一天而不改，分离的时光如此漫长，再次嗅见便如再遇前生。

少女瞧着，只觉得心中一动，只觉得这样的一幕如这一刻突然变得绵密的雨丝，令心底微凉惆怅。愿意多看一眼，又觉多看也是心伤。

她不明白，这叫刻骨相思。

宫胤似乎并不在乎她在场，也不在乎她想什么，他的手指慢慢贴靠上景横波的脸颊，指尖所经之处，景横波身上蒸腾出微微白气。

他在用内力为景横波驱除寒气，以免雨夜睡觉令她着凉。

他因为经脉被碎针所堵，不能动弹，但内力仍在，只是这样的举动，仍旧是不利于恢复的。那少女身负为他治病之责，见状嘴唇一动便要阻止，然而一眼看见那两人的神情，心中一震便咽下了要说的话。

雨幕如织，山壁幽暗，他轻轻揽着她，垂下的眼睫只笼住有她的小世界。

她虽在睡梦中，也似有感应，微微挪了挪身子，靠他更近，唇角出现一抹淡淡的笑意。

那笑意满足而沉溺，如遇美梦。

少女立在雨中，看那两人，忽然明白何为不着一字，不言一语，自生缱绻。她忽然觉得自己多余，默默转过身去，撑起了伞。

雨丝涂抹天地，四月山间犹清凉，朦胧的雨幕里，相拥的人沉默地共享这相遇的一刻。

天风在山谷中呜咽，似吟唱似轻叹，山洞前以背相对的少女，睁大眼凝视这无法贯穿的雨夜，眼底隐隐闪着泪光。

雨势渐渐弱了，山间传来鸟的清鸣，少女转过身去，看着那两人在天光中静默相拥的姿态，忽觉催促的话说不出口。

宫胤轻轻将景横波的最后一缕乱发理好，顺在耳后，平静地道："走吧。"

少女背起他，走之前犹自不忘按照他的吩咐，找来一块长长的石头，披上刚才的伪装物，置于景横波身后。

将要纵身而起的时候，她微微转身，不是自己想看景横波，而是想让宫胤多看一眼。

宫胤却没有随之转眼。不用再看，她的姿态是烙在他心版上的浮雕，永不抹灭。

他只需要记住刚才那一刻，时隔一年多之后，他终于再次揽她入怀，和她共享一次难得的静谧。他只需要记住她温存柔软地倚在他怀中，似一捧云，飞进他一色荒凉的世界里。

而这一次后，或许以后还会再见，但想要再次相拥，全凭天意给予的缘分。

看天意愿意让他活多久。

在生命得到保障之前，他宁可她不确定他的存在，宁可她以为他长长久久、健健康康地

在这大荒的某个角落生存。

少女纵身而起，迎面的风扑打来彻骨的清凉，她听着身后那人平静的呼吸，想着这样的感情她不懂，只是忽然明白，这样的感情她之前没有，之后也不会有，而这世上大多数人，都不会懂，不会有。

不知道这是缺憾还是幸福。

她想，她还是宁可不会懂，不会有。

景横波慢慢睁开眼睛。

这一觉睡得极好，她已经很久没有过这样甜美的睡眠了，从宫胤失踪之后，就没有过了。

醒来那一刻，她觉得浑身血脉通畅，精力充沛，似乎只是一觉，便满血复活了。

她坐起来，有点怔怔地，想着睡一觉就能这样恢复了？以前怎么没睡出这种效果？她探头看看，外头的雨停了，又觉得哪里不对劲，低头一看，自己的衣裳干了。

淋了这大半夜的雨，这么快就干了？雨到底是什么时候停的？她又觉得眼角绷紧，伸手摸摸，似乎有一点泪。

睡觉只听说过睡出口水的，没听过睡出眼泪的，做噩梦了？可印象中完全没有。

她想了一会儿没有答案，还惦记着赶回去，不能确定押送队伍能否对付得了耶律世家的人手。她站起身，正要转身，忽然停住。她的目光落在身后那块石头上。这块石头，好像有点不对劲。

她记得她进这个山壁凹陷处时，特意看了一眼这石头，因为这山谷中的石头多半方正或扁圆，很少有这样瘦长的石头。

现在这块石头已经变成了一块方方的山石，她几乎可以确定，这块石头不是之前那块，如果是这块的话，这么方，不大好依靠，她根本不能睡得那么舒服。

有人来过？换了石头？她心中一惊，好端端地来个人，不知是敌是友，不对她下手，换一块石头干吗？

她忽然一颤，脑中似有闪电劈过，霍然转头四望。

山谷空寂，天色黝黯，四面只有呼啸的风声。

她撒开双腿，在山谷中一阵翻找，除了给她整倒的那些士兵，没有别人。

她蹿上山腰，看见半山腰上有一些钢丝，黑色的钢丝横亘在黑夜中，不注意看根本发现不了。

她再往上奔，到了山顶，山顶上有很多杂沓的脚印，一支断裂的弩弓扔在地上。

她浑身唰的一下凉了。就在先前，这山顶上有人！

那个时候在山顶上埋伏的人，一定是禹国的精英队伍，她螳螂捕蝉，不承想黄雀在后！

是有人替她不动声色地捕了黄雀，换了山石，换了她的成功和一场好眠。

是谁？答案呼之欲出。

她浑身颤抖，似要被山巅的风吹下山谷，无法抗拒的激动和失望交替而来，她站立不

稳，踉跄一步，咔嚓一声，踏碎了那半截弓弩。

宫胤！为什么再次擦肩不相认！

她猛地又转身奔下谷，到了刚才自己睡觉的地方，抚在那山石上，似乎还想依此寻觅他的气息和温度，可她知道，她已经错过了。

他总是如此残忍，在她觅他千百度的时候，悄然从暗处走出，再无声离开。

她蹲下身，紧紧蜷缩成一团，似乎只有靠这个动作，才能抵抗忽然从内心涌起的疼痛和崩裂。

她忽然看见地面上有浅浅的脚印。

她怔怔地看了一会儿，伸手去量，脚印只有小半个，前头尖尖的，从尺寸和形状看，像是女子的。这脚印不是她的。

她有点疑惑——有个女子出现过？如果刚才是他，以他的性子，不会愿意有外人在场，那么这个女子是谁？为什么会在场？

她隐隐约约觉得，他一定有什么状况，是自己没有想到的。

她慢慢站起身来，长长地舒了口气。没关系，知道你在我身边就好。

因为睡了一觉，又寻找宫胤耽搁了时辰，景横波赶回去的时候，发现押送队伍营地的战斗已经开始了。

她远远地就看见火箭升空，人影纵横，甚至还有重弩的厉啸之声，穿透空气如鬼哭。从人数来看，进攻的人一点也不少于防守的人，看来耶律世家看这里是荒山野岭，又有禹国王族撑腰，这是一不做二不休，干脆下死手了。

景横波看见队伍的圆阵，就叹了口气，已经让人提醒蒋亚，对方可能人多势众，可能有禹国军队，怎么还这么掉以轻心。圆阵虽然是最适合夜间防御的阵形，却耐不得火攻。对方如果连本国军队都参与了，就意味着当地官府默许劫杀行为，动手的耶律家族就不会再有任何顾忌，不会再怕被人发现干涉，火攻箭射，都免不了。这时候再用圆阵，很容易死伤惨重。

远远的厮杀凶猛，一条白影在火光中蹿来蹿去，飘逸迅捷，白影所经之处，火光纷灭，攻击者不断发出惨号。她认出那是南瑾，士兵们很快发现南瑾的厉害，自然而然地向她靠拢。

蒋亚在最外围指挥战役，副队长雷熙则在最内围，带着一批精兵，看守着所有流放犯，这些人都是重犯，不能有任何闪失，不然女王一定会问罪。那些犯人都被集中在一座帐篷内，帐篷不点灯火，所有人重镣重铐，被铐在地上。

雷熙看着外头的攻势，目光闪动，和身边士兵道："瞧着虽然紧张，但估计是打不进来的。"

一个士兵道："对方人不少，如果再来个几百人，或者来一批高手，就能冲进来了。"

另一个士兵道："多亏了有那个雪人在，她一出手，连火箭都会灭，可帮了咱们大忙。"

士兵们都叫南瑾"雪人"，觉得这个姑娘太冷太干净，就像一捧雪。

又有一个士兵看了看雷熙，道："说到那个雪人，另外一个怪人呢？战事这么激烈，火头军都来帮忙看守人犯，他怎么一直不见？就算是英白大统领的亲戚，也不该这么悠闲吧？"

这话提醒了众人，大家立即纷纷道："对呀，人怎么不见了？别的时候乱跑，这时候怎么也跑？这算个什么？"

雷熙目光闪动，缓缓道："你们不觉得，这时候队伍中忽然少了一个人，不是什么好事吗？"

众人凛然，半晌有人低声道："是啊，那人行径古怪，莫不是奸细……"

黑暗中，帐篷后，景横波静静地站着。

雷熙点点头，沉声道："今夜敌人来势汹汹，人多势众，如果这时候出了个奸细，后果不堪设想。我等负责看守这一批人犯，职责重大，因此我觉得，原先定好的看守方案，是不是该调整一下？"

众人心中不安，想想也都赞同。雷熙便低声道："我们全部守在这里，反而容易给对方一眼瞧出这里是重犯聚集地，万一上来一批高手集中猛攻，咱们未必挡得住，不如实则虚之虚则实之，撤开人手，分散埋伏在侧，互相策应，给对方一个出其不意。"

众人都觉得这法子好，当即分散开来，埋伏在帐篷外各个方位。雷熙又进了帐篷一趟，黑暗的帐篷里，人犯挤在一起瑟瑟发抖，有人抬起头来，看了他一眼。

过了一会儿雷熙出来，站在帐篷前看了看天色，迈步走开。

帐篷前后，士兵们各自散开，找地方埋伏。在这人群散开的一瞬，十几条人影无声无息地闪进了这中心区域。一部分人迅速散开，一部分人则向帐篷摸去。

一个士兵刚刚找好藏匿地点，还没来得及蹲下，忽然感觉到身侧一阵冷风，随即头顶风声一响，他心知不好——有人偷袭!

但已经来不及了，他只好闭目等死，然而砰的一声闷响，头顶风声并没有落下。他愕然睁开眼睛，就看见一条人影，闪电般从眼前划过，而脚下，不知何时多了一个头破血流的黑衣人。黑衣人身边还落着一柄金锏，不用问也知道这是对方刚才想要偷袭他的武器，不知怎的，偷袭不成，武器却砸在了他自己的头上。

士兵茫然四顾，可四周除了游动的黑影和风声，哪里还看得清刚才出手救他的人？

这样的事情发生在整个营地中心，那些四处藏匿埋伏的士兵，在散开的一瞬，都遭到了黑影的偷袭。然而偷袭不成反被袭，那些出手的人最后都栽在了他们的脚下，士兵们只瞥见一抹黑影，速度快得不像人类。

那个黑影自然是景横波，她看见这批趁乱进入营地中心的人，轻功都相当了得，目标也很明确，就是看守犯人的帐篷，想必是耶律世家用于救援大公子的精英。

一批人用于除去外头埋伏的士兵，一批人便冲入帐篷之内，还没进入便拔出寒光闪闪的兵刃，既救人，也杀人。

景横波正要跟进去，忽觉背后一凉，这股凉意太熟悉，她霍然回首，身后却没有人，她目光落在地上，地上有一只小小的雪团。

她眼中光芒大盛，忽然白影一闪，一直在前方缠战的南瑾出现，看神情似乎也发现了什么，猛地扑入旁边的一个帐篷内。

景横波大喊：“这雪团是你砸的吗？”

那边帐篷里静了一静，才传出南瑾的声音：“不是！”

她的声音听来有点不稳，似乎发现了什么令她惊讶的事。

景横波也扑向那帐篷，她一定要搞清楚这雪团是谁砸的！

身子还没扑出去，忽听身后嘎嘎一声冷笑，回头一看，几个黑衣人已经从帐篷里钻了出来，其中一人肩上扛着的正是耶律世家的大公子。

景横波目光一闪——帐篷里没有灯火，所有囚犯都穿一样的衣裳，泥灰满面，嘴被堵住，用镣铐锁在地上，这些人是怎么在这一霎间，便认出耶律家要救的人的？

此时步声杂沓，雷熙带着一批人冲过来，一眼看见黑衣人扛着的耶律家大公子，不禁一惊，大叫：“他们怎么发现的？”

那群人被人围住，倒也不急，其中一人晃了晃手指，手中拿着一个纸袋子，笑道：“今儿风向是西风，帐篷里的人正处于下风位置，这袋子要是撕破，毒粉进去，这里头的人可就瞬间死个干净了，怎么样，要不要试试！”

此时队长蒋亚也带兵赶至，本来刚为打退外头的进攻松一口气，一眼看见敌人竟然已经混进要害位置，不由得大惊失色，忙问：“他们怎么进来的？怎么把人救出来的？”

雷熙大声道：“我也不知道，只是刚走开一会儿部署埋伏，这些人便出现了！”

景横波不耐烦听，想着那边帐篷怎么了，南瑾为什么还没出来，转身要走，雷熙却忽然道：“此处正在对峙，你不在此准备作战，跑什么跑？”

景横波一怔，停住脚，士兵们投来的眼光，都带着几分冷漠和排斥。

“少我一个不少，”景横波一笑，“我有事要查看。”

雷熙眼色一动，几个人挪动脚步，拦住了她的去路。雷熙冷笑道：“这时候，不方便走吧！”

那群黑衣人忽然笑道：“咱们能进来，自然是有人帮忙。”对景横波点点头道，“小兄弟，多谢你，不用担心，我们会带你一起走。”

众人哗然，所有眼光唰的一下集中到景横波的脸上，随即哄然一声，怒骂呵斥，潮水般爆发。

“果然有问题！”

“难怪鬼鬼祟祟要走！”

“先前作战的时候就一直不在！去联络这些人了吧！”

“他还谎报军情呢，说有禹国军队要偷袭，哪儿有禹国军队？幸亏队长没听他的改变部署，不然所有人都要死在他手上！”

“奸细！奸细！”

“杀了他！”

呛啷声连响，寒光闪烁，刀剑齐出，对准了景横波。

第十三章　耶律祁的下落

寒光迫人，暗夜里闪烁的厉眸似要择人而噬，气氛紧张，景横波却轻轻地笑了。

“今儿可算见识贼喊捉贼了。”她道。

雷熙脸色一变，随即厉声道：“任你舌灿莲花，今儿也要交代在此地！”

“喂，我说，”景横波端着下巴，指尖对着那群黑衣人，“现在难道不是该先把囚犯截下来，把敢于劫囚的狂徒都处理掉，再清理门户吗？你这么急着要针对我，不会是想先制造一场混乱，好让这群家伙趁乱溜走吧？”

火光下雷熙的脸色有些发青，随即硬声道：“你倒是牙尖嘴利，但你和这群劫囚者是一伙，先拿下你，再拿下他们，也一样！”

“可不能拿我们。”那群黑衣人笑着摇晃手中纸袋，“逼急了，我们一撕，所有囚犯就得毙命。死一个好还是死全部好，这笔账你们该会算吧？”

语毕，霍然脸色一变，厉声道：“退后！都退后！不然我就将这帐篷里的囚犯全杀了，到时候你们也是死罪！”

兵士齐齐变色，蒋亚神情为难，雷熙目光闪动，轻声道：“可不能让这些人都死了，走一个耶律家的，还可以说耶律家势大，趁乱抢人，你我顶多背个处分。如果全部死了，咱们怎么担得起这责任？”

蒋亚沉吟着，半晌铁青着脸挥了挥手。那群黑衣人得意地微笑，眼看士兵们慢慢撤开了包围圈。

包围圈对他们撤开，却没有对景横波撤开，那群黑衣人的领头者目光一转，盯着景横波，嘎嘎笑道：“小兄弟，你立了大功，咱们本该带你走的，只是你也看见了，如今情势不利，咱们也顾不得你了，你且好自为之吧！”

说完领头者大笑着纵身而起，其余黑衣人紧随其后。雷熙冷着脸一指景横波，道：“拿下！”

“别走！”这一声和雷熙同时响起，声音更冷，发自景横波身后。众人回头，就看见隔壁帐篷里，缓缓走出一道高高瘦瘦的白色身影，是南瑾。

那群黑衣人根本不理会，却听见南瑾高声道：“你们还有人没带走！”

那群黑衣人愕然回首。南瑾衣袖一挥，众人顿时哗然。

南瑾身后的帐篷被掀开，露出一大堆人体，一个叠一个叠罗汉一样堆着，看上去是一群衣着华丽的年轻人，最上面一个人脸色青白地昏迷着。南瑾走过去，一把揪住那人的头发，对那群黑衣人道：“救了老大，丢下老七？”

黑衣人惊呼：“七公子！”一群人脸色大变，纵起的身形不由自主地落了下来。领头黑衣人脸上汗水滚滚而下——今晚行动本由七公子耶律哲策划，但行动前七公子忽然失踪，当

时已经箭在弦上不得不发，好在城中还有别人主持，当即决定继续按原计划进行，谁知道一切顺利，救出了大公子，却看见七公子被困在了营中！不仅七公子，临州贵族子弟，乃至大都几位重要人物，都在里面！救出一个，却失陷更多更重要的，岂不是前功尽弃？

更重要的是，这样一来，今晚的营救计划也就毫无意义，便是此时带走大公子，抛下七公子还有那许多的贵族子弟都不理，事后耶律家族一定会被其余同盟责难。

景横波也有些诧异地看着那堆人质，难道是南瑾趁乱绑来了这群公子哥儿？她什么时候这么聪明爱管闲事了？不过绑来这群人谈何容易？

联想到刚才那雪团，她心中若有所悟。

此时变化突然，大多数将士莫名其妙，不明白这些人好端端的怎么忽然不走了，连蒋亚也在愕然四处张望。景横波忽然咯咯一笑，盯着雷熙，曼声道："雷副队长，脸色怎么这么难看？怎么，你认识这些新冒出来的人质吗？"

雷熙沉着脸，冷声道："你这叛徒，有何资格在此胡言乱语？"

"我只是问一声你认不认识这些人质，哪儿来的胡言乱语？"景横波笑吟吟地道，"瞧起来，你和那几位黑衣大哥，脸色一般难看呢。"

"叛徒！"雷熙眉毛一挑，"这什么时候了，你还在谗言中伤，是要搅乱局势，好趁机逃脱吗？"

"这似乎是你擅长的手段。"景横波笑答。

"住口！"雷熙越发暴怒，"来人——"

"够了。"蒋亚忽然皱眉道，"查办奸细的事等会儿再说，先把眼前事情解决要紧。"

雷熙一怔，停下了手中出鞘一半的刀，半晌，深深吸一口气。

"把他先押下去，等会儿审问。"蒋亚看也不看景横波，挥挥手，他现在无心听这样的纠纷，注意力都在那群劫囚的人身上。

雷熙手按在刀上，目光闪动地盯着景横波，大有景横波敢拒捕他就让她血溅当场的意思。景横波却出乎他的意料，根本没有反抗，叹了口气，任由那些士兵带走。雷熙盯着她的背影，目光阴鸷，随即转过头来。

场中那群黑衣人惊怔了半晌，终于还是做了决定——被俘的人质太多，要救也救不了，还会让自己等人全部失陷，不如救出一个是一个，先把大公子送出去再说。

当下那群黑衣人冷笑一声，"走！"

人质堆上，最上面的耶律哲抬起头来，目光怨毒地盯着远去的黑衣人——家族永远都这样，同样是耶律家族的子弟，大公子的性命永远都比他们重要！

景横波被押送着走过他身边，正看见他面上的怨毒之色，唇角一扯。

她忽然觉得旁边有道异样的目光，转头看见是南瑾，这平常面容麻木的姑娘，正用一种意味难明的目光盯着她。景横波有点诧异，却也没有多想。身后的士兵对南瑾十分恭敬地一笑，却猛力推搡着她："磨蹭什么？快走！"

景横波笑笑，不以为忤。这群士兵先前得南瑾相救，看见南瑾高绝的武功，此刻又见她

掳来这许多人质，军中一向钦佩强者，自然待她不同。倒是她，看起来十足废物一个，还有通敌嫌疑，没给她一刀，就算客气了。

南瑾目送景横波被押进旁边一个小帐篷，转头，看了耶律哲背部一眼。

耶律哲背上微微冒着水汽，显然刚才曾经凝了冰雪，那些冰雪凝成特异形状，但只有她一人看见。

那是家族硕果仅存的上辈，大族老的命令。

“杀了和你一起的女子。”

蒋亚抬头看着黑衣人远去的方向，下令士兵去追，脸色很不好看。

雷熙却在他身边笑道：“队长也不必为难，如今咱们多了许多人质，看那样子还是临州贵族子弟，正好拿来和临州各大家族谈判，交换回囚犯不就是了？”

“也只有这个办法了。”蒋亚道，“不过你怎么知道这些都是临州贵族子弟？”

雷熙神色一凛，随即笑道：“刚才那黑衣人喊出一声‘七公子’，想必是耶律世家七公子，能和七公子在一起的，自然是临州豪门子弟。”

“你说得也是。”蒋亚心事重重地点头，“对方一定不肯善罢甘休，咱们还要加强防备才是。”

“队长放心，我一定安排妥帖。你忙碌半夜，后头还有要务，不如先休憩一会儿。”

蒋亚将手中的剑垂了下来，疲惫地看一眼天色，道：“那些劫囚的人刚走，估计也不会马上有人来，大家都抓紧时间休息一下。”

雷熙却道他没有及时抓到奸细，导致耶律旻被救走，将功折罪，愿意继续守夜。蒋亚劝说几句，拗不过他，也便应了，当即命令先前外围奋战的士兵短暂休息，内围士兵守夜加强戒备。

营地里的人稍稍收拾了一下，便安静了下来。

雷熙带着亲信士兵，亲自守在耶律哲等人的帐篷前，南瑾也离开帐篷去休息，经过景横波所在的帐篷时，忽然停了停。

帐篷外灯火依稀，映出帐篷里那人单薄的身影，她似乎背靠着帐篷，垂着头，也不知道在睡觉还是在沉思。

南瑾久久地盯着那个背影，忽然道：“你今天在集市，找的到底是谁？”

帐篷里没有动静，南瑾也不走，好一会儿，才听见景横波疲倦的声音：“我的爱人。”

风忽然静了，远处野鸟翅尖掠过树梢，树叶上露珠滴落，荒草上夜虫唧唧。

下一秒，风似乎忽然紧了，野鸟从树梢栽落，露珠将滴未滴转瞬消失，夜虫不鸣，天地不亮。

南瑾一直一动不动地站着。

良久，她默然走开。

黎明前总是最黑暗、也最好睡的时辰，激战了一夜的士兵们，发出的鼾声几乎可以在十里外听闻。守夜的却目光炯炯，警惕地盯着外头的一切动静。

雷熙坐在帐篷前，竖着耳朵，听见远处一长两短几声婉转的鸟鸣。

他看看周围几个亲信士兵，士兵对他点点头，他又看看营地，注意到南瑾早已离开，不知道去了哪里。

他悄悄站起身来，进了帐篷。帐篷里那堆人质还叠着，只有最上头的耶律哲是醒着的，正用阴鸷的眼神盯着他，冷笑低声道："算你识相。"

雷熙冷着脸，他何尝愿意这么冒险？无奈被人家抓了把柄，答应帮一次，谁知道救走了大公子，却又被掳来了七公子。那群黑衣人临走时的眼色他看懂了，还得再帮一次，不然就继续和他过不去，涉及自己的秘密，也会被捅出来。

那些耶律家族的人临走时暗示，不会走远，会在附近等着接应，他只要将这群人放出去便好。然而他走近了才发现，这些人身上没有锁链也没有任何禁制，只是浑身僵硬，似乎都被冻僵了，但这种天气，怎么会被冻僵？

"走不掉的。"耶律哲神色阴沉，"他们动不了，而你不可能把所有人都带出去。"

雷熙也发现了这一点，额头冷汗滚滚而下，将唯一勉强能动的耶律哲扶下来。两人立在帐篷里，对望一眼。

黑暗中眼眸如狼，凶狠嗜血。

相同的人，一霎目光相撞，便见同样杀戮心思。

然后两人同时转身，各自拔刀！

哧哧连响！

黑暗的帐篷里，刀尖入肉声不绝于耳，伴随着血液喷涌的噗噗之声，浓郁的血腥气氤氲开来。

两人一人在左一人在右，各自负责一边，拔刀砍杀，一刀一个，如同宰猪。

血花飞溅里，那些僵硬的不能动弹的公子哥儿们惊骇地瞪大眼睛，死也想不到，平日里和自己一同章台走马称兄道弟的耶律哲，竟然会突下杀手，更想不到那个布置在军中的内奸，竟然也这么心狠手毒。他们喉间僵硬，无法叫喊，很多人到死都满眼疑问——为何要这么做？难道不怕日后各大豪门追究吗？

而耶律哲和雷熙，则以冰冷带血的刀尖回答。

不能不这么做。

雷熙救不走全部人，就一定会被对方责怪，那么自己的身份和秘密就有泄露的危险。

因为无法救走全部人，只要留下一个，耶律哲就得承担责任。所以这些人都得死，把他们的死推给这支军队，临州豪门乃至大都贵族，就会和这支军队不死不休，他们不仅逃脱了责任，还可以报仇。

鲜血飞溅，耶律哲下手很快，一边抹人家脖子，一边用刀也在自己臂上狠狠一划。他"千辛万苦"逃出，才能取信于那些豪门贵族。

上头堆着的人已经杀完，他们将人掀翻，继续杀戮，一个活口也不能留！雷熙将一个有

些僵硬的躯体翻开，那身体却太硬，眼看着要落地发出声音，他急忙去接，却有一只手，比他快一步，轻轻接住了那人的身体，笑道："悠着点。"

雷熙浑身一冷，目光直勾勾地盯着面前。

那只手雪白纤细，指尖修长，如春葱、如玉管、如秀笋，美妙精致。那声音微微慵懒沙哑，笑声似生了钩子，勾魂。

他觉得五脏六腑都似被忽然钩住，紧紧地一攥，迫出冷汗来。他有些呆滞地抬起头，就看见面前微笑着的景横波。

这一眼让他险些晕过去，第一反应就是看一眼外面。外头不远处关押景横波的帐篷仍亮着灯，有人站岗，没人惊呼被关押的人不在。被关押的人，却神出鬼没地出现在这里。

"啧啧，好狠。"景横波轻笑道，"我就慢了一步，你们都快杀完了。"

她是故意慢一步的，只有这两个人动了手，让那群公子哥儿看见他们杀人，才能成功离间耶律世家和其余世家的关系，才能让耶律世家在禹国无法生存，才能让禹国出现大乱，她才好浑水摸鱼。反正这些世家公子，横行不法，鱼肉乡民，坏事也没少做。

只是这两个人，比她想象的还狠，她慢上一步，最起码多死三个人。

雷熙和耶律哲对视一眼，两人二话不说，抢身而起。

砰的一声闷响，下一瞬两人翻倒在地，门口不知何时多了一个人，正是面无表情的南瑾。

耶律哲和雷熙又对视一眼，这回两人爬起来一个翻身，极有默契地扑向景横波。

景横波看起来像比较好捏的软柿子。

砰的一声，两人撞在一起，面前的人已经不见了。随即两人的后领被一双冰凉柔软的手抓住，额头对着额头，狠狠一碰。

啪！眼前似有漫天星花四溅，两人额头一片青紫，翻着眼睛，险些被各自的额头撞晕。

女子慵懒的笑声响在他们颈后："心一样黑，人一样狠，果然额头也一样硬。"

笑声里，耶律哲瞪大眼睛，看着帐篷里桌案上的灯火忽然自己移动起来，落到了身后人的掌心。

景横波在他身后，擦亮了火石，点起了蜡烛。光线一亮，雷熙脸如死灰——军队要被惊动了。

耶律哲脸色一变，忽然似想到什么，惊道："你是女……"

身后的景横波呵呵一笑，耶律哲立即住口，眼看帐篷一角的绳子自动飞了起来，落在自己身上，心里终于确定，身后果然是女王。

女王以轻功和控物名动天下，当然很多人认为这是她的武功，耶律世家这样的大族，对女王的能力自然比别人清楚。耶律哲也听说过，但怎么也想不到，女王竟然会扮成小兵，跟随押送队伍来到禹国，直到刚才看见她神出鬼没的瞬移和远程控物，心念一闪，才喊出了那一句。

想到女王，就想到大半年前发生的一件事以及听说的一些小道消息，他心中一动，忽然替自己找寻到了一线生机。

灯光已经亮了，门外传来大批军士急促的脚步声。

景横波冰凉的手指在耶律哲的咽喉上摸索，笑道："亲，我要不要给你个痛快？不然你说，那些临州豪门，乃至禹国王室，会不会将你五马分尸？啊，耶律世家只怕也不会放过你呢，你给他们惹了这么大的麻烦。"

冰冷的手指刺激着喉头肌肤，激起一阵阵不能自控的痉挛。耶律哲似乎嗅见了杀气，那杀气森然凛冽、血气森森地逼来，他甚至能感觉到，现在女王心情不怎么好。

联想到近期女王的名声，他浑身一阵颤抖，忽然低声道："陛下……陛下！救我一命，我有你需要的重要信息，和你交换！"

"哦？"景横波斜瞟着他，语气悠悠。

"我……我能告诉您，耶律祁的下落！"

景横波怔了怔，眼神中微带疑惑："哦？"

她确实有从耶律世家打听耶律祁消息的打算，当初裴枢追击许平然的时候，曾经发现有耶律世家的人为许平然效力，耶律家的三公子是天门门下，耶律家向来对天门谄媚巴结，那么耶律家就有可能知道许平然和耶律祁的情况。所以这次她特意从禹国绕了一下。只是在她想来，这应该算是高级机密，就算耶律家有人知道，似乎也不该是耶律哲这样一个小辈。

耶律哲赶紧点头，听着外头越来越接近的脚步声，额头渗出冷汗。

景横波须臾之间，已经下定决心，拎起耶律哲，身形一闪不见。

南瑾看她离去，毫不犹豫地跟上，连雷熙那群人也不管了。

与此同时，帐帘被人哗啦一下甩开。蒋亚带着人奔进来，正和南瑾擦身而过，南瑾只匆匆丢下一句："雷熙是奸细。"

蒋亚一进门，就被满帐篷的血腥气惊得脸色发白。

帐篷里死了七八个公子哥儿，侥幸留得一命的，正从地上慢慢爬起，也不管蒋亚等人，嗷的一声便冲雷熙扑了过去。五六个人将雷熙压在身下，刀砍剑戳，手撕口咬，肘击拳轰，乒乒乓乓往死里下狠手，人堆最下面雷熙的惨叫越来越尖越来越可怖，一道道血流从挣扎的腿下蜿蜒，直流到兵士们的脚下。

蒋亚等人面色惨白，一时被震得忘记出手。好一会儿那些贵族公子挣扎着翻身下来，一个个躺地上喘气，呸声连连，吐出的血沫都带着雷熙身上的血肉。

有人犹自恨恨地骂："奸贼！救不出就杀人灭口，敢对爷爷们动手，找死！"

蒋亚低头看看地上那摊面目全非的血肉，激灵灵打了个寒战，急忙命士兵将剩下的人看守好，发愁这些人到底该如何处置。虽说耶律世家的人来劫囚错在先，但扣押这些临州豪门子弟也是冒险举动，一不小心就会惹怒禹国，到时候骑虎难下，难道这两千人还得和整个禹国打一场？但就这么放回去似乎也不妥，连最后的凭仗都没了。蒋亚不过是个押送队伍的队长，职级也就是个参将，想到这事弄不好就变成了国家纷争，顿时额头冒汗。

忽然又有斥候来报，说前方山谷发现大量埋伏的禹国士兵，已经失去了行动能力，好像事先已经被人下了手。众人面面相觑，都想着哪儿来的高手，不动声色便帮他们解决掉这样一支可怕的伏兵？

有人便道：“莫不是那位……”指指南瑾离去的方向。

众人纷纷点头，先前他们都曾见过南瑾出手，刚才这帐篷里的事，自然也认为是南瑾发现的，这整支押送队伍，除了这古怪的女高手，还有谁能做这样的事呢？

忽又有人奔来回报，道奉命看守的那个英统领的亲戚不见了。蒋亚听着，面沉似水，冷哼道：“八成那小子也是个奸细！他逃了便罢，如果发现他的踪迹，立即拿下！”

“是！”

耶律世家在禹国临州有一处占地广阔的庄园，住着耶律德及其一脉各房子弟。耶律德算起来是耶律祁的叔祖，耶律哲则是耶律祁的堂弟，耶律德这一支多半在临州府及其周边城池任职，掌握当地政军经大权，代耶律家掌管禹国南线的势力，是大都耶律家的一个重要分支。

这是景横波从耶律哲口中听来的消息，耶律哲显得十分配合，有什么说什么。据他说就在去年冬天，临州耶律家曾经接待过一位贵客，虽然以他的身份，还不够资格和贵客接触，但贵客来的时候，远远还是看了几眼的。贵客从人众多，人人衣衫如雪，虽神色略有疲惫，但神情姿态高傲卓绝。耶律家为了接待这位贵客，特地召开了家庭会议，要求家中上下，对贵客乃至其所有从人，都必须周到恭谨，不可有一丝触犯。

当时德老爷子还特意选择了几位年轻出众的子弟，有意安排他们在贵客面前露脸，指望着这一支如果有运气给贵客看中，那就是第二个三公子，以后这一支的命运就会被改写，耶律哲也是其中之一，获得允许后，曾经入院给贵客奉茶。

当时他带仆人进入厅堂，并未能见到传说中那位神秘的贵客，正要悻悻离开，却听见内堂里忽然有杯盏碎裂之声，隐约还有人微带急促的呼吸，似乎内堂那人极为愤怒。耶律哲当时起了好奇之心，心想这屋子除了那贵人，别人都不允许随意进入，而据说那贵人性格高傲清冷，怎么会有这样失态的情态？

随即他又听见屋内一个女子的声音，冷而微颤地道：“耶律祁，你真以为我不会杀你？”

他听着这名字，非常震惊，想不到传言里早已反出家门的耶律祁，竟然和那贵人在一起，看样子还是被俘了。他一时好奇，虽然走了出去，但随即转到屋后。这座院子他曾经来过，知道这屋子内室对外的窗户的窗纱，上半截颜色浅淡，有些透光，便远远爬上那屋子后的一棵树，悄悄窥探那屋子里的动静。

因为不敢靠近，所以只能在远处看个大概，便见屋子里一人站一人坐，站着的人白衣如雪，长裙委地，坐着的人宽袍大袖，姿态闲散。远远看去都情态美好，并无刚才听见的剑拔弩张之感。

两人在对话，但彼此话都不多，感觉上是一人问一人答，一句一句都很有力度，因为那白衣女子原本只是稳稳站立，渐渐开始走动，越走越快，忽然在那男子面前停下，双手按住他所坐的椅子把手，身子微微倾下。

当时那女子背对着他，从他的角度看，就仿佛这女子弯下身强行亲近那男子一般，他这一惊非同小可，想着传说这女子身份尊贵，高不可攀，而且年纪也已经不小，那男子若是耶

律祁，怕是做她儿子也差不多，怎可如此轻薄。难道越是传说中尊贵清高冰清玉洁的人物，私底下越是藏污纳垢各种不堪？

随即他便见那女子霍然起身，也不知是被那男子推开的还是自己起来的。那女子转手从旁边桌上端起一个杯子，递给那男子，男子先是不动，那女子不知道说了什么，那男子终于抬手来接。他抬手接时，耶律哲才瞧见，他手腕上似乎有禁制……

“然后呢？”景横波见他忽然停口，急着催问。想着刚才耶律哲对于许平然和耶律祁相处情态的描述，不知怎的，心中有种十分怪异的感觉。

“然后我就听见家祖找我的声音。”耶律哲眼珠转了转，“我生怕被人发现，不敢再看，当即回去了。后来发生了什么……我也不知道。”

景横波盯着他的眼睛，觉得这家伙明显言不由衷，一定还有什么要紧的没说。

“哦，原来是这样啊。”她慢悠悠地道，“那么说起来，那位贵客也走了，必然也把耶律祁带走了，这事线索也就断了，我还跟你去耶律家做什么？找事吗？我还是带你回军营好了。”说完便转身。

“等一下，”耶律哲急忙道，“我还没说完呢，当时我远远看着那男人和那白衣女子对话，白衣女子急速走动时，曾经有过转身的动作，她转身时，我瞧见那男子的手也在往下探，似乎在藏什么东西。”

“东西呢？”景横波摊手，“等人走了，你一定去看过，拿来我看。”

“我没找到。”耶律哲垂头丧气地道，“所以我才说，您或者应该亲自去看看……传言里耶律祁一直忠心辅佐女王陛下，想必女王陛下不会弃他于不顾吧？”

“我更关心那白衣女子后来往哪儿去了，有没有留下什么她要去哪里的话。”景横波不答他的话，问了一个自己最关心的问题，心里却明白，许平然要去哪里，是不太可能和耶律世家交代的。

她在雪山安排寻找耶律祁的军队，一直有传消息回来，说雪山似乎封山了，又说有一阵子雪山似乎发生了变乱。随后有人下山，军队当即追出去，却又失去了对方的踪影。后来无意中救了一个受重伤的雪山外门弟子，才听说雪山发生了一场内乱，现在原来的宗门所在地已经转移，至于转移到哪里，已经没有人知道。

景横波不知道雪山发生了什么，却直觉许平然很可能没有回到雪山，或者回到雪山后，又因为某些事情离开。她带走了雪山培养的那种怪物军队，最后却损失惨重而归，雪山如果因此发生了什么势力洗牌，也是有可能的事。

耶律哲果然摇摇头，却又道：“不过，祖父送贵客走的那天，我奉命安排车马，贵客出来时，一边走路一边和身边人说话，我隐约听见一句，好像说有人拼死从雪山逃出来什么的……”

景横波眉毛一挑——雪山果然在许平然不在期间，出现了问题！这让她心中好过了些，雪山有问题，许平然定然心中不安，应该也不会再有心思折磨对付耶律祁了吧？

“那就去瞧瞧吧。”她加快了速度，向耶律哲指示的耶律家庄园进发。

耶律哲低下头，藏住了嘴角的一抹冷笑。

一刻钟后，景横波已经闪进了耶律家的庄园，再接连几个闪身，已经进了那个平时空置、专门用来招待贵客的独院。

耶律哲脸色很不好看，他原以为耶律庄园警卫森严，女王带着他，要想不惊动任何人进来，是根本不可能的事，一旦被发现，他就有了逃生并拿下女王的机会。

只要能拿下女王，今日他和临州子弟被俘虏的罪过，就可以抵销，说不定还另有一功，谁知道女王的轻功比传说中还可怕，简直不似人力所能至，更像忽焉来去的神鬼。

景横波的明月心法近年来又有长进，轻而易举地封了他的真气。别提走动，耶律哲连说话声音都大不了。

耶律哲指着明间道："就是这间屋子，里头有间内室。"

景横波走进屋子，屋内黑漆漆的什么也看不见，她取出火石，点燃桌上蜡烛。空气中有微微的腐气，显然长久没有人住过。

她在屋内缓缓逡巡，果然看见有一张椅子，十分宽大，她怔怔地瞧着，心想当初坐在上面的就是耶律祁吗？这么长时间过去，他还好吗？还和那个老妖婆在一起吗？老妖婆有没有虐待他？

她站在椅子边，手指下意识地摩挲着扶手，忽然一愣，停了手，又摸了摸。

随即她立即蹲下身，就着烛火，仰头看扶手背面，果然看见那里隐约有刻痕。她干脆顺着整个椅子细细摸过去，在椅子腿那里，也摸到一些细微的痕迹。

但椅子腿那里光线昏暗，怎么也看不清，她一急，将椅子翻倒。

轰的一声，声音超出想象地响，她回首，就看见不知何时，屋中间落下一道铁栅栏，将她和耶律哲分开。而耶律哲一边向后退，一边在狂笑，院子外头光影晃动，似乎耶律世家的人也已经被惊动了。

耶律哲笑声里满满都是得意与狂放："想不到吧？呵呵，我耶律世家何等家族，以为闯进来就能走出去吗？不过不要怨您运气不好，这庄园里，其实每间屋子都有不同的机关呢，只是不能让陛下您一一领略了。"

景横波注视着他，笑吟吟地挑起眉——脑残了吧？不是研究过她吗？难道不知道她的瞬移不是轻功，天下根本就没有能困得住她的牢笼吗？

耶律哲依旧在狂："听说女王陛下神出鬼没，马上就能出来了是吗？可是我刚才那个故事还没说完呢，我想，等我说完，女王陛下说不定就不肯出来了呢！"

景横波眼神忽冷，手一挥，书架向耶律哲当头砸下，书本哗啦啦地落了耶律哲一头。耶律哲功力未复，躲闪不及，被砸得头破血流，然而被埋在一堆书里，他的笑声依旧不绝。

"女王陛下，翻倒了椅子，就先别出去，好好瞧着，这椅子下面埋着什么。"他笑声喈喈如夜鸟，惊得叶落翻飞，"很抱歉我先前骗了你，那天在树上，其实我是看到最后的，你猜我看到了什么？"他艰难地爬起身，在书架中找出一根黑色的蜡烛，点上，那东西立即散发出青黑色的烟气，他捂住鼻子，一指那椅子，笑吟吟地向后退去。

“女王陛下，你说，耶律祁到底有没有死呢？到底有没有被埋在这屋子下呢……”他已经出了窗子，在窗外对景横波眨眨眼，“快点挖哟，看是这支毒蜡烛燃得快呢，还是你挖出故人尸首来得快。”

第十四章　掘地三尺

耶律哲已经退入院中，远处钟鸣磬响，一大批耶律家的护卫冲进院子里。耶律哲一边大声道：“快通知爷爷，掳掠临州诸门子弟的要犯在此，请示下如何处置！”一边从怀中掏出一颗药丸服下。

景横波盯着他手中的毒蜡烛，双手连挥，院子里的石凳水缸飞起砸下。耶律哲一边躲闪，一边从护卫手中拿过一只黑色的铁罩子，顶着那些当头袭来的乱石，将那蜡烛放进铁罩子里，罩子上只留下一只出烟气的小孔。他四面望望，蹲下身，景横波忽然看不见他了，只感觉他似乎在墙角有动作。

过了一会儿耶律哲站起身，头破血流地向后退去，手中已经没有了毒蜡烛，却多了几块砖，他冷笑着对景横波挥了挥手中的砖，满脸阴毒得意之色。

景横波心中一沉。看样子这屋子还真是机关密布，墙根下的砖可以活动，这家伙一定是将蜡烛放在铁罩子里，再拉开墙砖，将铁罩子卡进去，这样她就算能遥控物体，也不能将物体砸进墙中，而且也不能确定到底是哪块墙根。

墙砖没有完全拆掉，烟气会从墙砖缝隙里透进来，在这暗沉沉的屋子里，根本无法辨别蜡烛到底藏在哪片墙砖后。

景横波心中有微微疑问，耶律世家真的每间屋子都有这么齐备的机关吗？那得耗费多少？据耶律哲说，这院子是专门招待顶级贵客的客房，平日从无人来，建成至今也不过用过三次，其中两次都是禹国大相兼摄政王禹光庭所住，最后一次就是许平然。景横波想起这位传说中十分铁腕的禹国掌事王爷，再想起禹国大王好像是在出巡路上生了重病，至今缠绵病榻，国事因此尽落于禹光庭之手，再想到耶律世家在禹国的地位，和禹光庭两次住在这院子里，不知怎的，忽然觉得这些事之间，似乎都有些关联。

这些念头一闪而过，她此时没有心思多想，屋子的窗户和门都已经落下铁板，这里成了一个封闭空间，空气已经变得混沌不清。看来耶律哲没有撒谎，毒蜡烛还在某处点燃。

她可以离开，但她此时不能离开，这椅子下的地面，她必须得挖挖看。

虽然心底不信耶律祁会死于此地，可万一留下什么线索呢？

她抬起手，指尖有些颤抖，她嘘口气，心里明白，自己虽然说不相信不相信，可是还在害怕，害怕耶律祁真的就埋在这地下。

许平然逃亡之中，被裴枢追击，带着耶律祁千里辗转。如果耶律祁能为她所用，也许她还会爱才不会动他，但从耶律哲的描述来看，明显她和耶律祁相处不欢，在这种情况下，以雪山宗主夫人骄矜高傲的性子，怎么会一直容忍耶律祁？

但她此时不能再想。

她转目四顾，看见博古架上有花瓶，里面插着的花朵已经蔫了，她将花瓶取来砸碎，撕下一截衣襟沾湿，蒙在口鼻上，取了一块称手的瓷片，开挖。

椅子扶手上的字看不清，手摸上去感觉不是字，就是乱七八糟的刻痕，再说她不认为这一定就是耶律祁留下的信息，耶律祁如果留信给她，应该会选更巧妙的方式。

她将扶手和椅腿拆下来扔在一边，撬开地面青砖，三层砖之后，才是泥土。

景横波原以为下面会是地道或者铁板，居然还是地面，但确实有挖掘的痕迹。

外头耶律哲冷冷瞧着，阴沉沉地笑道："陛下，怎么不出来呢？说不定我刚才是骗你的呢？说不定这椅子下有机关，你虽然能发现，耶律祁却没有发现呢，对不对？"

一个护卫蹲在墙角鼓风，毒烟慢慢向室内散去。耶律哲笑得越发满意，他知道自己越这么说，景横波越不可能丢下这椅下机关先出来。

景横波根本不听他说话，不过是要扰乱她心神罢了。她跪在椅子边，匆匆扒开那些砖，飞快地挖泥土，身后的气息更加混沌，虽然她屏住了呼吸，但坚持不了多久。

好在瓷片没挖几下，她就看见一枚戒指。这戒指看起来十分眼熟，古铜戒圈，镶嵌着猫眼石。景横波想了一会儿，才想起这很像当初耶律祁送给她防身，后来被宫胤拗成领花的那只戒指。那戒指成了领花之后，她便和衣服放在一起，后来没有再用过，如今瞧着，原来这戒指是一对。

她握着戒指，心怦怦跳起来，耶律祁果然给她留下了记号，他猜到她会来找他，猜到他可能会被带着经过禹国，留下这个戒指是要告诉她他安好？不，应该还有别的意思。

景横波记得这戒指里是有三层机关的，其中有毒针暗刺，她开启机关，发现毒针已经没有了，她摩挲着戒指，果然又感觉到戒指背面有痕迹。

她立刻明白了椅子上痕迹的意义——椅子扶手和椅脚上的刻痕没有任何信息，只是提示她翻开椅子在下头找，并暗示了埋藏在椅子下的戒指背面的刻痕才是真正他留给她的记号。

用针在戒指背面留下的字非常小，近乎微雕。她将戒指揣进怀中，摇摇头，摇掉脑中渐渐氤氲出的模糊感，继续向下挖。下面的泥土却变硬了，似乎曾经被人用脚狠狠踏实过，她心中又一阵怦怦乱跳。

咔嚓一声瓷片断了，她干脆用手扒。她一向晶莹的指甲，很快变得翻卷模糊，满手泥迹和血迹，她也不理会。身后的雾气越来越浓，她的动作却越来越快，泥土沙沙地翻到身后，她几乎被埋进了土坑里。

这是在和死神赛跑，毒烟如恶鬼慢慢逼近，而她在寻找一份生的希望。

耶律哲站在院子外，数着时辰，唇角笑容越来越大——已经过了能够闭气阻挡毒烟的时间，女王或多或少都会中毒，已经逃不出耶律世家了。

擒下女王，不管怎样，可以化被动为主动。他也算能对被俘的事有交代了。

身后响起脚步声，他回身，正看见耶律德陪着一个客人走来，仔细一看那客人，他不禁瞪大了眼睛。

摄政王怎么会忽然出现在此地？

耶律德身边立着一个脸色阴沉的高大男子，男子容貌平常，但保养良好，肤色晶莹，看不出真实年纪，衣着式样颜色也平常，但只有豪贵出身才能看出那种极致的讲究，一双眉极浓极黑，眉梢似带三分煞气，看人时，眼光从黑眉之下一掠，便似青色刀锋霍然一闪。

四周所有人都显得安静了许多——禹国这位摄政王，本就是禹国大王的爱弟，之前不显山不露水，但两年前他陪禹国大王巡视南境，在临州附近遭遇刺客，大王身受重伤，当时还是亲王的摄政王为救大王险些丧命。之后王驾回銮，禹国大王重伤瘫痪不能理事，禹光庭颇得信重，渐渐掌握大权，成了摄政王，之后借着追查刺杀事件，大肆排除异己，巩固势力，风格铁腕，行事果断，如今俨然便是禹国新王了。

耶律家在那次护驾和追查刺客的事件中，被认定有功，一直和这位摄政王走得很近。

只是摄政王最近在三百里外的丰州巡视，怎么会忽然跑到临州来？虽然那位集市上调戏女子结果被打的禹公子是他的第三子，可以耶律哲对这位摄政王的了解，似乎此事也不够分量让他忽然驾临。

他心中紧张起来——难道昨晚刚刚发生的临州贵族子弟齐齐被掳事件，已经被摄政王知道了？但也没可能这么快啊。

此时这禹国第一人并没有看他，而是直直地盯着那边的院子。耶律哲只觉得他的眼神很有些古怪，似厌恶，似愤怒，又似带三分杀气，然而那眼神一闪而逝，再看时依旧是那张平静的脸。

他惴惴不安地上前见礼，没敢说那些俘虏的事，先悄悄说了里头关着的是女王，本以为能得爷爷一句赞赏，不想耶律德脸色并没有转好，禹光庭脸上虽然看不出任何情绪，但扫过来的目光，让耶律哲瞬间出了一身冷汗。

他有些不安地回头望望那院子，直觉自己犯了要命的错误，但又不明白哪里犯了错误，难道这院子有什么不对？可整个耶律世家，只有这个院子的机关最为完备，不动用这里，怎么留得下女王？

禹光庭的目光，冷然从耶律哲身上再次扫过——看死人一般的目光。

当他再次注视那间屋子时，脸上掠过一丝青气。

听说了帝歌押送队伍会经过禹国临州之后，他便从丰州赶来，原本是要和耶律世家谈谈，阻止他们营救耶律旻的行动的，谁知道一抵达临州，就听说大公子虽然救出来了，但临州贵族子弟齐齐被俘虏。他心知不好，紧赶慢赶，但还是看见了自己最不想看见的事。

耶律哲那个蠢货，诱杀女王去哪里不好，为什么偏偏带她来了这里！

他和耶律德交换了一个目光，耶律德有几分犹豫不安，禹光庭的目光却坚定森冷。

事已至此，只能灭口！

烟气在昏暗的室内缭绕，纠缠虬结，如毒龙般吞噬生灵。墙角边躺着无数小虫蚊蝇的尸体，都变成了漆黑色。

地上挖出了一个不浅的坑，景横波的动作已经慢了下来，她觉得有些头晕欲呕，心里知道自己已经中毒了。

她练的明月心法，本有涤荡心尘之说，其实也就是能祛毒，但毕竟没有大成，又长时间在这样的环境里，中毒是难免的。

手指甲已经脱落了两个，其余的也血迹斑斑，泥沙嵌进伤口，烧心般的痛。

她咬牙扒着，有血滴了下来，落入泥土中，冲开了一些黑土，隐约露出一丝白色。

她霍然停手，呆了一瞬，猛地扑上去，手掌一阵连连拂动。

然后她停了下来。这里地气可能比较湿润，泥土乌黑，泛着水光，因此露出的那一截白骨，便分外惨白瘆人，刀子一样戳进她眼睛里。

景横波眼前忽然有些模糊，那雪白的一条条，晃动连绵成一片虚幻的白色光影。她晃了晃，手撑在泥地里，白骨尖端尖锐地刺出来，扎破了她的掌心，艳红鲜血渗入白骨，黑红白三色鲜明至惊心。

烟气袅袅沉沉，她的背影微微摇晃。

院子里，耶律德几次望向禹光庭，都被禹光庭阴沉而坚决的脸色镇住。

耶律德袖子里的手攥成一团，手心里微微起了汗。

屋子里的人身份非同小可，他们不过是耶律世家的一个分支，真的敢做下这样惊天的大案？

他明白禹光庭的意思，那地下深藏禹光庭的秘密，不能被任何人发现。如今耶律哲发蠢，误打误撞将女王带来了这里，女王在屋里待了这么久，很明显已经发现了那地下的东西，所以禹光庭要杀人灭口了。

他知道禹光庭的打算，女王是悄悄到禹国的，帝歌并没有传出女王出京巡视的消息，那就说明女王隐藏了身份，禹光庭要趁此机会，神不知鬼不觉地将女王解决在这里。

但是他却不敢乐观，把女王弄死在这里，摄政王可以一走了之，耶律世家怎么办？女王出京真的只带了那两千人的押送队伍？先别说亢龙军和玉照龙骑都是忠于女王的忠心部署，最起码裴枢带领的横戟军，就不可能全无动作，传言里，裴少帅对女王，可是咬定青山不放松。

他眼角的余光瞟到禹光庭做了一个手势，心中一沉。

白骨深埋地下，因为地气湿润，已经看不出死了多久。

景横波咬牙将白骨掘出，身子一闪，到了院子中。

一落地便是一个踉跄，天旋地转，她心知毒烟和此刻的心境影响了身体状况，本来她可以闪得更远，现在，她一抬头，就看见了满院子的护卫、密布的军队、乌黑的箭头和漫空撒下的大网。

对面有个高个男子，盯着她手中的白骨，目光如鹰。他盯着白骨的眼神太凶狠，令她心生疑惑，随即她想起这人是谁。

禹国摄政王禹光庭，她在出京时，已经看过诸国诸族掌权者的画像。

一个堂堂的摄政王，不在国都坐镇，跑到这里做什么？还对她手中的白骨很关注的模样。

景横波不认为耶律祁和禹光庭会有什么交集，耶律祁早早离开禹国前往帝歌，而那时禹光庭还是个韬光养晦的王爷，以耶律祁在耶律家族的身份和地位，不会和禹光庭打过什么交道。

那禹光庭脸色那么难看干吗？活像她挖了他爹的骨头似的。

景横波乱糟糟的心绪，忽然理平了一些，她开始思考另外一种可能。

对面，禹光庭缓缓举起了手，看样子根本不打算给她显露身份的机会，直接要将她灭杀在这院子中。

景横波将白骨抱在怀中，身影一闪，已经穿出了头顶笼罩住整个院子的巨网。

满院的士兵骇异地望着头顶——这女子是鬼魅？头顶的大网由金丝编织而成，毫无破损，她是怎么出去的？

她确实也挺像鬼魅，披头散发，脸色苍白，满身的泥土和血迹。

众人激灵灵打个寒战，禹光庭脸色更难看，他没想到景横波居然一句话都没有就跑，更没想到女王所谓的轻功，果然如传说中一般诡异。

“追！”一不做，二不休，事已至此，再犹豫反而愚蠢，这回连耶律德都叹了口气，下令全府所有子弟参与追击。

禹光庭并不急躁，他知道那毒蜡烛烟气的厉害，也在这庄园中布下了天罗地网，女王就算能力再强，也逃不出这庄园。

他示意身边的高手都去追，自己负手看着那院子，对耶律德道：“老爷子，当初本王和你说，这院子当封了，如何你一直未封？”

耶律德脸色微微尴尬，俯身道：“回王爷，本来是封了的，但去年来了位贵客，从人众多，为人挑剔，整座庄园看来看去，只肯住这院子，臣才不得已，临时开了这院子，但是那贵客只住了一晚，也没有发现什么……”

“你那贵客没发现，你的好孙子却发现了。”禹光庭笑容冰冷。

耶律德低头不敢答。耶律哲惊恐地看着面前这一切，再看看已经全部退出院子的护卫，忽觉大事不妙。

下一刻他听见禹光庭道：“你这个好孙子，带着一帮临州乃至大都的重要子弟，竟然被人掳走，那些子弟们还被关押在那边，他倒自己跑回来了。这样临阵脱逃、不顾大局、贻机误事、自作聪明的人，你觉得该怎么处理？”

耶律哲浑身一震，大惊退后一步：“殿下！我虽失察被俘，但！但我也诱捕了女王……”

“你至今还以为，你诱捕女王是功劳吗？”禹光庭笑容平和，眼底杀机却如剑意逼人，霍然暴喝，“你这蠢货！便是没有这档子事，诱捕女王也只会令我们骑虎难下！耶律德！要不要让这蠢货再碍我的眼，你看着办！”

耶律德仍然低着头，但咬紧的腮帮上青筋毕露，沉沉地道：“臣……明白！”退后一步，一袖平展，轰然一声，击在耶律哲头顶。

耶律哲正向他扑来，意欲求一向疼爱自己的祖父给自己求情，不防亲祖父这必杀一击，瞬间瞪圆了眼。空气中弥漫开淡淡的血腥气，耶律哲半弯的身子僵了足足好一会儿。耶律德转过头，面露不忍，轻轻一推。

耶律哲轰然倒下，到死眼眸都死死睁着，瞪着苍白如洗的天空。疑问也好，不甘也罢，在上位者的绝情面前，永无答案。

耶律德皱住老脸，示意护卫上前来收拾孙子的尸首，道：“七少爷被刺客所杀，安排发丧。”

护卫震惊地将尸首抬走，禹光庭从头到尾看也没看一眼。他怒气未休，眉宇间青气不断闪现，忽然眉头微微一皱，抬手按住了心口。

一个少女便在此时走进了院子，她出现得如此突然，脚步轻如鬼魅，走到禹光庭身边，耶律德才发现她。

禹光庭的神情倒很自然，看了一眼她手中捧着的银杯，笑道：“先生到了？”

少女轻轻点头，又指指杯子，示意他喝完。那神情毫无尊敬之意，禹光庭却不以为忤，哈哈一笑，接过来一口喝干。

耶律德有点震惊地看着，据他所知，禹光庭性情谨慎多疑，不是他大恩且跟随多年的绝对亲信，是不能近他身的，更不要说这样，都没安排人试毒，便直接喝了人家送来的东西。

禹光庭将杯子交回给少女，道：“请先生好好休息，回头小王自来拜访。”

少女木然地点头，也不行礼，转身便走。耶律德注意着她的脚步，却看见泥地之上，没有任何脚印，更觉不可思议——禹光庭怎么会让武功这么高的人近身？

禹光庭看出他的疑问，笑道：“这位是我的救命恩人。你知道的，我有陈年宿疾，这次从丰州赶来，行路过急，旧病发作，偏偏带的医官不慎坠崖，多亏了她和她的主人相救。这姑娘倒也罢了，她那主人，我却是一见之下，倾慕无伦。虽不良于行，然见识无双，治病倒也罢了，若能得此人为谋士，当今朝局那些难解之事，以后便再也烦扰不得我了。”

耶律德当然知道禹光庭手掌大权，但据说这位置也不大稳当，禹国大王的几位王子都已经成年，早早得了封地，自拥军队，结交豪强势力，一向对这个掌握朝政的叔父不满。禹光庭一向对他们采取制衡分化之术，在其中辗转腾挪，很是费心。

耶律德很少听见禹光庭如此推崇一个人，不禁起了好奇之心，待要问时，忽听庄园西北角爆出喧哗之声，禹光庭神色一动，急忙快步赶了过去。

此时景横波正在庄园西北角。这个位置靠近庄园连绵的院墙，她此刻头晕目眩，烦躁欲呕，几个瞬移之后，便觉得浑身力气都似被抽了去，心知这毒烟，比她想象中更厉害一些。

也不知道禹光庭带来了多少人，整个庄园满满都是人，几乎毫无死角，不少人轻功高妙，手持长锁链，紧紧跟在她身后，不断地掷出锁链或者带绳索的飞镖。看样子禹光庭在来之前，已经猜到了她可能出现在临州，并且针对她的瞬移，找出了应对办法，如果不是她闪得快，好几次就要被那些锁链绳索缠住脚踝。

景横波唇角泛出一抹冷笑——这么用尽心机，要将她不动声色地灭在这里？可是她其实也不大想走呢！

她奔到围墙边，稍稍一停，眼角余光看见后面追兵汹涌而至，抬手一抛，大声对墙外道："这骨头有问题，回头好好验验！"

白光一闪，什么东西被抛出墙外。后头的护卫莫名其妙地瞧着，远处赶来的禹光庭却脸色一变。

她竟然有人接应，她竟然将骨头扔出去了！

景横波呵呵一笑，忽然觉得心安了许多，她一路奔逃，就是想看禹光庭的反应，禹光庭追得越急越狠，越说明这骨头对他来说很要紧，那么是耶律祁的可能性就越小。

此刻她将这禹光庭很看重的骨头"扔"出墙外，做出有人接应的模样，就算她毒发被禹光庭抓住，禹光庭投鼠忌器，也不会再像先前一样下杀手。

当然她还是不愿落入禹光庭之手，身子勉力一闪，闪入院墙下一处修竹之后。这是她先前看好的死角，她要反其道而行之，在所有人以为她出墙之后，还留在庄园内，所谓最危险的地方，也就最安全。

竹林森森，光影千端，淡绿色的叶片牵引着细细的风，日光从幽篁深处偶尔一现，金光四射。

脚下是厚厚的层叠的竹叶，一些新笋破土而出，微微顶着脚底，声响簌簌。

她刚刚站定，扶着一株老竹，定了定神正要抬头，忽然心头怦然一跳，霍然转身。

然而她没能及时转过身来，颈后忽然一麻，她眼前一黑。

最后一霎，她只看见一双细巧的尖尖的鞋。

第十五章　相见或不见

外头传来一阵脚步声，禹光庭在护卫的拥护下奔来，隔着竹林张望，扬声问："可擒到了？"

竹林里，先前给禹光庭送药的少女抬起头来，一把将昏迷的景横波扛起，淡淡地道：

"成了。"

禹光庭拊掌喜道："先生出手，果然例无虚发！"

少女也不理她，背着景横波向外走，竹林里微湿的地面上，留下一行尖尖的足迹。

出得竹林，禹光庭便命侍卫过来接景横波，吩咐道："严加看守。另外，查清刚才墙外是何人。"

那侍卫伸手来接，少女却一让，冷眼瞟了他一眼，瞟得那侍卫一怔，手在半空僵住。

禹光庭也一怔。

"主人说，我看着，放心些。"少女答得言简意赅，看也不看那些护卫，虽然什么都没说，但是大有"你那边都是废物，人肯定看不住"的意思。

护卫们脸上都有些挂不住，神情讪讪，但也无话可说，毕竟他们追了半天一无所得，人家一出手就手到擒来。

禹光庭倒不以为忤，笑道："先生既然愿意亲自费心，自然最好不过，有劳姑娘了。"

少女漠然地嗯了一声，扛着人继续向前走。禹光庭笑着让开，等她走过去，对身边一个幕僚使了个眼色，那人躬身点了点头。

少女在众目睽睽之下，坦然扛着景横波一路走，直入耶律家给禹光庭准备的一个院子。院子中还套着院子，西边一个小院，就是她和最近很得禹光庭尊崇的"先生"的所住之地。禹光庭派来的人，亲眼看着她将景横波扛进了小院，便下令护卫将四周严加看守，以免有人逃跑，这才回去向禹光庭回报。

禹光庭听说了，这才放下心，急令追查那接走白骨的人。不过此时他也没有太多心思去管景横波的事——临州子弟被掳的消息已经传来，仅仅是临州子弟也就罢了，更糟的是其中还有两个大都官宦子弟，都是他得力手下的儿子，是跟着他第三个儿子禹元书一起来的，如今他那两个得力手下听说了儿子被掳的消息，已经一路从大都赶来。

禹光庭疑惑的是，他安排的禹国精兵风之队，昨夜就埋伏在距离帝歌押送军不远的山谷中，如果他们出手的话，临州和大都子弟们怎么会被擒？还有风之队怎么到现在都没有消息？

耶律德正在安排家中子弟，将那藏着秘密的院子再次封锁。禹光庭看着那黄铜大锁咔嗒挂上了锁头，想着这几日发生的事情，心中掠过一丝阴影，微微皱起了眉头。

身边忽有轧轧声响，他转身，看见那坐在精致轮椅上的白衣人，大喜道："先生怎么出来了？"

轮椅上的人在日光下，白得近乎透明，他似乎有些嫌阳光刺眼，微微抬起手。禹光庭只觉得眼睛似被刺了一下，像万丈雪光，忽然奔进了眼底。

禹光庭觉得自己每次看见那修竹一般的手指，和雪贝一样的指甲，都有种凛然的感觉，作为禹国最尊贵的摄政王，这感觉不知从何而来，而又无法遏止。

"殿下眉宇间似有愁思。"白衣人答，眼光出神地停留在天边一缕飞云上。

禹光庭叹了口气："昨夜风之队似乎没能顺利出手，之后临州子弟失踪。本王没有想

到，区区一个押送流放犯的队伍，竟然卧虎藏龙，直到看见女王陛下出现，才恍然大悟。只是如今请神容易送神难，应当如何处置女王才好？”

白衣人转过眼，唇角一抹似乎是笑又似乎是讥讽：“风之队如果没能成功，那帝歌押送队伍就绝对不止那两千人。女王陛下再天赋异禀，也不能一人战胜一军。殿下，你要做好作战准备了。”

禹光庭神情一凛，他听懂了先生的意思。

女王陛下一定还有伏军，才能解决了那支风之队，并掳走了临州的豪门子弟做人质，而且那作风十分痞——你抢我一个，我扣你一批，很像裴枢的作风。

想到裴枢，他心中一紧，行事狠辣为人狂放的裴少帅，大荒无人不知，绝对是个难缠的人物。如果出手的真是裴枢，传言里这位少帅对女王极为上心，一旦他知道自己擒了女王，那绝对是不死不休的格局。而禹国此时并不安定，自己不在大都，如果被这个杀神缠上，又失去了风之队的保护……

禹光庭有点头疼地捏捏眉心，一瞬间心中杀机涌动——先前他就想不动声色地将女王杀了，封锁消息，让她从此失踪，只是女王竟然将白骨扔给了别人，这样就可能导致他的秘密被发现，为了将来可以交换他人对秘密封口，他临时决定留下女王，可此时却觉得留下了一枚火炭，交不是，扔不是，搁在掌心还烫手。

他将求助的目光投向轮椅上的人，那人笑意淡淡，仿佛天下事都不在心中。

“明明胜利将至，殿下何故如此忧虑？”

“何解？”禹光庭眼睛一亮。

“既然女王是裴枢的死穴，那自然会引来祸患，也能解决祸事。只要女王在手，裴枢的军队就是殿下的。可战，可佯战，甚至可佯败。殿下不是一直想知道那几位王子打算对王位如何动作吗？风平浪静，自然不见蛟龙，可如今，不就是一个最好的时机吗？”

禹光庭神色一震，沉思半晌，长身一揖：“得先生如遇明师，谢先生教我！”

此刻胸中似有无数计谋闪过，每计都策动禹国风云。那几位占据国土手掌大权的王子，一直是他的心头刺，只是师出无名，明知道对方蠢蠢欲动，却没有机会将之拔出。如今帝歌横戟军入境，女王悄然入境，借这样的机会，和裴枢达成协议，说不定可以引蛇出洞，时机布局拿捏准确的话，还可以一网打尽……

他越想越眉飞色舞，刚才还要杀女王的念头早已不见，反想着在裴枢到来之前，万万不能令女王有失，急忙嘱咐：“还请先生多多费心，女王之事，万万不能有失。”

他心中急切，靠轮椅近了些，感觉到轮椅无声地向后退了退，赶紧尴尬地停住。他眼光落在对方手指上，那雪色晶莹的手指微微抬起，不知怎的，便让他心中一震。

对于眼前这个年轻男子，他心中一直有一种奇异的感觉，只觉对方尊贵又清淡，行事像个行走江湖的谋士，气质却高贵如天上凤。他自己也是身份贵重，平日一样是目下无尘，属下能得他青眼都算难得，但在这男子面前，什么威凌霸气，矜贵尊严，便如冰雪遇上日光，自然便消弭无踪。

此刻，他听见对方清清淡淡地道：“殿下放心，定不负所托。”

水声淙淙，琳琅敲瓦，流水顺着乌黑的屋檐，淅淅沥沥落下……

景横波是被一阵饱胀的尿意憋醒的，或者说是一曲“催尿”催醒的。

她睁开眼睛，还没看清景物，就听见一阵断断续续的琴声。琴的音质很好，弹得却不好，琴声断断续续，叮叮咚咚，听来如高山流泉，落于深潭之上，她的小肚子，因此更加觉得胀了。

脑子里晕眩未去，她看了看四周的装饰，似乎还是在耶律庄园之内。这是一间普通的客房，四周没人，也没点灯，窗纸透出朦胧的天色，似乎已将黄昏。

她动了动手脚，没有锁链，却有一层淡黄色的筋索，松松地捆住她，那东西好像很有弹性，她试探着下了床，只迈出一小步便一个踉跄——这东西能给她小范围的行动自由，但跑路是别想了。

手上也是这样，她想了想，摸了摸身上，果然匕首等武器已经被收走，不过……她低头笑了笑，一口咬住了自己胸前的项链。

链子是一截雪白的冰铁链，吊着柳叶形状的坠子。她取下坠子，指甲插入坠子中的缝隙中，一压，咔的一声，雪白的极薄的柳叶形刀刃弹出，她继续按压，那不算厚的坠子中，竟然接连弹出三片薄钢，将这三片薄钢连在一起，就是一柄奇薄的小刀。

她行踪不定，没有任何人能跟上她的步伐，经常会出现一个人落单的情况，所以裴枢便让黄金部天灰谷的技师们，用天灰谷独有的几种珍稀材料，给她打制了一些秘密武器。

她胸有成竹地用小刀去割那绳子，原以为一割就断，谁知道那东西滑溜溜的，刀刃割上去就滑了出去，还险些戳破了自己的脚踝。

试了几次都没有成功，看来这也是特殊材料。她泄气地将刀收起，听着外头琴声依旧不绝，那叮叮咚咚的声音令她尿意更急。她踢了踢凳子，原以为会有人立即进来查看，谁知道根本没有人理睬，琴声也没停下，还比先前更断续了些。她听着听着，咬牙捂住了肚子，大叫一声：“哪个阿猫阿狗魔音贯脑！”

嘎！琴声戛然而止，好像琴弦断了。

她也嘎嘎笑了两声，往床上一坐，等着有人冲进来骂人，那她就可以提出解手的要求了。谁知道四面还是那么静，仿佛没人对她有兴趣，琴声也只是稍稍一停，又开始了，对方似乎对曲子非常不熟练，或者手势极其笨拙，一首曲子弹得喑哑断续不接气，女王闻之欲断魂。

好曲子能令人凝神静气，烂曲子只让人想杀人。景横波火气一拱，忍耐了一刻钟之后，终于在销魂魔音和肚子鼓胀的双重逼迫下爆发：“我要解手——”

这回终于有了动静。

啪！窗扇开启，一个罐子被扔了进来，准确地掉在床上。

景横波怔怔地看着那罐子，一时还没反应过来。她抬头看去，那边窗扇边，一双乌亮的

眼睛，冷冰冰地看了她一眼，指了指罐子，啪地又拉上了窗扇。

那露出的半张脸极其年轻，看上去不过十三四岁的模样。

景横波摸摸鼻子，啥意思，叫自己在这里用罐子解决？有这么对待俘虏的吗？不是应该紧张兮兮地看守吗？或者一醒来就看见刑架皮鞭以及阴森森的牢房什么的才对啊……

琴声还在继续，淅淅沥沥的，更加催尿，她要受不了了。

她神秘兮兮地四处看看，确定屋内没人，屋外琴音还有距离，不可能有人偷窥，才慢慢挪到床上，扯下帐子，过了一会儿，帐子里传来女王陛下舒畅解放的嘘气之声。

解决完了，听那琴音也觉得好听点了，她探出头，想叫人把尿壶拿走，想了想刚才那冷冰冰的眼神，还是自己来吧。

手上有绳索，能稍稍动，却不能任意舒展，她不得不小心翼翼端着罐子，一点一点挪下床，正要将罐子塞进床底，不防那床下有雕板，挡了一下她的手，险些把罐子撞翻，她惊得哎哟一声。

只这一声，琴声戛然而止。

她浑身一僵。那啥，那琴都不会弹的家伙，为什么忽然没声音了？是不是来偷窥她了？

女王陛下半蹲在床前，撅着屁股，端着尿壶，姿势猥琐地等了足足半刻钟。

半刻钟里，没有步伐声，没有琴音，只有外头飞鸟归巢的振翅声，和一种缓慢的轧轧之声。听来有些怪异，她一时辨认不出是什么声音。

她确定没有脚步声，才放下心来，直起身，舒了一口气。紧张感过去，她才想起没洗手，对于一个曾经有严重洁癖现在依旧有轻微洁癖的人来说，上厕所不洗手好比出门不穿裤子，都是让人无法忍受的行为，她忍不住又要喊了："水——"

声音还没出口，房门口帘子微微一动，一盆水被推了进来。

她有点惊异也十分欢喜，目光忽然一凝。黄昏日光淡淡，光影晃动，清澈的水波微微荡漾，在铜盆之侧，隐约映出一只手的轮廓，雪白的，修长的……

她忽然扑了过去，却忘记了自己的手脚被捆住，顿时跌了一个狗吃屎，趴在地上再抬头看时，铜盆一半在帘内一半在帘外，水波微漾，四周依旧没有人影，哪里还有那只手？

她怔怔地趴在地上，冰凉的地面湿气慢慢浸润至胸口，似此刻心情。

思念太过，遍眼幻觉吗？

她慢慢爬起来，蹦过去洗手，洗完手蹲在铜盆边等，一人走了过来，身材修长，雪白的手慢慢映上水面，她的心怦怦跳起来。那人蹲下身，将铜盆拖了出去，乌黑的眸子，冰冷冷地对她一瞥。

景横波顿时从头凉到了脚——还是先前那个小姑娘，长着一张十分萝莉的脸，个子却不矮。

刚才端水过来的是她吗？她怎么知道她要洗手？也许是因为同是女性，也有基本的清洁习惯？可怎么看这个冰冷少女都不像个如此细心的人。还是禹国这位摄政王，有优待俘虏的习惯？

琴声又吱吱嘎嘎地响了起来，生硬断续，打扰着她的思绪，也不知是余毒未去还是怎的，她脑子里乱糟糟的，十分烦躁，她忍无可忍，大叫一声：“难听！”

琴声顿了顿，却并没有停止，还更响亮了一些。她气得无法可施，忽然帘子一掀，那少女进门来，手中抓着两个铜盆。景横波诧异地瞧着她，那少女面无表情地站在她面前，双手一合，开始，敲——

“哐当哐当哐当！”比琴声刺耳尖锐无数倍的声音在她耳边叫嚣。她双手一挥，一张凳子砸向少女，少女一让，以铜盆迎上，当的一声大响，她觉得自己耳朵都要被震聋了。

嗡嗡嗡嗡半天后，少女放下铜盆，凑到她面前，白牙齿闪闪亮，冷笑着威胁道：“敢说他琴声难听？你再说一句，我就让你从早到晚听这好听的！”

说完她扔下铜盆就走，铜盆残水溅了景横波一脚，把景横波气得眼睛发直，扑在窗边大骂：“哪儿来的小心眼白痴主子，教出的神经病脑残丫头……”

院子里，小心眼白痴主子继续弹琴，神经病脑残丫头再不理她，在院子中走来走去，拖桌子搬板凳，看样子是打算在院子中吃晚饭。

景横波隔着帘子打量四周，看来看去，都没发现任何看守，心中十分诧异。

少女一个，弹琴的人一个，这偌大的院子里就两个人，就这两个人看守着她？禹光庭也太放心了吧？

食物是外头送过来的，满满地摆了一桌子，看样子十分丰盛。景横波数着菜的数目，心想这两人在禹光庭身边的地位一定很高。

轧轧声再次响起，从她窗边经过，她转身蹦向窗边，想去看看那个弹琴的人，但是手脚不便动作慢，等她移动到窗边，对方已经过去了。

她只好又回到帘边，院子中有一株大榕树，饭桌就摆在榕树下，浓荫流碧，翠盖垂丝，原木色的小桌放在树下，饭香菜香混杂着草木香袅袅散开，她忽然觉得这一幕很有田园气息。

少女拖过一张原木的凳子，坐下吃饭，桌子的另一边，因为墙壁的阻挡，她看不见，也不知道坐的是谁。

她痴痴地盯着那树下吃饭的人，眼前有些模糊。这些年玉阙金宫，锦衣玉食，似乎所有人都以为她喜欢的是华贵富丽的宫廷生活，她也以为自己喜欢的确实是那些，可此刻看见这黄昏老树饭桌的一幕，她忽然心生无限向往。

向往的并不是此刻的意境，而是这样的场景所代表的平静、安适、宁和与美好，代表着不再受世间纷扰所侵，归隐田园真正享受人生的未来。

很多年后，她和宫胤会不会有这样一座小院子，这样一棵大榕树，打一张原木饭桌，面对面吃着普通却洁净的饭菜？会不会有他帮她挑掉她不喜欢的葱，她为他剥开红薯的皮的一天？

木桌边少女正从碟子里拿出一只梨子，慢慢地削皮，她削下的梨皮垂挂如花瓣，纤纤手指擎着雪白的梨子送过去，那食物色泽灿烂，少女姿态平静安然，几乎烫着了景横波的眼睛。

她霍然转头，不想再看属于别人的安宁和幸福。转过头的时候，她忽然觉得有什么不对

劲，想了一会儿才想起来，刚才那个少女准备吃饭时，好像只搬了一张凳子。

另外那个弹琴的人不需要凳子？联想到刚才的轧轧声，她若有所悟，对方似乎行路不太方便呢。这令她更纳闷，一个少女，一个残疾，禹光庭凭什么认为这样的两个人就足以困住她？故布疑阵？

肚子咕噜噜叫，她是饿了，不过就那主仆二人的恶劣态度来看，别指望优待俘虏，能有口剩饭吃就不错了。

身后有响动，一股香气传入鼻端，她回头，就看见帘下放了一个托盘。托盘上有一碗瑶柱粥，一碟金黄松脆的螺丝转儿，一碟醋焖樱桃肉，一碟水晶虾仁炒蛤贝，一碟火腿干丝，旁边白玉盘里还有雪白梨子和澄紫葡萄，不仅丰盛得不像牢饭，而且几乎全都是她喜欢吃的。

景横波端过来就吃，她才不担心有毒，那两人真要下毒机会多的是，何必浪费饭菜。风卷残云吃完，碗碟里干干净净，她对着碗碟发了一阵呆，才发觉有些不对劲。

瑶柱粥里没葱花，蛤贝的壳已经去掉，梨子削皮切片，甚至葡萄皮都已经去掉，绿水晶上粉粉的一层紫，颤巍巍在玉盘里，一口一个吃得爽快。她吃完才发现太爽快了，以前吃这些东西，满桌肴核，手上汁水淋漓，哪儿有现在的干净。

她心中有种奇异的感觉，转身见那少女过来，正要道谢，那少女隔着帘子一伸手，将托盘夺了过来，看一眼碗碟，冷笑道："比猪吃得还干净些。"

景横波的感谢咽在喉咙里，一时没想好是骂呢还是骂呢。

少女根本不理她，扔下一样东西，转身就走。景横波一瞧，是一卷雪白手巾，还散发着热气，很明显是给她擦脸用的。

景横波纳闷地盯着那少女的背影——忽冷忽热是要闹哪样？

天色暗了下来，轧轧轮椅声又从她窗边过了，她坐着不动，反正也追不上。

院门开了又关了，过了一会儿，少女提着两大桶热水进来，看样子是打算洗澡，也不知道是她自己洗澡还是她主子要洗。

景横波想着要不要趁这时候走呢？还是多留留，查出禹光庭的秘密再说？他今天对那骨头的态度实在很反常。正想把骨头从怀里摸出来观察一下——先前那所谓的扔出去，当然是假的，危急时刻，这是让禹光庭不把她灭口的唯一办法。忽然她似有所觉，扑到窗边，等了一会儿，便看见黑暗天幕上，如大鹏一般跃过一道影子。影子轻功极高，毫无声息，却烧包地穿着白衣，高高瘦瘦，她心中一跳，然后想起这是南瑾。

她叹了口气，决定下次要劝南瑾换种打扮，不然每次看见心都跳一跳，时间久了吃不消。

南瑾并没有直接向她这边扑来，身影从大榕树上掠过不见。景横波在黑暗中等待一会儿，原以为南瑾会和这院子主人或者那少女有场战斗什么的，结果依旧静悄悄的什么动静都没有。

她不知道，在她所看不见的院子的另一边，亮着灯光的屋子里，有人静静看书，银亮的长发垂落于地，在烛火里美若明锦。

门开了，那少女一手一个巨大的水桶，轻轻松松迈进来，热气立即弥漫了半间屋子。

热气弥漫的这一霎，南瑾悄悄地站在了窗边，少女在忙着放水桶，看书的白衣人眉头轻轻一挑，没有抬头。

少女一边忙碌一边道："咱们还要待多久？"

看书的人翻过一页："怎么，烦了？"

"嗯，烦禹光庭那张假惺惺的脸，我不爱和他说话。"少女将冷水兑进热水，又打开一个草药包，用热气熏着药。

"等他说出灵泉所在地。"他又翻过一页，"族人需要那个。"

少女哼了一声。

他放下书，看看外头，想了一会儿，忽然道："等会儿给那边也送点热水去。"

少女一下将整个草药包都扔进了水里："为什么？"

他不答话，书又翻开一页，似乎觉得这话根本没有回答的必要。

"我喜欢的水晶虾仁蛤贝都给她了，你喜欢的螺丝转儿也给她了！"少女咕哝一声，将草药包又捞起来，狠狠地甩着水。

窗外，南瑾默默地立着，看看屋内的他，再看看那边关着景横波的屋子。屋里是她等待多年的主人，从出生开始她就为他生，为他苦，为他忍受这世间磨难，把自己琢磨成最完美的一樽药盅，等待他有朝一日，从容掬饮。一杯良药治人生，从此成就他也成就她。

然而等到终于相逢那一日，她忽然发现，他已经不需要她这盅药，或者他需要，也宁可不要。这都是因为关在隔壁屋里的那个女子。

缘分不论早迟，命运不分先后，情与义，原来一直只对她单独存在，原来在她等待的那么多年里，他心版已经投射上别人的身影。

该怪相遇太迟？可她出生便在他身侧。该怪相处太少？可多年后那一见，他的目光都未曾对她有丝毫停留。

她的目光缓缓落在他身上，银发如雪，为他人成雪。她想起大族老的命令，扯动唇角，笑了笑。

屋内少女在挪动水桶，避开窗户，借着她挪动水桶发出的声音，南瑾的身影，终于无声飞起。

窗边那一抹暗影消失。他还是没有抬头，又翻过一页。

景横波等了没多久，帘子掀动，南瑾游鱼一样的身影滑了进来，对她做了个手势。黑暗中她的眼睛闪闪发光。

景横波有点惊异，她这么快就搞定了？

南瑾来拉她，景横波有点犹豫。虽然也许走了好，但内心有个声音，叫她不要走，留下来，或许还有更重要的事情等待着她去发现。她的手悄悄从南瑾手中滑脱出去，南瑾似乎怔了怔，回头看她。

这一霎黑暗里她的眼睛更亮，似带着煞气，如天边寒星，令人凛然。

这样的眼光令景横波有种很奇怪的感觉。她想了想，觉得南瑾能走到这里，想必也很不容易，不该令她的心意白费，不然就先出去，回头再来吧。

于是她示意自己手脚上的绑缚。南瑾看了一眼，伸手入怀，似乎要掏出什么东西。景横波正诧异南瑾难道有能解这绳索的东西，却见南瑾又收回手，转身在她面前蹲下，示意她趴上来。景横波心中那种奇怪的感觉更甚了。但她还是趴在了南瑾的背上，看了看外头黑沉沉的院子。

南瑾掠出屋子时脚步轻捷无声，她轻功极高，一个上冲似要直入云端，漫天的星光因此忽然倒冲而下，撞入景横波眼帘。景横波眼前一片光影缭乱，仿佛千万年星子俱扑入怀。而苍穹如幕，被南瑾扬起的黑色发丝遮没。

景横波觉得南瑾的背很冷，越来越冷，彻骨的寒气似刀，逼向她的心脉，而她无处躲藏。

前方更为浓重的黑暗扑来，耶律庄园的灯火忽然显得遥远。

南瑾蹿这么高，出乎她的意料，这会成为靶子，她拉拉南瑾的领口，正要示意她动作收敛点。她拉南瑾衣领时，感觉到南瑾似乎也有一个动作，她微微偏了身子，斜眼去看。

忽然南瑾身子一倾，仿佛高飞的鹞被利箭射中，又或者翻飞的风筝被扯断了线，飞得多高落得便有多仓促，南瑾身子猛然一斜，和景横波双双栽了下去。

风声呼啸，星斗乱涌，颠倒的天地里，景横波看见底下，一个黑黑的洞口状的东西里，掠出一抹白影。

第十六章　是你吗？

还没来得及看清，她感觉到身边咕咚栽下一个人，大头朝下，越过她，啪的一声栽到院子里。而她自己腰间一紧，似乎被什么扯住，在半空中翻个筋斗继续往下落，然后腰上一痛……卡住了。

她低头一看，自己好巧不巧地落在一座屋子的屋顶上，腰上系着白色绢帛，被打开的天窗卡住，而院子里，南瑾正以一种绝对不适合她的姿态，四仰八叉地躺着，看那样子，摔得很重，以至于一个大高手，一时竟然爬不起来。

景横波脑子又开始晕起来了——看样子南瑾带她脱逃的计划失败，被底下的人用一根白带把人给拽了下来，果然这院子里的两个人，手段不低。只是不知道出手的是那冰块少女，

还是那个残疾。

她探头看看南瑾，反正都被发现了，也无所谓底下知道不知道，喊她：“没事吧？”

南瑾躺在地上，双眼直勾勾地盯着天空，也不回答她。景横波瞧着，只觉得那张没有表情的脸，眼神竟然是……撕心裂肺的。

她默了一默。发生什么事了吗？

一根带子拽下两个人，明显南瑾摔得比她重，远远地被弹飞出去，有种被“惩罚”的感觉……

但她这样上不上下不下的也不成，瞧着好像要下雨了。底下毫无动静，那一对神经病主仆，好像就打算把她这么晾着了？

她挣扎了一下，因为双手被困住，想要跳出去是不可能的，只能往下来。她挥挥手，一块石头飞起，砸在天窗边缘，瓦片碎裂，她唰的一下掉了下去。掉下去的那一霎，她看见屋里水雾弥漫，才后知后觉想起来，刚才人家好像提水洗澡来着。

屋内没点灯，水汽蒸腾如云蒸雾绕。在迷蒙的光线里，她隐约看见人影一闪，纤长的、玉白的、肌骨晶莹的、惊鸿一瞥修长的小腿上水珠水钻般滚动……

然后屏风后咚的一声，似乎什么人撞在床榻上。下一瞬哗啦一声，她掉入澡桶中。掉入那一瞬间，她下意识双手向外一挡，生怕遇上裸男或者裸女的胸膛。

什么也没遇上，澡桶里空荡荡的。澡桶的水还很热，散发着淡淡的药味，不算难闻，热水浸润的感觉很舒服，周身毛孔都似被打开了，体内热流流窜，脑中那种中了毒烟晕晕的感觉也消散了不少，她一时竟然有些贪恋，赖在澡桶里不肯出来。

她眼光四处转，想要看清楚人在哪里。此时院子里忽然挂起了灯，灯光透过窗纱射进屋内一片朦胧，正好隐约将对面屏风照亮。

她的眼睛忽然就直了。

屏风后，有人在穿衣服……穿衣服也就罢了，她不是没见过人穿衣服，再说还隔着个屏风，只是这人穿衣服的姿态，太奇怪了。

衣服挂在屏风上，是件宽大的白色寝衣，那人手指一动，衣服滑下，他又一弹手指，衣服飞起，在空中展开，当头套下。从头到尾，那人除了手指动弹，全身就没动过。

灯光打在屏风上，映出他的身形，虽然坐着，也可以看出此人的身形修长精致，略略清瘦，线条却凝练结实，从肩到腰，增减不能。她忽然便想起了刚才一瞥间，闪烁着水珠晶光的肌肤和躯体……

景横波怔怔地盯着那身影，脑子里却在不断回想宫胤的身材，记忆中她似乎没有很清晰地看过他呢……

忽然她眼前一暗，美妙的男体消失，院子里的灯灭了。灯灭的刹那，风声急响，有人的脚步如风般卷至，景横波回头，就看见白影一闪，南瑾出现在门口。

景横波刚要打招呼，南瑾身后人影一闪，一只雪白的手掌猛地砍向她的肩头，那少女在南瑾肩头上，露出半张皱眉的脸，她脸上表情有些怪异，出手却毫不容情。

南瑾回手也毫不犹豫，身子一翻，反手一掌就拍了回去。轰然一声门帘上的珠串四处飞溅，连门框都在颤抖，那少女似乎不敌，身子向后一翻不见。

南瑾也不理会她，一个箭步冲了进来。景横波见她这样，自然是为了救自己而来，想到屋内还有一个一直一言不发的神秘主人，急忙提醒道："明珠，小心屏风后面！"

此时南瑾正冲到澡桶边，刚刚抬起手，指掌间青光一闪，听见景横波这一句，不禁一怔。

一怔之下，手掌便没能及时拍下，屏风后忽然一声微响，白光一闪直奔南瑾。

景横波一看南瑾此时竟然在发呆，不禁一急，横肩去撞南瑾。地上本就有水，南瑾被这一撞，滑开了两步，此时景横波声音才到："小心！发什么呆！这里头人厉害，别救我了，快走！"

叮的一声微响，什么东西从南瑾身上落地。景横波转眼一看，只隐约看见青蓝光芒一闪，她一怔，再要看时，地面上的水漫过来，那东西忽然就不见了。

南瑾似乎又在发呆，忽然屏风咔嚓一响，南瑾和景横波都霍然抬头。眼前又是白光一闪，如雪电如奔雷，直劈两人面门，那白光来势太快，以至于刹那间景横波都觉得眼前似忽降大雪，整个视野里万物退去，只剩那茫茫一片白。

景横波想起刚才那白光出手对南瑾毫不容情，抬手就将南瑾一推："出去！"

南瑾霍然转头看她，手一抬指间微光一闪，正划向景横波腕脉！

景横波心中一沉。此时两人极近，来不及思考也来不及避让，手上已经感觉到彻骨的凉意。

嚓的一声微响，淡黄的筋绳断落，景横波手上一松。她双手得到解放，也呆了一呆，一眼看见那白光正冲着南瑾而来，下意识伸手捞住。南瑾啊的一声，大声道："不可……"

景横波手一伸出就后悔了，那白色东西沾了水，甩过来的风声呼呼，一听就知道满贯真力，坚如铁石，自己用手直接挡，只怕手都要被抽断。

但此时撤手已经来不及，啪的一声，南瑾闭上眼睛。

景横波却瞪着眼睛，看着忽然变软的白色布料，原来就是一截长长的白布，浴巾一样的东西，刚才的凶猛坚硬已经没有了，软软地在她手上绕了一圈，忽然一股大力涌来，她身子飞起。

南瑾睁开眼，仰起头，看着景横波身形在头顶飞过，乌黑的长发荡起，在身后摇曳出暗色的弧线。

身后澡桶忽然倒了，热水奔涌而出，奔涌出的热水刹那间变成一大片冰雪，哗啦啦撞在她背后，将她硬生生推出了门，她跌倒在院子的地面上，满头满身的冰雪碎屑。

她也不起身，在一地泥泞中，垂着头，半长的发散乱地披在背上，闪着水光，似泪光。

院子里，那少女站在那里，淡淡冷冷地望着她，慢慢揉搓着刚才受伤的手腕。

南瑾也不理她，也没什么愧疚之色，慢慢爬起身，仰头看星斗闪烁的天空。

少女在她身后冷冷道："放弃了？"

“可笑不？你几次三番要杀她，她几次三番提醒你。他几次三番要救的，她几次三番跑来救你。”

南瑾似乎震了震。她素来挺直的腰，此刻似微微佝偻，夜色将空寂填满，她镶嵌在黑夜中的身影，显露出几分孤凉。

少女也不说话了，微微叹息一声，此刻她心中也满是复杂的情绪，她理解南瑾的做法，不知道这人间复杂局该如何来解。

良久，她听见南瑾轻轻问：“她到底是一个怎样的人？”

景横波飞了起来，下一瞬砰的一声撞倒了屏风，撞上一个胸膛，将那人撞得往后一倒，正倒在墙上，身子微微倾斜着。

她知道就这个趋势，自己扑倒那屏风后的人毫无疑义，可是她也没想到，脸贴着的肌肤，竟然是细腻光滑的，还沾着微微的水汽，有湿润的水珠落在脸上，缓缓滑过她的脸颊，再顺着脸颊一路向下。她下意识地一路向下，看见大开着的寝衣领口，纽扣没来得及扣上，再被她这样撞开，现在一线春光，几乎已经裂到了腹部，她甚至可以看见对方平滑的腹肌，隐隐约约的人鱼线……

她有点尴尬，下意识伸手要去帮他将衣裳拉拢。他微微一动，她停住手，赶紧向上抬眼，正看见一方光洁的下巴，线条端正精致，正缓缓凝结着水滴。她直勾勾地看着那水汽一点一点凝结，凝成一颗晶莹水珠，在黑暗中光芒四射。不知道谁的呼吸忽然开始不稳，还是谁不由自主地在轻轻战栗，那水珠微微颤动着，颤动着，她不知道为什么自己那样死死瞧着，却怎么也移不开目光，唇也下意识轻轻张开……

啪！声响其实低到近乎没有，听在两人耳中却如惊雷。她唇齿间一凉，脑子里也一呆——那滴水，那滴水……那滴水滴到自己嘴里了？他洗澡留下的水汽凝结的水，滴在了自己嘴里？

换成别人她一定觉得恶心，此刻却只是震惊，脑子里蒙蒙的，似忽然遮上一层云雾，在云雾那头，有人忽隐忽现，每一寸轮廓都惊心地熟悉，却无法拼凑成完整的身影。

她一时不知道该张嘴还是闭嘴，身前的人一直仰着头，此刻忽然低头。她竟然开始紧张，下意识闭上了眼睛，顿时感觉到一股清幽的气息逼近。他真的低下头来了，她能感觉到他在慢慢低头，很慢，似乎这是个非常艰难的动作。那股清幽又强烈的男子气息一寸寸逼近，他湿漉漉的发先一步垂了下来，凉而温润地拂在她脸上。她有预感，下一步就是他的唇，不知怎的，她的心飘荡起来，忍不住想他的唇会是怎样的，微凉的，软的，带着晚风过山巅垂落一捧松间雪般的清逸香气……

她忽然想看看他。她睁开眼睛，可对方似乎能猜得到她的想法，眼前一黑，一方白巾落在了她眼上。她恼怒地伸手抓开，身子忽然被弹开，她一仰头，正看见一条白练搭上了屋顶，他的身子正在纵起。

他似乎整个身体都不大能动，只能靠白练拖拽着身体行动。

她手一抬，匕首飞出，要去割白练。他只是稍稍一弹指，匕首便飞了出去，黑暗的室内，薄到近乎透明的匕首一闪，微微映亮半空中他的眸子，星子一般遥远和闪亮。

景横波弹跳起来，想要搂住他的腿，却只抱到一片冰凉的衣角，因为脚下的羁绊，她重重地摔倒在榻上。

榻上并无软褥锦被，只有硬席一幅，硌得脸生痛，她没有再起身，贴着那冰凉的席子，细细寻觅那似陌生似熟悉的气息，良久，梦呓一般喃喃道："是你吗……"

姬国是大荒著名的高原之国，境内百分之八十是高原，北高原的尽头就是雪山，据传在百年前便有世外宗门坐落于此，但因为那片雪山并不属于姬国国土，也因为那些传说太过强大神秘，所以很少有人靠近那处区域。

事实上，九重天门所在的长龙雪山，分属在姬国、浮水和琉璃境内，却因为同样的原因，雪山及雪山脚下方圆近千里的土地，早已成了三不管地带，不属于任何国家部族管辖。

在这方圆千里的土地上，散落着不少村镇，没有国家管辖，百年来一直过着自给自足的生活。

日光从雪山那头升起，投射到北高原最北边的一个无名小村时，已经将近午时，村落中渐次升起袅袅炊烟。

炊烟最密集的地方，就是村中最富裕的杨大户的屋子，他那院子，也快成了一座小小村落，简陋却阔大的围墙，拢去了半座村子的土地。据说这杨大户，早先得雪山高人青眼，专门为他们办事，渐渐积聚了财富，在村中隐然一霸。

不过这村霸，最近举家搬迁，住进了村角落的祠堂，因为他家来了贵客，贵客从人众多，将偌大一个宅子都住满了，以至于宅子的主人，不得不住到外边去。

不得安宁的不止杨家，最近这段时间，整个村子的少女们，都显得和平日有些不同。

天光刚亮了不久，一户户大门便已经打开，少女们挎着竹篮，脚步轻快地迈出家门，身后跟着唠叨的母亲们。

"哎呀，春妮子，这么早去洗衣作甚？水冷！"

"没事没事，早上水干净！"

"哎哎，菊花，今儿的菜是剥壳的，不用洗！"

"剥壳的也得洗洗呀，不然该把指甲弄脏了！"

"二丫，昨晚刚洗干净的衣裳，你怎么又拿去下水了！"

"哎呀，是吗，我忘了！那就再洗一遍吧！"

…………

各家的追喊声响成一片，却挡不住少女们的脚步，各家的姆妈们拗不过追不上，只得靠着门扉，看着那杨家大院的围墙，愤愤呸了一声："都是那莫名其妙冒出来的少年郎，勾得满村丫头都失了魂！"

清溪边，一大排姑娘早早占据了最好的地形，莺声燕语，叽叽喳喳，笑容满载春光。在少女们衣裙的中间，露出一角黑色麻衣，那人似乎是在洗菜，蹲在一方青石上，高高卷着袖子，不断有少女一边洗衣，一边偷偷瞄他修长的手指和精致的腕骨。

一条银白肥美的鱼在那男子手掌中翻飞，片刻间里外鳞片被刮干净，手法极其利索。他似乎脾气极好，一边干活，一边在和姑娘们说笑。

“要说大户人家的吃法，可不仅仅是鸡鸭鱼肉，所谓食不厌精脍不厌细，比如那青蛙吧，”他指指水底，“大户人家只吃蛙肚一片，以猪油、麻油爆炒，鲜脆可口，数十只青蛙不过够炒一碟。还有种吃法，叫泡蛙，在大缸里放好盐水和各种作料，放上木条，再放入活青蛙，青蛙不肯跳入盐水，自然得攀附在木条上。然后封死缸口，过上几个月再打开，青蛙早已干死在木条上，再取出蒸食，据说滋味鲜美五味俱全……”

少女们哗然惊呼，露出“好残忍啊”的表情，眼睛却闪着光芒，也不知道是为这残忍的吃法，还是为那说故事人的美貌。

喧哗声飞入深宅大院，院中一些来来去去的女子，也在翘首看着那个方向。

在大院最深处，有座最高的楼，原本只是用来守望的望楼，贵客来后，因为喜欢这里风物旷朗，干脆改成了住处。

此时，白衣女子长裙曳地，正站在望楼高处。她窗前是一抹蓝天、几丝浮云，浮云尽头，是雪山皑皑的白顶。她的目光正落在那山顶上，带着几分憎恶，几分不甘，几分怒火和几分阴冷。

那是她荣盛之地，也是她耻辱之地。一年前她满载着夺回王权的希望走下那雪山，虽然达成愿望，却未能长久将帝歌占据，甚至被一个毛头小子追出了数千里，好不容易狼狈回到雪山，不防却遭遇了另一场猝不及防的意外。

她的目光从雪山上缓缓收回，落在了小溪边。那边人头攒动，但是不用看也知道，人群最中央，是那个最受欢迎的男子耶律祁。想到这人，她目光禁不住沉了沉，露出隐含几分复杂的眼神。

掳获耶律祁之后，她看上了他的根骨，本想拿来研制药人，现有的那些“人”，有特长无灵智，她一直想要成就一个保持灵智，却又绝对忠诚于她，且拥有无限特殊能力的人来作为她的异人军的统领大将。这个人近在眼前，然而因为一些莫名的原因，到现在还没实现。

最初的时候，是被裴枢追得太紧，没有时间下手，再然后是回到雪山后发生了异变，危急关头，竟然还是耶律祁最先发现不对，提醒了她，她才逃得一劫。经此一事，想要改造他的想法自然便搁置了一阵子。几番迁移后在这小村隐居，她无时无刻不在想着夺回雪山权柄以及帝歌王位，后者的成全，需要前者的力量，于是那种“改造这个人、成就绝世高手”的想法，再次隐隐冒了出来。

她的目光在远处耶律祁乌黑的发顶掠过，看见那清溪边柳荫下，隐隐约约还有不少白色衣角，眼色不禁更冷。

当她动了这个想法后，她却发现，不知何时，自己身边的人，尤其雪山的女弟子们，竟然有意无意地都在护着耶律祁，连她的贴身侍女也如此。

仔细一想也不奇怪，耶律祁俊美风流，性情柔和，待人体贴，还烧得一手好菜，做得一手利落杂务。这些雪山高弟，在雪山高高在上惯了，都不善庶务，下山后诸事不能，显得很笨拙，多亏了耶律祁，他似乎什么都会，什么都通，如此人才，又如此能干，怨不得这些原本眼高于顶的仙女们，也一个个悄悄萌动了春心。

许平然细细的眉，不知不觉轻轻拢起。少女春心！天知道她最厌恶这种多余的东西！

女人发了春，行事多犯蠢！

她又扫了眼底下那些躲躲藏藏的白色裙裾，高洁的颜色，遮不住那些粉色的绮思。

手指不知何时已经落在窗棂，咔的一声微响，木窗缺失了半边，木屑腾起便转瞬不见。

许平然的眼色，已经如远处雪山一般冰冷。

不。这个耶律祁，不能再留！否则迟早出事！

清溪边，耶律祁将刚洗好的一条鱼抛进篮子里，状似无意地侧身，看了远处那高楼一眼。隔这么远，他依旧能感觉到那女人阴冷的目光。

他唇角勾起一抹浅浅笑意。她快要耐不住了吧？这一年多里，他有机会走，却最终留了下来，就在等这个女人什么时候耐不住。

身边的少女忽然一哄而散，他抬起头，就看见远处有人扛着个巨大的盆走来，那些少女看见那个人，如同见了鬼一般，急忙提起裙子，从他身边逃走。

那人走近，才能看出她也是个女子，偏偏头上顶着的木盆，比她两个还大。

她走到溪水上流，砰的一声放下盆，盆里的野物哗啦一下倒出来，野羊、野兔、狍子、獐子、野鸡……一大堆，都是新鲜未清洗的，血水顿时从上流哗啦啦地流下来，将半条溪水染红。

这行为很嚣张霸道，偏偏少女们一个都不敢开口，都悄悄同情地对耶律祁做手势，让他赶紧离开。

耶律祁也在收拾自己的东西，现在这溪水已经用不成了，整座小村都知道，当这位来洗她的野物时，全村人都别想用水。

一只野鸡顺流而下，耶律祁盯着那野鸡，似乎在考虑是捡好呢还是不理会好，昨天他捡起来打算还给对方，结果被人家诬赖想偷东西。

想了一会儿，他决定还是当看不见好了。

野鸡顺水而下，那头的女子看见他毫无动作，大骂："你死人啊！看见我东西丢了都不帮忙捡，要你好手好脚何用？待我来打断一只！"

她怒气冲冲地站起来，一手叉腰，一手指着耶律祁的鼻子，脚踩一堆死兽，裙染半截鲜血，日光下威风凛凛如女霸王。

阳光打在她蒙了半边眼罩的脸上，那面容，却是清秀的。

耶律询如。

第十七章 各有花招

耶律祁只好将野鸡拎起来，给她送过去。耶律询如瞪他一眼，一把夺过来：“走开！一身脂粉臭！”

耶律祁笑笑，不以为忤地走开。雪山女弟子们都在暗处看着，没人接近，她们觉得和这样粗俗的女子计较，太失身份。

当然她们不会承认，这女子表现出来的力大无穷和泼悍作风，其实让她们也心生顾忌。

至于这村中村姑，更加不敢和耶律询如对上，早先倒也有人试图让她收敛气焰，可当耶律询如将那家的屋顶一口气掀了之后，就再没人有这个念头了。

耶律祁拎着洗好的菜往回走，一路上有雪山弟子接着，没人看见他在拎起篮子那一刻，将掌心里一枚小小的蜡丸，收进了袖子中。

随即他进厨房里煎炒烹炸。耶律祁亲手做的美食自然只能由夫人享用，但耶律祁素来是个会做人的，总会多下些料，给那些弟子们也分点羹。雪山讲究清修寡欲，吃惯寡淡食物的弟子们，早已拜倒在美食高手的长袍之下。

一个素衣女子等在厨房门口，远远避着油烟气。耶律祁端出菜来，她上前接了，耶律祁笑着指了指火上的一个小砂锅，悄声道：“等会儿再来一趟。”

那女子会心抿嘴一笑，瞟他一眼，低低道：“半个时辰后吧。”

耶律祁看着她袅袅婷婷地去给许平然送午饭，在几个弟子的监视下慢慢向自己的住处走，心中慢慢盘算着。

素衣女子是许平然的关门弟子，也是她的贴身侍女，虽说许平然是个不好接近的主，但这女子跟在她身边久了，总会有意无意透露出点信息来。

最近他总给这丫头开小灶，让她伺候完许平然后过来拿吃的，前几次都是午饭后一个时辰她才能过来，如今倒是提前了。这意味着，许平然练功的时间也在提前。到了雪山宗主夫人这样的修为，所有的事情都已经固定成规矩，不该也没有必要随意改动，一旦出现改动，那就是自身有了变化。

或者她开始练一门新的更强大的武功，或者她在疗伤。

许平然在回雪山的时候，曾经有过一场他们不知内情的战斗，结果如何，当时谁也看不出来，但如今瞧着，似乎隔了这么久，还是有后遗症在。

耶律祁开门进了自己屋，唇边露出一抹浅浅微笑。

他也上床练功，没有放下帐子，因为他知道，正对着床的墙壁上有机关，看似是墙，实则是镜，有人在那里监视，可以看见他在屋子里的一切动作，一旦他做出什么不合常理的行为，立即就会有人进来。

他如常打坐，双手交叠，掌心向上，眼光下垂，看上去正在调理内息。蜡丸慢慢融化，里面的字条无声无息落在掌心，耶律祁一动不动。

“老妖婆夜半出门猎杀活物饮生血，并似乎在寻找异兽。”

他衣袖一垂，字条在掌心无声无息湮灭。

许平然似乎已经急躁了呢，到底在练什么功呢？还有找异兽做什么？

他看见过许平然带的那些怪物，都关在地窖里，看上去非人非兽，活得也猪狗不如，很明显是人和兽的结合体，天知道看上去不食人间烟火的天门，做起事来竟然也这么下作。

现在还找异兽做什么呢？耶律祁估计是给自己准备的。他知道自己该走了，姐姐这话就是催促，再待下去就有危险。

但是他不想走。

许平然必将对景横波不利，他希望能将这生平大敌，了解得多一点再多一点。可惜这女人一直太警惕，待了这么久，他只能自保，从外围零散消息中推断出一点结论，却无法靠近她，更不要说得她信任。

不仅是他，就算是她的贴身侍女和关门弟子，一样也不能靠近她，那女人是山巅的风，只在清冷空寂处独自游弋。

他还有个希望，就是彻底治好询如，靠近天门，总归机会大些吧？

半个时辰后，许平然的关门弟子兼贴身侍女素年，过来吃她的小灶，耶律祁亲自将小砂锅递到她手中，那女子浅浅一笑。两人靠得很近，耶律祁笑容和煦，日光明艳，却不及他眸子乌黑灿美，看得人心颤。

素年有些娇羞地低下头去，忽听耶律祁道：“别动。”他抬手掠过她的发鬓。

素年的心怦怦地跳起来，下意识要避让，又有些舍不得，脸上光彩滟滟，似霞似粉。

“有只小虫。”耶律祁含笑将手掌摊在她面前，素年的目光直直落在那雪白如玉的掌心，哪里看得见那虫子，嘴里含含糊糊应着，也不知在说什么。

耶律祁倒是很快退了回去，树荫里已经有目光射了过来。

素年提着小砂锅，恋恋不舍地走了，飘荡的裙角，沾染着蹄筋的香气。那蹄筋小火慢熬，十分地黏，并且很难洗清爽，相信她今天吃完之后，袖角掌缘，一定会有点发黏。

耶律祁退回自己的屋子，在关门那一霎，看了一下自己的指甲。指甲里，沾染上了刚才素年发鬓的一点东西，微呈粉红色的粉末。

昨天他请她吃的是玉胶饮，关照她一定要趁热喝，喝完可以用那胶皮敷脸，滋润养颜。天门不重享受，生活清苦，年轻姑娘都没有什么脂粉，但年轻姑娘哪儿有不爱美的？他打赌她一定会用，而这丫头脸颊微肥，为了遮掩缺陷，向来留偏分很长的刘海，这种发型很有些碍事，在低头干活时很容易沾染上各种物质。

胶皮也是很黏的，一定会粘上刘海。而昨天不是素年洗头的日子。

耶律祁将指甲里的粉末小心地刮下来，用纸包包好，塞在门板缝隙里。他动作很快，因为知道一进门就进入了监控区域，在门外也被监视，只有在进门这一霎，监视的人才会放松

警惕，当然，也不能停留过久，否则又会引起怀疑。

到了晚上，素年伺候完许平然，抽空来还小砂锅，耶律祁拿了砂锅并不急着和她告别，还陪她在院子隐蔽处转了转。素年脸上的笑意，因此更深几分。

夜间光线不明，两人又在隐蔽处散步，素年忽然被石子绊到，身子一倾。耶律祁急忙来扶，素年的手正巧落在了他手背上，两人都顿了顿。

月明星稀，浮云如带，初夏的晚风气味清甜，似掺了蜜，夏虫在浓荫深处唧唧鸣叫，红瓦上的青苔泛着清润的湿意。

素年觉得他的眸光，便集合了这月这星，这风这香气，这初夏夜晚，所有最美好的一切。

不远处似有脚步声，两人都急急缩手，素年松手时，感觉到耶律祁将她的手紧紧一握。这下烫得不仅是手心，连心都似被烫着了。她提着裙裾匆匆跑了，从未跑得如此羞态，碎石小径上月光被踩碎，小径两侧摇落一地樱红花瓣。

耶律祁看了看掌心，神情似乎在回味刚才的软玉温香，眼光却落在掌缘那一抹深紫色上。

听素年说，许平然自恃身份，从不亲自动手，大事小事，都是素年去做，自然也包括配药拿药之类的事情。

掌边那片深紫色很薄，他进门的时候，袖子一垂，寒光一闪，掌缘那片沾染了药的肌肤已经被削了下来。他顺手在门框旁边抓了一把土止血，将那片肌肤同样包好塞在门板缝隙里。

这一夜，也便安安静静地过了，远方高楼上微有响动，不过似乎没有引起任何人的注意。

第二天清早，照例是重复昨天的事情，村姑们齐聚清溪边，耶律祁言笑晏晏地洗菜备厨，直到耶律询如扛着一大盆野物来，将所有春心萌动的村姑惊散。

这回耶律询如没有再刁难耶律祁，也没翻盆洗野味弄脏一溪水，两人各自干各自的，耶律祁洗着一只家养的肥美母鸡，许平然不喜欢吃野物。

耶律询如在上游看见，忽然抛了只野兔过来，大声道："喂，换你的母鸡！整天吃野物吃腻了，我也换换口味！"

耶律祁接着，却立刻抛了回去，笑道："对不住，家主人不吃野味，这母鸡今儿我要为她熬高汤的，下次换吧。"

"臭小子，给脸不要脸！"耶律询如翻脸，哗啦一下将整张盆踢翻，顿时污水横流，野物堵塞了整条河道。

耶律祁一脸"好男不和女斗"的表情，叹气站起身，拎着篮子回去了。

那边耶律询如一边洗野物一边骂，骂完了将东西往肩上一扛。那盆足以躺下一个人，再加上野物和湿了水的分量，她竟然轻轻松松一膀子就撂上肩了。

四面雪山弟子看见，不屑地哼一声，都觉得和这样一个只有蛮力的野丫头计较，实在是一件很掉价的事情。

耶律询如踢踢踏踏地走着，她住在村西边的一座三间草房里，房子是一个孤寡老人留下来的，她原来住在邻村，一次上山时救了这老人的命，老人死后她便继承了这房子，住在了这里。

雪山的人既然住在这小村，自然对所有人的来历都盘查过，虽然耶律询如是在天门到来之后才来的，但村人们都说，她救老人是真，住在外村是真，之前也在村里出现过，算是已经清除了疑点的外来户。

此时草屋里还有个男子，在默默低头编草绳。村里人知道，这是她弟弟，有点痴呆，一直靠这姐姐养活，也因此这姐姐才没能嫁出去。

当然这是耶律询如自己对外的解释，她爱让谁是弟弟，谁就是弟弟。她以前当惯了残疾，现在也该轮到三公子当一当了。听见她进门的脚步声，耶律昙抬头看了一眼，眼神中掠过一抹复杂的情绪。

当初带她去寻找秘方求生，就是来到了雪山脚下这一带村落，他曾经和内门中的某个管事关系不错，得人家指点，知道这附近有一个夫人用来培养异人的药泽池。

夫人培养异人之地，都是那种能够激发人体潜力，锤炼肉体和经脉的宝地，但霸道的药性自然有其后果，其副作用谁也难以预料。耶律昙可以冷眼看那些半人半兽的怪物被逼入泽中，却无法对耶律询如的命运做一个抉择。最后还是耶律询如自己跳了进去。

三日熬煎，耶律昙和紫微上人各据一边，连眼睛都没眨过，生怕最后出来的是耶律询如的尸骨，或者是一个怪物。

最后出来的耶律询如，乍一看让耶律昙欣喜若狂——不仅拥有了生机，有一只眼睛还恢复了一些视力，甚至她还展现了以往没有的巨大力量，宛如变了一个人。

倒是紫微上人，仔细看过耶律询如之后，皱了皱眉。

为了巩固药效，耶律昙便和耶律询如在这药泽附近找了个村落住下，随时调理，指望着能复明另一只眼，或者将这只眼的视力再提升一些。也就是在这段时间，她走遍了周围村落，和四周村民混了个眼熟，救了那孤寡老人，时常去照顾，甚至学了一口这边的土话。

在她安住治病的这段时间，紫微上人倒跑了，整日忙忙碌碌不知道做什么，每隔一阵子会回来看看她，每次看她，当面欢喜，背后皱眉。耶律昙看在眼里，渐渐起了疑心，可是他给她把过脉，她脉象一日比一日洪沉有力，分明是恢复的征兆，紫微上人的忧虑，又是从何而来？

后来，许平然和耶律祁出现了。

灵敏的耶律询如，立即发现了其中的不对劲，当机立断搬到了那个小村。为避免被雪山子弟看出身份，耶律昙不得不成为她的白痴弟弟，整天只能关在屋子里编草绳。

耶律昙远远看了一眼雪山顶，抿了抿唇。

夫人和师兄弟们近在咫尺，他知道自己该去找他们，可是他却无法从这个女子身边挪开脚步，哪怕这生活清苦、劳累、贫乏，他金尊玉贵的身份根本无法适应。

她是他寂寥的填补，哪怕听见她有力沉悍的脚步，他都觉得似被踏在心上，粘住了，拔不开。

耶律询如雄壮的步伐，在进门之后，便显得平静沉稳。她伸出手，手中有一个小小纸包，他接过去打开，看见里面有一点粉红色的粉末和一片染着深紫色泽的皮肉。

他疑惑地看看，用指甲碾开粉末细细地嗅，又对着阳光看那紫色的色泽。

他脸色渐渐变了。

“怎么了？”耶律询如敏锐地注意到了耶律昙的不对劲。

耶律昙却没有说话，脸上掠过一丝犹疑，似乎还有微微震惊，半晌却摇摇头：“我不能确定。”

耶律询如冷哼一声，却没有逼他，拿过那纸包，看了一眼那薄薄皮肉，摇摇头。

正牌弟弟，也是个傻傻的痴心人啊。

“我不为难你，不过你得帮我写封信给老不死。”耶律询如帮耶律昙铺开纸，“让他过来帮我看看这东西，顺便帮个忙。”

“我怎么知道他在哪里？”耶律昙别过头，不愿意提起紫微上人。

紫微上人原本也和他们在一起，可从雪山中人出现在这附近之后，他就像兔子一样跑掉了，理由是耶律昙打呼噜兼脚臭，他体质娇弱，受不了。

耶律询如抱胸看着耶律昙，一直看到他不得不回头，垂下眼，提笔开始写信。

耶律询如眼底光芒闪了闪。

两人果然还是有联系的，老不死果然没有跑远。这老家伙，明明关心她，为什么不肯待在这里？她抬眼看了看远处那座大院，心里冷哼一声。

“信怎么写？”三公子和耶律询如待久了，越来越没脾气。

“你就说……”耶律询如依旧盯着那大院，耳边忽然响起那年他悠悠唱过的狐狸歌。

这世上能培养出紫微上人那样的弟子的世外宗门，能有几个？这世上有资格成为紫微念念不忘的九狐狸的女子，又能有谁？

她唇角慢慢泛出一抹怪异的笑，慢慢地一字一字地道：“夫人挟持了耶律询如为人质，要见他一面。”

第十八章　女王翻身做主人

“是你吗……”黑暗室内的低低询问，更像一声无奈的呢喃。

头顶的天窗开了，夜风森凉，不用抬头去看，她知道那家伙一定已经跑了。她坐起身，肘撑在膝上，手托着下巴，一副沉思冥想的姿态。

黑暗中她的眸子光芒闪耀，如日光下秋水一泓。

有些事到如今，慢慢想，也算想明白了。明白了他是真的不愿见她，不管出于什么理

由，他不愿意再走进她的生活，不愿意再面对她。

他就是那样孤冷清寂的人，宁愿一人守在四壁空墙里，等待时光将生命默默剪碎，也不愿让他在乎的人，亲眼看见他的消弭和零落。

所以她越用力，越靠近，他越远离。

她发了半天呆，人看起来空空茫茫的，心却在一寸一寸地夯实下去。有些事，她知道该怎么做了。想定了，她优哉游哉地在人家床上躺下来，跷起了二郎腿，将怀里那一直没来得及研究的白骨，拿出来研究。

她现在已经确定这白骨不会是耶律祁的，值得猜疑的是禹光庭对于这白骨的态度，如此紧张，是有什么不可告人的秘密？

她掘出的白骨只是短短一截，她用白布擦净手骨部分，将白骨仔细查看，其上并无什么伤痕之类的可以辨明身份。

她忽然咦了一声，伸出手指比了比，觉得这手骨哪怕作为男人，也似乎太长了些。

手指较长？勉强算是个特征，她将这事记在心里。

她往怀里掏了掏，掏出一个小瓶，看看颜色，又放了回去。如此三番，她终于选定了一个小瓶子，背过身，捣鼓了一阵。

院子里静悄悄的，仿佛那对主仆已经沉睡。然后她将白骨收起，忽然哎哟一声，声音尖厉，似乎被白骨戳了一下。

房门外没有动静，院子里却似乎有点声响。

景横波手一推，白骨啪地落在地上，月光下竟然闪着惨惨的青蓝色，她的手腕随之无力地落下去，指尖殷然滴着鲜血，无声浸润在白骨上。

远处似有风声，却在近门处停住。

景横波开始在床上翻滚，抱住被子咬着牙，似乎在忍受莫大的痛苦，床板被她蹬得咚咚直响。她一个大翻身，滚入了床榻里面，似乎终于忍不住，发出了低低的呻吟。

砰的一声，房门开启，人影如风一般掠过来，速度太快，珠帘晃动闪烁出一片炫目光影。

下一瞬白影已经到了榻前，伸手就去点景横波的穴道。

床上人却不见了，身后传来咯咯一笑。

白影反应也快，手中白练一振，再次挂向天窗。

同样的事情怎么能发生第二次？景横波这次没有动刀，也没有试图去抱住对方，只是扑到那白练前，将脖子向白练一伸，灵活地挽了一个结。这下如果对方还要坚持收紧白练，首先就得勒死她。

那想要再次借助白练跃起的身影果然一顿，手一抬，白练滑下。

景横波在白练飞向门外之前，已经用双手挽住白练，往他脖子上一套，再往自己面前一拉。

这一拉看似轻描淡写，实则用尽她全身功力，以至于这一拉绝不风情妖媚，甚至有些咬牙切齿。

这一霎她脑海中忽然掠过《盗墓笔记》里的情节，好像似乎也许大概，套僵尸就是这么

个套法……

这不解风情、冥顽不化、不讲道理的木头，难道不是要她命的僵尸吗！

砰的一声，对方终究身体受限，不防她这动作如此凶悍突然，栽倒在她胸上，栽得那叫一个直挺挺、僵硬硬。

景横波立即伸出双臂死死抱住他，好比八爪鱼抱紧了树身。抱紧他的那一瞬间，她想仰天大笑，想死命打他，想把舌头伸进他嘴里去，咬住他一辈子再逃不得，然而最终她什么都没做。

小不忍则乱大谋，逞一时痛快，耽误的是一生大计。她已经想好了以后该怎么做，从此以后，她不要再那么茫然无措地被动找寻，她要掌握主动，翻覆掉这孤冷家伙的全盘打算。

三十年风水轮流转，也该她翻身做主人！

她抱紧了他的腰，双腿用力，一个翻身，将他压在身下。

下一瞬她感觉到寒意彻骨，没猜错的话她马上就会被他的真力振飞出去，送到千里之外。

嚓的一声脆响，她拔刀，将透明薄刃冷冷狠狠地压在他的颈动脉上。

这个动作如此突然，以至于身下的人猛地怔住。

他想过一千一万个动作，想过她会仰天大笑，会双手双脚攀上，会发疯捶打，会把舌头伸进他嘴里去……但再古怪的念头，也比不过她此时的动作让他震惊。

他惊得连动作都不再有，直直躺在她身下，乌黑的瞳仁大了一圈，秋夜凉天，月下静水般，倒映着她杀气腾腾的微红眸子。

砰的一声响，门再次被撞开，那少女和南瑾一前一后冲了进来，一眼看见这两人的造型，齐齐怔住。

屋内四人，三个人都是不可思议的眼神。

“出去。”景横波看也不看那两个，声音森冷。

那少女盯着他颈间刀刃，情急之下上前半步。景横波立即将刀毫不容情地往里稍稍按了按，锋利无伦的刀锋擦破肌肤，一丝血迹慢慢沁出。

“出！去！”景横波一个字一个字地从齿间迸出，“到外面去！不许靠近！”

南瑾猛地一拉那少女，两人快步后退。

门再次关上，景横波冷冷一笑。

榻上只剩两人相对，乌黑的眸子彼此相映。

景横波盯着他，用尽全身力气，才忍住胸间澎湃的血气和情绪，用尽全身力气，才能维持此刻的姿势，令自己不要去看他颈间血痕，不要发出任何颤抖的声音，不要躲开目光。就在此刻，就在这里，她用刀架在他脖子上，和他对视，走进暌违已久的眼神里。

他看起来和一年前没什么不同，除了稍稍清瘦些，乌发微有些散乱，散乱的发间一双眼睛依旧清澈，天边最亮的寒星也不及他的眸子清澈深远。他的唇线如此清晰，唇色却比以前淡了些，似落霜的柔软花叶，等待被春风温柔吻去冰封。

他的眼神已经从最初的惊愕中平复，转向平静和冷静，那冷静中带着三分审视的意味，

审视着此刻情状，审视着她的神情，审视着这整个诡异的事件发展……

她盯着他的眸子，努力回想着人生中的所有的不如意，想着那莫名其妙的穿越，想着傀儡女王的屈辱，想着帝歌雪夜的凄凉，想着回奔帝歌后看见那放逐旨意时的愤怒……想着那些拒绝、逃离、背叛，想着无论爱意如何真实，但那些伤害同样存在。而到今天，他依旧不愿给自己一个答案……冰冷怨恨的情绪一波波卷上来，卷进她的眼神，她眼神更加坚硬，手更加稳定。

成败在此一刻，如果瞒不过智慧天纵的他，她将前功尽弃。

她和他相遇至今，她一直输，可此刻，她要赢！

赢才有机会，才有未来！

“你是什么人？”她哑声道，握紧刀柄毫不放松，“禹光庭的走狗吗？呵呵……”她轻蔑地笑起来，用膝盖顶了顶他的大腿，“一个残废，也能留住我吗？”

他霍然睁大眼睛。

她从未见过宫胤这种神情，这一霎心情居然无比畅快，险些想要放声大笑。

她赶紧掐自己的掌心，眯起眼睛，偏头打量他：“不会还是个哑巴？”

“你怎么……”他话只出半句便止住，微微皱起了眉头，细细打量她。看他眼神就知道，他并没有相信她，还处于十分怀疑的阶段。

景横波知道失忆的梗很狗血，但有时候狗血才有用，他和她一年未见，其中到底发生了什么事，正如她不知道他的情况，他也未必清楚她的情形。战争血火，朝政倾轧，她随时可能被人暗算，失去一部分记忆，不是吗？

她没有十足的把握，赌的就是他不知道这一年她的确切情况，赌的就是他的将信将疑。

她懒洋洋地笑了笑，匕首依旧顶着他的颈动脉，另一只手从腿上摸出另一把隐形匕首，抵在他胸膛上，口气越发轻描淡写：“这么一只弱鸡……”匕首向下一划，刺啦一声，他的衣衫裂开。

一线锁骨映冷月，两片玉肌耀明光。

她似笑非笑的眼神掠过他的身体，半调戏半随意，如在风月楼头，遇见随便一个美貌男子的神情。

“身材倒不错，看不出来，穿衣显瘦，脱衣有肉嘛……”

她嘴里胡说八道，眼光却很快扫遍他上身，看不出他身上哪里有伤痕，他为什么不能动了？真力仍在人不能动，是真是假？他这样的高手，什么情况能令他不能动？

他眼底的惊异已经去了，眸光更深更黑，深黑的眸子倒映她的笑意，沉沉的看不到底。她心中虚浮难定，忽然一股恼怒涌上心头，她俯下身，一把抓住他的衣襟，手指似无意似有意地蹭过他耳垂，满意地看见那耳垂立刻红了，似白玉上生了只珊瑚珠。

“帅哥……”她笑道，“怎么看你有点眼熟，我以前见过你吗？”

动真格了！

这话一出，宫胤颤了颤。

恍惚里仿佛还是初见，在凤来栖里，在掳走她的马车上，那个笑盈盈满脸生春的女子，最初，就是这么古里古怪地叫着他。

他记得那时自己满心厌憎，不喜她的放肆风流动手动脚，但不知怎的，那些嬉笑怒骂，一直清晰地印在心版上。他记得她脱下那古怪鞋子梆梆地敲马车顶，记得她初见他的脸，那句“帅哥，我好像爱上你了，做我王夫好吗”。

有些话以为忘记，其实深记；有些话他一直等待，却不敢聆听。他凝视着她的眸子，光芒流转，烈焰生辉，其间燃烧着一个清冷的自己。

他微微地叹口气，此时只庆幸自己，出去后换了假发。

景横波也凝视着他，却着实看不透他的想法。看到后来她也不琢磨了，一年久别，苦熬相思，终于到此刻，撒泼耍赖才见一面，她什么都不想说，恨不得用眼光将他吞进肚里才好。

“怎么不答我？”她用匕首拍拍他的脸颊。

宫胤静了一会儿，答道：“你觉得呢？”

景横波差点笑起来，这真是宫胤的风格，看似答其实什么都没答，怎么解释都可以，冷漠又狡猾。

等她也正在等他这个回答。

“我也不知道。”她皱起眉，“我在帝歌遇见了一个很厉害的女人，中了她一掌，伤好后，总觉得忘记了什么重要的事。我问过身边的人，可每个人态度都很古怪，似乎知道什么，又不愿提醒我什么。我厌恶帝歌，出来寻找答案，有人给了我一颗珠子，说凭这珠子，或许能找到我记忆里丢失的那个人，”她耸耸肩，轻松地道，“可惜珠子昨晚丢了。”

宫胤眉头微微拧起，许平然？许平然对她下了手？按说裴枢、英白、耶律祁、七杀都在，许平然无论如何也不该动得了她，否则他怎敢诱许平然往帝歌去？

怀疑的浓雾在他心内蔓延，但对她不可摆脱的担忧还是令他不得不多想。毕竟下雪山时，他为了彻底地消失，割裂了和蜂刺蛛网们的联系，这一年多，他在生死线上挣扎，大多数时候处于昏迷状态，族人带着他到处寻找药泽和解救方法，最近才刚刚出现在红尘中，对于她的事，他存在着近一年的消息空白。

只是，失去记忆……他扫了景横波一眼，女王陛下一年多不见，体态越发风流成熟，一旦不再苦大仇深，眼波流转间立刻媚光盈盈，如果说以前是一个美丽的女子，现在就是一只美丽的狐狸。

狐狸正用一种初见时的姿态和神情，骑在他身上俯视他，他记得她一开始就是这样的，

对美男有各种兴趣，半挑逗半天真，直到喜欢上他之后，才失去了调戏其他男人的兴趣。

不知怎的，现在看她又恢复当初的模样，他心里微微有些压抑。

狐狸还在他身上磨蹭，坐的位置本就要紧，偏偏她还把身子俯低，她向来是不好好扣衣领的，这个姿势足够让他看见两面落雪山坡，一线雪白深沟……

而她跪坐在他身上，双腿有力地夹着他的腿，天知道她为什么那么用力，用力得他已经有点没法思考，只顾担心自己会不会忽然发力……

暗色中不知谁的呼吸似乎有些发紧……

有那么一瞬间，盯着他色泽变深的眸子，感觉到他身体在发热，景横波懊悔了。

灵机一动装什么失忆呢，机会难得，就该脱了他的衣服，把该干的事干了，完了运气好肚子里有了娃娃，他敢连儿子都不要？

不过转念想想，也许他真的不要……

还有，看他现在的状况，“坐上来，自己动”一定会狠狠折杀他的自尊心的，那和强奸他没两样，为了长久的未来，还是……忍一忍吧。

她壮士断腕般闭了闭眼，忍得好辛苦。

宫胤盯着这女人的表情——为什么她忽然看起来那么痛苦，以至于痛苦得夹紧了腿？

…………

景横波呼了口气，等待体内的热潮过去，懒洋洋道：“和你说这么多干吗，无论如何，你我现在是敌人，你是我的人质。”

她不敢多说，多说多错。她靠突然翻脸相向的行为和装失忆，令他心生疑惑，产生探究的兴趣，才留住了他，再说下去露了馅，他又得逃跑。

匕首仍旧紧紧地按在他的颈项上，她对屋外喝道：“去叫禹光庭来，让我走。否则我就杀了这个人！”

宫胤又怔了怔，今晚的景横波真是一再出乎他意料。

他并不信她的失忆，所谓失忆不过是留下他的借口，但她费尽心思找到他，以她的性子，必然打死不走，现在怎么……

门开了，那少女和南瑾也愕然站在门口，怎么也看不懂这出戏。

宫胤忽然笑了笑，道：“春水，不用理会。”说完闭上眼睛，一副你要杀随便的样子。

景横波二话不说，匕首一抬，再猛地下戳——

“住手！”

匕首在宫胤咽喉前一分处停住，宫胤神色不变，景横波倒出了一身汗。

虽然这匕首可以折叠打开，也可以折叠收起，但她并没有十足的把握能及时将匕首收起。

但她看见那少女对宫胤关切的神色，这一赌倒是对了。赌的并不仅仅是少女的反应，还有宫胤对她“失忆”的相信程度。

果然宫胤睁开眼看着她，目光深深，又多了三分审视。刚才那一刀，谁都看得出，力量上没留手。

果然那少女道："我家先生只是摄政王的一个清客，摄政王不会为他放了你的。"

"骗谁呢。"景横波笑起来，"一个清客的丫鬟，就能制服我。一个清客，就让摄政王放着那许多侍卫不用，就让他来看守我。摄政王清客都这样，他早就不是禹国摄政王，该是大荒皇帝了。"

"去！"她喝道，"让禹光庭撤开护卫，给我毒烟的解药，别逼我杀人！"

那少女犹豫半晌，咬唇退后。片刻后，急促的脚步声响起，禹光庭带着几个亲信护卫进了院子，他在路上应该已经听少女说了情况，素来沉稳的脸色也稍稍有些发青。

禹光庭确实很愤怒，他知道这两人的手段，放心将女王交付给他们，谁知道竟然出了这岔子，但他不能发作——他的隐疾还需要对方救治，这也关系到他的命。

女王不能放，自己的命也不能不理会，隔着门，他看见女王微微冷笑，手势稳定，并且偏着头，一副不打算谈判只能她说了算的模样，不由得恨恨咬紧了腮帮。

少女春水斜瞟他一眼，低声道："殿下放心，只要我家主人在，放走的人，自然能给你再抓回来。"

春水的眼神很有些古怪——出手掳走景横波，其实是为了保护她，帮她驱毒，随后睁一只眼闭一只眼让她跑，回头禹光庭也无可奈何。这本就是主人的计划，只是最后这执行情况……有点出乎意料。

"解药！"景横波的语气如同吩咐手下。

禹光庭忍着气挥挥手，护卫递上一只盒子，景横波毫不犹豫地道："你先试药。"

禹光庭只得再挥挥手，示意护卫切下一点药丸吃给她看，一切无事景横波才命护卫将药抛进来。她将药吃了，手上却始终没放松，伸手揪起宫胤的衣领，咯咯一笑道："劳烦你送我一程！"身影一闪不见。

禹光庭看看空寂的室内，再转头看看四面，面色铁青："追！一定要在她联系上她的军队之前，截下她！"一大队人潮水般涌出去，武器和甲胄的撞击声响彻耶律庄园。

春水和南瑾对视一眼，都在对方眼底，看见深深的疑惑。

砰的一声，景横波和宫胤脚落实地，落地时景横波身形不稳，一头撞在了宫胤背上。

宫胤颤了颤，身后肌骨透香，丰盈柔软，似一团软云，忽然熨帖了肌肤。

她的发一向绾得蓬蓬松松，垂落几丝在他肩上，他垂眼瞧着，下意识就想偏偏头，嗅嗅她的香气，随即勒令自己止住。

她已经不是一只狐狸了，她像一只狐妖，忽然开窍的狐妖。

景横波看上去倒真是无意的样子，抬手整理发鬓，目光流转，笑道："哎呀，我的功夫越发精进了，这一闪就直接闪出墙了。"

面前是长长的围墙，不远处有一处池塘，苇叶正青。

里头传来追杀声，很明显这是耶律庄园的外墙了，耶律家的庄园在城外，附近没有人家，一眼望去很是空旷，并不利于逃跑。

“现在，可以分道扬镳了。”宫胤不看她，目光淡淡地落在那片苇丛中。

景横波心头火起——真是每句话都需要原谅他一百次才能继续谈下去啊！

她真想一刀子捅过去，剖开这别扭男人的心，看清楚里面都是啥复杂构造。他的黄历里难道每一天都写着“诸事不宜景横波”？以至于他和她相识三年，大部分时间不是在瞒着她就是在躲着她？

他和她在一起很难吗？和她一起享受人生很难吗？不就是瘫了吗？瘫了很了不起吗？伤自尊吗？她也可以瘫啊！装瘫！两只轮椅排排靠，他人走路我坐车！

她心内怒火燎原，面上却笑得艳光如火似要将人燎着：“我发现禹光庭真的把你看得很重要，那就继续当我的挡箭牌吧！”

身后追兵的脚步声再次传来，景横波抓起他的手，再次一闪不见。

她这回控制了频率，每次闪得距离不远不近，让追兵一时追不上，但也不至于失去她的踪迹放弃。她每次闪下来，都故作踉跄或者站不稳，对宫胤碰碰撞撞，几番碰撞下来，她的心越来越沉。

宫胤全身不能动弹是真的，他的躯体甚至比别人僵硬，好几次她感觉到他下意识地要扶她或者避开她，却力有不逮，这种反射性的动作，装不来。

为什么会变成这样？在那段时间内，到底发生了什么？有那么一瞬间，她想拉着他，闪到深山老林里去，没日没夜地逼问他，直到他肯说，肯接受她为止。

天边咻的一声锐响，她抬起头，一线深红烟花直蹿天际，那是裴枢寻找她呼唤她发出的暗号。

景横波叹口气，知道有些事自己不能任性，以裴枢那个暴脾气，如果她真的就此失踪，他非得和禹国拼起来不可。

她只好一路往押运队伍的扎营地而去，此时已经进入了庄园外的旷野地带，隐隐可以看见三面都有骑兵包抄而来，黑压压连成了一个带了缺口的方框，很明显禹光庭带来的人不少，而且今日势必要将她留在此地。

毕竟她是女王，禹光庭承担不起触怒帝歌三大军的责任，既然动手了，就必须做得干净。

三面包抄，唯一的缺口是面前的一片苇塘，苇塘面积不小，四面苇草足有人高。景横波估算了一下，觉得自己很难带着人一次性闪过去，虽说苇塘中心多半有沙洲，但现在苇塘被苇草遮住，看不见中心，贸然闪过去，很有可能闪进水里。

更重要的是，禹光庭把她往那里逼，就应该另有准备才对。所以，苇塘是不能去的。

她嘿嘿一笑，看看逐步逼近的军队。军队似黑色的布口袋正在收拢，而口子就是那个苇塘。她已经可以看见离得最近的军队的士兵弓箭上的乌光。

她身影一闪，奔向……苇塘。还没到达苇塘，她已经嗅见了一股浓烈的火油气味。

瞬移在半空是无法改变轨迹的，下一秒，她已经到了苇塘上空，眼神一扫，果然没有沙洲。再下一秒，扑通一声，她和宫胤齐齐落入了水中。

此时三面来军，一路快马，已经抵达苇塘周围，占据了上风位置，密密麻麻排成阵形，

骑士们反手取箭，搭弓上弦。

“射！”哧哧厉响不绝，无数道深红的痕迹割裂天空。火箭一落入茂密苇丛，顿时砰的一声炸开，一线火路顺着风滚滚向前，整个苇塘瞬间被火龙包围。

那群骑兵在马上木然遥望，铁黑的脸庞在火光的映照下微微扭曲，似狰狞的厉鬼。一大群步兵跑来，分成无数小队，每队都扛着一艘舢板，携带着长枪。

苇丛中事先浇了火油，不过片刻，苇丛便烧得干净。在整个苇丛燃烧的过程里，骑兵都一动不动刀出鞘、箭上弦地守在四周，确保一只苍蝇从苇丛里飞出来，都会撞上密密麻麻的矛阵之尖。

在整个燃烧过程中，苇塘里毫无动静。

禹光庭已经赶了过来，远远地负手瞧着，唇角神色沉冷。他既然敢对女王下手，必然考虑了多方后果，女王神出鬼没，他也担心她随时逃脱，昨夜将她交给先生之后，专程由耶律德陪同查看四周地形，最终确定以苇塘作为围剿女王的最后地点。

女王不逃便罢，逃，便让这苇塘成为她的终结之地。

事已至此，他只有大胆地做下去，至于流失出的那截要紧的白骨，不管在谁手里，总归不会脱离押送队伍和裴枢军队的范围，那就在剿杀女王之后，迅速调动周边军队，将这两支规模不大的军队，就地格杀便是。只要赶在那几位王子发现之前，把事情解决，那禹国就生不了乱！

火势渐渐小了下去，自始至终，苇塘内没有任何动静，这本就在禹光庭意料之中。他挥了挥手，那些早已抱着舢板等候在塘边的士兵，纷纷推着舢板下水。

士兵四人一组，乘坐舢板，手拿特制的桨，那桨上包着铁，两侧微尖，可操船，可杀人。

每艘船上都站着一个士兵，这些人形容各异，但都有一个共同的特点——目光特别亮，如鹰如炬。他们紧盯着水面，每人的目光覆盖了一片水域，仔细搜寻着任何可疑动静。

数千人看着他们进入苇塘，却没人看到有人出来，他们一定还躲在水底。

禹光庭唇角笑意更浓。四面都是苇草，很容易找到空心草管，以为叼着根草管渡气，就可以避过搜查吗？他身边一向精英集聚，有轻功高手，有横练名家，还有一些从各地斥候军和哨军中抽来的眼力特别突出的士兵。这些人，连水面上十丈外飞过的一只蚊子都看得见，只要女王出来换气，立刻就会遭到所有人的围攻。

天色渐渐亮了，禹光庭渐渐笑不出来了。

小船在水面上逡巡，已经三个来回。下水的军士之多，已经覆盖了整个水面，斥候军盯红了眼睛，也没发现任何痕迹，连个水泡都没有。

那两人在众目睽睽之下下水后，就好像打算死赖在水底不出来了。

搜寻无果，禹光庭也耐不住了，不可思议地道：“不可能！这么长时间，他们难道愿意活活憋死？肯定有换气的工具，细细找找！”

“殿下，”一个护卫苦着脸道，“这岸边所有草木都已经被烧干净，整个水面一览无余……”

禹光庭铁青着脸不说话，烧掉苇丛一方面是逼女王入水，另一方面也是要让女王失去任何遮蔽。现在水面清亮，一眼到头，如果真有一根草管突兀地立在那里，其实非常明显，别

说那么多人看着了，就是他站在岸边，也能看得见。

太阳快要出来了，晨曦下水光粼粼，毫无杂色杂物。

铁桨已经将水面下三尺处狠狠捞过一遍，除了戳上来几条鱼，没有触及任何疑似人体的物体。

禹光庭已经有些焦躁了。他怕这放火的动静引来押送军和裴枢的军队，在这荒郊野地和以野战名闻天下的裴枢干一场，他可没把握。

越焦躁越有事，他的贴身内侍骑马匆匆赶来，在他耳边低低说了几句。禹光庭听着，脸上肌肉不由自主便是一抽。随即他阴沉着脸看了看四周，无奈地大声道："留三百个人继续搜！其余人跟我回临州！"

大队人马奔驰而去，平原上腾起的烟尘缓缓散去。

主子不在，手下必然偷懒，搜寻了几个时辰的士兵，纷纷向自己的首领大喊："队长！实在划不动了！"

"这桨太沉了，再划就得掉水里了！"

"这水面啥都看得见，咱们围在水边看着不就行了？全挤在水上，万一人飞出来，划船反而来不及追！"

"得了，还飞出来呢，这么长时间，早淹死了！难道殿下的意思，是要咱们把尸骨捞出来吗？"

管这三百人队伍的一个副参将，叹口气挥挥手："都撤回来！在湖边好好盯着便是。"

众人大喜，纷纷回船上岸。那铁桨太沉，十分耗费臂力，士兵们上岸就一屁股坐下，休息的休息，揉膀子的揉膀子，谁也没兴趣盯着那一眼就能看清所有、

已经看花眼的水面。

池塘西面，靠近河岸的那片水面，隐隐约约有一点粼光在闪烁。

但此时朝阳初升，河面粼光跳跃，这一点闪烁，就算是眼力最好的人，贴在水面上，也未必能发现。沿着那粼光向下看，清澈的水层里，可以看见两条雪白的管子，笔直通到水底。

水底，管子那头，自然是景横波和宫胤。

方法还是那个方法，只是用了障眼法。

一掉进水里，景横波便隔空摄物，折了两根草管。正要插进口中换气，宫胤手指一弹，两根草管顿时蒙上一层冰霜，冰霜不被水所融，越积越厚，成了两根冰管子。

冰管在水中，是无论如何都不会被看出来的。

景横波一直抓着宫胤的手腕，看上去是把住他的腕脉，其实是因为她知道，这家伙现在只有手能动，抓住手他就跑不掉。

当然，如果他施展真力把她震开还是分分钟的事，问题是他舍得吗？

景横波的脖子上还系着一条白色的东西，在水中柔曼舒展，仔细一看是条白色的腰带。

为了杜绝宫胤利用任何条状物跑走的可能，景横波一下水，就把他的腰带给抽了，挂在了自己脖子上。所以现在宫胤的长衫被水流带开，他本来沐浴后穿的就是比较宽松的衣裳，全靠腰带系着，腰带没了，又在流动的水里，景女王的眼福，顿时得到了充分的满足。

水流将他的衣襟掀开，景横波已经用眼睛丈量完了他的三围，在表示满意的同时，也在

慨叹他的肌肤似乎越发白了。

日光透过水层，将这一片水域照亮，水晶一般耀眼，他因此显得更加洁白通透，再衬上周身紧致收束的线条，像精雕玉琢的像。

而衣衫宽举，却又飘飘然有流云之姿。

光线刺眼，景横波眯起眼睛，却不肯放弃细看他的模样。

这没良心杀千刀的，从来不肯安安静静完完全全和她面对面，她想饱览美色，还得用尽心机。好容易暂时拴住他，想兴师问罪都不能。

女王陛下心中叹一声苦命。

她在水底看那人给予的风景，水底那人同样看她如风景。

由于光线问题，对面的景横波在宫胤眼里，是沉在水色暗影中的浮雕仕女。洁白，明润，乌发如云曼舞，可见似生明光的饱满的颊，可见浓长微卷的睫毛，可见分外嫣红如荷瓣的唇，而她素来凹凸有致的身材，在明明暗暗的光线和浮浮沉沉的水流中，忽然就多了层次和神秘感，那些起伏的是珊瑚岛，凹陷的则是美人涡……

他的目光似看非看，却一直将她笼罩其中，除了这日光和水流，无人知道他心中亦贪婪。

一年多的岁月，相思日日入骨，她的容颜，他何尝不曾思念？昏迷中时有噩梦，或见她狂笑当歌，或见她泣血楼头，或见她于残破帝歌三旗之下，张开双臂，仰首向天，然后如飞鸟般坠落……

一梦遽醒，冷汗涔涔。

今日再见她，不管几多惊诧几多为难，还是觉得，真好。

静静水流，两两相对，两人都似没看对方，两人又都将对方看个满眼。

宫胤难得在走神，思考着今日景横波的怪异，他也就没发现，景横波的目光，慢慢转了上去。她在看那些士兵，他们的位置就在河边不远，已经感觉不到走来走去的人。

如果没猜错的话，这些疲惫至极的士兵，应该已经睡倒了不少。

景横波又等了一会儿，然后伸手，猛地掐断了宫胤的冰草管子。

今天第三次，宫胤被她惊得瞪大了眼睛……

景横波对他狡黠一笑，做了个“死吧”的手势，很满意地发现这回她家大神的脑子真的已经陷入混沌了。人在缺氧状态，总是会无法思考的。

而且不出她所料，没了换气工具，宫胤也并没有冲水而出，任何时候，他都是将她的安危放在第一位的，哪怕他眼看要被她给憋死。

他静静地看着她，脸色却慢慢红了，渐渐又青了。

高手气息绵长，但也撑不了多久。

景横波笑吟吟地看着他，一脸“老娘就是要把你这奸贼谋士解决在这水下”的坚定表情，手指却暗暗抠进了掌心，用力，再用力。

她必须用尽全力，才能坚持着不心痛，不立即把他带出水，不至于前功尽弃。

痛下杀手，他才可能信她真的失忆。她才可能将他留在身边。她才能做想做的事。

她咬牙带笑，看他在水中默然挣扎，他的挣扎也是她的挣扎，心间似被狂涌的水龙一遍遍绞过，也将剧痛至窒息。

她眼看他脸色渐渐灰败下去，身躯一点点软下去。

人在窒息状态会下意识挣扎求生，而他，始终没有动用真气，甚至没有惊动一丝水波。

违背生理规律，她不知道他如何做到的。如水静流的男子，从来都愿为她静默死去。

她睁大眼睛，庆幸自己在水中，无人看见她奔流的泪水。

宫胤，宫胤，告诉我，我们的爱情，为什么一定要如此残忍？

她眼睁睁地看着他涨红的脸色转为苍白，他的身子猛然向后一仰。练武之人对自己的生理保护，在濒危境地会自己晕去。

就在此刻，景横波一把搂紧他，身形一闪，哗啦水响声中，已经到了岸边。

岸边果然横七竖八躺了一地的士兵，听见水响，有人睁开眼睛，有人犹自大睡，睁开眼睛的人，眼底也不过捕捉到水光一抹，水光里似有两道相拥的身影，一闪不见。士兵们怔怔仰着头，摸了摸被淋了一脸的水滴。

好一会儿，才有人反应过来，大叫：“有人从河里冲出来，跑了！”

士兵们急忙跳起身，抓了武器四处张望，可是空野寂寂，孤风游荡，四面哪里还有人影？

靠近押送队伍宿营地不远处有一座松林，松林里稀稀落落分布着几棵树，旁边是一座小山坡。

一对身影在松林中忽然出现，地上洒落一摊水迹。景横波放下宫胤，试了试他的呼吸，还好，没事。

她算着时间，在临界状态带他出水，他身体的自我保护还有一段时间。

在这段时间里，她还可以做一件事。

景横波半跪在他身边，盯着他湿漉漉乌发下分外苍白的脸，沉思半响，阴阴地笑了笑。

“今儿个，本王我要动真格了！”

第二十章 舍身

草地上，宫胤静静地躺着，景横波很难得看见他如此合作的模样，忍不住盯了半晌，又轻轻叹了口气。

如果他能一直这么合作下去，多好。她慢慢解开他的衣纽，伸手探入他的怀中，缓缓摸遍他的全身。倒不是为了占便宜，这湿淋淋冷兮兮的也实在提不起兴致，她的手指着重在他

关节处停留，想要知道他躯体分外僵硬的原因。

经脉不通隔着肌肤是摸不出来的，倒是指下肌肤似乎越来越温暖。她指尖颤了颤，在他腹上绕了绕，又回到他心口的位置，掌心轻轻贴着他的心脏。

她感受到那里比常人稍微慢一些的跃动，但是，原先那种彻骨的寒气却没有了。她在他心脏周围仔细摸索一遍，确定那股寒气不见了。

她有些发怔。那寒气一直是她心头的阴影，原以为宫胤的问题由此而生，此刻这寒气没有了，宫胤的状况却好像更差了，这是怎么回事？

手掌按在他胸膛的时间略长，掌下心口在发热，又或许那热度来自自己的掌心。她抽出双手，捂住脸颊，想要降降温，却发现自己的双颊也是热的。

她掌心残留着他的气息，体内涌起一股热流。她垂下眼，却发现他似乎也有了一些反应。

景横波不胜惋惜地仰天长叹——青春正好，时机不对！

他快要醒了。景横波垂着头，一副在思量的神情，半晌，轻轻叹息一声。

她眼底生出淡淡的决然。她盘坐在宫胤身侧，双手贴合，调动明月心法，运转十二周天，将真气调出丹田。

她的明月心法已算小成，体内运行真气时，能感觉到似有白光一线而上，体内如浴清辉。真如上弦月一轮，在心头遥遥相照。

如果修炼大成，明月满盈，辉光无远弗届。只是她问过伊柒，伊柒说她练武太迟且不勤，俗务太多，最重要的是心事纷乱，难以定心，所以小成容易大成难，这辈子练到老，大概可以指望一下。

伊柒当时还嘻嘻笑着说，这明月心法她自己用也就那么回事，如果取出来给别人疗伤治病，倒是有世间所有宝丹良药都难以比拟的神效。只是练功不易，取则伤身，辛苦练的东西生生舍弃可惜不说，一朝硬生生拔去，自然大伤元气，这世上哪儿有舍身救人的傻子。

她当时也哈哈笑了一阵傻子，然后和他要抽取明月功法的法门，伊柒当然不肯，她便说那是打算把紫微老不死的明月心法抽出来，供她大成用。七杀一向对害老不死的任何举措都表示双手双脚赞同，当即伊柒就兴奋地写了给她。

她出帝歌时，将法门一直带着，如今，将要用上了。

她按照法门运行真气，掌心渐渐发白，坚实如玉，能感觉到体内真气如光，过明楼，渡玉府，直冲体外。

不过糟糕的是，上冲的真气根本没有想象中那么容易控制，真气在她体内翻江倒海，如脱缰怒龙，狂飙直进，似要立刻喷出散去。

她脸色越发苍白，心里大骂伊柒不靠谱，没把抽取心法的不可控之处说明。

而且她也没想到，拔除真气居然如此痛苦。或者想到了，却不愿意深想。真气都是向内储存，向外硬生生逆行拔起，自然引得五脏六腑不宁，体内血气翻涌。

似有一团冰凉的气息，冲到咽喉口。她猛地低下头去，覆盖住了他的唇。齿关一叩，舌尖一顶，她已经闯入了他的天地，滑润、微凉、清新、温软。

他在昏迷中似乎也有反应，竟然下意识轻轻回应，舌尖轻挑的时候，她一惊，以为他醒了，然而他依旧一动不动，双眼微合。

她忽然微微湿了眼眶。相爱的人是不是有着人间最难以击破的默契，生或死，知或者不知，都不能阻碍那份无声的呼应。

脸靠着他的脸颊，湿润的眼眶在下雨，那些满满盈盈的液体终于越来越多，自两人紧紧贴合的脸颊滑落，落入他的锁骨，湿润了她的下颌，打湿了二人紧贴的肌肤，再被彼此的体温焐干。

她齿间微微一动，一团明光下重楼。

他似乎又有感应，竟也舌尖微动，似要推拒，她怎么肯答应？于撕心裂肺的疼痛之中，她用舌头压着他的舌头狠狠一顶，将那团明光压进他咽喉深处，她能感觉到那如玉如光的一团，无声地滑入了他的体内。

口内微微腥甜，似开了一地曼殊花，她知道那是自己的血，强硬拔除真力的后果是内腑受伤。但此时她还不能抽身，按照伊柒传授时所说，这个时候他的身体也可能会出现排异反应，为免造成伤害，最好将明月心法凝聚成一团，藏在他丹田深处，日后慢慢消解。

这事他自己来做最好，但她不想他知道这件事，如果给他知道，保不准又得不顾一切将真力还给她，到时候出了什么岔子，她悔也来不及。

她将他抱得更紧了些，一手按在他下腹气海，一手按住他背心中枢，按照伊柒教的法子，慢慢导引真气归流。

她能感觉到他体内混杂奔涌的气流，他体内的气息向来古怪，所以需要更多时间来调理真气，因此躯体自动进入调息状态，她倒不必费心怕他醒来。

只是按着揉着，她忽然觉得哪里不对。她呆了呆，按在他下腹的手，慢慢地，鬼鬼祟祟地，向下探了一点，再探了一点。然后，她的手如被火烧一般，唰地缩了回来。

她抬头看看四周，林子空落，荒野无人，还好，她的流氓行为不会被发现。

她脸红了一阵，心跳了一阵，继续自己的劳作，不能半途而废。

他的手臂忽然颤了颤。

景横波惊喜地看过去，感觉到他的躯体忽然软了许多。这是真气入体后的反应，真气会瞬间自经脉游走，再归入丹田，他原本就是经脉不通之症，此刻会因大量外来真气的进入而通畅，但这样的通畅，很可能维持不了多长时间。

此时靠着他基本恢复正常的身体，嗅着他熟悉而又清淡的香气，她脑中忽然闪电般掠过一个大胆的念头。这是三垒打的好时机！

就这家伙这别扭性子，要他主动可能一辈子都等不到，强奸他可能一辈子都得不到，此时不睡更待何时？

她又不愿意和别人滚床单，难道要她一辈子清心寡欲不知风月吗？那太丢人了，男人婆她们一定会笑死她的。

景横波越想越觉得郁卒，穿越过来三年多了，如果没猜错的话，在这古代社会，那三人

保不准已经有了伴，说不定都有了孩子，比如那个最老实最容易被男人拐骗了去的君小珂。

将来四人帮聚会，要是只有她还是处女，这脸该往哪里搁？

还有，她想有个孩子，有了孩子，说不定就可以不要他了，忒烦，又丢不下，简直是折磨。

景横波又抬头向四面看了看，眼神鬼祟如做贼。

现在是清晨时分，但这林子因为有山坡遮挡，又枝叶茂密，十分阴暗隐秘，而且都是针叶木，又不太大，没有什么野果产出也不会有什么猎物，是个白日宣淫的好地方。

确定无人，也不太可能有人经过之后，她抱着宫胤，往树后滚了过去，那里落了一堆厚厚的松针落叶，应该会舒服点。

也不知道是身体不佳还是太过紧张，就这么滚两滚，她就已经气喘吁吁，浑身发软，以至于解宫胤衣裳的时候，手指颤抖，好几次都没能解开。

最后景横波用牙齿解决了他身上的所有羁绊，她也不好意思看，转过身去解衣。

日光到了这阴暗的松林，也似被洗涤成了月光，清亮、干净、纯白、温柔。和黑暗各占天地，将女体的轮廓，镀染得明明暗暗，起起伏伏。

外裳、裤子、腰带、靴子……无声无息地挂在低矮的树杈上，挡住树下的风景，一个古怪而精美的东西悠悠垂下，黑底上绣着深红的牡丹，牡丹盛开在突起的两个圆片上，两个圆片的中心还缀着珠花丝穗，在明灭的光线下一闪一闪。

最后抛出来的是黑色的薄薄的一片，细细的带子，朦胧的网纱……乌黑的长发披泻，遮住她的脸，一阵风过，景横波哼哼唧唧地哭了。

“这叫野合啊，这叫野合！姐根本不想这样的……

“姐难道不该在金碧辉煌的皇宫，勾勾手指，掀开某个美男的绿头牌吗？

“不是应该有太监去传旨，美男坐承恩车叩谢皇恩，或者由太监卷个被窝卷，美男裹在被窝里扛进朕的寝宫，从朕的被窝脚头爬进去给朕临幸吗？

“不是应该香榻软褥，锦被玉枕，头枕鸳鸯，被翻红浪吗？

“为什么还要姐在这荒郊野地，自己送上门，霸王硬上弓呢？

“这人生太凄凉了，太凄凉了，啊啊……

“宫胤你这叽叽歪歪的王八蛋，以后得把你睡到啥尽人亡才能消我心头之恨，啊啊啊……”

她一边叽叽歪歪满心不甘地哭着，一边毫不犹豫地爬上去。

松针上那个被霸王硬上弓的身体软了，但该硬的地方一点都不含糊。

景横波一边用手掩着脸哭诉，一边偷偷瞧他的身体，哭诉间歇夹杂几句满意的哽咽——身材还是很好的，那啥那啥也是合适的……

贴上他的身体，抱住他的肩，将脸搁在他的肩窝，她轻轻嘘出一口长气，知道从一开始到现在，他最契合，只他契合。

乌发流水般泻满他一身，黑与白，惊心动魄地交织在一起。

他的肌肤依旧那般凉润，此刻趋向正常的躯体温软柔韧，却不显单薄，肌理间似蕴藏着含蓄的力量，只待下一刻的爆发。

他的凉润和她的火热轻触时，她浑身都似颤了颤，似阴电遇上阳电，震出破碎和战栗。又或是长空遇上云朵，大地拥抱雨露，云与电的撞击翻覆了一天的宁静，落了一地簌簌的雨。

她忽然低低地嘶了一声，是咬牙忍痛的声音，但此时体内体外无一不痛，到了极处似乎也不再痛。她含泪笑了起来，弯下身，将他的一缕黑发绕在手指上。

下一瞬便缠缠绵绵一个翻滚，男人的本能就是掌握主动，她以为他醒了，他却似乎没醒，翻覆间她的丰软兜住了他的喘息，她指间几丝发断裂，有乌发，也有白发，她却顾不得了，灼热的浪潮似要将人淹没，她在浪潮中漂浮。

天地在起伏，在荡漾，在碰撞，在交缠中粉碎再完整，她攀住他的臂膀，宁可自己就这么碎了。

黑纱里衣透过蒙蒙的日光，显露出绰约圆润洁白的饱满，空气中有幽幽的香气弥散，夹杂着一些微微古怪的气息。

松针落叶已被人体的翻滚厮缠压得凌乱，枯脆的落叶不断发出细微的裂响，那些裂响在喘息的间歇发生，令这林子深处的性灵的秘密显得更加神秘。

天地渐渐安静了。

她终于恋恋不舍地将手从他身下抽了出来，把了把他的脉，惊喜地发现不知何时，她的明月心法已经在他丹田深处潜伏，很难被发现，但会慢慢发生作用。

不过令她失望的是，他的身体竟然又慢慢恢复了先前的僵硬。冲体而入的真气流过经脉，只带来了短暂的活动自如，成全了她的三垒打。

她怔了半晌，心想这样也好。如风过，如雨落，不见痕迹，不见落花。

真气已经引渡完毕，很快他就会醒来，她赶紧给他清理，既然不留痕迹，就要做得干净。

她将一切归整整齐，连那些被滚碎的落叶和松针都扫开，树下又是一个一尘不染的宫胤。表情和姿态都很圣洁，说他刚刚占了谁便宜，鬼都不信。

全部弄好，景横波才觉得浑身酸软，内腑外皮无一处不痛。她刚想坐下，脚一软，顺着树下一个小小的斜坡，栽到了一个草窝子里。

体内一阵剧痛，她以肘支地，噗地呕出一口淤血。

她刚要用泥土将血迹掩盖，忽然听见一阵杂沓的脚步声。

第二十一章　是她？不是她？

她探头一望，看见一队军士正快步走来，看那装扮，是帝歌押送军的斥候。

为了防止禹国的袭击，押送军一直有派斥候四处探查，景横波瞧见是他们，舒了口气，眼看这群人正往林子而来，怕他们惊扰了宫胤，她低头整理了自己身上的押送军士兵衣裳，又理了理头发，抢先迎了出去，道：“诸位兄弟，你们……”

话还没说完，那领头斥候看清楚她，霍然变色，喝道：“兄弟们！正是这小子！赶紧拿下！”喝声里，长刀猛拔，劈头就对景横波砍下。

景横波愕然瞪大眼睛，怎么也想不到自己人忽下杀手，眼看刀光耀眼，冷风扑面，下意识一闪。

这一闪却没能奏效，她内腑一空一痛，只移动了一小步便一个踉跄，哧的一声寒气侵体，衣袖被挂下一片，一溜血珠随刀风溅起，肩上多了一道长长的血口。

“你们……”景横波来不及说话，身周刀风已经交织而下，所有军士都纷纷拔刀扑了上来。

景横波皱眉，按着伤口，一眼看去，众人凶神恶煞地扑来，一副欲置她于死地之态。她心中一惊，心想莫非禹国军队已经袭击了押送军，换穿了斥候兵的衣裳？这下押送军可有麻烦了。

换在平时，此刻众人围攻，她身子一闪也便脱身，抬抬手就放平了这些人。然而此刻她内腑空荡，身体虚弱，说话的力气都没有，眼看刀风再次当头劈下，她勉力一闪，闪到一丈开外，脚下微有斜坡，她腿一软，骨碌碌滚了下去。

几个斥候也呼喝着追了下去，见她伏在草丛中一动不动，以为她摔晕过去，都奔过去将她围住。一人蹲下身欲翻动她的身体，忽然景横波头一抬，寒光一闪，匕首已经抹过那斥候的咽喉。

那人还未及倒下，景横波一个旋身，又是一刀刺入另一人的胸口，她转瞬连杀两人，惊得那些斥候赶紧散开。景横波勉力爬起，正想法子将其余人杀了，留一个活口问问到底怎么回事，却见那几人远远逃开，其中一人从怀里掏出旗花火箭，咻的一声一线黄光刺破天空。

景横波心中一震，这黄色旗花她认识，是军中“发现要犯，速来围剿”的意思，但她什么时候成要犯了？

斥候已经跑了，她想了想，决定还是不回林子去了，如果真的引来对自己不利的军队，此刻她身体衰弱，宫胤若是没醒，两个人就得陷身死地。

她郁郁叹口气，抚抚脸，觉得自己是世上最悲惨的女人了，明明靠脸就可以吃饭，偏偏常要在生死线上挣扎，想要个男人还得自己上，人家上在金宫玉阙，她上在荒郊野岭，人家上完轻怜蜜爱，她上完就得挨刀，真想天上降一道雷劈醒宫胤的雪山脑袋啊……

她按住肩膀，踉踉跄跄闪了出去，晨光千万丈，映出她单薄的身影。

幽静的林子，翻转闪烁着日色金光，照在宫胤脸上。他微微颤了颤眼睫，片刻，睁开了眼睛。身边没有人，四周弥漫着青涩的气息，那是松针和落叶混合的味道，隐约似乎还有淡淡的香气，不仔细嗅已经捕捉不到。

他静静地躺着，脑海里却在翻覆不休。

他从水中晕倒到现在，感觉时间过去不久，但混沌的记忆中，似乎发生了很多事。

他似乎听见叹息和低语，听见有人断续哭泣，似乎体内曾有热流澎湃，又似有冰水游走，还似乎……他脸色渐渐古怪起来。

还似乎有馥郁的香气，有滑腻又光洁的摩擦触感，有如在沸水中的灼热和煎熬，有如在云端之巅的飘然和飞升，有似哭似笑的低低呻吟和咒骂，有忍痛的嘶声和稍稍放纵的低喊，有相拥的热力和翻腾的起伏……似做了个春梦，但又无比真实。他甚至到现在还能感觉到那耳畔的香气和唇齿的轻轻摩擦，似乎有那么一霎，有人轻轻咬过他的耳垂……

他脸色忽然变得苍白。

这样的记忆，不会无缘无故如此真实地出现在他脑海里，先前，到底发生了什么？

还有，景横波去哪儿了？

他霍然要起，却忘记了身体的僵硬，下意识手掌一拍，翻身而起，坐在了树杈上。

他坐定了，又眉头一皱。

手腕什么时候能动了？

他刚刚开始恢复，费尽心力才将堵塞腕部经脉的碎针化掉一枚，让手指能活动。这种化针难说早迟，有时候真气运行，冲开哪一处的碎针，哪一处就能获得自由，现在的情况，是因为先前在水下真气受阻，碎针出现了游移，误打误撞将肘部、腕部的堵塞冲开了？

总觉得还是有哪里不对。

记忆、感觉、身体……哪里都和原先差不多，连他身上的衣裳都没有任何变化，但直觉就是告诉他，哪里不对。

他闭上眼，开始调息，探查身体内部真气，没什么异常。

真气一路往丹田流动，在抵达最深处之前自动收回，他体内的毒，一直被压制在丹田最深处，经年日久，都快成了瘤块。为了避免毒性大面积爆发，他生生改了真气的运行轨迹，从不触及那处毒瘤。

因此他也就无从发现，在丹田最深处，那处他从不惊动的黑气盘旋之地的中央，此刻，隐隐已经多了一道白气，虽然微弱，却在一点一点吞噬着黑色气流……

他坐在树杈上思考半晌，实在得不到答案，心里那古怪的感觉却难以抹去，不禁苦笑一下——看来要获得答案，还真得去问景横波。

他明明一心要避开，现在却不得不追着她问，这女人是不是算计好了？

林子中有响动，他微微偏头，看到南瑾站在一棵树边，面色复杂地看着他。

宫胤唇角微微的笑意淡去，转过眼光，不再看她。

南瑾眼底掠过一抹落寞，半晌道："我不会再杀她。"她取出一枚小刀，刺破中指，点在眉心，沉声道，"违此誓，生生世世不入轮回，沦为猪狗。"

鲜血滴下，落下的一霎，一道冰刀鬼魅般地出现在她面前，咔嚓一声，折成两段，和鲜血同时落地不见。

南瑾脸色苍白，知道宫胤已经动了杀心，刚才她的誓言如果发慢了一步，冰刀已经刺入她的心口。

她心底漫上浓浓的苦涩。真是个对别人狠，对自己也狠的人啊……只想着要保证景横波的安全，扼杀她身边的一切危机，不顾念她为做他药蛊苦熬二十年，也不顾念失去这个药蛊他自己一样会失去生机。

宫胤终于转过脸，看了她一眼，一眼看见她微湿的靴子。

他心中一动。南瑾，看样子已经来了一阵子，再看南瑾脸上的表情，颇有几分难以形容的古怪，他难得犹豫一下，终于还是问："刚才，你可在附近？可知道……什么异常？"

南瑾神色不变，心中却重重一震。

有什么异常？很异常。

宫胤被景横波挟持走，她和春水觉得异常，便商量了，由她一路追出，于是她一直远远埋伏在旷野荒草中。一开始因为禹光庭调大军围剿宫胤和景横波，她不知道那两人的打算，没有出手。后来军队围住苇塘，她等人数少了之后，慢慢潜近，正打算下水偷偷救人，那两人忽然闪出，军队惊起之后正好发现潜近的她，一番打斗之后她甩脱军队，却失去了两人的踪迹，等她终于找到那松林……

南瑾只觉得一口气哽在胸中，满满的压抑和无奈，还有几分茫然和不解。

当时松林幽暗，她怕被发现，没有敢进林，只隐约听见一些声响，隔着林木间隙，她看见绣着鲜艳牡丹的古怪衣物被抛出，在金纱般的日光中招摇，亮丽到刺眼。

她虽自幼受清心寡欲的教育，毕竟是到了年纪的女子，直觉不该进入，一直远远站在林子外，背对那边。

她背对松林，看前方茫茫旷野，山在遥远那一头，城在地平线上巍峨，万物都在沉默，而身后嘈嘈切切，泣泣笑笑，呢呢喃喃……她木然地凝望那一片空茫，心中也白茫茫一片，似回到少年时的白雪之下，找来寻去，都不见人踪，一片空白一片雪，一生等候一生痴……

良久，她轻轻道："没有异常。"

宫胤看一眼她的背影，那簌簌抖动的不知是松针还是她的身子。

他心中疑惑未解，正想开口，眼光忽然一凝，透过林木缝隙，隐约可以看见前方山坡下，似乎有人在。

宫胤立即掠了过去，针叶簌簌而下，南瑾也追了过去，两人停在山坡下，才发现那是两具死尸，死了没多久，鲜血犹温。宫胤目光落在那伤口上，这么细薄的刀痕，很像先前景横波挟持他时用的那把匕首。

他疑惑地把目光转向南瑾，南瑾却茫然地摇了摇头。她先前在松林外站了一会儿，后来又觉不妥，加上心情烦乱，干脆走开了一会儿，后来景横波身上发生的事，她并没看见。

宫胤看了看那尸首装扮，竟然是帝歌卫军，景横波怎么会对自己人下手，发生什么事了？

黄土小路上，一条人影鬼魅般闪来闪去，身形歪歪斜斜，忽焉在左，忽焉在右。

景横波的喘气声越来越重。失去了苦练得来的明月心法，又刚刚睡了那个家伙，她的瞬

移能力此刻大打折扣，闪了老半天，也没能走出多远。她还是往押送军的方向去，因为先前裴枢放起烟花，显然他已经到了押送军的大营，正在等她归来。她必须要搞清楚到底发生了什么事。

身后斥候没追来，她刚想歇一歇，忽然前方传来一阵急促的马蹄声，此处正是一个拐道，她探头一看，就见一队骑士狂奔而来，看衣着还是押送军。

她将身子藏在道边的一处山石凹陷处，满身尘土，长长头发垂下来。

那群骑士果然没注意她，怒马扬鞭而过。景横波盯住了最后一人，做好了抢马的准备。眼看那最后一骑也要和她擦身而过，忽然那人似有感应，扭头盯了她一眼，随即脸色一变，大叫道："人在这里！"抬手一鞭便抽了下来。

景横波伸手便要抓鞭，却忘记了自己已经没了真力，出手虚软，鞭梢在她掌心一振，蛇一般脱离了她的掌控，猛然一弹，啪的一声，她的虎口裂开，长长的鞭头甚至在她脖子上一卷，留下一道青紫红肿的鞭痕。

景横波低哼一声，一个踉跄，只觉得浑身都痛似火烧。前方马嘶声不绝，骑士纷纷勒转马头，呼喝怒叱声连响，马上就要将她包围。

绝不能莫名其妙死在这里！堂堂女王莫名其妙地死在自己军队手中，她会被那三人笑到下辈子的！

她身子一闪，已经到了那骑士背后，整个身子猛然一撞，生生将那人撞下马背，一手抓住缰绳，勒转马头，猛然抽鞭。

骏马吃痛，仰天长嘶，扬蹄狂奔，她伏在马背上，压低身子，听见身后传来怒喝追击之声，感觉到箭擦着身边空气而过，撕破她肩头衣襟。眼前一片昏暗，天地旋转，路侧的树木似要倾斜着压来，她不敢抬头也不敢回头，只一路猛然扬鞭、扬鞭……

离景横波所在地三十里外的一处山坳，押送军扎营处，此刻气氛一片紧张。

刺客已经走了，内奸也揪出来了，却还有一堆死了以及未死的临州公子哥儿押在帐篷里，是送回临州还是拿来谈判，都需要一个章程，但现在没人管这事。

押送队伍的所有大小头目，现在都聚在主帐里，听裴少帅发脾气。

裴枢昨夜得了消息，今早赶来，没听任何汇报，先找景横波，找了一圈全无踪迹，询问蒋亚等人，蒋亚等人却支支吾吾说不清楚，逼急了才说英大统领那远房亲戚是奸细。裴枢听着又好气又好笑，但没有景横波允许，又不方便透露她身份，只得没头没脑把蒋亚等人骂一顿，自己又带人出去寻找。

他刚出营没多久，一骑飞驰，直闯押送军营地。

马上的景横波一颠一颠，身形摇摇欲坠，如果不是身后追兵一路猛追，不是死死咬着舌不让自己晕去，她早已从马上栽下来。

此刻看见营地，看见营地已经扩大，在押送军的帐篷后面，隐隐约约还有一大片黑色帐篷，飘荡的大旗正是横戟军军旗，她心中一松，老远大喊："裴枢！裴枢！"

在她身后，那群锲而不舍的追兵大喊：“奸细闯营了！速速擒下！”

马蹄声和喊叫声惊动了营中的人，蒋亚带着一群属下纷纷涌出，一眼看见景横波，不禁一惊。

此时因为那晚临州公子哥儿被杀，景横波莫名逃脱看守失踪，全营上下都将这个英大统领的远房亲戚看成了奸细。蒋亚一看见她，就想起了这一堆难以解决的麻烦事，怒火上头，想也不想，瞋目大喝：“拿下！”

大批军士拥出。景横波大喊：“裴枢！”她知道此时自己报明身份也无用，身份太牛，反而没人会相信，她会死得更快，此时只有裴枢才是救星。

“别喊了！少帅就算在也救不了你，出卖军情，勾结外敌，擅自出逃，无论哪条，都是死罪！”有人厉喝。

景横波心一沉，裴枢竟然不在！难道今日真要枉死于此地？

一大队执刀挺枪的军士慢慢逼近，蒋亚大喝：“弃械！若敢反抗，格杀勿论！”

景横波喘了几口气，一个翻身，爬下了马。她靠着马身，想了想，呵呵一笑：“好，我投降。”慢慢举起双手。

所有人把疑惑的目光投过来，看她满面血汗泥尘，气喘吁吁，眼神发散，已是强弩之末，但就算那般狼狈，竟然还在笑。众人都觉震动，似见泥泞中盛开国色。

蒋亚也有点疑惑，一挥手示意军士停止前进，微微散开。

众人刚松了口气，忽然景横波身影一闪。下一瞬她出现在蒋亚身边，踉跄一下将他撞翻，伸手在他腰上夺下旗花火箭，猛地拔掉了盖子。

咻！一线火光直上，深红色，呼救。

士兵哗然，再次挺枪而上，景横波以肘横抵蒋亚咽喉：“都站住！”

众人停住，面色惊惶。

景横波全身都在发抖，此时她已经无力拿刀，便将整个身体都压向蒋亚头部。蒋亚想要怒骂挣扎，要士兵继续动手，但咽喉被压得紧紧的，直翻白眼，哪里还说得出话来？

景横波一边说话一边咳嗽，一边咳嗽一边笑，还笑得出来是因为她觉得实在荒唐，这般生死相搏，却是对着自己的军队自己的军官，看来玩隐藏身份这种游戏，还是需要人品啊……

“站住……站住……都给我走开……”

她嘴上云淡风轻，心里却知道不大妙。她觉得自己支撑不住了，眼前一阵阵发黑旋转，全身冷汗涔涔，马上，或者就在下一秒，她就会晕了。

她一旦晕去，怒极的蒋亚和士兵们，一定会立即将她杀了。

裴枢那个死孩子，为什么还没回来！她拼命掐着自己的大腿，想让意识留存得久一些更久一些，如果就这样冤枉死了，她一定会成贞子的……然而意识却不合作，不可挽回地一点一点向黑暗沉落。

在黑暗和光明的交界处，在一阵一阵的耳鸣中，她恍惚听见马嘶声和急速的马蹄声，甚

至还神奇地感应到远处的衣袂带风声，种种声音都在如闪电般接近。

是谁来了……她已经无法思考了。在沉落黑暗前一秒，她喃喃道：“宫胤，你现在来，我下次就给你上……”

她手一松，身子一软。

蒋亚猛然翻身而起，一把将她掀落在地。

跃起身的蒋亚脸色涨红，在自己麾下面前被人压得死死的不能反抗，是莫大的耻辱，暴怒让他失去理智，他于是大喝：“杀了！”

他一反手从身边军士腰间抽刀，霍然劈下。长刀连闪，乱刃即将相加。

忽有冷光一闪，随即是啪的一声脆响，蒋亚虎口一阵剧痛，手中的刀猛然飞起，在空中打了个旋，竟然在半空转向，撞在其余士兵劈下的刀上。啪啪啪啪脆响连起，碎刀片飞溅，那些正要劈下的刀都被砸飞，在半空中盛开雪白的刀花，再哗啦啦猛落，砸了那些兵士一头。

此时怒喝声才到：“住手！”

满手鲜血的蒋亚骇然抬头，便见数骑如怒龙而来，当先一人衣衫狂舞，金刚怒目，一脸的杀气和怒气，看得他激灵灵一个寒战。

“少帅！”他失声道。

马上的裴枢根本没看他，他的目光落在地下的景横波身上，她看起来像是死了，一动不动，满身的鲜血和尘埃，头发和衣裳零乱，两袖都已经被刮破，露出凝了大片血块的雪白肌肤。

裴枢脑中轰然一声。

“横波！”下一瞬他已经冲了过来，一把将她抱在怀中，先去摸她的脉搏，随即长吁一口气，看她衣衫凌乱暴露，赶紧脱下外袍将她裹住，自己只穿一身雪白的里衣，想了想，又大叫，“陛下！”

所有人原本目瞪口呆地看他的一系列动作，忽然听见这一句，齐齐觉得脑中轰然一声。

这一声如此响亮，将景横波也叫醒了。她微微睁开眼睛，此刻脑中意识未清，一片混沌，晃动的视野里只看见光洁的下巴，和一片雪白。

她舒心地长出一口气，伸展双臂，抱住了眼前人的腰，将脸贴在他的胸膛上。

“你来了啊……姐真高兴……嗯……下次给你睡……”

最后一句声音尤其轻微，裴枢没有听见，只听见前面两句。

而景横波绝无仅有的主动和热情，让他身子一僵，不可置信的惊讶过后，狂喜的浪潮涌上心头。他跪坐在地，猛地将她揉进怀中，下颌紧紧贴住她的发，恨不能将她的人、她的香气和她的软语，从此禁锢在自己怀中，直至天荒地老，再不放开。

生死时刻诉真情，她终于愿意对他吐露心声，他此刻要如何放手？

心情太过激越，以至于这样的铮铮汉子，也忍不住哽咽。

“是，我来了，从此以后，你且放心依靠我……我发誓，从此后，便天地降落刀斧，也

只会落于我身，不能伤你分毫！”

景横波眼前的世界再次混沌颠倒，她在那温暖的怀中，全心舒展下来，绽放一个柔软的微笑，迷迷糊糊地点头。

风声静谧，将士僵立，场中央，连同天地在内，都似在凝视那一对相拥的人。

不远处，林中树梢，飞掠而来的白影，停在了那里。

那人亦在久久凝望，在一霎之前，曾打算狂奔而出，在一霎之后，却再也挪动不了脚步。

第二十二章　谁若伤你，不死不休

营地中，裴枢轻轻地抱起景横波，眼眸向场中一扫，所有人都还保持着大张着嘴的姿态。蒋亚的脸色青中发紫，仔细看的话，还能发现他的双腿在瑟瑟颤抖。

不必考据刚才那句“陛下”是真是假了，裴少帅出名地眼高于顶，目下无尘，传说里，只对女王情有独钟、忠心耿耿，如今眼前这一幕，可不正是“情有独钟”的最好写照？

裴枢乌黑的眸子一扫过来，蒋亚便觉得似被金刚杵捣中，脑中嗡嗡作响，全身都开始颤抖。

“混账！”少帅的咆哮响彻营地。

扑通一声，所有人都跪了，蒋亚跪得最快，他的腿早已软得支撑不住身体。幸亏他跪得快，裴枢随之而来含怒而发的一掌，才呼啸着从他头顶上卷过，而不是拍在他身上。轰然一声巨响，后头的营帐倒了半边。蒋亚伏在地上，连头都不敢回，头顶上凉飕飕的，他顾不上害怕，只觉得庆幸，只差一瞬，现在自己就是一具没有脑袋的尸体了。

裴枢已经探过景横波的脉搏，知道她没大碍，不过是皮外伤，只是内腑不知何时变得空荡荡的，苦练了三年的真气竟然没了，这让他勃然大怒，无处发泄，恨不得一个窝心脚踹死这群家伙算完。

“蠢货！瞎了眼的蠢货！你们的脑子都灌满了沼泽吗！雷熙怎么被发现的？俘虏怎么被困住的？十里外那一支禹国精兵怎么始终没能起来？都是谁做的，都没动脑子想一想吗！医官！医官！半炷香内给我滚过来！滚不过来自己献上脑袋！”

他抱着景横波怒气冲冲进帐去了，留下所有人面面相觑。

雷熙是女王揪出来的？

俘虏是女王掳来的？

那支埋伏在山谷中，却莫名其妙没有出手的禹国精兵，整支精兵，是女王一手控制的？

蒋亚面色苍白地呆了半晌，将所有事回头联系在一起，越想脸色越难看，半晌，猛地捶地一拳："确实够蠢！"

裴枢抱着景横波进帐了，士兵们悻悻地散了。

那边树梢上，白影依旧一动不动。宫胤的目光一直落在那帐篷上，眼神里有怅然，也有思索。树后静静转出了一个高瘦的身影，南瑾默默地凝视着他的侧脸，见他不过几面，无从揣测他的心思，他是浮着碎冰的海，冰冷而遥远。

押送军里的医官气喘吁吁地跑来了，裴枢却不让医官碰景横波，自己先检查她身上的伤口。

他自觉景横波已经对他敞开心扉，而他也已经许下诺言，之前的等待已经有了结果，从此以后他和景横波自然是双宿双飞一对鸳侣，都注定要在一起的人了，自然也没那么多男女之防了，夫君给娘子宽衣什么的，天经地义嘛。

他便夺了医官的药箱，将医官撵出帐，自己开始查看景横波的伤势。他先看她上身，血迹只在两臂，都是皮肉伤。

伤口被碰触总是痛的，景横波被痛醒了，眼一睁，立即便对上了一张皱着眉又漾着笑的古怪的脸。

脸太近，近得看不见毛孔，景横波脑海中刚飘过"这哪家的娘炮皮肤好成这样，好想扒下他的脸贴在姐脸上……"忽然惊觉，向后一缩，愕然道："裴枢！"

"是我啊。"裴枢笑得越发神采飞扬，"别动，我给你处理伤口。"说着大剌剌地就来解她扣子。

"你干什么？"景横波一巴掌拍下他的手，四处张望，咦，宫胤呢？他不是来了吗？刚刚晕倒前，明明看见白影的……

"给你处理伤口啊。"裴枢凑上来，挑起一边眉毛，有点诧异有点好笑又有点包容地瞧着她，"你啊，也太不顾惜自己了，为什么什么事都要自己冲锋在先，你是女王，女王好吗！这样莽撞不要命，你是不是存心不想让我有好日子过啊？"

景横波直勾勾地盯着他，被他这忽然很亲昵的语气麻得汗毛直竖——这小子怎么了？发春了？以前他对她虽然有心，但不是一直都比较含蓄吗？

她忽然想起自己晕倒前的动作，好像有抱住一个人，她以为那个人是宫胤，但现在看来不是，那么那个白影是谁？她的目光忽然落在裴枢的衣角上，顿时又惊了一吓，这家伙只穿着里衣干吗？

忽然裤子被一扯，景横波愕然望去，再次一把拍掉了裴枢的手 "你又干什么？！"

裴枢半跪在她面前，瞪着她的裤子，皱眉道："你怎么腿上也有伤？怎么只有血没有衣

裳破损，伤口在哪里？”

景横波低头一瞧，那啥，不知何时，裴枢竟然已经解了她的外袍，只见灰黑色的士兵长裤上，靠近大腿内侧的地方，染了一些新鲜血迹。

她一开始还没反应过来，仔细一想，头皮猛地炸了起来。

我去！这是那啥……那啥血！

裴枢犹自在纳闷地喋喋不休：“奇怪，刀伤吗？伤口在哪里？你做什么去了，为什么会伤到那里，哪个下三烂，出手怎么可以这样……”

“你个下三烂给我滚远点！”女王陛下一声尖叫，一脚将少帅踢出了帐篷……

帐篷一阵震动，然后，刚进去没多久的裴少帅被踢出来了。士兵们愕然转身，目光齐刷刷地射过来。

爱面子的少帅咳嗽一声，转身，正色道：“女人嘛，就是这么任性。咱们男人得多包容些……”

众士兵心有戚戚焉地点头，对的，女人就这么矫情，做女王的女人自然是矫情中的矫情。少帅不容易啊，这么个火暴脾气，逢上这么个母老虎，还得容让着。

蒋亚犯了错误，此时只想弥补，赶紧笑道：“这个……女人嘛，只有在亲近的人面前，才会任性。少帅……好福气啊！”

最后一句声音低低的，却听得裴枢眉开眼笑，蒋亚再喜气洋洋地说几句“祝少帅和陛下早日喜结连理，届时为王夫贺喜”，少帅更是眉飞色舞，大笑着拍他的肩头：“说得好！到时候自然普天同庆！你这小子有眼力见儿，回头好好赏你！”

刚才还被骂瞎眼蠢货没有眼力的蒋队长，此刻频频点头，频频谢恩，频频抹汗……

不远处的树林里，一直默默凝视那边的宫胤，忽然唇角微微一勾，随即默默转身。

南瑾一直望着他的背影，此刻眉梢一挑，露出一抹诧异之色。

宫胤忽然道：“你有镜子吗？”

镜子这东西，一般女性都会随身携带，不过南瑾可不是一般的女性，她摇摇头，面无表情地指了指前方的一条小水沟。

宫胤从善如流地掠过去，临水照影。南瑾并没有动，心中泛起浓浓的奇怪的感觉。

宫胤这种人，是不可能忽然要照镜子的，更不可能当着她的面照镜子，他想做什么？

水平如镜，镜子里白影如雪。影影绰绰，他眼底深意无穷，转瞬不见。

片刻后，他仰起头，轻轻嘘出一口长气，似一霎间解了人间疑难，又或者一霎间接纳了人间翻覆，只是依旧那么安静而从容，道：“去吧。”

裴枢立在景横波的帐篷外，听刚刚回来的南瑾说起景横波之前发生的事。

南瑾的述说里，自然略去了自己和宫胤以及龙家的存在，只将禹光庭和景横波之间发生的事说了一遍。

裴枢一直面无表情，可熟悉他的属下都知道，少帅喜怒不拘，但如果他忽然没有表情，却眉心跃动，那就真是动了杀机。

南瑾说完，也不管裴枢怎么想，进了景横波的帐篷。裴枢似想起什么，跟在她后面殷殷嘱咐："女王似乎腿上有伤，她怕羞不肯给我瞧，你帮她好好处理一下，不要留下伤口。"

南瑾脚步一顿，回头盯住他。

裴枢只觉得这女子眼神古怪，似了然似忧郁，甚至似乎还有淡淡的同情，不禁愕然看看自己，道："怎么了？"

南瑾垂下头，淡淡地一笑，良久道："这世间痴心你我，到头来注定无果……"

"你说什么？"

帘子落下，南瑾已经进去，裴枢看着那女子一闪消失的背影，纳闷地摸着下巴。

"她不会也看上我了吧……"

景横波看见南瑾进来，倒神情自如地打招呼，眼神中有几分探究。

她此时也大概猜到，南瑾果然和宫胤有一定的关系，这关系还不同寻常。南瑾看宫胤的眼神太奇怪了，作为女人，作为一个对情爱之事兴趣很大的女人，她在这方面眼光很毒辣。也因此，此刻她的热情里，便多了几分防备。

世外宗门多怪胎，先前耶律庄园里发生的一切，她可不是一点都不明白。

南瑾神态比她还自如，一点都没有那种秘密被拆穿的心虚，抓起身边一个小包袱，扔给了她。

"什么？"景横波翻着包袱，里头是干净柔软的内衣，还有一个小小的瓷瓶，她拔开塞子嗅嗅，气味清凉舒适。

南瑾神情麻木地答道："止痛以及避免感染的。"

"这点东西怎么够用……"景横波笑着摇头，头摇到一半忽然定住，死死盯着南瑾。南瑾却不看她，抱着胸，看着帐篷顶，好像那里忽然开出花来。

景横波脸上一阵红一阵白，似乎很想钻到地下去，然后她猛地跳了起来，一把抓住南瑾的胳膊："你看见了？"

南瑾决然摇头。

景横波刚舒了口气，蓦然又想起一个更重要的问题，再次一把抓住她："你……你告诉他没？"

南瑾这回将头摇得更坚决，脖子上的骨头咯咯响。

"好极了。"景横波搂着南瑾的脖子，想了想，又鬼兮兮地问："那啥，你给的这玩意，不会是啥红花麝香避孕药吧……"

南瑾猛然将她手臂一摔，大步走了出去："用不用随你！"

"哎哎，别走啊，人家不是宅斗文看多了嘛……"景横波看着南瑾终于出去了，嘴角一垮。

“脸丢光了，啊啊啊……现在杀人灭口还来不来得及？”

南瑾一出帐门，就停住了脚步，鼻翼抽动，脸色阴沉。

终于调整好心态的景横波，一掀帐帘，也探出头来，抽了抽鼻子道：“怎么了？好浓的血腥味。”

刚说完，她就看见裴枢带着他那群忠心的手下，大步流星地走了过来，那群人一边走，一边还在鞋底板上擦拭着刀子。刀上血迹斑斑，那些人的脸上和衣襟上也溅满了鲜血，而在他们身后，那个关押流放犯的帐篷内，有浓郁的血腥味弥漫开来。

景横波还没来得及问发生了什么事，一个士兵经过那个帐篷，探头向里看了一眼，踉跄了一下。

“不好啦，流放犯都被刺客杀死啦——”

所有人一惊，整个营地一乱。景横波的心怦地一跳。

“住嘴！”裴枢暴喝，“什么刺客！是爷下令杀的！”

景横波皱起眉——这家伙又怎么了？好大的杀心。

“少帅！”蒋亚扑过来，失魂落魄地往地下一跪，“您这是要弄死末将啊……”

他的职责就是押送这一百多个流放犯前往玳瑁。跑掉一个耶律家的大公子已经有罪，如今裴枢竟然一口气杀完这一百多人，这罪足以灭他满门了。

“裴枢，给我个解释。”景横波凝视着裴枢，在他乌黑的眸里，看见了无穷的杀气和决心。

她心中暗暗不安，裴枢性子太暴烈跋扈了，一百多条人命，招呼都不打一个，说杀就杀了，将来还不知要惹出什么祸事来……

裴枢满不在乎地一笑，仰头看了看天色。

“解释自然会给，不过你我何必这么急呢？”他伸手一招，护卫牵来坐骑，他翻身坐上，扬鞭一指前方。

“横戟军已经开拔，马上，这两千人的押送军也将并入横戟军。如果还带着那一百个累赘，怎么打仗？反正都是死囚，与其千里跋涉去玳瑁受苦，不如在这里帮他们解脱了是不是？”

“打仗？”景横波只注意到这两个字。

“对，打仗，我要立即挥师入禹国中心，先杀了禹光庭，再宰了禹国大王，最后灭了禹国，神挡杀神，佛挡杀佛！”

“裴枢，你疯了！”景横波气急败坏——这是犯了哪门子神经病？

“我没疯。”少帅从马上俯身，琉璃般晶亮的黑色眼眸，盯着她眸中的桃花海，“横波，男儿在世，每句话都是板上钢钉。禹光庭敢欺你伤你，我便要杀他灭他。不仅是他，这世上所有负你者、伤你者、叛你者，我裴枢在世一日，必不死不休！”